W0335604

Alle Rechte, einschließlich das des vollständigen oder auszugsweisen Nachdrucks in jeglicher Form, sind vorbehalten.

Der Preis dieses Bandes versteht sich einschließlich der gesetzlichen Mehrwertsteuer.

Umwelthinweis:
Dieses Buch wurde auf chlor- und säurefreiem Papier gedruckt.

NEW YORK TIMES
BESTSELLER AUTOREN

Nora Roberts

Eine königliche Affäre

Roman

Aus dem Amerikanischen von
Roy Gottwald

NEW YORK TIMES
BESTSELLER AUTOREN

1. KAPITEL

Sie hatte vergessen, warum sie so rannte. Sie wusste nur, dass sie nicht anhalten durfte. Denn wenn sie stehen blieb, war sie verloren. In diesem Rennen gab es nur zwei Plätze – den ersten und den letzten.

Abstand. Ihr einziger Gedanke war weiterrennen, vorwärtskommen, damit die Entfernung zwischen ihr und ... dem, wo sie gewesen war, groß genug sein würde.

Sie war durchnässt bis auf die Haut. Der Regen strömte auf sie herab, aber sie erschrak nicht mehr bei jedem Donnerschlag, und sie zuckte nicht mehr bei jedem grellen Blitz zusammen. Sie fürchtete nicht die Dunkelheit. Wovor sie eigentlich Angst hatte, wusste sie selbst nicht mehr genau; doch sie war von ihrer Angst geradezu besessen. Dieses Gefühl ließ sie weiter den Straßenrand entlangstolpern, obwohl sie völlig erschöpft war. Wie sehr sehnte sie sich danach, an einem warmen, trockenen Ort zur Ruhe zu kommen.

Sie hatte keine Ahnung, wo sie sich befand. Sie wusste nicht, wo sie gewesen war. Sie erinnerte sich weder an die hohen, im Winde schaukelnden Bäume noch an das Tosen des nahen Meeres. Kaum nahm sie den Duft der regennassen Blumen wahr, die sie auf ihrer Flucht zertrat.

Sie weinte, ohne sich dessen bewusst zu sein. Ihre Sinne waren völlig benommen, und sie fühlte sich unsicher auf den Beinen. Es wäre ein Leichtes gewesen, einfach unter einem der Bäume Schutz zu suchen und aufzugeben. Aber irgendetwas trieb sie weiter. Dieses Etwas war jedoch nicht allein die Angst, nicht allein ihre Verwirrung. Es war eine innere Kraft, die sie über das Menschenmögliche hinaustrieb. Sie würde nicht dorthin zurückkehren, woher sie kam. Es blieb ihr keine andere Wahl, als vorwärts zu laufen.

Sie hatte keine Vorstellung, ob sie eine Meile oder zehn hinter sich gebracht hatte. Der Regen und ihre Tränen machten sie blind. Die Lichter hatten sie beinahe schon erfasst, ehe sie sie überhaupt wahrnahm.

Wie ein von Scheinwerfern geblendetes Tier blieb sie voller Panik auf der Stelle stehen. Jetzt hatten sie sie gefunden. Sie hatten sie verfolgt. Sie.

Eine Hupe kreischte auf, Räder quietschten. Völlig erschöpft brach sie schließlich bewusstlos auf der Straße zusammen.

„Sie kommt zu sich."

„Dem Himmel sei Dank."

„Bitte treten Sie einen Moment zurück und lassen Sie mich die Frau untersuchen. Sie könnte wieder das Bewusstsein verlieren!"

Wie durch schwebende Nebel vernahm sie die Stimmen. Hohl und aus der Ferne. Angst überkam sie erneut. Selbst in ihrem halb bewusstlosen Zustand hielt sie den Atem an. Sie war nicht entkommen, doch sie wollte sich ihre Furcht nicht anmerken lassen. Das versprach sie sich.

Als sie weiter zu Bewusstsein kam, ballte sie ihre Hände fest und energisch zu Fäusten. Der Druck ihrer Finger gab ihr ein wenig das Gefühl von Selbstsicherheit und Kontrolle.

Langsam öffnete sie die Augen. Die Nebel rissen auf, wallten zurück und verschwanden dann langsam. Als sie in das Gesicht starrte, das über sie gebeugt war, schwand auch ihre Furcht.

Es war ein ihr unbekanntes Gesicht. Er gehörte nicht zu ihnen. Das hätte sie bestimmt gewusst. Ihr Vertrauen wankte einen Moment lang, aber sie verhielt sich ruhig. Es war ein rundes, angenehmes Gesicht mit einem gestutzten, lockigen weißen Bart. Der glatte, kahle Kopf stand dazu in auffallendem Kontrast. Der Blick aus den müden Augen war scharf, aber nicht unfreundlich. Schließlich ergriff der Mann ihre Hand. Sie wehrte sich nicht.

„Meine Liebe", sagte er mit angenehmer, dunkler Stimme. Zärtlich streichelte er ihre Finger, bis ihre Hand sich entspannte. „Sie sind jetzt in Sicherheit."

Sie spürte, wie er ihren Puls maß, und sie sah ihm weiter in die Augen.

In Sicherheit.

Immer noch auf der Hut, wandte sie ihren Blick von ihm ab. Krankenhaus.

Obwohl das Zimmer fast elegant und recht groß war, wusste sie, dass sie sich in einem Krankenhaus befand. Der starke Geruch von Blumen und Antiseptika erfüllte den Raum. Und dann sah sie den Mann, der direkt an der Seite ihres Bettes stand.

Er hatte eine militärisch aufrechte Haltung und war makellos gekleidet. Graue Strähnen durchzogen sein Haar, das dennoch dunkel und voll war. Er hatte ein schmales, aristokratisches Gesicht. Dieses Gesicht ist ernst, dachte sie, aber bleich, sehr bleich, besonders gegen die Schatten unter seinen Augen. Trotz der Haltung und der perfekten Kleidung machte er den Eindruck, als hätte er seit Tagen nicht geschlafen.

„Mein Liebes." Seine Stimme zitterte, als er sich zu ihr hinabbeugte, um ihre freie Hand zu ergreifen. Er wirkte tief besorgt und presste ihre Finger an seine Lippen. Sie hatte den Eindruck, als bebe diese starke, feste Hand ein wenig. „Jetzt haben wir dich wieder, mein Liebes. Du bist wieder da."

Sie zog ihre Hand nicht zurück, sondern ließ sie matt in der seinen liegen und betrachtete erneut sein Gesicht. „Wer sind Sie?"

Der Mann fuhr entsetzt zurück. Mit Tränen in den Augen starrte er sie an. „Wer …"

„Sie ist sehr schwach." Freundlich unterbrach der Arzt ihn.

Sie sah, wie er seine Hand auf den Arm des Mannes legte, ob mit einer einhaltenden oder tröstenden Geste, konnte sie nicht beurteilen. „Sie hat viel durchgemacht. Eine anfängliche Verwirrung ist da ganz natürlich."

Aus dem Liegen beobachtete sie den Arzt, der dem anderen Mann bedeutungsvolle Blicke zuwarf. Plötzlich spürte sie bohrende Übelkeit im Magen, und ihr wurde bewusst, dass sie im Warmen und Trockenen war. Sie fühlte sich warm, trocken und leer. In ihrem Inneren herrschte eine große Leere. Als sie wieder sprach, klang ihre Stimme überraschend kräftig.

„Ich weiß nicht, wo ich bin." Unter der Hand des Arztes beschleunigte sich ihr Puls kurz, beruhigte sich jedoch gleich. „Ich weiß nicht, wer ich bin."

„Sie haben Schlimmes durchlitten, meine Liebe." Der Doktor sprach beruhigend auf sie ein, doch seine Gedanken wirbelten durcheinander. Wir brauchen einen Spezialisten, dachte er. Wenn sie nicht innerhalb der nächsten vierundzwanzig Stunden ihr Gedächtnis wiederfindet, dann brauchen wir einen ausgezeichneten Spezialisten.

„Du erinnerst dich an nichts?" Der andere Mann hatte sich bei ihren Worten aufgerichtet. Jetzt sah er in seiner gefassten Haltung direkt auf sie herunter.

Verwirrt und bemüht, ihre Furcht zu unterdrücken, versuchte sie, sich aufzusetzen, doch der Arzt sprach beschwichtigend auf sie ein und drückte sie wieder zurück in die Kissen.

Sie erinnerte sich … Sie rannte, der Sturm, die Dunkelheit. Vor ihr tauchten Lichter auf. Fest schloss sie die Augen und bemühte sich um Haltung. Als sie die Augen wieder öffnete, klang ihre Stimme zwar immer noch fest, aber seltsam hohler. „Ich weiß nicht, wer ich bin. Bitte sagen Sie es mir."

„Erst wenn Sie sich noch ein wenig mehr ausgeruht haben", begann der Doktor. Der andere Mann unterbrach ihn mit einem stechenden Blick. Sie schaute kurz zu ihm hin und bemerkte, dass dieser Blick arrogant und zugleich befehlsgewohnt war.

„Du bist meine Tochter", erklärte er. Wieder nahm er ihre Hand und hielt sie fest. Sogar das leichte Zittern war nicht mehr da. „Du bist Prinzessin Gabriella de Cordina."

Ist das ein Albtraum oder ein Märchen?, fragte sie sich und starrte zu ihm hinauf. Mein Vater? Prinzessin? Cordina … Ihr war, als erkenne sie den Namen, und sie klammerte sich daran. Aber was bedeuteten diese Worte über die adelige Herkunft?

Sie konnte mit diesen Informationen nichts anfangen und sah ihm weiter ins Gesicht. Dieser Mann würde nicht lügen. Sein Gesicht war ausdruckslos, doch seine Augen spiegelten so viel innere Bewegung wider, dass sie sich selbst ohne Erinnerungsvermögen zu ihm hingezogen fühlte.

„Wenn ich eine Prinzessin bin", begann sie, und die spröde Zurückhaltung ihres Tonfalls verletzte ihn offensichtlich, was an seinem Mienenspiel zu erkennen war. „Sind Sie dann ein König?"

Fast hätte er gelächelt. Vielleicht hatte der Schock ihre Erinnerung durcheinandergebracht, aber sie war noch immer seine Brie. „Cordina ist ein Fürstentum. Ich bin Fürst Armand. Du bist mein ältestes Kind und hast zwei Brüder, Alexander und Bennett!"

Vater und Brüder. Eine Familie, Wurzeln. Nichts rührte sich in ihr. „Und meine Mutter?"

Diesmal war sein Ausdruck leicht zu deuten: Trauer. „Sie starb, als du zwanzig Jahre alt warst. Seit damals bist du die erste Dame des Staates, die ihre Pflichten zusammen mit deinen eigenen wahrgenommen hat. Brie." Sein Tonfall war jetzt weniger förmlich. „Wir nennen dich ‚Brie'." Er drehte ihre Hand um, so dass die Traube aus Saphiren und Diamanten an ihrem Finger sie anstrahlte. „Ich habe dir das hier zu deinem einundzwanzigsten Geburtstag geschenkt, vor fast vier Jahren!"

Sie betrachtete den Ring und die starke, schöne Hand, die ihre eigene hielt. Sie erinnerte sich an nichts, und doch empfand sie Vertrauen. Erneut sah sie ihn an und brachte ein kleines Lächeln zustande. „Sie haben einen ausgezeichneten Geschmack, Eure Hoheit."

Er lächelte, aber sie hatte den Eindruck, als wäre er den Tränen gefährlich nahe. So nahe wie sie selbst. „Bitte", begann sie um ihrer beider willen, „ich bin sehr müde."

„Ja, wirklich." Der Arzt streichelte ihre Hand, so wie er es seit dem Tag ihrer Geburt getan hatte. Das wusste sie allerdings nicht. „Jetzt ist Ruhe die beste Medizin."

Widerstrebend ließ Fürst Armand die Hand seiner Tochter los. „Ich bleibe in der Nähe."

Ihre Kräfte schwanden wieder. „Vielen Dank." Sie hörte die Tür ins Schloss fallen, spürte jedoch die Nähe des Doktors. „Bin ich wirklich eine Prinzessin, wie er behauptet?"

„Niemand weiß das besser als ich." Er strich ihr voller Zuneigung über die Wange. „Ich habe Sie zur Welt gebracht, im Juli vor fünfundzwanzig Jahren. Sie müssen jetzt ruhen, Eure Hoheit, nur ausruhen."

Fürst Armand ging mit schnellem, energischem Schritt den Korridor hinunter. Ein Mitglied der fürstlichen Garde folgte ihm mit zwei Metern Abstand.

Er wollte allein sein. Wie sehr sehnte er sich nach fünf Minuten Alleinsein in einem abgeschiedenen Raum. Dort konnte er etwas von der inneren Spannung loswerden, etwas von den Gefühlen, die ihn überwältigten. Beinahe hätte er seine Tochter, seinen Schatz, verloren. Und jetzt da er sie wiederhatte, betrachtete sie ihn wie einen Fremden.

Wenn er herausfände, wer ... Armand schob den Gedanken beiseite. Das konnte warten, sagte er sich.

In dem geräumigen, sonnendurchfluteten Aufenthaltsraum befanden sich drei weitere fürstliche Gardisten und verschiedene Mitglieder des Polizeihauptquartiers von Cordina. Alexander, sein Sohn und Thronerbe, schritt rauchend auf und ab. Er hatte die attraktive Erscheinung seines Vaters und dessen militärische Haltung. Allerdings fehlte ihm noch die Selbstkontrolle des Fürsten.

Er ist wie ein Vulkan, dachte Armand, und betrachtete den dreiundzwanzigjährigen Prinzen. Er kocht und brodelt, bricht aber noch nicht aus.

Auf dem gemütlichen, pastellfarbenen Sofa lag Bennett. Mit seinen zwanzig Jahren war er drauf und dran, der neueste Playboy-Prinz zu werden. Obwohl er ein dunkler Typ wie sein Vater war, hatte er das Aussehen von seiner hinreißend schönen Mutter geerbt. Manchmal ruhelos und viel zu oft indiskret, verfügte er doch über eine unermüdliche Anteilnahme und Freundlichkeit, die ihn bei seinen Untertanen sowie bei der Presse beliebt machten. Und ebenso bei der weiblichen Bevölkerung Europas, dachte Armand trocken.

Neben Bennett saß ein Amerikaner, der sich auf Armands Bitte hin dort eingefunden hatte. Beide Prinzen waren viel zu sehr mit ihren eigenen Gedanken beschäftigt, um die Anwesenheit ihres Vaters zu bemerken. Dem Amerikaner dagegen entging nichts. Aus diesem Grunde hatte Armand ihn zu sich rufen lassen.

Reeve MacGee blieb eine Weile ruhig sitzen und musterte den Fürsten. Er hält sich gut, dachte Reeve, aber ich habe auch nichts anderes erwartet.

Der Amerikaner hatte das Staatsoberhaupt von Cordina nur wenige Male getroffen, aber sein Vater war in Oxford mit Fürst Armand zusammen gewesen. Aus der Zeit stammte die Freundschaft, die so viele Jahre und die größte Entfernung überdauert hatte.

Armand wurde der Herrscher des kleinen, malerischen Staates an der Mittelmeerküste. Reeves Vater wurde Diplomat. Obwohl er selbst auch in politischen Kreisen aufgewachsen war, hatte Reeve für sich selbst eine Karriere gewählt, die sich mehr hinter den Kulissen abspielte.

Nach zehn Jahren Beschäftigung beim Geheimdienst hatte Reeve eine Kehrtwendung gemacht und ein eigenes Unternehmen gestartet. In seinem Leben war der Zeitpunkt gekommen, wo er es leid war, den Anordnungen anderer Leute zu folgen. Seine eigenen Regeln waren zwar oftmals noch viel strikter, noch unbeugsamer, aber es waren wenigstens seine eigenen. Die Erfahrungen, die er bei der Mordkommission und später bei einer Sondereinheit gemacht hatte, waren ihm sehr nützlich. Vor allem hatte er gelernt, zuerst seinem eigenen Instinkt zu vertrauen.

Er war in eine reiche Familie geboren worden. Durch seine eigenen Begabungen hatte er den Reichtum noch vermehrt. Früher hatte er seinen Beruf als Einkommensquelle und aufregende Tätigkeit angesehen. Doch jetzt arbeitete Reeve nicht mehr länger des Geldes wegen. Er nahm nur wenige Aufträge an, und dann stets ausgesuchte Fälle. Wenn, und wirklich nur wenn ihn eine Sache interessierte, akzeptierte er den Klienten.

Für die Außenwelt, und oft genug auch für sich selbst, war er jedoch nichts weiter als ein Farmer, und in diesem Bereich ohnehin ein Neuling. Vor weniger als einem Jahr hatte er sich eine Farm gekauft mit der Überlegung und dem Traum, sich dorthin einmal zurückziehen zu können. Das war für Reeve die Lösung. Zehn Jahre zwischen Gut und Böse, zwischen Gesetz und Unrecht, und das Tag für Tag, waren genug für ihn.

Er sagte sich, er habe seine Pflicht erfüllt und schied aus dem Geheimdienst aus. Ein Privatdetektiv konnte seine Klienten auswählen oder ablehnen. Er konnte nach seinen eigenen Vorstellungen arbeiten und selber seine Honorare festlegen. Sollte eine Aufgabe ihn in Gefahr bringen, dann konnte er damit auf seine eigene Weise fertig werden.

Bereits im Jahr zuvor hatte er weniger und weniger Privataufträge angenommen. So zog er sich langsam aus dem Geschäft zurück. Wenn er Gewissensbisse hatte, dann wusste niemand davon außer ihm selbst. Die Farm bot ihm Abwechslung. Dort konnte er ein grundlegend anderes Leben führen. Eines Tages sollte sie sein ganzer Lebensinhalt werden, das hatte er sich vorgenommen.

Reeve sah eher wie ein Soldat als wie ein Farmer aus. Nach Armands Eintreten stand er auf. Dabei bewegte sich sein großer, kräftiger Körper geschmeidig, Muskel für Muskel. Über dem einfarbigen Hemd und den modischen Bundfaltenhosen trug er ein gut sitzendes Leinenjackett. Er brachte es stets fertig, seine Anzüge entweder formell oder bequem wirken zu lassen, je nachdem, was die Situation erforderte.

Er gehörte zu den Männern, deren Kleidung, gleich wie elegant sie auch war, immer hinter der Wirkung der Person zurückblieb. Zuerst zog sein Gesicht die Aufmerksamkeit auf sich, vielleicht des ebenmäßig guten Aussehens wegen, das er von seinen schottisch-irischen Vorfahren geerbt hatte. Durch häufigen Aufenthalt an der frischen Luft hatte er eine gebräunte Haut, obwohl er als Typ eher hellhäutiger war. Der perfekte Haarschnitt konnte nicht verhindern, dass ihm ständig eine widerspenstige Locke ins Gesicht fiel, und um seine Lippen spielte ein Lächeln.

Reeve hatte eine athletische Figur, und seine Augen strahlten in dem klaren Blau, das man oft bei den Iren findet. Wenn er wollte, bezauberte er mit seinem strahlenden Blick die Menschen um ihn ebenso, wie er sie damit einschüchtern konnte.

Seine Haltung war nicht ganz so straff wie die des Fürsten, eher auf eine lässige Weise amerikanisch. „Eure Hoheit."

Bei Reeves Worten sprangen sowohl Alexander als auch Bennett auf. „Brie?", riefen sie wie aus einem Mund. Bennett war sofort an der Seite seines Vaters, Alexander drückte seine Zigarette in einem Aschenbecher aus. Reeve sah, wie sie dabei in viele Krümel zerbröckelte.

„Sie war bei Bewusstsein", berichtete Armand knapp. „Ich konnte mit ihr sprechen."

„Wie geht es ihr?" Bennett sah seinen Vater mit dunklen, besorgten Augen an. „Wann können wir sie endlich sehen?"

„Sie ist sehr müde", sagte Armand und berührte dabei flüchtig den Arm seines Sohnes. „Vielleicht morgen."

Alexander blieb weiterhin am Fenster stehen. „Weiß sie, wer …", wollte er aufgebracht wissen.

„Das kann warten", unterbrach ihn sein Vater.

Alexander hätte am liebsten weitergesprochen, aber er war zu gut erzogen. Er kannte die Regeln, die mit seinem Titel verbunden waren. „Wir werden sie bald nach Hause holen", sagte er leise, und es klang fast wie eine Drohung. Rasch sah er hinüber zu den Gardisten und Polizeibeamten. Gabriella mochte hier geschützt sein, aber er wollte sie wieder daheim haben.

„So schnell wie möglich."

„Vielleicht ist sie noch erschöpft", begann Bennett, „aber bald wird sie ein bekanntes Gesicht sehen wollen. Alex und ich könnten hier warten."

Ein bekanntes Gesicht. Armand sah an seinem Sohn vorbei zum Fenster hinaus. Für Brie gab es keine vertrauten Gesichter. Er würde es seinen Söhnen später erklären, wenn sie unter sich waren. Im Augenblick musste er die Rolle des Herrschers zu Ende spielen.

„Ihr könnt gehen!" Seine Worte richteten sich an Alexander und Bennett. „Morgen wird sie sich weiter erholt haben. Jetzt muss ich mit Reeve sprechen." Er entließ seine Kinder ohne Geste. Da sie zögerten, hob er gebieterisch eine Braue.

„Hat sie Schmerzen?", wollte Alexander wissen.

Armands Blick wurde weicher. „Nein. Das verspreche ich dir. Du wirst es bald selbst feststellen können", setzte er hinzu, da Alexander eine unzufriedene Miene machte. „Gabriella ist stark!" Seine wenigen Worte waren voller Stolz.

Alexander grüßte mit einem Kopfnicken. Was ihm noch am Herzen lag, würde er in einem privaten Augenblick äußern. In Begleitung seines Bruders verließ er den Raum, gefolgt von den Gardisten.

Armand sah seinen Söhnen nach, dann wandte er sich an Reeve. „Bitte", begann er und zeigte mit einer Geste zur Tür. „Gehen wir für einen Augenblick in Dr. Francos Büro!" Er ging den Korridor entlang, als bemerkte er die Wachtposten nicht. Reeve dagegen war sich ihrer Anwesenheit und der Anspannung, die von ihnen ausging, sehr wohl bewusst. Die Entführung eines Mitgliedes der fürstlichen Familie lässt die Leute nervös werden, dachte er. Armand öffnete eine Tür, wartete, bis Reeve eingetreten war, und schloss sie dann hinter ihm.

„Bitte, nehmen Sie Platz", forderte er ihn auf. „Ich ziehe es vor zu stehen."

Armand griff in seine Tasche und zog ein Etui hervor, dem er eine Zigarette entnahm, eine von zehn, die er sich am Tag gestattete. Ehe er sie anzünden konnte, hatte Reeve ihm schweigend Feuer gegeben.

„Ich bin Ihnen dankbar, dass Sie gekommen sind, Reeve. Ich hatte bis jetzt noch keine Gelegenheit Ihnen zu sagen, wie sehr ich es zu schätzen weiß."

„Es besteht kein Anlass, mir dafür zu danken, Eure Hoheit. Bis jetzt habe ich noch nichts getan."

Armand atmete den Rauch aus. Jetzt, vor dem Sohn seines Freundes, konnte er sich ein wenig gehen lassen. „Sie denken, ich bin zu hart zu meinen Söhnen."

„Ich denke, Sie kennen Ihre Söhne besser als ich."

Armand lachte kurz auf und setzte sich dann. „Sie haben das diplomatische Talent Ihres Vaters geerbt."

„Manchmal."

„Sie besitzen auch, wenn ich es richtig zu beurteilen vermag, seinen klaren und scharfen Verstand."

Reeve überlegte, ob sein Vater den Vergleich schätzen würde, und lächelte. „Vielen Dank, Eure Hoheit."

„Bitte, wenn wir allein sind, nennen Sie mich Armand." Zum ersten Mal, seit seine Tochter das Bewusstsein wiedererlangt hatte, gab er seinen Gefühlen nach. Mit einer Hand massierte er sich die Stirn direkt über den Augenbrauen. Die Kopfschmerzen, die er schon seit einigen Stunden hatte, konnte er nun nicht mehr ignorieren. „Ich glaube, ich muss die Freundschaft zu Ihrem Vater durch Sie in Anspruch nehmen, Reeve. Aufgrund der Liebe zu meiner Tochter bin ich davon überzeugt, keine andere Wahl zu haben!"

Reeve maß sein Gegenüber aufmerksam. Jetzt sah man mehr als nur königliche Haltung. Man sah den Vater, der sich verzweifelt um Beherrschung bemühte. Still nahm Reeve sich ebenfalls eine Zigarette, zündete sie an und ließ Armand ein paar Augenblicke Zeit. „Erzählen Sie mir."

„Sie erinnert sich an nichts."

„Sie kann sich nicht erinnern, wer sie entführt hat?" Mit einem düsteren Blick sah Reeve zu Boden. „Hat sie die Kerle überhaupt gesehen?"

„Sie erinnert sich an nichts", wiederholte Armand und hob dabei den Kopf. „Nicht einmal an ihren eigenen Namen."

Jetzt begriff Reeve die Schwierigkeit der Situation. Er nickte. Seine Miene verriet nicht im Mindesten, was in ihm vorging.

„Ich kann mir denken, dass ein zeitweiliger Gedächtnisverlust normal ist, nach all dem, was sie durchgemacht hat. Was sagt der Arzt?"

„Ich werde nachher mit dem Arzt sprechen!" Die Anspannung der letzten sechs Tage machte ihm deutlich zu schaffen, aber Armand bewahrte dennoch Haltung. „Sie sind gekommen, Reeve, weil ich Sie gebeten habe. Aber Sie haben mich bis jetzt noch nicht gefragt, warum!"

„Nein!"

„Als amerikanischer Staatsbürger sind Sie mir in nichts verpflichtet."

„Nein", sagte Reeve erneut.

Armand musterte den Amerikaner. Wie sein Vater, dachte er. Und wie seinem Vater konnte man Reeve MacGee Vertrauen schenken. Diesem Mann wollte er anvertrauen, was ihm das Liebste auf der Welt war. „In meiner Stellung muss man ständig mit einer Gefahr rechnen."

„Jeder Herrscher muss damit leben."

„Ja, und durch ihre Herkunft zwangsläufig auch die Kinder der Herrscher." Er sah eine Weile auf seine Hände und den kostbaren Siegelring.

Armand war durch Geburt ein Fürst, aber er war auch ein Vater. Leider konnte er nicht wählen, was für ihn die größte Bedeutung hatte. Er war als Regent geboren, aufgewachsen und erzogen worden. So gab es für ihn in erster Linie die Verantwortung seinem Volk gegenüber.

„Natürlich haben meine Kinder ihren eigenen persönlichen Schutz." Mit beherrschtem Zorn drückte er seine Zigarette aus. „Es hat allerdings den Anschein, als sei dieser Schutz unzureichend. Gabriella zeigt sich oft unduldsam bei der notwendigen Anwesenheit von Sicherheitsbeamten. Ihr Privatleben betreffend hat sie ihren eigenen Kopf. Vielleicht habe ich sie verzogen. Wir sind ein friedliches Land, Reeve. Die Bewohner von Cordina lieben ihre fürstliche Familie. Wenn meine Tochter von Zeit zu Zeit mal ihren Leibwächtern entschlüpft ist, dann habe ich kein großes Aufheben darum gemacht."

„Konnte es auf diese Weise jetzt zu der Entführung kommen?"

„Sie wollte aufs Land fahren. Das tut sie manchmal. Die Verpflichtungen aufgrund ihrer Stellung sind zahlreich. Gabriella braucht ab und zu etwas Ablenkung und ein gewisses Maß an Zerstreuung. Bis vor sechs Tagen schien es immer eine harmlose Sache, deshalb gestattete ich es auch."

Dem Ton nach zu urteilen, beherrschte Armand seine Familie wie sein Volk, gerecht, aber kühl, dachte Reeve. „Bis vor sechs Tagen", wiederholte er, „als Ihre Tochter entführt wurde."

Armand nickte ruhig. Es ging jetzt um Tatsachen, mit denen man sich auseinandersetzen musste, Gefühle waren hier unangebracht. „Bis wir absolut sicher sind, wer Gabriella entführt hat und warum, kann ihr ein solches Vergnügen nicht mehr gestattet werden. Ich würde der Palastgarde mein Leben anvertrauen, doch nicht mehr das meiner Tochter."

Reeve machte seine Zigarette aus. Die Absicht war klar und deutlich. „Ich bin nicht mehr beim Geheimdienst, Armand."

„Sie haben ein eigenes Unternehmen. Wie ich höre, sind Sie eine Art Experte auf dem Gebiet des Terrorismus."

„In meinem Heimatland", erklärte Reeve. „Hier in Cordina habe ich keine Zulassung. Im Laufe der Jahre hatte ich allerdings Gelegenheit, gute Kontakte zu schaffen. Ich könnte Ihnen die Namen einiger ausgezeichneter Leute vermitteln …"

„Ich suche einen Mann, dem ich das Leben meiner Tochter anvertrauen kann", unterbrach Armand ihn. Er sagte das mit ruhiger Stimme, der drohende Unterton war jedoch unüberhörbar. „Einen Mann, von dem ich sicher sein kann, dass er ebenso objektiv bleibt, wie ich es sein muss. Einen Mann, der über die Erfahrungen verfügt, eine möglicherweise hochexplosive Lage mit Feingefühl zu handhaben. Ich habe Ihre Laufbahn aufmerksam verfolgt." Als Reeve ihn verblüfft ansah, lächelte Armand ihn noch einmal an. „Ich verfüge über ausgezeichnete Beziehungen in Washington. Sie haben einen tadellosen Ruf, Reeve. Ihr Vater kann stolz auf Sie sein."

Reeve fühlte sich unwohl, als der Name seines Vaters fiel. Diese Verbindung war für seinen Geschmack zu persönlich. Sie würde es ihm nur erschweren, anzunehmen und objektiv zu bleiben oder dankend und ohne Schuldbewusstsein abzulehnen. „Ich weiß ihr Vertrauen zu schätzen. Ich bin jedoch keine Polizist, kein Leibwächter.

Ich bin jetzt Farmer!"

Armands Ausdruck blieb ernst, doch Reeve entging das amüsierte Flackern im Blick des Fürsten nicht. „Ja, so wurde mir berichtet. Wenn es Ihnen recht ist, belassen wir es dabei. Doch ich habe Sorgen, große Sorgen. Ich werde Sie jetzt allerdings nicht drängen." Armand wusste, wann er zu fordern oder sich zurückzuziehen hatte.

„Überdenken Sie bitte das, was ich Ihnen gesagt habe. Vielleicht könnten wir morgen noch einmal miteinander sprechen, und Sie können selbst mit Gabriella reden. In der Zwischenzeit fühlen Sie sich bitte als unser Gast."

Der Fürst erhob sich und betrachtete damit das Gespräch als beendet. „Mein Wagen wird Sie in den Palast zurückbringen."

2. *KAPITEL*

Das Sonnenlicht des späten Vormittags flimmerte im Raum. Reeve betrachtete das Strahlenmuster auf dem Fußboden. Er hatte bei einem privaten Frühstück in der Suite des Fürsten ein weiteres Gespräch mit Armand geführt. Dabei war ihm die ruhige Entschlossenheit und das Herrschaftsbewusstsein des Fürsten nur zu präsent gewesen. Er war mit solchen Menschen aufgewachsen.

Leise vor sich hin fluchend sah Reeve hinaus auf die Bergkette, die Cordina so malerisch umgab.

Warum zum Teufel war er hier? Sein Land lag Tausende von Meilen entfernt und wartete darauf, von ihm bestellt zu werden. Stattdessen befand er sich in diesem Märchenland, wo die Luft verführerisch sanft und das Meer so nahe und so blau war. Er hätte nie hierherkommen dürfen.

Als Armand vor Kurzem mit ihm Kontakt aufnahm, hätte er bedauernd abwinken sollen. Als sein Vater ihn dann anrief, um der Bitte des Fürsten Nachdruck zu verleihen, hätte Reeve ihm erklären müssen, dass seine Felder darauf warteten, bestellt zu werden.

Aber er hatte es nicht getan. Mit einem Seufzer gestand Reeve sich den Grund ein. Sein Vater hatte so wenig von ihm verlangt und ihm so viel gegeben. Die Freundschaft, die den Botschafter Francis MacGee und Ihre Königliche Hoheit Fürst Armand von Cordina miteinander verband, war stark und lebendig. Armand war sogar zur Beerdigung von Reeves Mutter in die Staaten geflogen. Er konnte nicht einfach vergessen, wie viel diese Geste seinem Vater bedeutet hatte.

Und auch die Prinzessin war ihm nicht aus dem Sinn gegangen. Er starrte weiter hinaus auf die Berge. Die junge Frau schlief hinter ihm in einem Krankenhausbett, bleich, verletzbar, zerbrechlich. Reeve erinnerte sich, wie er zehn Jahre zuvor seine Eltern auf eine Reise nach Cordina begleitet hatte.

Damals hatte man ihren sechzehnten Geburtstag gefeiert. Er selbst war Anfang zwanzig gewesen und auf dem besten Weg, beim Geheimdienst Karriere zu machen. Er hatte nie an Märchen geglaubt, doch als Figur aus einem Traum war ihm die Prinzessin Gabriella erschienen.

Er konnte sich noch immer an ihren Anblick erinnern. Sie trug einen Traum aus weißer Seide, perlenbestickt und mit einer atemberaubend schmalen Taille, von der Volantkaskaden herabfielen, die über und über mit hellgrünen Ornamenten und Edelsteinen geschmückt waren. Die Frische ihres Kleides unterstrich noch das gesunde, jugendliche Aussehen der Prinzessin. In ihrem vollen kastanienbraunen Haar trug sie ein kleines Diadem aus Diamanten, das feurig darin blinkte und blitzte. Gabriellas zierliches Gesicht zeigte eine sanfte Röte, und ihr Mund war voll und vielversprechend. Doch vor allem ihre Augen ... An sie erinnerte sich Reeve am besten. Diese Augen unter den dunklen, geschwungenen Brauen und mit den langen seidigen Wimpern leuchteten wie Topase.

Beinahe widerstrebend drehte Reeve sich jetzt um, um sie anzusehen.

Gabriella war vielleicht sogar noch feiner, seit sie sich vom Mädchen zur Frau entwickelt hatte. Der Schnitt ihrer Wangenknochen verlieh der Prinzessin Würde. Ihre Haut war bleich, als sei alles jugendliche Leben aus ihr gewichen. Das Haar war noch immer voll, aber es war jetzt streng nach hinten gekämmt, so dass das zierliche Gesicht noch verletzlicher wirkte. Sie hatte ihre Schönheit nicht verloren und wirkte so zerbrechlich, dass man beinahe Angst hatte, sie auch nur zu berühren.

Ein Arm lag schräg über dem Körper, und Reeve konnte das Feuer der Diamanten und Saphire an ihrer gepflegten Hand sehen. Ihre Fingernägel waren jedoch kurz und unregelmäßig, als wären sie abgebrochen. Der Abdruck von Fesseln zeigte sich noch immer an ihrem Handgelenk. Damals hatte sie dort – so erinnerte er sich – einen Perlenreif getragen.

Diese Erinnerungen ließen in Reeve Zorn aufkommen. Eine Woche war inzwischen seit ihrer Entführung verstrichen, und zwei Tage, seit das junge Paar sie ohnmächtig am Straßenrand aufgefunden hatte. Niemand wusste jedoch genau, was sie durchgemacht hatte. Er erinnerte sich des Duftes ihres Parfüms vor zehn Jahren; und jetzt wusste sie nicht einmal mehr ihren eigenen Namen.

Armand war sehr klug, dachte Reeve bitter, ja sogar gerissen gewesen, darauf zu bestehen, dass er Gabriella selbst besuchen sollte.

Er fragte sich, wie er sich jetzt verhalten sollte. Er wollte ein eigenes, neues Leben beginnen, so hatte er sich entschieden. Ein Mann, vor dem ein Neuanfang lag, hatte nicht die Zeit, sich mit den Problemen anderer Leute zu befassen. Es war doch sein Wunsch gewesen, genau dem zu entfliehen.

Bei seinen Überlegungen runzelte er die Stirn, und so sah Gabriella ihn, als sie die Augen öffnete. Sie blickte in sein ernstes, sorgenvolles Gesicht, sah die funkelnden blauen Augen und den zusammengekniffenen Mund und erstarrte.

War das ein Traum oder die Wirklichkeit?, schoss es ihr durch den Kopf. Das Krankenhaus. Sie sah nur kurz zur Seite, um sich zu vergewissern, dass sie sich noch immer dort befand. Mit den Fingern krallte sie sich ängstlich ans Laken, aber ihre Stimme klang fest.

„Wer sind Sie?"

Was immer sich in den letzten Jahren oder in der vergangenen Woche verändert haben mochte, ihre Augen waren dieselben geblieben. Bernsteinfarben, unergründlich, faszinierend. Reeve behielt die Hände in den Taschen. „Ich bin Reeve MacGee, ein Freund Ihres Vaters!"

Gabriella entspannte sich ein wenig. Sie erinnerte sich an den Mann mit dem müden Blick und mit der militärischen Haltung, der ihr gesagt hatte, er sei ihr Vater. Welch ruhelose, enttäuschende Nacht hatte sie in dem Bemühen verbracht, den kleinsten Erinnerungsfetzen zu finden. „Kennen Sie mich?"

„Wir haben uns vor vielen Jahren einmal gesehen, Eure Hoheit." Der Blick der Augen, die ihn damals bei dem jungen Mädchen und jetzt bei dieser Frau so fasziniert hatten, war unsicher. Sie braucht etwas, dachte er. Sie sucht etwas, an das sie sich klammern kann. „Es war an Ihrem sechzehnten Geburtstag. Sie sahen hinreißend aus!"

„Sie sind Amerikaner, Reeve MacGee?"

Er zögerte einen Moment, musterte sie eindringlich. „Ja. Woher wissen Sie das?"

„Ihr Akzent." Aus dem Blick der Prinzessin sprach die Verwirrung, in der sie sich befand. Fast konnte er erkennen, wie sie sich an diesem dünnen Faden festzuhalten schien. „Ich kann es Ihrem Tonfall entnehmen. Ich bin dort gewesen … Ich bin doch dort gewesen?"

„Ja, Eure Hoheit."

Er wusste es, dachte sie. Er wusste davon, aber sie konnte nur raten. „Nichts." Tränen traten ihr in die Augen, aber sie hielt sie zurück. Sie war unverkennbar die Tochter ihre Vaters. „Können Sie sich vorstellen", begann sie mit gefasster Stimme, „was es heißt, ohne jede Erinnerung aufzuwachen? Mein Leben besteht aus lauter leeren Seiten. Ich muss darauf warten, dass andere Menschen sie für mich ausfüllen. Bitte helfen Sie mir. Was ist mit mir geschehen?"

„Eure Hoheit ..."

„Müssen Sie mich so anreden?", wollte Gabriella wissen.

Dieses kurze Aufflackern ihres ungeduldigen Wesens belustigte ihn. Er war bemüht, nicht zu lächeln. „Nein", sagte er schlicht und setzte sich bequem auf die Bettkante. „Wie möchten Sie denn angesprochen werden?"

„Mit meinem Namen." Verärgert sah sie auf die Bandage an ihrem Handgelenk. Das muss schnell verschwinden, fand sie. Mühsam gelang es ihr, sich aufzusetzen. „Man hat mir gesagt, ich hieße Gabriella."

„Ihre Familie und Ihre Freunde nennen Sie Brie."

Sie dachte einen Augenblick nach, um die Verbindung zwischen den Namen zu finden. Aber die Seiten blieben leer. Nun gut. „Erzählen Sie mir bitte, was mit mir passiert ist."

„Wir kennen bis jetzt noch keine Einzelheiten."

„Aber das müssen Sie", verlangte sie und beobachtete Reeve dabei. „Selbst wenn Ihnen nicht alles bekannt ist, werden Sie doch wenigstens ein paar Informationen haben. Ich möchte sie hören."

Reeve betrachtete sie. Gabriella wirkte matt, aber unter der Schwäche spürte er ihren starken Willen. Hier musste er ansetzen. „Am vergangenen Sonntag haben sie nachmittags einen Ausflug aufs Land unternommen. Am darauf folgenden Tag hat man ihren Wagen verlassen aufgefunden. Dann kamen Anrufe mit Lösegeldforderungen. Angeblich hatte man Sie entführt und hielt Sie in Gewahrsam."

Er erläuterte nicht näher, welcher Art die Drohungen gewesen waren oder was geschehen sollte, wenn man die Forderungen nicht erfüllt hätte. Ebenso wenig erklärte er, dass die Bedingungen von horrenden Lösegeldforderungen bis hin zur Freilassung bestimmter Gefangener gereicht hatten.

„Entführt!" Gabriella griff spontan nach seiner Hand. Vor ihren Augen tauchten schattenhaft Bilder auf. Ein kleines, finsteres Zimmer. Der Geruch von Brennöl und Most. Sie erinnerte sich an Übelkeit und Kopfschmerzen. Alle Ängste kamen wieder zurück, doch nichts sonst.

„Ich kann mich nicht klar entsinnen", murmelte sie. „Irgendwie spüre ich, dass es stimmt, aber da ist dieser Schleier, den ich nicht zerreißen kann."

„Ich bin kein Arzt." Reeve sagte das in knappem Tonfall. Ihr Kampf, wieder zu sich zurückzufinden, berührte ihn viel zu sehr. „Ich bin jedoch dafür, die Dinge nicht zu überstürzen. Sie werden sich schon erinnern, wenn der richtige Zeitpunkt dafür gekommen ist."

„Das ist leicht gesagt." Gabriella ließ seine Hand los. „Jemand hat mich meines Lebens beraubt, Mr. MacGee. Welche Rolle spielen Sie in dieser Sache?", fragte sie plötzlich ganz direkt. „Waren wir ein Paar?"

Reeve musste schmunzeln. Sie ging gewiss nicht wie die Katze um den heißen Brei herum, aber sie schien von der Vorstellung auch nicht sonderlich angetan zu sein, wie er sich halb belustigt eingestand. Ohne um Erlaubnis zu bitten, zündete er sich eine Zigarette an.

„Nein", antwortete er und bot ihr eine an. Sie nahm an, da sie nicht einmal wusste, ob sie rauchte oder nicht. „Wie gesagt, Sie waren sechzehn, als wir uns damals begegneten. Unsere Väter sind alte Studienfreunde, sie wären bestimmt nicht damit einverstanden gewesen, wenn ich Sie verführt hätte."

„Ach so." Gabriella atmete den Rauch ein, nachdem Reeve ihr Feuer gegeben hatte. Der Qualm brannte ihr in der Kehle, füllte ihre Lungen und hastig blies sie ihn wieder aus. In der gleichen, unbewusst vornehmen Art, in der sie die Zigarette entgegengenommen hatte, löschte sie sie wieder. „Warum sind Sie dann hier?"

„Ihr Vater hat mich gebeten, zu kommen. Er ist um Ihre Sicherheit besorgt."

Gabriella warf einen Blick auf den Ring an ihrem Finger. Prachtvoll, dachte sie. Dann sah sie auf ihre Fingernägel und war entsetzt. Unmöglich, dachte sie. Warum trug sie einen solchen Ring und pflegte nicht einmal ihre Hände? Wieder flackerten kurz Erinnerungen auf. Brie versuchte angestrengt, sich zu konzentrieren, aber es war sofort wieder vorbei.

„Was bedeutet es für Sie", fuhr sie fort und bemerkte nicht, dass Reeve jede ihrer Regungen beobachtete, „dass mein Vater so um meine Sicherheit besorgt ist?"

„Ich habe viel Erfahrung auf diesem Gebiet. Fürst Armand hat mich gebeten, auf Sie aufzupassen."

Erneut runzelte Gabriella die Stirn. Wieder tat sie es auf diese ruhige, gedankenverlorene Art, von der sie nicht wusste, dass es eine ihrer Angewohnheiten war. „Ein Leibwächter?" Bei ihr klang es ebenso ungeduldig wie bei ihrem Vater. „Ich glaube kaum, dass mir das gefallen wird!"

Diese so geradeheraus erfolgte Ablehnung ließ Reeve einen anderen Ton anschlagen. Er hatte seine freie Zeit geopfert, war um die halbe Welt gereist, und ihr passte der Gedanke einfach nicht. „Sie werden feststellen, Eure Hoheit, dass selbst eine Prinzessin Dinge tun muss, die sie nicht schätzt. Sie sollten sich also lieber damit abfinden."

Gabriella sah ihn distanziert an. So, wie sie es immer tat, wenn ihr Temperament mit ihr durchzugehen drohte. „Ich glaube nicht, Mr. MacGee. Ich bin absolut sicher, dass ich es nicht hinnehmen werde, dauernd irgendjemand um mich herum zu haben. Sobald ich nach Hause komme …" Sie hielt inne, denn auch von ihrem Zuhause hatte sie keine Vorstellung. „Sobald ich nach Hause komme", wiederholte sie, „werde ich eine andere Lösung dafür finden. Sagen Sie bitte meinem Vater, dass ich Ihr freundliches Angebot abgelehnt habe."

„Nicht Ihnen habe ich das Angebot gemacht, Eure Hoheit, sondern Ihrem Vater." Reeve stand langsam auf. Bei dieser Gelegenheit konnte Gabriella sehen, dass er schon allein seiner Größe wegen sehr beeindruckend war. Weder seine gute Figur noch die teure Kleidung hatten diese Wirkung. Es war vielmehr seine Ausstrahlung. Wenn er beschlossen hatte, sich jemandem in den Weg zu stellen, dann konnte man nicht mehr an ihm vorbei. Davon war sie überzeugt.

Er vermittelte ihr ein Gefühl der Unsicherheit. Sie wusste nicht, warum. Aus diesem Grunde wollte sie ihn nicht tagtäglich um sich haben. Zurzeit war ihr Leben ohnehin schon ein großer Wirrwarr, auch ohne einen Reeve MacGee.

Sie hatte ihn gefragt, ob sie ein Liebespaar gewesen waren. Dieser Gedanke war sowohl erregend als auch beängstigend. Bei seiner Verneinung fühlte sie jedoch plötzlich die gleiche Leere, die schon zwei Tage in ihrem Innern herrschte. Vielleicht bin ich eine gefühlsarme Person?, überlegte Gabriella. Vielleicht ist aber das Leben auf diese Weise auch einfacher.

„Man sagte mir, dass ich fünfundzwanzig Jahre alt bin, Mr. MacGee."

„Müssen Sie mich so anreden?", entgegnete er, wählte dabei in voller Absicht denselben Tonfall wie sie zuvor und bemerkte ihr flüchtiges Lächeln.

„Ich bin erwachsen", fuhr sie fort. „Ich treffe meine eigenen Entscheidungen für mein Leben."

„Da Sie ein Mitglied der fürstlichen Familie Cordinas sind, werden einige dieser Entscheidungen nicht von Ihnen allein getroffen." Reeve ging zur Tür, öffnete sie und ließ seine Hand auf dem Griff ruhen. „Ich habe Wichtigeres zu tun, Gabriella, als hier bei Ihnen zu sitzen." Auch er lächelte schnell, wenngleich etwas verlegen. „Doch selbst gewöhnliche Sterbliche haben nicht immer die Wahl."

Sie wartete, bis er die Tür hinter sich geschlossen hatte, und setzte sich dann auf. Ihr wurde schwindlig. Einen Moment lang wünschte sie sich, wieder zurückzusinken und darauf zu warten, dass jemand ihr zu Hilfe und zum Schutz kam. Doch sie wollte es auch nicht mehr länger hinnehmen, im Krankenhaus festgehalten zu sein. Also stieg sie aus dem Bett und wartete darauf, dass das Schwindelgefühl sie verließ. Dann ging sie sehr langsam und ruhig auf den Spiegel an der gegenüberliegenden Wand zu.

Diese Konfrontation hatte sie bisher vermieden. Da sie sich in nichts an ihr Aussehen erinnern konnte, waren ihr Tausende von Möglichkeiten durch den Kopf geschossen. Wer war sie? Aber wie konnte sie anfangen, sich daran zu erinnern, wenn sie nicht einmal die Farbe ihrer Augen kannte. Tief atmete sie durch, stellte sich vor den Spiegel und sah hinein.

Viel zu dünn, stellte sie als Erstes fest. Viel zu bleich. Aber wenigstens bin ich nicht hässlich, ging es ihr dann erleichtert durch den Sinn. Ihre Augen hatten eine sehr eigenwillige Farbe, aber sie standen wenigstens nicht schief oder traten gar hervor.

Sie fuhr sich mit einer Hand übers Gesicht. Dünn, dachte sie erneut, delikat und ängstlich. In ihrem Spiegelbild sah sie nichts, was ihrem Vater ähnlich gewesen wäre. Aus seinem Gesicht sprach Stärke. In ihrem eigenen stand nur Zerbrechlichkeit und tiefe Verletzlichkeit.

„Wer bist du?", fragte sich Gabriella und drückte ihre Handfläche gegen das Spiegelglas. Was bist du?

Plötzlich verachtete sie sich. Sie überließ sich ihrer Verzweiflung und begann zu weinen.

Gabriella schwor sich, dass ihr so etwas nicht noch einmal passieren würde. Sie war so von ihren Gefühlen überwältigt gewesen, dass sie haltlos in Schluchzen ausgebrochen war, bis sie keine Tränen mehr hatte. Zur Beruhigung nahm sie eine heiße, wohltuende Dusche. Als sie damit fertig war, hatte sie einen Entschluss gefasst. Von jetzt an wollte sie sich mutig mit allen aufkommenden Bildern auseinandersetzen. Wenn sie eine Antwort auf ihre Fragen finden wollte, war das die einzige Möglichkeit.

Alles der Reihe nach. Gabriella zog den Morgenmantel über, den sie im Schrank gefunden hatte. Ein dicker, molliger, grüner Mantel. An den Rändern war er ein wenig abgestoßen. Vielleicht mein Lieblingsstück, dachte sie und schmiegte sich in den kuscheligen Mantel. Ansonsten war im Schrank nichts mehr gewesen. Entschlossen drückte Gabriella auf die Klingel und wartete auf die Schwester.

„Ich möchte meine Kleider haben", erklärte sie bei deren Erscheinen.

„Eure Hoheit, Sie sollten nicht …"

„Ich werde, falls nötig, mit dem Arzt sprechen. Ich brauche einen Friseur, Kosmetika und passende Garderobe!" Mit einer befehlenden Geste, die ihre Nervosität überspielen sollte, wies sie die Schwester an. „Ich werde heute früh nach Hause zurückkehren."

Man argumentierte nicht mit Fürstentöchtern. Die Schwester entschuldigte sich höflich und ging sofort, den Doktor zu benachrichtigen.

„Nun, was soll das alles bedeuten?" Der Arzt eilte in das Zimmer. Er strahlte Wärme, gute Laune und Geduld aus. „Eure Hoheit, Sie sollten noch nicht aufstehen."

Es war an der Zeit, ihre Möglichkeiten auszuprobieren. „Dr. Franco, ich schätze Ihre Fähigkeiten und Ihre Freundlichkeit. Aber ich gehe heute nach Hause zurück."

„Nach Hause. Meine liebe Gabriella." Eindringlich sah er sie an, als er auf sie zutrat.

„Nein." Sie schüttelte den Kopf, damit verneinte sie seine unausgesprochene Frage.

„Ich kann mich nicht erinnern."

Dr. Franco nickte.

„Ich habe eben mit Dr. Kijinsky gesprochen. Er hat auf diesem Gebiet wesentlich mehr Erfahrung als ich. Heute Nachmittag ..."

„Ich werde diesen Dr. Kijinsky empfangen, aber nicht heute Nachmittag." Sie steckte die Hände in die Taschen ihres Mantels und berührte plötzlich einen langen, schmalen Gegenstand. Gabriella zog ihn hervor und hatte eine Haarnadel in der Hand. Fest hielt Brie sie mit der Hand umschlossen, als könnte sie dadurch Erinnerungen heraufbeschwören. „Ich muss diese Lage auf meine eigene Art in den Griff bekommen. Vielleicht werde ich mich erinnern, wenn ich wieder in vertrauter Umgebung bin. Gestern, nachdem mein ... Vater gegangen war, haben Sie mir versichert, dass dieser Gedächtnisverlust nur vorübergehend sei und dass ich außer Ermüdungserscheinungen und einem Schock sonst keinen weiteren Schaden genommen habe. Wenn dem so ist, dann kann ich ebenso gut zu Hause ruhen und mich dort erholen."

„Aber hier können wir uns wesentlich besser um Sie kümmern."

Gabriella lächelte. „Ich möchte aber nicht, dass man sich um mich kümmert, Dr. Franco. Ich möchte nach Hause", sagte sie entschlossen.

„Wahrscheinlich erinnert sich niemand von euch daran, dass Gabriella genau diese Worte benutzte, nachdem man ihr die Mandeln entfernt hatte."

Armand stand im Türrahmen und betrachtete seine zierliche Tochter, die dem bulligen Dr. Franco so fest widersprach. Er trat zu den beiden und streckte ihr die Hand entgegen. Es schmerzte den Fürsten, dass sie einen Moment zögerte, die Hand zu ergreifen.

„Ihre Hoheit wird nach Hause zurückkehren", sagte er, an den Arzt gewandt, ohne ihn anzusehen. Ehe Gabriella etwas dazu sagen konnte, fuhr er fort: „Dr. Franco, Sie werden mir Anweisungen für die Behandlung der Prinzessin geben. Wenn die junge Dame ihnen nicht Folge leisten sollte, dann kommt sie wieder hierher zurück. Ich werde deine Sachen richten lassen."

„Vielen Dank", sagte Gabriella, unterließ es jedoch, das Wort „Vater" hinzuzufügen. Beiden fiel das auf.

Eine Stunde später verließ Gabriella de Cordina das Krankenhaus. Das Kleid in den frischen, zarten Frühlingstönen, das sie jetzt trug, gefiel ihr sehr. Als sie in das helle Sonnenlicht hinaustrat, waren ihre Wangen gerötet. Die Schatten unter ihren Augen waren verschwunden. Sie trug ihr Haar offen, so dass es ihr auf die Schultern fiel. Ein dezenter Geruch französischen Parfüms umwehte sie.

An die wartende Limousine konnte sie sich nicht mehr erinnern, auch nicht an das Gesicht des Fahrers, der sie anlächelte, als er ihr die Tür öffnete. Sie stieg ein, setzte sich und schwieg, bis ihr Vater ihr gegenüber Platz genommen hatte.

„Du siehst kräftiger aus, Brie."

So vieles wäre zu sagen gewesen, doch nichts fiel ihr ein. Allerdings beruhigte sie die Anwesenheit ihres Vaters. In ihrem Blick lagen unzählige Fragen. „Ich weiß, ich spreche Französisch ebenso fließend wie Englisch. Ich denke nämlich abwechselnd in beiden Sprachen", fing sie an. „Ich weiß, wie Rosen duften. Ich weiß auch, in welche Richtung ich zu sehen habe, um die Sonne über dem Meer aufgehen zu sehen, und wo sie versinkt. Ich weiß aber nicht, ob ich ein freundlicher oder ein eingebildeter Mensch bin. Ich erinnere mich nicht einmal an die Tapeten in meinem eigenen Zimmer. Ich weiß nicht, ob ich mit meinem Leben etwas Rechtes angefangen oder ob ich es nur vertan habe!"

Es versetzte Armand einen Stich, sie so vor sich sitzen zu sehen, bemüht, ihm eine Erklärung dafür zu geben, warum sie ihm die schuldige Zuneigung nicht geben konnte. „Ich könnte es dir beantworten", sagte er leise.

„Aber du willst es nicht." Sie nickte ihm zu, ebenso gefasst wie er.

„Ich glaube, wenn du die Antwort selbst findest, hast du mehr davon."

„Vielleicht.“ Sie sah auf ihre Handtasche aus Schlangenleder und strich mit der Hand darüber. „Ich habe bereits entdeckt, dass ich ungeduldig bin.“ Ein flüchtiges Lächeln huschte über sein Gesicht, und Gabriella fühlte sich zu ihm hingezogen. Auch sie lächelte. „Dann hast du den Anfang gemacht“, stellte er glücklich fest.

„Und damit sollte ich wohl auch zufrieden sein.“

„Meine liebe Gabriella, ich mache mir darüber keine Illusionen, dass du leider für einen längeren Zeitraum damit zufrieden sein musst.“

Sie sah zum Fenster hinaus, während sie die lange, kurvenreiche Strecke bergauf fuhren. Es gab viele Bäume hier, auch Palmen, deren Wedel im Winde flatterten. Sie entdeckte einen grauen, zerklüfteten Felsen, in dessen Spalten wilde Blumen ein karges Leben fristeten. Unter ihnen lag das Meer, tief, still und endlos blau.

Wenn sie vor sich auf die Straße schaute, hatte sie die Stadt mit ihren weiß-bunten Häusern im Blick, die wie ein Vogelnest am Felsen klebten. Alles sah sehr alt, aber auch sehr sauber aus.

Keine Wolkenkratzer, keine Hektik. Tief in ihrem Inneren wusste Gabriella, dass sie schon an Orten gewesen war, wo das Leben schneller pulsierte und die Häuser in den Himmel ragten. Aber dies hier war ihr Zuhause.

„Du willst mir nichts von mir erzählen!“ Wieder sah sie Armand an; ihr Blick war fest und ihre Stimme sicher. „Dann erzähle mir wenigstens von Cordina.“

Diese Bitte freute ihn. Gabriella bemerkte es an seinem leichten Schmunzeln. „Wir sind eine alte Familie“, antwortete er, und Stolz lag in seiner Stimme. „Die Bissets – so lautet unser Familienname – leben und regieren hier seit dem siebzehnten Jahrhundert. Vorher war Cordina von vielen Völkern besetzt, den Spaniern, Mauren, wieder den Spaniern, schließlich den Franzosen. Wir haben einen Hafen, und unsere Lage hier am Mittelmeer ist sehr bedeutend. Im Jahre 1657 wurde ein anderer Armand Bisset Fürst von Cordina. Seitdem haben die Bissets regiert, und solange es einen männlichen Erben gibt, wird Cordina auch in unseren Händen bleiben. Der Titel kann nämlich nicht auf eine Tochter übertragen werden.“

Gabriella überlegte einen Moment und lehnte den Kopf zurück. „Persönlich kann ich dafür nur dankbar sein, aber als politischen

Grundsatz finde ich es überholt.“

„Das hast du früher schon gesagt“, murmelte Armand.

„Haben die Bissets gut regiert?“

Es sieht ihr ähnlich, diese Frage zu stellen, dachte er. Obwohl sie sich an nichts erinnerte. Ihren scharfen Verstand hatte sie nicht verloren und ebenso wenig ihre rege Anteilnahme. „Cordina lebt in Frieden“, erklärte er sachlich. „Wir sind Mitglied der Vereinten Nationen. Der Herrscher bin ich, an meiner Seite ist der Staatsminister Loubet. Es gibt einen Kronrat, der drei Mal pro Jahr zusammentritt. Bei Abschluss von internationalen Verträgen muss ich ihn konsultieren. Alle Gesetze müssen vom Nationalrat, der gewählt wird, gebilligt werden.“

„Gibt es Frauen in der Regierung?“

Mit einem Finger strich Armand sich über sein Kinn. „Du hast dein Interesse an der Politik nicht eingebüßt. Ja, es gibt Frauen“, antwortete er. „Du wärst allerdings mit dem Prozentsatz nicht zufrieden, obwohl Cordina eigentlich ein fortschrittliches Land ist.“

„Fortschrittlich ist wahrscheinlich ein relativer Begriff!“

„Vielleicht.“ Armand lächelte; offensichtlich war diese Debatte etwas Gewohntes. „Der Handel zu Wasser ist natürlich unsere größte Industrie, aber der Tourismus kommt gleich danach. Wir verfügen hier über eine herrliche Landschaft, Kultur und ein beneidenswertes Klima. Außerdem sind wir gerecht“, erklärte er weiter. „Unser Land ist klein, aber nicht unbedeutend. Wir regieren gut.“

Gabriella nahm seine Erläuterungen ohne weitere Fragen zur Kenntnis. Selbst wenn sie noch weitere hätte stellen wollen, so hätte sie sie beim Anblick des Palastes vergessen.

3. KAPITEL

Wie es sich gehörte, stand der Palast auf der Spitze des höchsten Felsens von Cordina. Seine Vorderfront war zum Meer hin gerichtet.

Gabriella hatte das undeutliche Gefühl, alles schon einmal gesehen zu haben. Es war wie in einem Traum.

Der Palast war aus weißen Quadern errichtet, und die ganze Anlage war ein Durcheinander von Verteidigungsbauten, Brustwehren und Türmen. Er war als Wohn- und Verteidigungsbau angelegt und nie zerstört worden. Trutzig und Frieden verheißend bewachte er die Stadt.

An der offenen Toreinfahrt standen Wachen. In ihren adretten roten Uniformen machten sie einen eindrucksvollen, aber doch operettenhaften Eindruck. Gabriella musste unwillkürlich an Reeve MacGee denken.

„Dein Freund, Mr. MacGee, hat sich mit mir unterhalten." Sie wandte den Blick vom Palast ab. Es schien ihre Art zu sein, zuerst die geschäftlichen Dinge in Betracht zu ziehen. „Er sagte mir, du habest um seine Unterstützung gebeten. Ich weiß deine Besorgnis zu schätzen, aber ich finde den Gedanken, jetzt einen weiteren Fremden in meinem Leben zu haben, nicht besonders angenehm."

„Reeve ist der Sohn meines längsten und engsten Freundes. Er ist kein Fremder." Ich ebenso wenig, dachte Armand bitter, aber er wollte nicht ungeduldig werden.

„Für mich ist er das. Seinen eigenen Worten nach sind wir uns nur ein Mal, vor fast zehn Jahren, begegnet. Selbst wenn ich mich an ihn erinnern könnte, wäre er doch ein Fremder!"

Armand hatte stets ihre klare, logische Denkweise bewundert sowie ihren Eigensinn, wenn ihr etwas nicht passte.

„Er war Mitglied des amerikanischen Geheimdienstes und ist mit der Art von Sicherheitsmaßnahmen vertraut, die wir jetzt brauchen."

Gabriella dachte an die Wachen am Tor und die Männer, die in dem ihnen folgenden Auto saßen. „Gibt es nicht genügend Wachen?"

Armand wartete, bis der Fahrer vor dem Eingang angehalten

hatte. „Wenn wir ausreichend Schutz hätten, wäre dies alles hier nicht notwendig." Er stieg als Erster aus dem Wagen und drehte sich um, um seiner Tochter behilflich zu sein. „Herzlich willkommen daheim, Gabriella!"

Sie ließ ihre Hand in seiner liegen. Noch zögerte sie, den Palast zu betreten. Armand spürte das und wartete.

Dann nahm sie den Geruch der Blumen wahr – Jasmin, Vanille, Gewürze und die Rosen, die im Hof blühten. Das Gras hatte eine taufrische Farbe, und die Mauern waren blendend weiß. Früher einmal musste dort eine Zugbrücke gewesen sein, dessen war sie sich sicher. Jetzt befand sich am Ende der geschwungenen Steinstufen ein Rundbogentor aus Mahagoni. Klares und getöntes Glas blinkte in der Sonne, so wie man es sich von Palästen vorstellte. Auf dem höchsten Turm flatterte eine Fahne im Wind. Sie war schneeweiß mit einem feurig-roten Querstreifen.

Langsam glitt ihr Blick über das Gebäude. Es zog sie an und schien sie willkommen zu heißen. Dieses Gefühl des Friedens bildete sie sich nicht ein. Das war ebenso die Wirklichkeit wie die Furcht, die sie vor noch nicht allzu langer Zeit empfunden hatte. Sie hatte jedoch keine Ahnung, welches der blinkenden Fenster zu ihrem Zimmer gehörte. Sie würde es herausfinden. Nur Mut!, sagte sie sich und machte einen Schritt nach vorn.

In diesem Moment wurde die hohe Tür weit aufgerissen. Ein junger Mann mit dunklem, dichtem Haar und der Statur eines Tänzers stürzte hinaus. „Brie!" Dann war er bei ihr und umarmte sie stürmisch. Ihm haftete ein angenehmer Geruch nach Pferden an. „Ich bin gerade aus den Ställen gekommen, als Alex mir sagte, du seist hierher unterwegs."

Gabriella spürte die Zuneigung, die der junge Mann ihr entgegenbrachte, und drehte sich hilflos nach ihrem Vater um.

„Deine Schwester braucht Ruhe, Bennett."

„Natürlich. Hier ist sie besser aufgehoben." Er grinste fröhlich, trat zurück, ließ ihre Hand jedoch nicht los. Er sieht so jugendlich, so schön und so glücklich aus, dachte Gabriella. Als er ihr ins Gesicht schaute, wurde sein Ausdruck plötzlich ernst. „Du kannst dich immer noch nicht erinnern?"

Sie wollte ihm die Hände entgegenstrecken, er schien eine solche

Geste zu brauchen. Aber alles, wozu sie sich in der Lage fühlte, war ein Händedruck. „Es tut mir leid."

Bennett öffnete den Mund, schloss ihn wieder und umschlang dann ihre Taille mit seinem Arm. „Unsinn." Seine Stimme klang aufmunternd, und er führte sie mit Bedacht zwischen sich und ihren Vater.

„Du wirst dich schon schnell wieder erinnern, jetzt, wo du wieder bei uns bist. Alex und ich dachten schon, wir müssten bis heute Nachmittag warten, um dich im Krankenhaus besuchen zu können. Aber so ist es viel besser."

Sorgsam geleitete er sie durch die Tür und sprach dabei schnell auf sie ein. Sie war überzeugt, er machte das nur, um ihrer beider Verlegenheit zu überspielen. Sie traten in eine hohe Halle, deren Decke mit Fresken geschmückt war. Vor Gabriella lag eine elegant geschwungene Treppe, die zu etwas führte, das sie bis jetzt noch nicht kannte.

Auf einer Konsole stand eine hohe, glänzende Vase. Sie erkannte sofort, dass sie aus der Ming-Periode stammte, ebenso wie sie die Konsole als aus der Zeit Ludwig XIV. einordnete. Dinge konnte sie also identifizieren und richtig einschätzen, aber sie konnte keinen Bezug zwischen ihnen und sich selbst herstellen. Durch zwei hohe Spitzbogenfenster fiel strahlendes Sonnenlicht, dennoch hatte sie das Gefühl, zu frösteln.

Panik stieg in ihr auf. Sie wollte sich umdrehen und hinausrennen, zurück in das sichere, unpersönliche Krankenzimmer. Dort wurde nicht so viel von ihr erwartet, dort hingen nicht so viele unausgesprochene Fragen in der Luft. Dort würde sie nicht von einer solch großen Welle der Liebe erfasst und müsste nicht ihrerseits diese Zuneigung erwidern.

Bennett merkte, wie sie sich versteifte und schlang den Arm noch enger um sie. „Jetzt wird alles wieder gut werden, Brie."

Irgendwie gelang es ihr zu lächeln. „Ja, natürlich."

Am Ende der Halle wurde eine Tür geöffnet. Brie erkannte den Mann, der heraustrat, nur aufgrund der starken Ähnlichkeit zu ihrem Vater als ihren Bruder.

„Gabriella." Alex rannte nicht so zu ihr hin wie vorher Bennett, sondern ging langsam und beobachtend auf sie zu. Als er vor ihr stand, umschloss er mit seinen Händen ihr Gesicht. Die Begrüßung wirkte völlig natürlich, als hätte er es so viele Male in der Vergangenheit gemacht. Eine Vergangenheit, dachte Gabriella, die ich nicht mehr habe.

„Wir haben dich vermisst. Seit einer Woche hat mich niemand mehr angeschrien."

„Ich ..." Sie rang nach Worten und verstummte. Was sollte sie auch sagen? Was hatte sie zu fühlen? Sie wusste nur, dass dies alles zu viel für sie war und dass sie weit weniger darauf vorbereitet war, als sie angenommen hatte. Dann sah sie über Alex' Schulter hinweg Reeve im Türrahmen stehen.

Er war offenbar mit ihrem Bruder zusammen gewesen, hatte sich jedoch während des Wiedersehens im Hintergrund gehalten. Bei einer anderen Gelegenheit hätte sie sich wahrscheinlich geärgert, aber jetzt fand sie sein ruhiges, diskretes Verhalten sehr passend. Um Beherrschung bemüht, berührte sie die Hand ihres Bruders. „Es tut mir leid, ich bin ein wenig müde."

Sie bemerkte ein Aufblitzen in Alexanders Blick, dann trat er zurück. „Natürlich bist du das. Du solltest dich hinlegen. Ich bringe dich nach oben."

„Nein." Gabriella war bemüht, sich weniger ablehnend zu verhalten, als sie sich fühlte. „Entschuldige bitte, ich brauche etwas Zeit. Vielleicht ist Mr. MacGee so freundlich, mich zu meinen Räumen zu geleiten."

„Brie ..."

Bennetts Protest wurde sofort von Armand abgewehrt. „Reeve, Sie kennen Gabriellas Suite."

„Natürlich." Er kam auf sie zu und nahm ihren Arm. Die Berührung war völlig unpersönlich. Es kam ihm vor, als atme Gabriella erleichtert auf. „Eure Hoheit?"

Reeve führte sie die geschwungene Treppe hinauf. Auf einem Absatz verhielt sie einen Augenblick, um auf die drei Männer zurückzusehen, die ihr nachschauten. Sie fühlte sich so weit von ihnen entfernt, so getrennt. Ihre Gefühle waren ein einziges Durcheinander, so dass sie den Rest der Treppe lieber schweigend zurücklegte.

Auf dem Weg durch die breiten Korridore erkannte Gabriella

nichts wieder, keinen der kostbaren Wandteppiche oder der schweren Portieren. Einmal kamen sie an einer Bediensteten vorbei, deren Augen sich mit Tränen füllten, als sie stehen blieb und grüßte.

„Wie kommt es wohl, dass man mich so gernhat?“, flüsterte Gabriella vor sich hin.

„Im Allgemeinen möchten die Menschen, dass man sie gernhat!“

Reeve ging weiter und führte sie mit einem leichten Druck auf ihren Arm weiter durch den Korridor.

„Fragen sich die Menschen im Allgemeinen denn nicht, ob sie die Zuneigung verdienen?“ Ungeduldig schüttelte Gabriella den Kopf. „Es kommt mir vor, als wäre ich in einen Körper geschlüpft. Er hat eine Vergangenheit, ich jedoch nicht. Aus diesem Körper heraus sehe ich mich um und beobachte die Reaktionen anderer Leute auf diese Hülle!“

„Sie könnten das zu Ihrem Vorteil nutzen!“

Gabriella warf ihm einen schnellen, interessierten Blick zu. „Auf welche Weise?“

„Sie haben den Vorteil, die Menschen um sie herum aufmerksam betrachten zu können, ohne dass Ihre eigenen Empfindungen diese Beobachtungen verfälschen. Vorurteilsfreie Erkenntnisse. Eine sicher sehr interessante Art, wieder zu sich zurückzufinden.“

„Jetzt sehen Sie, warum ich wollte, dass Sie mich hinaufbegleiten.“

Reeve blieb vor einer wundervoll geschnitzten Tür stehen. „Inwiefern?“

„Noch vor wenigen Minuten dachte ich, dass ich nicht noch mehr Fremde in meinem Leben ertragen könnte. Und doch … Sie haben keine starken Gefühle mir gegenüber und erwarten das auch nicht von mir. Für Sie ist es leicht, mich anzusehen und sich neutral zu verhalten.“

Reeve blickte Gabriella im Dämmerlicht des Ganges an. Einem Mann war es kaum möglich, sie anzuschauen und nur neutrale Gedanken zu haben. Doch die Situation war nicht dazu angetan, darauf hinzuweisen. „Unten haben Sie sich gefürchtet.“

Gabriella hob den Kopf und sah ihm in die Augen. „Ja.“

„Haben Sie sich jetzt entschlossen, mir zu vertrauen?“

„Nein." Ein schönes Lächeln lag auf ihren Lippen. Etwas von dem jungen Mädchen, das er einst mit den Diamanten im Haar kennengelernt hatte, kam wieder zum Vorschein. Zu viel des Zaubers, den er danach gefühlt hatte, kam wieder zurück. „Unter den gegebenen Umständen kann ich niemandem so leicht mein Vertrauen schenken."

Mehr noch als ihr Lächeln zog ihre innere Stärke ihn in Bann. „Was haben Sie dann beschlossen?"

Sein Äußeres sprach Gabriella an, doch seine Zuversicht beeindruckte sie noch stärker. „Ich nehme Ihre Dienste nicht als Leibwächter in Anspruch, Reeve. Doch ich bin davon überzeugt, dass Ihre Unterstützung als Fremder für mich unschätzbar sein wird. Mein Vater ist entschlossen, auf Sie in keinem Fall zu verzichten. Wir sollten deshalb vielleicht zu einem Arrangement zwischen uns beiden kommen."

„Welcher Art?"

„Ich will nicht ständig beobachtet werden. Ich bin sicher, dass ich das noch nie gemocht habe. Ich möchte Sie vielmehr als Puffer zwischen mir und ..."

„... Ihrer Familie sehen?", vollendete Reeve ihren Satz.

Gabriella senkte den Blick und umklammerte ihre Handtasche. „Lassen Sie es nicht so kalt klingen!"

Reeve hätte sie jetzt gerne in den Arm genommen, aber es wäre sicherlich ein Fehler gewesen, sie in dieser Situation zu berühren. „Sie haben ein Recht auf die Zeit und den Abstand, die Sie brauchen, Gabriella", versicherte er ihr.

„Meine Familie hat auch ihre Rechte. Ich bin mir dessen sehr wohl bewusst."

Sie hob erneut den Kopf, sah jedoch an ihm vorbei. „Ist dies mein Zimmer?"

Einen Augenblick lang sah sie hilflos und verloren aus. Er wollte sie trösten, fühlte jedoch, dass sie Trost am wenigsten wünschte oder brauchte. „Ja."

„Würden Sie mich für einen Feigling halten, wenn ich nicht allein hineingehen möchte?"

Anstelle einer Antwort öffnete er die Tür und betrat auch vor ihr den Raum.

Offensichtlich liebte Gabriella Pastellfarben. Sie sah sich in dem kleinen, entzückenden Wohnzimmer mit den blassen, sonnengebleichten Farben um. Kein unnötiger Zierrat, stellte sie beruhigt fest. Der Raum war sogar ohne solche Dinge ausgesprochen weiblich eingerichtet. Sie war erleichtert darüber, dass sie es offenbar nicht nötig hatte, ihre Fraulichkeit durch übermäßigen Schnickschnack zu demonstrieren. Vielleicht würde sie sogar feststellen, dass Gabriella die sein sollte, die ihr gefiel.

Das Zimmer stand nicht voll, doch es war auch kein Platz verschenkt. Auf einer Kommode aus der Zeit der Königin Anne stand eine Vase mit frischen Blumen. Auf einem Tischchen war eine Sammlung von winzigen Flakons und Fläschchen angeordnet, die mit ihren vielen Formen und Farben zwar hübsch aussahen, aber nutzlos waren. Doch sie gefielen ihr auch.

Gabriella berührte die geschwungene Lehne eines bezaubernd zierlichen Sessels.

„Man sagte mir, Sie hätten dieses Zimmer vor drei Jahren neu eingerichtet", merkte Reeve an. „Es ist sicher tröstlich, festzustellen, einen guten Geschmack zu haben."

Hatte sie den Gobelinbezug für das bequeme Sofa wohl selbst ausgesucht? Sie strich mit der Hand darüber, als könne sie durch die Berührung eine Erinnerung auslösen. Ihr Blick fiel durch das Fenster auf Cordina hinunter, so wie sie sicher zahllose Male darauf herabgesehen hatte.

Sie schaute auf Gärten, auf gepflegte Rasenflächen, auf die Felsen und das Meer. Weiter hinten lag die Stadt, Häuser inmitten von Hügeln und viel Grün. Obwohl sie sie nicht sehen konnte, war sie davon überzeugt, dass im Park an der hohen Fontäne viele Kinder spielten.

„Warum nur habe ich alles vergessen?", stieß sie plötzlich hervor. Sie drehte sich um, und Reeve bemerkte, dass aus dem ruhigen, beherrschten Mädchen eine leidenschaftliche und verzweifelte Frau geworden war. „Warum nur kommt mir nichts in den Sinn, woran ich mich so dringend erinnern möchte?"

„Vielleicht gibt es andere Dinge, an die sich zu erinnern Sie noch nicht bereit sind."

„Ich kann es kaum glauben." Gabriella warf ihre Handtasche auf das Sofa und ging unruhig im Raum auf und ab. „Ich kann diese Wand zwischen mir und meinem Erinnerungsvermögen nicht ertragen."

Abgesehen von ihrer zerbrechlichen Ausstrahlung verfügt sie über eine starke innere Kraft, dachte Reeve. „Sie müssen Geduld bewahren." Bei diesen Worten fragte er sich allerdings, ob er sie oder sich selbst damit beruhigen wollte.

„Geduld?" Sie lachte auf und fuhr sich mit der Hand durchs Haar. „Warum bin ich nur so sicher, dass ich genau die nicht habe? Wenn ich einen, nur einen einzigen Stein aus dieser Wand herausbrechen könnte, würde der ganze Rest zusammenfallen, da bin ich ganz sicher. Bloß wie?" Rastlos ging sie mit der ihr eigenen Grazie weiter auf und ab. „Sie könnten mir helfen."

„Dafür ist Ihre Familie hier."

„Nein." Selbstbewusst warf sie den Kopf in den Nacken, und ihre weiche Stimme klang befehlsgewohnt. „Meine Angehörigen kennen mich natürlich, aber ihre Empfindungen, auch die meinen, werden diese Wand viel länger bewahren, als mir lieb ist. Wenn meine Brüder mich ansehen, tut es mir weh, weil ich sie nicht kenne."

„Aber ich kenne Sie doch auch nicht."

„Sehr richtig." Die Geste, mit der sie sich jetzt ihr Haar aus dem Gesicht strich, wirkte weniger ungeduldig denn vertraut. „Sie können objektiv sein. Weil Sie nicht ständig auf meine Gefühle Rücksicht nehmen wollen, werden Sie auch weniger daran zerren. Da Sie der Bitte meines Vaters bereits zugestimmt haben … das haben Sie doch?"

Reeve dachte an seine Farm. Mit einem Stirnrunzeln steckte er die Hände in seine Taschen. „Ja."

„Sie haben sich selbst in eine Lage gebracht, in der Sie mir ständig über die Schulter schauen. Und wo Sie nun einmal hier sind, können Sie mir ebenso gut von Nutzen sein", schloss Gabriella.

Reeve brachte ein verlegenes Lächeln zuwege. „Es wird mir ein Vergnügen sein, Eure Hoheit."

„Jetzt habe ich Sie verärgert." Mit einem Achselzucken ging sie auf ihn zu. „Nun, ich wäre nicht überrascht, wenn wir uns noch oft auf die Nerven gehen, ehe dies alles vorüber ist. Ihnen gegenüber will ich ehrlich sein, nicht etwa, weil ich Ihr Mitleid, sondern weil ich jemanden zum Sprechen brauche.“ Sie machte eine Pause. „Ich fühle mich ziemlich allein.“ Ein leichtes Zittern schwang in ihrer Stimme mit. Das direkte, helle Licht des Vormittags enthüllte, wie bleich sie war. „Es gibt nichts, was ich sehe oder berühre, von dem ich wüsste, dass es mir gehört. Es ist mir unmöglich, ein Jahr zurückzudenken und mich an etwas Lustiges, Trauriges oder Nettes zu erinnern. Ich kenne ja nicht einmal meinen vollen Namen.“

Nun berührte er sie doch. Vielleicht hätte er das nicht tun sollen, aber er konnte sich nicht zurückhalten. Er legte Gabriella die Finger unter das Kinn und strich sacht über ihre Wange. „Eure Königliche Hoheit, Prinzessin Gabriella Madeline Justine Bisset von Cordina.“

„So lang.“ Ihr glückte ein Lächeln, und der Druck ihrer Hand auf der seinen wurde fester.

„Sagen Sie mir, wie stehe ich zu meiner Familie?“ Mit dieser Frage brach Gabriella schließlich das entstandene Schweigen.

„Gut.“

„Dann helfen Sie mir, meiner Familie die Person wiederzuschenken, die sie erwartet. Helfen Sie mir, diese Person zu finden. In einer einzigen Woche habe ich fünfundzwanzig Jahre meines Lebens verloren. Ich muss wissen, warum. Das müssen Sie verstehen!“

„Das verstehe ich auch.“ Reeve schalt sich innerlich dafür, sie berührt zu haben. „Aber das heißt noch nicht, dass ich helfen kann.“

„Sie können es. Sie können es deshalb, weil nichts sie dazu zwingt. Seien Sie nicht geduldig mit mir, sondern streng und nicht freundlich, sondern eher hart.“

Noch immer hielt er ihre Hand. „Es ist vielleicht für einen ehemaligen amerikanischen Geheimdienstler nicht sehr angemessen, Druck auf eine Prinzessin auszuüben.“

Gabriella lachte. Seit zehn Jahren hörte er dieses Lachen zum ersten Mal wieder, aber er konnte sich genau daran erinnern. Im Gegensatz zu ihr war Reeve auch der gemeinsam getanzte Walzer im Zauber des Mondscheins gegenwärtig. Es war sicher nicht klug, in Cordina zu bleiben, aber er konnte nicht abreisen. Noch nicht.

Gabriellas Hand entspannte sich. „Wird in Cordina heute noch geköpft? Gewiss wenden wir doch heutzutage zivilisiertere Methoden an, um mit dem Gesindel fertig zu werden … Immunität.“ Mit einem Mal sah sie jung und zufrieden aus. „Ich gewähre Ihnen Immunität, Reeve MacGee. Hiermit haben Sie meine Erlaubnis, mich anzuschreien, mich auf die Probe zu stellen und sich überhaupt äußerst unbeliebt zu machen, ohne Repressalien fürchten zu müssen."

„Sind Sie gewillt, Ihr königliches Siegel darunter zu setzen?"

„Wenn mir jemand sagt, wo es sich befindet."

Die Anspannung war plötzlich von ihr gewichen. Obwohl sie bleich und matt aussah, war ihr Lächeln zauberhaft. Sie hatte jetzt eine andere Ausstrahlung. Hoffnung und Entschlossenheit sprachen aus ihrem Blick. Ich werde ihr helfen, dachte Reeve. „Ihr Wort genügt mir."

„Und mir das Ihre. Danke."

Reeve führte ihre Hand, die er noch immer hielt an seine Lippen. Er wusste, diese Geste müsste für sie eigentlich etwas völlig Selbstverständliches sein. Doch als seine Lippen flüchtig ihre Hand berührten, bemerkte er ein kurzes Aufflackern in ihren Augen. Prinzessin oder nicht, sie war eine Frau. Reeve erkannte ihre Erregung. Vorsichtig ließ er ihre Hand los.

„Ich werde Sie jetzt ruhen lassen. Der Name Ihres Mädchens ist übrigens Bernadette. Falls Sie sie nicht früher brauchen, wird sie eine Stunde vor dem Abendessen zu Ihnen kommen."

Gabriella ließ ihren Arm sinken, als gehörte er nicht zu ihr. „Ich weiß es sehr zu schätzen, was Sie für mich tun."

„Das wird wahrscheinlich nicht immer der Fall sein." Reeve ging zur Tür. Dort erst hielt er die Entfernung für angemessen, um sich noch einmal umzudrehen. Er sah Gabriella am Fenster stehen. Das Licht fiel durch die Scheiben, vergoldete ihr Haar und ließ ihre Haut sanft schimmern. „Es ist genug für heute, Gabriella", ermahnte er sie leise. „Wir können morgen damit beginnen, den Stein aus der Mauer zu brechen."

4. KAPITEL

Gabriella wollte eigentlich nicht schlafen, sondern einfach nur nachdenken. Noch immer war sie so erschlagen und verwirrt wie vordem im Krankenhaus.

„So!"

Beim Klang dieser einen, ungehaltenen Silbe fuhr Gabriella erschreckt hoch. In einem hohen Lehnstuhl vor ihrem Bett saß ihr eine alte Frau gegenüber. Ihr graues Haar war zu einem festen Knoten zusammengebunden. Sie hatte ein pergamentenes Gesicht, dünnhäutig, ein wenig gelblich und voller Falten. Aus kleinen dunklen Augen sah sie Gabriella an, und ihr alterswelker Mund wirkte noch immer entschlossen. Sie trug ein würdiges, glattes schwarzes Kleid, feste schwarze Schuhe und seltsamerweise am Hals eine Kamee an einem Samtband.

Da Gabriella auf keine Erinnerungen zurückgreifen konnte, ließ sie sich von ihrem Instinkt leiten. Reeve hatte ihr geraten, vorurteilsfrei zu beobachten. Dieser Rat schien ihr sehr klug. Entschlossen blickte sie die alte Frau an. „Hallo", sagte sie in gelassenem Ton.

„So ist es recht", sagte die alte Frau mit einem slawisch klingenden Akzent. „Du kommst nach Hause, nachdem ich eine Woche lang vor Angst krank war, und findest es nicht einmal nötig, mich zu begrüßen."

„Es tut mir leid." Die Entschuldigung ging Gabriella so selbstverständlich über die Lippen, dass sie lächeln musste.

„Man hat mir diesen Unsinn erzählt, du könntest dich an nichts erinnern. Unfug!" Sie hob eine Hand und klopfte damit auf die Armlehne des Stuhles. „Meine Gabriella soll sich angeblich nicht an ihre eigene Nanny erinnern!"

Gabriella betrachtete die alte Frau, aber sie konnte keinen Funken Verbindung zu ihr entdecken. Noch war der Zeitpunkt nicht gekommen. „Ich erinnere mich wirklich nicht", sagte sie leise. „Ich erinnere mich an gar nichts."

Nanny hatte in ihrem dreiundsiebzigjährigen Leben eine Menge Kinder aufgezogen und eines ihrer eigenen begraben. So war sie nicht so leicht aus der Fassung zu bringen. Nach einem Moment des Schweigens stand sie auf. Sie hatte ein faltiges Gesicht und verknöcherte Hände, aber sie erhob sich noch mit der Leichtigkeit und dem Schwung der Jugend. Dann neigte die Frau sich zu Gabriella herunter, und die Prinzessin sah eine schmale Frau in Schwarz vor sich, an deren Gürtel ein Rosenkranz baumelte.

„Ich bin Carlotta Baryshnova, die Kinderfrau deiner Tante, Lady Honoria Bruebeck und deiner Mutter, Lady Elisabeth Bruebeck. Als deine Mutter Prinzessin Elisabeth von Cordina wurde, habe ich sie begleitet, um auch ihre Kinder großzuziehen. Ich habe dich gewickelt, dir deine aufgeschlagenen Knie verbunden und dir die Nase geputzt. Und wenn du heiratest, werde ich das Gleiche auch für deine Kinder tun."

„Aha." Gabriella lächelte. Sie hatte den Eindruck, dass die Frau eher ärgerlich als verwirrt war. Ich habe mich noch nicht einmal lächeln gesehen, schoss es ihr in diesem Augenblick durch den Kopf. Sie müsste noch einmal vor den Spiegel treten. „Und war ich ein artiges Kind?"

„Na ja." Der Ton konnte alles Mögliche bedeuten, aber Gabriella hatte dennoch ein positives Gefühl. „Manchmal schlimmer, manchmal besser als deine Brüder. Und die waren immer sehr anstrengend." Die Frau kam näher an Gabriella heran und musterte sie mit ihren kurzsichtigen Augen. „Du hast nicht gut geschlafen", stellte sie barsch fest. „Kein Wunder. Heute Abend bringe ich dir deine heiße Milch."

Gabriella wandte den Kopf. „Trinke ich sie gern?"

„Nein. Doch du wirst sie trinken. Jetzt lasse ich dir dein Bad ein. Die ständige Aufregung und die vielen Ärzte strengen dich zu sehr an. Ich habe dieser albernen Bernadette gesagt, dass ich mich heute Abend selbst um dich kümmern würde. Was hast du denn mit deinen Fingern gemacht?", fragte sie plötzlich entsetzt und zog eine Hand zu sich hin. Sie begutachtete beide Seiten. „Erst eine Woche ist verstrichen, und nun sieh dir deine Nägel an. Schlimmer als bei einem Küchenmädchen. Stumpf und abgebrochen, und das trotz des vielen Geldes, das du für die Maniküre ausgibst."

„Lass deine Sekretärin mit den verkniffenen Lippen für dich einen Termin machen. Und für dein Haar gleich mit", sagte Nanny in Befehlston und strich Gabriella über den Kopf. „Es schickt sich nicht für eine Prinzessin, mit kaputten Fingernägeln und struppeligen Haaren herumzulaufen. Wirklich nicht", schimpfte sie weiter und ging dann in das Nebenzimmer. „Wirklich nicht, in der Tat."

Gabriella stand auf und ließ ihr Nachthemd über die Schultern gleiten. Sie fühlte ihre Intimsphäre im Bad durch die schimpfende und emsige Frau keineswegs gestört. Sie zog ihr Höschen aus und ließ sich von der Frau in eine kurze seidene Robe helfen.

„Steck dein Haar hoch", ordnete Nanny an. „Ich werde sehen, was ich nach dem Bad damit machen kann." Da Gabriella zögerte, ging sie zu der Frisierkommode und öffnete ein kleines, emailliertes Döschen, in dem Haarklammern lagen. „Hier, nimm", sagte sie mit jetzt liebevoller Stimme. „Dein Haar ist so dicht wie das deiner Mutter. Du wirst eine Menge Nadeln brauchen." Dann brachte sie Gabriella leise vor sich hin murmelnd ins Badezimmer.

Gabriella zog den Morgenrock aus und stieg in das marmorne Bad. Das heiße Wasser tat ihr gut. Genau das hatte ihr gefehlt, um den bevorstehenden Abend gut überstehen zu können.

Ihre Gedanken kreisten plötzlich um Reeve MacGee. Er schien sie gut zu kennen, obwohl er kein sehr enger Freund war, wie sie sich erinnerte. Er lebte sein eigenes Leben in Amerika. Er hatte ihr bestätigt, dass sie dort gewesen war. Flüchtige Eindrücke kamen ihr in den Sinn. Hohe Bauten aus Glas und Marmor und endlose formelle Diners. Ja, und ein Fluss mit grasgrünen Ufern, auf dem reger Schiffsverkehr herrschte. Gabriella stellte fest, dass die Anstrengung, sich an selbst so unbedeutende Nebensächlichkeiten zu erinnern, sie stark ermüdete.

Konzentriere dich auf seine Person, ermahnte sie sich. Wenn er ihr irgendwie behilflich sein konnte, dann musste sie sich bemühen, ihn zu verstehen. Er sieht sehr gut aus, dachte sie, und macht einen äußerst beherrschten Eindruck.

Sie war jedoch nicht sicher, was sich hinter dem Äußeren verbarg. Er schien jemand zu sein, der unbarmherzig und entschlossen sein konnte. Jemand, der seine Entscheidungen stets auf eigene Faust traf. Gut, dachte Gabriella, genau das brauche ich jetzt.

Ihr fiel die Erregung ein, die sie bei Reeves Handkuss gespürt hatte. Eine kurze, heftige, verwirrende Erregung. Sie fragte sich, was sie wohl empfinden würde, wenn er sie berühren, seine Hände gegen ihren Körper pressen oder mit den Fingerspitzen ihre Haut streicheln würde. Sie spürte, wie erneut Erregung sie überkam, tat jedoch nichts, um dieses herrliche Gefühl zu unterdrücken.

War sie eine Frau, nach der ein Mann Verlangen verspüren würde? Gabriella erhob sich aus dem Bad. Das Wasser perlte an ihr herab. Reeve hatte recht hinsichtlich der möglichen Vorteile ihrer Lage. Sie konnte beobachten, welche Reaktionen sie bei anderen auslöste. Heute Abend würde sie es ausprobieren.

Gabriella stieg am Arm ihres Vaters die lange Treppe hinab. Er hatte ihr gesagt, man würde den Cocktail im kleinen Salon nehmen. Allerdings hatte er ihr nicht gestanden, dass er sie nur deshalb abgeholt hatte, weil er fürchtete, dass sie den Weg dorthin nicht kannte. Am Fuß der Treppe küsste er ihr die Hand. Diese Geste war ähnlich wie vorher bei Reeve, aber sie löste bei Gabriella nur ein Lächeln und keine Erregung aus.

„Du siehst wundervoll aus, Brie."

„Danke. Bei der Auswahl der Kleider in meinem Zimmer wäre es allerdings auch schwierig, nicht so auszusehen."

Armand schmunzelte amüsiert. „Du hast oft genug gesagt, schöne Kleider seien dein einziges Laster."

„Und, sind sie das?"

Hinter ihrer hingeworfenen Frage spürte er den Wunsch nach Wissen, und erneut küsste er ihre Hand. „Ich bin immer nur stolz auf dich gewesen." Er zog ihre Hand unter seinen Arm und schritt mit ihr den Gang hinunter.

Reeve fiel eine gewisse Spannung zwischen seinem Sohn Alexander und seinem Staatsminister Loubet auf. Diese Atmosphäre äußerte sich in formeller Höflichkeit. Sobald Alexander auf den Thron gekommen sein würde, befände sich Loubet sicher nicht mehr an seiner Seite, dachte Reeve.

Er ließ einen Moment seinen Blick auf Alexander ruhen. Der junge Prinz war sehr verschlossen. Er hatte noch nicht die Selbstbeherrschung seines Vaters. Was immer in ihm vorgehen mochte, es trat niemals an die Oberfläche. Alexander behielt stets seine Gefühle für sich, zumindest in der Öffentlichkeit. Ganz anders als Bennett, stellte Reeve fest, und sah zu dem anderen Prinzen hin.

Bennett hatte es sich in einem Sessel bequem gemacht und lauschte der Unterhaltung nur mit halbem Ohr. Er verspürte sichtlich keinen Drang, Worte auf ihre Wichtigkeit und Bedeutung hin zu prüfen, wie es sein Bruder tat. Reeve fand es interessant, Bennetts lebensfrohe Einstellung zu beobachten.

Auch Gabriella fand sein Interesse. Reeve konnte noch nicht einschätzen, ob das Mädchen von damals sich jetzt zu einer ernsten Natur wie ihr erster Bruder entwickelt hatte oder zu einem fröhlichen Wesen wie ihr zweiter. Vielleicht war sie aber auch völlig anders. Nach den zwei kurzen Gesprächen mit ihr war er neugierig, das herauszufinden.

Er fühlte sich jedenfalls von ihr sehr angezogen. Mehr noch, er spürte Verlangen nach ihr. Jedes Mal, wenn er sie sah. Ihre bernsteinfarbenen Augen faszinierten ihn. Ich muss vor diesen Augen auf der Hut sein, sagte er sich. Im Übrigen war sie vielleicht eine Frau, die man berühren, verführen oder sogar ins Bett bekommen konnte, aber sie war auch eine Prinzessin. Eine Prinzessin aus Fleisch und Blut, dachte Reeve, und nicht eine der unterkühlten Märchenfeen.

Er drehte sich um und schaute zu ihr hinüber. Sie stand dort wie eine Mischung aus beidem. Ihr Kopf war erhoben, als betrete sie eine Bühne und nicht einen Salon. Perlen schimmerten an ihren Ohren, Diamanten funkelten an ihrem Hals und in ihrem Haar, das sie aus dem Gesicht gekämmt hatte. Der sanftgrüne Ton ihres Kleides unterstrich ihre Wirkung und passte gut zu der Farbe ihrer Haut. Gabriellas ganze Haltung entsprach ihrer Stellung. Sie klammerte sich nicht an ihren Vater. Dabei hätte es Reeve nicht gewundert, wenn sie den Wunsch verspürt hätte, sich an jemandem festzuhalten. Sie wirkte jedoch vorbereitet, bereit, allem standzuhalten. Und, so stellte er zufrieden fest, sie beobachtete ihre Umgebung.

„Eure Hoheit."

Gabriella wartete ruhig, bis Loubet den Raum durchquert hatte und sich vor ihr verbeugte. Er war älter als Reeve, aber jünger als ihr Vater. Einige graue Strähnen durchzogen sein blondes Haar, und in seinem Gesicht entdeckte sie ein paar Falten. Er verbreitet einen angenehmen Duft, dachte sie, und musste über ihre Art zu denken lächeln. Den linken Fuß zog er leicht nach, doch er verbeugte sich sehr galant und hatte ein reizendes Lächeln für sie.

„Es freut mich, Sie wieder daheim zu sehen."

Gabriella empfand nichts bei seinem Händedruck, nichts, als ihre Blicke sich trafen und er sie freundlich betrachtete. „Vielen Dank."

„Monsieur Loubet und ich hatten heute Abend Geschäftliches zu besprechen." Ihr Vater gab ihr gekonnt das Stichwort. „Leider ist es ihm unmöglich, uns beim Essen Gesellschaft zu leisten."

„Geschäft geht vor Vergnügen, Monsieur Loubet", erklärte Gabriella ebenso gekonnt.

„Es freut mich wirklich, Sie wieder hier zu sehen, Eure Hoheit!"

Gabriella bemerkte den kurzen Blick, den der Minister und ihr Vater wechselten. Aber sie konnte ihn nicht deuten.

„Da sich die Angelegenheit um mich dreht, haben Sie vielleicht die Freundlichkeit, Ihre Ergebnisse bei einem Glas zu erläutern."

Als sie den Raum durchquerte, bemerkte sie Reeves zustimmendes Kopfnicken. Die leichte Anspannung in ihrem Magen schien sich zu lösen. „Bitte, meine Herren, nehmen Sie doch Platz", forderte sie mit einer einladenden Geste auf.

Während ein Diener die Getränke reichte, sagte Alexander plötzlich: „Wir sollten Gabriella nicht damit belasten."

„Die Probleme Ihrer Familie sind auch Cordinas Probleme, Eure Hoheit", antwortete Loubet freundlich, aber ohne innere Anteilnahme. „Prinzessin Gabriellas Zustand geht sowohl ihre Familie als auch die Regierung etwas an. Ich fürchte sehr, dass ihr zeitweiliger Gedächtnisverlust sofort von der Presse ausgeschlachtet wird, falls auch nur die kleinste Information nach außen dringt. Momentan sind wir gerade bemüht, unser Volk nach der Entführung zu beruhigen. Mein einziger Wunsch ist es jetzt, dass für die Bevölkerung und Prinzessin Gabriella Ruhe einkehrt."

„Loubet hat recht, Alexander", warf Armand sachlich ein, aber Gabriella hörte den liebevollen Unterton heraus.

„In der Theorie. Aber wir haben bereits Fremde in die Sache hineingezogen", bemerkte Alexander mit einem abweisenden Blick auf Reeve. „Gabriella braucht Ruhe und Pflege. Wer immer dafür verantwortlich ist ..." Seine Finger krampften sich um den Stiel seines Glases. „Wer immer für die Entführung verantwortlich ist, wird es teuer bezahlen."

„Alexander", sagte Gabriella und legte ihm mit einer ihr eigenen

Geste, deren sie sich selbst allerdings nicht bewusst war, die Hand auf den Arm. „Ich muss mich erst erinnern an das, was geschehen ist. Vorher können wir niemand dafür zur Rechenschaft ziehen."

„Wenn der Zeitpunkt gekommen ist, wirst du dich schon erinnern. In der Zwischenzeit ..."

„In der Zwischenzeit", unterbrach ihn sein Vater, „muss Brie in jeder nur denkbaren Weise geschützt werden. Und nach reiflicher Überlegung bin ich mit Loubet zu dem Schluss gekommen, dass ein Teil dieses Schutzes dadurch erreicht wird, die Nachricht um den Gedächtnisverlust nicht in die Öffentlichkeit dringen zu lassen. Wenn den Entführern bekannt werden sollte, dass wir von dir nichts erfahren haben, dann könnten sie auf den Gedanken kommen, dich zum Schweigen zu bringen, ehe du deine Erinnerung wiedergewinnst." Armand hatte sich an Gabriella gewandt.

Gabriella griff nach ihrem Glas und nahm ruhig einen Schluck. Doch Reeve bemerkte, dass ihre Augen alles andere als ruhig dreinblickten.

„Wie können wir es verbergen?"

„Mit Verlaub, Eure Hoheit", begann Loubet nach einem Blick auf Armand, ehe er sich an Gabriella wandte, „bis Sie wieder vollkommen hergestellt sind, halten wir es für das Beste, dass Sie zu Hause bleiben, bei den Menschen, die unser größtes Vertrauen genießen. Es ist ein Leichtes, Ihre öffentlichen Auftritte zu verschieben oder ganz abzusagen. Die Entführung, die Aufregungen und der damit verbundene Schock genügen allein schon als Erklärung. Der Arzt der Sie behandelt, steht auf der Seite Ihres Vaters. Wir müssen nicht befürchten, dass durch ihn Meldungen über Ihren Gesundheitszustand bekannt werden, die wir nicht gebilligt haben."

Brie setzte ihr Glas auf den Tisch zurück. „Nein."

„Ich bitte um ..."

„Nein", wiederholte sie ruhig. Ihr Blick ging zu Fürst Armand. „Ich werde hier nicht wie eine Gefangene leben. Ich wurde lange genug gefangen gehalten. Wenn ich Verpflichtungen habe, werde ich sie auch erfüllen." Bennett strahlte seine Schwester an und prostete ihr mit seinem Glas zu.

„Eure Hoheit, Sie müssen verstehen, wie kompliziert und gefährlich das sein wird. Und sei es auch nur deshalb, weil die Polizei erst herausfinden muss, wer die Entführer sind."

„Das heißt, dass ich eingeschlossen und festgehalten werden soll." Gabriella schüttelte den Kopf. „Und das lehne ich entschieden ab."

„Gabriella, unsere Pflichten sind uns nicht immer angenehm." Ihr Vater drückte seine Zigarette aus.

„Vielleicht nicht. Im Moment kann ich leider nicht aus Erfahrung sprechen." Sie sah auf ihre Hände, auf den ihr inzwischen vertrauten Ring hinab. „Wer immer mich entführt hat, ist noch in Freiheit. Ich will gewiss nicht, dass die Kidnapper damit durchkommen. Monsieur Loubet ... Sie kennen mich doch, nicht wahr?"

„Eure Hoheit, seit Ihrer Kindheit."

„Würden Sie mich als eine einigermaßen vernünftige Person bezeichnen?"

„Mehr als nur das", antwortete Loubet.

„Dann bin ich davon überzeugt, dass ich mit ein wenig Hilfe meinen Willen und Sie Ihren haben könnten. Man wird, wenn das so am besten ist, den Gedächtnisverlust verschweigen, und ich muss dennoch nicht ständig in meinen Räumen bleiben!"

Armand schien etwas sagen zu wollen, lehnte sich jedoch stumm zurück. Ein flüchtiges Lächeln spielte um seine Lippen. Meine Tochter, dachte er zufrieden, hat sich nicht verändert.

„Eure Hoheit, es wäre mir ein persönliches Vergnügen, Ihnen zu helfen, aber ..."

„Vielen Dank, Loubet, aber Mr. MacGee hat sich schon dazu bereit erklärt." Ihre Stimme klang freundlich, aber entschlossen. „Was ich wissen muss, um nach außen hin Prinzessin Gabriella zu sein, wird er mir sagen."

Sie spürte Alexanders erneuten Widerstand, Neugier von Armand und kaum unterdrückten Ärger von Loubets Seite. Auch Reeve bemerkte diese Reaktionen.

„Die Prinzessin und ich haben ein privates Abkommen getroffen." Amüsiert beobachtete er das Verhalten der Umsitzenden. „Sie ist der Ansicht, dass die Gesellschaft eines Fremden bestimmte Vorteile für sie habe."

„Wir sprechen später darüber", erklärte Armand und stand auf. Obwohl seine Worte nicht abrupt klangen, wirkten sie doch so endgültig wie die seiner Tochter. „Ich bedauere, dass Ihre Termine Ihnen nicht die Möglichkeit lassen, mit uns zu speisen, Loubet. Wir werden unsere Angelegenheit morgen früh weiterbesprechen."

„Ja, Eure Hoheit."

Man verabschiedete sich höflich voneinander, und Loubet war damit entlassen. Gabriella sah ihm nachdenklich hinterher. „Er macht einen ehrlichen und loyalen Eindruck. Mag ich ihn?"

Lächelnd ergriff der Regent ihre Hand. „Darüber hast du dich nie besonders geäußert. Er führt sein Amt gut."

„Und ist ein grenzenloser Langweiler", verkündete Bennett wenig charmant, indem er sich erhob. „Lass uns essen." Er hakte Gabriella unter und zog sie an sich. „Wir speisen heute vom Allerfeinsten, um deine Rückkehr zu feiern. Wenn du willst, kannst du ein halbes Dutzend Austern essen."

„Mag ich denn Austern?"

„Du bist ganz wild danach", antwortete er schelmisch und führte sie in das Speisezimmer.

„Nun ja, es war unterhaltsam, festzustellen, dass Bennett zu Scherzen aufgelegt ist", sagte Gabriella zwei Stunden später, als sie mit Reeve hinaus auf die Terrasse trat.

„Fanden Sie es auch amüsant, festzustellen, dass Sie einen Scherz vertragen können?"

„Eigentlich schon. Ich habe außerdem gelernt, dass ich Austern verabscheue und einen Charakter habe, der Vergeltung verlangt. Ich werde es ihm schon heimzahlen, mich dazu gebracht zu haben, eine dieser schrecklichen Dinger herunterzuschlucken. In der Zwischenzeit …" Sie wandte sich um und lehnte sich an die steinerne Balustrade. „Ich sehe, dass ich Sie in eine wenig angenehme Situation gebracht habe, Reeve. Das lag nicht in meiner Absicht, aber nun, da es so ist, will ich Sie auch gar nicht daraus befreien, muss ich gestehen."

„Ich werde schon damit fertig werden, wie ich es für richtig halte."

Wieder lächelte Gabriella, und plötzlich ging ihr Lächeln in ein herzliches Lachen über. „Ja", rief sie aus, „das sieht Ihnen ähnlich. Vielleicht fühle ich mich deshalb in Ihrer Nähe so wohl. Heute Abend habe ich übrigens Ihren Rat befolgt. Er war ausgezeichnet!“ Alle Ängste waren von ihr abgefallen, und es war bedeutend leichter, mit der momentanen Anspannung Reeve gegenüber fertig zu werden.

„Welcher war das?“ Reeve folgte ihren Gedankensprüngen nicht gleich.

„Zu beobachten. Ich habe einen guten Vater. Er nimmt seine Aufgaben nicht auf die leichte Schulter, und die Aufregungen der letzten Woche lasten schwer auf ihm. Die Diener behandeln ihn mit großem Respekt, aber furchtlos. Bestimmt ist er ein gerechter Mensch. Sind Sie derselben Ansicht?“

Das Mondlicht fiel sanft auf ihr Haar und ließ den Perlenreif wie Tränen schimmern. „Ja“, bestätigte er leise.

„Alexander ist ... Mir fehlt das richtige Wort.“ Mit einem Kopfschütteln sah sie hoch zum Himmel, und Reeve fiel ihr graziler, schmaler Hals auf. „Besessen, würde ich sagen. Er hat die Intensität eines viel älteren Mannes. Vielleicht braucht er das. Offenbar mag er Sie nicht besonders.“ Sie wandte ihm ihr Gesicht wieder zu, und sein Blick blieb auf ihren vollen Lippen hängen.

„Nein.“

„Das stört Sie nicht?“

„Ich kann nicht von jedem erwarten, dass er mich mag.“

„Ich wünschte, ich hätte Ihr Selbstvertrauen“, flüsterte sie.

„In jedem Fall habe ich leider noch zu der Abneigung beigetragen, die er vielleicht bereits für Sie hatte. Als ich heute Abend sagte, dass ich gern in Ihrer Begleitung in den Garten gehen würde, habe ich ihn verärgert. Sein Familiensinn ist sehr stark ausgeprägt.“

„Seiner Ansicht nach trägt er die Verantwortung für Sie“, entgegnete Reeve. Sein Tonfall klang gelassen.

„Er wird seine Meinung ändern müssen. Bennett und er sind so verschieden. Bennett wirkt völlig sorglos. Vielleicht liegt es an seinem Alter oder daran, dass er der jüngste Sohn ist. Dennoch hat er mich beobachtet, als könnte ich jeden Moment stolpern und er müsste mich dann auffangen. Was halten Sie von Loubet?“

„Ich kenne ihn nicht.“

„Ich ebenso wenig“, meinte Gabriella trocken. „Aber Ihre Meinung?“

„Auch er nimmt sein Amt sehr ernst.“

Gabriella fand, dass diese Antwort weder eine Ausflucht noch eine richtige Stellungnahme war. „Sie sind ein sehr sachlicher Mensch, Reeve, nicht wahr? Ist das ein amerikanischer Charakterzug?"

„Ich nehme Nebensächlichkeiten halt nicht so ernst. Auch Sie machen einen äußerst sachlichen Eindruck."

„Wirklich?" Nachdenklich verzog sie den Mund. „Vielleicht stimmt das, aber vielleicht bin ich das jetzt nur aus der Notwendigkeit heraus. Ich kann mir keine Aufregungen leisten, oder?"

Die Anstrengungen des Abends waren größer, als sie zugeben möchte, überlegte Reeve, als Gabriella sich abwandte und mit den Händen auf die Brüstung stützte. Sie war müde, aber er verstand ihren Widerwillen gut. Sie wollte noch nicht hineingehen, da sie dort mit ihren Fragen allein bleiben würde.

„Gabriella, haben Sie darüber nachgedacht, sich ein paar Tage freizunehmen und zu verreisen?" Sie hob den Kopf. Er fühlte ihren Ärger und legte ihr die Hand auf die Schulter. „Nicht weglaufen, sondern verreisen. Das wäre nur menschlich."

„Ich kann es mir nicht leisten, menschlich zu sein, bis ich weiß, wer ich bin."

„Ihr Arzt meint, der Gedächtnisverlust sei vorübergehend."

„Was heißt vorübergehend?", verlangte sie zu wissen. „Eine Woche, einen Monat, ein Jahr? Das reicht nicht Reeve. Ich will nicht einfach nur herumsitzen und darauf warten, dass mir alles wieder einfällt. Im Krankenhaus hatte ich Träume." Einen Augenblick lang schloss sie die Augen, atmete tief durch und fuhr dann fort: „In diesen Träumen war ich hellwach und doch benommen. Ich konnte mich nicht bewegen. Es war finster, und ich war nicht in der Lage, mich zu rühren. Da waren Laute. Ich konnte Stimmen hören, und ich kämpfte darum, sie zu verstehen oder sie zu erkennen, aber ich fürchtete mich. Im Traum war ich zu Tode erschrocken, und als ich dann aufwachte, war ich es auch."

Heftig zog Reeve an seiner Zigarette. Brie hatte das alles ohne Gefühlsregung erzählt, und das bedeutete eine Menge. „Sie waren unter Drogeneinfluss", erklärte er sachlich.

Sehr langsam wandte sich Gabriella zu ihm um. Im Dämmerlicht wirkten ihre Augen noch strahlender. „Woher wissen Sie das?"

„Die Ärzte mussten Ihren Magen auspumpen. Dem Zustand nach zu urteilen, in dem Sie sich befanden, hatte man Ihnen offenbar Drogen eingegeben. Selbst wenn Ihr Erinnerungsvermögen wieder zurückkommt, ist es möglich, dass Sie sich an nichts entsinnen können, was während der Woche Ihrer Gefangenschaft geschehen ist. Das sollten Sie besser wissen."

„Ja, das werde ich." Sie kniff die Lippen zusammen. Erst als sie sicher war, dass ihre Stimme wieder einen festen Klang hatte, sprach sie weiter. „Ich werde mich daran erinnern. Wie viel wissen Sie noch?"

„Nicht sehr viel mehr."

„Erzählen Sie es mir, erzählen Sie mir alles."

Reeve schnippte seine Zigarette über die Brüstung hinweg ins Dunkle. „Nun gut. Sie wurden irgendwann am Sonntag entführt. Niemand kennt den genauen Zeitpunkt, da Sie allein waren. Am Sonntagabend nahm Alexander dann den ersten Anruf entgegen."

„Alexander?"

„Ja, er arbeitet gewöhnlich an Sonntagabenden in seinem Büro. Dort hat er einen direkten Telefonanschluss, wie jeder der königlichen Familie, in seinen Räumen. Es war ein kurzes Gespräch. Die Entführer teilten lediglich mit, dass sie Sie in ihren Besitz gebracht hätten und Sie so lange festhielten, bis die Forderungen erfüllt seien. Zu dem Zeitpunkt aber wurden noch keine Bedingungen gestellt."

„Und wo hat man mich gefangen gehalten?" Im Dunkeln, das ist das Einzige, woran ich mich entsinne, dachte sie. „Was unternahm Alex dann?"

„Er ging umgehend zu Ihrem Vater. Die Suche nach Ihnen wurde sofort eingeleitet. Am Montag fand man morgens Ihr Auto verlassen auf einer Straße vor, ungefähr vierzig Meilen von der Stadt entfernt. Und zwar in der Nähe eines kleinen Grundstückes, das Ihnen gehört. Wie ich vernahm, haben Sie die Gewohnheit, manchmal dort hinauszufahren, um allein zu sein. Am Montagnachmittag wurde dann die erste Forderung mitgeteilt. Dabei ging es um Lösegeld. Es stand außer Zweifel, dass diese Bedingung erfüllt würde, doch noch ehe man dafür die Vorkehrungen treffen konnte, kam der nächste Anruf. Darin wurde die Bedingung gestellt, vier Gefangene im Austausch für Sie freizulassen."

„Und das komplizierte die Lage."

„Zwei von ihnen sind wegen Spionage zum Tode verurteilt", fuhr Reeve fort, während Brie ihm schweigend weiter zuhörte. „Dadurch wurde die Angelegenheit Ihrem Vater aus der Hand genommen. Geld war eine Sache, aber Gefangene freizulassen, war ganz etwas anderes. Die Verhandlungen waren noch im Gange, als Sie am Straßenrand gefunden wurden."

„Ich werde dorthin zurückkehren", sagte Gabriella, „wo man meinen Wagen gefunden hat, und auch dorthin, wo ich entdeckt wurde."

„Jetzt noch nicht. Ich habe Ihnen meine Hilfe zugesichert, aber es soll auf meine Art geschehen."

Sie sah ihn scharf an. „Und die wäre?"

„Meine Art", antwortete Reeve einfach. „Sobald ich davon überzeugt bin, dass Sie kräftig genug sind, werde ich Sie dorthin bringen. Bis dahin gehen wir alles gemächlich an."

„Wenn ich nicht einverstanden bin?"

„Dann könnte Ihr Vater Loubets Plan in ernstere Erwägungen ziehen."

„Somit könnte ich nirgendwohin."

„Ganz recht."

„Ich wusste, dass Sie ein schwieriger Mensch sind, Reeve." Gabriella machte einige Schritte von ihm weg und stand dann im Mondlicht. „Ich habe keine echte Wahl, und das passt mir nicht. Die Freiheit meiner eigenen Entscheidung scheint mir das Wichtigste im Leben. Ich frage mich, wann ich wieder dazu in der Lage sein werde. Nachdem ich mich morgen mit meiner Sekretärin getroffen haben werde ..."

„Smithers", half ihr Reeve nach. „Janet Smithers."

„Welch unattraktiver Name", meinte Gabriella. „Ich werde morgen früh mein Tagespensum mit dieser Janet Smithers durcharbeiten. Danach möchte ich es mit Ihnen durchgehen. Ich will meine Aufgaben wahrnehmen, gleich welcher Natur sie auch sind." Mit einem Schulterzucken wechselte Gabriella plötzlich das Thema. „Heute Abend, als ich vor dem Essen in der Badewanne lag, habe ich mir ein paar Gedanken gemacht. Übrigens über Sie."

Langsam steckte Reeve die Hände in die Taschen. „Über mich?"

„Ich habe versucht, Sie zu analysieren. In mancher Hinsicht ist es mir gelungen, in anderer wieder nicht. Wenn ich über große Erfahrungen mit Männern verfügt haben sollte, so sind sie mir wie alles andere abhandengekommen!"

Ohne jede Verlegenheit ging sie wieder zu Reeve hinüber. „Ich habe mich gefragt, ob ich diesen Teil meines Wesens wieder entdecken würde, wenn ich Sie küsse oder wenn Sie mich umarmen."

Reeve richtete sich auf und sah sie verblüfft an. „Zählt das ebenfalls zu meinen Aufgaben, Eure Hoheit?"

Ärger blitzte in ihren Augen auf. „Es ist mir gleich, wie Sie es sehen."

„Aber mir vielleicht nicht."

„Finden Sie mich unattraktiv?" Kokett verzog sie den Mund. Wenn sie eine Frau war, die an einfallsreiche, blumige Komplimente gewohnt war, so würde er sie gewiss nicht machen. Schon aus Trotz nicht. „Nicht unattraktiv."

Sie überlegte, warum die Antwort fast wie eine Beleidigung wirkte. „Nun gut, gibt es in Ihrem Leben eine Frau, an die Sie gebunden sind? Kämen Sie sich treulos vor, wenn Sie mich küssten?"

Reeve blieb ruhig stehen, das amüsierte Lächeln noch immer auf den Lippen. „Ich habe keine Verpflichtungen, Eure Hoheit."

„Warum titulieren Sie mich jetzt plötzlich wieder so?", verlangte Gabriella zu wissen. „Nur um mich zu ärgern?"

„Ja."

Zorn stieg in ihr hoch, doch dann brach sie in Lachen aus. „Es funktioniert."

„Es ist schon spät. Ich begleite Sie nach oben!" Reeve wechselte das Thema und zog mit einer freundlichen Geste ihre Hand an sich.

„Sie finden mich nicht unattraktiv, Sie haben keine Bindungen", fuhr Gabriella beharrlich fort und ging zaudernd neben ihm her. „Warum geben Sie mir dann keinen Kuss und sind mir behilflich? Das haben Sie mir versprochen."

Reeve blieb stehen und sah auf sie herunter. Gabriella reichte ihm gerade bis zum Kinn. Sie legte den Kopf zurück und blickte ihm direkt in die Augen. „Ich habe Ihrem Vater versprochen, jede Aufregung von Ihnen fernzuhalten", fuhr er fort.

„Sie haben mir zugesichert, mir bei der Suche nach mir selbst zu helfen. Aber vielleicht hat Ihr Wort keine Bedeutung", sagte sie leichthin. „Vielleicht sind Sie auch ein Mann, dem es keinen Spaß macht, eine Frau zu küssen."

Gabriella hatte nur zwei weitere Schritte machen können, da hielt Reeve sie auch schon am Arm fest. „Treiben Sie etwa Ihr Spiel mit mir?"

Sie lächelte. „Eigentlich nicht."

Reeve nickte, dann zog er sie in seine Arme. „Ich ebenso wenig."

Er küsste sie auf die Lippen, leidenschaftslos, unbeteiligt. Er verstand ihr Motiv, ihre Beweggründe, aber es war ihm völlig klar, dass er sich da auf etwas einließ, was er besser nicht tun sollte. Hatte er sich nicht selbst gefragt, wie dieser herrlich weiche, geschwungene Mund sich bei einem Kuss anfühlte? Hatte er sich nicht auch vorgestellt, wie sich der schlanke, zerbrechliche Körper in seine Arme schmiegen würde? Aber er war hier, um einen Auftrag auszuführen, und so etwas hatte er nie auf die leichte Schulter genommen. Deshalb war sein Kuss so unbeteiligt.

Das blieb jedoch nur einen Augenblick lang so.

Gabriella war weich, zierlich, zauberhaft. Er musste sie beschützen. Sie war warm, verführerisch, erregend. Er musste sie besitzen.

Sie hatte ihre Augen weit geöffnet. Reeve legte seine Hand unter ihr Kinn und erwiderte ihren erwartungsvollen Blick. Er vergaß jede Hemmung und küsste sie mit Verlangen.

Ihre Zungen berührten sich, zunächst tastend, forschend, neugierig. Gabriella schlang ihre Arme auffordernd um seinen Hals, so dass ihre Körper sich sehnsüchtig aneinanderpressen konnten.

Gabriella wusste plötzlich, was kommen würde. Im Innersten regten sich Erinnerungen an frühere Küsse. Und doch war es anders. Sie gab sich Reeves Kuss hin, als hätte sie nie etwas Ähnliches erlebt. Alles war neu für sie, frisch, aufregend und erregend. Selbst die schwachsten Erinnerungen verblassten in diesem Sturm der Gefühle, und sie verspürte ein ihr völlig unbekanntes, elementares Verlangen, das schmerzte und forderte.

Er bedeckte ihr Gesicht mit Küssen, voller Begehren und Sehnsucht. Fordernd drängte er sich an sie, flüsterte ihren Namen.

War dies das erste Mal, oder hatte es früher ähnliche Erlebnisse gegeben? Hatte sie sich zuvor schon einmal einer solchen auflammenden Leidenschaft hingegeben? Was hatte es ihr damals bedeutet? Nichts – oder alles, wie jetzt?

Verwirrt zog sie sich von Reeve zurück. Welche Frau schenkte einem Mann ihr Herz, ohne ihn richtig zu kennen? Zweifel begannen sich in ihr zu regen. „Reeve, ich bin nicht sicher, ob es mir geholfen hat."

Reeve hatte ihren Gefühlsumschwung bemerkt. Noch einmal wollte er sie umarmen, sie nahe an sich spüren, aber die Zweifel begannen auch an ihm zu nagen und ließen ihn zögern. Wie viele andere Männer hatte es vor ihm gegeben?

Er reichte Gabriella die Hand und sagte in sachlichem Tonfall: „Wir sollten beide eine Nacht darüber schlafen."

Doch unbeteiligt konnte er in Zukunft bestimmt nicht mehr sein.

5. KAPITEL

Gabriella kam sich wie eine Betrügerin vor. Sie saß in ihrem elegant eingerichteten Büro nur deshalb, weil Reeve sie dorthin gebracht hatte. Um acht Uhr hatte er an ihre Tür geklopft und nichts weiter gesagt als: „Sind Sie fertig?"

Nach einem kurzen, schweigsamen Gang durch verschiedene Korridore waren sie in diesem Raum im dritten Stock des Ostflügels angekommen. Im Gegensatz zu ihm war sie recht nervös gewesen. Als Erstes hatte Gabriella sich in dem Zimmer umgesehen. Es war nicht sehr groß, aber dennoch hell und hatte eine praktische Einrichtung in sehr geschäftsmäßigem Stil, der ihr gefiel. Ein schwerer Schreibtisch aus Mahagoni stand in der Mitte des Raumes, ordentlich aufgeräumt. Zwei Gobelinstühle mit orientalisch anmutenden Mustern flankierten ihn, überall standen kostbare Porzellanvasen mit frischen Blumen, deren Farben offensichtlich auf die Pastelltöne der Wandbespannungen abgestimmt waren.

Gabriella nahm eine Blüte in die Hand und spielte damit.

„Hier arbeite ich also." Gabriella betrachtete den dicken, ledergebundenen Terminkalender auf ihrem Schreibtisch. Wenn sie ihn öffnete, würde sie mit den Verabredungen für Gala-Empfänge, mit den Einladungen zum Tee und den vielen Einkäufen fertig werden? „Was habe ich denn genau zu tun?"

Die Frage klang fordernd und bittend zugleich.

Reeve war bestens vorbereitet. Während Gabriella am vergangenen Nachmittag geschlafen hatte, war er ihren Terminkalender durchgegangen, hatte einen Blick in ihre Post geworfen und sogar ihr Tagebuch gelesen. Es gab jetzt sehr wenig, was er nicht von Ihrer Königlichen Hoheit, der Prinzessin Gabriella de Cordina, wusste. Die Gabriella Bisset lag jedoch nicht so offen vor ihm.

Er hatte eine Stunde mit ihrer Sekretärin, eine weitere mit dem Majordomus des Palastes verbracht und hatte ein kurzes, vorsichtiges Gespräch mit der ehemaligen Kinderfrau geführt, in dem er den durch Generationen entwickelten Mutterinstinkt der alten Frau behutsam beruhigen musste. Die gewonnenen Informationen ließen das Bild der Prinzessin Gabriella klarer werden und machten Gabriella Bisset für ihn nur noch reizvoller.

„Sie haben eine Reihe von Aufgaben“, begann Reeve sachlich und trat auf den Schreibtisch zu. „Einige sind alltägliche Pflichten, andere tragen offiziellen Charakter.“

„Aufgaben?“, fragte sie nach. Reeve strich sanft über ihre Hand, mit der sie ihren Terminkalender hielt. Sofort fielen Gabriella die Ereignisse der vergangenen Nacht wieder ein, die Erregung und das Verlangen, das sie verspürt hatte. Einen Moment lang ließ sie ihre Hand so liegen.

Wieder spürte Reeve seine Sympathie für Gabriella, er konnte es nicht leugnen. Die Hand unter der seinen war ruhig, Gabriellas Stimme hatte einen festen Klang, doch in ihrem Blick las er die Verwirrung und die Selbstzweifel, die sie quälten. „Setzen Sie sich, Brie.“

Die Zärtlichkeit, mit der er zu ihr sprach, ließ sie zögern. War eine Frau vor einem Mann, der so voller Zuneigung sprach, sicher? Langsam entzog sie ihm ihre Hand und ließ sich auf einem der gepolsterten Stühle nieder. „Also gut, wird das jetzt meine erste Nachhilfestunde?“

„Sie können es so sehen.“ Reeve setzte sich auf die Schreibtischkante, so dass er sich in sicherer Entfernung von Brie befand und ihr gerade ins Gesicht sehen konnte. „Erzählen Sie mir, was Ihnen einfällt, wenn Sie von sich als Prinzessin denken?“

„Wollen Sie mich analysieren?“

Reeve schlug die Beine übereinander. „Das ist eine einfache Frage. Geben Sie mir darauf eine einfache Antwort.“

Gabriella lächelte und schien sich zu entspannen. „An Märchenprinzen, gläserne Schuhe und gute Feen.“ Sie streichelte leicht mit der Rosenblüte über ihre Wange und sah an Reeve vorbei auf die Sonnenkringel, die dem Fußboden ein lustiges Muster gaben. „Diener in prachtvollen Uniformen, Kutschen mit Sitzen aus weißem Satin, hübsche Silberkrönchen und rauschende Gewänder. Und Menschenmengen … Menschenmengen“, wiederholte sie und blickte starr hinaus in das Sonnenlicht, „die unter dem Fenster jubeln. Die Sonne sticht in den Augen, so dass man kaum richtig sehen kann, aber man hört das Volk. Man winkt. Ein starker Rosenduft liegt in der Luft. Ein Meer von Menschen, die lauter und lauter rufen, eine fröhliche Welle herzlicher Zuneigung.“ Plötzlich verstummte Gabriella und ließ die Rose auf ihren Schoß sinken.

Ihre Hand hatte zu zittern begonnen, Reeve bemerkte es, kurz bevor sie die Blume fallen ließ. „Ist das alles Einbildung oder Erinnerung?“, forschte er.

„Ich …“ Wie konnte sie ihm das erklären? Sie hörte noch immer die Jubelrufe und nahm den Duft der Rosen wahr, aber sie konnte sich nicht genau daran erinnern. Sie spürte förmlich, wie ihr die Sonne in den Augen wehtat, aber sie konnte einfach nicht an das Fenster treten. „Nur Eindrücke“, sagte sie daher nach einem kurzen Schweigen. „Sie kommen und gehen, aber sie bleiben nie.“

„Zwingen Sie sich nicht.“

Gabriella fuhr herum. „Ich will …“

„Ich weiß, was Sie wollen.“ Reeves Stimme klang ruhig, fast sorglos. Gabriellas Miene zeigte einen Anflug von Verärgerung. Er wusste jedoch damit umzugehen und hob den Terminkalender hoch, ohne ihn zu öffnen. „Ich werde Ihnen einen ganz normalen Arbeitstag Ihrer königlichen Hoheit, der Prinzessin Gabriella de Cordina, beschreiben.“

„Und woher kennen Sie den Tagesablauf?“

Reeve wog das Buch in seiner Hand und warf ihr einen Blick zu. „Es ist meine Pflicht, mich zu informieren. Sie stehen immer um halb acht auf und frühstücken in Ihrem Zimmer. Von halb neun bis zehn Uhr besprechen Sie sich mit dem Palastmanager.“

„Régisseur.“ Brie runzelte die Stirn. „Man nennt ihn Régisseur, nicht Manager.“

Reeve äußerte sich nicht dazu und ließ Gabriella Zeit, herauszufinden, warum dieser Ausdruck ihr so geläufig war. Dann fuhr er fort: „Sie bestimmen die tägliche Speisenfolge. Ist kein offizielles Diner angesetzt, so wird mittags die Hauptmahlzeit eingenommen. Diese Pflichten haben Sie nach dem Tode Ihrer Mutter übernommen.“

„Ich verstehe!“ Sie erwartete eigentlich, den Schmerz des Verlustes zu spüren, doch nichts regte sich in ihr.

„Fahren Sie fort.“

„In der folgenden halben Stunde erledigen Sie hier in Ihrem Büro die offizielle Korrespondenz mit Ihrer Sekretärin. Im Allgemeinen diktieren Sie ihr die Antworten und unterzeichnen die Briefe dann später.“

„Wie lange arbeitet sie schon bei mir?“, fragte Gabriella plötzlich. „Diese Janet Smithers?“

„Nicht ganz ein Jahr. Ihre frühere Sekretärin bekam ihr erstes Kind und schied aus.“

„Bin ich …“ Gabriella suchte nach der passenden Formulierung. „Habe ich ein gutes Verhältnis zu ihr?“

Reeve sah auf. „Niemand hat mir etwas Gegenteiliges berichtet.“

Unwillig schüttelte Gabriella den Kopf. Wie sollte sie einem Mann erklären, dass sie wissen wollte, wie sie zu ihrer Sekretärin von Frau zu Frau stand? Wie sollte sie ihm klarmachen, dass ihr daran gelegen war, zu wissen, ob sie eine enge Freundschaft zu einer Frau hatte, die in der Lage war, den durch Männer geprägten Horizont am Hofe zu durchbrechen? Vielleicht war dies etwas, was sie für sich selbst ausfindig machen musste. „Bitte, berichten Sie weiter“, forderte sie ihn auf.

„Wenn Zeit genug ist, kümmern Sie sich während dieser halben Stunde auch um Ihre Privatkorrespondenz. Andernfalls bleiben diese Briefe bis abends liegen“, fuhr Reeve fort.

Das alles erschien Gabriella langweilig, aber Pflichten waren ja oft langweilig. „Worin besteht die offizielle Korrespondenz?“

„Sie sind die Präsidentin der Gesellschaft zur Hilfe für behinderte Kinder. Sie ist Cordinas größte karitative Organisation. Außerdem repräsentieren Sie das Internationale Rote Kreuz. Weiterhin haben Sie sich sehr für das Museum der Schönen Künste engagiert, das zur Erinnerung an Ihre Mutter errichtet wurde. Es ist Ihre Aufgabe, den Schriftwechsel mit den Gattinnen der Staatsoberhäupter zu führen, sich in verschiedenen Ausschüssen zu betätigen, Einladungen anzunehmen oder abzulehnen und vor allem die Gastgeberin bei offiziellen Anlässen zu sein. Die Politik und die Regierungsgeschäfte liegen in den Händen Ihres Vaters, teilweise jedoch auch bei Alexander!“

„Ich bin also mehr für die weiblichen Aspekte der Verpflichtungen verantwortlich?“

Reeve musste plötzlich lächeln. Dieses Lachen war sehr sympathisch, fand Gabriella. „Nach einem Blick auf Ihren Zeitplan würde ich das nicht so sagen.“

„Bis jetzt besteht er doch nur daraus, Briefe zu beantworten“, antwortete sie belustigt.

„An drei Tagen in der Woche arbeiten Sie in der Zentrale der Gesellschaft zur Hilfe behinderter Kinder. Wenn Sie mich fragen, ich möchte den Berg an Briefen nicht erledigen müssen. Seit eineinhalb Jahren bestürmen Sie den Nationalrat um eine Etaterhöhung für das Museum der Schönen Künste. Im letzten Jahr haben Sie für das Rote Kreuz fünfzehn Länder bereist und waren unter anderem zehn Tage in Äthiopien. WORLD MAGAZINE hat eine zehnseitige Reportage darüber gebracht. Ich werde Ihnen von dem Artikel eine Kopie beschaffen."

Gabriella griff erneut nach der Rose, dann stand sie auf. „Mache ich meine Arbeit gut?", verlangte sie zu wissen. „Weiß ich, weshalb ich sie tue, oder bin ich nur eine Art Aushängeschild?"

Reeve nahm sich eine Zigarette. „Beides. Eine schöne junge Prinzessin zieht natürlich die Aufmerksamkeit auf sich, vor allem die der Presse. Sie lebt mit dem öffentlichen Interesse und ist deshalb gut in der Lage, finanzielle Unterstützung für karitative Zwecke zu erbitten. Eine kluge, junge Frau weiß diese Stellung zu nutzen und ihr Geschick einzusetzen. Ihrem Tagebuch zufolge ..."

„Sie haben mein Tagebuch gelesen?"

Reeve überraschte die Mischung aus Zorn und Verlegenheit, die sich in ihrem Gesicht widerspiegelte. Sie konnte doch gar nicht wissen, ob es einen Grund gab, verlegen zu sein. „Sie haben mich gebeten, Ihnen zu helfen", erinnerte er Gabriella. „Ich kann das nicht, wenn ich Sie nicht einmal kenne. Sie können jedoch beruhigt sein, Gabriella, Sie sind ein sehr diskreter Mensch, selbst in Ihrem Tagebuch."

Es hatte keinen Sinn, sich zu zieren. Reeve würde das nur genießen. „Was sagten Sie gerade?", fragte sie also möglichst gelassen.

„Ihrem Tagebuch zufolge, empfinden Sie die Reisen als anstrengend. Sie haben diese Fahrten nie sehr gern unternommen, aber Sie machen sie jedes Jahr aufs Neue, weil Sie die Notwendigkeit dafür einsehen. Gelder müssen gesammelt und Verpflichtungen wahrgenommen werden. Sie arbeiten hart, Gabriella, das kann ich Ihnen bestätigen."

„Ich muss Ihnen wohl Glauben schenken." Gabriella steckte die Rose wieder zurück in die Vase. „Und jetzt möchte ich anfangen. Wenn ich meinen Gedächtnisschwund so diskret wie möglich überspielen soll, dann benötige ich als Erstes die Namen der Leute, die ich kennen muss." Sie ging um den Schreibtisch herum, setzte sich in den Sessel und nahm einen Kugelschreiber zur Hand. „Erzählen Sie mir, was Sie wissen. Dann rufe ich diese Janet Smithers. Habe ich heute einen Termin?"

„Um ein Uhr bei der Gesellschaft zur Hilfe für behinderte Kinder."

„Sehr schön. Ich muss vorher noch eine Menge lernen."

Bevor Reeve die Prinzessin mit ihrer Sekretärin allein ließ, hatte er ihr mehr als fünfzig Namen genannt, mit den dazugehörigen Erklärungen und Hintergrundinformationen. Es wäre schon beachtlich, wenn Gabriella sich auch nur an die Hälfte erinnerte.

Hätte er die Wahl gehabt, so wäre er jetzt in sein Auto gestiegen und irgendwohin gefahren. An die See, oder in die Berge, das war ihm gleich. Paläste, egal wie riesig oder schön sie waren, welche historische Faszination von ihnen auch ausgehen mochte, waren doch nur Wände, Decken und endlose Gänge. Er brauchte jetzt eigentlich den freien Himmel über sich.

Auf seinem Weg in den vierten Stock zum Büro des Fürsten blieb Reeve kurz an einem Fenster stehen und warf einen Blick auf die Stadt, die in der Morgensonne lag.

Oben klopfte er dann an die Tür und wurde umgehend eingelassen. Der Fürst saß beim Kaffee in einem Raum, der doppelt so groß wie der Gabriellas war, prachtvoller und entschieden männlicher. An der Decke waren kunstvoll gestaltete und vergoldete Stuckaturen, und in der Mitte des Raumes standen bequeme Sessel und ein massiver Eichenschreibtisch. Die Fenster waren geöffnet, und das Licht flutete über den riesigen roten Teppich.

„Gerade ist Loubet gegangen", begann Armand das Gespräch. „Haben Sie schon die Zeitung gelesen?"

„Ja." Reeve nahm dankend eine Tasse Kaffee entgegen, die der Fürst ihm angeboten hatte, blieb jedoch stehen, da auch Armand sich nicht setzte. Er wusste das Protokoll einzuhalten. „Man ist offensichtlich sehr erleichtert darüber, dass die Prinzessin wieder in Sicherheit ist. Aber natürlich war auch zu erwarten, dass es eine Menge Mutmaßungen über die Entführung selbst geben würde."

„Und natürlich eine ordentliche Portion Kritik an Cordinas Polizei“, setzte Armand hinzu. „Auch damit musste man rechnen. Doch andererseits hat diese Kritik so gut wie gar nichts in der Hand, auf das sie sich stützen kann.“

Kühl neigte Reeve den Kopf. „Wirklich nichts?“

Jeder hielt dem Blick des anderen stand. „Die Polizei hat ihre Aufgaben, und Sie die Ihren. Sie sind heute Morgen bei meiner Tochter Gabriella gewesen?“

„Ja!“

„Bitte nehmen Sie Platz.“ Mit einer ungeduldig wirkenden Geste wies Armand auf einen Stuhl. Protokoll hin, Förmlichkeiten her, er selbst wollte stehen bleiben. „Wie geht es ihr?“

Reeve setzte sich und sah dem Fürsten zu, der mit derselben nervösen Haltung durch das Zimmer ging wie vorher seine Tochter. „Physisch gesehen erholt sie sich recht schnell. Aber was den Verlust der Erinnerung angeht, gibt es keine Fortschritte. Ihre Sekretärin unterrichtet sie momentan über verschiedene Personen. Gabriella will ihren Tageslauf von heute an wieder beibehalten.“

Armand nahm einen Schluck Kaffee und setzte die Tasse dann auf den Tisch zurück. Er hatte an diesem Morgen eigentlich schon zu viel Kaffee getrunken. „Und Sie werden sie begleiten?“

Auch Reeve nippte an seinem heißen, aromatischen Kaffee. „Ich werde bei ihr sein.“

„Es ist schwierig …“ Armand unterbrach sich selbst, war um Fassung bemüht. Ist es Ärger, Trauer, Hilflosigkeit?, versuchte Reeve herauszufinden.

„Es ist schwierig“, wiederholte der Fürst jetzt mit völlig beherrschter Stimme, „im Hintergrund zu bleiben und wenig tun zu können. Sie kamen auf meine Bitte hin, blieben auf meinen Wunsch, und jetzt bin ich tatsächlich eifersüchtig auf Sie, weil Sie das Vertrauen meiner Tochter genießen.“

„Vertrauen ist sicher zu früh gesagt. Im Moment hält sie mich für nützlich.“

Reeve fiel der Verdruss und die Enttäuschung in seiner Stimme auf, und er bemühte sich, ihn nicht zu deutlich werden zu lassen. „Ich kann die Prinzessin über sie selbst informieren, ohne ihr Gefühlsleben zu sehr zu beeinträchtigen.“

„Wie ihre Mutter ist sie ein äußerst empfindsamer Mensch. Wenn sie liebt, dann uneingeschränkt. Dieser Wesenszug allein ist schon unschätzbar!“

Armand ließ seinen Kaffee auf dem Tisch stehen und ging hinüber an seinen Schreibtisch. Reeve war sich sicher, dass damit der persönliche Teil ihres Gespräches beendet war. Unmerklich steigerte sich seine Aufmerksamkeit.

„Gestern Abend machte mich Bennett darauf aufmerksam, dass ich Sie in eine schwierige Lage gebracht haben könnte“, sagte Armand.

„In welcher Hinsicht?“, fragte Reeve, äußerlich entspannt, aber innerlich sehr auf der Hut.

„Sie werden ständig an Gabriellas Seite sein, privat und in der Öffentlichkeit. Aufgrund Ihrer Position wird meine Tochter viel fotografiert. Man interessiert sich für ihr Leben. Meine Gedanken kreisten zu sehr um Gabriellas Sicherheit und ihre Genesung, als dass ich die Verwicklungen berücksichtigt hätte, die sich aus Ihrer Anwesenheit ergeben könnten.“

„Sie meinen, hinsichtlich meiner Anwesenheit in Gabriellas Leben?“

Armand verzog ein wenig die Lippen: „Es erleichtert mich, nicht alles genau ausführen zu müssen. Bennett ist jung, und seine eigenen Affären werden in der internationalen Presse mit Vergnügen breitgetreten.“

In Armands Ton lag eine Mischung aus Stolz und Verärgerung. Das ist das Schicksal eines Vaters, dachte Reeve amüsiert. Oft genug hatte er diese Reaktion bei seinem eigenen Vater beobachtet. „Vielleicht ist ihm dieses Problem deshalb als Erstem aufgefallen“, fuhr Armand fort.

„Ich bin hier zum Schutze der Prinzessin“, meinte Reeve. „Das ist doch eine sehr einfache Erklärung.“

„Es ist für den Herrscher von Cordina nicht so einfach zu rechtfertigen, einen früheren Geheimdienstler, einen Amerikaner, zum Schutze seiner Tochter gerufen zu haben. Das könnte man als Kränkung ansehen. Wir sind zwar ein kleines Land, Reeve, aber ein sehr selbstbewusstes.“

Reeve schwieg eine Weile und wog Armands Worte ab. „Möchten Sie, dass ich abreise?", fragte er schließlich.

„Nein."

Reeve war erleichtert. „Ich kann meine Nationalität nicht ändern, Armand."

„Nein." Die Antwort war knapp. „Es wäre allerdings möglich, Ihre Stellung derart zu ändern, dass sie die Möglichkeit hätten, eng an Gabriellas Seite zu sein, ohne dass man auf falsche Gedanken kommen könnte."

Jetzt musste auch Reeve lächeln. „Als Bewerber um ihre Hand?"

„Wieder machen Sie es mir leicht." Armand lehnte sich im Sessel zurück und betrachtete den Sohn seines Freundes.

Unter weniger komplizierten Umständen hätte er vielleicht sogar einer Verbindung zwischen seiner Tochter und Reeve zugestimmt. Es ließ sich nicht leugnen, dass er gehofft hatte, Gabriella schon zu einem früheren Zeitpunkt verheiratet zu sehen. Aus diesem Grunde hatte er sie mit Angehörigen der besten Adelshäuser Englands und Frankreichs bekannt gemacht. Nun ja, auch die MacGees hatten einen beeindruckenden Stammbaum und eine makellose Herkunft. Es wäre ihm nicht unangenehm, wenn dieser rein theoretische Vorschlag, den er jetzt unterbreitete, Wirklichkeit würde.

„Ich schlage sogar vor, noch einen Schritt weiterzugehen. Wenn Sie keine Einwände haben, dann würde ich gern Ihre Verlobung mit Gabriella bekannt geben." Armand wartete auf eine Reaktion von Reeve, eine Geste, eine Veränderung der Mimik. Reeve verharrte jedoch in rein höflichem Interesse. Armand wusste sehr zu schätzen, dass der Amerikaner seine Gedanken für sich behielt.

„Als ihr Verlobter", fuhr er fort, „können Sie stets an Bries Seite sein, ohne zu Fragen Anlass zu geben."

„Es könnte schon die Frage auftauchen, wie ich nach nur wenigen Tagen Aufenthalt in Cordina zum Verlobten der Prinzessin werden konnte."

Armand nickte und schätzte den klaren sachlichen Einwand. „Meine langjährige Verbindung zu Ihrem Vater macht das mehr als erklärlich. Gabriella reiste erst im vergangenen Jahr in Ihr Heimatland. Man könnte verlauten lassen, dass damals die Beziehung ihren Anfang nahm."

Reeve nahm sich eine Zigarette. „Verlobungen haben es so an sich, dass sie in Eheschließungen enden."

„Richtige Verlobungen schon. Doch diese wird nur zu einem bestimmten Zweck geschlossen. Wenn der Fall beendet ist, werden wir bekannt geben, dass Gabriella und Sie sich eines anderen besonnen haben. Die Verlobung wird aufgelöst und jeder geht wieder seinen eigenen Weg. Die Presse wird sich auf die Geschichte stürzen, doch niemand wird so zu Schaden kommen."

Die Prinzessin und der Farmer, dachte Reeve und konnte sich ein ironisches Lächeln nicht verkneifen. Das konnte aufregend werden. „Selbst wenn ich zustimmen sollte, so ist doch noch jemand anderes davon betroffen."

„Gabriella wird das tun, was für sie und ihr Land das Beste ist. Die Entscheidung liegt bei Ihnen, nicht bei ihr."

Armand sprach mit der kühlen Selbstverständlichkeit einer Person, die sich ihrer Macht absolut sicher ist.

Hatte Gabriella nicht gesagt, dass es sie am meisten störte, keine eigene Entscheidung treffen zu können, schoss es Reeve durch den Kopf. Er mochte Sympathien für die Prinzessin empfinden, aber er würde diese Entscheidung leider über ihrem Kopf hinweg treffen müssen. „Ich verstehe Ihre Beweggründe, Fürst Armand. Wir werden Ihrem Vorschlag entsprechend vorgehen."

Der Regent erhob sich. „Ich werde mit Gabriella sprechen."

Reeve konnte sich nicht vorstellen, dass sie darüber sehr erfreut sein würde. Im Grunde wünschte er nicht einmal, dass sie sich einfach einverstanden erklärte. Er empfand es als simpler für ihn, wenn sie etwas kratzbürstig und unterkühlt reagieren würde. Denn es war jener Blick des Verlorenseins, der Hilflosigkeit, der ihn so sehr an ihr faszinierte.

Kurz vor ein Uhr verließ Gabriella den Palast. Sie trug ein elegantes Chanel-Kostüm, und ihre offenen Haare wehten im Wind, so dass das Sonnenlicht darauf zu tanzen schien. Ärgerlich wandte sie sich zu Reeve um und blitzte ihn stolz an.

Ein Geschöpf der Sonne, fiel es ihm auf, während er am Wagen auf sie wartete. Sie gehörte einfach nicht hinter Schlossmauern, sondern in die Freiheit unter diesen azurblauen Himmel.

Reeve verbeugte sich leicht, während er ihr die Wagentür öffnete. Gabriella sah ihn mit ihren flammenden Augen an. „Sie haben mich hintergangen." Wütend ließ sie sich auf den Vordersitz fallen und sah stur vor sich hin.

Reeve klimperte mit den Autoschlüsseln in seiner Tasche und ging auf die Fahrerseite hinüber. Er konnte diese Angelegenheit jetzt mit Feingefühl behandeln, oder ganz nach seinem eigenen Ermessen. „Ist etwas nicht in Ordnung, Liebling?", fragte er sie schelmisch und setzte sich hinter das Steuer.

„Was fällt Ihnen ein, zu scherzen!" Zornig sah Gabriella ihn an. „Wie können Sie es wagen!"

Reeve nahm ihre Hand und hielt sie fest, obgleich Gabriella sie mit einem schnellen Ruck fortziehen wollte. „Gabriella, manche Dinge nimmt man besser nicht so schwer."

„Diese Farce. Dieser Betrug!" Ein französischer Wortschwall brach plötzlich aus ihr hervor, den er nur zum Teil verstand, dessen protestierender, wütender Unterton jedoch nicht zu überhören war.

„Erst muss ich mich mit Ihnen als Leibwächter abfinden", fuhr sie fort und wechselte übergangslos wieder ins Englische. „Wohin ich auch immer meinen Fuß setzen will, Sie sind da und schleichen um mich herum. Und jetzt dieser Vorwand, dass wir heiraten werden. Wozu das alles? Nur damit es nicht bekannt wird, dass mein Vater einen Leibwächter eingestellt hat, der weder aus Cordina noch aus Frankreich kommt. Nur damit ich ständig in Begleitung eines Mannes gesehen werden kann, ohne damit meinem Ruf zu schaden. Ha!" Mit einer schlecht gelaunten, aber dennoch beherrscht wirkenden Handbewegung unterstrich sie ihre Worte. „Es ist mein Ruf, mein Ruf!"

„Es geht ebenso um den meinen", versetzte Reeve kühl.

Bei diesen Worten drehte Gabriella sich zu ihm hin und musterte ihn hochmütig von oben bis unten. „Ich glaube, ich irre nicht in der Annahme, dass Sie schon einen Ruf haben. Und mit dem habe ich absolut nichts zu schaffen", setzte sie schnell hinzu, bevor Reeve etwas entgegnen konnte.

„Als meine Verlobte betrifft mein Ruf Sie sehr wohl." Reeve startete den Wagen und fuhr gemächlich den Berg hinunter.

„Es ist eine lächerliche Komödie."

„Zugegeben."

Diese Bestätigung brachte sie zum Schweigen. Die Tatsache, dass er mit ihr einer Meinung war, nahm ihr förmlich den Wind aus den Segeln.

„Sie finden es lächerlich, mit mir verlobt zu sein?", fragte sie nach, um sicher zu gehen.

„Absolut." Die Antwort war knapp und eindeutig.

Gabriella entdeckte einen neuen Charakterzug an sich. Sie hatte eine beachtliche Portion Eitelkeit. „Und warum?"

„Normalerweise verlobe ich mich nicht mit Frauen, die ich kaum kenne. Außerdem würde ich es mir gründlichst überlegen, mich an jemanden zu binden, der eingebildet, launisch und selbstsüchtig ist."

Gabriella saß kerzengerade. Aus ihrer Handtasche holte sie eine Sonnenbrille hervor und setzte sie auf. „Dann müssen Sie doch recht zufrieden sein, dass es sich hier nur um eine Verlobung pro forma handelt, nicht wahr?"

„Ja."

Sie ließ ihre Handtasche zuschnappen. „Und auch noch von sehr kurzer Dauer."

Reeve war nicht zum Lachen zumute. Ein Mann geht nur ein bestimmtes Maß an Risiken pro Tag ein. „Je kürzer, desto besser."

„Ich werde mir alle Mühe geben, Ihnen das Leben nicht schwerer als nötig zu machen!"

Den Rest der Fahrt über hüllte Brie sich in unheilvolles Schweigen.

Die Zentrale der GHBK, der Gesellschaft zur Hilfe für behinderte Kinder, befand sich in einem alten, imposanten Gebäude. Einst war es der Palast von Bries Urgroßmutter gewesen, wie die tüchtige Janet Smithers ihr gesagt hatte.

Brie stieg aus dem Wagen und rekapitulierte in Gedanken die Anlage des Gebäudes, während sie darauf zuging. Sie verspürte ein unangenehmes Kribbeln im Magen und war dankbar, dass Reeve sie an der Hand hielt, obwohl sie sicher nicht selbst nach seiner gegriffen hatte.

Sie betraten die kühle, weiße Halle. Sofort erhob sich eine Frau, die neben dem Eingang an einem Tisch gesessen hatte, und verbeugte sich vor ihr: „Eure Hoheit, ich bin froh und erleichtert, Sie wieder zu sehen."

„Vielen Dank, Claudia." Gabriella zögerte nur so kurz vor dem Namen, dass es auch Reeve kaum auffiel.

„Wir haben Sie nicht erwartet, Eure Hoheit. Nach der ... nach dem, was geschehen ist." Claudias Stimme schwankte.

Gabriella war ehrlich bewegt. Es war ihr jetzt wichtiger als Politik oder Vorsicht.

Sie reichte Claudia beide Hände: „Es geht mir gut, Claudia. Ich sehne mich nach Arbeit." Von dieser Frau ging eine Sympathie aus, die sie bei ihrer Sekretärin vermisst hatte. Doch ehe sie nicht die Motive dafür wusste, konnte und durfte sie dieser Freundlichkeit nicht nachgeben.

„Darf ich Ihnen Mr. MacGee vorstellen. Er ... wohnt bei uns. Claudia ist seit beinahe zehn Jahren bei der GHBK, Reeve." Gabriella gab ihm genau die Information, die sie noch am selben Morgen von ihm bekommen hatte.

„Ich glaube, sie könnte die Gesellschaft ganz allein leiten. Sagen Sie, Claudia, ist überhaupt noch irgendetwas für mich zu tun übrig?"

„Der Ball steht bevor, Eure Hoheit. Und wie immer, gibt es auch jetzt Schwierigkeiten."

Der jährliche Wohltätigkeitsball, erinnerte sich Gabriella ihrer Lektion. Dieses Fest war in Cordina eine Tradition und für die GHBK die beste Gelegenheit, Mäzene zu finden. Sie als Präsidentin übernahm die Organisation, und als Prinzessin war sie auch stets Gastgeberin. In jedem Frühjahr versammelte der Ball reiche, berühmte und wichtige Persönlichkeiten in Cordina. „Was wäre der Ball ohne Komplikationen. Ich mache mich gleich an die Arbeit. Kommen Sie, Reeve, wir wollen sehen, wie nützlich Sie sein können."

Sie hatte die erste Hürde genommen! Beide gingen die Treppe hinauf, schritten ein Stück den langen Korridor entlang und betraten das zweite Zimmer der rechten Seite.

„Gut gemacht", lobte Reeve, nachdem sie die Tür hinter sich geschlossen hatten.

Der Raum war nicht so elegant eingerichtet wie ihr privates Büro. Gabriella fragte sich, womit sie anfangen sollte. Voller Energie setzte sie sich dann an den Schreibtisch und befasste sich mit ihrer Aufgabe. Es machte ihr Spaß, und es war aufregend festzustellen, dass sie dafür sogar eine Begabung hatte.

Innerhalb von knapp zwei Stunden war es ihr gelungen, sich mit der Situation vertraut zu machen, und dann begann sie langsam und sehr systematisch, sich mit diversen Einzelheiten, Problemen und Entscheidungen auseinanderzusetzen. Die Arbeit ging ihr ganz selbstverständlich von der Hand und am Ende dieser zwei Stunden war ihr Selbstvertrauen enorm gestärkt und ihre Stimmung glänzend.

Als sie schließlich das Büro verließ, lagen immer noch Stöße von Akten und Dokumenten auf dem Schreibtisch herum, aber es war ihre Unordnung, und Gabriella wusste, wo sie etwas zu suchen hatte.

„Das hat Spaß gemacht", sagte Gabriella zu Reeve, als sie wieder im Wagen saßen.

„Sehr viel sogar. Jetzt halten Sie mich vielleicht für etwas merkwürdig, oder nicht?"

„Nicht im Geringsten." Sie wartete, dass er den Wagen startete, doch er machte keine Anstalten. „Sie haben enorm viel in diesen paar Stunden geleistet, Brie. Aus meinem eigenen Beruf weiß ich, wie langweilig Schreibtischarbeit sein kann."

„Aber wenn man damit etwas erreichen kann, ist sie doch alle Mühe wert, finden Sie nicht? Die GHBK ist eine wichtige Organisation, die nicht nur schöne Worte macht, sondern wirklich hilft. Denken Sie doch an die Einrichtungen im neuen Flügel für die Hüftgeschädigten, die Rollstühle, Gehhilfen. All das kostet viel Geld, und wir können es beschaffen." Ihr Blick fiel auf den Diamantring an ihrem Finger. „Ich habe jetzt aber kein schlechtes Gewissen mehr."

Gabriella schwieg einen Moment, und Reeve startete endlich den Wagen. Dann sagte sie leise: „Reeve, ich möchte jetzt noch nicht in den Palast zurück. Können wir noch woanders hinfahren? Ich möchte gerne an die frische Luft."

„Aber natürlich!" Er verstand ihren Wunsch nur zu gut. Ohne sich dessen recht bewusst zu sein, nahm er die Straße zum Meer.

Außerhalb der Stadt gab es Stellen, wo sich die Straße an der Befestigungsmauer entlangschlängelte. Abseits von Lebarre, dem Hafen Cordinas, war das Land noch frei, wild und ursprünglich. Reeve hielt neben einer Gruppe verwitterter Felsen an, bei der ein paar windschiefe Bäume standen.

Gabriella stieg aus und genoss die herrliche, weite Sicht. Irgendwie erinnerte sie sich an den Geruch und den Geschmack des Meeres. Sie war sich nicht sicher, jemals vorher an dieser Stelle gewesen zu sein. Wie gut tat es, auf das Wasser zu schauen. Sie verdrängte den Wunsch, Erinnerungen heraufzuholen und ging in Richtung der alten, trutzigen Befestigungsmauer.

Winzige Purpurblumen erkämpften sich ihren Weg durch die Steine zur Sonne. Verträumt strich Gabriella über eine Blüte. Dann kletterte sie auf die Mauer, ohne auf ihr Kostüm zu achten, und blickte hinunter.

Vor ihr lag das tiefblaue Meer. Wäre die Mauer nicht gebaut worden, so hätten die Wellen mehr und mehr vom Land weggerissen. Weiter draußen sah man große Frachter, die in Richtung Hafen fuhren, und außerdem eine Unzahl kleiner hübscher Segelboote.

„An einigen Orten fühlt man sich von Anfang an wohl. Sie sind einem vertraut. Hier geht es mir ganz stark so“, erklärte sie träumerisch.

„Sie hätten nicht am Meer aufwachsen können, ohne dass Ihnen ein Platz wie dieser entgangen wäre“, gab Reeve zurück.

Der Wind zerzauste ihr Haar und blies es ihr aus dem Gesicht. Es wirkte im Sonnenlicht wie kleine, züngelnde Goldflammen. Reeve setzte sich in einiger Entfernung neben sie.

„Ich glaube, ich bin früher an einer solchen Stelle gewesen, nur um frische Luft zu haben, wenn ich dem Protokoll entgehen wollte.“ Sie seufzte leicht auf, dann schloss sie die Augen und hielt das Gesicht in den Wind. „Ich frage mich, ob ich immer so empfunden habe.“

„Fragen Sie Ihren Vater.“

Gabriella senkte den Kopf. Als ihre Blicke sich trafen, sah Reeve die Erschöpfung in ihren Augen, obwohl Brie sie so sorgfältig zu verbergen versucht hatte. Sie ist noch nicht wieder voll bei Kräften, sagte er sich. Und Verletzbarkeit gegenüber war er machtlos.

„Das ist schwierig." Zorn und Verärgerung, Spannungen und Erschöpfung waren vergessen, und sie fühlte sich wieder zu ihm hingezogen. Sie konnte mit ihm reden und ihm uneingeschränkt alles sagen, was ihr durch den Kopf ging.

„Ich möchte meinem Vater nicht wehtun. Von ihm geht eine so große Liebe und eine so starke Sorge um mich aus, dass ich unsicher bin. Ich weiß, er wartet darauf, dass ich mich an alles erinnere."

„Warten sie nicht selbst auch darauf?"

Gabriella sah schweigend auf die See hinaus.

„Brie, wollen Sie sich nicht erinnern?"

Sie sah Reeve nicht an, sondern hielt ihren Blick weiter auf das Wasser gerichtet. „Ein Teil von mir bemüht sich ganz verzweifelt darum. Aber ein anderer verdrängt jeden Ansatz, als wäre mir das alles hier zu viel. Wenn ich mich an das Gute erinnere, werde ich mich dann nicht auch an die schlechten Dinge erinnern?"

„Sie sind doch kein Feigling", wandte er ein.

„Das frage ich mich, Reeve. Ich erinnere mich daran, dass ich gerannt bin, ich erinnere mich an den Regen und den Sturm. Ich weiß, dass ich gelaufen bin, bis ich dachte, ich würde vor Erschöpfung sterben. Am stärksten erinnere ich mich an die Furcht, die so gewaltig war, dass ich lieber gestorben wäre, als angehalten hätte. Ich bin nicht sicher, ob dieser furchtsame Teil meines Ichs es mir ermöglichen wird, die Erinnerung zurückzugewinnen und mich damit allem auszusetzen."

Reeve begriff sehr gut, wovon sie sprach.

„In einem Augenblick wie diesem hier wäre es so leicht, nur zu entspannen und alles hinter sich zu lassen, den Dingen einfach ihren Lauf zu geben. Wenn ich nicht die wäre, die ich bin, könnte ich das ohne Weiteres tun, und niemand würde sich darum kümmern." Gabriella strich ihr Haar zurück und genoss die Brise, die ihr Gesicht umwehte.

„Aber Sie sind, was Sie sind, eine Prinzessin."

„Ja. Ich bin jedoch davon überzeugt, dass ich fünfzig Wochen voll Verpflichtungen und Repräsentation leichter ertragen könnte, wenn ich nur zwei Wochen hätte, um auf einem Felsen zu sitzen und dem Wind zuzuhören. Mir wurde übrigens berichtet, Sie hätten selbst Grundbesitz, eine Farm, aber keine Frau. Warum?"

„Das ist allerdings eine komische Frage von der eigenen Verlobten!"

„Sie sagen das nur, um mich zu ärgern und meiner Frage auszuweichen."

„Sie haben hellseherische Fähigkeiten, Brie." Reeve sprang von der Mauer und hielt ihr die Hand hin. „Wir sollten zurückfahren."

„Ich fände es nur gerecht, wenn ich mehr über Ihr Leben wüsste, nachdem Sie so viel über meines wissen." Trotzdem reichte sie ihm die Hand. „Haben Sie je eine Frau geliebt?"

„Nein."

„Manchmal frage ich mich, ob es bei mir schon einmal so war." Gabriellas Stimme klang gedankenverloren, und sie sah noch einmal auf das Meer zurück. „Das ist der Grund, weshalb ich Sie gestern Abend dazu brachte, mich zu küssen. Ich dachte, vielleicht könnte ich mich auf diese Weise erinnern."

Reeve fiel der amüsierte Unterton ihrer Bemerkung auf, aber er war selbst gar nicht amüsiert. „Und, hat es Sie erinnert?"

„Nein. Nicht, dass man mich nicht früher schon geküsst hätte, aber mir kam kein Mann im Besonderen in den Sinn."

Flirtet Sie jetzt in voller Absicht mit mir, oder ist sie nur einfach naiv?, überlegte Reeve und nahm sie fester bei der Hand. „Niemand?"

Gabriella fiel der Wechsel von Reeves Ton auf, diese gefährlich ruhige Stimme. Für eine Frau war es ratsam, vor diesem Ton auf der Hut zu sein. „Niemand. Ich glaube fast, dass für mich früher noch kein Mann von großer Bedeutung gewesen ist."

„Sie sind aber auf den Kuss eingegangen wie eine Frau, der die eigenen Wünsche ganz und gar nicht fremd sind."

Gabriella zog sich nicht zurück, obwohl er jetzt näher bei ihr war. „Vielleicht bin ich eine erfahrene Frau, wer weiß. Jedenfalls bin ich kein Kind mehr."

„Nein. Keiner von uns beiden ist es mehr", sagte Reeve und kam noch näher zu ihr hin. Sie standen sich direkt gegenüber.

Ihr Mund war weich und einladend. Sie küsste ihn wie am Abend zuvor. Nein, das Leben ist nie ganz leicht, dachte er, und zog sie fest zu sich heran. Aber es kann herrlich sein.

Gabriella gab sich ihm ganz hin. Sie waren jetzt allein, und es erschien ihr ganz natürlich, dass sie zusammen waren, Mund auf Mund, Körper an Körper. Reeve umfasste zärtlich ihren Nacken. Sie ließ ihren Kopf zurücksinken, und er spielte mit ihrem Haar. Reeves Herz schlug ebenso heftig wie ihres. Sie bemerkte seinen Puls.

So standen sie im hellen Sonnenlicht, das sie blendete. Gabriella schloss die Augen, und alles um sie herum versank. Sie streichelte seinen Rücken, spürte die festen Muskeln. Dieser Mann war Schutz und Gefahr zugleich. Sie wollte beides, jetzt, in diesem Augenblick, wo sie sich nur noch als Frau, nicht als Person von Stand fühlte.

Reeves Küsse wurden drängender. Er war sich jedoch nicht ganz sicher, ob sie wusste, was sie tat. Gabriella hatte die Augen einer Zauberin mit dem Gesicht eines Engels. Welcher Mann konnte diesem Blick und diesen zarten Zügen widerstehen? Einer Frau wie ihr konnte sich kein Mann entziehen, sie war die Versuchung in Person.

Und doch musste er vernünftig bleiben. Langsam, widerstrebend zwar, aber dennoch mit Nachdruck, schob er Gabriella von sich, wie er es auch schon am vergangenen Abend getan hatte. Sie behielt ihre Augen noch einen Moment lang geschlossen, als wollte sie diese Umarmung bis zum Letzten auskosten. Dann öffnete sie sie und sah ihn geradeheraus an. Vielleicht war ihnen beiden bewusst geworden, dass sie die Grenze noch nicht überschreiten konnten.

„Ihre Familie wird sich fragen, wo Sie sind“, flüsterte er.

Gabriella nickte und kam zurück in die Wirklichkeit. „Ja, zuerst die Pflicht, nicht wahr?“

Reeve gab ihr keine Antwort, und zusammen gingen sie zum Wagen zurück. Keiner von beiden sprach ein Wort.

6. KAPITEL

„Brie! Brie, warte einen Augenblick.“ Gabriella drehte sich um. Bennett kam in den Garten. An seiner Seite hatte er zwei herrlich gewachsene Barsois. Er sah wie ein Stallbursche aus, die verwaschenen Jeans waren achtlos in seine Stiefel gestopft, und das Hemd war auch nicht ganz sauber. Er wirkte wie ein fröhlicher, robuster junger Mann, der Mühe hatte, seine Energie im Zaum zu halten.

„Du bist allein? Ruhe, Boris“, befahl er und hielt den Hund davon ab, Bries Schuhe zu beschnuppern.

Boris und … Natascha, dachte Gabriella. Ihr fielen Reeves Instruktionen noch rechtzeitig ein. Selbst Hunde konnte man nicht außer Acht lassen, nicht, wenn sie ein Geschenk des russischen Botschafters waren.

Bennett hatte Mühe, die Unruhe der Tiere zu zügeln. „Ich sehe dich heute Morgen das erste Mal hier draußen.“

„Heute ist auch der erste Vormittag in dieser Woche, an dem ich keine Termine habe.“ Gabriella lächelte ein wenig unsicher darüber, ob sie sich schuldig oder erfreut fühlen sollte. Verlegen standen Bruder und Schwester einen Moment voreinander und suchten nach den richtigen Worten.

„Du hast ja deinen amerikanischen Schatten gar nicht bei dir“, prustete Bennett plötzlich los und grinste Gabriella an. Sie runzelte die Stirn. „Das ist Alex’ Spitzname für Reeve“, fuhr er jetzt sicherer fort. „Eigentlich mag ich ihn. Ich glaube, auch Alexander schätzt ihn, sonst würde er bestimmt viel förmlicher und unterkühlter reagieren. Ihm fällt es halt nur schwer, gerade zum jetzigen Zeitpunkt einen Fremden hier zu akzeptieren.“

„Man hat keinen von uns vorher gefragt, oder?“

„Nun, ich habe nichts gegen ihn. Stört es dich nicht, wenn er dauernd um dich herum ist?“

Gabriella war inzwischen seit einer Woche wieder im Palast, aber Reeve war ihr noch ebenso fremd wie ihre eigene Familie. „Nein, allerdings manchmal …“ Sie warf einen Blick auf die prachtvollen Rabatten im Garten. „Bennett, sag mir, habe ich schon immer so stark den Wunsch gehabt, von hier fort zu sein? Jeder ist so aufmerksam, so nett zu mir, aber ich werde das Gefühl nicht los, dass ich irgendwohin müsste, wo ich Luft habe, wo ich allein bin, wo ich im Gras liegen und alles um mich herum vergessen kann."

„Deshalb hast du doch diesen kleinen Bauernhof gekauft."

Hastig machte sie einen Schritt auf ihn zu. „Bauernhof?"

„Ach, wir nennen ihn so, obwohl es eigentlich nur ein Stück unbebauten Landes ist. Manchmal drohst du uns damit, einmal dort ein Haus bauen zu lassen."

Ein Bauernhaus, sann sie nach, ganz wie Reeve. „Bin ich damals auf dem Weg dorthin …"

„Ja." Die Hunde wurden unruhig, und Bennett ließ ihnen freien Lauf. „Ich war nicht hier, sondern in der Schule. Und wenn Vater seinen Willen bekommt, bin ich leider nächste Woche schon wieder in Oxford."

Plötzlich fühlte Gabriella sich zu diesem Jungen, der an der Schwelle zum Mannsein stand und dem Einfluss des Vaters entgehen wollte, hingezogen. Sie hakte ihn unter und sagte impulsiv: „Bennett, mögen wir uns?"

„Welch alberne … wir mögen uns, wir sind sogar sehr gute Freunde. Du warst stets mein Fürsprecher bei Vater."

„So? In welcher Hinsicht?"

„Nun, immer wenn ich in Schwierigkeiten war …"

„Was bei dir die Regel zu sein scheint?"

„Ja, allerdings", bestätigte Bennett, machte aber keinen unzufriedenen Eindruck bei seinen Worten.

„Und ich?", fragte Gabriella.

„Oh, du bist viel diskreter. Vater sagt immer, du seist das einzige seiner Kinder, das mit Vernunft gesegnet ist."

„Du meine Güte!" Gabriella krauste die Nase. „Und du kannst mich noch immer leiden?"

Mit einer brüderlichen Geste, die so natürlich, so herzlich war, dass ihr die Tränen in die Augen schossen, zerzauste Bennett ihr das Haar. „Mir ist es viel lieber, dass du vernünftig bis. Mir wäre Vernunft bei mir nur im Wege!"

„Und Alexander? Wie komme ich mit ihm zurecht?"

„Oh, gut." Er antwortete mit der Toleranz des jüngeren für seinen Bruder. „Er hat es von uns allen am schwersten. Er kann keinen zweiten Blick auf eine Frau werfen, ohne dass die Presse es gleich aufbläht. Alex hat Diskretion zu einer Kunst entwickelt. Man erwartet von ihm einfach, dass er alles noch besser macht als andere. Und er muss sein ständig aufbrausendes Temperament zügeln. Vom Thronerben erwartet man, dass er keine Skandale oder Szenen – weder in der Öffentlichkeit noch im Privatleben – hat."

Bennett lächelte ihr zu, und mit einer raschen Geste zog er sie an sich und drückte ihr einen Kuss auf die Wange. „Ich vermisse dich, Brie. Hoffentlich erinnerst du dich bald."

„Ich werde mich bemühen."

Mehr als jeder andere verstand Bennett offensichtlich, dass man Liebe nicht erzwingen konnte. Als er sie losließ, klang seine Stimme wieder locker und unbesorgt. „Ich muss jetzt die Hunde wegbringen, ehe sie den ganzen Garten umgewühlt haben. Soll ich dich zurückbegleiten?"

„Nein, danke, ich bleibe noch einen Augenblick. Heute Nachmittag habe ich eine Anprobe für mein Kleid für den GHBK-Ball. Die wird mir nicht viel Spaß machen."

„Du hasst solche Sachen", sagte Bennett fröhlich. „Ich werde rechtzeitig aus Oxford für den Ball zurückkommen. Dann werde ich dir beim Tanz über die Schulter sehen und nach einem attraktiven Mädchen Ausschau halten, um es zu verführen."

„Du hast das Zeug zu einem Casanova." Gabriella lachte.

„Oh, ich tue, was ich kann. Boris, Natascha, hierher!" Bennett rief die Hunde und verließ mit ihnen den Garten.

Gabriella mochte ihn. Sie erinnerte sich zwar nicht an die gemeinsam als Bruder und Schwester verlebten zwanzig Jahre, aber sie mochte den jungen Mann, der er heute war. Langsam setzte sie ihren Spaziergang fort und betrachtete die Farbenpracht des Gartens.

In einer Mauernische, die ganz von wildem Efeu überwachsen war, stand ein Tischchen mit Stühlen, und in einem kleinen Brunnen sprang eine Fontäne himmelwärts. Dieser Platz erinnerte sie an die Stelle an der Befestigungsmauer, und sie fühlte sich wohl und geborgen.

Sobald sie allein war, gestand sie sich ein, wie schnell sie noch ermüdete. Sie setzte sich auf einen der Stühle, streckte die Beine aus und entspannte.

Sie schloss die Augen und ließ ihren Gedanken freien Lauf. Um sie herum summten die Bienen, und der starke Duft der Blumen schläferte sie ein.

Gabriella fühlte sich schläfrig und benommen. Das war nicht das entspannte und beruhigende Gefühl, weshalb sie hier aufs Land gekommen war. Immer wenn sie hier auf das kleine Stück Land hinausfuhr, dann, um der Prinzessin Gabriella ein bisschen Zeit für Brie Bisset zu stehlen.

Gabriella nahm einen weiteren Schluck Kaffee aus ihrer Thermosflasche. Er war sehr stark, wie sie ihn gern trank. Die Sonne war warm, in ihrem Licht schwirrten und tummelten sich Bienen und Insekten. Doch sie hatte nicht die Energie, so spazieren zu gehen, wie sie es wollte. Nur ein wenig die Augen schließen … Die Tasse zitterte in ihrer Hand … Sich jetzt an den Felsen lehnen können … die Augen schließen …

Und dann war es plötzlich nicht mehr länger warm und angenehm in der Sonne. Sie fröstelte, als hätten Wolken den Himmel überzogen und Regen stünde bevor. Nichts roch mehr nach frischem Gras und sommerlichen Blüten, sondern alles war feucht und stank nach Most. Ihr ganzer Körper tat ihr weh. Irgendjemand sprach, ohne dass sie es so recht wahrnahm. Gemurmel, Summen, aber nicht von Bienen. Männerstimmen.

„Sie werden die Prinzessin austauschen. Sie haben keine andere Wahl." Gewisper, Flüstern.

„Alle Spuren sind verwischt. Sie wird bis zum Morgen schlafen. Dann kümmern wir uns wieder um sie."

Und Gabriella war voller Furcht, von Panik und Ängsten ergriffen. Sie musste aufwachen. Sie musste einfach aufwachen und …

„Brie."

Mit einem erstickten Schrei fuhr sie aus dem Stuhl hoch. „Nein! Nicht! Rührt mich nicht an!"

„Ganz ruhig."

Reeve hielt sie fest und ließ sie langsam auf den Stuhl zurücksinken. Ihre Hand fühlte sich kalt an, ihr Blick war verwirrt. Wenn sie sich nicht sofort beruhigen würde, dachte er, dann müsste er sie umgehend in den Palast zurück zu Dr. Franco bringen. „Ruhig, ganz ruhig."

„Ich dachte ..." Gabriella sah sich hastig um. Doch da war nur der sonnendurchflutete Garten, der Brunnen, die Bienen. Das Herz schlug ihr bis zum Hals. Sie lehnte sich zurück und atmete tief durch. „Ich muss geträumt haben."

Reeve beobachtete sie und suchte nach Anzeichen eines Schocks. Offenbar hatte sie sich jedoch unter Kontrolle. „Ich hätte Sie nicht geweckt, aber Sie machten den Eindruck, einen Albtraum zu haben."

Er setzte sich neben sie auf einen Stuhl. Er hatte sie bestimmt schon zehn Minuten lang beobachtet. Er konnte nicht leugnen, dass es ihm Vergnügen bereitet hatte, sie da sitzen zu sehen. Er erinnerte sich des frischen, jungen Mädchens, das vor Jahren so vertrauensvoll, mit sich zufrieden und auf unschuldige Weise erregend gewesen war, und das jetzt als Frau hingebungsvoll, aufreizend und fordernd in seinen Armen gelegen hatte. Als er sie so betrachtete, wusste er, dass er diesen Moment wiederholen wollte, und dass ihm nach mehr verlangte.

Reeve lehnte sich zurück und wartete, bis Gabriella wieder regelmäßig atmete. „Erzählen Sie es mir", forderte er sie ruhig auf.

„Es gibt nicht viel zu erzählen. Es war alles zu verwirrend."

Er nahm eine Zigarette aus der Packung. „Erzählen Sie es mir trotzdem."

Gabriella sah ihn halb widerwillig, halb erschöpft an. „Ich dachte, Sie sind hier als Leibwächter, nicht als Psychiater."

„Ich bin flexibel." Er zündete sich die Zigarette an und sah sie über die Flamme hinweg an. „Und Sie?"

„Nicht sehr, fürchte ich." Gabriella stand auf. Er hatte schon bemerkt, dies war eine ihrer Angewohnheiten, wenn sie nervös wurde.

„Ich war nicht hier, sondern an irgendeinem ruhigen Ort. Dort gab es viel Gras, ich konnte es riechen, sehr stark und duftend. Ich war offenbar ganz gegen meinen Willen sehr schläfrig. Das ärgerte mich, da ich dort allein war und die Einsamkeit auskosten wollte. Also trank ich Kaffee, um munter zu bleiben."

Reeve sah sie schärfer an, ohne dass es Gabriella auffiel. „Woher hatten Sie den Kaffee?"

„Woher?“ Sie runzelte die Stirn, ihr kam die Frage albern vor, da sie doch über einen Traum sprach. „Ich hatte eine Thermosflasche. Eine große rote Flasche, an der der Griff fehlte. Der Kaffee half mir nicht sehr, und ich schlief ein. Ich erinnere mich an den warmen Sonnenschein, und ich konnte – wie jetzt auch – das Summen der Bienen hören. Und dann …“ Reeve fiel auf, dass sie die Finger verkrampfte. „… dann befand ich mich nicht mehr länger dort. Es war dunkel und ein bisschen feucht. Alles roch nach Wein. Ich hörte Stimmen.“

Reeves Spannung wuchs, aber er fragte mit ruhiger Stimme: „Wessen Stimme?“

„Ich weiß es nicht. Ich habe sie nicht deutlich gehört, mehr geahnt. Ich fürchtete mich so. Die Angst beherrschte mich völlig, aber ich konnte auch nicht aufwachen und den Traum verscheuchen.“ Sie wandte sich von Reeve ab und schlang beide Arme um ihren Körper.

„Traum oder Erinnerung?“, murmelte Reeve.

Gabriella fuhr herum. Ihre Augen blitzten, und sie ballte ihre Hände zu Fäusten. „Ich weiß es nicht. Woher denn auch? Glauben Sie ernstlich, ich könnte mit dem Finger schnippen, und alle Erinnerungen wären plötzlich wieder da?“ Zornig stieß sie mit dem Fuß ein paar Steinchen davon.

„Wer sagt, dass Sie mit dem Finger schnippen sollen. Brie? Niemand drängt Sie, außer Sie sich selbst.“

„Ich fühle mich durch all die Freundlichkeit um mich herum gedrängt.“

„Keine Sorge“, meinte Reeve mit einem Schulterzucken. „Ich werde schon nicht freundlich zu Ihnen sein.“

Gabriella war selbst überrascht, wie schnell der Ärger in ihr hochkam. „Sie vergreifen sich im Ton und beleidigen mich. Was fällt Ihnen ein?“

Sie war unwiderstehlich, wenn sie sich so überheblich, kalt und zornig gab. Reeve stand auf und nahm ihr Gesicht zwischen seine Hände. Vor Überraschung hielt Gabriella ganz still. „Ich kümmere mich nicht einen Deut darum, was Sie von mir denken, sofern Sie überhaupt an mich denken, Gabriella.“

„Dann ist Ihr Wunsch erfüllt“, versetzte sie hart. „Ich denke an Sie, aber bestimmt nicht im besten Sinne.“

Langsam glitt ein Lächeln über sein Gesicht. Gabriella fühlte, wie ihre Haut prickelte und ihr Hals trocken wurde. „Sie brauchen nur an mich zu denken", wiederholte Reeve. „Ich werde bestimmt keine Rosen streuen, wenn wir ins Bett gehen. Es wird keine Geigen geben, die Ihnen aufspielen, und auch keine seidenen Laken. Es wird nur dich und mich geben."

Gabriella rührte sich nicht. Ob aus Schock oder Erregung, konnte sie sich selbst nicht erklären. Vielleicht aus Stolz, jedenfalls hoffte sie das. „Mir scheint, Sie haben jetzt einen Psychiater nötig. Es mag sein, dass ich mich nicht erinnern kann, Reeve, aber ich bin sicher, dass ich mir meine Liebhaber bisher immer noch selbst ausgesucht habe!"

„Genau wie ich."

„Nehmen Sie Ihre Hand weg", sagte sie ruhig, mit einem arroganten Unterton, der ihre Angst überspielen sollte.

Doch Reeve zog sie noch enger an sich. „Ist das ein königlicher Befehl?"

„Halten Sie es, wie Sie wollen. Sie brauchen meine Erlaubnis, Reeve, um mich anzufassen."

Seine Lippen waren dicht an den ihren, ohne sie jedoch zu berühren. „Wenn ich dich berühren will, dann tue ich es. Ich will dich, und ich werde dich besitzen – wenn wir beide dazu bereit sein werden." Bei diesen Worten wurde sein Griff fester.

Ihre Knie begannen zu zittern, und alles schien vor ihren Augen zu verschwimmen. Wieder war es dunkel um sie herum, und das Gesicht vor ihr war ohne Konturen. Wieder roch sie den starken, schalen Weingestank. Panische Angst stieg in ihr auf. Abrupt schlug sie zu, schwankend und unsicher. „Rühr mich nicht an! Nein! Relâchez-moi, salaud …"

Ihre Stimme klang so verzweifelt und dabei gar nicht ärgerlich, dass Reeve sie augenblicklich freigab. Sofort griff er jedoch wieder nach ihr, da Gabriella zu fallen schien. „Brie!"

Schnell half er ihr, sich wieder auf den Stuhl zurückzusetzen. Er beugte ihr den Kopf zwischen die Knie, noch ehe sie sich dessen bewusst werden konnte. Obwohl er sich im Stillen verwünschte, klang seine Stimme dennoch sicher und beruhigend. „Atmen Sie tief durch, und entspannen Sie sich. Es tut mir so leid. Ich habe wirklich nicht vor, mehr von Ihnen zu verlangen, als Sie zu geben bereit sind."

Nein, das würde er wirklich nicht von ihr verlangen. Noch immer hielt Gabriella die Augen geschlossen und bemühte sich, sich aus der Benommenheit zu lösen.

„Nein." Sie versuchte, ihre Hand freizubekommen, und Reeve ließ sie los. Noch immer hatte sie ein bleiches Gesicht. Als sie zu ihm aufsah, waren ihre Augen dunkel vor Angst. „Es war nicht Ihre Schuld", brachte sie kaum hörbar hervor. „Es hatte nichts mit Ihnen zu tun. Ich erinnerte mich, glaube ich ..."

Sie seufzte verzweifelt und bemühte sich um Fassung. „Es lag an etwas anderem. Eine Minute lang war ich ganz woanders. Ein Mann hielt mich fest. Ich konnte ihn nicht erkennen. Entweder war es dunkel, oder meine Erinnerungen sind blockiert. Aber er hielt mich fest, und ich wusste, wusste mit Sicherheit, dass er mich vergewaltigen wollte, weil er so betrunken war."

Gabriella griff nach Reeves Hand und hielt sie fest. „Er stank nach Wein, und ich hatte das Gefühl, diesen Geruch jetzt wieder wahrzunehmen. Er hatte rohe Hände, war sehr kräftig und obendrein stark betrunken." Sie schluckte und ein Zittern ergriff ihren Körper.

Schließlich entzog sie Reeve ihre Hand und lehnte sich auf dem Stuhl zurück. „Ich hatte ein Messer, woher, weiß ich selbst nicht. Ich hielt dieses Messer fest. Ich glaube, ich habe ihn getötet."

Sie warf einen Blick auf ihre jetzt ruhige Hand. Dann drehte sie sie um und starrte auf ihre Handfläche. Sie war glatt und weiß. „Ich glaube ich habe ihn mit diesem Messer erstochen", sagte sie ruhig. „Ich hatte sein Blut an meinen Händen."

„Brie, erzählen Sie mir, an was Sie sich sonst noch erinnern."

Bleich und erschöpft sah Gabriella ihn an. „Nichts. Ich erinnere mich nur an den üblen Geruch und den Kampf mit ihm. Ich bin nicht sicher, ob ich ihn wirklich umgebracht habe. Ich kann mich an nichts vor oder nach dem Kampf erinnern. Wenn der Mann mich tatsächlich vergewaltigt hat, so weiß ich auch das nicht mehr!"

„Sie wurden sexuell nicht missbraucht", erklärte Reeve knapp und sachlich. „Die Ärzte haben Sie untersucht."

Vor Erleichterung war Gabriella den Tränen nahe, aber sie konnte sie unterdrücken.

„Die Ärzte können mir jedoch nicht sagen, ob ich den Mann erstochen habe oder nicht."

„Nein, das können nur Sie, wenn der Zeitpunkt gekommen ist."

Gabriella reichte Reeve die Hand, und so gingen sie beide zurück durch den Garten auf die weißen, gleißenden Mauern des Palastes zu.

„Ihr Blutdruck ist normal." Dr. Franco legte seine Instrumente wieder in die Tasche zurück. „Auch der Puls und Ihre Gesichtsfarbe. Körperlich gesehen gibt es keine Komplikationen. Ich finde nur, dass Sie noch etwas zu dünn sind. Fünf Pfund mehr würden Ihnen nicht schaden."

„Fünf Pfund mehr würden meine Schneiderin in Schreikrämpfe ausbrechen lassen", antwortete Gabriella mit belustigtem Lächeln. „Sie ist von meiner augenblicklichen Figur hell begeistert."

„Hm." Dr. Franco strich sich seinen gepflegten weißen Bart. „Sie will ja nur einen Kleiderständer, den sie mit Stoff drapieren kann. Sie müssen zunehmen, Gabriella. Nehmen Sie die von mir verschriebenen Vitamintabletten?"

„Jeden Morgen."

„Gut, sehr gut. Aber Ihr Vater hat mir berichtet, dass Sie Ihr Arbeitspensum nicht eingeschränkt haben."

Sofort regte sich ihr Widerspruchsgeist. „Ich arbeite viel zu gern."

„Auch das hat sich also nicht geändert. Ich wüsste allerdings gern, wie Sie sich innerlich fühlen. Niemand, ganz besonders nicht Ihre Ärzte, nehmen Ihren Gedächtnisverlust leicht oder können sich vorstellen, was das für Sie bedeutet. Aber für Ihre Umgebung ist es noch schwerer, Ihre Lage voll zu verstehen und hinzunehmen. Schon deshalb habe ich Ihnen diese Frage gestellt."

„Ich weiß nicht, was ich sagen soll, nicht einmal, was ich eigentlich sagen möchte."

„Gabriella, ich habe Sie zur Welt gebracht und alle Ihre Kinderkrankheiten kuriert. Ihr Körper ist mir ebenso vertraut wie die Art Ihres Denkens. Sie haben große Angst davor, den Menschen Ihrer Umgebung wehzutun."

„Ja. Ich denke … Nein, ich fühle", korrigierte Gabriella sich selbst, „dass wir eine sehr eng verbundene Familie sind. Stimmt das?"

„Ja, das ist richtig. Zwei Wochen im Jahr sind ganz dem Familienleben gewidmet, wenn Sie in die Schweiz fahren. Sie haben mir einmal gesagt, dass Sie wegen dieser zwei Wochen die restlichen fünfzig ertragen können."

Gabriella nickte als Antwort und sagte dann plötzlich: „Erzählen Sie mir bitte, wie meine Mutter gestorben ist, Dr. Franco."

„Sie war sehr zart", antwortete der Arzt vorsichtig. „Sie hielt in Paris eine Rede für das Rote Kreuz und bekam eine Lungenentzündung mit Komplikationen, von der sie sich nicht mehr erholt hat."

Gabriella wartete darauf, eine Gefühlsregung in sich zu spüren, Schmerz und Trauer, aber sie fühlte nichts. Sie faltete die Hände und sah zu Boden. „Habe ich meine Mutter geliebt?"

„Sie war der Mittelpunkt Ihrer Familie, Halt und Herz zugleich. Sie haben sie sehr geliebt, Gabriella", antwortete er voller Mitgefühl.

Der Glaube daran, dass es einmal so war, hatte beinahe dieselbe Bedeutung für sie wie das eigentliche Empfinden selbst. „Wie lange war sie krank?"

„Sechs Monate."

Gabriella war überzeugt, dass ihre Familie sich damals völlig zurückgezogen haben musste. Jeder hatte gewiss dem anderen zur Seite gestanden. „Wir nehmen Außenstehende nicht so leicht in unseren Kreis auf, nicht wahr?"

Dr. Franco lächelte sie an. „Nein, allerdings nicht."

„Sie kennen Reeve MacGee?"

„Den Amerikaner? Nur flüchtig, aber ihr Vater hält große Stücke auf ihn!"

„Sind Sie seiner Meinung?"

„Ich bin nicht so vermessen, mit dem Fürsten Armand einer Meinung oder nicht zu sein, außer natürlich in medizinischen Belangen. Aber Ihre Verlobung hat Ihren Bruder Alexander verärgert, der sich persönlich für Ihr Wohlbefinden verantwortlich fühlt."

„Und meine Gefühle? Werden die überhaupt berücksichtigt? Diese Heimlichtuerei, dass alles mit mir in Ordnung sei, diese Farce, ich hätte eine Blitzromanze mit dem Sohn eines Freundes meines Vaters, all das geht mir gegen den Strich. Erst gestern hat man meine Verlobung öffentlich bekannt gegeben, und schon heute ist jede Zeitung voll davon. Randvoll mit Spekulationen, Meinungen, Ansichten und Klatschgeschichten. Wohin ich auch komme, werde ich mit Fragen bestürmt und nicht mehr in Ruhe gelassen. Entnervende Fragen über mein Brautkleid, wo die Zeremonie stattfinden soll, wen ich einlade oder zu meiner Brautjungfer mache. Je mehr wir versuchen, den Mantel des Schweigens über das Geschehene zu breiten, desto absurder wird die ganze Geschichte."

„Ihr Vater ist nur um Ihr Wohlergehen besorgt, Gabriella, und um das seines Volkes."

„Sind das niemals zwei verschiedene Dinge?" Ihr Ton war scharf, doch kurz darauf beruhigte sie sich. „Es tut mir leid, das war nicht richtig. Es ist halt schwierig, mit solchen Lügen zu leben. Außerdem habe ich den Eindruck, dass Täuschungen in meinem Leben zu viel Raum einnehmen. Und Reeve …" Sie brach ab, weil es sie störte, sich selbst bei dem Gedanken an ihn ertappt zu haben.

„… ist sehr attraktiv", vollendete Dr. Franco den Satz für sie.

Gabriella schenkte Dr. Franco ein vorsichtiges Lächeln. „Sie sind ein ausgezeichneter Arzt."

Dr. Franco verbeugte sich knapp. „Ich kenne meine Patienten, Eure Hoheit."

„Attraktiv ist er, aber nicht in jeder Hinsicht angenehm. Mich stört seine beherrschende Stellung sehr, besonders in der Rolle meines Verlobten. Aber ich werde meinen Part spielen. Wenn all dies zu Ende ist, dann lebt jeder wieder in seiner eigenen Welt. Ich will mein Gedächtnis wiederhaben und zurück zur Normalität finden. Das ist es, Dr. Franco, was und wie ich mich fühle."

Dr. Franco erhob sich und ging zur Tür. „Ich werde Ihrem Vater Bericht erstatten, dass es Ihnen besser geht. Aber, Gabriella, wir alle müssen mit einem Vorwand leben."

„Das ist mir klar, Dr. Franco. Vielen Dank."

Gabriella wartete diskret, bis der Arzt die Tür hinter sich geschlossen hatte. Dann ließ sie ihrem Zorn freien Lauf. Vorwände, Lügen, Gabriella hasste sie, aber sie musste sich momentan damit abfinden.

Wütend riss sie die Zeitung aus dem Papierkorb hervor, die sie am selben Morgen dorthin befördert hatte.

PRINZESSIN GABRIELLA HEIRATET

Gabriella fluchte unbeherrscht. Auf der Titelseite prangten Bilder von ihr und Reeve. Ja, er sah sehr gut auf dem Foto aus. Aber die Presse äußerte sich über ihn mit gemischten Gefühlen. Man zeigte sich mit einem gewissen Besitzerstolz erfreut, dass eines der Kinder des Fürsten heiraten würde.

Die freundschaftlichen Bande zwischen den Bissets und MacGees zählten zu Reeves Gunsten, ebenso der exzellente Ruf seines Vaters. Aber er war dennoch Amerikaner und in den Augen der Einwohner Cordinas nicht unbedingt die ideale Wahl. Die Bilder und Beschreibungen anderer heiratsfähiger Prinzen, Barone oder Ölmagnaten, die die Zeitung abdruckte, sagten Gabriella gar nichts, obwohl sie sie offenbar alle gekannt haben musste. Bei Reeve wusste sie wenigstens, woran sie war. Nun, was ihn anging, so schien die Presse sich mit ihrem Urteil noch etwas zurückzuhalten und spekulierte stattdessen lieber über das Hochzeitsdatum.

Gabriella warf die Zeitung auf das Bett. Zumindest hatte ihr Vater sein Ziel erreicht. Die Aufmerksamkeit aller war auf die Verlobung und nicht mehr auf die Entführung gerichtet.

„Herein", rief sie, als es an der Tür klopfte, aber sie runzelte unwillig die Stirn über die Störung. Ihr Unwille verging auch nicht, als Reeve den Raum betrat.

„Kann ich nicht einmal in meinem eigenen Schlafzimmer in Ruhe gelassen werden?"

„Dr. Franco sagt, Sie erholen sich prächtig."

Absichtlich ließ Gabriella sich Zeit, umständlich auf dem Sofa am Fenster Platz zu nehmen, um sich so wieder unter Kontrolle zu bekommen. „Erstattet der Arzt etwa auch Ihnen Bericht?"

„Ich war bei Ihrem Vater." Reeve sah die Zeitung mit den Fotos auf ihrem Bett liegen, aber er schwieg. Es wäre auch nicht gut, zuzugeben, dass er bei diesem Anblick am Morgen ebenfalls einen beträchtlichen Schreck bekommen hatte. Es war schon ein Unterschied, sich zu einer falschen Verlobung bereit zu erklären, als die Tatsachen gedruckt vor der Nase zu haben.

„Es geht Ihnen also besser?"

„Recht gut, danke."

Der eisig-formelle Ton der Antwort ließ ihn die Lippen aufeinander pressen. Gabriella gab offenbar keinen Zentimeter nach. Auch gut, dachte Reeve. „Wie sieht Ihr Tagesplan für morgen aus?", fragte er sie, obwohl er sich schon längst darüber informiert hatte.

„Bis zum Nachmittag habe ich keine Zeit. Dann bin ich frei bis zum Diner mit dem Herzog und der Herzogin von Marlborough sowie Monsieur Loubet und seiner Gattin."

Wenn Reeve ihren Ton richtig deutete, so hatte sie ebenso wenig Interesse an diesem Essen wie er selbst. Es war das erste, an dem sie als offiziell Verlobte aufzutreten hatten. „Vielleicht würden Sie gern am Nachmittag ein paar Stunden segeln gehen?"

„Segeln?" Ein kurzes Aufblitzen in ihren Augen, und schon senkte sie die Wimpern wieder und sagte kühl: „Ist das eine Einladung oder nur eine neue Art von Kontrolle?"

„Beides. Wenn Sie das Für und Wider abwägen, Brie, werden Sie feststellen, dass Sie so jeder Verantwortung hier im Palast für ein paar Stunden entgehen können."

„Mit Ihnen?"

„Von Verlobten erwartet man eigentlich, dass sie einen Teil ihrer Zeit auch gemeinsam verbringen", antwortete er leichthin und legte ihr, noch ehe sie aufspringen konnte, seine Hand auf den Arm. „Sie haben darin eingewilligt", fuhr er mit gefährlich ruhigem Ton fort. „Jetzt müssen Sie auch die Konsequenzen tragen."

„Nur in der Öffentlichkeit."

„Eine Frau in Ihrer Stellung hat wenig Privatleben. Und auch ich habe mit dieser Verlobung", sprach er weiter und sah sie eindringlich an, „mein Privatleben vor den Augen der Öffentlichkeit ausgebreitet." Mit diesen Worten nahm er ihre Hand.

„Wollen Sie etwa, dass ich dankbar bin? Das erscheint mir zur Zeit mehr als schwierig."

„Lassen Sie es sein." Verärgert wurde sein Griff um ihre Hand fester. „Zusammenarbeit ist völlig ausreichend."

Stolz hob sie den Kopf und sah ihn geradewegs an. „Ihre oder meine?"

Reeve neigte leicht den Kopf. „Unser beider, wie mir scheint. Wir sind ganz offiziell verlobt, ja verliebt", antwortete er und kostete jede Silbe aus.

Seine Worte machten sie unruhig. „Offiziell", gab sie zu. „Aber es ist nichts weiter als ein Vorwand."

„Oh, auch eine solche Charade hat ihre Vorteile. Und da wir gerade beim Thema sind ...“ Reeve griff in seine Tasche und zog eine kleine Samtschachtel heraus. Er ließ den Deckel aufschnappen, und in den Strahlen der Sonne funkelte und blitzte ein weißer, viereckiger Diamant.

Gabriella fühlte, wie ihr das Herz bis zum Halse zu klopfen begann. „Nein.“

„Ist das zu konventionell?“ Reeve nahm den Ring von der Unterlage und drehte ihn im Sonnenlicht, in dem jetzt alle glühenden Farben des Steines aufglänzten. „Er steht Ihnen. Klar, kalt, elegant. An der richtigen Hand erwacht er zum Leben.“

Reeve sah dabei nicht mehr auf den Ring, sondern auf Gabriella. „Geben Sie mir Ihre Hand, Brie.“

Sie rührte sich nicht. „Ich werde diesen Ring nicht tragen.“

Reeve ergriff ihr linkes Handgelenk und spürte ihren Puls unter seinen Fingern. Durch das Fenster fielen die Sonnenstrahlen und brachten ihr Haar noch mehr zum Glänzen. Ihre Augen blitzten ihn voller Zorn an. Und voller Leidenschaft. Keine sehr romantische Situation, dachte Reeve, und steckte ihr den Ring an den Finger. Aber Romantik war ja in dieser Situation auch nicht gefragt.

„Ja, Sie werden ihn tragen.“ Er umschloss ihre Hand und besiegelte so die Verlobung. Noch wollte er nicht darüber nachdenken, wie schwierig es sein wurde, diese Verbindung wieder aufzulösen.

„Ich reiße ihn sofort wieder herunter“, fauchte Gabriella ihn an.

„Das wäre sicher nicht klug“, versetzte Reeve in einem Ton, der nichts Gutes verhieß.

„Immer noch der gehorsame Diener meines Vaters?“, stieß Gabriella zwischen den Zähnen hervor.

„Ich glaube, das sind wir beide. Aber der Ring war meine Idee.“ Seine freie Hand legte er um ihren langen, graziösen Hals. „Und auch das hier.“

Sie hatte keine Wahl, als sich küssen zu lassen. Gabriella versteifte sich unter seinem zärtlichen Streicheln. Sie zitterte, doch gleichzeitig beruhigte diese Berührung sie auch. Und als sie ihren Widerstand aufgab, küsste er sie innig und leidenschaftlich.

Er fuhr ihr zärtlich durchs Haar, und mit der anderen Hand hielt er ihre Hand. Sie spürte allerdings einen so faszinierenden Reiz, als liebkose Reeve ihren ganzen Körper – wonach sie sich sehnte. Ein Kuss genügte nicht mehr. Tiefes Verlangen hatte von ihr Besitz ergriffen, Leidenschaft, wildes Begehren. Jetzt lag es nur an ihr, diesem Verlangen nachzugeben. Je länger Reeve sie umschlungen hielt, desto schwächer wurde ihr Widerstand.

Er hörte nicht auf, ihren Hals und ihre Schultern mit kleinen Küssen zu bedecken. Sie seufzte vor Lust. Behutsam spielte Reeve mit ihrer Unterlippe, fuhr tastend mit seiner Zunge an ihrer Oberlippe entlang.

Gabriella zitterte jetzt am ganzen Körper, und ihre Erregung übertrug sich auf Reeve. Langsam und zärtlich glitt seine Hand ihren Rücken hinab und von ihrer Hüfte wieder hoch bis zu ihrer Brust. Wie gerne hätte er sie jetzt geliebt, doch noch war es nicht so weit.

Wenn sie sich das erste Mal kompromisslos und voller Leidenschaft einander ergeben würden, dann müssten Familie, Hofstaat, ihr ganzer aristokratischer Hintergrund vergessen sein. Dann sollte es nur sie beide in einer unvergesslichen Vereinigung geben, die Gabriella nie vergessen würde.

In seinen Augen leuchtete das unerfüllte Verlangen, und ihre Haut brannte unter diesem Blick. Sie wusste, sie würde nicht mehr von ihm loskommen, weder heute noch morgen.

Es war bereits zu spät.

Sie musste sich sofort besinnen. Es kostete sie große Überwindung, doch sie löste sich von Reeve und erklärte fest: „Ich werde diesen Ring nicht tragen."

Noch ehe sie den Schmuck abstreifen konnte, nahm Reeve wieder ihre Hand.

„Und ich sagte, dass Sie ihn tragen werden. Seien Sie doch vernünftig. Entweder Sie vergessen Ihren Stolz für eine Weile oder Sie erklären bei jedem öffentlichen Auftritt, warum Sie keinen Verlobungsring tragen."

Wütend sah Gabriella auf ihre Hand herunter. „Verdammt."

„Das klingt schon besser, wenn auch nicht ganz fein für eine Prinzessin", antwortete Reeve mit einem zustimmenden Kopfnicken. „Sie können mich verfluchen, so viel Sie wollen, Hauptsache, Sie spielen das Spiel mit. Und vergessen Sie nicht, dieser Ring öffnet

Ihnen die Tür zu vielen Freiheiten, die Verlobte nun einmal haben. Morgen gehen wir segeln, und dann ist das hier schon alles vergessen. Es wird niemanden geben, für den Sie dann eine Rolle zu spielen hätten."

Nachdenklich warf Gabriella noch einen Blick auf den strahlenden Diamanten. Reeve lächelte ihr fast freundschaftlich zu. Sie erwiderte sein Lächeln. „Einverstanden", sagte sie leise.

7. KAPITEL

Gabriella fühlte sich auf dem Wasser ebenso zu Hause wie auf dem Land. Es machte ihr Spaß, festzustellen, dass sie mit Leinen und Segeln umgehen konnte. Auch allein an Bord hätte sie das kleine hübsche Boot zu führen vermocht. Dafür besaß sie genügend Kraft, Kenntnisse und Energie. Das Wasser klatschte gegen den dahinschießenden Rumpf. Wie vertraut war ihr dieses Geräusch!

Segeln war eine ihrer Leidenschaften. Jeder, mit dem Reeve sich unterhalten hatte, bestätigte es, und so hatte er diesen Gedanken gefasst. Sie sollte sich auf dem Wasser entspannen können.

Beim Ablegen hatte er ihr gleich die Ruderpinne überlassen. Sie drehte das Boot jetzt leicht aus dem Wind heraus. Im Einklang mit ihr zog Reeve am Hauptsegel, um die flatternde Leinwand zu glätten. Gabriella lachte auf, als es sich im Winde zu blähen begann.

„Ist das herrlich", rief sie. „Ich fühle mich frei und ganz locker."

Der Wind zerzauste ihr Haar, das Boot glitt immer schneller durch die Wogen. Welch wunderbares Gefühl der Freiheit, nachdem sie so lange unter der Aufsicht anderer gestanden hatte. Endlich hatte Gabriella etwas, über das sie selbst bestimmen konnte. Die Hand an der Ruderpinne, ging sie gekonnt auf Reeves Manöver ein, um die größtmögliche Geschwindigkeit zu erzielen.

Auch das Wetter spielte bei diesem Ausflug mit. Die Sonne strahlte warm auf das Wasser herab. Gabriella klemmte sich die Pinne zwischen die Knie und zog ihr übergroßes Baumwollhemd aus. Darunter trug sie nur einen knappen Bikini. Sie wollte die Sonne und den Wind auf ihrer Haut spüren. Gekonnt lenkte sie das Boot so, dass kein anderes ihnen zu nahe kam. Sie wollte endlich allein sein, ein paar Stunden lang wie eine Privatperson leben, nicht wie eine Prinzessin.

„Ich bin früher auch schon segeln gegangen", stellte sie fest.

Reeve setzte sich, da das Boot für den Augenblick gut im Wind lag. „Es ist Ihr Boot", erklärte er. „Ihr Vater hat mir erzählt, dass Bennett allen anderen davonreitet, Alexander ist ein Meister im Fechten, aber Sie sind die beste Seglerin der Familie."

Nachdenklich strich Gabriella mit der Hand über die rutschige

Mahagoni-Reling. „Liberté", sagte sie leise und dachte an den Namen des Bootes am Bug. „Mir scheint, ich brauche dieses Boot so wie die kleine Farm, um meine persönliche Freiheit zu genießen."

Reeve wandte sich zu ihr um. Auch er zog sein T-Shirt aus und warf es zur Seite. Er sieht so unbefangen aus, so ausgeglichen, dachte Gabriella. Seine Badehose saß äußerst knapp, aber Gabriella war nicht verlegen. Schließlich hatte sie seinen Körper schon eng an ihrem eigenen gefühlt. Sie hing dieser Erinnerung nach.

Reeve hatte einen festen, durchtrainierten Körper. Kleine Wassertropfen glitzerten auf seiner Haut. Ein gefährlicher Mann, wirklich, aber mit dieser Gefahr würde sie sich früher oder später auseinandersetzen müssen. Noch war sie allerdings vorsichtig. „Ich weiß so wenig", sagte sie leise vor sich hin, „so wenig von mir und von Ihnen."

Reeve holte eine Zigarette aus der Schachtel, die auf dem Bootssitz lag, zündete sie an und blies den Rauch genussvoll aus. Dann sah er sie an und fragte: „Was wollen Sie von mir wissen?"

Gabriella antwortete nicht sogleich, sondern hielt den Blick auf ihn gerichtet. Dieser Mann konnte sich um sich selbst kümmern und auch um andere, wenn er wollte. Dieser Mann, dessen war sie sich sicher, lebte nach seinen eigenen Gesetzen. Und wenn sie sich nicht völlig irrte, lebte er nach bereits festgesetzten Grundsätzen. Was waren seine Absichten? „Mein Vater vertraut Ihnen", stellte sie fest.

Reeve nickte und drehte das flaue Segel wieder in den Wind. „Er hat keinen Grund, es nicht zu tun."

„Nun ja, aber er kennt Ihren Vater besser als Sie selbst."

Reeve saß aufrecht. Die Arroganz ist nicht zu übersehen, dachte Gabriella, gleichgültig wie tadellos er auch erzogen ist. Leider war diese Arroganz auch einer der interessantesten Charakterzüge an ihm.

„Vertrauen Sie mir nicht, Gabriella?" Reeve sprach absichtlich leise, drohend. Er forderte sie heraus, und beide fühlten es. Ihre Antwort verschlug ihm dann jedoch die Sprache.

„Mit meinem Leben", erklärte sie schlicht. Dann legte sie das Boot wieder in den Wind und ließ es davonschießen.

Was sollte er darauf sagen? Ihre Worte klangen gar nicht ironisch oder spöttisch. Sie meinte das, was sie gesagt hatte, ganz ehrlich. Eigentlich sollte er stolz sein, und ihr Vertrauen würde ihm sogar seine Arbeit erleichtern.

Warum nur fühlte Reeve sich jetzt so unwohl in seiner Haut? Warum hatte er das bestimmte Gefühl, vorsichtig sein zu müssen?

Er hätte die Aufforderung des Fürsten ablehnen können, die Scheinverlobung mit Gabriella einzugehen. Die Tatsache, dass es sich dabei um die logische Lösung eines höchst delikaten Problems handelte, wurde nicht durch die Unsinnigkeit des Vorhabens aufgewogen. Und doch hatte er akzeptiert. Warum? Weil Gabriella seine Gedanken beherrschte?

„Die kleine Bucht dort drüben sieht herrlich ruhig aus", rief Gabriella und deutete mit der Hand in die Richtung. Ohne große Eile brachten sie das Boot auf den neuen Kurs. Sie nutzte den Wind gut aus, und nachdem sie die Taue festgezurrt hatte, setzte sie sich auf die Bank und blickte über die glitzernde Wasserfläche hinweg.

„Von hier sieht Cordina wie auf einer Postkarte aus, so zusammengewürfelt und weiß-bunt, richtig hübsch. Man kann sich nicht vorstellen, dass dort etwas Schreckliches passieren könnte."

Auch Reeve sah zur Stadt hinüber. „Aber Märchen gehen doch in der Regel nicht ohne Grausamkeiten ab, oder?"

„Sie haben recht." Gabriella sah zum Palast hinauf. Wie kühn er dort thronte, mächtig und doch elegant. „Wie sehr Cordina auch nach einer Märchenstadt aussehen mag, sie ist es nicht. Findet Ihr praktischer, demokratisch denkender amerikanischer Verstand unsere Schlösser, den Prunk und das Protokoll lächerlich?"

Jetzt musste Reeve schmunzeln. Gabriella erinnerte sich zwar nicht an ihre Herkunft, aber ihr Verhalten war unverkennbar aristokratisch. „Ich finde, das Land wird sehr klug regiert. Lebarre ist einer der besten Häfen der Welt. In kultureller Hinsicht steht Cordina keiner anderen Großstadt nach, und die Wirtschaft hier ist gesund."

„Richtig. Auch ich habe meine Lektion gelernt. Aber ..." Gabriella fuhr sich mit der Zunge über die Lippen, ehe sie sich zurücklehnte und beide Arme um ihre Knie schlang. „Wussten Sie, dass es bis nach dem Zweiten Weltkrieg kein Wahlrecht für Frauen gab? Dann wurde es ihnen wie eine Gnade, nicht wie angestammtes Recht bewilligt. Auch das Familienleben ist hier noch sehr patriarchalisch orientiert. Die Frau steht hinter ihrem Mann zurück, der alle Entscheidungen trifft."

„In der Theorie oder in der Praxis?", erkundigte sich Reeve.

„In der Praxis, soweit ich es beurteilen kann. Sogar der Titel meines Vaters kann laut Verfassung nur auf einen männlichen Erben übergehen."

Reeve hörte aufmerksam zu. „Ärgert Sie das?"

Gabriella warf ihm einen eigenartigen, fragenden Blick zu. „Ja, natürlich. Nur weil ich keine Lust zum Regieren verspüre, heißt das noch lange nicht, dass ich das Gesetz billige. Mein Großvater war derjenige, der den Frauen in Cordina das Wahlrecht zugesprochen hat, und mein eigener Vater ging noch einen Schritt weiter, indem er Frauen in wichtige Regierungsämter berief. Aber die Veränderungen gehen zu langsam vor sich."

„Da kann man nichts machen."

„Sie sind von Natur aus praktisch und vor allem geduldig veranlagt. Ich nicht", fuhr Gabriella mit einem Achselzucken fort. „Wenn Veränderungen zum Besseren führen, dann sehe ich keinen Grund, warum sie so lange brauchen."

„Sie müssen die gesellschaftliche Entwicklung berücksichtigen."

„Besonders dann, wenn einige Leute viel zu sehr in den Traditionen verwurzelt sind, um die Vorteile des Fortschritts zu erkennen."

„Loubet."

Gabriella nickte ihm zustimmend zu. „Jetzt sehe ich, warum mein Vater Sie gern hier bei uns hat, Reeve."

„Wie viel wissen Sie von Loubet?"

„Ich kann lesen", antwortete Gabriella einfach, „ich kann zuhören. Das Bild, das ich von ihm habe, ist das eines sehr konservativen Mannes. Verbohrt." Sie erhob und reckte sich, so dass ihr Bikini-Höschen sich über ihren Hüften spannte. „Gewiss, auf seine Art ist er ein guter Minister, aber viel zu zurückhaltend. In meinem Tagebuch habe ich gelesen, wie sehr er mich von meiner letztjährigen Afrika-Reise abzuhalten versucht hat. Er fand, es schicke sich nicht für eine Frau. Er meint auch, es gehöre sich nicht für mich, mit dem Nationalrat über Etatfragen zu sprechen." Gabriellas Worte ließen ihre Enttäuschung erkennen. Sie lernt schnell, dachte Reeve. „Wenn man Männern wie Loubet ihren Willen ließe, dann stünden die Frauen nur am heimischen Herd und dürften Kinder in die Welt setzen", setzte sie hinzu.

„Ich war immer der Ansicht, dass dafür zwei Parteien notwendig sind."

Gabriella lächelte zu Reeve herunter, sichtlich amüsiert und gelockert. „Aber Sie sind ja auch kein Mann der Vergangenheit. Ihre Mutter war doch Richterin am Bundesgericht, oder?"

Reeves verblüffter Blick brachte Gabriella zum Lachen. „Auch ich habe meine Schularbeiten gemacht!" Sie strahlte. „Ich konnte Sie doch nicht einfach ignorieren. Sie haben Ihr Examen an der amerikanischen Universität mit summa cum laude bestanden. Und unter den augenblicklichen Umständen finde ich es besonders interessant, dass Sie in Psychologie diplomiert sind."

„Das war für den von mir angestrebten Beruf wichtig."

„Sicher. Nach zweieinhalb Jahren Polizeidienst und nach drei Auszeichnungen für besondere Tapferkeit gingen Sie zum Geheimdienst. Dann verliert sich Ihre Spur etwas, aber man hört, dass Sie Mitglied der Abteilung waren, die eine der größten Verbrecherorganisationen, die in Columbia tätig war, zerschlug. Es gibt auch Gerüchte, dass Sie auf Wunsch eines bestimmten US-Senators Mitglied seiner Sicherheitstruppe waren. Mit Ihrem Ruf, Ihrer Intelligenz und Ihrem Wissen hätten Sie leicht den Rang eines Obersten erreichen können, trotz Ihrer Jugend. Stattdessen haben Sie sich plötzlich entschlossen, aus dem Geheimdienst auszuscheiden."

„Für jemanden, der gerade noch gesagt hat, er wisse nicht viel über mich, verfügen Sie allerdings über reichlich Einzelheiten."

„Diese Fakten sagen nichts über den Menschen aus." Gabriella hangelte sich zur Steuerbordseite. „Ich will mich etwas abkühlen. Kommen Sie mit?" Noch ehe er antworten konnte, war sie ins Wasser gesprungen.

Sie benahm sich ungemein aufreizend, aber Reeve musste erst herausfinden, ob das in voller Absicht geschah. Nachdenklich stand er auf und sprang mit einem eleganten Satz hinterher.

„Wundervoll", prustete Gabriella und schwamm träge im Wasser herum. Sie hatte schon getaucht, und jetzt klebte ihr das nasse Haar am Kopf. In diesem Licht und so feucht, wie es war, wirkte es fast kupferfarben. Auch ohne Make-up hatte sie ein bezauberndes Gesicht.

Ihn verlangte nach dieser Frau. Doch was wäre der Preis für seine Begierde?

„Wie ich höre, gehen Sie jeden Tag schwimmen", sagte Gabriella und drehte sich auf den Rücken. „Sind Sie ein guter Schwimmer?"

Reeve hielt sich mühelos neben ihr über Wasser. „Ja."

„Vielleicht leiste ich Ihnen einmal morgens Gesellschaft. Ich habe mich mittlerweile so weit wieder eingearbeitet, dass ich mir eine Stunde Freizeit am Tag erlauben kann. Reeve ..." Sie paddelte mit den Füßen, so dass es ein wenig spritzte. „Sie wissen, der GHBK-Ball findet in wenigen Wochen statt. Da gibt es eine Menge zu tun."

„Ich müsste taub sein, um das nicht mitbekommen zu haben. Im großen Ballsaal wird ja beinahe jeden Tag gehämmert und geklopft."

„Es gibt ein paar wichtige Dinge zu berücksichtigen", sagte Gabriella leichthin. „Ich erwähne das nur, weil ich der Meinung bin, dass man von Ihnen als meinem Verlobten erwartet, den Ball mit mir zu eröffnen und im besten Sinne des Wortes Gastgeber zu sein."

Reeve sah ihr zu, wie sie sich treiben ließ. „Ja, und?"

„Sehen Sie, bis dahin können wir unsere gesellschaftlichen Verpflichtungen auf ein Minimum beschränken. Obwohl die Entführung nicht mehr das Tagesthema ist, so liefert sie uns doch eine glänzende Entschuldigung dafür, nicht zu häufig öffentlich aufzutreten. Der Ball hingegen ist ein großes gesellschaftliches Ereignis mit vielen Gästen und noch mehr Presse. Ich frage mich, ob mein Vater sich Gedanken über den öffentlichen Druck gemacht hat, dem Sie in dieser ... Stellung ausgesetzt sind."

Reeve tauchte tiefer ins Wasser und schwamm näher zu Gabriella hin, wahrte jedoch immer noch eine gewisse Distanz dabei. „Sind Sie der Ansicht, dass ich damit nicht fertig werden kann?"

Gabriella blinzelte mit den Augen und lachte ihm dann zu. „Ich habe keinen Zweifel, dass Sie perfekt mit dieser Situation umgehen können. Schließlich bewundert Alexander ja Ihren Verstand und Bennett Ihren Schneider. Sie könnten also keine besseren Voraussetzungen mitbringen."

Er war belustigt. „Nun, und?"

„Es geht einfach nur darum: Je länger dieses Theater dauert, desto mehr wird von Ihnen verlangt. Sogar dann, wenn die Verlobung wieder aufgelöst sein wird, werden Sie, vielleicht jahrelang, unter den Folgen zu leiden haben."

Reeve legte sich auf den Rücken und schloss die Augen. „Machen Sie sich darüber keine Sorgen, Brie. Ich tue es jetzt auch noch nicht!"

„Vielleicht ist gerade das der Grund, warum ich mir welche mache", beharrte sie. „Schließlich bin ich ja der Grund dafür."

„Nein", widersprach er sanft, „Ihre Entführung ist der Grund!"

Einen Moment lang schwieg sie. Schließlich hatte er ihr das von ihr erwartete Stichwort gegeben. Sie war nicht sicher, ob sie es aufgreifen sollte, aber sie fuhr trotzdem fort: „Reeve, ich will gar nicht wissen, ob Sie ein guter Geheimpolizist gewesen sind, oder auch ein qualifizierter Privatdetektiv. Aber macht Ihnen Ihre Arbeit Freude?"

Diese Frage hatte ihm noch nie jemand gestellt. Er selbst hatte sich das noch nie gefragt, jedenfalls bis vor Kurzem nicht.

„Ja, meine Arbeit verschafft mir eine gewisse Genugtuung. Ich habe an meine Aufgabe beim Geheimdienst geglaubt. Und auch heute nehme ich nur dann einen Fall an, wenn ich davon überzeugt bin."

„Warum befassen Sie sich dann nicht mehr mit der Entführung als mit mir?"

Reeve schwamm so zu ihr hin, dass er ihr ins Gesicht sehen konnte. Auf diese Frage hatte er schon gewartet. „Ich bin kein Angestellter meines Landes mehr, sondern Privatdetektiv. Und außerdem – ich hätte in keiner dieser Positionen hier eine gesetzliche Grundlage."

„Ich rede nicht über Gesetze und Legalitäten, sondern über Ihre Neigung."

„Einer der bewundernswertesten und ärgerlichsten Charakterzüge an Ihnen ist Ihr Einfühlungsvermögen. Solange Ihr Vater keine andere Entscheidung fällt, bin ich Ihr offizieller Leibwächter, und nur das."

Gabriella spürte, wie er mit seinen Fingern im Wasser über ihr Haar strich. Sie spürte auch die flüchtige Berührung ihrer Beine beim Schwimmen. „Wenn ich Sie um etwas bitten würde?"

Reeve ließ seine Hand auf ihren Haaren, doch die Frage lenkte ihn ab. „Was möchten Sie, Brie?"

„Hilfe. Ich habe keine Vorstellung vom Stand der Untersuchungen und stehe mitten zwischen meinem Vater und Loubet. Beide schließen mich völlig aus, und das missfällt mir."

„Sie möchten also, dass ich für sie Nachforschungen anstelle und Ihnen darüber berichte?"

„Ich habe überlegt, ob ich es selbst tun sollte, aber Sie sind viel erfahrener. Außerdem ..." Sie warf ihm ein bezauberndes Lächeln zu. „... kann ich ohnehin keinen Schritt ohne Sie tun."

„Haben Eure Hoheit für mich eine andere Verwendung gefunden?"

Gabriella hob eine Braue und versuchte, trotz all der Nässe möglichst würdevoll auszusehen. „Ich habe das nicht als Beleidigung verstanden wissen wollen."

„Nein, wahrscheinlich nicht." Reeve ließ sie los. Vielleicht konnten sie sich jetzt auf eine weitaus intimere Art nahe kommen?

Ein Rückzug war jetzt nach Gabriellas Einschätzung strategisch günstiger als ein Angriff. „Ich werde mich damit zufriedengeben müssen." Mit drei kräftigen Zügen schwamm sie zum Boot zurück und kletterte hinein. „Wollen wir den Geflügelsalat und den Wein probieren, den Nanny für uns eingepackt hat?"

Tropfend schwang Reeve sich an Deck. Das Wasser perlte von ihm ab. „Kümmert sich Nanny immer um Ihre Verpflegung?"

„Es macht ihr Spaß. Für sie sind wir immer noch ihre Kinder."

„Nun gut. Wir sollten das Essen nicht schlecht werden lassen."

„Aha, der Praktiker spricht wieder aus Ihnen." Gabriella rubbelte sich ihr Haar mit einem Handtuch trocken und ließ es dann offen auf ihre Schultern fallen. „Schön, kommen Sie mit mir in die Kabine und helfen Sie mir. Sie hat uns sogar Apfelkuchen eingepackt."

Sie stieg in die Kajüte hinunter und die Wassertröpfchen glitzerten auf ihrer Haut.

„Mir scheint, Sie kennen sich sehr gut auf einem Schiff aus", meinte sie, als sie unten ankamen.

„Ich bin viel mit meinem Vater gesegelt."

„Heute nicht mehr?" Gabriella holte die Weinflasche aus der Kühlbox und betrachtete sie wohlgefällig.

„In den letzten zehn Jahren hatten wir nicht mehr viel Zeit dafür. Jeder ging seiner eigenen Wege."

„Aber Sie mögen ihn?“

„Ja, ich mag ihn sehr.“ Reeve nahm ihr die Flasche aus der Hand und griff nach dem Korkenzieher.

„Ist er wie mein Vater? So würdig und intelligent?“ Gabriella suchte nach Gläsern.

„Sehen Sie so Ihren Vater?“

„Ich denke schon.“ Sie wirkte jetzt ein wenig nachdenklich. Reeve goss Wein in die Gläser. „Und gütig, ja, aber sehr diszipliniert.“ Gabriella fühlte sich der Liebe ihres Vaters sicher, aber für ihn kamen sein Land und seine Position an erster Stelle. „Männer wie er müssen wahrscheinlich so sein. Genau wie Sie.“

Er prostete ihr zu und musste dabei lächeln. „Würdig, intelligent oder gütig?“

„Diszipliniert“, erwiderte Gabriella und sah ihn unsicher an. „Ich wüsste gern, was Sie denken, wenn Sie mich ansehen.“

Der Wein schmeckte herb und kühl.

„Ich denke, das wissen Sie.“

„Nicht ganz.“ Sie nahm einen weiteren Schluck und hoffte, er würde nicht bemerken, dass sie sich damit ein bisschen Mut antrinken wollte. „Ich weiß, dass Sie mit mir schlafen wollen.“

Sie stand im hellen Sonnenlicht, das durch die offene Kajütentür fiel. „Ja“, antwortete er direkt.

„Ich frage mich, warum.“ Gabriella hielt ihr Glas mit beiden Händen umschlossen. „Wollen Sie mit jeder Frau schlafen, die Sie kennenlernen?“

Unter anderen Umständen hätte er gedacht, sie kokettiere mit ihm, aber ihre Frage war so einfach gemeint, wie sie klang. „Nein.“

Gabriella brachte ein Lächeln zuwege, obwohl ihr Puls schneller schlug. War dies die Art und Weise, wie man dieses Spiel spielte? Und wollte sie dabei mitmachen? „Nun, dann die eine oder andere?“

„Nur, wenn sie bestimmte Voraussetzungen erfüllen.“

„Und die wären?“

Reeve legte ihr die Hand unter das Kinn. „Wenn morgens mein erster Gedanke um sie kreist, noch ehe ich weiß, welcher Tag es ist.“

„Aha.“ Gabriella drehte ihr Glas zwischen den Fingern, die vor Aufregung etwas feucht waren. „Und denken Sie morgens als Erstes an mich?“

„Wollen Sie ein Kompliment hören, Gabriella?“

„Nein.“

Er hob ihren Kopf etwas an. Sie versteifte sich nicht und zog sich auch nicht zurück, aber wieder hatte er das Empfinden, dass sie innerlich vorbereitet war, als warte sie auf etwas.

„Was dann?“

„Verständnis. Ich kenne mich und meine Vergangenheit nicht. Ich versuche, herauszufinden, ob ich mich zu Ihnen hingezogen fühle oder nur zu dem Gedanken, mit einem Mann zusammen zu sein.“

Das war deutlich genug. Nicht besonders schmeichelhaft, aber direkt. Reeve hatte es herausgefordert, Ihre Finger waren verkrampft, als er ihr das Glas aus der Hand nahm und es beiseite stellte. Das verschaffte ihm eine gewisse Genugtuung. „Und fühlen Sie sich zu mir hingezogen?“

„Wollen Sie jetzt ein Kompliment hören?“

Ein Lächeln blitzte in seinen Augen auf. Gabriella erwiderte es. „Nein.“ Kurz und flüchtig berührte er ihre Lippen, während sie sich in die Augen sahen. „Es sieht so aus, als wollten wir beide dasselbe.“

„Vielleicht.“ Sie zögerte kurz, ehe sie ihm die Hände auf die Schultern legte. „Vielleicht ist es jetzt an der Zeit, herauszufinden, ob es wirklich so ist.“

Genau so hatte Reeve es sich vorgestellt, weit weg vom Palast mit seinen Mauern. Nur das Wasser klatschte ruhig gegen den Rumpf des Bootes. Die Kajüte war klein und niedrig. Licht und Schatten wechselten sich darin ab. Und sie waren beide allein.

Alles das entsprach seinen Vorstellungen, und dennoch zögerte Reeve.

„Du wirkst nicht sehr überzeugend“, bemerkte Gabriella sanft und liebkoste seine Wange. Sie fühlte die Erregung in sich aufsteigen, schneller, als sie erwartet hatte. Sie merkte, dass Reeve Zweifel plagten und dass er in Gedanken nicht bei der Sache war. Das tröstete sie irgendwie, denn es wäre ihr sehr unlieb gewesen, als Einzige jetzt nervös zu sein.

„Ich komme zu dir ohne jede Vergangenheit. Lass uns jetzt in diesem Augenblick ein Mal vergessen, dass keiner von uns beiden dabei eine Zukunft hat. Lass uns zusammen sein, Reeve, heute, nur eine Stunde, einen kurzen Augenblick."

Es sollte nur eine Sache des Augenblicks sein. So hatten es beide beschlossen. Doch für sie beide spielte diese Entscheidung keine Rolle mehr.

Sie pressten ihre Körper aneinander, hungrig suchten sich ihre Lippen. Gabriella streichelte seinen Rücken, zuerst zärtlich, dann immer erregender.

Reeves Begierde wuchs, und voller Verlangen zog er sie langsam zur Koje hinüber.

Gabriella öffnete ihre Augen und sah Reeve an. Sein Gesicht war direkt vor dem ihren. Das war das Bild, von dem sie geträumt hatte. Diesen Augenblick hatte sie sich ersehnt.

Wieder küsste sie ihn wild und hingebungsvoll. Der Kuss war süß und je länger er dauerte, desto mehr entflammte ihr Begehren. Gabriella war wunderschön anzusehen. Sie hatte einen geschmeidigen, ebenmäßigen Körper, und ihr Anblick steigerte sein Verlangen ins Unerträgliche.

Sie stöhnte auf und drehte sich herum, so dass Reeve unter ihr lag. Seine Hände brannten auf ihrer Haut, er drückte sie an sich, und mit all seiner Leidenschaft drang er in sie ein. Das Gefühl, das sie jetzt erfüllte, hätte sie nie in Worten auszudrücken vermocht, aber eine Welle des Glücks durchströmte sie, und ihre schmalen, hellen Hände pressten sich gegen seine sonnengebräunte Haut.

Ihr ganzer Körper verlangte nach seinen Zärtlichkeiten. Beide ließen sich vom Rausch des Augenblicks forttragen, hielten sich fest umschlossen, zwei Körper in einer Bewegung.

Reeve hatte seine Erfahrungen mit der Liebe, aber eine solch bedingungslose Hingabe hatte auch er noch nicht kennengelernt. Bei jeder Bewegung stöhnte Brie auf, und ihre Erregung reizte ihn nur noch mehr. Und plötzlich waren alle Gedanken ausgeschaltet, und sie verschmolzen in einer einzigen, sich erfüllenden Leidenschaft.

Vielleicht war nur ein Augenblick verstrichen. Gabriella und Reeve hatten jedes Zeitgefühl verloren. Erschöpft lagen sie beieinander, verschwitzt und mit klopfenden Herzen. Gabriella fühlte sich überwältigt, fortgerissen.

Reeves heftiger Atem war heiß an ihrem Ohr, ihre Hand lag auf seiner Brust. Von jetzt an würde Gabriella für ihn nicht mehr dieselbe Frau sein wie vorher.

Sie blickte in das Sonnenlicht, das in die Kabine fiel. Es war noch immer dieselbe Sonne und dieselbe See, die gegen das Boot schwappte. Aber sie war nicht mehr dieselbe Gabriella. Von diesem Tag an nicht mehr.

Reeve hob den Kopf und sah in ihre dunklen Augen. Ihre Haut glühte noch immer von der gerade erlebten Leidenschaft. Ihm war klar, dass er jetzt nicht mehr so objektiv und neutral sein konnte. Stets war er der Meinung gewesen, seine Gefühle kontrollieren zu können, aber jetzt waren sie von Gabriella abhängig.

„Tut es dir leid?"

Sie drehte ein wenig den Kopf und fragte mit sicherer Stimme zurück: „Nein. Dir?"

Zärtlich fuhr Reeve mit einem Finger an ihrer Wange entlang. „Nein, warum sollte es mir leidtun, wenn jemand mir etwas so Schönes schenkt?" Liebevoll gab er ihr einen langen Kuss. „Wie kann es mir leidtun, dich geliebt zu haben, wenn ich schon darüber nachdenke, wann wir es wieder tun werden?"

Sie verzog etwas die Lippen. Er half ihr, dass sie sich genüsslich an ihn kuscheln konnte. Noch wollte er nicht darüber nachdenken, wie er sie, sobald sie nach Cordina zurückgekehrt waren, unterstützen musste, für sie denken, für sie planen musste. Diesen Augenblick wollte er so lange wie möglich genießen.

Zufrieden schmiegte Gabriella sich an ihn und streichelte mit einer Hand seinen muskulösen Oberkörper. Dadurch fiel ihr Blick direkt auf ihren Verlobungsring. In diesem Dämmerlicht wirkte er nicht so provozierend gleißend. Er schien ganz selbstverständlich zu ihr zu gehören. Schnell schloss sie die Augen, denn dieser Ring war ja kein Teil der Wirklichkeit, nur ein Stein in einem komplizierten Spiel. Aber Reeve ist jetzt meine Wirklichkeit, dachte sie, und ließ sich von dem Gedanken forttragen.

8. KAPITEL

Nichts scheint leichter zu werden, dachte Gabriella, während sie den langen Flur mit den hohen Fenstern hinunter zum Großen Ballsaal ging. Statt von Tag zu Tag einfacher zu werden, wurde ihr Leben immer komplizierter. Hatte Reeve ihr nicht gesagt, das Leben sei niemals problemlos?

Noch vor einer Woche hatte sie neben ihm in dieser kleinen Koje gelegen, schläfrig und erschöpft, bis sie sich von Neuem einander zugewandt und sich wieder geliebt hatten. Sind wir jetzt nicht ein Paar?, fragte sie sich und blieb kurz an einem der Fenster stehen. Hieß es nicht, dass Liebende ganz ineinander aufgingen und nur Interesse füreinander hatten? Doch inzwischen war eine ganze Woche verstrichen. In dieser Zeit hatte Reeve sich untadelig und höflich verhalten. Sein Benehmen war sehr aufmerksam, auf seine Art sogar freundlich. Aber er hatte es vermieden, sie auch nur zu berühren.

Gabriella stützte sich auf den Fenstersims und blickte hinunter. Es war gerade der Moment der Wachablösung. Während sie der stillen, irgendwie reizvollen Prozedur zuschaute, fragte sie sich, ob Reeve vielleicht der Meinung sei, dass auch in ihrer Beziehung ein Wechsel notwendig sei. Was sollte sie tun, wenn er sie verließe?

Natürlich war ihr von Anfang an klar gewesen, dass sie sich ins Gerede bringen würde. Ihre Verlobung machte noch immer Schlagzeilen, nicht nur in Cordina und Europa, sondern sogar in den Vereinigten Staaten. Es war schlichtweg unmöglich, eine Illustrierte durchzublättern, ohne auf Berichte über dieses Thema zu stoßen.

Gabriella zuckte die Schultern. Damit konnte man fertig werden. Klatsch kam auf und wurde wieder vergessen. Gedankenverloren drehte sie den Diamantring an ihrem Finger. Wirklich, das Gerede hatte keine Bedeutung, aber Reeve dafür umso mehr.

Er würde wahrscheinlich auf seine Farm zurückkehren, zurück in sein Land und zu seinem eigenen Leben. Darüber waren sie, ihre Familie und eine Handvoll vertrauenswürdiger Leute sich lange schon im Klaren. Selbst wenn Reeve sie bitten würde, mitzugehen, würde sie ihm folgen?

Allerdings würde er sie sicherlich gar nicht erst fragen, sagte sie sich. Schließlich war sie in seinem Leben nur eine Episode. Für ihn stellte sich die Situation ja ganz anders dar.

Brie schloss die Augen und bemühte sich, wieder in die Wirklichkeit zurückzukommen. Sie musste zu träumen aufhören und sich wieder ihrer verantwortlichen Stellung besinnen. Es würde keine rauschende Hochzeit geben, kein bezauberndes weißes Hochzeitskleid mit Schleier und Schleppe, um dessen Herstellung sich alle bedeutenden Modeschöpfer reißen würden. Es gäbe keine Hochzeitstorte und keine Gardisten. Stattdessen würde alles auf einen höflichen Abschied hinauslaufen. Sie hatte kein Recht, sich eine andere Lösung herbeizusehnen. Doch genau das wünschte sie sich mehr als alles andere.

Gabriella wandte sich vom Fenster ab und machte einen erschreckten Schritt rückwärts, als sie die Gestalt im dunklen Korridor ausmachte.

„Alexander!“ Sie ließ die Hand, die sie vor Schreck auf ihr Herz gepresst hatte, sinken. „Hast du mich erschreckt!“

„Das wollte ich nicht. Du sahst so …“ Eigentlich wollte er „unglücklich und verloren“ sagen, doch dann fuhr er fort: „… nachdenklich aus.“

„Ich habe der Wachablösung zugesehen.“ Sie lächelte ihn ebenso höflich an wie jeden anderen auch, ausgenommen Reeve. Alexander spürte das irgendwie. „Sie sehen so adrett und hübsch in ihren Uniformen aus. Ich war gerade auf dem Weg in den Ballsaal, um mich zu vergewissern, dass alles in Ordnung ist. Man sollte kaum glauben, dass nur noch so wenig Zeit bleibt, bis der Ball stattfindet. Und es muss noch so entsetzlich viel getan werden. Fast alle Eingeladenen haben schon ihre Zusagen geschickt, deshalb …“

„Brie, was soll das, musst du mit mir so gezwungen höflich reden?“

Sie öffnete den Mund, sagte dann aber nichts. Er hatte es sehr passend ausgedrückt, das konnte sie nicht leugnen. „Es tut mir leid, alles ist noch so verwirrend.“

„Mir wäre es lieber, du würdest dich mir gegenüber etwas natürlicher geben.“ Er war sichtlich verärgert. „Bei Reeve fällt dir das doch auch nicht schwer.“

Gabriellas Tonfall wurde eisig. „Ich habe mich einmal entschuldigt und sehe keine Notwendigkeit, dir eine andere Erklärung zu geben."

„Deine Entschuldigung war nicht notwendig." Mit schnellen, konzentrierten Schritten kam er zu ihr herüber.

Obwohl Alexander größer als Gabriella war, standen sie sich, wie früher schon, als gleichwertige Partner gegenüber. „Ich möchte nur, dass du deiner Familie die gleiche Aufmerksamkeit schenkst wie einem Fremden!"

Gabriella war den Vorwurf leid. Sie fing langsam an, ärgerlich zu werden. Ihre Stimme klang drohend, jeder Anflug einer Entschuldigung war geschwunden. „Ist das ein Rat oder ein Befehl?"

„Noch nie ist es jemandem gelungen, dir einen Befehl zu erteilen", versetzte Alexander wütend. Jetzt brach sein wochenlang gebändigtes Temperament mit ihm durch. „Und du hast auch noch nie einen Rat von jemand anderem angenommen. Wenn wir uns auf ein richtiges Verhalten deinerseits hätten verlassen können, dann hätten wir uns die Einladung eines Fremden gewiss ersparen können."

„Ich sehe keine Notwendigkeit, Reeve hier ins Gespräch zu bringen."

„Nein?" Alexander packte sie am Arm. „Wie steht ihr eigentlich zueinander?"

Jetzt war nicht nur Gabriellas Stimme frostig, sondern sie sah ihren Bruder auch mit einem eiskalten Blick an. „Das geht dich überhaupt nichts an."

„Meine Güte, Brie, ich bin dein Bruder."

„Das hat man mir gesagt", antwortete sie langsam und war bemüht, ihn damit nicht zu kränken. „Und auch, dass du ein paar Jahre jünger bist als ich. Ich finde es überflüssig, dir oder irgendjemandem sonst Rede und Antwort über mein Privatleben zu stehen."

„Ich bin vielleicht jünger", stieß Alexander hervor, „aber ich bin ein Mann und weiß sehr wohl, woran ein Mann denkt, wenn er dich so wie dieser Amerikaner ansieht."

„Alexander, hör endlich auf, ihn ‚diesen Amerikaner' zu nennen, als wäre er ein Mensch zweiter Klasse. Und ..." sprach sie schnell weiter, ehe Alexander etwas entgegnen konnte, „wenn mir die Art und Weise, in der Reeve mich angesehen hat, nicht passen würde, dann könnte ich ihm das selber sagen. Ich bin sehr wohl in der Lage, mich um mich selbst zu kümmern."

„Wenn das so wäre, wären uns allen die Aufregungen vor ein paar Wochen erspart geblieben." Gabriella erbleichte. Offensichtlich ging der Zorn mit Alexander durch. „Entführt, gefangen gehalten und schließlich ins Krankenhaus eingeliefert. Tagelang haben wir uns gesorgt, gewartet, gehofft und tatenlos herumgesessen. Kommst du nicht selbst auf die Idee, dass wir die Hölle durchgemacht haben? Vielleicht kannst du dich nicht an uns erinnern, vielleicht haben wir im Augenblick für dich wirklich keine Bedeutung. Aber das ändert nichts an unseren Gefühlen für dich."

„Glaubst du, dieser Zustand gefällt mir?" Plötzlich traten ihr die Tränen in die Augen. Es gelang ihr nicht mehr, sie zurückzuhalten. „Du weißt ja nicht, wie sehr ich mich quäle, meine Erinnerung wiederzugewinnen. Stattdessen kritisierst und beleidigst du mich. Du drängst mich förmlich in die Ecke."

Sein Zorn legte sich, und er fühlte sich schuldig. Er hatte vergessen, welchen Eindruck sie auf ihn gemacht hatte, als sie da am Fenster stand. „Das ist meine Art", sagte er begütigend. „Du hast immer gesagt, ich übte die Regierung über Cordina aus, indem ich dich und Bennett regierte. Es tut mir leid, Brie. Ich habe dich sehr lieb. Und das wird immer so sein."

„Oh, Alexander." Sie zog ihn an sich und umarmte ihn zum ersten Mal. Er war so groß, so aufrecht. Zum ersten Mal empfand sie einen gewissen Stolz für ihn. Es fiel ihr bestimmt nicht leicht, darauf warten zu müssen, dass alles wieder in normalen Bahnen lief, aber auch für ihren Bruder war es nicht einfach. „Haben wir uns immer so gezankt?"

„Immer." Er drückte sie fest an sich und küsste sie auf das Haar. „Vater sagt stets, das liege daran, dass wir beide glauben, schon alles zu wissen."

„Nun, das kann ich von mir jetzt nicht mehr behaupten." Sie seufzte tief und machte sich von ihm los. „Bitte, sei nicht gegen Reeve, Alex. Ich muss gestehen, dass ich das anfänglich auch war. Doch jetzt sehe ich, dass es für ihn ein großes Opfer ist, hier zu bleiben und alle Schachzüge mitzumachen, obwohl er wahrscheinlich viel lieber bei sich zu Hause wäre."

„Das wird mir ziemlich schwer fallen." Alex steckte die Hände in die Taschen und sah aus dem Fenster. „Ich weiß, dass ihn niemand zwingen kann und dass das, was er für uns tut, ein großer Gefallen ist. Ich mag ihn übrigens."

Gabriella lächelte in der Erinnerung, dass auch Bennett dieselben Worte benutzt hatte. „Das dachte ich mir."

„Es geht mir nur darum, dass in eine solche Situation kein Außenstehender hineingezogen werden sollte. Es ist schlimm, aber unvermeidlich, dass schon Loubet davon betroffen ist."

„Würde es dich ärgern, wenn ich dir gestehen würde, dass es mir viel lieber ist, Reeve um mich zu haben als Loubet?"

Zum ersten Mal sah sie ein spitzbübisches Lächeln auf Alexanders Gesicht. „Ich würde sagen, du hättest den Verstand verloren, wenn es anders wäre."

„Eure Hoheit!"

Alexander und Gabriella drehten sich gleichzeitig um. Janet Smithers verbeugte sich ehrerbietig vor ihnen. „Ich bitte um Entschuldigung, Prinz Alexander, Prinzessin Gabriella."

Sie machte wie immer einen tadellos gepflegten Eindruck. Ihr Haar war sorgfältig zurückgekämmt, und sie trug ein klassisch geschnittenes graues Kostüm. Gabriella fand Janet Smithers langweilig. Gewiss war sie eine tüchtige, intelligente, flinke und unauffällige Person, aber wenn sie sich in einem Zimmer mit vier anderen Leuten aufhielte, dann würde kein Mensch sie auch nur bemerken. Diese Unscheinbarkeit ließ Gabriella einen freundlichen Ton ihr gegenüber anschlagen.

„Brauchen Sie meine Hilfe für etwas, Janet?"

„Sie hatten von einer Christina Hamilton einen Anruf, Eure Hoheit."

„Christina ..." Verwirrt versuchte Gabriella, sich an die mit diesem Namen verbundenen Umstände zu erinnern.

„Du bist mit ihr zur Schule gegangen", half Alexander ihr nach und legte ihr seine Hand auf die Schulter. Wie merkwürdig, dass er sie über ihre beste Freundin zu informieren hatte. „Sie ist Amerikanerin, die Tochter eines Architekten."

„Ja, ich habe sie in – Houston besucht. Man schreibt in der Zeitung, dass sie wahrscheinlich meine Brautjungfer sein wird." Gabriella dachte an die ihr zur Verfügung gestellten Zeitungsausschnitte. Christina war eine große Frau von blendendem Aussehen, mit einer dunklen Mähne und einem boshaften Lächeln. „Sie sagten, sie habe angerufen, Janet. Hat sie eine Nachricht hinterlassen?“

„Sie bat mich, Sie zu suchen, Eure Hoheit.“ Janet zeigte mit keiner Miene, was sie über diese Bitte dachte. „Ich soll Ihnen ausrichten, dass sie pünktlich um elf Uhr noch einmal anrufen wird.“

„Danke.“ Gabriella warf einen belustigten Blick auf ihre Uhr. Sie hatte noch eine Viertelstunde Zeit. „Nun gut, ich werde besser in mein Zimmer gehen. Janet, wenn es Ihnen nichts ausmacht, dann gehen Sie doch bitte für mich in den Ballsaal, und notieren Sie sich alles, was noch erledigt werden muss. Ich fürchte, dazu habe ich jetzt keine Zeit mehr.“

„Selbstverständlich, Eure Hoheit.“ Wieder verneigte sich Janet beinahe mechanisch vor ihnen, ehe sie den Korridor hinunterging.

„Welch außerordentlich langweilige Person“, meinte Alexander, als Janet außer Hörweite war.

„Alex“, rief Gabriella ihn automatisch zur Ordnung, obwohl sie derselben Ansicht war.

„Ich weiß, sie hatte makellose Referenzen und ist eine zweifellos tüchtige Kraft. Aber es muss entsetzlich langweilig sein, sie jeden Morgen sehen zu müssen.“

Gabriella zuckte leicht mit den Schultern. „Ich fühle mich morgens durch sie nicht gerade motiviert, aber ich muss einen Grund gehabt haben, sie überhaupt einzustellen.“

„Damals sagtest du, du wolltest eine alleinstehende Frau, mit der dich nicht viel verbindet. Als Alice, Janets Vorgängerin, dich verließ, warst du tagelang schlecht gelaunt.“

„Nun, dann habe ich sicher eine gute Wahl getroffen.“ Alexander lachte kurz auf, und Gabriella antwortete mit einem erneuten Schulterzucken. „Ich glaube, ich gehe besser, ehe der Anruf kommt.“ Sie wollte vorher schnell noch einen Blick in ihre Notizen werfen und ihre Erinnerung an Christina Hamilton auffrischen. Doch ehe sie sich umdrehte, reichte sie Alexander noch die Hand. „Sind wir Freunde?“

Alexander ergriff ihre Hand und machte eine pompöse Verbeugung. „Ja, aber ich werde ein Auge auf den Amerikaner halten.“

„Wie du meinst“, antwortete Gabriella gelassen und ging auf ihre Suite zu. Alexander sah ihr nach, bis sie um die Ecke verschwand. Vielleicht sollte er sich auch mit Reeve MacGee unterhalten, schoss es ihm durch den Kopf. Das könnte ihn beruhigen.

Nachdem sie wieder in ihrem Zimmer war, setzte Gabriella sich auf das kleine Sofa und nahm ihre Notizen zur Hand, die sie sich anhand der Gespräche mit Reeve und ihrer Sekretärin gemacht hatte. Sie hatte sie in alphabetische Ordnung gebracht, und diese Aufzeichnungen waren ihre einzige Verbindung zu den Menschen, die sie einst so gut gekannt hatte. Wenn ihr Gedächtnisschwund ein gut gehütetes Geheimnis bleiben sollte, dann durfte sie sich nicht den kleinsten Fehler erlauben.

Christina Hamilton, murmelte sie und suchte nach den zwei Seiten voller Notizen, die alles betrafen, was ihre einst beste Freundin anging. Sie hatten vier Jahre zusammen an der Sorbonne in Paris verbracht. Gabriella schloss die Augen und hatte das Gefühl, Paris vor sich zu sehen, die regennassen Straßen, die herrlichen alten Bauten und den irrsinnigen Verkehr. Aber Christina Hamiltons Bild schob sich bedauerlicherweise nicht dazwischen.

Chris, berichtigte Gabriella sich selbst, das war die Abkürzung für ihren Namen. Chris hatte Kunst studiert und besaß jetzt eine Galerie in Houston. Es gab eine jüngere Schwester namens Eve, die Chris abwechselnd gelobt und verflucht hatte. Sie hatte Liebesaffären.

Gabriella hob die Augenbrauen, als sie die Liste der Männer, mit denen Chris zusammen gewesen war, durchging. Aber bei keinem hatte es zu einer Heirat gelangt. Mit fünfundzwanzig war die Freundin noch immer unverheiratet, eine erfolgreiche, unabhängige Künstlerin und Geschäftsfrau. Gabriella war eine Sekunde lang neidisch auf Chris.

Eine interessante Person, dachte sie. Waren sie vielleicht einmal Rivalinnen gewesen? Sie hatte alle Fakten, Zahlen und Informationen vor sich, aber die sagten nichts über ihre Gefühle aus.

Sie behielt die Unterlagen in der Hand, als ihr Privattelefon klingelte. Sie nahm den Hörer ab. „Hallo“, meldete sie sich.

„Du könntest wenigstens an Ort und Stelle sein, wenn dich eine alte Freundin über den Atlantik her anruft!"

Sie mochte diese Stimme sofort. Sie hatte einen warmen, spröden, fast schläfrigen Klang. Gabriella war traurig, dass sie sich nicht ihrer Empfindungen für Chris bewusst war. „Chris …" Sie zögerte, doch dann sprach sie einfach weiter: „Weißt du nicht, dass auch Hoheiten beschäftigt sind?"

Ein herzliches Lachen klang an ihr Ohr, aber Gabriella war immer noch leicht gespannt. „Du weißt doch, wann immer dir deine Krone zu schwer wird, kannst du hierher nach Houston zur Erholung kommen. Wie geht es dir, Brie?"

„Ich …" Erstaunlicherweise wollte Gabriella ihr alles erzählen, ihr das Herz ausschütten. Diese Stimme ohne Gesicht flößte so viel Vertrauen ein. Doch sie hielt sich zurück. „Danke, es geht mir gut."

„Ich bin Chris, das weißt du doch? Als ich von deiner Entführung erfuhr, Brie, wäre ich …" Sie brach ab und Gabriella hörte gerade noch einen unterdrückten Fluch. „Ich habe mit deinem Vater gesprochen. Ich wollte zu euch kommen. Aber er meinte, für dich sei das momentan nicht ratsam."

„Wahrscheinlich nicht. Ich brauche Zeit, aber es freut mich zu hören, dass du kommen wolltest."

„Meine Liebe, ich werde dir keine Fragen stellen. Ich bin sicher, es ist für dich das Beste, diese ganze Geschichte zu vergessen."

Gabriella lachte kurz und heftig auf. „Genau diesen Rat scheine ich gut zu befolgen."

Chris wartete einen Augenblick und wusste mit Gabriellas Reaktion nicht viel anzufangen. Aber sie ging nicht näher darauf ein. „Ich will nur wissen, was zum Teufel eigentlich da bei euch in Cordina los ist."

„Was soll los sein?"

„Diese geheime Blitzromanze, die jetzt kurz vor der Verlobung steht! Brie, ich weiß, du bist immer diskret gewesen, aber ich kann einfach nicht glauben, dass du mir kein Wort davon erzählt hast. Du hast Reeve MacGee nicht ein einziges Mal erwähnt!"

„Nun, wahrscheinlich wusste ich nicht, was ich sagen sollte." Das kommt der Wahrheit sogar sehr nahe, dachte Gabriella betroffen. „Alles ging so schnell. Die Verlobung wurde erst festgesetzt, beziehungsweise überhaupt besprochen, als Reeve im letzten Monat hierher kam."

„Wie denkt dein Vater darüber?"

Gabriella lächelte bitter und war dankbar, dass sie jetzt nicht auf ihren Ausdruck Acht geben musste. „Man könnte sagen, er hat sie fast selbst arrangiert."

„Ich kann nicht behaupten, dass ich dagegen bin. Ein amerikanischer Ex-Geheimdienstler ... du hast ja selbst immer gesagt, dass du nicht unbedingt standesgemäß heiraten willst."

Über Gabriellas Gesicht huschte ein Lächeln. „Ganz offensichtlich habe ich das auch so gemeint."

„Brie, ich weiß, dass du sehr beschäftigt bist. Ich habe dich nur angerufen, um mich und Eve für ein paar Tage selbst einzuladen."

„Du weißt, ihr seid immer gern gesehene Gäste", sagte Gabriella automatisch, obwohl ihr alle möglichen Gedanken durch den Kopf schossen. „Du kommst zum Ball. Wirst du etwas länger bleiben?"

„Das habe ich vor. Ich hoffe, du hast nichts dagegen, dass ich Eve mitschleppe. Wir werden am Tage vor dem Ball kommen. Ich kann dir behilflich sein und so auch deinen Verlobten kennenlernen. Übrigens, wie fühlst du dich als Verliebte?"

„Kein ..." Gabriella sah auf den Ring und dachte an das, was sie bei seinem Anblick, seiner Berührung empfand. „Kein unbedingt sehr bequemes Gefühl."

Wieder lachte Chris. „Dachtest du etwa, es wäre anders? Pass auf dich auf, Liebes. Wir sehen uns bald."

„Auf Wiedersehen, Chris."

Nachdem sie aufgelegt hatte, blieb Gabriella einen Moment lang still sitzen. Es war ihr gelungen, Christina Hamilton in Sicherheit zu wiegen. Die Freundin hatte keinen Verdacht geschöpft. Gabriella war fröhlich und locker gewesen. Welch ein Betrug!

Wütend warf sie ihre Notizen zu Boden, so dass sie alle durcheinander warf. Sie starrte die Papiere noch immer an, als es diskret an ihrer Tür klopfte.

Gabriella beschloss, die Zettel liegen zu lassen. „Ja, bitte, herein."

„Entschuldigen Sie bitte, Eure Hoheit." Janet betrat mit dem ihr eigenen geschäftigen Gebaren das Wohnzimmer. „Ich dachte, es würde Sie interessieren, zu wissen, dass im Ballsaal alles in Ordnung ist. Auch die Dekorationen werden jetzt aufgehängt." Obwohl sie die auf die Erde verstreuten Papiere sah, enthielt sie sich jeglichen Kommentares. „Haben Sie Ihren Anruf bekommen?"

„Ja. Ich habe mit Miss Hamilton gesprochen. Sie können meinem Vater gern ausrichten, dass sie keinen Argwohn hegt."

Janet hielt ihre Hände gefaltet. „Ich bitte um Verzeihung, Eure Hoheit?"

„Wollen Sie mir etwa weismachen, dass Sie meinem Vater keinen Bericht erstatten?", meinte Gabriella etwas bissig. Sie erhob sich und fühlte abwechselnd Schuld und Verzweiflung. „Ich bin mir völlig darüber im Klaren, wie sehr Sie mich beobachten, Janet."

„Unsere einzige Sorge ist Ihr Wohlergehen", antwortete Janet tonlos. „Falls ich Sie gekränkt haben sollte ..."

„Der Vorwand, unter dem sie gekommen sind, ist beleidigend", zischte Gabriella. „Das Ganze überhaupt."

„Ich weiß, Eure Königliche Hoheit müssen sich fühlen, als ..."

„Sie wissen überhaupt nicht, wie ich mich fühle", unterbrach Gabriella die Sekretärin und wirbelte herum. „Wie könnten Sie? Erinnern Sie sich an Ihren Vater, Bruder, an Ihre engsten Freunde?"

„Eure Königliche Hoheit ..." Janet trat näher an Gabriella heran. Mit dieser Art Temperamentsausbruch und Laune der Prinzessin musste man vorsichtig umgehen. „Vielleicht versteht keiner von uns allen wirklich Ihre Lage, aber das heißt doch nicht, dass wir uns keine Sorgen machen. Wenn ich Ihnen nur helfen könnte!"

„Nein, nein danke." Viel ruhiger drehte Gabriella sich um. „Es tut mir leid, Janet. Ich hätte Sie nicht anfahren dürfen."

Janets Lächeln war dünn. „Aber Sie mussten sich bei jemandem abreagieren. Ich hoffe ... Das heißt, ich dachte, dass Sie sich vielleicht nach dem Gespräch mit einer alten Freundin an etwas erinnern könnten."

„Nichts. Manchmal frage ich mich, ob es mir überhaupt je gelingen wird."

„Aber die Ärzte haben die Hoffnung doch nicht aufgegeben."

„Ärzte. Sie raten mir immer nur zur Geduld!" Mit einem Seufzer wandte sie sich einer Vase zu und zupfte an den Blumen. „Wie kann ich Geduld aufbringen, wenn ich immer nur Erinnerungsfragmente habe, wer ich bin und was mit mir geschehen ist!"

„Aber Sie haben Erinnerungsfetzen?" Wieder trat Janet einen Schritt näher. Zögernd legte sie Gabriella ihre Hand auf den Arm. „Sie können sich an Kleinigkeiten erinnern?"

„Nein, nur Eindrücke. Überhaupt nichts Konkretes." Die Erinnerung an das Messer hatte Substanz, aber sie war zu schrecklich, um ihr zu lange nachzuhängen. Sie brauchte etwas, das ihr Verstand annehmen und sie beruhigen konnte.

„Aber aus Steinchen formt sich letztendlich ein Ganzes, nicht wahr, Janet?"

„Ich bin kein Arzt, aber vielleicht sollten Sie sich mit dem begnügen, was Sie jetzt schon erreicht haben."

„Dass mein Leben vor weniger als einem Monat begonnen hat?" Gabriella schüttelte den Kopf. „Nein, das kann und will ich nicht. Ich will endlich den ersten Stein finden."

Ein Stockwerk höher saß Alexander in seinem geräumigen, in kühlen Farben gehaltenen Büro und betrachtete Reeve. Er hatte dieses Gespräch sorgfältig vorbereitet.

„Ich weiß es zu würdigen, dass Sie mir ein wenig Ihrer kostbaren Zeit opfern, Reeve."

„Ich bin sicher, Sie halten es für wichtig, Alex."

„Gabriella ist wichtig."

Reeve nickte langsam. „Für jeden von uns."

Mit dieser Antwort hatte Alex nicht unbedingt gerechnet, aber er ließ sich nicht aus dem Konzept bringen. „Ich schätze sehr, was Sie für uns tun, Reeve, aber andererseits meine ich, dass mein Vater eine alte Freundschaft zu stark beansprucht. Ihre Rolle wird von Tag zu Tag delikater."

Reeve lehnte sich zurück. Obwohl fast zehn Jahre Altersunterschied zwischen ihnen lagen, hatte Reeve nicht das Gefühl, einem Jüngeren gegenüberzusitzen. Alexander war reifer als die meisten seines Alters. Reeve überlegte, welche Taktik jetzt angebracht war, und entschied sich für den Angriff. „Beunruhigt Sie die Möglichkeit, dass ich Ihr Schwager werden könnte, Alex?"

Der Prinz ließ sich nicht anmerken, ob er verärgert war. „Wir wissen beide, welches Spiel gespielt wird. Meine Sorge gilt Gabriella.

Momentan ist sie sehr leicht zu verletzen. Da Sie dem Wunsch meines Vaters zufolge Gabriella jetzt näher stehen als ihre eigene Familie, sind Sie in der Lage, zu beobachten und Ratschläge zu erteilen."

„Und es beunruhigt Sie, dass ich Dinge, die mich nichts angehen, beobachten und unangebrachte Ratschläge geben könnte!"

Alexander breitete die Hände auf dem Schreibtisch aus. „Ich sehe, warum mein Vater Hochachtung vor Ihnen empfindet, Reeve. Und ich glaube zu verstehen, warum Brie Ihnen vertraut."

„Aber Sie vertrauen mir nicht."

„Doch, eigentlich schon!" Er war selbstsicher. Ein Mann in Alexanders Position konnte sich Unsicherheit auch keinesfalls erlauben. Er machte dennoch eine kleine Pause, um gewiss zu sein, die richtigen Worte, den richtigen Ton zu wählen. „Soweit Bries Sicherheit betroffen ist, bin ich davon überzeugt, dass sie in guten Händen ist. Andererseits ..." Er sah Reeve direkt in die Augen. Reeve hielt seinem Blick stand. „Sonst würde ich dafür Sorge tragen, dass man Sie entweder sorgfältig im Auge behielte oder sich von Ihnen trennte."

„Das ist nur verständlich!" Reeve nahm sich eine Zigarette und bot auch Alexander eine an. Der lehnte dankend ab. „Meine Stellung als Leibwächter beunruhigt Sie also nicht, aber Sie machen sich Sorgen über eine persönliche Beziehung?"

„Sie wissen sehr wohl, dass ich gegen Ihre Verlobung mit meiner Schwester gewesen bin. Nein, geben wir der Wahrheit die Ehre, ich habe versucht, diesen Schritt zu verhindern."

„Ich weiß, dass Sie und Loubet Ihre Zweifel hatten."

„Ich mag meine Meinung nicht mit der von Loubet verglichen sehen", murrte Alexander. Dann sah er Reeve mit einem breiten, offenen Lächeln an. „Mein Vater ist der Ansicht, dass Loubets Talente und Erfahrungen als Staatsminister eine ganze Reihe seiner überholten Vorstellungen aufwiegen."

„Dann ist da noch die Tatsache, dass Loubet hinkt." Alexander sah ihn verständnislos an. Reeve blies den Rauch seiner Zigarette genüsslich aus und fuhr fort: „Alex, wir kennen die Geschichte unserer beiden Familien. Mein Vater saß mit Loubet und dem Fürsten in dem Wagen, als sie vor fast fünfunddreißig Jahren diesen Unfall hatten. Ihr Vater brach sich den Arm, meiner hatte eine leichte Gehirnerschütterung. Aber Loubet wurde unglücklicherweise viel schlimmer verletzt!"

„Dieser Unfall hat nichts mit Loubets heutiger Position zu tun."

„Nein, das glaube ich auch nicht. Ihr Vater regelt Dinge nicht auf diese Weise. Aber vielleicht ist er deswegen ein wenig duldsamer. Schließlich saß Ihr Vater am Steuer. Ein bestimmtes Maß an Gewissensbissen ist doch nur menschlich. In jedem Fall soll damit nur deutlich gemacht werden, dass unsere Familien in bestimmter Weise verbunden sind. Alte Freundschaften, alte Bindungen. Nur deswegen wurde meine Verlobung mit Ihrer Schwester so leicht akzeptiert."

„Waren Sie denn so einfach damit einverstanden?"

Jetzt zögerte Reeve. „Alex, wollen Sie eine diplomatische Antwort hören oder die Wahrheit?"

„Die Wahrheit."

„Es war keine einfache Entscheidung für mich, einer falschen Verlobung mit Gabriella zuzustimmen. Es fällt mir auch nicht leicht, meine Rolle als ihr Verlobter zu spielen oder meinen Ring an ihrem Finger zu sehen. Es ist aus dem einfachen Grund nicht leicht", setzte Reeve langsam hinzu, „weil ich mich in sie verliebt habe."

Alexander antwortete nicht und gab auch kein Anzeichen der Überraschung von sich. Langsam strich er mit dem Finger über ein silbergerahmtes Bild, aus dem ihm seine Schwester entgegenlächelte. „Und was wollen Sie jetzt tun?"

Reeve runzelte die Stirn. „Ist es nicht Sache Ihres Vaters, das zu fragen?"

„Sie haben es nicht meinem Vater erzählt."

„Nein." Langsam und betont drückte Reeve seine Zigarette aus. „Ich habe nicht vor, irgendetwas zu tun. Ich bin mir meiner Verantwortung und meiner Grenzen hinsichtlich Ihrer Schwester sehr wohl bewusst."

„Gut." Geistesabwesend spielte Alexander mit einem Kugelschreiber. Er hatte den Eindruck, Reeve MacGee längst nicht so gut zu kennen, wie er gedacht hatte. „Und welcher Art sind Bries Gefühle?"

„Das ist ganz allein Bries Angelegenheit. Zum jetzigen Zeitpunkt muss man ihr Leben nicht noch mehr komplizieren. Sobald sie sich wieder erinnern kann, wird sie mich nicht mehr benötigen."

„So einfach ist das?"

„Ich bin Realist. Welche Beziehung sich auch immer zwischen Brie und mir im Augenblick entwickeln mag, sie wird sich in dem Moment ändern, wo sie ihr Gedächtnis wiedergefunden hat."

„Und doch wollen Sie ihr helfen, das zu erreichen."

„Sie muss es wiederfinden", antwortete Reeve schlicht. „Sie leidet."

Alex sah die Fotografie wieder an. „Ich weiß es."

„Wirklich? Wissen Sie, wie schuldig sie sich fühlt, weil sie sich der Menschen nicht erinnert, die auf ihre Zuneigung warten? Wissen Sie, welche Ängste sie aussteht, wenn sie wieder einen der Träume hat, die sie an den Rand der Erinnerung bringen und sie dann doch wieder im Ungewissen lassen?"

„Nein." Alexander ließ den Kugelschreiber fallen. „Brie vertraut sich mir nicht an. Ich glaube, ich begreife jetzt, warum. Und ich verstehe jetzt auch, warum mein Vater so großes Vertrauen zu Ihnen hat." Alexander fühlte sich plötzlich hilflos und unzufrieden. „Sie hat Träume?"

„Sie erinnert sich an Dunkelheit, an Stimmen und an ihre Angst." Reeve fiel der Traum mit dem Messer ein, aber er verlor kein Wort darüber. Das sollte Gabriella selbst erzählen.

„Es ist nicht viel mehr als das."

„Jetzt begreife ich eine Menge mehr." Wieder sah Alexander Reeve direkt an. „Sie haben das Recht, meine Fragen abzulehnen, Reeve, aber ich habe das Recht, sie zu stellen."

„Wir sind in beiden Punkten einer Meinung." Reeve stand auf und beendete so das Gespräch. „Erinnern Sie sich stets daran, Alexander, dass ich alles in meinen Kräften Stehende tun werde, um die Sicherheit Ihrer Schwester zu gewährleisten."

Alex erhob sich und trat vor Reeve hin. „Auch darüber sind wir beide einer Ansicht."

Es war schon spät, als Reeve eine heiße, wohltuende Dusche nahm. Er hatte den Abend damit verbracht, Gabriella zu einer Einladung zu begleiten, bei der man sie mit Fragen wegen der Hochzeit bestürmt hatte. Wann sollte sie sein, wo, wer wäre anwesend? Wie viele Gäste, wie schnell, wie bald?

Wenn Gabriellas Lage sich nach dem Ball nicht entscheidend gebessert haben sollte, würde es schwer sein, die Vorbereitungen für die Hochzeit noch länger als Vorwand für mangelnde Pläne zu nehmen.

Jetzt brauchen wir unbedingt ein fiktives Hochzeitsdatum, dachte Reeve, und ließ sich das Wasser über Kopf und Rücken laufen. Wenn sich die Situation nicht bald ändern würde, dann stünden sie prompt vor dem Altar, nur um die Klatschbasen zum Schweigen zu bringen.

Etwas Unsinnigeres könnte gar nicht passieren! Eine Heirat, nur um den Gerüchten Einhalt zu gebieten. Doch konnte diese Situation noch schwieriger werden als die, in der sie sich momentan befanden?

Reeve hatte das ganze Essen an ihrer Seite überstehen müssen, und jeder hatte ihm zu seinem Glück gratuliert. Er hatte direkt neben ihr gesessen und wurde dabei ständig daran erinnert, wie sie beide ganz allein auf dem Boot in der kleinen Kajüte gewesen waren.

Das Schlimme war, dass er sich viel zu genau erinnerte, an alle Einzelheiten. Aus diesem Grund hatte er seither darauf geachtet, dass sich keine Gelegenheit mehr ergab, bei der sie ganz allein und ungestört waren.

Keiner von uns beiden könnte sich das erlauben, dachte Reeve und verließ die Dusche. Damit hatte keiner rechnen können, dass er die Regeln außer Acht lassen und sich in Gabriella verlieben könnte. Er hatte eine noch ungelöste Aufgabe vor sich, und Gabriella musste erst noch ein ganzes Leben wiederentdecken. Wenn beides einmal erreicht war, dann würden die Verbindungen gelöst werden.

Und so soll es auch sein, dachte er. Gabriella gehörte nicht in die Umgebung eines kleinen Farmhauses in den Bergen, er hingegen nicht in die vornehme Welt eines Palastes. So einfach war das.

Gabriella saß in einem Sessel und blätterte ein Buch durch. Schwaches Licht fiel ihr über die Schultern, und sie wirkte gleichzeitig nervös und doch entschlossen. Es gelang ihr, ihre Unruhe zu überspielen.

Sie sah auf und meinte: „Ich glaube, ich habe Steinbeck immer gern gelesen." Sie legte das Buch zur Seite und stand auf. Ihr einfaches weißes Kleid war langärmelig und umspielte in weichen Falten ihre grazile Figur. Das Haar fiel ihr lose auf die Schultern. Sie wirkte sehr zart und zerbrechlich.

Reeve rührte sich nicht. Er war fasziniert von ihrem Anblick. „Wolltest du dir ein Buch ausleihen?"

„Nein." Gabriella machte einen Schritt auf ihn zu. „Du wolltest nicht zu mir kommen, deshalb beschloss ich, zu dir zu gehen." Sie nahm seine Hände, als könne sie aus dieser Berührung Vertrauen und Sicherheit ziehen. „Du kannst mich nicht fortschicken. Ich werde hier bleiben."

Nein, natürlich konnte er sie nicht wegschicken, auch wenn ihm die Vernunft etwas anderes riet.

„Willst du beweisen, dass du die Stärkere bist?"

„Nur, wenn es nötig sein sollte!" Gabriella nahm eine seiner Hände und legte sie an ihre Wange. „Sag mir, dass du mich nicht willst. Vielleicht werde ich dich dann hassen, aber ich werde mich zumindest nicht mehr lächerlich machen."

Reeve wusste, dass er sie jetzt belügen konnte. Diese Lüge würde sogar gut für Gabriella sein, aber sie kam nicht mehr über seine Lippen. „Ich kann dir nicht sagen, dass ich dich nicht will. Ich bezweifle, dass ich dazu in der Lage wäre, selbst wenn ich es wollte. Wahrscheinlich bin ich es, der sich lächerlich macht."

Lächelnd schlang sie die Arme um seinen Hals. „Halte mich, umarme mich." Sie schloss die Augen und legte ihre Wange an seine Schulter. Hier bei ihm hatte sie sein wollen. „Dieses Warten hat mich fast verrückt gemacht. Die Ungewissheit hat mich heute Abend beinahe die Nerven verlieren lassen, als ich zu dir kam."

„Nun, es schickt sich eigentlich auch nicht für eine Prinzessin, mich mitten in der Nacht in meinem Zimmer zu besuchen."

Lachend warf Gabriella den Kopf in den Nacken. „Nein, natürlich nicht. Lass uns das Beste aus dieser Situation machen."

Fest schloss sie die Arme um seinen Hals und presste ihren Mund auf seine Lippen. Wie sehr hatte sie sich nach diesem Kuss gesehnt! Und sie übertrug ihre ganze Sehnsucht mit diesem Kuss auf Reeve. Wenn sie nur heute Nacht bei ihm bliebe, dann wäre ihr alles andere gleichgültig. Dann würde sie auch am nächsten Morgen wieder die Kraft haben, einen neuen Tag erfolgreich durchzustehen.

„Reeve." Sie sah ihn eindringlich an. „Heute Nacht wollen wir auf jede Art von Lüge und Verstellung verzichten." Wieder hob sie seine Hand hoch und küsste ihn auf die Fingerspitzen. „Ich brauche dich. Ist das nicht genug?"

„Das ist genug. Ich will es dir beweisen." Langsam löste er den Gürtel ihres Kleides.

Durch die offenen Fenster fiel das Dämmerlicht. Der starke Duft der Bougainvillea, die sich an der Mauer hochrankte, drang zu ihnen herein. Gabriella ließ ihr Kleid zu Boden gleiten und zitterte leicht vor Erregung.

„Du bist wundervoll, Brie." Reeve streichelte ihre bloßen Schultern. „Jedes Mal, wenn ich dich sehe, kommt es mir wie das erste Mal vor."

Reeve streichelte ihr das Haar aus dem Gesicht und nahm ihren Kopf in beide Hände. Lange standen sie so voreinander und sahen sich in die Augen, bis Gabriella vor Aufregung ihren eigenen Herzschlag spürte.

Reeve bedeckte ihr Gesicht mit Küssen, zartfühlend, hingebungsvoll. Er liebkoste mit seinen Lippen ihren Hals, ihre Wange, die Stirn und die Augen. Brie war jetzt bei ihm, sie war von selbst zu ihm gekommen. Nun sollte sie seine ganze Zärtlichkeit fühlen.

Er hob sie mit seinen starken Armen hoch. Überrascht öffnete Gabriella die Augen, als er sie zu dem großen Bett hinübertrug.

Dann lagen sie nackt in den weichen Kissen. Er führte ihre Finger an seine Lippen und küsste jeden einzelnen voller Liebe. Gabriella hob die Arme zu ihm hin, und von den Händen abwärts bedeckte Reeve sie mit Liebkosungen. Im Gegensatz zum ersten Mal fanden sie sich jetzt nicht in einem spontanen Rausch der Empfindungen, sondern entdeckten ihre Körper Zentimeter für Zentimeter, forschend und behutsam.

Gabriella hatte gedacht, Reeve habe ihr bereits jeden Reiz vermittelt, dessen ihr Körper fähig war, doch jetzt empfand sie unter seiner Berührung völlig andere, noch intensivere Gefühle.

Sie spürte seine Unruhe, sein großes Verlangen nach ihr. Beim ersten Mal hatte sie seinen Sturm der Gefühle förmlich herbeigesehnt und herausgefordert. In dieser Nacht war jedoch alles anders, viel zärtlicher, langsamer. Sie schmiegten sich aneinander, Wange an Wange, Hand in Hand und genossen ihre stille, einfühlsame Liebe.

Reeve streichelte Gabriella mit Absicht ruhig und ausgiebig. Mit den Lippen berührte er ihren Hals, die sanfte Rundung ihrer Brust, suchte den Weg abwärts zu ihren schmalen Hüften. Sie hatte den zerbrechlichen Körper einer Frau, die ihr Leben in Luxus und Geborgenheit verbrachte.

Reeve wusste jedoch, dass der Verstand, der zu diesem Körper gehörte, nichts als gegeben betrachtete, dass für ihn nichts selbstverständlich war. Liebte Reeve sie dieser Einstellung wegen?

Gabriella seufzte vor Wohlbehagen. Ihre Haut brannte unter seinen Küssen. Sie wurde von Reizen durchflutet, die sie noch nie zuvor empfunden hatte.

Mit der Zungenspitze erforschte er jede Stelle ihres glühenden Körpers, suchte, spielte, liebkoste und verwöhnte ihn. Dann kam der Moment, da das Verlangen unerträglich wurde. Die Sehnsucht, sich mit ihm zu vereinen, war stärker als alles andere. Sie wollte seine Kraft in sich spüren, sich von seiner Leidenschaft forttragen lassen. Sie wollte eins mit ihm werden in einer sich erfüllenden Umarmung.

Ihr Atem ging heftig, das Herz hämmerte ihr bis zum Hals, und plötzlich wurde Gabriella vom Strudel seiner Begierde fortgerissen. Sie ließ es zu, ließ sich davontragen in eine ihr unbekannte Welt beiderseitigen Begehrens und unendlicher Sehnsucht.

9. KAPITEL

Gabriella war klar, dass sie die Nacht nicht bei Reeve hätte verbringen dürfen, aber sie wollte bei ihm sein, an seiner Seite einschlafen, selbst wenn es nur für wenige Stunden sein sollte.

Es fiel ihr leicht, in der dunklen, stillen Nacht nicht an die notwendige Diskretion zu denken. Sie nahm sich, wozu Liebende ein Recht haben. Wie herrlich war es doch, neben Reeve zu liegen und im Schlaf seine Hand zu halten. Diese wenigen Stunden waren mögliche Verwicklungen am nächsten Morgen wert.

Reeve wachte als Erster auf und weckte sie noch kurz vor dem Morgengrauen. Gabriella spürte den zarten Kuss auf ihrer Schulter, aber sie seufzte nur wohlig auf und kuschelte sich noch enger an ihn. Ein leiser Schauer überlief sie, als er sanft an ihrem Ohrläppchen zog.

„Brie, die Sonne geht auf."

„Hm. Küss mich!"

Reeve küsste sie so lange, bis er sicher war, dass sie munter war: „Die Diener werden bald aufstehen und ihren Dienst antreten", sagte er.

Gabriella öffnete ihre Augen ein wenig. „Du solltest dann nicht mehr hier sein", riet er.

„Machst du dir schon wieder Sorgen um deinen Ruf?" Sie gähnte und umarmte ihn spontan.

Reeve lächelte und legte genießerisch die Hand auf ihre Brust. Wenn er und Brie zusammen waren, fühlte er sich völlig ausgeglichen und im Einklang mit sich selbst. „Natürlich."

Mit sich zufrieden, wickelte sie eine Strähne seines Haares um ihren Finger. „Ich habe dich wahrscheinlich kompromittiert."

„Du warst es doch, die zu mir in mein Zimmer gekommen ist. Wie hätte ich eine Prinzessin abweisen können?"

Gabriella drückte ihm einen Kuss auf die Stirn. „Sehr klug. Wenn ich …" Nachdenklich fuhr sie sich mit der Zunge über die Lippen. „Wenn ich dir also befehlen würde, mich jetzt gleich noch einmal zu lieben …"

„… dann würde ich dich schleunigst aus dem Bett befördern."

Er verhinderte ihren Protest mit einem Kuss. „Eure Königliche Hoheit."

„Sehr schön", antwortete Gabriella leichthin und rollte sich zur Seite. Sie stand auf, räkelte sich und schüttelte ihr Haar zurecht. „Da du mich so schnell loswerden willst, kannst du das nächste Mal ja zu mir kommen." Sie bückte sich nach ihrem Kleid und streifte es über. „Das heißt, wenn du verhindern möchtest, in einer der dunklen, feuchten Kerkerzellen zu landen."

Reeve sah ihr beim Anziehen zu. „Erpressung?"

„Ich bin gewissenlos." Sie zog den Reißverschluss auf dem Rücken zu und legte den Gürtel um ihre schmale Taille.

„Brie ..." Reeve setzte sich auf und fuhr sich mit der Hand durchs Haar. „Alexander und ich hatten gestern ein langes Gespräch."

Gabriella hantierte weiter an dem Gürtel herum. Reeve sollte ihre plötzliche Nervosität nicht bemerken. „So? Über mich, nehme ich an."

„Ja, über dich."

„Und?", fragte sie ein wenig schnippisch.

„Dieser hochmütige Ton zieht bei mir nicht, Brie. Das solltest du jetzt eigentlich wissen."

„Was dann?"

„Ehrlichkeit."

Gabriella sah ihn an und seufzte. Mit dieser Antwort hätte sie rechnen müssen. „Nun gut. Auch ich hatte gestern mit Alex ein Gespräch, vielmehr einen Streit. Ich kann nicht behaupten, dass ich es gern habe, wenn ihr zwei über mich und mein Leben redet."

„Er macht sich Sorgen ebenso wie ich."

„Ist das eigentlich für alles eine Erklärung?"

„Das ist der Grund für alles."

Gabriella atmete hörbar schwer. „Es tut mir leid, Reeve. Ich will nicht ungerecht sein, auch wenn es vielleicht so aussehen mag. Ja, sogar undankbar. Ich habe nur den Eindruck, dass bei aller Besorgnis um meine Person jeder an mich irgendwelche Forderungen stellt." Während sie sprach, ging sie langsam zum Fenster und wieder zurück, als müsse sie an diesem Morgen erst wieder zu sich finden. „Man verlangt von mir, Loubets Plan zu befolgen, den Gedächtnisschwund so zu überspielen, dass niemand in Panik gerät und die Untersuchung im Stillen fortgeführt werden kann. Man verlangt von uns beiden, diese falsche Verlobung durchzustehen. Ich glaube, es ist das, was mich am meisten belastet."

„Aha."

Sie sah ihn ernst an. „Ich frage mich, ob du das verstehst", murmelte sie. „Auf der einen Seite überhäuft man mich mit Besorgnis und Zuneigung, auf der anderen gibt es unendlich viele Verpflichtungen."

„Möchtest du lieber etwas anderes tun? Sollte es anders gehandhabt werden?"

„Nein!" Gabriella schüttelte den Kopf. „Nein. Zu welchem Ergebnis ist denn Alexander gekommen?"

„Er hat beschlossen, mir zu vertrauen. Und du?"

Sie sah ihn überrascht an, dann erst wurde ihr klar, wie missverständlich ihr Ton gewesen war. „Du weißt, dass ich dir vertraue. Ich wäre nicht hier bei dir, wenn es anders wäre."

Manchmal war es das Beste, einen Gedanken sofort in die Tat umzusetzen, deshalb fragte Reeve: „Kannst du dir heute freinehmen und mit mir kommen?"

„Ja."

„Keine Fragen?"

Gabriella zuckte die Achseln. „Nun schön, wenn du unbedingt willst. Wohin?"

„Zu dem kleinen Stück Land." Er erwartete eine besondere Reaktion, aber Gabriella sah ihn nur an. „Ich halte es für an der Zeit, dass wir jetzt zusammenarbeiten."

Gabriella schloss einen Moment lang die Augen, dann ging sie zum Bett herüber. „Danke."

Reeve fühlte den Widerstreit der Gefühle in sich. Aber das würde bei Gabriella und ihm wohl immer so sein. „Vielleicht bist du mir hinterher gar nicht mehr dankbar."

„Oh doch, das werde ich." Sie neigte sich zu ihm und gab ihm einen freundschaftlichen, ganz leidenschaftslosen Kuss. „Egal, was passiert."

Die Gänge lagen im Dämmerlicht, als Gabriella Reeves Zimmer verließ und zu ihren Räumen schlich. Jetzt fühlte sie sich frisch und hoffnungsvoll. An diesem Tag würde sie keine der auf sie wartenden

Pflichten wahrnehmen. Sie wollte versuchen, die Vergangenheit mit der Gegenwart zusammenzubringen. Der Schlüssel dazu war vielleicht wirklich die kleine Farm. Und mit Reeves Hilfe würde sie ihn möglicherweise finden.

Leise öffnete Gabriella die Tür ihres Schlafzimmers. Sie war voller Tatendrang. Munter summte sie vor sich hin, als sie die Vorhänge zur Seite zog, um Licht hereinzulassen.

„Soso."

Erschrocken fuhr sie herum.

„Nanny!"

Die alte Frau setzte sich im Sessel auf und warf Gabriella einen langen fragenden Blick zu. Kein Zeichen von Müdigkeit war ihr anzumerken. Gabriella spürte die Missbilligung und auch die Nachsicht, die von ihr ausging, und das Blut schoss ihr in die Wangen.

„Du hast allen Grund, rot zu werden, wenn du so am frühen Morgen auf Zehenspitzen in dein Zimmer schleichst."

„Bist du die ganze Nacht hier gewesen?"

„Ja, ganz im Gegensatz zu dir." Mit ihren langen, knorrigen Fingern klopfte Nanny gegen die Armlehne des Sessels. Die Veränderung in Gabriellas Gesicht war unübersehbar, aber sie hatte sie schon an dem Tag bemerkt, als Gabriella vom Segeln zurückgekommen war. Selbst eine alte Frau blieb dennoch eine Frau. „Du hast jetzt also einen Liebhaber. Sag mir, bist du glücklich?"

Trotzig reckte Gabriella das Kinn und war selbst überrascht, dass sie so reagierte. „Ja."

Nanny betrachtete sie, das zerzauste Haar, die geröteten Wangen und der Blick, aus dem noch immer die erlebte Leidenschaft sprach.

„So sollte es auch sein", meinte sie dann ruhig. „Du hast dich verliebt."

Gabriella wollte es im ersten Moment leugnen. Die Worte lagen ihr schon auf der Zunge, aber sie wusste, dass es eine Lüge sein würde. Noch eine Lüge mehr. „Ja, ich bin verliebt!"

„Dann rate ich dir, vorsichtig zu sein." Im fahlen Morgenlicht sah Nannys Gesicht alt und bleich aus, aber ihre Augen zeigten noch immer jugendliches Feuer. „Wenn eine Frau in einen Mann verliebt ist, dann riskiert sie mehr als nur ihren Körper oder ihre Zeit. Verstehst du mich?"

„Ja, ich denke schon." Gabriella lächelte und hockte sich vor Nanny hin. „Warum hast du die ganze Nacht in diesem Stuhl und nicht in deinem Bett zugebracht?"

„Du hast vielleicht einen Liebhaber, aber ich kümmere mich dennoch weiterhin um dich. Ich hatte dir deine warme Milch gebracht, weil du doch nicht gut schläfst."

Gabriella sah die Tasse auf dem Tisch stehen. „Und ich habe dich beunruhigt, weil ich nicht hier war." Sie legte Nannys Hand gegen ihre Wange. „Das tut mir leid, Nanny."

„Ich habe mir gedacht, dass du bei dem Amerikaner sein würdest." Sie schnaubte leicht durch die Nase. „Nur schade, dass sein Blut nicht so blau wie seine Augen ist, allerdings hättest du es schlechter treffen können."

Der Diamant wog schwer an Gabriellas Finger. „Bis jetzt ist es nur ein Traum, nicht wahr?"

„Du träumst viel zu wenig", versetzte Nanny knapp. „Deshalb hatte ich dir die Milch gebracht, nur um dann festzustellen, dass du offensichtlich eine andere Art von Trost brauchst!"

Jetzt musste Gabriella lachen. „Bist du mir böse, wenn ich dir gestehe, dass ich es so besser fand?"

„Ich rate dir nur, deine Neigungen noch eine Weile vor deinem Vater geheim zu halten." In Nannys Stimme schwang ein belustigter Unterton, und Gabriella lächelte sie an. „Vielleicht bist du ja jetzt nicht mehr auf das, was ich dir bringe, angewiesen." Sie griff neben sich und zog eine zerschlissene Stoffpuppe mit einem runden Gesicht hervor, die in einem zerrissenen Kleidchen steckte. „Als du noch ein Kind warst und nachts nicht schlafen konntest, hast du immer danach gegriffen."

„Armes, hässliches, kleines Ding", flüsterte Gabriella und nahm die Puppe entgegen.

„Du hast sie ‚Henrietta Häuslich' genannt."

„Hoffentlich hatte sie nichts dagegen", meinte Gabriella und strich sanft über das Puppengesicht. Dann versteifte sie sich plötzlich und sagte nichts mehr.

Ein junges Mädchen in einem kleinen Bett. Seidene Bettwäsche mit einem zarten, rosafarbenen Blumendekor. Eine helle Tapete mit

Vögeln und Rosenranken. Musik, die von weither erklingt, ein romantischer langsamer Walzer. Und eine Frau, die Frau, welche sie auf einem der Ahnenporträts in der Familiengalerie gesehen hatte. Sie lächelt, flüstert ihr zärtliche Worte zu, lachend lehnt sie sich über Bries Bett. Die Smaragde an ihren Ohren schimmern verlockend im schwachen Licht. Eine grüne, seidene Ballrobe, die ihrer Figur einen mädchenhaften Reiz verleiht. Ein schwacher Duft nach frischen Apfelblüten …

„Gabriella!“ Nanny legte ihr die Hand auf die Schulter. Die Haut unter dem dünnen Gewand war eiskalt. „Gabriella.“

„Mein Kinderzimmer, welche Farbe hatte es?“

„Es war weiß und hatte eine chinesische Tapete“, antwortete Nanny zögernd.

„Und hatte meine Mutter ein seidenes, grünes Ballkleid?“, fragte Gabriella und hielt unbewusst die Puppe fest umklammert. Ihr standen Schweißperlen auf der Stirn, sie merkte es aber nicht. Sie musste sich zwingen, sich zu erinnern, dann würden ihr die Dinge auch wieder einfallen. „Ja, das stimmt. Mit einer sehr engen Taille und einem großen Stufenrock. Es war smaragdgrün.“

„Und sie roch nach frischen Apfelblüten, nicht wahr? Sie war wunderschön.“

„Ja, richtig. Erinnerst du dich?“ Nanny hielt Gabriella fest an der Schulter.

„Ich … Sie kam in mein Zimmer. Ich hörte Musik, einen Walzer. Sie kam, um mir Gute Nacht zu sagen.“

„Das tat sie immer. Erst bei dir, dann bei Alexander und zum Schluss ging sie zu Bennett. Wenn dein Vater die Zeit hatte, kam er auch herauf. Und bevor sie selbst schlafen gingen, warfen sie beide immer noch einen Blick in die Kinderzimmer. Ich werde jetzt deinen Vater holen.“

„Nein.“ Gabriella presste die Puppe an ihr Herz. Das Bild war verflogen. Sie fühlte sich schwach und erschöpft. „Nein, jetzt noch nicht. An mehr erinnere ich mich nicht. Nur dieses Bild tauchte eben auf, aber mir fehlt noch so vieles andere. Nanny …“ In Gabriellas Augen standen Tränen. „Ich weiß endlich, dass ich meine Mutter geliebt habe, jetzt fühle ich es wirklich. Und nun habe ich das Gefühl, als hätte ich sie ein zweites Mal verloren.“

Sie lehnte den Kopf an Nannys Schulter und ließ den Tränen freien Lauf. Die alte Kinderfrau streichelte ihr beruhigend über das Haar.

„Du willst also wegfahren!"

Gabriella stand in der großen Halle und sah ihren Vater an. Sie hatte sorgfältig ihr Make-up aufgelegt, so dass alle Spuren von Tränen verdeckt waren. Nur ihre Nerven waren noch nicht wieder zur Ruhe gekommen. Zerstreut spielte sie mit dem Riemen ihrer Umhängetasche.

„Ja, ich habe Janet angewiesen, alle meine Termine abzusagen. Es war sowieso nichts Wichtiges dabei."

„Brie, du musst dich nicht vor mir rechtfertigen, wenn du einmal einen Tag ausspannen möchtest."

Fürst Armand war sich zwar nicht sicher, wie sie reagieren würde, aber er ergriff trotzdem ihre Hand. „Habe ich zu viel von dir verlangt?"

„Nein, ich glaube nicht." Sie schüttelte den Kopf.

„Noch nie war es schwieriger für mich als jetzt, gleichzeitig Regent und Vater zu sein. Wenn du den Wunsch hast, Gabriella, dann verreise ich mit dir ein paar Wochen. Vielleicht eine Kreuzfahrt, oder nur ein Ausflug in unser Haus auf Sardinien."

Gabriella brachte es nicht übers Herz, ihm zu sagen, dass sie das Haus auf Sardinien nicht kannte. So lächelte sie ihn an. „Das ist nicht notwendig. Dr. Franco hat dir bestimmt berichtet, dass ich sehr kräftig bin!"

„Aber Dr. Kijinsky teilte mir mit, dass du noch immer von Traumbildern heimgesucht wirst."

Gabriella atmete tief durch und versuchte, sich nicht darüber zu ärgern, dass sie dem Arzt schließlich doch alles erzählt hatte. „Manche Dinge brauchen halt länger, um zu heilen."

Armand versagte es sich, Gabriella darum zu bitten, sich ihm in der gleichen Weise mitzuteilen wie Reeve. Dazu musste sie innerlich bereit sein. Doch die Erinnerung an das Kind, das sich auf seinem Schoß gekuschelt hatte, den Kopf an seiner Schulter, und ihm seine Sorgen mitgeteilt hatte, konnte er nicht verdrängen.

„Du siehst müde aus", stellte er fest. „Die Landluft wird dir guttun. Fährst du auf den kleinen Bauernhof?"

Gabriella hielt seinem Blick stand. Sie war nicht gewillt, sich von ihrem Vorhaben abbringen zu lassen. „Ja!“

Armand bemerkte ihre Entschlossenheit und respektierte sie. Sehr wohl fühlte er sich allerdings nicht dabei. „Wenn du wieder zurück bist, erzählst du mir dann alles, was dir vielleicht eingefallen ist, oder welche Empfindungen du dort hattest?“

Inzwischen war sie etwas ruhiger geworden. „Ja, natürlich.“ Sie machte einen Schritt auf ihn zu und küsste ihn leicht auf die Wange. Sie tat es für ihn und in der Erinnerung an die Frau im grünen Ballkleid, die ihr Gute Nacht gesagt hatte. „Mach dir um mich keine Sorgen. Reeve kommt mit mir.“

Armand sah ihr nach, wie sie den endlos langen Gang hinunterging. Er war bemüht, sich nicht zurückgesetzt zu fühlen. Ein Diener öffnete ihr die Tür, und Gabriella trat hinaus in das helle Tageslicht.

Eine ganze Weile sagte Reeve kein Wort. Gemächlich fuhren sie die sich windende Küstenstraße bergauf und bergab. Er fühlte Gabriellas inneren Aufruhr, kannte allerdings die Ursache nicht. Aber er konnte warten.

Sie ließen die Stadt Cordina hinter sich und fuhren am Hafen Lebarre vorbei. Hier und da tauchten an den Seiten Bauernhäuser auf, mit sorgfältig gepflegten Gärten in voller Blütenpracht. Diese Straße war sie in jener Nacht auf ihrer Flucht entlanggerannt. Gabriella bemühte sich, etwas wiederzuerkennen, alles nochmal zu durchleben.

Ihr kam jedoch nichts bekannt vor, auch nichts, was sie beängstigen könnte. Und doch war sie verkrampft. Nervös spielte sie mit dem Riemen ihrer Handtasche und nahm die idyllische, farbenprächtige Umgebung, die felsige, windzerzauste Landschaft kaum wahr.

„Möchtest du anhalten, Gabriella? Oder vielleicht lieber woanders hinfahren?“

Rasch drehte sie sich zu ihm hin, sah aber gleich wieder geradeaus. „Nein, natürlich nicht. Cordina ist ein hübscher Flecken Erde, nicht wahr?“ Sie versuchte, ihrer Stimme einen lockeren Klang zu verleihen.

„Warum erzählst du mir nicht, was dich bedrückt?“

„Ich weiß nicht.“ Sie legte ihre Hände in den Schoß. „Ich fühle mich unsicher, so als ob ich mir selbst über die Schulter sähe.“

Reeve hatte sich bereits entschlossen, ihr ohne Umschweife die notwendigen Antworten zu geben. „Vor einem Monat bist du während eines Sturms diese Straße entlanggerannt."

Gabriella krampfte die Finger zusammen und streckte sie wieder aus. „Rannte ich in Richtung auf die Stadt oder von ihr fort?"

Er warf ihre einen Blick von der Seite zu. Auf diese Gedankenverbindung war er selbst noch nicht gekommen, und er bewunderte ihren scharfen Verstand. „Auf die Stadt zu. Du warst nicht mehr als drei Meilen von Lebarre entfernt, als du bewusstlos wurdest."

Gabriella nickte. „Dann hatte ich Glück, oder ich wusste noch so viel, um wenigstens den richtigen Weg zu nehmen. Reeve, heute Morgen …"

„Was war da?" Er horchte auf und hielt das Lenkrad fester.

„Nanny hat in meinem Zimmer auf mich gewartet."

Sollte ihn das amüsieren oder erschrecken? Reeve konnte sich bei dem Bild, das vor seinem inneren Auge entstand, ein Lächeln nicht verkneifen. „Ja, und?"

„Wir haben uns unterhalten. Manchmal bringt sie mir abends heiße Milch. Daran habe ich gestern Nacht natürlich nicht gedacht." Auch Gabriella musste lächeln. „Außerdem brachte sie mir eine Puppe, die ich als Kind hatte." Langsam und entschlossen, keine Einzelheiten auszulassen, berichtete sie ihm jetzt, an was sie sich erinnert hatte. „Das war alles", endete sie schließlich. „Nur dass es diesmal kein Traum und kein flüchtiger Eindruck, sondern wirkliche Erinnerung war."

„Wem hast du das sonst noch erzählt?"

„Niemandem."

„Berichte es Dr. Kijinsky, wenn du ihn morgen siehst." Das klang fast wie ein Befehl. Gabriella hatte Mühe, sich nicht darüber zu ärgern, sondern Verständnis aufzubringen.

„Ja, natürlich. Hältst du es für einen Anfang?"

Während Gabriella gesprochen hatte, hatte Reeve die Geschwindigkeit vermindert. Jetzt beschleunigte er wieder. „Ich glaube, deine Kräfte kommen zurück. Mit dieser Erinnerung konntest du fertig werden. Vielleicht musste dir erst etwas Schönes einfallen, ehe du dich mit dem Rest auseinandersetzen kannst."

„Und alles andere wird mir wieder einfallen."

„Ja. Dein Erinnerungsvermögen kommt wieder", pflichtete er bei.

Entsprechend den Erklärungen, die man Reeve gegeben hatte, verließ er die Küstenstraße und fuhr landeinwärts. Die Straße war hier nicht mehr so gut. Wieder verlangsamte er die Fahrt.

Es dauerte nicht lange, dann kamen sie in bewaldetes Gebiet. Das Rauschen des Meeres wurde schwächer. Die Landschaft war lieblicher, mit grünen, sanft geschwungenen Hügeln. Hin und wieder hörten sie das Bellen eines Hundes, sahen Kühe auf der Weide oder verscheuchten aufgeregtes Federvieh von der Straße. Reeve war, als wäre er auf dem Weg zu seinem eigenen Farmhaus.

Erneut bog er von der Straße ab und fuhr jetzt nur noch im Schritttempo. Der Weg bestand hier aus Steinen und Geröll. Zur Rechten lag ein grünes, wild bewachsenes Stück Land, auf der anderen Seite wuchsen zahlreiche Bäume.

„Sind wir da?"

„Ja." Reeve schaltete den Motor aus.

„Hat man meinen Wagen hier gefunden?"

„Genau."

Gabriella blieb einen Augenblick lang reglos sitzen. „Warum glaube ich bloß immer, es müsste ganz leicht sein? Jedes Mal denke ich, dass mir beim Anblick eines Gegenstandes alles wieder deutlich werden würde. Aber nie ist es so. Manchmal fühle ich jedoch das Messer in meiner Hand geradezu körperlich." Sie sah auf ihre Handfläche. „Ich spüre es wirklich, und dann weiß ich, dass ich in der Lage wäre, einen Menschen zu töten!"

„Unter entsprechenden Umständen geht uns das wohl allen so."

„Nein." Äußerlich ganz ruhig, faltete Gabriella ihre Hände. Mit dieser inneren Qual musste sie alleine fertig werden, so hatte man es ihr anerzogen. „Das glaube ich nicht. Jemanden umzubringen setzt den Willen zur Gewalt voraus. Bei manchen Menschen ist er so stark, dass er alle anderen Instinkte verdrängt."

„Und was wäre mit dir geschehen, wenn du einfach nur die Augen zugemacht und jede Art von Gewalt abgelehnt hättest?" Fest nahm Reeve sie bei der Schulter und drehte sie zu sich herum. „Gesegnet seien die Duldsamen, Brie? Du weißt das doch besser."

Gabriella war nicht in der Lage, unter seinem Blick ihre Gefühle noch weiter zu verbergen. „Ich will in meinem Leben keine Gewalt“, sagte sie leidenschaftlich. „Und ich will und werde die Tatsache nicht akzeptieren, dass ich jemanden getötet habe.“

„Dann wirst du dich nie aus deiner Lage befreien können!“ Reeves Ton war hart. „Du wirst immer in einer Traumwelt leben. Die kühle, unerreichbare, fremde Prinzessin im Schloss.“ Er lehnte sich in seinen Sitz zurück.

„Du sprichst zu mir von einer Traumwelt?“ Jetzt bedrängte Reeve ihr Erinnerungsvermögen, und es spielte nun auch keine Rolle mehr, dass sie ihn einst darum gebeten hatte. Er drängte sie in eine dunkle, drohende Welt. „Du hast doch auch deine Illusionen“, begehrte sie auf. „Du bist ein Mensch, der die Gefahr sucht, ihr ins Auge gesehen hat. Und jetzt gibst du vor, dich damit zu begnügen, auf deiner Veranda zu sitzen und zuzusehen, wie dein Getreide wächst.“

Sie hatte Reeves wunden Punkt getroffen. Enttäuschung und Ärger stiegen in ihm auf und schwangen in seiner Stimme mit. Er hatte seine Träume, und Gabriella war ein Teil davon geworden. „Ich kenne wenigstens meine eigene Wirklichkeit und setze mich damit auseinander. Ich brauche meine Farm aus Gründen, die du nicht einmal willens bist zu verstehen. Ich brauche sie, weil ich weiß, wozu ich fähig bin, was ich getan habe und noch tun könnte.“

„Ohne jedes Bedauern“, provozierte Gabriella ihn.

„Ich pfeife darauf. Morgen kann alles anders sein. Ich habe wenigstens die Wahl!“ Das jedenfalls redete er sich ein.

„Die hast du.“ Plötzlich fühlte sie sich müde und sah von ihm fort. „Vielleicht unterscheiden wir beide uns darin. Wie kann ich mein Leben so führen, wie ich es muss, wenn ich weiß, dass ich …“

„… menschlich fühle“, unterbrach er sie. „Genau wie wir anderen auch.“

„Du vereinfachst die Dinge.“

„Willst du mir einreden, dass dein Titel dich über uns stellt?“

Ihr lag eine scharfe Bemerkung auf der Zunge, aber sie atmete nur tief durch.

„Du hast mich in die Ecke getrieben. Ich bin ein verängstigter Mensch. Aber mit meinen Schatten zu leben, erscheint mir das Schwierigste überhaupt.“

„Willst du dich weiter damit auseinandersetzen?"
„Ja." Sie öffnete die Wagentür und stieg aus.

Gabriella sah sich um und wünschte, sie wüsste, wo sie anfangen sollte. „Bist du früher schon hier gewesen?", wollte sie von Reeve wissen.

„Nein."

„Gut, dann ist es für uns beide das erste Mal." Sie hielt sich die Hand über die Augen. „Es ist sehr still hier. Ich frage mich, ob ich die Absicht hatte, dieses Land einmal anlegen zu lassen."

„Du hast davon gesprochen."

„Aber nichts dergleichen unternommen." Sie begann, langsam ein wenig herumzuschlendern. Es würde ein hartes Stück Arbeit werden, diese Erde zu bebauen.

„Warum habe ich dieses Land gekauft?"

„Du wolltest einen eigenen Besitz haben, wohin du dich zurückziehen konntest."

„Einen Zufluchtsort?"

„Nein, Ruhe und Einsamkeit", korrigierte er sie. „Das ist etwas anderes."

„Hierher gehört ein Haus", meinte sie plötzlich ungeduldig und beschrieb mit der Hand einen Kreis. „Hierher gehört Leben. Sieh einmal, wenn man aus dieser Gruppe ein paar Bäume auslichten würde, dann könnte man dort wundervoll ein Haus hinbauen, von dem aus man den ganzen Besitz überblicken könnte. Dazu gehören natürlich auch Ställe und Versorgungsbauten mit entsprechendem Weideland!"

Gabriella war von ihrem Gedanken selbst beeindruckt und ging begeistert weiter. „Direkt hier. Man sollte dieses Stück Land nicht so brachliegen lassen. Hierher gehören Kinder und kläffende, herumtollende Hunde. Ohne sie ist das Leben nur halb so schön."

Selbst Reeve konnte sich das Bild so ausmalen, wie sie es beschrieb. Genauso hatte er sich seine eigene Farm vorgestellt. „Soweit ich weiß, ist es kein ungeliebter Ort!"

„Aber man kümmert sich nicht darum. Ein so hübscher Flecken sollte nicht ungenutzt bleiben."

Neugierig ging Gabriella weiter durch das hohe Gras und stieß auf einmal mit dem Fuß gegen einen Gegenstand, der Reeve vor die Füße rollte. Er bückte sich und hob eine leere rote Thermoskanne auf, deren Verschlusskappe fehlte. Er fasste sie vorsichtig am unteren Ende an.

„In deinen Träumen warst du an einem stillen Ort und hast aus einer roten Thermosflasche Kaffee getrunken!"

Gabriella starrte die Flasche entsetzt an. „Ja", bestätigte sie leise.

„Und dann wurdest du schläfrig." Er roch an der Öffnung, und alle möglichen Überlegungen schossen ihm durch den Kopf. Wie gut war eigentlich das Polizeilabor von Cordina? Warum hatte man das Gelände hier nicht gründlicher untersucht? Wie konnte man ein so wichtiges Beweisstück nicht entdecken? Er musste die Antworten auf diese Fragen so schnell wie möglich finden.

Gabriella war von sich aus hier entlanggegangen, ohne dass er sie dazu angehalten hatte. Dann hatte sie ganz systematisch beschrieben, wo sie ihr Haus mit den Ställen bauen lassen würde. Wenn sie also genau hier schon einmal gesessen hatte …

Reeve kniff die Augen zusammen und suchte die Gegend ab, bis sein Blick auf einen großen, glatten Felsen fiel. Er war nur wenige Schritte entfernt und lag so, dass die Sonne ihn vom späten Vormittag bis in den frühen Nachmittag hinein beschien. Für jemanden, der seinen eigenen Gedanken nachhängen wollte, genau der richtige Platz.

„Woran denkst du?", wollte Gabriella wissen.

Reeve sah wieder zu ihr hin. „Ich überlege gerade, dass du an diesem Felsen dort gesessen und deinen Kaffee getrunken haben könntest. Du bist müde geworden und vielleicht sogar eingeschlafen. Doch dann hast du versucht, die Müdigkeit wieder abzuschütteln. Du hast mir erzählt, dass du in deinen Träumen versucht hast, wieder munter zu werden. Vielleicht gelang es dir also, aufzustehen und zu deinem Wagen zurückzustolpern."

Reeve drehte sich um und sah dorthin, wo sein eigenes Auto stand. „Doch dann wirkte die Droge, du brachst zusammen, und die Thermosflasche rollte zur Seite."

„Eine Droge … im Kaffee?"

„Es passt zusammen. Derjenige, der dich entführt hat, war nervös und stand unter Zeitdruck. Er oder sie kümmerten sich nicht um die

Thermosflasche. Warum auch? Sie hatten ja dich."

„Dann muss es jemand sein, der meine Gewohnheiten gut kennt, der vor allem wusste, dass ich an jenem Tag hierher fahren würde. Jemand, der …"

Sie verstummte und starrte auf die Thermosflasche.

„Jemand, der dir nahe steht", beendete Reeve den Satz für sie. Er hob die Flasche hoch. „Sehr nahe sogar!"

Ein leichtes Zittern überkam sie. Wieder verspürte sie den Drang, sich umzudrehen und weit, weit fortzurennen. Sie musste ihre ganze Beherrschung aufbringen, um ruhig stehen zu bleiben. „Was machen wir jetzt?"

„Jetzt werden wir erst einmal herausfinden, wer dir den Kaffee gemacht hat, und wer Gelegenheit hatte, dir etwas hineinzutun."

Brie fiel es schwer, zuzustimmen. „Reeve, hätte die Polizei das nicht herausfinden müssen?"

Er sah an ihr vorbei. „Das sollte man eigentlich annehmen, nicht wahr?"

Gabriella sah auf die Ringe an ihren Händen. Der Diamantring war ein Symbol für Treue, die Saphire für die Liebe. „Mein Vater …", begann sie, aber die Worte erstarben ihr auf den Lippen.

„Jetzt ist es höchste Zeit, dass wir mit ihm sprechen müssen."

Es war gefährlich für sie, sich zu treffen, doch jeder fuhr die lange, schlechte Straße hinunter zum Bauernhaus. Es wäre allerdings noch gefährlicher gewesen, sich jetzt nicht zu sehen.

Das Haus lag auf einem verwilderten Gelände, einsam und verborgen. Nie hatte sich jemand so recht darum gekümmert. Deshalb war es genau der richtige Treffpunkt. Es lag nahe genug an dem unbebauten Stück Land und weit genug von der Stadt entfernt, um nicht sofort entdeckt zu werden. Mit einer Ausnahme waren alle Fenster vernagelt. Sie hatten schon vorgehabt, das Haus abzubrennen und es seinem Schicksal zu überlassen, ebenso wie den Leichnam, den sie unter den Bäumen hinter dem Haus verscharrt hatten.

Die Autos kamen kurz hintereinander an. Beide waren zu vorsichtig und zu sorgfältig, um sich lange zu verspäten. Jeder von ihnen war sehr nervös, als sie aufeinander zugingen. Die Umstände brachten es mit sich, dass der eine sich in der Hand des anderen wusste.

„Sie fängt an, sich wieder zu erinnern."

„Sind Sie sicher?" Ein erstickter Fluch begleitete die Frage.

„Sonst hätte ich mich nicht mit Ihnen in Verbindung gesetzt. Mir ist mein Leben genauso wichtig wie Ihnen das Ihre." Solange einer von ihnen nicht entdeckt wurde, solange war auch der andere in Sicherheit, das wussten sie. Wenn aber einer auch nur den kleinsten Fehler beging …

„Wie viel weiß sie?"

„Noch nicht genug, um gefährlich zu sein. Kindheitserinnerungen, ein Erinnerungsfetzen hier und da. Nichts von uns." Eine vorüberfliegende Krähe stieß einen kreischenden Laut aus und ließ sie beide zusammenfahren.

„Doch langsam fallen ihr die Dinge wieder ein. Jetzt sind es nicht mehr nur Albträume. Ich bin davon überzeugt, wenn sie ihre Willenskraft einsetzt, dann wird es nicht mehr lange dauern."

„Wir wussten schon eine Weile, dass sie keinen endgültigen Gedächtnisverlust erlitten hat. Aber wir brauchen noch etwas mehr Zeit."

„Zeit?" Das Auflachen bei dieser Frage war schrill. „Uns bleibt herzlich wenig übrig. Sie erzählt dem Amerikaner alles. Sie sind ineinander verliebt, und er ist ein kluger Bursche. Sehr klug sogar."

„Seien Sie nicht albern." Wie hätte man die Ankunft des Amerikaners auch vorhersehen sollen? Dadurch war eine völlig neue Situation entstanden, die beide beunruhigte. „Wenn dieser Idiot Henri sich nur nicht betrunken hätte! Merde!" Der so sorgfältig ausgedachte Plan war durch ihn ins Wanken geraten, durch Henris Gier nach Alkohol und Sex. Es ließ sie beide kalt, ihn schließlich begraben zu haben.

„Es hat keinen Sinn, jetzt darüber zu debattieren. Wenn wir sie nicht noch einmal in unsere Gewalt bringen können, ist der Austausch unmöglich geworden. Deboque bleibt im Gefängnis, wir kommen nicht an das Geld heran und können uns nicht rächen."

„Also müssen wir sie noch einmal entführen."

„Was geschieht mit dem Amerikaner? Er ist nicht so vertrauensselig wie die Prinzessin."

„Er wird verschwinden müssen, so wie die Prinzessin auch, wenn sie sich zu früh erinnern sollte. Beobachten Sie sie genau. Sie wissen, was Sie tun müssen, wenn dieser Fall eintreten sollte."

Der kleine Revolver war gut verborgen. „Wenn ich sie erschießen muss, dann haben Sie ebenso wie ich Blut an den Händen."

Der Gedanke an einen Mord war nicht beängstigend, sondern lediglich die Sorge vor Entdeckung und einem neuen Fehlschlag. „Das wissen wir beide. Wir müssen nur noch bis zur Ballnacht warten."

„Gut, das ist ein vernünftiger Plan, sie dort direkt aus der Mitte der Anwesenden zu entführen."

„Ja, es kann klappen. Oder haben Sie eine bessere Idee?" Ein unheilvolles Schweigen lastete zwischen den beiden Verschwörern.

„Ich wünschte nur, ich wäre hier bei ihr geblieben und nicht Henri."

„Halten Sie nur Ihre Augen und Ohren offen. Sie haben ihr Vertrauen gewonnen?"

„So wie jeder andere auch."

„Dann nützen Sie es aus. Uns bleiben nur noch knapp zwei Wochen."

10. KAPITEL

Gabriella hielt die Hände im Schoß gefaltet und saß sehr aufrecht in ihrem Sessel. Sie wartete ungeduldig darauf, dass ihr Vater endlich zu sprechen begann.

„Sie sind also der Meinung, dass der Kaffee in dieser Thermoskanne ein Betäubungsmittel enthielt?", fragte Armand in sachlichem Ton und sah auf die auf seinem Schreibtisch stehende Thermosflasche.

„Es muss so sein." Reeve stand neben Gabriellas Stuhl und sah Armand an. „Und es passt auch zu dem sich wiederholenden Traum, unter dem Brie leidet."

„Man müsste die Thermosflasche einer Untersuchung unterziehen!"

„Ja, unbedingt." Reeve beobachtete jede Bewegung Armands, jede seiner Reaktionen. Er war sich auch bewusst, dass Armand ihn ebenso wachsam ansah. „Die Frage ist eigentlich, warum man sie dort nicht früher gefunden hat."

Armand sah Reeve in die Augen. „Es hat den Anschein, als hätte die Polizei nicht sorgfältig genug gearbeitet", stellte er kühl und nicht sehr freundlich fest.

„Es scheint, als hätten eine ganze Reihe von Leuten nicht genügend Sorgfalt walten lassen." Mehr als früher hatte Reeve Mühe, sein Temperament zu zügeln. Armand machte einen unterkühlten, berechnenden Eindruck auf ihn, der ihm nicht gefiel. „Wenn in dem Kaffee ein Betäubungsmittel war, so wie ich es annehme, dann sind die Schlussfolgerungen daraus offensichtlich!"

Armand nahm eine seiner langen, dunklen Zigaretten und zündete sie an. „In der Tat."

„Sie nehmen das sehr gelassen hin, Eure Hoheit."

„Ich reagiere so, wie ich es für richtig halte."

„Und auch ich werde tun, was mir nötig erscheint. Ich werde Brie aus Cordina herausbringen, bis diese Angelegenheit geklärt ist. Im Palast ist sie nicht mehr sicher."

Armand biss die Zähne zusammen. „Wenn ich mir um die Sicherheit meiner Tochter keine Sorgen machen würde, dann hätte ich Sie auch nicht hierher gerufen."

„Es reicht!“ Gabriella sprang aus ihrem Sessel auf und stellte sich zwischen Reeve und ihren Vater. „Wie könnt ihr beide es wagen, in meiner Gegenwart von mir zu reden, als wäre ich nicht in der Lage, mich um mich selbst zu kümmern? Wie könnt ihr euch unterstehen, über meinen Schutz zu sprechen, als wäre ich selbst dazu nicht fähig?“

„Gabriella!“ Armand erhob sich schnell von seinem Stuhl. Diesen Ton hatte er früher zu oft schon gehört. Er war genötigt gewesen, ihn zu unterbinden. „Pass auf, was du sagst.“

„Ich denke nicht daran.“ Wütend stemmte sie beide Hände auf die Schreibtischplatte und blitzte ihren Vater an. Bei einer anderen Gelegenheit hätte er sie wahrscheinlich bewundert, so wie er Bries Mutter bewundert hatte. „Ich habe keinen Grund, nur höflich und zurückhaltend zu bleiben. Ich bin kein vornehmes Ausstellungsstück, sondern eine lebendige Frau. Hier geht es um mein Leben, begreift ihr das? Ich stehe nicht einfach tatenlos herum, während ihr beide euch wie zwei Kinder, die sich um dasselbe Spielzeug streiten, den Schädel einschlagt. Ich will endlich eine Lösung!“

Armand sah sie kühl und herablassend an. „Du verlangst mehr, als ich zu geben bereit bin“, antwortete er abweisend.

„Ich will nur das, was mir zusteht.“

„Was dein ist, gehört dir nur, weil ich es dir gebe.“

Blass, aber gefasst richtete Gabriella sich auf. „Sprichst du als Vater?“, fragte sie leise und in schneidendem Ton. „Sie herrschen gut über Cordina, Eure Hoheit. Kann man dasselbe auch hinsichtlich unserer Familie sagen?“

Der Hieb saß, das war Armand anzusehen. Aber sein Gesicht war gleich wieder maskenhaft unbeweglich. „Du musst mir vertrauen, Gabriella.“

„Vertrauen?“ Ihre Stimme bebte. „Das hier zeigt mir“, sagte sie mit einer Geste auf die Thermosflasche hin, „dass ich keinem vertrauen kann. Niemandem.“ Dann drehte sie sich hastig um und verließ den Raum.

„Lassen Sie sie gehen“, befahl Armand, als Reeve schon halb hinter ihr hergeeilt war. „Man kümmert sich um sie. Ich sagte doch, man wird schon auf sie achtgeben“, wiederholte er, da Reeve nicht stehen blieb. „Lassen Sie sie gehen.“

Die Worte hätten Reeve nicht aufzuhalten vermocht, aber der Ton ließ ihn innehalten. Ein schmerzlicher Unterton schwang darin mit, dieselbe innere Qual, die Reeve an jenem Tag bei Armand im Warteraum des Krankenhauses bemerkt hatte. Deshalb blieb er an der Tür stehen und wandte sich um.

„Wussten Sie nicht, dass jeder ihrer Schritte ständig überwacht wird?", sagte Armand leise. „Sie wird so genau beobachtet, dass ich sogar weiß, wo sie letzte Nacht verbracht hat." Müde ließ er sich wieder auf seinen Sessel sinken.

Reeve sah in verblüfft an. Es war ihm nicht entgangen, dass die Dienerschaft sich häufig in Gabriellas Nähe aufhielt, aber er hatte nicht vermutet, dass das tatsächlich auf Armands Befehl hin geschah. „Sie lassen ihr nachspionieren?"

„Ich lasse sie überwachen", verbesserte Armand sehr betont. „Glauben Sie etwa, Reeve, dass ich Bries Sicherheit dem Zufall überlasse? Oder ausschließlich Ihrer Umsicht? Ich brauchte Sie aus allen bekannten Gründen heraus, aber wenn es um das Leben meiner Tochter geht, setze ich jedes mir zur Verfügung stehende Mittel ein." Armand fuhr sich flüchtig mit der Hand über sein Gesicht und zeigte so zum ersten Mal seine innere Anspannung. „Bitte, schließen Sie die Tür, und bleiben Sie einen Moment. Es ist an der Zeit, dass ich Sie genauer informiere."

„Sie wissen, wer sie entführt hat", sagte Reeve ruhig, aber Zorn schwang noch in seiner Stimme mit. „Sie wussten es die ganze Zeit."

„Ich kenne einen der Beteiligten und verdächtige eine weitere Person. Doch auch Sie hegen einen Verdacht." Sein abweisender, unnachgiebiger Blick haftete auf Reeve. „Es ist mir nicht entgangen, dass auch Sie eine bestimmte Theorie haben und die Sache auf Ihre Weise untersuchen. Ich habe nichts anderes von Ihnen erwartet, hatte allerdings nicht damit gerechnet, dass Sie so schnell Gabriellas Vertrauen erlangen würden."

„Wer hätte ein besseres Recht dazu gehabt?"

„Ich bin ihr Vater, doch in erster Linie bin ich der Regent. Sie kann nur das tun, was ich ihr zubillige." Aus Armands Worten sprachen kalte Arroganz und Machtbewusstsein, die Reeve nun schon nicht mehr fremd waren und für die er sogar so etwas wie Bewunderung empfand.

„Sie benutzen Brie als Mittel zum Zweck."

„Und Sie auch", gab Armand zurück. „Andere desgleichen."

„Warum, zum Teufel, lassen Sie sie so im Ungewissen?", verlangte Reeve zu wissen. „Ist Ihnen nicht bekannt, wie sehr sie sich quält?"

„Glauben Sie ernstlich, dass mir das verborgen geblieben ist?" Armand hob die Stimme, und er sah Reeve zornig an. In seiner Jugend hatte man sein unberechenbares Temperament gefürchtet, und nun schien ihn die jahrelange Kontrolle seines Wesens zu verlassen. „Sie ist mein Kind, mein ältestes Kind. An meiner Hand lernte sie laufen, ich saß an ihrem Bett, wenn sie krank war, und weinte an ihrer Seite am Grabe ihrer Mutter."

Armand erhob sich steif und ging langsam zum Fenster. Er lehnte sich hinaus und stützte dabei die Hände auf den Sims. „Was ich tue, mache ich, weil ich es so tun muss. Trotzdem liebe ich Brie."

Das glaubte Reeve dem Fürsten unbesehen. „Gabriella sollte das wissen."

„Der Verstand ist eine uns immer noch unbekannte, delikate Sache, Reeve", sagte Armand. „Gabriella ist trotz ihrer Willenskraft und ihrer inneren Stärke noch nicht in der Lage, die verstandesmäßige Blockade, sich nicht zu erinnern, von selbst zu überwinden. Wenn Sie anderer Ansicht wären, warum haben Sie ihr dann nicht mitgeteilt, wen Sie verdächtigen?"

„Sie braucht Zeit", fing Reeve an, doch Armand drehte sich um und unterbrach ihn mit einer Handbewegung.

„Ja, und ich kann ihr nicht mehr als Zeit geben. Dr. Kijinsky hat mir in aller Deutlichkeit dazu geraten. Wenn Gabriellas Verstand nicht von selbst dazu bereit ist, das Geschehene zu verarbeiten und zu akzeptieren, dann könnte, wenn man ihr zu früh alles erzählen würde, der nachfolgende Schock zu einem vollständigen Zusammenbruch führen. Dann könnte es sein, dass ihr Gedächtnisverlust endgültig wird."

„Aber sie erinnert sich doch schon an einige Einzelheiten."

„Ihr Gedächtnis reagiert auf die wenigen Anstöße. Sie sind klug genug, um das zu wissen. Wenn ich ihr jedoch alles, was ich weiß oder vermute, berichten würde, dann wäre es zu viel für sie. Eine immense Gefahr. Als Vater muss ich jetzt Geduld bewahren, und als Cordinas Herrscher stehen mir andere Wege offen, das herauszufinden, was ich wissen muss. Ja, ich weiß, wer sie entführt hat und warum."

Er sah grimmig und entschlossen aus, wie ein Verfolger hinter seiner Beute. „Aber noch ist der Augenblick nicht gekommen. Um sie dingfest zu machen, brauche ich noch etwas mehr Zeit. Das müssten Sie, der mit den Intrigen in Washington vertraut ist, doch eigentlich bestens verstehen. Leugnen Sie es nicht", wehrte Armand Reeves Protest ab. „Ich bin über die Art Ihrer Tätigkeit bestens informiert."

„Ich war nur ein kleines Rad beim Geheimdienst."

„Nicht nur ein kleines Rad", widersprach Armand mit einem Kopfschütteln. „Doch lassen wir es dabei bewenden. Es ist Ihnen klar, dass ich als Regent erst den endgültigen Beweis haben muss, ehe ich Anklage erheben kann. Ich kann es mir nicht erlauben, wie ein verzweifelter, wütender Vater zu erscheinen. Ich bin als Richter der Gerechtigkeit verpflichtet. Es gibt hier einige mir nahestehende Leute, die glauben, dass ich aufgrund meiner Stellung nichts von den Schachzügen, den Bestechungen und der falschen Loyalität weiß, die es hinter den Kulissen meiner Regierung gibt. Ich bin nicht böse, dass diesen Leuten meine Kenntnis von den Vorgängen entgeht. Es gibt genügend Personen, die glauben, dass ich jetzt, wo Gabriella wieder bei mir ist, mich nicht weiter mit den Gründen ihrer Entführung befassen würde. Eine der Bedingungen der Entführer war die Freilassung verschiedener Gefangener. Bis auf einen waren alle anderen nur zur Tarnung genannt. Dieser eine war – Deboque."

Eine Reihe Erinnerungen kamen in Reeve auf. Auf diesen Namen war er oft genug im Zusammenhang mit seiner Geheimdiensttätigkeit gestoßen. Deboque war ein sehr erfolgreicher Geschäftsmann, der mit Drogen, Waffen und Prostitution in Verbindung gebracht wurde. Er handelte mit allem, mit Raketen, Sprengstoffen sowie militärischer Ausrüstung und verkaufte es den Meistbietenden.

Aber er war nur so lange erfolgreich gewesen, bis er am Ende einer dreijährigen, mit größter Genauigkeit geführten Untersuchung überführt und verurteilt wurde. Allerdings war man weithin davon überzeugt, dass Deboque auch in den bisher verbüßten zwei Jahren der Haftzeit die Fäden seiner Organisation nicht aus den Fingern gelassen hatte.

„Sie glauben also, dass Deboque dahintersteckt?"

„Deboque ist für Gabriellas Entführung verantwortlich", stellte Armand lakonisch fest. „Wir müssen nur noch beweisen, wer seine Mittelsmänner waren."

„Sie kennen sie?" Reeve sprach jetzt wieder ruhiger. Ihm war klar, nur ein exakter Beweis konnte Deboque überführen und dessen mögliche Machenschaften und politische Intrigen unterbinden. „Ist Deboque denn auch von der Zelle aus in der Lage, seine Macht in Cordina weiter auszuüben?"

„Er ist dieser Ansicht und denkt, der Anfang sei bereits gemacht. Ich glaube, damit …", Armand unterbrach sich mit einer Handbewegung zur Thermosflasche hin, „… damit kann man ihn mattsetzen und einen seiner Helfershelfer herausfinden. Bei dem anderen wird es schwieriger sein." Flüchtig sah er auf den Ring an seiner Hand. Reeve bemerkte den Ausdruck des Bedauerns in seinem Gesicht. „Ich sagte Ihnen schon, dass ich weiß, wo Gabriella die Nacht zugebracht hat?"

„Ja, bei mir."

Erneut spiegelte Armands Gesicht einen Moment lang seine Gefühle wider, doch er hatte sich schnell wieder unter Kontrolle. „Sie sind der Sohn eines meiner ältesten Freunde und ein Mann, den ich um seiner selbst willen respektiere. Aber es fällt mir doch schwer, meine Ruhe zu bewahren, seit ich weiß, dass sie bei Ihnen war. Ich begreife natürlich, dass Gabriella inzwischen eine Frau ist, aber …" Armand zögerte weiterzusprechen. „Welcher Art sind Ihre Gefühle für Gabriella? Ich frage jetzt als ihr Vater."

Reeve stand vor Armand und sah ihm fest in die Augen. „Ich liebe sie."

Armand fühlte den Stich, den ein Elternteil immer dann empfindet, wenn eines seiner Kinder seine Liebe und Zuneigung einem anderen außer ihm schenkt. „Nun ist es an der Zeit, dass ich Ihnen sage, was wir unternommen haben, Reeve. Außerdem brauche ich Ihren Rat." Armand wies mit der Hand auf einen Stuhl, und Reeve setzte sich ihm gegenüber.

Sie unterhielten sich noch zwanzig Minuten lang sehr angeregt, obwohl beide mit ihrem inneren Aufruhr zu kämpfen hatten. Einmal stand Armand auf und goss Cognac in zwei Gläser. Der Plan, den sie besprachen, war gut durchdacht. Reeves Erfahrungen und sein scharfer Verstand waren Armand eine große Hilfe.

Man würde die Verdächtigen sehr genau beobachten. In dem Augenblick, in dem sich Gabriella wieder erinnern sollte, würde der nächste Schritt getan werden. Und wenn alles gut ging, war Gabriella nicht einen Augenblick lang in Gefahr.

Die Dinge entwickeln sich jedoch nicht immer nach Plan.

Zornbebend stürmte Gabriella in ihr Büro und fand Janet dort vor, die mit ihren Papieren beschäftigt war. Sofort drehte sich Janet zu ihr um und verneigte sich, die Dokumente noch immer in der Hand.

„Eure Hoheit, ich habe Sie heute nicht so bald zurückerwartet."

„Ich will arbeiten." Gabriella ging direkt zu ihrem Schreibtisch und sah ihre Unterlagen durch. „Ist das Menü für das private Abendessen fertig, das wir unseren persönlichen Gästen am Abend vor dem Ball geben werden?"

„Die Druckerei hat Ihnen einen Fahnenabzug zur Genehmigung geschickt."

„Ja, hier ist er." Gabriella nahm den schweren, cremefarbenen Andruck zur Hand und warf einen Blick auf die exquisite Aufmachung.

„Ich werde es nicht tolerieren." Sie warf die Tischkarte auf den Schreibtisch zurück und sprang auf.

„Billigen Sie das Menü nicht?"

„Nicht billigen?" Mit einem bitteren Lachen steckte Gabriella die Hände in die Taschen ihres Rockes. „Es ist perfekt. Rufen Sie die Druckerei an, und sagen Sie ihnen, dass sie es so lassen können. Die fünfzig Gäste, die mit uns am Vorabend des Balles speisen, werden ein unvergessliches Erlebnis haben. Dafür werde ich schon sorgen. Keiner von ihnen wird das jemals vergessen!" Bebend fuhr sie herum.

Janet war sich nicht mehr sicher, was sie nun darauf antworten sollte, und wartete einfach geduldig mit den Papieren in ihrer Hand. „Ja, Eure Hoheit."

„Sogar mein Vater versagt mir die Höflichkeit."

„Ich bin sicher, Sie missverstehen etwas. Fürst Armand …", begann Janet.

„… findet es richtig, die Entscheidungen für mich zu treffen", fuhr Gabriella dazwischen. „Er treibt sein Spiel mit mir, das weiß ich. Das jedenfalls weiß ich, obwohl es hundert andere Sachen gibt, an die ich mich nicht erinnere. Aber das wird schon noch kommen, sehr bald sogar." Gabriella ballte die Hände zu Fäusten.

„Sie sind aufgeregt, ich werde Ihnen etwas Kaffee kommen lassen", sagte Janet und legte die Dokumente ordentlich auf die Schreibtischplatte.

„Einen Augenblick." Gabriella machte einen Schritt auf sie zu. „Wer kümmert sich um meinen Kaffee, Janet?"

Der Ton in Gabriellas Frage verwirrte Janet, und sie legte den Hörer wieder auf die Gabel zurück. „Wer? Die Küche natürlich. Ich will eben dort anrufen und …"

Gabriella schoss es durch den Kopf, dass sie keine Ahnung hatte, wo die Küche eigentlich war. „Bereitet die Küche auch eine Thermosflasche für mich vor, wenn ich danach verlange?" Ihr Puls ging plötzlich schneller, ehe sie die nächste Frage stellte. „Wenn ich aufs Land fahren will, Janet?"

Janet machte eine kleine, zittrige Geste mit den Händen. „Sie haben Ihren Kaffee immer sehr gern stark. Gewöhnlich wird er von der alten russischen Frau gemacht."

„Nanny", flüsterte Brie leise. Das war nicht die Antwort, mit der sie gerechnet hatte.

„Ich habe oft gehört, dass Sie darüber scherzten, der Kaffee würde auch ohne die Flasche nicht die Form verlieren." Janet brachte ein unsicheres Lächeln zuwege. „Sie kocht ihn in ihrem Zimmer und weigert sich, dem Koch ihr Rezept zu verraten."

„Sie bringt mir also die Thermosflasche, bevor ich das Haus verlasse."

„Für gewöhnlich ja, Eure Hoheit. Aus der gleichen Gewohnheit heraus bringt Prinz Bennett eher ihr ein Hemd zum Knopfannähen als seinem Kammerdiener!"

Ein Schwindelgefühl überkam Gabriella, aber sie konnte sich beherrschen.

„Ein sehr altes und vertrauenswürdiges Mitglied unserer Familie also."

„Ja, sie zählt sich nicht einmal zu den Angestellten des Palastes. Fürstin Elizabeth nahm eher sie auf Reisen mit als eine Kammerzofe."

„War Nanny mit meiner Mutter in Paris? War sie bei ihr, als meine Mutter erkrankte?"

„So wurde mir berichtet, Eure Hoheit. Sie war der Fürstin völlig ergeben."

Und geistig verwirrt?, überlegte Gabriella. Oder verkalkt? Wie viele Leute hätten Gelegenheit gehabt, etwas in die Thermosflasche hineinzuschütten?

Sie zwang sich zur Ruhe, ehe sie die nächste Frage stellte. „Wissen Sie, ob Nanny mir an dem Tag, an dem ich zum Bauernhof hinausgefahren bin, den Kaffee zubereitet hat? An dem Tag, an dem ich entführt wurde?"

„Warum? Ja." Janet zögerte. „Sie brachte ihn hierher. Sie kümmerten sich noch um die Post, ehe Sie abfuhren. Nanny brachte den Kaffee, sie schimpfte, weil Sie ohne Jacke fahren wollten. Sie haben sie ausgelacht und versprochen, dass sie nicht ohne eine Jacke gehen würden. Und dann haben Sie sie hinausgeschickt. Sie waren in Eile und ließen mich wissen, dass wir den Rest der Korrespondenz später erledigen würden."

„Niemand anders kam in den Raum?", forschte Gabriella. „Wir wurden von dem Moment an, nachdem Nanny den Kaffee gebracht hatte, bis zum Augenblick meiner Abfahrt nicht mehr gestört?"

„Niemand, Eure Hoheit. Ihr Wagen wartete vor dem Hauptportal. Ich habe Sie selbst hinunterbegleitet. Eure Hoheit …" Vorsichtig streckte Janet eine Hand aus. „Ist es gut für Sie, über solche Dinge nachzudenken, sich mit derartigen Einzelheiten zu quälen?"

„Vielleicht nicht." Gabriella erwiderte flüchtig Janets Händedruck, ehe sie zum Fenster hinüberging. Der Wunsch, endlich mit einer Frau über alles zu sprechen, wurde ganz stark. Sie brauchte einfach eine Vertrauensperson. „Ich habe heute keine Verwendung mehr für Sie, Janet, vielen Dank."

„Ja, Eure Hoheit. Soll ich Ihnen, bevor ich gehe, noch den Kaffee bestellen?"

„Nein.“ Beinahe musste Gabriella lachen. „Nein, danke, ich mag jetzt nicht mehr.“

Gabriella konnte nicht mehr im Zimmer, von Wänden umgeben, bleiben. Kaum war Janet gegangen, hatte sie das Bedürfnis nach frischer Luft und Sonne. So verließ sie ihr Büro, ging ohne Ziel durch den Palast. Plötzlich fand sie sich auf der Terrasse wieder, wo sie mit Reeve am ersten Abend gewesen war. Wo er sie zum ersten Mal geküsst hatte, und wo erstmals ihre Gefühle geweckt worden waren.

Am Tage wirkt alles ganz anders, dachte sie und ging zur Brüstung. Sie lehnte sich vor und bewunderte den herrlichen Ausblick, als sie Schritte hinter sich vernahm.

„Eure Hoheit.“ Loubet betrat die Terrasse mit einem leichten, kaum wahrnehmbaren Hinken. „Ich hoffe, ich störe Sie nicht.“

Natürlich störte er sie, aber sie war zu wohlerzogen, es ihn merken zu lassen. Gabriella reichte ihm lächelnd die Hand. Während des gemeinsamen Diners hatte sie Loubets junge, hübsche Frau kennen und schätzen gelernt. Sie fand es rührend, dass dieser dickliche, praktisch veranlagte Staatsminister so offensichtlich verliebt in sie war.

„Sie sehen gut aus, Monsieur.“

„Merci, Vôtre Altesse.“ Er gab ihr einen galanten Handkuss. „Ich muss sagen, Sie machen einen blühenden Eindruck. Wieder zu Hause zu sein ist offensichtlich die beste Medizin für Sie.“

„Ich dachte gerade, dass es mir tatsächlich inzwischen wie ein Zuhause vorkommt.“ Sie sah wieder auf die Berge hinüber, die Cordina umgaben. „Noch nicht im Herzen, aber wenigstens äußerlich. Sind Sie gekommen, um mit meinem Vater zu sprechen, Monsieur Loubet?“

„Ja, Eure Hoheit, ich habe in wenigen Minuten eine Verabredung mit ihm.“

„Sagen Sie, Sie haben doch viele Jahre lang für meinen Vater gearbeitet. Würden Sie sich als seinen Freund bezeichnen?“

„Ich habe mich immer als solchen betrachtet, Eure Hoheit.“

Er ist immer so diplomatisch, so konservativ, dachte Gabriella mit einem leichten Anflug von Ungeduld. „Hören Sie, Loubet, ohne meinen Gedächtnisverlust müsste ich diese Frage nicht stellen. Schließlich wird dieses Problem auf Ihren Rat hin so heruntergespielt“, erinnerte sie ihn mit einem leichten Stirnrunzeln. „Erzählen Sie mir also, ob mein Vater Freunde hat und ob Sie dazugehören."

Loubet dachte nach. Er war ein Mann, der stets erst seine Gedanken ordnete, ehe er sie in Worte fasste. „Es gibt wenige große Männer auf der Welt. Einige davon sind gutherzig. Fürst Armand ist einer dieser Menschen. Große Männer schaffen sich Feinde, gute Männer Freunde. Ihr Vater trägt die Last, dass ihm beides widerfährt."

„Ja."

Seufzend lehnte sich Gabriella an die Mauer. „Ich glaube zu verstehen, was Sie meinen."

„Ich stamme nicht aus Cordina." Loubet lächelte und schaute seinerseits auf das Panorama.

„Verfassungsgemäß ist der Staatsminister ein Franzose. Ich liebe mein eigenes Land. Ich will Ihnen offen gestehen, dass ich nur der Gefühle wegen, die ich für Ihren Vater empfinde, Ihrem Land diene."

„Ich wünschte, ich wäre mir meiner eigenen Gefühle so sicher", sagte Gabriella sehr leise.

„Ihr Vater liebt Sie." Er versicherte ihr das mit so großem Zartgefühl, dass sie ihre Augen schloss, um nicht in Tränen auszubrechen.

„Sie sollten keinen Zweifel daran haben, dass Ihr Wohlergehen Ihrem Vater das Wichtigste ist."

„Sie beschämen mich."

„Eure Hoheit ..."

„Nein, Sie haben recht. Ich habe über vieles nachzudenken." Sie ging auf Loubet zu und gab ihm die Hand. „Vielen Dank, Monsieur Loubet."

Er machte eine förmliche Verbeugung, so dass sie lächeln musste.

Doch dann hatte Gabriella den Franzosen auch schon wieder vergessen und wandte sich erneut dem reizvollen Ausblick auf die Stadt zu.

Weder sie noch Loubet hatten den jungen Mann bemerkt, der am anderen Ende der Terrasse frisch geschnittene Blumen in Vasen arrangierte. Auch die stämmige Magd, die hinter den Glasscheiben Staub wischte, war ihrer Aufmerksamkeit entgangen.

Nachdem er Gabriella überall gesucht hatte, fand Reeve sie schließlich draußen auf der Terrasse. Er war zugleich erleichtert und nervös. Armand hatte ihm versichert, dass Gabriella ständig überwacht würde, und ihm fielen die beiden Leute auf, die sich in einiger Entfernung der Prinzessin zu schaffen machten. Und dennoch hatte der Fürst von Anfang an auch auf seine Unterstützung nicht verzichten wollen.

Nach ihrem Gespräch verstand Reeve jetzt besser, warum Armand einen Fremden in die Sache hineingezogen hatte, jemanden, der Cordina und seiner Herrscherfamilie nicht so verbunden war. Mehr als früher muss ich jetzt objektiv bleiben, dachte er und betrachtete dabei Gabriella. Aber mehr als früher würde ihm das jetzt schwerfallen.

„Brie!"

Langsam drehte sich die Prinzessin um, als hätte sie Reeves Gegenwart gespürt. Ihr Haar war vom Wind zerzaust. Ruhig sah sie ihn an. „Als ich mit dir hier am ersten Abend war, hatte ich noch viele Fragen. Jetzt, Wochen später, fehlen mir noch immer die meisten Antworten." Sie sah auf ihre Ringe, deren Anblick die unterschiedlichsten Gefühle in ihr auslösten. „Du willst mir nicht sagen, was du mit meinem Vater besprochen hast, nachdem ich euch verlassen habe."

Das war keine Frage, sondern eine Feststellung, aber Reeve wusste, dass er ihr eine Antwort schuldig war. „Dein Vater denkt in erster Linie an dich, ehe er an etwas anderes denkt. Vielleicht hilft es dir, das zu wissen."

„Und du?"

„Ich bin deinetwegen hier." Er kam an ihre Seite wie damals im Mondlicht. „Es gibt keinen anderen Grund."

„Meinetwegen?" Gabriella sah ihn fragend an und bemühte sich, Reeve ihre Gedanken nicht erraten zu lassen. „Oder nur der alten Familienbande wegen?"

„Was verlangst du eigentlich?" Er nahm ihre zarten, schmalen Hände und blickte ihr in die Augen. „Meine Gefühle für dich haben nichts mit der Freundschaft unserer Väter zu tun. Dass ich hier bin, hat einzig und allein mit meinen Gefühlen für dich zu tun."

„Ich wünschte, dies alles wäre vorüber", sagte Gabriella und meinte damit ihre unbekannte Vergangenheit ebenso wie die ungewisse Zukunft. „Ich möchte endlich wieder ich selbst sein."

Zum Teufel mit den ganzen Plänen und aller Neutralität! Reeve fasste sie an den Schultern. „Ich werde dich für eine Weile nach Amerika mitnehmen."

Verwirrt legte sie ihm eine Hand auf den Arm. „Nach Amerika?"

„Du kannst bei mir in meinem Haus bleiben, bis die ganze Angelegenheit geklärt ist."

Bis! Das Wort erinnerte sie daran, dass manche Dinge zu Ende gehen würden. Sie ließ ihre Hand sinken. „Diese ganze Geschichte fängt mit mir an. Ich kann nicht einfach fortlaufen."

„Du musst nicht hier bleiben." Plötzlich erkannte Reeve, wie einfach alles sein könnte. Sie wäre nicht mehr hier, und er würde für ihre Sicherheit sorgen. Armand müsste nur seinen Plan ändern.

„Ich muss hier bleiben. Hier habe ich irgendwo mein Leben verloren. Wie kann ich es Tausende von Meilen entfernt wiederfinden?"

„Wenn du dich erinnern willst, kannst du das überall tun. Die Entfernung spielt dabei keine Rolle."

„Aber für mich spielt es eine Rolle." Sie entzog sich ihm und lehnte sich wieder gegen die Mauer. Ihr Stolz, den sie von ihren Ahnen geerbt hatte, kam zurück. „Denkst du, ich sei ein Feigling? Glaubst du wirklich, ich könnte vor den Leuten, die sich meiner bemächtigt haben, die Flucht ergreifen? Steckt vielleicht mein Vater dahinter, damit ich keine weiteren Fragen stellen soll?"

„Du weißt, dass das nicht stimmt."

„Ich weiß gar nichts", versetzte sie gereizt. „Das Einzige, was mir klar ist, ist die Tatsache, dass alle Männer in meinem Leben das Bedürfnis verspüren, mich vor etwas zu schützen, wovor ich gar nicht beschützt werden will. Heute Morgen noch hast du zu mir gesagt, dass wir zusammenarbeiten werden."

„Das habe ich auch so gemeint."

Sie sah ihn aufmerksam an. „Und jetzt?"

„Jetzt meine ich es noch genauso." Aber Reeve behielt sein Wissen und die ihm übermittelten Erkenntnisse trotzdem für sich.

„Dann sollten wir das auch tun." Gabriella machte einen Schritt vorwärts. Im selben Augenblick ging auch Reeve auf sie zu. Sie umarmten sich und hielten sich eng umschlungen. Doch beide wussten, wie viel zwischen ihnen stand.

„Ich wünschte, wir wären allein“, hauchte sie. „So allein, wie wir damals auf dem Boot waren.“

„Wir werden morgen segeln gehen.“

Sie schüttelte den Kopf, ehe sie ihre Wange wieder eng an ihn schmiegte. „Ich kann nicht. Von jetzt an habe ich vor dem Ball für nichts mehr Zeit. Ich habe viel zu viel zu tun, Reeve.“

Wir haben beide viel zu tun, dachte er. „Nach dem Ball also.“

„Gut.“ Gabriella hielt die Augen einen Moment lang geschlossen. „Versprichst du mir etwas? Es mag albern klingen.“

Er küsste ihre Schläfe. „Wie albern?“

„Denk nicht immer so praktisch.“ Lächelnd legte sie ihren Kopf zurück. „Wenn ich meine Erinnerung wiederhabe und dies alles hier vorbei ist, willst du dann einen Tag mit mir auf dem Wasser verbringen?“

„Das hört sich gar nicht albern an.“

„Das sagst du jetzt.“ Sie schlang die Arme um seinen Hals. Sie wollte ihn so festhalten, wenigstens einen Moment lang. „Versprich es mir.“

„Versprochen.“

Mit einem Seufzer lehnte sie sich an ihn. „Ich nehme dich beim Wort“, drohte sie.

Sie küssten sich, und keiner wollte an die Zeit nach diesem letzten Tag auf dem Wasser denken.

11. KAPITEL

Ich habe Professor Sparks also erklärt, dass man schon ein Felsblock sein müsste, um sich völlig auf Homer konzentrieren zu können, wenn im selben Klassenzimmer eine Frau wie Lisa Barrow sitzt."

„War er deiner Ansicht?", fragte Gabriella ihren Bruder Bennett geistesabwesend, während sie zusah, wie der frisch gereinigte Kristalllüster wieder aufgehängt wurde.

„Machst du Witze? Er hat ein Herz aus Stein." Mit einem spitzbübischen Lächeln steckte er die Hände in seine hinteren Hosentaschen. „Aber ich bin mit der göttlichen Miss Barrow verabredet."

Gabriella musste lachen. „Ich hätte dir vorher sagen können, dass du nicht nach Oxford zurückfährst, um dein Studienheft mit Aufzeichnungen vollzuschreiben." Sie warf einen Blick auf ihre lange Liste voller Notizen.

„Aber du hast es mir nicht gesagt. Du hältst einem nie Vorträge." Locker legte er seinen Arm auf ihre Schulter. „Ich habe mir die Gästeliste angesehen. Welch ein Vergnügen zu sehen, dass die aufregende Lady Lawrence draufsteht."

Die Bemerkung weckte ihre Aufmerksamkeit. Gabriella ließ ihre Liste sinken und ermahnte ihn: „Bennett, Lady Allison Lawrence ist fast dreißig Jahre alt und geschieden."

Bennett sah seine Schwester mit einem unschuldigen Lächeln an, aber aus seinen Augen blitzte der Schalk. „Wirklich?"

Gabriella schüttelte den Kopf. Was für ein frühreifer Junge, dachte sie. „Vielleicht sollte ich dir wirklich einen Vortrag halten."

„Ach, überlass das Alex. Der kann das viel besser."

„Das habe ich auch bemerkt", meinte sie.

„Hat er dir sehr zugesetzt?"

Erneut runzelte sie die Stirn, als der nächste Leuchter zur Decke hochgezogen wurde. „Ist das seine normale Art?"

„Er ist halt so." Bennett sprach mit der unerschütterlichen Loyalität eines Bruders für den anderen.

„Prinz Perfekt."

Bennett strahlte. „Wie, du erinnerst dich …"

„Dr. Franco hat es mir erzählt."

„Oh." Seine Umarmung wurde stärker, als sei er enttäuscht und wolle sie trösten. „Als ich gestern Nacht ankam, hatte ich nicht viel Zeit, mich mit dir zu unterhalten. Ich wollte wissen, wie es dir geht."

„Ich wünschte, ich könnte es dir sagen. Körperlich gesehen geht es mir so weit gut. Obwohl ich glaube, dass Dr. Franco sich lieber noch länger um mich kümmern möchte. Alles andere ist noch sehr kompliziert."

Bennett nahm ihre Hand und drehte den Diamantring so, dass seine Facetten im Licht erstrahlten. „Ich vermute, dies ist eine der Komplikationen."

Er spürte förmlich, wie Gabriella sich verkrampfte, ehe sie sich zu einer Antwort durchrang. „Nur eine zeitweilige. Die Dinge werden sich schon bald von selbst regeln."

Sie dachte an ihre Träume und die Thermosflasche. „Bennett, ich wollte dich etwas über Nanny fragen. Glaubst du, dass sie gesund ist?"

„Nanny?" Er sah sie überrascht an. „Ist sie krank gewesen? Niemand hat mir etwas davon erzählt."

„Nein, nicht krank." Gabriella zögerte. Sie fühlte sich zwischen Verdacht und Loyalität zu ihrer Amme hin und her gerissen. Warum erzählte sie Bennett nicht einfach kurz und bündig von dem Verdacht, den sie hinsichtlich der Kinderfrau hegte? „Sie ist jetzt doch schon sehr alt, und mit zunehmenden Jahren werden die Leute oft wunderlich, oder ..."

„Senil? Nanny?" Lachend drückte er ihre Hand. „Sie hat einen messerscharfen Verstand. Wenn sie sich zu viel um dich gekümmert hat, dann nur, weil sie meint, ein Recht dazu zu haben."

„Natürlich." Gabriellas Zweifel schwanden nicht, aber sie behielt sie für sich. Sie würde weiter warten und aufpassen, wie sie es sich vorgenommen hatte.

„Brie, da ist ein Gerücht im Umlauf, dass du und Reeve das Liebespaar des Jahrzehnts seid."

„Oh?" Sie sah lediglich kurz auf, aber mit dem Daumen drehte sie den Ring nach innen. „Wir scheinen unser Spiel gut zu spielen."

„Ist es ein Spiel, oder ..."

„Ach, nicht auch du noch." Unwillig ließ Gabriella ihren Bruder stehen und ging zur Terrassentür. „Das habe ich schon mit Alexander hinter mich gebracht. Ihr seid alle so neugierig."

„Ist es nicht verständlich, dass ich frage?"

„Würdest du genauso reagieren, wenn es sich um eine echte Verlobung handelte?" Ihr Ton war spröde, fast kalt.

Das allein war Antwort genug auf Bennetts Frage. Aber er wusste überhaupt nicht, ob er erleichtert oder verwirrt sein sollte.

„Ich fühle mich verantwortlich", erklärte er nach einer Pause. „Schließlich war es ja mehr oder weniger meine Idee, und ..."

„Deine?" Eigentlich hätte sie sich ärgern sollen, aber er war so jung und so unglaublich lieb, dass sie nur Zuneigung und Liebe für ihn empfand. „Der Teufel sollte dich holen, Bennett. Ich hätte gutes Recht, wütend auf dich zu sein." Aber sie legte kameradschaftlich ihre Arme um seine Schultern.

Er lehnte seinen Kopf an ihre Schläfe. „Ich hatte ja keine Ahnung, dass du dich in ihn verlieben würdest."

Sie hätte es leugnen können. Stattdessen schüttelte sie den Kopf und seufzte leise. „Nein, ich ebenso wenig."

Gabriella ließ ihre Arme sinken. In diesem Augenblick geleitete ein Diener zwei Damen in den Saal. Gabriella hatte Anweisung gegeben, man möge Christina Hamilton und ihre Schwester nach deren Ankunft umgehend zu ihr bringen.

Sie erkannte die große, gut aussehende Frau mit dem brünetten Haar sofort von den Fotografien und Zeitungsausschnitten, die man ihr gegeben hatte. Aber außer einem Anflug von Panik empfand sie nichts bei dem Anblick der alten Freundin.

Was sollte sie jetzt tun? Sollte sie auf sie zugehen oder lächelnd warten? Sollte sie höflich oder herzlich, entgegenkommend oder belustigt sein? Wie war es ihr doch zuwider, absolut nichts zu wissen.

„Sie ist deine engste Freundin", flüsterte Bennett ihr ins Ohr. „Du hast immer gesagt, du hättest Brüder durch Geburt und eine Schwester durch glückliche Umstände. Und das ist Christina."

Bennetts Worte genügten, um ihre Panik zu mildern. Die Frauen begrüßten sich, wobei die jüngere ihren Blick nicht von dem Prinzen wenden konnte und die andere ein herzliches Lächeln für Gabriella hatte.

„Oh, Brie!“ Lachend hielt Christina die Freundin bei den Händen. Sie hatte sanfte, lebenslustige Augen. Ihr Mund zeugte von Willensstärke, aber er wirkte bezaubernd, wenn sie lächelte.

„Du siehst wundervoll, einfach hinreißend aus!“ Christina umarmte sie heftig, so dass Gabriella das exotisch duftende, teure Parfüm wahrnahm. Glücklicherweise wich jetzt das unangenehme Gefühl von Gabriella. „Ich freue mich, dass ihr hier seid.“ Gabriella und Christina lagen sich in den Armen, Wange an Wange. Ihre Worte waren nicht einmal eine Lüge, fand Gabriella. Sie brauchte eine Freundin, einfach nur eine Freundin, keine Familie, keinen Liebhaber. „Ihr müsst sehr müde sein.“

„Oh, du weißt, fliegen kratzt mich eher auf. Du bist schmaler geworden. Das ist nicht anständig von dir.“

Gabriella lächelte, als sie sich aus Christinas Umarmung löste. „Nur fünf Pfund.“

„Fünf Pfund nur.“ Christina rollte mit den Augen. „Ich muss dir alles über diesen teuren kleinen Badeort erzählen, in dem ich vor ein paar Wochen war. Ich habe fünf Pfund zugenommen. Prinz Bennett.“ Christina hielt ihm ihre Hand in Erwartung eines Kusses hin. „Lieber Himmel, liegt es an der Luft in Cordina, dass alle hier so fantastisch aussehen?“

Bennett enttäuschte die Freundin seiner Schwester nicht. Doch während er ihre Hand küsste, warf er einen Blick zu Eve hinüber. „Die Luft in Houston muss zauberhaft sein.“

Christina war der Blick nicht entgangen. Sie hatte darauf gewartet. Ihre Schwester Eve war immerhin ein Mädchen, das kein Mann einfach übersehen konnte, was Christina beunruhigte. „Prinz Bennett, ich glaube, Sie haben meine Schwester Eve noch nicht kennengelernt.“

Schon hatte Bennett Eves Hand ergriffen. Sein Handkuss dauerte nur Sekunden länger als der, den er Christina gegeben hatte. Aber auch Sekunden können eine Ewigkeit sein. Er bemerkte das lange, füllige, dunkle Haar, den verträumten Blick der blauen Augen, den herrlichen Schwung von Eves Lippen. Er verlor sein junges Herz sehr schnell.

„Ich freue mich, Sie kennenzulernen, Eure Hoheit.“ Eves Stimme war nicht mehr mädchenhaft, sondern wohlklingend und voll. Die Stimme einer Frau.

„Du siehst hinreißend aus, Eve." Gabriella umarmte auch Eve, um so ihren Bruder abzuschütteln. „Ich freue mich, dass du mitgekommen bist."

„Es ist alles so, wie du es beschrieben hast." Eve sah Gabriella strahlend und begeistert an. „Ich konnte gar nicht so schnell nach rechts und links schauen."

„Lassen Sie sich Zeit." Sanft schob Bennett seine Schwester beiseite. „Ich werde Ihnen Cordina zeigen. Chris und Brie haben sich bestimmt eine Menge zu erzählen." Er machte eine angedeutete Verbeugung vor den beiden anderen Damen, nahm Eve an der Hand und verließ mit ihr den Saal.

„Was darf ich Ihnen zuerst zeigen?"

„Na ja, er vertrödelt keine Zeit." Gabriella sah den beiden nach und war sich nicht sicher, ob sie über das Paar zufrieden oder besorgt sein sollte.

„Eve ist einem Flirt auch nicht abgeneigt." Christina tippte mit ihrer Schuhspitze auf den Boden, aber dann wandte sie ihre Aufmerksamkeit Brie zu. Schließlich war sie nicht als Eves Anstandsdame nach Cordina gekommen. „Wie beschäftigt bist du?"

„Nicht so sehr", antwortete Gabriella und ging in Gedanken ihren Tagesablauf durch. „Nur morgen wird es bestimmt drunter und drüber gehen, da werde ich wohl kaum Zeit zum Luftholen haben."

„Dann lass uns jetzt die Gelegenheit nutzen." Christina hakte sie unter. „Können wir wie früher bei dir sitzen und miteinander sprechen? Ich kann es kaum glauben, dass bereits ein ganzes Jahr vergangen ist. Es gibt so viel zu erzählen."

Wenn du nur wüsstest, dachte Gabriella und ging mit Chris zu ihren Räumen.

„Erzähle mir alles über Reeve", forderte Christina die Freundin auf und nahm einen Schluck Tee aus der zierlichen Porzellantasse.

Abwesend rührte Gabriella mit dem Löffel in ihrer Tasse, obgleich sie vergessen hatte, Zucker hineinzutun. „Ich weiß nicht, was ich dir erzählen sollte."

„Einfach alles", antwortete Christina theatralisch. „Ich platze schon vor Neugierde. Wie er aussieht, brauchst du mir allerdings nicht zu beschreiben, denn jedes Mal, wenn ich eine Zeitschrift zur Hand nehme, guckt mir sein Foto entgegen. Ist er ein netter Kerl?"

Gabriella dachte an den Tag, den sie mit Reeve auf dem Boot verbracht hatte, und an die gelegentlichen Ausflüge entlang der Küste. Sie dachte an die Empfänge, die sie gemeinsam besuchten und bei denen er ihr boshafte, aber äußerst zutreffende Dinge ins Ohr flüsterte. Sie musste lächeln. „Ja, er ist ein netter Kerl. Stark, klug und reichlich arrogant."

„Welch aufregende Mischung", meinte Christina und beobachtete Gabriella. „Ich freue mich für dich!"

Gabriella versuchte zu lächeln, aber es missglückte ihr etwas. Sie hob ihre Teetasse. „Du wirst ihn ja bald kennenlernen. Dann kannst du dir deine eigene Meinung über ihn bilden."

„Ich bin nur froh, dass er dir nach deiner …" Christina verstummte und stellte ihre Tasse ab. Dann ergriff sie anteilnehmend Gabriellas Hand. „Brie, ich wünschte, du würdest davon erzählen. In der Zeitung steht nicht viel. Ich weiß, dass man die verantwortlichen Leute noch nicht gefasst hat, und das passt mir absolut nicht."

„Die Polizei hat ihre Untersuchungen noch nicht beendet."

„Aber sie haben doch niemanden dingfest gemacht. Kannst du so lange ruhig bleiben? Ich könnte es nicht."

„Nein." Gabriella konnte nicht mehr länger sitzen bleiben. Sie stand auf und verschränkte ihre Hände. „Nein, das kann ich nicht. Ich habe versucht, mein normales Leben weiterzuführen, aber es ist wie ein Warten ohne Ende und ohne Gewissheit."

„Oh, Brie! Ich will dich ja nicht drängen, aber wir haben unsere Sorgen immer geteilt." Chris sprang auf und umarmte die Freundin. „Ich hatte so viel Angst um dich." Tränen traten ihr in die Augen, aber sie wischte sie ungeduldig fort. „Verflixt, ich hatte mir so vorgenommen, nicht zu weinen, aber ich kann es nicht verhindern. Wenn ich nur daran denke, wie ich mich fühlte, wenn ich die Schlagzeilen in den Zeitungen sah …"

Gabriella versuchte, sie zu beruhigen. „Du solltest nicht mehr daran denken. Es ist ja jetzt vorbei."

Christinas Tränen versiegten, aber sie war irgendwie irritiert. Sie fühlte sich verletzt und wusste nicht so recht, warum. Sie griff nach ihrer Handtasche. „Es tut mir leid. Manchmal ist es zu einfach, nicht daran zu denken, wer du bist und nach welchen Gesetzen dein Leben verläuft."

„Nein, bitte geh noch nicht, Chris. Ich brauche unbedingt jemanden, mit dem ich reden kann. Wir sind doch gute Freundinnen, nicht wahr?“

Christina war jetzt vollends verwirrt. „Brie, du weißt doch …“

„Nein, beantworte nur meine Frage.“

Christina stellte ihre Tasche auf den Tisch zurück. „Eve ist meine Schwester“, entgegnete sie ruhig. „Ich liebe sie. Es gibt nichts auf der Welt, was ich nicht für sie tun würde. Und genauso empfinde ich für dich.“

Gabriella senkte den Blick, ehe sie Christina wieder voll ansah. „Bitte, setz dich.“ Sie wartete, bis Chris Platz genommen hatte, dann ließ sie sich neben ihr nieder, holte tief Atem und erzählte ihrer Freundin alles, was geschehen war.

Im Verlauf von Gabriellas Bericht wurde Chris immer bleicher und sah die Prinzessin entsetzt an. Gelegentlich unterbrach sie Gabriella, um eine Frage zu stellen. Als Gabriella ihre Schilderung beendet hatte, verharrte Christina eine Weile in reglosem Schweigen. Sie wirkte wie ein Vulkan kurz vor der Explosion.

„Hier ist etwas faul“, platzte sie dann plötzlich in ihrem weichen Texas-Akzent heraus, so dass Gabriella sie verblüfft anstarrte.

„Wie bitte?“

„Hier ist etwas faul“, wiederholte Christina. „In der Politik ist das ein normaler Zustand, und wir Amerikaner sind die Ersten, die das laut sagen, aber an dieser Geschichte ist wirklich etwas faul.“

Christinas eindeutige Meinungsäußerung tröstete Gabriella etwas.

„Ich kann nicht nur politische Erwägungen dafür verantwortlich machen. Immerhin habe ich dem ganzen Spiel selbst zugestimmt.“

„Was um Himmels willen hättest du denn anderes tun sollen? Damals warst du noch schwach, verängstigt und verwirrt.“

„Ja“, flüsterte Gabriella. „Ja, das war ich.“ Sie sah Christina zu, die zu einer Anrichte gegangen war und dort einige Karaffen hochhob.

„Ich brauche jetzt einen Cognac.“ Mit Schwung goss Chris zwei Gläser voll. „Und du auch.“

Gabriella nickte zustimmend. „Ich wusste nicht einmal, dass dort welcher steht.“

„Jetzt weißt du es."

Gabriella hob ihr Glas und prostete Christina zu. „Vielen Dank."

„Ich wäre schon vor Wochen hier gewesen, hätte ich mich nicht anderweitig überreden lassen. Ich wünschte, ich könnte deinem wundervollen Reeve MacGee, diesem Loubet und selbst deinem Vater deutlich meine Meinung sagen."

Gabriella hielt lachend ihr Glas hoch. „Ich kann mir vorstellen, dass du das tun würdest." Einen Menschen wie Christina hatte sie in ihrer Nähe gebraucht, um dem Druck standzuhalten, der durch die Abschirmung seitens der Männer ihrer Umgebung auf sie ausgeübt wurde.

„Und ob ich das könnte. Ich wundere mich nur, dass du das nicht gemacht hast."

„Oh doch, das habe ich auch."

„Nun, das klingt wieder mehr nach dir."

„Das Problem ist nur, dass mein Vater tut, was er für mich und sein Volk für das Beste hält. Loubet tut nur Letzteres. Ich kann es keinem der beiden übel nehmen."

„Und Reeve?"

„Reeve?" Gabriella sah Christina über ihr Glas hinweg an. „Ich liebe ihn."

„Oh", sagte Christina gedehnt. Dabei sah sie Gabriella prüfend an. Sie hatte sich bereits entschieden, so lange in Cordina zu bleiben, bis alles zu einem glücklichen Ende gekommen sein würde. Jetzt war sie sich ganz sicher. „Dieser Teil der Geschichte ist wenigstens Wirklichkeit."

„Nein. Nur meine Gefühle sind echt. Der Rest ist, wie ich es dir geschildert habe."

Gabriella vermied es, bei dieser Antwort auf ihren Ring zu sehen.

„Ach, das ist doch kein Problem."

Gabriella war nicht nach Mitleid zumute, aber wenigstens ein bisschen Sympathie hatte sie erwartet. „Wieso nicht?"

„Natürlich nicht. Wenn du ihn haben willst, dann bekommst du ihn auch."

Gabriella sah Christina amüsiert an. „Und wie, bitte?", fragte sie neugierig.

Chris nippte an ihrem Cognac. „Ich werde dich nicht an all die Männer erinnern, die du dir früher aus dem Weg schaffen musstest. Das wäre nicht gut für mein Selbstbewusstsein. Und im Übrigen sind sie es nicht wert.“ Sie nahm einen weiteren Schluck aus ihrem Glas.

„Wer ist es nicht wert?“

„Die Männer.“ Chris kreuzte ihre langen Beine übereinander. „Die Männer sind es nicht wert. Halunken, jeder von ihnen!“

Irgendwie kam Gabriella dieses Gespräch bekannt vor, als hätten sie sich schon früher darüber unterhalten. Sie konnte sich das Lachen nicht verkneifen. „Jeder?“

„Jeder, allerdings.“

„Chris, ich bin froh, dass du gekommen bist“, meinte Gabriella glücklich. Bei diesen Worten legte sie Christina eine Hand auf den Arm.

Chris beugte sich vor und streichelte der Freundin die Wange. „Ich auch. Warum kommst du jetzt nicht mit mir in mein Zimmer und hilfst mir, ein umwerfend aussehendes Kleid für heute Abend auszuwählen?“

Reeve fand Gabriella nicht in ihrem Zimmer, wo er sie suchte. Aber er hörte, wie die Tür ihres Schlafzimmers geöffnet wurde, und blieb stehen.

„Ja, vielen Dank, Bernadette. Lass mir bitte das Badewasser ein. Um meine Frisur kümmere ich mich selbst. Wir essen heute Abend en famille.“

„Sehr wohl, Eure Hoheit.“

Reeve hörte das Mädchen ins Badezimmer gehen. Kurz darauf rauschte Wasser in die Wanne. Vor seinen Augen tauchte das Bild von Brie auf, die sich langsam auszog. Eigenartig, dachte er, ich habe sie morgens gesehen, wenn sie sich nach einer gemeinsam verbrachten Nacht anzog, aber niemals, wenn sie sich entkleidete. Wenn er zu ihr ging, dann trug sie stets einen Morgenmantel oder ein Nachthemd, oder sie erwartete ihn bereits im Bett.

Von einem plötzlichen Verlangen getrieben, ging Reeve hinüber in das Schlafzimmer.

Gabriella stand vor dem Spiegel. Sie hatte ihre Kleidung noch nicht abgelegt. Aus einer kleinen Porzellandose auf ihrem Frisiertisch nahm sie gerade Nadeln, mit denen sie sich das Haar hochsteckte.

Sie macht einen nachdenklichen Eindruck, fand er. Gabriella hielt den Kopf leicht gesenkt und betrachtete sich bei ihrer Beschäftigung nicht im Spiegel. Ein kleines, zufriedenes Lächeln spielte um ihre Lippen. Ein Lächeln, das er so an ihr nicht allzu oft gesehen hatte.

Die Zofe kam aus dem Badezimmer und nahm einen Morgenrock aus dem Schrank. Hatte sie Reeve gesehen, der im Türrahmen stand? Wenn ja, ließ sie es sich jedenfalls nicht anmerken. Sie legte den Morgenmantel auf das Bett. Gabriella war jetzt mit ihrem Haar fertig.

„Vielen Dank, Bernadette. Ich brauche dich heute Abend nicht mehr. Aber morgen“, fuhr sie mit einem verschmitzten Lächeln fort, „wirst du vor Erschöpfung umfallen.“

Die Kammerzofe verbeugte sich und verließ das Zimmer. Leise schloss sie die Tür. Reeve stand wartend im Durchgang zum Wohnzimmer. Gabriella schloss das kleine Porzellangefäß und strich liebevoll über den emaillierten Deckel. Dann streifte sie mit einem verhaltenen Seufzer ihre Schuhe ab. Sie schloss die Augen und räkelte sich, drehte sich dann um und ging zu einem zierlichen Schränkchen, auf dem ihre Stereoanlage stand.

Leise, beruhigende Musik füllte gleich darauf den Raum. Gabriella ließ ihren Rock hinabgleiten und warf ihn aufs Bett. Dann öffnete sie die Knöpfe ihrer Seidenbluse und streifte sie sich von den Schultern. Noch ehe sie einen Träger ihres durchsichtigen Spitzenbüstenhalters lösen konnte, trat Reeve einen Schritt auf sie zu.

„Gabriella.“

Wahrscheinlich wäre sie vor Schreck umgefallen oder hätte einen Schrei ausgestoßen, hätte sie diese Stimme nicht erkannt. Langsam drehte sie sich zu Reeve um. Er war nicht weit von ihr entfernt, und sein Verlangen schien den ganzen Raum zu erfüllen. Bewegungslos stand er da und betrachtete sie.

Gabriella fühlte, wie sich Begehren in ihr regte. Seine Blicke streichelten ihren Körper, und sie genoss die Bewunderung, die aus seinen Augen sprach. Ihre Erregung wuchs mit jedem Augenblick. Wortlos hielt sie ihm die Hand hin.

Schweigend ging er zu ihr hinüber, und ohne etwas zu sagen, umarmten sie sich. Jedes Wort war überflüssig. Die Zärtlichkeit ihrer

Berührungen, die Liebkosungen ihrer Fingerspitzen waren die Sprache ihrer Liebe.

Gabriella öffnete sein Hemd und streifte es ihm ab. Langsam öffnete Reeve ihren Büstenhalter und ließ ihn zu Boden fallen. Er küsste ihren Hals und streichelte sie mit seiner Zunge. Dabei zog er ihr mit erregenden Bewegungen das Höschen aus.

Spielerisch und betont langsam fuhr Gabriella mit ihren Fingerspitzen seinen Rücken hinunter und umfasste mit leichtem Druck seine Taille. Dann öffnete sie den Verschluss seiner Hose und streifte sie langsam, zögernd, als wolle sie jede Bewegung auskosten, hinunter. Sie streichelte über seine Hüften, sanft und genießerisch. So befreite sie ihn vom letzten Kleidungsstück.

Reeve zog Gabriella an sich und hob sie auf. Ihre Blicke verloren sich ineinander, während er sie zum Bett hinübertrug und vorsichtig darauf legte. Voller Sehnsucht nach der Vereinigung seufzte Gabriella auf und schmiegte sich an ihn, Reeves Leidenschaft wuchs. Mit weichen, kreisenden Bewegungen erkundete er jeden Zentimeter ihres brennenden Körpers.

Gabriella umfasste sein Gesicht mit beiden Händen und zog es zu sich herunter. Sie fanden sich in einem innigen, sich tief ergründenden Kuss. Sie schlang die Arme um seinen Hals, als er langsam, zartfühlend, rücksichtsvoll in sie eindrang.

Sie bewegten sich in absolutem Einklang miteinander, ruhig und zufrieden. Dies war ein Moment der Zärtlichkeit, nicht der hemmungslosen Begierde, in dem sie sich fanden. Wortlos genossen sie die Seligkeit des Augenblicks, das harmonische Miteinander ihrer Liebe.

Dann lagen sie erschöpft aufeinander. Das goldene Licht der untergehenden Sonne fiel durch die Fenster. Reeve legte ihr den Arm unter den Kopf und sah sie zärtlich an.

„Ich habe dich so vermisst."

Überrascht sah Gabriella ihm in die Augen. „Wirklich?"

„Ich habe dich heute kaum gesehen." Er strich ihr über das Haar.

„Ich dachte, du würdest in den Ballsaal kommen."

„Ich bin einige Male dort gewesen, aber du warst so beschäftigt."

Ich kam nicht nur, um dich zu sehen, dachte Reeve, sondern auch, um die Sicherheitsmaßnahmen zu überprüfen. Er hatte drei bewaffnete Leute im Saal bei den Handwerkern untergebracht.

„Morgen wird es noch schlimmer sein." Zufrieden kuschelte Gabriella sich an ihn. „Es wird Stunden dauern, allein die Blumenarrangements aufzustellen. Und dann muss ich mich noch um die Getränke, das Orchester und die Speisen kümmern."

Sie verstummte. Reeve zog sie fester an sich. „Bist du nervös?"

„Ein bisschen. Es werden so viele Leute da sein, so viele Menschen, deren Gesichter und Namen ich kenne ... Ich frage mich, ob ich das durchstehen werde!"

„Du hast schon mehr geleistet, als man von dir hätte erwarten können. Jetzt entspann dich, und lass den Dingen ihren Lauf. Tu nur das, was du für richtig hältst, Brie."

Sie schwieg eine Weile, dann sagte sie mit Nachdruck: „Das habe ich bereits. Ich habe Christina Hamilton alles erzählt. Ich musste mich einfach mit einer Frau aussprechen."

„Hat es dir geholfen?"

Gabriella schloss kurz die Augen. „Ja. Chris bedeutet mir viel, jedenfalls empfinde ich es so."

„Wie hat sie reagiert?"

„Sie meint, an der Sache sei etwas faul." Gabriella kicherte leise. „Sie meint, man solle dir, Loubet und meinem Vater einmal gründlich die Meinung sagen."

Reeve lachte vor sich hin. „Sie scheint eine vernünftige Person zu sein."

„Das ist sie. Ich kann dir nicht beschreiben, wie sehr es mir geholfen hat, mich mit ihr zu unterhalten. Reeve, sie hat mich nicht so angesehen, als wäre ich krank oder verrückt oder seltsam oder ... Ich, ich weiß nicht was."

„Sehen wir dich so an?"

„Manchmal schon." Gabriella strich sich eine Haarsträhne aus dem Gesicht. Sie warf ihm einen Blick zu, der um Verständnis bat. „Chris hat einfach nur zugehört, dann ihre Meinung dazu geäußert und mich schließlich gebeten, ihr beim Aussuchen eines Kleides behilflich zu sein. Alles war so natürlich, so selbstverständlich, so unkompliziert, als gäbe es keine unbeschriebenen Seiten zwischen uns.

Wir waren einfach wieder gute Freundinnen. Ich weiß nicht, wie ich dir das erklären soll"

„Du musst nichts erklären. Aber ich werde mit ihr sprechen müssen."

Gabriella verzog den Mund. „Oh, ich glaube, darauf wartet sie förmlich." Sie küsste Reeve zutraulich auf die Nasenspitze. „Vielen Dank."

„Wofür?"

„Dafür, dass du mich mit all den Begründungen verschont hast, weshalb ich Christina nichts hätte erzählen sollen."

„Die Entscheidung darüber lag ganz allein bei dir, Brie."

„Wirklich?" Lachend schüttelte sie den Kopf. „Ich bin skeptisch. Aber mein Badewasser wird kalt", sagte sie und wechselte das Thema. „Du hast mich davon abgehalten."

„Ich habe es gern getan." Lächelnd strich Reeve mit einer Fingerspitze über die Linie ihres Halses hinunter bis zu ihrer Brust, die unter seiner Berührung zu erzittern begann.

„Wenigstens könntest du mir jetzt den Rücken waschen."

„Ein faires Angebot. Leider ist jetzt auch mein eigenes Badewasser kalt geworden."

„Das ist dein Problem." Gabriella drehte sich zur Seite und stand auf. „Ich habe mich schon manchmal gefragt, wie es ist, zu zweit zu baden. Die Wanne ist groß genug." Sie begann, ihre Haarnadeln wieder zu befestigen. Ihre Silhouette hob sich straff und jugendlich vor den letzten Sonnenstrahlen ab. Sie streckte die Hand aus. „Uns bleibt noch mindestens eine Stunde vor dem Abendessen."

12. KAPITEL

Die Menschen strömten in den Saal. Eine elegante, vornehme Gesellschaft war in den alten Mauern des ehrwürdigen Palastes zu Gast. Alle wichtigen Leute aus Kunst, Kultur, Wirtschaft und Wissenschaft gaben sich an diesem Abend in Cordina ein Stelldichein.

Die fünf venezianischen Kristallleuchter glänzten im Schein der Kerzen. Der Duft aus Hunderten von Blüten, die in reich dekorierten Vasen und Bouquets gruppiert waren, mischte sich mit den betäubenden Parfüms der juwelengeschmückten Damen. Aufwendigste Ballroben wetteiferten miteinander, und auf den eleganten schwarzen Smokings der Herren prangten die vielfarbigen Orden und Auszeichnungen.

Gabriella machte die Honneurs und bemühte sich, ihre Müdigkeit zu vergessen. Sie hatte zwölf Stunden durchgearbeitet, um sicherzustellen, dass alles einen perfekten Verlauf nehmen würde. Jetzt war sie mit sich und ihrem Erfolg zufrieden.

Fürst Armand stand an ihrer Seite, er trug seine Paradeuniform. Gemeinsam begrüßten sie die Gäste, die ihr dezent einen Handkuss gaben und freundliche Worte mit ihrem Vater wechselten. Ein Meer von Gesichtern, eine endlos lange Namensliste, die Gabriella nur mit Mühe im Kopf behielt.

Wie herrlich sie aussieht, dachte Reeve, der Gabriella aus einiger Entfernung beobachtete. Sie trug ein weißes Kleid aus Musselin mit Satinschleifen, das ihre hohe Taille betonte. In ihrem asymetrisch ausgeschnittenen Dekolleté funkelte eine Diamantenkette. Auf ihrem Haar thronte ein kleines Diamantendiadem, und an ihren Ohren schimmerten Brillanten und Saphire, die in Tropfenform gearbeitet waren. Und an ihrer Hand trug sie seinen Ring.

Wenn eine so strahlende Schönheit einem Mann ihre Aufmerksamkeit und Liebe schenkte, konnte man dann überhaupt noch einen Blick für eine andere Frau haben?

„Hast du sie gesehen?“, flüsterte Bennett ihm ins Ohr, so dass nicht nur Reeve es hören konnte.

Er hatte nur noch Augen für Gabriella gehabt, aber er kannte Bennett. „Wen?“

„Eve Hamilton. Sieht sie nicht überwältigend aus?", fragte Bennett und Bewunderung sprach aus seinen Worten.

Alexander, der neben seinem Bruder stand, suchte die Menge mit den Augen ab, aber er war nicht Bennetts Meinung. Eve trug ein auffallend rotes, mit Falbeln besetztes Kleid. „Sie ist noch ein Kind", meinte er. Er fand, sie war ein frühreifes, vorlautes Kind.

„Du brauchst eine Brille", zischte Bennett zurück und gab einer ältlichen Dame einen vollendeten Handkuss.

Die Anzahl der Gäste schien unendlich. Gabriella stand es nur im Wissen durch, dass der ganze Aufwand ihrem GHBK-Hilfsfonds zugutekäme. Als endlich der letzte Gast begrüßt worden war, atmete sie erleichtert auf.

Sie gab dem Orchester einen Wink, und die Musik begann mit einem langsamen Walzer. Sie reichte Reeve ihre Hand. Er würde den Ball jetzt mit ihr zum ersten und letzten Male eröffnen. Reeve geleitete sie zur Tanzfläche, und beide ließen sich vom Schwung und dem Rhythmus der Musik davontragen. Irgendwann würde auch diese Festlichkeit und damit auch ihr Traum beendet sein.

„Du bist wunderschön."

Sie drehten sich im Licht der Kerzen. „Karl Lagerfeld ist eben ein Genie." Reeve tat etwas, was sich eigentlich in der Öffentlichkeit nicht schickte – er gab ihr einen Kuss. „Ich bezog mich nicht auf dein Kleid", wisperte Reeve ihr ins Ohr.

Gabriella lächelte ihn an und vergaß, wie müde sie eigentlich war.

Fürst Armand tanzte mit der Schwester eines Ex-Königs, Alexander mit einer englischen Prinzessin, und Bennett schwebte mit Eve Hamilton durch den Saal.

Überall herrschte Fröhlichkeit und gute Stimmung, die Gäste amüsierten und unterhielten sich prächtig.

Der Champagner floß reichlich, das Buffet barst über von all den Köstlichkeiten, die Küche und Keller hervorzuzaubern vermocht hatten.

Während Gabriella dann mit Dr. Franco tanzte, sah sie ihn lächelnd an und meinte schelmisch: „Versuchen Sie etwa, mir den Puls zu fühlen?"

„Unsinn", antwortete der Doktor, obwohl das in seiner Absicht gelegen hatte. „Man muss kein Arzt sein, um zu sehen, wie wohl Sie sich fühlen."

„Langsam habe ich auch den Eindruck, dass ich bald wieder völlig hergestellt sein werde."

Der Druck seiner Hand verstärkte sich ein wenig. „Haben Sie weitere Erinnerungen gehabt?"

„Wir sind jetzt nicht in Ihrer Sprechstunde", entgegnete sie charmant. „Und mit Ihrem Hörrohr werden Sie das auch nicht herausfinden. Ich fühle es ganz einfach."

„Dann hat sich das Warten ja gelohnt."

Ein flüchtiger Schatten glitt über Gabriellas Gesicht. „Das hoffe ich auch."

„Brie sieht sehr entspannt aus", sagte Christina zu Reeve, mit dem sie gerade tanzte.

„Ihre Anwesenheit hier hilft ihr offensichtlich."

Chris sah ihn kurz an. Obwohl sie sich bereits einmal unter vier Augen unterhalten hatten, war es Reeve nicht gelungen, Gabriellas Freundin restlos zu besänftigen. „Es wäre entschieden besser gewesen, wenn ich früher hier gewesen wäre."

Chris gefiel ihm, vielleicht deshalb, weil sie ihm keine Antwort schuldig blieb. „Wollen Sie immer noch ein Hühnchen mit mir rupfen?"

„Ich werde darüber nachdenken."

„Ich tue nur das, was für Brie das Beste ist."

Chris sah ihn aufmerksam an. „Sie sind blind, wenn Sie nicht schon längst wissen, was das Beste für sie ist."

Geschickt bahnte Gabriella sich ihren Weg durch die Menge dorthin, wo sie in einer Ecke Janet Smithers still mit einem Weinglas in der Hand entdeckt hatte.

„Janet." Gabriella beachtete Janets Verneigung nicht. „Ich furchtete schon, Sie hätten beschlossen, nicht zu kommen."

„Ich habe mich verspätet, Eure Hoheit. Ich hatte noch etwas Arbeit zu erledigen."

„Heute Abend wird nicht mehr gearbeitet." Gabriella sah sich um, ob ein passender Tanzpartner für Janet in der Nähe wäre. „Sie sehen hübsch aus", setzte sie hinzu. Janets Kleid war schlicht, aber nicht unattraktiv und verlieh der Sekretärin eine gewisse Würde.

„Eure Hoheit!" Loubet trat zu den beiden und verbeugte sich. „Miss Smithers."

„Monsieur." Gabriella lächelte und fand, er sei genau der richtige Partner für Janet.

„Der Ball ist wie immer ein großer Erfolg", lobte er.

„Vielen Dank. Ihre Gattin sieht übrigens reizend aus!"

„Ja." Aus seinem Lächeln sprach Stolz und Zufriedenheit. „Aber sie hat mich verlassen. Ich hatte gehofft, Eure Hoheit würden sich meiner erbarmen und mir den nächsten Tanz schenken."

„Natürlich." Gabriella nippte an einem Sektglas und entdeckte plötzlich Alexander in ihrer Reichweite. „Leider habe ich ihn schon meinem Bruder versprochen." Sie zupfte Alexander am Ärmel, sah ihn beschwörend an und drehte sich dann wieder zu ihrer Sekretärin um. „Ich bin allerdings sicher, Miss Smithers wird es ein Vergnügen sein, mit Ihnen zu tanzen, nicht wahr, Janet?"

Sie hatte die beiden geschickt zusammengebracht und war zufrieden, dass auf diese Weise auch ihre Sekretärin tanzen konnte. Sie reichte Alexander ihren Arm.

„Das war aber nicht sehr taktvoll", meinte er.

„Aber es hat funktioniert. Ich will nicht, dass sie den ganzen Abend verlassen in einer Ecke herumsteht. Niemand scheint die Absicht zu haben, sie zum Tanz aufzufordern."

Alexander runzelte die Stirn. „Meinst du etwa mich?"

„Falls notwendig, ja. Die Pflicht zuerst, mein lieber Bruder!" Sie strahlte ihn an.

Alexander sah seiner Schwester über die Schulter. Loubets leichtes Hinken war beim Tanzen kaum zu bemerken. „Sie sieht nicht sehr erfreut aus, mit Loubet zu tanzen. Vielleicht hat sie doch etwas Geschmack, wer weiß?"

„Alex." Gabriella konnte sich das Lachen nicht verkneifen. „Ich habe dir noch gar nicht gesagt, wie gut du aussiehst. Du und Bennett. Wo steckt er eigentlich?"

„Er hat dieses kleine amerikanische Mädchen mit Beschlag belegt", berichtete Alexander etwas missbilligend.

„Kleines Mädchen? Ach, du meinst Eve." Seine Abneigung entging ihr nicht, und sie krauste die Stirn. „So klein ist sie gar nicht mehr. Im Gegenteil, ich glaube, sie hat dasselbe Alter wie Bennett."

„Er sollte es unterlassen, in aller Öffentlichkeit mit ihr zu flirten."

„Soweit ich sehen kann, beruht das auf Gegenseitigkeit."

Unwillig zuckte Alexander mit den Schultern. „Ihre Schwester sollte besser auf sie aufpassen."

„Alex." Gabriella verdrehte die Augen.

„Schon gut, schon gut." Er konnte es jedoch nicht unterlassen, die Menge nach Eve abzusuchen, bis er sie in ihrem roten Kleid entdeckt hatte. Und er behielt sie im Auge.

Gabriella wusste nicht mehr, wie viele Tänze sie getanzt hatte, wie viel Champagner sie getrunken und wie vielen Geschichten und Scherzen sie zugehört hatte. Ihre ganze Nervosität war unnötig gewesen, wie sie jetzt sah. Es war ein berauschender Abend, den sie in vollen Zügen genoss.

Und sie war glücklich, wieder in Reeves Armen zu liegen und mit ihm im Tanz durch den Saal zu schweben.

„Hier sind mir zu viele Leute", flüsterte er ihr ins Ohr. Langsam und sehr zielstrebig bewegten sie sich in Richtung der Terrassentüren. Plötzlich waren sie im Freien und tanzten im Mondlicht.

„Hier ist es herrlich", seufzte sie. Eine leichte Brise wehte und brachte den köstlichen Duft des Gartens zu ihnen herüber. „Hier fühle ich mich wohl."

„Eigentlich sollten Prinzessinnen immer im Mondlicht tanzen."

Gabriella musste lachen und strahlte Reeve an. Plötzlicher Schwindel überkam sie. Sein Gesicht verschwamm vor ihren Augen, alles um sie wurde schwarz. Reeve hielt sie in seinen starken Armen.

„Brie!" Er wollte sie zu einem Stuhl bringen, aber sie hielt ihn zurück.

„Nein, danke, es geht schon wieder. Mir war nur einen Moment lang unwohl. Es lag …" Sie brach ab und starrte in sein Gesicht, als sähe sie es zum ersten Mal. „Wir waren hier", flüsterte sie mit erstickter Stimme. „Du und ich, genau hier, an meinem Geburtstag. Wir tanzten einen Walzer auf der Terrasse und überall standen Rosen in großen Kübeln an den Wänden. Es war sehr warm, und nach dem Tanz hast du mir einen Kuss gegeben."

Und ich habe mich in dich verliebt, dachte sie, sprach das aber nicht aus, sondern sah ihn nur weiter an. Sie hatte sich mit ihren sechzehn Jahren damals in Reeve verliebt. Jetzt, so viele Jahre später, hatte sich daran nichts geändert, und doch war alles ganz anders.

„Du erinnerst dich." Reeve hielt sie fest, da Gabriella zitterte.

„Ja, ich erinnere mich. Ich erinnere mich an dich", setzte sie mit so leisem Ton hinzu, dass Reeve sich näher zu ihr beugen musste.

Er durfte sie jetzt nicht bedrängen, aber er fragte sanft: „Ist das alles, oder erinnerst du dich noch an etwas anderes? Nur an diesen Abend?"

Sie schüttelte den Kopf und hielt sich an ihm fest. Die Erinnerung schmerzte sie. „Ich kann nicht denken. Reeve, ich muss einen Augenblick allein sein, wenigstens eine kurze Weile."

„Gut."

Reeve warf einen Blick zurück in den Ballsaal, in dem die Menge hin- und herwogte. Dahin konnte er sie nicht zurückbringen. Rasch entschlossen brachte er sie zu einer anderen Tür am Ende der Terrasse. „Ich werde dich jetzt sofort auf dein Zimmer bringen!"

„Nein, mein Büro liegt näher." Sie hängte sich an seinen Arm und hatte Mühe, vorwärts zu gehen. „Ich möchte mich nur einen Moment hinsetzen und nachdenken. Da wird mich niemand stören."

Er brachte sie dorthin, weil es tatsächlich näher war und ihm so ausreichend Zeit blieb, den Arzt zu rufen. Außerdem konnte er Armand davon unterrichten, dass Gabriellas Erinnerungen zurückkamen und dass man den nächsten Schritt unternehmen müsse. Die Verhaftungen müssten in aller Stille erfolgen.

In einer dunklen Ecke machte Reeve eine Gestalt aus, von der er wusste, dass es jemand war, der zu Gabriellas Bewachung dort stand.

Das Büro lag im Dunkeln, doch als er das Licht einschalten wollte, hielt Gabriella ihn zurück.

„Bitte nicht, ich möchte kein Licht haben."

„Ich werde hier bei dir bleiben."

Erneut widersprach sie ihm. „Nein, Reeve, ich möchte lieber allein sein."

Es fiel ihm schwer, sich nicht zurückgesetzt zu fühlen. „Gut, aber ich werde den Doktor rufen, Gabriella!"

„Wenn es sein muss." Um nicht die Beherrschung zu verlieren, ballte sie ihre Hände hinter dem Rücken zu Fäusten. „Aber lass mich zunächst einige Minuten allein." Der Klang ihrer Stimme bedeutete ihm zu gehen.

„Bleib hier, bis ich wieder zurück bin. Ruhe dich aus."

Gabriella wartete, bis Reeve die Tür hinter sich geschlossen hatte. Dann legte sie sich auf das kleine Sofa in der Zimmerecke. Sie war nicht sehr müde, aber sie hatte das Gefühl, sonst das Gleichgewicht zu verlieren.

Sie verspürte eine starke innere Unruhe. Die Erinnerungen bedrängten sie, und zwar alle gleichzeitig.

Sie hatte gehofft, dass es ihr Erleichterung bringen würde, sich wieder zu erinnern. Aber jetzt empfand sie nur Schmerz, Druck und Qual.

Sie sah ihre Mutter vor sich und deren Begräbnis. Sie fühlte grenzenlose Trauer, sah ihren Vater in seiner Verzweiflung und erinnerte sich, wie sie sich aneinander festgehalten hatten.

Ihr fiel ein Weihnachtsfest wieder ein. Bennett hatte ihr ein albernes Paar Schuhe geschenkt an dem unzählige kleine Glöckchen angenäht waren. Sie sah sich beim Fechten mit Alexander und erinnerte sich ihrer Wut, als er sie besiegte.

Das Bild ihres Vaters tauchte vor ihr auf, wie er sie in seinen Armen wiegte, wenn sie sich trostsuchend zu ihm geflüchtet hatte. Ihr starker, stolzer, ehrlicher Vater.

Gabriellas Tränen flossen ungehindert, als sich Erinnerung mit Erinnerung verband. Die Augen fielen ihr zu, und sie sank in einen Zustand zwischen Schlaf und Erschöpfung.

„Hören Sie mir zu." Das Geflüster ließ sie aufschrecken. Gabriella schüttelte den Kopf. Diese Erinnerung wollte sie verdrängen. Aber die Stimmen schwiegen nicht. „Es muss noch heute Nacht sein."

„Und ich sage Ihnen, dass es nicht gut gehen wird."

Das war keine ihrer Erinnerungen, erkannte Gabriella verschwommen, allerdings waren Erinnerungen damit verbunden. Die Stimmen waren in der Dunkelheit deutlich zu vernehmen, sie drangen durch das zur Terrasse offene Fenster.

Gabriella kannte dieses Flüstern. Ihre Tränen versiegten augenblicklich. Sie hatte sie schon einmal im Dunkeln vernommen. Und jetzt wusste sie, wer es war.

War sie so blind und dumm gewesen? Langsam richtete sie sich auf. Sie achtete darauf, kein Geräusch zu machen. Ja, sie erinnerte sich und wusste, wer da sprach. Ihr Gedächtnis arbeitete wieder, und aller Schmerz war gewichen, alle Angst. Sie verspürte nur noch Zorn, und dieses Gefühl war klar und sachlich.

„Wir werden genau nach Plan vorgehen. Sobald wir sie herausgeholt haben, bringen Sie sie zum Bauernhaus zurück. Diesmal werden wir die Betäubung verstärken und sie gefesselt halten. Wir lassen sie ohne Wächter zurück, um jeden unnötigen Fehler zu vermeiden. Pünktlich um ein Uhr lassen wir dem Fürsten eine Nachricht zukommen. Dort im Ballsaal soll er erfahren, dass seine Tochter wieder entführt worden ist. Er wird dann schon wissen, welchen Preis er zu zahlen hat, um sie wiederzubekommen."

„Deboque."

„Und fünf Millionen Francs."

„Sie und Ihre Sucht nach Geld." Die Stimme klang sehr nahe. Sie sprach tief und voller Verachtung. Gabriella schätzte die Entfernung zur Tür ab und wusste sie musste noch abwarten. „Das Geld ist nicht von Bedeutung."

„Ich werde die Genugtuung haben, zu wissen, dass Armand es zahlen musste. Nach all den Jahren und der verflossenen Zeit wird das meine Wiedergutmachung sein."

„Rache!" Die Verbesserung klang nicht einmal boshaft. „Aber Rache sollte sich nie von Gefühlen leiten lassen. Es wäre klüger, ihn umbringen zu lassen."

„Es war mir eine viel größere Befriedigung, zu sehen, wie er gelitten hat. Erledigen Sie nur Ihren Teil, aber den gut, sonst bleibt Deboque im Gefängnis."

„Ich werde meine Rolle spielen. Wir werden beide bekommen, was wir wollen."

Sie hassen sich, dachte Gabriella. Warum war ihr das nicht früher aufgefallen? Plötzlich war alles so klar. Selbst am heutigen Abend hatte sie sich noch mit den beiden unterhalten und keinen Verdacht geschöpft.

Sie saß ganz still da und hörte ihnen zu. Aber jetzt war nur noch das Geräusch sich entfernender Schritte zu vernehmen. Die Verschwörer hatten sie und ihren Vater übel missbraucht. Sie hatten ihnen Anteilnahme und sogar Zuneigung vorgetäuscht. Damit wäre es jetzt vorbei.

Lautlos bewegte sie sich durch das Zimmer. Sie musste ihren Vater finden und ihm von den beiden berichten. Sie sollten sie nicht noch einmal in ihre Gewalt bringen. Gabriella drückte die Klinke herunter, öffnete die Tür und sah sich plötzlich jemandem gegenüber.

„Oh, Eure Hoheit." Ein wenig verblüfft trat Janet zur Seite und verneigte sich. „Ich hatte keine Ahnung, dass Sie hier sein würden. Ich wollte einige Unterlagen …"

„Ich dachte, ich hätte Ihnen deutlich genug gesagt, dass heute Abend nichts mehr erledigt werden sollte." Gabriellas Ton war scharf.

„Ja, Eure Hoheit, aber ich …"

„Lassen Sie mich durch."

Gabriellas Stimme verriet sie, der kalte, befehlende, vor Ärger bebende Tonfall. Janet zögerte nicht eine Sekunde. Aus ihrer einfachen schwarzen Tasche zog sie blitzschnell einen kleinen Revolver. Gabriella hatte keine Gelegenheit mehr, sich zu schützen.

Janet drehte sich sofort um und richtete die Waffe auf den Mann, der mit gezogener Pistole aus dem Schatten auf der Terrasse trat. Sie schoss zuerst, und der Bewacher fiel verwundet zu Boden. Dann stieß sie Gabriella den Lauf in den Magen.

„Wenn ich Sie hier erschießen muss, dann werden Sie einen sehr langsamen und qualvollen Tod sterben."

„Es sind noch andere Wächter postiert", sagte Gabriella so ruhig wie möglich. „Überall im Palast."

„Dann werden Sie meine Bedingungen erfüllen müssen, wenn sie nicht noch mehr Verletzte oder Tote auf dem Gewissen haben wollen." Janet hatte nur einen Gedanken, die Prinzessin aus dem Gang wegzubringen, ehe jemand auftauchte. Sie konnte sie unmöglich am Ballsaal vorbeibringen. Also stieß sie Gabriella roh voran.

„Es wird Ihnen nicht gelingen, mich vom Palastgelände wegzubringen", warnte Gabriella.

„Es spielt keine Rolle, ob uns jemand sieht. Keiner der Wächter würde es wagen, auf uns zu schießen, solange ich Ihnen eine Pistole an den Kopf halte."

Der ganze Plan war zusammengebrochen, und Janet konnte es ihrem Komplizen nicht einmal mitteilen. Jetzt war es nicht mehr möglich, eine betäubte, bewusstlose Gabriella aus dem Seitenausgang des Palastes fortzuschaffen, während von ihnen bestochene Leute Wache hielten.

Und man konnte sie auch nicht mehr heimlich im Kofferraum des am Seitenausgang wartenden Wagens verstecken.

Es war ein gewagter, aber gut durchdachter Plan gewesen. Und jetzt stand sie, Janet, ganz auf sich allein angewiesen da.

„Was hatten Sie eigentlich vor?"

„Ich sollte Ihnen die Nachricht bringen, dass der Amerikaner Sie in Ihrem Zimmer sprechen wollte. Zu dem Zeitpunkt wollten wir ihn schon beiseite geschafft haben. Kaum wären Sie dort gewesen, hätten wir sie betäubt, und der Rest wäre ganz einfach gewesen."

„Das ist es jetzt nicht mehr."

Gabriella bemühte sich, nicht darüber nachzudenken, wie unbeteiligt Janet über den Mord an Reeve gesprochen hatte. Sie versuchte, ihre Gedanken zusammenzuhalten, während Janet sie näher zur Terrassentür und tiefer in die Dunkelheit vorausstieß.

„Das ist herrlich hier." Eve hatte beschlossen, nicht mehr unnahbar zu sein, sondern den Abend in vollen Zügen zu genießen. „Es muss himmlisch sein, jeden Tag in einem Palast zu leben."

„Es ist unser Zuhause." Bennett legte den Arm um ihre Schultern und sah mit ihr über die hohe Mauer. „Wissen Sie, ich bin noch nie in Houston gewesen."

„Da ist es ganz anders als hier." Eve holte tief Luft, ehe sie sich wieder zu ihm umwandte. Er sah so gut aus, so nett, ein wundervoller Begleiter für einen lauen Frühlingsabend, und doch …

„Es gefällt mir, hier zu sein", sagte sie langsam. „Aber ich habe nicht den Eindruck, dass Prinz Alexander mich mag."

„Alex?" Bennett zuckte die Achseln. Er wollte keinen Gedanken an seinen Bruder verschwenden, wenn er neben einer so aufregenden jungen Frau im Mondschein stand. „Er ist ein bisschen steif, das ist alles."

„Sie sind das nicht. Ich habe eine Menge interessanter Sachen über sie gelesen", meinte Eve schmeichelnd.

„Die reine Wahrheit“, spaßte Bennett und küsste Eve die Hand. „Aber jetzt habe ich nur noch Augen für Sie, Eve. So ein Ärger“, unterbrach er sich, als er Schritte vernahm. „Man kann hier nirgends einen ruhigen Ort finden.“ Er wollte nicht gestört werden und zog deshalb Eve tiefer in den Schatten, gerade in dem Augenblick, als Janet die Prinzessin durch die Tür stieß.

„Ich werde keinen Schritt mehr tun, ehe ich nicht alles weiß.“ Gabriella drehte sich um und ihr weißes Kleid leuchtete im Mondlicht. Bennett sah den auf sie gerichteten Pistolenlauf.

„Oh, mein Gott.“ Rasch hielt er Eve den Mund zu, um sie zum Schweigen zu bringen. „Hören Sie mir zu“, flüsterte er fast unhörbar in Eves Ohr und beobachtete dabei weiter seine Schwester. „Gehen Sie sofort in den Saal zurück und holen Sie meinen Vater, Alex oder Reeve. Oder alle drei, wenn es geht. Machen Sie keinen Lärm, und vor allem beeilen Sie sich.“

Er musste das Eve nicht zwei Mal sagen. Sie hatte die Pistole ebenfalls gesehen. Sie nickte, damit Bennett sie loslassen sollte.

Rasch schlüpfte sie aus ihren Schuhen und rannte barfuß und leise an der dunklen Seite des Gebäudes entlang, bis sie zu einer offenen Tür kam, dann war sie außer Sichtweite.

„Wenn ich Sie hier erschießen muss, haben wir beide nur Unannehmlichkeiten“, erklärte Janet kalt.

„Ich will wissen, warum.“ Gabriella lehnte sich gegen die Wand. Sie wusste nicht, wie sie dieser Frau entkommen sollte. Dabei war es ihr schon einmal gelungen.

„Deboque ist mein Freund. Ich will ihn wiederhaben. Um Sie zurückzubekommen, würde Ihr Vater selbst den Teufel zum Tausch anbieten.“

Gabriellas Augen wurden schmal. Janet Smithers verbarg ihre Leidenschaft sehr gut. „Wie sind Sie durch die Sicherheitskontrollen gekommen? Jeder, der für meine Familie arbeitet, wird …“ Sie hielt inne. Die Antwort war einfach. „Loubet, natürlich.“

Zum ersten Mal zeigte Janet ein zufriedenes Lächeln. „Natürlich. Deboque wusste über Loubet Bescheid und über die Leute, die er bestochen hatte, für ihn zu arbeiten. Ein wenig Druck reichte aus, die Drohung, ihn vor Ihrem Vater bloßzustellen, und der tüchtige

Staatsminister zeigte sich sehr kooperationsfreudig. Eine große Hilfe war auch Loubets Hass auf Ihren Vater und der Umstand, dass er sich mit der Entführung an ihm rächen konnte."

„Rächen? Für was?"

„Für den Unfall. Sie werden sich jetzt ja erinnern. Ihr Vater saß am Steuer. Er war jung und ein Draufgänger. Er und der Diplomat wurden nur geringfügig verletzt, aber Loubet ..."

„... hinkt immer noch", vollendete Brie den Satz.

„Nicht nur das. Loubet hat keine Kinder, und er wird auch mit seiner jungen, hübschen Frau keine haben können. Er muss es ihr zwar noch sagen, aber er befürchtet, dass sie ihn dann verlassen könnte. Die Ärzte versichern ihm, das hätte nichts mit dem Unfall zu tun, doch er redet sich etwas anderes ein."

„Er war also an dieser Entführung beteiligt, nur um meinen Vater zu strafen. Das ist grotesk."

„Der Hass treibt einen zu so mancher Handlung. Ich andererseits hasse niemanden, ich will nur meinen Freund zurück." Janet hielt die Pistole so, dass das Mondlicht darauf fiel. „Ich bin nicht verrückt, Eure Hoheit. Wenn es sein muss, dann drücke ich auf Sie ab."

„Wenn Sie das tun, bleibt Deboque, wo er jetzt ist." Gabriella richtete sich auf und fasste Mut. „Sie können mich nicht erschießen, weil ich Ihnen tot nichts nützen würde."

„Da haben Sie recht." Wieder funkelte die auf Gabriella gerichtete Waffe im Mondschein. „Aber wissen Sie eigentlich, wie schmerzhaft eine Kugel sein kann, selbst wenn kein lebenswichtiges Organ getroffen wird?"

„Nein!"

Wütend und entsetzt sprang Bennett spontan aus dem Schatten heraus. Seine Gegenwart überraschte sowohl Gabriella als auch Janet. Beide Frauen erstarrten, und Bennett griff nach dem Revolver. Er hatte ihn fast erreicht, da schoss Janet. Wie leblos fiel der junge Prinz zu Boden und blieb bewegungslos liegen.

„Oh, mein Gott, Bennett!" Gabriella schrie auf und kniete sich neben ihn. „Nein, nein, Bennett." Sein Blut strömte auf ihr weißes Kleid, als sie ihn vorsichtig anhob und auf ihren Schoß bettete. Hastig griff sie nach seinem Puls.

„Nun schießen Sie schon", schrie sie Janet an. „Sie können mir nichts Schlimmeres mehr antun. Ich wünsche Sie und Ihren Liebhaber zum Teufel."

„Da werden die beiden sich auch bald treffen", sagte in diesem Augenblick Reeve lakonisch hinter ihnen. Plötzlich lag die Terrasse im Scheinwerferlicht. Männer, bewaffnete Polizisten, standen überall.

Janet hielt ihnen die Pistole mit dem Griff entgegen. „Keine unnütze Aufregung", meinte sie kühl. „Ich bin ein praktisch veranlagter Mensch." Reeve nahm sie ihr ab. Auf sein Zeichen hin wurde sie von zwei Polizisten ergriffen und abgeführt.

Der Fürst war an die Seite seiner Kinder geeilt. „Oh, Papa", flüsterte Gabriella leise und streckte ihm die Hand entgegen. Armand kniete sich ebenfalls neben seinen Sohn. „Er hat versucht ihr die Waffe zu entreißen." Gabriella legte ihren Kopf an Bennetts Wange. „Kommt der Arzt ..."

„Er ist schon hier."

„Aber, aber, Gabriella." Hinter ihr erklang Dr. Francos beruhigende Stimme. „Lassen Sie Bennett los, und machen Sie mir Platz." „Ich will ihn nicht allein lassen. Nein ..."

„Streite dich nicht mit ihm", bat Bennett mit schwacher Stimme. „Ich habe die schlimmsten Kopfschmerzen der Welt."

Gabriella war den Tränen nahe, doch ihr Vater umarmte sie und drückte sie sanft an sich. „Nun gut", antwortete Gabriella, als sie sah, dass Bennett mühsam die Augen öffnete. „Soll er sich um dich kümmern. Ich habe es lange genug getan."

„Brie ..." Bennetts Hand ruhte einen Moment lang in der ihren. „Gibt es im Krankenhaus wenigstens ein paar hübsche Schwestern?"

„Mindestens ein Dutzend", brachte sie hervor.

Er seufzte und schloss die Augen wieder. „Ein Glück!"

Gabriella hielt Alexander den Arm hin. Dann lehnte sie sich an Reeves Schulter. Endlich war sie wieder zu Hause.

Er hatte Gabriella versprochen, den letzten Tag mit ihr auf dem Wasser zu verbringen. Das war alles, sagte sich Reeve, während die Liberté im frühen Morgenwind leicht dahinsegelte. Ein letzter Tag noch, ehe dieser Traum zu Ende ging, der auch sein Traum gewesen war.

Fast hätte das Ganze einen tragischen Ausgang genommen, dachte er, und war noch im Nachhinein geschockt. Man hatte gleich nach Eves Ankunft im Ballsaal Loubet verhaftet, aber Gabriella war so lange mit Deboques Geliebten allein gewesen.

„Ich kann noch immer nicht glauben, dass alles vorüber ist", sagte Gabriella leise.

Reeve hatte das gleiche Gefühl. Aber sie dachten jeder an etwas anderes. „Es ist vorbei."

„Loubet ... Beinahe tat es mir leid für ihn. Er war krank." Dann dachte Gabriella an seine hübsche, junge Frau und den Schock, den die Arme davongetragen hatte. „Bei Janet war es Besessenheit."

„Sie waren Ungeziefer, keine Menschen", wandte er ein. „Fast wären sie zu Mördern geworden. Sowohl Bennett als auch der Leibwächter können von Glück reden."

„Ich weiß." In den vergangenen drei Tagen hatte auch sie sich unzählige Malc bedankt. „Aber ich habe getötet."

„Gabriella."

„Nein, ich kann mich jetzt damit abfinden. Ich weiß, dass ich diese schrecklichen Tage und Nächte in diesem dunklen Raum verdrängen wollte."

„Du wolltest nichts verdrängen, aber du brauchtest deine Zeit", korrigierte Reeve sie.

„Jetzt redest du fast wie meine Ärzte." Sie klemmte die Ruderpinne fest, so dass sie Kurs auf ihre kleine Bucht nahmen. „Ich habe dir niemals von dem Kaffee erzählt oder davon, dass Janet behauptete, Nanny habe ihn für mich gemacht. Ich habe es dir deswegen nicht berichtet, weil ich es niemals für möglich hielt. Ihre Loyalität war viel zu stark."

„Das verstand aber Janet nicht!"

„Sie erzählte mir, Nanny habe ihn mir am Tag meiner Reise gebracht, und ich sei direkt danach abgefahren. Sie verschwieg natürlich, dass sie selbst mir die Flasche abgenommen und einen Stoß Briefe zum Unterzeichnen gegeben hatte. So hatte sie ausreichend Zeit, das Mittel hineinzuschütten."

„Sie rechnete nur nicht damit, dass Nanny deinem Vater ihren Verdacht mitteilen würde, nachdem Loubet und Deboques Cousin Henri dich auf dem kleinen Bauernhofe in ihre Gewalt gebracht hatten."

„Die gute Nanny. Die ganze Zeit hat sie mich beobachtet, und ich dachte, sie bemuttere mich nur übermäßig."

„Dein Vater ließ dich sehr gut beobachten, damit Loubet nicht noch eine Gelegenheit fände."

„Loubets Plan hätte auch funktioniert, wenn Henri nicht so trunksüchtig gewesen wäre und ich nicht meine Suppe auf die Erde geschüttet hätte. Hätte ich die ganze Dosis der Droge geschluckt, dann hätte ich keine Kraft mehr gehabt, mir Henri vom Leibe zu halten und durch die Latten über dem Fenster auszubrechen. Aber es ist jetzt vorüber, und ich bin glücklich."

„Das ist alles, was zählt."

„Du weißt, dass Christina und Eve noch etwas länger hier bleiben werden. Wir müssen Eve wirklich sehr dankbar sein. Ich muss sagen, es macht mir Spaß, sie sich so in ihrem eigenen Ruhm baden zu sehen."

„Sie war bleich wie ein Laken, als sie in den Ballsaal gerannt kam. Aber sie verlor nicht eine Minute. Sie brachte uns direkt zu dir."

„Ich habe mich noch gar nicht richtig bei dir bedankt." Gabriella und Reeve waren in der Bucht angekommen und kappten das Segel.

„Du musst dich nicht bei mir bedanken."

„Ich möchte es aber. Du hast unendlich viel für mich und meine Familie getan. Das werden wir dir nie vergessen."

„Dein Dank ist überflüssig", sagte er kühl.

„Reeve, ich weiß, du bist kein Bürger Cordinas und unterstehst auch nicht unserer Gesetzgebung. Aber ich habe eine Bitte. In zwei Wochen habe ich Geburtstag, und an diesem Tag ist es Sitte in der fürstlichen Familie, dass man dem Geburtstagskind einen Wunsch erfüllt!"

„Welcher Wunsch ist das?" Reeve nahm sich eine Zigarette und zündete sie an.

So hatte Gabriella ihn gerne: ein wenig verärgert, ein wenig überheblich. Das erleichterte ihr ihre Absicht. „Würdest du mir zustimmen, wenn ich sagte, unsere Verlobung sei sehr populär?"

Er lachte kurz auf. „In der Tat."

„Ich für meinen Teil muss gestehen, dass mir der Ring, den du mir geschenkt hast, sehr gefällt."

„Dann betrachte ihn als Geschenk und behalte ihn“, antwortete Reeve obenhin.

„Genau das habe ich vor.“ Sie erwiderte seinen kühlen Blick mit einem Lächeln. „Du weißt, mit meinen Beziehungen hier könnte ich deine Abreise verhindern.“

Reeve drehte sich überrascht zu ihr um. „Worauf willst du hinaus?“

„Ich glaube, es wäre alles viel einfacher, wenn du mich wirklich heiraten würdest. Ich denke, ich werde darauf bestehen.“

„Ist das so?“

„Ja, wenn du mir beipflichtest, bin ich sicher, können wir die Dinge im gegenseitigen Einvernehmen gestalten.“

„Ich bin nicht an irgendwelchen Vorteilen interessiert.“

„Unsinn. Wir könnten sechs Monate in Cordina und das andere halbe Jahr in Amerika leben“, fuhr sie fort. „In jeder Ehe müssen Kompromisse geschlossen werden. Stimmst du mir zu?“

„Vielleicht!“

„Natürlich werde ich eine Menge Verpflichtungen haben. Aber sobald Alexander geheiratet hat, übernimmt seine Gattin die meisten Aktivitäten. Dann wird es kaum mehr als eine ganz normale Arbeit sein.“

Reeve hatte genug von diesen Überlegungen. „Drück dich klarer aus.“

Er machte einen Schritt auf sie zu, aber sie wich zurück.

„Ich weiß nicht, was du meinst.“

„Sag endlich, was du willst und warum.“

„Ich will dich“, antwortete Gabriella und reckte trotzig das Kinn. „Weil ich dich liebe und das schon, seit meinem sechzehnten Geburtstag, an dem ich dich im Mondschein geküsst habe.“

Reeve spürte den Wunsch, ihre Wange zu streicheln, aber noch hielt er sich zurück. „Du bist nicht mehr sechzehn, und das hier ist auch kein Kindertraum.“

„Nein.“

„Auf dich wartet außerdem kein Palast in Amerika.“

„Aber es gibt dort ein Haus mit einer großen Veranda. Lass mich dich nicht bitten. Wenn du mich nicht willst, dann sage es lieber gleich.“

Jetzt sprach sie als Frau, nicht mehr als Prinzessin. Endlich war sie so, wie Reeve sie sich wünschte.

„Als du sechzehn warst und ich diesen Walzer mit dir tanzte, war es wie im Traum. Ich habe es nie vergessen. Als ich dann hier war und dich wieder küsste, da war es Wirklichkeit. Ich wollte nie etwas anderes als das."

Reeve ging zu Gabriella und nahm ihre Hände. „Ich habe nie eine andere Frau gewollt."

„Ich auch nicht", sagte sie ernst und sah ihm in die Augen.

„Heirate mich, Brie, und lass uns auf unserer Veranda sitzen. Wenn wir diese stillen Momente für uns beide haben können, dann kann ich auch mit Ihrer Königlichen Hoheit, der Prinzessin Gabriella von Cordina leben!"

Sie zog seine Hände an ihren Mund und küsste sie zärtlich. „Es ist vielleicht kein Märchen, aber lass uns bis an unser Lebensende glücklich miteinander sein."

– ENDE –

Nora Roberts

Ein königlicher Kuss

Roman

Aus dem Amerikanischen von
M. R. Heinze

NEW YORK TIMES
BESTSELLER AUTOREN

1. KAPITEL

Eve war schon früher im Palast gewesen. Das erste Mal, vor fast sieben Jahren, hatte sie ihn für ein Märchen gehalten, das Gestalt angenommen hatte. Jetzt war sie älter, allerdings nicht sicher, ob auch weiser. Cordina war ein Land. Der Palast ein prachtvolles Gebäude. Märchen waren für die sehr Jungen, die sehr Naiven oder die sehr Glücklichen.

Obwohl der Palast der Fürstenfamilie von Cordina aus Stein und Mörtel und nicht aus Wünschen und Träumen erbaut war, musste Eve ihn bewundern. Strahlend weiß, nahezu unberührt, lag er oben auf einer zerklüfteten Landzunge und bot einen Ausblick auf Meer und Stadt. Nahezu unberührt, ja, aber nicht weltentrückt – und schon gar nicht friedlich.

Türme ragten in den Himmel, stachen weiß in das Blau. Zinnen und Wehrgänge zeugten von seiner uralten Funktion als Verteidigungsanlage. Der Burggraben war zugeschüttet worden, aber man konnte ihn sich noch vorstellen. An seiner Stelle waren komplizierte technische Sicherheits- und Überwachungsanlagen eingebaut worden. Fensterscheiben funkelten im Sonnenlicht. Wie in jedem Palast hatte es hier Triumphe und Tragödien gegeben, Intrigen und Glanz. Eve konnte noch immer nicht begreifen, dass auch sie ihren Anteil daran gehabt hatte.

Bei ihrem ersten Besuch hatte sie mit einem Prinzen eine Terrasse betreten und, wie das Schicksal es bestimmt hatte, dazu beigetragen, ihm das Leben zu retten. Das Schicksal, dachte Eve, als ihre Limousine durch das hohe Eichentor fuhr, vorbei an den rot uniformierten Wachen, hatte im Leben normaler Menschen immer die Hand im Spiel.

Besondere Umstände hatten sie in das kleine Fürstentum Cordina geführt, als sie ihre Schwester Chris begleitete, die eine alte Schulkameradin und Freundin von Prinzessin Gabriella war, der Tochter der Fürsten. Prinz Bennett hätte durchaus mit einer anderen Frau an jenem Abend auf der Terrasse sein können. Eve hätte ihn dann nie kennengelernt und wäre nie ein Teil des Schlusskapitels der politischen Intrige geworden, die seine Schwester und die übrigen Mitglieder der Fürstenfamilie verfolgt hatte.

Dann hätte sich auch nie ihre Vorliebe zu dem schönen Palast in diesem Märchenland entwickelt, zu dem sie sich immer wieder hingezogen fühlte. Doch dieses Mal war sie, genau genommen, nicht hingezogen worden, vielmehr hatte man sie gerufen. Zu einer königlichen Galavorstellung. Sie rümpfte die Nase bei diesem Gedanken. War es nicht zu ärgerlich, dass der besondere Wunsch von dem einzigen Mitglied der Fürstenfamilie kam, das sie ständig ärgerte?

Prinz Alexander, ältester Sohn des regierenden Fürsten und Thronerbe. Eve betrachtete die von Blüten schweren Bäume, deren Zweige sich im Wind wiegten, während der Wagen vorbeirollte. Seine Königliche Hoheit Alexander Robert Armand von Cordina. Sie konnte nicht sagen, woher sie seinen vollen Namen kannte und warum sie sich an ihn erinnerte. Für Eve war der Titel genauso steif und humorlos wie der Mann, zu dem er gehörte.

Ein Jammer, dass er nicht wie sein Bruder war. Allein der Gedanke an Bennett ließ Eve lächeln und weckte Freude auf den Besuch. Bennett war charmant und zugänglich. Alexander war wie sein Vater – pflichtbewusst, Land und Familie gingen ihm über alles. Da blieb nicht viel Zeit für Entspannung.

Nun, sie war auch nicht zur Erholung hier. Sie war hier, um mit Alexander zu sprechen, und zwar geschäftlich. Die Zeiten hatten sich geändert, und sie war kein junges Mädchen mehr, das sich leicht von einem Fürstentitel beeindrucken oder von unausgesprochener Missbilligung verletzen ließ. Nein, Alexander war zu wohlerzogen, um seine Missbilligung jemals auszusprechen, doch Eve hatte nie jemanden gekannt, der sie doch so klar übermitteln konnte wie er. Hätte sie nicht wieder ein paar Tage in Cordina verbringen wollen, hätte sie darauf bestanden, dass er nach Houston kam. Eve besprach Geschäftliches lieber auf eigenem Boden und zu ihren Bedingungen.

Lächelnd stieg sie aus der Limousine. Da sie die erste Runde freiwillig abgegeben hatte, musste sie nur dafür sorgen, dass sie die zweite gewann. Sich mit Alexander zu duellieren und zu gewinnen war sicher ein Vergnügen.

Die Palasttore öffneten sich, als sie die breiten Steinstufen hinaufging. Eve blieb stehen. In ihren dunkelblauen Augen erschien ein mutwilliges Funkeln, während sie einen tiefen Knicks machte. „Eure Hoheit!“

„Eve!“ Lachend lief Bennett die Stufen zu ihr herunter.

Er ist wieder bei den Pferden gewesen, dachte sie, als er die Arme um sie legte. Der Duft haftete ihm noch an, erdverbunden und real. Als sie ihn vor sieben Jahren kennengelernt hatte, war er ein gut aussehender junger Mann gewesen, der die Damen und das Vergnügen liebte.

Jetzt, da sie ihn genauer betrachtete, erkannte sie, dass er älter geworden war, sich aber sonst kaum verändert hatte.

„Es ist so schön, dich zu sehen.“ Er gab ihr einen festen, kameradschaftlichen Kuss. „Zu viel Zeit liegt zwischen den einzelnen Besuchen, Eve. Vor zwei Jahren warst du das letzte Mal in Cordina.“

„Ich bin eine berufstätige Frau, Bennett.“ Sie ergriff seine Hände. „Wie geht es dir? Wenn man deinem Aussehen nach urteilen darf, großartig. Und wenn man nach den Skandalblättern urteilen darf, bist du sehr beschäftigt.“

„Alles wahr.“ Er lächelte, und sein klar geschnittenes, fast poetisch schönes Gesicht wurde unwiderstehlich. „Komm herein. Ich mache dir einen Drink. Niemand hat mir gesagt, wie lange du bleiben wirst.“

„Weil ich es selbst noch nicht weiß. Es kommt darauf an.“

Sie hakte sich bei ihm unter und betrat den Palast. Drinnen war es kühl, die Halle war hell und weitläufig. Stufen schwangen sich in einem Bogen an der Seite der Eingangshalle hinauf. Eve hatte sich hier stets sicher gefühlt. Wandbehänge und gekreuzte Schwerter mit glänzenden Klingen schmückten die Wände. Auf einem Louis-quatorze-Tisch stand eine Schale aus getriebenem Silber, gefüllt mit duftendem Jasmin.

„Wie war der Flug?“

„Mmmm. Lang.“ Sie betraten einen Salon, in dem die geöffneten Vorhänge das Sonnenlicht hereinfluten ließen. Rosen standen überall in Porzellan- und Kristallvasen. Eve sank auf ein Sofa und atmete den Duft ein. „Sagen wir, ich bin froh, wieder auf dem Boden und hier zu sein. Erzähl mir, wie es allen geht, Ben. Was macht deine Schwester?“

„Brie geht es wunderbar. Sie wollte dich am Flughafen abholen, aber ihr Jüngster hat Schnupfen.“ Er wählte eine Flasche mit trockenem Wermut und servierte ihn mit Eis. Eine seiner charmantesten

Eigenschaften war, dass er nie die Vorlieben einer Frau vergaß. „Es fällt mir noch immer schwer, nach all diesen Jahren meine Schwester als Mutter zu sehen – noch dazu als vierfache Mutter."

„Ich habe einen Brief von Chris für sie und die Instruktion, ihn eigenhändig zu übergeben. Chris möchte auch einen ausführlichen Bericht über ihr Patenkind."

„Mal sehen, welches das ist. Ah, Camilla. Ich kann dir aus erster Hand sagen, sie ist ein Tunichtgut. Treibt ihre Brüder zum Wahnsinn."

„Dafür sind Schwestern ja da." Lächelnd nahm Eve den Drink entgegen. „Und Reeve?"

„Es geht ihm gut, obwohl er sich auf seiner Farm in Amerika zweifellos wohler fühlen würde. Sie haben mit dem kleinen Gut hier einige sehr beachtenswerte Dinge angestellt, aber Brie ist noch immer die offizielle Gastgeberin in Cordina. Reeve würde nichts besser gefallen, als dass Alex heiratet und diese verantwortungsvolle Aufgabe auf seine Ehefrau überträgt."

„Oder wenn du heiratest." Sie nippte an ihrem Getränk und beobachtete ihn über den Rand des Glases hinweg. „Angenommen, du wagst den Schritt, dann würden sich einige von Bries Pflichten verlagern."

„Ich liebe meine Schwester, aber nicht so sehr." Er lehnte sich auf dem Sofa zurück und streckte die langen Beine aus.

„Dann ist also nichts Wahres an den Gerüchten über Lady Alice Winthrop? Oder war es zuletzt die ehrenwerte Jessica Mansfield?"

„Hübsche Mädchen", sagte er leichthin. „Ich stelle fest, dass du taktvoll genug bist, die Gräfin Milano nicht zu erwähnen."

„Sie ist zehn Jahre älter als du." Eve schlug den Ton einer tadelnden Tante an, lächelte jedoch. „Und ich bin immer taktvoll."

„Und was ist nun mit dir, Eve?" Wenn es zu persönlich wurde, war Bennett ein Meister im Themenwechsel. „Wie schafft es eine Frau, die so aussieht wie du, die Männer auf Distanz zu halten?"

„Karate. Schwarzer Gürtel, siebenter Grad."

„Ja, das hatte ich vergessen."

„Solltest du aber nicht. Ich habe dich zwei Mal auf die Matte gelegt."

„Oh nein, nur ein Mal." Er legte seinen Arm über die Rückenlehne des Sofas. „Und da habe ich dich gewähren lassen."

„Es war zwei Mal." Wieder nippte sie an ihrem Getränk. „Und du warst wütend."

„Du hattest eben Glück", sagte er in bestimmtem Ton. „Hinzu kam, dass ich als Gentleman eine Frau nicht verletzen durfte."

„Unsinn."

„Meine Liebe, vor hundert Jahren hättest du deinen Kopf verlieren können, so schön er auch ist."

„Eure Hoheit", sagte sie und lächelte ihn an, „Sie hören auf, ein Gentleman zu sein, sobald es um einen Wettstreit geht. Hättest du mich auf die Matte werfen können, hättest du es getan." Was absolut stimmte.

„Möchtest du es noch einmal versuchen?"

Einer Herausforderung konnte und wollte sie niemals widerstehen. Eve trank den letzten Schluck Wermut und stand auf. „Zu deinen Diensten."

Bennett erhob sich und schob mit einem Fuß den Tisch von der Couch weg. Nachdem er sein zerzaustes Haar mit einer Hand zurückgestrichen hatte, kniff er die Augen zusammen. „Wenn ich mich recht erinnere, muss ich mich dir von hinten nähern und dich ... hier packen." Ein muskulöser Arm legte sich um ihre Körpermitte. „Dann muss ich ..."

Der Rest blieb unausgesprochen, als sie ihm die Beine wegtrat und ihn flach auf den Rücken legte. „Ja." Sie rieb sich die Hände, während sie auf ihn hinuntersah. „Genauso erinnere ich mich auch daran."

„Ich war noch nicht bereit." Er stützte sich auf einen Ellbogen.

„Alles ist erlaubt, Eure Hoheit." Lachend kniete sie sich neben ihn. „Habe ich dich verletzt?"

„Nur meinen Stolz", antwortete er und zog an ihrem Haar.

Als Alexander den Raum betrat, sah er seinen Bruder auf dem Teppich liegen, eine Hand in Eves dunkles Haar geschoben. Ihre lächelnden Gesichter waren einander nahe, ihre Körper berührten sich leicht.

Er biss die Zähne zusammen. „Ich bitte die Störung zu entschuldigen."

Beim Klang seiner Stimme blickte Bennett träge über die Schulter, während Eve sich straffte. Alexander sah genauso aus, wie sie ihn in Erinnerung hatte. Dunkles, dichtes gewelltes Haar fiel ihm bis in den Nacken und über die Ohren. Er lächelte nicht, doch das tat er ohnedies selten. Sein Gesicht war, obwohl streng, attraktiv. Eine Königliche Hoheit zu sein passte zu ihm. Das musste Eve sich eingestehen, wenngleich sie sich darüber ärgerte. Er hätte gut und gern auf einem der Porträts, die sie in der Palastgalerie gesehen hatte, dargestellt sein können – hohe, ausgeprägte Wangenknochen, glatte gebräunte Haut. Seine Augen waren dunkel, fast so dunkel wie sein Haar, sein Blick war so missbilligend wie die Züge um seinen vollen, markanten Mund, den er jetzt zu einer schmalen Linie zusammengepresst hatte. Wie immer war er tadellos gekleidet.

„Eve hat mir wieder Unterricht in Karate gegeben." Bennett stand auf, ergriff Eves Hand und zog sie zu sich hoch. „Ich landete auf Platz zwei. Wieder einmal."

„Verstehe." Alexanders Verbeugung war formell und höflich. „Miss Hamilton."

Sie knickste, doch jetzt blitzte kein Humor in ihren Augen auf. „Eure Hoheit."

„Bitte entschuldigen Sie, dass ich Sie nicht am Flughafen abgeholt habe. Ich hoffe, Sie hatten einen angenehmen Flug."

„Danke, er war wunderbar."

„Vielleicht möchten Sie sich ein wenig frisch machen, bevor wir über den Grund sprechen, weshalb ich Sie kommen ließ."

Bei diesen Worten hob sie das Kinn. Wirkungsvoll, wie sie hoffte. Betont langsam griff sie nach ihrer Handtasche auf dem Sofa. „Ich ziehe es vor, das Geschäftliche gleich hinter mich zu bringen."

„Wie Sie wünschen. Wir gehen in mein Büro. Bennett, hattest du nicht heute eine Verabredung im Reiterverein?"

„Erst in zwei Tagen." Er gab Eve einen freundschaftlichen Kuss auf die Nase und zwinkerte ihr vielsagend zu. „Ich sehe dich dann beim Abendessen. Zieh dir etwas Umwerfendes an, ja?", sagte er gut gelaunt.

„Selbstverständlich." Ihr Lächeln verschwand, als sie sich wieder Alexander zuwandte. „Eure Hoheit?"

Mit einem Neigen des Kopfes bedeutete er ihr an, ihn hinauszubegleiten.

Schweigend stiegen sie die Treppe hinauf. Alexander war verärgert, Eve fühlte es, ohne den Grund zu begreifen. Obwohl zwei Jahre vergangen waren, seit sie einander das letzte Mal gesehen hatten, verhielt er sich ihr gegenüber noch immer sehr ablehnend. Weil sie Amerikanerin war? Nein, Reeve MacGee war Amerikaner und hatte Alexanders Schwester geheiratet. Oder weil sie beim Theater war?

Eve verzog ein wenig die Lippen bei dem Gedanken. Das sähe ihm ähnlich. Cordina hatte einen der besten Theaterkomplexe im Zentrum der Schönen Künste aufzuweisen, doch Alexander mochte durchaus die Leute vom Theater verachten.

Sie warf mit Schwung den Kopf in den Nacken und betrat vor ihm sein Büro.

„Kaffee?"

„Nein, danke."

„Bitte, nehmen Sie Platz."

Sie tat es, saß jedoch stocksteif da. Sein Arbeitsraum, ausgestattet in elegant konservativem Stil, spiegelte seinen Charakter wider. Es gab keine Schnörkel, keine Verzierungen. Die einzigen Gerüche stammten von Kaffee und Leder. Die Möbel waren antik und glänzten, der Teppich war dick und vom Alter verblichen. Große Glastüren führten auf einen Balkon, aber sie waren jetzt geschlossen, als hätte Alexander kein Verlangen nach den Geräuschen des Meeres und den Düften des Gartens.

Die Zeichen des Reichtums schüchterten sie nicht ein. Sie war aus einer Welt des Wohlstands gekommen und hatte seitdem ihr eigenes Vermögen gemacht. Was sie hier starr sitzen und auf den Angriff warten ließ, war die Förmlichkeit.

„Geht es Ihrer Schwester gut?" Alexander griff nach einer Zigarette und zog eine Augenbraue hoch.

Eve nickte und wartete, während er ein Streichholz anriss. „Es geht ihr sehr gut. Sie möchte einige Zeit mit Gabriellas Familie verbringen, wenn sie alle nach Amerika kommen. Bennett erzählte mir, eines der Kinder sei krank."

„Dorian. Er hat Grippe." Zum ersten Mal wurden seine Züge sanfter. Von allen Kindern seiner Schwester hatte er das jüngste besonders in sein Herz geschlossen. „Er lässt sich nur schwer im Bett halten."

„Ich würde gern die Kinder sehen, bevor ich wieder abreise. Ich habe seit Dorians Taufe keines von ihnen mehr zu Gesicht bekommen."

„Vor zwei Jahren." Er erinnerte sich, vielleicht sogar zu gut. „Ich bin sicher, wir können für Sie einen Besuch auf dem Landgut einrichten." Als sie lächelte, ging er wieder auf Distanz und war nicht länger nachsichtiger Onkel oder angenehmer Freund, sondern ganz Prinz. „Mein Vater ist abwesend. Ich soll Sie von ihm grüßen, falls er vor Ihrer Abreise nicht zurückkehrt."

„Ich habe gelesen, er ist in Paris."

„Ja." Er ging nicht weiter auf die Staatsgeschäfte ein. „Ich bin Ihnen dankbar, dass Sie hierhergekommen sind, da ich im Moment nicht verreisen kann. Mein Sekretär hat Ihnen meinen Vorschlag unterbreitet?"

„Ja." Zum Geschäft, ermahnte Eve sich. Der angenehme Teil des Gesprächs war, soweit es ihn überhaupt gegeben hatte, vorüber. „Sie möchten, dass ich meine Theatertruppe nach Cordina bringe, damit sie hier im Zentrum der Schönen Künste einen Monat lang auftritt. Der Erlös aus den Vorstellungen soll der GHBK, der Gesellschaft zur Hilfe für behinderte Kinder, zugutekommen."

„Das ist richtig."

„Verzeihen Sie, Eure Hoheit, aber ich dachte, diese besondere Art der Wohltätigkeit würde in Prinzessin Gabriellas Bereich fallen."

„Das stimmt. Ich bin Präsident des Zentrums der Schönen Künste. In diesem Fall arbeiten wir zusammen. Gabriella hat Ihre Truppe in Amerika gesehen und war beeindruckt. Sie fand, da Cordina starke Bindungen an die Vereinigten Staaten hat, würden amerikanische Schauspieler helfen, die so dringend benötigten Mittel für die GHBK aufzutreiben."

„Dann war es also ihre Idee."

„Eine Idee, der ich nach langen Diskussionen und reiflicher Überlegung zugestimmt habe."

„Verstehe." Eve begann, mit einem Finger auf die Seitenlehne des Sessels zu trommeln. „Ich verstehe das so, dass Sie Bedenken hatten."

„Ich habe noch nie Aufführungen Ihrer Truppe gesehen." Er lehnte sich etwas zurück und blies eine Rauchfahne in die Luft. „Natürlich hatten wir früher schon amerikanische Künstler in unserem

Zentrum, aber noch nie über einen so langen Zeitraum oder zu einer Auftaktvorstellung für den GHBK-Ball."

„Vielleicht möchten Sie, dass wir Ihnen vorsprechen."

Seine Lippen entspannten sich zu einem leichten Lächeln. „Das ist mir durch den Sinn gegangen."

„Kommt nicht infrage." Sie stand auf und stellte mit Vergnügen fest, dass ihn die Umgangsformen zwangen, sich ebenfalls zu erheben. „Die Hamilton-Truppe hat in weniger als fünf Jahren sowohl bei Kritikern als auch bei Zuschauern Zustimmung gefunden. Wir haben einen so ausgezeichneten Ruf, dass jede Vorsprechprobe in Cordina oder irgendeinem anderen Land überflüssig ist. Wenn ich mich dazu entschließe, meine Truppe hierher zu bringen, dann wird das geschehen, weil ich die GHBK und Gabriella respektiere."

Er betrachtete sie, während sie sprach. Innerhalb von sieben Jahren hatte sie sich von einem Mädchen zu einer selbstbewussten Frau entwickelt.

Sie war noch schöner geworden. Ihre Haut war makellos, hell mit einem rosigen Hauch auf den Wangen. Sie hatte einen sinnlichen Mund und große, verträumt blickende blaue Augen. Ihr Gesicht war umrahmt von einer Mähne seidig glänzenden schwarzen Haars, das ihr nun ein wenig zerzaust über die Schultern fiel.

Wut hielt sie aufrecht, ließ sie stolz dastehen, aber ihr Körper wirkte zart und zerbrechlich. Oft, zu oft schon, hatte er sich gefragt, wie dieser Körper sich an seinem anfühlen mochte.

Selbst in ihrem Ärger hatte ihre Stimme jenen langsamen, breiten texanischen Akzent, den er zu erkennengelernt hatte. Sorgfältig drückte Alexander die Zigarette aus.

„Sind Sie fertig, Miss Hamilton?"

„Sagen Sie doch Eve, um Himmels willen! Wir kennen uns schon seit Jahren." Ungeduldig ging sie zu den Balkontüren und stieß sie auf. Da sie den Blick nach draußen gerichtet hatte, bemerkte sie weder, wie Alexander über ihren Verstoß gegen das Protokoll die Brauen hochzog, noch bemerkte sie sein leises Lächeln.

„Eve", sagte er und ließ ihrem Namen ein bedeutungsvolles Schweigen folgen. „Ich glaube, wir haben uns missverstanden. Ich kritisiere Ihre Truppe nicht. Das wäre auch schwierig, weil ich, wie gesagt, noch nie eine Vorstellung von ihr gesehen habe."

„Wenn Sie so weitermachen, werden Sie wahrscheinlich auch nie eine sehen."

„Dann müsste ich Bries Zorn ertragen. Das möchte ich lieber vermeiden. Setzen Sie sich." Als sie sich umdrehte und ihn ansah, unterdrückte er den Impuls, ihr einen Befehl zu erteilen, und deutete nur auf den Sessel. „Bitte."

Sie gehorchte, ließ jedoch die Türen offen. Man konnte gerade noch das Meer rauschen hören. Der Duft von Rosen, Vanille und Gewürzen zog vom Garten herauf. „Ich sitze", sagte sie und schlug die Beine übereinander.

Er missbilligte ihre kurz angebundene Art. Er bewunderte ihre Unabhängigkeit. Im Moment wusste Alexander nicht, wie sich beides miteinander vereinbaren ließ. Er war sich sicher, dass sie, wie immer, alles andere als edle Gefühle in ihm aufwühlte. Langsam setzte er sich wieder. „Als Mitglied der Fürstenfamilie und als Präsident des Zentrums der Schönen Künste muss ich bei der Wahl von Künstlern sehr vorsichtig sein. In diesem Fall vertraue ich Gabriellas Urteil, und ich frage Sie, ob wir zu einer Einigung kommen können."

„Vielleicht." Eve war in erster Linie Geschäftsfrau. Persönliche Gefühle hatten noch nie ihre Entscheidungen beeinflusst und würden es auch jetzt nicht tun. „Ich muss noch einmal das Theater sehen und die Einrichtungen überprüfen. Meiner Truppe und mir muss vertraglich künstlerische Freiheit zugesichert werden, außerdem eine angemessene Unterkunft während der Spielzeit. Da die Vorstellungen einem wohltätigen Zweck dienen, bin ich bereit, über unsere Gage zu verhandeln. Auf künstlerischem Gebiet gibt es jedoch keine Verhandlungen."

„Ich werde dafür sorgen, dass man Sie durch das Zentrum führt. Die Anwälte des Zentrums und Ihre Anwälte können den Vertrag ausarbeiten." Er verschränkte die Finger auf dem Schreibtisch ineinander. „Da Sie die Künstlerin sind, werde ich Ihr Urteil respektieren, aber ich bin nicht gewillt, mich blindlings in Ihre Hände zu begeben. Der Plan geht dahin, dass Ihre Truppe vier Stücke aufführen soll, jede Woche eines. Die Stoffe müssen vom Zentrum gebilligt werden."

„Von Ihnen."

Es war ein lässiges, herrisches Schulterzucken. „Wenn Sie so wollen."

Sie wollte nicht und bemühte sich auch nicht, es zu verbergen. „Welche Qualifikationen besitzen Sie?"

„Wie bitte?"

„Was wissen Sie über das Theater? Sie sind Politiker." Sie sagte es in einem leicht verächtlichen Ton. „Warum sollte ich meine Truppe Tausende von Meilen hierher bringen, noch dazu für einen Bruchteil dessen, was wir sonst verdienen, nur damit Sie auch noch die Stücke auswählen können, die wir aufführen?"

Seine Selbstbeherrschung geriet nicht leicht ins Wanken. Jahrelanges Bemühen und Entschlossenheit hatten ihn gelehrt, seine Gefühle zu lenken. Das tat er auch jetzt, wobei er ihren Blick noch immer festhielt. „Weil ein Auftritt im Zentrum der Schönen Künste von Cordina für Ihre Karriere ein Vorteil wäre, den Sie nicht ignorieren können." Er beugte sich vor. „Es wäre dumm, ihn zu ignorieren, und ich halte Sie nicht für eine dumme Frau, Eve."

„Nein, die bin ich auch nicht." Sie erhob sich erneut und wartete, bis er hinter seinem Schreibtisch stand. „Ich sehe mir das Theater an und denke darüber nach, bevor ich die Mitglieder meiner Truppe frage."

„Sie leiten die Truppe, nicht wahr?"

Eve neigte den Kopf, und eine Haarlocke fiel ihr über das Auge. Mit den Fingerspitzen strich sie sie zurück. „Sie vergessen eines, Hoheit: Amerika ist ein demokratisches Land. Ich verhänge keine Dekrete über meine Leute. Wenn ich die verfügbaren Einrichtungen für gut genug halte und meine Truppe einverstanden ist, werden wir über den Vertrag reden. Wenn Sie mich jetzt bitte entschuldigen, ich möchte auspacken und mich vor dem Abendessen umziehen."

„Ich lasse Sie in Ihre Zimmer führen."

„Ich weiß, wo sie sind." Eve blieb an der Tür stehen, drehte sich um und knickste überheblich. „Eure Hoheit."

„Eve." Er sah, wie sie herausfordernd das Kinn hob. Eines Tages, dachte er, wird jemand diese Herausforderung annehmen. „Willkommen in Cordina."

Sie war kein unhöflicher Mensch. Eve versicherte sich das, während sie ein Kleid für das Abendessen aussuchte. Fast alle Leute hielten sie sogar für liebenswürdig. Sicher, sie konnte in Geschäftsangelegenheiten kompromisslos sein, doch das lag ihr im Blut. Unhöflich war sie nicht. Außer zu Alexander.

Aber er will es ja nicht anders, sagte sie sich, während sie den Reißverschluss eines eng anliegenden Corsagenkleides aus blauer Seide schloss. Er war dermaßen hochnäsig und herablassend. Das musste sie sich nicht bieten lassen, Thronerbe oder nicht. Sie spielten hier ja nicht Prinz und Bettelmann. Ihr Stammbaum mochte nicht adlig sein, aber er war makellos.

Sie war auf die besten Schulen gegangen. Vielleicht hatte sie diese Schulen gehasst, aber sie hatte sie nun mal besucht. Ihr ganzes Leben lang war sie gesellschaftlich mit den Reichen, Mächtigen und Einflussreichen zusammengekommen. Und sie hatte etwas aus sich gemacht. Nicht durch ihre Familie, sondern durch ihre eigenen Fähigkeiten.

Sicher, sie hatte schon frühzeitig entdeckt, dass ihr Ehrgeiz, Schauspielerin zu sein, sie nicht weit bringen würde, aber ihre Liebe zum Theater war nicht geschwunden. Dazu kamen ihre angeborenen Fähigkeiten auf geschäftlichem und organisatorischem Gebiet. Die Hamilton-Schauspieltruppe war gegründet worden und hatte Erfolg gehabt. Eve schätzte es gar nicht, dass Alexander der Große daherkam und sich aufführte, als würde er ihr einen Gefallen erweisen, indem er ihre Truppe in seinem Zentrum auftreten ließ.

Sie hatte hart gearbeitet, um die besten Schauspieler zu finden, um Talente zu fördern, um ihre eigenen Grenzen zu erweitern, und nun kam er daher und nickte huldvoll. Mit finsterer Miene legte sie eine breite goldene Halskette an. Die Hamilton-Schauspieltruppe brauchte seine Zustimmung nicht, sei sie huldvoll oder sonst wie.

Auch sie selbst brauchte weder seine Zustimmung noch sein verdammtes königliches Siegel.

Und sie wäre unerträglich dumm, würde sie sich weigern, in Cordina zu spielen.

Eve nahm eine Bürste und zog sie durch das Haar. Dabei bemerkte sie, dass sie nur einen Ohrring trug. Dieser Mann macht mich verrückt, dachte sie und fand den tränenförmigen Saphir auf der Frisierkommode.

Warum war nicht Ben Präsident des Zentrums? Warum kümmerte sich nicht Brie darum? Mit beiden hätte sie locker und entspannt umgehen können. Was hatte Alexander nur an sich, dass sie sich ständig von ihm angegriffen fühlte?

Eve befestigte den zweiten Ohrring und betrachtete stirnrunzelnd ihr Spiegelbild. Sie erinnerte sich noch an ihre erste Begegnung mit Alexander. Sie war zwanzig gewesen, und obwohl er nur ein paar Jahre älter war, wirkte er so erwachsen, so beeindruckend. Bennett hatte sie zum ersten Tanz auf dem Ball gebeten, doch sie hatte Alexander beobachtet. Damals war sie noch voller Fantasien gewesen und hatte in ihm einen Prinzen gesehen, der Damen in Not beistand und Drachen tötete. Er hatte einen Degen an seiner Seite getragen, zwar nur zur Zierde, aber in ihren Gedanken hatte sie gesehen, wie er die Waffe schwang, um einen Feind zu besiegen.

Die Schwärmerei war überraschend gekommen und zum Glück schnell wieder vergangen. Sie mochte fantasievoll gewesen sein, aber, wie Alexander selbst gesagt hatte, sie war nicht dumm. Keine Frau setzte ihre Hoffnungen und Träume in unnachgiebige und herrschsüchtige Männer. Es war ihr leicht gefallen, ihre Aufmerksamkeit Bennett zuzuwenden.

Schade, dass wir uns nicht ineinander verliebt haben, dachte sie jetzt. Prinzessin Eve. Sie lachte über sich selbst und ließ die Bürste fallen. Nein, das passte einfach nicht zusammen. Zum Glück aller waren sie und Bennett Freunde geworden, bevor sie irgendetwas anderes geworden waren.

Und sie hatte ihre Truppe, die mehr als Ehrgeiz war, die ihrem Leben einen Sinn gab. Eve hatte gesehen, wie Freunde heirateten, sich scheiden ließen und wieder heirateten oder einfach von einer Affäre in die nächste stolperten. Zu oft war der Grund einfach Langeweile. Darüber brauchte sie sich keine Gedanken zu machen. Die Leitung der Truppe hätte vierundzwanzig Stunden am Tag in Anspruch genommen, hätte sie es zugelassen. Manchmal war es schon fast so, ob sie es wollte oder nicht. Fühlte sie sich zu einem Mann hingezogen, verhinderten ihr Beruf und ihre eigene Vorsicht, dass die Sache zu ernst wurde. So hatte sie bisher keinen Fehler gemacht. Noch nicht. Und sie hatte nicht die Absicht, jetzt einen zu machen.

Eve wählte ein verführerisches Parfüm und sprühte es über ihre nackten Schultern, ehe sie den Raum verließ. Hoffentlich war Bennett schon zurück und hielt sich im Salon auf. Das Abendessen wäre öde ohne ihn.

Allein durch seine Anwesenheit bereicherte er eine Gesellschaft um Spaß und Vergnügen. Sie war nicht in ihn verliebt, aber sie liebte ihn dafür.

Während sie nach unten ging, ließ sie die Finger über das glatte Geländer gleiten. So viele Finger vorher hatten schon diese Spur gezogen. Wenn sie innerhalb des Palastes war, sah sie in ihm nur einen beständigen, immerwährenden Ort. Sie mochte Alexander kaum verstehen, seinen Stolz verstand sie.

Doch als sie den Salon betrat, fand sie Alexander allein vor und verspannte sich. Sie blieb an der Tür stehen und suchte den Raum nach Bennett ab.

Meine Güte, war sie schön! Als Alexander sich umdrehte, traf es ihn wie ein Schlag. Es hatte nichts mit der Seide oder dem Schmuck zu tun. Sie hätte sich in Sackleinen kleiden und dennoch seine Sinne betören können. Dunkel und geheimnisvoll, strahlte sie eine geradezu beunruhigend natürliche Sexualität aus, die in einem Mann schmerzhafte Sehnsucht weckte. Diese Ausstrahlung hatte sie schon immer besessen. Sie war ihr angeboren, entschied Alexander und verwünschte sie dafür.

Er spannte sich an, und ein Ausdruck von Kälte erschien auf seinem Gesicht, als sie den Blick durch den Raum gleiten ließ. Er wusste, dass sie sich nach Bennett umsah.

„Mein Bruder wurde aufgehalten." Er stand mit dem Rücken zum Kamin. Der dunkle Smoking betonte seine beherrschte Haltung. „Wir speisen heute Abend allein."

Eve blieb stehen, wo sie war, als würde sie mit dem nächsten Schritt etwas versprechen, das zu tun sie alles andere als bereit war. „Machen Sie sich meinetwegen keine Mühe, Eure Hoheit. Ich kann in meinem Zimmer essen, falls Sie andere Pläne haben."

„Sie sind mein Gast. Mein Plan ist es, mit Ihnen zu dinieren." Er schenkte zwei Cocktails ein. „Kommen Sie herein, Eve. Ich verspreche, dass ich nicht mit Ihnen auf dem Fußboden ringen werde."

„Ich bin sicher, dass Sie das nicht tun werden", sagte sie genauso höflich, ging zu ihm und streckte die Hand nach ihrem Glas aus. „Und wir haben nicht miteinander gerungen, sondern ich habe Ben zu Boden geworfen."

Alexander senkte den Blick. Eve war gertenschlank und reichte ihm kaum bis zu den Schultern. Er konnte nicht glauben, dass sie seinen großen, athletischen Bruder bezwungen hatte. Körperlich bezwungen. Emotional war es eine andere Sache.

„Bewundernswert. Dann verspreche ich, dass ich Ihnen keine Gelegenheit geben werde, mich zu Boden zu werfen. Sind Sie mit Ihren Zimmern zufrieden?"

„Sie sind perfekt, wie immer. Wenn ich mich recht erinnere, haben Sie kaum freie Abende zu Hause. Kein Staatsbankett und keine offiziellen Empfänge heute Abend?"

Wieder ließ er den Blick auf ihr ruhen. Das Licht war gedämpft, so dass es ihrer Haut den Glanz von Seide verlieh. Vielleicht fühlte sie sich auch so an.

„Wir können das Abendessen mit Ihnen als offiziellen Empfang betrachten, wenn Sie möchten."

„Vielleicht möchte ich das." Sie beobachtete ihn über den Rand des Glases hinweg, während sie an ihrem Cocktail nippte. „Also, Eure Hoheit, machen wir höfliche Konversation, oder besprechen wir die Weltpolitik?"

„Politische Ansichten beim Essen auszutauschen verdirbt den Appetit. Besonders wenn sie kontrovers sind."

„Das stimmt. Wir hatten nur selten in irgendeiner Sache die gleiche Meinung. Dann also höfliche Konversation." Darin war sie genauso geschult wie er. Sie trat an eine Schale mit Rosen und strich über die Blütenblätter. „Ich habe gelesen, dass Sie sich im Winter für ein paar Wochen in der Schweiz aufhielten. Wie war das Skilaufen?"

„Ausgezeichnet." Den eigentlichen Grund für seinen Aufenthalt dort erwähnte er nicht, ebenso wenig die stundenlangen Konferenzen und Besprechungen. Er versuchte, nicht auf ihre schlanken Finger zu blicken, mit denen sie die dunkelroten Rosen sanft berührte. „Laufen Sie Ski?"

„Ich fahre gelegentlich nach Colorado." Sie zuckte die Schultern, gleichmütig und unverbindlich. Wie konnte sie von ihm Verständnis dafür erwarten, dass sie für nutzlose Sportarten und gelegentliche Urlaubsreisen keine Zeit hatte? „Ich war nicht mehr in der Schweiz, seit ich das Internat dort verlassen habe. Da ich aus Houston stamme, bevorzuge ich Sommersportarten."

„Welche?"

„Schwimmen."

„Dann steht Ihnen der Pool während Ihres Aufenthalts hier zur Verfügung."

„Danke." Schweigen. Eve fühlte, wie sie sich verspannte, als das Schweigen anhielt. „Sieht so aus, als wäre uns die höfliche Konversation ausgegangen, und wir haben noch nicht einmal diniert."

„Dann sollten wir jetzt vielleicht zu Tisch gehen." Er bot ihr den Arm, und nach kurzem Zögern hakte Eve sich bei ihm unter. „Der Koch erinnerte sich daran, dass Sie eine besondere Vorliebe für seinen *Poisson Bonne Femme* hatten."

„Wirklich? Wie nett." Sie lächelte ihn an. „Soweit ich mich erinnere, hatte ich eine noch größere Vorliebe für seine *pôts de crème au chocolat.* Ich habe die Köchin meines Vaters so lange verrückt gemacht, bis sie ein einigermaßen ähnliches Dessert zustande brachte."

„Dann werden Sie mit dem des heutigen Abends zufrieden sein."

„Dick werde ich hinterher sein", verbesserte sie ihn. Eve blieb am Eingang des Speisesaals stehen. „Ich habe diesen Raum immer bewundert", sagte sie leise. „Er ist so zeitlos." Sie betrachtete die beiden glitzernden Kronleuchter, die ihr Licht auf einen wuchtigen Tisch und den makellos gebohnerten Fußboden warfen. Die Größe schüchterte sie nicht ein, obwohl mehr als hundert Personen an dem Tisch Platz finden konnten.

Normalerweise hätte sie etwas Behaglicheres, Intimeres bevorzugt, aber dieser Saal verkörperte Macht. Weil sie damit aufgewachsen war, war Macht etwas, das sie insgeheim erwartete und auch respektierte. Doch mehr noch war es das Alter des Raums, das sie faszinierte. Wenn es sehr still war, meinte sie, die Gespräche zu hören, die hier im Verlauf von Jahrhunderten geführt worden waren.

„Als ich hier das erste Mal an einem Diner teilnahm, habe ich wie Espenlaub gezittert."

„Tatsächlich?" Alexander blieb am Eingang hinter ihr stehen. „Ich erinnere mich an Ihre bemerkenswerte Haltung."

„Oh, meine Selbstdisziplin war schon immer gut, aber ich hatte

Angst. Die ließ ich mir nur nicht anmerken. Da saß ich hier, frisch aus der Schule, und nahm an einem Diner in einem Palast teil."

„Und dieses Mal?"

Sie war sich nicht sicher, warum es ihr notwendig erschien, aber sie zog ihren Arm von seinem zurück. „Es ist schon eine ganze Weile her, dass ich die Schule verlassen habe."

Zwei Plätze waren gedeckt, Kandelaber und frische Blumen schmückten den Tisch. Eve nahm ihren Platz an der Seite ein und überließ Alexander das Kopfende. Als sie saßen, schenkte ein Diener Wein ein.

„Merkwürdig", sagte Eve nachdenklich. „Wann immer ich zuvor hier war, hielten sich zahlreiche Menschen im Palast auf."

„Gabriella und Reeve sind kaum noch hier, seit sie sich auf dem Landgut eingerichtet haben. Auf dem Landgut und der Farm in Amerika", verbesserte er sich. „Sie teilen ihre Zeit zwischen den beiden Ländern auf."

„Sind die beiden glücklich?"

Er zog die Brauen hoch, während er nach seinem Glas griff. „Glücklich?"

„Ja, Sie wissen doch – glücklich. Das kommt irgendwo auf der Liste nach Pflicht und Verpflichtung."

Er wartete schweigend, während gekühlter Hummer serviert wurde. Eve hatte mit ihrer Bemerkung über die Liste fast ins Schwarze getroffen. Er konnte nie sein Glück vor seine Pflicht stellen, seine Gefühle vor seine Verpflichtungen. „Meine Schwester beklagt sich nicht. Sie liebt ihren Mann, ihre Kinder und ihr Land."

„Das ist nicht dasselbe."

„Die Familie hat ihr Bestes getan, um Gabriella einige ihrer Verpflichtungen abzunehmen."

„Ist es nicht wunderbar, dass sie nach der schrecklichen Zeit, die sie durchgemacht hat, alles hat?" Sie sah, wie die Knöchel seiner Hand, mit der er die Gabel hielt, weiß hervortraten, und griff unwillkürlich nach seiner Hand. „Es tut mir leid. Selbst nach so langer Zeit muss es schwer sein, daran zu denken."

Er schwieg einen Moment, blickte nur auf ihre Hand hinunter, die weiß und schmal auf seiner lag. Sie beruhigte ihn. Das hätte er niemals erwartet. Wenn es ihm möglich gewesen wäre, hätte er seine

Hand umgedreht, um ihre zu ergreifen. „Es wird immer schwer sein, daran zu denken, und unmöglich zu vergessen, dass Sie an der Rettung meiner Schwester und meines Bruders beteiligt waren."

„Ich bin nur losgelaufen und habe Hilfe geholt."

„Sie haben einen klaren Kopf behalten. Hätten Sie das nicht getan, hätten wir beide verloren."

„Auch ich werde es nie vergessen." Als Eve merkte, dass ihre Hand noch immer auf seiner lag, zog sie sie zurück und griff nach ihrem Weinglas. „Ich sehe noch heute das Gesicht dieser Frau vor mir."

„Deboques Geliebte."

Er sagte es mit so unterdrückter Schärfe, dass Eve schauderte. „Ja, ihr Gesichtsausdruck, als sie die Waffe auf Brie gerichtet hielt! In diesem Moment wurde mir klar, dass Paläste keineswegs märchenhaft sind. Bestimmt sind sie alle froh darüber, dass sie, Loubet und Deboque im Gefängnis sitzen."

„Und dort bleiben werden. Aber Deboque hat schon früher hinter Gittern die Fäden gezogen."

„Ist noch etwas vorgefallen? Bennett und ich haben darüber gesprochen, aber ..."

„Bennett braucht Unterricht in Diskretion."

Eve ärgerte sich, schwieg jedoch, als der nächste Gang serviert wurde. „Er hat keine Staatsgeheimnisse verraten. Wir haben uns nur einmal daran erinnert – genau wie Sie und ich jetzt –, dass Deboque vom Gefängnis aus Bries Entführung arrangierte. Über ihre Sekretärin und den Staatsminister Ihres Vaters. Er sagte, er würde besorgt sein, solange Deboque lebe. Ich antwortete ihm, das sei Unsinn, aber vielleicht hatte ich Unrecht."

„Eine Persönlichkeit des öffentlichen Lebens zu sein heißt, besorgt zu sein." Das zu akzeptieren war einfacher, als sich an die eigene Hilflosigkeit zu erinnern, daran, wie er seine Schwester sich durch ihr Trauma und ihren Schmerz kämpfen sah. „Die Bissets regieren Cordina schon seit Generationen. Und seit wir das tun, haben wir uns Feinde geschaffen. Nicht alle können im Gefängnis sein."

Da war noch mehr. Eve fühlte es, wollte ihn aber nicht bedrängen. Wenn sie etwas wissen wollte, würde sie zu Bennett gehen.

„Das hört sich so an, als hätten gewöhnliche Sterbliche die Vorteile auf ihrer Seite, Eure Hoheit."

„Allerdings." Mit einem Lächeln, das sie sich nicht erklären konnte, griff er zu seiner Gabel.

Das Diner verlief freundlicher, als Eve erwartet hatte. Doch Alexander entspannte sich nicht. Sie war erstaunt darüber, während sie sich durch die einzelnen Gänge dem Dessert und dem Kaffee näherten. Er war freundlich, höflich und – nervös. Sie wollte ihm helfen, wollte diese Spannung beseitigen, die sich so offensichtlich in der Haltung seiner Schultern ausdrückte. Doch er war kein Mensch, der Hilfe von einem Außenseiter annahm.

Eines Tages würde er herrschen, dazu war er geboren. Cordina war ein kleines Märchenland, aber wie ein Märchen hatte es seinen Anteil an Intrigen und Unruhen. Das, was zu tun er bestimmt war, lastete schwer auf ihm. Ihre Herkunft und ihre Erziehung machten es ihr nicht leicht, zu verstehen, so dass sie oft, zu oft vielleicht, nur das unbeugsame Äußere bei ihm sah.

Wenigstens haben wir nicht gestritten, dachte Eve, als sie sich ihrem Dessert widmete. Eigentlich stritt man nicht mit Alexander. Man schlug gegen eine Mauer.

„Das war köstlich. Ihr Koch wird mit der Zeit immer besser."

„Er wird sich freuen, das zu hören." Er wollte, dass sie blieb, einfach hier saß und über irgendetwas redete, das nicht wichtig war. Während der letzten Stunde hatte er den Druck, unter dem er stand, beinahe vergessen. Es war nicht typisch für ihn, aber der Gedanke, hinauf in seine Räume zu gehen, zu seiner Arbeit, erschien ihm durchaus nicht verlockend. „Wenn Sie noch nicht müde sind …"

„Ihr habt doch nicht alles aufgegessen, oder?" Bennett schlenderte herein und setzte sich auf den Stuhl neben Eve. „Schon fertig?" Ohne abzuwarten, nahm er sich den Rest ihres Desserts. „Das Essen, das man mir heute Abend aufgezwungen hat, ist es nicht wert, auch nur einen Gedanken daran zu verschwenden. Ich habe mir euch zwei hier vorgestellt, während ich einen Gummiadler verzehrte."

„Du siehst aber nicht verhungert aus", bemerkte Eve und lächelte ihn an. „Der Hauptgang war köstlich."

„Du hast schon immer einen gesegneten Appetit gehabt. Wenn ich mit dem Dessert fertig bin, lass uns nach draußen gehen. Ich brauche den Garten und eine schöne Frau nach einer stundenlangen, langweiligen Konferenz."

„Dann möchte ich mich entschuldigen." Alexander erhob sich. „Ich lasse euch allein."

„Geh doch mit uns spazieren, Alex", lud Bennett ihn ein. „Sobald ich dein restliches Dessert aufgegessen habe."

„Nicht heute Abend. Ich habe noch zu tun."

„Wie immer", meinte Bennett.

Eve sah dem Prinzen nach, als er den Saal verließ.

Sie hätte nicht sagen können, warum, aber sie verspürte den Drang, ihm zu folgen. Dann schüttelte sie das Gefühl ab und wandte sich wieder Bennett zu.

2. *KAPITEL*

Als Alexander mir einen Führer versprach, habe ich nicht mit dir gerechnet."

Ihre Königliche Hoheit Prinzessin Gabriella von Cordina lachte, als sie die Bühnentür aufstieß. „Das Zentrum war von Anfang an eine Familienangelegenheit. Ich glaube sogar, Alex hätte dich am liebsten selbst geführt, wäre sein Terminkalender nicht so voll gewesen."

Eve ließ das durchgehen und dachte nur, dass Alexander Stapel von Schreibarbeit und stundenlange langweilige Besprechungen einer Stunde mit ihr vorziehen würde.

„Ich wiederhole mich nur ungern, Brie, aber du siehst wunderbar aus."

„Wiederhole dich ruhig", erwiderte Gabriella. „Wenn man vier Kinder bekommen hat, braucht man sehr viel moralische Unterstützung." Ihre dunklen rötlichen Haare waren zu einem glatten, schlichten Knoten hochgesteckt, ihr weißes Kostüm war hervorragend geschnitten. Sie war jeder Zoll eine Prinzessin. Dabei, dachte Eve, sieht sie zu jung und zu zart aus, um vier Kinder geboren zu haben. „Und du", fuhr sie fort und schwieg einen Moment, um die Schwester ihrer engsten Freundin zu betrachten.

„Ich erinnere mich daran, wie ich dich das erste Mal sah. Ich dachte, was für ein sagenhaftes Kind. Jetzt bist du eine sagenhafte Frau. Chris hat beinahe aufgehört, sich um dich zu sorgen."

„Das habe ich früher gehasst." Eve konnte jetzt lächeln, als sie sich an die ständigen Reibereien mit ihrer Schwester während ihrer langen rebellischen Jugend erinnerte. „Jetzt, da ich älter bin, hoffe ich, dass sie nie ganz aufhören wird, sich Sorgen zu machen. Das ist so tröstlich. Ist es nicht seltsam, dass einem als Erwachsener die Familie mehr bedeutet?"

„Ich wüsste nicht, was ich ohne meine machen sollte. Diese paar Monate, in denen ich mich nicht an sie erinnern konnte, in denen ich mich an gar nichts erinnern konnte …" Gabriella schüttelte den Kopf. „Das hat mich gelehrt, nichts für selbstverständlich anzusehen. Nun ja." Sie atmete tief durch und blickte sich um. „Was möchtest du zuerst sehen?"

„Den Bereich hinter der Bühne – die Garderoben, die Kulissen. Ich möchte auch einen Blick auf die Beleuchtungsanlage werfen. Wenn es hinten nicht klappt, kann man noch so gut auf der Bühne sein, es wird ein Reinfall."

„Du verstehst dein Handwerk, nicht wahr?"

„Das will ich hoffen."

Sie verbrachten über eine Stunde hinter den Kulissen. Eve stieg Treppen hinauf, zwängte sich in Lagerräume, kontrollierte die Ausstattung. Die war, wie sie erhofft hatte, erstklassig. Das Zentrum der Schönen Künste war ein Familienprojekt, das man im Namen von Gabriellas Mutter ins Leben gerufen hatte. Die Bissets hatten ihre ganze Liebe zu ihr hineingesteckt und einen der weltbesten Theaterkomplexe daraus gemacht.

Eve verspürte eine wachsende Erregung. Es war eine große Chance, hier vier typisch amerikanische Stücke aufzuführen. Tennessee Williams, Neil Simon, Arthur Miller. Sie konnte aus großen Talenten schöpfen. Und sie wollte ihre eigenen Techniker an den Scheinwerfern haben, an den Seilen, an den Kulissen.

„Ich sehe förmlich, wie sich hinter deiner Stirn die Räder drehen", sagte Gabriella.

Eve ging auf die Bühne hinaus, blieb in der Mitte stehen und überließ sich ihren Gefühlen.

Es war unglaublich, wie viele Empfindungen, Erschütterungen in dem Raum eines leeren Theaters hingen. Dieses hier war für Schauspieler entworfen worden. Eve konnte die Schminke und den Schweiß förmlich riechen. Die Sitzreihen im Parkett waren unterteilt durch drei Gänge, die mit königsblauem Teppich ausgelegt waren. Kostbare Kronleuchter hingen von der Decke herab, deren Ränder mit Fresken verziert waren. Zu beiden Seiten sprangen Logen vor, und an der hinteren Seite gab es eine Galerie. Selbst aus dieser Entfernung sah Eve, dass die Geländer handgeschnitzt waren. Noch viel wichtiger aber: Jeder Sitz des Hauses bot eine ungehinderte Sicht auf die Bühne.

„‚Heute Abend endet es hier erbärmlich. Was immer wir getan haben, was immer wir zu tun versucht haben, ist nicht mehr wichtig. Morgen beginnt alles von Neuem, und wir – wir werden niemals existiert haben.'"

Ihre Stimme wurde hinausgetragen bis in die hintersten Winkel, bis hinauf zu der letzten Reihe der Galerie, und hallte wider. Eve lächelte zufrieden.

„Wunderbar." Sie wandte sich wieder an Brie. „Wer immer der Architekt war, er verdient einen Orden."

„Ich werde meinem Vater den Vorschlag machen. Eve, aus welchem Stück war das eben? Ich habe es nicht erkannt."

„Kannst du auch nicht. Der Autor ist ein sich abmühender Stückeschreiber." Sie wechselte rasch das Thema, weil sie nicht sagen wollte, dass sie selbst der sich abmühende Stückeschreiber war. „Brie, das Theater ist wunderbar. Irgendwann möchte ich auch etwas auf der kleineren Bühne da unten machen. Etwas Intimeres. Aber für unsere Zwecke ist das hier perfekt."

„Ich hatte gehofft, dass du das sagen würdest." Gabriellas Absätze klapperten, als sie über die Bühne zu Eve ging. „Seit Alex und ich die Idee durchdiskutierten, habe ich darauf gewartet. Eve, wir werden etwas Bedeutendes tun, für deine Truppe, für unsere Länder, für die Kinder."

„Ich führe doch nur ein paar Theaterstücke auf", verbesserte Eve Gabriella und drückte ihr die Hand. „Die höheren Weihen überlasse ich dir und Alex. Aber wenn wir die Einzelheiten aus dem Weg geräumt haben, die Verträge und die Überprüfung von deren Rechtskräftigkeit, werdet ihr vier fantastische Inszenierungen sehen."

„Das will ich schwer hoffen."

Eve sah sich noch einmal auf der Bühne um. Sie würde hier nie auftreten, aber ihre Truppe. Und eines Tages vielleicht würde hier eines ihrer eigenen Stücke aufgeführt werden. Sie hätte beinahe über diese Vorstellung gelacht. „Dann sollte ich jetzt besser nach Hause und mich an die Arbeit machen."

„Oh nein, so schnell lassen wir dich nicht gehen. Ich habe schon ein Familientreffen auf dem Landsitz geplant. Für morgen Abend. Also …" Sie hakte sich bei Eve unter. „Ich möchte, dass du für den Rest des Tages faul bist. Sobald deine Arbeit beginnt, wirst du ohnedies keine Gelegenheit mehr dazu haben."

„Ist das ein fürstlicher Befehl?"

„Aber sicher."

„Dann muss ich es wohl ertragen."

So schwer war das gar nicht. Am Pool faul herumzuliegen, während eine sanfte Brise vom Mittelmeer die Palmwedel über ihr bewegte, war wirklich keine Strapaze, wie Eve feststellte. In ihrer Jugend hatte sie oft faul herumgehangen. Dahinvegetiert, verbesserte sie sich. Es erstaunte sie, dass sie damit zufrieden gewesen war, über so lange Zeiträume nichts zu tun. Nicht, dass Nichtstun etwas Verkehrtes wäre, fügte sie in Gedanken hinzu, während sie ihren Liegestuhl noch eine Raste tiefer stellte. Nur war es schade, daraus einen Beruf zu machen.

Das hätte sie beinahe getan. Reichtum, Privilegien. Die hatten es so leicht gemacht, tatenlos herumzusitzen und andere die Arbeit tun zu lassen. Vielleicht hätte sie so weitergemacht, wenn sie das Theater nicht entdeckt hätte. Es hatte ihr die Möglichkeit gegeben, etwas von Grund auf Neues zu beginnen, auf etwas hinzuarbeiten. Eine Möglichkeit, die ihr Daddy, der Gute, ihr nicht hatte erstreiten können. Entweder sie taugte zum Theaterspielen, oder sie taugte nicht. Und sie taugte, wie Eve herausgefunden hatte. Aber ihre Nische hatte sie nicht in der Bühnenmitte gefunden.

Das Theater hatte ihr Welten eröffnet, Welten in ihrem Innern. Sie war fähig. Sie war klug. Sie war gesegnet mit einem Organisationstalent, das sie während ihrer Ausbildung nie genutzt hatte. Der Plan zu einer eigenen Schauspieltruppe und seine Umsetzung in die Wirklichkeit hatten all diese Fähigkeiten gefördert. Dabei hatte sie auch gelernt, Risiken einzugehen, hart zu arbeiten und vor allem – zuverlässig zu sein. Man war künstlerisch und finanziell auf sie angewiesen. Die Verantwortung hatte aus einem verwöhnten jungen Mädchen eine engagierte Frau gemacht.

Nun wurde ihr die Gelegenheit geboten, eine Anerkennung zu finden, die sie sich nicht einmal erträumt hätte. Eine internationale Anerkennung für ihre Schauspieltruppe. Alles, was sie tun musste, war: den richtigen Stoff auszusuchen, vier Stücke zu inszenieren, Kostüme, Requisiten und Bühnenbilder zu beschaffen. In der Zwischenzeit hatte sie Verhandlungen zu führen mit Rechtsanwälten, Direktoren, Transportunternehmern, exzentrischen Schauspielern und Technikern. Und mit einem Prinzen.

Eve schob sich die Sonnenbrille etwas höher auf die Nase und seufzte. Was war ein Leben ohne Herausforderungen?

Er hätte nicht herauskommen sollen. Ein Blick auf die Uhr sagte Alexander, dass er in zwanzig Minuten einen Termin hatte. Er hatte nicht das Recht, an den Swimmingpool herauszugehen, wenn er in seinem Büro hätte sein sollen, um sich auf das Treffen mit dem Staatsminister vorzubereiten. Er hätte sich hüten sollen nachzufragen, so beiläufig wie auch immer, ob Miss Hamilton vom Zentrum zurückgekehrt sei. Und es war dumm von ihm, zu glauben, er könnte hinauf in sein Büro gehen und sich auf seine Arbeit konzentrieren, wenn er erst einmal wusste, dass sie draußen am Pool war.

Sie sah aus, als würde sie schlafen. Das knappe rote Bikinihöschen saß tief über den Hüften, der Beinausschnitt hoch an den Schenkeln. Die Träger des Oberteils hatte sie gelöst, so dass sie nur deshalb nicht verrutschten, weil sie sich nicht bewegte. Ihre Augen konnte er hinter den Gläsern der Sonnenbrille nicht sehen, aber sie rührte sich kein bisschen, als er näher kam.

Er sah sich satt an ihr. Ihre Haut glänzte von dem Öl, das sie auf jede entblößte Stelle aufgetragen hatte. Sein exotischer Duft schien mit dem der Blumen zu wetteifern. Das feuchte dunkle Haar lockte sich um ihr Gesicht und verriet, dass sie nicht müßig herumgesessen, sondern den Pool benutzt hatte. Als er näher herantrat, sah er, wie sie unter den braun getönten Gläsern die Augen öffnete.

„Sie sollten vorsichtiger sein. Sie sind nicht an unsere mediterrane Sonne gewöhnt."

Sie lag beinahe flach auf dem Rücken und schaute zu ihm auf. Er versperrte ihr den Blick auf die Sonne, deren Licht nun wie ein Strahlenkranz um seinen Kopf herum leuchtete. Eve blinzelte und versuchte, eine klare Sicht und einen klaren Verstand zu bekommen. Hilflose junge Damen in Not und Drachen. Daran dachte sie wieder, obwohl er mehr wie ein Gott aussah als wie ein Prinz.

„Ich dachte, Sie wären weg." Eve stützte sich auf einen Ellbogen, ehe sie sich daran erinnerte, dass sie die Träger ihres Bikinioberteils heruntergeschoben hatte. Als es zu rutschen begann, hielt sie es mit einer Hand fest und murmelte eine Verwünschung. Alexander stand einfach nur da, während sie mit ihren Trägern kämpfte und mit den Überresten ihres Schamgefühls.

„Ich war weg. Ihre Haut ist sehr hell, Eve. Sie können sich schnell einen Sonnenbrand holen."

Ihr fiel ein, was das Protokoll verlangte: dass sie aufstand und knickste. Protokoll beiseite, in einem Bikini einen Knicks zu machen war praktisch unmöglich. Sie blieb, wo sie war. „Ich habe mich mit einer ganzen Flasche Sonnenschutzmittel dick eingerieben. Und ich habe nicht vor, noch viel länger im Freien zu bleiben. Außerdem, ein Leben in Houston macht die Haut robust."

„Den Eindruck hatte ich nicht." Betont langsam zog Alexander sich einen Stuhl heran. „Sie waren im Zentrum?"

„Ja. Man muss Ihnen und Ihrer Familie gratulieren. Es ist wunderbar."

„Dann lassen Sie Ihre Truppe dort auftreten?", fragte er sie.

„Ich bin bereit, über einen Vertrag zu verhandeln." Eve klappte ihre Rückenlehne so, dass sie eine Sitzposition einnehmen konnte. „Wenn wir die Details klären können, bekommen wir beide, was wir wollen."

„Details sind etwas für Anwälte", wehrte er ab. „Wir brauchen uns nur darauf zu einigen, was zu geschehen hat."

Eve verschränkte die Hände. „Wir lassen zuerst die Anwälte sprechen."

„Es sieht so aus, als wäre aus Ihnen eine Geschäftsfrau geworden."

„Es sieht nicht nur so aus. Sind Sie gegen Frauen im Geschäftsleben, Hoheit?"

„Cordina ist ein modernes Land. Wir richten uns nicht nach dem Geschlecht einer Person."

„‚Pluralis Majestatis', das ‚Wir' des Fürsten", murmelte sie leise vor sich hin. „Das ist bestimmt sehr fortschrittlich. Kommen Sie in Ihrem Jackett nicht um vor Hitze?"

„Es weht ein leichter Wind."

„Knöpfen Sie sich eigentlich niemals den Kragen auf oder ziehen Ihre Schuhe aus?"

„Wie bitte?"

„Schon gut. Sie nehmen das zu wörtlich." Sie griff nach ihrem Glas Limonade. „Benutzen Sie jemals den Pool, Hoheit?"

„Wenn es meine Zeit erlaubt."

„Haben Sie jemals diesen amerikanischen Ausspruch gehört von zu viel Arbeit und zu wenig Vergnügen?"

Er saß kühl in der sengenden Sonne da, der Gold- und Rubinring an seinem Finger funkelte. „Ja, ich glaube."

„Aber das trifft nicht auf Prinzen zu?"

„Ich entschuldige mich dafür, dass ich Sie nicht unterhalten kann."

„Ich brauche keine Unterhaltung." Frustriert stand sie auf. Als er sich ebenfalls erhob, wirbelte sie zu ihm herum. „Ach, bleiben Sie doch sitzen! Wir sind ja allein. Meinen Sie nicht, dass es Frauen ermüdet, wenn ein Mann jedes Mal hochschnellt, sobald sie aufstehen?"

Alexander setzte sich wieder und war zu seiner Überraschung amüsiert. „Nein."

„Nun, es ermüdet sie auf Dauer. Es würde Ihnen guttun, mehr Zeit in Amerika zu verbringen, damit Sie lernen, sich zu entspannen."

„Ich bin nicht in der Lage, mich zu entspannen", sagte er ruhig, und Eve fühlte, wie ihr Ärger nachließ. Nachdenklich fuhr er fort: „Warum nennen Sie mich nie bei meinem Namen? Sie selbst haben gesagt, dass wir uns schon seit Jahren kennen."

„Ich habe mich geirrt", erwiderte sie langsam und fröstelte ein wenig. „Wir kennen uns überhaupt nicht."

„Sie haben keine Schwierigkeiten, die anderen Mitglieder meiner Familie mit ihren Namen anzureden. Warum?" Den Blick auf sie gerichtet, stand er auf und ging auf sie zu. „Warum mich nicht?"

„Es erschien mir nie passend."

Alexander kam ihr noch näher. „War ich unfreundlich?"

„Ja – nein." Sie ertappte sich dabei, wie sie einen Schritt zurückwich.

„Was denn nun?"

„Nein." Sie blieb stehen und schalt sich eine Närrin. „Sie waren immer höflich, Eure Hoheit. Ich weiß, dass Sie etwas gegen mich haben, aber ...

„Habe ich diesen Eindruck erweckt?"

Wieder war er ihr ein Stück näher gekommen. Sie hatte nicht einmal gesehen, wie er sich bewegte. Eve griff auf die einzige Verteidigung zurück, die ihr blieb. Kampfbereitschaft. „Laut und deutlich."

„Dann sollte ich mich entschuldigen." Er nahm ihre Hand und

führte sie an die Lippen.

„Lassen Sie das." Sie versuchte, ihre Hand wegzuziehen, doch er hielt sie fest.

Sein Lächeln kam so unerwartet wie sein Kuss auf ihre Finger und machte sie genauso schwach. Sie war nervös. Er fand ihre unvorhergesehene Verwundbarkeit unwiderstehlich. „Ist Ihnen Unfreundlichkeit lieber?"

„Lieber ist mir das Vorhersehbare."

„Mir auch." Kurz blitzte etwas in seinen Augen auf. Falls es eine Herausforderung war, dann würde sie, das schwor sie sich, diese niemals annehmen. „Es ist nicht immer da. Und von Zeit zu Zeit ist das Unerwartete interessanter."

„Interessant für die einen, unangenehm für die anderen."

Sein Lächeln vertiefte sich. Zum ersten Mal sah sie das Grübchen an seinem Mundwinkel. Aus irgendeinem Grund konnte er den Blick nicht von ihr abwenden. „Bin ich Ihnen unangenehm?"

„Das habe ich nicht gesagt." Sie löste den Blick von seinem Mund, doch ein Blick in seine Augen verunsicherte sie noch mehr.

„Ihr Gesicht glüht", sagte er leise und strich mit dem Daumen über ihre Wange.

„Das liegt an der Hitze", brachte sie mühsam hervor.

„Ich glaube, Sie haben recht."

Er fühlte es auch, dieses Knistern in der Luft wie bei einem Gewitter über dem Meer. „Das Klügste für uns beide wäre es, uns abzukühlen."

„Ja. Ich muss mich umziehen. Ich habe Bennett versprochen, ihn vor dem Abendessen zu den Ställen zu begleiten."

Alexander zog sich sofort zurück. Was immer Eve in seinen Augen zu sehen geglaubt hatte, war verschwunden. „Dann halte ich Sie nicht weiter auf. Der französische Botschafter und seine Gattin werden uns beim Diner Gesellschaft leisten."

„Ich werde mich bemühen, die Suppe nicht zu schlürfen."

Die stets unterschwellige Wut flammte in seinen Augen auf. „Machen Sie sich lustig über mich, Eve, oder über sich selbst?"

„Beides."

„Bleiben Sie nicht mehr so lange in der Sonne." Er drehte sich um und schaute nicht mehr zurück.

Eve sah ihm nach, schloss die Augen und tauchte dann kopfüber in den Pool.

Eve war erleichtert, dass sich nicht nur Bennett, sondern auch Brie und Reeve dem Essen anschlossen, so dass sie nicht die übliche Konversation mit Alexander betreiben musste. Er saß am Kopfende der Tafel, flankiert von seiner Schwester auf der einen und der Gattin des Botschafters auf der anderen Seite.

Das Essen verlief förmlich, aber nicht langweilig, wie Eve befürchtet hatte. Der Botschafter erzählte Anekdoten, und Eve erfreute ihn durch eine Unterhaltung auf Französisch. Ihre Jahre in dem Schweizer Internat waren lehrreich gewesen, ob sie ihr nun gefallen hatten oder nicht.

„Beeindruckend." Reeve trank ihr zu, als sie sich ihm lächelnd zuwandte. Er hat sich im Lauf der Jahre kaum verändert, dachte sie. An den Schläfen war sein Haar leicht angegraut, das war auch schon alles. Nein, berichtigte sie sich, doch nicht. Er war jetzt viel gelassener. Glück, so schien es, musste ein Jungbrunnen sein.

„Was macht dein Französisch?", fragte Eve ihn.

„Es macht gar nichts." Er warf seiner Frau, die sich gerade mit Bennett unterhielt, einen Blick zu. „Gabriella behauptet, ich wollte die Sprache nicht lernen."

„Und?"

„Sie hat recht."

Eve griff lachend nach ihrem Weinglas. „Ich freue mich schon darauf, morgen euer Landgut zu sehen, Reeve. Chris hat mir erzählt, wie schön das Haus ist. Und ihr habt Pferde."

„Alle unsere Kinder reiten. Sogar Dorian sitzt schon auf einem Pony."

Er schwieg, während der Hauptgang abgeräumt wurde. „Wirklich erstaunlich, wie schnell sie lernen."

„Wie ist es, hier zu leben? Neue Wurzeln zu schlagen, neue Sitten zu lernen?"

Er hätte es abtun können wie so manch anderer. Oder ins Lächerliche ziehen. Aber er liebte die Wahrheit. „Anfangs war es schwierig, für uns beide. Jetzt bin ich hier zu Hause. Genau wie in Virginia. Natürlich wäre ich glücklich, wenn Alex heiraten würde und Brie weniger Verpflichtungen hätte, aber ich liebe sie, und sie liebt ihre Stellung als Dame des Hauses."

„Es ist mehr als nur ein Titel, nicht wahr?", sagte Eve und ließ den Blick zu Alexander gleiten.

„Wesentlich mehr", stimmte Reeve zu, dem nicht entgangen war, wem sie ihr Interesse zugewandt hatte. „Und für Alex noch mehr."

Eve lenkte ihre Aufmerksamkeit schnell wieder zurück zu Reeve. „Ja, natürlich. Er wird eines Tages regieren."

„Er wurde vom ersten Atemzug dazu erzogen." Liegt Gabriella richtig mit ihrer Vermutung?, fragte sich Reeve. Hatte es zwischen Alexander und Eve gefunkt? Er hatte nie etwas bemerkt, heute Abend jedoch war er sich nicht so sicher. Wenn ja, hatte Eve kein leichtes Los. Reeve ließ sich die Sache eine Weile durch den Kopf gehen, während er bei seinem Wein saß. Dann sagte er leise: „Wenn ich in den letzten Jahres etwas gelernt habe, dann eines: dass man keine Wahl hat, Verpflichtungen zu übernehmen."

Damit sagte er etwas, das sie schon längst wusste, und mehr, als sie wissen wollte.

„Ja, da hast du sicher recht." Um die Spannung zu lösen, die sich plötzlich aufgebaut hatte, wandte sie sich dem Botschafter zu und brachte ihn bald zum Lachen.

Die Gesellschaft begab sich zum Kaffee und Cognac in den großen Salon, als Bennett Eves Hand ergriff und ihr „Luft!" ins Ohr flüsterte.

„Unhöflich", flüsterte sie zurück.

„Nein, die reden noch eine Stunde, und ich bin geradezu verpflichtet, mich um dich zu kümmern. Lass uns auf die Terrasse gehen."

Dieser Einladung konnte man kaum widerstehen. Inzwischen wusste Eve schon, wie verlockend die Nächte in Cordina waren. Ein kurzer Blick, und sie sah, dass Alexander den Botschafter in ein ruhiges Gespräch verwickelt hatte und dass Brie und Reeve mit der Gattin des Botschafters beschäftigt waren.

„In Ordnung. Für einen Augenblick."

Obwohl Alexander sich ohne Unterbrechung mit dem Botschafter unterhielt, sah er, wie Eve mit seinem Bruder durch die Terrassentür den Raum verließ.

„Jetzt geht es mir besser", bemerkte Bennett.

„Es war ein schönes Abendessen."

„Es war gut, aber manchmal wären mir Pizza und Bier mit ein paar Freunden lieber." Er lehnte sich auf eine niedrige Steinbalustrade. „Je älter ich werde, desto weniger Zeit gibt es dafür."

„Es ist nicht leicht, nicht wahr?"

„Was?"

„Der zu sein, der du bist."

Er legte einen Arm um ihre Taille. „Es gibt auch Lichtblicke."

Eve wich ein Stück zurück, um ihn zu betrachten. Er war wunderbar anzusehen und wesentlich härter, als er sich den Anschein gab.

„Du willst eine ernsthafte Antwort." Er schob die Hände in die Taschen. „Schwierig. Ich war immer der, der ich bin und was ich bin. Nein, es ist nicht immer einfach, zu wissen, dass einem überall ein Leibwächter folgt und die Presse nicht weit ist. Ich gehe damit auf meine Art um. Es ist mir, wie auch Brie, in gewissem Maße erlaubt. Wir sind nicht Thronerben."

„Möchtest du es sein?"

„Lieber Himmel, nein!"

Er sagte es so heftig, dass sie lächeln musste. „Du bist nicht im Geringsten neidisch?"

„Es geht wohl kaum um Neid. Soweit ich mich zurückerinnern kann, musste Alex härter arbeiten, viel mehr lernen als ich. Nein, ich möchte nicht in seinen Schuhen stecken. Warum fragst du?"

„Ach, ich weiß nicht. Es ist wohl die amerikanische Faszination für den Adel."

„Du kennst uns schon zu lange, um fasziniert zu sein."

„Ich kenne einige von euch." Kopfschüttelnd trat sie auf ihn zu. „Erinnerst du dich an den ersten Abend, den Abend des Balls, als wir auf einen dieser hohen, dunklen Balkone hinaustraten?"

„Das ist ein Abend, den ich kaum vergessen kann."

„Ich war damals fasziniert. Ich dachte, du würdest mich küssen."

Er wickelte lächelnd eine Locke ihres Haars um seinen Finger. „Ich bin nie dazu gekommen."

„Nein, stattdessen bist du angeschossen worden. Ich hielt dich für sehr heldenhaft."

„Das war ich." Er legte die Arme locker um ihre Taille. „Weißt du, würde ich jetzt versuchen, dich zu küssen, käme mir das vor, als würde ich bei meiner Schwester einen Annäherungsversuch machen."

„Ich weiß." Entspannt lehnte sie den Kopf an seine Schulter. „Ich bin froh, dass wir Freunde sind, Ben."

„Bennett!"

Der Klang von Alexanders Stimme reichte aus, dass Eve zurückfuhr wie ein Kind, das beim Plätzchenklauen erwischt wurde.

„Verzeihung." Kühl und hoheitsvoll stand er an der Terrassentür, wo ihn das Mondlicht nicht erreichte. „Der Botschafter möchte sich verabschieden."

„So bald." Von dem beißenden Ton ungerührt, drückte Bennett Eves Schultern. „Nun, dann sollten wir hineingehen. Danke für die frische Luft."

„Natürlich." Eve blieb zurück, als er hineinging, und hoffte, Alexander würde ihm folgen.

„Wenn Sie bitte einen Moment mit hineinkommen. Der Botschafter möchte sich auch von Ihnen verabschieden. Er war von Ihnen sehr angetan."

„Gern." Sie ging zur Tür, fand den Weg jedoch versperrt. Dieses Mal wich sie nicht vor ihm zurück, sondern hob das Kinn und sah ihm offen ins Gesicht. „Ist sonst noch etwas, Eure Hoheit?"

„Ja." Er legte die Hand an ihr Kinn, womit er sie überraschte, auch wenn es nicht die Berührung eines Liebhabers war. „Bennett ist ein großzügiger Mann, ein mitfühlender Mann, aber ein Mann, der bei Frauen nur wenig Diskretion besitzt. Sie sollten vorsichtig sein."

Wäre die Bemerkung von irgendjemand anderem gekommen, hätte sie darüber gelacht. Bei einem Blick in Alexanders Augen war ihr nicht danach zumute. „Sie scheinen mich wieder davor warnen zu wollen, dass ich mich verbrennen könnte. Diese Warnung war heute Nachmittag nicht nötig, und sie ist es auch jetzt nicht." Ihre Stimme wurde eisig. „Vielleicht ist Ihnen aufgefallen, Hoheit, dass amerikanische Frauen auf sich selbst achten und ihre eigene Wahl treffen."

„Ich verspüre kein Verlangen, auf Sie zu achten." Die Schärfe in seiner Stimme hätte sie möglicherweise eingeschüchtert, wäre sie nicht so wütend gewesen.

„Dafür können wir alle dankbar sein."

„Wenn Sie in meinen Bruder verliebt sind …

„Mit welchem Recht fragen Sie mich das?" Eve wusste selbst nicht, warum sie so wütend war. „Meine Gefühle für Ihren Bruder sind *meine* Gefühle und haben nichts mit Ihnen zu tun."

Diese abscheulichen Worte verletzten ihn zutiefst. „Er ist mein Bruder."

„Sie herrschen nicht über Bennett, und Sie herrschen ganz bestimmt nicht über mich. Meine Gefühle für Ihren Bruder oder für sonst irgendjemand gehen nur mich etwas an."

„Was immer in meinem Haus, in meiner Familie geschieht, geht mich etwas an."

„Alex." Brie kam an die Tür. „Der Botschafter wartet."

Ohne ein weiteres Wort ging er hinein.

„Dein Bruder ist ein Idiot", sagte Eve.

„In vielerlei Hinsicht." Mitfühlend ergriff Brie Eves Hand. „Atme einmal tief durch, komm mit hinein, und sprich einen Moment mit dem Botschafter und seiner Frau. Dann kannst du in dein Zimmer hinaufgehen und nach irgendetwas treten. So mache ich das immer."

Eve biss die Zähne aufeinander. „Danke. Ich glaube, das werde ich tun."

3. KAPITEL

PRINZ BENNETT MACHT AMERIKANISCHER ERBIN DEN HOF

Eve las die Schlagzeile beim Frühstück. Armer Ben, dachte sie. Er brauchte eine Frau nur anzusehen, und schon gab es eine Romanze. Eve ignorierte ihr Croissant und las den Text:

> *Eve Hamilton, die Tochter des Millionärs T. G. Hamilton, ist während ihres Aufenthalts in Cordina Gast der Fürstenfamilie. Die lange und intime Verbindung zwischen Prinz Bennett und Miss Hamilton begann vor sieben Jahren …*

Der Artikel beschrieb die Ereignisse im Palast, die mit der gescheiterten Entführung der Prinzessin und Bennetts Verletzungen zu tun hatten. Eve musste lächeln, als ihre Rolle heroisch aufgebauscht wurde. Amüsiert las sie weiter, dass sie und Bennett im Verlauf der Jahre gelegentliche Rendezvous miteinander gehabt hatten.

Rendezvous, dachte sie und lachte leise. Nun, es stimmte, dass Bennett nach Houston gekommen war, um an der Feier zu ihrem einundzwanzigsten Geburtstag teilzunehmen. Eine ihrer engsten Freundinnen war etwa eine Woche lang bis über beide Ohren in ihn verliebt gewesen. Wegen dieser Beziehung hatte man sie vor ein paar Jahren darum gebeten, ihn auf einer Rundreise durch Washington zu begleiten.

Und sie hatte Cordina ein paar Mal zusammen mit ihrer Schwester besucht. Dann war da noch das zufällige Zusammentreffen von ihr und Bennett in Paris. Es fiel schwer, ein Mittagessen in einem Café als Rendezvous zu betrachten, aber irgendetwas musste die Presse ja drucken.

„Wird ein weiteres Mitglied der fürstlichen Familie sich für einen amerikanischen Staatsbürger entscheiden?"

Mit dieser Frage endete der Artikel. Rechnet nicht heute oder morgen damit, antwortete Eve im Stillen und legte die Zeitung beiseite.

Worüber hätte die Presse erst zu schreiben, wenn Bennett die richtige Frau kennengelernt hatte? Lachend nahm sie ihr Croissant auf, das schon kalt wurde. Bis dahin würden Bries Kinder höchstwahrscheinlich schon im heiratsfähigen Alter sein.

„Interessanter Lesestoff?"

Eve blickte zum Eingang der kleinen Veranda. Sie hätte wissen sollen, dass er sie nicht in Ruhe frühstücken lassen würde. „Ich freue mich über einen Witz, Eure Hoheit." Sie wollte aufstehen, doch er bedeutete ihr, sitzen zu bleiben.

„Sie halten das für komisch?"

„Ich konnte nur darüber lachen, obwohl ich mir vorstellen kann, dass Ben es leid ist, wenn man jede Frau, die er anlächelt, der Liste seiner möglichen Ehefrauen hinzufügt."

„Er denkt sich nichts dabei. Ein Skandal amüsiert Ben."

Eve lächelte, weil er es so gelassen gesagt hatte. Wenn er das Gespräch vom Vorabend vergessen haben wollte, war sie mehr als bereit dazu. Sie hatte sich lange genug darüber aufgeregt.

„Wen amüsiert er nicht?" Bei näherem Hinsehen wirkte er müde. „Haben Sie schon gefrühstückt? Ich kann Ihnen Kaffee und Croissants anbieten."

„Schon vor ein paar Stunden. Ein Kaffee wäre recht."

Sie stand auf und holte noch eine Tasse vom Servierwagen. „Es ist kaum zehn Uhr, aber Sie sehen aus, als hätten Sie schon einen anstrengenden Tag hinter sich."

Einen Moment sagte er nichts, dann gab er nach. Es würde ohnedies bald im Radio und in den Zeitungen gemeldet werden. „Heute Morgen kam eine Meldung aus Paris. Eine Bombe explodierte in der Botschaft."

„Oh nein, Ihr Vater!"

„Ihm ist nichts passiert. Sein Sekretär wurde leicht verletzt." Er stockte, aber seine Stimme war ruhig, als er fortfuhr: „Seward, der Assistent des Ministers, wurde getötet."

„Das tut mir leid." Eve stellte die Tasse ab und legte die Hand auf seinen Arm. „Das tut mir wirklich leid. Weiß man, wer es getan hat?"

„Niemand hat bisher die Verantwortung dafür übernommen. Wir haben lediglich Vermutungen."

„Kommt der Fürst jetzt nach Hause?"

Er sah durchs Fenster hinaus, wo die Sonne strahlte und die Blumen blühten. Nie wieder wird das Leben so einfach sein, sagte er sich. Nie wieder so alltäglich. „Seine Angelegenheiten in Paris sind noch nicht beendet."

„Aber …"

„Er wird heimkommen, sobald alles abgeschlossen ist." Alexander trank einen Schluck schwarzen, dampfenden Kaffee. „Cordina nimmt wie die meisten anderen Länder eine unnachgiebige Haltung gegen den Terrorismus ein. Man wird die Täter fassen."

„Das hoffe ich." Eve schob das Croissant beiseite und fand die Schlagzeile nicht länger amüsant. „Warum müssen so viele Unschuldige für die politischen Ansichten anderer bezahlen?"

Er umklammerte die Tasse noch fester, teils aus Wut, teils aus Frustration. „Terrorismus hat nichts mit Politik zu tun."

„Nein."

Es gab vieles, das sie nicht verstand, und noch mehr, vor dem sie am liebsten die Augen verschlossen hätte. Aber sie wusste, wenn man den Kopf in den Sand steckte, bekam man nur Sand in die Augen. „Nein, Sie haben natürlich recht."

„Seward hinterlässt eine Frau und drei Kinder."

„Oh, wie schrecklich. Hat man es ihnen schon gesagt?"

„Das muss ich jetzt tun."

„Kann ich helfen? Ich könnte Sie begleiten."

„Das ist nicht Ihre Angelegenheit."

Eve schalt sich eine Närrin, weil sie verletzt war. Als er aufstand, blickte sie hinunter auf ihren Kaffee und schwieg.

Warum bin ich hierhergekommen?, fragte sich Alexander. Er hatte das Bedürfnis gehabt, mit ihr zu sprechen, seine Frustration, seinen Ärger und seinen Kummer mit ihr zu teilen. Für einen Herrscher war es nicht gut, wenn er Trost brauchte, sanfte Worte, eine Hand zum Halten. Man hatte ihn dazu erzogen, sich auf sich selbst zu verlassen, trotzdem war er zu ihr gekommen. Und das Bedürfnis, bei ihr zu sein, hatte er noch immer.

„Eve." Es war nicht leicht für ihn. Sie konnte nicht wissen, welchen Aufruhr eine schlichte Bitte in ihm auslöste. „Es würde doch helfen, wenn Sie mich begleiteten."

„Ich hole meine Tasche" war alles, was sie sagte.

Die Sewards wohnten in einem hübschen, rosa gestrichenen Haus mit einem kleinen, gepflegten Rasen, der von weiß blühenden Blumen gesäumt war. Eve sah ein rotes Fahrrad in der Einfahrt. Das berührte sie mehr als alles andere. Sie wusste, wie es war, einen Elternteil zu verlieren, und dass der Schmerz und Kummer niemals ganz verheilten.

Alexander bot ihr die Hand, nachdem sie aus dem Wagen gestiegen waren, und Eve nahm sie.

„Wenn es Ihnen unangenehm ist …"

„Nein, nein, ich bin nur traurig." Sie ging mit ihm auf den Eingang zu. Dass Mitarbeiter seines Sicherheitsdienstes in der ruhigen Straße auf und ab schritten, hatte sie nicht bemerkt.

Alena Seward öffnete selbst die Tür. Sie war eine dunkelhaarige, untersetzte Frau mittleren Alters mit schönen Augen und zerzaustem Haar. Offenbar war sie bei der Hausarbeit überrascht worden. Staunend öffnete sie kurz den Mund, als sie Alexander sah, fing sich jedoch rasch wieder.

„Eure Hoheit."

„Madame Seward, entschuldigen Sie, dass ich unangemeldet komme. Dürfen wir eintreten?"

„Natürlich." Eve sah, wie ihr Blick zu den Möbeln glitt, die noch abgestaubt, zu den Spielsachen, die noch aufgeräumt werden mussten. „Kann ich Ihnen Kaffee anbieten, Hoheit?"

„Nein, danke. Darf ich Ihnen Miss Eve Hamilton vorstellen?"

„Sehr erfreut." Die Frau reichte ihr die Hand. „Bitte, nehmen Sie Platz."

Alexander setzte sich in einen Sessel, denn er wusste, die Frau würde stehen bleiben, wenn er es tat. „Madame Seward, heute Morgen kam aus Paris eine Meldung."

Eve, die neben Alena auf dem Sofa saß, fühlte, wie die Frau sich verspannte.

„Ja, Hoheit?"

„Zwei Bomben waren in unserer Botschaft gelegt worden. Eine davon detonierte, bevor man sie entdeckte." Er wusste aus Erfahrung, dass man schlimme Nachrichten am besten schnell überbrachte.

„Ihr Mann wurde getötet."

„Maurice?" Sie umklammerte Eves Hand.

„Er wurde auf der Stelle getötet, Madame. Mein Vater lässt Ihnen sein aufrichtiges Beileid aussprechen. Beileid auch von mir und unserer Familie."

„Das ist doch ein Irrtum?" Es kamen keine Tränen, doch ihre Finger um Eves Hand waren wie Klammern.

Alexander hasste Hilflosigkeit mehr als alles andere. Er konnte dieser Frau keine Hoffnung geben, und Mitgefühl war ein so leeres Geschenk.

„Nein, Madame. Er war allein in dem Büro, als die Bombe explodierte."

„Cognac." Eve lenkte Alenas Aufmerksamkeit auf sich. „Madame Seward, wo haben Sie Cognac?"

„Cognac?" Ihre Stimme war genauso leer wie ihr Blick. „Cognac ist in der Küche."

Eve sah Alexander nur an. Er stand auf und machte sich auf die Suche.

„Aber ich habe noch gestern mit ihm gesprochen", sagte Alena. „Er war – müde. Die Besprechungen dauerten so lange. Er hatte eine kleine Anstecknadel für unsere Tochter gekauft. Sie hat nächsten Monat Geburtstag." Ihre Stimme begann zu beben. „Das ist doch ein Irrtum. Mademoiselle?"

Dann kamen die Tränen. Eve tat das Einzige, was sie tun konnte. Sie hielt die Frau fest. Als Alexander den Raum betrat, hatte Eve den Kopf der Weinenden an ihre Brust gedrückt. In ihren Augen standen ebenfalls Tränen, während sie über Alenas Haar strich. Große Trauer breitete sich aus, trat anstelle der Ungläubigkeit. In einer Geste, die nichts mit Protokoll, sondern mit Mitgefühl zu tun hatte, kniete Alexander sich hin und drückte Alena ein Glas Cognac in die Hand.

„Sie haben eine Schwester, Madame", sagte er sanft. „Möchten Sie, dass ich sie jetzt anrufe?"

„Meine Kinder."

„Ich lasse sie nach Hause bringen."

Die Frau trank zitternd einen Schluck Cognac. „Ich möchte, dass meine Schwester kommt, Eure Hoheit."

„Wo ist Ihr Telefon?"

„Im Arbeitszimmer. In Maurices Arbeitszimmer … den Korridor entlang." Sie lehnte sich wieder an Eves Schulter und weinte.

„Sie waren sehr freundlich", sagte Alexander auf dem Rückweg.

Eve schloss die Augen und lehnte den Kopf gegen den Sitz. „Freundlichkeit ist oft nicht genug."

Darauf konnte er nichts erwidern. Er fühlte genauso.

„Was wird mit ihr geschehen?"

„Für sie und ihre Kinder wird gesorgt werden. Das können wir tun." Er griff nach einer Zigarette. „Aber wir können keine Wunden heilen."

Sie hörte es in seiner Stimme. Bitterkeit, vermischt mit Frustration. Zum ersten Mal hatte sie das Gefühl, ihn zu verstehen. „Sie wollen jemanden bestrafen."

Er zündete sich die Zigarette an, drehte sich um und begegnete Eves Blick. „Ich werde jemanden bestrafen."

So, wie er es sagte, klang es schrecklich. Eve war der Mund plötzlich wie ausgetrocknet. Er hatte die Macht, nicht nur kraft seines Titels, nicht nur kraft seiner Geburt. Wäre er als Bauer geboren worden, hätte er sie auch dann. Vielleicht war es vor allem diese Macht, die sie ständig zu ihm hinzog, selbst wenn sie sich langsam von ihm weg bewegte.

„Während Sie telefonierten, fragte Alena, wer es getan habe. Ich musste ihr sagen, dass ich es nicht wisse, aber sie wird bestimmt wieder fragen, wenn die Trauer nachlässt."

„Sobald die Trauer vergeht, kommt das Verlangen nach Rache."

„Bei Ihnen."

„Es hätte mein Vater sein können." Zum ersten Mal sah sie, wie ihm die Kontrolle entglitt. Einen Moment lang geriet sie gefährlich ins Wanken, was sich an seinem erregten, wütenden Blick zeigte, bevor er sie wieder an sich riss. „Wir sind für unser Land, für unser Volk verantwortlich. Sewards Tod wird gesühnt werden."

„Glauben Sie, die Bombe hat Ihrem Vater gegolten?" Sie ergriff sein Handgelenk. „War sie für ihn gedacht?"

„Sie war in seinem Büro versteckt. Nur durch einen Zufall war er kurz vor der Explosion abberufen worden. Andernfalls wäre er mit Seward ums Leben gekommen."

„Dann ist das umso mehr ein Grund, dass er heimkommen sollte."

„Das ist umso mehr ein Grund, dass er bleibt. Wenn ein Herrscher Angst hat, hat sein Volk Angst."

„Verdammt, er ist Ihr Vater!"

„Er ist Armand von Cordina."

„So empfinden Sie doch nicht wirklich." Sie umfasste seinen Arm. „Wenn Ihr Vater in Gefahr ist, müssen Sie ihn überreden, nach Hause zu kommen."

„Würde er mich um meinen Rat fragen, würde ich ihm sagen, dass es ein Fehler wäre, vor Abschluss der Staatsgeschäfte nach Cordina zurückzukehren."

Als der Wagen vor den Stufen des Palastes hielt, stieg Eve als Erste aus. „In diesem Haus dachte ich für einen Moment, etwas Wärme, Menschlichkeit in Ihnen zu sehen. Ich hätte es besser wissen sollen. Sie haben keine Gefühle, weil Sie kein Herz haben."

Er packte sie am Arm, bevor sie das Tor erreichte. „Sie verstehen nichts. Ich bin nicht verpflichtet, Ihnen oder irgendjemand etwas zu erklären." Und doch verspürte er den Wunsch, es zu tun. „Ein Mann ist tot, ein guter Mann, ein aufrechter Mann. Seine Frau bleibt mit ihrem Kummer und dem ihrer Kinder allein, und ich kann nichts tun. Nichts."

Er stieß ihren Arm von sich und eilte die Stufen hinunter. Eve sah ihm nach, wie er im Park verschwand.

Einen Moment blieb sie stehen. Sie atmete heftig, den Tränen nahe. Dann holte sie tief Luft und folgte ihm.

Diese Frau, der Teufel hol sie, ließ ihn vergessen, wer er war und was er zu sein hatte. Zwischen seinen Gefühlen und seinen Verpflichtungen, zwischen ihm als Mann und seinem Titel musste ein Abstand gewahrt bleiben. Privat, bei seiner Familie, mochte es anders sein. Selbst bei seinen engsten Freunden musste er, falls nötig, Zurückhaltung üben. Den Luxus – wie hatte sie es gleich genannt –, menschlich zu sein, konnte er sich nicht leisten, dazu war seine Verantwortung zu groß. Jetzt mehr denn je.

Er hatte einen geschätzten Freund verloren, und warum? Wegen einer vagen Androhung von Gewalt durch eine namenlose Terroristengruppe. Nein, das glaubte er nicht. Im Vorübergehen riss er eine Blüte von einem Strauch. Ein Mensch war mehr als der Stiel einer Pflanze, den man aus einer Laune heraus brach. Es musste einen Grund geben, und Sewards Tod war ein Versehen.

Sein Vater war das eigentliche Ziel gewesen. Dessen war sich Alexander so sicher wie seines eigenen Namens. Und hinter allem steckte die Bestie Deboque.

„Eure Hoheit …“

Er drehte sich um und sah Eve inmitten des tropischen Gartens. Eve, dieser Name passte zu ihr. Bei der ersten Eve allerdings war die Frucht das Verbotene und nicht die Frau selbst.

„Ich möchte mich entschuldigen“, sagte sie hastig. „Wenn ich mich irre, dann irre ich mich gründlich. Hoffentlich glauben Sie mir, dass es mir leidtut.“

„Ich glaube, dass es Ihnen leidtut, Eve, genau wie ich glaube, dass Sie meinten, was Sie sagten.“ Er betrachtete sie einen Moment und merkte, sie war immer noch wütend, so sehr, dass ihr Gewissen sie gezwungen hatte, sich dafür zu entschuldigen. Das verstand er vielleicht nur zu gut: wie frustrierend es war, wütend zu sein und diese Wut unterdrücken zu müssen. „Ein Friedensangebot“, beschloss er aus einem Impuls heraus und reichte ihr die Blume. „Es schickt sich nicht, dass ich mit einem Gast schroff umgehe.“

Sie nahm die Blüte und atmete den leicht vanilleartigen Duft ein. „Wenn ich kein Gast wäre, könnten Sie schroff sein?“

„Sie sind sehr offen.“

„Ja.“ Lächelnd steckte sie sich die Blüte hinter das Ohr. „Welch ein Glück für uns beide, dass ich nicht Ihre Untertanin bin.“

„Darüber wollen wir nicht streiten.“ Er sah zum Himmel hinauf, der traumhaft klar und blau war. Und sie bemerkte den Kummer, die Sorge, und war versucht, erneut den Arm nach ihm auszustrecken.

„Dürfen Sie nur ganz für sich allein trauern, Eure Hoheit?“

Er spürte ihr Mitgefühl und erkannte ihr Freundschaftsangebot. So lange Zeit hatte er sich verboten, selbst das von ihr anzunehmen. Aber auf ihm lag eine fürchterliche Last, eine schrecklich schwere. Er schloss kurz die Augen und schüttelte den Kopf. „Altersmäßig stand er meinem Vater näher als mir, und doch gehörte er zu den wenigen Menschen, mit denen ich frei sprechen konnte.“

„Er war Ihr Freund.“ Sie kam näher, und bevor er ihre Absicht erkannte, hatte sie die Arme um ihn gelegt. „Ich wusste nicht, dass er Ihr Freund war. Es tut mir so leid.“

Sie brachte ihn mit ihrer Wärme und ihrem Verständnis fast um den Verstand. Er brauchte mehr, so viel mehr. Er hatte die Hände leicht auf ihre Schultern gelegt. Plötzlich brannte er darauf, sie langsam über sie streichen zu lassen, um Eve näher zu sich heranzuziehen. Der Duft ihres Haars, ihrer Haut betörte ihn, und doch konnte er einfach nur dastehen, wie bezwungen von ihren Reizen.

Man hatte ihn darin ausgebildet, zu kämpfen, sich zu verteidigen, zu beschützen, und dennoch war er wehrlos. Eine Wand aus Blumen trennte sie von dem Palast, aber für einen Mann, der begehrte, was seinem Bruder gehörte, gab es keine Zufluchtsstätte.

Das tat weh. Trotz seines Titels und seiner Stellung war er auch nur ein Mensch, aber nur selten erlebte er diesen quälenden, süßen Schmerz. Er verstrickte sich mit der tiefen Trauer und der Wut, bis er in unkontrollierbarer Leidenschaft auszubrechen drohte. Freigesetzte Gefühle wurden nicht so leicht ignoriert wie unterdrückte.

Unvermittelt schob er sie von sich, und sein Blick wurde kühl und abweisend.

„Ich muss mich um vieles kümmern“, sagte er steif und kurz angebunden, denn er kämpfte mit seinem Verlangen. „Wenn sie mich bitte entschuldigen. Ich werde dafür sorgen, dass Bennett Ihnen beim Mittagessen Gesellschaft leisten kann.“

Und weg war er, während sie dastand und ihm nachsah.

Hatte er denn überhaupt keine Gefühle? Hatte er gar nichts gespürt, während sie einen Moment lang so dumm gewesen war, zu denken, auch er habe dieses Verlangen verspürt, diese Sehnsucht, als ihre Körper sich berührten?

Sie hatte ihn lediglich trösten wollen, doch ihre Welt hatte sich auf den Kopf gestellt. Sie hatte einfach da stehen bleiben wollen, ihre Wange an seiner, nichts sagen und alles empfinden. Aber es ist nicht das, was er empfunden hat, dachte sie und schloss die Augen. Er war für sie unerreichbar.

Alexander von Cordina war nichts für sie. Dafür sollte sie Gott danken. Eine Frau mochte davon träumen, einen Prinzen zu lieben, aber diese Frau war klug beraten, daran zu denken, dass ihre Möglichkeiten dann eingeschränkt wären, ihr Privatleben enden und ihre Hoffnung, ein normales Leben zu führen, schwinden würde. Darüber hinaus war er selbst beängstigend. Freundlich war er nur, wenn er sich dazu in der Stimmung fühlte, und geduldig würde er niemals sein. Ein Mann wie Alexander erwartete Perfektion, wohingegen sie auf Fehler Rücksicht nahm.

Dennoch hatte sie ihn gewollt. Für einen verrückten Moment hatte sie vergessen, wer und was er war, wollte von ihm festgehalten und geliebt werden. Würde sich die Welt irgendwie ändern, wenn sie von ihm geliebt wurde? Hier im Garten, wo der Duft von Glyzinien über sie hinwegzog, glaubte sie es. Sie hatte sich gewünscht, diejenige zu sein, die den angespannten, müden Ausdruck um seine Augen vertrieb und ihn wieder zum Lächeln brachte.

Das geht vorüber, versicherte Eve sich. Sie war zu praktisch veranlagt, um sich närrischen Fantasien hinzugeben.

„Unglaublich, was du hier geschaffen hast, Brie." Eve saß auf der breiten, schattigen Veranda und blickte auf die Wiesen und Äcker hinaus. Das jüngste Kind, Dorian, hockte auf der untersten Stufe und streichelte ein junges Kätzchen.

„Manchmal glaube ich es selbst nicht." Gabriella sah ihrem ältesten Jungen zu, der auf dem Rasen Fußball spielte.

„Das hatte ich immer erhofft, ohne jemals wirklich daran zu glauben. Als wir für das Haus den ersten Spatenstich machten, war ich mit Kristian schwanger. Fünf Jahre ist das jetzt her. Als wir ihn in sein Zuhause brachten, brachten wir ihn hierher."

„Fünf Jahre erst", sagte Eve sinnierend. „Wenn ich das Haus ansehe, kommt es mir vor, als hätte es schon immer hier gestanden."

„Für die Kinder ist es so." Das Kätzchen maunzte. „Dorian, vorsichtig", mahnte Brie.

Er blickte hoch, eine Miniaturausgabe seines Vaters, und strahlte. „Schnurrt", sagte er zufrieden.

„Ja, und wenn du es am Ohr ziehst, kratzt es."

„Abends ist es hier wunderbar." Eve betrachtete die tief über den frisch bestellten Feldern stehende Sonne. Im Haus gab es zwei Angestellte, wenig im Vergleich zu dem Personal im Palast. Küchengerüche zogen aus dem offenen Fenster heraus, köstlich und heimelig, wie es zum Land passte. „Ist das hier wie euer Heim in Virginia?"

„Das Haus drüben ist älter." Gabriella lenkte ihren Blick zu Reeve, Alexander und Bennett, die am Stall auftauchten. Sie wusste, worüber sie sprachen. Jeder dachte an die Bombe in Paris. Sie und Reeve würden später darüber reden. Jetzt wandte sie sich wieder an Eve. „Wie es aussieht, sind wir ständig dabei, irgendetwas auszubessern – das Dach, die Fenster. Ich fürchte, wir verbringen drüben nicht so viel Zeit, wie Reeve es gern hätte."

„Brie, du brauchst nicht Konversation mit mir zu betreiben. Ich weiß, dass du dir Sorgen um deinen Vater machst und um das, was heute Morgen geschehen ist."

„Es sind schwierige Zeiten." Brie betrachtete wieder ihre Kinder. „Ich weiß, dass mein Vater tun wird, was für Cordina richtig ist."

„Und für ihn selbst?"

Ein Schatten legte sich über Gabriellas Augen, aber sie lächelte. „Mein Vater liebt sein Land, genau wie Alex. Das ist das Erste, was man über ihn wissen und verstehen muss. Er bedeutet dir etwas."

„Alexander? Natürlich."

„Natürlich." Amüsiert stand Gabriella auf und hob ihren Sohn hoch, bevor er hinter dem Kätzchen unter die Veranda kriechen konnte. „Ich spreche nicht von ‚natürlich', Eve." Sie küsste Dorian auf die Wange, als er zu quengeln anfing, und setzte ihn sich auf die Hüfte. „Solltest du deinen Gefühlen für ihn jemals erlauben, an die Oberfläche zu kommen, wirst du viele Fallstricke entdecken. Wenn du darüber sprechen musst, komm zu mir." Sie lachte, als Dorian sie an den Haaren zog. „Der hier muss vor dem Abendessen noch gründlich gewaschen werden."

„Geh nur." Eve brachte ein Lächeln zustande. „Ich hole die anderen."

Aber sie saß noch eine Weile allein da, war sich über sich selbst nicht ganz im Klaren und fühlte sich mit einem Mal angespannt. Meine Gefühle für Alexander sind oberflächlich, sagte sie sich. Er bedeutet mir nicht mehr als all die anderen Freunde in Cordina. Sie waren für sie wie eine zweite Familie. Natürlich fühlte sie sich als Frau zu Alexander hingezogen. Welcher Frau ginge es nicht so? Und vielleicht gab es hin und wieder Augenblicke, in denen diese Anziehungskraft ein wenig zu stark war. Doch deswegen brauchte sie sich keine Sorgen zu machen.

Sie mochte keine Fußangeln. Denen ging sie, wenn es sein musste, aus dem Weg. Im Beruf. In der Liebe war das etwas ganz anderes. Da wollte sie keine Komplikationen. Hatte sie nicht gerade aus diesem

Grund eine Liebesaffäre so lange vermieden? Sicher hatte es Männer gegeben, die sie interessiert hatten, aber …

Immer hat es ein Aber gegeben, dachte Eve. Anstatt es gründlich zu durchdenken, hatte sie lieber auf die Tatsache zurückgegriffen, dass sie einfach keine Zeit für Beziehungen hatte.

Das Geschrei der Kinder riss sie aus ihren Gedanken. Auch Tagträume sind nicht typisch für mich, erinnerte sie sich. Sie lief die Stufen hinunter und überquerte den Rasen. Die Kinder murrten ein wenig, aber nachdem sie ihnen ein Spiel nach dem Abendessen versprochen hatte, gingen sie hinein.

Jetzt, da sie weg waren, herrschte auf der Farm eine solche Ruhe, dass Eve es beinahe bedauerte, zu den anderen hineingehen zu müssen. Gern würde sie zurückkommen. Um am Abend auf der Veranda zu sitzen, die Augen zu schließen und in die Stille hineinzulauschen. Es ginge nicht jeden Tag, nicht einmal jede Woche, aber hin und wieder wäre es die reinste Erholung.

Ihr gefiel die Hektik in ihrem Leben. Eve konnte tagelang mit wenig Schlaf auskommen und ganz ohne Freizeit, ohne sich gestresst zu fühlen. Aber ein oder vielleicht zwei Mal im Jahr auf dem Land zu sein, die Ruhe zu genießen … Sie musste über sich selbst lachen und ging zur Scheune hinüber.

Hohe Fenster ließen das Licht des Abends ein. Der Geruch der Pferde war stark. Eve, der Scheunen und Ställe nicht fremd waren, ging über den abschüssigen Betonboden. Sie blinzelte ein wenig und versuchte, ihre Augen dem veränderten Licht anzupassen.

„Bennett, ich …“

Doch es war Alexander, der sich umdrehte.

„Entschuldigen Sie bitte, Hoheit.“ Sie verhielt sich unwillkürlich steif. „Ich habe Sie für Bennett gehalten.“

„Das ist mir klar. Er ist bei Reeve.“ Alexander wandte sich wieder dem Pferd zu. „Sie sehen sich den neuen Bullen an.“

„Das Abendessen ist fast fertig. Ich habe Ihrer Schwester gesagt – oh, ist sie nicht schön?“

Eve wurde von der Stute abgelenkt und trat näher, um sie zu streicheln. „Ja, du bist schön“, sagte sie leise und strich der Stute sanft über die Nase. „Wie heißt sie?“

„Fleck“, antwortete er und beobachtete, wie Eve lachte.

„Was für ein Name für ein Pferd!"

„Ich habe sie Adrienne zum Geburtstag geschenkt. Sie fand den Namen schön." Er kraulte der Stute die Ohren. „Wir hatten nicht das Herz, sie zu einer Namensänderung zu bewegen."

„Auf jeden Fall ist sie schön. Ich nannte mein erstes Pferd Sir Lancelot. Vermutlich hatte ich mehr Fantasie als Adrienne."

Er hob die Hand, um das Pferd neben ihrem zu streicheln. „Seltsam, ich hätte Sie nie für den Typ gehalten, der für Ritter in schimmernder Rüstung schwärmt."

„Ich war sechs, und ich ..." Eve verstummte, als die Stute ihr einen Stoß versetzte, der sie gegen Alexander fallen ließ. „Ich bitte um Entschuldigung, Eure Hoheit."

„Alex, verdammt!"

Er hielt sie wieder in den Armen wie an diesem Nachmittag. Es war zu spät, sich darauf vorzubereiten und die Gefühle zu unterdrücken, die sie in ihm weckte.

„Ich heiße Alexander. Müssen Sie unbedingt dafür sorgen, dass ich mich wie eine Institution fühle und nicht wie ein Mann?"

„Das war nicht meine Absicht, tut mir leid." Schon überkam es sie wieder, dieses warme, berauschende Gefühl. Sie zog sich nicht zurück, obwohl der Verstand es ihr riet. Sie hatte kein Recht, so mit ihm zusammen zu sein. Allein. Schweigend.

Er schob die Finger in ihr Haar, sie verfingen sich darin, wurden gefangen.

„Ist es so schwer, in mir einen Menschen aus Fleisch und Blut zu sehen?"

„Nein, ich ... ja." Das Atmen fiel ihr schwer. Die Luft in der Scheune war plötzlich schwül und stickig. „Ich muss Bennett suchen."

„Nicht jetzt." Er zog sie eng an sich. „Sag meinen Namen! Jetzt gleich."

Goldene Punkte glänzten in seinen Augen. Eve hatte sie nie zuvor gesehen, hatte sich nicht erlaubt, sie zu sehen. Jetzt, als das Licht schwächer wurde, konnte sie nichts anderes sehen. „Alexander." Sie hauchte seinen Namen nur.

„Noch einmal."

„Alexander", flüsterte sie und presste dann verzweifelt ihren Mund auf seinen.

Das war alles, was sie wollte. Alles, worauf sie gewartet hatte. Ohne an Ort, Zeit oder Position zu denken, legte sie die Arme um ihn. Er hatte den Mund leicht geöffnet, drängte sie, so als hätte er sein ganzes Leben auf diesen einen Moment gewartet. Sie fühlte, wie er die Finger in ihre Haut drückte, und erbebte unter seinem heftigen Verlangen.

Er vergaß alles bei ihrem Kuss. Sie war heiß und aggressiv. Das Haar fiel ihr über den Rücken, glitt durch seine Finger. Er griff danach wie nach einer Rettungsleine, obwohl er wusste, dass Gefahr von dieser Frau ausging.

Seine Zunge drang tiefer ein, um zu kosten, zu locken. Sie war ein Aphrodisiakum, und sie zu schmecken brachte ihn beinahe um den Verstand. Sie ließ die Hände über seinen Rücken gleiten und knetete die Muskeln. Er wollte sie auf seinem nackten Körper spüren, jedes Streicheln, jede Berührung.

Die Luft in der Scheune roch nach Stalltieren. Mit jedem Moment, in dem seine Lippen ihre berührten, verlor er ein Stück zivilisierten Denkens. Er wollte Eve hier lieben, während die Sonne unterging und es im Stall dunkel und abendlich still wurde.

„Eve?“ Die Stalltür öffnete sich knarrend. Ein dünner Lichtstrahl fiel herein, in dem winzige Staubteilchen schwebten. „Habt ihr euch hier drinnen verirrt?“

In ihrem Kopf drehte sich alles, als sie sich gegen die Wand lehnte und versuchte, zu Atem zu kommen. „Nein. Nein, Bennett, wir kommen gleich.“ Sie presste die Hand an den Hals.

„Beeilt euch, ja? Ich bin halb verhungert.“ Die Tür schloss sich, und es wurde wieder dunkel.

Beinahe hätte ich mich von meinen Gefühlen mitreißen lassen, mich an Eve verloren, dachte Alexander. Mit welchem Recht brachte sie ihn dazu, sich so schmerzlich zu sehnen? Jetzt stand sie still da, die Augen groß und dunkel. Wie konnte eine Frau so unschuldig aussehen, wenn sie die Seele eines Mannes in ihren Bann gezogen hatte?

„Sie wechseln rasch die Bindungen, Eve.“

Sie sah ihn an, verwirrt zuerst, dann überrascht. Der Schmerz kam schnell, dann folgte die Wut. Sie holte aus und traf hart sein Gesicht. Der Schlag hallte wider, dann blieb es still.

„Ich bin sicher, dafür können Sie mich zumindest abschieben lassen, wenn nicht Schlimmeres." Ihre Stimme klang eisig. „Aber Sie haben es verdient."

Sie unterdrückte den Impuls wegzulaufen, drehte sich um und ging so würdevoll wie möglich aus dem Stall.

Alexander folgte ihr nicht. Seine Wut drängte ihn dazu, auf sie loszugehen, sie irgendwie zu bestrafen. Nicht für den Schlag ins Gesicht – der war unbedeutend. Aber ihre Worte, ihr Blick hatten ihn viel mehr verletzt. Mit welchem Recht weckte sie in ihm Schuldgefühle, obwohl sie es war, die sich von einem Bruder zum anderen ohne die geringsten Gewissensbisse gewandt hatte?

Er begehrte sie. Er begehrte die Geliebte seines Bruders mit einer Heftigkeit, die ihn langsam zugrunde richtete.

Er hatte sie immer begehrt. Alexander gestand es sich ein, während er mit der Faust gegen die Wand schlug. Die Pferde wieherten nervös und beruhigten sich wieder. Er hatte stets dagegen angekämpft. Er fuhr sich mit der Hand über das Gesicht und bemühte sich, die Fassung wiederzugewinnen, die ein so wesentlicher Bestandteil seiner Position war.

Er wollte auch weiterhin dagegen ankämpfen. Seine Liebe zu seinem Bruder ließ ihm keine Wahl. Aber ich kann die Frau zur Hölle wünschen, dachte er grimmig, die mich zu ihrem Spielzeug machen will. Und er tat es.

4. KAPITEL

„Du kommst und gehst im Moment so oft, dass ich dich nie sehe."

Eve legte ihren ältesten und bequemsten Trainingsanzug zusammengefaltet in ihren Koffer, ehe sie ihre Schwester ansah. „Es war alles ziemlich verrückt und wird noch verrückter."

„Du bist seit zwei Monaten aus Cordina zurück, und in der ganzen Zeit habe ich mehr mit deinem Anrufbeantworter als mit dir gesprochen."

Chris ließ sich auf die Bettkante fallen und betrachtete die saphirblaue Seidenbluse, die Eve neben die Pullis packte. Sie wollte sie schon an die Papiertaschentücher erinnern, dann fiel ihr ein, dass ihre kleine Schwester ja erwachsen geworden war.

Beide hatten dichtes dunkles Haar. Eve hatte ihres zu einem Zopf zurückgebunden, Chris trug das Haar kinnlang und offen. Die Familienähnlichkeit war da, zeigte sich in den hohen Wangenknochen und der zarten Haut. Viel weniger als das Alter trennte sie ihr Stil. Chris hatte einen gesellschaftlichen Schliff aus ihrer Zeit in der Kunstszene, in der sie sich mit Leuten befasst hatte, die reich genug waren, um sich mit Kunstgegenständen zu verwöhnen. Eve hatte eine Sinnlichkeit, mit der sie so lässig umging wie andere Frauen mit ihrem Parfüm. Das hatte ihrer älteren Schwester einst viel Sorgen gemacht. Heute konnte sie sich darüber nur wundern.

„Jetzt reist du wieder ab. Ich glaube, wenn ich meine Schwester sehen will, muss ich das in Cordina tun."

„Das hatte ich auch gehofft." Eve schob eine kleine Kosmetiktasche aus Leder in ihren Koffer. „Ich gebe es nur ungern zu, aber ich werde alle moralische Unterstützung brauchen, die ich nur bekommen kann."

„Nervös?" Chris umschlang ihre Knie mit verschränkten Händen. „Du?"

„Nervös? Ich? Ich habe bisher noch keinen so großen Auftrag angenommen. Vier Stücke." Sie kontrollierte zum dritten Mal den Inhalt ihres Aktenkoffers. „Und das vor einem internationalen Publikum und mit dem Anspruch, dass wir das amerikanische Theater repräsentieren."

„Zu spät für kalte Füße“, sagte Chris. „Außerdem ist die Hamilton-Schauspieltruppe doch eine amerikanische, oder etwa nicht?“

„Ja, aber …“

„Und du führst amerikanische Stücke auf, richtig?“

„Richtig. Trotzdem …“

„Kein Trotzdem, kein Aber.“ Chris winkte ab. „Du repräsentierst tatsächlich das amerikanische Theater. Und du wirst fantastisch sein.“

„Siehst du.“ Eve beugte sich über den Koffer und küsste Chris auf die Wange. „Deshalb brauche ich dich.“

„Ich werde mich bemühen, zur ersten Vorstellung zu kommen. Obwohl ich weiß, dass du zu beschäftigt sein wirst, um mehr zu tun, als mir zuzuzwinkern.“

„Ich verspreche dir, mehr zu tun. Hoffentlich komme ich nach der ersten Vorstellung zur Ruhe.“ Eve legte behutsam eine lange Hose in den Koffer. „Die Vorbereitungen und der Papierkram machen mich so nervös.“

„Du wirst das alles ohne die kleinste Schwierigkeit durchziehen.“

Eve zwang sich zur Ruhe. Sie hatte alles eingepackt. „Ich wünschte, du würdest mit mir kommen, um mir das in regelmäßigen Abständen zu sagen.“

„Die Bissets vertrauen dir. Ich werde in den nächsten drei Wochen nicht dort sein, aber du hast Brie hinter dir und Alex und Bennett.“

Eve schloss den Koffer. „Ich glaube nicht, dass mir die Vorstellung behagt, Alexander hinter mir zu haben.“

„Geht er dir noch immer gegen den Strich?“

„Milde ausgedrückt. Bei Brie oder Ben verspüre ich nie den Drang, einen Knicks zu machen und gleichzeitig die Zunge herauszustrecken. Aber bei ihm …“

„Bei ihm würde ich es dir nicht raten“, sagte Chris lachend. „Er nimmt seine Position zu ernst. Das muss er.“

„Vermutlich.“

„Eve, du weißt nicht, wie es ist, Erstgeborener zu sein. Irgendwie verstehe ich ihn. Die Hamiltons besitzen kein Land, aber soweit es Daddy betrifft, haben wir ein Imperium.“ Sie seufzte leise, weil sie wusste, dass ihre Entscheidungen ihn nie ganz zufriedengestellt hatten. „Da es keinen Sohn gab, dem man das Unternehmen hätte übergeben können, wurde ich unter Druck gesetzt, mich einzuarbeiten. Als die Botschaft endlich rüberkam, dass es nicht funktionierte, drängte man mich, einen Mann zu heiraten, der das Firmenimperium übernehmen konnte. Vielleicht ist das der Grund, weshalb ich noch ledig bin."

„Das habe ich wohl nie richtig verstanden."

„Weshalb hättest du es auch verstehen sollen? Bei dir lagen die Dinge anders."

„Ich weiß. Auf mich übte man keinen Druck aus." Seufzend lehnte Eve sich gegen die Kommode und sah sich noch einmal in dem Raum um, den sie monatelang nicht sehen würde. „Natürlich musste ich zur Schule gehen und bei den Prüfungen gut abschneiden. Und man erwartete von mir, dass ich niemals etwas tat, das Schande über die Familie gebracht hätte. Aber wenn ich für den Rest meines Lebens am Pool hätte sitzen und Magazine lesen wollen, wäre das in Ordnung gewesen."

„Nun, du hast eines verheimlicht: dass du einen scharfen Verstand hast."

„Ja, nicht wahr?" Heute konnte sie darüber lächeln. „Auch vor mir selbst. Jedenfalls, bis man ihn entdeckte, war die Hamilton-Schauspieltruppe schon zu fest etabliert, als dass Daddy noch mit mir in seiner Firma hätte rechnen können. Du hast ja recht. Ich weiß wirklich nicht, wie es ist, Erbe zu sein und sein eigenes Schicksal kaum bestimmen zu können. Aber auch so fällt es mir schwer, Alexander zu bemitleiden."

„Ach, ich weiß auch gar nicht, ob du das tun solltest. Ich wünschte nur, ihr zwei würdet besser miteinander auskommen." Sie nahm ein kleines weißes Gänseblümchen aus einer Vase auf Eves Frisierkommode, kürzte den Stängel und steckte es ihrer Schwester ins Knopfloch. „Du wirst eng mit ihm zusammenarbeiten, und es hilft dabei kaum, wenn der eine von euch ständig den anderen anfaucht."

Eve nahm die restlichen Blumen aus der Vase, umwickelte die triefenden Stängel mit einem Papiertaschentuch und reichte sie Chris. „Ich glaube nicht, dass wir so eng zusammenarbeiten werden."

„Ist Alex nicht der Präsident des Zentrums?"

„Präsidenten delegieren“, sagte sie und öffnete ihre Handtasche, um zu überprüfen, ob ihre Flugtickets darin waren. „Glaub mir, Seine Hoheit möchte nicht Schulter an Schulter mit mir arbeiten, genauso wenig wie ich mit ihm.“ Sie schloss ihre Handtasche. „Wahrscheinlich sogar noch weniger.“

„Ist etwas passiert, als du da warst?“ Chris stand auf und legte eine Hand auf Eves Hände, um sie zu beruhigen. „Du hast bei deiner Rückkehr ziemlich entnervt gewirkt, aber ich habe das auf das Projekt geschoben. Jetzt stelle ich mir allerdings Fragen.“

„Du stellst dir zu viele Fragen“, erwiderte Eve leichthin. „Es ist nur eines geschehen: Meine Überzeugung, dass Alexander aufgeblasen und arrogant ist, hat sich bestätigt. Wäre dieses Projekt nicht so wichtig, würde ich es ihm glattweg ablehnen. Allein der Gedanke an ihn bringt mich in Rage.“

„Ja, das sehe ich.“ Chris beschloss, Gabriella bei nächster Gelegenheit zu schreiben. „Nun, wenn du Glück hast, brauchst du dich nicht mit ihm persönlich abzugeben.“

„Darauf zähle ich“, sagte Eve so heftig, dass Chris es klüger fand, Gabriella anzurufen, sobald ihre Schwester sich in der Luft befand. „Ich bin fertig. Fährst du mich zum Flughafen?“

„Aber sicher. Wir brauchen nichts weiter als drei starke Männer und einen Packesel, um dein Gepäck zum Wagen zu schaffen.“

Alexander war an die Fotografen und Reporter genau wie an die Leibwächter gewöhnt. Sie alle waren seit seiner Geburt ein Teil seines Lebens. Obwohl er nicht vor der Glasscheibe auf und ab gelaufen war, beobachtete er doch erleichtert die Landung der Maschine, die zwanzig Minuten Verspätung hatte.

Er hatte wochenlang nicht mehr mit Eve gesprochen. Um jeden erforderlichen Briefwechsel, um jedes zu klärende Detail hatten sich ihre Sekretärinnen und Assistenten gekümmert. Seit beinahe drei Monaten hatten sie keinerlei Kontakt mehr zueinander gehabt, und doch erinnerte er sich an die wenigen stürmischen Augenblicke in Gabriellas Scheune, als wäre es erst gestern gewesen. Wenn er mitten in der Nacht aufwachte, dann war es die Erinnerung an ihren Duft, die ihn weckte. Wenn er sich dabei ertappte, wie er mitten am Nachmittag vor sich hin träumte, so hatte er ihr Gesicht vor Augen.

Er sollte überhaupt nicht an sie denken, aber es war ihm unmöglich, es nicht zu tun. Wie konnte er die leidenschaftliche Erregung vergessen, die ihn erfasst hatte, als er sie endlich in den Armen hielt? Wie konnte er sich dem heißen Verlangen verschließen, das in ihm entflammt war, als er ihren Mund an seinem spürte? Wie konnte er sie sich aus dem Kopf schlagen, wenn das Gefühl, ihr Haar zwischen den Fingern zu spüren, noch nach Monaten so lebendig und wirklich war?

Arbeit hatte nicht geholfen, obwohl er sich damit überhäuft hatte. Sorgen hatten nicht geholfen, obwohl sie ständig da waren. Sein Vater war nach Cordina zurückgekehrt. Seward war begraben worden. Die Verantwortlichen blieben unbekannt – ihre Taten unbewiesen. Das Leben seines Vaters, das Wohlergehen seines Landes waren in großer Gefahr, aber noch musste er die Erinnerung an eine Frau auslöschen. An eine Frau, die zu begehren er kein Recht hatte. Und doch begehrte er sie, und die Begierde loderte nur noch stärker auf, als er sie sah.

Eve wirkte ein wenig müde, ein wenig mitgenommen und sehr beherrschend. Das Haar hatte sie zu einem Zopf geflochten und oben auf dem Kopf festgesteckt. Sie trug eine große, hell gerahmte Sonnenbrille. Im Gehen sprach sie mit einigen Leuten und schlüpfte dabei in eine übergroße rote Jacke. Die kräftige Farbe gab ihr ein selbstbewusstes, energisches Aussehen. Alexander stellte fest, dass sie dieses Rot zu genau diesem Zweck ausgesucht hatte. Sie trug einen Aktenkoffer in einer Hand und eine Flugtasche über der Schulter. In den zehn bis fünfzehn Sekunden, seit sie den Terminal betreten hatte, hatte er jede Einzelheit wahrgenommen.

Ihr Lippenstift war abgenutzt, aber an ihren Wangen schimmerte ein Hauch von Farbe. Die rote Jacke hatte goldene Knöpfe. Eine Locke hatte sich gelöst und ringelte sich vor ihrem linken Ohr. In dem Knopfloch, das ihrem Herzen am nächsten war, steckte ein weißes Gänseblümchen und hing ein wenig welk herab. Es brachte ihn auf die Frage, wer es ihr wohl gegeben, wer den Start ihrer Maschine beobachtet hatte, so wie er die Landung.

Als sie Alexander erblickte, verschwand die leichte Farbe von ihren Wangen, und sie straffte die Schultern.

Ihn hatte sie hier nicht erwartet. Natürlich wusste sie, dass eine offizielle Abordnung sie am Flughafen empfangen würde, aber an Alexander hatte sie dabei nicht gedacht. In Gedanken hatte sie ihr erstes Treffen in allen Einzelheiten geplant. Sie wäre ausgeruht und erfrischt nach einem ausgiebigen Bad im Hotel. Sie hätte sich umgezogen und würde das lange, glitzernde Abendkleid tragen, das sie sich für genau diesen Anlass gekauft hatte. Und sie würde Alexander mit kühler, unmissverständlicher Distanziertheit begegnen.

Jetzt konnte sie nur eines denken: wie wunderbar er aussah. Er war so groß, so kräftig. Seine Augen waren so dunkel und so geheimnisvoll, dass sie zu gern gewusst hätte, was er vor allen anderen verborgen hielt. Sie wollte lächeln, beide Arme nach ihm ausstrecken und ihm sagen, wie schön es war, ihn zu sehen. Stolz ließ sie in einen formellen Hofknicks versinken.

„Eure Hoheit."

Er bemerkte weder das Blitzlichtgewitter noch die Reportermenge. Er war ganz auf sie ausgerichtet, auf ihre Lippen, auf ihre Augen, ihren Blick, der seinem eher herausfordernd als grüßend begegnete.

„Miss Hamilton." Er streckte ihr die Hand entgegen, und als sie zögerte, *weil* sie zögerte, hob er ihre ganz bewusst an die Lippen. Nur er war ihr nah genug, um zu hören, wie sie scharf den Atem einzog. „Wir heißen Sie und Ihre Truppe in Cordina willkommen."

Sie drehte ihre Hand in seiner, doch er hielt sie fest. „Danke, Eure Hoheit."

„Für Gepäck und Beförderung ist gesorgt." Er lächelte sie an, lächelte mit einer Freude, die er seit ihrer Abreise nicht mehr verspürt hatte. „Zwei Mitglieder meines Stabes werden Ihre Truppe zum Hotel begleiten. Es ist unser Wunsch, Ihnen den Aufenthalt so angenehm wie möglich zu gestalten. Sie kommen mit mir."

Als die Reporter näher rückten, wehrte er sie ab. „Miss Hamilton wird alle Ihre Fragen morgen auf der Pressekonferenz beantworten. Jetzt braucht sie Ruhe nach dem langen Flug."

Einige hartnäckige Reporter folgten ihnen. Alexander ergriff einfach Eves Arm und zog sie weg.

„Eure Hoheit, es wäre am besten, wenn ich bei der Truppe bliebe."

„Haben Sie einen Assistenten?"

„Ja, natürlich." Sie musste schneller gehen, um mit ihm Schritt zu halten.

„Dazu sind Assistenten da. Sie täten klüger daran, schleunigst den Palast aufzusuchen und den Presseansturm zu vermeiden."

„Mit der Presse werde ich schon fertig", begann sie und verstummte. „Ich gehe ins Hotel. Bis zum Diner im Palast ist noch viel Zeit."

„Sie haben keinen Grund, ins Hotel zu gehen." Sie verließen das Flughafengebäude durch einen Seitenausgang und gingen auf die wartende Limousine zu. „Ihr Assistent und die Mitglieder meines Stabes werden sich um die Bedürfnisse Ihrer Truppe kümmern."

„Das ist alles schön und gut", begann sie, während sie gezwungen war, in die Limousine zu steigen. „Aber ich möchte selbst auspacken und mich frisch machen. Was immer wir zu besprechen haben, kann sicher ein paar Stunden warten."

„Natürlich." Er lehnte sich zurück und gab dem Fahrer ein Zeichen. „Aber Sie wohnen nicht im Hotel, sondern im Palast. Dafür wurde bereits gesorgt."

„Es tut mir leid, aber ich muss Sie enttäuschen. Ich bleibe bei meinen Leuten im Hotel."

„Es hilft weder Ihnen noch mir, wenn Sie im Hotel wohnen." Er drückte ruhig einen Knopf. Eine Minibar öffnete sich. „Möchten Sie einen Drink?"

„Nein, ich möchte keinen Drink. Ich möchte eine Erklärung, warum ich entführt werde."

Er hatte vergessen, dass sie ihn amüsieren konnte. Nachdem er sich selbst ein Glas Mineralwasser eingeschenkt hatte, lächelte er sie an. „Starke Worte, Eve. Mein Vater wird es sehr interessant finden, dass Sie unsere Einladung in den Palast als Entführung betrachten."

„Dies hier hat nichts mit Ihrem Vater zu tun."

„Sie halten sich auf seinen Wunsch bei uns auf. Die Sicherheitsvorkehrungen im Hotel wurden selbstverständlich verstärkt."

„Warum?"

„Es sind schwierige Zeiten."

Sie verspürte Besorgnis, aber um ihn, nicht um sich. „Das sagte Ihre Schwester vor ein paar Monaten auch zu mir. Hoheit, wenn eine Gefahr besteht, möchte ich bei meinen Leuten sein."

„Das verstehe ich." Er stellte sein Glas weg. „Das Hotel ist sehr sicher, Eve, und wir meinen, dass Ihre Truppe sich in keinerlei Gefahr befindet. Mein Vater meint – und ich stimme ihm zu –, dass es bei Ihnen wegen Ihrer persönlichen Beziehung zu unserer Familie anders gelagert ist. Deshalb würden wir es vorziehen, wenn Sie im Palast wohnten. Dann vermeiden Sie zumindest die Reporter. Sie könnten die Einladung auch einfach annehmen, weil mein Vater Sie mag."

„Sie drehen es so, dass ich unhöflich wirke, wenn ich nicht im Palast wohne."

„Ja." Er griff lächelnd nach seinem Glas.

„Nun gut, ich nehme Ihre Einladung an. Und ich möchte eine Diätlimonade. Irgendetwas mit Koffein. Mit viel Koffein."

„Sie sind müde vom Flug."

„Ja, ich bin müde", stimmte sie zu, als er Eis in ein Glas tat. „Von den Wochen vor dem Flug. Ich glaube, ich hatte im Schnitt fünf Stunden Schlaf. Es gab so viel zu tun. Mir war nicht klar, dass alle meine Leute sich der Sicherheitsüberprüfung unterziehen mussten." Geistesabwesend spielte sie mit dem Gänseblümchen. Er beobachtete, wie sie sanft über die weißen Blütenblätter strich.

Eve nippte an ihrem Getränk und wartete darauf, dass das Koffein ihren Kreislauf anregte. Sie war mit den Füßen aus den Schuhspitzen geglitten, ohne dass es ihr bewusst war. Ihre Schultern waren jetzt entspannt.

„Ich bin mit den neuen Leuten in der Truppe sehr zufrieden. Doreen ist eine jugendliche Naive, kommt direkt vom College und verfügt über viel Potenzial. Ich mache sie zur zweiten Besetzung für die zweite Hauptrolle in dem Stück von Neil Simon. Und Russ Talbot ist ein echter Profi. Er hat viel an kleinen Theatern und Off-Broadway-Sachen gemacht. Wir haben Glück, dass wir ihn haben. Er ist als Brick in *Katze auf dem heißen Blechdach* besetzt. Das wird unsere erste Produktion sein."

Sie trank noch einen Schluck und hoffte, bei der Inszenierung nichts falsch zu machen. Es war ein so prickelndes, leidenschaftliches Stück. Wochenlang hatte sie mit dem Gedanken gespielt, zuerst eine Komödie aufzuführen, um dem Publikum und dem Ensemble einen amüsanten Start zu bieten. Instinktiv hatte sie sich dann doch für Tennessee Williams entschieden.

„Ich habe Kopien der Texte zusammen mit den Besetzungslisten geschickt. Ich nehme an, Ihr Assistent hat sie alle gelesen."

„Sie wurden gelesen", erwiderte er schlicht. Von ihm selbst, aber das brauchte sie jetzt noch nicht zu wissen. Er wollte eng mit ihr zusammenarbeiten. „Und sie wurden gebilligt – vorläufig."

„Vorläufig? Wer fällt hier das Urteil? Sie?"

Alexander beschloss, geduldig zu sein. „In meiner Eigenschaft als Präsident des Zentrums liegt die letzte Entscheidung bei mir."

„Sehr gut." Sie trank noch einen Schluck. „Prinz oder Präsident, Sie machen mir das Leben nicht leicht. Ich habe diese vier Stücke gewählt, weil ..."

„Ihre Gründe dafür werde ich mir morgen anhören. Wir haben einen Besprechungstermin für – neun Uhr, glaube ich. Sie werden Cornelius Manderson kennenlernen, der das Zentrum leitet. Auch meine Schwester wird da sein."

„Ich bin froh, dass ich wenigstens einen vernünftigen Menschen um mich habe."

„Eve, Sie gehen in die Defensive, noch bevor es notwendig ist."

„Ich folge dem Motto der Pfadfinder."

„Pardon?"

„Allzeit bereit", sagte sie lächelnd. „Nun gut, dann breche ich jetzt keinen Streit vom Zaun. Aber ich bin bereit zu kämpfen, Hoheit, und Sie werden herausfinden, dass ich nicht leicht zu schlagen bin."

„Das weiß ich bereits." Und er freute sich auch schon darauf. „Vielleicht sollten wir uns darauf einigen, unsere persönliche Beziehung von unserer Arbeit im Zentrum zu trennen."

Sie fuhren durch die Tore des Palastes.

„Wir haben keine persönliche Beziehung."

„Nein?"

Als sie sich umdrehte, war sie überrascht und ein bisschen nervös wegen seiner sichtlichen Belustigung. Mit seinem Lächeln verstand sie weniger gut umzugehen als mit seinem finsteren Blick.

„Nein. Was letztes Mal passiert ist, war ..." Da ihr keine passende Erklärung einfiel, tat sie es mit einem Schulterzucken ab.

„Es war unglücklich", beendete er den Satz für sie, nahm ihr das leere Glas ab und stellte es weg. „Unglücklich, dass es in dieser Weise passierte und so schlecht endete. Soll ich mich entschuldigen?"

„Nein, es wäre mir lieber, Sie tun es nicht."

„Warum?"

„Weil ich dann Ihre Entschuldigung annehmen müsste." Sie holte tief Luft und wandte sich ihm zu. „Wenn ich sie nicht annehme, kann ich weiterhin auf Sie böse sein, und es wird nicht wieder passieren."

„Es gibt einen Fehler in Ihrer Logik, Eve." Er blieb sitzen, nachdem die Limousine vor den Stufen des Palastes gehalten hatte. Selbst als der Fahrer den Wagenschlag öffnete, rührte Alexander sich nicht, sah sie an, zwang sie, ihn anzusehen. „Sie sind sehr oft auf mich böse, und doch ist es passiert. Aber ich werde mich wunschgemäß nicht entschuldigen."

Er stieg aus und bot ihr die Hand. Plötzlich lächelte er charmant und führte sie die Stufen zum Palast hinauf.

Sie passte ihren Schritt seinem an, aber zum ersten Mal zögerte sie, die großen, prunkvollen Palasttore zu durchschreiten. „Ich hätte Sie nicht gerade für einen Liebhaber von Spielen gehalten, Eure Hoheit."

„Ganz im Gegenteil, ich habe sehr viel Spaß daran."

„Schach, Fechten, Polo." Sie zuckte die Schultern. „Das sind keine Mannschaftsspiele."

Ihr Duft war derselbe wie damals, als er sie das letzte Mal gesehen, berührt hatte. Derselbe Duft, durch den er mitten in der Nacht aufgewacht war, als Tausende von Meilen sie von ihm getrennt hatten. „Sie haben mich einen Politiker genannt. Was ist Politik anderes als ein Mannschaftsspiel?" Geräuschlos glitt die Tür auf. Eve warf ihm einen vorsichtigen Blick zu, bevor sie eintrat.

„Mein Vater möchte Sie sehen. Ich bringe Sie zu ihm. Ihr Gepäck sollte bald eintreffen."

„In Ordnung." Sie folgte ihm die Treppe hinauf. „Geht es dem Fürsten gut?"

„Ja." Er sagte nichts weiter zu dem Vorfall in Paris, obwohl er noch nicht abgeschlossen war.

„Sie möchten nicht, dass ich darüber spreche, was Ihrem Vater in Paris beinahe zugestoßen wäre?"

„Sie haben keinen Grund dazu."

„Natürlich nicht." Eve klang verletzt. Sie ging an ihm vorbei, musste jedoch vor Fürst Armands geschlossener Bürotür warten.

„Ich habe das nicht gesagt, um Sie zu beleidigen."

„Nein. Darum brauchen Sie sich auch gar nicht zu bemühen."

„*Touché*", sagte er mit einem Seufzer.

„Ich will mich nicht mit Ihnen duellieren. Ich erwarte nicht, dass Sie mich in Ihre Familienangelegenheiten mit einbeziehen." Sie sah von ihm weg und bemerkte nicht, dass er den Blick auf ihr Gesicht gerichtet hatte. „Das Traurige ist, dass Sie nie verstanden haben, wie sehr mir an allem liegt." Sie verschränkte die Arme, als wollte sie sich distanzieren. „Möchten Sie nicht klopfen?"

Er tat es nicht. Ein Mann in seiner Position konnte sich keine Fehler leisten. Wenn er einen beging, war es am besten, es gleich zuzugeben. „Mein Vater sieht abgespannt aus, hat auch abgenommen. Der Vorfall in Paris lastet auf ihm. Er schläft nicht gut."

„Was kann ich tun?"

Himmel, konnte es so einfach für sie sein? Ihre Worte weckten in ihm den Wunsch, seine Stirn gegen ihre zu lehnen, nur für einen Moment. Ruhe, Trost, Erholung. Doch für ihn konnte es nie so einfach sein. „Sie tun bereits alles, was Sie können", sagte er kurz angebunden und klopfte.

„*Entrez!*"

Alexander öffnete die Tür und trat zur Seite. „Vater, ich habe dir ein Geschenk mitgebracht."

Fürst Armand stand hinter seinem Schreibtisch auf. Er war ein attraktiver Mann, groß und schlank. Als Eve ihn damals kennengelernt hatte, war sein Haar von ersten grauen Fäden durchzogen gewesen. Jetzt war es ganz grau. Als er sie erblickte, lächelte er, und seine strenge Miene wurde sanfter.

„Ein hübsches Geschenk." Er kam ihr um den Schreibtisch herum entgegen, eine freundschaftliche Geste, die er nicht jedem zuteil werden ließ. Als Eve einen Knicks machte, ergriff er ihre Hände. Seine waren stark. Auch wenn ihn das Alter nur wenig belastete, die Verantwortung tat es. Eve sah die Anzeichen von Stress, von Schlaflosigkeit, und vergaß das Protokoll. Sie stellte sich auf die Zehen und küsste ihn auf beide Wangen.

„Es ist schön, wieder hier zu sein, Eure Hoheit."

„Es ist schön, Sie bei uns zu haben. Alexander, du hast mir nicht gesagt, dass sie noch bezaubernder geworden ist."

„Er bemerkt so etwas nicht", sagte sie mit einem Blick über die Schulter.

„Im Gegenteil. Ich habe es nur nicht für nötig gehalten, etwas zu erwähnen, was mein Vater ohnehin selbst sehen würde."

„Ein geborener Diplomat", sagte Armand lachend. „Alex, läute bitte nach dem Tee. Wir werden Eve eine Weile für uns behalten, bevor wir sie mit dem Rest von Cordina teilen müssen. Das junge Mädchen ist also jetzt eine bedeutende Produzentin." Er führte sie zu einem Sessel. „Sie sind hergekommen, um uns zu unterhalten?"

„Das hoffe ich."

„Mein Sohn sagte mir, dass das Zentrum glücklich ist, Sie hier zu haben. Sie genießen in Amerika zunehmend größeres Ansehen, und als Ihr erster internationaler Gastgeber fühlen wir uns geehrt."

Eve lächelte. „Bennett schmeichelt gern."

„Wie wahr." Armand griff nach einer Zigarette. „In diesem Fall war es allerdings Alex."

„Alex?" Überrascht drehte sie den Kopf, während Alexander sich neben sie setzte.

„Eve erwartet von mir keine Schmeichelei, Vater." Er holte sein Feuerzeug hervor und hielt die Flamme an die Zigarette seines Vaters. „Sie ist eher darauf vorbereitet, einem Schlag auszuweichen."

„Nun, wenn man das sieben Jahre lang getan hat, wird es allmählich …" Sie biss sich auf die Zunge und wandte sich wieder dem Fürsten zu. „Ich bitte um Entschuldigung, Eure Hoheit."

„Nicht nötig. Ich bin an streitende Kinder gewöhnt. Hier ist unser Tee. Schenken Sie ein, Eve?"

„Ja, natürlich."

Armand erlaubte sich den Luxus der Entspannung, während das Tablett neben Eve abgestellt wurde. „Alexander erzählte mir, Sie hätten vier interessante Stücke ausgesucht. Das erste ist ein ziemlich leidenschaftliches und – welches Wort hast du benutzt, Alex?"

„Prickelnd", sagte er und lächelte, als Eve ihn kurz ansah.

„Ja, eine prickelnde Geschichte, die in Ihrem amerikanischen Süden spielt. Sie handelt von einer Familie?"

„Ja, Eure Hoheit." Sie reichte ihm seinen Tee. „Von einem Machtkampf innerhalb einer Familie, von einem Kampf um Geld und Liebe. Da sind: ein reicher, dominierender Vater, zwei Brüder, der eine das schwarze Schaf, der andere ein Schwächling, und ihre manipulativen Ehefrauen. Es ist eine Geschichte über Bedürfnisse und Enttäuschungen genauso wie über Leidenschaft."

„Eine Geschichte also, die wohl in jeder Kultur ihre Gültigkeit hat."

„Davon gehe ich aus." Sie reichte Alexander seinen Tee, vermied es jedoch, ihn anzusehen. „Die Stücke, die ich ausgewählt habe, sind alle sehr gefühlslastig, wenngleich die beiden Komödien mehr die heitere Seite betonen. Meine Truppe freut sich darauf, hier zu arbeiten. Dass Sie uns dazu die Gelegenheit geben, dafür möchte ich Ihnen danken."

„Alex hat die ganze Arbeit erledigt und sich mit den Aufsichtsräten des Zentrums herumgeschlagen. Einigen seiner Bemerkungen entnehme ich, dass sie nicht ganz so aufgeschlossen waren, wie er es gern gehabt hätte."

Alexander schloss die kräftigen Finger um seine zarte Teetasse. „Ich brauchte sie nur ein wenig zu überreden."

Eve konnte sich nicht vorstellen, dass Alexander sich für sie eingesetzt hatte.

Sobald sie auch nur ein bisschen Freude darüber verspürte, zog sie sich zurück. Er hatte es bestimmt für sich selbst getan – genauer: für Cordina. „Wie immer es auch arrangiert wurde, ich bin dankbar. Wir werden Sie nicht enttäuschen."

„Da bin ich ganz sicher. Ich freue mich darauf, Ihre Truppe heute Abend kennenzulernen."

Eve verstand den zarten Wink und erhob sich. „Wenn Sie mich bitte entschuldigen, werde ich jetzt auspacken." Weil es ihre Natur erforderte, küsste sie Armand wieder auf die Wange. „Es ist wirklich schön, wieder hier zu sein."

Ihr Gepäck hatte man zwar noch nicht gebracht, doch ihr Zimmer war fertig. Es duftete nach frischen Blumen. Die Fenster öffneten sich zum Meer. Eve schlüpfte aus Jacke und Schuhen und schob die sich bauschenden Vorhänge beiseite.

Die Aussicht verschlug ihr den Atem. Es war jedes Mal dasselbe – anfangs das Nicht-fassen-Können, dass es etwas so Schönes gab, dann die schwindelerregende Freude, dass es Wirklichkeit war. Weit unten erstreckten sich die Gärten in wunderbaren, leuchtenden Farben. Wer immer sie angelegt haben mochte, wer immer sie pflegte, hatte Verständnis dafür, dass Blumen lieber so wuchsen, wie es ihnen gefiel, als in sauberen, ordentlichen Reihen. Was dabei herauskam, war eher traumhaft als perfekt.

Jenseits der Gartenanlage zog sich der Deich entlang, den Wind, Salz und Wasser im Laufe der Jahrhunderte glatt gewaschen hatten. Das Kliff dahinter fiel steil ab, und mit seinen ins Meer hinausragenden Felsen bot es Nistplätze für die Seevögel. Dann das Meer selbst, dunkel und tief, strahlend blau. Jetzt glitten Boote darüber.

Sie sah ein Schiff mit roten Segeln, das mit dem Wind um die Wette lief, und einen Vergnügungsdampfer, so weiß, dass es den Augen wehtat. Jemand fuhr Wasserski. Eve blinzelte, um zu erkennen, ob es ein Mann oder eine Frau war, aber durch die Entfernung blieb es nur eine menschliche Gestalt, die rasch über die blaue Oberfläche glitt. Verzückt kniete sie sich auf die Fensterbank, stützte das Kinn in die Hände und beobachtete weiter.

Das plötzliche Klopfen an der Tür bedeutete wohl, dass man ihr Gepäck brachte. Immer noch verträumt, blieb Eve, wo sie war. „*Entrez, s'il vous plaît.*“

„Es wurde dafür gesorgt, dass Sie ein Zimmermädchen bekommen.“

Alexanders Stimme ließ sie kerzengerade hochfahren. „Oh, danke, aber das ist wirklich nicht nötig.“

Alexander gab der Bediensteten die Anweisung, das Gepäck abzustellen und zu gehen. „Sie kann Ihnen beim Auspacken helfen. Ihr Name ist Collette. Sie wird Sie nicht stören, wenn Sie nicht klingeln.“

„Danke.“

„Sie sehen müde aus.“ Ohne die Jacke wirkte Eve zerbrechlicher, zugänglicher, fast als wäre sie eine Frau, mit der er beisammensitzen und reden und einfach Mensch sein konnte. Er wollte ihr eine Haarsträhne aus der Stirn streichen, sanft, sogar zärtlich. Er ballte die Hände an seinen Seiten zu Fäusten. „Vielleicht möchten Sie sich erst einmal ausruhen.“

„Nein, ich bin nicht wirklich müde. Ich habe nur den Blick aus dem Fenster genossen."

Sie wartete darauf, dass er ging, doch er kam stattdessen zu ihr und zog den Vorhang etwas mehr zur Seite. „Ich habe von meinem Fenster den gleichen Ausblick."

„Dann sind Sie vermutlich daran gewöhnt. Ich glaube, ich würde mich nie daran gewöhnen."

„Zeitig am Morgen, gleich nach Anbruch der Dämmerung, fahren die Fischerboote hinaus." Er legte seine Hand neben ihrer auf das Fensterbrett. Eve schaute auf die gebräunten Finger, den breiten Handrücken und den Ring, der das fürstliche Wappen trug. „Sie sehen so zerbrechlich aus, und doch fahren sie Tag für Tag aufs Meer hinaus."

Seine Hände faszinierten Eve. Diese Hände hatten sie einmal berührt, nicht sanft, sondern kraftvoll. Sie besaßen eine Stärke, auf die eine Frau sich verlassen konnte, eine Stärke, die auch zum Fürchten war. Sie fragte sich, warum sie im Moment nur das Erstere empfand.

„Ich selbst war nie eine besonders gute Seglerin", sagte sie. „Aber ich sehe gern zu. Als ich noch klein war, hatte mein Vater ein Segelboot. Ich habe stets die Taue verwickelt oder wurde vom Segel getroffen. Irgendwann hatte er genug davon und kaufte ein Motorboot. Dann habe ich's mal kurz mit Wasserskilaufen versucht."

„Hatten Sie damit mehr Glück?", fragte er.

„Etwas mehr. Aber ich schwimme lieber. Und ich ziehe es vor, alles unter Kontrolle zu haben. Deshalb habe ich mit Karate begonnen. Ich führe meine Bewegungen lieber selbst aus, als dem Wind oder sonst etwas ausgeliefert zu sein."

„Man ist nicht dem Wind ausgeliefert", verbesserte Alexander sie. „Man arbeitet mit dem Wind oder überlistet ihn."

„Das tun Sie vielleicht."

„Ich könnte es Ihnen beibringen."

Überrascht – nein, verblüfft blickte sie zu ihm auf. Er hatte es lässig gesagt, aber sie hatte noch nie erlebt, dass er etwas lässig tat. Sie konnte sich vorstellen, wie sie mit ihm segelte, die Sonne, den Wind, seinen Körper, der in dem gleißenden Licht schimmerte. Sie konnte es sich nur zu gut vorstellen. „Danke, aber mein Vater hat mich bereits als hoffnungslos eingestuft."

„Damals waren Sie ein Kind.“ Ein Lufthauch wehte ihr Haar gegen seinen Arm. „Jetzt sind Sie kein Kind mehr.“

„Nein.“ Nervös blickte sie aus dem Fenster. „Aber ich bezweifle, dass einer von uns während meines Aufenthalts viel Zeit für Segelunterricht haben wird. Morgen beginnt die Arbeit.“

„Und heute?“

Das Herz schlug ihr bis zum Hals. „Ich weiß nicht, was Sie meinen. Ich …“ Als er ihr das Haar von der Wange zurückstrich, erstarben ihre Worte.

„Doch, Sie wissen es.“

„Nein.“ Sie fand die Kraft, den Kopf zu schütteln. „Das ist unmöglich.“

„Das habe ich mir selbst auch gesagt.“ Er schloss die Finger um ihr Haar. Sein Blick war geheimnisvoll. Eve sah in seinen Augen Sehnsucht und fühlte in sich den Wunsch, dieses Sehnen zu erfüllen.

„Hoheit.“ Sie umklammerte seine Handgelenke, als er ihr Gesicht umfasste. „Alex, bitte, das ist nicht richtig.“

„Zur Hölle mit richtig oder nicht richtig.“

Er nahm sie sich, ihren Mund, ihre Seele und ihr Herz, während die salzig duftende Brise die Vorhänge bauschte. Sie hielt noch immer seine Handgelenke umfasst und drückte sie immer fester, ob in Abwehr oder Annahme, wusste keiner von ihnen.

Er hatte die Leidenschaft und den Geist, die so sehr ein Teil von ihr waren, gewollt, gebraucht und ersehnt. Es hatte ihn nach der Sanftheit verlangt, von der sich alles andere dermaßen abhob. Wenn es falsch war, wenn es unmöglich war, wollte er sich durch die Hindernisse hindurchkämpfen. In dem Moment, in dem er sie wiedergesehen hatte, hatte er gewusst, dass ihm keine Wahl blieb.

Wie konnte sie leugnen, was mit ihr geschah? Sie war keine Frau, die sich selbst belog, die sich weigerte, ihre eigenen Fehler zu sehen. Heißes Verlangen durchflutete sie und beherrschte ihre Gedanken. Und es war Alexander, der Thronerbe, den sie wollte. Den sie verzweifelt wollte. Unkontrollierbar. Sogar während sie versuchte, sich darüber klar zu werden, pulsierte ihr Körper unter noch stärkerem Verlangen.

Ihm zu gehören, dachte sie, während sie sein Handgelenk losließ und durch sein Haar strich. Ihm zu gehören würde alles sein.

Er war von Leidenschaft erfüllt. Sie fühlte sich so weich, so warm an. Flammen loderten in ihm auf. Wenn er es jetzt nicht eindämmte, würde das Feuer sie beide verzehren. Er konnte das nicht zulassen, nicht jetzt, nicht hier. Alexander schob sie von sich, murmelte eine Verwünschung und küsste sie erneut, bis sie sich in seinen Armen entspannte.

„Du musst wählen." Seine Stimme war nicht fest, als er ihren Kopf zurückbog und den Blick auf ihre Augen richtete. „Und du musst bald wählen."

Sie fuhr sich mit bebenden Fingern über das Gesicht. „Ich verstehe nicht."

„Ich habe nicht vor, dich zu verlieren." Er hatte eine Hand in ihr Haar geschoben, hielt sie ganz still, aber sie hätte sich ohnedies nicht bewegen können. Sein Blick hielt sie fest. „Das kannst du verstehen. Ich habe mich davor nicht entschuldigt, und ich werde es auch jetzt nicht tun."

Er gab sie frei, ging zur Tür und verließ den Raum.

Eve ließ sich auf die Fensterbank sinken, als hätte sie zu viel Sonne oder zu viel Wein abbekommen. Sein Kuss war heiß und überwältigend gewesen. Sie musste nachdenken. Seufzend presste sie die Finger vor die Augen. Das Problem war, dass sie nicht wusste, womit sie anfangen sollte.

5. KAPITEL

Eve fühlte sich im Theater sicher. Sie war mit dem Büro zufrieden, das für sie hergerichtet worden war, und sie war dankbar für jene Stunden am Tag, die sie außerhalb des Palastes verbringen konnte. Und ohne Alexander.

Sie war ein Profi, eine Geschäftsfrau, deren Karriere sich in vollem Aufschwung befand und die den höchsten Erfolg zum Greifen nah vor sich hatte. Ihre bisher größte Herausforderung lag vor ihr. Annähernd hundert Menschen waren abhängig von ihren Entscheidungen.

Sie konnte es sich nicht leisten, nachts wach zu liegen und über einen Mann nachzudenken. Sie konnte sich keine Tagträume über ihn leisten, wenn sie tausenderlei Dinge zu tun hatte.

Doch als er sie vor dem Fenster geküsst hatte, umgeben von dem Duft des Meeres, war es nicht weniger mitreißend gewesen als beim ersten Mal. Verlangen hatte sie durchströmt, sowohl rein körperlich als auch zutiefst emotional. Nicht Verlangen nach einem Mann, nach einem Liebhaber, nach einem Gefährten, sondern nach Alexander. Sie hatte sich gewünscht, dass er sie liebte, hier, neben dem Fenster, während Himmel und Meer noch herrlich blau waren.

Es wäre keine Liebe gewesen, rief Eve sich ins Gedächtnis und presste die Finger gegen die müden Augen. Es wäre Sex gewesen, ganz einfach. Das wollte sie nicht, brauchte sie nicht, und daran würde sie jetzt nicht mehr denken.

Es war kurz vor zwei an ihrem ersten Tag, den sie ganz in Cordina verbrachte. Ihre Besprechung am Morgen war recht gut verlaufen. Alexander hatte sich wieder mehr von seiner vertrauten Seite gezeigt – distanziert, geschäftsmäßig und anstrengend. Mit so einem Mann konnte sie umgehen. Nicht aber mit dem Mann, der sie am Nachmittag des Vortags geküsst und dazu gebracht hatte, sich stark und verzweifelt zugleich zu fühlen.

Er war am Vorabend der perfekte Gastgeber für ihre Truppe gewesen. Charmant, aber förmlich. Dennoch waren die Leute beeindruckt gewesen. Mehr als eine ihrer Mitarbeiterinnen war sogar äußerst beeindruckt gewesen. Es konnte allerdings nichts Gutes bringen, wenn sich jemand in den kommenden Wochen ablenken ließ. Sie eingeschlossen. Mit diesem Gedanken im Hinterkopf begann sie, ihre Listen durchzugehen.

Der Glanz des Theaters, dachte sie trocken, während sie sich den Nacken massierte. Wie viele Tuben Make-up hatten sie mitgenommen, und wo zum Teufel waren sie? Dann war da die Kiste mit Kabeln, die Houston einwandfrei verlassen, aber das Umladen in New York nicht geschafft hatte. Wenn der Flughafen nicht bis vier Uhr zurückrief, musste sie …

„Ja, herein!" Abgehetzt blickte Eve kaum auf. „Ja, Russ? Es kann doch nicht schon ein Problem geben? Warten Sie!" Sie hob die Hand, bevor er etwas sagen konnte. „Sie und der Rest der Truppe sollten nicht vor morgen hier erscheinen, richtig?"

„Richtig. Es gibt schon ein Problem, und ich sollte noch nicht hier sein, aber ich konnte nicht wegbleiben." Er war ein sehr jung aussehender Dreißigjähriger mit einem gut gebauten Körper und eingefallenen Wangen. Eve hatte sein Aussehen von Anfang an gemocht, ihn aber dennoch drei Mal vorsprechen lassen, bevor sie ihn unter Vertrag nahm. Als er sich jetzt auf die Kante ihres Schreibtisches setzte, lehnte sie sich zurück und verzog das Gesicht.

„Schildern Sie mir zuerst das Problem."

„Der Chefbeleuchter hat eine künstlerische Auseinandersetzung mit einem Scheinwerfer. Niemand kommt an die Kiste mit den Ersatzglühlampen heran."

„Es überrascht mich, dass überhaupt irgendjemand an irgendetwas herankommt. In Ordnung, ich kümmere mich gleich darum. Sagen Sie mir jetzt, warum Sie nicht Sonne tanken, wenn Sie die Möglichkeit dazu haben." Sie schob sich lächelnd einen Bleistift hinter das Ohr. „Hat Sie niemand davor gewarnt, was für ein Sklaventreiber ich bin? Wenn Sie sich im Theater zeigen, müssen Sie auch arbeiten."

„Damit habe ich gerechnet." Seine Stimme war tief und klangvoll. „Sehen Sie, ich möchte nicht wie ein Anfänger klingen, aber dieses Haus hier …" Er hob ein wenig dramatisch die Hände. „Erstaunlich. Hier zu sein, ist erstaunlich. Sonne kann ich jederzeit tanken. Wenn ich nicht proben kann, kann ich wenigstens Kisten auspacken."

Lachend stand sie auf. „Und ich weiß genau, was Sie meinen. Also, dann eben Kisten auspacken. Der Himmel weiß, wir haben genug davon. Warum machen wir nicht …“

Ihre Tür flog wieder auf, diesmal ohne vorheriges Klopfen. Bennett lächelte sie an.

„Man hat mir gesagt, ich würde dich hier drinnen schimpfend und fauchend finden.“

„Ich fauche nicht. Noch nicht.“ Sie stand rasch auf und breitete die Arme aus. „Prinz Bennett, Russ Talbot.“

Russ konnte sich nicht entscheiden, ob er die Hand geben, sich verneigen oder stramm stehen sollte. „Ich weiß nie, wie man Prinzen begrüßt.“

„Wir sagen Hallo“, erwiderte Bennett. „Ich habe gestern Abend das Diner und das Zusammentreffen mit deiner Truppe nur ungern versäumt, Eve. Tut mir leid.“

„Es tut dir leid, dass du nicht gesehen hast, mit wie vielen hübschen Schauspielerinnen du flirten kannst.“ Eve nahm ihr Klemmbrett in die Hand.

„Das ist es.“ Er lächelte Russ an. „Gibt es viele?“

„Genug.“

„Ich wusste, dass ich mich auf Eve verlassen kann. Jedenfalls bin ich hier, um dich von all dem hier wegzubringen.“

„Nein.“ Sie blickte von ihren Notizen auf. „Komm in zwei Stunden wieder.“

„In zwei Stunden?“

„Sagen wir lieber in drei“, verbesserte sie sich nach einem Blick auf ihren Terminplan.

„Eve, du wirst dich übernehmen.“

„Mich übernehmen?“ Lachend schob sie Ben auf den Korridor hinaus. „Ich habe noch gar nicht angefangen. Allerdings könnte ich jemanden brauchen, der mich mitnimmt, wenn dir das nichts ausmacht. Sagen wir …“, sie sah auf die Uhr, „… halb sechs?“

„In Ordnung, wenn …“

„Es sei denn, du willst hier bleiben. Wir wollten gerade Kisten auspacken.“

„Ich komme später wieder.“ Er gab ihr rasch einen Kuss, ehe er den Korridor entlangging. „War nett, Sie kennenzulernen, Talbot.“

„Jetzt habe ich zum ersten Mal gesehen, wie ein Mitglied eines regierenden Herrscherhauses hinausgeworfen wird.“

Eve lächelte Russ an. „So gern ich ihn auch habe, aber er wäre nur im Weg."

„Er hat keine Ähnlichkeit mit seinem Bruder", bemerkte Russ.

Eve schüttelte den Kopf, während sie in die andere Richtung gingen. „Nein, überhaupt keine."

„Sein Name steht oft in der Presse."

Sie konnte ein leises Lachen nicht unterdrücken. „Bennett würde sagen, dass alles, was man über ihn schreibt, wahr ist."

„Ist es das?"

Sie sah ihn an, und ihre Stimme klang etwas kühler. „Vielleicht."

„Tut mir leid." Russ schob die Hände in die Taschen. „Ich wollte nicht neugierig sein. Es ist nur – nun ja, es ist interessant, und ich bin genauso neugierig wie alle anderen. Und es ist schon seltsam, dass Sie der Fürstenfamilie so nahe stehen. In Montclair, New Jersey, hatten wir nicht viele königliche Hoheiten."

„Sie sind auch nur Menschen." Eve blieb vor der Tür zu einem der Lagerräume stehen. „Nein, das stimmt natürlich nicht, aber sie sind nett. Sie werden das selbst in den nächsten paar Wochen feststellen."

Sie öffnete die Tür, trat zurück und stöhnte. Russ spähte über ihre Schulter auf die Stapeln von Kisten und Koffern. „Sieht so aus, als könnten wir ein wenig Hilfe gebrauchen."

Innerhalb von drei Stunden schaffte Eve so etwas wie den Anfang einer Ordnung und eine lange Liste von Dingen, die noch zu erledigen waren. Mit der Hilfe von Russ und zwei Bühnenarbeitern wurden die Kisten so aufgereiht, dass ihr Inhalt zugänglich war, wenn er gebraucht wurde. Sie arbeitete methodisch, wie das ihre Art war, und hob und stöhnte genauso viel wie die Männer, die mit ihr arbeiteten.

Um fünf war sie verschwitzt, schmutzig und zerzaust, aber alles andere als unzufrieden.

„Russ, gehen Sie nach Hause." Sie lehnte an einer der Kisten und sehnte sich nach einem kühlen Getränk.

„Was ist mit Ihnen?"

„Ich habe für den Moment fast alles erledigt, und ich möchte nicht, dass meine Schauspieler zu erschöpft für die Proben sind." Sie wischte sich die Stirn mit dem Handrücken ab. „Sie waren eine große Hilfe. Der Rest geht wirklich nur mich und die Arbeiter etwas an."

Er trocknete sich mit dem Ärmel den Schweiß vom Gesicht, ehe er ihr einen amüsiert bewundernden Blick zuwarf. „Ich kenne nicht viele Theaterleiter, die sich die Hände schmutzig machen."

Eve drehte ihre Hände um und rümpfte die Nase über den Staub. „Diese Theaterleiterin tut es offenbar. Morgen zehn Uhr. Achten Sie darauf, dass Sie frisch sind."

„Ja, Ma'am."

Sie sah ihm nach, als er den Lagerraum verließ. Die Hände in die Hüften gestemmt, entschied sie, dass sie für einen Tag genug geschafft hatte. Dann schob sie eine letzte Kiste mit Glühlampen in eine Ecke.

Bei einem Geräusch hinter ihr holte sie aus einer Tasche ihres Trainingsanzugs einen Schlüsselbund.

„Geben Sie das Gary, ja? Er muss morgen früh als Erster hier herein." Ohne sich umzusehen, warf sie die Schlüssel hin.

„Das würde ich gern tun, wenn ich wüsste, wer Gary ist und wo ich ihn finde."

„Oh." Noch immer tief gebückt, blickte sie zu Alex hoch. Sein leichter Sweater und seine Hose waren makellos, seine Haare nicht zerzaust und seine Schuhe frisch poliert. Sie fühlte sich wie ein Putzlappen. „Ich habe Sie für einen der Bühnenarbeiter gehalten."

Als sie sich aufrichtete, warf Alex ihr die Schlüssel wieder zu. „Eve, haben Sie hier drinnen diese Kisten geschoben?"

„Ich habe ausgepackt und … nun …", sie verschränkte ihre schmutzigen Hände hinter dem Rücken, „… organisiert."

„Und Sie haben Dinge geschoben, die absolut zu schwer sind, um von einer Frau geschoben zu werden."

„Also, einen Moment …"

„Sagen wir lieber, die zu schwer sind, um von jemandem Ihrer Größe und Statur geschoben zu werden."

Die Neuformulierung besänftigte sie nur, weil ihr Rücken schmerzte. „Ich hatte Hilfe."

„Offenbar nicht genug. Wenn Sie mehr brauchen, müssen Sie es nur sagen."

„Wir schaffen es schon, danke. Das Schlimmste ist bereits erledigt." Sie versuchte, ihre schmutzigen Hände an der Vorderseite ihres Trainingsanzugs abzuwischen. „Ich wusste nicht, dass Sie heute vorbeikommen. Haben wir heute Morgen etwas vergessen?"

Er kam weiter in den Raum herein. Sie stand da, die Hände wieder hinter dem Rücken und den Rücken an eine Kiste gelehnt. „Wir haben nichts Geschäftliches zu besprechen."

„Nun, also dann ..." Sie ertappte sich dabei, dass sie ihre Lippen befeuchtete. „Ich bringe besser diese Schlüssel zu Gary und wasche mich, bevor Bennett kommt." Sie wollte gehen, aber Alex stand ihr im Weg.

„Bennett wurde aufgehalten. Ich bin hier, um Sie nach Hause zu bringen."

„Das war nicht nötig." Sie wich zur Seite, als er vortrat. „Ich sagte Ben, ich würde mitfahren, wenn es ihm passt." Wieder bewegte er sich, und sie wich ihm aus. „Ich erwarte nicht, dass man mich während meines Aufenthalts hier herumchauffiert. Es ist keine große Sache, ein Auto zu mieten."

„Haben Sie etwas dagegen, mit mir zu fahren, Eve?"

„Nein, natürlich nicht." Sie stieß mit dem Fuß gegen eine Kiste.

„Es sieht aber so aus." Er strich über ihre Wange. „Sie haben sich schmutzig gemacht."

„Ja. Ich muss mich waschen. Wenn Sie nicht warten wollen, kann ich mit einem ... einem Taxi fahren. Ja, ich kann ein Taxi nehmen."

„Ich werde warten. Es ist erstaunlich, dass Sie sogar als Schmutzfink schön aussehen. Sehr schön." Er strich mit dem Daumen über ihre Lippen. „Begehrenswert."

„Alex. Alexander. Ich weiß nicht, warum Sie ... Es ist so schwer, zu verstehen, warum ..."

Er legte die Hand auf ihren Nacken.

„Ich wünschte, Sie würden das nicht tun."

„Würde was nicht tun?"

„Versuchen, mich zu verführen."

„Ich habe nicht vor, es lediglich zu versuchen."

„Das ist lächerlich." Als sie ihm ausweichen wollte, verstellte er ihr den Weg erneut. „Sie mögen mich nicht einmal, wirklich, und ich – nun, ich habe immer ..." Seine Augen waren dunkel. Sein Blick war amüsiert.

Eve fuhr sich mit den Fingern durchs Haar. „Sie machen mich sehr nervös."

„Ich weiß. Und das lohnt sich erstaunlicherweise."

„Nun, mir gefällt es nicht. Nein", sagte sie schwach, als er seinen Mund auf ihren senkte. Dieses Mal war der Kuss nicht wild oder verzweifelt, sondern sanft und aufreizend.

Eve ließ die Hand, die sie zum Protest erhoben hatte, schlaff an ihre Seite sinken. Sie griff nicht nach ihm, berührte ihn nicht, aber sie stand da – ließ sich treiben … glaubte zu schweben … zu ertrinken …

Triumph hätte ihn erfüllen sollen. Jetzt war sie sein. Er merkte es daran, wie sie den Kopf nach hinten fallen ließ und die Lippen öffnete. In diesem Augenblick hatte sie sich ihm ganz geöffnet, war sie bereit, all seine Wünsche zu erfüllen, was auch immer es sein mochte. Doch statt des Triumphs kam ein schmerzliches Sehnen, ein Verlangen, sie zu streicheln, zu beschützen, zu besänftigen. Ihr etwas zu versprechen. Er wollte die Erregung, aber er blieb mit seiner Begierde zurück.

„Gehen Sie, und waschen Sie sich das Gesicht", sagte er rau und trat beiseite.

Eve betrachtete sich eingehend im Spiegel des Waschraums hinter der Bühne. Sie machte sich zum Narren – und das musste aufhören. Aus welchem Grund auch immer, Alexander hatte beschlossen, mit ihr zu spielen. Das bedeutete aber nicht, dass sie mitspielen musste. Seinetwegen kam sie sich dumm vor. Sie konnte vieles ertragen, aber das nicht. Stolz war ihr lebenswichtig. Stolz darauf, wer sie war und was sie aus sich gemacht hatte. Sie würde sich nicht in eine dumme Närrin verwandeln, nur weil Alexander plötzlich fand, dass sie eine gute Gespielin wäre. Oder gut im Bett.

Sie musste schlucken. Vor Jahren hatte sie sich seine Aufmerksamkeit erhofft, selbst in ihren Mädchenträumen. Seine Gleichgültigkeit hatte sie verletzt, seine heimliche Missbilligung maßlos geärgert. Über all das war sie hinweg. Zum dritten Mal schrubbte sie an ihren Händen herum.

Vielleicht lag das Problem darin, dass sie angefangen hatte, von Alexander als Mensch, als Mann zu denken. Die Dinge würden einfacher sein, wenn er für sie wieder Seine Königliche Hoheit wäre – nur ein Titel, entrückt, hochgestellt und ein wenig kühl.

So leicht war es nicht, wenn sie die Wärme seiner Lippen noch immer auf ihren spüren konnte.

Warum machte er das? Eve stopfte die Bürste wieder in ihre Tasche. Eine Szene wie die eben hätte sie niemals auf die Bühne gebracht. Kein Mensch würde es glauben.

Also warum fragte sie ihn nicht? Bevor sie die Idee mit einem Lachen abtun konnte, fing sie an, Sinn zu machen. Sie war eine nüchterne, sachliche Frau und geradeheraus. Alexander war ein vorsichtiger Diplomat. Sie würde ihm ganz offen die Frage stellen und dann beobachten, wie er nach Worten rang.

Entschlossen kehrte sie auf den Korridor zurück.

„Jetzt sehen Sie schon viel besser aus“, sagte Alexander leichthin und ergriff ihren Arm, bevor sie ihm ausweichen konnte.

„Danke. Ich finde, wir sollten miteinander reden.“

„Gute Idee.“ Er stieß die Bühnentür auf und führte Eve nach draußen. „Wir können eine Spazierfahrt unternehmen, bevor wir heimfahren.“

„Das ist nicht nötig. Es wird nicht lange dauern.“

„Es ist mehr als nötig, dass Sie frische Luft bekommen, nachdem Sie den ganzen Tag eingesperrt waren.“ Als er die Tür des stahlgrauen Mercedes öffnete, blieb Eve stehen.

„Was ist das?“

„Mein Wagen.“

„Aber da ist kein Fahrer.“

„Möchten Sie meinen Führerschein sehen?“ Als sie noch immer zögerte, lächelte er. „Eve, Sie haben doch keine Angst davor, mit mir allein zu sein, oder?“

„Natürlich nicht.“ Sie versuchte, entrüstet zu klingen, blickte jedoch unruhig über die Schulter. Zwei Leibwächter mit ausdruckslosen Gesichtern und stämmigen Gestalten standen an dem Wagen hinter ihnen. „Außerdem sind Sie nie allein.“

Alexander folgte der Richtung ihres Blicks. „Unglücklicherweise sind auch manche Dinge außer frischer Luft nötig.“

Was er fühlte, zeigte sich nicht in seinen Augen, malte sich nicht auf seinem Gesicht ab, aber Eve glaubte, eine Spur davon in seiner

Stimme aufgefangen zu haben. „Sie hassen es."

Er blickte sie überrascht an und auch vorsichtig, weil sie gesehen hatte, was er so sorgfältig zu verbergen suchte. „Es ist Zeitverschwendung, etwas Nötiges zu hassen." Alexander schloss hinter ihr die Tür und ging um den Wagen herum, ohne die Leibwächter eines Blickes zu würdigen. „Ihr Sicherheitsgurt", erinnerte er Eve, als er den Wagen startete.

„Was? Oh!" Eve hörte auf, den Text zu üben, den sie ihm sagen wollte, und zog den Gurt zurecht. „Es hat mir schon immer Spaß gemacht, in Cordina herumzufahren", begann sie. Sei freundlich, befahl sie sich. Sei ganz locker, und geh auf dein Ziel los, wenn er es am wenigsten erwartet. „Es ist eine so hübsche Stadt. Keine Wolkenkratzer, keine Kästen aus Stahl und Glas."

„Wir bekämpfen weiterhin eine gewisse Art von Fortschritt." Er reihte sich in den leichten Verkehr ein. „Ein paar Mal wollten Hotelketten hier ihre Häuser bauen. Das bringt natürlich Vorteile, wie höhere Beschäftigungszahlen, mehr Tourismus."

„Nein." Sie schüttelte den Kopf, während sie die Stadt betrachtete. „Das wäre es niemals wert."

„Spricht so die Tochter eines Bauunternehmers?"

„Im Großen und Ganzen war es gut, was Daddy gebaut hat, und auch wo er es gebaut hat. Houston ist ... anders. So eine Stadt braucht den Fortschritt."

„Einige Ratsmitglieder vertreten den Standpunkt, Cordina müsste weiter ausgebaut werden."

„Damit haben sie unrecht." Sie wandte sich ihm zu. „Ihr Vater empfindet offenbar genauso. Was ist mit Ihnen? Wenn Sie an der Reihe sind, werden Sie erlauben, dass ein Bauboom einsetzt?"

„Nein." Er fuhr von der Stadt weg und auf das Meer zu. „Manche Dinge müssen natürlich wachsen. Der Palast ist das höchste Gebäude im Land. Solange ein Bisset hier lebt, wird das so bleiben."

„Hat das etwas mit Macht zu tun?"

„Nein, mit Erbe."

Und sie konnte das akzeptieren. „Wir sind so verschieden", sagte sie halb zu sich selbst. „Sie sprechen von Erbe und meinen Jahrhunderte der Verantwortung und Tradition. Wenn ich an Erbe denke, dann meine ich das Geschäft meines Vaters und die Kopfschmerzen, die jemand eines Tages damit haben wird."

Er schwieg eine Weile. Sie konnte nicht wissen, wie tief ihre Worte ihn berührt hatten. „Sie verstehen besser, als ich erwartet hatte."

Sie sah ihn rasch an und genauso rasch wieder weg. „Warum machen Sie das?"

„Warum mache ich was?"

„Warum fahren Sie mit mir am Strand entlang, kommen ins Theater? Warum haben Sie mich so geküsst?"

„Wie geküsst?"

Sie hätte gelacht, hätte sie sich nicht so unsicher gefühlt. „Ganz egal, wie. Warum haben Sie mich überhaupt geküsst?"

Er überlegte, während er nach einer abgelegenen Stelle an der Kaimauer suchte. „Die ehrlichste Antwort ist, dass ich es wollte."

„Das ist überhaupt nicht ehrlich. Sie haben es nie zuvor gewollt."

„Frauen sind nicht so einfühlsam, wie sie die Welt gern glauben lassen." Er hielt den Wagen an und schaltete den Motor aus.

„Ich wollte es, seit ich Sie das erste Mal sah. Möchten Sie ein Stück zu Fuß gehen?"

Während sie wie benommen dasaß, stieg er aus, ging um den Wagen herum und öffnete die Tür „Es dürfte schwierig sein, am Strand spazieren zu gehen, wenn man im Auto den Sicherheitsgurt angelegt hat."

Eve nestelte an dem Schloss herum und stieg schließlich aus dem Wagen. „Was Sie eben gesagt haben, ist nicht wahr. Sie haben mich kaum angesehen, und wenn, dann nur finster."

„Ich habe Sie sehr oft und sehr lange angesehen." Er ergriff ihre Hand und ging mit ihr auf den Sand zu. „Ich bin lieber abends am Strand, wenn die Touristen zum Essen gegangen sind."

„Das ist absurd."

Sein Lächeln war freundlicher, als sie sich jemals erinnern konnte. „Ist es absurd, einen stillen Strand zu bevorzugen?"

„Ich wünschte, Sie würden aufhören, die Dinge so zu verdrehen." Eve riss ihre Hand los und trat ein paar Schritte zurück. „Ich weiß nicht, was für ein Spiel Sie treiben."

„Welches würde Ihnen denn gefallen?" Er war erleichtert, ihre Verwirrung zu sehen.

„Alexander, Sie haben mich nicht sehr oft angesehen. Ich weiß das, weil ..." Sie verstummte, erschrocken darüber, dass sie im Begriff gewesen war, zuzugeben, wie sehr sie sich nach ihm gesehnt hatte.

„Weil?"

„Ich weiß es einfach, das ist alles." Sie ging zum Wasser. „Ich verstehe nicht, wieso Sie plötzlich beschlossen haben, mich attraktiv oder was auch immer zu finden."

„Es kommt nicht plötzlich, dass ich Sie attraktiv finde." Er legte eine Hand auf ihre Schulter und drehte sie leicht zu sich herum. Die Sonne würde bald untergehen. Eve konnte sie hinter ihm sehen, wie sie ihr goldenes Licht verströmte. Der Sand unter ihren Füßen war weiß und kühl, aber während sie Alexander betrachtete, entdeckte sie, dass der Strand alles andere als fest war. „Ob Sie erreichbar sind oder nicht, ist jetzt ganz egal. Ich will Sie." Er ließ die Hand von ihrer Schulter zu ihrem Nacken gleiten. „Das finde ich viel wichtiger."

Sie erschauerte und verschränkte die Arme vor der Brust. Ihre Augen waren so blau wie das Meer, ihre Gefühle jedoch sehr viel aufgewühlter als seine Wellen. „Und weil Sie ein Prinz sind, können Sie haben, was immer Sie wollen."

Die Meeresbrise wehte eine ihrer Haarsträhnen um seinen Finger. Er vergaß den Strand, die Leibwächter, die untergehende Sonne. „Weil ich ein Prinz bin, ist es für mich schwieriger, das zu bekommen, was ich will. Besonders wenn ich eine Frau will."

„Eine amerikanische Frau." Ihr Atem ging rasch und unregelmäßig. Es wäre so einfach gewesen, nicht zu zweifeln, sondern die Dinge als gegeben hinzunehmen. Sie wollte Ja sagen, einen Platz in seinen Armen finden und vielleicht in seinem Herzen. Die Entdeckung dessen, wonach sie sich am meisten sehnte, veränderte alles und verstärkte ihre Zweifel. „Eine amerikanische Frau, die ihren Lebensunterhalt am Theater verdient. Ohne Titel, ohne Ahnentafel. Nicht so gut geeignet zu einer Affäre wie eine Adelige, eine Europäerin."

„Nein." Er beobachtete, wie ein Ausdruck von Schmerz ihre Augen beschattete. Aber er würde nicht lügen. „Manche Mitglieder des Staatsrats würden es als unpassend empfinden, brächte man meinen

Namen mit Ihrem in Zusammenhang. Es ist ihnen angenehmer, wenn ich gesellschaftlich mit einer adligen Frau verkehre."

„Verstehe." Sie nahm seine Hand von ihrem Nacken. „Es wäre also – taktvoller, wenn ich einer heimlichen Affäre zustimmte."

Ärger ließ in seinem Gesicht harte Linien entstehen. Niemand, der ihn jetzt gesehen hätte, hätte geglaubt, dass er so reizend lächeln konnte. „Ich glaube nicht, dass ich Sie gebeten habe, taktvoll zu sein."

„Nein, dazu sind Sie noch nicht gekommen." Sie würde gleich weinen. Die Erkenntnis verblüffte und demütigte sie. Sie straffte sich und unterdrückte die Tränen. „Nun, danke für das Angebot, Eure Hoheit, aber ich bin nicht interessiert. Wenn ich mit einem Mann schlafe, dann ohne mich zu schämen. Wenn ich eine Beziehung zu einem Mann habe, dann offen."

„Das ist mir sehr wohl bewusst."

Sie hatte davonstürmen wollen, aber seine Worte hielten sie zurück. „Was meinen Sie damit?"

„Sie waren immer offen in Ihrer Beziehung zu meinem Bruder." Seine Augen waren ausdruckslos. „Offensichtlich haben Sie sich dabei auch nicht geschämt."

Zuerst war sie verwirrt, dann dämmerte es ihr allmählich, und schließlich begriff sie. Weil es ungefährlicher war, als verletzt zu sein, ließ Eve ihrem Zorn freien Lauf. „Also darum dreht sich alles. Um eine Rivalität unter Brüdern. Um Neugierde auf den Geschmack Ihres Bruders. Was haben Sie sich dabei gedacht, Alex? Dass er bereits an der Reihe gewesen ist? Wollten Sie sich jetzt selbst davon überzeugen, wozu so viel Aufhebens gemacht wurde?"

Er wagte nicht, auch nur einen Schritt auf sie zuzugehen. „Seien Sie vorsichtig."

Die Vorsicht fehlte ihr. Doch die Worte fehlten ihr nicht. „Zum Teufel mit Ihnen! Sie mögen ein Aristokrat sein, ein Prinz, ein Regent, aber im Grunde sind Sie genauso ein Narr wie jeder andere Mann, und ich werde nicht hier stehen und meine Beziehung zu Bennett einem Narren erklären oder sie ihm gegenüber rechtfertigen. Sie könnten von ihm lernen, Alex. Er hat ein Herz und echte Zuneigung zu Frauen. Er betrachtet sie nicht als Trophäen, die man herumreicht."

„Sind Sie fertig?"

„Oh, mehr als das! Ich schlage vor, Sie sprechen mit Bennett, Eure Hoheit, wenn Sie etwas über meine Vorzüge und Nachteile herausfinden wollen. Ich bin sicher, Sie wären fasziniert."

„Was ich für Sie empfunden habe, hatte nichts mit Bennett zu tun – und hatte doch alles mit ihm zu tun. Ich fahre Sie jetzt zurück."

6. KAPITEL

Ethel, ich möchte noch ein weißes Unterkleid für *Cat.*" Die Liste in der Hand, ging Eve die Kostüme Stück für Stück mit ihrer Kostümbildnerin durch.

„Weißes Unterkleid, Größe vierunddreißig."

„Nicht zu tief geschnitten. Es soll dezent sein."

„Ein dezentes weißes Unterkleid, Größe vierunddreißig."

Eve lachte leise, ging jedoch weiterhin die Garderobe für die erste Produktion durch. „Wir wollen im Budget bleiben. Nehmen Sie Nylon – wenn es nur wie Seide aussieht."

„Ich soll Wunder vollbringen."

„Immer. Ach ja, und machen Sie Big Daddys Jacken weiter, sagen wir – so fünf Zentimeter. Ich möchte Jared ein bisschen mehr auspolstern."

Ethel kaute auf ihrem Pfefferminzkaugummi, während sie die Anweisungen notierte. Sie arbeitete seit zweiundzwanzig Jahren in der Garderobe und konnte innerhalb von fünfundvierzig Minuten aus einem Schweineohr ein Seidentäschchen machen. „Wenn die Schauspieler weiterhin so viel essen wie neulich Abend, brauchen Sie nichts mehr auszupolstern."

„Ich werde darauf achten."

„Das habe ich nie bezweifelt." Ethel schob sich ihre Brille tiefer auf die Nase und sah Eve über den Rand hinweg an. „Auf Sie sollte auch jemand achten. Schlafen Sie nicht mehr?"

„Sehe ich so aus?" Eve betastete zwei Kostüme für Kinder. „Die müssen vielleicht geändert werden. Morgen sprechen Kinder vor. Hoffen wir, dass wir zwei finden, die abscheuliche kleine Ungeheuer spielen können."

„Ich habe ein paar, die ich dir gern leihen würde." Gabriella betrat die Garderobe.

„Brie, ich hatte gehofft, dass du vorbeikommst." Eve steckte sich das Klemmbrett unter einen Arm und umarmte Brie mit dem anderen.

„Ich hätte es schon gestern geschafft, aber ich hatte immerhin vier Zahnarzttermine, zwei Haarschnitte und dann noch ein wichtiges Treffen mit einem sehr unmöglich knauserigen Finanzkomitee."

„Also wieder so ein wundervoller, geruhsamer Tag, Prinzessin Gabriella. Das ist Miss Ethel Cohen, meine Wundertäterin mit Nadel und Faden."

Ethel knickste unbeholfen. „Eure Majestät."

„Wir sagen ‚Eure Hoheit' in Cordina." Gabriella reichte ihr lächelnd die Hand. „So viele Kostüme." Sie betrachtete die Ständer und Kartons. „Wie, um alles in der Welt, behalten Sie da den Überblick?"

„Ich habe ein System, Eure Hoheit. Solange ich gewisse Leute daran hindern kann, alles durcheinanderzubringen." Sie warf Eve einen Blick aus zusammengekniffenen Augen zu.

„Ich überprüfe nur", sagte Eve. „Ich fasse nichts an."

„Bis jetzt", murmelte Ethel vor sich hin.

„Sagten Sie gerade, dass jemand auf Eve achten sollte?"

„Ja, Ma'am, Eure Hoheit. Sie ist viel zu aufgedreht und schläft nicht mehr richtig. Ich wäre jedem dankbar, der dafür sorgt, dass sie mir eine Zeit lang nicht auf die Nerven geht."

„Das nenne ich Respekt vor dem Spielleiter."

„Viel wichtiger ist, dass man um dich besorgt ist", bemerkte Gabriella. „Ich glaube, ich kann Ihnen helfen, Miss Cohen. Ich habe zwanzig Minuten Zeit. Eve, ich würde gern eine Tasse Kaffee mit dir trinken."

„Brie, ich stecke bis zu den Ohren ...

„Ich könnte meine Stellung ausspielen." Ethel lachte.

Eve stieß einen Seufzer aus. „Du wärst dazu imstande. Also gut, aber wir müssen fünfzehn Minuten daraus machen, und zwar in meinem Büro."

„Das ist fair." Brie hakte sich bei Eve unter, blickte über die Schulter zu Ethel zurück und formte mit den Lippen das Wort „zwanzig".

„Und wie kommt es, dass du mitten am Tag zwanzig Minuten freihast?"

„Glück. Nanny ist mit den Kindern auf dem Gut, Reeve hat eine Besprechung mit Papa und Alex, und mein Nachmittagstermin ist geplatzt. Die Person hat sich einen Virus eingefangen."

„Das klingt nicht sehr mitfühlend."

„Ich bin erleichtert. Du ahnst ja nicht, wie langweilig es ist, herumzusitzen, Brunnenkresse-Sandwiches zu essen – diese ekelhaften Dinger – und eine Wohltätigkeitsveranstaltung zu planen mit einer Frau, von der du mehr leeres Gerede hörst als vernünftige Vorschläge. Wenn ich Glück habe, behält sie ihren Virus drei oder vier Tage, und ich kann die ganze Aktion ohne sie organisieren."

Eve öffnete die Tür zu ihrem Büro und bedeutete Gabriella einzutreten.

„Recht ordentlich", fand Gabriella und drehte sich einmal ganz herum. „Aber du brauchst ein paar frische Blumen und irgendetwas, um dieses scheußliche Gemälde zu ersetzen."

„Das nehme ich gar nicht richtig wahr. Viel wichtiger ist, dass man mich mit einer Kaffeemaschine ausgestattet hat." Eve schaltete das Gerät ein. „Der Kaffee wird gleich fertig sein."

Gabriella stellte ihre Handtasche auf den Schreibtisch und trat ans Fenster. „Schade, dass du keinen besseren Ausblick hast."

„Ich dachte nicht, dass es in Cordina einen schlechten Ausblick gibt."

Gabriella drehte sich um. „Weißt du, Eve, ich war zu Hause, als ich Reeve absetzte. Alexander sieht genauso hohläugig aus wie du."

Eve beschäftigte sich mit den Tassen. „Ihm liegt wohl viel auf der Seele."

„Ohne Zweifel, und zwar etwas mehr als Staatsaffären. Habt ihr euch gestritten?"

„Wir hatten einen Wortwechsel. Willst du ihn schwarz, oder nimmst du etwas von diesem grässlichen Milchpulver?"

„Schwarz."

Gabriella wartete, bis Eve ihr eine Tasse reichte. „Möchtest du darüber sprechen?"

„Er ist dein Bruder."

„Und du bist meine Freundin." Gabriella stellte die Tasse auf den Schreibtisch und setzte sich. „Ich liebe euch beide genug, um objektiv zu sein. War er schwierig?"

„Nein." Eve trank einen langen Schluck. „Unmöglich."

„Das klingt ganz nach Alex." Gabriella konnte ein Lächeln nicht unterdrücken. „Zu seiner Verteidigung muss ich anführen, dass er sich nicht bemüht, unmöglich zu sein. Er ist es. Was hat er getan?"

Eve trank ihren Kaffee aus und schenkte sich sofort nach. „Er hat mich geküsst."

Gabriella zog eine Augenbraue hoch, schürzte die Lippen und dachte nach. „Das erscheint mir nicht so schrecklich."

„Komm schon, Brie, ich spreche von Alexander dem Korrekten. Und er hat mich nicht einfach geküsst. Er hat versucht, mich zu verführen."

„Ich kann gar nicht glauben, dass er dazu so lange gebraucht hat." Gabriella winkte lässig ab. „Immerhin, Eve, Alex mag schwierig sein, aber er ist nicht dumm. Es fällt mir schwer, zu glauben, dass du schockiert warst."

„Ich war schockiert." Eve schnitt ein Gesicht und lenkte ein. „Also schön, vielleicht war ich nicht schockiert, aber ich war überrascht."

„Hast du seinen Kuss erwidert?"

Wäre es um einen anderen Mann gegangen, hätte Eve gelacht. „Wirklich, Brie, darauf kommt es doch wohl nicht an."

„Oh doch, darauf kommt es an, aber es geht mich nichts an."

„Das habe ich nicht gemeint."

„Hättest du aber meinen sollen." Gabriella probierte ihren Kaffee. „Na ja, wenn du über Alex verärgert bist, muss wohl mehr als ein Kuss dahinterstecken."

Eve versuchte sitzen zu bleiben, stand jedoch auf und ging auf und ab. „Er hat mich nur wegen Bennett geküsst."

Gabriella stellte ihren Kaffee wieder weg. „Ich erscheine nur ungern begriffsstutzig, aber was hat Bennett mit Alex und dir zu tun?"

„Typisch Mann", sagte Eve, während sie hin und her lief. Ihr übergroßes Hemd flatterte ihr bei jeder Bewegung um die Hüften. Sie hatte sich vorgenommen, nicht mehr daran zu denken. Sie hatte sich geschworen, sich, falls sie daran denken sollte, nicht aufzuregen. Das war's dann wohl mit Schwüren. Sie gestikulierte mit ihrer Tasse herum, so dass der Kaffee beinahe überschwappte. „Alex ist wie ein kleiner Junge, der einen leuchtend roten Ball haben will, weil er einem anderen kleinen Jungen gehört. Nun, ich bin kein leuchtend roter Ball." Sie knallte ihre Tasse auf die Untertasse. „Ich gehöre niemandem."

Gabriella hing eine Weile der Stille nach, dann nickte sie langsam.

„Ich glaube, ich kann dir folgen. Unterbrich mich, wenn ich mich irre. Du denkst, Alex wollte dich verführen, weil er annimmt, Bennett hätte es bereits getan."

„Ja, genau!"

„Eve, das ist absurd."

„Und ob! Das Gleiche habe ich Alexander in etwas drastischeren Worten gesagt."

„Nein, nein, nein." Gabrielle war ausgesprochen amüsiert und lachte sich halb tot über Eves Entrüstung. „Ich meinte, es ist absurd, zu glauben, dass Alex und Ben sich jemals in der Kunst geübt haben, dem anderen immer um eine Nasenlänge voraus zu sein. Das ist einfach nicht ihre Art."

Mit Verständnis hatte sie nicht gerechnet. In der Familie hielt man zusammen, aber Gabriella war eine Frau. Und sie sollte wie eine Frau reagieren.

„Wie erklärst du dir dann, dass er behauptete, ich hätte mit Ben geschlafen?"

„Alex hat das gesagt?"

„Allerdings. Glaubst du, ich hätte mir das eingebildet?"

Ein wenig Sorge mischte sich in Gabriellas Belustigung. „Nein, natürlich nicht. Ich dachte, du hättest etwas missverstanden, und ich glaube es noch immer."

„Es war sehr klar, Brie. Alex denkt, Ben und ich ... Vielleicht denkt das jeder."

„Jeder, der dich und Bennett zusammen sieht und dich kennt, weiß, dass es nur Zuneigung und Freundschaft ist." Es zuckte um ihre Lippen. „Jeder, der klar sehen kann."

„Du verzeihst mir, wenn ich das nicht so amüsant finde wie du."

„Ich freue mich ganz einfach, dass Alexander eine Beziehung mit jemandem hat, den ich respektiere und der mir etwas bedeutet."

„Wir haben keine Beziehung."

„Hmmm."

„Sag nicht hmmm – du erinnerst mich an Chris."

„Gut. Das heißt, dass du mich als Schwester siehst und auf meinen Rat hörst."

Jetzt war Eve amüsiert. „Chris wäre die Erste, die dir sagt, dass ich das kaum jemals tue."

„Dann mach eine Ausnahme, Eve. Ich weiß, wie es ist, wenn man Gefühle für jemanden entwickelt, der anscheinend nicht der Richtige für einen ist."

„Ich habe nie behauptet, ich hätte Gefühle", sagte Eve langsam. „Aber nur einmal angenommen, ich hätte welche. Alexander ist nicht der Richtige für mich. Und ich bin nicht die Richtige für ihn. Ich habe Bindungen an ein anderes Land. Ich mache gern etwas, wann und wie ich es will, ohne darüber nachzudenken, wie es für die Presse aussehen könnte. Ich bin noch niemals gut mit Regeln zurechtgekommen, was ich dadurch bewies, dass ich mich in der Schule miserabel gehalten habe. Alexander lebt nach Regeln. Er muss es."

„Stimmt." Gabriella nickte und trank einen Schluck Kaffee.

„Weißt du, Eve, deine Argumente sind absolut richtig und nachvollziehbar."

„Tatsächlich?" Sie hatte ein ziemlich flaues Gefühl in der Magengegend.

„Ich sagte, ich verstehe dich, und das tue ich auch. Bei dem Mann, für den ich Gefühle hatte, waren die Argumente die Gleichen und genauso richtig."

Eve schenkte noch mehr Kaffee ein. „Was hast du gemacht?"

„Ich habe ihn geheiratet."

Eve unterdrückte ein Lächeln und ließ sich auf die Kante des Schreibtischs sinken. „Vielen Dank."

Gabriella stellte ihren Kaffee beiseite und bemerkte, dass Eve inzwischen drei Tassen getrunken hatte. Und Kaffee, dachte sie, wird die Nerven meiner Freundin nicht gerade beruhigen. Die Liebe machte Wracks aus den Menschen, wie stark sie angeblich auch waren. Vor nicht allzu langer Zeit befand sie sich in dem Gefühlschaos, Liebe herbeizusehnen und sich gleichzeitig davor zu fürchten.

„Liebst du Alex?"

Liebe! Das stärkste Wort. Es wäre leicht gewesen, es abzustreiten. Ehrlichkeit erforderte mehr Anstrengung. Gabriella verdient es, die Wahrheit zu hören, dachte Eve. „Ich habe mir noch nicht erlaubt, darüber nachzudenken."

„Mit Nachdenken hat Liebe wenig zu tun, aber ich werde dich nicht weiter bedrängen."

Voller Zuneigung beugte Eve sich zu Gabriella und berührte ihre

Hand. „Brie, du kannst mich gar nicht bedrängen."

„Doch, das könnte ich", erwiderte Gabriella fröhlich. „Und es ist sehr verlockend. Aber stattdessen erinnere ich dich daran, dass Alex sehr hart daran arbeiten musste, sich einer Panzer anzulegen, um seine Gefühle zu beherrschen. Das Land braucht einen starken, objektiven Regenten. Es ist nicht immer leicht für ihn oder für die Menschen, die ihm nahestehen."

„Brie, das Entscheidende sind nicht meine Gefühle für Alex."

„Für jene von uns, die ihr Schicksal selbst bestimmen, sind Gefühle immer das Entscheidende."

„Ich wünschte, es wäre so einfach." Dann könnte sie die Tür öffnen, wenn auch nur für einen Augenblick, und ihre eigenen Gefühle, ihre eigenen Bedürfnisse prüfen, sich damit konfrontieren. Das wagte sie nicht. Sie könnten sehr viel stärker sein als sie selbst. Es geht um Selbstschutz, sagte sie sich. Um Selbstvertrauen. Ums Überleben. Doch daran wollte sie nicht denken.

„Brie, sosehr mir deine Familie auch am Herzen liegt, ich kann es mir nicht leisten, mich emotional mit jemandem einzulassen, der Land und Pflicht über mich stellen muss. Das klingt selbstsüchtig, aber ..."

„Nein, das klingt menschlich."

„Vielen Dank. Weißt du, wenn ..." Sie unterbrach sich, als das Telefon auf ihrem Schreibtisch läutete. „Nein, geh bitte noch nicht", bat sie, als Gabriella aufstehen wollte. „Warte einen Moment. Hallo!"

„Eve Hamilton?"

„Ja."

„Sie stehen der Fürstenfamilie nahe. Wenn Ihnen an deren Wohlergehen etwas liegt, richten Sie ihnen aus, sie sollen eine Warnung beherzigen." Die Stimme ließ Eve genau wie die Worte erstarren. Sie klang mechanisch, geschlechtslos.

„Wer spricht da?"

„Einer, der Gerechtigkeit sucht. Das ist eine Warnung. Und es wird nur diese eine geben. François Deboque muss innerhalb von achtundvierzig Stunden aus dem Gefängnis entlassen werden, sonst stirbt ein Mitglied der Fürstenfamilie von Cordina", sagte die Stimme.

Eve stockte der Atem. Sie warf Gabriella einen Blick zu. Ihre

Freunde, ihre Familie! Die Drohung war gegen Menschen gerichtet, die sie liebte. Sie umklammerte den Hörer fester und zwang das Entsetzen beiseite. „Nur ein Feigling spricht Drohungen anonym aus."

„Eine Warnung", verbesserte die Stimme. „Und ein Versprechen. Achtundvierzig Stunden."

Das leise „Klick" hallte immer wieder in Eves Kopf nach, nachdem sie den Hörer betont langsam zurückgelegt hatte.

Angst! Weil Gabriella sie fühlte, stand sie auf und ergriff Eves Hand. „Was ist los?"

Als Eve ihre Aufmerksamkeit wieder auf Gabriella richtete, sah sie die Anspannung trotz des Versuchs der Prinzessin, Haltung zu bewahren. Sie stand rasch auf. „Wo sind deine Leibwächter?"

„Auf dem Korridor."

„Dein Wagen steht draußen?"

„Ja."

„Mit Fahrer?"

„Nein, ich bin selbst gefahren."

„Wir müssen zum Palast. Einer deiner Leibwächter sollte uns begleiten. Ich erkläre dir alles unterwegs."

In Fürst Armands Arbeitszimmer führten drei Männer ein ernstes Gespräch. Rauchschwaden hingen im Raum, ihr Geruch vermischte sich mit dem frischer Blumen und alten Leders. Die Atmosphäre in einem Raum wurde oft von dem Mann bestimmt, der ihn bewohnte. Dieser hier verriet Macht, unauffällig, unbestreitbar. Hier wurden Entscheidungen selten überstürzt und niemals gefühlsmäßig getroffen. Wenn der hitzige Streit vorüber, der Kummer aus den Gesichtern verschwunden war, konnte man hier getroffene Entscheidungen nicht mehr bedauern.

Fürst Armand saß hinter seinem Schreibtisch und hörte seinem Schwiegersohn zu. Reeve MacGee war ein Mann, den er respektierte und dem er vertraute. Er war ein Freund, er war ein Familienmitglied, und darüber hinaus war Reeve als Berater wegen seiner Erfahrung in der Verbrechensbekämpfung unschätzbar. Obwohl er sämtliche Angebote eines Titels oder eine Position im Staat zurückgewiesen hatte, arbeitete Reeve in aller Stille als Sicherheitsberater der Fürstenfamilie.

„Es gibt nur wenig, was du hier im Palast noch an Sicherheitseinrichtungen verbessern kannst, ohne dass es öffentlich wird."

„Ich habe nicht den Wunsch, dass irgendetwas öffentlich wird." Armand ließ einen glatten weißen Stein von einer Hand in die andere gleiten, während er sprach. „Was ist mit der Botschaft?"

„Dort wurden natürlich die Sicherheitsvorkehrungen verstärkt. Aber ich meine, dass es dort keine Schwierigkeiten geben wird, wenn du nicht in Paris bist."

Armand neigte leicht den Kopf. Er wusste, dass er das Ziel des Anschlags in Paris gewesen war. „Und?"

„Die Sicherheitseinrichtungen im Gefängnis sind hervorragend. Allerdings kann keine noch so starke Überwachung Deboque davon abhalten, Anweisungen zu geben. Seine Post wird zensiert, aber er ist viel zu klug, um etwas Belastendes niederzuschreiben. Er hat ein Recht auf Besucher."

„Dann sind wir also einer Meinung, dass der Vorfall in Paris und die kleineren, weniger tragischen Vorfälle in den letzten Jahren Deboques Werk sind."

„Er hat die Bombe legen lassen, genau wie er den Diebstahl der Lorimar-Diamanten aus dem Museum vor zwei Jahren organisiert hat. Er handelt immer noch mit Drogen, während er in seiner Zelle sitzt. In drei Jahren wird er wieder auf der Straße sein, sogar in zwei, wenn er Bewährung bekommt."

So war es mit der Gerechtigkeit. So war es mit dem Gesetz. „Es sei denn, wir können beweisen, dass durch seinen Befehl Seward getötet wurde."

„Das ist richtig, aber der Beweis wird schwerfallen."

„Wir sitzen hier und sprechen nur über erhöhte Sicherheit. Nur über abwehrende Maßnahmen." Alexanders Stimme klang ruhig. „Wo bleibt unser Angriff!"

Armand legte den weißen Stein auf den Schreibtisch. „Hast du einen Vorschlag?"

„Je länger wir hier sitzen und nichts anderes tun, als uns zu verteidigen, desto mehr Zeit hat er, um zu planen. Er hat das gesetzliche Recht auf Besucher. Wir wissen, dass jeder, der zu Deboque kommt, mit Deboque in Verbindung steht." Der Name hinterließ einen bitteren Geschmack auf seiner Zunge. „Reeve kann uns sicher einen

Bericht über jeden einzelnen Besucher in den letzten sieben Jahren geben." Er warf seinem Schwager einen kurzen Blick zu, und der nickte. „Wir wissen, wer sie sind, was sie sind und wo sie sind. Ist es nicht an der Zeit, dass wir von diesem Wissen etwas nachdrücklicher Gebrauch machen?"

„Sie alle werden überwacht", sagte Armand.

„Die Überwachung uns bekannter Mitglieder von Deboques Organisation hat Seward nicht geholfen." Einen Moment herrschte Stille, nur durchbrochen vom Klicken und Aufflammen von Reeves Feuerzeug. „Wir brauchen jemanden in der Organisation."

„Alexander hat recht." Reeve stieß den Rauch aus. „Ich habe viel darüber nachgedacht. Es könnte Monate dauern, bis wir jemanden in Deboques Organisation eingeschleust haben."

„Er hat nicht lange gebraucht, um seine Vertraute als Gabriellas Sekretärin einzuschleusen." Alexanders Groll war auch nach sieben Jahren noch nicht abgeklungen.

Reeve schüttelte den Kopf. „Es ist leichter, einen Sicherheitsbericht zu fälschen oder den Lebenslauf oder Unterlagen, als eine Vertrauensstellung bei einem Mann wie Deboque zu erlangen. Er ist jetzt im Gefängnis nur durch fünf Jahre angestrengter Arbeit von Interpol."

„Und noch immer zieht er die Fäden", sagte Armand.

„Und noch immer zieht er die Fäden." Reeve griff nach seinem kalt gewordenen Kaffee. „Wir brauchen jemanden, der aussagen kann, dass Deboque selbst einen Befehl erteilt hat."

Alexander stand auf. Sein Verstand sagte ihm, dass Reeve recht hatte. Um Deboque erfolgreich auszuschalten, brauchte man Zeit und Geduld. Aber sein Gefühl … Er wollte Rache, die grausame, süße Genugtuung, die sie verschaffte. Doch wie immer blieb ihm nichts anderes übrig, als seine Bedürfnisse den Erfordernissen unterzuordnen.

„Denkst du an jemand Bestimmten?"

Reeve drückte seine Zigarette aus. „In einer Woche werde ich jemanden wissen."

„Und bis dahin?"

„Bis dahin schlage ich vor, dass wir weiterhin unsere Sicherheitsmaßnahmen verstärken, Deboques Leute unter Beobachtung halten und uns auf seinen nächsten Schachzug vorbereiten. Und der wird kommen. Sehr bald."

Armand nickte. „Ich überlasse es dir, dich mit Jermaine in der Pariser Botschaft in Verbindung zu setzen. Vielleicht hast du morgen dann einen Bericht über deine Besprechung mit Linnot wegen der Sicherheit im Palast."

„Morgen."

„Gut. Also, jetzt möchte ich mich nach meinen Enkelkindern erkundigen."

Armand lächelte, und in seinen Augen zeigte sich Wärme. Seine Schultern entspannten sich nie.

Ein hartes Klopfen ertönte. Die Tür öffnete sich, und Eve trat ein.

Alexander bemerkte sofort ihre Blässe und die viel zu großen Augen.

„Alexander!"

Sie griff nach ihm. Das Bedürfnis und die Geste waren natürlich. Er war in Sicherheit! Sie dankte dem Himmel dafür, obwohl sich ihr der Magen zusammenzog bei dem Gedanken, was hätte sein können.

Gabriella legte ihr die Hand auf den Arm. „Wir müssen mit Vater sprechen. Wo ist Bennett?"

„Bis morgen in Le Havre." Alexander brauchte keine Erklärung. Der Blick in Eves Augen und der Ton in der Stimme seiner Schwester waren genug. Wortlos trat er beiseite, um sie durchzulassen.

Eve vergaß Protokoll und formelle Begrüßung, als sie zum Schreibtisch eilte. Armand hatte sich erhoben.

„Eure Hoheit, ich habe vor wenigen Minuten im Zentrum einen Anruf erhalten. Sie müssen Deboque innerhalb von achtundvierzig Stunden aus dem Gefängnis entlassen."

Ein Schleier senkte sich vor seine Augen. „Ist das eine Forderung oder ein Rat?"

Bevor Eve sprechen konnte, legte Gabriella ihr erneut die Hand auf den Arm. „Eine Warnung durch Eve. Ihr wurde gesagt, falls Deboque nicht entlassen wird, muss ein Mitglied der Fürstenfamilie sterben."

Wo bleiben die Gefühle?, fragte sich Eve, während sie den Fürsten betrachtete. Wo bleibt die Angst um seine Familie, um ihn selbst? Er betrachtete sie ruhig und forderte sie mit einer Handbewegung auf, Platz zu nehmen. „Alexander, Eve könnte sicher einen Cognac gebrauchen."

„Eure Hoheit, bitte, ich bin nicht diejenige, um die Sie sich sorgen müssen. Niemand bedroht mich."

„Bitte, setzen Sie sich, Eve. Sie sind sehr blass."

„Ich will nicht …" Doch der leichte Druck von Gabriellas Fingern an ihrem Arm hielt ihren Protest auf. Sie unterdrückte die hektischen Worte und versuchte es noch einmal. „Eure Hoheit, ich glaube nicht, dass es eine leere Drohung war. Wenn Deboque in zwei Tagen noch im Gefängnis ist, wird es einen Mordanschlag auf ein Mitglied Ihrer Familie geben."

Alexander drückte ihr einen Cognacschwenker in die Hände. Sie blickte zu ihm auf und vergaß für einen Moment alle anderen im Raum. Es könnte dich treffen, dachte sie in einer Woge von Entsetzen.

Sobald der Gedanke Gestalt annahm, folgte der Schock. Die schon blassen Wangen wurden noch bleicher. Rasch wandte sie den Blick ab und sah starr auf ihren Cognac. Aber sie erkannte die Wahrheit. Sie liebte Alexander, hatte ihn schon immer geliebt, so unvorstellbar es auch war. Bevor sie es hatte verleugnen, hatte verdrängen können. Jetzt, da er sich in Gefahr befand, schossen ihr plötzlich ihre Gefühle durch den Kopf.

„Eve?"

Sie presste sich die Finger an die Augen und wartete darauf, dass ihr Schwindelgefühl verging. „Entschuldige, ich habe dich nicht gehört."

Reeves Stimme klang ruhig. „Es könnte uns helfen, möglichst genau die Worte des Anrufers zu hören", sagte er.

„Gut." Eve nippte zuerst an ihrem Cognac, ehe sie das kurze Gespräch wiedergab.

„Als Erstes verlangte er mich dem Namen nach."

„Bist du sicher, dass es ein Mann war?"

Sie setzte zu einer raschen Antwort an, dann hielt sie inne. „Nein. Nein. Die Stimme beunruhigte mich sofort, weil sie so mechanisch klang. Nicht wie eine Maschine, sondern so, als würde sie durch eine Maschine laufen."

„Was höchstwahrscheinlich der Fall war", meinte Reeve. „Erzähl weiter."

„Er sagte ... so etwas wie, ich würde der fürstlichen Familie nahestehen und solle ihr ausrichten, dass sie eine Warnung ernst nehmen sollte. Als ich ihn fragte, wer er sei, antwortete er ... ‚einer, der Gerechtigkeit sucht'. Da bin ich mir ganz sicher. Dann sagte er, es gebe nur eine einzige Warnung. Deboque sei innerhalb von achtundvierzig Stunden aus dem Gefängnis zu entlassen, oder ein Mitglied der fürstlichen Familie würde sterben." Sie presste kurz die Lippen zusammen, dann trank sie einen Schluck. „Ich sagte ihm, nur ein Feigling überbringe eine Drohung anonym."

Sie bemerkte nicht, dass Armands Augen vor Anerkennung funkelten, während er dasaß und sie beobachtete. Oder wie Alexander die Hand auf die Rückenlehne ihres Stuhls legte. Er strich mit den Fingern über ihr Haar, und obwohl sie sich dessen nicht bewusst war, beruhigte es sie.

„Er wiederholte nur, dass es eine Warnung und ein Versprechen sei."

„Was für einen Akzent hatte er?", fragte Reeve. „Einen amerikanischen? Einen europäischen?"

Wie um die Erinnerung zu erzwingen, presste sie zwei Finger an ihre Schläfen. „Er hatte keinen, keinen merklichen. Er sprach monoton und langsam."

„Kam der Anruf über die Zentrale?"

Eve legte die Hände um den Cognacschwenker, als sie sich zu Reeve umsah. „Das weiß ich nicht."

Reeve nickte nachdenklich. „Wenn Eve einmal benutzt wurde, könnte das wieder passieren. Ich möchte dieses Telefon abhören lassen und ihr einen Leibwächter geben."

„Ich brauche keinen Leibwächter."
Sie stellte das Glas weg. „Niemand hat mich bedroht. Eure Hoheit, um Sie mache ich mir Sorgen. Um Sie und Ihre Familie. Ich will helfen."

Armand erhob sich erneut, aber diesmal kam er um den Schreibtisch herum. Die Hände leicht auf Eves Schultern gelegt, küsste er sie auf beide Wangen.

„Ihre Sorge kommt von Herzen, meine Liebe, und dafür sind wir

Ihnen dankbar. Aber Sie müssen uns erlauben, für Sie genauso zu empfinden."

„Ich werde den Leibwächter akzeptieren, wenn es Sie beruhigt."

Bei ihrem widerwilligen Nachgeben zuckte es um seine Lippen. „Danke."

„Sie werden Deboque nicht freilassen."

„Nein, natürlich nicht."

„Aber Sie werden Vorsichtsmaßnahmen ergreifen? Alle?" Ihr Blick glitt zu Alexander und blieb an ihm haften. Kurz, ganz kurz nur, zeigten sich ihre Gfeühle für ihn in ihren Augen.

Alexander las darin mehr als Sorge. „Es ist nicht das erste Mal, dass das Haus von Cordina bedroht wird, und es wird nicht das letzte Mal sein."

„Gabriella ..."

„Eve, wir können nicht zulassen, dass unser Leben von Drohungen bestimmt wird. Wir haben eine Verantwortung unserem Volk gegenüber."

„Wir gehören dem Volk, meine Liebe." Armands Stimme wurde sanfter, als er ihre Hände ergriff. „Die Mauern dieses Palastes sind nicht dafür gedacht, dass man sich hinter ihnen versteckt."

„Aber Sie können nicht weitermachen, als wäre nichts passiert."

„Alles Menschenmögliche wird getan werden." Armand sprach jetzt entschlossener, mehr als Herrscher. „Ich werde meine Familie nicht leichtfertig einem Risiko aussetzen."

Eve sah sich einer soliden Mauer gegenüber. Armand, flankiert von Alexander und Gabriella. Selbst Reeve verbündete sich mit ihnen. Sie dachte an Bennett, den sorglosen, sorgenfreien Ben, und wusste, dass er genauso fest hinter ihnen gestanden hätte. „Dann muss ich wohl damit zufrieden sein."

„Sie sind wie eines meiner Familienmitglieder." Armand küsste ihre Hand. „Ich bitte Sie als Vater, als Freund, mir zu vertrauen."

„Solange ich mir noch Sorgen machen darf."

„Sie haben meine Erlaubnis."

Eve konnte nichts mehr tun. „Ich muss zurück zum Zentrum." Sie griff nach ihrer Tasche und warf Reeve einen Blick zu. „Pass auf alle auf!" Damit eilte sie aus dem Raum.

Sie war schon halb die Treppe hinunter, als sie sich daran erinnerte, dass sie keinen Wagen hatte. Die kleine Unannehmlichkeit weckte in ihr den Drang, hysterisch zu schluchzen. Drei tiefe Atemzüge, und sie war wieder in Ordnung.

„Eve, Sie haben keinen Wagen!“

Am Fuß der Treppe blieb sie stehen und blickte zu Alexander hoch. Wusste er, wie stark, mächtig, wie selbstsicher er wirkte? Er stand da wie ein Krieger, der eher bereit war, anzugreifen als zu verteidigen. Er sah aus wie ein König, der eher bereit war, zu bestrafen als zu vergeben. Wie ein Mann, der eher bereit war, zu nehmen als zu bitten.

Als er die Stufen herunterkam, näher und noch näher, erkannte sie, dass sie genau das wollte. Die Stärke, die Beherrschung, sogar die Arroganz.

„Ich will nicht, dass Ihnen irgendetwas passiert“, sagte Eve hastig, bevor die Vernunft die Worte erstickte.

Er blieb eine Stufe über ihr stehen, von ihrem atemlosen Satz heftiger erschüttert, als sie sich vorstellen konnte. Ihre Wärme drang direkt bis zu seinem Herzen vor, aber er war ein Kämpfer, und sein erster Schachzug war stets Verteidigung.

„Mein Vater hat Ihnen die Erlaubnis gegeben, sich Sorgen zu machen, ich nicht.“

Ihr Blick wurde eisig. „Dann werde ich, das verspreche ich Ihnen, auch nicht mehr anbieten, mir Sorgen zu machen. Und wenn Sie mit einem Kopfsprung mitten in der Hölle landen, soll es mir gleichgültig sein.“

„Ich will nicht Ihre Sorge“, sagte er, als er die letzte Stufe herunterkam. „Sondern mehr, viel mehr.“

„Das war aber alles, was ich zu geben bereit war.“ Er hatte sie zwischen sich und dem Geländer eingeklemmt. Sie fragte sich, wie er das geschafft hatte.

„Ich glaube, Sie wollten mehr geben.“ Er umfasste ihr Gesicht. Das war es, was er brauchte, wenn auch nur von Zeit zu Zeit für einige Augenblicke. Sie zu berühren, sie herauszufordern, zu vergessen, dass es eine Welt außerhalb dieser Mauern gab. „Was Sie mit Ihren Lippen und mit Ihren Augen sagen, ist nicht immer dasselbe.“

Sie wollte nicht so leicht zu durchschauen sein. Ihre Gefühle von eben sollten ihr Geheimnis bleiben, bis sie sich völlig darüber im Klaren war. Dass sie sie empfunden hatte und er nicht, vielleicht drängte dies sie dazu, zu sagen: „Haben Sie Bennett vergessen?“

Sie zuckte nicht zusammen, erlaubte es nicht, als er seinen Griff verstärkte. „Sie haben in meinen Armen nicht an Bennett gedacht. Und wenn Sie in meinem Bett sind, werden Sie an keinen anderen denken als an mich.“

War es Angst, die sie beunruhigte, oder Vorfreude? Irgendwie wusste sie schon, dass sie in seinem Bett alles finden würde, was sie sich je ersehnt hatte, und mehr, als sie ertragen könnte. Sie würde sich ihm nicht gefügig machen. Wenn sie sich eines schwor, dann das.

„Ich lasse mich nicht in Ihr Bett befehlen, Alex.“ Mit kühlem Blick und ruhiger Hand stieß sie seine Finger weg. „Ich werde nicht zu Ihnen kommen, solange Sie das glauben. Sie wollen nur die Geliebte Ihres Bruders.“ Dieser Gedanke schmerzte sie fast mehr, als sie ertragen konnte.

„Das ist eine alte Geschichte, die nie für irgendeinen der Beteiligten befriedigend ausgeht.“

Der Vorwurf traf ihn. Er trat näher. Eve war eine Herausforderung, eine starke Gegnerin. Verlangen flammte in ihm auf.

„Du willst mich. Ich habe es gesehen. Ich habe es gefühlt.“

„Ja.“ Sie leugnete es nicht, ihr Blick jedoch blieb ruhig und wehrte den Triumph in seinem ab. „Aber genau wie Sie habe ich gelernt, meine Wünsche hinter das Notwendige zu stellen. Eines Tages, Alex, eines Tages kommen Sie vielleicht zu mir als Mann und nicht als Symbol. Eines Tages kommen Sie vielleicht zu mir, weil Sie etwas brauchen, und nicht, weil Sie etwas fordern.“ Sie wirbelte herum und stürmte den Korridor entlang davon. „Vielen Dank für Ihr Angebot, mich mitzunehmen, Eure Hoheit – aber ich fahre lieber allein.“

7. KAPITEL

Zum Teufel mit der Frau! Dieser Gedanke war Alexander innerhalb der letzten zwei Tage mehr als einmal durch den Kopf gegangen. Sie hatte ihn dazu gebracht, sich wie ein Narr zu fühlen. Schlimmer noch, sie hatte ihn dazu gebracht, sich wie einer aufzuführen.

Er hatte niemals Achtung vor Männern gehabt, die körperliche Gewalt anwendeten, um andere einzuschüchtern. Solche Männer hatten keinen Charakter und sehr wenig Intelligenz. Jetzt sah es so aus, als wäre er irgendwie einer von ihnen geworden. Nein, nicht irgendwie, verbesserte Alexander sich wütend. Diese Frau hatte ihn so weit gebracht.

Wann hatte er angefangen, Frauen mit dem Rücken an die Wand zu drängen? Seit er Eve kannte. Seit wann trug er sich mit dem Gedanken, eine Frau zu nehmen, ob sie bereit war oder nicht? Seit er Eve kannte. Wann hatte er jemals eine Frau so verzweifelt begehrt, dass es sein Urteilsvermögen trübte und seine Gedanken beherrschte? Niemals bevor er Eve kennengelernt hatte.

Alles hatte mit Eve begonnen. Daraus folgte, dass Eve schuld war an seinen Anfällen von Vernunftlosigkeit.

Als logisch denkender Mensch erkannte er den Fehler in dieser Schlussfolgerung. Wenn ein Mann die Kontrolle über sich verlor, sei es in der Öffentlichkeit oder privat, hatte er es sich selbst zuzuschreiben.

Trotzdem: zum Teufel mit dieser Frau!

Gilchrist, seit zehn Jahren Alexanders Kammerdiener, seufzte in sich hinein. Mit der Launenhaftigkeit des Prinzen rechnete er stets, und er nahm sie hin. In Sekundenschnelle konnte er abschätzen, wann er zu sprechen und wann zu schweigen hatte. Andernfalls hätte er niemals zehn Jahre durchgehalten. Das Lächeln bedeutete, dass eine etwas gemäßigtere Stimmungslage zu erwarten war, wenn auch nur kurzfristig. Gilchrist wusste genug, um daraus seinen Nutzen zu ziehen.

„Wenn ich mir die Bemerkung erlauben darf, Hoheit, aber Sie haben in den letzten Wochen nicht gut gegessen. Wenn Sie nicht mehr darauf achten, müssen wir Ihre Kleidung enger machen."

Alexander hakte seinen Daumen unter den Hosenbund. Er hatte ein Spiel von fast drei Zentimetern. „Ich werde sehen, was ich tun kann, Gilchrist, bevor Sie und mein Schneider das Gesicht verlieren."

„Ich bin nur um die Gesundheit Eurer Hoheit besorgt, nicht um die Passform Ihrer Kleidung." Aber natürlich lag ihm beides gleichermaßen am Herzen.

„Dann darf ich Ihnen keinen Grund geben, sich auch darüber noch Sorgen zu machen." Mit einem Kopfnicken bedeutete er Gilchrist, das Klopfen an der Tür zu beantworten.

„Eure Hoheit." Henri Blachamt war seit acht Jahren Alexanders persönlicher Sekretär.

„*Bonjour,* Henri. Was für ein unmögliches Programm haben Sie denn für morgen geplant?"

„Bitte verzeihen Sie, Ihr morgiger Tag ist ziemlich ausgefüllt, Eure Hoheit."

Alexander wusste, Henri würde stehen bleiben, solange er selbst es tat. Geduldig ließ Alexander sich auf einer Stuhllehne nieder. „Bitte setzen Sie sich, Henri, dieser Terminkalender ist bestimmt sehr schwer."

„Danke, Eure Hoheit." Nachdem er auf die für ihn typische umständliche Art Platz genommen hatte, zog er aus seiner Westentasche eine kleine, randlose Brille hervor. Er setzte sie sich auf die Nase, schob sie gerade, rückte sie zurecht, in einer zeitraubenden Zeremonie. Bei keinem anderen hätte Alexander so etwas geduldet.

Seine Zuneigung für den älteren Mann ging sehr tief und war seit zwanzig Jahren ungebrochen. Damals hatte Henri dem jungen Prinzen ein Stück Schokolade zugesteckt, nachdem Alexander eine besonders bittere Lektion in Sachen Anstand von Armand erhalten hatte.

„Sie erinnern sich an das Diner bei Monsieur und Madame Cabot. Mademoiselle Cabot wird am Klavier für Unterhaltung sorgen."

„Das kann man unmöglich Unterhaltung nennen, Henri, aber lassen wir es gut sein."

„Wie Sie meinen, Hoheit." Henris Augen hinter der Lesebrille funkelten kurz, aber seine Stimme blieb ausdruckslos. „Das Mitglied des Kronrats, Monsieur Trouchet, wird daran teilnehmen, Hoheit.

Ich nehme an, er wird über die Vorlage für das neue Gesundheitsvorsorgegesetz sprechen wollen."

„Vielen Dank für die Warnung", sagte Alexander und fragte sich, ob er den tödlich langweiligen Abend überstehen würde. Wenn er richtig vermutete, würde die gefürchtete Madame Cabot ihm den Platz zuweisen zwischen ihr selbst und ihrer tollpatschigen, näselnden Tochter, die noch nicht verheiratet war.

Könnte er doch zu Hause bleiben und in seinem Park den Mond betrachten. Mit Eve an seiner Seite. Sie würde ihn anlächeln, während sie die Arme nach ihm ausstreckte …

Zum Teufel mit der Frau!

Beide, Kammerdiener und Sekretär, wappneten sich, als der Prinz die Brauen zusammenzog.

„Was steht für morgen auf dem Plan?" Alexander erhob sich und trat ans Fenster. Er sah die Gärten und ließ den Blick bedächtig darübergleiten, hinüber zum Meer.

Henri stand automatisch auf und balancierte den Terminkalender auf den offenen Handflächen. „Um acht Uhr Frühstück mit dem Präsidenten von Dynab Shipping. Zehn Uhr fünfzehn persönliches Erscheinen bei der Eröffnung des Seehafen-Museums in Le Havre. Dreizehn Uhr dreißig, Sie halten eine Ansprache beim Lunch zugunsten des St. Alban's Krankenhauses. Um fünfzehn Uhr fünfundvierzig …"

Alexander seufzte und hörte sich den restlichen Tagesplan an. Wenigsten bin ich zu Hause, dachte er. Seine Europareise für diesen Winter wurde schon geplant.

Eines Tages würde er das Moor von Cornwall besuchen und die Weinanbaugebiete in Frankreich, nicht so sehr als Repräsentant Cordinas, sondern vielmehr, weil er es sich wünschte. Eines Tages würde er Land und Leute sehen, wie sie wirklich waren, nicht so, wie ein Prinz sie sah. Eines Tages. Aber nicht heute und nicht morgen.

„Danke, Henri." Er lächelte seinem Sekretär zu. „Übrigens, wie geht es Ihrer Enkelin?"

Henris Wangen bekamen Farbe. „Sie ist wunderschön, Hoheit. Vielen Dank für die Nachfrage."

„Sie müsste jetzt … drei Monate alt sein."

„Morgen wird sie drei Monate." Henris Freude wurde noch größer, da der Prinz sich daran erinnerte.

Alexander bemerkte es, und ihm wurde bewusst, dass die kleinen Dinge im Leben oft die kostbarsten waren. Er verwünschte sich dafür, dass er in den letzten Wochen so schroff mit seinem Personal umgegangen war. Gern hätte er Eve für seine schlechte Laune verantwortlich gemacht, aber daran war er selbst schuld.

„Sie haben bestimmt ein Foto von ihr. Annabella heißt sie, nicht wahr?"

„Ja, Eure Hoheit." Henri, der jetzt rot wie eine Tomate war, griff nach seiner Brieftasche, die er sorgfältig in seiner Brusttasche verwahrte. Alexander nahm sie entgegen und betrachtete eingehend das Foto des nahezu kahlköpfigen, pausbäckigen Kindes. Es war keine Schönheit, aber Alexander musste schmunzeln über die strahlenden, großen Augen und den zahnlosen, lächelnden Mund.

„Sie sind ein glücklicher Mann, Henri, dass Sie eine solche Nachkommenschaft haben."

„Ja, Hoheit, wir sind alle sehr stolz auf meine Enkelin."

„Grüßen Sie Ihre Familie."

„Das werde ich tun, danke, Eure Hoheit. Und darf ich sagen, dass wir alle uns schon auf den Tag freuen, an dem Sie Cordina einen Sohn oder eine Tochter schenken. Das, Hoheit, wird ein Festtag sein."

„Ja." Alexander gab ihm die Brieftasche zurück. Sein Sohn würde eines Tages Thronerbe sein. Und die Mutter seiner Kinder würde die Regeln akzeptieren müssen, die schon seit Jahrhunderten bestanden. Was er ihr abverlangen musste, konnte nicht weniger sein, als was er von sich selbst forderte. Traf er die falsche Wahl, musste er immer damit leben. Für den Herrscher von Cordina war eine Scheidung ausgeschlossen.

Mit dreißig war Alexander der älteste unverheiratete Thronerbe in der Geschichte Cordinas, woran die Presse und sein Land ihn in regelmäßigen Abständen erinnerten. Trotzdem weigerte er sich noch immer, eine Ehe in Erwägung zu ziehen.

Henri räusperte sich. „Ihr Fechtpartner wird um halb sechs hier sein, Hoheit. Bei den Cabots müssen Sie um halb neun sein."

„Ich werde es nicht vergessen."

Zehn Minuten später kam Alexander in weißer Hose und weißem Jackett die Haupttreppe herunter. Die Spannung, die er seit Tagen mit sich herumtrug, hatte nicht nachgelassen. Da half kein logisches Denken. Pflicht gegen Verlangen, Verantwortung gegen Begehren.

Das Eingangstor öffnete sich, als er die unterste Stufe erreichte. Er blieb verspannt stehen, weil er dachte, es wäre Eve.

Doch es war Bennett, der mit einer jungen, sehr gut gewachsenen Rothaarigen am Arm hereinkam.

„Ich kann gar nicht glauben, dass ich eine Führung durch den Palast bekomme." Obwohl ihre Stimme vor Aufregung atemlos klang, sprach sie die Worte perfekt aus. Nach einer kurzen Betrachtung erkannte Alexander in ihr ein Mitglied aus Eves Truppe. „Bist du sicher, dass das in Ordnung geht?"

„Liebste, ich wohne hier." Alexander hörte die Belustigung in der Stimme seines Bruders, als Bennett mit der Hand über die Schulter der Frau strich.

„Hallo, Alex!" Bennett rückte mit einem mutwilligen Lächeln von der Frau ab. „Kennst du schon Doreen? Sie gehört zu Eves Truppe und ist erst kurz vor der Abreise aus den Vereinigten Staaten dort aufgenommen worden."

„Ja, wir haben uns letzte Woche bei dem Diner kennengelernt. Es freut mich, Sie wiederzusehen."

„Danke, Hoheit." Sie machte einen vollendeten Hofknicks. „Ihr Bruder hat mir eine Führung durch den Palast angeboten." Sie warf Bennett einen strahlenden Blick zu.

„Wie schön." Niemand außer Bennett hätte den Sarkasmus herausgehört. „Vielleicht möchten Sie zuerst den Salon sehen." Während Bennett verwirrt dreinsah, ergriff Alexander Doreens Arm und fuhrte sie ein Stück den Korridor entlang. „Er ist recht komfortabel, und einige der Möbel stammen aus dem siebzehnten Jahrhundert. Sie können sich einen Moment umsehen, während ich ein Wort mit meinem Bruder wechsle, ja?"

„Oh ja, Eure Hoheit, danke."

Alexander beobachtete, wie Doreen zum Kamin trat, ehe er zu seinem Bruder zurückkehrte.

„Gut gemacht", bemerkte Bennett. „Verrätst du mir jetzt, warum du sie aus dem Weg haben wolltest?" Bei Alexanders Blick setzte Bennetts Herz einen Schlag lang aus. „Stimmt etwas nicht? Mit Vater?"

„Nein." Normalerweise hätte Alexander sich beeilt, ihn zu beruhigen. Im Moment richtete er seine Aufmerksamkeit jedoch nur auf eines. „Wie konntest du diese Frau hierher bringen?"

„Wie bitte?" Erleichterung wich Verwirrung und Verwirrung Belustigung. Bennetts tiefes, ansteckendes Lachen hallte in dem altehrwürdigen Korridor wider. „Doreen? Alexander, ich verspreche dir, ich habe nicht vor, sie in der Ahnengalerie zu verführen."

„Aber irgendwo sonst, und zwar bei der erstbesten Gelegenheit."

Bennett versteifte sich. Seinen Ruf in der Presse nahm er hin, ebenso die Tatsache, dass er den Titel Playboy-Prinz nicht ganz zu Unrecht trug. Aber älterer Bruder oder nicht, er wollte sich das nicht von Alexander bieten lassen.

„Ob und wann und wen ich verführe, ist und bleibt meine Angelegenheit, Alex. Denk daran, dass du Cordina regieren wirst, nicht ich. Niemals."

Hinter den kühlen, beißenden Worten verbarg sich maßlose Wut. „Es ist mir egal, wenn du es mit einem der Küchenmädchen in der Speisekammer treibst, solange du darüber Diskretion wahrst."

Bennetts angeborener Sinn für Humor blieb auf der Strecke. „Das sollte ich vielleicht als Kompliment auffassen, aber es fällt mir schwer."

„Machst du dir gar nichts aus ihren Gefühlen?", brauste Alexander auf. „Wie kannst du ihr förmlich eine deiner – Zerstreuungen vorführen? Und dass du noch dazu jemanden von ihren eigenen Leuten wählst! Ich habe nicht gewusst, dass du so grausam bist, Bennett."

„Einen Moment!" Bennett fuhr sich durch das dichte Haar. „Mir scheint, ich bin mitten in den zweiten Akt geraten. Sprichst du von Eve? Du meinst, es würde sie stören, dass ich … nun ja, mit einer ihrer Schauspielerinnen flirte?"

Alexander spürte, wie sein Zorn überkochte. „Wenn du ständig untreu sein musst, kannst du dich nicht wenigstens einschränken, solange sie unter unserem Dach wohnt?"

„Untreu?“ Bennett schüttelte den Kopf. „Jetzt fürchte ich, dass ich auch den zweiten Akt völlig verpasst habe. Ich habe niemanden, dem ich untreu sein …“ Er verstummte, als ihn die volle Bedeutung traf. Er sah seinen Bruder verblüfft an, ehe er in lautes Lachen ausbrach. „Eve? Ich kann nicht glauben, dass du …“ Bennett rang nach Luft, während Alexanders Blick immer finsterer wurde. „Alexander, du solltest doch am besten wissen, dass du nicht glauben darfst, was in den Zeitungen steht.“

Starr vor Wut, rührte Alexander sich nicht von der Stelle. „Ich habe Augen im Kopf!“

„Aber dein Blick ist getrübt. Du kannst doch nicht ernsthaft glauben, es wäre etwas … wie soll ich das dezent ausdrücken … etwas Intimes zwischen Eve und mir?“ Er fuhr sich mit der Hand über das Gesicht.

„Du stehst hier vor mir und willst mir einreden, ihr wärt kein Liebespaar?“

„Liebespaar? Du meine Güte, ich habe sie nicht einmal berührt. Wie könnte ich? Sie gehört praktisch zur Familie. Sie ist für mich eine Schwester wie Brie.“

„Ich habe euch zwei zusammen gesehen, wie ihr durch den Park gegangen seid oder in stillen Ecken miteinander gelacht habt.“

Bennetts Lächeln verschwand langsam, während Alexander sprach. Es dämmerte ihm endlich. Sein Bruder liebte Eve, und Bennett verstand, welche Qual sein Verdacht ihm bereitet hatte. „Sie ist meine engste Freundin, und ich sehe sie nur selten. Aber es ist nichts zwischen uns, Alex.“ Er trat näher und fragte sich, wie lange sein stolzer, starrsinniger Bruder schon leiden mochte. „Hättest du mich früher gefragt, hätte ich es dir gesagt.“

Die Last fiel von Alex' Schultern, von seinem Herzen. Und doch … „Vielleicht gibt es von deiner Seite keine Zuneigung. Kannst du so sicher sein, was Eve angeht?“

Das Lächeln kehrte strahlend und zuversichtlich zurück.

„Alex, wenn ich etwas weiß, dann ist es das, was eine Frau für mich empfindet. Aber wenn du dich damit nicht zufriedengeben willst, warum fragst du sie nicht einfach selbst?“

„Das habe ich. Sie hat es nicht abgestritten.“

„Um sich dir zu widersetzen“, sagte Bennett in augenblicklichem

Verstehen. „Das würde ihr sehr ähnlich sehen – und vermutlich hatte es auch etwas mit der Art zu tun, wie du gefragt hast."

Alexander erinnerte sich an seinen Zorn und seine harten Beschuldigungen. Nein, sie hatte nichts abgestritten, sondern ihn in seinen Zweifeln gelassen. Das konnte er ihr nicht verdenken.

Alexander betrachtete erneut seinen Bruder und sah, dass seine Gefühle nicht mehr allein seine Sache waren. In der Jugend hatten sie viel miteinander geteilt, Geheimnisse, Klagen, Scherze. Alexander konnte nur froh sein, dass sie nicht auch dieselbe Frau teilen mussten.

„Wie konntest du sie nicht begehren?"

Bennett lehnte sich zurück und sah seinen Bruder an. Endlich hatte jemand das Undurchdringliche durchdrungen, das Unerschütterliche erschüttert. „Als ich sie das erste Mal sah, dachte ich, sie wäre das herrlichste Wesen, das ich je kennengelernt habe."

Als Bennett beobachtete, wie Alexander die Augen zusammenkniff, lachte er leise in sich hinein. „Fordere mich nicht zu einem Duell heraus. Und wenn du es tust, treffe ich die Wahl der Waffen. Ich bin ein besserer Schütze als du."

„Warum findest du das so komisch?"

„Weil ich dich liebe." Es war die schlichte Wahrheit. „Es geschieht selten genug, dass jene, die dich lieben, dich menschlich handeln sehen, Alex. Wenn ich nicht meine Freude daran hätte, Prinz Perfekt ein wenig straucheln zu sehen, wäre ich kein Mensch. Ich würde sagen, diese Eifersüchtelei hat dir gutgetan."

Die Erwähnung seines Spitznamens aus der Kindheit ärgerte ihn nicht so sehr wie der Hinweis auf seine Eifersucht. „Ich habe seit Monaten nicht mehr anständig geschlafen."

„Das tut dir ungeheuer gut." Bennett nahm eine Rose aus einer Vase, die neben ihm stand, und dachte, dass sie wunderbar zu Doreens zarter Haut passen müsste. „Aber um auf das Thema zurückzukommen, ich fühlte mich zu Eve hingezogen, und ich bildete mir ein, dass es auf Gegenseitigkeit beruhte. Doch dann, bevor sich irgendetwas ergeben konnte, lag ich schon flach auf meinem Rücken im Krankenhaus. Eve hat mich täglich besucht."

„Ich erinnere mich."

„Sie hat mich bemuttert und gleichzeitig an mir herumgenörgelt", fügte Bennett hinzu. „Sie hat über mich gewacht, bis ich diesen Brei aß, den man mir aufgezwungen hat. Und ständig hat sie mir Predigten gehalten. Als ich wieder auf die Beine kam, waren wir Freunde. Etwas anderes sind wir nie gewesen." Er klopfte seinem Bruder auf die Schulter. „Wenn du jetzt zufrieden bist ... Eine Lady mit unglaublich langen Beinen wartet auf mich."

Er ging ein Stück den Korridor entlang, blieb stehen und drehte sich um. „Du warst nie für Ratschläge zugänglich, aber ich gebe dir trotzdem einen. Wenn du Eve willst, schleich nicht wie ein Kater um sie herum. Sie ist eine Frau, der man sich direkt nähern muss. Sie ist Gold, Alex, pures Gold, eine Frau mit einem messerscharfen Verstand. Wer bei ihr nicht auf der Strecke bleiben will, muss das sehen."

Wenn er einen Mann kannte, der sich auf Frauen verstand, so war es Bennett. Alexander fühlte, dass er endlich wieder lächeln konnte. „Ich werde daran denken." Er sah seinem Bruder nach, der im Salon verschwand. Sekunden später erklang heiteres Lachen.

Alexander blieb noch einen Moment stehen, um seine Gefühle zu verarbeiten. Nicht die Frau seines Bruders! Sondern seine. Von diesem Moment an. Alexander ging raschen Schrittes auf den Ostflügel zu, um die Energie, die sich in ihm angestaut hatte, loszuwerden.

Eve hatte einen höllischen Tag hinter sich. Müde und auf die ganze Welt wütend, betrat sie den Palast durch den östlichen Eingang. Nur Freunde und Familienangehörige benutzten den kleinen, verborgenen Garteneingang. Normalerweise hätte sie die Haupttüre benutzt, aber im Augenblick wollte sie niemanden sehen und sprechen.

Ihr Regisseur war gereizt, und das zeigte sich. Die Stimmung übertrug sich auf ihre Schauspieler, und die fauchten einander jedes Mal an, sobald sie eine Textzeile verpatzten.

Heute hatte sie zwei Stunden in einer Besprechung mit allen Beteiligten verbracht, um dem Ärger Luft zu machen und Missverständnisse auszuräumen.

Die Mitglieder ihrer Truppe waren beschwichtigt. Dafür war sie nun total aufgedreht.

Gib es doch zu, sagte sie sich selbst, als sie die Tür hinter sich schloss. Du bist schon seit Wochen verkrampft, und es hat überhaupt nichts mit der Truppe zu tun.

Er machte sie verrückt – körperlich, geistig und seelisch. Wie konnte er Tag für Tag, Nacht für Nacht so tun, als wäre nichts zwischen ihnen geschehen? Wie konnte er seinen Gewohnheiten nachgehen, wenn sie schlaflose Nächte verbrachte und wegen eines anonymen Telefonanrufs vor Sorge halb verging?

Die Zeit wird knapp, dachte sie und rieb sich die schmerzenden Schläfen. Deboque saß noch im Gefängnis und würde auch dort bleiben. Wann würde man die Drohung, die sie erhalten hatte, in die Tat umsetzen?

Sie erinnerte sich noch lebhaft an das Bild, wie Bennett auf dem Steinboden der Terrasse lag und das Blut aus seinem Körper auf das dunkle Gestein sickerte. Man brauchte keine besondere Vorstellungskraft zu haben, um Alexander dort liegen zu sehen.

Sie könnte ihn verlieren. Zwar wusste sie, dass er nicht ihr gehörte, niemals gehört hatte, und doch zog sich ihr bei dem Gedanken, ihn zu verlieren, der Magen zusammen. Ob er sie liebte oder nicht, ob er ihr vertraute und sie respektierte oder nicht, sie wollte ihn am Leben sehen und unversehrt.

Die achtundvierzig Stunden waren um.

Vielleicht war es nur eine leere Drohung gewesen. Müde und erschöpft lehnte sie sich gegen die kalte Holztür und schloss die Augen. Die Bissets nahmen die Sache nicht ernst. Wenn sie es tun würden, hätte sie dann nicht zusätzliche Wachen am Tor gesehen? Hätte man nicht den Sicherheitsdienst um den Palast herum zusammengezogen? Weil sie es persönlich überprüft hatte, wusste sie, dass Armand in Cordina war und sich mit den Ratsmitgliedern traf. Die Übrigen der fürstlichen Familie gingen wie gewöhnlich ihren offiziellen gesellschaftlichen Verpflichtungen nach.

Und die achtundvierzig Stunden waren um.

Nichts geschah. Alles konnte geschehen. Warum war sie die Einzige, deren Nerven blank lagen?

Die fürstliche Familie!, dachte sie und stieß sich von der Tür ab. Glaubte sie, dass ihr Blut, weil es blau war, nicht fließen könne? Hielten sie einen Titel für einen unsichtbaren Schutzschild gegen Schüsse? Selbst Bennett weigerte sich, ihr zuzuhören. Er sprach nicht einmal mit ihr. Natürlich mussten sie in diesem Fall zusammenhalten.

Genug!, ermahnte sich Eve. Sie hatte genügend schlaflose Nächte wegen dieser Familie verbracht. Sie musste eine Schauspieltruppe leiten und Stücke inszenieren. Sie überließ es den Bissets, ihr Leben und ihr Land zu führen.

Plötzlich hörte sie Schritte, Flüstern. Sie erstarrte.

Die achtundvierzig Stunden des Ultimatums waren um, und Eves erster Impuls war Weglaufen. Gleichzeitig entstand ein zweiter. Beschützen.

Sie presste sich gegen die Wand und atmete tief durch. Die Beine gespreizt, den Körper leicht gedreht, hob sie die Arme in Kampfhaltung.

Als die Schritte näher kamen, zog sie ihren rechten Arm zurück und straffte die Schultern. Sie tat einen Schritt vorwärts und ließ den rechten Arm vorschnellen. Unmittelbar vor Bennetts gerader aristokratischer Nase hielt sie in der Bewegung inne.

„Verdammt, Eve, ich hätte nicht gedacht, dass du dich so darüber ärgerst, wenn ich mit einer Frau aus deiner Truppe ausgehe."

„Ben!" Sie ließ sich gegen die Wand sinken. Eve war weiß wie ein Laken, und er musste lächeln. „Ich hätte dich verletzen können."

Gesunder männlicher Stolz griff rettend ein. „Das bezweifle ich. Aber warum schleichst du durch die Korridore?"

„Ich schleiche nicht. Ich bin gerade hereingekommen." Ihr Blick glitt zu der jungen Rothaarigen. Sie hätte wissen müssen, dass Bennett diese Frau früher oder später aufstöbern würde. „Hallo, Doreen."

„Hallo, Miss Hamilton."

Eve straffte sich. „Ben, wenn ich mich nicht gerade noch zurückgehalten hätte, hätte ich dir den Kiefer gebrochen. Warum schleichst du hier herum?"

„Ich schleiche …" Er war im Begriff, seine Anwesenheit in seinem eigenen Heim zu rechtfertigen. Bennett schüttelte den Kopf, verwundert darüber, dass Alexander seine Beziehung zu Eve für sexuelle Anziehung halten konnte. „Sieht so aus, als müsste ich ständig erklären, dass ich hier wohne. Auf jeden Fall ist mein Kiefer nicht gefährdet. Ich zeige Doreen vor dem Essen den Palast."

„Das ist nett." Eves Nerven spannten sich wieder an. „Sind alle anderen zu Hause?"

Ja." Bennett erkannte ihre Sorge und zog sie an den Haaren. „Allen geht es gut. Oh, Alexander ist ein wenig mitgenommen, aber ..."

„Was ist passiert?" Augenblicklich hielt sie sich klammernd an seinem Hemd fest. „Ist er verletzt?"

„Es geht ihm gut. Um Himmels willen, schone den Stoff!" Hätte er Zweifel an Eves Gefühlen für seinen Bruder gehabt, hätte er jetzt keine mehr. „Ich habe ihn vor einer Stunde gesehen", fuhr er fort, während er ihre Finger aus dem Seidenstoff löste. „Ich habe ihn in jeder Hinsicht auf den richtigen Weg gebracht. Das Problem wäre also gelöst." Er lächelte charmant.

„Du hast ihn auf den richtigen Weg gebracht, ja?" Sie kniff die Augen zusammen und funkelte ihn gefährlich an. „Du meintest, ein Recht zu haben, für mich zu sprechen?"

„Für mich selbst." Bennett hob beschwichtigend und schützend die Hand. „Ich habe lediglich erklärt, dass ..."

„Ach, tatsächlich? Ist das nicht schön?" Eve schob wütend die Hände in ihre Taschen. „In Zukunft gebe ich meine Erklärungen selbst ab, vielen Dank. Wo ist er?"

Bennett lächelte dankbar, weil ihre Gedanken in eine andere Richtung gelenkt wurde. Er bedauerte nur, dass er das Ergebnis nicht sehen würde. „Da er zum Fechten gekleidet war, ist er vermutlich mit seinem Partner in der Sporthalle."

„Danke." Sie ging drei Schritte den Korridor entlang, ehe sie über die Schulter zurückrief: „Probe ist um Punkt neun Uhr, Doreen. Ich will Sie ausgeruht sehen!"

Eve hatte schon immer den Bereich im Westflügel des Palastes gemocht, den die Bissets in ein Fitnesscenter umgebaut hatten. Sie war eine sportliche Frau, eine, die die Schönheit und den Kontrast eines Raumes mit hohen, verzierten Decken und Stahlgeräten und Gewichten zu schätzen wusste. Hier roch es nicht nach Meer, und es gab keine hübschen Schnittblumen in Kristallvasen, dafür aber prachtvolle antike Buntglasfenster.

Sie ging durch den Trainingsraum. Normalerweise hätte sie die erstklassige Ausstattung bewundert. Jetzt aber blickte sie sich nur um, um sich zu vergewissern, dass sich außer ihr niemand im Raum aufhielt.

Wärme und der durchdringende Geruch von gechlortem Wasser schlugen ihr entgegen, als sie den Spa-Bereich betrat, der von einem roten Fiberglasbad beherrscht wurde. Dampf stieg auf. Sonnenlicht flutete herein. Durch das klare Glas der Badelandschaft konnte man den Himmel sehen und einen Teil des Meeres mit seinem tieferen Blau.

Zu einem anderen Zeitpunkt wäre sie versucht gewesen, ihre angespannten Muskeln in dem entspannenden Bad zu beruhigen. Wieder ging sie weiter, nachdem sie sich nur kurz umgesehen hatte. Als sie die nächste Tür öffnete, hörte sie das Schlagen und Klirren blanker Klingen.

In dem hohen fensterlosen Raum befand sich die Fechtmatte. An einer Wand waren Spiegel und eine Ballettstange befestigt. Zwei Männer in Weiß spiegelten sich in dem Glas, während sie sich mit leicht gebeugten Knien bewegten, den Rücken durchgedrückt, den linken Arm nach hinten gelegt.

Beide Männer waren groß, schlank und dunkelhaarig. Die Fechtmasken verbargen ihre Gesichter. Dennoch hatte Eve keine Schwierigkeiten, Alexander zu erkennen.

Es war die Art, wie er sich bewegte. Hoheitsvoll, dachte sie und verschränkte die Arme vor der Brust, während sie gegen das Verlangen ankämpfte, das immer da war, wenn sie ihn sah.

Metall klirrte auf Metall. Die Männer kämpften schweigend. Und sie waren einander ebenbürtig, fand Eve. Alexander hätte nie einen unterlegenen Kämpfer als Partner gewählt. Er wollte die Herausforderung. Kleine Schauer überliefen sie. Und er wollte den Triumph.

In einem anderen Jahrhundert, einem anderen Leben hätte er sein Land mit dem Schwert in der Hand verteidigt.

Er konnte noch immer damit umgehen, wurde Eve klar, als er sich ständig vorwärts bewegte, mehr angreifend als sich verteidigend. Mehr als einmal sah Eve ihn seine Deckung vernachlässigen zugunsten eines Angriffs, wobei er den Ausfall seines Gegners parierte, kurz bevor die Sicherheitsspitze ihn berührte.

Würde er ebenso gewagt kämpfen, fragte sie sich, wenn die Klingenspitzen scharf wären? Erregung durchfuhr sie, als sie sich die Antwort darauf selbst gab.

Auch dann wäre er so leichtsinnig, wie er es sich in Staatsdingen niemals erlauben würde.

Immer wieder forderte er seinen Gegner heraus. Die Degen kreuzten sich. Metall glitt pfeifend an Metall entlang. Dann war Alexander mit zwei knappen Bewegungen aus dem Handgelenk an der Deckung vorbei und drückte die Sicherheitsspitze leicht gegen das Herz seines Partners.

„Gut gemacht, Hoheit." Der Geschlagene nahm seine Maske ab. Eve sah sofort, dass der Mann älter war, als sie gedacht hatte, und er kam ihr entfernt bekannt vor. Er hatte ein verwegenes Aussehen, ein interessantes Gesicht, mit Falten an den Augen und einem dichten dunklen Schnurrbart. Seine Augen waren von einem sehr hellen Grau, und sein Blick richtete sich jetzt über Alexanders Schulter an Eve. „Wir haben Publikum, Hoheit."

Alexander drehte sich um und sah Eve durch das Gittergeflecht hindurch starr an der Tür stehen. Neugierig nahm er die Fechtmaske ab. Jetzt begegnete der Blick seiner dunklen und von der Euphorie des Sieges leuchtenden Augen ungehindert ihren. Was er darin las, waren Verlangen und Sehnsucht.

Langsam schob er die Maske unter seinen Arm. „Danke für den Kampf, Jermaine."

„Es war mir ein Vergnügen, Eure Hoheit." Unter dem Schnurrbart verzogen sich Jermaines Lippen zu einem Lächeln. Er war Franzose von Geburt und hatte keine Schwierigkeiten, Leidenschaft zu erkennen, wenn er sie sah. Dieses Mal musste er das übliche Glas Wein nach dem Kampf mit seinem Freund und Schüler ausfallen lassen. „Bis nächste Woche."

„Ja", antwortete Alexander kaum hörbar.

Ein Lächeln unterdrückend, ging Jermaine an die Tür. *„Bon soir, Mademoiselle."*

„Bon soir." Eve befeuchtete sich die Lippen und hörte, wie die Tür hinter ihr ins Schloss fiel.

Sie verschränkte die Hände und neigte den Kopf. „Sie sind exzellent in Form, Eure Hoheit."

Die leise gesprochenen Worte leiteten ihn keinen Moment irre.

Sie war wütend und gegen ihren Willen erregt. Doch die Worte lösten seine eigene Spannung. Mit einem verwegenen Lächeln hob er grüßend seinen Degen. „Ich kann das Kompliment zurückgeben, *Mademoiselle.*"

Sie nickte langsam. „Aber Komplimente sind nicht der Grund, aus dem ich hier bin."

„Das habe ich auch nicht angenommen."

„Ich bin Bennett zufällig begegnet." Ich werde mich beherrschen, nahm Eve sich vor. Sie würde ihm mit kühlen, wohl bedachten Worten begegnen. „Offenbar hatten Sie mit ihm eine Besprechung." Sie ging an die Wand, an der die Fechtutensilien befestigt waren. „Eine Besprechung, die mich betraf."

„Eine Besprechung, die nicht nötig gewesen wäre, wären Sie ehrlich zu mir gewesen."

„Ehrlich?" Sie erstickte beinahe an dem Wort. „Ich habe nie gelogen. Ich habe keinen Grund, zu lügen."

„Sie haben zugelassen, dass ich annahm und darunter litt, Sie und mein Bruder wären ein Liebespaar."

„Dieser Glaube war ganz allein Ihre Sache." Darunter litt? Wie denn? Aber danach würde sie ihn nicht fragen. Eve betrachtete angelegentlich die schmalen, glänzenden Klingen der Degen und nahm sich vor, niemals danach zu fragen. „Ich habe es nicht abgestritten, weil ich der Meinung war und bin, dass es Sie nichts angeht."

„Es geht mich nichts an, wenn ich Sie in meinen Armen gehalten habe? Es geht mich nichts an, wenn ich nachts wach lag und von Ihnen träumte und mich dafür hasste, weil ich Sie begehrte, obwohl ich dachte, Sie würden Ben gehören?"

„Sie haben mich als Bens Eigentum betrachtet, und jetzt glauben Sie, dass Sie mich zu Ihrem Eigentum machen können?"

„Ich werde Sie zu der Meinen machen, Eve." Der leise, feste Klang seiner Stimme jagte ihr einen Schauer über den Rücken.

„Den Teufel werden Sie! Ich gehöre mir selbst und nur mir selbst. Jetzt, da Sie denken, der Weg für Sie wäre frei, glauben Sie, ich würde Ihnen zu Füßen sinken? Niemals! Für niemanden, Alex." Sie zog einen Degen aus dem Reck. „Sie glauben, Sie seien einer Frau überlegen, weil Sie ein Mann sind, und zwar einer mit fürstlicher Abstammung."

Sie erinnerte sich daran, wie er sie in den Armen gehalten und dann losgelassen hatte, weil er dachte, sie würde seinem Bruder gehören. Nicht ein einziges Mal hatte er nach ihren Wünschen, ihren Gefühlen gefragt.

„In Amerika betrachten wir Menschen als Menschen, und Respekt, Bewunderung und Zuneigung müssen erworben werden.“ Sie durchschnitt die Luft mit der schmalen Klinge, um das Gewicht zu prüfen. Alexander zog erstaunt die Brauen hoch angesichts der Leichtigkeit, mit der sie die Waffe handhabte. „Wollte ich in Ihrem Bett sein, wäre ich dort.“ Sie ließ den Degen pfeifend in einem Bogen niedersausen. „Und Sie wüssten nicht, wie Ihnen geschieht.“ Nun salutierte sie vor ihm. „Eure Hoheit.“

Verlangen spannte seine Muskeln an. Sie stand da, ganz in Schwarz, ihr Haar zurückgekämmt, so dass ihr Gesicht frei war, einen glänzenden Degen in der Rechten. Und forderte ihn heraus.

Er hatte sie schon vorher begehrt. Jetzt verlangte er nach ihr mit jeder Faser seines Körpers. Stolz standen sie sich gegenüber.

„Ich muss dich noch darum bitten, in mein Bett zu kommen.“

Ihre Augen waren so dunkel und unergründlich wie das Meer. Zum ersten Mal, seit sie den Raum betreten hatte, lächelte sie. Dieses Lächeln allein hätte einen Mann sie anflehen lassen. „Ich brauche keine Einladung. Wenn ich wollte, würdest du vor mir knien.“

Er sah sie mit zusammengekniffenen Augen an. Sie hatte die Wahrheit zu genau getroffen. „Wenn ich entschieden hätte, dass der richtige Zeitpunkt für uns beide gekommen ist, würde ich nicht knien.“ Er ging auf sie zu und blieb auf Schwerteslänge vor ihr stehen. „Und du würdest beben vor Verlangen.“

„Dein Problem ist, dass du mit zu vielen unterwürfigen Frauen zu tun hattest.“ Impulsiv griff Eve nach einer Fechtmaske und einer gepolsterten Weste. „Und mit zu wenigen, die es wagten, dir auf gleicher Ebene zu begegnen.“

Ihr Lächeln war kühl und entschlossen. „Ich mag dich vielleicht nicht schlagen, Alexander, aber ich werde dafür sorgen, dass du dir jeden erdenklichen Sieg mühsam erkämpfen musst.“ Sie legte Maske und Weste entschlossen an, ging zu der Matte und nahm ihre Position hinter der *en garde*-Linie ein. „Wenn du keine Angst hast, gegen eine Frau zu verlieren …“

Fasziniert trat er zu ihr auf die Matte. „Eve, ich fechte seit Jahren."

„Und du hast eine Silbermedaille bei den letzten Olympischen Spielen gewonnen", gestand sie ihm zu, während ihr Adrenalinspiegel anstieg. „Dann sollte es ein interessanter Kampf werden. *En garde!*"

Er lächelte nicht. Sie machte keinen Scherz, und es war auch keine leere Prahlerei. Er setzte seine Fechtmaske wieder auf, so dass sie einander gesichtslos abschätzend gegenüberstanden. Seine Reichweite war fast um die Hälfte länger als ihre. Das wussten sie beide.

„Was willst du damit beweisen?"

Hinter der Maske blitzten ihre Augen auf. „Gleiche Ebene, Alex. Hier oder sonst wo."

Sie streckte den Arm aus und berührte seine Degenspitze mit ihrer. Stahlklingen, kalt und schmal, blitzten in den Spiegeln. Sie hielten einen Herzschlag lang still. Und griffen an.

Es war ein herausfordernder, prüfender Beginn mit zurückgehaltener Kraft. Jeder schätzte die Taktik und die Stärke des anderen ein, doch hier war Eve im Vorteil. Sie hatte Alexander schon fechten gesehen – heute und vor Jahren. Im Moment hätte sie sich lieber die Zunge abgebissen als zuzugeben, dass sie diesen Sport aufgenommen hatte, weil sie nie vergessen hatte, wie Alex mit einem Degen in der Hand aussah. Während jeder Lektion, jedes Kampfes hatte sie sich gefragt, ob sie jemals mit ihm die Klingen kreuzen würde. Jetzt war dieser Augenblick gekommen, und ihr Herz schlug hart in ihrer Brust.

Sie war gut. Sehr gut. Stolz und Freude stiegen in ihm hoch, während sie abblockte und parierte. Instinkt verhinderte, dass er seine ganze Geschicklichkeit einsetzte, doch selbst während er sich zurückhielt, erkannte er, dass sie eine gefährliche und aufregende Partnerin war.

Die engen schwarzen Jeans weckten bei ihm Vorstellungen von dem, was sich darin so geschmeidig bewegte. Ihre Handgelenke waren schmal, aber kräftig und biegsam genug, um ihn in Schach zu halten. Herausfordernd näherte er sich. Die Klingen kreuzten sich und schlugen klirrend aneinander.

Sie hielten kurz inne, waren sich dabei nah genug, um durch das

Maschennetz der Maske hindurch die Augen des anderen zu sehen. In ihren entdeckte er dieselbe glühende Leidenschaft, die in ihm selbst brannte.

Begehren und Kampfgeist gerieten durcheinander. Ihr Duft war herrlich feminin. Die Faust, von der Degenglocke bedeckt, war zart, und er sah glitzerndes Gold und funkelnden Saphir an ihren Fingern. Er wollte sie hier und jetzt.

Sie spürte es – das tiefe Verlangen, die Leidenschaft, die Fantasien. Es weckte etwas ganz tief in ihrem Innern. Sie wollte den Degen wegschleudern, sich ihre und seine Fechtmaske vom Gesicht reißen und sich ganz dem Gefühlssturm ausliefern, der in ihnen beiden tobte. Würde das bedeuten: Sieg für ihn, Kapitulation für sie?

Eve gab ihre defensive Taktik auf und griff mit voller Stärke an. Überrumpelt wich Alexander einen Schritt zurück und fühlte die Spitze gegen seine Schulter tippen.

Er senkte den Degen und erkannte den Treffer als solchen an. „Du hattest einen guten Lehrer."

„Ich war eine gute Schülerin."

Sein Lachen klang befreiend und entlockte ihr ein Lächeln. Es war ein Lachen, das sie viel zu selten hörte, wie ihr in diesem Moment bewusst wurde.

„En garde, chérie!"

Dieses Mal erwies er ihr die Ehre, seine ganzen Fähigkeiten einzusetzen. Eve fühlte die Veränderung und lächelte. Sie wollte keine Zugeständnisse.

Einmal hätte er sie fast entwaffnet. Eve fühlte, wie ihr das Herz bis zum Hals schlug, und setzte zum nächsten Angriff an. Ihr Vorteil lag in der Schnelligkeit, und zum zweiten Mal war sie nahe daran, seine Deckung zu durchbrechen. Aber er parierte, brachte eine Riposte, so dass sie verzweifelt nach einer Aktion der Abwehr suchen musste.

Ihr Atem ging schnell und schwer. Das Verlangen, ihn zu besiegen, wurde überdeckt von einem Verlangen der intimeren Art. Ein Mann und eine Frau, die sich bekämpften. Mit oder ohne Waffen war es so alt wie die Menschheit selbst. Der erregende Stoß, die mitreißende Parade, die große Herausforderung.

Ihre Degen stießen nahe den Griffen zusammen, und ihre Gesichter trafen sich durch den von scharfen Kanten begrenzten Ausschnitt hindurch. Heftig atmend, die Klingen gegeneinander gedrückt, behauptete jeder seine Position.

Mit einer Bewegung, die Eve verunsicherte, nahm Alexander die Maske ab. Sie fiel scheppernd zu Boden. Sein Gesicht war von einem feinen Schweißfilm überzogen, umrahmt von feuchten, gelockten Haaren. Doch es waren seine Augen, bei deren Anblick sie sich wappnete. Wieder senkte er den Degen, legte seine Hand auf ihr Handgelenk und drückte die Spitze ihrer Waffe nach unten. Er zog ihr die Maske vom Gesicht und ließ sie fallen.

Als er ihr den Arm um die Taille legte, versteifte sie sich, zog sich jedoch nicht zurück. Wortlos verstärkte er seinen Griff. Die Herausforderung lag noch immer in seinen Augen, genau wie in ihren. Ihr Körper berührte seinen, und sie hielt ihm das Gesicht entgegen, als er den Kopf senkte und seine Lippen sich ihren näherten. Wie zuvor mit dem Degen, begegnete sie ihm auch jetzt mit gleicher Kraft.

Die Erregung, die sich während des Kampfes aufgebaut hatte, wurde freigesetzt. Sie strömte vom einen auf den anderen über. Eve ließ die Hand zu seiner Schulter gleiten, strich leicht über seinen Nacken und berührte seine Wange. Während dieser sanften Bewegung biss sie ihn kurz in die Unterlippe. Er reagierte darauf, indem er sie noch enger an sich zog. Ein tiefer, kehliger Laut drang über seine Lippen, an denen er ihre suchende Zunge spürte.

Der Degen entglitt ihrem Griff. Sie berührte ihn, ließ die Hand unter seine Jacke gleiten, um ihm näher, so viel näher zu sein. Die Hitze seines Körpers strömte auf sie über.

Mehr. Sie wollte mehr, viel mehr von ihm spüren. Und mehr war zu viel.

Sie zog sich von ihm, von ihren eigenen unmöglichen Wünschen zurück.

„Eve …“

„Nein.“ Sie hob die Hand und fuhr sich über das Gesicht. „Hier kann es keinen Sieger geben, Alex, und ich kann es mir nicht leisten, zu verlieren.“

„Ich bitte dich nicht darum, zu verlieren, sondern zu akzeptieren.“

„Was akzeptieren?“ In sich zerrissen, wandte sie sich ab. „Dass ich dich will? Dass ich fast bereit bin, nachzugeben, obwohl ich weiß, dass es Anfang und Ende zugleich ist?“

Er fühlte die Angst. „Was willst du von mir?“

Sie schloss kurz die Augen und atmete tief durch. „Wärst du bereit, es mir zu geben, müsstest du nicht fragen. Bitte tu es nicht“, sagte sie, als er sie berühren wollte. „Ich muss allein sein. Und entscheiden, wie viel ich ertragen kann.“

Rasch verließ sie ihn, bevor sie sich ihm doch noch auslieferte.

8. KAPITEL

Es war keine Nacht zum Schlafen. Der große, runde Mond warf sein Licht durch die Fenster von Eves Zimmer und verlieh den blau-weißen Vorhängen silbrige Ränder. Sie hatte sie aufgezogen, weit auf, aber immer noch bauschten und wiegten sie sich im Wind.

Sie hatte versucht zu arbeiten und es wieder aufgegeben. Papiere und Aktenordner, die sie aus ihrem Büro mitgebracht hatte, lagen überall im Wohnzimmer verstreut. Sie konnte sich schwerlich auf Kostüme, Kartenverkäufe oder durchgebrannte Glühbirnen konzentrieren, solange Alexander ihr einfach nicht aus dem Kopf ging.

Er war ungeschützt und verwundbar. Deboque saß noch im Gefängnis, Alexander besuchte eine Abendgesellschaft. Bei dem Gedanken an diese absurde Situation fuhr sie sich mit der Hand durchs Haar. Es war zerzaust nach einem beunruhigenden, besorgniserregenden Abend und fiel ihr auf die Schultern ihres kurzen blauen Morgenmantels.

Alexander führte oberflächliche Konversation bei Kaffee und Cognac, während sie nach einem vergeblichen Versuch, überhaupt etwas zu essen, in ihren Räumen umherwanderte.

Er ist ausgegangen, dachte sie, ungeachtet der möglichen Konsequenzen. Ungeachtet aller anderen Tatsachen. Hatte ihr wilder, leidenschaftlicher Kuss ihn nicht ebenso aufgewühlt wie sie? Vielleicht hatte sie sich ganz gründlich getäuscht, als sie dachte, ungezügeltes Verlangen hätte ihn erfasst. Wenn es so war, wie war es dann möglich, dieses Gefühl im Laufe eines siebengängigen Menüs zu verdrängen, mochte seine Selbstbeherrschung noch so groß sein?

Was war nur los mit ihr? Müde rieb sie sich die Augen. Sie war verärgert gewesen, als sie dachte, er habe sie begehrt, nur um mit Bennett zu konkurrieren. Sie war wütend gewesen, da er sie begehrt, sich aber zurückgehalten hatte, weil er geglaubt hatte, sie habe mit seinem Bruder geschlafen. Und sie war aufgebracht gewesen, weil er es nicht länger glaubte und sie dennoch begehrte. Jetzt war sie unglücklich, weil er sie vielleicht nicht so sehr begehrte, wie sie geglaubt hatte.

Was will ich überhaupt?, fragte sie sich. In der einen Minute wollte sie Alexander, in der nächsten zog sie sich zurück, denn sie wusste, es konnte nichts Dauerhaftes, nichts Ernstes zwischen ihnen geben. Ein Mann wie Alexander musste heiraten, und zwar standesgemäß. Er musste Erben hervorbringen, königliche Erben. Selbst wenn er sie begehrte, selbst wenn sie ihm alles bedeutete, musste er sich eine Frau aus dem europäischen Adel suchen.

Überrascht, dass ihre Gedanken diese Richtung einschlugen, schüttelte sie den Kopf. Seit wann dachte sie über den Augenblick hinaus an mehr als eine Affäre, an etwas Beständiges?

Sie kannte sich aus mit Männern – wusste, wann sie sich von einer Frau angezogen fühlten, sie begehrten oder sie nur für ein, zwei Nächte als Spielzeug benutzen wollten. Und sie verstand mit ihnen umzugehen. Warum nur kannte sie diesen Mann so wenig? Stundenlange, nächtelange Versuche, die Antwort darauf und einen Zugang zu Alexander zu finden, hatten nur dazu geführt, dass sie einen Einblick in sich selbst fand.

Sie war in ihn verliebt. Selbst ihre gelegentlichen Ängste und ihre ständigen Zweifel vermochten das Ausmaß ihrer Gefühle nicht zu vermindern.

Und Ängste hatte sie. Sie war eine Frau, die die meiste Zeit ihres Lebens von einem nachgiebigen Vater und einer verwöhnenden Schwester behütet worden war. Ihre erst vor wenigen Jahren getroffene Entscheidung, eigene Wege zu gehen, war aus einer Laune und aus Neugierde heraus entstanden. Sie hatte keine ernsthaften Gefahren in sich geborgen. Wäre sie gescheitert, hätte sie jederzeit das Sicherheitsnetz aus Familie und Familienvermögen unter sich gehabt.

Selbst wenn sie ihr persönliches Erbe verschleudert hätte, hätte sie sich wohl kaum alleine abstrampeln müssen.

Nachdem sie einmal angefangen hatte, dachte sie nicht mehr daran, ihre Familie zu benutzen, um erlittene Schläge leichter zu ertragen. Ihre Truppe war zum Mittelpunkt ihres Lebens geworden, deren Erfolg oder Misserfolg zu ihrem eigenen.

Sie hatte Erfolg gehabt und durch Können und Fleiß etwas aus sich gemacht. Das wusste sie, davon war sie überzeugt, dennoch war ihr klar, dass das Risiko stets gering gewesen war.

Bei Alexander gab es kein Netz, das den Sturz sanfter werden ließ. Und ein Sturz durch ihn wäre ein Sturzflug ohne Augenbinde aus einer gefährlichen Höhe. Das Risiko bestand und war ebenso furchterregend wie die Versuchung, es einzugehen.

Wenn sie den Schritt über den Abgrund tat und damit rechnete, zu überleben, wäre sie eine Närrin. Aber irgendetwas sagte ihr, dass sie, wenn sie auf Nummer sicher ging und ihre Füße weiterhin auf festem Boden hatte, eine noch größere Närrin war.

Hin und her gerissen zwischen gesundem Menschenverstand und Gefühlen, ließ sie sich auf die Fensterbank sinken und die frische Meeresluft ihre Haut kühlen.

Alexander wusste nicht, wie er noch eine Nacht überstehen sollte.

Seine Zimmer waren ruhig, vom Geräusch her, von der Stimmung her. Sie waren in Grün- und Elfenbeintönen gehalten, Kühle gegen Wärme, und Gemälde von Meer und Küste beherrschten die Wände. Bilder von ruhiger See in seinem Schlafzimmer, in das er meistens kam, um allein zu sein und nachzudenken. In dem dahinter liegenden Wohnzimmer dominierten kräftigere, lebhaftere Farben. Meist empfing er seine Freund lieber hier als in seinem Büro oder in den Familienräumen. Es war groß genug für ein gemütliches Beisammensein zum Essen oder Kartenspiel.

Ohne Hemd und ohne Schuhe ging er in seinem Schlafzimmer auf und ab, um seine Emotionen in den Griff zu bekommen, die ihn während des langen, ermüdenden Diners verfolgt hatten.

Nein, er war nicht sicher, dass er noch eine Nacht überstehen konnte.

Eve war nur ein paar Räume entfernt, durch ein paar Wände von ihm getrennt, die er in seiner Vorstellung schon unzählige Male durchbrochen hatte. Und sie schlief. Er dachte wenigstens, dass sie schlief, während die Uhren im Palast sich darauf vorbereiteten, zwölf Mal zu schlagen. Sie schlief, und er sehnte sich nach ihr. Kein noch so hartes Training, kein Verzicht hatten ihn auf diesen dumpfen, ständigen Schmerz vorbereitet, den diese Frau ihm verursachte.

Fühlte sie es? Er hoffte es inständig, dann würde er nicht alleine leiden. Sie sollte die Qualen spüren. Er wollte sie vor allen Verletzungen bewahren. Aber in dieser Nacht wollte er nur sie.

Dieses Verlangen war im Laufe der Jahre gewachsen, hatte sich verstärkt und ihn gereizt gemacht. Es hatte Zeiten gegeben, da hatte er sich gesagt, es würde allmählich verschwinden. Zeiten, in denen er es geglaubt hatte. Monate würden vergehen, in denen er sie nicht sah – dennoch würde er in den frühen Morgenstunden aufwachen, allein, und ihr Gesicht deutlich vor sich sehen. Er konnte dagegen ankämpfen, die Sehnsucht ersticken, die angesichts der zahlreichen Verpflichtungen und eines ermüdenden Zeitplans so nebulös erschien.

Aber jedes Mal, wenn sie hier war, zum Berühren nah, war das Verlangen nicht mehr nebelhaft, sondern unmöglich zu bekämpfen.

Sollte er sich nun, da er sie berührt, geküsst und sich mit seinen eigenen Fantasien gequält hatte, das Endgültige versagen?

Aber wie konnte er zu ihr gehen, wenn er ihr nur die Wahl bieten würde zwischen einem Leben der Täuschung und einem Leben des Opfers? Als seine Geliebte konnte er sie in der Öffentlichkeit lediglich als Freundin der Familie anerkennen. Als seine Ehefrau …

Alexander presste Daumen und Zeigefinger gegen die geschlossenen Augen. Wie konnte er sie bitten, ihn zu heiraten? Er würde immer an sein Land, seine Pflicht gebunden sein. Desgleichen seine Ehefrau. Wie konnte Eve mit ihrer Unabhängigkeit und Kraft jemals die Einschränkungen akzeptieren, die mit seinem Titel verbunden waren?

Er müsste sie bitten, ihr Land, ihre Privatsphäre, ihre Karriere aufzugeben. Er müsste sie bitten, sich selbst in diesen goldenen Käfig zu zwingen, in diesen manchmal gefährlichen goldenen Käfig, in dem er selbst geboren worden war.

Wie konnte er von ihr den gleichen Stolz, die gleiche Liebe für Cordina erwarten? Wie konnte er sie überhaupt um ein ganzes Leben bitten?

Aber er konnte sie um eine Nacht bitten. Eine einzige Nacht. Wenn sie ihm die schenkte, dann war es vielleicht genug.

Alexander blickte aus dem Fenster, das zu demselben Garten, zu demselben Meer, zu demselben Himmel hinausging wie Eves. Er wollte eine Nacht mit ihr verbringen, dann würde er irgendwie andere Nächte bis in alle Ewigkeit überleben.

Alexander klopfte nicht. Aus Arroganz. Die Tür öffnete sich lautlos, aber Eve spürte seine Nähe, noch bevor sie hinter ihm ins Schloss fiel.

Eve blieb auf ihrem Fensterplatz sitzen. Aus Stolz. Langsam drehte sie sich zu Alexander um. Während sie den Himmel betrachtet hatte, hatte sie geahnt, dass Alexander zu ihr kommen würde. Wünsche und Sehnsüchte würden in dieser Nacht Erfüllung finden.

Der Raum trennte sie beide, während Spannung in der Luft lag.

„Ich werde nicht aufstehen und knicksen", sagte sie mit überraschend kräftiger Stimme.

Er zog die Brauen hoch, ob amüsiert oder überrascht, war nicht zu erkennen. „Und ich werde mich nicht vor dir hinknien."

Sie fühlte einen Schauer über den Rücken laufen, aber ihre Hände, die sie im Schoß verschränkt hatte, waren ruhig. „Gleiche Ebene?"

Sein Magen verkrampfte sich vor Spannung und Verlangen, doch eine seltsame Euphorie stieg ihm zu Kopf. „Gleiche Ebene."

Sie betrachtete einen Moment ihre Hände, die so ruhig in ihrem Schoß lagen, und sah ihm dann in die Augen. Seine Haltung war gerade, unbeugsam, aber sein Blick war alles andere als entrückt. Sie wusste schon so viel, musste noch so viel begreifen. „Einmal dachte ich, du wolltest mich, weil du Ben und mich für ein Liebespaar gehalten hast."

„Einmal habe ich mich dafür verachtet, dass ich dich wollte, weil ich dich und Bennett für ein Liebespaar gehalten habe."

Bei dem kühlen, beiläufigen Ton presste sie die Lippen aufeinander. Ja, er hatte sich gehasst. Sie war eine Närrin gewesen, das nicht zu verstehen. Er hatte gelitten. Sie brauchte nicht mehr zu fragen, wie. „Und jetzt?"

„Ich könnte sagen, ich sei erleichtert, dass es nicht so ist, aber das würde keinen Unterschied machen. Selbst Ehre leidet."

Ehre. Für ihn war sie so lebenswichtig wie das Blut in seinen Adern. Sie besaß die Macht, ihn dazu zu bringen, seine Ehre zu kompromittieren. Sie besaß genug Liebe, um darauf zu achten, dass er es nicht tat. Sie stand auf. „Ich kann das nicht als Schmeichelei ansehen, Alexander."

„Es war auch nicht als Schmeichelei gedacht. Ich könnte dir sagen, dass du schön bist."

Er ließ den Blick über ihr Gesicht gleiten. „Für mich schöner als jede andere Frau. Ich könnte dir sagen, dass dein Gesicht mich in meinen Träumen verfolgt und tagsüber nicht loslässt und dass ich mich vor Sehnsucht nach dir verzehre. Nichts davon wäre eine Schmeichelei.“

Bei jedem Wort beschleunigte sich ihr Herzschlag, bis er in ihren Ohren dröhnte. Mit Mühe blieb sie, wo sie war, obwohl ihr Gefühl sie drängte, die Arme auszubreiten und alles anzubieten. Gleiche Ebene, ermahnte sie sich. Ehre für beide. Von Liebe kein Wort.

„Vielleicht wäre es am besten, du sagst gar nichts, ausgenommen, warum du gekommen bist.“ Sie brachte ein Lächeln zu Wege.

„Ich brauche dich.“

Die Worte berührten sie nicht weniger als ihn. Er sah das Erstaunen in ihren Augen, das Nachgeben. Mondlicht fiel durch das Fenster hinter ihr und umflutete sie.

Dann streckte sie die Hand aus.

Ihre Finger berührten sich, verschränkten sich. Die Zeit der Worte war vorüber. Den Blick auf ihn gerichtet, hob sie seine Hand an ihre Lippen. Stille.

Sein Blick hielt ihren fest, als er ihre miteinander verschränkten Hände herumdrehte und seine Lippen in ihre Handfläche drückte. Noch immer fielen keine Worte.

Mit den Fingerspitzen fuhr sie an seiner Wange entlang, berührte, was sie nie zu berühren wagte. Seine Haut war warm, wärmer als die Brise, die mit den Vorhängen spielte. Sie brauchten nicht zu sprechen.

Er strich über ihre Wange zu ihrer Schläfe, fuhr mit den Fingern durch ihr Haar, ließ die Hand darauf liegen, wie er es erträumt hatte. Die Uhr schlug die Stunde. Es war Mitternacht.

Keine Worte, aber Gefühle, die so lange insgeheim genährt worden waren, erblühten endlich in den ersten Momenten des neuen Tages. Zurückgewiesenes, verweigertes Verlangen wurde jetzt im Licht des Mondes angenommen.

Es gab Dinge, die Alexander nicht fragte, und noch mehr Dinge, die Eve nicht zugab. Also kamen sie ohne Fragen zusammen, nur von Gefühlen geleitet.

Eve breitete ihre Arme aus. Er schloss sie in seine. Senkte den Kopf. Körper an Körper, fanden sie zu ihrem ersten Kuss in dieser Nacht. Sie zogen ihn in die Länge, schöpften Kraft daraus.

Trotz der heftigen Erregung blieb die Zärtlichkeit erhalten. Der

Kuss war tief und voll freudiger Erwartung, die von beiden ausging. Dann streiften seine Lippen ihre leicht, ohne Verlockung, aber mit dem Versprechen, die Freuden und Forderungen zu erfüllen, die noch bevorstanden. Als sie erschauerte, wie er vorhergesagt hatte, verspürte er keinen Sieg, sondern Dankbarkeit, dass ihr Verlangen genauso stark war wie seines.

Er strich über die Seide auf ihren Schultern, über ihre Arme, ihren Rücken, quälte sich selbst mit Visionen, was darunter verborgen war. So oft hatte er sie sich vorgestellt. Als er die Seide beiseite schob und zu Boden gleiten ließ, entdeckte er, dass seine Vorstellungskraft bei Weitem nicht an die Wirklichkeit heranreichte, so, wie Eve vor ihm stand, nackt, umhüllt vom Licht des Mondes.

Ein Dichter hätte die Worte gefunden. Ein Musiker hätte die Melodie spielen können, die ihm durch den Kopf ging. Aber er war ein Prinz, der sich noch nie so sehr wie ein sterbliches Wesen gefühlt hatte wie in diesem Augenblick, da er seine Frau vor sich im silbrigen Mondlicht stehen sah.

Eve merkte an seinem Blick, wie sehr sie ihm gefiel. Sie würde niemals schöne Worte von ihm hören, aber ein Blick von ihm sagte so viel mehr. Lächelnd schmiegte sie sich wieder in seine Arme und presste die Lippen auf seine Brust.

Sein Herz schlug so schnell, so stark. Einen Moment schloss sie die Augen, als wollte sie ihre Empfindungen festhalten. Sie öffnete sie wieder und sah zu ihm auf. Seine Haut hob sich bronzefarben von ihrer hellen Haut ab. Fasziniert von dem Kontrast, strich sie mit den Fingern über sein Gesicht, legte dann ihre Hand flach auf seine Brust. Er umfasste ihr Handgelenk, als ihre Berührung in ihm Verlangen aufflammen ließ.

Eve ließ die Zunge aufreizend über seine Lippen gleiten, drang dann ein in das warme Innere, um es zu erforschen.

Das Verlangen nach mehr beherrschte sie. Aber dieses Mal sollte sie es bekommen. Sie fand den Verschluss seiner Hose und genoss es, wie Alexander lustvoll erschauerte, als sie ihn berührte. Die Zeit schien stillzustehen, dann ging es nicht schnell genug. Und er war nackt wie sie.

Er hob sie hoch und hielt sie fest in den Armen, während sie das Gesicht an seinen Hals drückte und ihm die Hände um den Nacken legte. Der Wind bauschte die Vorhänge, als sie sich auf das Bett sinken ließen.

Die Matratze gab mit einem leisen Quietschen unter ihnen nach. Die Laken raschelten. Er barg das Gesicht in ihrem Haar und ließ sich von ihrem Duft bezwingen. Sie schmiegte sich an ihn, nicht nur fügsam, sondern bereitwillig.

Berührungen und Erschauern. Leises Stöhnen. Langsam und genießerisch erforschten sie einander. Sie war so zart, und doch so stark. Diese Stärke in einem so zierlichen Körper erstaunte ihn stets aufs Neue. Berauschend. Ihr Körper war seinen Sinnen ein wahrer Lustgarten. Während er ihn mit der Zunge erforschte, erlebte er ihre Leidenschaft, ihre betörende Sinnlichkeit.

Wie war es möglich, dass sie niemals sein Mitgefühl, seine Sanftheit, seine Güte erkannt hatte? Und doch hatte sie ihn geliebt. Während sie das alles jetzt entdeckte, wurde sie von Gefühlen erfasst, die tiefer gingen, als sie es je für möglich gehalten hatte. Eine solche Geduld hatte sie noch nie erlebt. Eine Sanftheit, die sie sich nie erträumt hätte. Er schenkte ihr alles, ohne dass sie darum bitten musste.

So würde es nicht immer sein. Nein, das wusste sie. Er konnte auch fordernd, verlangend, rücksichtslos sein. Damit würde sie sich abfinden, wenn es so weit war. Doch jetzt, beim ersten Mal, schien er zu wissen, dass sie Sanftheit wollte.

Und was noch viel, viel wichtiger war: Er selbst schien diese Sanftheit zu suchen.

Sie liebkoste ihn mit den Händen. Verwöhnte ihn mit den Lippen. Sie zeigte ihm, dass sie gleichermaßen geben wie nehmen konnte. Selbst als ihr Atem stoßweise ging, ließen sie sich Zeit, nur um die Lust des Augenblicks noch hinauszuzögern.

Als er sie erfüllte, bewegten sie sich zusammen und ohne die Hast ungezügelter Erregung. Dieses Verlangen hatte sieben Jahre auf seine Erfüllung gewartet. Gemeinsam tauchten sie ein in eine Schönheit, die so still und unaufhaltsam kam wie ein Sonnenaufgang.

Der Mond schien noch. Die Vorhänge bauschten sich noch. Anscheinend hatte die Welt beschlossen, ihren routinemäßigen Lauf fortzusetzen, obwohl sich alles verändert hatte. Die Laken lagen zusammengeschoben am Fußende des Bettes, wurden nicht gebraucht, während Mann und Frau sich aneinander wärmten.

Eve lag mit dem Kopf auf Alexanders Schulter, als wäre dieser Platz für sie aufgehoben worden. Ein Platz, von dem sie nie erwartet hatte, dass sie ihn für sich beanspruchen konnte. Sein Herz schlug noch immer unruhig unter ihrer Hand. Er hatte den Arm um sie gelegt und hielt sie fest, und obwohl sie beide ganz wach waren, herrschte zwischen ihnen ein Friede wie nie zuvor.

Hatte Liebe das bewirkt oder der Liebesakt? Sie wusste es nicht und fragte sich, ob es wichtig war. Sie waren zusammen.

„Sieben Jahre." Ihr langer Seufzer durchbrach die Stille. „Das habe ich mir sieben Jahre lang gewünscht."

Er lag einen Moment reglos da, während er ihre Worte in sich aufnahm. Langsam zog er mit dem Finger eine Spur über ihr Gesicht und legte die Hand unter ihr Kinn, so dass er sie ansehen konnte. Seine Augen waren so dunkel, und diesmal brachte die Wachsamkeit, die sie darin sah, sie zum Lächeln. „Die ganze Zeit? Von Anfang an?"

„Du warst wie ein Offizier gekleidet, und der Raum war voll von schönen Frauen und sagenhaften Männern, genau wie in einem Traum. Aber ich habe nur dich gesehen."

Sie war deshalb nicht verlegen, bereute aber auch nicht, dass sie es ihm nicht schon früher gesagt hatte. Sie beide hatten die Jahre dazwischen gebraucht. „Überall waren Blumen. Der Raum duftete nach Frühling. Das funkelnde Licht der Kronleuchter, Silbertabletts, Wein in Kristallgläsern, Violinen. Du hast einen Degen an deiner Seite getragen. Ich habe mich so verzweifelt danach gesehnt, dass du mich zum Tanzen aufforderst, dass du mich bemerkst."

„Ich habe dich bemerkt", sagte er rau und drückte einen Kuss auf ihre Stirn.

„Du hast mich einmal finster angesehen – jetzt, da du es erwähnst, erinnere ich mich." Sie lächelte und rutschte etwas höher. „Und du hast mit dieser schönen Blondine mit der britisch blassen Haut getanzt. Seither habe ich sie gehasst!"

Er schmunzelte und fuhr mit der Fingerspitze über Eves lächelnde Lippen. Wie unglaublich es war, entspannt zu sein, allein zu sein, einfach ein Mann zu sein. „Ich erinnere mich nicht einmal daran, wer sie war."

„Ich schon. Es war …"

„Aber ich erinnere mich daran, dass du ein ärmelloses rotes Kleid mit tiefem Rückenausschnitt anhattest. Und hier hast du ein Armband getragen." Er zog ihr Handgelenk an die Lippen. „Einen Goldreif mit Rubinen. Ich konnte nichts anderes denken, als dass dieses Armband ein Geschenk von einem deiner Liebhaber war."

„Von meinem Vater", sagte sie leise, verblüfft darüber, dass er sie bemerkt und dabei etwas gefühlt hatte. „Aus Dankbarkeit und Erleichterung, nachdem ich meinen Schulabschluss geschafft hatte. Du erinnerst dich tatsächlich." Lachend warf sie das Haar zurück. „Du hast mich bemerkt."

„Und von diesem Moment an bist du nie mehr aus meinen Gedanken verschwunden."

Sie hoffte, dass das stimmte. „Du hast mich nicht zum Tanzen aufgefordert."

„Nein." Er wickelte sich eine ihrer Haarlocken um den Finger. „Ich dachte schon damals, falls ich dich berühre, könnte es das Ende meines klaren Verstandes bedeuten. Ich habe gesehen, wie du den Ballsaal mit Bennett verlassen hast."

„Warst du eifersüchtig?" Sie biss sich auf die Lippe, um ein Lächeln zu unterdrücken.

„Eifersucht ist ein sehr niedriges und gewöhnliches Gefühl." Er legte die Hand an ihre Hüfte. „Sie hat mich zerstört."

Ihr Lachen kam von Herzen. „Oh Alex, ich bin ja so froh. Du hattest niemals Grund, eifersüchtig zu sein, aber ich bin so froh."

„Ich wäre dir beinahe gefolgt. Ich sagte mir, ich wäre ein Narr, aber hätte ich es getan …"

„Nein." Sie legte die Fingerspitzen an seine Lippen. „Du konntest nicht wissen, was passieren würde."

Er strich mit den Lippen über ihre Finger und hielt sie dann fest. „Ich habe gesehen, wie du allein und sehr blass wieder hereingekommen bist. Du hast gezittert. Ich dachte, Bennett hätte dich in Verlegenheit gebracht. Ich habe dich erreicht, als du gerade Reeve und meinem Vater erzählt hast, was oben auf der Terrasse geschehen war. Du warst weiß wie ein Laken und hast gezittert, aber du hast uns zu ihnen zurückgeführt."

„Als wir zurückkamen und ich das Blut sah und Ben am Boden lag … ich dachte, er wäre tot." Sie schloss kurz die Augen und ließ sich dann auf Alexander sinken. „Ich konnte nur denken, dass es nicht richtig war, nicht fair. Er war so voller Leben gewesen."

Sie konnte es selbst mit geschlossenen Augen sehen, weshalb sie die Augen wieder öffnete und das Mondlicht betrachtete. „So lange ist das schon her, aber ich habe nichts davon vergessen. Als Janet Smithers und Loubet verhaftet wurden, dachte ich, es wäre vorüber, und alle wären in Sicherheit. Und nun …"

„Alle sind in Sicherheit."

„Nein." Sie hob erneut den Kopf und schüttelte ihn heftig.

„Alex, schließe mich in dieser Angelegenheit nicht aus. Der Anruf und die Warnung kamen zu mir. Ich war vor sieben Jahren hier und habe gesehen, was Deboque von seiner Gefängniszelle aus tun kann. Und jetzt bin ich wieder hier."

„Du brauchst dir wegen Deboque keine Sorgen zu machen."

„Jetzt behandelst du mich wie ein Kind. So, wie du meinst, dass eine Frau behandelt werden sollte."

Er musste lächeln. „Du kannst mir das vorwerfen, obwohl ich eine Schwester wie Gabriella habe? Eve, ich habe von Kindheit an gelernt, dass eine Frau nicht verhätschelt werden will. Ich meine nur, dass du wegen Deboque nichts tun kannst und dass es sinnlos ist, sich Sorgen zu machen." Er fuhr mit der Fingerspitze über ihre Wange. „Wenn du dich dann besser fühlst, kann ich dir versichern, dass Reeve an einer Lösung arbeitet."

„Ich fühle mich nicht besser. Jedes Mal, wenn du wegen einer Pflicht den Palast verlässt, habe ich Angst."

„*Ma belle,* ich kann kaum im Palast bleiben, bis Deboque stirbt." Es war besser, sie verstand es jetzt, bevor sie beide den nächsten Schritt taten. „Denkst du, es wird früher zu Ende sein? Solange er lebt, wird er Rache suchen. Er sitzt in Cordina im Gefängnis."

„Dann lass ihn in ein anderes verlegen."

„So einfach ist das nicht. Deboque weiß, wie lange und hart mein Vater daran gearbeitet hat, ihn hinter Schloss und Riegel zu bringen."

„Aber Reeve sagte doch, Interpol habe ihn überführt."

„Das ist richtig, aber ohne die Mitarbeit meines Vaters, ohne die Informationen, die unser Sicherheitsdienst zusammengetragen hat, wäre Deboque immer noch auf freiem Fuß. Mein Leben und das meiner Angehörigen kann nicht von Angst davor, was jemand tun könnte, bestimmt werden."

Eve zog ihn an sich. „Ich könnte es nicht ertragen, wenn dir etwas zustoßen würde."

„Dann musst du mir vertrauen, dass ich dafür sorge, dass nichts passiert. *Chérie,* wo hast du Fechten gelernt?"

Er versuchte sie abzulenken. Und er hatte recht. Die Nacht gehörte ihnen. Es wäre falsch gewesen, sie sich von Deboque verderben zu lassen. „In Houston."

„Gibt es Fechtmeister in Houston?"

Sie betrachtete ihn amüsiert. „Sogar in Amerika gibt es eleganten Sport. Du brauchst nicht beschämt zu sein, weil ich dich geschlagen habe."

„Du hast mich nicht geschlagen." Er rollte sie auf den Rücken. „Der Kampf wurde nicht zu Ende geführt."

„Ich habe den einzigen Treffer gelandet. Aber wenn es dein Selbstwertgefühl verletzt, werde ich es niemandem erzählen."

„Ich sehe schon, wir müssen beenden, was wir angefangen haben."

Sie lächelte langsam. Im Mondlicht wirkten ihre Augen dunkel und glänzten. „Darauf zähle ich."

Der Wecker schrillte. Verschlafen tastete Eve danach und drückte den Knopf so heftig, dass der Wecker wackelte. Heute konnte sie zu spät kommen. Heute konnten die anderen ohne sie anfangen. Sie rollte sich herum, um sich in Alexanders Arme zu schmiegen.

Er war nicht da.

Noch immer benommen, schob sie das Haar von den Augen und setzte sich auf. Das Laken war über sie gebreitet, doch darunter war es kühl. Die Brise spielte noch immer mit den Vorhängen, und es roch noch immer nach Meer, aber jetzt fiel Sonnenschein herein. Und das Zimmer war leer.

Er hatte ihren Morgenmantel aufgehoben und an das Fußende des Bettes gelegt. Das Bett, das sie geteilt hatten. Alle Spuren von ihm waren verschwunden. So wie er selbst.

Ohne ein Wort, dachte Eve, während sie allein dasaß. Sie wusste nicht einmal, wann er gegangen war. Es spielte aber kaum eine Rolle.

Sie griff nach ihrem Morgenmantel, bevor sie aufstand, schlüpfte hinein und ging ans Fenster.

Boote waren bereits auf dem Wasser und fuhren zum Tagesfang hinaus. Eine weiße Yacht lag vor Anker, aber es war niemand an Deck zu sehen. Der Strand lag verlassen da bis auf die Möwen und die kleinen Sandkrebse, die sie jedoch nicht sah, weil sie zu weit entfernt war. Der Gärtner war gerade dabei, die Blumen unter ihrem Fenster zu gießen. Sein unmelodisches Pfeifen drang zu ihr herauf und ließ die Vögel verstummen. Ein Trio von blassgelben Schmetterlingen erhob sich und flatterte von dem Wasserstrahl davon, dann ließ es sich auf einem bereits eingesprengten Busch nieder. Nasse Blätter glänzten im Sonnenlicht, und der Duft aller möglichen Blumen zog zu ihrem Fenster herauf.

Der Tag war voll erblüht. Die Nacht war vorüber.

Sie bedauerte nichts. In ihrem Herzen war kein Platz für Reue. Was sie mit Alexander erlebt hatte, war wundervoll gewesen, ein Wirklichkeit gewordener Traum. Sie hatte ihn sanft, besorgt und liebevoll erlebt. Das genoss sie noch immer. Einmal hatte er sie kurz an sich gedrückt, so als gäbe es für ihn nichts Wichtigeres und niemand Wichtigeren als sie. Jetzt, da die Nacht vorüber war, hatten beide ihren Verpflichtungen nachzukommen.

Er würde seine niemals vernachlässigen, weder ihretwegen noch Deboques wegen, noch sonst irgendjemandes wegen. Sie mochte am Fenster stehen und gegen die Angst vor dem Möglichen ankämpfen, er würde tun, was immer seine Pflicht von ihm verlangte. Wie konnte sie ihm einen Vorwurf aus dem machen, was er war, wenn sie ihn liebte?

Oh, wie sehr wünschte sie sich, er könnte bei ihr sein und diesen Morgen mit ihr erleben.

Eve wandte sich vom Fenster ab und bereitete sich darauf vor, sich dem neuen Tag zu stellen.

9. KAPITEL

Vom Schnürboden oberhalb der Bühne hatte Eve einen Blick aus der Vogelperspektive auf die Probe, die bereits in die sechste Stunde ging. Es hatte nur zwei Wutausbrüche gegeben. Alles hatte sich beruhigt, seit Eve diese Besprechung am Vortag einberufen hatte. Dennoch machte sie sich weiterhin Notizen.

Sie stellte befriedigt fest, dass sie mit der Besetzung richtig lag, während sie zusah, wie Russ und Linda eine Szene als Brick und Maggie probten. Linda spielte Maggie, die Katze, perfekt – verzweifelt, gierig und verlangend. Der von Russ dargestellte Brick war gerade hochnäsig genug, ohne kalt zu sein, mit Sehnsüchten und Aufruhr unter der Oberfläche.

Der Regisseur ließ sie zurückgehen, und Linda wiederholte dieselben Zeilen zum fünften Mal in dieser Stunde. Sowohl sie als auch Russ folgten demselben Handlungsablauf.

Eve bewunderte die Geduld von Schauspielern und fragte sich, wie sie jemals hatte glauben können, selbst Schauspielerin zu sein. Sie war viel besser im Überwachen und Organisieren.

Aber das Bühnenbild ... sie tippte sich mit dem Stift gegen die Lippen. Das Bühnenbild war nicht ganz richtig. Zu perfekt, erkannte sie. Zu neu, zu sehr inszeniert. Sie kniff die Augen zusammen und versuchte, es auf ihre Art zu sehen, und dann wusste sie, was fehlte.

Das Bühnenbild musste abgenutzter aussehen, ein wenig schäbig, ja sogar so, als wäre es wie unter einer Schicht Bienenwachs und Zitronenöl vom Verfall bedroht. Mit einem Mittelpunkt, erkannte sie mit wachsender Erregung. Irgendetwas Riesiges und Aufdringliches, das unter all den anderen Dingen hervorstach. Eine Vase, beschloss sie, in Übergröße und in einer lebhaften Farbe. Sie würde Blumen hineinstellen, an denen Big Mamma sich zu schaffen machen konnte, während sie versuchte, den Verfall ihrer Familie zu ignorieren.

Sie machte sich hastig Notizen, als sie den Regisseur eine Pause verkünden hörte.

Sie kletterte über Seile und eilte die Treppe hinunter zur Bühne. „Pete." Sie fing den Requisiteur ab, bevor er sich seine Zigarette anstecken konnte. „Ich möchte ein paar Veränderungen."

„Ach, Miss Hamilton!" Ein langer Seufzer folgte.

„Nichts Wesentliches“, versicherte sie ihm, legte ihm eine Hand auf die Schulter und ging mit ihm zur Bühne. „Pete, wir müssen die Dinge etwas älter aussehen lassen.“

Er war ein kleiner Mann, kaum größer als sie, so dass sich ihre Augen auf gleicher Höhe befanden, als er sich zu ihr wandte und sich am Kinn kratzte.

„Wie viel älter?“

„Zehn Jahre?“ Sie lächelte, anstatt die entsprechende Anweisung zu geben.

„Sehen Sie, die Familie hat hier schon eine Zeit lang gelebt, nicht wahr? Dieses ganze Zeug wurde nicht erst gestern gekauft. Ich denke, die Möbel sollten nicht so neu aussehen. Und machen Sie die Vergoldung an ein paar Gemälden stumpfer.“

Er nickte ergeben. „Meinetwegen. Noch etwas?“

„Eine Vase.“ Sie kniff die Augen zusammen, während sie den Blick über die Bühne schweifen ließ. „Genau hier“, entschied sie und deutete zu dem Tisch neben einem Ohrensessel. „Eine große, Pete, mit Verzierungen oder einem Muster. Und ich will nichts Geschmackvolles. Rot, richtig rot, damit sie wie ein Leuchtfeuer ins Auge sticht.“

Er kratzte sich wieder am Kinn. „Sie sind der Boss.“

„Geben Sie nicht mehr als dreißig Dollar für die Vase aus. Wir suchen kein Erbstück.“

„Sie wollen was Billiges, Sie kriegen was Billiges.“

„Ich wusste, ich kann mich auf Sie verlassen. Nun zum Bühnenbild des Schlafzimmers. Es wäre wirkungsvoll, glaube ich, wenn wir ein wenig Schmuck, Gold und etwas Geschmackloses hätten, das auf Cats Schminktisch liegen geblieben ist.“

„Die Flaschen und die große Schachtel mit dem Staub habe ich schon besorgt.“

„Dann brauchen wir jetzt noch den Schmuck. Wenn wir im Kostümfundus nichts Passendes finden, besorgen wir etwas. Warum schauen Sie nicht zusammen mit Ethel nach? Ich bin in den nächsten zwanzig Minuten in meinem Büro.“

„Miss Hamilton.“

Eve drehte sich um. „Ja?“

„Ich habe mir noch nie viel aus Überstunden gemacht.“ Er nahm noch einmal die Zigarette aus dem Mund, während Eve darauf wartete, dass er ging. „Das Problem hier ist, Sie haben ein Händchen dafür – für das Theater, meine ich."

„Das ist sehr nett von Ihnen, Pete."

„Ich besorge Ihnen sofort die Spitzendeckchen." Er zündete das Streichholz an. „Aber ich lasse sie von einer der Frauen holen."

„Vielen Dank, Pete. Ich habe immer einen Mann bewundert, der zu delegieren versteht." Sie unterdrückte ein leises Lachen, bis sie außer Hörweite war.

Eve hatte sich noch nie so recht vorstellen können, was ein Mann wie Pete am Theater suchte. Ihr schien, er kannte sich besser damit aus, Rinder mit dem Lasso einzufangen, aber na bitte! Er hütete seine Requisiten, als wären es Schätze, und kannte die Theatergeschichte einer jeden einzelnen von ihnen. Sie bezweifelte nicht im Geringsten, dass sie innerhalb von vierundzwanzig Stunden alles haben würde, worum sie ihn gebeten hatte.

Nachdem sie die Tür zu ihrem Büro aufgestoßen hatte, zog sie die Haarspangen heraus, ließ das Haar lose herunterfallen und schob die Spangen in ihre Tasche. Dann ging sie zur Kaffeemaschine und schaltete sie ein. Da sie ein halbes Dutzend Anrufe zu erledigen hatte, wollte sie sich gerade an den Schreibtisch setzen und nach dem Telefon greifen, als es bereits klingelte.

„Hallo."

„Die Fürstenfamilie hat einen Fehler gemacht."

Sie erkannte die Stimme und ballte die Hand zur Faust. „Die Fürstenfamilie gibt Drohungen nicht nach." Das Gespräch wurde abgehört. Sie wusste es und erinnerte sich trotz ihrer Angst daran, dass es ihre Aufgabe war, den Anrufer in der Leitung zu halten. „Sie müssen Ihrem Boss ausrichten, dass er seine Zeit im Gefängnis absitzen wird."

„Die Fürstenfamilie und alle, die ihr nahestehen, werden bezahlen."

„Ich habe Ihnen schon einmal gesagt, dass nur ein Feigling anonyme Anrufe macht, und einen Feigling fürchte ich nicht." Doch sie hatte Angst.

„Sie haben sich schon einmal eingemischt, und Ihre sieben Jahre der Freiheit könnten zu Ende sein."

„Ich beuge mich keinen Drohungen." Aber ihre Hände waren feucht.

„Man wird die Bombe nicht finden, *Mademoiselle.* Vielleicht wird man Sie auch nicht finden."

Es klickte in der Leitung. Der Anrufer hatte aufgelegt. Eve starrte auf das Telefon. Bombe? Es hatte eine Bombe in Paris gegeben. Ihre Hand zitterte leicht, als sie den Hörer auflegte. Nein, der Anrufer hatte eine andere Bombe gemeint. Hier. Heute. Alexander!

Sie hatte schon die Hand auf dem Türgriff, als die Bedeutung des Anrufs sie mit voller Wucht traf.

Ihre sieben Jahre der Freiheit könnten zu Ende sein. Vielleicht wird man Sie auch nicht finden.

Das Theater! Die Bombe war hier, im Theater. Das Herz schlug ihr bis zum Hals, als sie die Tür öffnete und losrannte. Sie sah als erstes Doreen, die gerade zwei anderen Mitgliedern der Truppe ein Armband zeigte.

„Ich möchte, dass ihr das Theater verlasst und zum Hotel zurückfahrt, und zwar alle und sofort."

„Aber die Pause ist fast vorüber und …"

„Die Probe ist vorüber. Ihr verlasst das Theater und fahrt zum Hotel. Sofort!" Da sie wusste, dass die Erwähnung einer Bombe eine Panik auslösen würde, beließ sie es bei einem knappen Befehl. „Gary!" Sie klammerte sich an ihre Selbstbeherrschung, als sie ihren Bühnenmanager zu sich winkte. „Ich möchte, dass Sie das Theater verlassen. Alle – Schauspieler, Bühnenmannschaft, Garderobe, Techniker. Alle! Bringen Sie alle hinaus und zurück zum Hotel."

„Aber Eve …"

„Tun Sie es!" Sie drängte sich an ihm vorbei auf die Bühne. „Es hat einen Notfall gegeben." Sie hob die Stimme, bis sie in jede Ecke drang. „Alle müssen sofort das Theater verlassen! Fahrt zurück ins Hotel und wartet dort! Wer im Kostüm ist, geht so, und zwar jetzt!" Sie sah auf die Uhr. Für wann war die Bombe eingestellt? „Ich will, dass dieses Theater in zwei Minuten leer ist."

Sie strahlte Autorität aus. Es gab mürrische Kommentare, auch Fragen, aber die Leute gingen. Eve verließ die Bühne, um die Lagerräume zu überprüfen, die Garderoben, alles, wohin jemand gegangen sein konnte, bevor sie ihre Ankündigung gemacht hatte. Sie fand

Pete, der gerade seine kostbaren Requisiten einschloss.

„Ich sagte raus!“ Sie packte ihn an der Hemdbrust und zog ihn zur Tür. „Lassen Sie alles hier!“

„Ich bin für das ganze Zeug verantwortlich. Ich lasse nicht zu, dass irgendein Langfinger …“

„Sie sind in zehn Sekunden draußen, oder Sie sind gefeuert!“

Das ließ ihn verstummen. Eve Hamilton hatte noch nie eine Erklärung abgegeben, zu der sie nicht stand.

„Wenn etwas gestohlen wird, müssen Sie es verantworten“, meinte er.

„Hoffen wir bloß, dass irgendetwas übrig bleibt“, sagte sie zu sich selbst und eilte zu den anderen Türen. Jedes Mal, wenn sie eine hinter sich zuschlug, klang es hohler in ihren Ohren. Sie fand einen Schauspieler, der in einer Garderobe döste, und weckte ihn innerhalb von Sekunden. Ohne Schuhe und benommen ließ er sich auf den Korridor zum Bühnenausgang schieben.

Alle sind draußen, sagte sie sich. Sie mussten es sein. Sie glaubte, das Ticken der Uhr im Kopf zu hören. Wie viel Zeit ist noch? Die Zeit konnte bereits abgelaufen sein. Aber sie musste sichergehen.

Schon wollte sie die Treppe hinaufhetzen, um das Obergeschoss zu überprüfen, als sich eine Hand auf ihre Schulter legte.

Eve stieß den Atem in einem unterdrückten Aufschrei aus, und obwohl ihre Knie weich wurden, wirbelte sie abwehrbereit herum.

„Halt, halt!“ Russ hob die Hände. „Ich will nur wissen, was hier los ist.“

„Was machen Sie denn hier?“ Wütend senkte sie die Arme, ballte jedoch weiterhin die Fäuste. „Ich sagte, dass alle verschwinden sollen.“

„Ich weiß. Ich kam von der Pause herein, als alle hinausgingen. Niemand wusste, warum. Was ist los, Eve? Ist ein Feuer ausgebrochen oder sonst etwas passiert?“

„Fahren Sie einfach ins Hotel, und warten Sie dort!“

„Hören Sie, wenn das Ihre Art ist, zu sagen, dass Ihnen die heutige Probe nicht gefallen hat …“

„Das ist kein Spiel.“ Ihre Stimme wurde etwas lauter, als sie die Beherrschung nun ganz verlor. Feine Schweißperlen standen auf ihrer Stirn. Kalter Schweiß. „Ich habe eine Bombendrohung erhalten.

Verstehen Sie? Ich fürchte, im Theater ist eine Bombe versteckt."

Er rührte sich nicht von der Stelle, und sie begann eilig, die Treppe hinaufzusteigen. Endlich hastete er hinter ihr her. „Eine Bombe? Eine Bombe im Theater? Was zum Teufel machen Sie hier? Lassen Sie uns verschwinden!"

„Ich muss mich vergewissern, dass alle draußen sind." Sie schüttelte ihn ab und eilte die restlichen Stufen hinauf.

„Eve, um Himmels willen!" Seine Stimme brach, als er hinter ihr herjagte. „Da ist keiner mehr! Lassen Sie uns abhauen und die Polizei und die Feuerwehr oder sonst wen rufen!"

„Das tun wir, sobald ich mich vergewissert habe, dass keiner mehr hier ist."

Nachdem sie jeden Raum überprüft und geschrien hatte, bis sie heiser war, war sie zufrieden.

Angst kroch in ihr hoch. Das Herz hämmerte ihr bis zum Hals, als sie Russ am Arm packte und mit ihm die Treppe hinunterhetzte.

Sie waren fast schon am Bühnenausgang, als die Bombe in einem ohrenbetäubenden Knall explodierte.

„Ich freue mich, dass Sie hierherkommen konnten, Monsieur Trouchet."

„Stets zu Ihren Diensten, Eure Hoheit." Trouchet setzte sich auf den Platz, den Alexander ihm angeboten hatte, und stellte sich seinen Aktenkoffer ordentlich auf den Schoß. „Es war mir ein Vergnügen, Sie gestern Abend bei Cabot's zu treffen, aber wie Sie bereits feststellten, ist eine solche Versammlung nicht immer für eine geschäftliche Besprechung geeignet."

„Und der Gesetzentwurf zur Gesundheitsfürsorge ist, sagen wir, ein Lieblingsprojekt von mir, dem ich gern die nötige Zeit widmen möchte."

Alexander, der hinter seinem Schreibtisch saß, nahm eine Zigarette aus einem Etui. Er war sich sehr wohl bewusst, dass Trouchet das Kernstück des Gesetzentwurfs ablehnte und in der Lage war, viele Mitglieder des Kronrats zu beeinflussen. Alexander hatte vor, das Gesetz ohne große Zugeständnisse in Kraft zu setzen.

„Ich weiß, Ihre Zeit ist kostbar, Monsieur, deshalb kommen wir besser gleich zur Sache. Cordina hat nur zwei moderne Krankenhäuser. In der Hauptstadt und in Le Havre. Es gibt Fischerdörfer und Gutshöfe in abgelegenen Gegenden, die einzig und allein auf die Kliniken angewiesen sind, die vom medizinischen Personal eingerichtet wurden. Diese Kliniken haben, obwohl sie niemals als gewinnbringende Unternehmen geplant waren, während der letzten fünf Jahre ständig an Boden verloren."

„Dessen bin mich mir bewusst, Hoheit, wie auch andere Ratsmitglieder es sind. Ich habe darüber eine Dokumentation mitgebracht."

„Natürlich." Alexander gestattete ihm, fein säuberlich ausgedruckte Blätter über den Tisch zu schieben, Blätter, auf denen Fakten und Zahlen aufgelistet waren.

„Unter Berücksichtigung dieser Dokumente und der Stellungnahmen mehrerer Dorfärzte bin ich der Überzeugung, dass die Kliniken nur dann weiter bestehen können, wenn sie vom Staat übernommen und geleitet werden."

Zwar wusste Alexander, was er sehen würde, dennoch warf er höflichkeitshalber einen Blick auf die Papiere. „Wenn der Staat übernimmt, nimmt er damit gleichzeitig den beteiligten Personen ihren Stolz und ihre Unabhängigkeit."

„Und steigert die Effizienz um ein Beträchtliches, Eure Hoheit."

„Auch der Staat wird von Personen geleitet, Monsieur", sagte Alexander. „Und nicht immer arbeitet er effizient. Aber ich habe schon begriffen. Deshalb glaube ich, dass die Kliniken – medizinisches Personal und Patienten – mit einer Subvention, einer Zuwendung sowohl ihren Stolz als auch ihre Effizienz behalten können."

Trouchet klappte seinen Aktenkoffer zu, aber er verschloss ihn nicht und verschränkte die Hände auf dem Deckel. „Sie werden gewiss einsehen, dass in einem Kompromiss in dieser Sache sehr viele Fußangeln stecken."

„Allerdings." Alexander lächelte und stieß den Rauch aus. „Weshalb ich Sie darum bitte, diese Fußangeln aus dem Weg zu räumen."

Trouchet lehnte sich zurück. Er wusste, man stellte ihn vor eine Herausforderung, bot ihm eine bedeutende Position und ersuchte um seine Kapitulation, alles auf einmal. „Ich bezweifle nicht, dass Sie selbst diese Fußangeln beseitigen könnten, Eure Hoheit."

„Aber gemeinsam, Monsieur, arbeiten wir effizienter und letzten Endes für das gleiche Ziel. *N'est-ce pas?*" Alexander zog einen Ordner heraus. „Wenn wir das hier vielleicht durchsehen …"

Er schwieg plötzlich und blickte verärgert auf, als Bennett hereinstürzte.

„Alex!" Bennett nahm den Mann vor dem Schreibtisch kaum zur Kenntnis. „Reeve hat soeben angerufen. Es hat eine Explosion gegeben!"

Alexander fuhr aus seinem Sessel hoch. „Vater?"

Bennett schüttelte den Kopf. „Alex, das Theater."

Sein Gesicht wurde so weiß, dass Bennett näher trat und befürchtete, er werde zusammenbrechen. Doch Alexander hob die Hand. Als er sprach, sagte er nur ein Wort. In diesem Moment war die Welt in einem Wort beinhaltet.

„Eve?"

„Er wusste es nicht." Bennett wandte sich an Trouchet. „Bitte, entschuldigen Sie uns, Monsieur, wir müssen sofort gehen." Er trat an die Seite seines Bruders. „Zusammen."

„Wie ist es passiert?", fragte Alexander, während sie zum Wagen eilten. Bennett stieg auf der Fahrerseite ein, Alex setzte zum Widerspruch an, verzichtete jedoch darauf. Bennett hatte recht.

„Reeve war nur kurz am Telefon." Bennett jagte die Zufahrt entlang, dicht gefolgt von dem Wagen der Leibwächter. „Eve bekam wieder einen Anruf. Es war die Rede von einer Bombe …"

„Und?"

„Es ging daraus hervor, dass der Anrufer eine Bombe im Theater meinte. Die Polizei war innerhalb von Minuten dort. Die Polizisten hörten die Explosion."

Alexander presste die Lippen aufeinander. „Wo?"

„In Eves Büro. Alexander", fuhr er rasch fort, „sie war bestimmt nicht darin. Dafür ist Eve zu klug."

„Sie hat sich um mich, um uns alle Sorgen gemacht, nur nicht um sich selbst. Warum haben wir nie an sie gedacht?"

„Wenn du dir die Schuld geben willst, dann musst du uns allen die Schuld geben", sagte Bennett grimmig. „Keiner von uns erkannte, wie tief Eve in diese Sache hineingezogen werden könnte. Verdammt, Alex, das gibt keinen Sinn!"

„Du hast selbst gesagt, dass sie Teil der Familie ist." Er blickte verzweifelt aus dem Fenster. Sie waren noch einen halben Block von dem Theater entfernt. Seine Hände begannen zu zittern. Er verspürte Angst, nackte, wilde Angst. Noch bevor Bennett am Straßenrand anhielt, war Alexander schon aus dem Wagen gesprungen.

Am Bühneneingang unterbrach Reeve eine Besprechung mit zwei Männern und trat vor, um Alexander abzufangen. Auf sein Zeichen rückten etliche Polizisten als Schutzschild vor. „Sie ist nicht da drinnen, Alex. Sie ist im Park um die Ecke. Und es geht ihr gut." Als der Griff von Alexanders Fingern an seinen Armen nicht nachließ, wiederholte Reeve: „Es geht ihr gut, Alex. Sie war nicht im Gebäude. Sie hatte fast schon den Ausgang erreicht."

Er verspürte keine Erleichterung. Nicht, bevor er sich mit eigenen Augen überzeugt hatte. Alexander riss sich von Reeve los und lief zur Seitenfront des Hauses. Sein Blick fiel auf die herausgesprengten Fenster, auf die rußgeschwärzten Ziegel. Die Wiese darunter war mit Glassplittern übersät. Was vielleicht einmal eine Lampe gewesen war, lag als Haufen verbogenen Metalls auf dem Pfad zum Park. Drinnen waren die Überreste von Eves Büro.

Hätte er durch das Loch in der Wand geblickt, wo einmal ihr Fenster gewesen war, hätte er Trümmer ihres Schreibtisches gesehen. Teile des Holzes hatten sich wie tödliche Speerspitzen in die Wände gebohrt. Er hätte durchnässte Asche gesehen, das, was übrig geblieben war von ihren Ordnern, Papieren, ihrer Korrespondenz und ihren Notizen. Er hätte das Loch in der Innenwand gesehen, das groß genug war, dass ein Mann hätte hindurchgehen können. Aber er blickte nicht hin.

Dann sah er Eve auf einer Bank am Rand des Buschwerks, vorgeneigt, den Kopf in die Hände gestützt. Leibwächter flankierten sie und den Mann, der neben ihr saß, aber Alexander sah nur Eve. Unversehrt. In Sicherheit. Am Leben.

Sie hörte ihn, obwohl er ihren Namen kaum geflüstert hatte. Heftige Emotionen drückten sich in ihrem Gesicht aus. Dann fuhr sie hoch und lief zu ihm.

„Oh Alex, zuerst dachte ich, die Bombe wäre für dich bestimmt, und dann …"

„Du bist nicht verletzt." Er umfasste ihr Gesicht und betrachtete es forschend. „Überhaupt nicht?"

„Nein, bis auf weiche Knie und ein flaues Gefühl in der Magengegend."

„Ich befürchtete schon, du könntest …" Er brachte den Gedanken nicht zu Ende. Stattdessen riss er sie an sich und küsste sie, als hinge sein Leben davon ab. Die Leibwächter hielten die Reporter auf Distanz, aber das Foto würde in Cordina und in internationalen Zeitungen zu sehen sein.

„Ich bin in Ordnung", beteuerte sie immer wieder, weil sie allmählich begriff, dass es stimmte. „Du zitterst genau wie ich."

„Man konnte mir nur sagen, dass es im Theater eine Explosion gegeben hat – in deinem Büro."

„Oh Alex." Sie drückte ihn an sich und verstand, durch welche Hölle er gegangen war. „Es tut mir so leid. Wir wollten gerade zur Bühnentür hinaus, als die Bombe hochging. Wir liefen einfach weiter, und die Polizei hat uns erst gefunden, als ihre Männer ausschwärmten."

Er hielt ihre Hände so fest, dass es schmerzte, aber sie sagte nichts. „Und deine Truppe? Sind alle in Sicherheit?"

„Ich habe sie unmittelbar nach dem Anruf weggeschickt. Alle, bis auf Russ", fügte sie hinzu und blickte zu ihrem sehr blassen und sehr stillen Schauspieler hinüber. „Ich durchsuchte das Obergeschoss, um sicherzugehen, dass ich niemanden übersehen hatte, als er …"

„Du? Du hast das Gebäude durchsucht?" Jetzt zuckte sie unter dem Druck seiner Hände zusammen.

„Alex, bitte." Sie bewegte die Finger, bis er seinen Griff lockerte.

„Bist du wahnsinnig? Hast du denn nicht begriffen, dass diese Bombe überall hätte versteckt sein können? Und es hätte mehr als eine geben können. Die Durchsuchung des Hauses wäre Aufgabe der Polizei gewesen!"

„Alex, meine Leute waren in diesem Gebäude. Ich konnte es nicht gut verlassen, ohne alle in Sicherheit zu wissen. Tatsächlich musste ich Pete am Hemd hinauszerren und …"

„Du hättest umkommen können!"

In seiner Stimme lag solche Bitterkeit, solche Wut, dass Eve sich unwillkürlich versteifte. „Das ist mir durchaus klar, Alex. Das gilt aber auch für jeden meiner Mitarbeiter. Ich bin für jeden einzelnen von ihnen verantwortlich. Du weißt über Verantwortung Bescheid, oder?"

„Das ist etwas völlig anderes."

„Nein, das ist absolut das Gleiche. Du bittest mich, zu verstehen und zu vertrauen. Und um genau das bitte ich dich auch."

„Verdammt, es ist wegen meiner Familie passiert, weil …" Er unterbrach sich und packte sie an den Schultern. „Du zitterst wieder."

„Das ist der Schock." Reeves Stimme ertönte hinter ihm. Reeve hatte sein Jackett ausgezogen und legte es Eve um die Schultern. „Eve und Talbot sollten ins Krankenhaus."

Alexander verwünschte sich dafür, dass er sich nicht richtig um sie gekümmert hatte, aber bevor er zustimmen konnte, wich Eve zurück. „Ich brauche kein Krankenhaus. Ich muss mich nur ein paar Minuten hinsetzen." Ihre Zähne schlugen aufeinander.

„In diesem Fall tust du, was man dir sagt." Alex gab einem der Leibwächter ein Zeichen, sich um Russ zu kümmern.

„Alexander, wenn ich einen Cognac haben könnte und ein ruhiges Zimmer, wäre ich …"

„Du kannst einen Liter Cognac und so viele ruhige Zimmer haben, wie du willst, nachdem Dr. Franco dich untersucht hat." Er hob sie auf die Arme, bevor sie protestieren konnte.

„Um Himmels willen, ich bin stark wie ein Pferd." Doch sie lehnte den Kopf gegen seine Schulter.

„Das lassen wir vom Arzt bestätigen, und wenn du willst, können wir einen Tierarzt hinzuziehen." Er warf Reeve einen Blick zu. „Wir reden später miteinander."

„Ich werde in ein oder zwei Stunden im Palast sein."

Eve lag auf dem weißen Untersuchungstisch und runzelte die Stirn, als Dr. Franco ihr mit einer Stablampe ins linke Auge leuchtete. „Zu viel Lärm um nichts", sagte sie.

„Ärzte lieben das", erklärte er und leuchtete ihr ins rechte Auge, schaltete die Lampe aus und fühlte wieder ihren Puls. Seine Berührung war sanft, seine Augen blickten freundlich.

„Betrachten Sie es nicht als Zeitverschwendung, eine gesunde Patientin zu untersuchen?"

„Ich brauche noch etwas Übung." Seine Lippen unter dem weißen Bart verzogen sich zu einem Lächeln. „Sobald ich selbst zufrieden bin, kann ich den Prinzen beruhigen. Sie möchten doch nicht, dass er sich sorgt?"

„Nein." Sie seufzte, als er die Blutdruckmanschette anlegte. „Ich mag nur keine Krankenhäuser." Sie fing seinen leicht spöttischen Blick auf und seufzte erneut. „Als ich meine Mutter verlor, verbrachten wir viele Stunden im Warteraum. Es war für uns alle ein langsamer, schmerzhafter Prozess."

„Tod ist am schwersten für die Zurückbleibenden – genau wie Krankheit oft für die Gesunden schwieriger ist." Er verstand ihre Abneigung gegen Krankenhäuser, erinnerte sich jedoch daran, dass sie jeden Tag gekommen war, als Prinz Bennett sich von seinen Verletzungen erholte, und bei ihm gesessen hatte. „Sie haben einen Schock erlitten, meine Liebe, aber Sie sind stark und widerstandsfähig. Es würde Ihnen sicher gefallen, wenn ich dem Prinzen versicherte, dass Sie nicht über Nacht hier bleiben müssen."

Sie setzte sich bereits auf. „Mehr als gefallen."

„Dann müssen wir eine Abmachung treffen", fügte er hinzu und drängte sie sanft zurück. „Ich brauche Ihr Wort, dass Sie vierundzwanzig Stunden ruhen werden."

„Vierundzwanzig? Aber morgen muss ich …

„Vierundzwanzig", wiederholte er in seinem sanften, unnachgiebigen Ton. „Sonst sage ich dem Prinzen, dass Sie die Nacht hier im St. Alban's Krankenhaus verbringen müssen."

„Wenn ich morgen den ganzen Tag im Bett bleiben muss, werde ich wirklich krank."

„Wir könnten als Kompromiss vielleicht einen Spaziergang im Garten, eine Fahrt am Meer aushandeln. Aber keine Arbeit, meine Liebe, und kein Stress."

„Vierundzwanzig Stunden." Sie setzte sich auf und streckte die Hand aus.

„Dann kommen Sie. Ich bringe Sie hinaus, bevor im Boden des Korridors vom Hin- und Herlaufen noch eine Furche entsteht."

Alexander lief tatsächlich hin und her, als Dr. Franco Eve aus dem Untersuchungsraum führte. Bennett lehnte an der Wand und beobachtete die Tür. Sobald die beiden herauskamen, gingen die Brüder ihnen entgegen. Alexander ergriff Eves Hand, sah jedoch Dr. Franco an.

„Doktor?"

„Miss Hamilton ist natürlich ein wenig mitgenommen, aber sie besitzt eine kräftige Konstitution."

„Was habe ich dir gesagt?", bemerkte Eve zufrieden.

„Jedenfalls habe ich ihr vierundzwanzig Stunden Ruhe verordnet."

„Keine Bettruhe", warf Eve ein.

„Nein", stimmte Dr. Franco lächelnd zu. „Keine vollständige Bettruhe. Allerdings sollten alle Aktivitäten ruhen. Ich glaube, dass sie nichts weiter als ein wenig Verwöhnung braucht, Hoheit. Ach ja, und ich würde während der nächsten vierundzwanzig Stunden das Telefon in ihrem Zimmer abstellen." Als Eve zu einem Protest ansetzte, tätschelte er ihr die Hand. „Wir können doch nicht zulassen, dass Sie durch Anrufe gestört werden, meine Liebe, nicht wahr?" Mit einem freundlichen Lächeln ging er davon.

„Er ist schlauer, als er aussieht", murmelte Eve vor sich hin, war jedoch so müde, dass sie die Niederlage einsteckte. „Russ?"

„Einer der Leibwächter hat ihn ins Hotel zurückgebracht." Bennett berührte ihre Schulter. „Seine Nerven sind ein wenig strapaziert, das ist alles. Der Arzt hat ihm ein Beruhigungsmittel gegeben."

„Jetzt bringen wir dich nach Hause." Alexander ergriff ihren Arm. Bennett kam auf die andere Seite. „Mein Vater und der Rest der Familie wollen sich mit eigenen Augen davon überzeugen, dass es dir gut geht."

Eve wurde umsorgt und verwöhnt, wie der Arzt es verordnet hatte, und von der alten Nanny der Bissets, dem Kindermädchen, ins Bett gesteckt. Die Frau, die sich schon um Alexanders Mutter gekümmert hatte, dann um ihn und seinen Bruder und seine Schwester, und die jetzt für die dritte Generation sorgte, bemutterte sie wie eine Glucke und mit Händen, so zart wie die eines Babys. Sie waren von Arthritis verkrümmt und mit Altersflecken übersät, entkleideten Eve jedoch mühelos und streiften ihr das Nachthemd über.

Die alte Frau setzte sich neben sie und griff zu einer Tasse Tee. „Und jetzt trinken Sie das hier. Alles. Das ist meine eigene Mischung, und das bringt die Farbe in Ihre Wangen zurück. Alle meine Kinder trinken das, wenn sie krank sind."

„Ja, Nanny." Nicht einmal Prinz Armand hatte ihr jemals so viel Respekt eingeflößt wie die silberhaarige, schwarz gekleidete alte Frau mit dem slawischen Akzent. Eve kostete den Tee, erwartete das

Schlimmste und wurde von dem nussigen Kräutergeschmack angenehm überrascht.

„Na bitte." Mit sich selbst zufrieden, nickte Nanny. „Kinder glauben immer, dass Medizin scheußlich schmeckt, und lassen sich alles Mögliche einfallen, um sie nicht nehmen zu müssen." Ihre steifen Röcke raschelten, als sie die Haltung veränderte. „Selbst der kleine Dorian verlangt nach Nannys Tee, wenn er sich schlecht fühlt. Als Alexander zehn war, nahm Dr. Franco ihm die Mandeln heraus. Er wollte meinen Tee lieber als Eiscreme."

Eve versuchte, sich Alexander als Kind vorzustellen, sah jedoch nur den Mann – so groß und aufrecht und stolz. „Wie war er, Nanny, als er klein war?"

„Unerschrocken. Er hat ständig getobt." Sie lächelte, und ihre Falten vertieften sich. „Was für ein Temperament! Aber das Verantwortungsbewusstsein war immer da. Das hat er schon in der Wiege gelernt." Während sie sprach, stand sie auf, um Eves Kleidungsstücke zusammenzulegen. „Er war gehorsam. Obwohl man den Widerstand in seinen Augen sehen konnte, war er gehorsam. Er studierte fleißig. Und er lernte gut." Sie behielt ihre Patientin scharf im Auge und sah, dass sie mit dem Tee fast fertig war. „Er besitzt die Heftigkeit seines Vaters, manchmal sogar mehr. Aber der Fürst hatte meine Elizabeth, die alles mit ihm teilte, die ihn besänftigen konnte, die ihn dazu brachte, über sich selbst zu lachen. Mein Alexander braucht eine Ehefrau."

Eve hob den Blick langsam über den Rand ihrer Tasse. Sie fühlte sich warm und schläfrig, aber sie erkannte den Blick in Nannys Augen. „Das muss er selbst entscheiden."

„Für sich selbst. Und für Cordina. Die Frau, die er erwählt, muss stark sein und bereit, die Last mit ihm zu teilen." Nanny nahm die leere Tasse. „Vor allem hoffe ich, dass sie ihn zum Lachen bringt."

„Ich höre ihn gern lachen", sagte Eve, während sie die Augen schloss. „Merkt man es, Nanny? Merkt man es, dass ich ihn so liebe?"

„Ich habe sehr alte Augen." Nanny strich die Laken glatt, bevor sie die Lichter dämpfte. „Und alte Augen sehen mehr als junge. Ruhen Sie jetzt und träumen Sie. Er wird zu Ihnen kommen, ehe die Nacht vorüber ist, oder ich kenne meine Kinder nicht."

Nanny kannte ihre Kinder sehr gut. Eve regte sich und seufzte und sah Alexander in dem Moment, da sie die Augen öffnete. Er saß auf der Bettkante, ihre Hand in seiner, und betrachtete sie.

„Nanny hat mir einen Zaubertrank gegeben."

Er küsste ihre Finger. Er wollte sie weiter küssen, wollte sie fest an sich drücken, bis der Albtraum vollständig geschwunden war. Mit Anstrengung hielt er den Druck seiner Finger genauso leicht wie den Klang seiner Stimme.

„Der Zaubertrank hat wieder Farbe in deine Wangen gebracht. Nanny sagte, du würdest bald aufwachen und hungrig sein."

Eve richtete sich auf. „Sie hat recht, ich bin halb verhungert."

Er stand auf und ging zu einem Tablett am Fußende. „Sie hat dein Menü selbst bestellt." Er hob die Deckel ab. „Hühnersuppe, ein kleines mageres Steak, frisches Gemüse, Kartoffeln mit geriebenem Käse."

Eve legte eine Hand auf ihren Magen. „Ich habe seit dem Frühstück nichts mehr gegessen. Ich fange mit irgendetwas an."

„Dann würde ich sagen, mit der Suppe." Er stellte den Teller auf ein Tablett.

„Oh, das riecht wunderbar." Eve griff nach dem Löffel. Alexander saß schweigend dabei, während sie die Suppe aß. Er erinnerte sich an jedes Wort von Reeves Bericht.

Obwohl noch Tests durchgeführt werden mussten, stand es so ziemlich fest, dass die Bombe von dem gleichen Typ war wie jene in dem Büro in der Pariser Botschaft. Wäre jemand in dem Büro oder in einem Abstand von sechs Metern von der Tür gewesen, hätte die Explosion auf ihn tödlich gewirkt.

Eves Büro – wo er sie einmal so souverän hinter ihrem Schreibtisch hatte sitzen sehen.

Die Leute vom Sicherheitsdienst glaubten, dass man nicht die Absicht gehabt hatte, Eve Schaden zuzufügen. Daher auch die Warnung. Zweck der Bombe war es, zu terrorisieren, zu verwirren, zu unterminieren. Aber wenn Eve nicht schnell genug gewesen wäre …

Er konnte nicht weiterdenken. Sie war jetzt hier, unverletzt. Und so sollte es auch bleiben, was immer er dafür tun musste. Als sie mit der Suppe fertig war, nahm er den Teller weg und servierte ihr den Hauptgang.

„Ich glaube, ich könnte mich daran gewöhnen, verwöhnt zu werden.“ Das Fleisch war zart und innen rosa. „Es war so lieb von allen, sogar von deinem Vater, mich zu besuchen, um nachzusehen, ob es mir gut geht.“

„Du bedeutest meinem Vater viel. Uns allen.“

Eve wollte nicht mehr in die Worte hineindeuten, als sie besagten. Sie bedeutete ihm viel. Sie hatte es daran gemerkt, wie er sie gehalten hatte, als er das Wäldchen erreichte.

Vielleicht, aber auch nur vielleicht, liebte er sie sogar ein wenig. Aber sie konnte ihn zu nichts drängen, und sich auch nicht. Am besten war es, sich mit anderen Dingen zu befassen.

Sie spielte mit ihren Kartoffeln herum.

„Aber ich fühle mich jetzt wirklich gut, Alex. Du brauchst dir nicht die Mühe zu machen, die Telefone abzuschalten.“

„Das ist bereits geschehen.“ Er nahm eine Flasche Wein aus einem Kühler und füllte zwei Gläser. „Morgen wird es nicht nötig sein, dass du mit irgendjemand außerhalb des Palastes sprichst. Brie und ihre Familie ziehen vorübergehend in den Palast. Ich bin sicher, die Kinder werden dich unterhalten.“

„Alex, sei vernünftig. Ich muss mit meinen Leuten sprechen. Sie werden wie von Sinnen sein. Du hast keine Ahnung, wie Theaterleute alles aufbauschen können. Und es wird Tage dauern, bis mein Büro wieder in Ordnung ist.“

„Ich möchte, dass du nach Houston zurückkehrst.“

Langsam legte sie Messer und Gabel auf das Tablett.

„Was?“

„Ich möchte, dass du mit deiner Truppe nach Amerika zurückkehrst. Ich sage die Vorstellungen ab.“

Sie hatte gar nicht gewusst, dass sie noch so viel Kraft besaß, um wütend zu sein. „Versuch es, und ich verklage dich, dass du Krone und Thron verkaufen musst.“

„Eve, jetzt ist nicht die richtige Zeit für Drohungen. Was heute passiert ist …“

„… hatte gar nichts mit dem Theater und nur sehr wenig mit mir zu tun. Wir beide wissen das. Andernfalls wäre ich in Houston nicht sicherer als hier.“

Er wollte sich nicht mit ihrer Logik auseinandersetzen. Wenn es um Eve ging, gab es nur noch Gefühle. „Ich will dich nicht hier haben."

Der Pfeil traf sein Ziel. Sie ließ den Schmerz vorübergehen und griff dann wieder nach dem Besteck. „Es bringt nichts, wenn du versuchst, mich zu verletzen, Alexander. Ich werde nicht weggehen und meine Truppe auch nicht, bevor wir alle Vorstellungen gegeben haben. Wir haben einen Vertrag."

Sein Französisch klang härter und wesentlich klarer als sein Englisch. Er fing an, es zu sprechen, als er aufstand, um im Zimmer hin und her zu gehen. In ihrer Zeit auf dem Schweizer Internat hatte sie, vor allem in den Schlafsälen, genug gelernt, um ihn perfekt zu verstehen.

„Nanny erwähnte, du seist schlechter Laune", sagte sie und aß weiter. Dass sie deren Ausbruch erleben durfte, gefiel ihr. Also ist er doch nicht so beherrscht, dachte sie. „Der Wein ist ausgezeichnet, Alexander. Warum setzt du dich nicht und lässt ihn dir schmecken?"

„*Merde!*" Er wirbelte zu ihr herum und widerstand der Versuchung, ihr Tablett samt Inhalt zu Boden zu schleudern. „Das ist kein Spiel. Weißt du, was ich durchgemacht habe, als ich dachte, du könntest tot sein? Du könntest in diesem Zimmer gewesen sein, als die Bombe hochging?"

Sie legte ihr Besteck wieder weg und hob den Blick zu seinen Augen. „Ich glaube schon. Ich mache so ziemlich dasselbe durch, wann immer du dich in der Öffentlichkeit zeigst. Heute Morgen stand ich an diesem Fenster und dachte an dich. Ich wusste nicht einmal, wie lange du fort warst."

„Ich wollte dich nicht wecken."

„Ich verlange keine Erklärungen, Alex." Der Appetit war ihr vergangen. Sie schob das Tablett von sich. „Ich möchte dir klarmachen, was ich gefühlt habe. Ich habe auf das Meer hinausgesehen, und ich wusste, dass du irgendwo warst und dich um Cordina gekümmert hast. Irgendwo, wo ich nicht sein konnte, wo ich dir nicht helfen konnte. Und ich musste mich anziehen und das Haus verlassen und weitermachen, obwohl ich Angst hatte, dies könnte der Tag sein, an dem ich dich verliere."

„Eve, ich bin von so vielen Leibwächtern umgeben, dass ich

manchmal glaube, sie ersticken mich. Die Sicherheitsvorkehrungen werden seit dem Bombenanschlag in Paris für uns alle verstärkt."

„Soll mich das trösten? Würde es dich trösten? Du willst, dass ich weglaufe, Alex. Wirst du mit mir weglaufen?"

„Du weißt, dass ich das nicht kann. Dies ist mein Land."

„Und dies ist mein Job. Bitte verlang nicht von mir, zu gehen." Sie streckte die Hand aus, sah ihn zögern und dann ihre Hand ergreifen. „Wenn du auf mich böse sein willst, warte bis morgen. Diesen ganzen schrecklichen Tag über habe ich mir gewünscht, dass du mich festhältst. Bitte, bleib heute Nacht bei mir, Alex."

„Du brauchst Ruhe." Doch er zog sie an sich.

„Ich werde mich hinterher ausruhen", sagte sie und zog ihn zu sich herunter.

10. KAPITEL

Obwohl Eve es selbst erlebt hatte, obwohl man es ihr geschildert und sie in den Zeitungen alles gelesen hatte, war sie auf den Anblick der Zerstörungen in ihrem Büro nicht gefasst. Sie hatte Wort gehalten und war vierundzwanzig Stunden ferngeblieben – hauptsächlich weil sie keine Wahl gehabt hatte. Jetzt stand sie an der Tür – oder vor dem, was von der Tür übrig geblieben war – und betrachtete, was einmal ihr Büro gewesen war.

Der Schutt war noch nicht abtransportiert worden, und zwar auf Anordnung der Polizei. Die Asche und die Trümmer hatte man gründlich durchsucht – in der Nacht des Bombenanschlags, an dem Tag, an dem sie nicht hier gewesen war, und in der Nacht, die sie schlaflos verbracht hatte in der Angst, zurück ins Theater zu gehen.

Es gab ein Loch in einer Wand, größer und breiter als sie selbst, so dass sie auch den angrenzenden zerstörten Raum sah. Holzsplitter hatten sich in den Verputz gebohrt oder lagen angehäuft auf dem Boden. Ihr Aktenschrank war ein Haufen ineinander verkeiltes Metall, sein Inhalt Asche. Der Teppich war verschwunden, der Boden übersät mit Rillen. Das Fenster war mit Brettern vernagelt, so dass kein Licht hindurchdrang. Die Handwerker kamen an diesem Vormittag, aber sie hatte alles mit eigenen Augen sehen wollen, bevor man mit der Instandsetzung begann.

Sie zitterte nicht. Sie hatte es befürchtet auf dem Weg hierher. Die Angst, die sie erwartet hatte, mit der abzufinden sie bereit gewesen war, blieb aus. An ihre Stelle trat Wut, heftige, grenzenlose und befreiende Wut.

All ihre Aufzeichnungen, ihre Notizen – zerstört. Sie trat ein und stieß mit dem Fuß einen von der Decke herabgefallenen Gesteinsbrocken beiseite. Die Arbeit von Wochen, Monaten, sogar Jahren war innerhalb von Sekunden in Schutt und Asche gelegt worden. Manches konnte ersetzt werden, anderes war schlichtweg unersetzbar.

Das Bild, das sie auf ihrem Schreibtisch aufgestellt hatte, ihr Lieblingsfoto von ihr und Chris – Asche. Vernichtet waren auch das Drehbuch, das sie geschrieben, und das, an dem sie gearbeitet hatte. Die Tränen in ihren Augen waren nicht Tränen der Trauer, sondern Tränen der Wut. Ihr Skript mochte ungeschliffen formuliert gewesen sein, der Inhalt vielleicht sogar albern, aber es war ihr Stück gewesen. Mangelndes Selbstvertrauen und abwertende Selbstironie hatten sie dazu gebracht, es unter T für „Traum“ abzulegen.

Jetzt war ihr Traum zerstört, in die Luft gesprengt von jemandem, der sie nicht einmal kannte. Jemand hatte ihr Teile ihres Lebens genommen und würde ihr auch ihr Leben ohne Bedenken nehmen.

Die Schuldigen werden dafür büßen, schwor sie sich, als sie zwischen den Trümmern stand. Irgendwie wollte sie selbst dafür sorgen.

„Eve!“

Mit dem Handrücken wischte sie sich über die Augen, ehe sie sich umdrehte. „Chris!“

In diesem Moment war sie nur die jüngere Schwester, als sie über die Trümmer stieg und in die Arme ihrer Schwester sank. „Ich bin ja so froh, dass du hier bist! So froh!“

„Natürlich bin ich hier. Ich habe mich sofort auf den Weg gemacht, als ich von dem Anschlag hörte.“ Chris drückte sie fest an sich. „Ich bin zuerst in den Palast gefahren. Noch nie habe ich so viele Sicherheitskräfte gesehen. Hätte Bennett nicht eingegriffen, könnte ich jetzt noch mit den Wächtern am Portal streiten. Eve, um Himmels willen, was geht hier vor?“

„Es ist weg, alles. Das Foto von uns beiden bei der Premiere meines ersten Stücks. Es stand auf dem Schreibtisch. Die kleine Porzellankatze, die Mom mir schenkte, als ich zehn war. Ich habe sie immer mit mir mitgenommen. Nichts ist davon übrig, gar nichts.“

„Ach Schätzchen!“ Chris drückte sie an sich und betrachtete den Raum über Eves Schulter hinweg. Sie schauderte bei der Vorstellung, was hätte passieren können. „Es tut mir so leid. Aber du bist in Sicherheit.“ Besorgt schob sie Eve auf Armeslänge von sich, um sie eingehend zu betrachten. „Du wurdest nicht verletzt?“

„Nein, nein, ich war fast schon aus dem Gebäude. Reeve sagte, es sei nur eine kleine Plastikbombe gewesen, die keine große Reichweite hat.“

„Eine kleine Bombe“, wiederholte Chris flüsternd und zog Eve erneut an sich. „Nur eine kleine …“ Ihr Zorn flammte auf, als sie ihre Schwester schüttelte. „Eve, hast du eine Ahnung, wie das war, davon in den Nachrichten zu hören?“

„Es tut mir leid, Chris. Alles ging so schnell, und ich habe nicht mehr klar denken können. Ich hätte dich anrufen sollen."

„Verdammt richtig, das hättest du tun sollen." Chris beließ es dabei, weil sie sich vorstellen konnte, in welcher Verfassung Eve gewesen sein musste. „Brie hat mich angerufen. Fürst Armand selbst hat Dad angerufen. Dad wäre am liebsten ins nächste Flugzeug gestiegen, um dich nach Houston zurückzuholen."

„Oh Chris."

„Du hast nichts zu befürchten – aber nur, weil ich ihn davon überzeugt habe, dass wir größere Chancen haben, dich dazu zu bringen, auf mich zu hören."

„Ich werde ihn anrufen. Also ehrlich, ich hätte niemals gedacht, dass die Nachricht so schnell die Staaten erreichen würde."

„Ich will die ganze Geschichte hören, Eve, nicht die abgeschwächte offizielle Version aus den Sechs-Uhr-Nachrichten."

Chris' Stimme nahm den festen, mütterlichen Ton an, den sie entwickelt hatte, als Eve fünfzehn wurde. „Du kannst sie mir erzählen, während ich dich in den Palast zurückfahre, damit du deine Sachen für die Abreise packen kannst."

„Ich reise nicht ab, Chris."

Chris machte einen Schritt zurück und schob sich das kurze, dichte Haar aus der Stirn. „Jetzt hör mir mal zu …"

„Ich liebe dich", unterbrach Eve sie. „Und ich verstehe, was du fühlen musst, wenn du dir das alles hier ansiehst." Sie schwieg einen Moment, um ihrerseits den Raum noch einmal einer Inspektion zu unterziehen. Die Wut kehrte mit aller Stärke zurück. „Aber ich laufe nicht weg. Ich bin hierhergekommen, um vier Stücke zu produzieren, und, bei Gott, ich werde vier Stücke produzieren."

Chris wollte sie anschreien, hielt sich jedoch zurück. Der einzige Weg, auf dem man nie an Eve herankam, war befehlen. „Eve, du weißt, wie sehr ich respektiere, was du tust, was du kannst, aber es ist leider offensichtlich, dass Cordina im Moment nicht sicher ist. Die Sache ist es nicht wert, dass du dein Leben dafür riskierst."

„Die Bombe galt nicht mir. Ich wurde nur benutzt, um die Bissets zu treffen." Eve legte die Hand auf den Arm ihrer Schwester. „Ich kann nicht weg, Chris. Ich glaube, wenn ich dir erst einmal alles erklärt habe, wirst du verstehen."

„Dann solltest du dir eine sehr überzeugende Erklärung einfallen lassen."

„Das werde ich tun." Lächelnd gab Eve ihr einen Kuss auf die Wange. „Aber nicht hier. Wir benutzen das Büro des Theaterdirektors." Eve drängte Chris in den Korridor und warf einen kurzen Blick auf die Uhr. Sie hatte vor, innerhalb einer Stunde zurück zu sein, um weiterzuarbeiten.

Zwanzig Minuten später saßen die Schwestern bei ihrer zweiten Tasse Kaffee.

„Deboque!" Chris stellte ihre Tasse klirrend ab. „So viele Jahre später verursacht er noch immer so viel Leid!"

„Laut Alex wird er nie damit aufhören." Solange er lebte. Eve schob den Gedanken von sich. Sie hätte nie erwartet, dass sie jemandem den Tod wünschen konnte. „Ich weiß nicht einmal, was für ein Mensch er ist. Böse, ganz sicher, und vermutlich besessen. Deboque will Fürst Armand ausschalten. Das nächste Mal könnte es ein anderes Familienmitglied sein, selbst eines der Kinder. Deshalb sind Reeve und Brie vorerst wieder in den Palast gezogen."

„Eve, du weißt, was ich für die Bissets empfinde. Sie sind für mich wie eine zweite Familie. Aber ganz gleich, wie viel sie mir auch bedeuten, du kommst für mich an erster Stelle. Ich will dich zu Hause haben, weit weg von alldem hier."

„Ich kann nicht fort. Einer der Gründe ist die Truppe und der Anlass unseres Aufenthalts hier. Bitte, hör mich zu Ende an", fuhr sie fort, als Chris etwas sagen wollte. „Ich habe hier die Chance, etwas zu beweisen – mir selbst, dir und Dad und meiner Branche."

„Du brauchst mir nichts zu beweisen, Eve."

„Doch. Du hast dich um mich gekümmert. Du warst nur fünf Jahre älter als ich, als Mom starb, aber du hast alles getan, was du nur tun konntest, um die Leere, die sie hinterlassen hat, auszufüllen. Vielleicht war mir damals nicht immer bewusst, was du getan hast und was du dafür aufgegeben hast, aber heute weiß ich es. Ich glaube, ich muss dir zeigen, dass es sich gelohnt hat."

Chris brannten Tränen in den Augen, und rasch schüttelte sie den Kopf. „Glaubst du, das hätte ich jemals bezweifelt? Eve, ich war immer nur deine Schwester."

„Oh nein, du warst auch meine Freundin." Sie kam zurück, um

Chris' Hände zu umfassen. „Selbst wenn es dir nicht gefiel, hast du zu mir gehalten. Was ich hier tue, geschieht für dich genauso wie für mich. Das habe ich dir vorher noch nie erklären können."

„Ach, Liebes!" Chris drückte ihre Hände. „Ich weiß nicht, was ich sagen soll."

„Sag erst einmal gar nichts. Hör mich an. Viele Leute in der Branche lachten hinter meinem Rücken, als ich anfing. Verwöhnte Erbin, die einer Laune nachgibt ... so in der Art. Und vielleicht kam das zuerst auch der Wahrheit recht nahe."

„Das stimmt nicht."

„Oh doch. Durchaus." Eve hatte kein Problem damit, die Wahrheit zu akzeptieren. „Ich habe mich durch die Schule gemogelt, indem ich so wenig wie möglich getan habe. Während des Sommers hing ich herum und tat gar nichts. Ich beobachtete Dad, wie er mit unlauteren Mitteln seinen Geschäften nachging, ich sah zu, wie du deine Ausbildung machtest und erfolgreich eine Galerie eröffnetest, und nahm das nächste Magazin in die Hand. Mit dem Theater hatte ich endlich ein Ziel gefunden, ohne zu erkennen, dass ich überhaupt eines brauchte. Chris, als ich das erste Mal auf der Bühne stand, war es, als würde in meinem Kopf ein Licht eingeschaltet. Vielleicht war mein Platz hinter und nicht auf der Bühne, aber ich sah mein Ziel vor mir. Es hat ein paar Jahre gedauert, bis die Leute zu lachen aufhörten, und jetzt habe ich die Chance, etwas Außergewöhnliches zu machen. Ich kann nicht aufgeben."

„Ich wusste nicht, dass du so empfindest." Chris strich über Eves Hand. „Ich verstehe dich, und ich bin stolz auf dich. Ich glaube, dass du etwas Außergewöhnliches tun kannst, aber der Zeitpunkt ist schlecht gewählt. In sechs Monaten, in einem Jahr, wenn sich die Dinge beruhigt haben ..."

„Ich kann nicht weggehen, Chris. Selbst wenn sie das Theater niederreißen, wenn alle Mitglieder meiner Truppe zurückfliegen würden, könnte ich nicht fort." Sie musste tief durchatmen, um es laut und ruhig aussprechen zu können. „Ich liebe Alexander."

„Oh." Weil es ihr die Sprache verschlagen hatte, sagte Chris sonst nichts.

„Ich muss bei ihm sein, besonders jetzt. Einmal dachte ich, die Truppe wäre alles, aber so wichtig sie auch ist, was ich für sie empfinde, kommt nicht annähernd an das Gefühl heran, das ich für ihn habe. Du brauchst mir nicht zu sagen, dass daraus nichts werden kann – darauf bin ich schon von selbst gekommen. Aber ich muss mit ihm so lange wie möglich zusammen sein."

„Früher einmal dachte ich, dass vielleicht du und Bennett ... Es hat mir sogar Spaß gemacht, mir euch beide vorzustellen. Aber Alexander ..."

„Ich weiß." Eve stand auf. „Der Thronerbe. Ich liebe ihn schon seit Jahren. Ich habe es geschafft, diese Tatsache zu verschleiern, sogar vor mir selbst, aber es ist eine Tatsache."

„Ich habe mich mehrere Male gefragt, ob du möglicherweise ein wenig vernarrt warst."

„Ich bin alt genug, um den Unterschied zu kennen", sagte Eve lächelnd.

„Ja." Seufzend lehnte Chris sich zurück. „Weiß er, was du für ihn empfindest?"

„Ich habe es ihm nicht gesagt, aber er ist ein sehr kluger Mann. Ja, ich glaube, er weiß es."

„Und was fühlt er für dich, Eve?"

„Ich bedeute ihm etwas, vielleicht mehr, als er wollte, und weniger, als ich wollte. Es ist schwierig, Alex zu durchschauen. Er besitzt zu viel Übung darin, seine Gefühle zu verheimlichen." Sie holte tief Luft. „Aber es spielt auch keine Rolle."

„Wie kannst du das sagen?"

„Weil es keine Rolle spielen kann." Sie war eine praktische Frau oder redete es sich zumindest ein. Eine Realistin. „Ich sagte doch, ich weiß, dass nichts dabei herauskommen kann, und ich werde damit fertig. Meine Karriere nimmt einen Großteil meiner Zeit und Energie in Anspruch. Selbst wenn Alex nicht der wäre, der er ist, bezweifle ich, dass wir uns einig werden könnten. Ich habe keine Zeit für Ehe und Familie. Ich brauche beides nicht."

„Das überzeugt mich noch lange nicht – und dich genauso wenig."

„Aber nein." Wie oft schon hatte sie sich selbst in den vergangenen Wochen diesen Vortrag gehalten. „Sehr viele Frauen wollen nicht heiraten. Sieh dich an."

„Ja." Mit einem leisen Lachen beugte Chris sich wieder vor. „Eve, der einzige Grund, aus dem ich nicht verheiratet und sechsfache Mutter bin, ist, dass ich nie einen Mann getroffen habe, der mir wichtiger als meine Arbeit war. Aber du hast mir schon gesagt, dass du ihn getroffen hast."

„Es ist nicht wichtig. Das darf es nicht sein." Panik schlich sich in ihre Stimme ein. „Chris, siehst du denn nicht, dass ich mich, ganz gleich, was ich will, mit der Realität auseinandersetzen muss? Wenn ich die Dinge nicht so akzeptiere, wie sie sind, werde ich verlieren." Unruhig fuhr sie sich durchs Haar. „Er muss heiraten, eine Familie gründen. Das ist eine Pflicht, der er nie ausweichen wird. Aber bis dahin kann ich einen Teil von ihm haben."

„So sehr liebst du ihn?", sagte Chris. „Ich weiß nicht, ob ich um dich weinen oder mich für dich freuen soll."

„Freu dich! Es gibt genug Gründe für Tränen auf der Welt."

„Nun gut." Chris stand auf und umarmte ihre Schwester. „Ich freue mich für dich." Und sie nahm sich das Recht, zu glauben, dass Träume wahr werden konnten. „Ich nehme nicht an, dass du dir den Nachmittag freimachen und mit mir einkaufen wirst?"

„Oh, ich kann nicht. Ich muss in Houston anrufen und mir Kopien meiner Unterlagen zuschicken lassen. Ich sollte schon auf der Probe sein und dafür sorgen, dass alle die Ruhe bewahren. Und ich muss hier irgendwo einen Büroraum auftreiben." Sie machte eine Pause. „Was denn einkaufen?"

„Ich habe nur Handgepäck für eine Nacht mitgebracht", sagte sie und griff nach ihrer Ledertasche. „Ich war sicher, zum Abendessen würden wir schon wieder in einem Flugzeug sitzen. Wie es jetzt aussieht, muss ich mich umsehen, ob es in Cordina etwas Sensationelles gibt, das ich am Premierenabend anziehen kann."

„Du bleibst hier?"

„Natürlich. Denkst du, ich könnte ein Zimmer im Palast bekommen?"

Eve drückte sie an sich. „Ich werde ein gutes Wort für dich einlegen."

Stunden später saß Eve an ihrem Laptop in ihrem Wohnzimmer. Der Tag war rasch vorbeigegangen, angefüllt mit Problemen, die gelöst werden mussten. Doch der Abend hatte sich hingezogen. Alexander war nicht zum Essen heimgekommen.

Bennett war da gewesen, aber selbst bei seinen Scherzen und seiner lockeren Art hatte er nachdenklich gewirkt. Auch Reeve und Armand waren geistesabwesend gewesen. Es war ein Essen im Familienkreis mit Gabrielle und ihren Kindern, Bennett, Eve und Chris – und den freien Stühlen, auf denen die übrigen Familienmitglieder hätten sitzen sollen. Kaum war es beendet, hatte Bennett sich auch schon entschuldigt. Die Anspannung, die nicht einmal seine Lässigkeit zu tarnen vermocht hatte, blieb zurück.

Als Eve die Arbeit erwähnte, die sie noch nachholen musste, begleitete Chris Gabriella hinauf, um sich mit ihr um die Kinder zu kümmern. Zurück in ihrem Zimmer und allein, versuchte Eve, die noch verbleibenden Stunden des Abends mit Arbeit auszufüllen.

Ihre vier Skripten für die bevorstehenden Aufführungen waren vernichtet, Kopien jedoch gesichert. Es gab keine Veranlassung, sie anzusehen. Eve kannte jedes Wort, jeden Teil der Inszenierung. Falls es nötig gewesen wäre, hätte sie für jeden aus ihrer Truppe bei der Eröffnungsvorstellung einspringen können.

Die erste Aufführung war in wenigen Tagen, und obwohl die Schauspieler an diesem Nachmittag verständlicherweise nervös gewesen waren, waren die Proben gut verlaufen. Die zweite Inszenierung war fast so brillant wie die erste, und die Proben für das dritte Stück würden in den folgenden Wochen beginnen. Wenn es keine weiteren Zwischenfälle gab.

Das Haus war für die ersten drei Vorstellungen ausverkauft, und der Kartenverkauf nahm ständig zu.

Sie hatte daran gedacht, ihr Budget noch einmal zu überprüfen, aber die Vorstellung, Zahlen zusammenzuzählen, war alles andere als verlockend. Sie hatte auf ihre Uhr gesehen, sich im Bad entspannt und wieder einen Blick auf die Uhr geworfen. Es war fast zehn gewesen, als sie sich an den Computer setzte und sich sagte, Alexander sei gesund und unversehrt und würde nach einem anstrengenden Tag in seinem eigenen Bett schlafen.

Jetzt versuchte sie, den Rest des Abends mit Arbeit auszufüllen. Die Aufzeichnungen für ihre eigenen Stücke waren vernichtet. Warum hatte sie auch keine Kopien gemacht? Nun blieb ihr nichts anderes übrig, als von vorn zu beginnen.

Eine neue Idee, eine neue Sammlung, und in gewisser Weise auch eine neue Frau. Erster Akt, erste Szene, sagte Eve sich, als sie eine neue Datei öffnete.

Die Zeit verging. Zerknüllte Blätter der Computerausdrucke lagen herum, aber ein Stapel mit frisch beschriebenen Seiten hatte sich angesammelt.

Alexander fand sie so vor, über ihre Tastatur gebeugt. Das Licht am Tisch fiel auf ihre Hände, während ihre Finger über die Tasten huschten.

Sie trug dasselbe blaue Kleid wie am ersten Abend nach ihrer Ankunft. Die Ärmel hatte sie bis zu den Ellbogen hochgeschoben.

Jedes Mal, wenn er sie sah, war er aufs Neue entzückt, wie reizend sie war. Wenn sie wollte, machte sie sich ihr Aussehen zunutze, dann wieder vernachlässigte sie es. Niemals schien es von Bedeutung. Fähigkeiten. Waren sie es, die der Schönheit so viel Gewicht gaben? Irgendetwas an ihr sagte dem Betrachter, dass sie alles, was sie sich vornahm, auch durchführte, und das sehr gut.

Ihre Hände wirkten zart, aber sie selbst war es nicht. Ihre Schultern wirkten nicht belastbar, aber sie selbst war stark. Ihrem Gesicht nach war sie jung, verletzlich und so empfindsam. Obwohl sie all diese Eigenschaften haben mochte, besaß sie eine Stärke und eine Entschlossenheit, die sie befähigten, mit allem fertig zu werden, was immer das Leben ihr auch abverlangte.

Liebte er sie deshalb? Wegen ihrer Fähigkeiten? Müde fuhr Alexander sich mit der Hand über das Gesicht. Er hatte erst angefangen, das zu begreifen und zu versuchen, es zu analysieren und zu verstehen. Attraktion war ihm um so vieles wichtiger geworden als Schönheit.

Einmal hatte er zu ihr gesagt, dass er sie brauche. Und so war es auch, vor diesem Augenblick und danach. Aber er hatte ihr nicht gesagt oder es selbst nicht ganz verstanden, wie sehr er sie brauchte.

Als er befürchtete, sie verloren zu haben, war ihm, als hätte sein Herz aufgehört zu schlagen. Ihm war, als würde er nicht mehr sehen, nicht mehr hören, nicht mehr fühlen. War das Liebe?

Er wünschte, er könnte sicher sein. Niemals hatte er sich erlaubt, etwas anderes zu lieben als seine Familie und sein Land. Bei Eve hatte er es sich nicht erlaubt, aber er war ihr erlegen. Vielleicht war das Liebe. Verletzlich zu sein, abhängig, einen anderen Menschen zu brauchen. Ein so ungeheures Risiko einzugehen, konnte er sich nicht leisten. Nicht jetzt, vielleicht niemals. Und doch war es bereits geschehen.

Hätte er in diesem Augenblick einen Wunsch frei gehabt, so hätte er sich gewünscht, mit ihr irgendwo zu sein, wo sie gewöhnliche Menschen in einer gewöhnlichen Zeit gewesen wären. Heute Nacht vielleicht könnten sie für ein paar Stunden so tun, als wäre es Wirklichkeit.

Er beobachtete, wie sie sich aufrichtete und die Hand gegen den Rücken drückte.

„Du hast versprochen, du würdest dich nicht überarbeiten."

Ihre Hand blieb, wo sie war, aber ihr Kopf fuhr herum. Alexander sah die Erleichterung und dann die Freude in ihren Augen. „Das musst ausgerechnet du sagen." Ihr Blick glitt so verlangend über ihn, dass seine Müdigkeit schwand. „Du wirkst erschöpft, Alex. Ich dachte, du wärst schon im Bett."

„Besprechungen." Er kam in den Raum. „Tut mir leid, dass ich heute Abend nicht bei dir sein konnte."

„Du hast mir gefehlt." Sie verschränkten ihre Hände ineinander. „Und ich wollte es zwar nicht sagen, aber ich habe mir Sorgen gemacht."

„Das war nicht nötig. Ich war seit fünf Uhr im Palast."

„Ich wollte nach dir fragen, aber ..." Sie lächelte ein wenig und schüttelte den Kopf. „Ich hatte das Gefühl, ich sollte es nicht tun."

„Bennett oder Gabriella hätten es dir sagen sollen."

„Jetzt bist du ja hier. Hast du schon gegessen?"

„Ja, eine Kleinigkeit im Arbeitszimmer meines Vaters. Ich habe gehört, deine Schwester ist hier."

„Sie kam heute Vormittag an." Eve stand auf und ging zu einem kleinen Rokokoschränkchen, aus dem sie Cognac und zwei Schwenker holte. „Sie könnte jemanden brauchen, der sie beruhigt. Ich hoffe, Brie tut das. Chris hat sich halb zu Tode gesorgt, bevor sie hierherkam."

„Vielleicht könntest du mit ihrer Hilfe dazu überredet werden, nach Amerika zurückzukehren."

Eve reichte ihm sein Glas und prostete ihm mit ihrem zu. „Auf keinen Fall."

„Wir könnten für die Aufführungen einen neuen Termin festsetzen, ein paar Monate oder ein Jahr warten."

Eve trank einen Schluck und zog eine Augenbraue hoch. „Hast du schon mit Chris gesprochen?"

„Nein, warum?"

„Nichts." Lächelnd ging sie hinüber zum CD-Player. Leise Musik erfüllte gleich darauf den Raum. Wenn man einen Prinzen verführen wollte, fand sie, sollte man alle Register ziehen. „Ich reise nicht ab, Alex, so dass es Zeitverschwendung wäre, darüber zu streiten. Und ich hasse es, meine Zeit zu verschwenden."

„Du bist eine starrsinnige Frau." Allein bei ihrem Anblick und beim Klang ihrer Stimme beschleunigte sich sein Puls. „Vielleicht könnte ich dich zur Abreise drängen, würde ich dich nicht so unbedingt bei mir haben wollen."

„Nein, das könntest du nicht. Aber du weißt gar nicht, wie sehr ich mir gewünscht habe, dass du sagst, dass du mich bei dir haben willst." Sie kam zu ihm.

„Habe ich dir das nicht schon vorher gesagt?"

„Nein." Sie nahm seine Hand. „Du sagst mir überhaupt nicht viel mit Worten."

„Tut mir leid." Er zog ihre Hand an seine Lippen.

„Ich will nicht, dass dir etwas leidtut." Sie stellte ihr Glas ab. „Ich will, dass du so bist, wie du bist."

„Seltsam." Er hielt ihre Hand an seine Wange. „In jüngster Zeit habe ich mir so häufig gewünscht, ein anderer zu sein", sagte er.

„Nein, nicht." Sie wusste, dass er in diesem Moment ihre Stärke brauchte. „Kein Bedauern. Keiner von uns sollte jemals bedauern, was er ist. Lass uns stattdessen genießen." Leicht und zärtlich strich sie über sein markantes Kinn. „Einfach genießen."

„Eve." Er wusste nicht, was er zu ihr sagen konnte, was er sagen sollte, was am besten noch eine Weile in ihm verschlossen blieb. Ihre Hand in seiner, stellte er sein Glas auf ihren Schreibtisch. „Du arbeitest zu hart."

„Und das musst wieder ausgerechnet du sagen."

Er lachte. Es fiel ihm immer leicht, zu lachen, wenn er mit ihr zusammen war. „Was ist das? Wieder ein Stück?"

„Es ist nichts." Sie wollte die Papiere zusammenschieben, doch er legte seine Hand darauf. „Das hier kenne ich noch nicht. Wie ist der Titel? *Marking Time?* Es ist keins von den Alternativstücken."

„Nein." Verlegen versuchte sie, seine Aufmerksamkeit abzulenken. „Es ist nichts."

„Du denkst schon daran, etwas Neues zu produzieren?" Er dachte daran, dass sie abreisen und ihr Leben, ihre Karriere fortsetzen würde. Mit Mühe zeigte er Interesse anstelle von Bedauern. „Was ist das für ein Stück?"

„Es wird … es ist ein Familiendrama. Warum versuchen wir nicht …"

„Es ist so wenig." Mit dem Daumen blätterte er die Seiten durch und schätzte, dass es nicht mehr als zwölf waren. Dann klickte es bei ihm – wie sie über die Tastatur gebeugt gesessen hatte, die zusammengeknüllten Blätter.

Mit einem ruhigen Lächeln sah er sie wieder an. „Du schreibst es."

Ertappt zuckte sie die Schultern und versuchte sich zurückzuziehen. „Es ist nur ein Hobby."

„Du wirst rot."

„Natürlich nicht. Das ist lächerlich." Sie griff wieder zu ihrem Cognac und versuchte, unbekümmert zu klingen. „Ich mache das nur in meiner Freizeit." Sie ließ den Cognac im Glas kreisen, trank einen Schluck.

„*Chérie,* in den letzten Wochen habe ich selbst gesehen, wie wenig Freizeit du hast."

Er strich ihr eine Haarsträhne hinters Ohr. „Du hast mir nie erzählt, dass du schreiben willst."

„Wenn man nur mittelmäßig ist, verbreitet man das nicht auch noch."

„Mittelmäßig? Das muss ich selbst beurteilen." Er griff erneut nach den Blättern, aber Eve war schneller. „Der Text ist noch sehr ungeschliffen. Er muss noch ausgefeilt werden."

„Ich verstehe, wenn ein Künstler sein Werk erst vorzeigen will, nachdem er es beendet hat." Er wollte es jedoch sehen, und zwar bald. „Ist das deine erste Arbeit?"

„Nein." Sie schob die Blätter in eine Schublade und schloss sie. „Ich hatte schon ein Stück fertig geschrieben und ein zweites angefangen."

„Dann möchte ich das fertige Stück lesen."

„Es ist weg." Erneut musste sie darum kämpfen, ihre Stimme neutral zu halten. „Es lag im Büro."

„Deine Arbeit ist verloren gegangen." Er trat einen Schritt auf sie zu und umfasste ihr Gesicht. „Es tut mir ja so leid, Eve. Ich meine, was man schreibt, ist ein Teil von einem selbst. Ein lebendiger Teil. Ihn zu verlieren, muss vernichtend sein."

Sie hatte nicht erwartet, dass er sie verstehen würde. „Es war kein sehr interessantes Stück", sagte sie. „Mehr eine Übungsarbeit. Ich hoffe nur, ich habe genug gelernt, um das hier besser zu machen."

„Ich möchte dich etwas fragen."

„Was?"

„Du wolltest einmal Schauspielerin werden. Warum spielst du nicht?"

„Weil Schauspieler tun müssen, was man ihnen sagt. Ein Produzent bestimmt, wo es langgeht."

Er musste lächeln. „So einfach ist das?"

„Hinzu kommt, dass ich als Produzentin besser bin, als ich jemals als Schauspielerin war."

„Und das Schreiben?"

„Ist so eine Art Herausforderung an mich selbst." Wie leicht es doch war, ihm alles zu erzählen, nachdem sie erst einmal damit begonnen hatte. Es gab keine Gründe für Geheimnisse oder Verlegenheit. Nicht bei ihm. „Wenn ich behaupte, so viel über das Theater zu wissen, darüber, was dem Publikum gefällt oder wie man ein Stück inszeniert und produziert, warum sollte ich dann nicht auch eines schreiben können? Und zwar ein erfolgreiches", fügte sie hinzu, bevor sie den letzten Schluck Cognac trank. „Der erste Versuch war so schlecht, dass ich fand, der zweite könnte nur besser werden."

„Du liebst es, dich selbst herauszufordern. Das Theater, Fechten, dein Kampfsport."

„Ich habe später als die meisten gelernt, dass eine Herausforderung an einen selbst bedeutet, dass man lebt und nicht nur existiert." Kopfschüttelnd stellte sie ihr leeres Glas weg. „Und du verdirbst alles."

„Ich?"

„Ja. Du hast mich zum Philosophieren gebracht, als ich darauf aus war, dich zu verführen."

„Ich bitte vielmals um Verzeihung." Lächelnd lehnte er sich gegen den Tisch.

„Ich nehme an, du bist schon früher verführt worden." Eve ging zur Tür, schloss ab und wandte sich um.

„Unzählige Male."

„Tatsächlich." Sie zog die Augenbrauen hoch, als sie sich gegen die Tür lehnte. „Von wem?"

Sein Lächeln vertiefte sich. „Mademoiselle, ich wurde als Gentleman erzogen."

„Hmmm. Mal sehen. Ich habe dich mit Cognac sanft gestimmt. Ich habe Musik eingeschaltet. Jetzt denke ich …" Ein Leuchten trat in ihre Augen. „Ja, ich glaube, jetzt habe ich es. Wenn du mich für einen Moment entschuldigst."

„Selbstverständlich."

Eve eilte an Alexander vorbei in das angrenzende Schlafzimmer. Ohne die geringsten Gewissensbisse zog er ihre Schublade auf und begann, ihr Stück zu lesen. Es nahm ihn augenblicklich gefangen, dieser Dialog zwischen einer nicht mehr ganz jungen Frau und ihrem Spiegelbild am Schminktisch.

„Eure Hoheit."

Er schloss die Schublade, ehe er sich umdrehte. Er wollte Eve sagen, dass er das Stück wunderbar fand. Obwohl er durch seine Gefühle voreingenommen war, wusste er, dass in ihren Worten etwas Besonderes lag. Doch als er sie sah, brachte er kein Wort heraus.

Sie trug ein Shirty, das mit Spitze gesäumt war, und einen langen, offenen Hausmantel, beides von dem Blau eines Sees. Ihr Haar hatte sie jetzt heruntergelassen und frisch gebürstet, so dass es ihr um die Schultern fiel. Hinter ihr flackerte und bewegte sich Licht. Ihre Augen waren dunkel. Er fragte sich, wie er sein eigenes Verlangen in ihnen gespiegelt sehen konnte. Dann reichte sie ihm wie beim ersten Mal die Hand.

Er ging zu ihr, und in seinem Kopf begann alles zu verschwimmen von dem Duft von Kerzenwachs und den Geheimnissen einer Frau. Wortlos zog sie ihn in das Schlafzimmer.

„Ich habe den ganzen Tag darauf gewartet, mit dir zusammen zu sein."

Sie begann, ganz langsam sein Hemd aufzuknöpfen. „Um dich

zu berühren." Sie strich mit der Hand über seine Haut, bevor sie das Hemd über seine Schultern schob. „Von dir berührt zu werden."

„Wenn ich von dir weg bin, denke ich an dich, obwohl ich an andere Dinge denken sollte." Er streifte ihr den Hausmantel ab und ließ ihn achtlos zu Boden gleiten. „Wenn ich mit dir zusammen bin, kann ich an nichts anderes denken als an dich."

Die Worte erregten sie. Er sagte so etwas nur selten. „Dann denk an mich."

Der Raum wurde von einem Dutzend Kerzen erleuchtet. Die Laken auf dem Bett waren schon zurückgeschlagen – alles war bereit. Durch die Tür klang leise Musik herein. Debussy. Wortlos zog Eve Alexander mit sich zum Bett und begann, ihn so zu lieben, wie jeder Mann es sich erträumt.

Ihr erster Kuss war zärtlich, aufmunternd, gebend, während ihre Hände ihn sanft streichelten. Mit den Lippen zog sie heiße Spuren über sein Gesicht, seinen Hals, verharrte lange genug, um zu erregen, nicht lange genug, um zu befriedigen. Die Spitze, die Seide, ihre nackte Haut zu spüren ließ die Flamme der Leidenschaft in ihm auflodern.

Sie entkleidete ihn, schob seine Hände weg, als er ihr dabei helfen wollte. Ihre Augen waren halb geschlossen, während sie seinen Körper betrachtete, der ihr so viel Freude schenkte. Im Licht der Kerzen sah er bronzen aus. Und seidig schimmernd. Sie machte sich daran, jeden Anschein von Selbstbeherrschung zu zerstören.

Er meinte, sein Herz würde zerspringen. Keine Frau hatte ihn jemals so unglaublich erregt.

Wann immer er nach ihr griff, wich sie aus und ließ ihn durch einen zärtlichen Biss oder eine federleichte Berührung schwach werden.

Der Atem stockte ihm, sonst hätte er sie angefleht aufzuhören. Weiterzumachen.

Hilflos. Sie war die Erste, die ihn jemals hilflos gemacht hatte. Seine Haut wurde feucht, heiß, empfindsam. Wo immer sie ihn berührte, überlief ihn ein Schauer. Ein Stöhnen entrang sich ihm, und er hörte ihr leises Lachen.

Wie unglaublich zu erfahren, dass es so erregend sein konnte, einen Mann zum Erschauern zu bringen. Wie befriedigend, zu entdecken, dass es eine Macht gab, die nur Freude brachte.

Hier gehörte er ihr. Ihr allein. Es gab kein Land, keine Pflichten, keine Traditionen.

An der Grenze der Vernunft angelangt, stemmte er sich hoch, legte einen Arm um ihre Taille und zog sie an sich, unter sich. Er schob sich auf sie, und sein Atem ging stoßweise, während er auf sie hinunterblickte. Die Herausforderung lag in ihren Augen.

„Du treibst mich zum Wahnsinn", sagte er und presste seinen Mund auf ihren.

Die Leidenschaft erfasste sie wie ein Wirbelsturm. Jeder von ihnen kämpfte, aber nicht um freizukommen, sondern um Erfüllung.

Sie rollten sich über das Bett, Mund an Mund, Körper an Körper. Er zog sie aus, aber nicht mit der Behutsamkeit, die sie erwartet hatte. Seine Finger zitterten, als er das letzte Hindernis zwischen ihnen entfernte. Sie zitterten, dann drückten und packten sie sich und hinterließen winzige schmerzende Stellen.

Sie stöhnte, aber nicht vor Schmerz, sondern von dem Wissen, dass er seine Selbstbeherrschung aufgegeben hatte. Sie hatte es gewollt, hatte davon geträumt, was sie hinter dieser fest verschlossenen Tür finden würde.

Erschauernd erreichte sie den Höhepunkt. „Alexander." Sie glaubte, seinen Namen geschrien zu haben, doch es war nur ein Flüstern. „Ich will dich." Sie ließ die Hände nach unten gleiten. „Ich will dich in mir spüren."

Ihre Hüften bogen sich ihm entgegen, bestimmten den Rhythmus. Er wollte ihr Gesicht betrachten, um zu wissen, wann sie den Augenblick höchster Verzückung erreicht hatte. Doch sein Blick war verschleiert.

Sie wurden beide mitgerissen.

11. KAPITEL

Eve erwachte zum ersten Mal in Alexanders Armen. Das Licht vor Sonnenaufgang war rauchgrau. Der Nebel würde sich lichten, sobald die Sonne aufging. Die Geräusche des Meeres waren nur ein Raunen, das durch die Fenster drang. Die Kerzen waren vor langer Zeit erloschen, doch ihr Duft hing noch leicht im Zimmer.

„Alexander", sagte sie, als er ihr einen Kuss auf die Schläfe drückte, und kuschelte sich enger an ihn.

„Schlaf weiter. Es ist noch früh."

Sie fühlte, wie er von ihr abrückte. „Du gehst?"

„Ja, ich muss."

Sie legte die Arme um ihn und hielt ihn zurück. „Warum? Es ist noch früh." Er lachte leise, denn er fand ihre undeutlich gesprochenen Worte und müden Bewegungen liebenswert. Er hob den Arm, mit dem sie ihn festhielt, und küsste ihre Hand. „Ich habe frühe Termine."

„Nicht so früh." Sie kämpfte darum, ganz wach zu werden, öffnete die Augen und sah ihn an. Sein Haar war zerzaust, vom Kopfkissen, von ihren Händen, von einer Liebesnacht. Aber in dem schwachen Licht war sein Blick hellwach. „Könntest du nicht noch eine Stunde bei mir bleiben?"

Er wollte es, wollte ihr sagen, dass er alle Stunden des jetzigen und des folgenden Tages mit ihr verbringen wollte. Aber er konnte es nicht. „Das wäre nicht klug."

„Klug." Sie verstand, und etwas von der Freude schwand aus ihrem schläfrigen Blick. „Du willst nicht in meinem Zimmer sein, wenn die Angestellten aufwachen."

„Es ist am besten."

„Für wen?"

Er zog die Augenbrauen hoch, teils amüsiert, teils arrogant. Es kam selten vor, dass jemand seine Beweggründe infrage stellte. „Was zwischen uns ist, geht nur uns etwas an. Ich möchte nicht, dass dein Name in die Klatschspalten gerät oder in den Zeitungen groß rausgebracht wird."

„Wie es mit Bennett war." Ein Anflug von Ärger schlich sich in ihre Stimme ein, als sie sich aufsetzte und mit verschränkten Armen gegen das Kopfende lehnte. „Über meinen Ruf mache ich mir lieber selbst Sorgen."

„Das steht dir frei." Er strich mit einem Finger über ihre nackte Schulter. „Aber ich sorge mich auch."

„Um meinen oder deinen Ruf?"

„Eve, es gibt schon Gerede, seit dieses Foto von uns beiden in der Zeitung war."

„Das freut mich." Sie warf das Haar zurück und betrachtete ihn ruhig. Sie verspürte Schmerz. Woher er gekommen und warum er so akut war, wusste sie nicht, aber er war vorhanden. Schmerz konnte leicht dazu führen, dass man unvernünftig wurde. „Ich schäme mich nicht dafür, deine Geliebte zu sein."

„Denkst du das etwa? Dass ich mich schäme?"

„Du kommst spätabends zu mir und gehst vor Sonnenaufgang, als würdest du dich dafür schämen, wo und mit wem du die Nacht verbracht hast."

Er ließ die Hand ihren Hals hinaufgleiten und hielt sie fest genug, so dass sie die Kraft und seinen Zorn dahinter spürte. Noch immer sah sie ihn ruhig an. „Sag das niemals. Wie kannst du so etwas auch nur denken?"

„Warum sollte ich etwas anderes denken?"

Er schloss die Finger um ihren Hals, so fest, dass sie ihn mit großen Augen erschrocken ansah, bevor er die Lippen hart und wütend auf ihre presste. Sie wehrte sich, wollte eine Antwort, welche auch immer. Er aber ließ die Hände schonungslos über sie gleiten, erforschte jede Stelle ihres Körpers, die er bereits auf sanftere Art erkundet hatte.

Eve war zu keinem zusammenhängenden Gedanken mehr fähig, so sehr war sie von hemmungslosen Gefühlen überwältigt. Sie legte die Arme fest um ihn, bereit zu nehmen, was er zu geben bereit war. Ihr Körper antwortete seinem mit derselben ungestümen Leidenschaft.

Wut und Erregung trafen aufeinander. In einer Vereinigung, die alles andere als still und zärtlich war, verschmolzen sie miteinander.

Er lag da und blickte zur Decke, Eve lag zusammengerollt neben ihm, aber sie berührten sich nicht mehr. Die Sonne brannte den Nebel weg.

„Ich will dich nicht verletzen."

Sie stieß zittrig den Atem aus, aber ihre Stimme war kräftig und klar. „Ich bin nicht leicht zu verletzen, Alexander."

„Nein?" Er wollte ihre Hand ergreifen, war jedoch nicht sicher, ob sie es wollte. „Wir müssen einen Ort und eine Zeit finden, um miteinander zu sprechen. Nicht jetzt."

„Nein, nicht jetzt."

Als er aus dem Bett stieg, blieb sie. Sie hörte, wie er sich anzog, und wartete auf das Geräusch der sich öffnenden und schließenden Tür. Stattdessen fühlte sie seine Hand leicht auf ihrer Schulter.

„Ich empfinde sehr viel für dich, aber keine Scham. Wartest du auf mich im Theater? Ich werde eine Möglichkeit finden, um sechs dort zu sein."

Sie sah ihn nicht an, weil sie wusste, dass sie ihn dann anflehen würde zu bleiben, ihn vielleicht um viel mehr anflehen würde, als er ihr geben konnte. „Ja, ich werde warten."

„Schlaf noch etwas."

Sie sagte nichts. Die Tür öffnete und schloss sich.

Eve drückte die Augen ganz fest zu und kämpfte gegen ein Gefühl der Verzweiflung und des Verlorenseins an.

Alexander hatte ihr Leidenschaft gegeben, aber keine Antworten. Einmal hatte sie sich selbst versprochen, seine Leidenschaft wäre genug. Jetzt wusste sie, dass dies nicht stimmte. Sie wollte sein Herz, ohne die Einschränkungen, die er sich auferlegte. Sie wollte geliebt, geschätzt, akzeptiert werden. Sie wollte mehr, als sie haben konnte, und sie konnte nicht mit weniger leben.

Sobald sie das einsah, stand Eve auf. Es war Zeit, ihr Leben wieder in Angriff zu nehmen. Es gab kein Bedauern für den Traum, der kurz in ihrem Leben aufgeflackert war.

Alexander betrat die Bibliothek seines Vaters und grüßte die bereits anwesenden Herren. Sein Vater saß in einem Ohrensessel und drückte gerade eine Zigarette aus. Reeve, der Papiere auf seinem Schoß und auf dem Tisch vor sich ausgebreitet hatte, saß mit Bennett auf dem Sofa. Malori, der Chef des Geheimdienstes, saß auf der Kante eines Sessels und zündete seine Pfeife an.

Er und seine Männer hatten sich schon am Vorabend getroffen

und würden sich immer wieder treffen, bis die Gefahr beseitigt war, die Deboque über ihnen schweben ließ. Reeve begann die Unterredung, indem er über die verschärften Sicherheitsmaßnahmen sprach, die er eingeführt hatte – im Palast, im Theater, im Zentrum der Gesellschaft zur Hilfe für behinderte Kinder und in seinem eigenen Haus. Weitere Informationen betrafen den Flughafen und den Hafen.

„Du hast jedem von uns einen zusätzlichen Mann zugeteilt", warf Bennett seinem Schwager vor.

„Für so lange, wie es nötig ist."

„Meinst du wirklich, sie werden wieder den Weg über Eve einschlagen? Sie müssen doch wissen, dass wir die Telefongespräche abhören und Eve unter Bewachung halten."

Malori paffte an seiner Pfeife. „Deboques größter Fehler, Eure Hoheit, ist seine Arroganz. Ich fürchte, sein nächster Zug wird wieder Mademoiselle Hamilton gelten, und zwar bald."

„Ich wiederhole, was ich schon gestern Abend sagte", warf Alexander ein. „Man sollte Eve nach Amerika zurückschicken."

Malori klopfte gegen seinen Pfeifenkopf. „Das würde Deboque nicht aufhalten, Eure Hoheit."

„Es würde ihre Sicherheit garantieren."

„Alexander." Reeve versuchte ihn umzustimmen. „Wenn es eine Tatsache ist, was die Untersuchung zutage gebracht hat, brauchen wir Eve. Wenn sie abreisen wollte", fuhr er fort, bevor Alexander etwas sagen konnte, „würde ich sie selbst in ein Flugzeug setzen. Da sie aber darauf besteht, zu bleiben, lautet die Lösung, sie zu bewachen und abzuwarten."

„Abwarten!", sagte Alexander erregt und stieß eine Rauchfahne in die Luft. „Abwarten, dass sie wieder in Gefahr gerät. Wenn die Anrufe wirklich von innerhalb des Theaters kamen, wie du glaubst, dann ist sie sogar jetzt durch einen von ihren eigenen Leuten gefährdet."

„Deboque interessiert sich nicht für sie", sagte Malori ruhig. „Sie ist nur eine Schachfigur."

„Und Schachfiguren sind entbehrlich."

„Alexander." Fürst Armand mischte sich zum ersten Mal ein. Seine Stimme war genauso ruhig wie die von Malori, drückte jedoch unmissverständlich Autorität aus. „Wir müssen diese Sache gelassen angehen, genauso gelassen wie Deboque. Du weißt, dass Eve mir ebenso am Herzen liegt wie meine eigenen Kinder. Alles, was zu ihrem Schutz getan werden kann, wird getan."

„Sie ist keine Bürgerin von Cordina." Alexander kämpfte mit seinen Gefühlen. „Sie ist Gast in unserem Land. Wir sind für sie verantwortlich."

„Wir vergessen unsere Verantwortung nicht. Wenn einer von Eves Leuten ein Agent Deboques ist, werden wir seine Identität herausfinden. Logischerweise wird Deboque nicht anordnen, dass ihr etwas geschieht, sonst hat sein Agent keinen Grund mehr, noch länger in Cordina zu bleiben."

„Und wenn Deboque nicht logisch denkt?"

„Männer wie er denken immer logisch. Sie besitzen keine Leidenschaft."

„Fehler passieren."

„Ja." Armand dachte an Seward. Er verbarg seinen Kummer. „Fehler passieren. Wir müssen darauf achten, dass wir keine machen." Er ließ den Blick zu Reeve gleiten. „Das überlasse ich dir."

„Was kurzfristig geschehen kann, wurde schon veranlasst. Auf lange Sicht haben Malori und ich einer Aktion zugestimmt, durch die Deboques Organisation infiltriert wird."

„Ich habe unter Vorbehalt zugestimmt", sagte Malori.

„Vorbehalte sind überflüssig." Reeve lächelte und reichte Armand eine Akte. „Malori und ich sind uns einig, dass die Identität des Agenten, der diese Aktion ausführt, nur uns dreien bekannt sein sollte."

„Das geht aber uns alle an", warf Bennett ein.

„Ja." Reeve nickte. „Und das Leben dieses Agenten hängt von Verschwiegenheit ab. Je weniger Leute wissen, wer für uns arbeitet, desto besser sind die Erfolgsaussichten. Es kann Monate, vielleicht auch Jahre dauern. Wir haben sozusagen nur die Saat gelegt. Ihr Wachstum braucht Zeit."

„Ich wünsche mir nur eines: Deboques Ende noch zu erleben." Armand hielt den Aktenordner geschlossen. Er wollte ihn sich später ansehen und dann in seinen persönlichen Safe schließen.

„Ich erwarte regelmäßige Berichte über die Fortschritte dieses Agenten."

„Natürlich." Reeve sammelte seine restlichen Papiere ein. „Wenn wir Deboques Agenten schnappen und verhören könnten, wäre alles Weitere vielleicht nicht mehr nötig."

Als die Männer sich erhoben, wandte Alexander sich an seinen Vater. „Wenn du einen Moment Zeit hast. Ich muss mit dir sprechen."

Bennett legte seinem Bruder die Hand auf den Arm. „Ich fahre heute Vormittag ins Theater. Ich werde Eve im Auge behalten."

Alexander legte seine Hand auf die seines Bruders. „Lass sie nicht wissen, dass du das tust, sonst wirft sie dich hinaus."

„Ich werde ihr lästig sein, aber sie wird mich ertragen." Dann ging er zu seinem Vater und küsste ihn auf die Wange. „Wir halten in dieser Sache zusammen, Papa."

Armand wartete, bis sich die Tür hinter seinem Sohn schloss. Keiner der Berichte, keine Akte, kein Plan, der besprochen worden war, hatte ihn beruhigt. Doch die schlichten Worte und der zarte Kuss hatten viel mehr als das bewirkt.

„Von allen meinen Kindern ist Bennett der Einzige, den ich nie im Vorhinein durchschauen kann."

„Er wäre geschmeichelt, das zu hören." Alexander lächelte.

„Als Junge hat er jeden entkräfteten Vogel, jedes verwundete Kätzchen gefunden und immer geglaubt, sie wieder aufpäppeln zu können. Manchmal gelang es ihm. Gelegentlich mache ich mir Sorgen, seine Gefühle könnten zu tief gehen. Er ist deiner Mutter so ähnlich." Armand schüttelte den Kopf und erhob sich. „Soll ich Kaffee bestellen, Alexander?"

„Nein, nicht für mich. Ich muss nach Le Havre fahren zu einem Schiffsempfang."

„Was für eine Begeisterung."

„Ich werde sie zeigen, wenn die Zeit gekommen ist."

„Das bezweifle ich nicht. Es geht um Eve?"

„Ja."

Mit einem Nicken ging Armand an das Fenster und öffnete es. Vielleicht nahm die Meeresbrise etwas von der Spannung, die noch im Raum hing. „Alex, ich habe Augen im Kopf. Ich glaube, ich verstehe deine Gefühle."

„Vielleicht, aber ich habe gerade selbst erst begonnen, sie zu verstehen."

„Als ich ein junger Mann war, jünger als du, musste ich ein Land regieren. Natürlich war ich vom Augenblick meiner Geburt an darauf vorbereitet worden. Aber niemand, schon gar nicht ich selbst, hatte erwartet, dass es so früh sein würde. Dein Großvater wurde krank und starb drei Tage später. Es war eine schwierige Zeit. Ich war vierundzwanzig. Viele Mitglieder des Kronrats sorgten sich wegen meines Alters und meines Temperaments." Er drehte sich um, ein leichtes Lächeln auf den Lippen. „Ich war nicht immer so diskret wie du."

„Bennett muss etwas von dir geerbt haben."

Zum ersten Mal seit Tagen lachte Armand. „Ich war nicht ganz so indiskret. Jedenfalls, nachdem ich knapp ein Jahr regiert hatte, unternahm ich eine offizielle Reise nach England. Ich sah Elizabeth, und alle losen Teile meines Lebens fügten sich zu einem Ganzen zusammen. So zu lieben, Alex, ist schmerzhaft und schöner als alles, was du je sehen oder berühren kannst."

„Ich weiß."

Armand seufzte tief. „Das dachte ich mir schon. Hast du dir überlegt, was du von ihr verlangen würdest?"

„Immer und immer wieder. Und immer und immer wieder habe ich mir gesagt, dass ich es nicht tun kann. Sie müsste alle Opfer bringen und sich vollständig anpassen. Ich weiß nicht einmal, ob ich ihr begreiflich machen kann, wie sehr ihr Leben sich verändern würde, falls sie mich akzeptiert."

„Liebt sie dich?"

„Ja." Er schwieg und presste die Finger gegen seine Augen. „Ich hoffe es. Es fällt mir schwer, mir ihrer Gefühle sicher zu sein, nachdem ich meine eigenen so lange bekämpft habe."

Auch das verstand Armand. Als er sich verliebte, hatte er keinen Vater gehabt, bei dem er sich aussprechen konnte.

„Willst du meine Zustimmung oder meinen Rat?"

Alexander ließ die Hand sinken. „Beides."

„Deine Wahl gefällt mir." Armand ging lächelnd auf seinen Sohn zu. „Sie wird eine Prinzessin abgeben, auf die Cordina stolz sein kann."

„Danke." Sie hielten sich die Hände. „Aber ich denke, eine Prinzessin zu sein wird Eve bei Weitem nicht so gefallen wie dem Volk von Cordina", gab Alexander zu bedenken.

„Wenn sie dich liebt, wird die Last, die sie zu tragen hat, nicht so schwer sein. Und deine auch nicht, wenn deine Zeit gekommen ist."

„Wenn sie mich liebt." Alexander machte eine Pause. „Ich danke dir für deine Zustimmung, Vater. Jetzt dein Rat!"

„Es gibt wenige Menschen, denen du dein Herz öffnen kannst, voll öffnen. Wenn du eine Frau findest, mit der du dein Leben teilst, halte nichts vor ihr zurück. Die Schultern einer Frau sind stark. Nutze sie."

„Ich will sie beschützen."

„Natürlich. Das eine schließt das andere nicht aus. Ich habe etwas für dich." Er verließ die Bibliothek durch die Verbindungstür zu seinem Büro. Gleich darauf kam er mit einer kleinen schwarzen Samtschatulle zurück, die er fest in der Hand hielt, während er auf seinen Sohn zuging.

„Ich habe mich schon gefragt, wie es sein würde, wenn ich dir das gebe." Er betrachtete die Schatulle in seiner Hand. „Ich bedaure, dass er wieder mir gehört, so dass ich ihn erneut verschenken muss, aber ich bin stolz, einen Sohn zu haben, dem ich ihn geben kann." Seine sonst so gut kontrollierten Gefühle kamen kurz zum Vorschein und wurden wieder unterdrückt. „Und ich verspürte Freude, dass mein Sohn ein Mann ist, den ich achten kann, und nicht nur ein Junge, den ich liebe." Er überreichte ihm die Schatulle und zögerte kurz, ehe er die Hand zurückzog. „Die Zeit vergeht", sagte er. „Das ist der Ring, den ich deiner Mutter an dem Abend schenkte, an dem ich sie bat, mich zu heiraten. Es würde mich freuen, wenn du ihn Eve bei deinem Antrag gibst."

„Nichts würde ich ihr mit mehr Stolz schenken." Alexander konnte die Schatulle nicht öffnen, hielt sie aber so fest in der Hand wie zuvor sein Vater. „Danke, Papa."

Armand betrachtete seinen Sohn, der so groß war wie er. Er erinnerte sich an den Jungen und an all die dazwischenliegenden Jahre. Er lächelte und umarmte den Mann. „Bring sie zu mir, wenn sie ihn trägt."

Eve beobachtete zwei Bühnenarbeiter, die, mit Sprühdosen bewaffnet, in Aktion waren. Sie unterdrückte ein Gähnen und machte sich eine Notiz. Sie musste unbedingt einiges in neue Ausstattung investieren, sobald sie zurück in den Staaten waren. Und das wäre in weniger als fünf Wochen. In zwei Tagen fand die erste Aufführung statt, vier Wochen später die letzte. Sie brauchten ein paar Tage, um das Bühnenbild abzubauen, und das wär's dann gewesen.

Die Truppe war für den Herbst bereits für eine Tournee verpflichtet. Für eine dreiwöchige Spielzeit im Januar in L.A. liefen gerade die Verhandlungen. Und wenn sie richtig vermutete, wäre ihr Schreibtisch nach ihrer Rückkehr aus Cordina mit Angeboten und Nachfragen überhäuft.

Ihre Rückkehr.

Eve ging zu dem Pult des Inspizienten auf der rechten Seite der Bühne und versuchte, sich auf die Probe zu konzentrieren. Die Schauspieler waren in Kostüm und Maske. Sie konnte keinen Fehler finden. Die große rote Vase, die sie Pete hatte kaufen lassen, stach wie ein Leuchtturm heraus, genau wie geplant. Die Polsterung des Sofas war verblichen. Die Spitzendeckchen waren gestärkt.

Alles war perfekt. Sie hatte es organisiert, und es war perfekt. Sie wünschte sich, die gleiche Befriedigung wie früher empfinden zu können.

„Es sieht großartig aus."

Eve zuckte bei dem Flüstern an ihrem Ohr zusammen. „Ben! Was machst du denn hier? Dies sollte eine geschlossene Probe sein:"

„Natürlich galt das nicht für mich. Das habe ich dem Portier erklärt."

Sie blickte hinter ihn und sah seine Leibwächter in sicherer und diskreter Entfernung. „Solltest du nicht irgendetwas Offizielles machen?"

„Halte mir keine Predigt. Ich habe wochenlang geschuftet. Jetzt habe ich mir ein paar Stunden gestohlen. Ich dachte, ich sehe mal vorbei und erkundige mich, wie es so läuft."

„Wenn du Doreen suchst", begann Eve trocken, „sie ist oben im Probensaal B. Wir müssen uns noch mit drei anderen Stücken beschäftigen, wie du weißt."

„In Ordnung, habe schon verstanden. Ich werde Doreen nicht während der Probe ablenken." Die Wahrheit war, dass er keinen Gedanken an sie verschwendet hatte. Er betrachtete die Bühne, während das Stück ablief. „Die meisten deiner Leute sind vermutlich schon eine Weile bei dir."

„Einige ja, andere nein. Lass uns in den Zuschauerraum gehen. Ich hatte noch keine Gelegenheit, mir die Proben heute aus diesem Blickwinkel anzusehen."

Bennett begleitete sie und setzte sich mit ihr in der Mitte des Zuschauerraums in den Mittelgang. Die Leibwächter begaben sich drei Reihen weiter nach hinten. Eve bemerkte nicht die beiden zusätzlichen Sicherheitsbeamten, die ihr zugeteilt waren.

„Sieht gut aus", sagte sie. „Ich saß sogar schon ganz hinten auf der Galerie, und es sieht noch immer gut aus. Die Akustik hier drinnen ist einfach unglaublich."

„Vermutlich lernst du deine Leute recht gut kennen", wagte Bennett sich langsam vor. „Privat, meine ich, nicht nur auf beruflicher Ebene."

„Wenn man mit einem Stück auf Tournee geht, ist das für gewöhnlich der Fall. Aber Schauspieler und Theaterleute sind ja wie alle Menschen." Sie sah ihn lächelnd an. „Einige sind umgänglicher als andere. Willst du uns beitreten?"

„Kann ich einen Termin zum Vorsprechen bekommen?"

„Du solltest dich lieber um einen Job als Bühnenarbeiter bewerben. Die haben mehr Gelegenheiten, mit den Ladys zu flirten."

„Ich werde daran denken. Wie viele Leute arbeiten für dich?"

„Das ist je nach Produktion unterschiedlich."

„Wie ist es jetzt?"

Mit zusammengezogenen Brauen wandte sie sich ihm zu. „Warum fragst du?"

„Aus reiner Neugierde."

„So plötzlich?", entgegnete sie. „Du stellst viele Fragen, mit denen du dich sonst nie aufgehalten hast."

„Vielleicht sind sie mir gerade erst eingefallen. Hast du jemals davon gehört, dass die Zeit nicht stillsteht?"

„Ben, ich kenne dich, und da Reeve mir gestern ziemlich ähnliche Fragen gestellt hat, muss ich annehmen, dass es einen Grund dafür gibt. Was haben meine Leute mit den Ermittlungen zu tun?"

Er streckte die Beine aus und legte sie ungeniert auf die Rückenlehne des Sitzes vor ihm. „Schwer für mich zu sagen, Eve, da ich keine Ermittlungen führe. Ich glaube, ich bin der Lady im Unterkleid auf der Bühne noch nicht vorgestellt worden."

„Bennett, treib keine Spielchen. Ich dachte, wir wären Freunde."

„Du weißt, dass wir das sind."

„Dann vertrau dich mir an."

Er zögerte nur kurz. Weil er ihr Freund war und weil er sie respektierte, hatte er sich bereits entschieden. „Eve, meinst du nicht, dass wir alle Möglichkeiten bedenken sollten?"

„Ich weiß nicht, was du meinst."

„Der zweite Anruf kam aus diesem Gebäudekomplex." Er sah, wie ihre Augen sich weiteten. „Ich nehme an, man hat dir das nicht gesagt. Ich finde, du solltest es wissen."

„Du meinst, hier aus dem Theater?"

„Man kann das nicht so genau feststellen. Man weiß nur, dass der Anruf nicht von außerhalb kam. An jeder Tür standen Sicherheitsbeamte. Es gab keine Anzeichen für einen Einbruch. Die Bombe musste also von einem Insider gelegt worden sein. Von jemandem, der in diesen Gebäudekomplex gehört."

„Und du hast meine Leute im Visier." Ihr Beschützerinstinkt erwachte zuerst. „Verdammt, Ben, es gibt noch drei weitere Theater in diesem Komplex. Wie viele andere Schauspieler, Techniker, Wartungsleute …?"

„Ich weiß, ich weiß." Er legte seine Hand auf ihre, um sie zu unterbrechen. „Der springende Punkt ist, dass es sehr wahrscheinlich jemand war, der nicht auffällt, wenn er sich in diesem Theater, hinter der Bühne oder sogar in deinem Büro aufhält. Wem würde schon jemand von deinen eigenen Leuten auffallen, Eve? Wahrscheinlich nicht einmal dir selbst."

„Und warum sollte jemand von meinen Leuten deine Familie bedrohen?"

„Ich habe gehört, dass Deboque sehr gut zahlt."

„Ich glaube es nicht, Ben." Sie blickte auf die Bühne. Ihre Schauspieler, ihre Truppe. Ihre Familie. „Würde ich es glauben, würde ich diese Produktion auf der Stelle absetzen und alle nach Hause schicken. Diese Leute sind Schauspieler, Techniker, Garderobieren, um Himmels willen. Das sind keine Mörder."

„Ich sage ja nicht, es muss so sein … ich sage nur, es könnte so sein. Ich will nur, dass du darüber nachdenkst, Eve." Er drückte ihre Hand. „Und pass auf dich auf. Ich liebe dich."

All ihr Ärger schwand. „Ben, wenn ich mir vorstelle, dass ich jemanden hierher gebracht habe, der vielleicht …"

„Warte! Du bist auf keinen Fall verantwortlich. Das ist Deboque."

Deboque. Immer wieder war es Deboque. „Ich habe ihn nie gesehen. Ich weiß nicht einmal, wie er aussieht, und er drängt sich in jeden Bereich meines Lebens. Man muss ihn aufhalten."

„Das wird man auch tun. Reeve hat schon etwas in die Wege geleitet. Es braucht seine Zeit, mehr als uns lieb ist, aber man wird ihn aufhalten. Ich kann nur hoffen, dabei die Hand im Spiel zu haben."

„Halte deine Hände da lieber heraus. Ich will auch nicht, dass dir etwas zustößt."

Er lächelte sie an. „Mach dir keine Sorgen um mich. Ich bin mehr an Frauen und Pferden als an Ruhm interessiert."

„Lass es dabei bleiben." Sie stand auf. „Ich sollte mir die anderen Proben ansehen."

„Du arbeitest zu hart, Eve. Man merkt es dir allmählich an."

„Galant. Galant wie immer."

„Du musst aufhören, dir um Alex Sorgen zu machen."

„Wie?"

„Nun gut, also musst du nicht damit aufhören. Versuch, dem Schicksal ein wenig zu vertrauen." Er stand ebenfalls auf und streckte die Hand aus, um mit ihrem Haar zu spielen. „Alex ist dazu bestimmt, in Cordina zu herrschen. Ich nicht, zum Glück. Ihm wird nichts geschehen."

„Das glaube ich immer, wenn ich ihn sehe. Sonst fällt es mir nicht so leicht."

Sie küsste ihn, fand, es sei nicht genug, und umarmte ihn auch noch kurz. „Ich sehe dich heute Abend."

„Spielen wir eine Runde Rommé?"

„Du schuldest mir noch dreiundfünfzig Dollar vom letzten Mal."

„Wer rechnet schon nach?"

„Ich." Sie brachte ein Lächeln zustande.

Er sah ihr nach, wie sie den Mittelgang entlang und hinter die Bühne ging. Die Leibwächter folgten ihr.

Gabriella und Chris kamen vorbei und versuchten sie zu überreden, den Nachmittag mit ihnen in einem Café am Meer zu verbringen. Ihr Assistent brachte ihr Kaffee und Plätzchen und verwöhnte sie damit. Einer der Schauspieler bot ihr seine Künstlergarderobe für ein Nickerchen an, und ein Mitarbeiter von der Maske schlug vor, mit einer Creme die Schatten unter ihren Augen zu vertreiben.

Eve kochte vor Wut, als die Proben für den Tag vorüber waren. „Wenn noch eine Person, eine einzige Person mir sagt, ich solle mich ausruhen, bekommt sie meine Faust zu spüren", sagte Eve vor sich hin, als sie den Korridor hinter der Bühne entlangging.

„Von mir werden Sie es nicht hören."

Sie blieb unvermittelt stehen. Pete stand über einen der Koffer gebeugt und schloss gerade die Dekorationsstücke weg.

„Ich dachte, es wären bereits alle gegangen."

„Fast alle." Schlüssel klirrten an seinem Gürtel, als er sich aufrichtete. „Ich habe noch ein paar Sachen wegzuräumen. Konnte keinen Karton für diese Vase finden, oder was immer das Ding sein soll."

„Lassen Sie sie auf der Bühne. Sie ist zu hässlich, als dass irgendjemand sie stehlen würde."

„Sie haben selbst gesagt, sie sollte billig sein."

„Und Sie haben das Richtige geliefert." Sie massierte ihren verspannten Nacken. „Ich weiß, Sie sind gewissenhaft, aber das Theater wird jetzt zugesperrt. Bei den Sicherheitsmaßnahmen brauchen Sie keine Angst zu haben, jemand könnte mit den Requisiten verschwinden. Warum gehen Sie nicht essen?"

„Ich denke drüber nach." Er zögerte immer noch und spielte mit seinen Schlüsseln.

„Gibt es ein Problem?"

„Nein. Ich hab Ihnen was zu sagen."

Eve nickte amüsiert. „Dann mal los."

Er rieb sich das Kinn. „Also, wie Sie mich aus dem Theater gescheucht haben … na ja, ich hätte mich schneller bewegt, hätte ich gewusst, was los war. Russ Talbot hat uns erzählt, wie Sie sich vergewissert haben, dass alle draußen waren. Ziemlich heldenhaft, aber dumm." Er sah sie an. „Aber heldenhaft."

„Ich war weder dumm noch heldenhaft. Was ich getan habe, war einfach nötig."

„Ich möchte Sie auf einen Drink einladen."

Einen Moment war sie sprachlos. Das war das größte persönliche Entgegenkommen, das sie je bei ihm erlebt hatte. „Sehr gern, aber heute Abend werde ich abgeholt. Wie wäre es mit morgen, gleich nach den Proben?"

„In Ordnung." Pete rückte seinen Gürtel zurecht. „Sie sind in Ordnung, Miss Hamilton."

„Sie auch", sagte sie und fühlte sich besser als während des ganzen Tages.

Eve ging in die entgegengesetzte Richtung zu ihrem jetzigen Büro, vorbei an ihrem alten. Viertel nach sechs, dachte sie nach einem Blick auf die Uhr. Alexander verspätete sich. Sie hatte den ganzen Tag gewartet, nervös und ungeduldig, darauf, dass es endlich sechs Uhr sein würde. Jetzt musste sie eben noch ein bisschen länger warten.

Warum wollte er mit ihr reden? Um die Beziehung so sauber wie möglich zu lösen. Er musste wissen, wie sehr sie ihn liebte. Er wollte sie nicht verletzen. Hatte er das nicht gesagt? Jetzt würde er die Beziehung abbrechen, bevor für sie alles noch viel schlimmer wurde.

Er begehrte sie immer noch. Daran zweifelte sie nicht. Aber da war sein Ehrgefühl. Das Einzige, was er bieten konnte, waren ein paar heimliche Stunden in der Nacht. Sein Sinn für das, was richtig und fair war, gestattete ihm nicht, lange so weiterzumachen. Lag nicht gerade darin einer der Gründe, weshalb sie ihn liebte?

Ich werde nichts bereuen, rief Eve sich ins Gedächtnis. Sie hatte gewusst, dass die Beziehung nicht von Dauer sein konnte, und das von Anfang an akzeptiert. Prinzen und Paläste – sie hatten keinen Platz in ihrem Leben.

Seufzend schlug sie das kleine Buch auf, das sie an diesem Morgen in ihren Aktenkoffer gesteckt hatte. Darin lag die gepresste Blume, jene, die Alexander ihr geschenkt und die sie sich hinters Ohr gesteckt hatte. Vor zwei Wochen? Ein ganzes Leben war es her. Sie klappte das Buch zu und sagte sich, dass nicht alle Frauen so viel hatten, um sich zu trösten.

Sie sind in Ordnung, Miss Hamilton. Das stimmte. Sie war in

Ordnung und würde es bleiben. Man musste das Leben so nehmen, wie es war.

Eve nahm sich vor, nicht zu grübeln, während sie auf Alexander wartete. Sie betrat ihr neues Büro, ging hinter ihren Schreibtisch und griff nach einer ihrer neu angelegten Akten.

Im Theater war es still.

Dann hörte sie den Knall.

12. KAPITEL

Eve war halb aus ihrem Stuhl hochgeschnellt, als sie die Schritte an ihrer Tür vorbeihasten hörte. In dem Moment, in dem sie die Tür öffnete, sah sie den Körper.

Sie erstarrte. Dann rannte sie den Korridor entlang und beugte sich über den Mann. Blut sickerte bereits durch sein Hemd. Ein Tablett mit einer Wasserkaraffe und einigen Gläsern war zu Boden gefallen. Überall lagen Glasscherben herum. Hastig zog sie ihre lange Strickjacke aus und breitete sie über den Mann.

Das Telefon! Sie musste ans Telefon. Sie rang um Ruhe, als sie in ihr Büro zurücklief. Mit bebenden Finger nahm sie den Hörer ab und wählte.

„Hier spricht Eve Hamilton im Zentrum der Schönen Künste, Grand Theater. Ein Mann wurde angeschossen. Ich brauche einen Krankenwagen und die Polizei.“ Ihr stockte der Atem, als sie Schritte auf ihre Tür zukommen hörte. „Beeilen Sie sich“, flüsterte sie. „Bitte, beeilen Sie sich.“

Sie legte den Hörer auf den Schreibtisch und sah sich verzweifelt um. Es gab keinen anderen Ausweg als die Tür. Die Schritte hatten angehalten, aber wo? Wie nahe? Zitternd tastete sie sich um den Schreibtisch herum. Wer immer es war, wollte sie töten, sie und …

Zwanzig nach sechs. Sie sah das Zifferblatt ihrer Uhr nur verschwommen, aber sie erinnerte sich. Alexander! Die Mörder warteten auf Alexander!

Feine Schweißperlen bildeten sich auf ihrer Stirn, aber sie schob sich näher an die Tür heran. Irgendwie musste sie ihn warnen. Sie musste eine Möglichkeit finden. Während sie die Hand ausstreckte, um die Tür ganz aufzuziehen, schwang sie langsam auf sie zu.

Als Erstes sah sie die Waffe. Schwarz, tödlich. Dann die Hand, die die Waffe hielt. Sie unterdrückte einen Schrei und blickte in das Gesicht.

Der Mann, der mit Alexander gefochten hatte! Der Mann, der sie angelächelt hatte, dessen Gesicht ihr entfernt bekannt vorgekommen war. Jetzt erinnerte sie sich. Sie hatte ihn schon vorher im Theater gesehen.

Jetzt lächelte er nicht. Sein Gesicht war grimmig, starr. Sie blickte in seine Augen und wusste, dass dieser Mann fähig war zu töten.

„Mademoiselle", begann er, und sie handelte.

Sie schlug zu und traf mit ihrer Faust seitlich seinen Hals. Als ihm die Waffe scheppernd aus der Hand fiel, ließ sie ihre Handkante auf seinen Nacken niedersausen. Keuchend blickte sie auf ihn hinunter, wie er verkrümmt halb in ihrem Büro, halb draußen auf dem Korridor lag. Sie wollte weglaufen, einfach weglaufen, zwang sich jedoch, klar zu denken.

Sie hakte ihre Hände unter seine Arme und zerrte ihn ins Büro. Nach einer hastigen Suche fand sie den Schlüssel in ihrer Schreibtischschublade. Sie stieg über den Mann hinweg und schloss ihn ein.

Der Verletzte auf dem Korridor stöhnte. Sie war sofort bei ihm.

„Hilfe ist unterwegs", sagte sie. „Sie kommen wieder in Ordnung."

„Jermaine ..."

„Ja, ja, ich weiß. Man kümmert sich um ihn. Sie dürfen nicht sprechen." Einen Pressverband, dachte sie. Sie musste die Blutung stoppen. Nervös fuhr sie sich mit der Hand durchs Haar und versuchte nachzudenken. Handtücher.

„Bewegen Sie sich nicht", warnte sie. „Ich hole etwas, um die Blutung zu stoppen."

„Hat gewartet – sich versteckt."

„Er ist eingeschlossen", versicherte sie ihm. „Sprechen Sie jetzt nicht mehr. Ich bleibe nicht lange weg."

Sie stand auf und wollte aus dem nächsten Waschraum Handtücher holen, als sie ein Geräusch hinter sich hörte. Sie wirbelte herum, doch der Korridor war leer. Sie befeuchtete ihre trockenen Lippen und starrte auf die Tür des Büros. War Jermaine schon wieder bei Bewusstsein? In dem Moment begriff sie, dass sie vergessen hatte, die Pistole an sich zu nehmen. Die Waffe war mit ihm zusammen eingeschlossen. Wenn er wach wurde und sie fand ...

Dann hörte sie die Stimmen und lief ihnen entgegen. Auf der Bühne war es dunkel. Eve drückte den Hauptschalter herunter, und Licht überflutete die Bühne. Ihre Brust hob sich unter einem Schluchzer, als sie Alexanders Stimme hörte. Er kam die Stufen zur Bühne herauf, und sie lief ihm entgegen. Im nächsten Moment lag sie in seinen Armen.

„Was ist los?“

„Der Mann, Deboques Agent – er ist in meinem Büro eingesperrt! Er hat einen Mann niedergeschossen, einen von deinen Leibwächtern, vermute ich! Ich habe schon Krankenwagen und Polizei gerufen!“

„Hat er dich verletzt?“ Noch während er einen ersten Blick auf sie warf, berührte er ihre Schulter. „Da ist Blut.“

„Nicht meines, das des Sicherheitsbeamten. Alex, man muss ihn versorgen. Und in meinem Büro …“

„Ist schon gut.“ Er legte den Arm um sie, als er sich zu seinem Leibwächter umdrehte. „Kümmern Sie sich darum. Ich bleibe hier bei ihr.“

„Er hat eine Waffe!“, sagte Eve.

„Meine Leute auch. Setz dich.“ Er drückte sie auf das Sofa. „Erzähl!“ Er löste seinen Blick lange genug von ihr, um seine Leibwächter hinter der Bühne verschwinden zu sehen.

„Alle gingen nach Hause – das dachte ich wenigstens. Natürlich wusste ich, dass ein Sicherheitsbeamter für mich abgestellt war. Plötzlich hörte ich einen Knall, dann Schritte. Ein Mann lag auf dem Korridor. Ich lief zurück zum Telefon. Dann hörte ich wieder jemanden. Alex, es war der Mann, mit dem du gefochten hast. Dieser Jermaine!“

„Jermaine wurde angeschossen?“

„Nein, nein!“ Sie fuhr sich durchs Haar und versuchte, sich klar auszudrücken. „Er war derjenige mit der Waffe. Ich habe ihn bewusstlos geschlagen und …“

„Du hast Jermaine bewusstlos geschlagen?“

„Das versuche ich dir doch zu erklären!“, fuhr sie ihn an. „Er muss diesen anderen Kerl niedergeschossen haben, und dann kam er zu mir.“

„Eve.“ Er schüttelte sie leicht. „Jermaine ist der Chef meines persönlichen Sicherheitsdienstes. Ich habe ihn abgestellt, um dich beschützen zu lassen.“

„Aber er …“ Sie verstummte und versuchte, Ordnung in ihre Gedanken zu bekommen. „Aber, wer dann …“

„Tut mir leid, wenn ich störe.“ Russ löste sich aus der Dunkelheit auf der linken Bühnenseite. In seiner Hand hielt er einen Revolver, dessen Lauf mit einem schmalen Schalldämpfer verlängert war.

„Oh nein!“ Noch bevor er die Worte ganz ausgesprochen hatte, fuhr Alexander hoch und schob Eve hinter sich.

„Ich muss Ihnen dafür danken, dass Sie Ihre Wachhunde weggeschickt haben, wenn auch nur kurz, Eure Hoheit. Ich verspreche, es schnell zu machen. Immerhin bin ich ein Profi.“

„Nein.“ Eve kam hinter Alexander hervor. „Das können Sie nicht tun.“

„Was Sie betrifft, so tut es mir leid.“ Seine Worte klangen ehrlich, als er Eve anlächelte. „Sie verstehen etwas vom Fach, Eve. Sie sollen wissen, dass Sie die beste Produzentin sind, für die ich je gearbeitet habe.“

„Damit werden Sie nicht durchkommen.“ Alexander sprach ruhig. Er wusste, dass seine Leibwächter jeden Moment zurück sein würden.

„Ich hatte Gelegenheit, dieses Theater sehr genau kennenzulernen. Ich kann innerhalb von zehn Sekunden verschwinden. Mehr sollte ich nicht brauchen. Und wenn ich es nicht schaffe …“ Er zuckte die Schultern. Sie alle hörten in der Ferne Sirenengeheul. „Nun, so ist eben das Geschäft.“ Er richtete seine Waffe auf Alexanders Herz. „Nichts Persönliches.“

Sie standen mitten im Bühnenbild. Die rote Vase mit ihrem bunten Papierblumenstrauß darin wirkte wie ein makabrer Scherz. Die Hitze der Scheinwerfer wärmte sie, als hätte das Stück bereits begonnen. Doch die Waffe war echt.

Eve schrie. Der Schrei brach aus ihr hervor. Ohne zu überlegen, ohne das geringste Bedenken trat sie vor Alexander und fing die Kugel auf.

Sie darf nicht sterben! Alexander saß da, den Kopf in die Hände gestützt, während der Satz ihm wie eine Litanei immer wieder durch den Kopf ging.

Er wusste, dass noch andere im Warteraum waren, aber sie hätten genauso gut Phantome sein können. Sein Vater stand am Fenster. Bennett saß mit Chris auf dem Sofa. Gabriella saß neben Alexander. Reeve war da, dann weg, dann wieder da, während er mit der Polizei sprach.

Hätte er bloß eine Sekunde gehabt, eine einzige Sekunde, hätte er Eve beiseite stoßen können. Hätte er irgendetwas tun können, damit die Kugel sie nicht traf. Sie war gegen ihn geschleudert worden. Solange er lebte, würde er nicht vergessen, wie ihr Körper in Schock und Schmerz zusammengezuckt war, bevor er in seinen Armen erschlaffte.

Und ihr Blut hatte an seinen Händen geklebt. Buchstäblich und im übertragenen Sinn.

„Trink einen Tee, Alex." Gabriella drückte ihm eine Tasse in die Hand, aber er schüttelte den Kopf. „Tu dir das nicht an", sagte sie. „Eve braucht dich stark, nicht von Schuld zerfressen."

„Ich hätte sie beschützen sollen. Ich hätte sie in Sicherheit bringen sollen." Er schloss die Augen, konnte jedoch noch immer dieses schreckliche Bild sehen, wie sie sich vor ihn gestellt und ihre Arme als Schutzschild um seinen Körper gelegt hatte. „Er wollte mich treffen."

„Dich oder einen von uns." Sie legte die Hand auf sein Knie. „Wenn es eine Schuld gibt, teilen wir sie alle. Alex, in den schlimmsten Tagen meines Lebens warst du für mich da. Lass mich jetzt dir helfen."

Seine Hand bedeckte ihre. Das war alles, was er ihr geben konnte.

Reeve kam zurück in den Warteraum. Er sah seine Frau an, berührte sie kurz an der Schulter, dann ging er zu Armand, der am Fenster stand. Armand nickte nur und hielt weiter seine stille Wache. Auch er wusste, wie man betete.

Chris hielt es nicht länger aus, zu sitzen, stand auf, ging hinaus auf den Korridor und wieder zurück. Tränen, die sie nicht hatte zurückhalten können, trockneten auf ihren Wangen. Sie spürte, wie Gabriella den Arm um sie legte, und lehnte sich dagegen.

„Wir dürfen sie nicht verlieren."

„Nein." Gabriella hielt sie fest im Arm. „Wir werden sie nicht verlieren." Behutsam zog sie Chris zu einem Stuhl. „Erinnerst du dich noch an die Geschichten, die du mir über Eve erzählt hast, als wir zusammen in der Schule waren? Ich hatte mich immer gefragt, wie es sein mochte, eine Schwester zu haben."

„Ja, ich erinnere mich." Chris atmete tief durch. „Du dachtest, es wäre wunderbar."

„Fast immer war ich von Männern und Jungen umgeben." Gabriella lächelte und sah sich, Chris' Hände in ihren, ihre Familie an. „Du hast mir ein Bild von Eve gezeigt. Darauf war sie zwölf oder dreizehn, glaube ich, und schön, sogar als Kind. Mir gefiel die Vorstellung, so jemanden zu haben, um Gemeinsames mit ihm zu erleben."

„Und ich habe dir erzählt, wie ich sie in meinem Zimmer angetroffen habe. Mein ganzes Make-up war auf dem Frisiertisch in einer Reihe aufgestellt, und sie experimentierte gerade mit meinem besten Lidschatten. Ihre Augen sahen aus wie Garagentore." Chris fuhr sich mit den Fingerspitzen unter den Augen entlang, um die Tränen wegzuwischen. „Sie fand, sie sah toll aus."

Chris schniefte und nahm das Papiertaschentuch, das Gabriella ihr reichte. „Sie hasste es, dass man sie ins Internat schickte." Zittrig atmete sie aus und wieder ein. „Dad hielt es für das Beste, und er hatte auch recht, aber ihr war es so zuwider. Wir alle hielten Eve für ein nettes, liebes Mädchen, aber für nicht allzu klug. Meine Güte, wie sehr sie uns das Gegenteil bewiesen hat! Sie weigerte sich einfach, ihre Zeit mit Dingen zu vergeuden, die sie nicht interessierten. Stattdessen las sie Magazine oder hörte sich die neuesten CDs an."

„Sie hat dir doch immer diese lustigen Briefe geschrieben. Manchmal hast du sie mir vorgelesen."

„Diejenigen, in denen sie die Mädchen im Schlafsaal oder ihre Geschichtslehrerin beschrieb. Damals hätten wir schon merken sollen, dass sie ein Talent fürs Theater hat. Oh Brie, wie lange noch?"

„Nur noch kurze Zeit", antwortete sie leise. „Früher dachten wir, sie und Bennett ... Sie schienen so gut zusammenzupassen." Sie sah zu Alexander hinüber, der auf seine Hände hinunterblickte. „Ist es nicht seltsam, dass die Menschen, die uns viel bedeuten, zusammenfinden sollten?"

„Sie liebt ihn so sehr." Jetzt sah auch Chris zu Alexander hinüber. „Ich wollte, dass sie mit mir nach Houston zurückkehrt. Sie konnte ihn nicht verlassen. Fast war es so, als hätte sie gewusst, dass die Zeit kommen würde, da sie ihn beschützte." Ihre Stimme brach, und sie schüttelte den Kopf, bevor sie weitersprach. „Sie sagte, es sei egal, was er empfinde, sie wolle nur so viel Zeit wie irgend möglich mit ihm verbringen."

Brie seufzte. „Alexander verschließt sich, so oft sogar vor sich selbst. Aber an seinen Gefühlen, glaube ich, kann man nicht länger zweifeln. Er gibt sich allein die Schuld. Nicht den Umständen, nicht Deboque oder dem Schicksal, sondern einzig und allein sich selbst."

„Eve würde es nicht tun."

„Nein."

Chris rieb sich die Augen und stand auf. Es fiel ihr nicht leicht, durch den Raum zu ihm hinüberzugehen. Aber sie tat es für Eve. Als sie sich neben ihn setzte, rührte er sich nicht. Er sah sie nur an. Tiefe Schatten lagen unter seinen Augen, die vom vielen Reiben mit den Händen ganz gerötet waren.

„Sie müssen mich hassen", sagte er dumpf.

„Das hilft Eve nicht", sagte Chris. „Ihretwegen müssen wir jetzt zusammenhalten."

„Ich hätte sie wegschicken können."

„Glauben Sie!" Sie lächelte ein wenig. „Das kann ich mir nicht vorstellen. Seit ihrer Schulzeit hat Eve sich von niemandem mehr etwas sagen lassen."

„Ich habe sie nicht beschützt." Er bedeckte sein Gesicht wieder mit den Händen. „Sie bedeutet mir mehr als alles andere in meinem Leben, und ich habe sie nicht beschützt."

Chris tastete nach seiner Hand. „Sie hat sich vor Sie gestellt, Alex. Wenn Sie sich eine Schuld geben müssen, dann dafür, dass Sie der Mann sind, den sie liebt. Wir müssen daran glauben, dass sie gesund wird."

Sie saßen da und warteten. Kaffee wurde gebracht und wurde langsam kalt. Aschenbecher quollen über. Der Krankenhausgeruch – nach Desinfektions- und Reinigungsmitteln – wurde schon vertraut. Die Sicherheitsbeamten im Flur nahmen sie nicht länger wahr.

Als Dr. Franco den Raum betrat, standen alle auf. Er kam näher und ergriff Chris' Hand.

„Der Chirurg ist noch bei ihr. Man wird sie bald auf die Wachstation bringen. Sie haben eine sehr starke Schwester, Miss Hamilton. Sie gibt nicht auf!"

„Ist sie in Ordnung?" Chris umklammerte die Hand des Arztes.

„Sie hat die Operation besser überstanden als erwartet. Dr. Thorette ist der Beste auf seinem Gebiet. Die Operation war schwierig, weil die Kugel sehr nahe an ihrer Wirbelsäule saß. Es ist noch zu früh für Garantien, aber Dr. Thorette glaubt, dass es keine bleibenden Schäden geben wird, und ich stimme mit ihm überein."

„Ihr Urteil war immer ausgezeichnet." Armands Stimme klang rau von den vielen Zigaretten und vor Erleichterung.

„Ich muss Ihnen nicht sagen, dass Eve weiterhin die bestmögliche Behandlung gewährleistet wird."

„Nein, Eure Hoheit. Alexander."

Er benutzte den Vornamen mit dem Privileg eines alten Freundes der Familie, das er in über dreißig Jahren erworben hatte. „Sie ist jung, gesund und willensstark. Ich sehe keinen Grund, weshalb sie sich nicht vollständig erholen sollte."

„Wann kann ich sie sehen?"

„Sie wird vermutlich nicht vor morgen früh aufwachen, aber ich werde Ihnen nicht verbieten, bei ihr zu sitzen. Ich glaube, es wird ihr helfen, Sie zu sehen, wenn sie wach wird. Ich gehe jetzt zu ihr."

Ein schwaches Licht brannte, während Alexander Wache hielt.

Sie lag so still da.

Man hatte ihm gesagt, dass es so sein würde, dass die Medikamente so stark wirkten, aber er wartete auf die kleinste Regung von Eve.

Sie lag so ruhig da.

Eine Injektionsnadel steckte an ihrem Handgelenk. Die weiße Bandage, die die Nadel hielt, fiel auf in der Dunkelheit. Eine Reihe von Maschinen gaben ein ständiges Klicken und Piepen von sich, während sie Eves Körperfunktionen überwachten.

Von Zeit zu Zeit warf er einen Blick auf die leuchtenden grünen Lämpchen und die flackernden Punkte. Aber fast immer sah er Eve an.

Manchmal sprach er mit ihr, hielt ihre Hand in seiner, während er von gemeinsamen Strandspaziergängen redete, davon, sie in das Landhaus der Familie bei Zürich zu bringen oder mit ihr im Garten zu sitzen. Dann wieder saß er einfach nur da, beobachtete ihr Gesicht und wartete.

Er dachte, wie sehr ihr das triste Krankenhausnachthemd, in das man sie gesteckt hatte, missfallen würde. Und er dachte an die Spitze und Seide, die sie getragen hatte, als sie sich das letzte Mal liebten.

Vor nur einer Nacht. Als ihm plötzlich das Atmen schwer fiel, presste er ihre Hand an seine Wange. Diese Berührung beruhigte ihn.

„Gib nicht auf“, sagte er. „Bleib bei mir, Eve. Ich brauche dich. Ich brauche eine Gelegenheit, dir zu zeigen, wie sehr ich dich brauche. Gib nicht auf.“

Er saß die ganze Nacht wach neben ihr. Als das erste graue Licht durch die Schlitze der Jalousien fiel, regte sie sich.

„Eve.“ Er ergriff ihre Hand mit beiden Händen. „Eve, es ist alles gut. Ich bin bei dir. Bitte, öffne die Augen. Kannst du mich hören? Öffne, die Augen, Eve.“

Sie hörte ihn, obwohl seine Stimme hohl und entfernt klang. Sie fühlte sich, als hätte sie geschwebt, und die Träume …

Ihre Lider flatterten, hoben sich. Zuerst sah sie nur Grau.

„Ich bin hier bei dir“, wiederholte Alexander. „Du wirst wieder ganz gesund werden. Kannst du mich hören?“

„Alex?“ Sie erkannte sein Gesicht. Es war sehr nahe, aber sie konnte es nicht berühren. Sie sah seinen Bartschatten und musste ein wenig lächeln. „Du hast dich nicht rasiert.“

Danach versank sie wieder in Bewusstlosigkeit.

Obwohl es ihm wie Stunden vorkam, dauerte es nur Minuten, bis sie sich erneut regte. Dieses Mal trat ein Ausdruck von Verstehen in ihre Augen. „Du bist nicht verletzt?“ Ihre Stimme war sehr schwach.

„Nein, nein …“

„Russ …“

Unwillkürlich verstärkte er seinen Griff. „Man hat sich um ihn gekümmert. Um ihn brauchst du dir keine Sorgen mehr zu machen.“

Sie drehte den Kopf, sah die Geräte. „Kein Krankenhaus.“

Bei der Panik in ihrer Stimme zog er ihre Hand an seine Lippen. „Nur für kurze Zeit, *ma belle.* Nur so lange, bis du wieder ganz gesund bist.“

„Ich will nicht hier bleiben.“

„Ich bleibe bei dir.“

„Du gehst nicht weg?“

„Nein.“

„Alex, du lügst mich nicht an?“

„Nein.“

Er drückte Küsse auf ihr Handgelenk, beruhigte sich selbst dadurch, dass er ihren Puls fühlte.

„Werde ich sterben?"

„Nein." Er legte eine Hand an ihr Gesicht und beugte sich näher zu ihr. „Nein, du wirst nicht sterben.

„Dr. Franco sagt, du bist ...", er erinnerte sich an Eves eigene Worte, „... gesund wie ein Pferd."

„Ich glaube nicht, dass er sich so ausgedrückt hat."

„Er hat es so gemeint."

Sie lächelte, aber er sah das kurze Zusammenzucken.

„Du hast Schmerzen."

„Es fühlt sich an, als ob ... mein Rücken, unter der Schulter."

Wo die Kugel stecken geblieben war. Anstatt in seinem Herzen. Er küsste sie auf die Wange und stand auf. „Ich rufe die Schwester."

„Alex, geh nicht weg."

„Ich rufe nur die Schwester, ich verspreche es." Er fand Dr. Franco auf dem Korridor. „Sie ist wach und hat Schmerzen."

„Das können wir nicht ganz vermeiden, Eure Hoheit. Ich werde sie untersuchen und ihr etwas geben." Er gab einer Schwester ein Zeichen.

„Sie hat Angst, hier zu sein. Ich werde bei ihr bleiben."

„Das kann ich nicht zulassen, Hoheit."

Obwohl er nicht geschlafen hatte und erschöpft und besorgt war, wirkte Alexander hoheitsvoll. „Wie bitte?"

„Ich kann nicht zulassen, dass Sie vierundzwanzig Stunden am Tag bleiben. Allerdings erlaube ich, dass Sie sich mit Miss Hamiltons Schwester oder sonst jemandem ablösen, der ihr beistehen möchte. Und jetzt muss ich meine Patientin untersuchen."

Alexander sah ihn in Eves Zimmer gehen, dann ließ er sich auf einen Stuhl vor der Tür sinken. Er musste ein paar Minuten allein sein, irgendeinen dunklen, ruhigen Raum finden, wo er die Wut und die Angst endlich freilassen konnte.

Sie hatte zu ihm gesprochen. Sie hatte ihn angesehen. Ihre Finger hatten sich in seinen bewegt.

Er lehnte sich gegen die Wand, und zum ersten Mal seit mehr als vierundzwanzig Stunden schloss er für einen kurzen Augenblick die Augen.

Er öffnete sie wieder in dem Moment, als Dr. Franco den Flur betrat.

„Sie können jetzt zu ihr hinein, Eure Hoheit. Ich habe Eve ihren Zustand erklärt. Ich habe ihr auch zugesichert, dass sie jemanden bei sich haben kann, solange sie es möchte. Jetzt lasse ich ihre Schwester kommen. Wenn Miss Hamilton hier ist, bestehe ich darauf, dass Sie nach Hause gehen. Essen Sie etwas Ordentliches, und schlafen Sie. Falls nicht, verbiete ich Ihnen, Eves Zimmer zu betreten."

Alexander fuhr sich mit der Hand über den Nacken. „Dr. Franco, wenn ich nicht wüsste, dass Sie Eves Wohlergehen im Sinn haben, würde ich Sie einfach ignorieren."

„Es wäre nicht das erste Mal, dass ich mit einem Mitglied Ihrer Familie aneinandergerate, Eure Hoheit."

„Auch dessen bin ich mir bewusst. Sagen Sie mir, wie es ihr heute Morgen geht."

„Natürlich ist sie noch ziemlich schwach. Aber sie ist in guter Verfassung. Sie hat Gefühl in ihren Beinen und kann sie bewegen."

„Dann ist sie nicht ..."

„Nicht gelähmt. Sie braucht Ruhe, Pflege und Unterstützung. Ich hoffe, ich kann sie morgen von der Intensivstation auf die normale Station verlegen lassen, aber vorher will Dr. Thorette sie noch einmal eingehend untersuchen."

„Dr. Franco, ich kann Ihnen gar nicht sagen, wie dankbar ich Ihnen bin."

„Eure Hoheit, ich betrachte es schon immer als eine Ehre, Mitglieder der fürstlichen Familie zu behandeln."

Alexander blickte auf Eves Zimmertür. Er spürte die Schatulle mit dem Ring in seiner Tasche. „Sie sind immer sehr einfühlsam gewesen."

„Danke, Eure Hoheit. Und ich habe Ihr Wort, dass Sie gehen, sobald Miss Hamilton hier ist?"

„Das haben Sie."

Alexander kehrte in den Raum zurück. Eve war wach und blickte starr zur Decke.

„Ich dachte, du wärst gegangen."

„Ich habe dir versprochen, nicht wegzugehen. Chris wird herkommen. Dann muss ich dich für kurze Zeit verlassen." Er setzte sich wieder zu ihr und ergriff ihre Hand. „Aber ich komme zurück, du wirst nicht allein sein."

„Ich komme mir so albern vor – wie ein kleines Mädchen, das Angst vor der Dunkelheit hat."

„Ich bin ja richtig erleichtert, dass es überhaupt etwas gibt, wovor du Angst hast."

„Alex, der Leibwächter, der angeschossen wurde. Ist er …"

„Er lebt noch, und man tut alles, damit es so bleibt. Ich werde nach ihm sehen, wenn ich gehe."

„Er könnte mir das Leben gerettet haben", sagte sie. „Und dir. Ich kenne seinen Namen nicht."

„Craden."

Sie nickte.

„Und Jermaine?

Er hatte nicht gewusst, wie gut es sich anfühlte, wieder zu lächeln. „Er hat sich erholt, sein Stolz nicht."

„Er hat keinen Grund, beschämt zu sein. Ich habe meinen schwarzen Gürtel nicht umsonst."

„Nein, *chérie,* offensichtlich nicht. Wenn es dir besser geht, kannst du das Jermaine erklären." Er strich ihr über das Haar, weil er sie berühren musste. „Welche Blumen soll ich dir bringen? Blumen aus dem Garten? Ich habe dich nie nach deiner Lieblingsblume gefragt."

Tränen stiegen ihr in die Augen.

„Nicht." Er küsste ihre Finger, einen nach dem anderen. „Nicht weinen, mein Liebling."

„Ich habe ihn hierher gebracht." Sie schloss die Augen, aber die Tränen quollen unter ihren Lidern hervor. „Ich habe Russ nach Cordina gebracht, zu dir."

„Nein." Er wischte mit sanften Fingern ihre Tränen weg. „Deboque hat ihn hergebracht. Wir können es nicht beweisen, aber wir wissen es. Und du musst es auch wissen."

„Wie konnte er mich so täuschen? Das verstehe ich nicht. Ich habe ihn vorsprechen lassen. Alex, ich habe ihn auf der Bühne gesehen. Ich habe mit Leuten gesprochen, die mit ihm zusammengearbeitet haben. Das verstehe ich nicht."

„Er war ein Profi. Ein hervorragender Schauspieler, Eve, der dadurch seine eigentliche Tätigkeit tarnte. Er mordete für Geld. Nicht aus Leidenschaft, nicht um einer Sache willen, sondern für Geld. Nicht einmal unsere Sicherheitsüberprüfung hatte etwas ergeben. Reeve arbeitet im Moment mit Interpol zusammen und hofft, mehr in Erfahrung zu bringen."

„Alles ist so schnell gegangen, als wäre es gar nicht wirklich geschehen."

„Du sollst jetzt nicht daran denken. Es ist vorbei."

„Wo ist er?"

Er überlegte nur einen Moment und entschied dann, dass sie die Wahrheit verdiente. „Er ist tot. Jermaine hat ihn erschossen. Russ kam noch einmal kurz zu Bewusstsein, lange genug, so dass Reeve ein paar Informationen erhielt. Über das alles können wir später sprechen, wenn du stärker bist."

„Ich dachte, er würde dich umbringen." Die Medikamente begannen zu wirken. Die Augen fielen ihr zu.

„Er hat es nicht getan. Wie kann ich dir jemals dafür danken, dass du mir das Leben gerettet hast?"

Während sie einschlief, lächelte sie.

„Ich mag Glockenblumen. Glockenblumen sind meine Lieblingsblumen", sagte sie noch.

Alexander brachte jeden Tag Glockenblumen.

Als Eve das Krankenhaus verlassen durfte und eine Privatschwester die weitere Pflege im Palast übernahm, brachte er ihr die Blumen jeden Morgen in ihr Zimmer.

Nachdem die erste Woche vorüber war, begann Eve, sich um ihre Truppe zu sorgen. Sobald sie das tat, löste sich der kleine Knoten der Angst auf, der sich noch in ihm gehalten hatte. Jetzt wurde sie tatsächlich wieder gesund.

Die Presse feierte sie als Heldin. Bennett brachte die Zeitungsartikel mit und las sie ihr vor. Dabei verdrehte er die Augen bei all dem Lob.

Eve bestand darauf, dass das erste Stück über die Bühne ging, und dann sorgte sie sich, etwas könnte schiefgehen, wenn sie nicht dabei wäre, um alles in Ordnung zu bringen.

Sie las die Kritiken. Es begeisterte sie, dass das Stück gut aufge nommen wurde, und es erleichterte sie, dass die zweite Besetzung für Russ sich als großartiger Schauspieler entpuppt hatte. Und es deprimierte sie, dass sie die Aufführung nicht selbst gesehen hatte.

Sie ließ die Untersuchungen mit immer größerem Widerwillen über sich ergehen.

„Dr. Franco, wann wird all dieses Abtasten und Abhorchen endlich aufhören? Es geht mir gut."

Sie lag auf dem Bauch, während er den Wundverband wechselte. Die Fäden waren am Vortag gezogen worden, und die Wunde verheilte sauber.

„Man hat mir berichtet, dass Sie nachts nicht gut schlafen."

„Das kommt nur daher, dass ich mich zu Tode langweile. Ein Spaziergang im Garten wird zu einem Ereignis. Ich will ins Theater, Doktor. Ich habe schon die erste Aufführung versäumt. Ich will nicht auch noch die Premiere der zweiten versäumen, verdammt noch mal!"

„Hm, hm, man hat mir gesagt, Sie weigern sich, Ihre Medizin zu nehmen."

„Die brauche ich nicht." Sie stützte den Kopf auf die Hände und machte ein finsteres Gesicht. „Ich habe Ihnen doch gesagt, dass ich mich gut fühle."

„Ich habe Gereiztheit stets für ein Zeichen von Erholung angesehen", sagte er mild, während er ihr half, sich umzudrehen.

„Es tut mir leid, wenn ich mich nicht besonders gut verhalte." Sie zog die Bettjacke zusammen, die ihr Vater ihr gebracht hatte.

„Nein, ich glaube nicht, dass es Ihnen leidtut."

Sie musste lächeln. „Vielleicht nicht, aber bei all diesen Leuten, die um mich herum sind, ist das auch kein Wunder. Dr. Franco, Sie können sich nicht vorstellen, wie es ist, ständig genauestens unter die Lupe genommen zu werden. Hätte Chris meinen Vater nicht überredet, nach Houston zurückzukehren, wäre ich verrückt geworden. Natürlich war er wunderbar. Alle waren es. Die Kinder haben mir Bilder gezeichnet. Dorian hat ein Kätzchen hereingeschmuggelt. Das sollten Sie eigentlich nicht wissen."

„Ich betrachte es als eine vertrauliche Mitteilung."

„Prinz Armand ist jeden Tag gekommen. Er hat mir diese Spieluhr mitgebracht." Sie langte hinüber, um die kleine silberne Dose auf ihrem Nachttisch zu berühren. „Sie hat seiner Frau gehört. Er schenkte sie ihr bei Alex' Geburt und sagte, er wünsche, dass ich sie bekomme."

„Weil sein Sohn sein Leben Ihnen beiden verdankt."

„Dr. Franco, ich fühle mich nicht als Heldin." Wieder kamen ihr die Tränen, wie so oft in den letzten Tagen. Sie hasste sie, hasste es, ihnen so nah zu sein. „Ich muss mein Leben weiterführen und andere Menschen ihres führen lassen. Wenn ich hier liege, habe ich zu viel Zeit zum Nachdenken."

„Beunruhigen Ihre Gedanken Sie?"

„Einige. Ich muss mich wieder beschäftigen. Ich muss an zu viel denken, als dass ich hier liegen könnte, obwohl alle sehr lieb zu mir waren."

„Warum versuchen wir nicht ein Experiment?"

„Solange es nichts mit einer weiteren Injektionsnadel zu tun hat."

„Nein. Sie werden heute Nachmittag schlafen."

„Doktor …"

„Ah, warten Sie bitte, bis Sie den ganzen Handel gehört haben, bevor Sie sich beklagen. Sie werden heute Nachmittag schlafen", wiederholte er. „Dann werden Sie heute Abend aufstehen und Ihr elegantestes Kleid anziehen. Ich schlage für eine Weile ein am Rücken hochgeschlossenes Kleid vor. Dann fahren Sie ins Theater …"

Er unterbrach sich, als ihre Augen zu leuchten begannen. „Nur als Beobachterin. Dann werden Sie wie Aschenputtel um Mitternacht in Ihr Bett zurückkehren."

„Abgemacht." Sie streckte die Hand aus.

Chris und Gabriella halfen ihr beim Anziehen. Eve versuchte es selbst, um zu sehen, ob es sie ermüdete. Das tat es nicht. Sie war in Hochstimmung. Nachdem sie sich in dem weißen Kleid und der mit Perlen besetzten Jacke prüfend betrachtet hatte, fand sie, dass sie besser aussah als vor dem Unfall. Sie war erholt, hatte wieder Farbe bekommen, ihre Augen waren klar. Sie steckte das Haar mit Silberkämmen zurück, trug ein wenig Parfüm auf und fühlte sich wieder wie eine Frau.

„Du bist schön." Alexander ergriff ihre Hände, als er kam, um Eve die Treppe hinunterzuführen. Er trug einen dunklen Anzug und hielt einen kleinen Strauß Glockenblumen in der Hand.

„Ich wollte, dass du das sagst." Lächelnd nahm Eve die Blumen entgegen und atmete den Duft ein. Sie wusste, dass sie in Zukunft immer dabei an ihn denken würde. „Das ist das erste Mal seit Tagen, dass du mich nicht so ansiehst, als würde ich unter einem Mikroskop liegen. Nein, sag nichts. Ich fühle mich wie ein Häftling auf der Flucht."

„Dann solltest du mit Stil fliehen."

Er schob ihre Hand unter seinen Arm und führte sie die Treppe hinunter. Eine Limousine wartete im Freien. Der Motor lief bereits. Eve warf Alexander ein strahlendes Lächeln zu, als sie einstieg.

Champagner war kalt gestellt. Beethoven wurde leise gespielt.

„Das perfekte Fluchtauto", sagte sie, während er die Flasche entkorkte.

„Heute Abend soll alles perfekt sein."

Sie berührte mit ihrem Glas seines, dann mit ihren Lippen seinen Mund. „Noch besser kann es nicht werden."

„Wir werden sehen." Er griff in ein kleines Fach und holte eine lange, schmale Schatulle heraus. „Ich wollte warten, bis du dich erholt hast, ehe ich dir das hier gebe."

„Alex, ich brauche keine Geschenke."

„Ich muss dir eines machen." Er öffnete ihre Hand und legte die Schatulle hinein. „Enttäusche mich nicht."

Wie konnte sie ihn zurückweisen? Eve öffnete den Deckel und blickte verblüfft auf die Halskette aus Diamanten und Saphiren. Sie schienen an silbernen Fäden zu hängen und bildeten zwei Reihen von Tropfen. Das war ein Schmuckstück für eine Prinzessin, eine Königin, nicht für eine gewöhnliche Frau. Eve konnte nicht widerstehen, hob die Halskette hoch, und die Edelsteine glitzerten in ihren Fingern. Licht von den Straßenlampen glitt über sie hinweg und fing darin Feuer.

„Oh, Alex, wie wundervoll! Das raubt mir den Atem", sagte sie.

„Du hattest oft diese Wirkung auf mich. Willst du die Kette heute Abend tragen?"

„Ich …" Sie machte ihr beinahe Angst, diese reine Schönheit, diese Eleganz. Aber dann spürte sie, wie sehr ihre Weigerung ihn enttäuschen würde. „Liebend gern. Hilfst du mir?“

Er öffnete die filigrane goldene Halskette, die sie trug, und ersetzte sie durch sein Geschenk. Instinktiv betastete Eve das Collier, als er es ihr um den Hals legte. Es war kühl, aber schon zog es die Wärme ihres Körpers an sich.

„Ich werde dieser Kette wahrscheinlich mehr Aufmerksamkeit widmen als dem Stück.“ Sie beugte sich zu Alex, um ihm einen Kuss zu geben, einen Kuss, den er mit überraschender Zartheit erwiderte. „Danke, Alexander.“

„Danke mir erst, wenn der Abend vorbei ist.“

Eve war nervös, als sie das Theater erreichten. Dann fühlte sie sich wie benommen, als sie die fürstliche Loge betrat und die Zuschauer unter ihr sich erhoben und ihr zujubelten.

Sie fühlte, wie Alexander ihre Hand ergriff. In seinen Augen stand ein Lächeln, als er sich zu ihr beugte und sie küsste. Ihre Gefühle und Gedanken waren schwindelerregend, dennoch schaffte sie es, sein Lächeln zu erwidern, und seinem Beispiel folgend, winkte sie der Menge zu.

Alexander rückte ihr befriedigt den Stuhl zurecht. Sie musste es erst begreifen, aber sie hatte soeben ihre erste offizielle Aufgabe hinter sich gebracht.

„Die Aufführung muss gut werden.“ Sie versuchte, ruhig sitzen zu bleiben, während sie darauf wartete, dass der Vorhang sich hob.

Sie hielt seine Hand während des ersten Aktes fest, fühlte, wie ihr Magen sich immer und immer wieder zusammenzog.

In Gedanken machte sie sich Notizen über jeden noch so kleinen Fehler, über jedes noch so kleine Detail. Sie hatte schon ein halbes Dutzend Änderungen im Kopf, die das Stück verbessern würden.

Doch der Beifall war grandios. Stolz auf ihre Truppe und auf sich selbst breitete sich in ihr aus, als sie den Applaus hörte. Nachdem er abgeebbt war, zählte sie die Vorhänge.

„Ein Dutzend.“ Lachend wandte sie sich an Alexander. „Ein Dutzend Vorhänge! Es war gut. Es war wirklich gut. Ich möchte die zweite Szene ein wenig ändern, aber …“

„Du wirst doch nicht heute Abend daran denken.“ Er nahm sie bei der Hand und führte sie aus der Loge. Drei Leibwächter standen bereit. Eve bemühte sich, sie nicht zu bemerken und nur an das Stück zu denken.

„Ich weiß nicht, ob ich warten kann, bis die Kritiken erscheinen. Alex, könnten wir nicht für eine Minute hinter die Bühne gehen, damit ich …"

„Nicht heute." Flankiert von den Leibwächtern, führte er sie die Nebentreppe hinunter. Reporter drängelten sich, Blitzlichter flammten auf, aber die Männer vom Sicherheitsdienst hielten die Presseleute in Schach. Bevor Eve das Blitzlichtgewitter bewusst wahrnahm, saßen sie schon wieder in der Limousine.

„Es ging alles so schnell." Sie lehnte sich zurück und versuchte, das Triumphgefühl auszukosten. „Ich wollte, dass es nicht mehr aufhörte, obwohl ich so nervös war. Es schien, als würden alle auf uns blicken."

„Das war dir unangenehm."

„Nur ein wenig." Jetzt war es schon Vergangenheit. „Ich werde Dr. Franco dazu bringen, mich morgen von der Kulisse aus zuschauen zu lassen."

„Bist du nicht müde?"

„Nein. Ehrlich." Sie lächelte, während sie tief durchatmete. „Ich fühle mich wundervoll. Ich nehme an, Aschenputtel hat sich fünf Minuten vor Mitternacht auch so gefühlt."

„Du hast noch eine Stunde. Ich möchte, dass du sie mit mir verbringst."

„Bis zur letzten Minute", versprach sie.

Im Palast war es still, als sie zurückkehrten. Alexander führte Eve nach oben, doch anstatt sie in ihre Räume zu bringen, wandte er sich zu seinen eigenen.

Ein Tisch war für zwei gedeckt, Kerzen flackerten in Kristallhaltern, Musik von Geigen erfüllte den Raum, genauso sinnlich wie romantisch.

„Jetzt fühle ich mich wirklich wie Aschenputtel."

„Ich hatte das schon früher geplant. An dem Abend … dem Abend, an dem ich dich im Theater abholen wollte."

Sie trat an den Tisch und berührte die Blätter der Blumen, die in einer flachen Schale arrangiert waren. „Tatsächlich?" Überraschung und Nervosität mischten sich, als sie sich umdrehte. Bereitete ein Mann eine solche Szenerie vor, um eine Affäre zu beenden? Das glaubte sie nicht, selbst wenn dieser Mann ein Prinz war. „Warum?“

„Ich finde, ich habe dir zu wenig Romantik geboten. Das möchte ich wiedergutmachen.“ Er kam zu ihr, zog sie an sich und küsste sie so, wie er es seit Tagen ersehnt hatte. „Ich dachte, ich könnte dich verloren haben.“ Seine Stimme wurde rau von Gefühlen, als er ihre Hände ergriff und sein Gesicht darin barg. „Ich habe so vieles falsch gemacht bei dir, aber dieser eine …“

„Alex, nicht. Wenn du mir nicht erlaubst, mir Vorwürfe zu machen, weil ich Russ hierher gebracht habe, wie kannst du dir dann Vorwürfe für das machen, was er getan hat?“

„Und was du getan hast.“ Er löste seine Hände von ihren und umfasste ihr Gesicht. „Solange ich lebe, werde ich mich an den Moment erinnern, in dem du dich vor mich gestellt hast. Ich werde ihn immer wieder erleben, aber ich werde dich jedes Mal in meinen Gedanken beiseite stoßen.“

„Alex, wenn er dich getötet hätte, denkst du, ich hätte weiterleben wollen? Nur du bist mir wichtig. Ich habe dich schon lange geliebt, bevor ich verstand, was Liebe bedeutet.“

„Bitte, setz dich!“, bat er sie.

„Bedank dich nicht noch einmal bei mir. Ich könnte es nicht ertragen.“

„Eve, setz dich, bitte.“ Ungeduld schwang in seiner Stimme mit.

„Na schön, ich sitze. Aber ich lasse mich nicht auch noch füttern.“

„Dein Wunsch sei mir Befehl. Aber vor dem Essen habe ich dir noch etwas zu sagen.“ Nervosität überfiel ihn. Er wartete einen Moment, bis er seine Gefühle einigermaßen unter Kontrolle hatte.

Als er sich Eve zu Füßen kniete, sah sie ihn erstaunt an.

„Ich habe gesagt, ich würde nicht vor dir knien. Dieses eine Mal erscheint es mir jedoch angebracht.“ Als er eine Schatulle aus der Tasche zog, ballte Eve die Hand zur Faust.

„Alex, du hast mir heute Abend schon ein Geschenk gemacht.“ Ihre Stimme bebte.

„Das hier ist kein Geschenk. Es ist eine Bitte, die größte, die ich an dich richten kann. Ich wollte dich schon früher bitten, aber da schien es mir, als würde ich zu viel erwarten."

Ihr Herz hämmerte, aber sie öffnete die Faust nicht. „Du weißt nicht, was dich erwartet, wenn du nicht fragst."

Er ergriff lachend ihre Hand und öffnete ihre Finger. „Du zeigst mir immer etwas Neues. Eve, ich werde dich jetzt um mehr bitten, als ich dir jemals geben könnte. Ich kann dir nur sagen, falls du zustimmst, werde ich alles tun, um dich glücklich zu machen."

Er drückte die Schatulle in ihre Hand und wartete.

Zuerst musste sie durchatmen, tief durchatmen. Sie war keine Adelige. Sie war nicht adliger Abstammung. Gleiche Bedingungen. Sie erinnerte sich an ihre eigene Forderung und erkannte, dass sie die Chance hatte, alles wahr zu machen.

Sie öffnete die Schatulle und sah einen Ring, der nach dem gleichen Entwurf aus Saphiren und Diamanten gefertigt war wie die Halskette, die sie trug. Kein Geschenk, dachte sie, sondern eine Bitte.

„Der Ring gehörte meiner Mutter. Als ich meinem Vater sagte, dass ich die Absicht habe, dich zu heiraten, bat er mich, dir diesen Ring zu geben. Es ist mehr als ein Ring, Eve. Ich denke, du kennst einige der Pflichten, der Erwartungen, die damit verbunden sind, nicht nur mir gegenüber, sondern auch gegenüber dem Land, das dann auch dein Land sein müsste. Bitte, sag noch nichts."

In seiner Stimme schwang etwas mit, das sie noch nie gehört hatte. Sie wollte ihn beruhigen, rührte sich jedoch nicht.

„Es gibt so vieles, von dem ich dich bitten müsste, es aufzugeben. Houston wäre nur noch ein Ort für Besuche. Deine Truppe – hier gibt es das Theater und die Gelegenheit, in Cordina eine neue Truppe aufzubauen –, aber alles andere wäre vorüber. Du möchtest Stücke schreiben – vielleicht könnte das in gewisser Weise ein wenig ausgleichen, was du aufgeben müsstest. Deine Freiheit wäre in einer Weise eingeschränkt, die du dir nicht vorstellen kannst. Verantwortungsvolle Aufgaben, einige davon lebenswichtig, andere unglaublich langweilig. Was du tust, was du sagst, wird allgemein bekannt sein, noch bevor du es getan oder gesagt hast. Und solange Deboque lebt, befinden wir uns alle in Gefahr. Das alles musst du bedenken."

Sie schaute ihn an, dann den Ring, der noch in seinem Samtbett ruhte. „Sieht fast so aus, als wolltest du mich überreden, abzulehnen."

„Du sollst nur wissen, um was ich dich bitte."

„Du bist ein fairer und ehrlicher Mann, Alexander." Als sie tief durchatmete, erregte etwas hinter seiner Schulter ihre Aufmerksamkeit und regte ihre Fantasie an. Noch lächelte sie nicht, noch nicht. „Darum wollen wir das auch auf faire und ehrliche Art betrachten." Sie langte hinüber und zog die Waage näher heran. „Da gibt es zunächst einmal die Pflichten und die Verantwortung im Staat." In einem Gefäß lagen Glaskugeln. Sie nahm eine Hand voll heraus und legte zwei in eine der Waagschalen. „Dann haben wir den Mangel an Privatsphäre." Sie gab noch eine Kugel hinzu.

„Eve, das ist kein Spiel."

„Bitte, ich versuche, diesen Vorschlag gründlich zu durchdenken. Da ist zunächst die Tatsache, dass ich nicht länger in meinem eigenen Land leben könnte." Drei Kugeln kamen hinzu.

„Und die Tatsache, dass ich höchstwahrscheinlich zu Tode gelangweilt wäre von all den Aufgaben, wie Brie sie zu erfüllen hat. Da wären die Presse, die Schreibarbeit – ich glaube, das hast du ausgelassen – und die Tradition, mit der ich mich vertraut machen müsste. Dann ist da außerdem Deboque."

Sie sah Alexander an. „Für Deboque werde ich keine von den hübschen bunten Glaskugeln hinzufügen. Ob ich Ja oder Nein sage, er bleibt, wo er ist. Nun, Alex, muss ich dir eine Frage stellen. Warum willst du, dass ich diesen Ring annehme und die Verpflichtung, die damit verbunden ist? Warum bittest du mich, dich zu heiraten?"

„Weil ich dich liebe."

Jetzt lächelte sie. Die übrigen Kugeln fielen in die leere Waagschale und drückten sie nach unten. „Das erzielt wohl mehr als einen Ausgleich, oder?"

Er betrachtete sie verwundert. „Mehr musste ich nicht sagen?"

„Das war alles, was du jemals sagen musstest."

Sie legte die Arme um ihn und gab ihm einen langen Kuss, mit dem ihre Abmachung besiegelt wurde und ein neues Leben begann.

„Märchen", sagte sie, halb zu sich selbst. „Ich hatte aufgehört, an sie zu glauben."

„Ich auch." Seine Lippen fanden wieder ihre. „Aber jetzt ist das anders. Heute Nacht hast du mir eines geschenkt."

„Oh, hör nur!" Die Uhr auf dem Korridor begann zu schlagen. „Steck mir den Ring an, Alex, bevor es zwölf Mal geschlagen hat."

Er tat es. „Morgen sagen wir es der ganzen Welt, aber diese Nacht gehört nur uns." Er stand auf und zog sie auf die Füße. „Ich habe dir noch nichts zu essen gegeben, und es ist schon nach Mitternacht."

„Ich könnte im Bett essen, Alex." Sie schmiegte die Wange an seine Brust, um den wunderbaren Augenblick festzuhalten. „Dr. Franco hat nicht gesagt, dass ich allein ins Bett muss."

Alex lachte, als er sie auf die Arme hob. „Cordina stehen viele Überraschungen bevor."

„Dir auch", flüsterte sie.

– ENDE –

Nora Roberts

Eine königliche Hochzeit

Roman

Aus dem Amerikanischen von
M. R. Heinze

NEW YORK TIMES
BESTSELLER AUTOREN

1. KAPITEL

Der Hengst jagte über die Hügelkuppe. Seine Hufe gruben sich tief in das Erdreich. Das Pferd dampfte, als es sich auf dem höchsten Punkt aufbäumte und mit seinen kraftvollen Vorderbeinen durch die Luft schlug. Für einen Moment hoben sich Ross und Reiter als Silhouette vor dem hellen Himmel des Nachmittags ab. Mensch und Tier wirkten gleichermaßen beeindruckend.

Kaum berührten die Hufe wieder den Boden, als der Reiter seine Knie in die Seiten des Hengstes presste und einen waghalsigen Ritt über den abfallenden Weg begann. Der Pfad war hier glatt, aber alles andere als ungefährlich mit der Felswand auf der einen und dem Abgrund auf der anderen Seite. Dennoch preschten sie mit voller Geschwindigkeit dahin und genossen es.

Nur ein Verrückter ritt so – ohne Rücksicht auf Leib und Leben. Nur ein Verrückter oder ein Träumer.

„Los, Dracula, los." Der Befehl kam leise und herausfordernd wie das darauf folgende Lachen.

Vögel, aufgeschreckt von den auf der Erde donnernden Hufschlägen, flatterten aufgeregt aus den Bäumen und Büschen hoch oben auf dem Kliff und flogen kreischend Richtung Himmel davon. Schon bald verloren sich ihre Schreie in der Ferne. Als der Pfad eine scharfe Linksbiegung machte, nahm der Hengst sie in unverändertem Tempo. Am Wegrand fielen Klippen etwa siebzig Fuß steil zum blauen Meer ab. Kieselsteine stoben unter den Hufen hoch und hagelten geräuschlos hinunter durch den leeren Raum.

Der Reiter blickte hinab, ohne jedoch seinen Ritt zu verlangsamen. Daran dachte er nicht einmal.

In dieser Höhe roch die Luft nicht nach Meer. Selbst das Geräusch sich brechender Wellen war schwach wie weit entfernter und noch ungefährlicher Donner. Aber aus dieser Höhe barg das Meer etwas ganz eigenartig Gefahrvolles und Geheimnisvolles. Der Reiter verstand es, nahm es hin, denn so war es schon immer gewesen, von Anbeginn aller Zeit. Und so würde es fortdauern. In Augenblicken wie diesen vertraute er sich dem Schicksal an.

Der Hengst brauchte keine Peitsche, keinen Ansporn, um noch

schneller dahinzupreschen. Wie immer genügten die Erregung und das Vertrauen seines Herrn. Sie rasten den sich dahinschlängelnden Pfad hinunter, bis sie das Tosen des Meeres in den Ohren hatten und endlich die Schreie der Möwen hörten.

Für den Betrachter mochte es scheinen, als fliehe der Reiter vor dem Teufel oder eile zu seiner Geliebten. Wer jedoch sein Gesicht sah, wusste, es war keines von beiden.

Das Leuchten in den Augen des Reiters stammte nicht von Angst oder Vorfreude. Es war eine Herausforderung an den Augenblick und nur daran. Die dunklen Haare des Mannes wehten im Wind, genau wie die Mähne des Pferdes.

Der schwarze Hengst, ein wahres Kraftpaket, hatte eine breite Brust und einen kräftigen Hals. Sein Fell glänzte von Schweiß, doch sein Atem kam stark und gleichmäßig. Der Reiter saß kerzengerade im Sattel, und sein gebräuntes schmales Gesicht glühte. Sein voller, wohlgeformter Mund zeigte ein Lächeln, das Wagemut und Freude verriet.

Sobald der Pfad eben wurde, griff der Hengst weiter aus. Sie kamen an weißen Häusern vorbei, vor denen Wäsche in der Meeresbrise flatterte. Blumen wuchsen in Beeten auf sorgfältig in Ordnung gehaltenen Wiesen, Fensterläden waren weit offen. Die Sonne stand noch hoch am Nachmittagshimmel und verstrahlte ihr gleißendes Licht. Ohne langsamer zu werden und die leichte Hand seines Herrn an den Zügeln zu benötigen, preschte der Hengst auf eine hüfthohe Hecke zu.

Gemeinsam schnellten sie darüber hinweg.

In der Ferne tauchten die Ställe auf. Wie es in den Klippen hinter ihnen Gefahr und tödliche Anziehungskraft gab, so herrschte vor ihnen Frieden und Ordnung. Rot und weiß und genauso gepflegt wie die Wiesen ringsherum, verliehen die Ställe der Landschaft mit den Klippen und dem vielen Grün eine zusätzliche bezaubernde Note. Zäune grenzten Gehege ab, in denen Pferde wesentlich weniger dramatisch Auslauf fanden als Dracula.

Einer der Stallburschen hörte auf, eine junge Stute an der Longe im Kreis zu führen, als er den Hengst herankommen hörte. Was für ein Irrer, dachte er, aber nicht ohne grimmige Hochachtung. Dieses Pferd und dieser Reiter zusammen waren ein vertrauter Anblick.

Dennoch warteten zwei Stallburschen vorsichtig ab, bis der Hengst langsamer wurde und stehen blieb.

„Eure Hoheit."

Seine Hoheit Prinz Bennett von Cordina glitt mit einem Lachen, in dem noch die Waghalsigkeit nachklang, von Draculas Rücken. „Ich kühle ihn schon ab, Pipit."

Der alte Stallknecht mit dem leicht hinkenden Gang trat vor. Sein verwittertes Gesicht war leidenschaftslos, während er seinen Blick über den Prinzen und den Hengst auf der Suche nach irgendwelchen Anzeichen von Verletzungen gleiten ließ. „Verzeihen Sie, Hoheit, aber während Sie unterwegs waren, kam eine Nachricht aus dem Palast. Fürst Armand wünscht Sie zu sehen."

Nicht ohne Bedauern übergab Bennett dem wartenden Stallburschen die Zügel. Zu seinem Vergnügen beim Ausritt gehörte die Stunde, in der er normalerweise mit dem Hengst ging und ihn bürstete. Doch wenn sein Vater nach ihm schickte, hatte er keine andere Wahl, als Vergnügen gegen Pflicht einzutauschen.

„Lassen Sie ihn ordentlich gehen, Pipit. Wir hatten einen langen Ritt."

„Ja, Hoheit", sagte der Stallknecht, der drei Viertel seines Lebens mit Pferden verbracht hatte. Es hatte zu seinen Pflichten gehört, Bennett auf sein erstes Pony zu setzen. Er tätschelte Draculas Hals und fand ihn schweißnass. „Ich werde mich persönlich darum kümmern, Hoheit."

„Tun Sie das, Pipit." Doch Bennett hielt sich noch lange genug auf, um selbst die Gurte zu lockern. „Danke."

„Dank ist unnötig, Hoheit." Mit einem leisen Ächzen hievte Pipit den Sattel vom Rücken des Hengstes. „Hier gibt es keinen anderen Mann, der den Nerv hat, sich mit dem Teufel einzulassen", murmelte er auf Französisch, als das Pferd zu tänzeln begann. Sekunden später war Dracula wieder beruhigt.

„Und es gibt keinen anderen Mann, dem ich mein bestes Pferd anvertrauen würde. Eine Extraration Hafer könnte heute Abend nicht schaden."

Pipit nahm das Kompliment als absolut verdient hin. „Wie Sie wünschen, Hoheit."

Noch von Unrast erfüllt, wandte sich Bennett von den Ställen ab.

Er hätte ebenfalls eine zusätzliche Stunde brauchen können, um sich abzukühlen. Ein schneller und wagemutiger Ritt stillte sein Bedürfnis nur teilweise. Er brauchte die Bewegung, die Geschwindigkeit, vor allem aber die Freiheit.

Fast drei Monate lang war er fest an den Palast und an das Protokoll gebunden gewesen, an Pomp und Zeremonien. Da er in der Thronfolge von Cordina an zweiter Stelle stand, waren seine Pflichten manchmal weniger öffentlich als die seines Bruders Alexander, aber selten weniger mühsam. Pflichten gehörten seit seiner Geburt zu seinem Leben und wurden für gewöhnlich auch als Selbstverständlichkeit hingenommen. Bennett konnte allerdings weder sich selbst noch viel weniger irgendeinem anderen erklären, wieso er im letzten Jahr begonnen hatte, sich dagegen aufzulehnen.

Gabriella sah es ihm an. Bennett glaubte, dass seine Schwester es vielleicht sogar verstand. Auch sie hatte stets Verlangen nach Freiheit und Privatleben verspürt. Beides hatte sie teilweise vor zwei Jahren erlangt, als Alexander sich mit Eve verheiratete und das Gewicht der Verantwortung sich verlagerte.

Allerdings drückt sie sich nie, dachte Bennett, als er durch das Gartentor des Palastes schritt. Wenn sie gebraucht wurde, war sie zur Stelle. Nach wie vor verwendete sie sechs Monate des Jahres für das Hilfswerk für behinderte Kinder, während sie gleichzeitig für den Bestand ihrer Ehe sorgte und ihre Kinder großzog.

Bennett schob die Hände in die Taschen, als er die Treppe zu dem Arbeitsraum seines Vaters hinaufstieg. Was stimmte denn mit ihm nicht? Was war in den letzten Monaten geschehen, das in ihm den Wunsch weckte, sich nachts aus dem Palast zu schleichen und wegzulaufen? Irgendwohin.

Er konnte die Stimmung nicht abschütteln, wohl aber bezähmen, als er an die Tür seines Vaters klopfte.

„Herein!"

Der Fürst saß nicht hinter seinem Schreibtisch, wie Bennett erwartet hatte, sondern am Fenster, neben sich ein Tablett mit Tee. Ihm gegenüber saß eine Frau, die bei Bennetts Erscheinen aufstand.

Als Mann, der Frauen jeden Alters und unterschiedlichsten Aussehens schätzte, unterzog Bennett sie einer flüchtigen Betrachtung, ehe er sich an seinen Vater wandte. „Tut mir leid zu stören. Man hat mir gesagt, dass du mich sehen willst."

„Ja." Armand nippte an seinem Tee. „Schon seit einiger Zeit. Bennett, ich möchte dich mit Lady Hannah Rothchild bekannt machen."

„Eure Hoheit." Sie senkte den Blick, während sie einen Knicks ausführte.

„Es ist mir ein Vergnügen, Lady Hannah." Bennett ergriff ihre Hand und schätzte sie in Sekundenschnelle ein. Attraktiv auf eine ruhige Art. Er bevorzugte bei Frauen etwas weniger Zurückhaltung. Und er besaß eine Vorliebe für das Französische. Schlank und ordentlich. Unabänderlich wurde sein Blick von Üppigerem angezogen. „Willkommen in Cordina!"

„Danke, Hoheit." Ihre Stimme klang britisch, kultiviert und ruhig. Er begegnete kurz ihrem Blick. Ihre Augen waren von einem dunklen, leuchtenden Grün. „Ihr Land ist wirklich wunderschön."

„Bitte, nehmen Sie Platz, meine Liebe." Armand deutete wieder auf ihren Sessel, ehe er noch eine Tasse einschenkte. „Bennett."

Hannah, die Hände im Schoß verschränkt, bemerkte Bennetts raschen ablehnenden Blick zu der Teekanne. Doch er setzte sich und nahm die Tasse entgegen.

„Lady Hannahs Mutter war eine entfernte Cousine deiner Mutter", begann Armand. „Eve lernte sie kennen, als sie vor Kurzem zusammen mit deinem Bruder England besuchte. Lady Hannah ist auf Eves Einladung bei uns."

Hoffentlich werde ich nicht gebeten, den Begleiter der Lady zu spielen, dachte Bennett. Sie war recht hübsch, auch wenn sie sich in einem grauen, hochgeschlossenen Kleid, das ihr eine Handbreit sittsam über die Knie reichte, wie eine Nonne anzog. Sie hatte den typisch britischen blassen Teint. Ihre Augen ließen sie alles andere als unscheinbar wirken. Mit ihrem dunkelblonden Haar jedoch, das sie streng aus dem Gesicht zurückgekämmt trug, weckte sie in ihm Erinnerungen an die viktorianischen Gesellschafterinnen oder Gouvernanten früherer Zeiten. Langweilig. Aber ihm fielen wieder seine Manieren ein, und er schenkte ihr ein ungezwungenes, freundliches Lächeln.

„Ich hoffe, Sie genießen Ihren Aufenthalt, wie wir Ihre Anwesenheit genießen werden."

Hannah erwiderte seinen ernsten Blick. Sie fragte sich, ob ihm bewusst war, wie sagenhaft er in lässiger Reitkleidung aussah. Vermutlich war es ihm bewusst. „Ich bin sicher, dass ich meinen Aufenthalt sehr genießen werde, Hoheit. Ich fühle mich geschmeichelt, dass mich Prinzessin Eve eingeladen hat, während sie die Geburt ihres zweiten Kindes erwartet. Und ich hoffe, ich kann ihr die Gesellschaft und die Hilfe bieten, die sie benötigt."

Obwohl sich seine Gedanken mit anderen Dingen beschäftigten, bot Armand eine Schale mit Keksen an. „Lady Hannah ist äußerst großzügig, uns ihre Zeit zu widmen. Sie ist für ihr Wissen sehr renommiert und arbeitet gegenwärtig an einer Serie von Essays."

Passt perfekt, dachte Bennett und nippte an dem verhassten Tee. „Faszinierend."

Ein winziges Lächeln umspielte Hannahs Lippen. „Lesen Sie Yeats, Hoheit?"

Bennett wünschte sich zurück in die Ställe. „Nicht oft."

„Meine Bücher sollten Ende der Woche hier eintreffen. Bitte, leihen Sie sich dann aus, was immer Sie möchten." Sie erhob sich wieder und hielt die Hände verschränkt. „Entschuldigen Sie mich Hoheit, ich möchte das Auspacken meiner restlichen Sachen überwachen."

„Natürlich." Armand erhob sich, um sie an die Tür zu führen. „Wir sehen Sie beim Abendessen. Und klingeln Sie, wenn Sie etwas benötigen."

„Danke, Hoheit." Sie machte einen Knicks und wandte sich an Bennett, um ihm die gleiche Höflichkeit zu erweisen. „Auf Wiedersehen, Hoheit."

„Auf Wiedersehen, Lady Hannah." Bennett wartete, bis sich die Tür hinter ihr geschlossen hatte, ehe er sich auf die Armlehne seines Sessels sinken ließ.

„Nun ja, sie wird Eve innerhalb einer Woche tödlich langweilen." Er ignorierte den Tee und nahm eine Handvoll Kekse. „Was hat Eve sich denn dabei gedacht?"

„Eve hat während ihrer zwei Wochen in England große Zuneigung zu Hannah gefasst." Armand ging zu dem verschnörkelten Schrank und nahm zu Bennetts Erleichterung eine Karaffe heraus. „Hannah ist eine hervorragend erzogene junge Frau aus exzellenter

Familie. Ihr Vater ist ein hoch respektiertes Mitglied des britischen Parlaments.“ Armand schenkte Cognac ein.

„Das ist alles schön und gut, aber …“ Bennett schwieg plötzlich, als er nach dem Schwenker griff. „Sag mal, Vater, du willst uns doch hoffentlich nicht zusammenbringen? Sie ist wohl kaum mein Typ.“

Die strengen Züge um Armands Mund wurden durch ein Lächeln sanfter.

„Das weiß ich nur allzu gut. Ich kann dir versichern, dass Lady Hannah nicht hierher gebracht wurde, um dich in Versuchung zu führen.“

„Das könnte sie auch kaum.“ Bennett ließ den Cognac im Glas kreisen und trank einen Schluck. „Yeats?“

„Es gibt Menschen, die der Ansicht sind, dass sich Literatur nicht nur auf Handbücher zur Pferdezucht beschränkt.“ Armand holte eine Zigarette hervor.

„Ich ziehe das Praktische jeglicher Dichtung über unerwiderte Liebe oder die Schönheit eines Regentropfens vor.“ Bennett kam sich plötzlich unhöflich vor und lenkte ein. „Aber ich werde dafür sorgen, dass sich Eves neue Freundin wohl fühlt.“

„Daran habe ich nicht gezweifelt.“

Nachdem sich sein Gewissen beruhigt hatte, wandte sich Bennett wichtigeren Dingen zu. „Die Araberstute wird um Weihnachten herum fohlen. Ich wette, es wird ein junger Hengst. Dracula bringt starke Söhne hervor. Drei meiner Pferde sind so weit, dass sie im Frühjahr vorgeführt werden können. Ein weiteres sollte meiner Meinung nach an den olympischen Qualifikationsspielen teilnehmen. Das würde ich gern in den nächsten Wochen in die Wege leiten, damit die Reiter mehr Zeit haben, mit den Pferden zu arbeiten.“

Armand nickte geistesabwesend und fuhr fort, seinen Cognac im Glas zu schwenken. Bennett spürte die vertraute Ungeduld in sich aufsteigen und kämpfte dagegen an. Er wusste sehr wohl, dass die Ställe auf der Prioritätenliste seines Vaters nicht weit oben standen. Wie sollte es auch anders sein bei inneren Angelegenheiten, auswärtigen Angelegenheiten und der sehr heiklen politischen Situation innerhalb des Kronrats?

Trotzdem, konnte das alles sein? Die Pferde machten nicht nur Freude, sondern verschafften auch ein gewisses Ansehen, wenn das

Fürstenhaus von Cordina einen der edelsten Ställe Europas besaß. Er selbst sah darin seinen einzigen wirklichen Beitrag zu Familie und Land.

Er hatte für die Ställe ebenso hart gearbeitet wie jeder Pferdepfleger oder Stallbursche und diese Arbeit niemals für unter seiner Würde betrachtet. Im Laufe der Jahre hatte er alles nur Mögliche über Pferdezucht gelernt. Zu seiner Freude hatte er ein angeborenes Talent dafür bei sich entdeckt und in kurzer Zeit aus einem guten Stall einen der besten gemacht. Noch ein Jahrzehnt, und dieser würde, davon war er überzeugt, seinesgleichen suchen.

Manchmal verspürte Bennett das Bedürfnis, über seine Pferde und seine Ziele mit jemand anderem zu sprechen als mit einem Stallarbeiter oder einem weiteren Züchter. Doch er verstand, hatte schon immer verstanden, dass diese Person kaum sein Vater sein konnte.

„Ich nehme an, jetzt ist nicht der richtige Augenblick, darüber zu reden." Bennett trank noch einen kleinen Schluck Cognac und wartete darauf, dass sein Vater ihm offenbarte, was immer ihm durch den Kopf ging.

„Es tut mir leid, Bennett, das ist es leider wirklich nicht." Als Vater empfand er Bedauern, als Fürst nicht. „Dein Programm für nächste Woche. Kannst du mir Näheres darüber sagen?"

„Eigentlich nicht." Die Unruhe war wieder da. Bennett stand auf und begann, von einem Fenster zum anderen zu gehen. Wie nah das Meer zu sein schien und doch wie weit weg. Für einen Moment wünschte er, wieder auf dem Schiff zu sein, hundert Meilen vom Land entfernt, egal, von welchem, während sich am Horizont ein Sturm zusammenbraute. „Ich weiß, dass ich am Wochenende nach Port Cordina reisen muss. Die ‚Indépendance' läuft ein. Es findet ein Treffen der landwirtschaftlichen Genossenschaft statt, und es gibt eine Reihe von Mittagessen. Cassell nennt mir jeden Morgen die Einzelheiten. Wenn es dir wichtig ist, kann ich von ihm die Höhepunkte für dich aufschreiben lassen. Bestimmt muss ich mindestens ein Band durchschneiden."

Armand beobachtete seinen Sohn genau. „Fühlst du dich eingeengt, Bennett?"

Schulterzuckend kippte Bennett seinen restlichen Cognac hinunter. Dann kehrte das ungezwungene Lächeln auf sein Gesicht zurück. Das Leben war schließlich zu kurz, um sich darüber zu beklagen. „Durch die Bänder, ja. Zumindest alles andere scheint der Mühe wert."

„Unser Volk erwartet von uns mehr, als dass wir es regieren."

Bennett wandte sich vom Fenster ab. Hinter ihm strahlte die Sonne hoch vom Himmel. Was auch immer er sich manchmal im Geheimen wünschte, das Fürstenhaus, in das er hineingeboren worden war, umgab ihn wie ein Deckmantel. „Ich weiß, Papa. Das Problem ist: Ich habe nicht Alexanders Geduld, Gabriellas Gelassenheit oder deine Beherrschung."

„All das wirst du bald brauchen." Armand stellte sein Glas ab und sah seinen Sohn an. „Deboque wird in zwei Tagen aus dem Gefängnis entlassen."

Deboque! Allein der Name sorgte dafür, dass sich Bennetts Magen zusammenkrampfte. François Deboque – der Mann, auf dessen Befehl seine Schwester entführt worden war. Der Mann, der Mordanschläge auf Bennetts Vater und Bruder geplant hatte.

Deboque!

Bennett drückte seine Finger auf die Narbe unterhalb seiner linken Schulter. Dort hatte ihn eine Kugel getroffen, und geschossen hatte Deboques Geliebte. Für Deboque, auf dessen Wunsch.

Die Bombe, die vor mehr als zwei Jahren in der Pariser Botschaft hochgegangen war, war für seinen Vater bestimmt gewesen, hatte jedoch Seward getötet, einen loyalen Mitarbeiter, der Frau und drei Kinder hinterlassen hatte. Auch das war Deboques Werk gewesen.

Und in den fast zehn Jahren seit Gabriellas Entführung hatte niemand beweisen können, dass Deboque in die Entführung oder in die Mordpläne verstrickt war. Die besten Detektive Europas, einschließlich Bennetts Schwager, waren angesetzt worden, doch keiner hatte bewiesen, dass der Terrorist Deboque die Fäden zog.

Und nun würde er freikommen.

Bennett zweifelte nicht einen Moment daran, dass Deboque weiterhin auf Rache sann. Die Fürstenfamilie war sein Feind, schon aus dem Grund, weil er seit über einem Jahrzehnt in einem Gefängnis in Cordina festgehalten wurde. Es bestand auch kein Zweifel, dass er während dieses Jahrzehnts weiterhin mit Drogen, Waffen und Mädchen gehandelt hatte.

Es gab keinen Zweifel, und keinen Beweis.

Jetzt würden sie zusätzliche Wächter einsetzen und die Sicherheitsmaßnahmen verschärfen. Interpol würde ihre Arbeit fortsetzen, ebenso das International Security System. Sowohl Interpol als auch das ISS hatten versucht, Deboque wegen Mordes und Verschwörung zum Mord festzunageln. Bis er unter Kontrolle war und die Fäden zu seiner Organisation durchtrennt wurden, schwebten Cordina und das restliche Europa in Gefahr.

Nach dem im Familienkreis eingenommenen Abendessen schlenderte Bennett in den Garten hinaus. Vor Eves neuer Freundin hatten sie nicht offen über ihre Probleme reden können. Lady Hannah hatte nur geantwortet, wenn sie angesprochen worden war, und war mit einem Glas Wein während des ganzen Essens ausgekommen.

Er hätte sie zurück nach England gewünscht, hätte er nicht gesehen, wie gut sie für Eve war. Seine Schwägerin war mit ihrem zweiten Kind im dritten Monat schwanger, und die zusätzliche Belastung eines Gesprächs über Deboque hätte ihr geschadet. Vor zwei Jahren wäre sie beinahe getötet worden, als sie Alexander beschützte. Wenn es Lady Hannah gelang, Eve von Deboque abzulenken, wenn auch nur für ein paar Stunden am Tag, wog das die Unbequemlichkeit auf, sie im Palast zu haben.

Er musste mit Reeve sprechen. Bennett rammte seine Fäuste in die Hosentaschen. Reeve MacGee war mehr als der Mann seiner Schwester. Als Sicherheitschef hatte er bestimmt einige Antworten parat. Und Bennett hatte die Fragen – Dutzende. Es war mehr zu tun, als zusätzliche Wachen aufzustellen. Bennett lehnte es ab, ziellos durch die folgenden Wochen zu gehen, während andere damit beschäftigt waren, ihn und seine Familie zu beschützen.

Leise fluchend sah er zum Himmel hinauf. Er war wolkenlos, der Mond halb voll. Zu einer anderen Zeit hätte es ihn gereizt, hier, umgeben von den Düften des Gartens, diesen Himmel zusammen mit einer Frau zu betrachten. Jetzt, in seiner Frustration, zog er die Einsamkeit vor.

Als er die Hunde bellen hörte, versteifte sich sein ganzer Körper. Er hatte gedacht, allein zu sein, er war sich dessen sogar sicher gewesen. Und seine älter werdenden Hunde bellten niemals Familienmitglieder oder vertrautes Dienstpersonal an. Leise ging Bennett, der schon auf eine Konfrontation hoffte, in die Richtung, aus der das Geräusch kam.

Bennett hörte Lady Hannah lachen, und das überraschte ihn. Das klang nicht ruhig und spröde, sondern voll und amüsiert. Als er sie erblickte, beugte Hannah sich herunter und streichelte die Hunde, die sich an ihre Beine drückten.

„Ihr zwei seid vielleicht schön.“ Als sie sich noch tiefer beugte, fiel das Mondlicht auf ihr Gesicht und ihren Hals.

Bennett zog die Brauen zusammen. Im Moment wirkte sie alles andere als schlicht und zurückhaltend. Das Mondlicht betonte die Linien ihres Gesichts und ließ die ohnehin dunkelgrünen Augen noch dunkler erscheinen. Er hätte geschworen, Stärke und Leidenschaft zu erkennen. Und er war ein Mann, der beides in einer Frau erspürte. Ihr Lachen erreichte ihn erneut, strahlend wie der Sonnenschein, träge wie der Dunst über dem Meer.

„Nein, ihr dürft nicht hochspringen“, mahnte sie, als die Hunde sie umkreisten. „Ihr würdet mich ganz schmutzig machen, und wie sollte ich das dann erklären?“

„Für gewöhnlich ist es am besten, gar nichts zu erklären.“

Sie blickte bei Bennetts Worten unvermittelt auf. Er sah ihre Überraschung, doch als sie sich aufrichtete, war sie die ruhige, unscheinbare Lady Hannah. Er schrieb die Leidenschaft, die zu sehen er geglaubt hatte, einer Täuschung des Lichts zu.

„Guten Abend, Hoheit.“ Hannah verwünschte es, dass sie überrascht worden war.

„Ich wusste nicht, dass jemand im Garten ist.“

„Ich auch nicht.“ Aber sie hätte es wissen müssen. „Ich bitte um Verzeihung.“

„Tun Sie das nicht.“ Er lächelte, damit sie sich entspannte. „Konnten Sie nicht schlafen?“

„Nein, Hoheit. Ich finde nie Ruhe, wenn ich auf Reisen bin.“ Die Hunde hatten sie verlassen und waren zu Bennett gelaufen. Sie beobachtete, wie er sie mit seinen starken Händen streichelte, und sie wusste nur zu gut, dass zahlreiche Damen die gleiche leichte Berührung genossen hatten. „Ich habe die Gärten von meinem Fenster aus gesehen und wollte spazieren gehen“, erklärte sie vorsichtig.

„Ich ziehe die Gärten auch nachts vor. Alles sieht dann anders aus.“ Er betrachtete Hannah eingehend. „Finden Sie nicht?“

„Selbstverständlich.“ Sie verschränkte die Hände. Er war sagenhaft anzusehen, im Sonnenschein oder im Mondlicht. Die Hunde kamen wieder zu ihr und drückten ihre Nasen an ihre Hände.

„Die Hunde mögen Sie.“

„Ich habe immer Tiere geliebt.“ Als sie die Hunde streichelte, fiel ihm zum ersten Mal auf, dass ihre Hände zart, lang und schlank waren. „Wie heißen sie?“

„Boris und Natasha.“

„Passende Namen für russische Wolfshunde.“

„Ich habe sie als Welpen bekommen. Und nach Figuren aus einem amerikanischen Zeichentrickfilm benannt. Nach zwei Spionen.“

„Nach Spionen, Hoheit?“

„Unbeholfenen russischen Spionen, die ständig hinter einem Elch und einem Eichhörnchen her waren.“

Er glaubte, es wieder zu sehen, dieses Aufblitzen von Humor, das ihrem Gesicht etwas Besonderes verlieh. „Aha! Ich war noch nie in Amerika.“

„Nein?“ Er kam näher, sah jedoch nichts anderes als eine junge Frau mit guter Figur und einem ruhigen Wesen. „Es ist ein faszinierendes Land. Cordina ist eng mit ihm verbunden, seit zwei Mitglieder der Fürstenfamilie Amerikaner geheiratet haben.“

„Was bestimmt eine Reihe hoffnungsvoller Europäer enttäuscht hat.“ Hannah lächelte zaghaft. „Ich habe vor einigen Jahren Prinzessin Gabriella kennengelernt. Sie ist eine wunderbare Frau.“

„Ja, das ist sie. Wissen Sie, ich war ein paar Mal in England. Seltsam, dass wir uns nie getroffen haben.“

Hannah erlaubte dem Lächeln zu verweilen. „Aber das haben wir, Hoheit.“

„Boris, sitz!“, befahl Bennett, als der Hund eine Pfote zu Hannahs Kleid hob. „Sind Sie sicher?“

„Ganz sicher. Aber man kann kaum erwarten, dass Sie sich erinnern. Es war vor einigen Jahren auf einem Wohltätigkeitsball beim Prinzen von Wales. Die Königinmutter hat Sie mir und meiner Cousine Lady Sara vorgestellt. Ich glaube, Sie und Sara haben sich … angefreundet.“

„Sara?" Seine Gedanken wanderten zurück. Sein ohnehin gutes Gedächtnis war tadellos, wenn es um Frauen ging. „Ja, natürlich." Auch wenn er Hannah nur als vagen Schatten neben ihrer sagenhaften Cousine in Erinnerung hatte. „Wie geht es Sara?"

„Sehr gut, Hoheit. Sie ist zum zweiten Mal glücklich verheiratet. Soll ich sie von Ihnen grüßen?"

„Wenn Sie möchten." Er schob seine Hände wieder in die Taschen. „Sie trugen Blau, ein helles Blau, fast schon Weiß."

Hannah zog eine Augenbraue hoch. Niemand brauchte ihr zu sagen, dass er sie kaum wahrgenommen hatte. „Sie schmeicheln mir, Hoheit."

„Es gehört zu meinen Grundsätzen, nie eine Frau zu vergessen."

„Ja, das glaube ich."

„Mein Ruf eilt mir voraus." Sein Stirnrunzeln wich einem sorglosen Lächeln. „Stört es Sie, allein im Mondschein im Garten zu sein mit …"

„… dem Playboy-Prinzen?", beendete Hannah den Satz.

„Sie lesen tatsächlich Zeitungen", meinte Bennett.

„Unermüdlich. Aber nein, Hoheit, danke, ich fühle mich sehr wohl."

Er lachte. „Lady Hannah, ich bin selten so treffsicher auf meinen Platz verwiesen worden."

„Tut mir leid, Hoheit, das war nicht meine Absicht."

„Und ob es das war, und Sie haben es gut gemacht." Er ergriff ihre kühle Hand. „Ich sollte mich dafür entschuldigen, dass ich Sie herausgefordert habe, aber ich werde es nicht tun, da Sie sich offenbar so gut halten. Ich beginne zu verstehen, warum Eve Sie hier haben will."

Hannah hatte schon vor langer Zeit gelernt, jegliche Schuldgefühle abzublocken. Genau das tat sie jetzt. „Ich habe Eve in der kurzen Zeit sehr lieb gewonnen und war über die Gelegenheit erfreut, ein paar Monate in Cordina bleiben zu können. Ich gestehe, ich habe mich schon in die kleine Prinzessin Marissa verliebt."

„Kaum ein Jahr alt, regiert aber schon im Palast." Bennetts Augen nahmen einen sanften Ausdruck an, als er an das erste Kind seines Bruders dachte. „Vielleicht, weil sie Eve so ähnlich sieht."

Hannah entzog ihm ihre Hand. Sie hatte von den Gerüchten gehört, Bennett sei ein wenig, oder vielleicht auch mehr als ein wenig, in die Frau seines Bruders verliebt gewesen. Man brauchte gar kein so guter Beobachter wie sie zu sein, um aus seiner Stimme die Zuneigung herauszuhören. Sie nahm sich vor, es im Gedächtnis zu behalten, ob es ihr später von Nutzen war oder nicht.

„Wenn Sie mich jetzt entschuldigen, Hoheit. Ich sollte in mein Zimmer zurückgehen."

„Es ist noch früh." Er zögerte, sie gehen zu lassen.

„Ich ziehe mich für gewöhnlich früh zurück."

„Ich begleite Sie."

„Machen Sie sich bitte keine Umstände. Ich kenne den Weg. Gute Nacht, Hoheit." Sie verschmolz rasch mit den Schatten, während die Hunde winselten und mit den Schwänzen gegen seine Beine klopften.

Was hat sie nur an sich?, fragte sich Bennett, als er sich bückte, um seine Hunde zu streicheln. Auf den ersten Blick wirkt sie so unauffällig, und doch ... Er wusste es nicht. Aber als er auf den Palast zuging, gefolgt von seinen beiden Hunden, versuchte er, die Antwort darauf zu finden. Wenn es schon zu sonst nichts führte, der Versuch, unter Lady Hannahs ruhige Oberfläche vorzudringen, konnte ihn zumindest von Deboque ablenken.

Hannah wartete nicht, um zu sehen, ob er ihr folgte, sondern ging rasch durch die Gartentür. Sie besaß die angeborene Fähigkeit, sich lautlos zu bewegen, so unauffällig, dass sie in einer Gruppe von drei Leuten leicht unbemerkt blieb. Diese Fähigkeit hatte sie im Laufe der Zeit zu einem wahren Geschick entwickelt, und es war ihr von großem Vorteil.

Geräuschlos stieg sie die Treppe hinauf, ohne sich ein einziges Mal umzusehen. Wenn man überprüfen musste, ob man verfolgt wurde, steckte man bereits in Schwierigkeiten. Einmal in ihrem Zimmer, verschloss sie die Tür und schlüpfte aus ihren praktischen Pumps. Da die Frau, die sie zu sein vorgab, niemals ihre Kleidung verstreut herumliegen lassen würde, hob Hannah die Schuhe auf und stellte sie, mit nur einem kurzen widerwilligen Blick, ordentlich in den Wandschrank.

Während sie kontrollierte, ob die Vorhänge zugezogen waren,

streifte sie das unvorteilhafte Cocktailkleid ab.

Sie fand zwar, dass es in den Müll gehörte, hängte es aber dennoch sorgfältig auf einen gepolsterten Bügel.

Da stand sie nun, eine schlanke, kurvenreiche Frau mit zarter, weißer Haut und langen Beinen, in einem knappen, spitzenbesetzten Body. Sie zog die Nadeln aus ihrem Haar und ließ es mit einem Seufzer reinsten Genusses bis zu ihrer Taille fallen.

Jeder, der Lady Hannah Rothchild kannte, wäre von dieser vollständigen Verwandlung verblüfft gewesen, so war ihr diese zweite Rolle, die sie seit fast zehn Jahren spielte, vertraut geworden.

Lady Hannah hatte eine Leidenschaft für Seide und bretonische Spitze, beschränkte sie jedoch auf Nachtwäsche und Dessous. Leinen- und Tweedkleidung passte eher zu dem Bild, das sie mit viel Mühe von sich geschaffen hatte.

Lady Hannah las gern einen seichten Krimi in einem dampfenden Schaumbad. Auf ihren Nachttisch hatte sie jedoch ein Exemplar von Chaucer gelegt und konnte, falls man es von ihr verlangte, eine Handvoll schwer verständlicher Passagen daraus zitieren und darüber diskutieren.

Das alles war kein Fall von gespaltener Persönlichkeit, sondern von Notwendigkeit. Hannah hätte nach einiger gründlicher Überlegung feststellen können, dass sie mit ihren beiden Ichs zufrieden war. Ja, meistens gefiel ihr sogar die unscheinbare, höfliche und angemessen hübsche Hannah besonders gut. Andernfalls hätte sie die praktischen Schuhe niemals über einen längeren Zeitraum ertragen.

Aber es gab noch eine andere Lady Hannah Rothchild, einzige Tochter des Lord Rothchild, Enkeltochter des Earl of Fenton. Diese war nicht ruhig und bescheiden, sondern raffiniert und leichtsinnig. Mehr noch, sie liebte die Gefahr und besaß eine Beobachtungsgabe, mit der sie jedes noch so kleine Detail wahrnahm und es sich ins Gedächtnis einprägte.

Diese beiden Hannah Rothchilds zusammen ergaben eine ausgezeichnete und hoch qualifizierte Agentin.

Hannah öffnete die oberste Schublade ihrer Frisierkommode und nahm einen langen, geschlossenen Kasten heraus. Er enthielt eine Perlenkette, ein Erbstück von ihrer Urgroßmutter, und die dazu passenden Ohrringe, die ihr Vater für sie zu ihrem einundzwanzigsten

Geburtstag hatte neu einfassen lassen. In den Schubladen der Schatulle waren noch einige andere, einer Dame ihres Standes angemessene Schmuckstücke aufbewahrt.

Hannah öffnete den doppelten Boden des Kastens, nahm ein Notizbuch heraus, ging damit zu dem Rosenholz-Sekretär und begann, ihren Bericht zu schreiben. Sie war nicht nur zur Erholung in den Garten gegangen. Jetzt kannte sie die ganze Anlage und brauchte sich nicht länger auf Informationen von anderen zu verlassen. Sie zeichnete eine Skizze des Palastes einschließlich der Türen und Fenster, durch die man am leichtesten eindringen konnte. In ein oder zwei Tagen würde sie auch den Zeitplan der Wachen kennen.

Es hatte nur kurze Zeit erfordert, um sich mit Eve anzufreunden und eine Einladung in den Palast von Cordina zu erhalten. Eve vermisste ihre Schwester und ihr Heimatland. Sie hatte eine Freundin gebraucht, mit der sie sprechen konnte.

Hannah unterdrückte ihr schlechtes Gewissen. Ein Job ist ein Job, sagte sie sich. Sie konnte sich durch ihre Zuneigung für Eve einen Plan nicht durchkreuzen lassen, an dem sie vor zwei Jahren zu arbeiten begonnen hatte.

Kopfschüttelnd machte sie sich erste Notizen zu Bennett. Er ist ganz und gar nicht so, wie ich es erwartet habe, dachte Hannah jetzt. Oh, er war so charmant und so attraktiv, wie es in seinem Dossier vermerkt war, aber er hatte der langweiligen Lady Hannah seine Zeit und Aufmerksamkeit gewidmet.

Ein egoistischer Schürzenjäger, rief Hannah sich ins Gedächtnis. Zu diesem Schluss war sie selbst am Ende ihrer Nachforschungen über ihn gekommen. Vielleicht langweilte er sich ein bisschen und trug sich mit dem Gedanken, sich mit einer verletzlichen, zugänglichen Frau die Zeit zu vertreiben.

Hannah kniff die Augen zusammen und erinnerte sich an sein Lächeln. Ein Mann mit seinem Aussehen, seiner Stellung und Erfahrung verstand es, mit diesem Lächeln oder einem leisen Wort eine Frau jeden Alters und jeden Standes zu bezaubern. Dass er es getan hatte, mit erstaunlicher Regelmäßigkeit, war gut belegt. Vielleicht versuchte er, seiner Krone ein weiteres Juwel hinzuzufügen, indem er sie verführte.

Sie erinnerte sich daran, wie er sie im Mondschein angesehen hatte, wie sein Blick sanft geworden war, als sie mit ihm herumgeplänkelt hatte. Seine Hand war fest und kräftig gewesen, als er ihre Hände nahm – die Hand eines Mannes, der mehr tat, als seinem Volk hoheitsvoll zuzuwinken.

Nachdenklich klopfte sie mit dem Stift auf das Buch. Nein, eine Romanze mit Bennett würde nur zu Komplikationen führen, wie vorteilhaft sie auf lange Sicht auch sein mochte. Sie würde den Blick gesenkt und die Hände verschränkt halten.

Sorgfältig versteckte Hannah das Notizbuch und setzte den doppelten Boden wieder ein. Sie verschloss den Kasten, ließ ihn jedoch für jeden sichtbar, der ihre Frisierkommode durchsuchen sollte.

Ich bin hereingekommen, sagte sie sich in gespannter Erwartung und sah sich im Raum um.

Wenn Deboque in zwei Tagen aus dem Gefängnis entlassen wurde, sollte er mit ihr sehr zufrieden sein.

2. KAPITEL

„Ach, Hannah, ich bin so froh, dass du für eine Weile hier bist." Bei ihrer Freundin untergehakt, ging Eve hinter die Theaterbühne. „Seit du hier bist, findet Alex es nicht mehr nötig, mich zu verwöhnen. Er hält dich für so vernünftig."

„Ich bin vernünftig."

Eve lachte leise. „Ich weiß, aber du sagst mir nicht ständig, dass ich mich hinsetzen und die Beine hochlegen soll."

„Viele Männer betrachten Schwangerschaft und Geburt manchmal als traumatische Krankheit und nicht als Tatsache des Lebens."

„Genauso ist es." Eve zog Hannah in ihr Büro. Da Gabriella so oft in Amerika war und ihre eigene Schwester selten zu Besuch kam, hatte Eve sich nach einer anderen Frau gesehnt. „Alex wartet ständig darauf, dass ich in Ohnmacht falle oder mich über Gebühr errege. Dabei habe ich mich in meinem Leben nie besser gefühlt, höchstens als ich mit Marissa schwanger war."

Eve schleuderte ihre dunklen Haare zurück und lehnte sich an die Schreibtischkante. Hier konnte sie wenigstens noch ein wenig Privatleben beanspruchen, das sie aufgegeben hatte, als sie einen Prinzen heiratete.

„Wärst du nicht gekommen, hätte ich ihn mit Klauen und Zähnen bekämpfen müssen, um weiter arbeiten zu können. Er hat nur zugestimmt, weil er denkt, du würdest mich scharf im Auge behalten, während er beschäftigt ist."

„Dann werde ich ihn nicht enttäuschen." Hannah sah sich unauffällig in dem Büro um. Kein Fenster, kein anderer Zugang von außen. Lächelnd wählte sie einen Stuhl und zog ihn zu sich heran. „Weißt du, Eve, ich bewundere dich wirklich. Das Zentrum der Schönen Künste hatte schon immer einen guten Ruf, aber seit du hier angefangen hast, ist dieses Theater zu einem der wichtigsten von Europa geworden."

„Das habe ich mir immer gewünscht." Eve betrachtete ihren mit Diamanten besetzten Ehering. Selbst nach zwei Jahren erstaunte es sie noch, ihn zu sehen. „Weißt du, Hannah, manchmal habe ich morgens fast Angst vor dem Erwachen, weil ich dann herausfinden könnte, dass alles nur ein Traum war. Dann sehe ich Alex und Marissa und denke, dass sie mir gehören. Wirklich mir."

Ihre Augen nahmen einen betrübten Ausdruck an vor Angst und Entschlossenheit. „Ich werde nicht zulassen, dass etwas oder jemand sie verletzt."

„Das wird niemand tun." Eves Gedanken waren bei Deboque, wie Hannah vermutete. „Das hat nichts mit Verwöhnen zu tun, aber ich denke, wir könnten etwas Tee vertragen, und dann kannst du mir zeigen, was ich hier tun kann."

Eve zwang ihre Gedanken in die Realität zurück. Albträume von Deboque, einem Mann, den sie nie gesehen hatte, plagten sie fortwährend. „Tee ist eine wunderbare Idee, aber ich habe dich nicht zum Arbeiten ins Zentrum gebracht. Ich dachte, du wolltest es sehen."

„Eve, du müsstest doch besser als alle anderen verstehen, dass ich eine Tätigkeit brauche, sonst langweile ich mich."

„Aber ich hatte gehofft, dein Aufenthalt hier wäre für dich ein Urlaub."

Hannahs schlechtes Gewissen schimmerte ein wenig durch. „Manche Menschen sind nicht für Urlaub geschaffen."

„Na schön, dann könntest du dir mit mir eine oder zwei Stunden die Proben ansehen und mir deine ehrliche Meinung dazu sagen."

„Sehr gern."

„Großartig. Ich mache mir wegen der Premiere Sorgen. Wir haben nur noch zwei Wochen Vorbereitungszeit, und ich hatte nichts als Probleme mit diesem Bühnenautor."

„Ach, wer ist es denn?"

Eve stand auf und atmete tief durch. „Ich."

Hannah trank ihren Tee und hielt sich im Hintergrund. Es dauerte nicht lange, bis sie herausfand, dass Eve nicht nur als Ehefrau des Thronerben respektiert wurde, sondern auch wegen ihrer Kenntnisse über das Theater. Sie bemerkte auch, dass unauffällige Wächter ständig in der Nähe waren. Wenn sich die Prinzessin im Theater aufhielt, wurden alle Eingänge blockiert. Hannah war auch bekannt, dass eine Spezialeinheit täglich das Theater nach Bomben durchsuchte.

Hannah betrachtete die Schauspieler. Jeder Einzelne besaß einen guten Ruf am Theater und hatte eine komplette Sicherheitsüberprüfung durchlaufen.

Und doch war es ein Schauspieler gewesen – Russ Talbot –, der vor zwei Jahren beinahe Deboques Racheakt ausgeführt hätte. Hannah konnte die Möglichkeit nicht außer Acht lassen, dass vielleicht außer ihr noch jemand eingeschleust worden war. Deboque war dafür bekannt, dass er sich absicherte.

„Sie ist wunderbar, nicht wahr?"

Hannah sah Eve aufgeschreckt an. „Wie bitte?"

„Chantel O'Hurley. Sie ist ausgezeichnet." Eve lehnte sich auf die Rückenlehne vor ihr. „Sie tritt nur selten auf einer Bühne auf. Wir haben Glück, dass sie hier ist. Du hast sicher ihre Filme in England gesehen."

„Ja." Hannah schenkte ihre volle Aufmerksamkeit der kurvenreichen Blondine auf der Bühne.

Chantel O'Hurley.

Hannah rief sich alles ins Gedächtnis zurück, das sie über die Schauspielerin in den Unterlagen gelesen hatte: sechsundzwanzig, amerikanischer Filmstar, Wohnort Beverly Hills, Tochter von Frances und Margaret O'Hurley, herumziehenden Entertainern. Schwestern Abigail und Madelaine. Bruder Trace.

Hannah zog die Brauen zusammen, während sie die Schauspieler weiterhin beobachtete. Sie besaß vollständige Hintergrundinformationen über die gesamte Familie O'Hurley, ausgenommen den Bruder. Da waren ihre Quellen versiegt. Auf jeden Fall war Chantel O'Hurley eine talentierte Schauspielerin mit einer beeindruckenden Liste von Filmrollen und keinen bekannten Verbindungen zu irgendeiner politischen Gruppe. Dennoch wollte Hannah sie im Auge behalten.

„Sie trifft den Kern der Sache", sagte Eve. „Ich hatte das Stück beendet und mir gerade vorgenommen, es zu inszenieren, als ich sie in ihrem letzten Film sah. Ich wusste sofort, dass sie eine perfekte Julia wäre." Tief aufseufzend lehnte Eve sich wieder so lässig zurück, wie es sich für eine Prinzessin nicht schickte. „Ich kann es noch immer nicht glauben, dass sie hier ist und meinen Text spricht. Es gibt keine Emotion, die diese Stimme nicht hervorzaubern kann."

„Bestimmt fühlt sie sich geehrt, in einem Stück aufzutreten, das von Prinzessin Eve von Cordina geschrieben und inszeniert wurde."

Lachend schüttelte Eve den Kopf. „Wäre das Stück schlecht, hätte ich die Kaiserin von Europa sein können, und Chantel hätte die Rolle nicht übernommen."

„Ein Mitglied der Fürstenfamilie schreibt keine schlechten Stücke."

Beim Klang der Stimme hinter ihr sprang Eve auf und streckte die Arme aus. „Alexander! Was machst du hier?"

„Ich habe ebenfalls gewisse Interessen am Zentrum." Er küsste ihre Hand, bevor er sich an Hannah wandte. „Bitte, setzen Sie sich. Ich wollte Sie nicht stören."

„Nein." Eve seufzte und warf einen Blick zur Bühne, auf der die Probe weiterging. „Du wolltest mich kontrollieren."

Das stimmte natürlich, doch Alexander zuckte nur die Schultern. In dem schwachen Licht sah Hannah, wie sein Blick über den Kopf seiner Frau hinweg zu den Wächtern schweifte, die an mehreren strategischen Punkten aufgestellt waren. „Du vergisst, meine Liebe, dass ich noch immer Präsident des Zentrums bin. Darüber hinaus wird das Stück meiner Frau geprobt. Daran bin ich ebenfalls ein wenig interessiert."

„Und du wolltest dich vergewissern, dass ich nicht zu lange auf den Beinen bleibe." Liebe durchbrach die Frustration. Eve stellte sich auf die Zehenspitzen und küsste ihn.

„Da ich schon gestört habe", sagte Alexander, „hoffe ich, dich überreden zu können, dass du dich meinem Mittagessen mit dem amerikanischen Senator anschließt."

Eve strahlte vor Freude. „Lass mir fünf Minuten Zeit, um meine Sachen zu holen. Hannah, kommst du mit uns?"

„Wenn es dir nichts ausmacht, möchte ich lieber hier bleiben und mir die restliche Probe ansehen."

Ihre Gedanken jagten schon voraus. Sobald sie allein war, konnte sie das Gebäude auf Schwachstellen hin untersuchen.

„Natürlich, bleib, so lange du möchtest." Eve beugte sich hinunter und küsste sie auf die Wange. „Wir stellen vor dem Bühneneingang einen Wagen für dich bereit. Fünf Minuten", wiederholte sie an Alex gewandt, bevor sie losstürmte.

„Wie finden Sie das Stück?“, fragte Alexander Hannah, als er sich neben sie setzte.

„Ich bin wohl kaum eine Expertin in Theaterfragen, Hoheit.“

„Nennen Sie mich privat bitte Alexander.“

„Danke“, antwortete sie leise und wusste, nur wenigen wurde diese Vertraulichkeit zuteil. „Die Dialoge sind von einer solchen Eindringlichkeit und Direktheit, dass man sich tief in die Charaktere hineinversetzt. Ich kenne den Schluss nicht, hoffe jedoch sehr, Julia setzt sich am Ende durch, obwohl ich befürchte, sie wird es nicht tun.“

„Das würde Eve gerne hören. Das Stück – und andere Dinge – machen sie im Augenblick sehr nervös.“

„Sie sind um sie besorgt.“ In einer spontanen Geste legte Hannah die Hand auf seine. „Eve ist eine starke Frau.“

„Das weiß ich, besser als die meisten.“ Aber niemals würde er vergessen können, wie sich ihr Körper in seinen Armen versteifte und dann zusammensackte, nachdem die Kugel sie getroffen hatte. „Ich habe Ihnen noch nicht gesagt, wie dankbar ich Ihnen bin, dass Sie hier bei ihr sind. Sie braucht diese Freundschaft. Ich habe ihr Leben verändert, vielleicht aus egoistischen Gründen, weil ich mir meines ohne sie nicht mehr vorstellen kann. Nun will ich alles tun, damit sie das Gefühl hat, ein normales Leben zu führen. Sie kennen die Verpflichtungen eines Fürstenhauses. Die Einschränkungen. Selbst die Gefahren.“

„Ja.“ Hannah ließ ihre Hand noch einen Augenblick auf seiner ruhen, bevor sie sie zurückzog. „Und ich erkenne eine glückliche Frau, wenn ich sie sehe.“

Als er sich ihr nun zuwandte, fiel Hannah die starke Ähnlichkeit mit seinem Vater auf. Das schmale Gesicht, die aristokratischen Züge, der entschlossene Mund. „Danke, Hannah. Ich denke, Sie sind für uns alle gut.“

„Das hoffe ich.“ Sie sah wieder zur Bühne, auf die Schauspieler. „Das hoffe ich sehr.“

Hannah sah noch eine halbe Stunde zu. Ja, das Stück war gut, sogar packend, aber sie hatte ein anderes Spiel auszuführen.

Lady Hannah war bereits als Vertraute und Begleiterin der Prinzessin bekannt, und da Fürst Armand ihr selbst vertraute, wurde sie von keinem der Wächter verfolgt, als sie aufstand und durch eine Seitentür hinausglitt.

In einem Lippenstift in ihrer Handtasche war eine Miniaturkamera eingebaut, die sie jetzt jedoch nicht benutzte. Sie verließ sich in erster Linie auf ihre Beobachtungsgabe und erst in zweiter Linie auf technische Hilfsmittel.

Ein Gebäude von der Größe des Zentrums war schwer abzusichern. Es gab Wärmesensoren und versteckte Kameras. Die Sensoren wurden allerdings nur aktiviert, wenn das Zentrum geschlossen war.

Mitglieder der Theatertruppe mussten am Eingang Sicherheitsausweise vorlegen. Am Abend einer Vorstellung jedoch wurde zum Preis eines Tickets Eintritt gewährt. Noch ein Tag, und Deboque wurde entlassen.

Sie zeichnete in Gedanken einen Grundriss, ehe sie sich den Garderoben zuwandte. Kannte der Wächter an der Tür jedermann nach dem Aussehen? Wie leicht konnte einer der Techniker ersetzt werden? An jedem Pass war zwar ein Foto befestigt, doch mit Make-up und Haarteilen konnte das Aussehen leicht verändert werden.

Einmal im Theater, konnte man leicht untertauchen. Wenn ein Mann des Sicherheitsdienstes sich bestechen oder ersetzen ließ, umso besser.

Ja, das wollte sie in ihren Bericht schreiben, zusammen mit der Tatsache, dass niemand ihre Handtasche überprüft hatte. Eine kleine Bombe konnte leicht eingeschmuggelt und versteckt werden.

Von den Garderoben ging Hannah in den Probesaal mit seinen Spiegelwänden. Leicht erschrocken blickte sie auf ihr Spiegelbild, das ihr von allen Seiten reflektiert wurde. Dann, wie schon im Garten, stieß sie ein leises Lachen aus.

O Hannah, dachte sie, wie schrecklich langweilig du aussiehst. Sie drehte sich zur Seite und schüttelte den Kopf. Nein, Kastanienbraun ist nicht deine Farbe, sagte sie sich im Stillen. Und in der hochgeschlossenen Jacke mit dem breiten Gürtel sah sie unattraktiv dünn aus. Der Rock reichte bis weit über die Knie, um ihre Beine zu verbergen. Das Haar hatte sie straff zu einem Zopf geflochten und diesen im Nacken zusammengefasst.

Besser hätte sie sich nicht tarnen können. Als Kind war sie zu dünn gewesen, hatte widerspenstiges Haar und ständig aufgeschrammte Knie gehabt. Schon damals hatte sie hervorstehende Wangenknochen, die in dem jungen Gesicht jedoch kantig wirkten.

Als die anderen Mädchen dann erblühten und Rundungen bekamen, blieb Hannahs Körper hartnäckig gerade. Sie war ein intelligentes, sportliches und fröhliches Mädchen. Die Jungen klopften ihr auf den Rücken und nannten sie einen guten Kumpel. Aber sie waren nicht daran interessiert, mit ihr tanzen zu gehen.

Sie lernte reiten, schwimmen, Tontauben schießen und traf aus hundert Schritt Entfernung ins Schwarze, aber sie hatte keine Verabredungen.

Sie lernte Russisch und Französisch und genug Chinesisch, um selbst ihren Vater zu überraschen, doch zu ihrem Abschlussball ging sie allein.

Als sie zwanzig wurde, veränderte sich ihr Körper, aber Hannah verbarg ihre späte Reife zur Frau unter langweiligen Kleidern.

Sie hatte sich schon ihren Lebensweg ausgesucht. Schönheit lenkte die Aufmerksamkeit auf sich, und auf ihrem Gebiet war es immer am besten, sich unbemerkt voranzubewegen.

Jetzt sah sie sich das Ergebnis in der Spiegelwand an und war zufrieden. Kein Mann würde sie begehren. Es lag in der menschlichen Natur, die körperliche Hülle zu betrachten und dabei Gefühle zu entwickeln, lange bevor man zum Intellekt und zur Seele vordrang. Keine Frau würde sie beneiden. Langweilig zu sein bedeutete, sicher zu sein.

Niemand würde eine einfache, weltfremde Frau mit ausgezeichneter Erziehung und guten gesellschaftlichen Umgangsformen der Täuschung oder Gewaltanwendung verdächtigen. Nur einige wenige Auserwählte wussten, dass die Frau hinter dieser Fassade zu beidem fähig war.

Aus einem Grund, den sie nicht benennen konnte, bewirkte dieser Gedanke, dass sie sich von ihrem Spiegelbild abwandte. Täuschung hatte sie ihr ganzes Erwachsenenleben lang begleitet. Und doch wurde sie die Schuldgefühle niemals ganz los, die sie immer dann befielen, wenn Eve in ihr die Freundin sah.

Ich tue meine Arbeit, rief Hannah sich ins Gedächtnis. Beziehungen und Affären sind verboten. So lautete die erste und wichtigste

Spielregel. Sie konnte es sich nicht leisten, Eve zu mögen, ja, etwas anderes in ihr zu sehen als ein politisches Symbol. Wenn sie es tat, riskierte sie, alles zu verlieren, was sie sich hart erarbeitet hatte.

Auch der Neid muss verschwinden, sagte sich Hannah. Es war ein gefährlicher Fehler, sich zu erlauben, das Liebesverhältnis zwischen dem Prinzen und Eve anzusehen und sich etwas Ähnliches für sich selbst zu wünschen. In ihrem Beruf gab es keinen Platz für die Liebe. Es gab nur Ziele, Verpflichtungen und Gefahren.

Für sie würde es keinen Prinzen geben, weder einen fürstlichen noch sonst irgendeinen.

Aber ehe sie es verhindern konnte, richteten sich ihre Gedanken auf Bennett und auf sein Lächeln in jener Mondnacht.

Närrin, schalt sie sich und begann, einige lose Haarnadeln festzustecken. Er war der letzte Mensch, an den sie so persönlich denken sollte. Wenn schon aus keinem anderen Grund, dann wegen seines Dossiers und der erstaunlichen Liste von Frauen, die bereits zu seinem Leben gehört hatten.

Benutze ihn, ganz selbstverständlich, sagte ihr der Verstand. Aber sieh in ihm niemals mehr als ein Mittel zum Zweck. Romantische Fantasien hatten bei ihr mit sechzehn aufgehört. Zehn Jahre später, mitten in ihrer schwierigsten Aufgabe, war wohl kaum die Zeit, sie erneut zu beflügeln. Sie täte gut daran, nicht zu vergessen, dass die steife, anständige Lady Hannah Seine Königliche Hoheit Prinz Bennett von Cordina niemals in einem romantischen Licht sehen würde.

Aber die Frau in ihr geriet ins Träumen und wehrte sich gegen die Beschränkungen, die sie sich selbst auferlegt hatte.

Hannah drehte sich um, um noch einmal in die Spiegel zu sehen, da hörte sie Schritte.

Sofort alarmiert, senkte sie den Blick und verließ den Raum.

„Ah, hier sind Sie."

Beim Klang von Bennetts Stimme murmelte Hannah in Gedanken eine Verwünschung. „Hoheit."

„Unternehmen Sie eine große Besichtigungstour?" Er fragte sich, warum sie schlicht wie eine altjüngferliche Tante aussah und ihn dennoch interessierte.

„Ja, ich hoffe, das geht in Ordnung."

„Natürlich." Er griff nach ihrer Hand. Irgendetwas war in ihren Augen ... oder vielleicht in ihrer Stimme. „Ich hatte etwas in der Stadt zu erledigen. Alexander schlug vor, ich sollte vorbeikommen und nachsehen, ob Sie bereit sind, zurückzufahren."

„Das ist sehr freundlich von Ihnen." Ach, und wie viel lieber sie einen schweigsamen, anonymen Fahrer gehabt hätte, bei dem es ihr möglich gewesen wäre, auf der Rückfahrt ihren Bericht zu ergänzen.

Er ergriff sanft Hannahs Arm und führte sie durch den Korridor. „Wenn Sie länger in Eves Nähe bleiben, wird sie noch irgendeine Aufgabe für Sie finden. Was mich angeht, sind es meistens Kartons, die transportiert werden müssen. Schwere Kartons."

Lachend warf Hannah ihm einen Seitenblick zu. „Das ist einer der besten Verwendungszwecke, die eine Frau für einen Mann finden kann."

„Ich begreife, weshalb Eve Sie mag." Er war nur hergekommen, um seiner Schwägerin einen Gefallen zu erweisen, doch nun freute er sich darüber. Abgesehen von der äußeren Erscheinung, war Lady Hannah alles andere als farblos. Vielleicht zum ersten Mal in seinem Leben begann Bennett, unter die Oberfläche zu blicken. „Haben Sie schon viel von Cordina gesehen, Hannah?", fragte er freundlich.

Sie registrierte, dass er ihren Titel weggelassen hatte, ließ es jedoch durchgehen. „Bisher nur wenig. Sobald ich mit Eves Tagesablauf besser vertraut bin, möchte ich mich ein wenig umsehen. Ich habe gehört, dass Ihr Museum einige ausgezeichnete Ausstellungen bietet."

Er war nicht an Ausstellungen interessiert, sondern an ihr. „Mögen Sie das Wasser?"

„Natürlich. Die Seeluft ist der Gesundheit sehr bekömmlich."

Lachend blieb Bennett auf den obersten Stufen stehen. „Aber mögen Sie es?"

Er besaß ein seltsames Talent, eine Frau zu betrachten, als würde er sie zum ersten Mal sehen. Und als würde ihm das etwas bedeuten. Trotz ihres Trainings beschleunigte sich Hannahs Puls. „Ja. Meine Großmutter besitzt ein Anwesen in Cornwall. Ich habe als Mädchen ein paar Sommer dort verbracht."

Wie sie wohl aussah, wenn sie ihr Haar frei fallen ließ und die

Meeresbrise damit spielte? „Ich muss in zwei Tagen nach Port Cordina. Die Fahrt führt an der Küste entlang. Begleiten Sie mich!"

Hätte er sie aufgefordert, mit ihm in einem Lagerraum zu verschwinden und zu schmusen, wäre sie nicht überraschter gewesen. Überraschung verwandelte sich rasch in Vorsicht, Vorsicht in Berechnung. Doch darunter verspürte sie Freude darüber, dass er ihre Gesellschaft wünschte. Es war eine Freude, die ihr Sorge bereitete.

„Sehr freundlich von Ihnen, Hoheit, aber Eve hat vielleicht schon Pläne."

„Dann stimmen wir uns zuerst mit ihr ab." Er freute sich schon darauf, mit ihr ein paar Stunden fernab vom Palast zu verbringen. Vielleicht war es die Herausforderung, unter dieses spröde Äußere vorzudringen und herauszufinden, was darunter lag. „Möchten Sie denn mitfahren?"

„Ja, gern." Hannah redete sich ein, dass sie es wollte, um festzustellen, wie die Sicherheitsmaßnahmen fern vom Palast und der Hauptstadt funktionierten. Doch die Wahrheit war so einfach wie ihre Antwort. Sie wollte mitfahren.

„Gut. Dann regle ich das, und Sie können zusammen mit mir die lange und wortreiche Begrüßungszeremonie über sich ergehen lassen."

„Sie langweilen sich wohl nicht gern allein?"

Lachend ergriff er wieder ihre Hand. „Ja, ich begreife sehr genau, warum Eve Sie zu uns geholt hat." Ihre Hand war nur noch einen Zentimeter von seinen Lippen entfernt, als von unten Stimmen hörbar wurden. Mehr als nur ein wenig verärgert, blickte Bennett hinunter und entdeckte Chantel.

„Der Zorn muss sich zeigen", behauptete sie gerade und ging so schnell, dass der Regisseur größere Schritte machen musste. „Julia ist keine passive Frau. Sie verbirgt ihre Gefühle nicht, ungeachtet der Folgen. Verdammt, Maurice, ich mache das schon dezent. Ich verstehe etwas von meiner Arbeit."

„Natürlich, das stelle ich auch nicht infrage. Es ist nur einfach so, dass ..."

„Mademoiselle." Bennett blickte vom oberen Ende der Treppe hinunter, und Hannah konnte aus nächster Nähe beobachten, wie er eine wirklich schöne Frau ansah.

Chantel strich ihr hellblondes Haar zurück und legte den Kopf in den Nacken. Selbst eine so leidenschaftslose Beobachterin wie Hannah musste einräumen, dass nur wenige Frauen eine solche Kombination von Glamour, Schönheit und Sexualität für sich beanspruchen konnten. Chantel lächelte. Das Lächeln erreichte ihre dunklen, verträumt blickenden blauen Augen.

„Hoheit", sagte sie mit ihrer volltönenden, rauchigen Stimme, während sie einen formellen Knicks ausführte. Sie kam die Treppe herauf, und Bennett ging hinunter. In der Mitte blieben sie stehen. Chantel berührte seine Wange, bevor sie ihn für einen ausgedehnten Kuss an sich zog. Hannah biss die Zähne zusammen. „Es ist schon so lange her."

„Zu lange." Bennett ergriff ihre Hand mit beiden Händen. „Sie sind schöner als je zuvor. Es ist erstaunlich."

„Das sind die Gene", behauptete Chantel und lächelte ihn an. „Mein Güte, Bennett, was sind Sie doch für ein schöner Mann. Wäre ich keine Zynikerin, würde ich Ihnen einen Heiratsantrag machen."

„Und hätte ich keine Angst vor Ihnen, würde ich ihn sofort annehmen." Sie umarmten einander mit der Ungezwungenheit alter Freunde. „Chantel, es ist schön, Sie wiederzusehen. Eve war vor Freude ganz aus dem Häuschen, als Sie die Rolle übernahmen."

„Es ist ein gutes Stück." Chantel zuckte lässig die Schultern. „Auch wenn ich Sie verehre, wäre ich nicht so weit gekommen, um eine Rolle in einem Flop zu übernehmen. Ihre Schwägerin ist eine talentierte Frau." Chantel warf einen Blick über die Schulter auf den Regisseur, der respektvoll am unteren Ende der Treppe wartete. „Sie könnten ihr gegenüber erwähnen, dass ich um die Integrität ihrer Julia kämpfe." Als sie sich umwandte, entdeckte sie Hannah auf dem oberen Absatz. „Eine Freundin von Ihnen?"

Bennett schaute zurück und streckte eine Hand aus. „Hannah, kommen Sie, und lernen Sie die unvergleichliche Chantel kennen!"

Ihre steifen Bewegungen passten zu ihrer Rolle, redete Hannah sich ein, als sie die Stufen hinunterstieg. Alle nicht beachtenswerten Frauen verkrampften sich, wenn ihnen große Schönheit entgegenschlug. Sie blieb auf der Stufe neben Bennett stehen, hielt jedoch fast einen halben Meter Abstand zu ihm.

„Lady Hannah Rothchild, Chantel O'Hurley."

„Sehr erfreut.“ Formell und steif streckte Hannah die Hand aus. Chantel machte ein ausdrucksloses Gesicht, als sie danach griff.

„Ganz meinerseits.“

„Lady Hannah leistet Eve für ein paar Monate Gesellschaft.“

„Wie nett. Cordina ist ein schönes Land. Es wird Ihnen hier sicher gefallen.“

„Ja, das tut es bereits. Mir hat auch Ihre Probe gefallen.“

„Danke, aber wir haben noch viel vor uns.“ Chantel wandte sich an Bennett. „Ich muss los. Versuchen Sie, etwas Zeit für mich zu finden.“

„Natürlich. Sie kommen am Samstag mit den übrigen Schauspielern zum Diner?“

„Als ob ich das verpassen wollte. Ich sehe Sie dann da, Lady Hannah.“

„Auf Wiedersehen, Miss O'Hurley.“

Nachdem sie Bennett kurz die Wange getätschelt hatte, stieg Chantel die Treppe wieder hinunter und ließ den Regisseur hinter sich herlaufen.

„Sie ist schon eine beachtliche Frau.“

„Ja, sie ist sehr schön.“

„Das auch.“ Ohne sie anzusehen, ergriff Bennett erneut Hannahs Arm. „Ich habe immer ihre Willenskraft und ihren Ehrgeiz bewundert. Sie ist entschlossen, die Beste zu sein, und sie hat keine Angst, dafür zu arbeiten. Jedes Mal, wenn ich sie auf der Leinwand sehe, ist es atemberaubend.“

„Sie bewundern Ehrgeiz, Hoheit?“

„Ohne ihn verändert sich nichts, weder zum Guten noch zum Schlechten.“

„Manche Männer finden Ehrgeiz bei einer Frau noch immer unschön oder zumindest unangenehm.“

„Manche Männer sind Idioten.“

„Da stimme ich Ihnen absolut zu“, bemerkte Hannah trocken.

Er zog eine Augenbraue hoch. „Wieso bin ich nie ganz sicher, ob Sie mich beleidigen oder nicht, Hannah?“

„Ich bitte um Verzeihung, Hoheit, aber ich habe Ihnen lediglich recht gegeben.“

Er blieb erneut stehen. Von der Bühne drang Stimmengemurmel zu ihnen herüber, doch der Korridor war leer. Bennett legte eine Hand an ihr Kinn, ignorierte ihr Zusammenzucken und betrachtete ihr Gesicht. „Hannah, wann immer ich Sie anschaue, habe ich den Eindruck, dass hinter Ihrem Erscheinungsbild mehr steckt, als es den Anschein hat."

Sie fühlte sich plötzlich alarmiert. Ihr Gesicht wurde einen Schein blasser. „Ich weiß nicht, was Sie meinen."

„Ich stelle Überlegungen an." Er strich mit dem Daumen über ihr Kinn, dann unmittelbar darunter, wo die Haut noch weicher war und warm. „Ja, ich stelle mehr Überlegungen über Sie an, als ich sollte, Hannah. Haben Sie darauf eine Antwort?"

Die goldgelben Stellen in seinen Augen verwandelten das schlichte Braun zu einem bestrickenden Bernsteinbraun. Er besaß den Mund eines Poeten und die Hände eines Bauern. Hannah fragte sich, wie es möglich war, diese beiden miteinander zu verbinden, während ihr sonst so ruhiges Herz heftig zu schlagen begann.

„Hoheit ..."

„Haben Sie eine Antwort, Hannah?"

Er sah, wie sie leicht den Mund öffnete. Seltsam, er hatte vorher noch gar nicht bemerkt, wie attraktiv ihr Mund war – sanft, nur etwas breit und auch ohne Kosmetika schön geformt.

Sie musste hier und jetzt dem allen ein Ende bereiten. Ein in ihr aufkommendes Verlangen konnte nur zerstörerisch wirken. „Nein, Hoheit. Ich kann dazu nur sagen, dass Männer oftmals von einer Frau bezaubert werden, einfach weil diese Frau so anders ist als alles, woran sie gewöhnt sind."

„Das werden wir noch sehen." Er wich zurück, obwohl ihn das eine überraschende Anstrengung kostete. „Ich bringe Sie jetzt zurück, Hannah, und dann denken wir beide ein wenig darüber nach."

3. KAPITEL

Hannah konnte sich innerhalb des Palastes völlig frei bewegen. Als Gast der Fürstenfamilie erhielt sie ihre eigenen Wächter, betrachtete sie jedoch nur als Unbequemlichkeit. Für jemanden mit ihren Talenten war es eine Kleinigkeit, die Wächter in dem Glauben zu lassen, sie wäre in ihren Räumen gut aufgehoben, während sie ganz woanders war. Die Überwachung machte es allerdings schwierig, ihre Kontaktperson außerhalb des Palastes zu treffen.

Die Palasttelefone kamen nicht infrage. Zu viele Nebenstellen waren ein zu großes Risiko. Sie hatte kurz daran gedacht, einen Sender einzuschmuggeln, hatte den Einfall jedoch verworfen. Sender konnten angepeilt werden. Sie hatte nicht zwei Jahre ihres Lebens dafür eingesetzt, so weit zu kommen, um dann alles durch irgendeine elektronische Pleite zu zerstören. Außerdem zog sie es vor, so wichtige Treffen nur von Angesicht zu Angesicht abzuwickeln.

Zwei Tage nach ihrer Ankunft in Cordina gab sie einen Brief zur Post. Er war an eine alte Freundin der Familie in Sussex adressiert, die nicht existierte. Empfänger war einer von Deboques vielen Helfern in Europa. Falls der Brief abgefangen und geöffnet wurde, fand der Leser nichts Interessanteres als einen geschwätzigen Bericht über Cordina und das Wetter.

Sobald der Brief am Bestimmungsort entschlüsselt wurde, las er sich schon ganz anders. Hannah hatte ihren Namen und ihren Rang innerhalb der Organisation genannt und ein Treffen unter genauer Angabe von Zeit, Datum und Ort verlangt. Die Information würde an die Kontaktperson in Cordina zurückgeleitet werden. Sie brauchte nur noch an den Treffpunkt zu gelangen.

Hannah rechnete mit einer Woche. Dann konnte sie endlich richtig mit dem beginnen, was sie vor so langer Zeit in die Wege geleitet hatte. In der Zwischenzeit hatte sie viel zu erledigen.

Prinzessin Gabriella und ihre Familie waren an diesem Abend im Palast zu Besuch. Das Personal befand sich schon die meiste Zeit des Tages in Aufruhr, vermutlich, weil die Kinder erwartet wurden.

Hannah hatte gehört, dass die unschätzbare Sammlung von Fabergé-Eiern außer Reichweite gebracht werden musste.

Sie selbst verbrachte den Tag ziemlich ruhig, besuchte Eve und Marissa im Kinderzimmer, aß mit mehreren Mitgliedern der Historischen Gesellschaft zu Mittag und erforschte in den trägen Nachmittagsstunden die Keller nach Schwachstellen.

Jetzt legte sie ihre Perlen an und bereitete sich darauf vor, zu der Fürstenfamilie im Großen Salon zu stoßen. Es würde interessant sein, sie alle zusammen zu sehen. Auf diese Weise konnte sie die Beziehungen der Leute untereinander sowie die einzelnen Personen studieren. Bevor allzu viel Zeit verstrich, musste sie jeden Einzelnen so gut kennen wie sich selbst. Ein Fehler, eine Fehleinschätzung, und alles konnte verloren sein.

„Komm zurück, du kleiner Teufel!"

Hannah hörte ein lautes Lachen, ein Poltern, dann hastig laufende Füße. Bevor sie die Tür öffnen konnte, um nachzusehen, flog sie auf. Ein kleiner Junge mit einem dunklen Haarschopf stürmte herein. Er zeigte ihr mit seinem erstaunlichen Lächeln mehr als eine Zahnlücke, ehe er unter ihr Bett flitzte.

„Verraten Sie mich nicht, bitte!" Seine Stimme wurde von der herunterhängenden Bettdecke erstickt, bevor er völlig verschwand.

„Haben Sie einen kleinen Jungen mit erbärmlichen Manieren gesehen?", fragte Bennett von der Tür her.

„Ich … nun … nein." Sie verschränkte die Hände. „Ich habe jemanden vorbeilaufen hören. Was wollen Sie …"

„Danke. Wenn Sie ihn sehen, sperren Sie ihn am besten in einen Schrank."

Er lief weiter. „Dorian, du abscheulicher kleiner Dieb, du kannst dich nicht ewig verstecken."

Hannah ging zur Tür, sah Bennett um die Ecke biegen und schloss ab, kauerte sich neben das Bett und hob die Decke an. „Die Gefahr ist vorbei", sagte Hannah.

Die dunklen Haare kamen zuerst zum Vorschein, dann ein stämmiger kleiner Körper in kurzer Hose und einem weißen Leinenhemd, das schmutzverschmiert war. Hätte Hannah nicht schon ein Foto gesehen, hätte sie ihn für den Sohn eines Angestellten gehalten. Doch er war fürstlicher Abstammung.

„Sie sind Engländerin. Ich spreche ausgezeichnet Englisch."

„Das tust du."

„Danke, dass Sie mich vor meinem Onkel versteckt haben." Der kleine Prinz Dorian verbeugte sich. Obwohl er noch keine fünf war, machte er es perfekt. „Er war wütend, aber das bleibt er nicht lange. Ich bin Prinz Dorian."

„Hoheit." Hannah knickste. „Es ist mir ein Vergnügen, dich kennenzulernen. Ich bin Lady Hannah Rothchild." Sie konnte nicht widerstehen und beugte sich zu ihm hinunter. „Was hast du denn gestohlen?"

Dorian warf einen Blick auf die geschlossene Tür, dann sah er grinsend Hannah an, kramte in seiner Tasche und zog ein Jo-Jo hervor. Es mochte einmal blau gewesen sein, doch jetzt war es grau, aus altem Holz mit einigen noch daran haftenden bunten Farbstellen.

Hannah betrachtete es mit angemessenem Respekt.

„Gehört das Bennett ... Seiner Hoheit?", verbesserte sie sich.

„Er hat es, seit er fünf war." Dorian drehte das Spielzeug in der Hand. „Er wird wütend, wenn ich in sein Zimmer gehe und damit spiele, aber wie soll ich es denn sonst lernen?"

„Guter Standpunkt." Hannah konnte sich kaum zurückhalten, dem kleinen Prinzen das Haar zu zerzausen. „Ich möchte glauben, dass er selbst sehr oft damit spielt."

„Er hat es auf einem Regal liegen. Er hat ja nichts dagegen, wenn ich es mir ansehe", erklärte Dorian. „Aber wenn ich damit spiele, verheddert sich die Schnur."

„Es gehört ein wenig Übung dazu, aber dann ist es gar nicht schwer."

„Ich weiß." Er grinste wieder. „Und ich kann damit nur üben, wenn ich es stehle."

„Deine Logik ist fehlerlos, Hoheit. Darf ich es sehen?"

Dorian zögerte nur einen Moment, ehe er ihr das Jo-Jo großmütig überreichte. „Mädchen interessieren sich für gewöhnlich nicht für so etwas." Er zog eine abfällige Grimasse. „Meine Schwestern spielen mit Puppen."

„Jeder hat einen anderen Geschmack." Hannah schob einen Finger in die Schlaufe. Sie ließ das Jo-Jo hinuntergleiten und holte es dann ordentlich wieder hoch.

„Oh, gut gemacht!" Bewundernd betrachtete Dorian sie mit großen Augen.

„Danke. Ich hatte selbst mal eins. Es war rot." Sie erinnerte sich mit einem kleinen Lächeln. „Bis mein Hund es zerbissen hat."

„Können Sie irgendwelche Kunststücke vorführen? Ich habe einmal ‚Rund um die Welt' versucht und eine Lampe zerbrochen. Onkel Bennett hat mich ausgeschimpft, aber dann hat er die Scherben weggeräumt, damit es niemand erfährt."

Weil sie es sich so gut vorstellen konnte, lächelte Hannah. Lautes Bellen, aber sanfter Biss, befand sie und wünschte sich, ihn dafür nicht noch mehr zu mögen. „Ein Kunststück?" Sie ließ das Jo-Jo rauf- und runtersausen und führte mit einer schnellen Drehung des Handgelenks „Rund um die Welt" aus. Als es wieder in ihrer Handfläche landete, kletterte Dorian lachend auf ihr Bett.

„Machen Sie noch etwas, bitte!"

Hannah erinnerte sich an ein paar Tricks und brachte den kleinen Prinzen dazu, auf dem Bett auf und ab zu hüpfen und nach mehr zu schreien.

„Gut gemacht, Lady Hannah", sagte Bennett von der Tür her. „Sie besitzen offenbar verborgene Talente."

Hannah musste eine Verwünschung unterdrücken. „Hoheit." Das Spielzeug in der Hand, deutete sie einen Knicks an. „Ich habe Sie nicht klopfen hören."

„Ich habe nicht geklopft." Bennett stieß sich vom Türrahmen ab und ging zum Bett.

Sein Neffe grinste ihm ohne die geringste Spur von Reue entgegen. „Ist sie nicht wunderbar, Onkel Bennett?"

„Wir besprechen Lady Hannahs Eigenschaften später." Er drehte Dorians Ohr um, bevor er sich umwandte. „Mein Eigentum, wenn Sie nichts dagegen haben."

Hannah bemühte sich um ein ausdrucksloses Gesicht, während sie ihm das Jo-Jo überreichte.

„Das ist scheinbar nur ein einfaches Kinderspielzeug", erklärte Bennett, während er es einsteckte. „Aber es ist ein Erbstück."

„Verstehe, Hoheit." Sie räusperte sich, um nicht zu lachen, konnte dann aber doch nicht widerstehen. In der Hoffnung, zerknirscht auszusehen, blickte sie zu Boden. „Ich bitte um Verzeihung."

„Den Teufel tun Sie. Und er war die ganze Zeit hier drin bei Ihnen, nicht wahr?" Bennett drückte seinen Neffen flach auf das Bett und entlockte ihm einen Lachanfall. „Sie lassen mich im ganzen Palast nach diesem frechen Dieb suchen, während er sich die ganze Zeit hinter ihrem Rock verborgen hat."

„Unter dem Bett, um ganz ehrlich zu sein, Hoheit." Sie musste sich erneut räuspern. „Als Sie in Ihrer Eile eine so flüchtige Beschreibung gaben, hatte ich keine Ahnung, dass Sie Prinz Dorian suchten."

„Ich bewundere eine gute Lügnerin", sagte Bennett und kam näher. Zum zweiten Mal legte er die Hand an ihr Kinn. Doch zum ersten Mal sah sie die ganze Arroganz, zu der er fähig war, und erkannte seine starke Ausstrahlung. „Und sie bezaubert mich nur noch mehr."

„Lady Hannah kann zwei Mal ‚Rund um die Welt'."

„Faszinierend." Bennett zog die Hand langsam zurück und wandte sich seinem Neffen zu. „Ich dachte, wir hätten eine Abmachung, Dorian."

Der ließ den Kopf hängen, aber seine Augen strahlten immer noch. „Ich wollte es mir nur ansehen. Es tut mir leid, Onkel Bennett."

„Aber sicher." Bennett schob die Hände unter Dorians Arme, hob ihn hoch, sah ihn finster an und gab ihm einen schmatzenden Kuss. „Deine Mutter ist unten. Nicht auf den Korridoren schleifen, wenn du in den Salon gehst."

„Ist gut." Wieder auf den Füßen, verneigte Dorian sich vor Hannah. „Es war mir eine Freude, Sie kennenzulernen, Lady Hannah."

„Ganz meinerseits."

Er schenkte ihr ein zahnlückiges Lächeln, bevor er davonjagte.

„Der kann vielleicht süß reden", meinte Bennett. „Oh, wahrscheinlich finden Sie ihn absolut charmant, aber er hat ein schwarzes Herz."

„Seltsamerweise wurde ich an Sie erinnert", antwortete Hannah.

Bennett zog eine Augenbraue hoch. „In der Tat, meine Dame, das ist seltsam."

„Zweifellos ist er ein kleiner Schurke, und Sie lieben ihn."

„Darum geht es nicht." Bennett schob die Hand in die Tasche. „Was nun das Jo-Jo angeht ..."

„Ja, Hoheit?"

„Warten Sie, bis ich fünf Meter weg bin, bevor Sie mir ins Gesicht lachen."

„Wie Sie wünschen, Hoheit."

„Meine Mutter hat es mir in einem Sommer geschenkt, als ich krank war. Ich habe diesem kleinen Teufel ein Dutzend Jo-Jos gekauft, aber er stiehlt weiterhin meines. Er weiß, dass ich es ihm schenken werde, wenn ich noch keinen eigenen Sohn habe, sobald er zehn wird."

„Ich habe eine rothaarige Puppe, die mir meine Mutter schenkte, als ich einmal stürzte und mir das Handgelenk brach. Ich habe sie behalten, auch als ich für alle anderen zu alt wurde."

Erst als er ihre Hand ergriff, wurde Hannah bewusst, dass sie ihm etwas erzählt hatte, das er nicht zu wissen brauchte, etwas, das sie noch nie jemandem erzählt hatte. Noch während sie sich ermahnte, dass solche Fehler gefährlich waren, berührte er mit den Lippen ihre Finger.

„Lady Hannah, Sie besitzen ein freundliches Herz und Klugheit. Kommen Sie mit mir hinunter, und lernen Sie den Rest der Familie kennen!"

Reeve MacGee würde ein gewaltiges Hindernis darstellen. Hannah hatte das schon früher vermutet, doch jetzt, da sie ihn zusammen mit seiner Familie sah, war sie sicher. Sie kannte seinen Background von der Zeit an, als er in Amerika zur Polizei gegangen war. Seine Verbindung mit Cordina und der Fürstenfamilie klang nach einer Romanze, doch Reeve war alles andere als ein Romantiker. Als Gabriella entführt worden war, war er auf Fürst Armands Bitte aus seinem selbst gewählten Ruhestand zurückgekehrt. Obwohl Gabriella entkam, hatte die Gefangenschaft Spuren hinterlassen. Gedächtnisverlust hatte sie gequält, während Reeve damit beauftragt wurde, sie zu beschützen und zu ermitteln.

Es hatte keinen Zweifel gegeben, dass Deboque die entsprechenden Knöpfe gedrückt hatte, doch obwohl seine Geliebte verhaftet und ins Gefängnis gesteckt worden war, hatte sie ihn nie in die Sache hineingezogen. Genau wie andere mächtige Männer weckte Deboque Loyalität – oder Angst.

In der Zeit, in der Gabriella darum kämpfte, ihr Gedächtnis wiederzuerlangen, hatten sie und Reeve sich ineinander verliebt. Obwohl Reeve bei ihrer Heirat einen Titel ablehnte, hatte er zugestimmt, Chef des Sicherheitsdienstes von Cordina zu werden. Doch trotz Reeves Erfahrung und Fähigkeiten war der Palast noch einmal infiltriert worden.

Vor zwei Jahren wäre Alexander beinahe ermordet worden. Seit damals war es Reeve gelungen, alle Anschläge auf die Fürstenfamilie abzublocken. Doch nun sollte Deboque entlassen werden. Mit der Freiheit kam mehr Macht.

Hannah musterte Reeve und sah einen stillen, introvertierten Mann, der offensichtlich seine Frau und seine Kinder anbetete. Er würde alles einsetzen, um sie vor Schaden zu bewahren. So weit, so gut.

Hannah saß mit gefalteten Händen da und hörte den Gesprächen zu.

„Wir alle wissen, dass dein Stück ein großartiger Erfolg werden wird."

Gabriella, ihre Hand locker in Reeves Hand, lächelte Eve zu. Ihr dichtes rotes Haar war lässig-elegant gestylt und betonte das unverändert zarte, schöne Gesicht. „Das heißt nicht, dass wir nicht verstehen, weshalb du dir Sorgen machst."

„Ich bin jetzt an dem Punkt angelangt, an dem ich mir wünsche, alles wäre schon vorüber." Eve zog Marissa auf ihren Schoß.

„Aber du fühlst dich gut?"

„Ich fühle mich sehr gut." Eve ließ Marissa wieder hinunterklettern. „Zwischen Alex' Verwöhnen und Hannahs Adlerauge gefangen, kann ich kaum einen Finger ohne ärztliches Attest heben."

„Es ist so schön, dass Sie hergekommen sind." Gabriella lächelte Hannah zu, bevor sie einen Schluck Mineralwasser trank. „Ich weiß aus erster Hand, wie tröstlich es ist, eine Freundin in seiner Nähe zu haben. Sorgen wir dafür, dass Sie sich gut genug fühlen, um kein Heimweh zu bekommen."

„Ich bin in Cordina sehr glücklich." Hannah hielt ihren Rücken steif an die Sofalehne gedrückt.

„Ich hoffe, Sie kommen zu uns auf das Landgut."

„Ich habe schon viel darüber gehört." Gabriella war dort entführt worden, als es noch ein ungepflegtes Stück Land gewesen war. „Ich möchte es gern sehen."

„Dann werden wir das arrangieren.“ Reeve sprach ruhig, während er sich eine Zigarette anzündete. „Sie genießen bisher Ihren Aufenthalt?“

„Ja, das tue ich.“ Ihre Blicke trafen sich. „Cordina ist ein faszinierendes Land. Vielleicht besitzt es die Aura eines Märchenlandes, aber es ist sehr real. Ich bin besonders an einem Museumsbesuch interessiert.“

„Sie werden sehen, dass wir einige ungewöhnliche Ausstellungen haben“, warf Armand ein.

„Ja, Hoheit. Ich habe Erkundigungen eingezogen, bevor ich England verließ. Ich zweifle nicht, dass meine Zeit in Cordina zu meiner Bildung beitragen wird.“

Marissa, die gerade ein Jahr alt war, wackelte, unsicher auf den Beinen, zu ihr und streckte die Arme nach ihr aus. Hannah setzte das Kind auf ihren Schoß.

„Ihrem Vater geht es gut?“, fragte Reeve durch eine Rauchwolke.

Hannah ließ ihre Perlenkette baumeln, um das Kind zu unterhalten. „Ja, danke. Manchmal sieht es so aus, als würde er umso jünger, je älter ich werde.“

„Die Familie, ganz gleich, wie groß oder klein, ist oft der Mittelpunkt unseres Lebens“, philosophierte Reeve.

„Ja, das ist wahr“, erwiderte Hannah, während sie mit dem Mädchen spielte. „Schade, dass Familien und das Leben nicht so einfach sind, wie sie uns im Kindesalter erscheinen.“

Bennett saß entspannt im Sessel und fragte sich, wieso er dachte, viel mehr heraushören zu können, wäre er fähig, zwischen den Zeilen zu lesen.

„Ich wusste nicht, dass du Hannahs Vater kennst, Reeve.“

„Nur flüchtig.“ Er lehnte sich mit einem gelösten Lächeln zurück. „Ich habe gehört, Dorian hat wieder dein Jo-Jo gestohlen.“

„Ich hätte es im Safe einschließen sollen, als ich erfuhr, dass er herkommt.“ Bennett klopfte auf seine Tasche. „Ich habe den kleinen Teufel ordentlich gejagt, aber er hatte eine Komplizin.“ Er drehte den Kopf und sah Hannah an.

„Ich muss mich für meinen Sohn entschuldigen.“ Es zuckte um Gabriellas Lippen, als sie ihr Glas hob. „Dafür, dass er Sie zu seiner

Komplizin gemacht hat, Lady Hannah."

„Im Gegenteil, ich habe es genossen. Prinz Dorian ist bezaubernd."

„Wir nennen ihn zu Hause anders", bemerkte Reeve. Diese Frau ist ein Rätsel, dachte er. Je schärfer er nach Fehlern Ausschau hielt, desto weniger fand er. „Ich werde jetzt die Bande suchen. Adrienne ist in dem Alter, in dem man nie weiß, ob sie auf die Kinder aufpasst oder sie in den Brunnen scheucht."

Bennett warf einen Blick zu den Terrassentüren. „Weiß der Himmel, welches Chaos sie in den letzten zwanzig Minuten angerichtet haben."

„Warte, bis du eigene Kinder hast." Eve stand auf und nahm Marissa von Hannah entgegen. „Du wirst sie total verwöhnen. Wenn ihr mich entschuldigt? Ich möchte nach oben und Marissa füttern."

„Ich begleite dich." Gabriella setzte ihr Glas ab. „Ich wollte mit dir über den Weihnachtsball sprechen. Du weißt, dass ich dir bei den Vorbereitungen helfen möchte."

„Bleibt nicht zu lange", rief Bennett ihnen nach, holte das Jo-Jo hervor und ließ es von einer Hand in die andere wandern. „Das Abendessen ist in einer Stunde."

„Ich könnte auch etwas Bewegung brauchen." Alexander stand ebenfalls auf und nickte Reeve zu. „Ich helfe dir, die Kinder zusammenzutreiben."

Sie waren kaum auf der Terrasse, als ein Diener an der Tür erschien. „Entschuldigen Sie, Hoheit, ein Anruf aus Paris."

„Ja, den habe ich schon erwartet. Ich nehme ihn in meinem Arbeitszimmer an, Louis. Wenn Sie mich entschuldigen, Lady Hannah?" Armand beugte sich über ihre Hand. „Ich bin sicher, Bennett kann Sie eine Weile unterhalten. Bennett, vielleicht möchte Lady Hannah sich die Bibliothek ansehen."

„Wenn Sie gern Bücherwände betrachten", sagte Bennett, nachdem sein Vater gegangen war, „können Sie keine bessere Wahl treffen."

„Ich mag Bücher sehr." Hannah nahm ihn beim Wort und stand auf.

„Nun gut." Obwohl er sich viel bessere Möglichkeiten denken konnte, eine Stunde zu verbringen, ergriff er sie am Arm und führte sie durch die Korridore.

„Es ist kaum zu glauben, dass das Museum bessere Gemälde haben könnte als Sie hier im Palast, Prinz Bennett."

„Le Musée d'Art besitzt hundertzweiundfünfzig Ausstellungsstücke von Impressionisten und Postimpressionisten, einschließlich zwei Corots, drei Monets und einen besonders schönen Renoir. In jüngster Zeit haben wir einen Childe Hassam aus den Vereinigten Staaten erworben. Im Gegenzug hat meine Familie sechs Bilder von Georges Complainier gestiftet, einem Künstler aus Cordina."

„Verstehe."

Bennett bemerkte ihre Miene und lachte. „Zufällig bin ich im Vorstand des Museums. Ich mag Pferde vorziehen, Hannah, doch das schließt eine Zuneigung zur Kunst nicht aus. Was halten Sie von dem?"

Er blieb vor einem kleinen Aquarell stehen. Der Fürstenpalast war schön, fast mystisch gemalt. Seine weißen Mauern und Türme ragten aus einem rosigen Nebel, der das Gebäude mehr verzauberte als verhüllte. Morgendämmerung, dachte sie. Der Himmel wies im Vergleich zum Meer ein zartes Blau auf. Im Vordergrund befanden sich hohe Eisentore und mächtige Steinmauern, die das Palastgelände abschirmten.

„Ein schönes Bild. Es zeigt Liebe sowie einen Hauch von Bewunderung. Wer war der Künstler?"

„Meine Ururgroßmutter." Zufrieden mit ihrer Reaktion, zog Bennett ihre Hand in seine Armbeuge. „Sie malte Hunderte von Aquarellen und schloss sie weg. Zu ihrer Zeit betrachteten Frauen Malerei als Hobby, nicht als Beruf."

„Manche Dinge ändern sich", sagte Hannah und blickte wieder auf das Bild. „Manche ändern sich nicht."

„Vor ein paar Jahren fand ich ihre Arbeiten in einer Truhe auf dem Dachboden. Viele waren beschädigt. Es hat mir das Herz gebrochen. Dann fand ich dieses hier." Er berührte den Rahmen voller Hochachtung. „Es war, als würde ich in der Zeit, in den Generationen zurückwandern. Es könnte in der heutigen Zeit gemalt sein und würde genauso aussehen."

Sie fühlte sich zu ihm hingezogen. Welche Frau war immun gegen Stolz und Empfindsamkeit? In einer Schutzreaktion wich sie einen kleinen Schritt zurück. „Für uns in Europa ist die Zeitspanne einiger Generationen vergleichbar der eines Wimpernschlags. Unsere jahrhundertealte Geschichte steht vor uns. Es liegt in unserer Verantwortung, dieses Geschenk an jede neue Generation weiterzugeben."

Bennett sah sie an und glaubte, in ihren Augen eine unergründliche Tiefe zu entdecken. „Das haben wir gemeinsam, nicht wahr? In Amerika ist alles von einer Dringlichkeit, die aufregend, ja sogar ansteckend sein kann. Aber wir hier wissen, wie lange es dauert, etwas aufzubauen und zu sichern. Politik ändert sich, Regierungen wechseln, aber die Geschichte steht unverändert fest."

Sie musste sich von ihm abwenden. Es würde alles nur unnötig kompliziert machen, wenn sie in ihm einen einfühlsamen, empfindsamen Mann sah anstatt eine Aufgabe. „Gibt es noch andere?", fragte sie und deutete auf das Gemälde.

„Unglücklicherweise nur eine Handvoll. Die meisten ließen sich nicht restaurieren." Aus Gründen, die er nur halb verstand, wollte er Dinge mit ihr teilen, die ihm wichtig waren. „Eines hängt im Musikzimmer. Der Rest befindet sich im Museum. Werfen Sie einen Blick darauf."

Er führte sie in den nächsten Trakt und dort in einen Raum, dessen Mittelpunkt ein weißer Flügel bildete. In einer Ecke stand eine Harfe, in einer Glasvitrine befanden sich antike Instrumente. Die Blumen waren hier genauso frisch wie in jedem Raum des Palastes. Ein Gemälde zeigte einen Ball, festlich, in hellen Farben und energischen Strichen. Damen in herrlich femininen Roben aus der Mitte des neunzehnten Jahrhunderts wurden von eleganten Herren über das glänzende Parkett gewirbelt. Spiegel reflektierten die Tänzer, während drei Lüster an der Decke funkelten. Hannah konnte förmlich den Walzer hören.

„Wie schön. Befindet sich dieser Raum hier im Palast?"

„Ja. Er hat sich kaum verändert. Nächsten Monat findet darin der Weihnachtsball statt."

Nur ein Monat, dachte sie. Es musste so viel getan werden. In wenigen Stunden wurde Deboque aus dem Gefängnis entlassen, und sie würde bald erfahren, ob ihre Vorarbeiten gut durchdacht waren.

„Es ist ein schöner Raum." Hannah drehte sich um. „In unserem Landhaus gibt es ein kleines Musikzimmer. Nicht wie dieses, natürlich nicht, aber ich habe es immer als so entspannend empfunden.“ Sie trat an das Klavier, weniger um es zu betrachten, als um Abstand zu gewinnen. „Können Sie spielen, Hoheit?“

„Hannah, wir sind allein. Es ist nicht nötig, so förmlich zu sein.“

„Ich habe die Verwendung von Titeln stets mehr als angemessen und weniger als förmlich empfunden.“ Sie wollte nicht, dass er den unterschiedlichen Rang zwischen ihnen überbrückte.

„Ich habe sie zwischen Freunden immer als ärgerlich empfunden.“ Er trat hinter sie und berührte sie leicht an der Schulter. „Ich dachte, wir wären welche.“

Sie fühlte seine Berührung durch das Leinenkleid hindurch und drehte sich nicht um. „Wir wären was?“

Er lachte, legte beide Hände auf ihre Schultern und drehte sie zu sich herum. „Freunde, Hannah. Ich halte Sie für eine angenehme Gesellschaft. Das ist eine der Grundvoraussetzungen für Freundschaft, nicht wahr?“

Sie blickte ernst zu ihm hoch, und auf ihren Wangen zeigte sich nur ein Hauch von Farbe. Ihre Schultern wirkten so stark unter seinen Händen, doch er erinnerte sich daran, wie zart die Haut an ihrem Kinn war.

Ihr Kleid war braun und langweilig, ihr Gesicht ungeschminkt. Kein Haar ihrer ordentlichen Frisur lag falsch, und dennoch sah er sie vor sich, lachend, die Haare offen, die Schultern entblößt. Und dieses Lachen galt nur ihm.

„Was zum Teufel haben Sie bloß an sich?“, sagte Bennett leise.

„Wie bitte?“

„Warten Sie.“ Ungeduldig und über sich selbst genauso verärgert wie über sie, trat Bennett näher. Als sie sich verspannte, hob er die Hände, die Handflächen ihr zugewandt, wie um ihr zu versichern, dass er ihr nichts antun wollte. „Halten Sie nur einen Moment still, ja?“, bat er, senkte den Kopf und berührte ihren Mund mit seinen Lippen.

Zeig keine Reaktion!, befahl Hannah sich immer wieder wie eine Litanei. Er drängte nicht, lockte und forderte nicht. Er kostete lediglich, sanfter, als sie von irgendeinem Mann erwartet hätte. Und sein Geschmack erfüllte sie, bis sie davon ganz trunken war.

Er behielt die Augen offen, beobachtete sie. Er war ihr so nah, dass sie den Duft von Seife auf seiner Haut wahrnahm. Einen Duft, der Bilder von der See in ihr auslöste. Hannah drückte die Finger in ihre Handflächen, um nicht den in ihr tobenden Aufruhr zu verraten.

Er wusste nicht, was er erwartet hatte. Was er fand, waren Sanftheit, Wohlbehagen, Süße – ohne Hitze und Leidenschaft. Doch er sah beides in ihren Augen. Er verspürte keinen unwiderstehlichen Drang, sie zu berühren oder den Kuss zu vertiefen. Nicht diesen ersten. Vielleicht ahnte er schon, dass es noch weitere geben würde. Aber dieser erste zeigte ihm eine Leichtigkeit, eine Entspannung, wie er sie nie zuvor bei einer Frau gesucht hatte.

Er war Mann genug, erfahren genug, um zu merken, dass in ihr ein Vulkan brodelte. Doch seltsamerweise hatte er nicht den Wunsch, ihn zum Ausbruch zu bringen. Noch nicht.

Bennett brach den Kuss einfach dadurch ab, dass er zurückwich. Hannah regte sich nicht.

„Ich habe das nicht getan, um Sie zu erschrecken." Er sprach die Wahrheit gelassen aus. „Es war nur ein Test."

„Sie erschrecken mich nicht." Er erschreckte nicht die Frau, die er sehen konnte, aber deren Herz.

Das war nicht ganz die Antwort, die er hören wollte. „Was mache ich dann mit Ihnen?"

Langsam öffnete sie die Fäuste. „Ich verstehe nicht, was Sie meinen, Hoheit."

Er betrachtete sie noch einen Moment, ehe er sich heftig abwandte. „Vielleicht tun Sie das nicht. Verdammt, Hannah, geht denn überhaupt nichts in Ihnen vor?"

„Natürlich, Hoheit, sehr viel."

Er musste lachen. Er hätte wissen müssen, dass sie ihn mit ihrer Logik in die Schranken verweisen würde. „Nennen Sie mich bitte mit meinem Namen."

„Wie Sie wünschen."

Er wandte sich ihr wieder zu. Sie stand vor dem glänzenden weißen Flügel, die Hände verschränkt, den Blick auf ihn gerichtet. Er wusste, dass es absolut lächerlich war, aber er stand unmittelbar davor, sich zu verlieben. „Hannah ..."

Er hatte erst zwei Schritte in ihre Richtung getan, als Reeve in den

Raum kam. „Bennett, entschuldige, aber dein Vater möchte dich vor dem Abendessen sehen."

Pflicht und Verlangen. Bennett fragte sich, ob er jemals beides würde miteinander verbinden können. „Danke, Reeve."

„Ich führe Lady Hannah zurück."

„In Ordnung." Dennoch blieb er noch stehen und schaute sie an. „Ich möchte später mit Ihnen sprechen."

„Natürlich." Sie wollte Himmel und Hölle in Bewegung setzen, um das zu vermeiden.

Sie rührte sich nicht von der Stelle, als Bennett ging. Reeve warf ihr einen Blick über die Schulter zu, ehe er näher kam. „Gibt es ein Problem, Lady Hannah?", fragte er vorsichtig.

„Nein." Sie atmete tief durch, entspannte sich jedoch nicht. „Warum sollte es?"

„Bennett kann sehr … ablenken."

„Ich lasse mich nicht leicht ablenken, besonders nicht, wenn ich arbeite."

„Das wurde mir gesagt." Reeve suchte noch immer nach Fehlern und fürchtete, den ersten in der Art gefunden zu haben, wie sie Bennett angesehen hatte. „Sie haben aber noch nie an einem Auftrag wie diesem gearbeitet."

„Als langjährige Agentin des International Security Systems bin ich jedem Auftrag gewachsen, den das ISS mir gibt." Ihre Stimme klang wieder energisch und nicht wie die einer Frau, die von einem Kuss fast unerträglich aufgewühlt worden war. „Morgen erhalten Sie meinen Bericht. Jetzt sollten wir besser zu den anderen gehen."

Sie wollte an ihm vorbeigehen, doch er ergriff energisch ihren Arm. „Es hängt sehr viel davon ab – von Ihnen."

Hannah nickte. „Das ist mir bewusst. Sie haben das Beste verlangt, und ich bin das Beste."

„Vielleicht. Sie haben einen verdammt guten Ruf, Hannah, aber sie hatten es noch nie mit jemandem wie Deboque zu tun."

„Er aber auch nicht mit jemandem wie mir." Sie warf einen Blick zum Korridor und senkte die Stimme. „Ich bin jetzt ein etabliertes Mitglied seiner Organisation. Es hat mich zwei Jahre gekostet, um so nah an ihn heranzukommen. Ich habe ihm zweieinhalb Millionen gerettet, indem ich dafür sorgte, dass dieser Munitionshandel vor sechs

Monaten nicht platzte. Ein Mann wie Deboque schätzt Initiative. In den letzten paar Monaten habe ich die Saat gelegt, die, wenn sie aufgeht, seinen Stellvertreter in Misskredit bringen wird."

„Oder die Ihnen eine durchschnittene Kehle einbringen wird."

„Darüber muss ich mir Sorgen machen, sonst niemand. In wenigen Wochen werde ich seine rechte Hand sein und ihn Ihnen auf einem Silbertablett servieren."

„Selbstvertrauen ist eine ausgezeichnete Waffe, wenn es nicht übertrieben wird."

„Ich übertreibe nichts." Sie dachte an Bennett und wappnete sich innerlich. „Ich habe noch nie bei einem Auftrag versagt, Reeve. Und ich habe nicht vor, es bei diesem zu tun."

4. KAPITEL

Hannahs Pläne, die sie gemacht hatte, um nicht mit Bennett nach Port Cordina fahren zu müssen, wurden fein säuberlich zerstört. Sie hatte zu der glaubhaften, wenn auch nicht originellen Ausrede von Kopfschmerzen gegriffen.

Hannah hatte bewusst gewartet, bis Alexander mit dem Frühstück mit seiner Familie fertig war, damit sie mit Eve allein sprechen konnte. Eve brauchte keine zehn Sekunden, um die Situation gegen sie zu verwenden.

„Kein Wunder, dass du dich nicht wie du selbst fühlst." Eve trank Tee in dem sonnigen Kinderzimmer, während sie ihren Terminkalender durchging. „Ich habe dich seit deiner Ankunft hier eingesperrt."

„Sei nicht albern. Der Palast ist so groß wie eine Kleinstadt. Ich bin ja wohl kaum eingesperrt."

„Wie groß er auch ist, er hat Mauern. Eine hübsche Fahrt entlang der Küste ist genau das, was du brauchst. Bernadette …", sie wandte sich an das junge Kindermädchen, das Marissa für ihren Morgenspaziergang vorbereitete, „… achten Sie bitte darauf, dass Prinzessin Marissa eine Mütze aufhat. Es ist ein wenig windig draußen."

„Ja, Hoheit."

Eve streckte die Arme nach ihrer Tochter aus. „Viel Spaß, Liebling."

„Bumen." Marissa lachte.

Eve verstand sie sofort. „Ja, pflück Blumen. Wir stellen sie dann hier in dein Zimmer." Sie küsste Marissa auf beide Wangen und ließ sie los. „Ich mag es gar nicht, dass ich heute Morgen nicht mit ihr spazieren gehen kann, aber ich habe in einer Stunde ein Treffen im Zentrum."

„Du bist eine wundervolle Mutter, Eve", sagte Hannah, als sie den besorgten Ausdruck in Eves Gesicht bemerkte.

„Ich liebe sie so sehr." Mit einem tiefen Seufzer griff sie wieder nach ihrem Tee. „Ich weiß, es ist albern, aber wenn ich nicht bei ihr bin, muss ich ständig an viele Dinge denken, die ihr zustoßen könnten."

„Ich würde sagen, das ist normal."

„Vielleicht, aber alles wird durch unsere Stellung verstärkt." Unbewusst legte sie eine Hand auf ihren Leib, in dem ihr zweites Kind heranwuchs. „Ich möchte ihr so gern ein Gefühl von Normalität geben, aber …", Eve schüttelte den Kopf, „… alles hat seinen Preis." Sie schenkte Hannah Tee nach. „Was dich angeht, ich habe dir noch keinen Moment freie Zeit gegönnt. Nimm dir den heutigen Tag, entspann dich, genieße die Seeluft. Ich versichere dir, Ben kann ein wunderbarer Gesellschafter sein. Fünf Minuten in seinem Wagen, und deine Kopfschmerzen sind verschwunden."

„Jemand hat Kopfschmerzen?", fragte Bennett, als er hereinkam. Er trug eine weiße Gala-Uniform mit roten Insignien, die seinen Rang als Offizier der Marine von Cordina zeigten. Auf der linken Brusttasche prangte das fürstliche Wappen, das ihn als Prinz auswies. Hannah hatte es stets als Unsinn abgetan, dass Frauen auf Männer in Uniformen flogen – bisher.

Er sieht so schneidig aus, musste sie sich eingestehen, obwohl ihre nüchterne Seite nach einem weniger dramatischen Wort suchte. Das schneeweiße Jackett betonte noch mehr seine Sonnenbräune und das dunkle Haar. Er lächelte Hannah an und machte ihr bewusst, dass er sich über seine Wirkung im Klaren war.

„Bennett, ich hatte ganz vergessen, was für ein Herzensbrecher du in Weiß bist."

Eve hob ihm die Wange für einen Kuss entgegen. „Vielleicht sollte ich Hannah raten, eine Tablette zu nehmen und lieber doch hier zu bleiben."

„Ich denke, Lady Hannah kann auf sich selbst aufpassen, nicht wahr?"

Hannah entschied, wenn sie schon mit ihm fechten musste, dann wollte sie ihren Degen geschickt führen. „Das war stets der Fall."

„Sie sind ein wenig blass." Er berührte mit einem Finger ihre Wange. „Fühlen Sie sich wirklich nicht gut?"

„Es ist nichts." Sie fragte sich, ob er merkte, wie ihr Blut bei dieser beiläufigen Berührung in Wallung geriet. „Und Eve hat mir versichert, dass eine Fahrt am Meer genau das richtige Heilmittel sei."

„Gut. Ich verspreche Ihnen, ich werde Sie mit rosigen Wangen zurückbringen."

„Wenn Sie mir einen Moment zugestehen. Ich muss meine Tasche holen."

„Bennett!“ Eve hielt ihn zurück, bevor er Hannah folgen konnte. „Täusche ich mich, oder habe ich da eben etwas gesehen?“

Er tat gar nicht erst so, als würde er sie nicht verstehen. „Ich bin mir nicht sicher.“

„Hannah hat ein sehr behütetes Leben geführt. Ich brauche dir wohl nicht zu sagen, dass du … nun ja, vorsichtig sein solltest?“

Er schüttelte den Kopf. „Nein. Man braucht mich nicht daran zu erinnern, mit wem ein Mann in meiner Position eine Affäre haben kann und mit wem nicht.“

„Ich habe das nicht gesagt, um dich zu ärgern.“ Eve erhob sich und ergriff seine Hände. „Wir waren schon lange Freunde, Ben, bevor wir eine Familie wurden. Ich frage nur, weil ich sie mag und weiß, wie unwiderstehlich du sein kannst.“

Er wurde sanfter, wie stets bei Eve. „Du hast mir immer widerstanden.“

„Du hast mich immer wie eine Schwester behandelt.“ Eve zögerte erneut, zwischen zwei Treuepflichten hin und her gerissen. „Wäre ich aufdringlich, wenn ich sagte, dass sie nicht dein Typ ist?“

„Nein, das ist sie nicht. Vielleicht verblüfft mich das so. Hör auf, dir Sorgen zu machen.“ Er drückte ihr einen Kuss auf die Stirn. „Ich werde deiner properen britischen Freundin schon keinen Schaden zufügen.“

„Es könnte doch sein, dass ich mir um dich genauso große Sorgen mache.“

„Tu es nicht.“ Er strich ihr flüchtig über die Wange und ging zur Tür. „Sag Marissa, dass ich ihr ein paar Muschelschalen mitbringe.“

Hannah traf mit ihm an der Treppe zusammen, gelassen und in ihre Entscheidung ergeben. „Hoffentlich habe ich Sie nicht warten lassen.“

„Wir haben viel Zeit. Ich verspreche Ihnen, die Fahrt wird den Pomp und die Ansprachen am Ende aufwiegen.“

„Ich habe nichts gegen Pomp und Ansprachen.“

„Dann haben wir ja Glück. Claude!“ Bennett nickte dem großen, kräftigen Mann zu, der neben dem Haupttor wartete.

„Guten Morgen, Hoheit. Lady Hannah. Ihr Wagen steht bereit, Hoheit.“

„Danke, Claude.“ Bennett führte Hannah durch das Tor. Er

wusste, diese kurze Bemerkung bedeutete, dass die Straße zwischen dem Palast und Le Havre abgesichert worden war.

Hannah sah den Wagen in dem Augenblick, da sie hinaustrat. Der schnittige kleine Franzose stand am unteren Ende der Treppe, flankiert von zwei soliden Limousinen.

„Fahren Sie den?"

„Ich sollte die Fenster wohl besser hochkurbeln, oder?" Liebevoll berührte Bennett die glänzende rote Motorhaube. „Fährt sich traumhaft. Auf gerader Strecke habe ich einhundertneunzig Sachen aus ihm herausgeholt."

Sie stellte sich vor, was für ein Gefühl es sein mochte, am Meer entlangzurasen und den Wind im Gesicht zu spüren. Nach einem kurzen Moment der Sehnsucht schob Hannah diesen Wunschgedanken beiseite und versuchte, beklommen dreinzublicken. „Sie haben hoffentlich nicht die Absicht, Ihren Rekord heute zu brechen?"

Lachend öffnete er ihr die Tür. „Für Sie werde ich fahren wie ein Großvater."

Hannah glitt auf den Beifahrersitz und hätte vor Vergnügen beinahe geseufzt. „Der Wagen ist ziemlich eng."

„Groß genug für zwei." Bennett ging um die Motorhaube herum. Claude hatte ihm schon die Fahrertür geöffnet.

„Aber Sie verreisen doch sicher nicht ohne Ihren Sicherheitsbeamten oder einen Assistenten."

„Wann immer es sich einrichten lässt. Mein Sekretär sitzt im Wagen hinter uns. Dann lassen wir sie mal eine Verfolgungsjagd aufnehmen, ja?" Er schaltete die Zündung ein. Der Motor heulte auf. Und noch bevor Hannah tief Atem holen konnte, ließ Bennett den Wagen die lange Auffahrt hinunterjagen. Er fuhr das Auto so, wie er seinen Hengst ritt. In voller Geschwindigkeit.

„Sie murren schon, glaube ich." Er grüßte kurz die Wachen am Tor. „Wenn es nach Claude ginge, würde ich niemals schneller als dreißig Stundenkilometer fahren, in einer kugelsicheren Limousine sitzen und eine Rüstung tragen."

„Es ist seine Aufgabe, Sie zu schützen."

„Schade, dass er es mit so wenig Humor tut." Bennett schaltete den Gang herunter und ließ den Wagen mit quietschenden Reifen um eine Kurve schießen.

„Hatte Ihr Großvater ein langes, erfülltes Leben?"

„Wie?"

„Ihr Großvater", wiederholte Hannah und verschränkte die Hände im Schoß. „Ich habe mich gefragt, ob er alt geworden ist. Wahrscheinlich nicht, bei einer solchen Fahrweise."

Der Wind wehte ihr das Haar um das Gesicht, als Bennett den Kopf wandte und sie anlächelte. „Vertrauen Sie mir, ma belle, ich kenne die Straßen."

Sie wollte gar nicht, dass er langsamer fuhr. Zum ersten Mal seit Monaten fühlte sie sich wirklich frei. Sie hatte beinahe vergessen, wie herrlich es war. Das Meer neben der Straße glitzerte blau und weiß, als sie von der Höhe der Hauptstadt hinunterfuhren. Palmen reckten ihre Zweige dem Himmel entgegen, bogen sich und wiegten sich in der steifen Brise. Üppige rote Blumen brachen aus Büschen hervor, die wild am Straßenrand wuchsen. Die Luft roch nach Meer und immerwährendem Frühling.

„Fahren Sie Ski?", fragte Bennett. Er hatte bemerkt, dass sie einen Mann beobachtete, der hinter einem Boot auf Skiern über das Wasser glitt.

„Bis jetzt noch nicht." Es sah wundervoll aus. „Sie müssen bestimmt ziemlich sportlich sein. Ich bin eher in Bibliotheken zu Hause."

„Man kann nicht immer lesen."

Sie beobachtete, wie der Skifahrer einen Salto machte und ins Wasser fiel. „Ich kann es vielleicht."

Bennett lächelte. „Ohne ein bisschen Aufregung ist das Leben nichts wert. Haben Sie niemals das Bedürfnis, etwas Abenteuerliches zu tun, Hannah?"

Sie dachte an die letzten zehn Jahre ihres Lebens, an die Aufträge, die sie von Schlössern in Gettos geführt hatten und an alle möglichen Orte dazwischen. Französische Alleen. Italienische Hafenviertel. Sie dachte an die kleinkalibrige Pistole, die sie in ihrer Tasche bei sich trug, und an das bleistiftdünne Stilett an ihrem Oberschenkel.

„Ich habe wohl schon immer Abenteuer lieber ersatzweise beim Lesen erlebt."

„Haben Sie keine geheimen Träume?"

„Einige von uns sind genau das, was sie zu sein scheinen." Plötzlich fühlte sie sich unbehaglich, und sie wechselte das Thema. „Ich wusste gar nicht, dass Sie Marineoffizier waren." Wieder eine Lüge, dachte sie. Aber ihr Beruf war darauf aufgebaut.

„Ich habe ein paar Jahre gedient. Es war mehr ein Offiziersrang ehrenhalber. Der zweite Sohn ist üblicherweise für das Militär bestimmt."

„Und Sie haben sich also für die Marine entschieden."

„Cordina ist vom Meer umgeben. Unsere Flotte ist gewiss kleiner als Ihre, aber sie ist stark."

„Und wir leben in einer unsicheren Zeit."

„Wir in Cordina haben die Erfahrung gemacht, dass alle Zeiten unsicher sind. Wir sind ein friedliches Land, und weil wir es bleiben wollen, sind wir immer auf den Krieg vorbereitet."

Sie dachte an den wunderschönen weißen Palast mit seinen exotischen Gärten und märchenhaften Ecktürmen. Unzugänglich vom Meer aus, hoch oben auf einem Kliff gelegen, bot es den Augen meilenweit ungehinderte Sicht. Hannah lehnte sich zurück, während draußen das Meer vorbeizog. Nichts war jemals so einfach, wie es schien.

Die Hafenstadt des Fürstentums, Port Cordina, war bezaubernd. Weiße Häuser drängten sich am Fuß eines lang gezogenen Bergrückens. Fischer- und Segelboote dümpelten an den Piers. Auf den ersten Blick sah alles nach einem hübschen Fischerdorf aus, doch als sie in den Hafen fuhren, wurden die Piers weitläufiger, die Gebäude größer. Frachtschiffe lagen neben einem Passagierschiff.

Bennett fuhr durch schmale, gewundene Straßen und durch ein Tor, an dem die Wachen salutierten. Kurz darauf hielt er vor einem Gebäude, vor dem Marinesoldaten in Weiß angetreten waren.

„Für die nachsten paar Stunden", flüsterte er Hannah zu, „treten wir offiziell auf."

Er griff nach hinten, setzte sich die Mütze auf die vom Wind zerzausten Haare und erwiderte den Gruß eines der Soldaten, der ihm die Tür öffnete. Er wusste, dass die Limousine bereits hinter ihnen gehalten hatte, blickte jedoch nicht zurück, während er Hannah in das Gebäude führte. „Zunächst erwarten uns ein paar Formalitäten", flüsterte er und klemmte sich seine Mütze unter den Arm.

Die Formalitäten bestanden aus einer Gruppe von Offizieren und deren Frauen, die darauf warteten, ihn zu begrüßen und von ihm begrüßt zu werden.

Hannah ließ die Vorstellung über sich ergehen und tat so, als würde sie die spekulierenden Blicke nicht bemerken. *Nicht der Typ des Prinzen.* Sie konnte es mühelos den Augen ablesen, die auf sie gerichtet waren. Und sie stimmte dem voll zu.

Man bot ihnen Tee an und führte sie durch das Gebäude – um ihretwillen. Hannah täuschte Unwissenheit vor, was die gezeigte Ausrüstung betraf, stellte entsprechende Fragen und sah auch entsprechend höflich bei den stark vereinfachenden Antworten drein. Sie konnte kaum erwähnen, dass Radar- und Kommunikationssysteme ihr so vertraut waren wie den trainierten Männern an den Geräten. Im Handumdrehen hätte sie diese so einstellen können, dass sie Kontakt zu der ISS-Basis außerhalb Londons oder zu Deboques Hauptquartier in Athen aufgenommen hätte.

Mit Pomp und Prunk ging es weiter, als sie ins Freie geführt wurden, um das Anlegen der „Indépendance“ zu erwarten. Die Kapelle mit Musikanten in weißen Uniformen, die in der Sonne blendeten, stimmte einen mitreißenden Marsch an, als Bennett auf dem Pier erschien. Eine Menschenmenge jubelte hinter der Absperrung. Kinder wurden hochgehoben, damit sie einen Blick auf den Prinzen werfen konnten.

Hannah zählte ein Dutzend Sicherheitsleute, die sich unter die Menge gemischt hatten, zusätzlich zu den beiden Männern, die niemals weiter als eine Armeslänge von Bennett entfernt waren.

Deboque ist auf freiem Fuß, dachte sie. Jetzt ist alles riskant.

Der Zerstörer in militärischem Grau manövrierte sich an seine Liegeposition heran, während die Zuschauer applaudierten und die Kapelle pausenlos spielte. Matrosen waren auf dem Pier und an Deck angetreten. Nach sechs Monaten auf See war die „Indépendance“ heimgekehrt.

Die Landebrücke wurde herabgelassen. Die Pfeifen ertönten. Der Kapitän ging von Bord, um den Offizieren zu salutieren und sich vor dem Prinzen zu verbeugen.

„Willkommen daheim, Kapitän.“ Bennett reichte ihm die Hand, und die Menge brach erneut in Jubel aus.

Wie üblich musste bei einer solchen Gelegenheit eine Rede gehalten werden. Währenddessen ließ Hannah aufmerksam den Blick über die Versammelten gleiten.

Es überraschte sie nicht, ihn hier zu sehen. Der kleine, leicht bucklige Mann stand am Rande der Menschenansammlung und hielt eine kleine cordinianische Flagge. In Zivil gekleidet und mit seinem sanften Gesicht hätte niemand ihn je erkannt oder sich an ihn erinnert. Er war einer von Deboques besten Männern.

Heute wird man keine Maßnahmen gegen Prinz Bennett ergreifen, dachte sie, obwohl es ihr kalt über den Rücken lief. Sich erfolgreich in den Palast eingeschleust zu haben war einer ihrer größten Beiträge für Deboques Organisation gewesen. Vorsicht und Taktik waren jetzt viel mehr verlangt als ein überstürzter Attentatsversuch.

Jedenfalls, das wusste sie, war Deboque an Bennett weniger interessiert als an Alexander und an Alexander nicht so sehr wie an Armand. Nach so langer Wartezeit würde er sich nicht mit dem zweiten in der Thronfolge zufriedengeben.

Trotzdem legte sie die Hand auf den Bügel ihrer Tasche. Hannah bewegte sich, nur ein paar Zentimeter, aber Bennetts Körper war jetzt zu mehr als der Hälfte von ihrem geschützt.

Wurde der Mann mit einer Nachricht für mich geschickt?, fragte sich Hannah. Oder einfach nur, damit er dicht dabei ist und beobachtet. Ihr Instinkt sagte ihr, dass Letzteres der Fall war. Beiläufig suchte sie die Menge erneut ab. Sie begegnete seinem Blick, und für den Bruchteil einer Sekunde hielt sie ihn fest. Er erwiderte ihn, signalisierte jedoch nichts. Hannah ließ den Blick weiterschweifen, denn sie wusste, in wenigen Tagen würden sie sich im Museum treffen.

Die Feierlichkeit mit ihrer flotten Militärmusik und den vielen Bannern wurde mit einem Rundgang durch das Schiff und einer Inspektion der Mannschaft fortgesetzt. Hannah ging neben der Frau des Admirals, als Bennett an einer Reihe von Offizieren und Seeleuten entlanggeführt wurde. Hin und wieder blieb er stehen, um einem der Männer eine persönliche Frage zu stellen und sich seine Antwort darauf anzuhören. Selbst ein zufälliger Beobachter hätte bemerken können, dass die Männer, die er begrüßte, ihm mehr als nur Achtung entgegenbrachten. Sie liebten ihn.

Obwohl Bennett, dessen war sich Hannah sicher, genug Schiffe für den Rest seines Lebens gesehen hatte, besichtigte er die Brücke, die Offiziersunterkünfte und die Kombüsen mit offensichtlicher Begeisterung.

Bennett nahm seinen Rundgang zügig vor. Er musste Fragen stellen, verdientes Lob aussprechen, wusste jedoch: Die Seesäcke waren gepackt und standen bereit. Er schüttelte dem Kapitän noch einmal die Hand, in dem Wissen, dass dieser Mann allen Grund hatte, stolz auf sein Schiff und seine Mannschaft zu sein. Als er die Laufplanke betrat, brachen sie erneut in Beifallsrufe aus. Bennett musste sich fragen, ob seinetwegen oder weil die Veranstaltung endlich vorüber war und die Männer an Land gehen konnten.

Das Protokoll verlangte, dass der Prinz durch alle Hauptquartiere begleitet wurde. Er zeigte sich interessiert und freundlich, und erst als er endlich wieder in seinem Wagen saß, stieß er einen langen Fluch aus.

„Wie bitte, Hoheit?"

Bennett tätschelte Hannahs Hand, bevor er den Motor startete. „Vier Stunden ... Danke, dass Sie es mit mir zusammen ertragen haben."

„Ich fand es faszinierend." Nichts hatte sich je so wunderbar angefühlt wie der Fahrtwind, als das Cabrio an Tempo gewann. „Die Schiffsbesichtigung war besonders lehrreich."

Er sah zu ihr hinüber, überrascht, dass ein Schiff und einige bombastische Reden ihr so gut gefallen hatten. „Wenn ich gewusst hätte, dass es Sie wirklich interessiert, hätte ich mich nicht so beeilt."

„Vermutlich wird Ihnen das alles nach einer gewissen Zeit zur Routine und ein wenig langweilig."

„Ich habe an die Männer gedacht. Das Einzige, was sie wirklich wollten, war, an Land zu gehen zu ihren Frauen oder Geliebten – oder beides." Lächelnd wandte er sich ihr kurz zu. „Sie können sich nicht vorstellen, wie es ist, vier Monate lang auf See zu sein, wenn die einzige Frau, die man sieht, auf einem Hochglanzfoto mit Heftklammern in der Mitte abgebildet ist."

Um ihre Lippen zuckte es, aber es gelang ihr, nur bestätigend zu lächeln. „Nein, das kann ich mir wirklich nicht vorstellen. Aber ich glaube, die Zeit auf See hat Ihnen gefallen, Bennett. Man merkte es an der Art, wie Sie mit den Männern gesprochen und das Schiff besichtigt haben."

Eine Weile schwieg er, freudig überrascht, dass sie das so schnell bemerkt hatte. „Damals war ich mehr Offizier und weniger Prinz. Ich kann nicht sagen, dass mir die Seefahrt im Blut liegt, wie es bei Captain Dumont der Fall ist, aber diese Erfahrung werde ich niemals vergessen."

„Was ist Ihnen am stärksten in Erinnerung geblieben?"

„Der Sonnenuntergang, wie man ihn auf See beobachtet, oder mehr noch, einen Sturm zu erleben. Wir gerieten bei Kreta in einen. Die Wellen bildeten eine Wand und waren etwa fünfzehn Meter hoch. Der Wind toste so laut, so heftig, dass man dem anderen ins Ohr brüllen konnte, und er hat nichts gehört. Kein Himmel war zu sehen, nur Wasser, eine haushohe Wellenwand nach der anderen. Eine solche Erfahrung verändert den Menschen."

„In welcher Weise?"

„Man erkennt, egal, wer oder was man ist, dass es etwas Größeres, Mächtigeres gibt. Die Natur schafft einen Ausgleich, Hannah. Schauen Sie sich jetzt die See an." Mit einer Hand deutete er auf das Meer. „Ruhig, fast unnatürlich schön. Ein Sturm macht sie nicht weniger schön, nur gefährlicher."

„Das klingt, als würden Sie die Gefahr vorziehen." Sie verstand auch das nur zu gut.

„Manchmal. Gefahr ist eine Verführung an sich." Nach einem kurzen Zeichen für den nachfolgenden Wagen hielt Bennett an. „Im Moment bevorzuge ich die Ruhe." Er stieg aus. „Kommen Sie mit mir an den Strand, Hannah." Er öffnete ihre Tür und streckte ihr eine Hand entgegen. „Ich habe Marissa Muschelschalen versprochen."

„Ihr Leibwächter wirkt nicht sehr zufrieden." Sie war es auch nicht, als sie feststellte, wie ungeschützt sie waren.

„Meine Wächter wären nur zufrieden, wenn ich in einer kugelsicheren Glashaube säße. Kommen Sie, Hannah! Sagten Sie nicht, die Meeresluft sei gut für die Gesundheit?"

„Ja." Sie legte ihre Hand in seine. „Sie müssen Muscheln sammeln, die groß genug sind, dass man sie nicht verschlucken kann. In Marissas Alter verschlucken Kinder die unmöglichsten Dinge."

„Sie denken immer praktisch." Mit einem leichten Lachen hob er sie an der Taille über eine niedrige Ufermauer. Er sah, wie sie den Blick über seine Schulter hinweg richtete, und wusste, dass ihnen ein Wächter in diskretem Abstand folgte. „Sie sollten Ihre Schuhe ausziehen, Hannah. Es kommt sonst nur Sand hinein."

Das war auch praktisch. Und logisch. Hannah versuchte sich einzureden, dass sie nicht zusammen mit ihren Pumps einen Teil ihrer Tarnung ablegte. „Sie müssen in diesen Gewässern faszinierende Korallenformationen haben."

„Tauchen Sie?"

„Nein", log sie. „Ich bin keine gute Schwimmerin. Aber ich war vor ein paar Jahren in London in einer Meeresausstellung. Bis dahin hatte ich keine Ahnung von der unglaublichen Vielfalt von Muscheln oder davon, wie wertvoll sie sein können."

„Was für ein Glück für mich, dass Marissa einen schlichten Geschmack hat." Er hielt ihre Hand fest, während er mit ihr zum Wasser ging. „Ein paar Miesmuscheln, und sie wird begeistert sein."

„Es ist nett von Ihnen, dass Sie an sie denken." Er war tatsächlich nett. Das war schwer zu übersehen. „Sie scheinen bei Ihren Nichten und Neffen äußerst beliebt zu sein."

„Ach, das kommt vermutlich daher, dass es mir nichts ausmacht, von Zeit zu Zeit beim Spielen einen Narren aus mir zu machen. Was ist mit der hier?" Er bückte sich und hob eine lange Spirale auf, die von einer größeren Muschel abgebrochen und von Ebbe und Flut glatt geschliffen worden war. An der Spitze befand sich eine Verdickung, die fast wie eine Krone aussah.

„Sehr passend", bemerkte Hannah, als er sie ihr reichte.

„Marissa achtet nicht darauf, ob etwas passend ist. Sie zieht das Hübsche vor."

„Die Muschel ist hübsch." Lächelnd strich Hannah mit einem Finger über die Rundung. „Sie sollte sie auf die Fensterbank legen, wo die Sonnenstrahlen darauf fallen. Oh, sehen Sie nur." Selbstvergessen watete sie in die Brandung und hob eine unversehrte Muschelschale auf. Sie war fächerförmig, außen weiß und rosa schimmernd auf der Innenseite der flachen Schale. „Sie könnten ihr erzählen, dass Feen ihre Kekse zum Tee daraus nehmen."

„Hannah glaubt also an Feen", sagte er leise.

Sie reichte ihm die Muschelschale. „Nein, aber Marissa vermutlich."

Bennett ließ die Muschel in seine Tasche gleiten. „Ihre Füße sind nass."

„Sie werden schnell wieder trocken." Sie machte einen Schritt zurück. Wieder nahm er ihre Hand und ging mit ihr durch die flache, schäumende Brandung.

„Da wir schon einmal hier sind, sollten wir ein paar mehr suchen." Ohne auf eine Antwort zu warten, begann er, die Uferlinie entlangzugehen.

Das Wasser umspülte warm und sanft ihre Füße und Knöchel, aber wärmer und sanfter noch war die Brise, die über das Meer herüberwehte. Durch das kristallklare Wasser hindurch sah sie den Grund aus weißem Sand und die glitzernden, funkelnden Muschelschalen, die die Wellen zerbrochen hatten. Hier war die Brandung ruhig, ein Raunen und Wispern.

Es hat nichts Romantisches an sich, warnte Hannah sich. Sie konnte sich nicht erlauben zuzugeben, dass es doch so war. Sie bewegte sich auf einem so schmalen und scharfen Grat wie noch nie zuvor. Ein Fehltritt, und ein Unglück, wenn nicht sogar ein Krieg, wäre die Folge. Entschlossen lenkte sie ihre Gedanken auf die Sicherheitsbeamten wenige Meter hinter ihnen.

„Die Feier heute war sehr schön. Ich bin Ihnen dankbar, dass Sie mich gebeten haben mitzukommen."

„Meine Gründe waren rein egoistischer Natur. Ich habe mich nach Ihrer Gesellschaft gesehnt."

Sie bemühte sich, von seine Worten ungerührt zu bleiben. „In England ist die Königsfamilie oft Zielscheibe von Satire und Kritik, hinter allem jedoch liegt eine tiefe Zuneigung. Dieselbe Liebe und Achtung bringt man hier, wie ich sehe, auch Ihrer Familie entgegen."

„Mein Vater würde Ihnen jetzt sagen, dass wir unserem Volk ebenso sehr dienen, wie wir es regieren. Er gibt ihm Stabilität und Zuversicht. Alex gibt ihm Hoffnung für die Zukunft. In Ella findet es Glanz, Intelligenz und Menschlichkeit."

„Und in Ihnen?"

„Unterhaltung."

Seine Antwort ärgerte sie. Sie konnte nicht sagen, warum, aber diese arglose Selbsteinschätzung brachte sie dazu, stehen zu bleiben und ihn stirnrunzelnd anzusehen. „Sie unterschätzen sich."

Überrascht neigte Bennett den Kopf zur Seite und betrachtete sie. Da war es wieder, dieses gewisse Unbestimmte in ihrem Blick, das ihn schon die ganze Zeit faszinierte. „Eigentlich nicht. Ich bin mir sehr wohl der Tatsache bewusst, dass ich meine Pflicht erfülle. Mein Vater hat uns alle zu der Einsicht erzogen, dass wir nicht einfach einen Titel geerbt haben. Wir mussten ihn uns verdienen." Er zog sie ein Stück zurück, damit die Gischt der Brandung ihren Rock nicht durchnässte. „Ich werde nicht herrschen. Dem Himmel sei Dank. Das ist Alex' Aufgabe und später die seines Sohnes, den Eve uns hoffentlich schenken wird. Und weil ich nicht regieren werde, muss ich mich selbst nicht so ernst nehmen wie Alex. Das heißt aber nicht, dass ich Cordina oder meine Verantwortung auf die leichte Schulter nehme."

„Es war nicht meine Absicht, Sie zu kritisieren."

„Das haben Sie, glaube ich, auch nicht getan. Ich wollte nur sagen, dass ich über meine offiziellen Verpflichtungen hinaus den Menschen etwas gebe – über das sie bei einem Glas Wein oder bei einem Abendessen reden können. Seit meinem Teenageralter eilt mir der Ruf des Playboy-Prinzen voraus." Er lächelte und schob ihr eine Haarsträhne hinter das Ohr. „Ich kann nicht sagen, dass ich nicht alles getan hätte, um ihn mir zu verdienen."

„Literatur ist mir lieber, als Klatschgeschichten es sind", sagte Hannah und ging weiter.

„Auch Klatsch hat seine Bedeutung." Amüsiert hielt er sie an.

„Sie haben anscheinend Ihre Freude daran."

„Nein." Seine Augen wurden dunkel, als er über sie hinweg und hinaus auf das Meer sah. „Ich habe mich nur daran gewöhnt. Es ist nicht einfach, wenn man mit zwanzig weiß, dass jeder nicht ganz zufällige Blick auf eine Frau in der Presse groß rausgebracht wird, Fotos inklusive. Ich mag Frauen." Jetzt lächelte er und sah sie wieder an. „Da ich diese Seite meiner Persönlichkeit nicht ändern möchte, habe ich beschlossen, mit den Spekulationen der Öffentlichkeit zu leben. Wenn ich gesündigt habe, dann weil es mir an Diskretion fehlte."

„Man könnte auch sagen, es habe an der Menge gelegen."

Er zögerte nur kurz, dann warf er den Kopf in den Nacken und brüllte vor Lachen. „O Hannah, was sind Sie doch für ein Schatz. Also haben Sie sich die Zeit manchmal doch mit etwas anderem als mit Yeats vertrieben."

„Vielleicht habe ich die eine oder andere Schlagzeile überflogen."

Er lachte wieder und schwenkte sie herum, ehe sie es verhindern konnte. „Köstlich. Einfach köstlich."

Seine Augen strahlten, als er sie wieder absetzte. „Wie Sie mich in meine Schranken verweisen, so geschickt, das finde ich einfach bewundernswert."

Unwillkürlich strich sich Hannah den Rock glatt. „Ich bin sicher, Sie haben meine Absicht missverstanden."

„Den Teufel habe ich. Das ist es ja gerade, was mir an Ihnen so gefällt."

Der frustrierte Blick, den sie ihm zuwarf, hatte nichts mit der Rolle zu tun, die sie spielte. Ihm zu gefallen war niemals Teil ihres Plans gewesen. Sie war hier, um zu beobachten, ihre Position zu festigen und einen Plan auszuführen, an dem jahrelang gearbeitet worden war. Noch nie zuvor hatte die anständige Lady Hannah sich darüber Sorgen machen müssen, das Interesse eines Mannes geweckt zu haben. Gerade als sie überlegte, wie sie es wieder zunichtemachen könnte, streckte er die Hand aus.

„Ihr Haar löst sich." Mit einer lässigen Bewegung zog er eine Haarspange heraus, die nahe ihrer Schulter hing. „Meine Schuld, weil ich das Verdeck nicht geschlossen habe."

„Ich muss wie nach einem Hurrikan aussehen." Sie versuchte, ihre praktische Frisur zu richten. Haarnadeln, vom Wind und dem Gewicht gelockert, lösten sich ganz heraus. Noch während sie eine Verwünschung murmelte, fiel ihr das Haar wie ein Wasserfall über die Schultern bis zur Taille.

„Mon Dieu." Bevor sie ihr Haar wieder hochstecken konnte, fuhr Bennett mit den Händen hinein. Um seine Finger geschlungen, war es von einem dunklen Honigblond und sanft wie Seide. Wie benommen betrachtete er die Verwandlung. Ihr Haar fiel wild und frei in Wellen um ihr Gesicht und betonte die hohen Wangenknochen, die ohne die Umrahmung nur hart und kantig ausgesehen hatten.

Ihr Gesicht wirkte nicht länger hager und knochig, sondern exotisch. „Herrlich! Sie haben das Haar eines Engels."

Mit klopfendem Herzen versuchte sie zu ignorieren, was sie in seinen Augen sah. Das war keine harmlose Freude und keine beiläufige Anziehung, sondern das Verlangen eines Mannes nach einer Frau, ursprünglich, stark und gefährlich wie das Meer bei einem Sturm. Sie konnte sich nicht von ihm zurückziehen, weil seine Hände in ihrem Haar vergraben waren. Und sie konnte das Auflodern ihres Verlangens nicht leugnen, während er sie festhielt.

Es sollte nicht passieren. Selbst in dieser Situation konnte sie sich sagen, dass es nicht passieren durfte. Dennoch wollte sie von ihm gehalten, begehrt und geliebt werden. Das alles war gegen die Regeln, und es fiel ihr schwer, sich zurückzuhalten.

„Engelshaar", wiederholte Bennett flüsternd. „Warum steckt eine Frau solche Schönheit hoch und verbirgt sie?"

Nein, sie konnte nicht verleugnen, was in ihr vorging, doch sie konnte, wie sie es gelernt hatte, sich selbst verleugnen. „Es ist praktischer, wenn man es hochgesteckt trägt." Sie hob die Hände, um ihre Haar aus seinem Griff zu lösen, und traf auf Widerstand.

Ja, er hatte die ganze Zeit recht gehabt. Es war viel mehr an ihr, als sie an die Oberfläche dringen ließ. Vielleicht zog ihn das ständig an, weckte in ihm eine Begierde, die er nie zuvor gekannt hatte. Falls es möglich gewesen wäre, hätte er sie an sich gezogen. Es waren nicht die Leibwächter, die ihn abhielten, es war die Spur von Besorgnis, die er in ihren Augen zu erkennen glaubte.

„Wenn das so ist, meine überaus praktische Hannah, warum haben Sie Ihr Haar dann nicht einfach abgeschnitten?"

Wie oft hätte sie es beinahe getan und war im letzten Moment davor zurückgeschreckt. Sie holte tief Luft und bot ihm die schlichte Wahrheit, weil die oft am besten war, um alles zu verschleiern. „Selbst ich habe Eitelkeiten."

„Es macht Sie wunderschön." Er zog die Hände wieder durch ihr Haar und konnte kaum glauben, dass es noch vor Kurzem von etlichen Haarnadeln verdeckt worden war.

„Nur anders." Ihr Lächeln verbarg die Spannung, die sie innerlich spaltete.

„Jeder Mann würde einer solchen Veränderung zustimmen." Sie

war starr unter seinen Händen. Widerstrebend ließ er sie los. „Aber Sie suchen nicht die Zustimmung eines Mannes, nicht wahr?“

„Ich habe das nie für nötig gehalten.“ Mit einigen geschickten Drehungen hatte sie ihr Haar wieder im Nacken verschlungen. Die Nadeln wurden hineingeschoben, bis es gesichert war. Sie konnte sich fast, aber nur fast sicher fühlen. „Wir sollten zurückfahren. Eve könnte mich brauchen.“

Bennett nickte und machte sich mit ihr auf den Rückweg zum Wagen. Es würde sich wieder eine Gelegenheit an einem anderen Ort bieten. Er fand etwas in sich, das er nur selten erfuhr, besonders wenn es mit einer Frau zu tun hatte – Geduld.

„Sie können Ihr Haar hochstecken, Hannah, aber da ich jetzt weiß, wie es aussieht, werde ich es jedes Mal so sehen, wenn ich Sie betrachte.“ Als sie die Ufermauer erreichten, hob er Hannah wieder darüber hinweg, blieb diesmal jedoch stehen, die Hände an ihrer Taille und die Mauer zwischen ihnen. „Nachdem ich nun dieses eine Geheimnis erfahren habe, frage ich mich, wie viele andere Sie noch haben und wie bald ich sie herausfinden werde.“

Sorge und Verlangen waren eine mächtige Kombination. Sie fühlte, wie ihr Herz von beidem pochte. „Ich fürchte, Sie werden enttäuscht sein, Bennett. Ich habe wirklich keine interessanten Geheimnisse.“

„Das werden wir sehen“, sagte er, bevor er sich mühelos über die Ufermauer schwang.

5. KAPITEL

Es geschah nicht oft, dass Hannah sich danach sehnte, schön zu sein. Durch ihre Arbeit hatte sie die Schönheit des Unauffälligen schätzen gelernt.

Im Laufe der Jahre hatte sie hin und wieder ein leises Bedauern gespürt, wenn sie an zarte Farben und hauchdünne Kleider dachte. War sie nicht im Dienst und außer Landes, so konnte sie ihr Äußeres verändern, mit einer anspruchsvollen Wahl der Farben und Schnitte und ein paar gekonnten Strichen mit dem Schminkpinsel.

Hannah wusste, dass jede Frau bei Eves Dinnerparty wundervoll aussehen würde. Ein solches Erlebnis im Palast war geprägt von Eleganz, ja sogar von Extravaganz. Hannah hatte keinen Zweifel, dass jede Frau sich bemühen würde, dem Anlass gerecht zu werden. Jede Frau, sie natürlich ausgenommen.

Sie hatte bereits Eves glitzerndes schwarzes Kleid mit dem von der Taille zu den Knöcheln weich fallenden Stoff gesehen. Gabriella würde ohne Zweifel etwas Zartes tragen, das ihr zerbrechliches feminines Aussehen betonte.

Dann war da noch Chantel O'Hurley. Hannah war sicher, dass die Schauspielerin fantastisch aussehen würde, ganz egal, ob sie Seide oder Sackleinen trug. Mühelos erinnerte sie sich daran, wie Bennett die Schauspielerin angeschaut hatte, als er die Treppe im Zentrum hinuntergegangen war.

Es hätte ihr nichts ausmachen sollen.

Es machte ihr jedoch viel aus.

Hannah ermahnte sich und wählte das Beste unter dem Schlimmsten aus, ein Kleid in blassem Lavendel mit einem Oberteil, das ihre Kurven herunterspielte. War ihr Haar offen, verlieh es ihr das Aussehen einer lüsternen Puritanerin. Ein Anblick, von dem sie wusste, dass er nicht unbemerkt bleiben würde. Mit einem leichten Seufzer strich sie ihr Haar zurück und begann mit der mühevollen Arbeit, es zu flechten.

Als es säuberlich in ihrem Nacken eingerollt war, war Hannah damit zufrieden, dass alle Spuren von Erotik verdeckt waren. Sie war vorzeigbar, perfekt proper und ohne sexuellen Reiz.

Ich darf kein Bedauern empfinden, sagte Hannah sich, als sie ihre

Pistole in die Abendtasche schob. Pflicht kam vor persönlichem Verlangen und ganz bestimmt weit vor Eitelkeit.

Bennett hatte auf Hannah gewartet. Die Gäste wurden im Spiegelsaal bewirtet, wo man ihnen Aperitifs servierte. Die Schauspielerin und die übrigen Mitarbeiter der Theatertruppe waren eingeladen worden, so dass die Unterhaltung angeregt verlief.

Auch wenn er ungeduldig und zerstreut war, erfüllte Bennett mühelos seine Pflicht. Ständig mussten höfliche Fragen gestellt werden, eine Hand musste geküsst, zu einem Scherz musste gelacht werden. Unter normalen Umständen hätte ihn die Party amüsiert und unterhalten, aber …

Wo war sie? Er stellte fest, dass sich alles in ihm gegen den Abendanzug sträubte, den er für gewöhnlich trug, ohne auch nur einen Gedanken daran zu verschwenden. Überall um ihn herum bewegten sich Frauen in glitzernden Abendkleidern. Ihre Parfüms vermischten sich zu einem exotischen Duft, der ihn in keiner Weise in Versuchung führte. Er sehnte sich nach einem Augenblick allein mit Hannah. Er hatte nicht die leiseste Idee, warum sie ihm so wichtig war, aber er sehnte sich verzweifelt nach ihr.

Bennett behielt die Tür unauffällig im Auge, während er mit der Garderobiere sprach. Sein Blick richtete sich kurz auf die goldene Uhr, wobei er dem Regisseur zuhörte.

„Suchen Sie mich?“ Die erotische Stimme drang an sein Ohr.

„Chantel.“ Bennett küsste sie auf beide Wangen, bevor er zurückwich, um sie zu betrachten. „Atemberaubend wie immer.“

„Ich tue mein Bestes.“ Lächelnd nahm sie ein Glas von einem vorübergehenden Kellner. Sie trug ein glitzerndes weißes, schulterfreies Kleid mit verführerisch tiefem Ausschnitt, das ihre weiblichen Kurven betonte. „Ihr Heim ist genau so, wie es den Gerüchten zufolge sein soll.“ Sie hob das Glas an die Lippen und ließ den Blick über die Dutzenden von antiken Spiegeln gleiten, die die Wände zierten. „Und wie schlau von Ihnen, einen solchen Raum auszuwählen, um eine Gruppe narzistischer Schauspieler zu unterhalten.“

„Wir haben unsere guten Augenblicke.“ Er schaute kurz über sie hinweg, entdeckte aber immer noch keine Spur von Hannah. „Ich habe Ihren letzten Film gesehen. Sie waren hervorragend.“

Eine Frau, die es gewohnt war, die ganze Aufmerksamkeit eines Mannes auf sich zu lenken, wusste instinktiv, wenn sie diese nur teilweise genoss. Dennoch lächelte Chantel nur und stellte im Stillen Vermutungen an. „Ich warte noch immer darauf, dass Sie zurück nach Hollywood kommen."

„Sie sind inzwischen sehr beschäftigt." Er griff in seine Tasche und holte eine Schachtel Streichhölzer heraus, um ihre Zigarette anzuzünden. „Wie schaffen Sie es, Ihre Zeit unter Tennisstars, Unternehmern aus der Ölbranche und Produzenten aufzuteilen?"

Chantel neigte den Kopf zur Seite und stieß eine dünne Rauchfahne aus. „Oh, so ziemlich auf die gleiche Art wie Sie Ihre vermutlich unter Gräfinnen, Marquisen und – was war es doch gleich? – eine Bardame in Chelsea?"

Lachend steckte Bennett die Streichhölzer wieder ein. „Ma chère amie, wenn wir beide die unglaublichen und unzähligen Affären gehabt hätten, die die Presse uns andichtet, hätte man uns schon längst ins Krankenhaus eingewiesen."

Mit der echten Zuneigung, die sie für einige wenige Männer empfand, legte Chantel ihm die Hand an die Wange. „Zu jedem anderen würde ich jetzt sagen: Das meinst auch nur du. Da wir jedoch niemals ein Liebespaar waren, ungeachtet der Schlagzeilen, die das Gegenteil behaupten, frage ich Sie jetzt, wie die Dinge für Sie stehen, in romantischer Sicht."

„Verwirrend." In diesem Moment beobachtete er in dem ovalen Spiegel über Chantels Schulter, wie Hannah in den Raum schlüpfte. Sie sah aus wie eine Taube, die sich in eine Pfauengruppe verirrt hatte. „Sehr verwirrend. Entschuldigen Sie mich bitte einen Augenblick, meine Liebe, ja?"

„Natürlich." Sie hatte bemerkt, auf wen er seine Aufmerksamkeit gerichtet hatte. „Viel Glück, Bennett."

Seine lebenslange Erfahrung erlaubte es ihm, durch die Menschenmenge zu gleiten, hier ein paar rasche Worte zu wechseln, dort ein Lächeln zu verteilen oder eine gemurmelte Entschuldigung, ohne irgendjemanden zu beleidigen. Eine Minute nachdem Hannah sich in eine Ecke zurückgezogen hatte, war er bei ihr.

„Guten Abend, Lady Hannah."

„Hoheit." Sie verwendete seinen Titel und knickste, wie das Protokoll es verlangte. Er ergriff ihre Hände, als sie sich aufrichtete.

„Für gewöhnlich macht eine Frau, die zu spät kommt, einen großen Auftritt und schlüpft nicht in eine Ecke."

Zum Teufel mit ihm, dass er ihren Pulsschlag hochtrieb. Sie bemerkte, dass sich mehr als ein Kopf in ihre Richtung wandte. „Ich beobachte lieber, anstatt beobachtet zu werden, Hoheit."

„Ich ziehe es vor, Sie zu beobachten." Er gab einem Kellner ein Zeichen und nahm sich ein Glas von dem Tablett. „Sie bewegen sich gut, Hannah, als würden Sie in einem leeren Raum kein Geräusch erzeugen."

Das hatte genauso viel zu tun mit ihrem Training in Taekwondo wie mit dem Ballettunterricht in ihrer Kindheit. „Ich wurde dazu erzogen, nicht zu stören." Sie nahm ein Glas entgegen. „Danke. Dies ist ein schöner Raum."

Sie sagte es ziemlich beiläufig, so beiläufig, wie sie den Blick über die Gästeschar gleiten ließ. Ihr Spiegelbild wurde ein Dutzend Mal auf sie zurückgeworfen. Ihres und Bennetts, dicht nebeneinander.

„Ich mochte ihn immer ganz besonders. Zufällig war es ein anderer Bennett vor etlichen Generationen, der mit der Sammlung begann. Er war wohl schrecklich eitel, ohne einen Grund dafür zu haben, und kaufte ständig Spiegel in der Hoffnung, einer würde ihm etwas anderes zeigen."

Sie musste lachen. Unwillkürlich hatte sie fast das Gefühl, dass sie hierher gehörte, zu den Abendkleidern und den Spiegeln und dem Glanz. „Ich würde zwar sagen, Sie haben das erfunden, aber es klingt albern genug, um wahr zu sein."

„Sie haben ein überaus ansprechendes Lachen", meinte er. „Dieses Lachen erinnert mich daran, wie Sie aussehen, wenn Ihr Haar frei fällt und ihre Augen dunkel wirken."

„Sollten Sie sich nicht um Ihre Gäste kümmern?"

„Das habe ich schon getan." Er strich mit einem Daumen sachte über ihre Hand. Es war eine intime Geste, die wieder den Wunsch in ihr weckte, für ihn schön sein zu können. „Während ich auf Sie gewartet habe." Er trat näher. Weil sie schon in die Ecke gedrängt war, konnte sie nicht ausweichen. „Sie duften wunderbar."

„Bennett, bitte!" Sie hätte beinahe ihre Hand an seine Brust gelegt, erinnerte sich jedoch daran, dass zahlreiche Blicke auf sie gerichtet waren. Stattdessen hob sie abwehrend ihr Glas.

„Hannah, ich kann Ihnen nicht sagen, wie sehr es mir gefällt, zu sehen, wie nervös Sie werden. Sie geben sich immer ganz unsicher, sobald ich Ihnen eine Spur zu nahe komme."

Das stimmte und war eine bittere Pille für eine Frau, die dadurch überlebte, dass sie ihrer selbst sicher war. „Die Leute beobachten uns."

„Dann kommen Sie später mit mir in den Park, wo wir allein sein können."

„Ich halte das nicht für klug."

„Haben Sie Angst, ich könnte Sie verführen?"

Belustigung und Arroganz schwangen in seinem Ton mit, doch als Hannah ihn ansah, erkannte sie auch Verlangen. Sie nippte erneut an ihrem Getränk, um ihre Kehle zu befeuchten, die ganz trocken geworden war. „Keine Angst. Unbehagen scheint ein treffenderes Wort zu sein."

„Es wäre mir ein großes Vergnügen, Ihnen Unbehagen zu bereiten, Hannah." Seine Stimme war leise, eine Zärtlichkeit, die das leichte Streichen seiner Lippen über ihre Hand begleitete. „Ich möchte Sie an einem dunklen, stillen Platz lieben, sehr langsam und sehr sanft."

Verlangen kam wieder in ihr auf, bis sie einen Schauer unterdrücken musste. Es könnte so sein – mit ihm, wenn doch nur …

Es durfte kein Wenn in ihrem Leben geben. Das hätte Unsicherheit bedeutet, und Unsicherheit war tödlich. Hannah zwang sich zur Ruhe und schaute ihn an. Er meinte es ernst. Sein Verlangen war unverkennbar, aber mehr noch eine Freundlichkeit, eine Sanftheit, die sie fast ihre Beherrschung gekostet hätte.

Sie konnte ihn begehren, aber sie durfte nicht nachgeben. Es gab nur eine Möglichkeit, aufzuhalten, was nie hätte beginnen dürfen: Sie musste ihn verletzen, und sie musste es sofort tun.

„Ich sollte geschmeichelt sein." Ihre Stimme klang wieder kühl und ruhig. „Aber wenn Sie entschuldigen, Hoheit, ich habe den Eindruck, dass Sie nicht sehr wählerisch sind."

Seine Finger wurden starr, ehe er ihre Hand losließ. Es war offensichtlich, dass der Pfeil sein Ziel getroffen hatte. „Dafür hätte ich gern eine Erklärung, Hannah."

„Die Erklärung scheint offensichtlich. Lassen Sie mich bitte vorbei! Sie beschwören eine Szene herauf."

„Es wäre nicht das erste Mal." Plötzlich schwang etwas Neues in seiner Stimme mit. Es war Ärger, sicher, aber einer, der keine Rücksicht, keine Vorsicht kannte. Hannah wusste, wenn sie ihr Spiel jetzt nicht konsequent spielte, würde sie ihren Namen in den Schlagzeilen wiederfinden, weil sie mit Bennett in der Öffentlichkeit gestritten hatte.

„Nun gut." Sie stellte ihr Glas auf einem Tisch ab und verschränkte ihre Hände. „Ich bin eine Frau und daher von einem gewissen Interesse. Um es direkt auszudrücken, dieses Interesse wird nicht erwidert."

„Das ist eine Lüge."

„Nein!" Sie schnitt ihm diesmal energischer das Wort ab. „Obwohl das für einen Mann wie Sie vielleicht schwer zu verstehen sein mag, bin ich eine schlichte Frau mit schlichten Werten. Wie Sie mir sagten, eilt Ihr Ruf Ihnen voraus." Sie schwieg, als er zusammenzuckte.

O Bennett, es tut mir leid, so leid!

„Ich bin nicht nach Cordina gekommen, um Sie zu amüsieren", sagte sie, während sie einen Schritt zur Seite tat.

Er hob eine Hand, um sie aufzuhalten, und sie wartete. „Sie amüsieren mich nicht, Hannah."

„Dann muss ich Sie um Verzeihung bitten." In dem Bewusstsein, dass es mehr eine Beleidigung als eine Höflichkeit war, knickste sie. „Wenn Sie mich jetzt entschuldigen, Hoheit? Ich möchte mit Eve sprechen."

Er hielt sie noch einen Moment fest. Hannah spürte seinen Zorn. Im nächsten Moment nur noch Kälte. „Ich werde Sie nicht zurückhalten. Genießen Sie den Abend."

„Danke."

Hannah verabscheute sich selbst, während sie sich unter die Menge mischte. Die Lichter sind so hell, sagte sie sich. So blendend. Deshalb schmerzten ihre Augen.

„Lady Hannah, guten Abend!" Reeve trat an ihre Seite und ergriff ihren Arm. „Möchten Sie etwas Wein?"

„Ja, danke." Sie passte sich seinem Schritt an und nahm das Glas entgegen, das er ihr reichte.

„Haben Sie sich diese Spiegelsammlung angesehen? Ich habe diese drei immer ganz besonders beeindruckend gefunden. Ist alles in Ordnung?“, fügte er leise hinzu.

„Ja, sie sind sehr schön. Es geht mir gut.“

Er sah sich um, ob auch niemand in Hörweite war. „Es sah so aus, als hätten Sie Probleme mit Bennett.“

„Er ist beharrlich.“ Sie nippte an ihrem Wein und staunte, dass ihre Nerven sich noch nicht beruhigt hatten. „Dies hier ist sicher achtzehntes Jahrhundert.“

„Hannah.“ Er deutete auf einen anderen Spiegel, und seine Stimme wurde sanft. „Ich habe mit Ihrem Vater gearbeitet, als ich mir die ersten Sporen beim ISS verdiente. Dadurch ist mir fast so, als würde ich zur Familie gehören. Fühlen Sie sich gut?“

„Es geht schon wieder.“ Sie holte tief Luft und lächelte, als hätte er etwas Amüsantes gesagt. „Ich habe ihm gerade wehgetan. Es hat mir keine Freude bereitet.“

Reeve berührte flüchtig ihre Hand. Es wirkte so aufmunternd wie eine Umarmung. „Man bringt selten einen Auftrag hinter sich, ohne jemanden zu verletzen.“

„Ja, ich weiß – der Zweck heiligt die Mittel. Keine Sorge, ich werde meinen Job erledigen.“

„Ich habe mir keine Sorgen gemacht.“

„Es wäre eine große Hilfe, wenn Sie veranlassen könnten, dass Bennett in der nächsten Woche beschäftigt ist. Ich kann es nicht gebrauchen, dass er mich …“

„Ablenkt?“

„Stört“, verbesserte Hannah. Sie blickte in einen der Spiegel und sah Bennett auf der anderen Seite des Raumes mit Chantel. „Obwohl ich mich auch darum hätte kümmern können. Entschuldigen Sie mich.“

Er trieb sein Pferd zum Äußersten an und fand dennoch nicht die gesuchte Befreiung. Fluchend jagte Bennett den gewundenen Pfad entlang, aber weder Freude noch Erregung kamen in ihm auf. Die Wut ließ ihnen keinen Raum.

Er sehnte sich nach Hannah. Er wünschte sie zum Teufel, trotzdem sehnte er sich nach ihr. In den Tagen, seit sie sich von ihm abgewendet hatte, hatte das Verlangen nach ihr nicht nachgelassen. Selbstverachtung und Wut hatten es überlagert, aber es war immer noch da.

Sie ist kalt, sagte er sich, unempfindlich und prüde, ohne Großmut und ohne Herz. Er sah sie vor sich, wie sie am Strand gestanden hatte, eine Muschel in der Hand, mit strahlenden Augen, als der Wind ihr die Nadeln aus dem Haar zog.

Sie ist hart wie ein Stein, sagte er sich, und genauso gefühllos. Dann erinnerte er sich, wie zart, wie sanft ihre Lippen gewesen waren, als er sie mit seinen berührt hatte.

Er verwünschte sie und ritt seinen Hengst noch schärfer.

Der Himmel sah bedrohlich nach Regen aus, aber er achtete nicht darauf. Zum ersten Mal seit Tagen hatte er sich lange genug von seinen Verpflichtungen freimachen können, um mit Dracula auszureiten. Der Wind pfiff vom Meer herein und ließ die Wellen hochschaukeln.

Er sehnte den Sturm herbei. Bei Gott, er wollte den Wind und den Regen und den Donner.

Er wollte Hannah.

Idiot!, schalt er sich. Nur ein Narr begehrte eine Frau, die seine Gefühle nicht erwiderte. Nur ein Verrückter überlegte, wie er bekommen könnte, was ihm schon verweigert worden war. All das hatte er sich bereits früher gesagt, und doch ertappte er sich bei Träumereien, wie er sie in die Arme nahm und irgendwohin brachte, bis er den richtigen Weg fand, um ihr zu zeigen … Ihr was zu zeigen?, fragte sich Bennett. Ihr zu zeigen, dass es mit ihr anders war?

Welche Frau würde es glauben?

Dutzende haben es mir geglaubt, dachte er, und sein eigenes Gelächter hallte wider. Das konnte er mit Sicherheit bezeugen. Aber jetzt, da es die Wahrheit war, da es ihm am meisten ausmachte, würde diese Frau ihm nicht glauben.

Weil er sich wie ein Idiot benommen hatte. Er hielt seinen Hengst an, vor einem Steilabfall über dem Meer, und blickte hinaus. Er hatte gedrängt, zu stark und zu schnell. Es war demütigend, zuzugeben, er könnte es getan haben, weil er niemals zuvor auf einen so heftigen Widerstand gestoßen war.

Frauen fühlten sich zu ihm hingezogen – vor allem wegen seines

Titels und seiner Stellung. Er war nicht so eingebildet oder so töricht, es nicht zu merken. Aber sie fühlten sich auch zu ihm hingezogen, weil er Vergnügen mit ihnen hatte. Er liebte ihre Zartheit, ihre Launen, ihre Verletzlichkeiten. Gewiss, er war nicht mit so vielen intim gewesen, wie sein Ruf es ihm zugestand, aber mit genug, um zu wissen und zu schätzen, dass eine Liebesbeziehung eine wechselseitige Angelegenheit war.

Hannah war jung, unerfahren, beschützt. Der Begriff „Lady“ war nicht bloß ein Titel, er bezeichnete eine Lebensart. Was Männer betraf, so bezweifelte er, dass sie sich lange genug von ihren Büchern fern gehalten hatte, um irgendwelche ernsten Beziehungen aufzubauen.

Bennett fluchte wieder und fuhr sich mit der Hand durch das windzerzauste Haar. Und was hatte er gemacht? Er hatte versucht, sie auf einer Abendgesellschaft zu verführen. Wie hatte er von einer Frau ihrer Herkunft und ihrer Empfindlichkeit etwas anderes erwarten können, als dass sie es als Beleidigung empfand? Es war der ungeschickteste und vielleicht primitivste unsittliche Antrag.

Dracula tänzelte ungeduldig, aber Bennett hielt ihn noch einen Moment ruhig, während er beobachtete, wie das Unwetter langsam vom Horizont in Richtung Küste zog.

Er hatte ihr nie gesagt, hatte es niemals versucht, ihr zu sagen, was sie ihm in seinem tiefsten Innern, in seinem Herzen, angetan hatte. Einfach nur mit ihr zu reden, den ernsten Ausdruck ihres Gesichts und ihre ruhige Art zu beobachten erregten ihn so sehr, wie es die exotischste und leidenschaftlichste Frau niemals vermocht hatte. Was er für sie empfand, ging sehr viel tiefer, erfüllte ihn so viel mehr. Er hatte es niemals ihr gegenüber ausgesprochen: Bei ihr glaubte er die Liebe finden zu können, von der er sicher gewesen war, dass es sie nie für ihn geben würde.

All das konnte er jetzt kaum tun, jetzt, nachdem er sie befremdet und beleidigt hatte. Er begann zu lächeln, als die ersten Regentropfen auf die Wasseroberfläche klatschten. Er konnte von vorn anfangen.

Bennett wendete das Pferd. Als der erste Blitzstrahl den Himmel zerriss, jagten sie nach Hause.

Es war noch keine Stunde vergangen, da begab sich Bennett, in trockener Kleidung und triefnassem Haar, hinauf in das Kinderzimmer. Bernadette hielt ihn an der Tür auf.

„Verzeihung, Eure Hoheit, aber Prinzessin Marissa hält jetzt ihr Schläfchen. Ihre Hoheit ruht mit dem Baby."

„Ich suche Lady Hannah." Er beugte sich in den Raum, aber Bernadette wich nicht von der Stelle.

„Lady Hannah ist nicht hier, Sir. Ich glaube, sie ist heute Nachmittag ins Museum gegangen."

„Ins Museum." Bennett dachte kurz nach. „Danke, Bernadette."

Noch bevor sie ihren Knicks vollführt hatte, war er verschwunden.

Le Musée d'Art war wie ein kleiner Palast gebaut, mit Marmorböden und verzierten Säulen.

Hannah war zeitig eingetroffen, um das ganze Gebäude zu erforschen. Gruppen von Schulkindern und Touristen wurden herumgeführt. An einem regnerischen Nachmittag mitten in der Woche bot das Museum einen angenehmen Zeitvertreib.

Zu der in ihrer Botschaft angegebenen Zeit schlenderte sie zu einem Meeresbild von Monet. Sie hielt sich lange genug davor auf, um die Tafel zu lesen und den Pinselstrich zu bewundern. Wer immer sich mit ihr treffen sollte, war möglicherweise schon da und beobachtete sie. Lässig ging sie von Bild zu Bild.

Dann sah sie das Aquarell, und ihre Gedanken schweiften zurück in das Musikzimmer und zu Bennett.

Auf der Tafel stand „Ihre Fürstliche Hoheit Prinzessin Louisa von Cordina", aber in kleinen Buchstaben in der Ecke des Gemäldes befand sich ihre Signatur: Louisa Bisset.

Sie hatte es schlicht „La Mer" genannt. Es war tatsächlich das Meer, doch von einem Blickpunkt, den Hannah noch nicht kannte. Gezackte Klippen fielen senkrecht zu Felsen ab, vor denen sich weißer Sandstrand bis zum blauen Wasser erstreckte. Doch es war nicht friedlich. In diesem Gemälde hatte die Künstlerin nach Macht und Gefahr gesucht und sie eingefangen. Die Gischt schoss hoch, und am Horizont braute sich ein Gewitter zusammen.

Er hat das Bild in einer Truhe gefunden, dachte Hannah und musste gegen den Drang ankämpfen, den Rahmen zu berühren, wie Bennett es gemacht hatte. Er hatte das Bild gefunden und vielleicht einen Teil von sich selbst darin wiederentdeckt.

„Ein interessantes Motiv."

Der Mann neben ihr sprach Französisch. Der Kontakt war hergestellt.

„Ja, die Künstlerin war sehr begabt." Hannah ließ ihre Broschüre fallen. Als sie sich bückte, sah sie sich um und war sehr zufrieden, dass niemand in der Nähe war. „Ich habe Informationen."

„Die Sie durch mich weitergeben sollen."

Sie wandte sich dem Mann zu und lächelte, als würden sie einige Bemerkungen über das Bild austauschen. Er war von mittlerer Größe, hatte einen dunklen Teint, keine Narben. Sie schätzte ihn auf fünfzig, obwohl er jünger sein mochte. Manche Berufe ließen die Menschen schneller altern. Er war kein gebürtiger Franzose. Der deutsche Akzent war schwach, aber unüberhörbar.

„Einige Aspekte meiner Informationen machen es notwendig, dass ich sie direkt dem Mann gebe, der mich bezahlt."

„Das verstößt gegen die Grundsätze der Organisation."

„Das hat man mir gesagt. Allerdings weiß ich, was wegen dieser Grundsätze vor fast sechs Monaten passierte. Es wurde nicht ungern gesehen, dass ich die Initiative ergriff und der Organisation gewisse Unannehmlichkeiten ersparte."

„Nun, ich bin nur hier, um Ihre Informationen zu empfangen."

„Dann lautet meine Information wie folgt." Bevor sie weitersprach, ging sie zum nächsten Gemälde und deutete darauf, als wollte sie ihrem Begleiter die Farben zeigen. „Ich habe unbeschränkten Zugang zum Palast. Weder meine Person noch meine Sachen werden durchsucht. Ich besitze bereits die kompletten Unterlagen über die Sicherheitsmaßnahmen im Palast und im Zentrum der Schönen Künste."

„Das wird sehr nützlich sein."

„Und es wird dem Mann übermittelt, der mich bezahlt. Das sind meine Grundsätze."

„Sie werden von der Organisation bezahlt."

„Und die Organisation wird von Männern geführt. Ich weiß, für wen ich arbeite und warum." Daraufhin wandte sie sich ihm zu. Ihr Lächeln war sehr kühl, als würden sie über das Wetter sprechen. „Ich bin keine Närrin. Die Organisation hat gewisse Ziele, ich auch. Ich werde diese Ziele gern zu gegenseitiger Zufriedenheit miteinander verschmelzen. Und ich werde mit der höchsten Autorität zusammentreffen und sprechen. Sorgen Sie bald dafür."

„Manche Leute machen einen Schritt und stürzen von einer Klippe."

„Ich bin sehr sicher zu Fuß. Geben Sie das bitte weiter. Mein Wissen ist sehr viel wert. Was ich herausfinden kann, ist noch viel mehr wert. Hier drinnen werden Sie genug finden, das die Richtigkeit meiner Worte beweist."

Hannah ließ ihre Broschüre fallen, hob sie jedoch nicht auf. „Guten Tag, mein Herr."

Ihre Nerven prickelten, als sie zum Ausgang schritt. Und sie glaubte ihren Augen nicht trauen zu können, als Bennett hereinkam.

„Hoffentlich haben Sie nichts gegen Gesellschaft", sagte Bennett, noch bevor ihr eine passende Bemerkung einfiel.

„Natürlich nicht." Hannah wagte nicht, nach hinten zu blicken, um festzustellen, ob ihr Kontaktmann noch da war. Sie lächelte und wusste nicht, wie sie sich verhalten sollte, nachdem sie und Bennett einander tagelang aus dem Weg gegangen waren. „Das Museum ist sogar noch schöner, als man mir gesagt hat."

„Haben Sie alles gesehen? Ich würde Sie gern herumführen."

„Ich könnte mir tagelang alles ansehen, aber ich bin ein wenig müde."

Da entdeckte sie den Mann. Er wandte ihnen den Rücken zu und lauschte.

Bennett nahm den Mann nicht wahr, nur sie. „Trinken Sie oben in meinem Büro Kaffee. Ich möchte mit Ihnen sprechen."

„Sehr gern." Hannah ließ sich von ihm hinausführen und wusste, dass jedes Detail an Deboque weitergeleitet wurde.

Mit einem verschwiegenen Leibwächter betraten sie den Aufzug. Bennett benutzte einen Schlüssel für die Fahrt zur dritten Etage.

Sie gingen an uniformierten Wächtern vorbei und betraten eine Reihe von Räumen. Zwei Sekretärinnen – eine an der Telefonanlage, die andere an einem Computer – erhoben sich sofort, als Bennett eintrat.

„Janine, könnten wir Kaffee bekommen, bitte?"

„Ja, Hoheit, sofort."

Seine Hand an Hannahs Arm, öffnete Bennett eine Tür. Sobald er sie hinter sich schloss, setzte Wispern ein. Seine Hoheit hatte noch nie eine Frau in sein Büro gebracht.

„Setzen Sie sich, Hannah. Wenn Sie durch das ganze Museum gegangen sind, waren Sie stundenlang auf den Beinen."

„Ja, aber es hat mir Spaß gemacht." Sie wählte einen Sessel anstelle der bequemen Couch und verschränkte die Hände im Schoß. „Ich habe stets den Louvre geliebt, aber dieses Museum hier ist viel persönlicher."

Er blieb stehen. „Hätten Sie mir Bescheid gesagt, hätte ich Sie persönlich geführt."

„Ich wollte Sie nicht stören."

Er ist nervös, stellte Hannah fest. Es hätte sie mit Befriedigung erfüllt, wäre sie nicht ebenfalls nervös gewesen.

Es ist das Zusammentreffen, sagte sie sich. Nein, es ist Bennett. Es wäre albern, das abzustreiten.

„Arbeiten Sie oft hier?"

„Wenn nötig." Er wollte nicht über das Museum sprechen. Bennett schob die Hände tiefer in die Taschen. Seit wann hatte er Schwierigkeiten, mit einer Frau zu sprechen? Seit Hannah, dachte er. „Hannah …"

Beim Klopfen an der Tür unterdrückte er einen Fluch. Er öffnete Janine, die mit einem Tablett hereinkam. Die Kaffeekanne darauf war aus Silber, die Tassen waren aus violettem Porzellan mit Goldrand.

„Stellen Sie es bitte dort ab, Janine. Ich kümmere mich schon darum."

„Ja, Hoheit." Sie stellte das Tablett ab und zog sich zurück.

„Wir haben Glück." Bennett schenkte ein. „Diese kleinen Kuchen sind aus dem Restaurant unten im Haus. Sie schmecken köstlich. Sahne?"

„Ja, danke. Keinen Zucker." Wie höflich wir doch sind, dachte sie, während sich die Spannung in ihr ausbreitete.

„Setzen Sie sich hierher, wenn ich verspreche, mich zu benehmen?"

Obwohl er es leicht dahinsagte, registrierte Hannah seine Anspannung. Sie blickte auf ihre Hände. „Natürlich." Sie stand auf und setzte sich neben ihn auf das Sofa.

„Hannah, bitte entschuldigen Sie mein Benehmen an jenem Abend. Kein Wunder, dass Sie beleidigt waren."

„Bitte, nicht." Mit einem Unbehagen, das sie nicht einmal mit ihrem Training verbergen konnte, setzte sie die Tasse ab. „Ich möchte keine Entschuldigung. Ich war nicht beleidigt, wirklich nicht. Ich war nur …"

„Verängstigt? Das ist genauso unentschuldbar."

„Nein – ja." Welche Antwort stimmte? Sie gab auf. „Bennett, die Wahrheit ist, dass mich noch nie jemand so verwirrt hat wie Sie."

„Danke."

„Das war kein Kompliment, sondern eine Klage."

„Hannah, können wir Freunde sein?" Er zog ihre Hände an seine Lippen.

Sie nickte zögernd. „Gern."

„Dann Freunde." Zufrieden, dass die erste Hürde genommen war, lehnte Bennett sich zurück. Er wollte warten und wesentlich vorsichtiger sein, ehe er sich an die zweite Hürde heranwagte. „Was hat Ihnen in dem Museum am besten gefallen?"

Sie vertraute ihm nicht. „Die luftige, offene Atmosphäre der Räume. Zu häufig sind Museen ernst, feierlich. Ach, und ich habe ein Gemälde von Ihrer Vorfahrin gesehen, das vom Meer. Es ist beeindruckend."

„Eines meiner Lieblingsbilder." Er achtete sorgfältig darauf, Hannah nicht wieder zu berühren. „Ich war versucht, es in meinem Zimmer einzuschließen, um es ganz für mich zu haben, aber …" Schulterzuckend griff er nach seiner Tasse. „Es erschien mir nicht fair."

„Und Sie sind fair", sagte sie.

„Ich versuche es", erwiderte er. „Hannah, Sie reiten, nicht wahr?"

„Ja."

„Reiten Sie morgen früh mit mir aus. Es muss ziemlich zeitig sein, weil der Rest des Tages mit Terminen ausgefüllt ist, aber es ist schon lange her, dass ich bei einem Ausritt eine Begleitung hatte."

„Ich weiß nicht, ob ich kann. Eve …"

„… wird bis zehn Uhr mit Marissa beschäftigt sein."

Wie gern sie reiten wollte. Eine Stunde Freiheit und Bewegung.

„Ja, aber ich habe versprochen, sie ins Zentrum zu begleiten. Sie hat dort um elf Uhr Verabredungen."

„Bis dahin sind wir wieder zurück, wenn Sie bereit sind, zeitig aufzubrechen. Kommen Sie! Cordina ist am schönsten morgens vom Rücken eines Pferdes aus."

„Nun gut." Hannah wusste, dass es ein Impuls war, aber sie konnte eine Stunde Entspannung brauchen.

In wenigen Tagen würde sie Deboque treffen – Hannah trank einen Schluck Kaffee – oder tot sein.

6. KAPITEL

Bennett hatte nicht gelogen. Hannah hatte Cordina bereits schön gefunden, aber am frühen Morgen war es unbeschreiblich. Im Licht der Morgendämmerung erinnerte Cordina Hannah an ein junges Mädchen, das sich zu seinem ersten Ball einkleidet. Die Farben schimmerten weich. Rosa und Rot und geheimnisvolles Blau hingen noch im Osten, als sie aufsaßen.

Während sie sich in ihrem Sattel zurechtsetzte, betrachtete sie Bennetts Dracula mit einer Mischung aus Neid und Verlangen. Zu den Ställen ihres Vaters gehörten einige der prächtigsten Pferde Großbritanniens, aber er besaß keines, das sich mit diesem schwarzen Hengst vergleichen ließ. Er war schnell und rücksichtslos und ein kleines bisschen böse. Sie konnte sich vorstellen, dass er sogar Bennett abwarf.

„Ein Pferd wie dieses hat bestimmt einen eigenen Willen", bemerkte sie mit einem Blick auf Dracula.

„Natürlich." Bennett beruhigte den Hengst, als er zur Seite tänzelte. Offenbar missverstand Bennett Hannahs Bemerkung. Er lächelte beruhigend. „Ihr Don Quixote ist stark und ein Gentleman. Ella reitet ihn oft, wenn sie hier ist."

Hannah zog nur eine Braue hoch, sie hatte die beruhigenden Worte als das erkannt, was sie waren. „Danke, Hoheit. Es beruhigt mich, zu wissen, dass Sie mir ein Damenpferd gegeben haben."

Er glaubte, eine Spur Sarkasmus aus ihrer Stimme herauszuhören. Als er sie jedoch ansah, begegnete er einem höflichen Lächeln. „Ich dachte, wir reiten ans Meer."

„Gern."

Mit einem Kopfnicken wendete Bennett sein Pferd und verfiel in einen leichten Trab. „Sitzen Sie bequem?"

„Ja, danke." Als sie in den sanften Rhythmus verfiel, versuchte Hannah, sich nicht nach einem wilden Galopp zu sehnen. „Es war freundlich von Ihnen, mich einzuladen. Ich habe gehört, dass Ihre morgendlichen Ausritte geheiligt sind."

Er lächelte ihr zu und war zufrieden, dass sie so gut und voll Selbstbewusstsein auf dem Pferd saß. „Es gibt Zeiten, in denen ich Gesellschaft bevorzuge."

Das galt nicht für die letzte Zeit. Seit Deboques Freilassung hatte er das Gefühl, seine Arme nicht ausstrecken zu können, ohne einen Wachmann anzustoßen.

Sein Blick verfinsterte sich, vor Ungeduld und vor Wut gleichermaßen.

Er wollte, dass Deboque aus dem Weg geschafft wurde. Ihm gefiel der Gedanke, ihn sich selbst vorzunehmen. Instinktiv berührte er mit einer Hand seine Schulter, in die eine Kugel eingedrungen war. Ja, der Gedanke gefiel ihm sehr.

Sein Blick beunruhigte sie. Er schien nach etwas Ausschau zu halten, gegen das er sich verteidigen musste. Der Mann neben ihr war nicht der gelassene, leichtlebige Prinz, den sie erwartet hatte. An was immer, an wen immer er gerade dachte, es schien sich auf sein Pferd zu übertragen, denn Dracula scheute nervös. Sie sah, wie gut er den Hengst unter Kontrolle hatte, eine kleine Bewegung genügte. Er konnte freundlich oder streng sein, sanft oder grob. Ihre Handflächen, in denen sie die Zügel hielt, wurden feucht.

„Stimmt etwas nicht?"

„Wie?" Er schaute hinüber. Einen Moment war sein Blick noch so hart und finster, dass sie sich verspannte. Dann war er verschwunden, und Bennett lächelte wieder. Heute Morgen gibt es Deboque nicht, sagte er sich. Er war es leid, jeden Aspekt seines Lebens und des Lebens seiner Familie von einem Namen überschatten zu lassen. „Nein, es ist nichts. Erzählen Sie mir, was Sie zu Hause machen, Hannah. Ich kann Sie mir dort gar nicht vorstellen."

„Wir leben sehr ruhig in London." Das stimmte teilweise. „Ich erledige viel von meiner Arbeit zu Hause."

„Ihre Arbeit", wiederholte er. „Ihre Essays?" Er führte sie über den leichtesten Pfad mit dem geringsten Gefälle.

„Ja. Ich hoffe, sie werden in ein oder zwei Jahren zur Veröffentlichung bereit sein."

„Ich würde sie gern lesen."

Sie warf ihm einen überraschten Blick zu und fühlte dann sofort, wie sie sich versteifte. Es hatte nichts mit Angst zu tun. Selbst wenn er verlangt hätte, ihre Arbeit zu sehen, hätte sie genug gehabt, um ihn zufriedenzustellen. Nein, es war nicht Angst, sondern die Überzeugung, körperlich krank zu werden, wenn sie ihn noch länger belog.

„Das können Sie selbstverständlich gern tun, aber ich glaube nicht, dass meine Schriften für Sie von großem Interesse sind."

„Sie irren sich. Sie selbst sind von großem Interesse für mich."

Hannah blickte zu Boden, aber nicht aus Schüchternheit, wie er dachte, sondern aus Scham. „Es ist schön hier", meinte sie nach einer Weile. „Reiten Sie oft hier entlang?"

Sie ließ ihn nicht an sich heran. Bennett unterdrückte die Frustration und erinnerte sich daran, dass er eine weite Wegstrecke vor sich hatte. „Nein. Ich war schon lange nicht mehr hier." Als sie den höchsten Punkt einer Erhebung erreichten, hielt er an. Hannahs Wallach war damit zufrieden, sich mit dem Gras neben dem Weg zu beschäftigen. Neben ihr bebte Dracula förmlich vor Energie. „Etwas Abstand verändert alles", sagte Bennett.

Sie folgte seinem Blick und schaute zurück zum Palast. Von hier sah er wie ein exquisites Kinderspielzeug aus, wie ein großartiges Puppenhaus, das ein verwöhntes Kind unterm Weihnachtsbaum vorfinden mochte. Im Osten befand sich das Meer, von den Klippen und den Bäumen noch immer den Blicken entzogen und kaum zu hören. Wie der Palast wirkte es kaum real.

„Mussten Sie so dringend wegkommen?", fragte Hannah ruhig.

„Manchmal." Es überraschte ihn nicht mehr, dass sie seine Stimmungen einfangen konnte. Die Zügel fest in der Hand, hielt er den Hengst unter Kontrolle und betrachtete weiterhin sein Zuhause. „Ich habe eine Zeit in Oxford und auf See verbracht. Wenn ich fort war, vermisste ich Cordina, dass es schon wie ein Schmerz war. Aber in den letzten sechs Monaten verspürte ich eine Ruhelosigkeit, als würde ich darauf warten, dass etwas passiert."

Sie dachten beide an Deboque.

„In England beklage ich mich oft, vor allem um diese Zeit des Jahres, über die Kälte und die Nässe." Sie setzte sich im Sattel zurecht und lächelte bei dem Gedanken an daheim. „Ich sehe aus dem Fenster und denke, dass ich meine Seele für ein paar warme, sonnige Tage verkaufen würde. Und wenn ich dann weg bin, vermisse ich den Nebel und den Dunst und die Gerüche von London." Sie ließen ihre Pferde weitergehen, während Hannah ihre Gedanken zurück nach England lenkte. „Gleich um die Ecke von unserem Haus verkauft ein Mann geröstete Kastanien. Man kauft eine kleine Tüte und wärmt sich an ihnen die Hände und genießt ihren köstlichen Duft, lange bevor man sie isst. Manchmal frage ich mich, wie ich Weihnachten irgendwo ohne geröstete Kastanien verbringen kann."

„Ich wusste nicht, dass Sie England so sehr vermissen."

Bis zu diesem Moment hatte sie es auch nicht gewusst. „Man vermisst immer sein Zuhause."

„Ich habe mich oft gefragt, wie schwer es für Reeve war", sagte Bennett. Die Geräusche der See wurden lauter, als sie sich nach Osten bewegten. „Auch wenn er und Ella jedes Jahr fast sechs Monate auf ihrer Farm in Amerika verbringen. Ich weiß, dass Ella dort genauso zu Hause ist wie in Cordina."

„Für viele entsteht wahre Zufriedenheit durch Anpassung." War es für sie nicht während ihres ganzen Erwachsenenlebens so gewesen?

„Für Eve ist es viel härter. Sie verbringt nur ein paar Wochen mit ihrer Familie in Amerika."

„Die eine Liebe ist größer als die andere. Manches Verlangen stärker." Hannah begann gerade erst, das wirklich zu verstehen. „Eve würde überall leben, solange nur Alexander bei ihr wäre. Und ich denke, das Gleiche gilt auch für Ihren Schwager."

Ja, das stimmte. Vielleicht war das ein Teil der Ruhelosigkeit in ihm. Während der letzten Jahre hatte er gesehen, wie schön, wie stark eine wirkliche Bindung, wirkliches Gefühl sein konnte. Irgendwie war ihm beides immer so entfernt, so unerreichbar erschienen. Nun aber gab es Hannah.

„Könnten Sie England für eine Liebe den Rücken kehren?"

Hannah erhaschte den ersten Blick auf die See, als sie höher kletterten. Sie konzentrierte sich darauf, sah jedoch vor ihrem geistigen Auge die sich dahinschlängelnde Themse.

Könnte sie es? So viel von ihrem Leben, von ihren Verpflichtungen war mit England verbunden. Selbst ihr gegenwärtiger Auftrag ging darum, ihr Land genauso vor Deboque zu schützen wie die Fürstenfamilie von Cordina.

„Ich weiß es nicht. Vor allem Sie werden verstehen, wie stark manche Bande sein können."

Die Bäume standen weiter auseinander, waren verkrümmt und verwittert von dem Wind, der vom Meer her wehte.

Der Pfad wurde schwieriger, und Bennett schob sich zwischen die Kante und Hannah. Es zuckte um ihren Mund, doch sie sagte nichts. Er konnte nicht wissen, dass sie diesen Pfad ohne Sattel und Zügel hätte entlangjagen können. Darüber hinaus genoss sie das ungewohnte Gefühl, beschützt zu werden.

Ohne die Bäume, die seine Macht brachen, fegte der Wind vom Meer herauf. Nicht einmal Hannahs festgestecktes Haar konnte ihm vollständig widerstehen. Dünne Strähnen lösten sich und wehten um ihre Wangen. Während sie die Szenerie betrachtete, ließ eine Möwe sich von der Luftströmung erfassen und glitt friedlich dahin. Eine zweite tief unten suchte das Wasser nach Nahrung ab.

„Es ist atemberaubend." Hannah entspannte sich seufzend.

Und Bennett sah, was sich stets in ihrem Herzen befand, sich aber nur so selten in ihren Augen zeigte: Ihre Liebe zum Abenteuer, zur Macht und zum Risiko. Das machte sie schön, erregend, geheimnisvoll. Das Verlangen, sie zu berühren, wurde so stark, dass er seine Finger fest um die Zügel schließen musste, um es nicht zu tun.

„Ich wollte Sie hierher bringen, habe mir aber Sorgen gemacht, die Höhe könnte Sie stören."

„Nein, ich liebe das." Ihr Pferd scheute ein wenig, und sie kontrollierte es mit der Leichtigkeit langer Erfahrung. „Es gibt so viele schöne Orte auf der Welt, aber so wenige ganz besondere. Dieser hier ist ein ganz besonderer Ort. Ich glaube, ich könnte …" Sie verstummte, als sie die volle Bedeutung erkannte. „Das ist die Szene auf dem Gemälde. Jetzt braut sich kein Gewitter zusammen, aber das ist die Stelle, nicht wahr?"

„Ja." Er hatte sich nicht vorgestellt, dass es ihm so viel bedeuten könnte, dass sie es wiedererkannte. Genauso wenig wusste er, was er mit der unausweichlichen Erkenntnis anfangen sollte, dass er in sie verliebt war.

Er warf den Kopf zurück, als ihm der Wind die Haare in die Augen blies. Er wollte einen ungehinderten Blick auf sie werfen können in diesem vielleicht wichtigsten Moment seines Lebens.

Hannah saß aufrecht im Sattel, die Augen dunkel vor Anerkennung für die Szenerie, die sich vor und unter ihr ausbreitete. Ihr Profil war stark ausgeprägt. Die braune Reithose samt Bluse taten nichts gegen ihre blasse Haut. Doch als er sie ansah, erblickte er das

Schönste, das Wertvollste, das er je gefunden hatte. Und zum ersten Mal in seinem Leben hatte er keine Worte, um es ihr zu sagen.

„Hannah." Er streckte die Hand aus und wartete.

Sie drehte sich um. Er war der großartigste Mann, den sie je gesehen hatte. Atemberaubender als der Ausblick, gefährlicher als ein Sturz über die Felsen. Er saß auf dem Hengst, kerzengerade wie ein Soldat, anrührend wie ein Poet. In seinen Augen sah sie sowohl Leidenschaft als auch Mitgefühl, sowohl Verlangen als auch Großzügigkeit.

Ihr Herz betrog sie und war an ihn verloren, noch ehe sie sich sagen konnte, dass dies nicht passieren durfte. Während Pflicht gegen Gefühl kämpfte, legte sie ihre Hand in seine.

„Ich weiß, wofür Sie mich halten."

„Bennett …"

„Nein." Er umschloss ihre Finger. „Sie liegen gar nicht so falsch. Ich könnte Sie belügen und versprechen, mich zu ändern, aber ich werde weder lügen noch etwas versprechen."

Bevor sie sich daran hindern konnte, wurde sie weich. Nur für diesen Moment, versprach sie sich selbst. Jetzt herrschte Magie, wenn auch nur für einen Augenblick.

„Bennett, ich möchte nicht, dass Sie sich ändern."

„Ich habe ernst gemeint, was ich an jenem Abend sagte, und es nur schlecht ausgedrückt. Ich will Sie, Hannah." Genau wie sie blickte er aufs Meer hinaus. „Ich verstehe auch, dass es Ihnen schwerfällt, zu glauben, dass ich dies noch nie zu einer anderen Frau gesagt und es auf diese Weise gemeint habe."

Doch sie glaubte ihm. Es war aufregend, erschreckend und verboten, aber sie tat es. Für Sekunden gab sie sich einem herrlichen Gefühl hin, dann erinnerte sie sich daran, wer sie war. Pflicht zuerst – immer.

„Bitte, glauben Sie mir, könnte ich Ihnen geben, was Sie wollen, würde ich es tun. Aber es ist einfach nicht möglich." Sie entzog ihm ihre Hand, weil der Kontakt sie schwach machte und zum Träumen brachte.

„Ich habe stets geglaubt, dass alles möglich ist, wenn man dafür hart genug arbeitet."

„Nein. Manche Dinge bleiben unerreichbar." Sie wandte ihr

Pferd vom Meer ab. „Wir sollten zurückreiten." Bevor sie sich bewegen konnte, war er nahe genug heran, um ihre Hände an den Zügeln zu ergreifen. Sein Arm berührte ihren Arm, sein Bein ihr Bein. Sein Gesicht war nah, zu nah, während ihre Pferde in entgegengesetzten Richtungen nebeneinander standen.

„Sagen Sie mir, was Sie fühlen", verlangte er. Die Geduld war verschwunden und hatte sich in starkes Verlangen gewandelt. „Geben Sie mir wenigstens so viel, verdammt!"

„Bedauern." Es war zu spüren, als sie das Wort aussprach.

Er gab ihre Hände frei und schob seine Hand in ihren Nacken. „Sagen Sie mir noch einmal, was Sie fühlen", sagte er und beugte sich zu ihr.

Der Kuss war wie ein Hauch, sanft, verführerisch. Hannah umfasste die Zügel fester und ließ sie dann los, als die Gefühle sie überwältigten. Es sollte nicht so sein. Der Wind säuselte um sie herum. Das Meer toste in der Tiefe. Für einen einzigen Augenblick flohen alle vernünftigen Gedanken und ließen nur Verlangen zurück.

„Bennett." Sie sagte seinen Namen, als sie sich zurückzuziehen begann. Er hielt sie beharrlich fest.

„Noch einen Moment."

Er brauchte es. Nie zuvor hatte er das Bedürfnis gehabt, eine Frau um etwas anzuflehen. Es war nicht nur Leidenschaft, was er wollte. Es war mehr als das Körperliche. Er wollte ihr Herz mit einer Verzweiflung, die er nie zuvor empfunden hatte.

Es war diese Verzweiflung, aus der heraus er den Kuss sanft hielt, aus der heraus er sich zurückzog, lange bevor sein Sehnen befriedigt war. Wenn er ihr Herz wollte, musste er langsam vorgehen. Seine Hannah war zart und scheu.

„Kein Bedauern, Hannah", sagte er ruhig und lächelte. „Ich werde Ihnen nicht wehtun oder Sie weiter drängen, als Sie bereit sind zu gehen. Vertrauen Sie mir. Das ist wirklich alles, was ich jetzt will."

Sie hätte am liebsten geweint. Er bot ihr eine Freundlichkeit, eine Empfindsamkeit, die sie nicht verdiente. Lügen waren alles, was sie ihm gegeben hatte. Lügen waren alles, was sie ihm weiterhin geben konnte. Um ihn am Leben zu erhalten, rief sie sich ins Gedächtnis, als Tränen in ihren Augen brannten. Um ihn und die Menschen, die er liebte, in Sicherheit und unversehrt zu erhalten.

„Kein Bedauern", erklärte sie, warf ihren Kopf zurück, presste ihre Fersen in die Seiten des Wallachs und jagte im Galopp davon.

Bennetts erste Reaktion war Überraschung. Er hatte nicht erwartet, dass sie so gut und kraftvoll reiten konnte. Er sah eine Weile zu, wie sie den Abhang hinunterpreschte, ehe er lächelte und Dracula die Zügel freigab.

Obwohl sie einen guten Vorsprung hatte, hörte Hannah, wie er hinter ihr aufholte. Begeistert beugte sie sich über den Hals des Wallachs, während sie ihn antrieb.

„Wir können die beiden nicht Kopf an Kopf schlagen!", rief sie ihrem Pferd zu. „Aber wir können sie austricksen."

Die Herausforderung war groß genug. Angespornt schwenkte Hannah vom Weg ab und zwischen die Bäume hinein. Der Pfad dort war schmal und schwierig, aber als sie an Geschwindigkeit einbüßte, gewann sie an Beweglichkeit. Bennett war ihr dicht auf den Fersen, aber sie hielt sich in der Mitte und ließ ihm keinen Platz zum Überholen.

Sie schoss zwischen den Bäumen hervor und auf ein Feld, das keine zwei Pferdelängen vor ihr lag. Instinktiv bog sie nach links ab und galoppierte wieder einen Hang hinauf, so dass Bennett seinen Schwung bei diesem unerwarteten Manöver abfangen musste. Dennoch holte er weiter auf, so dass sie fast auf gleicher Höhe waren, als die Ställe in Sicht kamen. Lachend schwenkte sie erneut nach links und peilte eine Hecke an.

Bennett verspürte blitzartig Panik, als er sich ausmalte, wie sie von ihrem Pferd stürzte. Dann sprangen sie auch schon darüber hinweg, Seite an Seite, und donnerten den Ställen entgegen.

Pipit stand da, die Hände in die Hüften gestützt. Er hatte die beiden beobachtet, seit sie über den Hügel hinausgeschossen waren, der Wallach in Führung. Seit dem Sprung zog der Hengst mit geschmeidigen, mühelosen Bewegungen in Führung. War zu erwarten, dachte Pipit, während er die Hände an seinen Hosenbeinen rieb. Es gab kein anderes Pferd in Cordina – oder in ganz Europa, seiner Meinung nach –, das mit diesem Hengst mithalten konnte.

Doch während er zusah, wie die Frau den Abstand gering hielt, dachte er, dass Prinz Bennett endlich einen gleichwertigen Partner gefunden hatte.

Bennett zügelte sein Pferd und glitt aus dem Sattel, während er immer noch stark erregt war. Hannah war nur kurz hinter ihm. Ihr Lachen war leise und ein wenig atemlos, als sie vom Pferdrücken glitt. Bennett umfing ihre Taille und drehte sie zu sich herum, bevor ihre Füße den Boden berührten.

„Wie haben Sie so reiten gelernt?"

Sie hob die Hände an seine Brust, um ihn auf Distanz und gleichzeitig ihr Gleichgewicht zu halten. „Das ist außer Literatur meine einzige Stärke. Ich hatte vergessen, wie sehr es mir in diesen letzten Monaten gefehlt hat."

Er konnte den Blick nicht von ihr abwenden. Das war nun pures Verlangen, ursprünglich, vital. Der Ritt, den sie zusammen erleben konnten, würde genauso wild, so unbekümmert sein wie der Ritt, den sie gerade hinter sich gebracht hatten. Irgendwie ahnte er das. Aus Gründen, die er nicht beschreiben konnte, hatte er das Gefühl, zwei Frauen im Arm zu halten, eine stille und eine leidenschaftliche. Er wusste nicht, welche ihn mehr anzog.

„Reiten Sie morgen wieder mit mir aus?"

Einmal war es ein Risiko und ein Genuss gewesen. Zweimal, dass wusste Hannah, wäre ein dummer Fehler. „Ich glaube, das wird nicht möglich sein. Bei der bevorstehenden Premiere von Eves Stück gibt es im Theater viel zu tun."

Bennett wollte nicht drängen. Er hatte sich selbst versprochen, ihr Zeit zu lassen, sie an seine Nähe zu gewöhnen. Von dem Moment auf dem Hügel an, in dem er erkannt hatte, wie viel ihm das bedeutete, war er entschlossener als je zuvor, ihr regelrecht den Hof zu machen.

Eine Premiere für den Playboy-Prinzen, dachte er, als er zurückwich und ihr die Hand küsste.

„Die Ställe stehen zu Ihrer Verfügung, wann immer Sie die Zeit finden, sie zu nutzen."

„Vielen Dank." Sie tastete nach ihren Haaren, um sich davon zu überzeugen, dass sich die Nadeln noch an ihrem Platz befanden. „Ich habe es sehr genossen, Bennett."

„Ich auch."

„Nun, Eve wird schon auf mich warten."

„Gehen Sie nur. Pipit und ich kümmern uns um die Pferde."

„Danke." Sie versuchte, Zeit zu gewinnen. Als sie das erkannte, nahm Hannah sich zusammen. „Auf Wiedersehen, Bennett."

„Hannah!" Er nickte und verfolgte, wie sie zum Palast zurückging. Ein Lächeln umspielte seine Lippen, als er den Hals des Pferdes tätschelte. „Ich dringe zu ihr durch, mein Freund", sagte er. „Es wird nur etwas Zeit kosten."

Die Zeit verging so schnell. In ihrem Zimmer eingeschlossen, hielt Hannah den Brief aus Sussex in der Hand. In diesem Umschlag würde sie Deboques Antwort auf die Forderung finden, die sie vor Tagen im Museum gestellt hatte. Ihre Hände waren ruhig, als sie sich an den Schreibtisch setzte. In dem Umschlag fand sie einen ziemlich geistlosen Brief von einer Bekannten in England. Hannah brauchte weniger als fünfzehn Minuten, um ihn zu entschlüsseln.

Bitte gewährt. Dritter Dezember, 23.30 Uhr. Café du Dauphin. Allein. Kontaktperson wird auf Englisch nach der Zeit fragen und anschließend Bemerkung über Wetter auf Französisch machen. Sorgen Sie dafür, dass Ihre Information die Sondermaßnahme rechtfertigt.

Heute Abend.

Der nächste Schritt sollte an diesem Abend erfolgen. Hannah steckte den Brief zurück in den Umschlag, ließ ihn jedoch offen auf ihrem Schreibtisch liegen. Daneben lag eine einzelne weiße Rose, die Bennett ihr an diesem Morgen geschickt hatte. Hannah zögerte einen Moment, ehe sie sich den Genuss gönnte, die Blütenblätter zu berühren.

Wäre bloß das Leben genauso süß und einfach, dachte sie.

Kurz darauf klopfte sie an die Tür von Prinz Armands Arbeitszimmer.

Sein Sekretär öffnete und verbeugte sich steif vor ihr, um sie dann dem Fürsten zu melden. Armand stand hinter seinem Schreibtisch, als er sie zu sich heranwinkte.

„Eure Hoheit." Hannah führte einen tiefen Knicks aus. „Ich bitte um Entschuldigung für die Störung."

„Sie stören absolut nicht, Hannah."

„Sie sind beschäftigt." Sie blieb an der Tür stehen, die Hände verschränkt. „Ich möchte Sie nur um einen Rat bitten. Wenn Sie wünschen, komme ich später wieder."

„Es ist mir jetzt sehr recht. Bitte, nehmen Sie Platz. Michael, wenn Sie sich um diese Angelegenheit kümmern …"

„Selbstverständlich, Hoheit." Michael verneigte sich und ging.

Sobald sich die Tür geschlossen hatte, ließ Hannah die Hände sinken. Mit festen Schritten ging sie zum Schreibtisch. „Wir haben einen Durchbruch erzielt. Sie müssen sofort Reeve anrufen!"

„Ich nehme das nicht auf die leichte Schulter", sagte Fürst Armand etwas später, als sein Schwiegersohn ihm gegenübersaß. „Wie können wir sicher sein, dass Deboque sich von der Information täuschen lässt, die Hannah ihm liefert?"

„Weil sie dicht an der Wahrheit liegt." Reeve leerte seine zweite Tasse Kaffee. „Wenn Hannah ihm nichts Wichtiges liefern kann, etwas, an das er auf andere Weise nicht herankommt, wird sie nie in seine Nähe gelangen."

„Aber wird er ihr glauben?"

„Es ist meine Aufgabe, dafür zu sorgen", antwortete Hannah gelassen. „Hoheit, ich weiß, dass Sie ständig Einwände gegen diese Operation hatten, aber bisher ist alles genau so gelaufen, wie wir das wollten."

„Bisher", stimmte Armand zu und stand auf. Er bedeutete beiden, sitzen zu bleiben, damit er in Ruhe auf und ab gehen konnte. „Und jetzt soll ich eine Frau, die meiner Familie und mir sehr ans Herz gewachsen ist, bitten, sich allein mit einem Mann zu treffen, der genauso zum Vergnügen wie aus Profitgier mordet."

„Sie wird nicht allein sein."

Bei Reeves Ankündigung setzte Hannah sich gerade auf. „Ich muss allein sein, sonst löst sich die ganze Organisation in Rauch auf. Das lasse ich nicht zu." Nun stand auch sie auf. „Ich habe zwei Jahre meines Lebens investiert."

„Und ich möchte dafür sorgen, dass Ihr Leben noch etwas länger dauert", sagte Reeve. „Wir vermuten, dass Deboque sein Hauptquartier in einer kleinen Villa hat, ungefähr acht Kilometer von hier entfernt. Meine Männer werden sie unter Beobachtung halten."

„Und Deboques Männer werden Ihre Männer unter Beobachtung halten."

„Überlassen Sie diesen Teil mir, Hannah, und erledigen Sie Ihren Job. Sie haben die Blaupausen und die Beschreibungen der Alarmanlagen?"

„Ja, natürlich." Verärgert setzte sie sich wieder. „Und ich weiß, dass ich sie niemandem außer Deboque geben darf."

„Und Sie wissen auch, dass Sie beim ersten Anzeichen, es könnte etwas schieflaufen, verschwinden müssen."

Sie nickte. „Ja."

„Zwei Männer werden in dem Café postiert sein."

„Warum jagen Sie nicht einfach eine Leuchtrakete hoch?", schleuderte Hannah ihm entgegen.

Er verstand ihre Besorgnis, schenkte sich eine dritte Tasse Kaffee ein. „Es gibt nur die Wahl zwischen diesem Vorgehen und einem Geheimsender, den wir Ihnen mitgeben."

„Der letzte Agent, der einen Geheimsender in Deboques Organisation einschmuggeln wollte, wurde an das ISS in drei Kisten zurückgeschickt."

Reeve zuckte die Schultern. „Sie haben die Wahl."

Wieder stand Hannah auf. „Da Sie bei diesem Auftrag mein Vorgesetzter sind, habe ich wohl keine andere Möglichkeit."

„Hauptsache, wir verstehen uns." Er erhob sich und ergriff ihre Hand. „Hannah, ich kenne Ihren Ruf. Warum sagen wir nicht ganz einfach, dass ich nicht eine der Besten verlieren will?" Er ließ ihre Hand los und wandte sich wieder an den Fürsten. „Ich muss einiges in die Wege leiten. Wir bleiben in Verbindung."

Armand wartete, bis sich die Tür hinter Reeve geschlossen hatte. „Einen Moment noch", sagte er zu Hannah. „Setzen Sie sich bitte."

Sie wollte allein sein, um jedes Detail sorgfältig zu planen. Es blieben nur noch wenige Stunden. Doch ihre Erziehung war genauso groß wie ihr Training, so dass sie Platz nahm. „Soll ich alles noch einmal mit Ihnen durchgehen, Hoheit?"

„Nein." Er lächelte leicht. „Ich begreife die Situation gut genug. Ich habe eine persönliche Frage, Hannah, und ich bitte Sie, nicht beleidigt zu sein." Er setzte sich ihr militärisch stramm gegenüber.

„Täusche ich mich, oder empfindet mein Sohn Zuneigung zu Ihnen?“

Sie verschränkte die Finger, während ihr ganzer Körper in Abwehrhaltung ging. „Wenn Sie Prinz Bennett meinen, Hoheit, so war er sehr freundlich zu mir.“

„Hannah, tun Sie mir den Gefallen, und verzichten Sie bitte auf Ausflüchte und höfliches Verhalten. Zu oft haben Pflichten verhindert, dass ich Zeit mit meiner Familie verbrachte, doch das bedeutet nicht, dass ich meine Kinder nicht kenne, und zwar gut kenne. Ich glaube, Bennett ist in Sie verliebt.“

Sie schluckte. „Nein, das ist er nicht. Vielleicht fühlt er sich ein wenig angezogen, aber nur, weil ich nicht zu den Frauen gehöre, mit denen er für gewöhnlich seine Zeit verbringt.“

„Hannah.“ Armand winkte ab, bevor sie mit ihrem wortreichen Ableugnen fortfahren konnte. „Ich frage nicht, um Sie in Verlegenheit zu bringen. Als ich es zu vermuten begann, hat es mir nur Unbehagen bereitet, weil Bennett nicht den wahren Grund für Ihre Anwesenheit kennt.“

„Ich verstehe.“

„Da bin ich mir nicht ganz sicher. Bennett ist seiner Mutter ähnlicher als meine anderen Kinder. So … sanft im Herzen. Ich stelle Ihnen meine nächste Frage nur, weil ich Sie im Fall einer Verneinung bitten müsste, behutsam vorzugehen. Lieben Sie ihn, Hannah?“

Alle ihre Gefuhle spiegelten sich im Glanz ihrer Augen. Sie wusste es und senkte rasch den Blick. „Was immer ich für Bennett oder für Ihre Familie empfinde, wird keinen Einfluss auf meine Arbeit haben.“

„Ich verstehe genug von Menschen, um zu erkennen, ob jemand tun wird, was getan werden muss. Aber Sie haben meine Frage nicht beantwortet. Lieben Sie meinen Sohn?“

„Ich kann es nicht.“ Diesmal klang ihre Stimme nicht stark, sondern tränenerstickt. „Ich habe ihn von Anfang an belogen, und ich werde es auch weiterhin tun. Man kann nicht lieben und lügen. Bitte, entschuldigen Sie mich, Hoheit.“

Armand ließ sie gehen. Sekundenlang lehnte er sich auf seinem Stuhl zurück und hielt die Augen geschlossen. In den nächsten Stunden konnte er nichts anderes tun, als für sie zu beten.

Das Café gehörte nicht zu den hübschen, kleinen Touristenlokalen von Cordina. Es war eine Hafenkneipe, die Matrosen von den Fischerbooten und Frachtkähnen versorgte. Drinnen gab es viele Tische, die meisten leer, und Rauch und Alkoholdünste. Es gibt schlimmere Lokale, stellte Hannah fest, als sie eintrat, aber es war auch kein Ort, den eine Frau allein aufsuchte, es sei denn, sie war auf Probleme aus.

Dennoch erregte sie kaum Aufsehen, als sie hereinkam. In ihrem schlichten grauen Sweater und der langen grauen Hose hob sie sich kaum von den Wänden ab. Die paar Frauen, die schon da waren, boten einen wesentlich interessanteren Anblick als sie.

Hannah schob sich auf einen Barhocker und bestellte einen Bourbon. Bis er serviert wurde, hatte sie den Raum schon gemustert. Falls Reeve hier tatsächlich zwei Agenten postiert hatte, waren sie eindeutig gut. Es kam selten vor, dass Hannah einen der ihren nicht erkannte.

Sie trank seit zehn Minuten, als einer der Männer von einem Tisch aufstand und zu ihr kam. Hannah nippte weiter an ihrem Drink, während sie jeden Muskel anspannte. Der Mann sprach sie auf Französisch an, und seine Sprache klang vom Whiskey schleppend.

„Es ist eine traurige Sache, wenn eine Frau allein trinkt."

Hannah schlug ihren sprödesten britischen Ton an. „Noch trauriger ist es, wenn eine Frau nicht allein bleibt, obwohl sie dies wünscht."

„Wenn eine so nach nichts aussieht, sollte sie nicht so pingelig sein", grollte er, ging jedoch wieder weg. Hannah hätte beinahe gelächelt, doch dann kam ein anderer Mann zur Tür herein.

Er trug die Kleidung eines Matrosen und hatte die Mütze tief in die Stirn gezogen. Sein Gesicht war sonnengebräunt und hager. Diesmal verspannte sie sich, weil sie sicher war.

Dennoch hob sie lässig ihr Glas, als er sich neben sie setzte.

„Haben Sie die genaue Zeit, Mademoiselle?"

„Ja. Es ist Viertel vor zwölf."

„Danke." Er verlangte per Handzeichen einen Drink.

Sie sprachen nicht weiter miteinander. Hinter ihnen stimmte eine Gruppe ein Lied auf Französisch an und sang ziemlich falsch. Der Wein floss in Strömen, und die Nacht war noch jung. Der Mann leerte sein Glas und verließ die Bar. Hannah wartete nur ein paar Minuten, ehe sie aufstand und ihm folgte.

Er stand wartend am Pier. Hier gab es so wenig Licht, dass er mehr wie ein Schatten als ein Mensch wirkte. Hannah näherte sich ihm in dem Bewusstsein, dass es für sie den Anfang oder das Ende bedeutete.

„Sie haben die Informationen?“ Als sie nickte, fügte er hinzu: „Wir nehmen das Boot.“ Er deutete auf ein kleines offenes Motorboot.

Hannah wusste, dass sie keine Wahl hatte. Obwohl sie auf See keine Rückendeckung haben würde, dachte sie keine Sekunde daran, sich zu weigern. Deboque war das Ziel.

Ohne zu zögern, ließ sie sich in das Boot gleiten und setzte sich. Schweigend stieg ihr Kontaktmann ein, stieß ab und startete den Motor.

7. KAPITEL

Reeve würde wütend sein. Hannah stützte sich mit einer Hand auf dem Sitz ab, um das Gleichgewicht nicht zu verlieren, als das Boot Geschwindigkeit aufnahm. Er kann es sich leisten, wütend zu sein, dachte sie, ich jedoch darf den Kopf nicht verlieren.

Deboque war also nicht an Land in seiner Villa, wie sie erwartet hatte. Er war, falls das Boot nicht plötzlich und einschneidend seine Richtung änderte, auf See. Nein, auf Hilfe konnte sie jetzt nicht zählen. Hannah atmete tief durch und betrachtete das Kielwasser hinter ihnen. Sie arbeitete sowieso lieber allein.

Heute Nacht würde sie Deboque treffen. Sie fühlte es. Ihr Puls ging langsam und ruhig, ihr Atem regelmäßig. Die Gischt, die das Boot hochspritzen ließ, sprühte ihr ins Gesicht, während sie eine gelassene Miene beibehielt. Nerven, soweit sie noch welche hatte, durfte sie jetzt nicht verlieren. Ihre mitternächtliche Kreuzfahrt über das Mittelmeer brachte sie dem Ziel näher, auf das sie seit über vierundzwanzig Monaten hinarbeitete.

Erregung, nicht Angst, baute sich in ihr auf. Sogar die musste sie unter Kontrolle halten. Alles, was ihren Puls zu schnell pochen oder ihre Gedanken zu weit vorauseilen ließ, war gefährlich. Sie durfte sich keinen Fehler erlauben. In den vergangenen zwei Jahren hatte sie sich in Deboques Organisation hochgearbeitet und sich dabei meist auf ihr eigenes Können verlassen. Mit Unterstützung des ISS hatte sie mehrere Aufträge erfolgreich ausgeführt. Waffen verkauft, Diamanten verschwinden lassen, Drogen überbracht.

Der Zweck heiligt die Mittel.

Sprossen auf der Karriereleiter, dachte sie. Könnte sie darauf weiter nach oben kommen, dann erst kurz bevor Deboques Höllenreich einstürzen und ihn unter sich begraben würde.

Hannah sah eine schlanke weiße Yacht, die majestätisch auf dem dunklen Wasser ankerte. Ein Schauer der Erregung durchlief sie. Ihr Kontaktmann gab Zeichen mit einer Taschenlampe. Vom Schiff blitzte die Antwort herüber.

Der Motor erstarb, und die Nacht war wieder still, als sie an die Yacht herantrieben.

Hannah griff nach der Leiter. Das Metall fühlte sich kühl und hart an unter ihren Händen. Ohne einen Blick zurück kletterte sie hinauf und dem Unbekannten entgegen.

„Lady Hannah."

Ein großer Mann mit dunklem Teint erwartete sie. Er ergriff ihre Hand und beugte sich darüber. Sie erkannte ihn von ihrer letzten Lagebesprechung. Er hieß Ricardo Batemen, war sechsundzwanzig, stammte aus Jamaica und hatte ein abgeschlossenes Medizinstudium. Er arbeitete immer noch mit dem Skalpell, wandte es jedoch an Gesunden und ohne Betäubung an.

Er war zu Deboques Favoriten aufgerückt.

„Ich bin Ricardo." Sein junges, glattes Gesicht zeigte ein Lächeln. „Willkommen auf der ‚Invincible'."

„Danke, Ricardo." Sie sah sich flüchtig um und zählte noch fünf Männer und eine Frau an Deck. Die Männer trugen dunkle Anzüge und Maschinenpistolen. Die Frau hatte einen Sarong über ihren Bikini geschlungen und wirkte gelangweilt. „Könnte ich einen Drink bekommen?"

„Selbstverständlich." Seine Augen waren von einem hellen, fast durchsichtigen Grün. „Aber zuerst müssen Sie unsere Vorsichtsmaßnahmen entschuldigen. Ihre Tasche, Lady Hannah!"

Sie zog eine Augenbraue hoch und sah ihn offen an. „Ich verlasse mich auf Sie, dass mir alles zurückgegeben wird."

„Sie haben mein Wort." Er verbeugte sich, als sie ihm die Tasche reichte. „Also, wenn Sie jetzt mit Carmine gehen? Sie wird Sie in Ihre Kabine bringen. Sie werden sich frisch machen wollen, nachdem sie sich davon überzeugt hat, dass niemand elektronische Geräte an Ihnen angebracht hat."

Eine Leibesvisitation bis auf die Haut, dachte Hannah resigniert. „Niemand bringt irgendetwas an mir an, Ricardo. Aber ich bewundere einen vorsichtigen Mann." Hannah überquerte das Deck und trat zu Carmine, als würde sie zu einer Teeparty gehen.

Kurz darauf stellte Ricardo Hannahs Tasche auf einen glänzenden Mahagonischreibtisch. „Carmine kümmert sich gerade um sie. Sie hat eine Kleinkaliberpistole, ihren Pass, einen Ausweis und ungefähr dreitausend Francs sowie ein paar Kosmetika bei sich. Und einen versiegelten Umschlag."

„Danke, Ricardo." Die Stimme klang dunkel und rauchig. „Sie können sie in zehn Minuten zu mir bringen."

„Geht in Ordnung."

„Ricardo, Ihr Eindruck?"

„Attraktiver als auf ihrem Foto. Und cool, sehr cool. Ihre Hand war trocken und ruhig."

„Gut." Eine Spur von Belustigung schwang in der Stimme mit. „Zehn Minuten, Ricardo." Er griff nach dem Umschlag und brach das Siegel auf.

Kurze Zeit später strich Hannah ihren Sweater glatt. Sie hatte die Durchsuchung eher als ärgerlich denn als demütigend empfunden. Carmine hatte ihr das Stilett abgenommen, doch damit hatte sie gerechnet. Ricardo hatte ihre Pistole. Vorerst war sie allein und unbewaffnet und mitten auf dem Meer. Aber sie besaß noch ihre Fähigkeiten.

Hannah stand in der Mitte der Kabine, als Ricardo die Tür öffnete. „Ich bitte noch einmal um Entschuldigung für die Unannehmlichkeiten, Lady Hannah."

„Nur eine ärgerliche Kleinigkeit, Ricardo." Er hatte ihr die Tasche nicht zurückgebracht, aber sie sagte nichts darüber. „Ich hoffe nur, es gibt nicht noch mehr davon."

„Absolut nicht. Wenn Sie jetzt mitkommen wollen."

Hannah folgte ihm. Die Yacht besaß die Größe eines kleinen Hotels, wie sie bald feststellte. Und es gab viele Fluchtwege, sollte es einmal nötig sein.

Sie schritten über einen leuchtend roten Teppich. In der Kabine, in der sie durchsucht worden war, hatte es einen antiken Spiegel gegeben, eine Bettdecke aus Samt und ein Bullauge, das für ein Kind groß genug war – oder für eine schlanke Frau.

Ricardo blieb vor einer schweren Eichentür stehen und klopfte zwei Mal. Ohne auf eine Antwort zu warten, öffnete er. Hannah trat ein und hörte, wie hinter ihr die Tür zuschnappte.

Der Raum war üppig, elegant, sogar fantasievoll eingerichtet. Das Frankreich des achtzehnten Jahrhunderts schien wieder belebt worden zu sein. Der Teppich leuchtete im tiefen Blau der Könige, und die getäfelten Wände glänzten wie Spiegel. Zwei funkelnde Lüster warfen ihr Licht über antikes Holz und Plüsch. Brokat war reichlich zur Drapierung eines Bettes verwendet worden, das eines Königs würdig war. Alle Farben waren lebhaft, fast zu kräftig.

Duft nach Blumen und nach Antikem mischte sich zu einem seltsam faszinierenden und sonderbar unangenehmen Geruch. Unter dem sanften Schwanken des Schiffes erbebte eine Sammlung von Kristalltieren.

Hannah benötigte nur Sekunden, um alles in sich aufzunehmen. So großartig und extravagant der Raum auch war, der Mann hinter dem Louis-seize-Schreibtisch dominierte. Sie empfand nicht das Teuflische, das sie erwartet hatte. In der Nähe wirklich böser Menschen verspürte man oft eine Kälte oder eine Bedrohung. Was sie sah, war ein schlanker, attraktiver Mann in den Fünfzigern, mit stahlgrauen Haaren, die in einer Mähne von einem fein geschnittenen, aristokratischen Gesicht zurückgekämmt waren. Er trug Schwarz, was seine blasse Haut betonte. Auch seine Augen waren pechschwarz. Er betrachtete Hannah, wobei sein voller, schöner Mund lächelte.

Hannah hatte natürlich Fotos von ihm gesehen und jede Information über ihn ausgewertet, die während der letzten zwanzig Jahre gesammelt worden war. Und doch war sie nicht auf den Schock der Sinnlichkeit, die er ausstrahlte, vorbereitet gewesen.

Er war ein Mann, für den Frauen gestorben waren. Und nun verstand sie es. Er war ein Mann, für den andere Männer gemordet hatten, ohne Fragen zu stellen. Auch das verstand sie, als sie drei Meter von ihm entfernt stand und seine Macht spürte.

„Lady Hannah." Er erhob sich langsam und anmutig. Sein Körper war schlank, fast zart. Seine Hand, die er ihr entgegenstreckte, war schmal und schön. Drei Diamantringe funkelten an den Fingern.

Sie durfte nicht zögern, obwohl sie ahnte, dass sie bei einer Berührung aus dem ihr Bekannten in etwas Fremdes und Angsteinflößendes gezogen zu werden drohte.

Hannah trat lächelnd näher. „Monsieur Deboque." Sie freute sich über seine leichte Überraschung, als sie seinen Namen aussprach. „Es ist mir eine Freude."

„Bitte, nehmen Sie Platz. Einen Cognac?"

„Ja, danke." Sie wählte einen weichen Sessel mit hoher Rückenlehne, der vor dem Schreibtisch stand. Musik ertönte aus verborgenen Lautsprechern – Chopin. Sie lauschte den Klängen, während Deboque zu einem Schrank mit Intarsien trat und eine Karaffe herausholte. „Ihr Schiff ist exquisit, Monsieur." Ein Gemälde hing hinter seinem Schreibtisch. Eines von sechs, die vor einem Jahr aus einer Privatsammlung gestohlen worden waren.

Hannah hatte bei der Ausführung des Diebstahls geholfen.

„Ich schätze Schönheit." Er reichte ihr einen Cognac und setzte sich dann neben sie. „Auf Ihre Gesundheit, Mademoiselle!"

„Auf die Ihre." Sie lächelte ihn wieder an, ehe sie trank.

„Vielleicht erzählen Sie mir jetzt, wie Sie meinen Namen erfahren haben."

„Es ist mein Grundsatz, herauszufinden, für wen ich arbeite, Monsieur Deboque." Sie schüttelte den Kopf, als er ein Etui hervorholte und ihr eine Zigarette anbot. „Ich muss Ihnen zu Ihren Sicherheitsvorkehrungen und Ihren Mitarbeitern gratulieren. Es war keine leichte Sache herauszufinden, wer – sagen wir – regiert."

Er sog langsam den Rauch ein wie ein Mann, der einen feinen Geschmack schätzt. „Den meisten war es unmöglich."

Ihr Blick war kühl und amüsiert auf ihn gerichtet. „Mir ist nur wenig unmöglich."

„Für andere war es tödlich."

Als sie nur lächelte, überging er es. Sie war, wie Ricardo gesagt hatte, sehr cool. „Meine Berichte über Sie sind sehr schmeichelhaft, Lady Hannah."

„Natürlich."

Nun war die Reihe an ihm zu lächeln. „Ich bewundere Selbstbewusstsein."

„Ich ebenfalls."

„Ich stehe in Ihrer Schuld, weil Sie vor einigen Monaten ein Geschäft gerettet haben. Ich wäre, vorsichtig ausgedrückt, verärgert gewesen, hätte ich diesen Kontrakt verloren."

„Es war mir ein Vergnügen. Es sieht so aus, Monsieur, als hätten Sie einige schwache Glieder in der Kette."

„So sieht es aus", sagte er. Er hatte bereits überlegt, ob er Bouffe, seine rechte Hand, an Ricardo übergeben sollte, damit dieser ihn beseitigte. Ein Jammer, dachte Deboque. Bouffe war mehr als ein Jahrzehnt ein loyaler und geschätzter Mitarbeiter gewesen. „Sie genießen

Ihren Aufenthalt in Cordina?“

Ihr Herz hämmerte ein wenig, als sie noch einen Schluck trank. „Der Palast ist recht hübsch.“ Sie zuckte die Schultern und ließ den Blick durch den Raum gleiten. „Ich schätze ebenfalls Schönheit. Das hilft, die Tatsache auszugleichen, dass die Bissets ziemlich langweilig sind.“

„Sie sind von der Fürstenfamilie nicht beeindruckt, Lady Hannah?“

„Ich lasse mich nicht leicht beeindrucken. Sie sind ganz sicher sehr nette Leute, aber so ergeben.“ Sie ließ Verachtung in ihre Stimme einfließen, wenn auch nur leicht. „Ich ziehe es vor, mich greifbareren Dingen hinzugeben als Ehre und Pflicht.“

„Und Loyalität, Lady Hannah?“

Sie wandte sich ihm erneut zu. Er versuchte, in ihr Innerstes zu blicken, unter die Oberfläche vorzudringen. „Ich kann loyal sein.“ Sie berührte den Rand ihres Glases mit der Zungenspitze. „Solange es sich für mich lohnt.“

Es war ein Risiko, wie sie wusste. Mangel an Loyalität wurde in Deboques Organisation mit dem Tod bestraft. Sie wartete, äußerlich kühl. Er betrachtete sie einen Moment, warf dann den Kopf mit der Löwenmähne zurück und lachte. Hannah fühlte, wie Erleichterung sich in ihr ausbreitete.

„Eine ehrliche Frau. Ich bewundere das. Ja, ich bewundere das viel mehr als jeden großartigen Schwur. Es ist wohl zu meinem Vorteil, weiterhin dafür zu sorgen, dass es sich für jemanden mit Ihren Fähigkeiten und Ihrem Ehrgeiz lohnt.“

„Ich hatte gehofft, Sie würden es so sehen. Ich bevorzuge eine leitende Position, wenn Sie verstehen, Monsieur Deboque, aber ich bin bereit, mich dorthin vorzuarbeiten. Die Organisation und das Delegieren von Aufgaben sind wesentlich erfreulicher als die Ausführung, meinen Sie nicht auch?“

„Allerdings, ja.“ Er musterte sie und überlegte. Sie machte den Eindruck einer sanften, wohlerzogenen jungen Frau. Er schätzte das Ruhige, Unauffällige an einer Frau. Flüchtig dachte er an Janet Smithers, die er vor nahezu einem Jahrzehnt benutzt und abgelegt hatte. Lady Hannah mochte wesentlich interessanter und tüchtiger sein. „Sie sind seit zwei Jahren bei uns?“

„Ja."

„Und in dieser Zeit haben Sie bewiesen, dass Sie sehr nützlich sind." Er erhob sich und nahm den Umschlag von seinem Schreibtisch. „Sie wollten mir das hier bringen, nehme ich an?"

„Allerdings." Hannah ließ den Cognac im Glas kreisen. „Obwohl ich die Methode der Übergabe ärgerlich fand."

„Ich bitte um Entschuldigung. Diese Information ist interessant, Lady Hannah, aber unvollständig, wie ich fürchte."

Sie schlug die Beine übereinander und lehnte sich entspannt zurück. „Eine Frau, die ihre ganzen Kenntnisse zu Papier bringt, verliert schnell ihren Wert. Was nicht dort steht, ist hier drin." Sie tippte mit einem Finger gegen ihre Schläfe.

„Verstehe." Er bewunderte Mitarbeiter, die ihren eigenen Wert kannten und ihn auch schützten. „Angenommen, ich wäre an den Alarmsystemen des Fürstenpalastes, des Zentrums der Schönen Künste und des Museums interessiert, um derartige Systeme für meine Zwecke einzusetzen, wären Sie in der Lage, die Lücken in den Informationen zu schließen?"

„Natürlich."

„Und wenn ich frage, wie Sie an diese Informationen herangekommen sind?"

„Dies war der Zweck meines Besuchs in Cordina."

„Einer davon." Fasziniert tippte er mit dem Umschlag gegen seine Handfläche. „Ein Glücksfall, dass Sie sich mit Prinzessin Eve anfreunden konnten."

„Ein glücklicher Umstand, aber es war nicht schwierig. Sie sehnte sich nach weiblicher Gesellschaft. Die biete ich. Ich kümmere mich um ihre Tochter, höre mir ihre Befürchtungen und Klagen an. Indem ich ihr Arbeiten abnehme, verdiene ich mir auch die Dankbarkeit von Prinz Alexander. Er hat Sorge, dass seine Frau sich übernimmt, während sie sein Kind trägt."

„Und man vertraut Ihnen?"

„Uneingeschränkt. Warum auch nicht?", fügte sie hinzu. „Meine Familie ist sehr angesehen, meine Erziehung makellos. Fürst Armand sieht in mir eine junge Cousine seiner verstorbenen Frau. Entschuldigen Sie, Monsieur, aber sind das nicht genau die Gründe, aus denen Sie mich dafür eingesetzt haben, mir einen Platz im Palast zu suchen?"

„Ja, das sind sie.“ Er lehnte sich zurück. Sie gefiel ihm, aber er war weit davon entfernt, ihr sein volles Vertrauen zu schenken. „Ich habe gehört, dass sich der junge Prinz für Sie interessiert.“

Sie erstarrte kurz bei diesen Worten. „Ihr Informationsnetz ist bewundernswert.“ Hannah blickte in ihren leeren Schwenker und neigte ihn fragend. Deboque erhob sich sofort, um ihr nachzuschenken. Die Zeit reichte, um ihre Fassung wiederzufinden. „Wie Ihnen sicher bekannt sein dürfte, ist Bennett stets an der Frau interessiert, die ihm am nächsten ist.“ Sie lachte leise und versuchte, sich selbst nicht zu hassen. „Er ist lediglich ein großer, verwöhnter Junge. Ich habe herausgefunden, dass man am leichtesten mit ihm umgehen kann, indem man sich desinteressiert zeigt.“

Deboque nickte bedächtig. „Dann stellt er Ihnen also nach.“

„Solche Männer sind unter diesen Umständen immer – entgegenkommender.“

„Ich bitte um Verzeihung, wenn ich zu persönlich werden sollte, meine Liebe, aber wie entgegenkommender?“

„Er ist ein wenig gelangweilt, ein wenig wagemutig. Seine Schwächen für Frauen sollte man nutzen können. Ich glaube, mit einem gewissen Flair kann man ihm Informationen entlocken. Sehen Sie, er hat mich durch das Zentrum geführt und durch die Marinebasis von Port Cordina.“ Sie trank noch einen Schluck. „Ich brauchte lediglich Interesse daran zu zeigen, wie das Museum seine Schätze hütet. Daraufhin wurden mir die Alarmeinrichtungen, die Monitore und Sensoren gezeigt.“ Sie legte eine Pause ein, damit er ihre Information verarbeiten konnte. „Je glaubwürdiger eine Frau Unwissenheit vortäuscht, desto mehr erfährt sie.“

Deboque wärmte den Cognac an, indem er die Hände fest um das Glas schloss. „Hypothetisch gesprochen, könnte das Sicherheitssystem im Palast durchbrochen werden?“

Endlich kommen wir zur Sache, dachte sie. „Hypothetisch gesprochen: Jedes Sicherheitssystem kann durchbrochen werden. Ich würde sagen, Reeve MacGee hat ein bewundernswertes System geschaffen, aber kein unüberwindbares.“

„Interessant.“ Er griff nach der kleinen Porzellanfigur eines Falken und betrachtete sie. „Und haben Sie eine Theorie, wie dieses System unterlaufen werden könnte?“

„Von innen heraus." Sie nippte wieder an ihrem Cognac.

„Und das Zentrum?"

„Genauso."

„Dieses Stück, das die Prinzessin geschrieben hat, wird in ein paar Tagen uraufgeführt. Es wäre doch amüsant, eine kleine Störung zu inszenieren." Er lächelte in sich hinein.

„Welcher Art?"

„Oh, ich spreche nur theoretisch, Sie verstehen. Die Fürstenfamilie würde sich nicht allzu behaglich fühlen, sollte der Abend irgendwie gestört werden. Ich würde das nur ungern verpassen. Werden Sie da sein?"

„Man erwartet mich." Hannah musste ihn zu etwas Endgültigem drängen. „Ich weiß gern, woran ich bin, Monsieur."

„Dann wäre es klug von Ihnen, im Publikum zu bleiben. Ich möchte Sie nicht verlieren."

Hannah änderte ihre Taktik. „Darf ich aus persönlicher Neugier fragen, weshalb Sie solches Interesse an der Fürstenfamilie haben? Das fasziniert mich, weil ich Sie so sehe, wie ich mich selbst einschätze, nämlich als Mensch, der sich am meisten für Profit und persönlichen Vorteil interessiert."

„Profit ist immer wünschenswert." Er stellte den Porzellanfalken ab. „Persönlicher Vorteil kann unterschiedlichster Natur sein, stimmt's?"

„Solange er Befriedigung bringt", erwiderte Hannah. „Die Entführung der Prinzessin Gabriella oder die Drohung gegen die Bissets zur Erzwingung Ihrer Freilassung aus dem Gefängnis war eine Sache. Aber Sie sind nicht mehr im Gefängnis." Erneut sah sie sich bewundernd in dem Raum um. „Ich möchte annehmen, dass Sie sich jetzt ertragreicheren Dingen zuwenden."

„Jedes Geschäft muss zu einem Abschluss gebracht werden." Zum ersten Mal registrierte sie eine Emotion, als er das Glas fester umklammerte. „Alle Schulden müssen zurückgezahlt werden. Die Zinsen für zehn Jahre sind hoch, sehr hoch. Geben Sie mir recht?"

„Ja. Rache oder Vergeltung, wenn Ihnen das Wort lieber ist. Ich verstehe, es ist so schön, wie Diamanten es sind." Und wenn sie ihn so ansah, wusste sie, dass er vor nichts haltmachen würde, um die Schulden einzutreiben. „Monsieur, Sie haben es so eingerichtet, dass ich in den Palast gelangen konnte. Ich werde dort bleiben, bis Sie Ihren Befehl ändern, aber ich möchte auch einige Anweisungen erhalten." Sie machte eine lässige Geste. „Immerhin ist es Ihre Rache, nicht die meine. Ich habe nie blindlings drauflosgearbeitet."

„Ein Mann, der alle seine Karten auf den Tisch legt, verliert seine Wirkung."

„Zugegeben. Das trifft auch auf einen Mann zu, der seine Werkzeuge nicht schärft und sie bestmöglich einsetzt. Ich bin drin in der Sache, Monsieur. Ein Plan für die weitere Vorgehensweise wäre nützlich."

Deboque legte seine Hände aneinander, so dass die Diamanten funkelten. „Lassen Sie mich eine Frage stellen. Wenn ein Mensch den anderen vernichten will, was tut er?"

„Am einfachsten ist es, sein Leben zu beenden."

Deboque lächelte, und da sah Hannah das Teuflische. Es war mit Klasse überzogen, mit Eleganz verhüllt, aber sehr real. „Ich bin kein einfacher Mann. Tod ist endgültig, und selbst wenn er langsam geschieht, ist er bald vorüber. Um einen Menschen zu zerstören, die Seele, das Herz, ist mehr erforderlich als eine Kugel in den Kopf." Er sprach von Armand, das war klar. „Um jemanden wirklich zu vernichten, nimmt man ihm das Wertvollste."

Ihr Herz begann zu hämmern, doch sie sprach mit kühler Bewunderung. „Seine Kinder?"

„Sie sind genauso intelligent wie schön." Er beugte sich zu ihr und legte eine Hand auf ihre. Da spürte sie seine böse, tödliche Ausstrahlung. „Um jemanden leiden zu lassen und seine Seele zu zerstören, entreißt man ihm, was er am meisten liebt, und lässt ihn dann damit leben. Sind seine Kinder und Enkel tot, sein Land ins Chaos gestürzt, hätte ein Mann nichts zurückbehalten außer Elend. Und ein Land ohne Erben wird instabil und profitabel, wenn man schlau ist."

„Sie alle", sagte Hannah. Sie dachte an die kleine Marissa, die so hübsch und sanft war, und an Dorian mit seinem schmutzigen Gesicht und dem strahlenden Lächeln. Die Angst um sie alle war plötzlich so stark, dass Hannah fürchtete, sich durch irgendetwas zu verraten. Sie hielt den Blick gesenkt und sah auf seine Hand, die er auf die ihre gelegt hatte, und auf die kalten, harten, blitzenden Diamanten. „Sie alle, Monsieur? Keine leichte Aufgabe, nicht einmal für jemanden mit Ihrer Macht."

Er lächelte. „Nichts, das sich wirklich lohnt, ist einfach, meine Liebe. Aber wie Sie sagten, nichts ist unmöglich, vor allem nicht, wenn man Vertrauen und Nähe genießt."

Hannah zog die Augenbrauen hoch. Sie schauderte nicht, zog sich nicht zurück. Geschäft, sagte sie sich. Lady Hannah war ganz geschäftsmäßig. Ihr wurde ein Job angeboten, der wichtigste, den Deboque anzubieten hatte.

„Sie wurden sorgfältig ausgesucht, Lady Hannah. Seit mehr als zehn Jahren habe ich einen Traum. Ich denke, Sie sind das Instrument, um diesen Traum wahr werden zu lassen."

Als sie nichts sagte, ließ er die Finger über ihre Hand gleiten. Wie eine Spinne, dachte sie, eine sehr kluge Spinne.

„Eine solche Verantwortung ist gewichtig für jemanden mit meiner Stellung in Ihrer Organisation."

„Dem kann abgeholfen werden. Bouffe … Er zieht sich zurück", sagte er. „Ich werde bald nach einem Ersatz suchen."

Sie ließ ihre Hand unter seiner liegen, während sie mit der Zungenspitze ihre Oberlippe berührte. „Eine Garantie, Monsieur."

„Mein Wort."

Sie lächelte. „Monsieur …"

Mit einem anerkennenden Nicken stand er auf und drückte einen Knopf an seinem Schreibtisch. Sekunden später erschien Ricardo.

„Lady Hannah wird Bouffe ersetzen. Sorgen Sie für die nötigen Arrangements, Ricardo – diskret!"

„Selbstverständlich." Die blassgrünen Augen funkelten heimtückisch.

Hannah wartete, bis sich die Tür wieder schloss. Das Leben eines Mannes war für beendet erklärt worden. „Der Tag mag kommen, an dem Sie beschließen, mich genauso kalt lächelnd zu ersetzen."

„Nicht, wenn Sie mich weiterhin zufriedenstellen." Er hob ihre Hand an und küsste sie. „Ich habe das Gefühl, genau das werden Sie tun."

„Ich muss Ihnen gestehen, Monsieur, dass ich einen Widerwillen gegen die Tötung von Kindern empfinde." Er umschloss ihre Hand fester, aber Hannah zuckte nicht zusammen. „Ich denke, es werden fünf Millionen amerikanische Dollar nötig sein, um diesen Widerwillen zu überwinden."

Sie las es in seiner Miene. Er würde ihre Finger genauso leicht brechen, wie er sie küsste. Hannah hielt ihren Blick standhaft auf seine Augen gerichtet und hoffte, es nicht zu weit getrieben zu haben.

„Es ist Geld, was Sie verführt, meine Kleine?"

„Nicht verführt, sondern erfreut."

„Sie haben zwei Wochen, um mich zu erfreuen, Lady Hannah. Danach werde ich Ihren Gefallen erwidern." Er hielt ihre Hand in seiner, als er sie auf die Beine zog. „Und jetzt werden Sie mir als Vertrauensbeweis sagen, was Sie hier nicht niedergeschrieben haben."

Hannah ging zu den Aufzeichnungen und machte sich bereit, Deboque zu belügen.

Hannah war erschöpft. In einem Jahrzehnt hatte sie sich bei keinem Auftrag so leer und beschmutzt gefühlt. Als sie durch die Palasttore fuhr, konnte sie nur an eine lange, heiße Dusche denken, durch die sie alle Reste von Deboques Cologne abspülte.

Reeve stand dreißig Meter hinter den Toren. Hannah hielt den Wagen an und ließ ihn einsteigen.

„Sie waren lange weg." Er betrachtete sie eingehend. „Es war nicht geplant, dass Sie über eine Stunde keinen Kontakt mit uns haben."

„Es war geplant, dass ich zu Deboque vordringe."

„Haben Sie es getan?"

Sie kurbelte ihr Fenster etwas weiter herunter. „Ich habe ihn auf einer Yacht getroffen, der ‚Invincible'. Sie ankert etwa fünf Meilen nordwestlich. Er hat mindestens sechs bewaffnete Wächter, schätzungsweise doppelt so viele. Er hat die Information erhalten, die wir ihm zukommen lassen wollten. Ich werde Bouffe ersetzen."

Reeve zog die Augenbrauen hoch. „Sie müssen ihn beeindruckt haben."

„Darum ging es ja." Hannah fragte sich, wie schnell sie den Geschmack von Cognac aus ihrem Mund loswurde. „Er plant etwas für die Premiere von Eves Stück. Ich vermute, dass es nicht direkt gegen die Familie gerichtet sein wird. Er hielt es für unterhaltsam, Verwirrung zu stiften. Er drückte sich sehr vorsichtig aus. Nichts Direktes. Selbst wenn ich jetzt gegen ihn aussagen würde, wäre es schwierig, ihn tatsächlich wegen Verschwörung zu verurteilen. Er stellt Hypothesen und Theorien auf, macht nur vage Andeutungen", erklärte sie leicht erschöpft.

„Hat er angedeutet, wo er seine Aktion durchführen möchte?"

Sie lauschte einen Moment einem Vogel, der aus voller Kehle sang. „Er schien sich sehr für den Palast zu interessieren. Das ist die größte Herausforderung. Wir haben jetzt nur noch zwei Wochen."

„Er schlägt in zwei Wochen zu?"

„So viel Zeit hat er mir gegeben, um Ihre Familie zu ermorden." Sie wandte sich ihm zu und sah, dass sein Gesicht blass und starr war. „Alle, außer Armand. Die Kinder. Jeden Einzelnen. Er will Armands Seele zerstören und Cordina keinen Erben lassen. Meiner Beurteilung nach will er das genauso zu seiner persönlichen Befriedigung haben wie um des Profits willen, den er macht, wenn Cordina ins Chaos gestürzt wird."

Reeve zog eine Zigarette hervor, steckte sie jedoch nicht an. „Ich vertraue Ihrer Beurteilung."

„Wir haben zwei Wochen, um ihn aufzuhalten oder um ihn zu überzeugen, dass ich getan habe, was er verlangt."

Es ging um seine Familie, und doch musste er genauso kühl wie Hannah darüber nachdenken. „Legt er Sie herein?"

Sie dachte kurz nach und schüttelte den Kopf. „Ich glaube nicht. Sicher ist es möglich, dass er mich nach Erledigung des Auftrags loswerden will, aber ich halte es für wahrscheinlicher, dass er mich weiterhin benutzen möchte. Wir haben die Informationen über mich sehr geschickt eingesetzt, und in den letzten zwei Jahren habe ich ihm eine Menge Ärger und Geld erspart. Wenn er glaubt, dass ich ihm das auch in Zukunft bieten kann, wird er abwarten."

„Armand muss unterrichtet werden."

„Ich weiß." Aber nicht Bennett.

„Machen Sie erst einmal weiter wie bisher." Er gab ihr ein Zeichen, dass sie weiterfahren sollte. „Wir werden etwas Zeit brauchen."

„Eves Premiere findet in wenigen Tagen statt."

„Wir werden uns darum kümmern. Schlafen Sie sich aus. Sobald wir eine Anweisung haben, lasse ich es Sie wissen."

Hannah hielt vor dem Palast an und stieg aus dem Wagen. „Ich will ihn haben. Ich will ihn für mich selbst haben. Ich weiß, das ist unprofessionell und dumm, aber wenn ich eine Gelegenheit und eine Möglichkeit finde, will ich ihn selbst erledigen."

Reeve sagte nichts, als er die Stufen hinaufging. Er hatte sich bereits dasselbe geschworen.

8. KAPITEL

Ich will nicht, dass du heute Abend hingehst."

„Du weißt, dass ich das tun muss." Eve stand grimmig und starrsinnig vor ihrem Mann. „Es ist mein Stück, meine Truppe, meine Inszenierung. Ich habe keine Wahl, Alex."

„Entschuldigungen lassen sich finden." Er betrachtete sie, in Mitternachtsblau gekleidet, mit freien Schultern, das Kleid bodenlang. „Du weißt, wie gefährlich das sein könnte. Wir sind sicher, dass es einen Zwischenfall geben wird. Ich will nicht, dass du da hineingezogen wirst."

„Ich bin aber bereits hineingezogen." Sie hatte Angst. Seit Reeve ihnen gesagt hatte, dass er einen Tipp erhalten hatte, waren ihre Nerven angespannt. Ja, sie hatte Angst, aber sie war dennoch entschlossen. Sie ging hinüber zu dem Spiegel mit den abgeschrägten Kanten, der über dem Sekretär hing, und tat so, als wäre es ihr besonders wichtig, den Sitz ihrer Frisur zu überprüfen. „Ich habe das Stück geschrieben, ich habe es inszeniert, und was noch viel wichtiger ist", fuhr sie fort, bevor er sie unterbrechen konnte, „ich gehöre in dieses Theater, weil ich deine Frau bin."

Dass ihre Argumente zutrafen, war nicht von Bedeutung. Er wollte Eve im Palast haben, wo sie sicher und unantastbar war. Er wäre beruhigt, wenn er sie da wüsste, in der Zimmerflucht, die sie ausgestattet hatte, versteckt, hoch oben in dem Palast, der seit Generationen das Zuhause seiner Familie war. Hier könnte ihr nichts geschehen. Draußen alles.

„Liebling, Reeve irrt sich selten. Wenn er sagt, dass es heute Abend Ärger geben wird, möchte ich, dass du weit davon entfernt bist. Ich weiß, das Stück ist dir wichtig, aber …"

„Ja, das ist es", unterbrach sie ihn. „Aber du bist mir noch viel wichtiger."

„Dann tu mir den Gefallen und bleib zu Hause."

Sie zügelte ihr Temperament. „Alexander, würdest du mit mir zusammen hier bleiben?"

„Falls es möglich wäre, natürlich." Er fuhr sich ungeduldig durch das Haar. „Aber ich kann mich nicht jedes Mal einschließen, wenn von Deboque etwas zu hören ist."

„Du tust es für Cordina", hielt sie ihm entgegen. „Und Cordina ist jetzt auch mein Land."

„Eve." Er glaubte sie so sehr zu lieben, wie es überhaupt nur möglich war. Jeden Tag fand er heraus, dass er sie noch mehr lieben konnte. „Du bist für mich das Kostbarste auf der Welt. Ich hätte dich schon einmal fast verloren."

Sie ergriff seine Hände und schaute ihm tief in die Augen. „Und ich dich, Alex. Ich werde in der Fürstenloge neben dir sitzen."

Hannah hörte das Gespräch vor der Tür sehr deutlich. Situationen wie diese machten es ihr schwer, ihren Einsatz einfach als einen weiteren Auftrag anzusehen. Die Bissets waren keine Namen oder Symbole mehr, sondern Freunde. Nach zehn Jahren gefährlicher Spiele wusste sie, wie riskant es sein konnte, Freunde zu gewinnen.

Sie schloss die Augen und holte tief Luft, bevor sie klopfte.

„Herein!" Alexander reagierte ungeduldig.

„Tut mir leid. Ich störe euch", sagte Hannah.

„Natürlich nicht." Eve winkte sie heran. „Du bist schon fertig für den Abend. Wir wollten gerade nach unten kommen." Eve ergriff wieder Alexanders Hand. „Hannah, du sollst dich nicht verpflichtet fühlen, meine Familie zu begleiten, da es doch einen – Zwischenfall geben kann."

„Natürlich komme ich mit. Und ich bin überzeugt, alles wird gut gehen. Wenn du mich hier nicht brauchst, gehe ich nach unten."

„Bitte, lass uns nicht mehr davon sprechen", sagte Eve, als Hannah die Tür hinter sich schloss. „Sagen wir Marissa Gute Nacht, bevor wir gehen."

„Eve." Alexander zog sie an sich. Er fühlte die leichte Schwellung, wo sein zweites Kind ruhte. „Ich liebe dich."

„Reden ist leicht", sagte sie und bemühte sich um ein Lachen. „Versprich mir, dass du es mir nach dem Stück zeigen wirst."

Er drückte seine Wange an ihr Haar. „Du hast mein Wort."

Bennett wartete bereits in der Eingangshalle. Selbst aus einiger Entfernung registrierte Hannah seine Ungeduld. Ungeduld, vermischt mit einer Waghalsigkeit, die seine elegante Abendkleidung nicht verbergen konnte. Er war auf der Suche nach Ärger, hoffte sogar darauf.

„Da sind Sie ja." Er ergriff ihre Hand. „Sie brauchen heute Abend nicht mitzugehen, Hannah. Es wäre mir lieber, Sie würden es nicht tun."

Sie drückte beruhigend seine Hand. „Jetzt reden Sie schon wie Eve. Ich will dabei sein. Ein vager Tipp aus einer anonymen Quelle ist ein alberner Grund, einen Abend im Theater zu versäumen."

„Bleiben Sie in meiner Nähe. Es wird genug Wächter geben, um uns zu beschützen, aber ich möchte Sie selbst im Auge behalten." Er führte sie zum Portal.

„Eve und Alexander sind fast fertig. Ich sagte, ich würde auf sie warten."

„Der Sicherheitsdienst sieht es lieber, wenn wir getrennt fahren." Er nickte Claude zu. „Sie fahren mit mir. Vater wird nach Alexander und Eve kommen."

„In Ordnung."

Hannah trat in die sternenklare Nacht hinaus und hielt gelassen ihre perlenbestickte Abendtasche mit der Pistole in der Hand.

Die Vorstellung war ausverkauft. Donnernder Beifall brandete auf, als die Bissets die Fürstenloge betraten. Hannah hielt kurz den Atem an und studierte aus dem Hintergrund die Flut von Gesichtern.

Wäre Deboque hier gewesen, hätte sie ihn entdeckt.

„Das Zentrum ist zweimal durchsucht worden", flüsterte Reeve ihr ins Ohr. „Hier war nichts."

Sie nickte und nahm ihren Platz ein, als sich der Vorhang hob.

Das Stück war alles, was Eve sich erhofft hatte, obwohl Hannah bezweifelte, dass irgendjemand in der Loge seine ganze Aufmerksamkeit auf das Drama auf der Bühne richtete. Mehr als einmal warf sie einen Seitenblick auf Bennett und sah, dass er das Publikum betrachtete.

Deboque war nicht hier. Hannah hatte nichts anderes erwartet. Was immer passierte, wann immer es passierte, er würde weit weg sein und ein Alibi haben, das so fest war wie die Felsen von Cordina.

Sie wollte warten und beobachten.

Als die Lichter zur Pause angingen, fühlte Hannah förmlich, wie Eve sich entspannte. Ein falscher Alarm? Nein. Obwohl es ihr nur recht war, dass Eve es glaubte, wusste Hannah es besser. Zwischen ihren Schulterblättern verspürte sie ein Prickeln, vage, aber hartnäckig. Man konnte es eine Vorahnung nennen. Oder Instinkt.

„Möchten Sie etwas trinken?“

Sie wandte sich Bennett zu. „Ja, gern. Etwas Kühles.“

Sobald er durch die Türen hinter ihnen verschwunden war, beugte Hannah sich zu Reeve. „Ich sehe mich um.“

„Ich würde hier bleiben, ich habe so ein Gefühl.“ Er ließ Gabriella nicht auf Armeslänge von sich fort.

„Ich auch. Deboque sagte, ich solle im Publikum bleiben. Ich möchte mich hinter der Bühne umsehen.“

Hannah verließ die Loge und ging über eine Nebentreppe nach unten. Sie hatte zehn Minuten Zeit, ehe jemand sie vermissen würde.

Kostüme wurden hinter der Bühne gewechselt, die Nerven waren zum Zerreißen angespannt. Die meisten Schauspieler waren zu verkrampft, um ihr auch nur einen Blick zuzuwerfen. Nichts Ungewöhnliches. Dennoch, das Prickeln zwischen den Schulterblättern hielt an.

Chantels Garderobentür stand halb offen. Die Schauspielerin erhaschte einen Blick auf Hannah, zögerte und rief: „Lady Hannah!“

Hannah blieb an der Tür stehen. „Miss O'Hurley. Ihre Hoheit konnte nicht herunterkommen, aber Sie sollten wissen, dass sie von Ihrer Darstellung begeistert ist.“

„Danke.“ Chantel legte den Fettstift weg, mit dem sie ihre Augen nachgezogen hatte. „Und was halten Sie von dem Stück?“

„Es ist packend. Ihre Interpretation der Julia ist atemberaubend.“

Mit einem Kopfnicken trat Chantel auf sie zu. Das übertriebene Bühnen-Make-up ließ sie noch exotischer wirken. „Wissen Sie, ich wurde ins Showgeschäft hineingeboren. Es liegt mir im Blut. Und ich dachte immer, dass ein eingefleischter Schauspieler mühelos einen anderen erkennt.“

Sehr kühl und beinahe lächelnd blickte Hannah ihr in die Augen. „Ich vermute, das stimmt.“

„Vielleicht kommt es daher, dass ich zwar noch nicht weiß, ob ich Sie mag, aber weiß, dass ich Ihnen nicht vertraue.“ Chantel rückte den Ausschnitt ihres Kleides für die nächste Szene zurecht. „Ich mochte Bennett immer sehr. Eine Frau wie ich kann nur sehr wenige Männer wirkliche Freunde nennen.“

Die Frau vor ihr strahlte Stärke und Ehrlichkeit aus. Hannah vergalt es ihr, so gut sie konnte. „Ich kann Ihnen sagen, dass Bennett ein ganz besonderer Mann ist und mir viel bedeutet.“

Chantel schwieg sekundenlang, wog ab, überlegte. „Ich weiß nicht, warum, aber ich glaube Ihnen.“ Sie schüttelte den Kopf. „Ich kann mir zwar nicht denken, wieso Sie die spröde Unschuld spielen, aber ich denke, dass Sie Ihre Gründe dafür haben.“

„Auf die Bühne, Miss O’Hurley!“

Chantel prüfte ihr Aussehen noch einmal in einem bodenlangen Spiegel. Sie hob das Kinn in einem anderen Winkel an und wurde zur Julia, während sie sich umdrehte, um an Hannah vorbeizugehen. „Darling“, sagte sie mit der Stimme ihrer Rolle, „Sie sollten wissen, dass Beige die absolut schlimmste Farbe für Sie ist.“ Sie blinzelte und trat in die Kulisse.

Hannah stieß einen langen Seufzer aus. Sie hatte nichts Ungewöhnliches bemerkt, sie hatte niemanden gesehen, der nicht hierher gehörte, und sie hatte eine Lektion gelernt. Ihre Tarnung war nicht so narrensicher, wie sie stets gedacht hatte.

Sie ging den Korridor zurück und stieg im Treppenhaus wieder nach oben. Sie hörte den Applaus, als der Vorhang sich hob. Dann vernahm sie das ferne Grollen und Krachen einer Explosion.

Die Lichter erloschen.

Vereinzelte Schreie ertönten, als das Theater in Finsternis getaucht wurde. In der Fürstenloge rückten die Leibwächter wie eine Mauer zusammen. Waffen wurden gezogen und schussbereit gehalten.

„Bleibt, wo ihr seid!“, rief Reeve und drückte kurz Gabriellas Hand. „Zwei kommen mit mir!“ Er trat mit zwei Leibwächtern auf den Korridor. „Wir brauchen Licht.“ Fluchend suchte er in seiner Tasche nach einem Feuerzeug. „Jemand muss über die Lautsprecher das Publikum an einer Panik hindern!“

Gerade als das Feuerzeug flackerndes Licht auf sein Gesicht warf, kam Chantels Stimme kühl und klar durch die Lautsprecher.

„Mesdames, Messieurs, behalten Sie bitte einen Moment Platz! Wir haben Schwierigkeiten mit dem Strom. Wenn Sie vielleicht die

Gelegenheit nutzen wollen, um Ihren Sitznachbarn besser kennenzulernen …“

„Gutes Mädchen“, sagte Reeve, als er nervöses Lachen hörte. „Gehen wir nach unten zu den Hauptsicherungen.“

Hannah ist nicht zurückgekommen, schoss es Bennett immer wieder durch den Kopf, während er hörte, wie Alexander beruhigend auf Eve einredete. Sie war irgendwo da draußen, allein in der Dunkelheit. Ohne zu zögern, schob er sich zur Tür.

„Hoheit.“ Die hoch aufragende Gestalt eines Leibwächters drängte sich näher an ihn heran. „Bleiben Sie bitte sitzen!“

„Lassen Sie mich durch!“

„Bennett!“ Die Stimme seines Vaters kam durch die Dunkelheit. „Bitte, setz dich! Das wird gleich vorbei sein.“

„Hannah ist nicht hier.“

Eine kurze Stille trat ein. „Reeve wird sich um alles kümmern.“

Es gab Pflicht und Ehre, die er nie infrage gestellt hatte. Jetzt gab es zusätzlich auch noch Liebe. Bennett drängte sich energisch durch die Tür.

Hannah hielt die Pistole in der Hand, während sie im Treppenhaus stand, sich nicht bewegte, kaum atmete und überlegte, ob sie nach oben gehen und nach den Bissets sehen oder nach unten schleichen und die elektrischen Einrichtungen überprüfen sollte. Wenn eine Bombe hochgegangen war, konnte es leicht noch eine zweite geben.

Ihr Verstand sagte ihr, dass die Bissets gut beschützt waren und ihre Aufgabe darin bestand, die Quelle der Störung zu finden. Ihr Herz wollte lediglich wissen, ob Bennett in Sicherheit war. Hannah folgte ihrem Herzen und begann, nach oben zu gehen. Sie hatte erst drei Stufen hinter sich gebracht, als sie hörte, wie sich auf dem Treppenabsatz unter ihr eine Tür schloss.

Mit dem Finger am Abzug richtete sie den Lauf ihrer Pistole senkrecht nach oben und ging wieder hinunter. Sie sah den Strahl der Taschenlampe, bevor sie die Schritte hörte. Vorsichtige Schritte. Leise Schritte. Geschützt im Schatten der Ecke, verharrte Hannah abwartend.

Sie erkannte den Mann aus dem Museum wieder. Er trug jetzt die dunkelblaue Uniform des Wartungspersonals und hatte einen kleinen Werkzeugkasten bei sich. Der Lichtstrahl seiner Lampe glitt an ihren Schuhspitzen vorbei, ehe sie aus ihrem Versteck trat und dem Mann den Pistolenlauf in die Seite drückte.

„Ganz ruhig!", sagte sie gedämpft. „Entschuldigen Sie diese Begrüßung, aber ich wollte kein Loch im Kopf haben, bevor Sie mich erkannten."

„Mademoiselle!" Sie hörte die unterdrückte Wut in seiner Stimme. „Man hat mir gesagt, Sie würden mir heute Abend nicht in die Quere kommen."

Hannah zog die Waffe zurück. „Ich ziehe es vor, mit eigenen Augen zu sehen, was vor sich geht. Ein dramatischer Zwischenfall", lobte sie. „Gibt es noch andere Pläne für diesen Abend?" Sie war sicher, dass er auf Mord eingestellt war. Aber war er bewaffnet?

„Nur wenn sich die Gelegenheit ergibt. Wenn Sie mich jetzt entschuldigen."

„Sicher." Ihr einziger Gedanke war, ihn aus dem Theater zu schaffen, bevor sich eine Gelegenheit ergab. Das Theater war voll von Menschen, die Fürstenfamilie war anwesend. „Kann ich Ihnen bei einem diskreten Abgang helfen?"

„Dafür ist gesorgt."

„Gut. Sagen Sie Ihrem Auftraggeber, dass ich nicht so dramatisch, aber sehr wirkungsvoll sein werde." Sie wandte sich der Treppe zu, als sie hörte, wie sich die Tür über ihnen öffnete.

„Hannah?"

Beim Klang von Bennetts Stimme gefror ihr das Blut in den Adern. Als der Mann neben ihr sich bewegte, packte sie ihn am Arm. Ohne etwas zu sehen, wusste sie, dass er nach einer Waffe griff.

„Seien Sie kein Narr!", flüsterte sie. „Ohne richtiges Licht können Sie leicht danebenschießen und alles verderben. Knipsen Sie die Taschenlampe aus, und lassen Sie mich machen!" Sie fühlte sein Widerstreben, drehte sich jedoch rasch um und ging die Stufen hinauf. „Bennett!" Sie brauchte die Angst in ihrer Stimme nicht vorzutäuschen. Er war kaum mehr als ein Schatten an der Tür, aber sie legte die Arme um ihn und schützte ihn mit ihrem Körper.

„Was machen Sie hier unten?", fragte er.

„Ich habe mich verirrt, als die Lichter ausgingen."

„Um Himmels willen, Hannah, wie sind Sie nur so weit heruntergelangt?“

„Ich … ich weiß es nicht. Bitte, gehen wir zurück.“

„Sie hätten sich auf dieser Treppe den Hals brechen können.“ Als er sie leicht schüttelte und sie von sich schieben wollte, veränderte sie ihre Haltung, um ihn noch besser abzusichern.

„Küssen Sie mich!“, befahl sie flüsternd.

Beinahe amüsiert, nachdem er sie heil wieder gefunden hatte, hob Bennett ihr Kinn an. In dem schwachen Licht einer fernen Notbeleuchtung konnte er nur vage die Umrisse ihres Gesichts und das Glitzern ihrer Augen ausmachen. „Wenn Sie darauf bestehen.“

Während er den Mund auf ihren senkte, griff sie nach der Klinke hinter ihm und bereitete sich darauf vor, ihn durch die Tür zu schieben.

Dann umfasste er sanft ihr Gesicht. Seine Lippen lockten und beschwichtigten und verlangten so wenig als Gegenleistung. Eine Hand legte sich auf ihren Rücken. Hannah verspannte sich. Sie liebte ihn sehr, wusste jedoch, dass sie ihn nicht lieben durfte. Sie wollte, dass der Kuss nur ein Berühren von Lippen war, ein Symbol für Zuneigung. Doch er musste ein Werkzeug sein und dem Mann unter ihnen Zeit zur Flucht geben.

Dann wäre Bennett in Sicherheit. Nur für Sekunden legte sie all ihre Empfindungen in den Kuss. Er würde sicher sein, und sie würde wieder frei atmen können.

Er spürte die Veränderung, und sein Herz begann zu hämmern. Er hatte sich ausgemalt, wie sie in der Dunkelheit allein gewesen war und sich nach Trost und körperlichem Kontakt gesehnt hatte. Deshalb hatte er sein Verlangen verdrängt und sie wie ein Freund geküsst, mit Zuneigung und Verständnis. Ihre Reaktion kam wie Donner und Blitz.

Die Lichter flammten wieder auf …

Und auf einmal passierte alles sehr schnell, aber Bennett würde sich ein Leben lang an jede Bewegung, jedes Geräusch erinnern. Es gab keine Zeit für Angst, nur für Überraschung und dann Desillusionierung.

Als die Lichter brannten, versteifte er sich. Hannah wusste in diesem Moment, dass Deboques Mann nicht verschwunden war, wie sie gehofft hatte, sondern darauf wartete, die Gelegenheit zu nutzen, die sich ihm bot. Ohne zu zögern, wirbelte sie aus Bennetts Armen und schob ihn halb durch die Tür. Der Mann hatte seine Waffe gezogen, aber sie auch die ihre. Und sie war sehr schnell.

Bennett hatte den Mann und seine Waffe gesehen. Er hatte sich von der Tür abgestoßen, um Hannah abzuschirmen, als sie schoss. Einen Moment starrte er lediglich wie benommen, sah den Mann zusammenbrechen und reglos liegen bleiben. Dann bemerkte er die Pistole in Hannahs Hand. Eine Überraschung löste die andere ab. Seine Miene wurde völlig ausdruckslos. Als er sprach, klang seine Stimme neutral.

„Was für ein Spiel spielen Sie da und für wen?“

Hannah hatte nie zuvor getötet. Sie war darauf trainiert, natürlich, aber sie hatte nie mit eigener Hand ein Leben beendet. Während sie dastand und nach unten blickte, fühlte sich die Waffe in ihrer Hand fremd und kalt an. Ihr Gesicht war blass, ihre Augen schimmerten dunkel, als sie sich an Bennett wandte. „Ich muss Ihnen alles erklären, aber jetzt ist dazu keine Zeit.“ Sie hörte hastige Schritte und nahm sich zusammen. „Bitte, vertrauen Sie mir!“

„Das ist eine interessante Bitte in diesem Moment.“ Er wollte an ihr vorbei zu dem Mann hinuntergehen.

„Bennett, bitte!“ Sie packte ihn am Arm und zog ihn zu sich. „Ich erzähle Ihnen alles später. Sie können sich bei Reeve oder Ihrem Vater die Bestätigung holen.“

Seine Muskeln spannten sich an. „Bei wem, sagten Sie? Bei meinem Vater?“

„Bitte, um seinetwillen, um Ihrer Familie willen, spielen Sie das mit mir zu Ende!“ Sie drückte ihm die Waffe in die Hand, als Reeve mit fünf Leibwächtern im Schlepptau auftauchte. Da zeigte sie Reaktion. Erneut war Wahrheit die beste Tarnung.

„Er wollte den Prinzen erschießen.“ Hannah ließ ihre Stimme vibrieren und lehnte sich schwer gegen Bennett. „Er wollte ihn töten. Hätte Bennett nicht …“ Sie verstummte und barg das Gesicht an Bennetts Schulter.

Er rührte sich nicht, auch wenn er ihr nicht widersprach. Sie fühlte keine tröstende Hand, hörte keine beruhigende Stimme. Reeve beugte sich über die Leiche und blickte dann zu Bennett hoch.

„Was für ein Glück, dass du schnell warst – und treffsicher." Der 45er neben der Leiche war nicht abgefeuert worden. Er schaute kurz zu Hannah. „Wir werden das in aller Stille abwickeln."

Bennett verzog den Mund, aber es war kein Lächeln. „Natürlich."

„Geh jetzt wieder in die Loge." Reeve gab zwei Leibwächtern ein Zeichen, ihn zu begleiten. „Wir sagen der Familie erst etwas davon, wenn wir privat und unter uns sind." Mit einem Kugelschreiber hob er den 45er am Abzugbügel hoch. „Die Polizei wird durch den Hintereingang kommen."

Bennett scheuchte die Leibwächter mit einer Geste beiseite. Es war das erste Mal, dass Hannah ihn wahrhaft fürstliche Überlegenheit einsetzen sah. „Ich möchte mit dir sprechen – allein, sofort."

„In Ordnung." Er hat zu viel gesehen, dachte Reeve. Es musste schnell erledigt werden. „In Eves Büro. Lass mir nur zuerst ein paar Minuten, um mich um das hier zu kümmern."

„Zehn Minuten", sagte Bennett und wandte ihnen allen den Rücken zu.

„Ich möchte zurück in den Palast." Hannah stand allein auf den Stufen. Sie umklammerte ihre Tasche, so fest, dass die Knöchel weiß hervortraten. „Ich fühle mich nicht gut."

„Besorgen Sie einen Wagen und einen Fahrer!", befahl Reeve einem der Leibwächter. Einem anderen überreichte er die Waffe des Toten, ehe er die Treppe hinaufstieg und einen Arm um Hannah legte. „Ich bringe Sie nach draußen." Sobald sie außer Hörweite waren, schlug er einen professionellen Ton an. „Was ist passiert?"

Ihre Knie zitterten, aber sie zwang ihre Stimme zu einem ruhigen Tonfall und gab ihren Bericht. „Das Ganze kann nicht länger als fünf Minuten gedauert haben." Es war ihr wie Stunden erschienen.

„Pech, dass Bennett Sie gefunden hat. Dennoch wird die Geschichte halten. Er hat den Ruf eines ausgezeichneten Schützen. Ich brauche ihn jetzt nur noch zu beruhigen." Reeve seufzte. Er kannte seinen Schwager. „Wir gehen das morgen früh noch einmal durch, damit sie Deboque eine möglichst vorteilhafte Story liefern können."

„Er wird mir nie verzeihen."

Reeve wusste instinktiv, dass sie nicht von Deboque sprach. „Bennett ist weder ungerecht noch hartherzig. Er wird wütend sein, weil er nicht informiert wurde, aber er wird nicht Ihnen die Schuld geben."

„Wirklich nicht?" Hannah trat durch die Tür in die Nachtluft hinaus, ohne sich umzublicken.

Hannah saß am Fenster und blickte hinaus in den Garten. Eine Stunde war vergangen, dann zwei, während sie das Wechselspiel des Mondlichts beobachtete. Im Palast war es ruhig. Vielleicht waren die anderen zurückgekommen, aber sie hätte sie nicht gehört, weil ihre Zimmer auf der rückwärtigen Seite lagen. Die schönste Aussicht und die ruhigsten Fleckchen waren stets den Gästen vorbehalten.

Sie konnte sich nur zu gut vorstellen, wie Bennett auf Reeves Erklärungen reagiert haben mochte. Aber er würde nicht Reeve die Schuld daran geben. Die Schuld würde er bei ihr sehen, das wusste Hannah, und sie ließ es gelten. Am Morgen würde er wahrscheinlich verlangen, sie unter vier Augen zu sprechen. Sie würde seine Wut und seine Kälte hinnehmen, sich aber nicht dafür entschuldigen, wer und was sie war.

Sie liebte ihn. Jetzt würde er ihr das kaum glauben, wenn sie das Recht hätte, es ihm zu sagen. Sie wäre heute Nacht für ihn gestorben, nicht nur aus einer Pflicht heraus, nicht nur aus einem Ehrgefühl, sondern aus Liebe. Jetzt würde er das niemals verstehen oder glauben. Vielleicht war es das Beste so. Wenn ihr die Gefühle für ihn außer Kontrolle geraten waren, dann war es besser und sicherer, wenn seine Gefühle für sie erloschen waren.

Noch hatte sie eine Mission zum Abschluss zu bringen und eine zwei Jahre währende Arbeit zu beenden.

Hannah legte den Kopf auf die Fensterbank und wünschte, sie wäre in London, wo die Nacht kalt und feucht war und der Geruch des Flusses in der Luft hing.

Bennett klopfte nicht. Hannah saß in ihrem Zimmer auf der Fensterbank, hatte die Arme verschränkt und den Kopf darauf gelegt. Sie trug das Haar offen, so dass es über die Schultern und den Rücken ihres schlichten weißen Hausmantels fiel. Man hätte sie für eine Frau halten können, die in der Nacht verloren war. Bennett glaubte nicht länger, was er sah, und nur wenig von dem, was er fühlte. Als er die Tür hinter sich schloss, stand Hannah auf.

Sie hatte ihn nicht in dieser Nacht erwartet. Ein Blick in sein Gesicht, und sie bereitete sich auf das Schlimmste vor.

„Sie haben mit Reeve gesprochen?"

„Ja."

„Und mit Ihrem Vater?"

Er zog die Augenbrauen hoch. Obwohl er sein Jackett abgelegt hatte, konnte er auf Wunsch ganz Prinz sein. „Wir werden morgen miteinander sprechen, obwohl das nicht mehr Sie betrifft."

Sie nickte. „Nur insofern, als es meine Position in diesem Moment angeht."

„Obwohl Ihnen das offenbar nicht bekannt ist, bin ich kein Narr. Ihre Position bleibt." Er zog die kleine Pistole aus seiner Tasche, trat an ihr Bett und warf sie darauf. „Ihr Eigentum."

Nein, ihr wurde nicht verziehen. Sie hatte geglaubt, sich damit abfinden zu können. Sie konnte es nicht. „Danke." Genauso kühl wie er legte sie die Waffe in die Schublade des Nachttisches.

„Sie sind eine exzellente Schützin, Lady Hannah."

„Ich wurde gut trainiert."

Er umfasste ihr Kinn. „Ja, bei Gott. Welche anderen Talente haben Sie noch? Betrug ist sicher eines der hervorstechendsten. Wie viele verschiedene Frauen können Sie sein?"

„So viele, wie mein Job es erfordert. Wenn Sie mich entschuldigen, ich bin sehr müde."

„O nein." Mit der anderen Hand fasste er in ihr Haar. Er dachte daran, was sie ihm an einem Abend zugemutet hatte. Sorge, blankes Entsetzen und Betrug. „Ich fürchte, ich falle darauf nicht mehr herein. Für mich jedenfalls hat die stille, wohlerzogene englische Lady ausgespielt. Karten auf den Tisch, Hannah!"

Es war Angst, unter der ihr Magen sich zusammenkrampfte. Nicht Angst, dass er ihr körperlich etwas antun könnte, nicht Angst, dass er in seinem Zorn etwas tat, was die Operation gefährdete, sondern kalte Angst, er könnte sie immer so ansehen wie jetzt.

„Ich bezweifle, dass ich Ihnen viel erzählen kann, was Reeve nicht schon gesagt hat. Die Operation wurde vor über zwei Jahren in Gang gesetzt. Das ISS musste einen Agenten einschleusen, und daher …"

„Ich habe die grundsätzlichen Details schon erfahren." Er ließ sie los. „Etwas spät, aber nahezu vollständig. Nachdem Sie sich einen Platz in Deboques Organisation erobert hatten, täuschten Sie Zuneigung für Eve vor, um Zugang zum Palast zu erhalten." Er sah das Zucken in ihrem Gesicht, war jedoch nicht bereit, es zu deuten. „Mir wurde gesagt, ich sollte dankbar sein, dass Sie in Ihrer Sparte so gut sind."

„Ich brauche keine Dankbarkeit, nur Zusammenarbeit", konterte Hannah.

„Dann hätten Sie vielleicht von Anfang an darum bitten sollen."

Sie hob den Kopf. Nein, keine Entschuldigung. „Ich hatte Befehle, Bennett. Ihnen sind Verpflichtungen doch nicht fremd."

„Nein, aber Ehre ist mir auch nicht fremd. Sie haben mit mir gespielt." Ärger erfasste ihn. Er ergriff ihre Arme. „Sie haben meine Gefühle für Sie benutzt."

„Sie sollten keine haben", fuhr sie ihn an.

„Man kann sich nicht immer aussuchen, was man fühlt. Aber andere Dinge kann man sich aussuchen. Mussten Sie meine Gefühle benutzen, Hannah?"

„Ich hatte eine Aufgabe auszuführen. Ich versuchte, Sie zu entmutigen."

„Sie wussten, dass Sie mir etwas bedeuten, dass ich Sie begehrte."

„Das wollte ich nicht."

„Sie lügen noch immer."

„Nein." Sie versuchte, sich aus seinem Griff zu befreien, aber er hielt sie fest. „Ich habe nichts getan, um Ihnen den Kopf zu verdrehen. Andererseits braucht eine Frau vielleicht bloß zu atmen, um Ihre Aufmerksamkeit zu erregen." Sie sah, wie sein Zorn wuchs, kümmerte sich jedoch nicht darum. „Vielleicht wurde ich zu einer größeren Herausforderung, weil ich mich weigerte, mit Ihnen zu schlafen. Es gibt viele Frauen, die gern mit einem Prinzen schlafen würden."

„Glauben Sie denn, wenn ich Sie lediglich im Bett hätte haben wollen, dass Sie nicht schon ein Dutzend Mal dort gelandet wären?"

„Ich lande nirgendwo, wo ich nicht landen will." Hannah unterstrich das mit einer entsprechenden Geste. „Wenn Sie wütend sind, weil Sie mich falsch eingeschätzt haben, dann nur, weil Ihr Ego verletzt wurde."

Der Rest ihrer Worte erstickte, als sie unter ihm auf das Bett fiel. Bevor sie reagieren konnte, waren ihre Arme schon an ihre Seiten gepresst. Sie war vor seinem Zorn gewarnt worden. Es stand sogar etwas darüber in seinem Dossier. Aber nichts davon war so beeindruckend gewesen wie dieses Erlebnis aus erster Hand.

„Ego?" Sein Gesicht war ganz dicht vor ihrem, als er es hervorstieß. „Ich bin für Sie also nach wie vor nur, was Sie gelesen haben, nur, was man Ihnen erzählt hat." Das tat weh. Wie weh das tat. Er fühlte den Schmerz in sich und konnte nichts anderes tun, als ihn in Zorn zu verwandeln. „Ich werde Sie nicht enttäuschen."

Sie trat nach ihm und hätte ihn beinahe vom Bett geworfen. Bennett drehte sich so, dass ihr Körper flach gegen ihn gepresst war. Seine Hand lag an ihrem Hals. Es verschaffte ihm grimmige Befriedigung, ihren Puls unter seinen Fingern wild pochen zu fühlen.

„Das beweist gar nichts." Sie bekam einen Arm frei, aber er packte ihr Handgelenk. „Sie werden nur uns beide entwürdigen."

Es spielte keine Rolle. Er war über Richtig und Falsch hinaus, Wahrheit und Lüge. „Ich habe dich einmal für scheu und wertvoll gehalten. Das war eine Frau, der ich nur Zärtlichkeit zeigen wollte. Für sie hatte ich Geduld, wunderbare Gefühle. Aber bei dir können wir auf so etwas verzichten, nicht wahr?"

„Bennett, nicht." Sie sagte es ruhig und in dem Bewusstsein, dass es schon zu spät war.

„Warum nicht? Es ist die Nacht der Lügen und Leidenschaften."

Hannah bereitete sich darauf vor, für sich und für ihn zu kämpfen. „Sie werden mich nicht vergewaltigen."

„Nein, das werde ich nicht tun, aber ich werde dich bekommen. Darauf kannst du dich verlassen."

9. KAPITEL

Es würde ein Kampf des Geistes sein, ein Wettbewerb an Beherrschung. Es fiel Hannah leichter, daran zu denken, als Bennett die Lippen auf ihre presste. Er wollte sie nicht lieben, sondern bestrafen, erobern. Es war Zorn, nicht Verlangen, was sie hierher geführt hatte. Sie konnte es sich nicht leisten, das auch nur für einen Moment zu vergessen.

Doch der Kuss war nicht grausam. Heiß und hart bewegte sich sein Mund über den ihren, eher aufreizend als beharrlich. Die Hand an ihrem Hals drohte weniger, als dass sie kontrollierte. Die schwieligen Finger erinnerten sie an die Kraft in seinen Händen, selbst während sie streichelten, um zu erregen und zu verführen.

Hannah zwang sich dazu, unter seinem Körper schlaff dazuliegen, und wartete nicht nur auf eine Chance zur Gegenwehr, sondern auf eine Chance zur Gegenwehr und zum Sieg.

Doch ihr Blut geriet bereits in Wallung.

Bennett wusste es. Er war ein Mann, der etwas von Leidenschaften verstand, von Verlangen, Verwundbarkeit, und der wusste, wie eines ins andere überging. Er hatte das alles schon in guter Stimmung eingesetzt, um zu geben und zu nehmen. Nun wollte er das alles einsetzen, um genauso tief zu verletzen, wie er verletzt worden war.

Frauen hatten ihn frustriert, amüsiert, verblüfft und fasziniert. Aber keine Frau vor Hannah hatte ihn jemals verletzt. Dass sie dies nicht unvorhergesehen, nicht aus einer Laune heraus, sondern kühl, leidenschaftslos getan hatte, machte ihr Handeln unverzeihlich. Zum ersten Mal in seinem Leben hielt er eine Frau in seinen Armen mit der einzigen Absicht, ihr Schmerz zuzufügen.

Das redete er sich wenigstens ein …

Unter dem Morgenmantel war sie nackt. Er wusste es, noch ehe er den Stoff über ihre entblößten Schultern hinunterschob. Er spürte ihre Kraft, die er schon einmal gespürt hatte. Aber auch ihre Sanftheit. Beides bewegte ihn so, wie seine Berührung Hannah bewegte. Als sie sich zu wehren begann, drehte er sich so, dass ihr Morgenmantel auseinanderklaffte.

Sie hütete sich vor Panik, doch ihr Herz und ihr Verlangen hintergingen sie. In dem Moment, als seine Hand über ihre nackte Haut strich, öffnete die aufflammende Lust das Tor zu Angst, zur Erregung, zur Leidenschaft. Unter ihrer Gegenwehr rollten sie beide über das Bett, im Kampf miteinander verschlungen. Sein schlanker Körper und sein stets lässiges Wesen machten die stählerne Stärke, die sie jetzt entdeckte, zu einer Überraschung und einem Quell der Erregung. Muskeln wölbten sich unter seinem Hemd, als er ihre Aktionen konterte, und trieben sie dahin, wo er sie haben wollte. Hannah fand sich erneut unter ihm gefangen. Ihre Arme wurden von dem Morgenmantel festgehalten, der über ihren Rücken geglitten war.

Atemlos schaute sie zu Bennett auf. Sie war geschlagen, aber weit davon entfernt, sich zu unterwerfen. Das Mondlicht fiel auf ihr Gesicht und ließ ihre Haut hell und ihre Augen dunkel schimmern. Die Angst in ihnen war einem Ausdruck von Wut gewichen. Ihr Haar breitete sich wirr auf dem Bett aus und ließ ihn an Nixen und Hexen denken.

„Ich werde dich verachten."

Er beugte sich erneut über sie, um sie zu küssen, doch sie drehte den Kopf zur Seite. Eine kleine Geste der Verteidigung, noch dazu eine unkluge, da seine Lippen nun ihren weichen, verwundbaren Hals fanden. Der Atem stockte ihr, es folgte ein Stöhnen. Der Laut ließ sein Herz schneller schlagen, während er entdeckte, dass sie genauso einzigartig und gefährlich war wie seine Gefühle für sie.

Bennett wollte sie lieben und gleichzeitig hassen. Er musste trösten und bestrafte. Er versuchte, zu verletzen und Lust zu schenken. In seiner Verwirrung gefangen, vergaß er alles – außer Hannah.

Hart von der Arbeit, sanft von Natur, glitten seine Hände über sie. Mit seiner Zungenspitze malte er Muster, quälende, aufreizende Muster auf ihrer Haut, die sich unter ihm erhitzte. Hannah wand sich unter ihm, aber ihre heftigen Bewegungen erregten sie beide nur noch mehr.

Plötzlich wurde ihr Körper völlig reglos, fast als hätte sie sogar zu atmen aufgehört. Dann setzte ein lustvoller Schauer ein.

Hannah war sich nie stärker ihrer selbst bewusst gewesen, war nie weiter von vernünftigem Denken entfernt gewesen wie in diesem Augenblick. Sie wollte sich daran erinnern, warum Bennett bei ihr war, warum es für sie beide ein Fehler war, doch sie konnte nur empfinden. Gründe spielten keine Rolle mehr, Konsequenzen waren vergessen. Er begehrte. Sie begehrte. Richtig und Falsch war etwas für vernünftig denkende Menschen.

Als er seinen Mund wieder auf ihren senkte, erwartete sie ihn. Er fand weder Nachgiebigkeit noch Panik, sondern die Leidenschaft, die sie in ihrem Leben meistens rücksichtslos unterdrückt hatte. Für ihn war diese Leidenschaft nun frei, und Hannah hatte einen flüchtigen Moment Zeit für die Erkenntnis, dass sie sich nie wieder völlig verbergen lassen würde.

Ungeduld, Verzweiflung. Gemeinsam rollten sie wieder über das Bett, doch nun in einem ganz anderen Kampf. Ihr Hausmantel war von ihr geglitten, so dass sie ihre Arme benutzen konnte, um Bennett zu umfassen. Mit einer Bewegung, die ihm alles hätte sagen sollen, presste sie ihn an sich.

Bleib bei mir! Liebe mich! Versteh mich!

Dann ging sogar das in einem Strom von Hitze verloren, der sie beide nach Luft ringen ließ.

Einmal zuvor hatte er bereits einen Vulkan in ihr entdeckt. Als dieser jetzt um ihn herum ausbrach, wurde er von der Gewaltigkeit und der dunklen Kraft erschüttert. Die Brise, in der die Vorhänge flatterten, war kühl und gemäßigt. In dem Bett brannte jedoch ein Feuer, das jeder von ihnen noch weiter anfachte.

In hektischem Verlangen nach ihm riss Hannah sein Hemd auf. Knöpfe fielen auf die Matratze und den Fußboden. Als ihr Lachen kam, war es leise und verhalten, wie er es schon einmal gehört hatte, aber diesmal schwang so etwas wie Triumph mit. Dann war es nur noch ein Seufzer, als sie mit ihren Händen über seine Brust strich. Ihr Kuss war heiß und verlangend, als nackte Haut auf nackte Haut traf.

Etwas in Bennett rastete aus. Als Liebhaber war er stets klug, aufmerksam, fürsorglich gewesen. Liebe war nie ein Spiel für ihn gewesen, genauso wenig wie ein Wettbewerb. Immer war sie ein Ergebnis von Zuneigung gewesen, der natürliche Höhepunkt von Verlangen.

Doch er hatte noch nie eine solche Begierde wie jetzt verspürt.

Zärtlichkeit war genauso vollständig vergessen wie Rache, als er die Hände in ihr Haar schob und sie an sich presste. Er zog ihre Unterlippe zwischen die Zähne und jagte glühende Funken der Lust durch ihren Körper. Dann begann er, sich rasch zu bewegen, löste sich von ihren Lippen und quälte sie mit seinen Küssen, wo immer er sie berührte.

Panik kehrte zurück, war jedoch so mit Erregung verwoben, dass Hannah keines der Gefühle genau erkennen konnte. Verängstigt und erregt versuchte sie, ihn von sich zu schieben, als er sie so plötzlich, dass sie nach Luft rang, zum Höhepunkt brachte und noch weit darüber hinaus. Atemlos stieß sie seinen Namen hervor.

Hannah erschauerte vor Lust. Die Hände, die sie in die Laken gekrallt hatte, wurden schlaff. Sekundenlang glaubte sie zu schweben, dann fachte er erneut die Flammen der Leidenschaft in ihr an.

Das hatte er für sie und von ihr gewollt. Bereitwillig begann sie, sich wieder mit ihm zu bewegen. Im Mondschein sah er ihr Gesicht, benommen vor Leidenschaft, erhitzt vor Lust. Seine Hände an ihre Hüften gelegt, zog er träge eine Spur aus Küssen über ihren Körper. Er fühlte den Moment, in dem die Kraft in sie zurückkehrte.

Sie erschauerte noch immer, war noch immer atemlos, als sie an seiner Hose zerrte. Hannah hatte eine Kostprobe, einen Vorgeschmack erhalten, und sie wollte mehr, wollte alles. Während sie ihm die Kleidung vom Körper streifte, strich er mit den Fingerspitzen über die Innenseiten ihrer Schenkel und steigerte ihre Erregung ins beinahe Unerträgliche. Er beobachtete, wie sie die Augen unter dem Schock dieses neuen Höhepunkts aufriss, während sie sich ihm entgegenbog. Als sie sich entspannte, senkte er den Mund auf ihren zu einem leidenschaftlichen Kuss.

Er war wie eine Droge. Ihre Arme fühlten sich wie Blei an, als sie versuchte, sie für ihn zu heben. In ihrem Kopf drehte sich alles von der Flut der Empfindungen. Der Duft der Leidenschaft umhüllte sie beide, während ihre Haut feucht und heiß war. Sie hörte, wie ihr Atem in Seufzern und Stöhnen kam, wobei sie versuchte, sich auf sein Gesicht zu konzentrieren.

Seine Augen wirkten wie die einer Katze vor dem Sprung. Hannah erinnerte sich, wie er auf dem Hengst ausgesehen hatte, wagemutig, gefährlich. Sie erschauerte und ergab sich. Mit weit offenen Augen zog sie ihn bereitwillig an sich.

Hannah öffnete sich ihm. Bennett drang ihn sie ein.

Der Ritt war schnell und rau. Miteinander verschlungen, rasten sie dahin. Ohne das Tempo zu mindern, schossen sie über den Rand der Klippe hinaus.

Die Stille schien ewig zu dauern. Hannah hüllte sich darin ein und wartete darauf, dass Bennett sie verließ. Im Schutz der Dunkelheit konnte sie sich eingestehen, dass sie nie wieder dieselbe sein würde. Bennett hatte diese sorgfältig polierte Oberfläche durchbrochen und die Frau dahinter erobert, die Frau, die er hasste. Sie konnte ihm nicht sagen, dass sie liebte, dass sie bereits den Verlust dessen betrauerte, was sie nie wirklich gehabt hatte, und dass sie sich den Rest ihres Lebens danach sehnen würde.

Bennett wollte nach ihr tasten, sie an sich ziehen und sie im Mondschein streicheln. Doch es würde nicht möglich sein, sie noch einmal zu berühren. Er hatte sich im Zorn genommen, was er in seinen Träumen zärtlich erobert hatte. Schuldgefühle quälten ihn, selbst während sich wieder das Empfinden einstellte, betrogen worden zu sein.

Die Frau, in die er sich verliebt hatte, existierte nicht. Sie war sogar mehr eine Lüge als eine Illusion gewesen. Jetzt hatte er getan, was er selbst in seinen wildesten Augenblicken vermieden hatte: Er hatte eine Fremde geliebt. Und so wahr ihm Gott helfe, er hatte sich genauso tief in sie verliebt.

Hatte er ihr wehgetan? Er wollte fragen, hielt sich jedoch zurück. Er konnte es sich nicht leisten, Reue zu zeigen, sonst würde er sich wegen dieser neuen Hannah ebenfalls zum Narren machen. Stolz folgte der Ehre. Nachdem er das eine für Zorn und Schmerz geopfert hatte, wollte er sich an dem anderen festhalten.

Er erhob sich und fuhr sich mit den Fingern durch das Haar. Wie konnte er sie lieben, wenn er sie nicht einmal kannte? Wie konnte er noch immer die Frau lieben, von der er wusste, dass sie nie existiert hatte?

Er zog sich schweigend an, während Hannah wie versteinert auf dem Bett lag.

„Jetzt haben wir einander wohl beide benutzt“, sagte er.

Daraufhin öffnete sie die Augen. Es gab keine Tränen. Zum Glück hatte sie noch immer so viel Kraft. Er stand neben dem Bett, von der Taille aufwärts nackt, das ruinierte Hemd zusammengeballt in der Hand. „Wir sind quitt.“

„Sind wir das?“ Er hätte beinahe einen Schritt auf sie zugetan, bevor er sich dazu zwang, sich umzudrehen und sie zu verlassen.

Hannah lag da und lauschte in die Stille.

Bis zur Morgendämmerung.

„Du hast Fragen“, sagte Armand zu seinem jüngeren Sohn. Das helle Licht des Morgens zeigte allzu deutlich die Spuren von Schlaflosigkeit auf beiden Gesichtern. „Es wäre mir lieber, wenn du warten würdest, bis ich fertig bin.“

Bennett hatte verlangen und toben wollen. Belastung und Müdigkeit ließen seinen Vater plötzlich alt und viel zu verletzlich aussehen. Bennett ließ sich von Liebe mehr als von Pflicht leiten. „In Ordnung.“ Er schenkte sich Kaffee ein.

„Möchtest du dich setzen?“

„Nein.“

Armands Blick wurde schärfer bei diesem Ton, doch dann ließ auch er sich von Liebe leiten. „Ich schon.“ Sobald er saß, stellte er seine Tasse weg. „Vor zwei Jahren saß ich in diesem Büro mit Reeve und Malori. Du und Alexander, ihr wart auch dabei. Erinnerst du dich?“

Bennett trat ans Fenster und blickte hinaus. „Ja. Wir sprachen über Deboque und darüber, was gegen ihn unternommen werden könnte.“

„Dann erinnerst du dich auch daran, dass beschlossen wurde, den Namen vor Alex und mir zu verheimlichen, und dass Malori nicht ganz mit Reeves Wahl zufrieden war.“

„Malori war stets eines der vertrauenswürdigsten Mitglieder des Sicherheitsdienstes von Cordina. Aber er ist altmodisch.“ Armand hielt es nicht für nötig, hinzuzufügen, dass auch er seine Zweifel gehabt hatte. „Es bereitete ihm Sorge, eine Frau einzusetzen.“

Bennett leerte seine Tasse zur Hälfte. „Ich war damals und bin noch heute der Meinung, dass Alexander und ich ein Recht hatten zu wissen, was unternommen wurde. Wir alle hatten darüber hinaus das Recht zu wissen, dass die Frau, die wir als Freundin akzeptierten, eine ISS-Agentin ist.“

„Keiner von euch brauchte es zu wissen.“ Armands Stimme enthielt Autorität. „Wäre ich erkrankt, wäre natürlich Alex eingeweiht worden.“

„Denkst du, nur weil ich nie herrschen werde, sei Cordina für mich weniger wichtig?“ Bennett wirbelte zu seinem Vater herum. Zorn zeichnete sich in seiner Miene ab. „Mein ganzes Leben lang war ich der jüngere Bruder. Alex wurde dafür geboren, Cordina nach dir zu regieren. Er wurde dafür geformt, genau wie das bei seinem Sohn der Fall sein wird. Denkst du, deshalb hätte ich weniger geliebt, mich weniger eingesetzt, weniger geboten?“

Armand wählte seine Worte mit Bedacht. „Bennett, ich habe dich vom Kind zum Mann heranwachsen sehen, und ich habe auf ein Anzeichen gewartet, dass du mit deiner Stellung unzufrieden bist. Du warst manchmal wild, immer wagemutig und zu oft indiskret, aber nie habe ich etwas anderes gesehen als Liebe und Hingabe für dein Land und deine Familie.“

„Warum hältst du dann deine Pläne vor mir geheim, wenn beides bedroht ist?“

„Vor zwei Jahren wurde Lady Hannah Rothchild unter einem halben Dutzend hoch qualifizierter Agenten ausgewählt, um in Deboques Organisation einzudringen und sie zu zerstören. Uns waren die Risiken genauso bewusst wie ihr, auch die Zeit und die Fähigkeiten, die nötig sein würden.“

„Warum sie?“

„Reeve fand, dass Hannah mit ihren Talenten einzigartig für diese Operation geeignet war. Sie war bereits zehn Jahre beim ISS.“

„Zehn Jahre?“ Bennett ging wieder im Raum auf und ab. „Wie ist das möglich? Sie ist so jung.“

„Sie ist die zweite Generation“, sagte Armand sanft. „Ihr Vater hat sie trainiert, als sie noch zur Schule ging. Lord Rothchild, mittlerweile teils im Ruhestand, ist einer der wertvollsten Agenten des ISS. Er spielte damals bei Reeves Grundausbildung eine gewisse Rolle, was einer der Gründe war, weshalb Reeve für Hannah stimmte.“

„Zehn Jahre“, wiederholte Bennett. Wie viele verschiedene Frauen war sie schon gewesen? Wie viele Lügen hatte sie erzählt?

„Offenbar ist sie von Natur aus für diese Arbeit geeignet.“ Er merkte, wie sein Sohn die Zähne zusammenbiss, fuhr jedoch fort: „Nachdem ich Reeves Bericht über sie gelesen hatte, musste ich zustimmen.“

„Deboque setzt oft Frauen ein“, sagte Bennett.

„Er ist der Meinung, dass Frauen schlauer, sogar grausamer sein können als Männer.“ Armand erinnerte sich an Janet Smithers und an die Kugel, die man seinem Sohn herausoperiert hatte. „Er bevorzugt einen gewissen Typ – still, wohlerzogen, von makelloser Herkunft.“

„Hannah.“

„Ja. Innerhalb von zwei Jahren hat sie sich vom Boten an die Spitze der Organisation vorgearbeitet.“

„An die Spitze?“ Er konnte kaum glauben, was er hörte. „Was meinst du damit?“

„Sie hat sich mit Deboque höchstpersönlich getroffen, und indem sie einen seiner Spitzenmänner in Misskredit brachte, füllt sie jetzt dessen Position aus. Reeve hat dir erklärt, dass sie nach Deboques Meinung hier im Palast als sein Instrument ist.“

Bitterkeit war leichter zu ertragen als Angst. Bennett konzentrierte sich darauf. „Sie spielt das Spiel sehr gut.“

„Ein Agent in ihrer Stellung spielt das Spiel sehr gut oder verliert das Leben. Du weißt aus erster Hand, dass Deboque nicht zögert, zu töten. Ihr Name und Ihre Aufgabe wurden strengstens vertraulich gehalten, aber nicht zu deinem Schutz oder dem der Familie, Bennett, sondern zu ihrem Schutz. Drei andere Agenten wurden getötet, als sie das versuchten, was Hannah nun beinahe gelungen ist. Der letzte wurde buchstäblich ... Na, lassen wir das.“

Er bemerkte, wie Bennett blass wurde. „Indem wir euch alle glauben ließen, was Deboque wollte, dass ihr glaubt, konnten wir Hannah den einzig möglichen Schutz bieten. Wird sie entlarvt, kann nicht einmal das ISS sie beschützen. Da du jetzt alles weißt, ist ihr Risiko damit viel größer als je zuvor.“

Bennett setzte sich seinem Vater gegenüber. Obwohl der Aufruhr viel zu rasch in ihm entstand, blieb seine Miene fast ausdruckslos. „Ich liebe sie.“

„Ja.“ Armand lehnte sich zurück. „Das habe ich befürchtet.“

„Ich werde nicht zusehen, wie Deboque jemandem etwas antut, den ich liebe.“

„Bennett, zu oft dürfen unsere Gefühle unser Handeln nicht beeinflussen.“

„Das gilt für dich.“ Bennetts Stimme klang noch immer ruhig, aber etwas kühler. „Vielleicht auch für Alex, aber nicht für mich. Ich möchte Deboque lieber selbst töten."

Armand verspürte Angst und Stolz und unterdrückte beides. „Wenn du an diesem Punkt der Operation irgendetwas unternimmst, könntest du für Hannahs Tod verantwortlich sein, nicht für Deboques Tod."

Bennett beugte sich vor, bis an den Rand seiner Beherrschung getrieben. „Verstehst du, dass ich in sie verliebt bin? Könntest du denn an meiner Stelle nichts unternehmen?"

Armand betrachtete das Gesicht seines Sohnes und erinnerte sich an die einzige Frau, die er jemals geliebt hatte. „Ich kann nur sagen, dass ich alles tun würde, um ihre Sicherheit zu garantieren. Selbst wenn das bedeutet, untätig zu bleiben." Er stand auf und ging zu seinem Schreibtisch. „Lies das." Er hob einen kleinen Stapel Akten hoch, die den Aufdruck der höchsten Sicherheitsstufe trugen. „Das sind Informationen über Hannah, einige ihrer Berichte. Ich lasse dich allein, damit du sie lesen kannst. Sie dürfen diesen Raum nicht verlassen."

Bennett stand auf. „Wo ist sie jetzt?"

Armand hatte gehofft, dass diese Frage nicht kommen würde. „Sie hat heute Morgen eine Nachricht erhalten. Sie ist zu Deboque gefahren."

Sie musste sehr sorgfältig vorgehen. Hannah saß, die Hände in ihrem Schoß verschränkt, in dem elganten Salon von Deboques gemieteter Villa. Obwohl das Treffen diesmal an Land stattfand, wusste sie, dass sie so allein sein würde wie auf der Yacht, falls ihre Tarnung aufgeflogen war.

Falls er auch nur einen Anhaltspunkt dafür hatte, welche Rolle sie bei den Ereignissen des Vorabends gespielt hatte, wurde sie getötet, bevor sie etwas ableugnen konnte.

„Lady Hannah!" Deboque kam in den Salon und schloss hinter sich die Doppeltüren. „Wie schön, Sie wiederzusehen."

Sie goss etwas Sahne in ihren Kaffee. „Die Broschüre heute Morgen hat mir kaum eine Wahl gelassen."

„Ah, ich war brüsk." Er kam zu ihr, ergriff ihre Hand und drückte seine Lippen darauf. „Meine Entschuldigung. Die Ereignisse des letzten Abends verursachten mir etwas Unbehagen."

„Mir ebenfalls." Sie entzog ihm ihre Hand. Ihr Instinkt sagte ihr, dass Ärger der beste Weg war. „Ich frage mich, ob ich eine kluge Wahl getroffen habe."

Deboque wählte den Platz neben ihr und ließ sich Zeit mit der Auswahl einer Zigarette aus einem Kristallbehälter. Diesmal trug er Smaragde. „Was bedeutet das?"

„Erst vor wenigen Monaten musste ich für einen anderen Ihrer Mitarbeiter einspringen und die Fehler ausgleichen." Sie nippte an dem Kaffee. „Gestern Abend ruinierte ebenfalls einer Ihrer Mitarbeiter beinahe alle sorgfältigen Schritte, die mich zu den Bissets geführt haben."

„Darf ich Sie vielleicht daran erinnern, Mademoiselle, dass Sie die Anweisung hatten, keinem in die Quere zu kommen?"

„Darf ich Sie daran erinnern, Monsieur, dass ich meine gegenwärtige Position nicht dadurch erreicht habe, dass ich mich nicht um meinen Vorteil gekümmert habe. Wäre ich Bennett nicht gefolgt, könnten Sie und ich jetzt in einer wesentlich weniger angenehmen Umgebung sitzen."

Deboque stieß den Rauch aus. „Erklären Sie mir das."

„Bennett langweilte sich in dem Stück und wollte die amerikanische Schauspielerin in ihrer Garderobe während der Pause besuchen. Da ich wusste, dass irgendwelche Pläne im Gange waren, hielt ich mich in seiner Nähe. Als die Lichter erloschen, musste ich mich entscheiden, ob ich zurückging oder in Bennetts Reichweite blieb. Wäre ich zurückgegangen, Monsieur, könnte der Prinz jetzt tatsächlich tot sein."

„Und dafür erwarten Sie von mir Dankbarkeit?"

„Er könnte tot sein", wiederholte Hannah. „Und ein Mitglied Ihrer Organisation wäre jetzt in Haft. MacGee und die Leibwächter waren bereits unterwegs. Ich habe Ihren Mann entdeckt." Sie verzog verächtlich die Miene. „Er tappte mithilfe einer Taschenlampe daher. Es gelang mir, Bennett abzulenken, indem ich die hysterische Frau spielte, aber der Idiot nutzte nicht die Gelegenheit zur Flucht. Die Lichter gingen wieder an. Bennett sah ihn und seine Waffe. Ich bin aus persönlichen Gründen sehr froh, dass der Prinz so gut getroffen hat. Tote können keine Namen nennen." Ihrer Rolle entsprechend, stand sie auf. „Ich frage Sie jetzt: Hatte der Mann Anordnung, einen der Bissets zu töten? Vertrauen Sie mir, den Mordauftrag auszuführen, oder vertrauen Sie mir nicht?“

Sag es!, befahl sie in Gedanken. Sag es laut, sag es deutlich, damit alles vorbei sein kann!

Rauch kräuselte zur Decke. „Bitte, meine Liebe, bleiben Sie ruhig. Der Mann, von dem Sie sprechen, hatte vielleicht die Anweisung, Initiative zu entwickeln, aber keinen speziellen Auftrag. Natürlich habe ich Vertrauen zu Ihnen.“

„Wir waren uns einig, dass ich die Bissets für fünf Millionen Dollar beseitige.“

Er lächelte wie ein großzügiger Onkel. „Wir waren uns einig, sollte etwas Derartiges passieren, würde es eine Belohnung geben.“

„Ich bin dieses Spiel leid.“ Hannah griff nach ihrer Tasche. „Wenn Sie nicht offen sprechen und unsere Vereinbarung nicht anerkennen, hat es keinen Sinn, damit weiterzumachen.“

„Setzen Sie sich!“ Der Befehl kam scharf, als sie zur Tür ging. Hannah blieb stehen und drehte sich um, ging jedoch nicht zurück. „Sie vergessen sich. Niemand, der für mich arbeitet, geht, wenn er nicht entlassen wird.“

Sie wusste, dass vor der Tür Männer standen, die sie nach Deboques Laune festhalten oder beseitigen würden. Sie setzte darauf, dass er Wagemut respektieren würde. „Dann ist es vielleicht am besten, ich suche mir eine andere Stellung. Ich bin nicht daran gewöhnt, dass man mir nur die Hälfte der Karten zuteilt.“

„Denken Sie daran, dass ich die Karten halte. Ich bitte Sie noch einmal, sich zu setzen.“

Diesmal folgte sie der Aufforderung. Sie ließ sich ihre Ungeduld anmerken, aber nur so weit, dass er ihre Selbstbeherrschung registrierte. „Nun gut.“

„Erzählen Sie mir, wie die Bissets sich heute Morgen verhalten haben.“

„Mit Würde, selbstverständlich.“ Sie tat, als wäre sie amüsiert. „Bennett ist sehr mit sich zufrieden. Armand ist besorgt. Eve bleibt den Tag über im Bett. Gabriella ist bei ihr. MacGee hat sich mit Malori zurückgezogen – Sie kennen den Namen?“

„Ja.“

„Vermutlich überlegen sie, welchen Zweck diese Störung gestern

Abend hatte. Man glaubt, dass der Strom unterbrochen worden sei, damit der Mörder in die Fürstenloge vordringen konnte."

„Eine natürliche Annahme", warf Deboque ein. „Und Sie, meine Liebe? Wie haben Sie sich verhalten, nachdem Sie Augenzeugin dieses Vorfalls geworden waren?"

„Ich habe mich dafür entschieden, schockiert und schwach zu sein. Aber tapfer, versteht sich. Wir Briten sind so."

„Ich habe diese Eigenschaft stets bewundert." Deboque lächelte ihr wieder zu. „Ich gratuliere Ihnen zu Ihren Fähigkeiten. Sie sehen aus, als hätten Sie die ganze Nacht kein Auge zugetan."

Es war ein Fehler, auch nur für einen Moment an Bennett zu denken. „Ich habe genug Kaffee getrunken, um mich bis zum Morgengrauen wach zu halten. Im Moment bin ich angeblich auf einem Spaziergang, um einen klaren Kopf zu bekommen."

Um ihn abzulenken, fügte sie hinzu, was sie mit Reeve besprochen hatte. „Sie wissen, dass zu Weihnachten die ganze Fürstenfamilie im Palast zusammenkommt? Wegen Eves Zustand bringt Prinzessin Gabriella ihre Familie ein paar Tage vorher für die Vorbereitungen mit. Die MacGees teilen sich einen Flügel mit Alexander und Eve, damit sie ihren Kindern nahe sind."

„Interessant."

„Und praktisch. Ich brauche die Bestandteile für drei Bomben."

Deboque nickte nur. „Der jüngere Prinz wohnt nicht in demselben Flügel."

„Der jüngere Prinz wird tödliche Verletzungen erleiden, wenn er versucht, den Rest seiner Familie zu retten. Überlassen Sie das mir. Sorgen Sie nur dafür, dass die fünf Millionen Dollar bereitliegen." Sie erhob sich und neigte den Kopf, als wartete sie auf seine Erlaubnis, zu gehen. Deboque stand ebenfalls auf und überraschte sie, indem er ihre Hände ergriff.

„Ich habe daran gedacht, irgendwann nach den Feiertagen einen langen Urlaub zu machen. Ich möchte segeln, in der Sonne liegen. Urlaube können sehr langweilig sein ohne Begleitung."

Ihr Magen zog sich zusammen. „Ich habe stets die Sonne geliebt." Sie widersprach nicht, als er näher trat, sondern lächelte. „Sie stehen in dem Ruf, Frauen genauso leicht auszurangieren, wie Sie sie sammeln."

„Sobald sie mich langweilen.“ Er legte eine Hand um ihren Nacken. Seine Finger waren leicht, glatt und ließen sie an Spinnen denken. „Ich habe es im Gefühl, dass Sie mich nicht langweilen werden. Ich werde nicht von Aussehen angezogen, sondern von Verstand und Ehrgeiz. Wir könnten uns zusammen sehr wohl fühlen.“

Wenn seine Lippen ihre berührten, würde ihr schlecht werden. Hannah neigte den Kopf leicht nach hinten. „Vielleicht – nachdem unser Geschäft abgeschlossen ist.“

Die Finger in ihrem Nacken spannten sich an und ließen sie los. „Sie sind eine vorsichtige Frau, Hannah.“

„Vorsichtig genug, dass ich die fünf Millionen haben will, bevor ich mit Ihnen schlafe. Wenn Sie mich jetzt entschuldigen, ich sollte zurück, bevor sich jemand um mich Sorgen macht.“

„Natürlich.“

Sie ging zur Tür. „Ich brauche diese Gegenstände bis Ende der Woche.“

„Erwarten Sie ein Weihnachtsgeschenk von Ihrer Tante in Brighton.“

Mit einem Nicken glitt sie zur Tür hinaus.

Deboque nahm wieder seinen Platz ein und stellte fest, dass er sie recht gern mochte. Schade, dass sie sterben musste.

10. KAPITEL

Es war schon Nachmittag, als Bennett sich auf die Suche nach Hannah machte. Er hatte jedes Wort in den Akten gelesen, die Armand ihm gegeben hatte. Obwohl manches ihn fasziniert hatte, anderes geängstigt und wieder anderes geärgert, war er noch immer nicht sicher, ob er die Frau kannte.

Jetzt nahm auch er an dem Betrug teil. Er durfte nichts seinem Bruder erzählen. Er konnte weder seine Schwester noch Eve beruhigen. Genau wie Hannah hatte er keine andere Wahl, als das Spiel durchzuziehen. Also ging er zu ihr, weil es längst überfällig war, dass sie vernünftig miteinander sprachen.

Er fand Eve und Gabriella zusammen am Tisch sitzend vor Stapeln von Listen und einer Kanne Tee.

„Bennett." Gabriella reichte ihm die Hand. „Du kommst genau richtig. Wir brauchen die Meinung eines Mannes zum Weihnachtsball."

„Sorg dafür, dass es ausreichend Wein gibt." Er beugte sich herunter und küsste sie auf beide Wangen. Obwohl sie ihn angelächelt hatte, hatte er die Zeichen der Anspannung bemerkt, so wie er sie auch bei Eve bemerkte. „Hannah ist nicht bei euch?"

„Nein." Eve legte ihren Bleistift nieder, als sie Bennett das Gesicht zum Kuss zuwandte. „Ich habe ihr gesagt, dass sie sich heute ausruhen muss. Die vergangene Nacht ..." Sie verstärkte ihren Griff um seine Hand. „Die letzte Nacht muss schrecklich für sie gewesen sein. Und für dich."

Er zuckte die Schultern. Er erinnerte sich nur allzu deutlich daran, wie er sie verlassen hatte – schweigsam zusammengerollt auf dem Bett. „Jedenfalls war es kein langweiliger Abend."

„Lass die Witze, Ben. Man hätte dich töten können. Und dann ist es zum zweiten Mal im Theater passiert. Das zweite Mal, dass eines meiner Stücke ..."

Eves Hand in seiner, ging er in die Hocke. „Ich wurde nicht verletzt, vergiss das nicht. Es würde mich sehr ärgern, wenn mein Neffe mit Sorgenfalten auf die Welt käme. Wo ist Marissa?"

„Sie schläft."

Er zog mit dem Daumen die Linie unter ihren Augen nach. „Das solltest du auch tun."

Verärgerung wich der Anspannung, wie er es erhofft hatte. „Jetzt redest du wie Alex."

„Gott bewahre! Wo ist er überhaupt?"

„In Besprechungen." Sie fuhr mit den Fingern über die Papiere. „Fast den ganzen Tag über. Alles wurde hierher in seine Büros verlegt, aus ... aus Sicherheitsgründen."

„Dann solltest du dich jetzt ausruhen." Er bedeckte ihre Hand mit seiner. „Inzwischen solltest du wissen, dass die Bissets unzerstörbar sind. Und zumindest solltest du froh sein, dass er eine Zeit lang beschäftigt ist, sonst würde er dir hier nicht von der Seite weichen."

Sie brachte ein Lächeln zu Stande. „Du hast recht."

Er stand auf und sah lächelnd auf Gabriella hinunter. „Ich verlasse mich darauf, dass du sie bei der Stange hältst – obwohl du auch schon einmal besser ausgesehen hast."

„Es gibt noch Kavaliere."

„Wozu sind Brüder da?" Am liebsten hätte er sie beide in die Arme geschlossen und ihnen gesagt, dass nichts und niemand sie je wieder verletzen würde. Stattdessen zog er seine Schwester kurz an den Haaren. „Jetzt überlasse ich euch beiden wieder eurer gewiss hochinteressanten Arbeit."

Er hatte gerade die Treppe erreicht, als Gabriella ihn einholte. „Ben."

Er drehte sich um und wollte schon lächeln, da hielt ihr Ausdruck ihn davon ab.

Gabriella warf einen Blick über die Schulter, um sicher zu sein, dass sie weit genug von Eves Büro entfernt waren, dann legte sie die Hand auf seine, die auf dem Geländer lag. „Reeve erzählt mir über gewisse Dinge sehr wenig." Wut blitzte kurz in ihren Augen auf. „Damit muss ich leben. Aber da ich einmal alles verloren habe, habe ich ein sehr feines Gespür dafür, wenn es meine Familie betrifft."

„Ich weiß, dass du dir Sorgen machst", begann er. „Wir alle tun das."

„Es ist mehr als das, auch wenn alles auf Deboque und seinen Zerstörungswahn zurückzuführen ist. Ich habe noch Träume, selbst nach all diesen Jahren." Sie erinnerte sich an die Dunkelheit und an die Angst.

„Ella." Er berührte ihre Wange. „Niemals wird so etwas Ähnliches wieder geschehen."

Sanft schloss sie die Finger um sein Handgelenk. „Ich erinnere mich, wie du angeschossen und blutend auf dem Terrassenboden lagst. Ich erinnere mich, wie ich im Hospital saß, als Eve zwischen Leben und Tod schwebte. Deboque." Sie war blass, aber ihr Gesicht verriet Stärke wie auch die Hand, die auf seiner lag. „An allem ist Deboque schuld. Und er ist noch nicht erledigt."

„Das wird er bald sein." Etwas Gefährliches schwang in seiner Stimme mit, blitzte in seinen Augen auf. „Das verspreche ich dir."

„Ich will, dass du vorsichtig bist, Bennett."

Er lächelte, und dieser gefährliche Blick verschwand. „Wie sollte ich das nicht sein, bei einem Dutzend Bodyguards um mich herum?"

„Sehr vorsichtig", wiederholte sie. „Ich habe noch nie erlebt, dass du eine Pistole mit ins Theater genommen hast."

Sie wusste, es war gelogen. Und um das zu wissen, brauchte er ihr nur in die Augen zu sehen.

„Lass es jetzt gut sein."

„Das hat auch Reeve zu mir gesagt", erwiderte sie mit einer ungeduldigen Geste. „Es geht um meine Familie. Wie könnte ich?"

„Ich weiß nur, dass es bald vorbei sein wird. Bis dahin müssen wir zusammenhalten. Es wird bald etwas geschehen. Ella. Gib die Hoffnung nicht auf."

„Versprich mir, dass du nichts Unbesonnenes tun wirst."

„Was ist mit meinem Ruf, den ich mir erworben habe?"

„Ben, bitte."

„Na gut, du hast mein Versprechen." Er küsste sie noch einmal. „Ich bewundere dich, obwohl du Dorian auf die Welt gebracht hast, der mich den letzten Nerv kostet." Er tätschelte ihr noch kurz die Hand, bevor er die Treppe hinunterging. „Bis bald."

Sie sah ihn davongehen, ihre Sorge aber blieb zurück. „Bis bald."

Hannah war nicht in ihren Räumen, als Bennett sie betrat. Ist sie wieder weggegangen?, fragte er sich. Brachte sie sich selbst jetzt in Gefahr, um seine Familie zu schützen?

Er hasste ihn. Deboque. Der Gedanken, dass Hannah ihr Leben riskierte, dass sie seinen Körper mit ihrem eigenen verdeckte, wie sie es vergangene Nacht getan hatte, war unmöglich hinzunehmen. Ob Familie, Freund oder Land, er musste sie beschützen. Wie konnte er also für die Frau, die er liebte, weniger tun?

Während er durch die Räume ging, kam er zu ihrer Frisierkommode. Ein kleiner emaillierter Kasten mit einem Pfau auf dem Deckel stand darauf. Er ließ einen Finger darüber gleiten und fragte sich dabei, wie sie dazu gekommen sein mochte. War es ein Geschenk? Von wem? Hatte sie das Kästchen in irgendeinem kleinen Londoner Laden gekauft? Er musste selbst solch unbedeutende Kleinigkeiten über sie wissen. Konnte sie denn nicht verstehen, dass er, um seine Gefühle zu analysieren, die Frau kennen musste, der sie galten?

Er blickte auf und sah im Spiegel das Bett, in dem sie in der Nacht zuvor miteinander gekämpft und sich geliebt hatten. Er erinnerte sich an die Leidenschaft, die wie ein Echo in ihm nachklang, wenn er sich ganz ruhig verhielt. Würde sie ihn dafür hassen? Wenn auch ihr Liebesspiel für sie genauso intensiv und überwältigend gewesen war wie für ihn selbst, würde sie ihm verzeihen, dass er sie gezwungen hatte, die Schranken aufzuheben?

Er war grob gewesen … Bennett blickte hinunter auf seine Hände, drehte sie um, spreizte die Finger. Und er war nicht behutsam mit ihr umgegangen. Sein ganzes Leben lang hatte er immer so sehr darauf geachtet, einer Frau niemals wehzutun. Und jetzt, da er die Einzige gefunden hatte, hatte er genau das getan.

Er trat ans Fenster, blickte hinaus und versuchte, seine Gefühle zu ordnen. Er ärgerte sich immer noch über sie. Was sein Verstand ihm auch sagte, seine Gefühle waren noch verletzt durch ihre Täuschung. Schlimmer, er wurde den Eindruck nicht los, sich in zwei Frauen verliebt zu haben und keiner von ihnen trauen zu können.

Dann sah er sie unten im Park.

Ich brauche ein wenig Zeit, sagte sich Hannah. Eine Stunde für mich allein, um meine Gedanken zu klären und meine Nerven zu beruhigen. Sie war mit Deboque an diesem Morgen so geschickt wie möglich umgegangen. Wenn nichts schiefging, würden sie in einer Woche die Falle hinter ihm schließen. Dann hätte sie ihr Ziel erreicht. Ein weiterer Erfolgsbericht ginge in ihre Akten ein. Ein erfolgreich abgeschlossener Zweijahresauftrag konnte sehr gut eine Beförderung bedeuten. Sie stand, das wusste sie, kurz davor, die Führung zu übernehmen. Warum begeisterte diese Vorstellung sie nicht, wie sie es einst getan hatte?

Zeit, sagte sich Hannah wieder. Ich brauche einfach etwas Zeit.

Sie würde sich den dringend nötigen und wohlverdienten Urlaub nehmen. Vielleicht in Amerika – New York, San Francisco. Würde sie sich an Orten wie diesen nicht eine Zeit lang verlieren können?

Vielleicht ginge sie auch zurück nach England. Sie könnte in Cornwall Spaziergänge übers Moor machen oder am Meer entlangreiten. In England könnte sie sich nicht verlieren, aber vielleicht würde sie dort wieder zu sich selbst finden.

Wohin auch immer sie ginge, sie würde Cordina verlassen. Und Bennett.

Wistarien rankten sich bogenförmig und schützend über eine Bank und luden zur Besinnung ein. Hannah setzte sich, schloss die Augen und versuchte, geistige Ruhe zu finden.

Wer war sie? Zum ersten Mal seit Jahren war sie gezwungen, sich diese Frage zu stellen, und sie wusste keine Antwort darauf. Einerseits war sie die ruhige Frau, die gern einen langen Nachmittag mit Lesen verbrachte und es liebte, über Literatur und Kunst zu reden. Andererseits war sie die Frau, die stets eine Waffe in Reichweite hatte und oft auf die Fußschritte hinter sich lauschte.

Dass sie beides sein konnte, war ihr immer ein Vorteil gewesen, niemals jedoch, so wie jetzt, ein Problem. Sie wünschte, sie könnte mit ihrem Vater sprechen, und sei es nur für eine Stunde. Er wusste, was es hieß, zwei Leben zu führen und Befriedigung und Herausforderung in jedem zu finden.

Aber nicht einmal das durfte sie riskieren. In dieser Hinsicht, wie auch bei ihrem Auftrag, der sie hierher geführt hatte, war sie allein.

Bennett war es, der ihr den Schmerz und die Zweifel verursachte. Bennett war es, der sie dazu gebracht hatte, zu hinterfragen, was sie immer als gesichert betrachtet hatte. Letzte Nacht hatte er ihr Körper, Geist und Seele genommen, nur um sie zu demütigen. Das hatte er getan. Niemand, niemand hatte ihr je gezeigt, wie viel sie geben konnte. Niemand hatte sie so leer und einsam zurückgelassen.

Er wusste nicht, wie sehr er sie verletzt hatte. Er kann es nicht wissen, dachte sie, als jetzt die Tränen flossen, die sie die ganze Nacht über zurückgehalten hatte. Er kann es nicht, weil er niemals wissen würde, wie stark ihre Gefühle für ihn waren und wie hoffnungslos.

Ich habe mich entschieden, dachte Hannah, und ich werde mit dieser Entscheidung leben. Noch ein paar Tage, und ihre Wege würden sich nicht mehr kreuzen.

Er wäre in Sicherheit. Er und seine Familie. Und sie wäre gegangen.

Er fand sie auf der Bank sitzend, die Hände ordentlich im Schoß verschränkt, die Augen geschlossen, das Gesicht tränenüberströmt. Alle möglichen Gefühle stürzten auf ihn ein. Bedauern, Verwirrung, Liebe, Schuld.

Sie wollte allein sein. Er hatte geglaubt, sie so gut zu verstehen. Noch immer empfand er genug Bitterkeit, und damit den Wunsch, sie allein zu lassen.

Als er näher auf sie zukam, stand Hannah von der Bank auf. Bennett erkannte Schock und Demütigung in ihrer Miene. Einen Moment dachte er, sie würde sich umdrehen und weglaufen, aber sie behauptete sich.

„Ich dachte, ich wäre allein." Ihre Stimme klang kühl, während sie gegen Zorn und Verlegenheit ankämpfte.

Er sah ihre Tränen und bot ihr sein Taschentuch an. „Tut mir leid, dass ich dich gestört habe." Seine Stimme klang genauso steif wie ihre. „Ich finde, wir müssen miteinander sprechen."

„Haben wir das nicht schon getan?" Sie trocknete ihr Gesicht.

„Möchtest du dich setzen?"

„Nein, danke."

Er schob die Hände in die Taschen. „Ich habe heute Morgen mit meinem Vater gesprochen. Er hat mir gesagt, dass du dich heute schon mit Deboque getroffen hast."

„Ich erstatte Ihnen über diese Dinge keinen Bericht, Eure Hoheit."

Er zog wütend die Brauen zusammen und ballte die Hände zu Fäusten, aber er sprach ruhig. „Nein, doch mir ist die Situation jetzt völlig klar. Ich habe deine Akten gelesen."

„Dann wurde Ihre Neugierde befriedigt. Sie wissen nun alles über mich. Ich hoffe, Sie haben sich gut unterhalten."

„Ich habe es nicht gelesen, um mich zu unterhalten", schoss er zurück. „Verdammt, Hannah, ich habe ein Recht darauf, Bescheid zu wissen."

„Sie haben keinerlei Rechte, was mich angeht. Ich bin weder Ihr Dienstbote noch Ihr Untertan."

„Du bist die Frau, mit der ich letzte Nacht ins Bett gegangen bin."

„Das sollten wir am besten vergessen. Nicht!" Sie erstarrte, als er auf sie zukam. „Berühren Sie mich nie wieder!"

„Nun gut." Er versteifte sich ebenfalls. „Aber wir wissen beide, das gewisse Dinge nicht vergessen werden können."

„Fehler schon", entgegnete sie. „Ich bin hier als Agentin des ISS, um Sie und Ihre Familie zu beschützen und um Deboques Pläne zu durchkreuzen. Ich werde alles tun, was dafür nötig ist, aber ich werde mich nie wieder demütigen lassen." Tränen machten sie blind. „Ach, zum Teufel mit Ihnen! Können Sie mich nicht in Ruhe lassen? Genügt Ihnen die letzte Nacht nicht als Vergeltung?"

Das ließ die schwache Kontrolle zerbrechen, die er über sich selbst besaß. Er packte Hannah am Arm. „Ist das alles, was es dir bedeutet hat, Vergeltung? Kannst du hier stehen und mir sagen, dass du nichts gefühlt hast? Wie gut bist du eigentlich im Lügen?"

„Es spielt keine Rolle, was ich gefühlt habe. Sie wollten mich bestrafen, und das haben Sie getan."

„Ich wollte dich lieben, und das habe ich getan."

„Hören Sie auf!" Das schmerzte mehr, als sie ertragen konnte. Sie stieß ihn von sich, wurde jedoch nur noch fester gehalten. „Denken Sie, ich hätte nicht bemerkt, wie sehr Sie mich hassen? Sie haben mich angesehen und dafür gesorgt, dass ich mich gemein fühle. Zehn Jahre lang war ich stolz auf das, was ich tue, und sogar das haben Sie mir genommen."

„Und was ist mit mir?" Er hielt seine Stimme leise, obwohl sein Zorn genauso groß war wie der ihre. „Willst du behaupten, du hättest nicht gewusst, dass ich dich liebe?" Sie wollte den Kopf schütteln, doch er verstärkte seinen Griff. „Du hast gewusst, dass ich eine Frau liebe, die nicht existierte. Eine stille, schüchterne und herrliche Frau, der ich nur Zärtlichkeit und Geduld zeigen wollte. Zum ersten

Mal in meinem Leben gab es eine Frau, der ich mein Herz und mein Vertrauen schenken konnte, und sie war nichts anderes als ein Trugbild", sagte er bitter.

„Ich glaube Ihnen nicht." Doch sie wollte es, und ihr Puls begann zu rasen. „Sie waren ruhelos, auch gelangweilt. Ich habe Sie unterhalten."

„Ich habe dich geliebt." Er hob eine Hand an ihre Wange. „Damit wirst du leben müssen."

„Bennett ..."

„Und als ich letzte Nacht in dein Zimmer kam, fand ich eine andere Frau, eine, die gelogen und mich benutzt hatte." Er fuhr mit den Fingern durch ihr Haar, so dass Haarnadeln zu Boden fielen. „Eine, die wie eine Hexe aussah", sagte er, als ihr Haar schwer über seine Hände fiel. „Und ich wollte sie genau so, nur ohne diese zärtlichen, sanften Gefühle. Gott stehe mir bei, aber ich will sie noch immer."

Als er den Mund auf ihren senkte, protestierte Hannah nicht. Sie hatte die Wahrheit in seinen Augen gesehen. Er hatte sie geliebt. Oder er hatte geliebt, was sie vorgab zu sein. Wenn Verlangen alles war, was er ihr nun geben konnte, wollte sie es nehmen. Für Pflicht hatte sie Liebe geopfert, aber nicht einmal für Pflicht würde sie opfern, was ihr noch geblieben waren.

Sie legte die Arme um ihn. Vielleicht konnte er ihr eines Tages den Rest verzeihen, wenn sie ihm Leidenschaft gab.

Wie leicht er sich doch in ihr verlieren konnte. Wenn sie schon keine Liebe für ihn empfand, war doch wenigstens Verlangen vorhanden.

„Sag mir, dass du mich willst", flüsterte er, während er die Lippen über ihr Gesicht gleiten ließ.

„Ja, ich will dich." Sie hatte nicht gewusst, dass man Triumph und Niederlage gleichzeitig empfinden konnte.

„Komm jetzt mit mir."

„Bennett, ich habe kein Recht darauf." Sie drückte ihr Gesicht an seinen Hals. „Ich bin nur hier, weil ..."

Die Hände auf ihren Schultern, schob er sie von sich, bevor sie zu Ende sprechen konnte. „Für heute, für diesen einen Tag, stellen wir deine und meine Pflicht beiseite."

„Und morgen?"

„Morgen kommt, ob wir es wollen oder nicht. Schenk mir ein paar Stunden, Hannah."

Sie hätte ihm ihr Leben geschenkt, und irgendwie wusste sie, dass das leichter gewesen wäre als das, wonach er jetzt verlangte. Dennoch legte sie ihre Hand in seine.

Sie ritten aus. Hannah erkannte, dass Bennett ein genaues Ziel vor Augen hatte. Sie hörte den Strom, bevor sie ihn sah. Als Bennett ihn erreichte, lenkte er sein Pferd nach Süden. Der Strom beschrieb Biegungen und erweiterte sich an einer Stelle, an der drei Weidenbäume sich über das Wasser neigten. Bennett parierte das Pferd und schwang sich aus dem Sattel.

„Wie schön." Hannah fand nicht den Mut, abzusteigen. „Jedes Mal, wenn ich denke, den schönsten Ort von Cordina gesehen zu haben, finde ich noch einen viel schöneren. Kommst du oft hierher?"

„Nicht oft genug." Er ging zu ihr und hielt ihr die Hand entgegen.

Ja. Hier war die Wahl, die er ihr letzte Nacht nicht gelassen hatte. Sie ergriff seine ausgestreckte Hand und stieg ab.

„Ich kam hierher, als meine Mutter starb." Bennett wusste nicht, warum es ihm wichtig war, ihr das zu erzählen. „Nicht zum Trauern, sondern weil sie stets Orte wie diesen geliebt hatte. Siehst du die kleinen weißen Blumen am Ufer? Sie nannte sie Engelsflügel. Bestimmt haben sie einen komplizierten lateinischen Namen, aber Engelsflügel klang so richtig. Jeden Sommer, bevor ich nach Oxford zurückmusste, kam ich hierher. Dadurch fiel mir der Abschied leichter." Er pflückte eine Blume und schob sie Hannah ins Haar. „Als Kind glaubte ich, dass hier die Elfen wohnen. Ich habe sie gesucht."

Hannah berührte lächelnd seine Wange. „Hast du eine gefunden?"

„Nein." Er drückte die Lippen in ihre Handfläche. „Aber ich meine, sie sind noch immer hier. Deshalb ist dieser Ort verzaubert. Deshalb möchte ich dich hier lieben."

Ihre Lippen waren noch einen Zentimeter voneinander entfernt, als sie sich langsam ins Gras sinken ließen und einander auszogen. Kniend, jeder versunken im Blick des anderen. Sonnenstrahlen huschten über Haut. Ihre Lippen berührten sich ganz leicht.

Bennett wollte die Woge des Verlangens nicht eindämmen. Sekunden später rollten sie über das Gras. Er streichelte sie überall, suchte, fand, erforschte, bis sie lustvoll stöhnte. Er konnte die Begierde, sie schnell und heftig zu nehmen, nicht unterdrücken, besonders da sie mit den Fingern am Verschluss seiner Hose nestelte.

Sie warteten nur, bis alle Hindernisse beseitigt waren, ehe sie eine heftige, wilde Reise antraten, die sie beide befriedigt zurückließ.

Nackt, das kitzelnde Gras im Rücken, blickte Hannah zu dem Sonnenlicht empor, das durch die Blätter über ihnen fiel. Im Mondschein hatte sie alle Gefühle von Wut und Scham zu Ekstase und wieder zu Scham empfunden. Heute bei Sonnenlicht verspürte sie keine Scham mehr.

Was zwischen ihnen war, konnte für diese kurze Zeitspanne zwischen dem Mann und der Frau existieren. Am nächsten Tag waren sie wieder Prinz und Agentin.

„Woran denkst du?"

Sie konnte ihm lächelnd das Gesicht zuwenden. „Dass dies hier ein schöner Ort ist."

Er zog sie näher an sich. „Ist dir warm genug?"

„Hm. Ich …" Hannah verstummte, weil sie wusste, dass es albern geklungen hätte.

„Aber?"

„Also, ich habe nie …" Wie sollte sie sich bloß ausdrücken? „Ich habe nie wie jetzt nackt im Sonnenschein im Gras gelegen."

Er lachte. „Das Leben sollte stets neue Erfahrungen bieten."

„Ich bin sicher, du hast dich an allen möglichen ungewöhnlichen Orten nackt wiedergefunden."

Ihr trockener Ton gefiel ihm. Er rollte sich herum und drückte ihr einen Kuss auf den Mund, ehe er sich zurückzog, um sie zu betrachten. „Du bist so schön."

Sie lächelte. „Also, das war ich nie."

Er fuhr mit einer Fingerspitze über ihre Wange. „Wie schlecht beobachtet, Hannah. Oder wie dumm. Dass du dich weniger attraktiv herrichtest, verändert nichts an der Wahrheit. Makellose Haut." Er strich mit seinen Lippen darüber, als wollte er sie kosten. „Dieser zarte Körper. Diese ruhigen, intelligent blickenden Augen, die mich zum Wahnsinn getrieben haben, weil ich mich fragte, ob ihr Blick sich verschleiern wird, wenn ich dich berühre. Und hier …" Sein

Finger glitt über ihre Lippen. „So weich, so verlockend." Er senkte den Kopf, fuhr jedoch nur die Konturen mit seiner Zungenspitze nach. „Erinnerst du dich daran, wie ich dich das erste Mal geküsst habe?"

Ihr Atem bebte bereits, ihre Augen schlossen sich. „Ja, ich erinnere mich."

„Ich habe mich gefragt, wie eine so ruhige Frau meine Knie schwach machen kann, wenn ich nur koste."

„Küss mich jetzt", verlangte sie und zog ihn zu sich herunter.

Es war nicht, wie sie erwartete. Sie fand Zärtlichkeit anstelle von Leidenschaft, Geduld anstelle von Drängen. Bennett streichelte nur ihr Gesicht und wartete, bis sie sich entspannte. Mehr noch, er wartete, bis sie akzeptierte. Selbst als er den Kuss vertiefte, blieb er sanft. Das Feuer war da, aber es glomm, anstatt zu lodern.

Er liebte jetzt jene Hannah, die er verstanden hatte, erkannte sie und wollte weinen. Für die eine gab es Lust, für die andere Zuneigung. Wie konnte sie eine andere Frau bekämpfen, wenn sie selbst diese Frau war?

Mit einem Seufzer verbannte sie ihre Gedanken. Sie wollte ihm alles geben, was immer er gerade brauchte.

Bennett spürte die Veränderung – die langsame Hingabe. Mit einer gemurmelten Anerkennung führte er seine Lippen über ihren Hals. Er wollte ihr zeigen, dass es mehr gab als Feuer und Tempo. Wenn sie nur ein paar Stunden hatten, wollte er ihr so viel Zärtlichkeit schenken, wie sie von ihm annahm.

Leicht streichelte er ihren Körper. Was er letzte Nacht von ihr verlangt hatte, erbat er nun, bot er an. Er nahm sich die Zeit, das Wachsen ihrer Erregung zu verfolgen, während die Sonnenstrahlen auf ihr Gesicht fielen und der Strom an ihnen vorbeirauschte. Bennett flüsterte ihr Liebesworte zu, während er ihren Hals küsste. Versprechungen, Zärtlichkeiten.

Hannah war nie zuvor so geliebt worden – als wäre sie kostbar, als wäre sie besonders. Obwohl ihre Gedanken sich vernebelten, hörte sie das sanfte Plätschern von Wasser, das über Steine floss. Sie roch das Gras und die Blumen. Mit halb geöffneten Augen wirkte das Sonnenlicht auf der Haut ihres Geliebten wie Gold.

Ihr Geliebter.

Hannah zog seinen Kopf zu sich herunter und schenkte ihm alles, wovon ihr Herz erfüllt war. Wenn der Ort verzaubert war, so war es auch der Moment. Träume gehörten schon so lange nicht mehr zu ihrem Leben, dass sie sich gar nicht mehr erinnern konnte, doch jetzt öffnete sie sich ihnen.

Sie war so freigiebig, so willig. Er hatte sich nach diesem Gefühl von ihr gesehnt. Das ging weit über Hitze hinaus, weit über Verlangen. Sie berührte ihn, als hätte sie ihr ganzes Leben auf ihn gewartet. Sie küsste ihn, als wäre er ihr erster und einziger Geliebter. Je mehr sie gab, desto mehr gab er zurück. Die Schatten wanderten und wurden länger, während sie beide sich streichelten und anboten und entdeckten.

Selbst als er in sie eindrang, geschah es langsam und leicht. Die Leidenschaft, die sich aufgebaut hatte, wurde von stärkeren Gefühlen im Zaum gehalten. Gemeinsam bewegten sie sich in einer Harmonie, die in ihrer Perfektion fast schmerzlich erschien, während Hannah die Hände an sein Gesicht legte und er die Lippen auf ihren Mund presste.

Gemeinsam erreichten sie den Höhepunkt und fanden die ersehnte Erfüllung.

„Sie wollten mich sprechen, Monsieur Deboque?“

„Ja, Ricardo.“ Deboque griff nach der Teekanne und schenkte sich ein. Er bewunderte die englische Tradition des Teetrinkens am späten Nachmittag. Es war so zivilisiert. „Ich habe eine kleine Einkaufsliste für Sie.“ Er deutete auf den Schreibtisch am Fenster. „Ich möchte, dass Sie sich persönlich darum kümmern.“

„Natürlich.“

„Die Lieferung sollte Lady Hannah am … sagen wir, am Donnerstag zugehen.“

„Sie riskiert viel.“

„Ich habe uneingeschränktes Vertrauen zu unserer britischen Freundin, Ricardo. Sie hat Stil, finden Sie nicht?“

„Klasse bleibt auch in einer so schlichten Hülle Klasse, Monsieur.“

„Genau.“ Deboque lächelte und trank einen Schluck Tee. „Ich bewundere die Briten, Ricardo. So traditionsbewusst, beständig.

Nicht so leidenschaftlich wie die Franzosen, aber herrlich pragmatisch. Sorgen Sie jedenfalls dafür, dass die Ware von der Adresse auf dieser Liste aus geschickt wird."

„Selbstverständlich."

„Ich bereite eine Reiseroute vor, Ricardo. Wir legen Ende nächster Woche ab. Ich werde Lady Hannah noch einmal sehen. Sie kümmern sich um die Details?"

„Wie Sie wünschen."

„Danke, Ricardo. Ach, übrigens, haben Sie veranlasst, dass der Kranz zu Bouffes Begräbnis geschickt wurde?"

„Rosen, wie verlangt, Monsieur."

„Ausgezeichnet." Deboque wählte einen Keks mit Zuckerguss von dem Wedgwood-Teller. „Sie sind sehr zuverlässig."

„Ich bemühe mich, Monsieur."

„Einen schönen Abend, Ricardo. Lassen Sie es mich wissen, wenn wir weitere Informationen über den Zwischenfall im Theater erhalten."

„Das tue ich, Monsieur. Guten Abend."

Deboque lehnte sich zurück. Bestimmt wäre Ricardo dankbar gewesen für den Auftrag, sich um Hannah zu kümmern, sobald ihre Arbeit abgeschlossen war.

Doch Deboque wollte die Sache selbst in die Hand nehmen. Immerhin, wenn sie ihm erst einmal seinen Herzenswunsch erfüllt hatte, konnte er zumindest dafür sorgen, dass sie so schmerzlos wie möglich starb.

11. KAPITEL

Hannah wirkte sehr ruhig, als sie Tee in der Bibliothek trank. Sie hörte Reeve zu, der Malori einen auf den neuesten Stand gebrachten Bericht gab, warf gelegentlich etwas ein, wenn sie darum gebeten wurde, und verfiel dann wieder in Schweigen.

Bennett hatte ihr einmal die Bibliothek zeigen wollen. Dann waren sie ins Musikzimmer hinübergegangen. Und er hatte sie geküsst. Hatte damals ihr Leben begonnen, sich zu verändern? Oder an dem Tag am Strand, als er ihr eine Muschel gegeben hatte? Vielleicht war es in dieser ersten Nacht im Park passiert.

„Stimmen Sie zu, Hannah?“

Sie schreckte hoch und verwünschte sich dafür, dass sie ihre Gedanken in einem so wichtigen Moment abschweifen ließ. Sie hatten nur eine halbe Stunde für die Besprechung, wovon schon die Hälfte vergangen war. Selbst innerhalb des Palastes war es riskant, wenn sie sich alle trafen.

„Oh, tut mir leid, könnten Sie das bitte noch einmal wiederholen?“

Armand hatte sie beobachtet und sich gefragt, ob ihre Schultern stark genug waren, um das Schicksal von so vielen zu tragen. „Die letzten Tage waren anstrengend.“ In seiner Stimme schwang keine Kritik mit, sondern Sorge. Hannah hätte Ersteres bevorzugt.

„Die letzten zwei Jahre waren anstrengend, Hoheit.“

„Wenn Sie anfangen zu ermüden“, sagte Malori, „sollten Sie uns das jetzt wissen lassen.“

„Ich ermüde nicht.“ Ihre Blicke trafen sich. „Ich denke, meine Akte beweist das.“

Bevor Malori erneut sprechen konnte, mischte Reeve sich ein. Hannah ermüdete, das wusste er, aber er musste darauf setzen, dass sie noch ein paar Tage durchhielt. „Gehen wir noch einmal ein Stück zurück. Wir können annehmen, dass Deboque bereits die Dinge angefordert hat, die Sie verlangt haben. Was vermuten Sie, wo er sich versorgen wird?“

„Athen“, antwortete sie sofort. „Ich nehme stark an, dass er auf seine Organisation zurückgreifen wird. Er fühlt sich völlig sicher und unverwundbar. Er würde es nicht riskieren, bei auswärtigen Quellen zu bestellen. Aus meinen übrigen Berichten ist uns bekannt, dass er ein Lagerhaus in Athen besitzt. Er hat natürlich auch noch andere, aber ich denke an Athen wegen der Nähe zu Cordina."

„Wir werden uns mit unserer Kontaktperson dort in Verbindung setzen und nachfragen, ob Sprengstoffe transportiert wurden."

Malori machte sich eine Notiz. „Wenn wir Glück haben, lassen wir seine Zweigorganisation in Athen auffliegen, sobald wir ihn hier festgenagelt haben."

„Das ISS wird erst in Athen, Paris, London und Berlin zuschlagen, wenn wir hier eine hieb- und stichfeste Anklage gegen Deboque haben." Hannah setzte ihre Teetasse ab. „Und diesen Knopf drücke ich, Monsieur."

„Gut." Malori gefiel das offenbar nicht, er nickte jedoch.

„Wird die Beweislast gegen Deboque stark genug sein, wenn Hannah den Sprengstoff erhält?" Armand sah Hannah, dann Reeve an.

„Hannah hat den Mordauftrag übernommen und die nötigen Dinge dafür verlangt. Sobald sie geliefert werden, könnte das nicht das Ende sein?"

Hannah setzte zum Sprechen an, schwieg dann jedoch. Sie wollte es Reeve erklären lassen. Er gehörte zur Familie. „Wir hätten genug Handhabe für eine Verhaftung, möglicherweise sogar für eine Anklage. Doch nicht einmal, wenn wir die Ausrüstung nach Athen oder zu einer anderen von Deboques Firmen zurückverfolgen können, würde das ausreichen für eine Verurteilung wegen Verschwörung. Er ist vorsichtig genug, um sich von derartigen geschäftlichen Belangen zu distanzieren."

Geschäftliche Belange, dachte Armand, während er mit den Fingern auf die Sessellehne trommelte. „Und seine Forderung, dass Hannah meine Familie ermordet?"

„Seine theoretischen Überlegungen, was geschehen könnte", verbesserte Reeve. „Ich bin mir der Enttäuschung bewusst, dass wir bei der gegenwärtigen Beweislage noch nichts unternehmen können. Aber wir hatten ihn über ein Jahrzehnt in Gewahrsam, und es hat ihn nicht gestoppt. Wenn wir Deboque ein für alle Mal erledigen und alle diese Verbindungen unterbrechen und seine Kontrolle innerhalb von Europa zerstören wollen, brauchen wir solide und unwiderlegbare Beweise für ein Mordkomplott und eine Verschwörung. Hannah wird uns die in einigen Tagen liefern."

Armand steckte sich eine Zigarette an und lenkte seinen Blick zu Hannah. „Wie?"

„Durch die Bezahlung." Sie fühlte sich wieder auf festem Boden. „Wenn Deboque überzeugt ist, dass ich meinen Auftrag ausgeführt habe, wird er mich auszahlen. Sobald Geld von einer Hand in die andere überwechselt, haben wir ihn."

„Er ist kein Narr."

„Nein, Hoheit, er ist kein Narr."

„Trotzdem werden Sie ihn davon überzeugen, dass Sie meine Familie ermordet haben."

„Ja. Wenn Sie sich das hier ansehen wollen." Sie stand auf und trat an einen Tisch. Mit Reeves Hilfe rollte sie ein langes Blatt aus. „Die Blaupausen, die ich zu Deboque gebracht habe, weisen diesen Flügel als Wohnung von Prinz Alexander und seiner Familie aus. Ich habe Deboque außerdem informiert, dass Prinzessin Gabriella und ihre Familie hier in den Tagen vor dem Weihnachtsball wohnen werden."

„Verstehe. In Wahrheit ist der Flügel, in dem mein Sohn mit seiner Familie wohnt, hier." Er fuhr mit dem Finger zu der anderen Seite der Zeichnung.

„In der Nacht vor dem Ball werde ich einige Sprengladungen legen – hier und hier." Sie deutete auf die Punkte. „Sie werden viel kleiner sein, als Deboque erwartet, aber mit den von Reeve hinzugefügten Spezialeffekten sollte es einen ziemlichen Eindruck machen. Es wird Schäden geben, Hoheit, aber es wird – vor allem von außen – viel schlimmer aussehen, als es wirklich ist. Sie werden einige Wände neu verputzen und streichen lassen müssen."

Er zog eine Augenbraue hoch, doch sie konnte nicht erkennen, ob er amüsiert war. „Es gibt Abschnitte im Palast, die eine Renovierung vertragen könnten."

„Es wird natürlich unumgänglich sein, diesen Flügel zu räumen – diskret."

„Natürlich."

„Zehn Minuten vor der Explosion werde ich mich mit Deboque

oder seinem Agenten treffen. Die Bezahlung wird erfolgen, sobald er der Meinung ist, dass ich meinen Auftrag erledigt habe."

„Haben Sie bedacht, dass er eine Bestätigung für die Morde haben will, bevor er Sie bezahlt?"

„Ja." Hannah richtete sich wieder auf. „Wir werden bis zu einem gewissen Grad die Presse benutzen. Darüber hinaus werde ich klarstellen, dass die Bezahlung in dieser Nacht erfolgen muss, ebenso wie die Vorbereitung für meine Ausreise. Deboque hat mich eingeladen, auf seiner Yacht mitzufahren. Ich werde akzeptieren." Sie presste die Lippen aufeinander, als Malori etwas sagte. „Das Geld wird deshalb den Besitzer wechseln, weil Deboque denken wird, ich wäre in seiner Reichweite, falls doch etwas schiefgegangen ist."

„Und werden Sie es sein?"

„Ich werde bei ihm sein."

„Das ISS wird sowohl Deboques Villa als auch seine Yacht unter Beobachtung halten", warf Reeve ein. „Sobald wir Hannahs Zeichen erhalten, schlagen wir zu."

„Es gibt keine andere Möglichkeit?"

Erneut war Sorge herauszuhören. Diesmal legte Hannah eine Hand auf den Arm des Fürsten. Auf den Arm von Bennetts Vater. „Wir könnten ihn vielleicht auf andere Verbrechen hin festnageln. Mit den Informationen, die ich in den letzten zwei Jahren zusammengetragen habe, hätten wir etwas in der Hand, aber es würde Monate, vielleicht sogar Jahre dauern, und wir hätten keine Garantie. Dieses ist die einzige Möglichkeit, Hoheit, um ihn ein für alle Mal zu stoppen."

Der Fürst nickte und wandte sich an Reeve. „Du stimmst zu?"

„Malori?"

„Es ist dramatischer und sicher riskanter, als man sich dies wünscht, Hoheit, aber ich stimme zu."

„Dann setze ich voraus, dass für alles gesorgt wird, was nötig ist. Ich erwarte alle vier Stunden einen Bericht."

Der Sicherheitsbeamte erkannte, dass er entlassen war, und verneigte sich. Reeve rollte die Blaupause auf, und Hannah bereitete sich auf einen Knicks vor.

„Hannah, bitte noch einen Moment!"

„Ja, Hoheit." Sie stand am Tisch, steif und angespannt, während die beiden anderen Männer sie allein ließen. Er weiß über meine Gefühle für Bennett Bescheid, dachte Hannah. In der kurzen Zeit, die sie in Cordina war, hatte sie herausgefunden, dass Armand schlau und aufmerksam war. Er regierte nicht einfach von einem Thron aus, sondern auch am Schreibtisch und in Sitzungsälen. Wenn sein Land friedlich und blühend war, dann hauptsächlich, weil er das Regieren verstand, die richtige Wahl treffen konnte und objektiv blieb.

Ja, er weiß Bescheid, dachte sie. Und er war nicht einverstanden. Sie war Europäerin, Aristokratin, aber aus freien Stücken von Beruf Spionin.

„Sie fühlen sich unbehaglich", begann Armand. „Bitte, setzen Sie sich!"

Hannah nahm Platz und wartete.

Sie sieht wie eine Taube aus, dachte er. Eine kleine graue Taube, die erwartete und akzeptierte, dass ein Fuchs über sie herfiel. Während er sie betrachtete, hatte er Schwierigkeiten, zu glauben, sie könne den Aufruhr beenden, der seit mehr als einem Jahrzehnt seine Familie verfolgte.

„Reeve hat Vertrauen zu Ihnen."

„Ich versichere Ihnen, ich bin nicht fehl am Platz, Hoheit." Sie entspannte sich ein wenig. Es ging nicht um Bennett, sondern um Deboque.

„Warum haben Sie diesem Auftrag zugestimmt?"

Hannah zog die Augenbrauen hoch, weil dies eine so einfache Frage mit einer einfachen Antwort zu sein schien. „Ich wurde gefragt."

„Und Sie hatten das Recht, abzulehnen?"

„Ja, Hoheit. In solchen Dingen hat ein Agent immer die freie Entscheidung."

Ein Fürst hatte sie nicht. Er verstand den Unterschied, beneidete sie aber trotzdem nicht. „Sie haben diesen Auftrag übernommen, weil Ihre Vorgesetzten das wünschten?"

„Ja, und weil Deboques Handlungen hier auch mein Land und das restliche Europa betreffen können. Ein Terrorist bleibt ein Terrorist, ganz gleich, welchen äußeren Mantel er sich umhängt. England wünscht dringend, dass Deboque die Hände gebunden werden."

„Ihre erste Überlegung gilt Ihrem Land."

„Das war immer so."

Er nickte wieder. „Haben Sie Ihren Beruf gewählt, weil Sie Abenteuer suchten?"

Hannah sah ihn forschend an und lächelte. Im selben Moment erkannte Armand, was seinen Sohn gefesselt hatte. „Entschuldigen Sie, Hoheit, aber das Wort ‚Spion' beschwört alle möglichen glorreichen Bilder herauf – neblige Piers, Pariser Seitenstraßen, versilberte Pistolen und schnelle Autos. In Wahrheit ist das Leben eines Agenten oft langweilig. In den letzten zwei Jahren habe ich mehr an Telefonen und Computern gearbeitet als eine durchschnittliche Sekretärin."

„Sie werden sicher nicht abstreiten, dass auch Gefahr mit im Spiel ist."

„Nein." Sie seufzte. „Nein, aber für jede Stunde Gefahr gibt es ein Jahr Laufarbeit und Vorbereitung. Was Deboque angeht, sind Reeve, Malori und das ISS schrittweise an den Plan herangegangen."

„Dennoch werden Sie am Ende allein sein", erwiderte Armand.

„Das ist mein Beruf. Und ich bin gut darin."

„Woran ich nicht zweifle. Unter normalen Umständen würde ich mir geringere Sorgen machen."

„Hoheit, ich kann Ihnen versichern, dass alles Menschenmögliche getan wird."

Er wusste, dass dies stimmte und ihm im Augenblick die Hände gebunden waren.

„Und wenn ein Fehler gemacht wird, wie tröste ich meinen Sohn?"

„Ich verspreche Ihnen, was immer auch geschieht, Deboque wird bestraft werden."

„Ich spreche jetzt nicht von Deboque, sondern von Ihnen und von Bennett." Er winkte ab, ehe sie etwas sagen konnte. „Es kommt selten vor, dass ich nur als Vater sprechen kann. Erlauben Sie mir jetzt diesen Luxus."

Sie holte tief Luft und versuchte, sich klar auszudrücken. „Bennett ist wütend und verstört, weil er nicht erfahren hat, warum ich hier bin. Ich glaube, er empfindet mir gegenüber ein gewisses Verantwortungsgefühl, weil ich seine Familie beschütze und mich damit in Gefahr begebe."

„Er liebt Sie."

„Nein.“ Die Panik setzte erneut ein, zusammen mit der Scham und dem verzweifelten Verlangen nach Ehrlichkeit. „Das heißt, er glaubte es, als er von mir dachte … Zu einem bestimmten Zeitpunkt verspürte er eine gewisse Zuneigung, aber als er erfuhr, wer … was ich bin, änderte sich das.“

Armand legte seine Hände auf die Armlehnen des Sessels. Sein Amtsring glitzerte im Licht der Lampe. „Meine Liebe, sind Ihre Gefühle für ihn vielleicht klarer?“

Hannah blickte auf. Die dunklen Augen, die sie betrachteten, wirkten freundlicher als je zuvor. Hart, ja. Er konnte hart sein. Doch ihr wurde nun bewusst, warum seine Familie und sein Land ihn liebten und ihm vertrauten. „Ihr Schweigen, Hoheit?“

„Das garantiere ich Ihnen natürlich.“

„Ich liebe ihn mehr, als ich jemals irgendetwas oder irgendjemand geliebt habe. Könnte ich alles ändern, könnte ich zu der zurückkehren, für die er mich gehalten hat, und nur dieser Mensch sein, ich schwöre, ich würde es tun.“ Sie hatte keine Tränen. Stattdessen schaute sie auf ihre Hände. „Natürlich kann ich das nicht.“

„Nein, wir können nicht ändern, was wir sind. Wenn wir lieben, können wir sehr viel akzeptieren. Bennett ist äußerst großzügig.“

„Ich weiß. Ich versichere Ihnen, ich werde ihn nicht mehr verletzen.“

Armand lächelte. Hannah war so jung, so mutig. „Diesbezüglich habe ich keine Angst. Wenn dies alles erledigt ist, bitte ich Sie, noch einige Tage in Cordina zu bleiben.“

„Hoheit, ich halte es für das Beste, wenn ich sofort nach England zurückkehre.“

„Wir möchten, dass Sie bleiben“, wiederholte er und sprach nicht mehr als Vater. Er erhob sich und streckte eine Hand aus. „Vielleicht möchten Sie sich vor dem Abendessen ausruhen.“

Hannah blieb nichts anderes übrig, als ebenfalls aufzustehen. „Danke, Hoheit.“

Das Diner verlief formell und dauerte lange. Hannah wurde dem Staatsminister und dessen Gattin vorgestellt, ebenso einem deutschen Geschäftsmann, der sich für Schifffahrt interessierte, und einer betagten Französin, die in irgendeiner Beziehung zu den Bissets stand und in Cordina Urlaub machte. Die Französin gab mit rauchiger Stimme ein solches Gemurmel von sich, dass Hannah nur mit größter Mühe genug verstand, um höflich darauf etwas zu erwidern. Der Deutsche äußerte sich in kurzen Sätzen laut und schmetternd und war offensichtlich hocherfreut über seine Einladung in den Fürstenpalast. Hannah war dankbar, den beiden am Tisch gegenüberzusitzen, so dass sich ein direktes Gespräch mit ihnen vermeiden ließ.

Bennett war nicht anwesend. Einer späten Vorstandssitzung im Museum hatte sich ein Essen der Gesellschaft für Pferdesport angeschlossen. Hannah dachte daran, dass man Claude zwei weitere Sicherheitsbeamte zugeteilt hatte, die an diesem Abend für Bennetts Schutz sorgen würden.

Als erneut die Stimme der Französin an ihr Ohr drang, dachte Hannah, welch ein Glück Bennett doch hatte.

Am Tisch ihr gegenüber nippte Eve an ihrem Mineralwasser und hörte sich mit scheinbarer Begeisterung die Geschichten des Deutschen aus dessen Geschäftsleben an. Erst als sie sich abwandte, um ihren Dessertlöffel aufzunehmen, begegnete sie Hannahs Blick lang genug, so dass diese die Belustigung darin aufblitzen sah. Während sie leise und höflich eine Frage beantwortete, verdrehte sie einmal kurz die Augen auf eine Art, die alles sagte. Dann lächelte sie dem Deutschen wieder zu und gab ihm das Gefühl, hochinteressant zu sein.

Hannah musste das Glas heben, um ihr Lächeln zu verbergen. Auch Angehörige der Fürstenfamilie waren Menschen. Nicht dieselben wie andere, nicht die gewöhnlichen, aber Menschen. Das Kind, das Eve zur Welt bringen würde, mochte eines Tages herrschen, aber es würde auch lachen und weinen und fühlen und träumen.

Sie selbst hatte einen Prinzen geliebt. Hannah nahm ihren Löffel auf und begann, mit der fantasievollen Schokoladen- und Cremekreation vor ihr zu spielen. Sie hatte ihr Herz einem Mann geschenkt, der zweiter war in der Thronfolge in einem der wenigen noch verbliebenen Fürstenhäuser Europas. In wenigen Tagen könnte es geschehen, dass sie für ihn ihr Leben gab.

Das war der Stand der Dinge. Angefangen hatte es aus einer Verpflichtung ihrem Land und ihrer Organisation gegenüber, aber am Ende würde sie, was sie tat, für Bennett tun.

Ihm das zu sagen wäre niemals möglich.

Sie würde nicht sprechen, sondern fühlen. Und sie hatte das Gefühl, dass sie das Ende von Deboque erleben würde. Und dann, gestand Hannah sich ein, musste sie sich entscheiden – zwischen Aufstieg in ihrem oder Ausscheiden aus ihrem Beruf. Sie glaubte nicht, dass sie jemals wieder die Pose der ruhigen, bescheidenen Lady Hannah einnehmen könnte. Jetzt, nachdem sie einen Prinzen geliebt hatte und von ihm geliebt worden war.

Es war fast Mitternacht, als ein höflicher Rückzug möglich war. Hannah überlegte beim Betreten ihres Zimmers, ob sie ein heißes Bad nehmen oder schnelles Vergessen im Bett suchen sollte. Eve bestand darauf, am nächsten Tag ins Zentrum der Schönen Künste zurückzukehren, so dass sie keine andere Wahl hatte, als mitzukommen.

Sie hatte schon fast die Mitte des Schlafzimmers erreicht, als eine plötzliche Unruhe sie warnte. Es war niemand im Raum. Ein schneller Blick zeigte ihr, dass nichts verändert worden war. Aber …

Hannah machte einen vorsichtigen Schritt zurück, öffnete die Schublade des Nachttisches und nahm ihre Waffe heraus. Das Licht brannte schwach hinter ihrem Rücken, als sie sich dem angrenzenden Zimmer näherte. Die Tür stand etwas offen, doch eines der Mädchen konnte vergessen haben, sie zu schließen. Hannahs Füße verursachten kein Geräusch auf dem Teppich. Sie drückte gegen die Tür und öffnete sie langsam und lautlos.

Es war nichts in dem Zimmer dahinter, nur der hübsche Wohnraum, der von den Gardenien duftete, die feucht und schön in einer Schale lagen.

Also war es ein Hausmädchen, dachte sie und entspannte sich allmählich. Eines der Mädchen hatte frische Blumen ins Wohnzimmer gebracht und …

Dann hörte sie ein Geräusch, ein Schaben, und war ganz Wachsamkeit. Die Waffe sicher in der Hand, glitt sie an die Wand und dann in den Raum hinein.

Das kleine Sofa stand mit der Rückwand zur Tür, so dass Hannah Bennett erst sah, nachdem sie ganz eingetreten war. Er lag darauf ausgestreckt, die Krawatte hing offen herunter, seine Schuhe hatte er ausgezogen, und sein Gesicht war in einem Samtkissen vergraben.

Hannah fluchte leise, als sie die Pistole senkte. Er wirkte erschöpft und sehr heimisch. Instinktiv wollte sie eine Decke über ihn legen, aber sie hatte noch immer genug von der properen Lady Hannah in sich, um zu wissen, dass es unpassend für Bennett von Cordina war, in ihrem Wohnzimmer schnarchend vorgefunden zu werden. Sie wollte sich zu ihm hinunterbeugen, als sie sich an die Waffe erinnerte.

Sie drehte sie in ihrer Hand. Die Waffe wirkte wie ein Spielzeug, hatte aber bereits bewiesen, wie tödlich sie war. Ein Teil ihrer Arbeit. Ein Teil ihres Lebens. Allerdings wusste sie auch, dass dies ein Teil war, den Bennett unangenehm fand. Sie ging in ihr Schlafzimmer und versteckte die Pistole. Hannah musste ihn wecken und wegschicken, doch sie brauchte nicht auch noch eine deutliche sichtbare Erinnerung an ihre Unterschiede vorzuzeigen.

Sie kehrte zu ihm zurück, kniete sich neben das Sofa und legte eine Hand auf seine Schulter. „Bennett!“ Sie schüttelte ihn sanft und erhielt ein Murmeln als Antwort. Er lächelte. Sie musste gegen den Drang ankämpfen, ihm die Haare aus der Stirn zu streichen. Im Schlaf ruhten die Energie, die Belustigung und das Temperament. Er sah aus, als wäre er völlig damit zufrieden, sich hier zu kuscheln, tagelang, auf dem kleinen Sofa. Hannah beugte sich vor und versetzte ihm einen energischen Stoß. „Bennett, wach auf!“

Er öffnete halb die Augen, doch Hannah bemerkte, dass er den Blick sofort auf sie richtete. Er hob die Hand und griff nach ihrem Ohrläppchen. „Hast du denn gar keinen Respekt vor einem Toten?“

„Au!“ Sie packte abwehrend sein Handgelenk, war jedoch schon ein paar Zentimeter näher bei ihm. „Wenn du Respekt willst, rufe ich Dienstboten und lasse dich mit Glanz und Pomp hinaustragen. Aber vorerst lass mich los, sonst muss ich dir zeigen, wie leicht man Bewusstlosigkeit erzeugt, indem man auf gewisse Nerven drückt.“

„Hannah, du musst lernen, nicht so flatterhaft und romantisch zu sein.“

„Das liegt mir im Blut.“ Sie kauerte sich hin und massierte ihr Ohr. „Bennett, warum schläfst du auf meinem Sofa anstatt in deinem Bett?“

„Ich weiß nicht, wer dieses Ding entworfen hat. Einen halben Meter länger, und ein Mensch könnte sich darauf wohl fühlen.“ Er zog sich etwas hoch, so dass seine Beine über die Seitenlehne baumelten. „Ich wollte mit dir sprechen." Er fuhr sich mit beiden Händen über das Gesicht. „Als ich heimkam, sah ich, dass wir noch immer Gäste hatten. Ich habe das Hasenpanier ergriffen und die Hintertür benutzt."

Mit einer schnellen Armbewegung hatte er sie auf sich gezogen. Eine Hand in ihren Nacken gelegt, eroberte sein Mund den ihren rasch und begierig.

Sie wollte ihre Haltung verändern und stützte sich auf ihren Händen ab .

„Bleib! Ich habe dich den ganzen Tag nicht gesehen." Seine Lippen lockten warm an ihrer Wange. „Weißt du, Hannah, ein Mann muss dich in seinen Armen halten, muss seine Lippen gegen deine Haut drücken, bevor er deinen Duft auffängt. Machst du das absichtlich?"

Sie benutzte kein Parfüm. Es hatte damit zu tun, dass sie keine Spuren zurücklassen durfte. „Du hast gesagt, dass du …" Sie verstummte, als er sanft an ihrem Ohr knabberte. „Du wolltest mit mir sprechen."

„Ich habe gelogen." Seine Zähne hielten ihr Ohrläppchen fest. „Ich wollte dich lieben. Genau genommen ist es mir höllisch schwergefallen, nicht ständig während einer langen und langweiligen Vorstandssitzung eines lauten Abendessens daran zu denken." Er zog den Reißverschluss am Rücken ihres Kleides herunter. „Ich musste eine Rede halten." Bennett ertastete Seide, dünne, zarte Seide unter dem Leinen. „Es war schwierig, keinen Unsinn zu sagen, während ich mir vorstellte, hier bei dir zu sein."

„Ich möchte nicht bei deinen offiziellen Verpflichtungen stören." Mit geschlossenen Augen presste sie die Lippen an seinen Hals und genoss seine sanft streichelnden Hände. Auch sie hatte sich den ganzen Tag nach dieser Berührung gesehnt.

„Aber du tust es. Ich saß da und habe mir das Gerede von zehn knöchernen Männern angehört, die sich mehr für Gemälde als für Menschen interessieren, und ich habe dich mir vorgestellt, wie du dasitzt, die Hände verschränkt, mit ernstem Blick. Und du hast nichts am Leib getragen."

Sie hatte ihm die Krawatte abgenommen und hielt am dritten

Knopf seines Hemdes inne. „Im Sitzungssaal?"

„Im Sitzungssaal." Würde er jemals nicht von diesem trockenen, ernsthaften Ton und diesen dunklen Augen fasziniert sein? „Da siehst du, wieso ich solche Konzentrationsprobleme hatte." Er erzählte ihr nicht, dass er auch Angst gehabt hatte, als er sie sich mit Deboque vorstellte – allein, hilflos, seiner Gnade ausgeliefert. Dieses Bild hatte er nicht loswerden können. „Darum bin ich hier hereingekommen, um auf dich zu warten."

„Und bist eingeschlafen."

„Und hatte gehofft, du würdest die Ironie erkennen und das Märchen umkehren. Du würdest den Prinzen mit einem Kuss wecken. Stattdessen habe ich einen Stoß erhalten."

Hannah zog seinen Kopf zu sich heran. „Dann lass es mich jetzt nachholen."

Sie drückte ihre Lippen auf seinen Mund, hielt inne, reizte ihn, berührte ihn erneut. Sie merkte, wie sich seine Finger auf ihrem Rücken anspannten, während sie mit seiner Zunge spielte, während die Hitze sich steigerte. Sie wehrte sich nicht, als er ihren Kopf umfasste, als sein Mund sich verlangend über dem ihren schloss. Wenn er sich den ganzen Tag nach ihr gesehnt hatte, so war sein Verlangen nicht heftiger als ihres. Sie würden die Nachtstunden gemeinsam verbringen.

Hannah öffnete sein Hemd. Ihr Kleid war nach unten geglitten, enthüllte die schimmernde honigfarbene Spitze darunter. Bennett ließ seine Finger darüber gleiten, während er die Gegensätze und Wonnen genoss, aus denen seine Hannah bestand. Er zog die Nadeln aus ihrem Haar, so dass es über ihre und seine Schultern floss. Der Duft ihres Haars war so flüchtig wie der ihrer Haut. Was immer sie an Zauberkraft besaß, war ihr angeboren und kam nicht aus Fläschchen und Tiegeln.

Von ihr berauscht, steifte er ihr das Kleid ab und ließ es auf den Teppich fallen.

Und seine Finger glitten über das Stilett, das an ihrem Schenkel festgeschnallt war.

Sie versteifte sich, als sie sich an die Waffe in dem Moment erinnerte, in dem er sie entdeckte. Die Leidenschaft erkaltete so schnell, dass Hannah schauderte. Als sie sich zurückzog, hielt er sie nicht auf.

„Bennett, es tut mir leid." Sie hatte vergessen, dass es keine Entschuldigungen, kein Bedauern geben konnte. Er schaute sie mit leerem Blick an, während er sich aufsetzte. Es gab nichts, das sie sagen konnte, um die Mauer zwischen ihnen zu beseitigen.

Er unterdrückte den aufkeimenden Ärger und ließ den Blick über sie gleiten. Sie war schön, atemberaubend, begehrenswert. An ihrem langen, schlanken Schenkel war mit dünnen Lederbändern ein Messer festgeschnallt, das an dunkle Seitenstraßen und verräucherte Bars denken ließ. Bennett streckte die Rechte danach aus. Sie fing automatisch sein Handgelenk ab.

„Bennett ..."

„Sei still!" Seine Stimme klang ausdruckslos und kühl. Hannah ließ die Hand sinken. Langsam zog er die Waffe heraus. Sie fühlte sich warm von Hannahs Haut an und war klein genug, um in seine Handfläche zu passen. Bis er den Knopf drückte und die dünne Klinge leise und tödlich heraussprang. Im Licht der Lampe glitzerte sie silbrig.

Hannah trug die Waffe an intimer Stelle. Er wollte sie fragen, ob sie das Messer je benutzt hatte, aber er sagte sich, dass es vorerst am besten sei, die Frage für sich zu behalten. Das Messer wog fast nichts, lag aber schwer wie Blei in seiner Hand.

„Warum brauchst du das im Palast?"

Sie schob einen Träger zurück auf ihre Schulter und rieb sich die Haut, die immer kälter wurde. „Ich erwarte eine Nachricht von Deboque. Ich weiß nicht, wann oder wo sie eintreffen wird. Weil ich vielleicht sofort reagieren muss, ist es am besten, vorbereitet zu sein."

„Was für eine Nachricht?"

„Ich finde, du solltest nicht mich fragen, sondern ..."

„Ich frage dich." In seiner Stimme schwang eine Schärfe mit, die er selten, aber effektvoll einsetzte. „Was für eine Nachricht, Hannah?"

Sie zog die Knie an ihre Brust, schlang die Arme darum und erzählte ihm alles. Nun konnte es keinen Einwand mehr geben, erinnerte sie sich. Er wusste bereits zu viel.

„Wir opfern also einen Teil des Ostflügels. Tarnung." Bennett drehte die Klinge unter dem Licht. Er wusste, dass er sie in Deboques Herz stoßen könnte, ohne zu zögern.

„Je echter alles wirkt, desto leichter wird Deboque sich überzeugen lassen. Er wird sich nicht von fünf Millionen trennen, wenn er nicht sicher ist, dass Cordina keinen Thronerben mehr hat."

„Er würde die Kinder umbringen", sagte Bennett. „Selbst Alexanders ungeborenes Kind. Und wofür das alles? Rache, Macht, Geld?"

„Für alles drei. Er hätte seine Rache an deinem Vater, seine Macht würde durch das Chaos wachsen, und Geld würde folgen. Es ist seine Geldgier, die ihn diesmal straucheln lässt, Bennett. Das verspreche ich dir."

Bei der Leidenschaft in ihrer Stimme sah er sie wieder an. Ihre Augen waren groß und glänzten kalt. So plötzlich, wie er sich verliebt hatte, erkannte er die volle Wahrheit. Was immer Hannah tat, was immer sie dafür einsetzte, spielte keine Rolle, solange sie darauf achtete, dass sie in Sicherheit war.

Bennett drückte die Sperre und ließ die Klinge zurückgleiten. Er wollte selbst dafür sorgen. Nachdem er das Messer beiseite gelegt hatte, löste er den Riemen von ihrem Schenkel. Ihre Haut war kühl geworden, obwohl es im Zimmer warm war. Es berührte etwas in ihm, das er erneut als den Wunsch erkannte, sie zu beschützen. Hannah bewegte sich nicht, sagte nichts und zuckte nur leicht zusammen, als er aufstand. Sie wartete darauf, dass er sie zurückwies, sie von sich schob, sie verließ.

Er registrierte ihre Überraschung und ihren Zweifel, als er sie auf die Arme hob. „Du solltest mir mehr vertrauen, Hannah", sagte er ruhig.

Als sie sich entspannt an ihn lehnte, den Kopf an seiner Schulter barg, trug er sie in ihr Bett.

12. KAPITEL

Das Paket wurde auf die einfachste Weise geliefert. Es wurde von Dartmouth Shippers gebracht, einem von Deboques weniger einträglich, aber höchst nützlichen Zweigunternehmen. Es trug den Absender von Hannahs Tante in England und den Aufdruck ZERBRECHLICH.

Die einzige Schwierigkeit entstand dadurch, dass Eve dabei war, als es geliefert wurde.

„Oh, wie schön!" Eve löste sich nicht von dem Paket. „Das ist ein Weihnachtsgeschenk, nicht wahr? Warum machst du es nicht auf?"

„Es ist noch nicht Weihnachten", antwortete Hannah und stellte das Paket in das Fach ihres Schranks. Sie wollte es bei erster Gelegenheit übergeben.

„Hannah, wie kannst du nur so gleichgültig sein?" Ohnehin äußerst nervös, sah Eve sich im Zimmer um. „Hast du denn nie um diese Jahreszeit unter Betten und in Schränken nach Päckchen gesucht?"

„Nein." Hannah lächelte und arrangierte weiter die Blumen, die Eve ihr gebracht hatte. „Ich wollte mir nie den Weihnachtsmorgen verderben."

„Das verdirbt ihn nicht, sondern steigert nur die Erwartung." Eve blickte zu dem Schrank. „Könnten wir nicht einen winzigen Blick hineinwerfen?"

„Auf keinen Fall, obwohl ich dir schon sagen kann, dass das Paket vermutlich fünf Dutzend selbst gemachte Kekse enthält – hart wie Ziegelsteine. Tante Honoria bietet nie Überraschungen."

„Es ist nicht wie Weihnachten." Niedergeschlagen trat Eve ans Fenster. Sie legte eine Hand schützend auf die Rundung ihres Bauchs und spielte nervös mit der anderen Hand an dem Vorhang. „Der Ballsaal wird für die Feiertage auf Hochglanz gebracht, der Baum ist schon geschmückt. Wenn man an der Küche vorbeigeht, duftet es einfach herrlich, aber es ist nicht wie Weihnachten."

„Hast du Heimweh, Eve?"

„Heimweh?" Für einen Moment verwirrt, drehte sie sich um und lächelte. „O nein. Alex und Marissa sind hier. Ich hoffe, meine Schwester kommt für eine oder zwei Wochen von der Galerie los, aber ich vermisse die Vereinigten Staaten nicht. Es ist nur so, dass alle versuchen, mich zu verwöhnen und dadurch zu beschützen, dass sie etwas vor mir verbergen.“ Seufzend trat sie zu Hannahs Kommode. „Ich weiß, wie angespannt und besorgt Alex ist, ganz gleich, wie sehr er sich auch bemüht, so zu tun, als wäre alles bestens. Selbst wenn ich mit Bennett spreche, scheinen seine Gedanken nur halb bei mir zu sein. Das muss aufhören, Hannah. Ich ertrage es nicht, dass die Menschen, die ich liebe, so zerrissen werden.“

„Es ist dieser Deboque, nicht wahr?“

Eve seufzte. „Wie kann ein Mann solchen Hass in sich tragen? Wie kann ein Mann so viel Schmerz verursachen? Auch wenn ich es nach all den Jahren noch immer nicht verstehe, weiß ich, dass er nicht zufrieden sein wird, bevor er uns vernichtet hat.“

„Für die meisten von uns ist es unmöglich, das wahrhaft Böse zu verstehen“, erklärte Hannah, obwohl sie es verstehen konnte. „Aber ich finde, wir machen alles nur schlimmer, wenn wir zulassen, dass unser Leben so stark beeinflusst wird.“

„Du hast natürlich recht.“ Eve streckte beide Hände aus. „Weißt du, wie dankbar ich bin, dass du hier bist? Ohne dich wäre ich die ganze Zeit launenhaft und würde nur vor mich hin brüten. Ella kommt heute mit den Kindern. Wir müssen uns noch um die Blumenhändler und die Musiker kümmern.“ Sie drückte Hannahs Hände und holte tief Luft. „Ich hasse es, so hilflos zu sein. Am liebsten würde ich hingehen und Deboque ins Gesicht spucken, aber ich muss mich damit zufriedengeben, die Dinge hier angenehmer zu machen.“

Hannah schwor sich, bei der ersten Gelegenheit für Eve Deboque ins Gesicht zu spucken. „Warum führst du mich nicht in den Ballsaal und zeigst mir, was schon getan wurde? Ich würde gern helfen.“

Sie wollte helfen – und natürlich Eve von dem Paket weglotsen, das in ihrem Schrank lag.

„In Ordnung, aber ich möchte, dass du zuerst in mein Zimmer kommst. Ich habe ein Geschenk für dich.“

„Geschenke sind etwas für Weihnachten“, erinnerte Hannah sie, als sie zur Tür gingen.

„Dieses kann nicht warten.“ Eve musste sich von den unterschwelligen Dingen ablenken, die sie alle belasteten. Dr. Franco hatte sie schon gewarnt, dass die Spannung Auswirkungen auf das Kind haben konnte. „Schwangeren Prinzessinnen muss man jeden Wunsch erfüllen."

„Sehr schlau, das zu deinem Vorteil einzusetzen." Sie stiegen eine kurze Treppe hinauf und wechselten in den nächsten Flügel über. „Du sagtest, Gabriella würde bald hier sein? Kommt die ganze Familie heute?"

„In voller Kampfstärke, heute Nachmittag."

Hannah entspannte sich ein wenig. Es würde leicht sein, das Paket an Reeve zu übergeben und den Plan weiter auszuführen. „Hat Bennett seinen Schatz in den Safe gelegt?"

„Schatz? Oh, sein Jo-Jo." Eve lachte zum ersten Mal an diesem Tag unbekümmert, als sie ihr Schlafzimmer betrat. „Er betet dieses Kind an, weißt du. Ich habe nie jemanden gekannt, der zu Kindern so gut ist wie Bennett. Er wendet ungeheuer viel Zeit für das Hilfswerk für behinderte Kinder auf, obwohl ihn das seine freien Tage mit den Pferden kostet." Sie betrat den angrenzenden Umkleideraum. „Auch ein Grund, warum ich so übellaunig bin, ist wohl, dass Bennett eigentlich im Moment munter und fidel sein sollte. Stattdessen sieht er aus, als würde er kaum jemals ein Auge schließen."

„Munter und fidel?"

„Es hat ihn sechs Monate und enorm viel Überzeugungkraft gekostet, die Zustimmung für den Kinderflügel des Museums zu erhalten. Er hat es endlich bei diesem Vorstandstreffen durchgeboxt, aber nur mit viel Mühe und großer Überredungskunst. Hat er es dir gegenüber nicht erwähnt?"

„Nein", antwortete Hannah.

„Seit zwei Jahren war das sein Lieblingsprojekt. Er hat Monate gebraucht, um den richtigen Architekten zu finden. Dann hat er den Plan auf seine Kosten zeichnen lassen, weil der Vorstand keinen Zoll nachgeben wollte." Eve kam mit einem langen Karton in den Raum zurück. „Du solltest ihn bitten, dir die Pläne zu zeigen. Er wollte das Gebäude offen haben mit vielen Fenstern, damit die Kinder sich nicht eingesperrt fühlen. Die Vorstandsmitglieder haben gebrummt und gemurrt, weil er Skulpturen will, die die Kinder anfassen können, und Darstellungen aus Märchenbüchern anstelle von Rubens und Renoir und Rodin hinter Glas."

„Ich wusste nicht, dass er so engagiert ist."

„Was immer Bennett macht, tut er mit großem Engagement. Seine Idee war, Kindern Kunst durch Medien nahezubringen, die sie verstehen und genießen. Dann gibt es eine Abteilung, die für Gemälde und Figuren reserviert ist, die die Kinder selbst machen." Eve legte den Karton auf das Bett und lächelte. „Ich bin überrascht, dass er dir nichts davon erzählt hat. Für gewöhnlich ist niemand vor ihm sicher. Er hat zwei Jahre Planung und sechs Monate Kampf gebraucht, damit sein Projekt endlich startet."

„Das klingt gut." Hannah fühlte, wie noch mehr Liebe in ihr Herz strömte. „Die Öffentlichkeit hält ihn vor allem für einen Mann, der sich nur für Pferde und die nächste Party interessiert."

„Er genießt dieses Image, aber in Bennett steckt mehr. Ich dachte, ihr zwei wärt einander recht nahegekommen."

„Bennett ist sehr freundlich."

„Hannah, enttäusch mich nicht." Ein wenig ermüdet setzte Eve sich auf die Bettkante. „Er blickt dir nach, wenn du aus einem Zimmer gehst, und wartet darauf, dass du ein Zimmer betrittst."

„Tut er das?"

„Ja." Eve lächelte. „Bei all der Sorge und der Spannung der letzten Wochen hatte ich wenigstens das Vergnügen zu sehen, wie Bennett sich verliebt. Er bedeutet dir doch auch etwas, nicht wahr?"

„Ja." Es war alles fast schon vorüber. Manche Lügen waren nicht mehr nötig. „Ich habe noch nie jemanden wie ihn kennengelernt."

„Es gibt niemanden wie ihn."

„Eve, ich möchte nicht, dass du etwas denkst oder hoffst, das nicht stattfinden wird."

„Ich kann denken und hoffen, was ich will." Sie legte eine Hand auf den Karton neben ihr und klopfte auf den Deckel. „Aber jetzt mach erst einmal dein Geschenk auf."

„Ist das ein fürstlicher Befehl oder eine Bitte?"

„Was immer nötig ist, damit du es aufmachst. Bitte! Ich bin gespannt, ob es dir gefällt."

„Nun, es verstößt gegen meine Prinzipien, ein Geschenk vor Weihnachten zu öffnen, aber …" Hannah gab nach und hob den Deckel, schob die Lagen Papier beiseite und stand dann da und blickte fassungslos.

Es glitzerte wie Edelstein und funkelte wie Feuer. Das Kleid besaß das leuchtende Grün von Smaragden mit Tausenden von winzigen Perlen, die das Licht des Nachmittags einfingen.

„Nimm es heraus!", drängte Eve, war dann zu ungeduldig, um auf Hannah zu warten, und hob es selbst aus dem Karton.

Die Seide wallte und knisterte und kam zur Ruhe. Das Kleid war gerade geschnitten, mit einem hohen Kragen, an dem ein perlenbesticktes Band um den Hals funkelte. Die Arme der Frau, die es trug, blieben bis zu den Schultern nackt, genau wie der Rücken, bevor der Stoff wieder den Körper umhüllte und in einer langen Linie bis zum Boden reichte. Es war ein Kleid, das dafür gemacht war, unter Lüstern zu glitzern und im Mondschein zu schimmern.

„Sag, dass es dir gefällt. Ich habe die Schneiderin einen Monat lang zum Wahnsinn getrieben."

„Es ist wunderschön." Zögernd streckte Hannah die Hand aus. „Eve, das ist das schönste Kleid, das ich je gesehen habe. Ich weiß gar nicht, was ich sagen soll."

„Sag, dass du es zu dem Weihnachtsball anziehen wirst." Mit sich selbst höchst zufrieden, drehte Eve Hannah zum Spiegel und hielt ihr das Kleid an. „Sieh nur, was es mit deinen Augen macht! Ich wusste es." Lachend drückte sie das Kleid Hannah in die Hände, so dass sie zurücktreten und es festhalten konnte. „Ja, das wusste ich. Mit deiner Haut ... O ja", sagte sie und tippte mit einem Finger gegen ihre Lippen. „Bennett wird einen Blick darauf werfen und nur noch sinnloses Zeug reden. Ich kann es gar nicht mehr erwarten."

„Ich glaube, ich sollte nicht ..."

„Natürlich solltest du, und du wirst auch, weil ich mich weigere, ein Nein als Antwort anzuerkennen." Sie trat vor, die Augen zusammengekniffen, und löste eine Locke aus Hannahs Frisur. „Meine Friseuse wird dich in die Mangel nehmen müssen."

„Das klingt ziemlich seltsam." So sehr sie sich danach sehnte, sie durfte sich nicht gehen lassen. Die schlichte und propere Lady Hannah Rothchild hätte niemals den Nerv gehabt, so ein Kleid zu tragen. „Eve, es ist schön. Du bist zauberhaft, aber ich glaube nicht, dass ich für ein solches Kleid geschaffen bin."

„Ich irre mich nie." Eve fegte die Einwände mit einer Handbewegung beiseite. Sie mochte erst seit zwei Jahren eine Prinzessin sein, aber sie trat bereits sehr entschieden auf. „Ich habe zu viel Zeit im Theater verbracht, um nicht zu wissen, was wem passt und was nicht. Vertrau mir, und wenn das zu viel verlangt ist, dann tu mir den Gefallen als Freundin."

Sie waren tatsächlich Freundinnen geworden, ungeachtet der Gründe am Anfang und des Ziels am Ende. Was konnte es schon schaden, wenn sie akzeptierte? Es war sogar sehr wahrscheinlich, dass sie zu dem Ball gar nicht in Cordina war. „Ich werde mich wie Aschenputtel fühlen", sagte Hannah und wünschte sich, es würde wahr.

„Gut. Und du solltest daran denken, dass die Uhr nicht immer zwölf Mal schlägt."

Doch die Uhr schlug immer zwölf. Hannah erinnerte sich an Eves Worte, als sie und Reeve lautlos durch den Palast gingen. Das Spiel war fast um, ihre Zeit ebenfalls.

Das Paket hatte den von ihr angeforderten Sprengstoff enthalten und außerdem noch eine verschlüsselte Nachricht. Sie sollte in dieser Nacht handeln und sich mit Deboques Agent um ein Uhr nachts am Pier treffen. Dort würde sie dann die Bezahlung erhalten.

„Das muss klappen", sagte Hannah, als sie vorsichtig die erste Sprengladung anbrachte. Die Ausführung, die sie benutzte, war vom ISS entwickelt. Das Paket, das sie erhalten hatte, war bis zu seinem Ursprung zurückverfolgt worden. Deboque sollte bald Athen und sehr viel mehr verlieren.

„Von außerhalb der Mauern wird es aussehen, als wäre das Feuer außer Kontrolle geraten." Reeve arbeitete genauso schnell und sachverständig wie sie.

„Die Ladungen sind auf mehr Lärm als Stärke abgestimmt. Wir werden ein paar Fenster sprengen und eine teuflische Schau abziehen, während Malori und seine Männer hier bleiben, um notfalls zu löschen."

„Ist der Fürst jetzt bei den anderen?"

„Ja. Armand informiert den Rest der Familie. Malori ist dagegen, aber ich finde, Sie haben recht. Es kann nichts mehr schaden, wenn alle zu diesem Zeitpunkt wissen, was abläuft. Auf diese Weise können viele Unannehmlichkeiten vermieden werden." Er dachte an Gabriella. Vielleicht verblasste nach dieser Nacht endlich der Albtraum.

„Ich könnte es nicht ertragen, dass Eve von der Explosion erwacht und denkt, das wäre Deboques Werk. Und Bennett ist sicher im Flügel der Familie?“

„Bennett ist in Sicherheit“, antwortete Reeve und beließ es dabei. „Ich gebe Ihnen zehn Minuten. Zeit genug für Sie, den Palastbereich zu verlassen. Der Pier ist gesichert, so dass wir Ihnen den Rücken stärken, falls dort irgendetwas abläuft. Ich werde auf dem Boot sein, das Deboques Yacht unter Beobachtung hält. Sobald wir Ihr Signal erhalten, greifen wir ein. Hannah, ich weiß, der Geheimsender ist riskant. Wenn Sie durchsucht werden …“

„Wenn ich durchsucht werde, werde ich damit schon fertig.“ Das Mikrofon war ein Meisterwerk des ISS, das wie ein kunstvoll gearbeitetes Medaillon aussah und an Hannahs Hals baumelte.

„Wenn er das durchschaut, wird er schnell zuschlagen.“

„Ich werde noch schneller zuschlagen.“ Sie legte eine Hand auf seine, als er noch etwas sagen wollte. „Reeve, für mich steht auch etwas auf dem Spiel – ich will nicht sterben.“

Er betrachtete sie einen Moment als Frau. „Ich habe den Ruf, meine Partner am Leben zu erhalten.“

Hannah war dankbar, dass er sie zum Lächeln brachte. „Ich zähle darauf. Aber wenn etwas schiefgeht, würden Sie Bennett dann von mir eine Botschaft übermitteln?“

„Natürlich.“

„Sagen Sie ihm …“ Sie zögerte, weil sie nicht daran gewöhnt war, ihre Gefühle irgendjemandem anzuvertrauen. Die Uhr schlug die Stunde. Mitternacht. Hannah hoffte, dass der Zauber noch anhielt. „Sagen Sie ihm, ich hätte ihn geliebt. Beide Personen in mir hätten ihn geliebt. Und es gibt kein Bedauern.“

Sie verließ den Palast durch das Hauptportal und fuhr langsam zu den Gittertoren. In Kürze würden die Wächter, die nicht über das Tarnmanöver informiert worden waren, genauso reagieren, wie zu erwarten war. Jeder, der den Palast beobachtete, musste an ein Chaos denken. Diesmal konnte sie das Tor noch mit einer ganz kurzen Überprüfung passieren.

Hannah behielt die Uhr im Auge, während sie fuhr, sah sie die Minuten vergehen und dachte an Bennett. Er würde von jetzt an in Sicherheit sein. Was immer auch in dieser Nacht passierte, er und seine Familie würden in Sicherheit sein. Wenn Deboque sie tötete, würde man ihn wegen Ermordung einer ISS-Agentin verhaften. Der Zweck heiligte die Mittel.

Hannah hielt den Wagen an und hörte die Explosion. Malori hatte Lautstärke versprochen und auch geliefert. Sie öffnete die Tür und stand einen Moment neben dem Wagen. Der Palast hob sich nur verschwommen von dem Nachthimmel ab, doch der Ostflügel war taghell erleuchtet. Das Feuer wirkte von hier aus beeindruckend, und Hannah war zufrieden, da sie wusste, dass keiner von Deboques Männern näher herankam. In ungefähr zwanzig Minuten würde einer von Maloris Leuten durchsickern lassen, dass die Fürstenfamilie mit Ausnahme von Armand bei der Explosion umgekommen sei.

Als Hannah am Pier eintraf, war er bereits menschenleer. Die Nachricht von der Katastrophe hatte sich schon bis hierher verbreitet. Hannah parkte ihren Wagen an der dunkelsten Stelle und stieg aus, um im Licht zu warten.

Sie gab ein ausgezeichnetes Ziel ab.

Das Boot, das vor der Küste ankerte, wirkte wie eine kleine, teure Yacht. Während des Tages war eine dunkelhaarige Frau mehrmals an Deck erschienen, um sich zu sonnen und um zu lesen. Von Zeit zu Zeit hatte sich ein Mann zu ihr gesellt, jung, mit nackter Brust, tief gebräunt. Sie hatten Wein getrunken, sich aneinander geschmiegt, geschlafen. Die Wachen auf der „Invincible" hatten die beiden unter Beobachtung gehalten und darauf gewettet, ob das Liebespaar Sex in der Sonne haben würde. Sie waren enttäuscht worden.

Unter Deck hatte das ISS alles, von Fernsehschirmen bis hin zu Granatwerfern. Acht Männer und drei Frauen drängten sich in der Kabine und warteten.

Seit einer Stunde nach Sonnenuntergang war Bennett nun schon in der Kabine eingeschlossen. In den letzten drei Stunden hatte er nichts getrunken außer Kaffee, voller Ungeduld. Er hatte den Monitor beobachtet, bis seine Augen tränten. Deboque war kein einziges Mal vor dem Teleobjektiv der Kamera erschienen. Bennett wollte ihm in die Augen sehen, wenn die Falle zuschnappte. Doch noch viel mehr wollte er über den Sender hören, dass es geschafft war und Hannah sich in Sicherheit befand.

„MacGee kommt an Bord."

Der Mann mit dem Kopfhörer rauchte weiter, während er sprach. Sekunden später schob Reeve sich in die ohnehin schon überfüllte Kabine.

Er trug von Kopf bis Fuß Schwarz. Selbst sein Gesicht und seine Hände waren mit Tarnfarbe beschmiert. Er nahm seine Seemannsmütze ab und warf sie beiseite.

„Die erste Phase ist abgeschlossen." Er nickte Bennett zu. „Von außerhalb der Tore sieht es so aus, als wäre der Ostflügel zerstört. Das ISS hat sehr theatralisch gearbeitet."

„Die Familie?", fragte Bennett.

„Ist in Sicherheit."

Er griff nach dem erkaltenden, bitteren Kaffee neben sich. „Hannah?"

„Wir sollten in ein paar Minuten eine Nachricht erhalten. Einige unserer besten Männer sind als Rückendeckung auf dem Pier."

Bennett warf ihm einen langen Blick zu. Er hatte auf dem Pier sein wollen, Hannah so nahe wie möglich. Er war jedoch gegen eine Wand gerannt, gebildet aus seinem Vater und Malori, und hatte schließlich einlenken müssen. Hätte man ihn entdeckt, wäre die Operation gescheitert.

Jetzt ist Hannah ganz auf sich allein gestellt, dachte er. Jetzt riskiert nur Hannah alles.

„Deboque hat sich den ganzen Tag nicht gezeigt."

„Er ist da." Reeve steckte sich eine Zigarette an und bereitete sich darauf vor, zu warten. „Er möchte heute Nacht sicher nicht weit weg sein."

„Kontakt!" Ein Agent auf der Backbordseite der Kabine hob die Hand an seine Kopfhörer. „Sie hat Kontakt bekommen."

Die Brise vom Wasser war kühl, die Nacht klar. Hannah erkannte den Mann, der in die verrauchte kleine Bar gekommen war. Er war allein und kam mit leeren Händen.

„Mademoiselle."

„Mein Teil des Geschäfts ist erfüllt, Monsieur. Haben Sie die Entschädigung?"

„Es ist eine schöne Nacht für eine Fahrt auf dem Wasser."

Die Yacht. Hannah verspürte ein unbehagliches Prickeln. „Es ist Ihnen klar, dass ich nicht mehr nach Cordina zurückkehren kann?"

„Das ist bekannt." Er deutete auf das kleine Motorboot. „Man wird sich dort um Ihre Bedürfnisse kümmern."

Wie schon zuvor hatte sie keine Wahl. Sie konnte ihre Waffe ziehen und ihn überwältigen. Wenn sie Glück hatten, würde er seine Freiheit für Deboque eintauschen. Doch sie konnte Bennetts Sicherheit nicht dem Glück anvertrauen. Also stieg sie in das Boot und setzte sich.

Mein Leben liegt in meinen Händen, dachte Hannah und verschränkte sie. Wie immer diese Nacht ausging, sie bedeutete Deboques Ruin.

Ihr Kontaktmann sprach auch jetzt wieder nicht, aber sein Blick glitt auf dem dunklen Wasser hin und her. Sie alle warteten und beobachteten nun. Weil die Nacht klar war, hob Deboques Yacht sich weiß und scharf vom Meer ab. Hannah sah drei Mann an Deck, Ricardo und zwei andere. Ricardo half ihr an Bord.

„Lady Hannah, es ist eine Freude, Sie wiederzusehen."

Etwas stand in seinen Augen, etwas Amüsiertes und Selbstzufriedenes. In diesem Moment wusste sie so sicher, als hätte er ihr ein Messer an die Kehle gehalten, dass sie die „Invincible" nicht mehr lebend verlassen sollte. Ihre Stimme war kühl und ruhig, als sie sprach, und sie hoffte, dass man sie auch deutlich in einiger Entfernung auf dem Wasser hören konnte.

„Danke, Ricardo. Ich hoffe, es wird nicht lange dauern. Ich muss zugeben, dass ich mich in den Gewässern von Cordina unwohl fühle."

„Wir brechen in einer Stunde auf."

„Wohin?"

„In ein angenehmeres Klima. Der Rundfunk hat den tragischen Tod von mehreren Mitgliedern der Fürstenfamilie verkündet. Fürst Armand hat sich zum Trauern zurückgezogen."

„Natürlich. Cordina hat sein Herz und seinen Erben verloren. Monsieur Deboque wurde unterrichtet?"

„Er erwartet Sie in seiner Kabine." Ricardo streckte eine Hand nach Hannahs Tasche aus.

„Werden Mitarbeiter immer durchsucht, Ricardo?"

„Wir können darauf verzichten, Lady Hannah, wenn Sie mir erlauben, Ihre Waffen zu halten.“ Er zog ihre Pistole heraus und schob sie in seine Tasche. „Und Ihr Messer?“

Schulterzuckend hob Hannah ihren Rock am Schenkel hoch. Sie beobachtete, wie Ricardos Blick sich senkte, als sie das Messer herauszog. Sie drückte den Auslöseknopf. Links und rechts von ihr klickten Pistolen.

„Eine bewundernswerte Waffe“, sagte sie, als sie die Klinge gegen das Licht hob. „Lautlos, stilvoll, nützlich.“ Sie lächelte und ließ die Klinge wieder zurückgleiten. „Und eine Waffe, die ich kaum gegen den Mann einsetzen würde, der mir fünf Millionen Dollar gibt.“ Sie ließ das Messer in Ricardos Hand fallen. Jetzt hatte sie nur noch ihre Geschicklichkeit zu ihrer Verteidigung. „Wollen wir gehen? Ich genieße den Duft von Geld am liebsten, wenn er noch warm ist.“

Er ergriff ihren Arm mit seiner Chirurgenhand und führte sie galant unter Deck zu Deboques Kabine.

„Lady Hannah.“ Die Kabine wurde von einem Dutzend Kerzen erhellt. Diesmal drang eine Beethovensonate aus den Lautsprechern. Deboque trug ein burgunderfarbenes Jackett und Rubine. Die Farben des Blutes. Eine Magnumflasche Champagner stand in einem silbernen Kühler. „Wie pünktlich Sie doch sind. Sie können uns allein lassen, Ricardo.“

Hannah hörte, wie sich die Tür hinter ihr schloss. Niemand brauchte ihr zu sagen, dass Ricardo davor Posten bezog.

„Ein angenehmes Ambiente“, stellte sie fest. „Die wenigsten Geschäfte werden bei Kerzenschein abgewickelt.“

„Jetzt besteht keine Notwendigkeit mehr für Förmlichkeiten zwischen uns, Hannah.“ Er trat lächelnd zu dem Champagner. „Die Meldungen aus Cordina sind ziemlich hysterisch und tragisch.“ Der Korken glitt heraus. Schaum drängte zur Flaschenöffnung. „Ich fand eine kleine geschmackvolle Feier angebracht.“

„Ich lehne Champagner selten ab, Monsieur, aber er schmeckt noch viel besser, wenn ich dabei Geld in meinen Händen halte.“

„Geduld, meine Liebe.“ Er füllte zwei Sektkelche und reichte ihr den einen. Sein Gesicht wirkte weiß wie Marmor in dem schwachen Licht, seine Augen waren fast schwarz und von Behagen erfüllt. „Auf einen erfüllten Auftrag und eine reiche, reiche Zukunft!“

Sie stieß mit ihm an und trank einen Schluck. „Ein ausgezeichneter Jahrgang."

„Ich habe erkannt, dass Sie das Exzellente und Teure bevorzugen."

„Genau. Monsieur, ich hoffe, Sie werden nicht beleidigt sein, wenn ich sage, dass ich zwar Wein und sanftes Licht schätze, beides aber viel mehr schätzen würde, nachdem unser Geschäft abgeschlossen ist."

„So gewinnsüchtig." Er strich mit den Fingern über ihre Wange. Das Kerzenlicht schmeichelte ihr, fand er. Zur rechten Zeit würde sie unter seinen Händen erblühen. Ein Jammer, dass er nicht das Risiko eingehen konnte, sie ein paar Monate lang bei sich zu behalten. Er hatte nur eine Stunde für sie. Aber in einer Stunde konnte man viel erreichen. „Sie werden mir verzeihen, aber meine Stimmung ist gehoben. Ich möchte Ihren Erfolg feiern – unseren Erfolg."

Seine Hand glitt an ihre Kehle, bis auf wenige Zentimeter an das Mikrofon heran. Sie umschloss sein Handgelenk und lächelte. „Sie gaben die Stimmung vor, Monsieur, indem Sie mir meine Waffen abnehmen ließen. Bevorzugen Sie wehrlose Frauen?"

„Ich bevorzuge willfährige Frauen." Er hob die Hand zu ihrem Haar und vergrub die Finger in der Fülle. Hannah stählte sich in Erwartungen des Kusses. Sie konnte Widerstand, aber nicht Widerwillen zeigen. „Sie sind stark", sagte er und drängte seinen Mund an ihren heran. „Ich bevorzuge auch das. Wenn ich Sie ins Bett bringe, werden Sie mir einen Kampf liefern."

„Ich werde ihnen mehr als das liefern, nachdem ich das Geld gesehen habe."

Er verstärkte seinen Griff und verursachte ihr so schnell Schmerz, dass sie nach Luft rang. Dann löste er die Finger wieder, wobei er lachte. „Sehr gut, meine geldgierige Freundin. Sie werden Ihr Geld sehen, und dann werden Sie mir etwas zurückgeben."

Als er ihr den Rücken zuwandte, um einen verborgenen Safe zu enthüllen, wischte Hannah sich mit der Hand über die Lippen. „Ich habe bereits meine Bezahlung gegeben."

„Das Leben der Fürstenfamilie." Er drehte das Rad, während Hannahs Herz zu hämmern begann. „Fünf Millionen Dollar, um die Bissets zu ermorden. Fünf Millionen Dollar, um mir das Hauptgericht der Rache und das süße Dessert der Macht zu geben. Halten Sie das für so viel?“ Seine Augen glitzerten, als er sich ihr wieder mit einem großen Aktenkoffer zuwandte. „Mein liebes Kind, sie hätten zehn Mal so viel verlangen können. Über zehn Jahre habe ich Pläne geschmiedet, und zwei Mal wäre es mir beinahe gelungen, ein Mitglied der Fürstenfamilie zu töten. Jetzt, für die lächerliche Summe von fünf Millionen Dollar, haben Sie alle für mich erledigt.“

„Das ist es“, verkündete Reeve, als Deboques Worte aus dem Empfänger kamen. „Rück vor! Langsam!“

Bennetts Hand schloss sich um die seines Schwagers. „Ich gehe mit euch an Bord.“

„Das kommt nicht infrage.“

„Ich gehe mit euch an Bord“, wiederholte Bennett mit eisiger Stimme. Sekunde um Sekunde hatte er zugehört und geschwitzt, während Hannah allein mit Deboque war. Während der Terrorist seine Hände auf sie legte. Während Deboque sich darauf vorbereitete, sie für die Ermordung all derer zu bezahlen, die er liebte. „Gib mir eine Waffe, Reeve, sonst gehe ich unbewaffnet!“

„Ich habe Befehl, dich hier zu behalten“, antwortete Reeve knapp.

„Und wenn es um Ella ginge?“ Bennetts Augen funkelten vor Zorn. „Wenn es um Ella ginge, würdest zu zurückbleiben und es anderen überlassen, sie zu beschützen?“

Reeve blickte auf die Hand hinunter, die sich über seine gelegt hatte. Es war eine starke Hand. Dann schaute er in die Augen, die dunkler waren als die seiner Frau, in denen jedoch die gleichen Leidenschaften zu erkennen waren. Er erhob sich und holte einen 45er aus dem Arsenal.

Jetzt werden sie vorrücken, dachte Hannah und kämpfte darum, ihre Stimme ausdruckslos zu halten. „Sagen Sie mir das jetzt, damit ich bereuen kann?“ Sie lachte und ging an den Schreibtisch. „Fünf Millionen reichen mir. Ich plane, zu investieren und in den nächsten Jahren sorglos in Rio zu leben.“

Er hielt den Blick auf ihre Augen gerichtet, während er den Aktenkoffer aufschloss. Das Geld war vorhanden, jedoch für seine eigenen Zwecke bestimmt. „Sie haben nicht die Absicht, weiterhin in meinen Diensten zu bleiben?"

„Unglücklicherweise wäre das für uns beide nach den Ereignissen dieser Nacht zu riskant."

„Ja." Genau seine Gedanken. Doch er öffnete den Deckel, damit sie zumindest das Vergnügen hatte, das Geld zu sehen, bevor er sie tötete.

„Sehr hübsch." Ihrer Rolle entsprechend trat Hannah näher und griff nach einem Bündel knisternder Hunderter. „Wissen Sie, wie sinnlich neues Geld riecht?" Sie fächelte mit dem Bündel.

„In der Tat." Deboque zog die oberste Schublade seines Schreibtisches auf. Darin lag ein eleganter Revolver mit Perlmuttgriff. Er hielt es für angebracht, Hannah stilvoll zu töten. Er schloss die Finger um die Waffe, als die ersten Schüsse von oben zu hören waren.

Hannah wirbelte zur Tür herum und hoffte, er würde ihre Erregung für Betroffenheit halten. „Was ist das für ein Spiel?", rief sie. Sie schlug den Kofferdeckel zu, nahm das Geld und hastete zur Tür. Ihre Hand schloss sich um den Knauf.

„Bleiben Sie stehen!", warnte Deboque. Die Waffe war in seiner Hand und zielte auf ihr Herz. Ein feiner Schweißfilm perlte auf seiner Stirn bei dem Lärm hastiger Schritte über ihren Köpfen. Er hielt den Finger leicht am Abzug, drückte jedoch nicht ab. Was immer es an Deck für Ärger gab, er wollte ihn nicht zu sich herunterlocken. „Den Koffer, Hannah!"

„Ein Betrug?" Sie zog die Brauen zusammen, während sie berechnete, wie lange sie ihn hinhalten konnte. „Ja, Sie hätten mir mit Leichtigkeit zehn Mal so viel an Bezahlung zugestanden, weil Sie gar nicht die Absicht hatten, an mich auszuzahlen."

„Den Koffer!" Er kam langsam auf sie zu. Angst stieg in ihm auf, nicht vor dem Tod, nicht vor der Niederlage, sondern vor dem Gefängnis. Er würde hinter Gittern nicht überleben können.

Hannah wartete, bis er einen halben Meter entfernt war. Beide Hände um den Griff gelegt, schwang sie den schweren Koffer gegen seinen Arm mit der Waffe.

Ob aus Loyalität oder Angst, Deboques Männer kämpften wie von Sinnen. Schüsse peitschten zwischen den Schiffen hin und her. Eine

Salve aus einem Maschinengewehr schlug über Bennetts Kopf hinweg in das Holz und ließ Splitter auf seinen Rücken regnen. Er sah, wie ein Mann über die Reling der Yacht ins Wasser stürzte.

Das Feuer von Deboques Seite kam bereits sporadischer, doch die Zeit verstrich viel zu schnell. Und Hannah war noch immer bei Deboque. Sie ist am Leben, sagte Bennett sich, während er zielte und schoss. Sie war am Leben. Er hätte es gewusst, wenn nicht, weil dann sein Herz stehen geblieben wäre. Unrast brodelte in ihm, wilder als diese wilde Nacht. Er gab ihr nach, kämpfte sich zum Heck vor und glitt ins Wasser.

Die Nacht war von Schüssen und Schreien erfüllt. Er sah, wie ein Mann von Deboques Yacht ins Wasser tauchte und hektisch in Richtung Küste schwamm, die zehn Meilen entfernt war. Seine Hand streifte eine Leiche, die mit dem Gesicht nach unten auf den Wellen trieb. ISS oder Feind, er wusste es nicht. Während der Kampf tobte, schwamm Bennett lautlos um die Yacht herum.

Weil es fast schon vorüber war, gab Reeve seinen Männern das Zeichen zum Entern. Erst da bemerkte er, dass Bennett nicht mehr an seiner Seite war.

„Der Prinz!“ Seine Kehle wurde trocken vor Panik. „Wo ist Prinz Bennett?“

„Dort!“ Einer der Männer entdeckte Bennett, als der gerade um das Heck von Deboques Yacht herum verschwand.

„Um Himmels willen“, stöhnte Reeve. „Rückt vor! Bereit machen zum Entern!“

Mit festen Schwimmzügen umrundete Bennett das Heck. Es war niemand auf der Steuerbordseite, als er sich an Deck zog. Gelegentlich wurde noch geschossen, aber die Schreie waren verstummt. Er hatte während der endlos langen Zeit unter Deck Hannahs Zeichnung von Deboques Yacht eine Stunde lang genau studiert und sich eingeprägt. Er machte sich auf die Suche nach ihr …

Es war Hannah gelungen, Deboques Waffe quer durch den Raum zu schlagen, doch er war schneller und stärker, als er wirkte. Als sie sich auf die Waffe warf, war Deboque schon über ihr. Eine Hand legte sich um ihren Hals und drückte ihr die Luft ab. Hannah befreite einen Arm und rammte ihm die Faust gegen den Kehlkopf. Nun rangen sie beide nach Luft.

Sie streckte eine Hand aus, und ihre Finger tasteten über den Griff der Waffe. Sie fluchte vor Schmerz und Wut, als er sie an den Haaren zurückzerrte. Dreißig heftige und erschöpfende Sekunden lang kämpften sie auf dem Boden der Kabine miteinander.

Miteinander verschlungen, rollten sie wieder auf die Waffe zu. Hannah streckte den Arm, griff erneut danach und hätte sie beinahe erwischt. Aus den Augenwinkeln sah sie seine Faust auf sich zukommen und wich aus.

Der Schlag streifte sie nur, war jedoch stark genug, um sie herumzuwirbeln.

Und dann starrte sie in die dunkle Mündung seines Revolvers.

Sie hatte sich auf das Schlimmste vorbereitet. Atemringend wappnete sie sich innerlich. Wenn ihr schon nichts anderes blieb, dann wollte sie wenigstens ihren Schwur einhalten und ihm ins Gesicht spucken. „Ich bin ISS-Agentin. Die Bissets sind in Sicherheit, und Sie werden nicht entkommen! Es ist alles vorbereitet."

Deboques Augen funkelten vor Wut. Hannah lächelte ihn an und wartete auf die Kugel …

Als Bennett in den Raum stürmte, sah er Deboque über Hannah kauern, einen Revolver auf ihren Kopf gerichtet. Es passierte blitzartig, so schnell, dass er sich unmittelbar danach nicht erinnern konnte, wer zuerst geschossen hatte.

Deboque riss den Kopf herum. Ihre Blicke trafen sich. Als die Waffe von Hannahs Kopf zu Bennett schwenkte, schrie Hannah auf und schlug zu. Zwei Abzüge wurden gedrückt. Zwei Schüsse krachten.

Bennett spürte die Kugel so dicht an sich vorbeifliegen, dass seine Haut prickelte und sich erhitzte. Er sah, wie Blut aus Deboques Brust sickerte, ehe er auf Hannah sank.

Da begann sie zu zittern. All die Jahre des Trainings waren vergessen, als sie bebend unter dem Toten lag. Sie hatte sich auf ihren eigenen Tod vorbereitet. Das war Pflicht. Doch sie hatte gesehen, wie die Kugel einen Zentimeter neben Bennetts Kopf ins Holz schlug.

Selbst als er zu ihr kam, Deboque beiseite schob und sie an sich zog, hörte das Zittern nicht auf. „Es ist vorüber, Hannah." Er hielt sie in seinen Armen, wiegte sie, drückte Küsse in ihr Haar. „Es ist vorüber." Anstelle der Befriedigung und der erwarteten Begeisterung verspürte er nur Erleichterung. Sie war in Sicherheit. Und er wollte dafür sorgen, dass sich daran nichts änderte.

„Du hättest umkommen können. Verdammt, Bennett, du solltest zu Hause sein!"

„Ja." Er blickte hoch, als Reeve in den Raum stürmte. „Ja, dort werden wir beide bald sein."

Sie hatte Tränen auf den Wangen, wischte sie weg und kämpfte sich auf die Beine. Sie wandte sich Reeve zu, musste jedoch ein paar Mal tief durchatmen. „Ich bin bereit, Bericht zu erstatten."

„Zum Teufel damit!" Bennett hob sie auf die Arme. „Ich bringe dich nach Hause."

EPILOG

Hannah hatte rund um die Uhr geschlafen. Erst nach mehr als vierundzwanzig Stunden erkannte Hannah, dass ihr Dr. Franco, der Leibarzt der Bissets, ein Beruhigungsmittel gegeben hatte.

Sie war ausgeruht und verärgert erwacht. Und obwohl sie es nicht gern zugab, schmerzte sie alles.

Der Arzt hatte freundlich, aber unbeugsam ihre Beulen und Abschürfungen versorgt. Weil der Befehl, Hannah im Bett zu behalten, von Seiner Hoheit, dem Fürsten, gekommen war, hatten weder Arzt noch Patientin eine andere Wahl, als zu gehorchen.

Sie beklagte sich. Obwohl häufig Besucher kamen, war sie ganz kribbelig von der Tatenlosigkeit. Aus dem ISS-Hauptquartier wurde ihr über Reeve eine Nachricht übermittelt, die sie begeistern sollte. Deboques Organisation war aufgelöst. Hannah war befördert. Aber Hannah schmollte im Bett und sann auf Flucht.

Es war Eve, die ihr endlich am Abend des Weihnachtsballs dazu verhalf.

„Du bist wach. Wunderbar!"

„Natürlich bin ich wach." Verdrossen von zwei Tagen im Bett, veränderte Hannah ihre Haltung. Der Umstand, dass ihre Rippen bei jeder Berührung noch immer empfindlich waren, machte es nur schlimmer. „Ich werde verrückt."

„Das glaube ich dir." Lächelnd setzte Eve sich auf die Bettkante. „Und ich werde dich nicht in Verlegenheit bringen, indem ich dir noch einmal sage, wie dankbar wir dir für alles sind, was du getan hast. Stattdessen gebe ich dir Dr. Francos letzte Anordnung."

„Ach, verschone mich!"

„Sie lautet, dass du aufstehen, dich anziehen und bis zum Morgengrauen tanzen sollst."

„Was?" Hannah stemmte sich hoch und zuckte nur kurz zusammen. „Ich kann aufstehen? Meinst du das im Ernst?"

„Absolut. Hier." Sie sprang auf und hob Hannahs Morgenmantel hoch. „Zieh das an. Meine Friseuse wird jeden Moment eintreffen und ihren Zauber zuerst an dir probieren."

„Zauber?" Mit einem Seufzer hob Hannah die Hand an ihr Haar.

„Mittlerweile eher schon ein Wunder, Eve, so gern ich aufstehen und etwas tun möchte, glaube ich nicht, dass der Ball die beste Idee ist."

„Er ist die perfekte Idee." Nachdem sie Hannah in ihren Morgenmantel geholfen hatte, beugte sie sich vor und roch an dem Strauß Gardenien neben dem Bett. „Von Bennett?"

„Ja." Hannah berührte die wachsartigen Blätter mit den Fingerspitzen. „Er hat sie heute Morgen gekauft. Ich habe nicht viel von ihm gesehen."

Sie schüttelte die Stimmung ab und schlüpfte in die Ärmel. „Ich weiß, wie viel ihr alle zu tun hattet mit den Pressekonferenzen und den öffentlichen Erklärungen, die diese ganze Angelegenheit bereinigen sollten."

Eve zog eine Augenbraue hoch. Sie entschied, Hannah nicht zu erzählen, dass Bennett sich in der ersten Nacht nicht von ihrem Bett entfernt hatte. Sie besaß genug Romantik, um zu wollen, dass die beiden einander von selbst entdeckten.

„Da wir gerade davon sprechen – du solltest den Ostflügel sehen. Lauter Glasscherben. Es wird Wochen dauern, bis die Hausmädchen alles gereinigt haben. Hannah ...", mit einem tiefen Seufzer ergriff Eve ihre Schultern, „... ich weiß, dass ich dich in Verlegenheit stürzen werde. Es war ein Auftrag, aber welche Gründe auch immer dich zu uns geführt haben, du hast uns Frieden gebracht. Es gibt nichts, das ich sagen oder tun kann, um dir das zu vergelten. Mein Kind ..." Sie lächelte. „Marissa und dieses hier sind in Sicherheit. Ich weiß, was Deboque plante."

„Es ist jetzt vorüber, Eve."

„Ja." Eve küsste Hannah feierlich auf beide Wangen. „Ich verdanke dir mein Leben und das Leben aller, die ich liebe. Wenn es jemals irgendetwas gibt, was ich tun kann, und ich spreche als deine Freundin und als die Frau des Erben von Cordina, brauchst du nur etwas zu sagen."

„Dann bringen wir das gleich hinter uns. Eve, ich war nie fähig, Freunde zu finden und zu behalten. Ich möchte das Gefühl haben, dass sich das geändert hat."

Eve betrachtete die Frau, die sie gerade erst kennenzulernen begann. „Ich habe zwei Schwestern, die eine durch Geburt und die andere durch Alexander." Sie streckte die Hand aus. „Ich möchte gern drei haben."

„Hoheit." Eines der jungen Hausmädchen erschien an der Tür. „Ich bitte um Entschuldigung, aber Madame Frissoutte ist hier."

„Wunderbar!" Eve hakte sich bei Hannah unter. „Bereite dich auf deine Verwandlung vor."

Es war tatsächlich eine Verwandlung, fand Hannah, als sie sich im Spiegel betrachtete.

Ihr Haar, das sich wild wie bei einer Zigeunerin auf ihrem Rücken kräuselte, wurde mit zwei glitzernden Kämmen aus dem Gesicht gekämmt. Das Kleid funkelte und schimmerte, als es sich von ihrem Hals bis zu den Knöcheln um sie schmiegte. Mit Make-up hatte sie geschickt die blauen Flecken an Armen und Gesicht verdeckt.

Jetzt brauche ich nur noch gläserne Schuhe, dachte sie mit einem unterdrückten Lachen. Noch mehr Illusion. Doch wenn dies ihr letzter Abend mit Bennett sein sollte, wollte sie ihn nutzen. Und es würde kein Bedauern geben, wenn die Uhr zwölf Mal schlug.

Musik spielte bereits im Ballsaal. Hannah schlüpfte hinein, wie das ihre Gewohnheit war, und nahm den Glanz in sich auf. Die Spiegel waren poliert worden, um das Glitzern und die Pracht von Abendkleidern und Juwelen zurückzuwerfen. Lüster blinkten wie Sterne. Alles schimmerte silbrig und eisblau. Girlanden hingen an der Decke. An einem sechs Meter hohen Baum fingen tausend Kristallkugeln das Licht ein.

Bennett hatte nach Hannah Ausschau gehalten und gewartet. Als er sie sah, verschlug es ihm fast den Atem. Das Pärchen, mit dem er geplaudert hatte, verstummte und zog die Augenbrauen hoch, als er auf Hannah zuging.

Er ergriff ihre Hände, als sie zu einem Knicks ansetzte. „Mein Güte, Hannah." Zum ersten Mal in seinem Leben fehlten ihm die Worte. „Du bist wunderschön."

„Das ist Eves Werk." Er trug eine weiße Paradeuniform mit den Abzeichen seines Ranges und einem Degen an seiner Seite. In so mannigfachen Arten sie sich auch an ihn erinnern würde, sie würde nie vergessen, wie er in diesem Moment aussah. „Alles ist so prachtvoll."

„Das ist es aber erst jetzt, seit du da bist." Er legte die Hand leicht um ihre Taille, als er sie zu einem Walzer aufs Parkett führte.

Was für ein Zauber, dachte Hannah, die Musik, die Lichter, die Spiegel. Stundenlang tanzten sie zusammen, wirbelten durch den Raum und überließen das Essen und den Wein den anderen. Als er mit ihr auf die Terrasse hinaustanzte, widersprach Hannah nicht. Es waren noch ein paar Minuten bis Mitternacht.

Sie löste sich von ihm, trat an das Geländer und blickte auf Cordina hinunter. Lichter leuchteten in festlichen Farben. Die Luft trug frühlingshafte Wärme und Düfte mit sich.

„Wirst du jemals müde, das zu betrachten?“

„Nein.“ Er stand neben ihr. „Ich glaube, jetzt bedeutet es mir sogar noch mehr als je zuvor.“

Sie verstand, wollte aber Deboques Geist fern halten. „In England ist es jetzt kalt und regnerisch. Vielleicht gibt es morgens Schnee, oder wir haben grauen Himmel. Alle Feuer brennen, Rum wird angewärmt. Überall werden Puddings und Truthähne zubereitet, damit es nach Weihnachten riecht.“

„Wir können dir keinen Schnee bieten.“ Er hob ihre Hand an und küsste sie. „Aber wir könnten dir das Feuer und den warmen Rum geben.“

„Das spielt keine Rolle.“ Hannah atmete tief durch. „Wenn ich wieder zu Hause bin, werde ich daran denken, wie ich kurz vor Weihnachten hier stand. Ich werde mich daran erinnern, dass es nach Rosen und Jasmin duftete.“

„Möchtest du hier einen Moment warten?“

„Gern.“

„Genau hier“, sagte er und küsste wieder ihre Hand. „Ich bin gleich wieder da.“

Als er fort war, drehte sie sich so, dass sie die Lichter und das Meer betrachten konnte. In ein paar Tagen würde sie zu Hause sein, und mit der Zeit würde Cordina vielleicht wie ein Traum wirken. Cordina, dachte sie, aber niemals Bennett. Sie hob den Blick zu einem Stern, wagte jedoch nicht, sich etwas zu wünschen.

„Ich habe etwas für dich.“

Mit einem leichten Lächeln drehte sie sich um und fing dann den Duft auf. „Oh, Kastanien!“ Lachend griff sie nach der Tüte, die Bennett ihr anbot. „Und sie sind heiß.“

„Ich wollte dir etwas von daheim geben."

Es gab so viel zu sagen, und nichts davon konnte gesagt werden. Stattdessen stellte sie sich auf die Zehenspitzen und küsste ihn. „Danke."

Er strich mit den Fingern sanft über ihre Wange. „Ich dachte, wir könnten sie uns teilen."

Hannah öffnete die Tüte und atmete mit geschlossenen Augen den Duft ein. „Ist das nicht wunderbar? Jetzt ist es wie Weihnachten."

„Wenn Cordina bald wie zu Hause ist, wirst du vielleicht bleiben."

Sie öffnete die Augen und schaute auf die Tüte. „Ich habe die Anweisung, bis zum Ende der Woche zurückzukehren."

„Anweisungen!" Er streckte eine Hand nach ihr aus, hielt sich jedoch zurück. „Deine Position beim ISS ist wichtig für dich." Er konnte einen grollenden Unterton nicht verbergen. „Ich habe erfahren, dass du befördert worden bist."

„In den Rang eines Captains." Sie biss sich auf die Lippe. „Ich werde eine Weile hinter dem Schreibtisch arbeiten, Befehle erteilen." Sie schaffte ein Lächeln.

„Hast du je in Betracht gezogen, aufzuhören?"

„Aufzuhören?"

Es war der leere, verwirrte Blick, der ihm Sorge bereitete. War es möglich, dass sie an nichts anderes als an ihre Pflicht ihrer Organisation gegenüber dachte? „Falls du einen Ersatz hättest. Ist es die Erregung, die dich anzieht?" Er legte eine Hand an ihr Gesicht und drehte es so zum Licht, dass sich die von Deboque stammende Schwellung als Schatten abzeichnete.

„Das ist eben mein Beruf." Hannah seufzte. „Bennett, wir haben nicht darüber gesprochen, was auf der Yacht passiert ist. Ich habe mich nicht bei dir dafür bedankt, dass du mir das Leben gerettet hast. Ich nehme an, das kommt daher, dass ich daran gewöhnt bin, für mich selbst zu sorgen."

„Ich hätte ihn allein dafür umgebracht", sagte Bennett, während er mit den Fingerspitzen über die Schwellung an ihrer Wange strich. Sie wollte zurückweichen, doch ein Blick von ihm hielt sie davon ab. „Zieh dich nicht von mir zurück. Ich habe bisher nicht darüber gesprochen, weil Dr. Franco dafür sorgte, dass du Ruhe hattest und nicht gestört wurdest. Aber, verdammt, ich werde jetzt darüber sprechen."

Er trat näher, so dass sie es förmlich spüren konnte – die Waghalsigkeit, den kaum kontrollierten Zorn.

„Ich musste dasitzen und warten und zuhören, wie du mit diesem Mann fertig werden musstest. Ich musste bleiben, wo ich war, hilflos, während du allein mit ihm warst. Und als ich in diese Kabine eindrang und sah, wie er eine Waffe auf deinen Kopf richtete, sah ich in einem schrecklichen Moment vor mir, wie das Leben ohne dich wäre. Weich also jetzt nicht vor mir zurück, Hannah."

„Das tue ich nicht." Sie brachte ihren Atem unter Kontrolle und legte beruhigend eine Hand auf seine. „Es ist vorüber, Bennett. Wir sollten diese schrecklichen Dinge vergessen. Cordina ist in Sicherheit, deine Familie, und ich bin es auch."

„Ich werde nicht akzeptieren, dass du noch einmal für irgendjemand dein Leben riskierst."

„Bennett …"

„Ich werde es nicht!" Er griff in ihr Haar und küsste sie, doch diesmal mit einer Kraft und einer Macht, die ihr den Atem raubte. Er löste sich mühsam von ihr und erinnerte sich daran, dass er einen Plan hatte und ihn auch durchziehen wollte. „Wirst du jetzt diese Kastanien kosten, oder einfach dastehen und an ihnen riechen?"

„Was?" Hannah hielt die Tüte mit eisernem Griff. Sie schluckte und blickte ihn an. „Sie schmecken bestimmt wunderbar", begann sie und wusste, dass sie jetzt einfach nur so drauflosredete. „Es war so aufmerksam von dir, mir diese …" Sie verstummte, als sie hineinfasste und eine kleine Schatulle berührte. Verwirrt zog sie sie heraus.

„Es gibt eine amerikanische Tradition. Eine Schachtel mit Popcorn und einem Geschenk darin. Ich hatte den Wunsch, dir dein Weihnachtsgeschenk vorzeitig zu geben."

„Ich habe immer streng darauf geachtet, bis zum Weihnachtsmorgen zu warten."

„Ich könnte einen Befehl aussprechen, Hannah." Er liebkoste ihre Wange. „Ich möchte das aber lieber vermeiden."

„Nun, da es immerhin der Weihnachtsball ist …" Sie nahm den Deckel ab und fühlte sich zum ersten Mal in ihrem Leben schwach.

„Er gehörte meiner Großmutter. Ich habe ihn neu fassen lassen, doch es bedeutete mir mehr, dir diesen Stein zu schenken, als einen anderen bei einem Juwelier auszusuchen." Er berührte ihr Haar, nur die Enden, ganz sacht mit den Fingerspitzen. „Sie war Britin wie du."

Es war ein Smaragd, feurig, sagenhaft, noch leuchtender durch die Symphonie von Diamanten, die ihn umgaben. Allein vom Ansehen schwindelte ihr. „Bennett, ich kann so etwas Kostbares nicht annehmen. Das gehört deiner Familie."

„Sei nicht dickköpfig." Er nahm ihr die Tüte ab und legte sie auf die Mauer. Der Geruch der Kastanien mischte sich mit dem Duft von Rosen. „Du weißt sehr gut, dass ich dich bitte, mich zu heiraten."

„Du … du lässt dich hinreißen", setzte sie an, und nun wich sie doch vor ihm zurück. „Das kommt von allem, was passiert ist. Du denkst nicht klar."

„Mein Verstand ist nie klarer gewesen." Er nahm ihr die Schatulle aus der Hand, zog den Ring heraus und ließ den Behälter fallen. „Dann machen wir es eben auf meine Art." Er ergriff ihre Hand und steckte ihr den Ring an. „Also, ich kann dich nach drinnen zerren und unsere Verlobung bekannt geben, oder wir können zuerst vernünftig darüber sprechen."

„Vernünftig." Wie konnte sie den Drang verspüren, gleichzeitig zu lachen und zu weinen? „Bennett, du bist alles andere als vernünftig."

„Dann liebe ich dich eben unvernünftig." Er zog sie in die Arme und verschloss ihren Mund mit einem leidenschaftlichen Kuss. „Ich lasse dich nicht gehen, Hannah, nicht jetzt, auch nicht morgen – niemals. Du musst den Rang eines Captains gegen den einer Prinzessin eintauschen. Glaub mir, das kann genauso anstrengend sein."

War das Magie oder ein wahr gewordener Traum? „Du weißt, dass ich nicht die Frau bin, die dir etwas bedeutet hat. Bitte, Bennett, hör auf mich!"

„Hältst du mich für einen Narren?" Er sprach so sanft, dass sie sich täuschen ließ und ihn für ruhig hielt.

„Natürlich nicht. Ich meine nur, dass …"

„Sei still!" Er umfasste liebevoll ihr Gesicht, und sie sah in seinen Augen, dass er alles andere als ruhig war. „Ich dachte, die Frau, in die ich mich zuerst verliebte, wäre eine Illusion." Er wurde sanfter, als er seine Lippen über ihre Wangen gleiten ließ. „Ich habe mich getäuscht, denn sie ist genau hier. Und dann war da eine andere Frau, bei deren Anblick jedes Mal meine Kehle trocken wurde." Seine Küsse wurden besitzergreifender. „Sie ist auch hier. Nicht jeder Mann kann zwei Frauen lieben und beide haben. Und ich werde dich haben, Hannah."

„Du hast mich bereits. Aber nicht einmal du kannst eine Heirat befehlen."

Er zog eine Augenbraue hoch. „Sei da nicht so sicher. Du hast mir einmal gesagt, dass du mich begehrst. Ich frage dich jetzt, ob du mich liebst."

Hannah konnte nicht sprechen. Irgendwo im Palast begann eine Uhr zu schlagen.

Mitternacht!

Hannah zählte mit und wartete darauf, dass die Illusion verblasste. Dann trat Stille ein, und Hannah lag noch immer in Bennetts Armen. Und sie sah den Ring an ihrem Finger leuchten – ein Versprechen für ein ganzes Leben.

„Ich liebe dich, und nichts war jemals mehr die Wahrheit."

„Teile mit mir mein Zuhause!" Er küsste ihre Ringhand.

„Ja."

„Und meine Familie."

Sie verschränkte ihre Finger mit seinen. „Ja."

„Und meine Pflichten."

„Von diesem Moment an."

Hannah legte die Arme um ihn und bot ihm die Lippen zum Kuss.

Unter ihnen erstreckte sich Cordina, so weit das Auge reichte, und bereitete sich auf den Schlaf vor.

– ENDE –

Nora Roberts

Ein königliches Juwel

Roman

Aus dem Amerikanischen von
Emma Luxx

NEW YORK TIMES
BESTSELLER AUTOREN

PROLOG

Sie war eine Prinzessin. Eine echte, akribisch ausgebildete Prinzessin. Mit perfekter Haltung, vornehmer Ausdrucksweise und vollendeten Umgangsformen. Sie strahlte Jugend, Selbstbewusstsein und Würde aus – das alles bei einem hübschen, sorgfältig geschliffenen Äußeren.

Sie wusste, dass dies von einem Mitglied der Fürstenfamilie von Cordina erwartet wurde – zumindest bei öffentlichen Auftritten. Und die Wohltätigkeitsgala in Washington D. C. war ein solcher höchst öffentlicher Auftritt. Deshalb tat sie ihre Pflicht und begrüßte Gäste, die für die Gelegenheit, einen Abend lang mit Fürstlichkeiten auf Tuchfühlung zu sein, eine stattliche Summe gezahlt hatten.

Sie beobachtete ihre Mutter, Ihre Durchlaucht Gabriella von Cordina, die das Pflichtprogramm mühelos absolvierte. Zumindest schaffte sie es, sich den Anstrich von Mühelosigkeit zu geben, obwohl sie für die Vorbereitung dieser Veranstaltung ebenso hart gearbeitet hatte wie ihre Tochter.

Sie sah, wie ihr Vater – blendend aussehend und souverän – und ihr ältester Bruder, der an diesem Abend die Rolle ihres Begleiters innehatte, mit der Menge verschmolzen. Einer Menge, die sich aus Politikern, Prominenten und den Reichsten der Reichen zusammensetzte.

Als es an der Zeit war, nahm Ihre Königliche Hoheit Prinzessin Camilla von Cordina ihren Platz für den ersten Teil des Abendprogramms ein. Ihr Haar war zu einer komplizierten Frisur hochgesteckt, die ihren schlanken, mit einem Smaragdcollier geschmückten Hals vorteilhaft zur Geltung brachte. Ihr elegantes schwarzes Abendkleid betonte ihre gertenschlanke Figur. Eine Figur, die sich in letzter Zeit gefährlich der Grenze zur Magerkeit näherte, wie sie und ihre Schneiderin wussten.

Früher war ihr Appetit besser gewesen.

Ihr Gesichtsausdruck war ruhig, ihre Haltung perfekt. Hinter ihren Augen tobte ein stechender Kopfschmerz.

Sie war eine Prinzessin, aber sie war auch eine Frau am Rande der Erschöpfung.

Sie applaudierte. Sie lächelte. Sie lachte.

Es war fast Mitternacht – sie hatte einen Achtzehnstundentag hinter sich –, als ihre Mutter es schließlich schaffte, zum ersten Mal an diesem Abend ein privates Wort an sie zu richten.

Sie legte Camilla einen Arm um die Taille, beugte sich zu ihr herüber und sagte leise: „Du siehst gar nicht gut aus, Liebling." Um die Erschöpfung, die sich auf Camillas Gesicht spiegelte, wahrzunehmen, erforderte es schon das scharfe Auge einer Mutter, und Gabriella hatte in der Tat scharfe Augen.

„Ich bin nur ein bisschen müde, das ist alles."

„Geh. Fahr zurück ins Hotel. Und widersprich jetzt nicht", drängte Gabriella leise. „Du bist völlig überarbeitet. Ich hätte darauf bestehen sollen, dass du ein paar Wochen auf der Farm ausspannst."

„Aber es gibt doch so viel zu tun."

„Du hast genug getan. Ich habe Marian bereits gebeten, den Sicherheitsdienst zu informieren, damit man dich zum Wagen bringt. Dein Vater und ich werden in einer Stunde ebenfalls aufbrechen." Als Gabriella aufschaute, registrierte sie, dass sich ihr Sohn offenbar prächtig mit einer berühmten amerikanischen Sängerin unterhielt. „Soll Kristian dich begleiten?"

„Nein." Es lag an ihrer Erschöpfung, dass Camilla ihrer Mutter nicht widersprach. „Er amüsiert sich. Davon abgesehen ist es ohnehin klüger, wenn wir alle einzeln nacheinander verschwinden." Und unauffälliger, wie sie hoffte.

„Die Amerikaner lieben euch – vielleicht sogar ein bisschen zu sehr." Gabriella lächelte und gab ihrer Tochter einen Kuss auf die Wange. „Schlaf dich erst einmal richtig aus. Und morgen früh reden wir weiter."

Aber es gab kein unauffälliges Entkommen. Trotz der Limousine vor dem Haupteingang, die als Köder dienen sollte, trotz aller Vorkehrungen, die der Sicherheitsdienst getroffen hatte, und trotz der Tatsache, dass Camilla das Gebäude durch einen Seitenausgang verließ, hatten die Medien von ihrem Abgang irgendwie Wind bekommen.

Sobald sie den Fuß vor die Tür gesetzt hatte, flammten Kamerablitze auf und erhellten die Nacht. In ihren Ohren hallten Schreie wider. Sie spürte, wie sie von der Menschenmenge umringt wurde, spürte Hände, die an ihr zerrten, dann merkte sie zu ihrer Beschämung, dass ihr die Beine zitterten, als ihre Leibwächter sie zu der wartenden Limousine lotsten.

Geblendet von Kamerablitzen, die es ihr unmöglich machten, etwas zu sehen oder auch nur einen einzigen Gedanken zu fassen, rang sie verzweifelt um Haltung, während sie sich, flankiert von ihren Bodyguards, durch die Menschenmenge bewegte.

Es war so entsetzlich heiß, so scheußlich eng. Bestimmt fühlte sie sich deshalb so krank. Krank und schwach und idiotisch verängstigt. Am Ende war sie sich nicht sicher, ob sie stolperte, geschubst wurde oder mit dem Kopf voraus ins Auto sprang.

Als der Wagenschlag hinter ihr zufiel und das Geschrei außerhalb der Stahl- und Glashülle anschwoll, erschauderte sie, und der plötzliche eisige Luftzug der Klimaanlage bewirkte, dass ihre Zähne aufeinanderschlugen. Sie schloss die Augen.

„Hoheit, ist alles in Ordnung mit Ihnen?“, hörte sie wie von fern die besorgte Stimme eines Leibwächters fragen.

„Danke, ja, mir geht es gut.“

Aber sie wusste, dass das nicht stimmte.

1. KAPITEL

Was immer auch gesagt werden mochte und zweifellos auch gesagt werden würde, es war keine spontane Entscheidung gewesen. Ihre Königliche Hoheit Prinzessin Camilla von Cordina handelte niemals spontan.

Aber sie war verzweifelt.

Und diese Verzweiflung hatte sich zugegebenermaßen seit Monaten in ihr angestaut. Um schließlich in dieser heißen, stickigen, endlosen Juninacht trotz aller Anstrengungen, sie zu leugnen, ihren Höhepunkt zu erreichen.

Der wilde Paparazzischwarm, der über sie hergefallen war, als sie versucht hatte, die Wohltätigkeitsgala unbemerkt zu verlassen, war der Tropfen gewesen, der das Fass zum Überlaufen gebracht hatte.

Auch wenn ihre Leibwächter sie so erfolgreich abgeschirmt hatten, dass sie mit einem letzten Rest von Würde in die wartende Limousine hatte schlüpfen können, hatte sie innerlich geschrien.

Lasst mir doch wenigstens Luft zum Atmen. Um Himmels willen, macht mir ein bisschen Platz.

Und auch als sie jetzt, zwei Stunden später, in ihrer Luxussuite hoch über Washington D. C. auf und ab ging, hatte sie sich immer noch nicht beruhigt.

Weniger als drei Autostunden von hier in Richtung Süden lag die Farm, auf der sie einen Teil ihrer Kindheit und Jugend verbracht hatte. Mehrere tausend Meilen weiter östlich, jenseits des Ozeans, lag das kleine Land, in dem sie den anderen Teil verbracht hatte. Ihr Leben war aufgeteilt zwischen diesen beiden Welten. Obwohl sie beide gleichermaßen liebte, fragte sie sich doch hin und wieder, ob sie wohl je in einer von beiden ihren Platz finden würde.

Auf jeden Fall wurde es Zeit – höchste Zeit –, dass sie ihn fand.

Vorher jedoch musste sie sich erst einmal selbst finden. Aber wie konnte sie das, wenn sie ewig umzingelt war? Ja, schlimmer noch, wenn sie das Gefühl hatte, dass man sie wie ein Wild jagte? Vielleicht wäre es anders gewesen, wenn sie nicht die Älteste der drei jungen Frauen der nachwachsenden Generation der cordinianischen Prinzessinnen gewesen wäre – und diejenige, zu der man sich am leichtesten Zugang verschaffen konnte, weil sie einen amerikanischen Vater hatte und eine gewisse Zeit im Jahr in den Vereinigten Staaten verbrachte.

Aber es war nicht anders, sondern so, wie es war. Und im Augenblick erschien es ihr, als ob ihr ganzes Dasein nur aus Diplomatie, Protokoll und Medien bestünde. Aus Bitten, die man an sie richtete, Eingaben, Terminen, Verpflichtungen. Gerade hatte sie als stellvertretende Vorsitzende einer Stiftung für behinderte Kinder diese Wohltätigkeitsgala organisiert – eine Aufgabe, die sie sich mit ihrer Mutter geteilt hatte.

Sie glaubte an das, was sie tat, sie war fest überzeugt, dass sich die Mühe lohnte. Aber musste der Preis wirklich so hoch sein?

Die Organisation dieser Wohltätigkeitsgala hatte Wochen in Anspruch genommen, und am Ende hatte sie sich vor lauter Erschöpfung gar nicht mehr über die Früchte ihrer Arbeit freuen können.

Wie sie sich von all diesen Kameras, diesen vielen Gesichtern in die Enge getrieben gefühlt hatte!

Sogar von ihrer Familie – Gott schütze sie – fühlte sie sich in letzter Zeit eingeengt. Darüber mit ihrer persönlichen Assistentin zu sprechen schien illoyal, undankbar und unmöglich. Aber ihre Assistentin war zugleich ihre langjährige und beste Freundin und Vertraute.

„Ich bin es wirklich leid, mein Gesicht ständig auf allen Illustrierten zu sehen und von irgendwelchen Romanzen, die man mir andichtet, zu lesen. Du kannst dir nicht vorstellen, wie sehr mir das alles zum Hals heraushängt, Marian."

„Mit Geschichten über Königshäuser, Schönheit und Sex verkaufen sich Zeitschriften eben besser. Und wenn man die drei Faktoren kombiniert, kommt man mit dem Drucken nicht mehr nach." Marian Breen war eine praktische Frau, was sich auch in ihrem Tonfall widerspiegelte. Da sie und Camilla sich schon seit ihrer Kindheit kannten, schwang darin eher Belustigung als Ehrerbietung mit. „Ich weiß, es war ein schrecklicher Abend, und ich kann es dir nicht verdenken, dass du fix und fertig bist. Ich würde wirklich gern wissen, wer es hat durchsickern lassen, welchen Ausgang …"

„Das ist doch jetzt auch egal. Passiert ist passiert."

„Sie sind wie die Jagdhunde", meinte Marian. „Aber du bist eben eine Prinzessin von Cordina … einem Land, bei dem vor allem Amerikaner an Märchen denken. Du bist deiner Mutter wie aus dem Gesicht geschnitten, was heißt, dass du wunderschön bist. Und die Männer fühlen sich von dir angezogen wie die Schnäppchenjäger von Sonderangeboten. Davon leben die Medien, besonders der aggressivere Teil."

„Der Adelstitel ist ebenso wenig mein Verdienst wie mein Aussehen. Und was die Männer betrifft ..." Camilla machte eine unwirsche Handbewegung, als wollte sie damit das gesamte männliche Geschlecht beiseite fegen. „Keiner von ihnen meint wirklich mich. Was sie anzieht, ist nur das Äußere – genau das, was dazu beiträgt, dass sich diese idiotischen Illustrierten verkaufen."

„Eine absurde Situation." Da Camilla sie am Zubettgehen hinderte, naschte Marian von den Weintrauben aus der überquellenden Obstschale, die die Hoteldirektion heraufgeschickt hatte. Obwohl sie gelassen wirkte, war sie doch besorgt. Ihre Freundin war viel zu blass. Und es hatte den Anschein, als ob sie abgenommen hätte.

Wenn sich Camilla ein paar Tage in Virginia ausruht, ist sie bestimmt bald wieder ganz die Alte, versuchte sich Marian zu beruhigen. Die Farm war so abgeschirmt wie der Palast in Cordina. Dafür hatte Camillas Vater gesorgt.

„Ich weiß, es ist schrecklich lästig, bei jedem Schritt in der Öffentlichkeit von Bodyguards umringt und von sensationsgierigen Reportern belagert zu werden", fuhr sie fort. „Aber was hast du für eine Wahl? Einfach weglaufen?"

„Ja."

Marian nahm sich kichernd noch eine Weintraube. Dann rutschte sie ihr aus den Fingern, als sie den stählernen Glanz in Camillas goldbraunen Augen sah. „Mir scheint, du hast einen kleinen Schwips."

„Ganz gewiss nicht", erwiderte Camilla ruhig. „Ich habe nur ein Glas Champagner getrunken. Und das nicht einmal ganz."

„Dann muss es ja ein ziemlich großes gewesen sein. Hör zu, ich gehe jetzt wie ein braves Mädchen auf mein Zimmer, damit du schlafen kannst. Und morgen sieht die Welt schon wieder ganz anders aus."

„Ich denke seit Wochen darüber nach." Camilla hatte mit der Idee gespielt. Herumfantasiert. Und heute Nacht würde sie sie in die Tat umsetzen. „Du musst mir helfen, Marian."

„Non, non, c'est impossible. C'est complètement fou!"

Marian, die so durch und durch amerikanisch war wie *apple pie*, verfiel nur selten ins Französische. Als sich ihre Eltern in Cordina niedergelassen hatten, war sie zehn gewesen. Sie und Camilla hatten damals schnell Freundschaft geschlossen und waren seitdem eng befreundet. Doch jetzt antwortete die zierliche Frau mit den hochgesteckten honigbraunen Haaren vor Schreck in der Sprache ihrer Wahlheimat. Sie riss alarmiert die warmen leuchtend blauen Augen auf.

Ihre Freundin hatte einen Gesichtsausdruck aufgesetzt, den sie kannte. Und fürchtete.

„Es ist weder unmöglich noch verrückt, sondern durchaus möglich und ganz normal", erwiderte Camilla bestimmt. „Ich brauche dringend ein bisschen Zeit für mich allein, ein paar Wochen, deshalb werde ich sie mir nehmen. Und zwar als Camilla MacGee, nicht als Camilla von Cordina. Ich lebe jetzt schon seit Grand-pères Tod …"

Sie sprach den Satz nicht zu Ende. Es tat immer noch weh. Ihr Großvater war jetzt seit fast vier Jahren tot, und sie hatte den Verlust noch nicht überwunden.

„Er war unser Fels", fuhr sie fort und versuchte, Haltung zu bewahren. „Obwohl er bereits viel Verantwortung an Onkel Alex abgegeben hatte, regierte er bis zum Schluss. Seit seinem Tod muss die Familie einen größeren Beitrag leisten … wir müssen uns alle ständig zusammenreißen. Trotzdem ist es richtig so, ich würde es gar nicht anders wollen. Ich habe es nie bereut, dass ich mich damals bereit erklärt habe, mehr offizielle Pflichten zu übernehmen."

„Aber?" Marian, die sich mittlerweile in ihr Schicksal gefügt hatte, ließ sich auf der Armlehne der Couch nieder.

„Ich muss dieser Treibjagd für eine Weile entkommen. Unter allen Umständen", sagte Camilla und presste sich eine Hand aufs Herz. „Ich fühle mich wie ein gehetztes Wild. Ich kann keinen Fuß auf die Straße setzen, ohne dass sich nicht sofort irgendwelche Fotografen an meine Fersen heften. Wenn das so weitergeht, werde ich mich noch selbst verlieren. Ich weiß ja schon jetzt nicht mehr, wer ich eigentlich bin. Und es gibt inzwischen schon viel zu viele Momente, in denen ich mich nicht einmal mehr spüren kann."

„Du brauchst Ruhe. Du musst dringend ein bisschen ausspannen."

„Ja, aber das ist nicht alles. Es ist komplizierter, Marian. Ich weiß einfach nicht, was ich für mich will. Nur für mich ganz allein. Schau Adrienne an", fuhr sie in Anspielung auf ihre jüngere Schwester fort. „Sie ist erst einundzwanzig und schon verheiratet. Mit sechs hat sie Philippe zum ersten Mal gesehen, und das war es dann. Sie wollte nur eins ... ihn heiraten und in Cordina ihre gemeinsamen Kinder großziehen. Und meine Brüder sind wie die beiden Hälften unseres Vaters. Der eine der Farmer, der andere der Sicherheitsexperte. Nur ich habe irgendwie keine Richtung, Marian. Kein Talent."

„Das stimmt absolut nicht. In der Schule hast du immer mit den besten Noten geglänzt. Dein Gehirn ist wie ein verdammter Computer, wenn irgendetwas dein Interesse weckt. Du bist eine ganz wunderbare Gastgeberin und arbeitest unermüdlich für Dinge, die es wert sind."

„Pflichten", sagte Camilla. „In puncto Pflichterfüllung übertreffe ich mich in der Regel selbst. Und was ist mit den Dingen, die Spaß machen? Ich kann ein bisschen Klavier spielen, ein bisschen singen. Ein bisschen malen, ein bisschen fechten. Aber wo sind meine Leidenschaften?" Sie legte sich die Hand aufs Herz. „Ich werde es herausfinden ... oder wenigstens ein paar Wochen ohne Bodyguards, ohne Protokoll und ohne die verdammten Medien mit dem Versuch zubringen, es herauszufinden! Wenn ich nicht für eine Weile meine Ruhe habe", fuhr sie leise fort, „habe ich Angst ... große Angst, zu zerbrechen."

„Sprich mit deinen Eltern, Cam. Sie werden dich verstehen."

„Mama schon. Bei Daddy bin ich mir da nicht so sicher." Aber sie lächelte, als sie es sagte. „Obwohl Adrienne inzwischen seit drei Jahren verheiratet ist, ist er immer noch nicht darüber weg, dass er seine kleine Tochter verloren hat. Und Mama ... sie war bei ihrer Heirat so alt, wie ich jetzt bin. Noch jemand, der genau wusste, was er wollte. Obwohl vorher ..."

Sie schüttelte den Kopf und begann wieder, auf und ab zu gehen. „Die Entführung und die Attentatsversuche auf meine Familie. Das alles ist zwar schon so lange her, für uns aber immer noch sehr real. Ich kann es meinen Eltern nicht vorwerfen, dass sie stets so besorgt um die Sicherheit ihrer Kinder waren. An ihrer Stelle hätte ich mich genauso verhalten. Aber mittlerweile bin ich längst erwachsen, und ich brauche ... ich brauche einfach etwas ganz für mich allein."

„Einen Urlaub also."

„Nein, ich muss mich auf die Suche nach mir selbst machen." Sie ging zu Marian und ergriff ihre Hände. „Du hast dir ein Auto gemietet."

„Ja, ich brauchte es, um … oh. Oh Camilla!"

„Gib mir die Schlüssel. Ruf die Mietwagenfirma an, und lass den Vertrag verlängern."

„Du kannst unmöglich aus Washington wegfahren!"

„Warum nicht? Ich bin eine ausgezeichnete Fahrerin."

„Oh, Camilla, ich bitte dich! Deine Familie wird wahnsinnig werden, wenn du einfach verschwindest. Und die Medien werden verrückt spielen."

„Ich würde es nie zulassen, dass sich meine Eltern meinetwegen Sorgen machen. Deshalb werde ich sie morgen früh gleich als Erstes anrufen. Und du teilst der Presse mit, dass ich an einem geheim gehaltenen Ort Urlaub mache. Dabei wirst du ganz beiläufig das Wort Europa erwähnen, dann werden sie mir ja wohl kaum hier in den Staaten nachjagen."

„Muss ich dich wirklich darauf hinweisen, dass dein Gesicht auf jeder Illustrierten zu sehen ist?" Marian griff wahllos nach einer der Zeitschriften auf dem Couchtisch und hielt sie hoch. „Dein Gesicht gehört zu den bekanntesten Gesichtern der Welt, Cam. Du kannst nicht einfach irgendwo in der Menge untertauchen."

„Das werde ich aber." Obwohl sie wusste, wie töricht ihr Vorhaben war, ging sie mit einem Kribbeln im Bauch zum Schreibtisch, wo sie eine Schublade öffnete. Und eine Schere herausnahm. „Prinzessin Camilla." Sie zog die Haarnadeln aus ihrer kunstvoll aufgesteckten Frisur heraus und schüttelte den Kopf, sodass das tiefrote Haar, das ihr fast bis zur Taille reichte, herunterfiel, dann atmete sie tief durch. „Es wird Zeit, dass ich mir ein völlig neues Outfit zulege."

Auf Marians Gesicht spiegelte sich blankes Entsetzen, über das Camilla gelacht hätte, wenn sie nicht selbst etwas Ähnliches verspürt hätte. „Das ist ja wohl nicht dein Ernst! Camilla, du kannst doch nicht … du kannst dir doch nicht einfach die Haare abschneiden. Deine wunderschönen Haare!"

„Stimmt." Camilla hielt ihr die Schere hin. „Du schneidest."

„Ich? Oh nein … niemals. Unter gar keinen Umständen." Marian versteckte ihre Hände hinter dem Rücken. „Hör zu, ich schlage vor, dass wir uns jetzt hinsetzen, ein gutes Glas Wein trinken und einfach warten, bis dieser Anfall von Verrücktheit abgeklungen ist. Und morgen wirst du dich ganz bestimmt wieder besser fühlen."

Davor fürchtete sich Camilla. Sie fürchtete sich davor, dass es vorbeigehen und sie einfach immer so weitermachen würde. Dass sie weiterhin geduldig ihre Pflicht tun, ihre Aufgaben erfüllen und wieder in die unbestreitbaren Annehmlichkeiten ihres Lebens zurückgleiten würde. Immer auf der Flucht vor den Medien.

Wenn sie nicht jetzt irgendetwas tat – einfach nur irgendetwas –, wann dann? Oder würde sie gar nichts tun und in nicht allzu ferner Zukunft – wie es die Medien ständig prophezeiten – einen dieser Lackaffen heiraten, die für eine Frau ihres Standes als passend erachtet wurden und ... einfach weitermachen?

Sie presste die Lippen aufeinander, riss so entschlossen den Kopf hoch, dass ihre Freundin erschrocken nach Luft schnappte, griff nach einer langen Strähne – und schnitt sie ab.

„Oh nein!" Marian, der die Knie weich geworden waren, ließ sich auf einen Stuhl sinken. „Oh Camilla!"

„Es sind doch nur Haare." Aber ihre Hand zitterte leicht. Ihr Haar gehörte so zu ihr, dass es fast war, als hätte sie sich eine Hand abgehackt. Sie blickte auf die lange rote Strähne, die zwischen ihren Fingern baumelte. „Den Rest erledige ich im Bad. Aber hinten könnte ich ein bisschen Hilfe gebrauchen."

Schließlich gab sich Marian dann doch noch einen Ruck und gesellte sich zu Camilla, wie es sich für eine gute Freundin geziemte. Am Ende der Aktion war der ganze Boden im Bad mit Haaren bedeckt, und Camilla musste ihr Bild von sich selbst komplett überarbeiten. Ein Schnipp hier, ein Schnapp dort. Einen Schluck Wein zur Stärkung. Und noch ein Schnipp, damit es gleichmäßig war. Am Ende waren ihre Haare so kurz wie die eines Jungen, mit langen Stirnfransen zum Ausgleich.

„Es ist schrecklich ... na ja ... anders", sagte Camilla mühsam, während sie sich im Spiegel betrachtete.

„Ich fange gleich an zu heulen."

„Untersteh dich." Sie selbst würde es auch nicht tun, schwor sich

Camilla. „Ich muss mich umziehen und ein paar Sachen zusammenpacken. Ich bin sowieso schon zu spät dran."

Sie packte alles ein, was ihr wichtig erschien, und war gleichermaßen überrascht wie beschämt, weil die Sachen einen Koffer und eine riesige Reisetasche bis zum Platzen füllten. Sie zog Jeans, Stiefel und einen Pullover an und darüber einen langen schwarzen Mantel.

Sie erwog, eine Sonnenbrille und einen Hut aufzusetzen, entschied sich dann aber dagegen, weil es eher verkleidet als unauffällig gewirkt hätte.

„Und? Wie sehe ich aus?", fragte sie.

„Nicht wie du." Marian schüttelte den Kopf und ging zweimal um Camilla herum.

Der jungenhafte Haarschnitt bewirkte eine drastische Veränderung in Camillas Aussehen, wenngleich auch eine faszinierende, wie Marian zu ihrer Überraschung gestehen musste. Durch das kurze Haar wirkten Camillas große goldbraune Augen noch größer und irgendwie verletzlicher. Der Pony verdeckte die Stirn und verlieh dem Gesicht eine jugendlich frische Note, die hohen Wangenknochen wurden betont. Ohne Make-up sah man Camillas zarten blassen Teint, und der große Mund wirkte voller.

Statt kühl, zurückhaltend und würdevoll erschien sie jetzt jung, sorglos und fast ein bisschen leichtsinnig.

„Überhaupt nicht wie du", wiederholte Marian. „Ich würde dich zwar erkennen, aber nicht auf den ersten Blick. Ich müsste noch mal hinschauen."

„Das reicht." Camilla sah auf die Uhr. „Wenn ich jetzt fahre, kann ich bis morgen früh schon ganz schön weit weg sein."

„Wohin willst du eigentlich?"

„Keine Ahnung. Irgendwohin." Camilla legte der Freundin die Hände auf die Schultern und gab ihr erst auf die eine, dann auf die andere Wange einen Kuss. „Mach dir keine Sorgen. Ich melde mich. Versprochen. Und denk daran, dass sogar eine Prinzessin irgendwann mal ein Anrecht auf ein kleines Abenteuer hat." Sie lächelte. „Vielleicht sogar gerade eine Prinzessin. Versprich mir, bis morgen früh keinem Menschen etwas zu sagen – und dann auch nur meiner Familie."

„Ich tue es zwar nicht gern, aber ich verspreche es."

„Danke.“ Camilla hievte die Reisetasche hoch, dann ging sie durchs Zimmer, um den Koffer aus dem Schlafzimmer zu holen.

„Warte. Lauf nicht so.“

Verblüfft drehte sich Camilla um. „Wie ‚so‘?“

„Wie eine Prinzessin. Beweg dich ein bisschen lässiger, schwing ein wenig die Hüften. Ich weiß auch nicht, Cam, du musst eben wie ein ganz normales Mädchen gehen. Nicht, als würdest du schweben.“

„Oh.“ Camilla rückte den Riemen ihrer Reisetasche auf der Schulter zurecht und versuchte es. „So?“

„Ja, schon besser.“ Marian tippte sich mit einem Finger an die Lippen. „Du darfst nur einfach nicht so steif und würdevoll gehen, als ob du einen Stock verschluckt hättest.“

Camilla übte noch, gab sich Mühe, lockerer, entspannter zu schlendern. „Bald hab ich's drauf“, versprach sie. „Aber jetzt muss ich los. Ich melde mich morgen.“

Noch bevor sie an der Tür war, kam Marian ihr nach. „Cam, sei um Himmels willen vorsichtig. Sprich nicht mit Fremden. Und vergiss nie, die Autotür abzuschließen. Ach ja … hast du Geld, dein Handy? Hast du …“

„Mach dir keine Sorgen.“ Bei der Tür angelangt, drehte sich Camilla noch einmal um und lächelte Marian strahlend an. „Ich habe alles, was ich brauche. *A bientôt.*“

Aber als sich die Tür hinter ihr schloss, rang Marian unglücklich die Hände. „Oh Mann. *Bonne chance, m'amie*“.

Nach zehn Tagen kannte Camilla den Song, der gerade im Radio gespielt wurde, längst auswendig und sang mit. Sie liebte amerikanische Musik. Sie liebte es, zu fahren. Sie liebte es, zu tun und zu lassen, wonach ihr der Sinn stand und dorthin zu gehen, wo sie hingehen wollte. Obwohl die ganze Sache natürlich durchaus auch ihre Schattenseiten hatte. Sie wusste, dass sich ihre Eltern Sorgen machten. Vor allem wahrscheinlich ihr Vater.

Vermutlich war er immer noch zu sehr Polizist, als dass er sich nicht jede nur mögliche Fallgrube und jede Katastrophe vorstellen konnte, in die eine alleinstehende junge Frau tappen oder verwickelt werden könnte. Besonders wenn es sich bei der jungen Frau um seine Tochter handelte.

Er hatte darauf bestanden, dass sie sich jeden Tag meldete. Sie hatte im Gegenzug angeboten, sich einmal in der Woche zu melden. Und ihre Mutter – wie immer die ausgleichende Kraft – hatte durch schwierige Verhandlungen erreicht, dass Camilla und ihr Vater sich am Ende auf einen Anruf alle drei Tage geeinigt hatten.

Sie liebte die beiden so sehr. Liebte, was sie für sie und füreinander waren. Was sie für die Welt waren. Aber sie mussten so vielen Anforderungen gerecht werden. Und sie wusste, sie wären entsetzt, wenn sie wüssten, dass sie das starke Bedürfnis hatte, zwar allem und jedem gerecht zu werden, aber eben auch sich selbst.

Andere Schattenseiten waren eher praktischer denn gefühlsmäßiger Natur. Erst als sie zum ersten Mal in einem Motel eingecheckt hatte – und was für eine Erfahrung war das gewesen! –, war ihr schlagartig aufgegangen, dass sie es nicht riskieren durfte, eine Kreditkarte zu benutzen. Wenn irgendein findiger Angestellter den Namen Camilla MacGee zuordnen konnte und ihre Identität herausfand, genügte ein einziger Anruf bei der lokalen Tageszeitung, um sie „auffliegen" zu lassen, wie ihr Bruder Dorian sich ausdrücken würde.

Folglich schmolz ihr Häufchen Bargeld immer schneller dahin. Ihr Stolz, ihre Sturheit und ihre Verärgerung über ihren eigenen mangelnden Weitblick bewahrten sie davor, ihre Eltern zu bitten, ihr Geld zu schicken, damit sie ihre Reise fortsetzen konnte.

Es würde schließlich einen der Hauptzwecke ihrer Reise ins Gegenteil verkehren. Ein paar wertvolle Wochen totaler Unabhängigkeit.

Sie überlegte, wohin man sich am besten wandte, wenn man etwas verkaufen wollte. Ihre Armbanduhr war mehrere tausend Dollar wert. Damit würde sie bestens über die Runden kommen. Vielleicht würde sie sich, wenn sie das nächste Mal haltmachte, nach einem Pfandleihhaus umsehen.

Aber fürs Erste war es herrlich, einfach nur zu fahren. Sie war von Washington aus in nördlicher und westlicher Richtung gefahren und hatte verschiedene Teile von Virginia und Pennsylvania erkundet. Sie hatte in Fastfood-Restaurants gegessen und in schlechten Betten in Highway-Motels geschlafen. Sie war durch die Straßen von verschlafenen kleinen Nestern und größeren Städten geschlendert und in Menschenansammlungen angerempelt worden. Und einmal, als sie angehalten hatte, um sich etwas zu trinken zu kaufen, war sie von dem Mann hinter dem Tresen sogar übersehen worden! Was sie prompt veranlasst hatte, sich zu beschweren.

Es war herrlich gewesen.

Kein Mensch – kein einziger – hatte sie fotografiert.

Irgendwo im Hinterland von New York war sie durch einen kleinen Park geschlendert und hatte zwei alte Männer entdeckt, die an einem Campingtisch Schach gespielt hatten. Sie war stehen geblieben, um zuzuschauen, dann hatten die beiden sie in ihre Unterhaltung über Weltpolitik mit einbezogen. Es war sowohl interessant als auch unterhaltsam gewesen.

Sie hatte es genossen, mitzuerleben, wie der Sommer über Neuengland hereinbrach. Es war so ganz anders als in Cordina und Virginia. Es war so … so befreiend, sich einfach treiben zu lassen, wo niemand sie kannte, wo niemand etwas von ihr erwartete oder sie mit dem Sucher seiner Kamera einfing.

Sie ertappte sich dabei, dass sie etwas tat, was sie sonst nur mit ihrer Familie oder ihren engsten Freunden machte. Entspannen.

Jeden Abend schrieb sie einfach so zum Vergnügen ihre Erlebnisse und Beobachtungen des Tages in ein Tagebuch.

Bin sehr müde jetzt, aber es ist eine angenehme Müdigkeit. Morgen werde ich Vermont erreichen. Dort muss ich mich entscheiden, ob ich weiter nach Osten an die Küste fahre oder umkehre. Amerika ist so groß. Kein Buch, keine Unterrichtsstunde, keine der Reisen, egal, ob mit der Familie oder aus irgendeinem offiziellen Anlass, hat mir jemals wirklich die Größe, die Verschiedenartigkeit und außergewöhnliche Schönheit der Landschaft und der Menschen, die dort leben, gezeigt.

Ich bin zur Hälfte Amerikanerin und war schon immer stolz auf mein väterliches Erbe. Seltsamerweise fühle ich mich, je länger ich hier ganz auf mich allein gestellt bin, umso fremder. Mir wird klar, dass ich diesen Teil meiner Abstammung viel zu lange vernachlässigt habe. Das wird ab jetzt anders werden.

Im Moment bin ich in einem kleinen Motel abseits der Autobahn, in den Adirondack Mountains. Sie sind absolut atemberaubend. Was ich von meinem Zimmer nicht unbedingt behaupten kann. Es ist zwar sauber, aber winzig. Die Annehmlichkeiten beschränken sich auf ein winziges Stück Seife und zwei Handtücher, die so rau sind wie Schmirgelpapier. Aber direkt vor meiner Tür befindet sich ein Getränkeautomat, falls ich Cola oder Limo möchte.

Obwohl ich eigentlich eher Lust auf ein gutes Glas Wein hätte, doch einen derartigen Luxus muss ich mir im Augenblick versagen.

Ich habe heute Abend zu Hause angerufen. Mama und Daddy sind mit Kristian und Dorian in Virginia auf der Farm. Sie fehlen mir alle, die Bequemlichkeiten und die Sicherheit, die sie repräsentieren. Trotzdem bin unendlich glücklich, dass ich dabei bin, herauszufinden, wer ich bin, und dass ich merke, dass ich auch allein zurechtkommen kann.

Ich glaube, ich bin ziemlich selbstgenügsam und risikofreudiger, als ich mir je hätte vorstellen können. Ich habe ein gutes Auge für Einzelheiten, einen hervorragenden Orientierungssinn und kann besser allein sein, als ich gedacht hätte.

Ich habe keine Ahnung, was das letzten Endes alles bedeutet, aber es ist sehr schön, es zu wissen.

Vielleicht kann ich ja als Reiseführerin arbeiten, wenn die Luft für Prinzessinnen dünn wird.

Sie liebte Vermont. Die grünen Berge, die vielen Seen, die sich dahinschlängelnden Flüsse. Deshalb fuhr sie von der Autobahn ab, auf kurvenreichen Landstraßen durch schmucke Neuengland-Städtchen, Waldgebiete und Weideland.

Sie vergaß, ihre Armbanduhr zu verkaufen, und schob es auf, nach einer Übernachtungsgelegenheit Ausschau zu halten. Durch das geöffnete Fenster wehte die warme Sommerluft ins Auto, das Radio lief, und sie aß beim Fahren genüsslich die Pommes frites, die in einer Tüte auf ihrem Schoß lagen.

Sie war nicht beunruhigt, als sich dicke, schwarze Wolken vor die Sonne schoben. Was für ein interessantes Licht das doch war, das da durch das Blätterdach der hohen Bäume am Straßenrand fiel, und die Luft, die zum Fenster hereinwehte, war elektrisch aufgeladen.

Als die ersten dicken Regentropfen auf der Windschutzscheibe zerplatzten, dachte sie sich nichts weiter dabei, obwohl sie, wenn sie nicht klatschnass werden wollte, jetzt das Fenster zumachen musste.

Und als der erste Blitz über den Himmel zuckte, genoss sie das Naturschauspiel.

Doch als der Regen anfing, auf das Autodach zu prasseln, der Wind heulte und Blitze sie blendeten, beschloss sie, auf die Autobahn zurückzufahren und sich nach einer Übernachtungsgelegenheit umzusehen.

Zehn Minuten später verwünschte sie sich, weil sie allergrößte Mühe hatte, auf der Straße noch irgendetwas zu erkennen, und auch die sich hektisch hin und her bewegenden Scheibenwischer waren gegen die auf die Windschutzscheibe niedergehende Sturzflut praktisch machtlos.

Selbst schuld, dachte sie grimmig. Sie fuhr jetzt direkt in das Unwetter hinein statt davon weg. Außerdem stand zu befürchten, dass sie bei Dunkelheit und strömendem Regen die Auffahrt verpasste.

Sie sah nichts, nur den von ihren Scheinwerfern angestrahlten schwarz glänzenden Asphalt und den dichten Regenvorhang. Donner krachte, und Sturmböen rüttelten am Auto.

Sie erwog, rechts ranzufahren und zu warten, bis das Unwetter nachließ. Aber ihre sture Seite – derentwegen ihre Brüder sie so gern neckten – trieb sie an, weiterzufahren. Bestimmt sind es nicht einmal mehr zwei Meilen, redete sie sich gut zu. Dann würde sie wieder auf der Hauptstraße sein. Und dort bestimmt gleich ein Motel finden, wo sie sicher im Trockenen sitzen und das Unwetter sogar genießen konnte.

Plötzlich schoss etwas unter den Bäumen hervor und sprang vor den Wagen. Sie sah einen Sekundenbruchteil lang die weit aufgerissenen Augen des Rehs im Scheinwerferlicht glitzern, im nächsten Moment riss sie auch schon das Lenkrad herum.

Das Auto kam ins Schleudern, drehte sich auf der nassen Straße einmal um sich selbst und landete dann mit einem Ruck und einem ominösen Kreischen von Metall mit der Kühlerhaube voran im Straßengraben.

In den nächsten zwei Minuten hörte sie nichts außer dem Prasseln des Regens und ihren eigenen keuchenden Atemzügen. Dann riss ein greller Blitz sie aus ihrer Erstarrung.

Sie atmete tief ein und langsam wieder aus. Wenn sie dreimal hintereinander tief ein- und ausatmete, beruhigte sie das normalerweise.

Aber dieses Mal kam der dritte Atemzug zusammen mit einem Fluch heraus. Sie schlug mit der flachen Hand aufs Lenkrad, biss die Zähne zusammen und legte den Rückwärtsgang ein.

Als sie Gas gab, drehten die Räder durch und gruben sich noch tiefer in den Matsch ein. Sie versuchte, das Auto von der Stelle zu bewegen – vorwärts, rückwärts, vorwärts, rückwärts. Mit jedem Zentimeter Boden, den sie gewann, verlor sie zwei.

Sie gab auf und stieg, Verwünschungen vor sich hin murmelnd, aus, um im strömenden Regen Bestandsaufnahme zu machen.

Außer einer verbeulten Stoßstange konnte sie keinen Schaden entdecken, aber da es dunkel war, hatte das nicht viel zu besagen. Als sie genauer hinschaute, sah sie, dass ein Scheinwerfer zersplittert war. Das Auto stand halb auf der Straße und halb im Graben, die Vorderräder waren tief im Schlamm eingesunken.

Als sie wieder ins Auto stieg und ihr Handy herauskramte, fröstelte sie, weil sie bei ihrem kurzen Aufenthalt im Freien bis auf die Haut durchnässt worden war. Sie musste einen Abschleppdienst anrufen, wusste jedoch nicht, was für eine Nummer sie wählen sollte. Nun, vielleicht könnte ihr die Auskunft ja weiterhelfen.

Camilla schaltete das Handy ein und blickte auf das Display. *Nicht betriebsbereit.*

Na toll!, dachte sie verärgert. Einfach toll. Da fahre ich mitten durch die Landschaft, weil die Bäume so hübsch sind, und trällere ein fröhliches Liedchen vor mich hin, ohne zu bemerken, dass ein schlimmes Gewitter aufzieht. Schließlich lande ich am einzigen Ort der Welt, an dem es keine Handyverbindung mehr gibt, im Straßengraben, weil mir ein dämliches Reh vors Auto läuft und ich bremsen muss, um es nicht zu überfahren.

Wie es schien, würde der nächste Teil ihres Abenteuers darin bestehen, dass sie die Nacht, bis auf die Haut durchnässt, im Auto zubrachte.

Nach zehn Minuten fror sie in ihrer nassen Kleidung ganz schrecklich und sah keine andere Möglichkeit mehr, als ihren Koffer aus dem Kofferraum zu holen.

Dann musste sie sich nur noch in einem Auto am Straßenrand umziehen.

Als sie den Koffer aus dem Kofferraum zu hieven begann, sah sie durch den Regenvorhang in der Ferne das schwache Glitzern von Autoscheinwerfern. Sie zögerte keine Sekunde, sondern lief um das Auto herum auf die Fahrerseite, riss die Tür auf und drückte dreimal fest und lang anhaltend auf die Hupe. Dabei rutschte sie aus und wäre fast mit dem Gesicht im Straßengraben gelandet, zum Glück aber fing sie sich wieder und eilte auf die Straße, wo sie die Arme wie Windmühlenflügel auf und ab bewegte.

Kein weißer Hengst hatte je so prächtig ausgesehen wie der verbeulte Truck, der jetzt an den Straßenrand fuhr und anhielt. Kein Ritter in seiner glänzenden Rüstung hatte je so heroisch gewirkt wie die dunkle Gestalt, die jetzt das Fenster herunterkurbelte und zu ihr heraussah.

In dem schwachen Licht und dem strömenden Regen konnte sie seine Augen nicht erkennen, ja, nicht einmal sein Alter einschätzen. Als sie hinlief, sah sie nur den schattenhaften Umriss seines Gesichts und einen Kopf mit abenteuerlich zerzaustem Haar.

„Ich habe ein Problem", begann sie.

„Ehrlich?"

Jetzt sah sie seine Augen. Sie glänzten flaschengrün unter unwirsch zusammengezogenen schwarzen Brauen. Sein Blick glitt über sie hinweg, als ob sie unwichtig und nur lästig wäre – was sie sehr in Wut brachte, wenngleich sie sich bemühte, dankbar zu sein. Dann musterte er das Auto.

„Bei so einem Unwetter hätten Sie besser *auf* der Standspur angehalten und nicht daneben", versuchte er gegen das Heulen des Windes anzuschreien.

„Das ist zweifellos ein hilfreicher Hinweis." Ihr Ton war eisig und schrecklich höflich – eine Fähigkeit, mit der sie sich bei ihren Brüdern den Spitznamen Prinzessin Etepetete eingehandelt hatte.

Als er den Blick wieder auf sie richtete, blitzte in seinen Augen etwas auf, das man als Belustigung hätte deuten können. Oder als Gereiztheit. „Ich wäre Ihnen wirklich unendlich dankbar, wenn Sie mir aus dem Graben heraushelfen würden."

„Das kann ich mir lebhaft vorstellen." Seine Stimme klang tief, heiser und ein bisschen müde. „Aber da ich meinen super Kraftanzug auf Krypton gelassen habe, haben Sie leider Pech."

Sie warf ihm einen langen Blick zu. In seinem hageren Gesicht mit den ausgeprägten Zügen spross ein Dreitagebart. Um seinen Mund lagen strenge Linien. Wie bei einem Professor, dachte sie, der nur Vorträge hält.

Im Moment war sie allerdings nicht in der Stimmung, sich solche anzuhören.

Sie unterdrückte ein Frösteln und rang um Haltung. „Irgendetwas muss man doch tun können."

„Ja." Sein Seufzer verriet ihr, dass er nicht allzu glücklich darüber war. „Steigen Sie ein. Wir fahren zu mir und rufen den Abschleppdienst an."

Einsteigen? Sie sollte zu ihm ins Auto steigen?

Sprich nicht mit Fremden.

Marians Warnung hallte ihr in den Ohren. Natürlich hatte sie diesen Rat in den letzten anderthalb Wochen schon Dutzende von Malen in den Wind geschlagen. Aber in der Dunkelheit auf einer einsamen Landstraße zu einem Fremden ins Auto steigen?

Andererseits, wenn er die Absicht hatte, ihr etwas anzutun, brauchte er sie dafür nicht erst in sein Auto zu locken. Er könnte einfach aussteigen und ihr mit irgendeinem Gegenstand eins über den Kopf geben, fertig, aus.

Deshalb nickte sie, vor die Wahl gestellt, entweder Stunden in ihrem liegen gebliebenen Auto zu verbringen oder mit ihm mitzufahren, wo es ein Dach überm Kopf und vielleicht sogar – wenn sie Glück hatte – eine Tasse heißen Kaffee gab. „Mein Gepäck ist noch im Kofferraum", sagte sie.

„Schön. Holen Sie es."

Sie blinzelte verdutzt. Dann, als er sie weiterhin einfach nur finster anschaute, biss sie die Zähne zusammen.

Dieser edle Ritter kann mich mal, dachte sie wenig prinzessinnenhaft, während sie durch den Regen trottete, um ihr Gepäck zu holen. Was für ein elender Stoffel.

Aber wenn er ein Telefon und eine Kanne Kaffee hatte, war sie bereit, darüber hinwegzusehen.

Sie hievte ihren Koffer und ihre Reisetasche auf die Rückbank seines Trucks, dann stieg sie neben ihm ein.

Erst in diesem Augenblick entdeckte sie, dass er den rechten Arm in einer Schlinge trug. Sofort verspürte sie heftige Gewissensbisse.

Natürlich konnte er ihr nicht mit dem Auto oder dem Gepäck helfen, wenn er verletzt war. Und wahrscheinlich hatte er sich nur deshalb so unhöflich verhalten, weil es ihm unangenehm war. Um ihn für ihre unfreundlichen Gedanken zu entschädigen, lächelte sie ihn strahlend an.

„Vielen Dank, dass Sie mir helfen. Ich hatte schon befürchtet, ich müsste die Nacht im Auto zubringen … bis auf die Haut durchnässt."

„Wenn Sie im Auto geblieben wären, wären Sie nicht nass geworden."

Ihr lag eine bissige Bemerkung auf der Zunge, aber sie verkniff sie sich. Von Kindesbeinen an war sie darauf getrimmt, sich in jeder Lebenslage diplomatisch zu verhalten, auch wenn ihr Gegenüber es nicht verdient hatte. „Wohl wahr. Aber ich weiß es dennoch zu schätzen, dass Sie angehalten haben, Mr. …"

„Caine. Delaney Caine."

„Mr. Caine." Sie schob sich eine nasse Haarsträhne aus der Stirn. „Ich heiße Camilla …" Sie unterbrach sich und zögerte einen Sekundenbruchteil, weil ihr klar wurde, dass sie drauf und dran gewesen war, MacGee zu sagen. Der Vorfall hatte sie mehr durcheinandergebracht, als ihr bewusst war. „Breen", beendete sie ihren Satz, zu Marians Familiennamen Zuflucht nehmend. „Was ist denn mit Ihrem Arm passiert?"

„Hören Sie, verzichten wir einfach auf die Konversation." Er fuhr hier einhändig durch ein heftiges Unwetter, und die Frau wollte plaudern. Erstaunlich, wirklich. „Wir wollen beide nur ins Trockene und Ihren Wagen wieder auf die Straße bringen, damit Sie endlich an Ihr Ziel kommen."

Eben doch ein elender Stoffel, entschied sie. „Sehr gut." Sie wandte sich ab und schaute aus dem Fenster.

Einen Vorteil hat es jedenfalls, überlegte sie. Der Mann hatte ihr keinen zweiten Blick gegönnt – ja, kaum einen ersten. Sie brauchte sich also keine Sorgen zu machen, dass er in der hilflosen jungen Dame eine Prinzessin wiedererkennen könnte.

2. KAPITEL

Oh, er hatte sehr genau hingesehen.

Auch wenn es dunkel und sie nass und wütend war. Aber diese Art Schönheit überstrahlte alles.

Er hatte eine hochgewachsene, gertenschlanke, klatschnasse Frau in T-Shirt und Jeans gesehen, die an jeder Kurve ihres Körpers klebten. Er hatte ein blasses ovales Gesicht gesehen, das von weit auseinander stehenden goldbraunen Augen und einem großen, sinnlichen Mund beherrscht und von einer dunkelroten, nassen Haarkappe eingerahmt war.

Er hatte eine Stimme gehört, in der das Idiom des amerikanischen Südens und Frankreichs gleichzeitig mitschwangen. Es war eine klassische, kultivierte Mischung, die stark an die Oberschicht erinnerte.

Er hatte das leichte Zögern bemerkt, als sie ihm ihren Familiennamen genannt hatte, und dabei war ihm sofort klar gewesen, dass sie log. Aber es war ihm egal, genau wie alles andere auch.

Sie war ihm im Augenblick nur lästig. Er wollte nach Hause. Allein sein. Und eine Pille nehmen, damit dieses schmerzhafte Pochen in seiner Schulter und seinen Rippen endlich nachließ. Die feuchte Luft und der Regen brachten ihn um.

Er hatte viel Arbeit, verdammt, und wenn er sich jetzt erst um sie kümmern musste, verging mindestens eine gute Stunde des wertvollen Abends.

Und dann hatte sie zu allem Überfluss auch noch Konversation machen wollen. Was war das bloß, dass die Leute ständig menschliche Stimmen hören mussten? Vor allem ihre eigenen.

Der einzige Vorteil daran, dass er die Ausgrabungsstelle hatte verlassen müssen, um sich zu Hause auszukurieren, war, dass er zu Hause war. Allein. Ohne irgendwelche Amateure, die pausenlos auf einen einredeten, ohne Studenten, die einen mit Fragen bombardierten, und ohne Reporter, die einen ständig zu Interviews überreden wollten.

Obwohl ihm anfangs natürlich nicht klar gewesen war, wie schwierig es war, ohne seine rechte Hand mit dem Papierkram zurechtzukommen, mit dem Katalogisieren, mit jedem einzelnen verdammten Ding, und das alles einhändig.

Aber er schaffte es.

Weitgehend jedenfalls.

Länger als eine Stunde dauert es bestimmt nicht, versuchte er sich aufzubauen. Schließlich hätte er die Frau bei diesem Unwetter doch nicht einfach am Straßenrand stehen lassen können. Na ja, zugegeben, ganz kurz hatte er es erwogen ... aber nur für zwei Sekunden. Maximal drei.

Weil er vor sich hin brütete, registrierte er nicht, dass sie auf dem Sitz neben ihm vor Kälte fröstelte. Aber er registrierte es, als sie sich nach vorn beugte und die Heizung höher stellte.

Er brummelte nur irgendetwas Unverständliches vor sich hin und fuhr weiter.

Affe, dachte Camilla. Als er schließlich auf einen unbefestigten, vom Regen überfluteten Weg einbog, der so holprig war, dass Camilla auf ihrem Sitz hin und her geschleudert wurde, erklärte sie ihn zum absoluten Trottel.

Schlotternd, unglücklich und wütend versuchte sie die Umrisse des Gebäudes, das vor ihnen aufragte, zu erkennen. Es lag mitten im Wald und sah aus wie eine Art Hütte. Camilla nahm jedenfalls an, dass es ein Wald war – zumindest war es schwarz. Sie erhaschte einen Blick auf einen ungemähten Rasen und eine durchhängende Veranda, während er scharf einschlug und über etwas, das kaum mehr als eine tiefe Furche in einem Schlammloch war, um das Gebäude herumfuhr.

Dort brannte neben einer Tür eine nackte Glühbirne.

„Sie ... leben hier?“

„Manchmal.“ Er schob mit seinem gesunden Ellbogen die Autotür auf. „Nehmen Sie mit, was Sie brauchen, und lassen Sie den Rest hier.“ Damit stürmte er durch den Regen auf die Hintertür zu.

Da sie sich nach nichts mehr sehnte als nach trockener, warmer Kleidung, wuchtete Camilla ihr Gepäck aus dem Auto und schleppte es zur Hütte. Dort angelangt, musste sie den Koffer abstellen, um die Tür zu öffnen, weil er natürlich gar nicht daran dachte, sie ihr aufzuhalten.

Völlig außer Atem betrat sie einen winzigen Vorraum, in dem alles lehmverkrustet war. Stiefel, Mäntel, Hüte, Handschuhe, Eimer, kleine Schaufeln. Unter einem Haufen von Kübeln, Maurerkellen und schmutziger Wäsche befanden sich, wie sie vermutete, eine Waschmaschine und ein Trockner.

Cochon, dachte sie. Der Mann war ein Schwein.

Ihre Meinung änderte sich auch nicht, nachdem sie ihr Gepäck durch den Vorraum in die Küche geschleppt hatte. In der Spüle türmte sich das schmutzige Geschirr, und auf dem Tisch stand noch mehr davon. Zusammen mit zerfledderten Tageszeitungen, einer Brille, einer aufgerissenen Plätzchenpackung und mehreren Beistiftstummeln.

Ihre Schuhe klebten schier am Boden fest und machten beim Weitergehen ein schmatzendes Geräusch.

„Wie ich sehe, sind Wasser und Seife in Vermont ein knappes Handelsgut."

Sie sagte es im netten Ton, mit einem höflichen Lächeln. Er zuckte wegwerfend die Schultern. „Habe die Putzfrau gefeuert. Hat es einfach nicht geschafft, die Finger von meinem Kram zu lassen."

„Aber wie konnte sie in diesem Chaos überhaupt irgendetwas finden?"

„Abschleppdienst", brummelte er und grub ein uraltes, zerfleddertes Telefonbuch aus.

Immerhin schien er selbst einigermaßen sauber zu sein, wie Camilla registrierte. Das war wenigstens etwas. Er war nachlässig gekleidet, und seine Stiefel waren abgestoßen, aber seine Hände und seine Haare waren sauber. Sie überlegte, dass sein Gesicht – auf eine gewisse Art – vielleicht sogar anziehend wirken könnte, wenn diese Bartstoppeln nicht wären.

Es war ein hartes Gesicht und irgendwie abweisend, aber die Augen hielten sie in ihrem Bann.

Sie wartete – mit bewundernswerter Geduld, wie sie fand –, bis er die Nummer herausgesucht hatte. Dann langte er nach dem Telefon, drückte einen Knopf. Und fluchte.

„Keine Verbindung."

Nein, dachte sie. So grausam kann das Schicksal nicht sein. „Sind Sie sicher?"

„Auf diesem Planeten heißt kein Freizeichen immer noch keine Verbindung."

Sie sahen sich mit genau dem gleichen Ausmaß von Bestürzung und Verärgerung an.

„Vielleicht könnten Sie mich zum nächsten Inn oder Motel fahren."

Er schaute zum Fenster, als der nächste grelle Blitz die Dunkelheit draußen erhellte. „Zwanzig Meilen bei dieser ... Sintflut." Er rieb sich gedankenverloren seine schmerzende Schulter. Mit zwei gesunden Armen hätte er den Versuch vielleicht gewagt, einfach nur, um sie loszuwerden. Aber mit einem Arm hatte es keinen Sinn. „Ich glaube nicht."

„Und was würden Sie vorschlagen?"

„Ich würde vorschlagen, dass Sie sich trockene Sachen anziehen, sonst werden Sie mir hier noch krank, und das würde mir gerade noch fehlen. Dann sehen wir nach, ob wir irgendetwas zu essen finden, und versuchen, aus der Situation das Beste zu machen."

„Mr. Caine, das ist unglaublich großherzig von Ihnen. Aber ich will nicht ..." Sie nieste dreimal hintereinander.

„Den Flur entlang", sagte er, mit dem Zeigefinger deutend. „Die Treppe rauf. Das Bad ist ganz am Ende. Ich mache unterdessen Kaffee."

Sie fror zu sehr, um widersprechen oder an eine Alternative denken zu können, deshalb hievte sie ihre Reisetasche wieder hoch, griff nach ihrem Koffer und kämpfte sich durch den kurzen Flur die Treppe nach oben. Wie ein Pferd mit Scheuklappen, das blind durchs Ziel schießt, stolperte sie, den Blick stur geradeaus, auf das Bad zu und machte die Tür hinter sich zu.

Drehte den Schlüssel um.

Auf dem Boden lagen in einem wirren Knäuel nasse Handtücher verstreut, auf dem Rand des Waschbeckens, das, auch wenn es nicht glänzte, immerhin so aussah, als wäre es im letzten halben Jahr irgendwann einmal ausgespült worden, lag eine Zahnpastatube – ohne Schraubverschluss.

Und es gab, wie sie gleich darauf erleichtert entdeckte, wenigstens warmes Wasser.

In dem Moment, da sie unter die Dusche trat, verdrängte das herrliche Gefühl, das warme Wasser auf der Haut zu spüren, jedes Unbehagen. Sie stellte sich direkt unter den Strahl, sodass ihr das Wasser auf den Kopf prasselte. Als sie spürte, wie die Wärme sich in ihrem Körper ausbreitete, schloss sie laut aufseufzend die Augen.

Mit leisem Bedauern stellte sie die Dusche schließlich ab und stieg aus der Duschwanne. Auf einem Handtuchhalter entdeckte sie ein relativ sauber wirkendes Badetuch und wickelte sich darin ein, bevor sie sich frische Sachen zum Anziehen herauskramte.

Sie stand in ihrer Unterwäsche da, als plötzlich das Licht ausging.

Unwillkürlich stieß sie einen Schrei aus und krachte gegen das Waschbecken, bevor sie sich wieder unter Kontrolle hatte.

Ihre Hände zitterten, und ihre Wut flammte erneut auf, während sie im Stockfinstern nach ihren Sachen suchte und sich anzog.

„Mr. Caine!“, schrie sie, als sie sich aus dem Bad tastete. Im ganzen Haus war es stockdunkel.

„Ja, ja, drehen Sie nicht gleich durch.“

Sie hörte ihn die Treppe herauftrampeln und sah den schwachen Lichtschein, der vor ihm her tanzte. „Der Strom ist weg“, berichtete er.

„Na, so was! Darauf wäre ich nie gekommen.“

„Der perfekte Zeitpunkt für Sarkasmus. Bleiben Sie, wo Sie sind.“ Er und der Lichtschein verschwanden in einem anderen Raum. Gleich darauf kehrte er mit einer Taschenlampe zurück und hielt ihr eine flackernde Kerze hin. „Sind Sie da drin fertig?“ Er deutete mit dem Kopf aufs Bad.

„Ja, danke.“

„Prima.“ Er begann zurückzugehen, und als der nächste Donnerschlag krachte, eilte sie hinter ihm her.

„Was machen wir jetzt?“

„Im Kamin ein Feuer schüren, Kaffee trinken, eine warme Suppe essen und uns wünschen, dass Sie irgendwo anders wären.“

„Es gibt keinen Grund, unhöflich zu sein. Dieser Sturm ist ja wohl kaum meine Schuld.“ Sie stolperte über herumliegende Schuhe und prallte gegen seinen Rücken.

„Verdammt!“ Bei dem Stoß hatte seine Schulter ein heftiger Schmerz durchzuckt. „Passen Sie doch ein bisschen auf.“

„Entschuldigung. Wenn das hier nicht so ein Saustall wäre, wäre ich auch nicht gestolpert.“

„Hören Sie, gehen Sie einfach dort rein.“ Er deutete auf den vordersten Raum. „Setzen Sie sich hin, und laufen Sie mir nicht vor den Füßen herum.“

„Sehr gern." Sie betrat mit würdevoll erhobenem Kopf das Zimmer, dann aber ruinierte ihr erstickter Aufschrei alles. „Sind das ...." Sie hob schwach eine Hand und deutete auf das, was ihre Kerze dort auf dem völlig überladenen Tisch erhellte. „Knochen?"

Del ließ den Lichtkegel seiner Taschenlampe über die luftdicht in Plastik eingeschweißten Knochen wandern. „Ja, größtenteils menschliche", sagte er mit äußerster Selbstverständlichkeit, während er auf den Kamin zuging. „Aber keine Sorge." Er kniete sich vor den Kamin und griff nach einem Anzündholz. „Ich bringe niemanden um."

„Sehr tröstlich." Sie wich zurück, wobei sie überlegte, was sie notfalls als Waffe benutzen könnte.

„Die frühere Besitzerin ist vor ungefähr siebentausend Jahren gestorben – allerdings nicht bei dem Sturz, bei dem sie sich eine Anzahl dieser Knochen gebrochen hat. Aber sie braucht sie sowieso nicht mehr." Er setzte das Anzündholz in Brand.

„Was tun sie hier?"

„Ich habe sie gefunden – bei Ausgrabungsarbeiten in Florida."

Er wartete, bis die Flammen um die Holzscheite hell aufloderten, und stand dann auf. Die Flammen züngelten hinter seinem Rücken und tauchten ihn in rotgoldenes Licht. „Sie ... buddeln Gebeine aus?", brachte sie mühsam hervor, mit nur einer Spur Entsetzen in der Stimme.

Zum ersten Mal erschien auf seinem Gesicht ein Lächeln. „Gewissermaßen. Entspannen Sie sich ... wie war doch gleich Ihr Name?"

Sie befeuchtete sich die Lippen. „Camilla."

„Richtig, also, entspannen Sie sich, Camilla. Ich bin Archäologe, kein durchgeknallter Wissenschaftler. Ich hole Ihnen jetzt einen Kaffee. Aber unterstehen Sie sich, meine Knochen anzufassen ... oder sonst irgendetwas."

„Das würde mir im Traum nicht einfallen." Genauso wenig wie sie sich jemals im Traum einfallen lassen würde, in einer Sturmnacht in einem dunklen Zimmer mit einem Haufen menschlicher Gebeine allein zu bleiben. Egal, wie sorgfältig verpackt oder wie alt sie auch sein mochten. „Ich helfe Ihnen." Um ihr Unbehagen zu kaschieren, lächelte sie. „Sie sehen aus, als könnten Sie Hilfe brauchen."

„Ja, ich schätze schon." Die Verletzung ärgerte ihn immer noch, und nicht nur in einer Hinsicht. „Hören Sie, oben ist ein Gästezimmer. Sie können sich dort häuslich einrichten. Um Ihren Wagen kümmern wir uns morgen."

„Danke." Ihr war warm, sie hatte trockene Sachen an, und der Kaffee duftete wundervoll. Es hätte alles viel schlimmer kommen können. „Ich weiß Ihre Gastfreundschaft wirklich zu schätzen, Mr. Caine."

„Caine, einfach nur Caine, oder Del." Als er schnurstracks auf den Vorraum zuging, folgte sie ihm.

„Wohin gehen Sie denn?"

„Was?" Er war gerade dabei, sich einen Regenmantel überzuziehen, und hielt inne. Er war nicht daran gewöhnt, anderen seine Schritte zu erläutern. „Wir werden Wasser brauchen. Regen, Wasser, Schaufel", sagte er und griff nach Letzterer. „Im Schuppen ist ein Generator. Vielleicht schaffe ich es ja, ihn anzuwerfen. Bringen Sie mir ja nicht meine Sachen durcheinander", fügte er hinzu, dann ging er hinaus in den Sturm.

„Ganz bestimmt nicht ohne Tetanusimpfung", brummelte sie vor sich hin, als die Tür hinter ihm ins Schloss fiel.

Aus Angst vor dem, was sie womöglich finden könnte, öffnete sie vorsichtig einen Küchenschrank. Dann den nächsten und noch einen. Nachdem die ersten drei Schränke leer waren, fand sie schließlich im letzten Schrank das vermutlich einzige saubere Geschirr.

Sie schenkte Kaffee in einen angeschlagenen Becher und trank vorsichtig den ersten Schluck. Sie war überrascht und erfreut, dass der Mann immerhin einen hervorragenden Kaffee kochen konnte.

Frisch gestärkt machte sie Bestandsaufnahme. Sie konnte in diesem Chaos nicht einfach herumstehen und nichts tun. Wenn sie etwas essen wollte, musste sie herausfinden, wie man es schaffte, unter diesen Umständen etwas zu kochen.

In der Speisekammer standen eine Menge Dosen, unter anderem auch zwei Dosen Tomatensuppe und einige Gewürzdosen. Das war immerhin etwas. Erfreut öffnete sie den Kühlschrank.

Der war zwar relativ sauber, dafür aber – was vielleicht noch schlimmer war – fast leer. Sie schaute mit gerunzelter Stirn auf drei Eier, ein Stück uralten Käse, einen Sechserpack Bier – minus zwei Flaschen – und zu ihrer Freude eine Flasche Pinot noir.

Es ging aufwärts.

Außerdem gab es noch einen Karton Milch, der sich sogar als frisch herausstellte, und eine halb volle Flasche Mineralwasser.

Prinzessin Camilla krempelte sich die Ärmel hoch und machte sich an die Arbeit.

Fünfzehn Minuten später ging sie, ebenfalls mit einem Eimer ausgerüstet, nach draußen. Durch den strömenden Regen konnte sie den Schuppen kaum erkennen. Aber über das Prasseln hinweg hörte sie Knalle und Flüche. Weil es ganz danach aussah, dass Del wohl noch eine Weile beschäftigt sein würde, tauschte sie ihren leeren Eimer gegen den mittlerweile halb vollen um, den er in den Regen gestellt hatte, und kehrte damit ins Haus zurück.

Wenn ich, verdammt nochmal, bloß Licht hätte, dachte Del, während er ein weiteres Mal versuchte, den Generator anzuwerfen. Dann hätte er wenigstens versuchen können, das Ding zu reparieren.

Was bedeutete, dass er es vor morgen früh nicht zum Laufen bringen würde. Und dies wiederum bedeutete, dass er fast eine ganze Stunde damit vergeudet hatte, hier in diesem vollgepackten Gerümpelschuppen herumzuhantieren, ohne dass es zu etwas geführt hatte, er sich dafür aber zahllose Male seine ohnehin schon schmerzende Schulter gestoßen hatte.

Jede Bewegung tat ihm weh. Und er war immer noch nass, fror und stand im Dunkeln.

Wenn es nur nach ihm gegangen wäre, hätte er gar nicht erst versucht, den Generator in Betrieb zu bringen. Er hätte sich einfach eine Dose aufgemacht, das kalte Zeug gegessen und dann bei Kerzenlicht noch ein bisschen gearbeitet.

Aber da war jetzt eine Frau, an die er denken musste. Er hasste es selbst unter günstigsten Umständen, an eine Frau zu denken, und dass die Umstände im Augenblick günstig waren, konnte man beim besten Willen nicht behaupten.

„Und dann auch noch so eine Zicke", sagte er verärgert, während er den Schuppen ausleuchtete, um zu sehen, ob sich vielleicht etwas fand, was er in der Hütte gebrauchen konnte. „Ist wahrscheinlich vor irgendwas weggelaufen. Wahrscheinlich vor einem reichen Ehemann, der ihr nicht genug Klunker gekauft hat."

Das geht dich nichts an, erinnerte er sich. Morgen würde er sie wieder los sein, dann konnte er sich wenigstens ungestört seiner Arbeit widmen.

Als er sich umdrehte, stieß er irgendwo an und zuckte zusammen. Und sah buchstäblich Sterne, weil er sein verletztes Schlüsselbein belastet hatte. Für einen Moment wurde ihm schwarz vor Augen, dann brach ihm der Schweiß aus, so dass er sich mit seiner gesunden Hand an der Wand abstützen und warten musste, bis der Schwindelanfall vorüber war.

Weil er sich einige Knochen gebrochen hatte, konnte er derzeit nicht auf der Ausgrabungsstelle in Florida sein – die von Beginn der Ausgrabungsarbeiten vor drei Jahren an seine Aufgabe war. Aber damit konnte er leben. Irgendwer musste schließlich die Berichte und Journale schreiben, irgendwer musste die Funde katalogisieren und die Laborarbeiten überwachen.

Und er hatte im Grunde genommen nichts dagegen, für eine gewisse Zeit dieser Jemand zu sein.

Aber diese Verletzungen war er wirklich leid. Und dieses Schwächegefühl, das hinter den Schmerzen lauerte. Er konnte sich kaum allein anziehen, ohne die gebrochenen Knochen, die ausgerenkte Schulter und die geprellten Rippen in Mitleidenschaft zu ziehen.

Er konnte sich nicht einmal seine verdammten Schuhe zubinden.

Es war katastrophal.

Nachdem er wieder sicher genug auf den Beinen stand, um darüber nachzugrübeln, wie unsicher er im Grunde doch war, griff er nach der Taschenlampe, die er fallen gelassen hatte, und ging in die Hütte zurück. Unterwegs nahm er den Eimer mit Regenwasser auf und stieß einen unflätigen Fluch aus, weil sogar dieses Gewicht an seinen Reserven zehrte.

Im Vorraum stellte er den Eimer ab, warf den Regenmantel in eine Ecke und ging dann in die Küche, um sich Kaffee zu holen.

Als er die Hand nach der Kaffeekanne ausstreckte, sah er, dass sie nicht da war.

Er brauchte eine Minute. Del nahm gewisse Dinge erst zur Kenntnis, wenn er sie zur Kenntnis nehmen wollte. Nicht nur die Kanne war verschwunden, sondern auch das gesamte schmutzige Geschirr, das sich in der Spüle, auf dem Tisch und sämtlichen vorhandenen

Ablageflächen getürmt hatte.

Er konnte sich nicht erinnern, abgewaschen zu haben. Mit solchen Pflichten plagte er sich erst herum, wenn gar nichts mehr ging. Verdutzt öffnete er einen Küchenschrank und schaute auf die Stapel sauberer Teller.

Die Ablageflächen waren leer, ebenso wie der Tisch. Er schnaufte verärgert, als er sah, dass seine Notizen und Unterlagen auf einem ordentlichen Stapel lagen.

Als er schließlich entschlossen, seinem unwillkommenen Gast das weiche, rosige Fell über die Ohren zu ziehen, die Küche durchquerte, stieg ihm Kaffeeduft – und Essensduft – in die Nase. Das erinnerte ihn daran, dass er seit Stunden nichts mehr gegessen hatte, und besänftigte seinen aufflackernden Zorn unter Hunger.

Da war sie und rührte über dem Kaminfeuer in einem Topf. Er sah, dass sie eine Art Grill aufgebaut hatte, mit einem Rost – wahrscheinlich aus dem Backofen –, unter den sie Backsteine gelegt hatte.

Er erinnerte sich dunkel, dass die Backsteine auf der Veranda gelegen hatten, weiß der Himmel, wofür.

Erfinderisch war sie ja, das musste er widerwillig einräumen, wobei er registrierte, dass sie, obwohl sie ziemlich dünn war, eine appetitlich gerundete Kehrseite hatte.

„Ich habe gesagt, dass Sie die Finger von meinem Zeug lassen sollen."

Sie schrak nicht zusammen. Da er wie eine ganze Elefantenherde durch die Hütte getrampelt war, hatte sie ihn nicht überhören können.

„Ich habe Hunger. Aber ich weigere mich, in einem Schweinestall zu kochen oder zu essen. Ihre Unterlagen in der Küche habe ich kaum berührt. Ich habe nur versucht, ein bisschen Ordnung zu machen."

Und die Unterlagen sind faszinierend, dachte sie. Soweit sie seine Handschrift hatte entziffern können.

„Vorher wusste ich genau, wo was ist."

„Schön." Sie richtete sich auf und drehte sich zu ihm um. „Dann werden Sie eben herausfinden müssen, wo es jetzt ist. Ich habe zwei ordentliche Stapel gemacht. Mir ist wirklich schleierhaft, wie Sie in so einem …“ Sie unterbrach sich, als sie sah, dass von seiner Hand Blut tropfte. „Oh, was haben Sie denn gemacht?“

Er schaute nach unten, sah, dass er sich an seiner gesunden Hand geschnitten hatte, und seufzte. „So ein Mist. Na, egal, ich denke, auf eine mehr kommt es jetzt auch nicht mehr an.“

Aber sie war schon bei ihm, griff nach seiner verletzten Hand und beugte sich über den Schnitt wie eine besorgte Glucke über ihre Küken. „Gehen Sie wieder in die Küche“, befahl sie energisch. „Sie bluten hier alles voll.“

Es war wirklich nicht der Rede wert. Kein Mensch hatte je um seine Kratzer so viel Aufhebens gemacht … nicht einmal seine Mutter. Ehe er wusste, wie ihm geschah, hatte sie ihn auch schon in die Küche gezerrt, wo sie seine blutende Hand über die Spüle hielt.

„Stillhalten“, befahl sie.

Sie förderte ein sauberes Geschirrtuch zutage, tauchte es in den Eimer mit Regenwasser und begann, das Blut abzuwaschen.

„Wie ist das denn passiert?“

„Keine Ahnung. Es war dunkel.“

Nachdem sie das Blut abgewaschen hatte, betrachtete sie sich die Verletzung eingehend. „Haben Sie einen Erste-Hilfe-Kasten? Desinfektionsmittel?“

„Ist doch nur ein Kratzer“, begann er, gab jedoch klein bei, als er ihrem vernichtenden Blick begegnete. „Da hinten.“ Er deutete vage die Richtung an.

Sie ging in den Vorraum, und er hörte, wie sie Schranktüren aufmachte, wieder zuknallte – und verärgert vor sich hin brummelte.

„*Vous êtes un espece de cochon, et gauche aussi.*“

„Wenn Sie mich schon beschimpfen müssen, tun Sie es wenigstens auf Englisch.“

„Ich habe gesagt, dass Sie ein Schwein sind, und zu allem Überfluss auch noch ungeschickt.“ Sie kam mit dem Erste-Hilfe-Kasten in der Hand wieder hereingefegt und kramte nach dem Desinfektionsmittel.

Er machte den Mund auf, um ihr zu sagen, dass er sie sehr wohl verstanden habe, aber dann überlegte er es sich anders. Warum sich um den letzten kleinen Spaß auch noch bringen, wenn es so war, wie es war? „Ich bin nicht ungeschickt.“

„Gewiss doch. Deshalb tragen Sie wahrscheinlich auch Ihren Arm in der Schlinge und haben sich an der Hand verletzt."

„Das war ein Arbeitsunfall", begann er, als sie sich ihm zuwandte, um seine Wunde zu versorgen. Dann musste er niesen. Die körperliche Erschütterung bewirkte, dass ihm für einen Moment schwarz vor Augen wurde. Er schwankte und schnappte nach Luft, während seine lädierten Rippen jämmerlich schmerzten und sein Zwerchfell zwickte.

Als sie aufschaute, sah sie, dass sein Gesicht vor Schmerz ganz blass und seine Augen glasig geworden waren.

„Was ist?" Um ihn zu stützen, legte sie ihm spontan einen Arm um die Taille. „Sie sollten sich besser hinsetzen."

„Es ist nur …" Er schob sie von sich weg und versuchte, sein Gleichgewicht wiederzufinden. Um wieder klar sehen zu können, blinzelte er ein paar Mal hintereinander. „Ich habe mir ein paar Rippen angeknackst", sagte er mühsam, als er wieder Luft bekam. „Dazu kommen noch eine ausgerenkte Schulter und ein gebrochenes Schlüsselbein … alles arbeitsbedingt."

„Oh, Sie Ärmster." In ihrem Mitgefühl ging alles andere unter. „Kommen Sie, ich helfe Ihnen die Treppe hoch. Sie müssen sich trockene Sachen anziehen. Und anschließend essen Sie eine schöne, warme Suppe. Sie hätten mir sagen sollen, dass Sie ernsthaft verletzt sind."

„Ich bin nicht …" Er unterbrach sich wieder. Sie roch wirklich gut … und sie hatte gekocht. Und fühlte mit ihm. Warum ein Idiot sein und das alles zurückweisen? „Es ist halb so schlimm."

„Männer geben nur ungern zu, dass sie Schmerzen haben. Wir werden die Taschenlampe brauchen."

„In meiner Gesäßtasche."

„Aha." Sie schaffte es, ihn weiterhin zu stützen und sich gleichzeitig umzudrehen. Es störte ihn nicht – nicht besonders jedenfalls –, dass sich ihre hübsche, feste Brust gegen seine schmerzfreie Seite drückte. Oder dass ihre schlanken Finger über seinen verlängerten Rücken glitten, um die Taschenlampe aus seiner Gesäßtasche zu ziehen.

Nein, er konnte wirklich nicht behaupten, dass es ihm etwas ausmachte. Außerdem lenkte es ihn von seinen Schmerzen ab.

Nachdem sie in seinem Schlafzimmer angelangt waren, ließ er sich vorsichtig auf der Kante seines zerwühlten Betts nieder. Von da aus konnte er beobachten, wie sie eine weitere Kerze anzündete.

„Sie brauchen etwas Trockenes zum Anziehen“, sagte sie, während sie zum Schrank ging. Noch bevor er einen Einwand vorbringen konnte, kam sie auch schon mit Jeans und einem Sweatshirt zurück und schaute ihn mit einem ermutigenden Lächeln an.

„Soll ich Ihnen beim … äh … Umziehen helfen?“

Er zog es zumindest in Erwägung. Er wusste, dass er es nicht sollte – es war einfach zu viel des Guten. Andererseits konnte sich ein Mann gleich die Kugel geben, wenn er es nicht wenigstens in Erwägung zog, sich von einer schönen Frau ausziehen zu lassen.

„Nein, danke. Das schaffe ich schon.“

„Na schön. Dann kümmere ich mich jetzt um die Suppe. Rufen Sie einfach, wenn Sie Hilfe brauchen.“

Sie ging wieder nach unten, um die Suppe umzurühren und sich heftige Vorwürfe zu machen.

Sie hatte ihn als Schwein tituliert. Dabei konnte der Ärmste, verletzt, wie er war, wahrscheinlich nicht einmal für sich selbst richtig sorgen, zumal er auch noch große Schmerzen hatte. Sie machte sich Vorwürfe, weil sie so ungeduldig, wenig einfühlsam und undankbar gewesen war. Deshalb sollte sie ihn wenigstens jetzt, so gut es ging, verwöhnen.

Sie durchquerte das Zimmer, um sich auf das alte Sofa zu setzen – und bekam bei der Staubwolke, die aus den Polstern aufwirbelte, beinahe einen Erstickungsanfall. Was zur Folge hatte, dass sich ihre Miene erneut verfinsterte. Also wirklich, dachte sie. Das ganze Haus musste auf den Kopf gestellt und von oben bis unten sauber gemacht werden.

Er hatte erzählt, dass er seine Putzfrau entlassen hatte, weil sie seine Sachen angefasst hatte. Daran zweifelte sie keine Sekunde. Der Mann war offenbar jähzornig. Obwohl ja vielleicht auch Geld das Problem gewesen war. Als Archäologe war er wahrscheinlich auf private Sponsoren, Zuschüsse und Fördergelder angewiesen.

Sie würde einen Weg finden müssen, ihm Geld für die Übernachtung zukommen zu lassen – sobald sie ihre Armbanduhr verkauft hatte.

Als er wieder nach unten kam, sah er, dass sie den verschrammten Kaffeetisch mit Suppentellern, gefalteten Papiertüchern – in Ermangelung von Servietten – und Kaffeetassen gedeckt hatte. Eine Kerze brannte, das Kaminfeuer warf seinen rotgoldenen Schein über den Tisch, und die Suppe duftete köstlich.

Sie lächelte, dann blickte sie ihn an, wenn auch nur für eine Sekunde. Sein Haar war jetzt trocken, und sie sah, dass es von einem satten Braun war, durchzogen von helleren, von der Sonne ausgebleichten Strähnen. Im Nacken kringelte es sich über dem Halsausschnitt seines Sweatshirts.

Ein prächtiger Haarschopf, das musste sie zugeben, und wild und ungebändigt, was irgendwie zu diesen flaschengrünen Augen passte.

„Wenn Sie etwas essen, werden Sie sich gleich besser fühlen."

Er hatte eine seiner Schmerztabletten geschluckt und fühlte sich bereits andeutungsweise besser. Das heftige Pochen in seinen Rippen hatte sich etwas abgeschwächt. Das restliche Unbehagen würde das heiße Essen mit einem bisschen Glück vielleicht auch noch vertreiben.

Er hätte viel für eine Dusche gegeben, aber alles konnte man eben nicht haben.

„Was gibt's zum Abendessen?"

„*Potage.*" Sie verlieh dem Wort bewusst einen vornehmen Klang. „*Crème de tomate avec pomme de terre.*" Lachend klopfte sie mit ihrem Löffel gegen den Topf. „Sie haben ja wirklich Unmengen von Dosen. Was natürlich fehlt, sind Kräuter, die führt Ihre Küche leider nicht. Machen Sie es sich bequem. Ich tue Ihnen auf."

Normalerweise legte er keinen Wert darauf, verhätschelt zu werden. Glaubte er jedenfalls. Er konnte sich nicht erinnern, jemals verhätschelt worden zu sein. Aber da man das hier beim besten Willen nicht als einen normalen Abend bezeichnen konnte, konnte er es genauso gut genießen.

„Sie sehen nicht aus wie jemand, der in der Küche selbst Hand anlegt, sondern eher wie jemand, der sich bekochen lässt."

Sie runzelte die Stirn. „Ich bin aber eine sehr gute Köchin", entgegnete sie, während sie ihm Suppe auftat. Aus Interesse an der Sache hatte sie irgendwann einmal bei einem Feinschmeckerkoch Kochunterricht genommen. „Obwohl das mein erster Versuch über einem offenen Feuer ist."

„So, wie es aussieht, scheint er erfolgreich verlaufen zu sein. Und so, wie es riecht, auch." Es war das, was er sich unter einem Lob vorstellte. Und als sie ihm einen gefüllten Teller reichte, sagte er anerkennend, was in seinen Augen ein Dankeschön war.

„Ich war mir nicht sicher, was Sie trinken möchten. Kaffee oder Milch? Es gibt auch Bier … und Wein."

„Kaffee. Ich habe eine Schmerztablette genommen, deshalb sollte ich wohl besser auf Alkohol verzichten." Er widmete sich bereits seiner Suppe. Als sie abwartend vor ihm stehen blieb, schaute er auf. „Was ist?"

Sie unterdrückte ein Aufseufzen. Da der Mann offenbar nicht genug Anstand besaß, um es ihr anzubieten, würde sie fragen müssen. „Ich würde gern ein Glas Wein trinken, falls Sie nichts dagegen haben."

„Tun Sie sich keinen Zwang an."

„Danke." Zähneknirschend schenkte sie ihm Kaffee ein, dann ging sie in die Küche. Wie kommt ein Mann bloß vollkommen ohne Manieren durchs Leben?, fragte sie sich, während sie die Flasche öffnete und dann – nach einem kurzen Zögern – mitnahm.

Sie würde zwei Gläser Wein trinken, entschied sie, und ihm dann die Kosten für die ganze Flasche zusammen mit dem Geld für die Unterkunft schicken.

Da er bereits in seinem geleerten Teller herumkratzte, tat sie ihm noch ein zweites Mal auf, nahm sich selbst auch und setzte sich dann.

Sie hatte in ihrem Leben schon so viele unendlich langweilige Abendgesellschaften, offizielle Veranstaltungen und Feierlichkeiten durchgestanden, dass sie diesen einzigen Abend mit Delaney Caine gewiss auch durchstehen würde.

„Dann sind Sie beruflich bestimmt viel unterwegs."

„Das bringt die Sache so mit sich."

„Macht Ihnen die Arbeit Spaß?"

„Sonst würde ich sie ja wohl kaum machen, oder?"

Sie setzte ihre Diplomatenmiene auf und trank einen Schluck Wein. „Nicht jeder Mensch kann sich alles aussuchen. Leider weiß ich wenig über Ihr Fachgebiet. Sie studieren … Knochen?“

„Manchmal.“ Er zuckte beiläufig die Schultern, als sie fragend eine Augenbraue hochzog. Konversation, dachte er abfällig. Ihm war nie klar gewesen, was das eigentlich sollte. „Ich studiere untergegangene Zivilisationen, Lebensgewohnheiten, Bräuche, Traditionen, Religionen, Kulturen. Überlappt sich alles bei der Archäologie. Und Knochen, weil sie ein Teil dessen sind, was von diesen Zivilisationen übrig geblieben ist.“

„Wonach suchen Sie bei Ihren Studien?“

„Nach Antworten.“

Daraufhin nickte sie. Sie war auch ein Mensch, der nach Antworten suchte. „Auf welche Fragen?“

„Alle.“

Sie stand auf, um ihm noch eine Tasse Kaffee einzugießen. „Sie sind ehrgeizig.“

„Nein. Neugierig.“

Als sie diesmal die Lippen verzog, war es nicht ihr übliches höfliches Lächeln. Es war großzügig und warm und glitt wunderschön über ihr Gesicht, ließ ihre Augen aufleuchten. „Neugierde ist viel besser als Ehrgeiz.“

„Finden Sie?“

„Auf jeden Fall. Ehrgeiz ist – normalerweise – einengend. Neugierde ist weit und frei und für alle Möglichkeiten offen. Was erzählen Ihnen Ihre Knochen?“ Sie lachte erneut, dann deutete sie auf den überladenen Beistelltisch, bevor sie sich wieder setzte. „Ich meine natürlich diese Knochen dort.“

Was soll's, dachte er. Er musste es sowieso aufschreiben. Von daher konnte es nicht schaden, darüber zu sprechen … mit Einschränkungen natürlich.

„Dass sie fünfundvierzig Jahre alt war, als sie starb“, begann er.

„Sie?“

„Richtig. Mehrere Jahre vor ihrem Tod hatte sie sich ein Bein und einen Arm gebrochen. Was ein Indiz dafür ist, dass ihre Kultur weniger nomadenhaft war, als man noch bis vor Kurzem annahm, da Kranke und Verletzte offensichtlich gepflegt wurden.“

„Aber natürlich wurden sie gepflegt.“

„Gar nichts ‚natürlich‘. In bestimmten Kulturen hätten Verletzungen dieser Art, die Immobilität bedeuteten und die Verletzte daran hinderten, ihren Teil zum gesellschaftlichen Leben beizutragen, dazu geführt, dass man sie verlassen hätte."

„Tja. Grausamkeit ist keine Erfindung der Neuzeit", meinte sie.

„Nein, ebenso wenig wie die These, dass nur die Stärksten überleben. Aber in diesem Fall hat sich der Stamm um die Kranken und Verletzten gekümmert und seine Toten mit einer feierlichen Zeremonie begraben. Wahrscheinlich binnen eines Tages. Sie haben ihre Toten in Tücher gewickelt, die aus Pflanzenfasern gewebt waren. Hochkomplizierte Webtechnik", fügte er hinzu, wobei er eher laut dachte, als dass er mit Camilla sprach. „Dafür brauchten sie Webstühle, und so ein Tuch zu weben war sehr aufwendig. Deshalb konnten sie nicht ständig umhergezogen sein. Schätze, dass sie halb sesshaft waren. Kannten eine Menge Gesellschaftsspiele ... außerdem gab es Samen, Nüsse, Wurzeln, Holz zum Feuermachen und Hüttenbauen, Meeresfische."

„Und all diese Informationen entnehmen Sie den Knochen?"

„Was?"

Sie sah, dass er in Gedanken ganz woanders gewesen war, jetzt wieder zu ihr zurückkehrte und seinen Blick auf sie richtete. „Das haben Sie alles aus ein paar Knochen herausgelesen?", wiederholte sie ihre Frage.

„Es waren mehr als nur ein paar, außerdem haben wir auch noch andere Dinge gefunden."

„Je mehr man erfährt, desto besser versteht man, wie die Menschen damals gelebt haben, warum sie bestimmte Dinge getan haben. Was ihre Zeit überdauert hat und was für immer verloren ist", sagte sie. „Sie versuchen herauszufinden, wie sie ihre Häuser gebaut, wie sie gekocht haben. Wie sie ihre Kinder großgezogen und ihre Toten bestattet haben. Welche Götter sie angebetet und welche Schlachten sie geschlagen haben. Und am Ende, wie sich daraus unsere Zivilisation entwickelt hat."

Es war zugegebenermaßen eine ganz anständige Zusammenfassung für einen Laien. In diesem hübschen Persönchen steckte tatsächlich ein Gehirn. „So etwa könnte man es sagen."

„Vielleicht haben die Frauen auch über einem offenen Feuer Suppe gekocht."

Das humorvolle Funkeln in ihren Augen schlug ihn so in Bann, dass er ihr Lächeln fast erwidert hätte. „Die Frauen waren von Anbeginn an für die Hausarbeiten zuständig. Dafür muss es einen triftigen Grund geben."

„Oh, den kenne ich. Männer sind eher geneigt, sich auf die Brust zu trommeln und Kämpfe auszufechten, als einfachere und weniger heldenhafte Aufgaben zu übernehmen."

„Da haben Sie es." Er stand auf. Obwohl er Kaffee getrunken hatte, war er hundemüde. Genau aus diesem Grund versuchte er, seine Schmerzpillen so selten wie möglich zu nehmen. „Ich empfehle mich. Das Gästezimmer ist oben, gleich links neben der Treppe."

Ohne ein Dankeschön, einen Gutenachtgruß und sogar ohne sein übliches gelegentliches Brummeln ließ er Camilla vor dem Kamin allein.

3. KAPITEL

Ich weiß nicht, was ich von meinem Gastgeber halten soll, schrieb Camilla. Inzwischen war es spät geworden, und sie saß auf dem klapprigen Sofa vor dem Kamin, weil es oben im Gästezimmer kalt und feucht und vor allem dunkel gewesen war.

Von Del hatte sie nichts mehr gehört, seit er nach oben gegangen war. Um zu überprüfen, ob inzwischen der Strom wieder da war, hatte sie die Lichtschalter angeknipst und den Telefonhörer abgehoben, doch ohne Erfolg.

Ich bin zu dem Schluss gekommen, dass sein mangelndes Sozialverhalten wohl der Tatsache zuzuschreiben ist, dass er einen Großteil seiner Arbeitszeit in Gesellschaft von schon lange Toten verbringt, deshalb versuche ich es mit Humor zu nehmen. Außerdem hat er sich bei den Ausgrabungsarbeiten verschiedene lästige Verletzungen zugezogen, obwohl ich den Verdacht habe, dass er bei voller Gesundheit genauso schroff und gnadenlos unhöflich ist.

Auf jeden Fall ist er interessant – und irgendeinen Sonderstatus will ich ja nicht, sonst hätte ich das Experiment überhaupt nicht unternehmen müssen.

Ein positiver Nebeneffekt seines Einsiedlerdaseins ist, dass es in der Hütte keinen Fernseher gibt. Man stelle sich vor, ein amerikanisches Heim ohne einen einzigen Fernseher! Eine aktuelle Tageszeitung oder Illustrierte habe ich bis jetzt auch nicht gesehen. Obwohl es durchaus sein kann, dass die eine oder andere ältere in dem Müllberg, auf dem er lebt, vergraben sein kann.

Von daher ist die Gefahr, dass er mich erkennt, verschwindend gering. Das ist ausgesprochen beruhigend.

Trotz seiner höchst merkwürdigen Lebensumstände ist er offensichtlich sehr intelligent. Als er von seiner Arbeit erzählte – natürlich nur in dürren Worten –, sprang bei mir sofort der Funke über. Von seiner Neugier und seinem Bestreben, Antworten zu finden, fühle ich mich sehr angezogen. Vielleicht, weil ich selbst versuche, Antworten zu finden.

Als ich mir ganz sicher sein konnte, dass er nicht mehr nach unten kommt, habe ich noch ein bisschen in seinen Aufzeichnungen herumgelesen, obwohl ich natürlich weiß, dass so etwas ungehörig ist. Es ist wirklich ein faszinierender Beruf! Soweit ich sein Gekritzel entziffern konnte, gehört er einem Team an, das einen Fundort in Zentralflorida entdeckt hat. Dort hat man im Moor auf einem Stück Land, das eigentlich als Bauland ausgewiesen war, Menschenknochen gefunden, die den Untersuchungen zufolge siebentausend Jahre alt sein sollen.

Da seine Aufzeichnungen und Unterlagen in einem so katastrophal ungeordneten Zustand sind, kann ich nichts Genaues sagen, ich weiß nur, dass aus diesen Funden das Bardville Research Project *hervorgegangen ist, das Delaney seit drei Jahren leitet.*

Die Funde sind beachtlich. Unter anderem hat man ein kleines Mädchen gefunden, das mit seinen Spielsachen – kleinen Kunstwerken aus Knochen, Geweihen und Holz, manche davon mit kunstvoll eingeritzten Mustern versehen – begraben wurde. Die Menschen damals hatten offenbar viel Sinn für Rituale und wussten schöne Dinge zu schätzen. Und dann gibt es da Skizzen – ich frage mich, ob er sie selbst angefertigt hat. Sehr komplizierte, gewissenhaft ausgeführte Skizzen.

Es gibt hier so viele Notizen und Unterlagen und Fundstücke. Und das alles wild über die ganze Hütte verstreut. Es würde mir großen Spaß machen, die Sachen zu ordnen und dabei alles über das Projekt von seiner Entstehung bis zum gegenwärtigen Zeitpunkt zu lesen. Aber das ist, so wie die Dinge liegen, unmöglich, ganz davon abgesehen, dass ich morgen weiterfahre.

Was mich selbst betrifft, so mache ich Fortschritte. Ich schlafe von Nacht zu Nacht besser.

Ich habe wieder Appetit und esse sogar ein bisschen mehr, als ich eigentlich sollte. Heute, nach einer langen Fahrt und einem kleinen Unfall, habe ich eine beträchtliche Menge an Zeit mit einfachen Hausarbeiten verbracht. Körperlich zu arbeiten war eine gute Erfahrung. Noch vor knapp zwei Wochen war ich nach den einfachsten Aufgaben völlig ausgelaugt – körperlich, geistig, seelisch. Aber heute, am Ende dieses Tages, fühle ich mich stark, fast als ob ich unter Strom stehen würde.

Diese Zeit, diese Freiheit, einfach in den Tag hineinzuleben, ist genau das, was ich im Augenblick brauche.

Ich nehme mir noch ein bisschen mehr davon, noch ein paar Wo-

chen, bevor Camilla MacGee und Camilla von Cordina wieder zu einer Person verschmelzen.

Am nächsten Morgen schien Del die Sonne direkt ins Gesicht. Auf der Flucht vor dem Tageslicht und bemüht, den Faden des höchst erstaunlichen Traums nicht zu verlieren, in dem eine hochaufgeschossene Rothaarige mit einer sexy Stimme und goldbraunen Augen die Hauptrolle spielte, wälzte er sich herum. Auf seine lädierte Seite.

Und erwachte fluchend.

Nachdem er die letzten Überreste des Schlafs abgeschüttelt hatte, erinnerte er sich, dass die hochaufgeschossene Rothaarige kein Traum war. Diese Tatsache und dass sie nebenan im Gästezimmer schlief, weil ihr Auto im Straßengraben gelandet und der Strom ausgefallen war, machte ihn leicht nervös.

Und der Traum war so eindringlich gewesen, dass er sich jetzt statt für eine heiße Dusche für ein kaltes Bad im See entschied.

Nachdem er seine Sachen zusammengepackt hatte, ging er nach unten. Als er sie singen hörte, blieb er erstaunt stehen.

Die hübsche Stimme mit ihrem leicht fremd klingenden Akzent wirkte hier in seiner Hütte fehl am Platz. Aber daran, dass es nach frischem Kaffee duftete, war nichts auszusetzen.

Der Kaffeetopf stand auf dem Feuer, und sie kramte in der Speisekammer herum.

Als sein Blick nach unten fiel, sah er, dass der Küchenboden gewischt worden war. Und sogar richtig glänzte. Er wusste zwar nicht, wie sie das angestellt hatte, aber irgendwie hatte sie es geschafft. In einem Cognacschwenker auf dem Küchentisch stand ein Strauß Wildblumen.

Sie hatte in der Küche das Fenster weit aufgemacht, ebenso wie die Tür zum Vorraum und die Hintertür, so dass die frische milde Luft ins Haus wehte.

Als sie mit einer kleinen Dose Pilze in der Hand aus der Speisekammer trat, wich sie bei seinem Anblick überrascht einen Schritt zurück und stieß einen kurzen erstickten Schrei aus.

Diesmal war er nicht wie eine ganze Elefantenherde durchs Haus getrampelt. Er war barfuß, mit nacktem Oberkörper und trug nur eine alte ausgeleierte Jogginghose.

Seine Schultern waren breit, und seine Haut hatte – offensichtlich überall – einen warmen Goldton. Die Jogginghose saß ihm locker auf den schmalen Hüften und ließ eine straffe, von Muskelsträngen durchzogene Bauchdecke frei. Auch sein gesunder Arm war faszinierend muskulös.

Und dann entdeckte sie das Geflecht aus Blutergüssen, das sich über seinen Brustkorb zog.

„Oh nein.“ Sie wollte ihn berühren, trösten, konnte sich kaum zurückhalten. „Das muss scheußlich wehtun.“

„Halb so schlimm. Was machen Sie denn da?“

„Das Frühstück planen. Ich bin schon seit zwei Stunden auf.“

„Warum?“

„Weil ich Hunger habe.“

„Nein.“ Er wandte sich ab und suchte nach einem Becher. Wenn er nicht augenblicklich einen Koffeinstoß erhielt, würde er vor Müdigkeit umfallen. „Warum sind Sie schon seit zwei Stunden auf?“

„Weil ich daran gewöhnt bin, früh aufzustehen.“

Sie wusste, wie sich die meisten Leute das Leben einer Prinzessin vorstellten. Der Haken daran war nur, dass sich die Wirklichkeit von diesen Vorstellungen drastisch unterschied. Wenn sie im Amt war, schlief sie nie länger als bis sechs. Nicht dass Delaney Caine gewusst hätte, dass sie ein Amt bekleidete.

„Schlechte Angewohnheit“, sagte er und ging zum Kaffeetopf zurück.

Sie griff nach ihrem eigenen Becher und folgte ihm. „Ich habe vorhin einen Spaziergang gemacht“, begann sie. „Das Wetter ist herrlich und die Landschaft wunderschön. Der Wald ist ein richtiger Märchenwald. Und dann auch noch ein See! Auf einer Lichtung habe ich ein Reh gesehen, und der Fingerhut und die wilde Akelei blühen. Jetzt verstehe ich, wie man hier leben kann, und frage mich höchstens, wie man es je schafft, von hier wegzugehen.“

„Wenn ich zurückkomme, ist alles immer noch da.“ Er trank seinen ersten Becher Kaffee so gierig wie ein Ertrinkender in der Wüste den ersten Schluck Wasser. Dann schloss er die Augen und atmete tief durch. „Gott, ich danke dir.“

„Strom haben wir immer noch nicht. Aber im Kühlschrank sind drei Eier – wir können uns Rührei mit Käse und Pilzen machen.“

„Was auch immer. Ich muss mich jedenfalls erst einmal waschen." Er griff wieder nach seinem Waschzeug, dann hielt er inne und sah sie an.

„Was ist?"

Del schüttelte den Kopf. „Sie sehen vielleicht aus, Schwester", sagte er und ging hinaus.

Wie ein Kompliment hatte es nicht gerade geklungen, überlegte sie. Obwohl bei seinen Worten in ihrem Bauch ein ganzer Schwarm Schmetterlinge aufgeflattert war und immer noch flatterte, ging sie in die Küche zurück, um die Rühreier zu machen.

Er vertilgte seine Eier mit so viel Appetit, dass sie sich fragte, warum sie sich Sorgen gemacht hatte, ob sie ihm auch schmeckten.

Tatsache war, dass er sich wie im siebten Himmel fühlte, weil er etwas aß, das er nicht selbst zusammengewürfelt hatte. Etwas, das auch wirklich wie Essen schmeckte. Jetzt war er froh, dass er sich vorhin eine gereizte Bemerkung verkniffen hatte, weil seine Papiere im Wohnzimmer zu ordentlichen Stapeln aufgeschichtet waren.

Und damit, dass sie nicht pausenlos auf ihn einredete, hatte sie noch einen Extrapunkt verdient. Er hasste es, mit einem Wortschwall überschüttet zu werden, noch ehe er den Tag richtig begonnen hatte.

Wenn er nicht hätte befürchten müssen, von ihrem Anblick abgelenkt zu werden, hätte er ihr vielleicht vorübergehend eine Stelle als Haushälterin angeboten. Sie hätte das Haus putzen und ihm ab und zu etwas zu essen kochen können. Aber wenn eine Frau so aussah – und es darüber hinaus auch noch schaffte, sich nur Stunden, nachdem man sie zum ersten Mal gesehen hatte, in seine Träume zu schleichen –, war sie ein Problem.

Je eher sie wieder von hier verschwand, desto besser.

Als ob sie seine Gedanken gelesen hätte, stand sie auf und begann, den Tisch abzuräumen. Dann ergriff sie zum ersten Mal, seit sie sich an den Tisch gesetzt hatten, das Wort.

„Mir ist bewusst, dass ich Ihnen Umstände mache, und ich weiß Ihre Gastfreundschaft sehr zu schätzen, aber ich muss Sie leider noch um einen weiteren Gefallen bitten. Könnten Sie mich vielleicht zum nächsten Telefon fahren oder in den nächsten Ort oder in eine Werkstatt? Was für Sie am bequemsten ist."

Er schaute auf. Camilla und wie sie sonst noch heißen mochte, hatte, abgesehen davon, dass sie toll aussah, auch noch Stil. Es behagte ihm nicht, dass ihre Würde dazu führte, dass er sich schlecht fühlte, weil er sich überlegt hatte, wie er sie am schnellsten loswerden könnte.

„Sicher. Kein Problem." Noch während er sprach, hörte er, dass ein Auto den Waldweg heruntergeholpert kam. Er stand auf, um nachzusehen, wer zum Teufel ihn da störte.

Camilla trat ans Fenster. Sobald sie erkannte, dass es sich um ein Polizeiauto handelte, wich sie zurück. Polizisten waren erfahrene Beobachter. Sie zog es vor, den direkten Kontakt mit ihnen zu vermeiden.

Del nahm aus dem Augenwinkel ihren eiligen Rückzug wahr und stutzte einen Moment, dann ging er nach draußen.

„Hallo, Del." Sheriff Larry Risener war ein athletisch gebauter Mann mittleren Alters mit einer sanften Stimme. Del kannte ihn schon seit seiner Kindheit.

„Sheriff."

„Will mich nur mal kurz hier draußen umschauen. War ja ein ganz schöner Sturm letzte Nacht. In weiten Teilen des Landes ist der Strom ausgefallen."

„Ja, hier auch. Weiß man schon, wann wir wieder welchen bekommen?"

„Na ja." Risener lächelte, kratzte sich die Wange. „Sie wissen ja, wie das so ist."

„Ja. Ich weiß."

„Ein paar Meilen von hier liegt ein Kleinwagen im Straßengraben. Ein Mietwagen. Sieht aus, als hätte da irgendwer bei dem Unwetter ganz schön Probleme gehabt. Haben Sie etwas bemerkt?"

„Ja." Del lehnte sich an den Türstock. „Ich kam vorbei, kurz nachdem es passiert war. Konnte keinen Abschleppwagen rufen. Die Fahrerin hat hier übernachtet. Wollte eben zu Carl runterfahren und ihn bitten, den Wagen abzuschleppen."

„Dann ist ja alles in Ordnung. Wollte mir bloß nicht vorstellen müssen, dass da vielleicht jemand durch den Wald irrt. Ich kann

Carls Werkstatt anfunken und ihm den Standort durchgeben. Dann brauchen Sie nicht extra in die Stadt zu fahren, und er kann auf dem Heimweg kurz bei Ihnen reinschauen und Bescheid sagen."

„Hätte nichts dagegen."

„Okay, dann. Und wie geht es Ihnen? Die Schulter und alles?"

„Besser. Die Schmerzen sind inzwischen nur noch halb so höllisch."

„Freut mich. Schon irgendwas von Ihren Leuten gehört?"

„Seit einer Woche nicht."

„Bestellen Sie schöne Grüße von mir", sagte Risener, während er zu seinem Streifenwagen zurückschlenderte. „Mein Jüngster ist immer noch ganz verrückt nach den Versteinerungen, die Ihre Mutter ihm geschenkt hat."

„Mache ich." Del wartete, bis der Streifenwagen den Weg hinuntergeholpert und außer Sichtweite war. Dann drehte er sich um, weil er gemerkt hatte, dass Camilla in den Vorraum gekommen war. „Haben Sie Probleme mit der Polizei?"

„N...nein." Vor Überraschung über die Frage war ihr das Wort nicht ganz glatt über die Lippen gekommen. „Nein, natürlich nicht", fügte sie fester hinzu.

Er drehte sich um und musterte sie scharf aus diesen grünen Augen. „Versuchen Sie nicht, mir etwas vorzumachen."

Sie verschränkte die Hände, um sich ihre Nervosität nicht anmerken zu lassen. „Ich mache Ihnen nichts vor. Ich habe keine Straftat begangen und werde auch nicht polizeilich gesucht. Ich fahre einfach nur durch die Gegend und ziehe es vor, der Polizei nicht erklären zu müssen, dass ich kein bestimmtes Ziel habe, das ist alles."

Ihre Stimme klang jetzt entschieden, und ihr Blick war klar und ruhig. Falls sie lügt, lügt sie verdammt gut, dachte Del. Im Moment war es einfacher, ihr zu glauben.

„Also schön. Es wird eine gute Stunde dauern, bis Carl hier vorbeikommt und Bescheid sagt, was mit Ihrem Auto ist. Beschäftigen Sie sich irgendwie. Ich habe zu tun."

„Delaney." Obwohl sie sich ein bisschen ärgerte, weil er ihre Worte infrage gestellt hatte, wusste sie, dass sie ihm etwas schuldig war – und sie blieb nie jemandem etwas schuldig. „Ich könnte mir vorstellen, dass es nicht ganz einfach für Sie ist, Ihre Papiere und

Notizen mit einer Hand zusammenzustellen. Da ich zwei gesunde Hände habe, würde ich sie Ihnen gern für eine Stunde leihen."

Er wollte nicht, dass sie ihm vor den Füßen herumlief. Das war überhaupt keine Frage. Andererseits musste er zugeben, dass er allein bis jetzt noch nicht allzu viel geschafft hatte. Und solange er sie im Auge behielt, kam sie wenigstens nicht auf die Idee, hinter seinem Rücken seine Sachen aufzuräumen. „Können Sie am Computer schreiben?"

„Ja."

Er schaute auf ihre Hände. Zart und gepflegt, dachte er. Hände, die es gewöhnt waren, einmal pro Woche manikürt zu werden. Er bezweifelte, dass sie ihm viel nützen würden, aber ständig nur mit einer Hand zu tippen war auf die Dauer ziemlich frustrierend.

„Also schön, dann setzen Sie sich schon mal hin oder so. Aber fassen Sie ja nichts an", warnte er sie, bevor er das Zimmer verließ.

Gleich darauf kam er mit einem Laptop zurück. „Die Batterie reicht ungefähr zwei Stunden." Er setzte sich hin und mühte sich damit ab, den Laptop aufzuklappen.

„Lassen Sie es mich machen." Sie schob ihn beiseite.

„Aber klappen Sie ihn nur auf", befahl er und ging wieder nach draußen, um wenig später mit einem Karton, den er sich unter den gesunden Arm geklemmt hatte, zurückzukommen.

Er schnaufte ungehalten, als sie eilig aufsprang, um ihm den Karton abzunehmen. „Ich habe ihn. Verdammt."

Sie neigte den Kopf – würdevoll, wie er fand. „Ich bin mir sicher, dass es frustrierend ist, wenn man gehandicapt ist. Aber hören Sie auf, mich anzuschnauzen."

Während sie sich wieder hinsetzte und ruhig die Hände verschränkte, begann er, in der Schachtel herumzukramen, wobei er sagte: „Sie brauchen einfach nur zu tippen, mehr nicht. Alle Kommentare und Fragen sind überflüssig." Er knallte einen Stapel loser Blätter, Zeitungsausschnitte, Fotos und Notizbücher auf den Tisch und kramte kurz darin herum. „Öffnen Sie die Datei."

Sie saß einfach nur da, mit verschränkten Händen, die Lippen fest zusammengepresst.

„Ich dachte, Sie kennen sich aus."

„Das tue ich auch. Aber da Sie mich soeben zu absolutem Stillschweigen verdonnert haben, kann ich auch nicht fragen, welche Datei in welchem Programm ich öffnen soll."

Wieder schnaufte er, dann beugte er sich vor und drückte selbst eine Taste. Dabei berührte er mit der Nase fast ihr Haar, was ihn ärgerte. Es war weich, glänzend und duftete. So weiblich, dass seine Hormone auf der Stelle anfingen, verrückt zu spielen. Er zog die Augenbrauen zusammen und konzentrierte sich darauf, das Programm selbst zu starten.

Ohne darüber nachzudenken, wandte sie den Kopf. Jetzt waren sich ihre Gesichter so nah, dass sie beide zurückzuckten. Er warf ihr einen verärgerten Blick zu und schob seine unverletzte Hand in die Hosentasche.

„So. Hier"

„Oh." Sie schluckte schwer und unterdrückte den Drang, sich zu räuspern. Wie grün seine Augen sind, dachte sie.

„Sie müssen bis zum Ende gehen." Er war drauf und dran, sich erneut vorzubeugen, um es selbst zu machen, aber dann fiel ihm ein, dass seine Nase dann wieder ihr Haar berühren würde.

Sie folgte seiner Aufforderung mit einer lässigen Beiläufigkeit, die ihn zufriedenstellte. Er nahm – diesmal vorsichtig, um jeden Körperkontakt zu vermeiden – seine Lesebrille, dann kramte er aus dem ungeordneten Stapel die Notizen heraus, die er benötigte.

Hinter dieser Hornbrille wirken seine Augen noch eindringlicher, wirkt das Grün noch intensiver, dachte sie.

„Es fanden sich Rückstände pflanzlicher Stoffe", begann er zu diktieren, dann schaute er sie finster an. „Haben Sie vor, hier nur herumzusitzen, oder gedenken Sie irgendwann mit dem Tippen anzufangen?"

Sie verkniff sich eine verärgerte Bemerkung – entschlossen, sich *nicht* auf sein Niveau zu begeben – und begann zu tippen.

„Es ist wahrscheinlich, dass die pflanzlichen Überreste, wie zum Beispiel die intakte Stechapfelschale, Essensgaben waren, die man zusammen mit den Toten vergraben hat. In der Magengegend der zusammengefügten Skelettteile wurde eine Anzahl Samen gefunden."

Ihre Finger flogen im Rhythmus seiner Stimme über die Tasten. Eine sehr schöne Stimme, dachte sie. Sofern sie in ruhigem Ton sprach. Fast melodisch. Er sprach von Kürbissen, die man in einem

Grab gefunden hatte und deren Samen möglicherweise aus Mittel- oder Südamerika stammten.

Ihr wurde klar, dass er sie sehen lehrte. Das war seine Gabe. In ihrem Kopf begannen diese Menschen Gestalt anzunehmen, die sich dort am Flussufer niedergelassen hatten. Um ihre Kinder großzuziehen, ihre Kranken zu pflegen und ihre Toten respektvoll mit einer feierlichen Zeremonie im Moor zu bestatten.

„Kastanienbäume?", unterbrach sie ihn und hörte auf zu tippen. „Sie können aus Pollenproben herauslesen, dass es dort vor siebentausend Jahren Kastanienbäume gab? Aber woher wissen Sie …"

„Hören Sie, das ist hier kein Seminar." Er sah, wie der Funke der Begeisterung in ihren Augen erlosch, ihr Blick wurde kühl und leer. Plötzlich kam er sich wie der letzte Idiot vor. „Oje. Also schön, das Moor dort ist gut zwölf Fuß tief, die Schicht hat seit der letzten Eiszeit elftausend Jahre gebraucht, um so weit anzuwachsen."

Er grub wieder in seinem Papierberg und förderte Fotos und Zeichnungen zutage. „Man nimmt Proben – aus verschiedenen Schichten – und untersucht sie. Daran lässt sich ablesen, was wann dort wuchs. Und es lassen sich Klimaveränderungen feststellen."

„Und woran kann man die Klimaveränderungen ablesen?"

„An den Pflanzenarten. Kalt, warm, kalt, warm." Er tippte jeweils auf eine Zeichnung. „Wir reden hier von sehr langen Zeiträumen, in denen es häufig Klimaveränderungen gab. Blätter, Samen und Pollen wurden verweht und Moor konserviert, weil es die Sauerstoffzufuhr unterbindet", erklärte er. „Ohne Sauerstoff entstehen keine Bakterien oder Pilze, und der Verwesungsprozess verlangsamt sich."

„Warum haben sie ihre Toten im Moor begraben?"

„Das könnte religiöse Gründe gehabt haben. Im Sumpf entstehen Sumpfgase, die in der Dunkelheit leuchten. Methan steigt auf, an der Wasseroberfläche entstehen Blasen, so dass es aussieht, als würde das Wasser atmen. Tote haben aufgehört zu atmen."

Romantisch, dachte sie. „Vielleicht haben sie ja geglaubt, sie könnten so ihren Toten wieder Atem einhauchen. Das ist hübsch."

„Ja, oder sie haben es gemacht, weil man im Moor ohne Schaufeln leichter ein Loch graben kann."

„Die erste Erklärung gefällt mir besser." Sie lächelte ihn an. Sie hatte ein wunderschönes Lächeln, wirklich.

„Ja, nun.“ Da plötzlich sein Mund ganz trocken geworden war, wandte er sich ab, um sich Kaffee nachzuschenken. Und war erstaunt, den Kaffeetopf nicht zu entdecken.

„Er ist nebenan, aber es ist kein Kaffee mehr da“, sagte sie, seine Gedanken lesend. „Soll ich neuen aufsetzen?“

„Ja, prima.“ Er wollte auf seine Armbanduhr schauen, dann fiel ihm ein, dass er keine trug. „Wie spät ist es?“

„Kurz nach elf.“

Nachdem sie ihn allein gelassen hatte, ging er auf und ab, dann blieb er stehen, um einen Blick auf das zu werfen, was sie getippt hatte. Er musste zugeben, dass es mehr – viel mehr – war, als er allein geschafft hätte.

Wenn es in diesem Tempo weiterginge, könnte er in zwei Wochen alle Artikel – die lästigste seiner Aufgaben – fertig haben, und dann hätte er mit Katalogisieren und dem Einordnen der Laborbefunde immer noch genug zu tun.

Zwei Wochen, dachte er und rollte versuchsweise seine verletzte Schulter. Die Ärzte gingen davon aus, dass es noch ein paar Wochen länger dauern würde, bis er seine uneingeschränkte Bewegungsfreiheit wiederhatte. Genau gesagt waren sie der Meinung, dass es leicht noch vier Wochen dauern konnte, bis er wieder voll einsatzfähig war. Aber Ärzte waren ja immer pessimistisch.

Er sollte sich für diese Zeit eine Schreibkraft suchen. Das wäre wahrscheinlich das Vernünftigste. Aber er hasste es, ständig eine fremde Person um sich zu haben. Besser wäre es, in ein Spracherkennungsprogramm zu investieren. Er überlegte, wie lange es wohl dauern mochte, bis er es beschafft, installiert und sich daran gewöhnt hatte.

„Der Kaffee braucht noch ein paar Minuten.“ Camilla setzte sich wieder und legte die Finger einsatzbereit auf die Tastatur. „Wo waren wir stehen geblieben?“

Sein Blick schweifte aus dem Fenster, während er seinen Faden wieder aufnahm. Nach wenigen Minuten hatte er vollkommen vergessen, dass sie da war, und registrierte kaum das leise Klappern der Tasten.

Er war völlig vertieft, als ihn ein Motorengeräusch aus seinen Gedanken riss. Verwirrt nahm er die Brille ab und schaute stirnrunzelnd auf den roten Truck, der den Weg heraufkam.

Was zum Teufel wollte Carl hier?

„Ist das der Abschleppwagen?“

Er blinzelte und drehte sich um. „Richtig. Ja.“

Carl war fett wie ein Nilpferd und nieste, als er sich aus dem Führerhaus seines Trucks wuchtete. Er nahm die Mütze ab, kratzte sich die kahle Stelle am Hinterkopf und nickte, als Del nach draußen kam.

„Del.“

„Carl.“

„Wie geht's Ihren Leuten?“

„Gut, soweit ich weiß.“

„Gut.“ Carl kniff hinter den bernsteinfarben getönten Gläsern seiner Sonnenbrille die Augen zusammen, als er Camilla entdeckte. „Ist das Ihr Auto da unten an der Straße, Miss?“

„Ja. Haben Sie es aus dem Graben herausbekommen?“

„Noch nicht. Wollte Ihnen erst Bescheid sagen. Ein Scheinwerfer ist hin. Die Ölwanne auch. Der linke Vorderreifen ist platt wie ein Pfannkuchen. Und die Spur muss wahrscheinlich neu eingestellt werden. Muss alles repariert werden, bevor Sie weiterfahren können.“

„Ich verstehe. Können Sie das machen?“

„Ja. Muss mir allerdings erst die Ersatzteile besorgen. Länger als zwei Tage dürfte es aber nicht dauern.“

Zwei Tage! Dann konnte sie es also vergessen, heute Abend weiterzufahren. „Oh. In Ordnung.“

„Abschleppen, Ersatzteile, Arbeitszeit, macht so um die dreihundert, schätze ich mal.“

Sie konnte es nicht verhindern, dass sie ihn erschrocken ansah. Dreihundert Dollar waren zwanzig mehr als das, was sie noch in der Tasche hatte.

Noch während sie diesen Schlag verkraftete, wurde ihr klar, dass sie nach diesem kleinen Zwischenspiel völlig abgebrannt sein würde, so dass ihr nichts anderes übrig bleiben würde, als zu Hause anzurufen und um Geld zu bitten. Und dieser Gedanke gefiel ihr gar nicht.

Als Carl ihr beunruhigtes Gesicht sah, verlagerte er unbehaglich sein Gewicht. „Äh … also … ein Vorschuss von hundert würde schon reichen. Den Rest können Sie ja zahlen, wenn der Wagen fertig ist."

„Ja, sofort, ich bin gleich wieder da."

Während Camilla ins Haus ging, um ihr Portemonnaie zu holen, versuchte sie sich damit zu trösten, dass ihr schon etwas einfallen würde. Bestimmt konnte sie ihre Uhr verkaufen – oder sonst irgendetwas. Bis das Auto repariert war, reichte das Geld noch für Essen und ein Motel. Sofern sie sparsam damit umging.

Und in der Zwischenzeit würde sie sich etwas ausdenken. Sie war gut darin, Probleme zu lösen.

Doch während sie die hundert Dollar abzählte, schwand ihr Optimismus rapide dahin. Es war wirklich deprimierend, Geld zu brauchen. Eine Erfahrung, die sie noch nie in ihrem Leben gemacht hatte und die, wie sie zugeben musste, sehr lehrreich war.

Damit bleiben noch hundertachtzig und ein bisschen Kleingeld, überlegte sie, während sie die verbliebenen Scheine in ein Portemonnaie zurückschob, das ungefähr zweimal so viel gekostet hatte. Das sollte ich mir eine Lehre sein lassen, ermahnte sie sich, als sie nach unten ging.

Del war schon wieder in der Küche und schaute seine Aufzeichnungen durch.

„Meinen Sie, ich könnte den Fahrer fragen, ob er mich mit in die Stadt nimmt?", fragte sie.

„Er ist weg."

„Weg?" Camilla eilte zum Fenster und schaute hinaus. „Wo ist er denn hin?"

„Kümmert sich um Ihr Auto."

„Aber ich wollte ihm vorher doch noch das Geld geben."

„Ich habe ihm gesagt, er soll es bei mir anschreiben. Ist der Kaffee fertig?"

„Bei Ihnen anschreiben?" Ihr verletzter Stolz veranlasste sie, den Kopf zu heben und die Schultern zu straffen. „Nein. Ich habe das Geld."

„Schön, dann geben Sie es mir eben, wenn Ihr Auto wieder läuft. Was ist denn jetzt mit diesem verdammten Kaffee?"

Er nahm sich seinen Becher und ging nach nebenan. Sie folgte ihm entschlossen. „Hier, nehmen Sie das."

Er übersah sie und die Scheine, die sie ihm hinhielt, und nahm stattdessen den Kaffeetopf vom Feuer. Er trug ihn zum Tisch, wo er sich einschenkte, dann brachte er ihn wieder zurück und griff nach seinem Becher.

Die Frau bebte ja fast vor Wut. Was höchst interessant war. Und für sie sprach. Sie war offenbar nicht daran gewöhnt, sich anderen Menschen verpflichtet zu fühlen. Ebenso wenig wie an finanzielle Engpässe. Da war irgendwo Geld im Hintergrund – dieser zierliche Beweis schweizerischer Eleganz und Präzision an ihrem Handgelenk hatte garantiert ein paar Riesen gekostet – auch wenn sie die im Augenblick nicht in ihrem Portemonnaie hatte.

Dieses Rätsel wollte er allerdings nicht lösen.

Er hatte Mitleid mit ihr gehabt – keine typische Reaktion für ihn –, als er gesehen hatte, wie sehr sie erschrocken war. Und er hatte sie dafür bewundert, wie schnell sie sich wieder in den Griff bekommen hatte. Sie hatte sich nicht aufgeregt oder herumgejammert oder womöglich Carl noch schöne Augen gemacht, in der Hoffnung, dass er dann mit dem Preis vielleicht ein bisschen runtergehen würde.

Sie hatte es geschluckt. Davor hatte er Respekt.

Und dann war ihm der Gedanke gekommen, dass er ihr ja vielleicht helfen und gleichzeitig sein eigenes Problem lösen könnte, ohne dass sich einer von ihnen beiden dadurch in die Enge getrieben fühlte.

„Ich nehme an, Sie haben heute Vormittag ungefähr zwanzig Dollar verdient“, sagte er. „Ich dachte mir, ich könnte Ihnen vielleicht zehn Dollar die Stunde fürs Tippen geben, und für Essen und Unterkunft können Sie sich ja mit Putzen und Kochen revanchieren. Wenn Carl zwei Tage sagt, sollten Sie besser von vier Tagen ausgehen. Hier hätten Sie vier Tage ein Dach über dem Kopf und würden auch noch etwas verdienen.“

Sie sah ihn an, während sie seinen Vorschlag überdachte. „Sie wollen, dass ich für Sie arbeite? Sie möchten, dass ich …. dass ich Ihnen den Haushalt mache?“

„Das haben Sie doch sowieso schon gemacht, oder? Außerdem bekommen Sie für vier Nächte ein Bett, und ich verliere bei meiner Arbeit keine Zeit, und am Ende sind wir quitt.“

Sie wandte sich ab. Weil es ihr peinlich war, wie er bestimmt dachte. Er wäre allerdings überrascht und verwirrt gewesen, wenn er gewusst hätte, dass sie sich die größte Mühe geben musste, nicht laut herauszulachen.

Camilla überlegte, was wohl die Medien dazu sagen würden, während sie sich auf die Knöchel biss, um nicht laut herauszuplatzen. Camilla von Cordina bezahlte für eine Übernachtungsgelegenheit, indem sie Böden schrubbte, Dosensuppe heiß machte und Notizen über Knochen und Holunderbeersamen tippte.

Wie die Prinzessin ihren Sommerurlaub verbringt. Die Schlagzeile stand ihr überdeutlich vor Augen.

Sie musste die Lippen fest aufeinanderpressen, um sich das Lachen zu verbeißen.

Natürlich konnte sie sein Angebot ausschlagen. Ihm die hundert Dollar geben und ihn bitten, sie in die Stadt zu fahren, damit sie ihre Eltern anrufen oder ihre Uhr verkaufen konnte.

Aber nein, es war so köstlich. Und so außergewöhnlich. War das nicht genau der Sinn der Sache?

Kein Fernsehen, keine Illustrierten, auf deren Titelseiten ihr Bild prangte. Eine interessante Arbeit in einem herrlichen Teil des Landes, in dem sie bisher noch nicht gewesen war. Dinge zu erfahren, die sie weitaus spannender fand als alles, was sie je gelernt hatte, und zu wissen, dass sie allein durch ihre eigenen Fähigkeiten etwas Positives bewirkte. Nicht wegen ihrer gesellschaftlichen Stellung oder weil sie irgendwelche Verpflichtungen zu erfullen hatte, sondern – und das war das Wichtigste – weil es ganz allein ihre Entscheidung war.

Nein, diese Gelegenheit, die ihr da in den Schoß gefallen war, konnte sie sich unmöglich entgehen lassen.

„Ich bin Ihnen sehr dankbar." Ihre Stimme bebte leicht, weil sie ihr Lachen unterdrücken musste – was er allerdings dahingehend deutete, dass sie den Tränen nahe sei.

Eine Vorstellung, die für ihn der reinste Horror war.

„Es ist ein faires Geschäft, sonst nichts. Werden Sie deshalb jetzt bloß nicht sentimental."

„Ein äußerst faires Geschäft." Sie wandte sich ab und bemühte sich um einen beiläufigen, forschen Tonfall. „Also gut, einverstanden", sagte sie und streckte ihm die Hand hin.

Er übersah ihre Hand, weil er das Geschäft insgeheim mit einem festen Vorsatz verknüpft hatte. Er würde sie unter keinen Umständen anfassen, bei welcher Gelegenheit auch immer.

„Ich werde noch mal versuchen, den Generator anzuwerfen, falls wir heute noch keinen Strom bekommen. Machen Sie ein bisschen Ordnung, aber lassen Sie ja die Finger von meinen Sachen."

Camilla wartete, bis die Hintertür ins Schloss gefallen war, bevor sie sich hinsetzte und endlich herzhaft lachte.

4. KAPITEL

Eine Stunde später kam Camilla, mit einer langen Einkaufsliste bewaffnet, in den Schuppen gefegt, aufrichtig entsetzt über den Zustand, in dem sich das Haus befand, das sie einer sorgfältigen Überprüfung unterzogen hatte.

„Sie brauchen dringend ein paar Sachen."

„Geben Sie mir diesen verdammten Schraubenschlüssel."

Sie reichte ihm das gewünschte Werkzeug und betrachtete sich als sehr zivilisiert, weil sie es ihm nicht einfach über den Kopf haute. „Sie hausen in einem Schweinestall. Ich brauche Putzmittel … am besten Industriestärke. Und wenn Sie wollen, dass ich ein vernünftiges Essen auf den Tisch bringe, brauche ich einige Vorräte. Sie müssen in die Stadt fahren."

Er bezwang den Bolzen, legte den Schalter um. Und bekam von dem Generator als Reaktion nur ein asthmatisches Keuchen. „Ich habe keine Zeit, in die Stadt zu fahren."

„Wenn Sie einen vollen Bauch und saubere Laken für Ihr Bett möchten, werden Sie sich die Zeit wohl oder übel nehmen müssen."

Er benutzte den Schraubenschlüssel, um dem Generator eins auf den Deckel zu geben, dann versetzte er ihm drei harte Fußtritte. Camilla, die an derartige männliche Reaktionen gegenüber störenden unbeseelten Objekten gewöhnt war, stand mit ihrer Einkaufsliste in der Hand unbeeindruckt daneben.

Nachdem er sein Fluchen schließlich eingestellt hatte, sagte sie mit leicht zur Seite geneigtem Kopf: „Ich habe mich schon immer gefragt, warum Männer sich so oft bemüßigt fühlen, im Zusammenhang mit unkooperativen Maschinen primitive weibliche Vergleiche anzustellen."

„Weil es passt wie die Faust aufs Auge." Er beugte sich vor, legte den Schalter um und grummelte zufrieden, als der Generator einen lauten Rülpser von sich gab und anfing zu rattern.

„Nachdem Sie nun diese Heldentat vollbracht haben, werden Sie vermutlich erst einmal aufräumen wollen, bevor Sie sich dieser Einkaufsliste annehmen."

Er schaute sie aus zusammengekniffenen Augen an, während er

wieder nach dem Schraubenschlüssel langte und ihn abwägend in der Hand wog.

Die Andeutung verfehlte ihre Wirkung. Camilla hob nur das Kinn.

Er warf das Werkzeug beiseite, griff sich die Einkaufsliste und beschmierte sie mit dem Motoröl, das er an den Fingern hatte. „Ich hasse Frauen, die versuchen, mich herumzukommandieren."

„Und ich kann keine primitiven Männer ausstehen. Aber wir werden wohl beide damit leben müssen, weil ich zurzeit Ihre Unterwäsche wasche."

In seinen Augen blitzte ein winziges Fünkchen von Humor auf. „Sie haben eine ganz schön scharfe Zunge. Passen Sie auf, dass Sie damit nicht meine Shorts zerschneiden."

Sie setzten sich beide gleichzeitig in Bewegung in Richtung Tür und prallten prompt zusammen. Als Camilla ihm instinktiv eine Hand auf die Brust legte, spürte sie, dass sein Herz genauso heftig pochte wie ihres.

„Sie werden mir schon aus dem Weg gehen müssen", sagte er.

„Dann passen Sie auf, wo Sie hingehen."

Sie sah, wie er den Blick senkte und auf ihren Mund schaute. In Reaktion darauf öffnete sie leicht die Lippen.

„Worauf Sie sich verlassen können, Schwester", sagte er und zwängte sich durch die offene Tür.

„Gut." Sie atmete aus und fuhr sich mit den Fingerspitzen nachdenklich über die Lippen, die sich ein klein bisschen zu warm anfühlten. „Gut, gut."

Sie war wütend, ausgelaugt und energiegeladen gleichzeitig – in einer Weise, wie sie es schon sehr lange nicht mehr erlebt hatte. Sie fühlte sich lebendig … und interessiert, wie sie jetzt merkte. Darüber musste sie nachdenken.

Del wurde sehr bald klar, dass es ihm ganz und gar nicht passte, für sie den Laufburschen zu spielen. Er hatte weitaus Wichtigeres zu tun als einzukaufen, und die Hälfte der Sachen, die auf ihrer Liste standen, brachten ihn dazu, sich frustriert am Kopf zu kratzen.

Was zum Teufel war Kerbel, und warum musste das Zeug unbedingt frisch sein?

Wofür, um alles in der Welt, brauchte sie zwei Dutzend Eier?

Und drei Gallonen Bleichmittel?

Vielleicht hat sie ja vor, dich zu vergiften, überlegte er auf dem Heimweg. Aufgebracht genug war sie jedenfalls gewesen, auch wenn sie ihn mit diesem Königin-zu-Untertan-Blick gemustert hatte.

Obwohl sie natürlich wirklich toll aussah. Ein Gesicht, das einen Mann glatt umhaute. Wenn man dann noch die Stimme dazu nahm und diese nicht enden wollenden Beine, hatte man eine gefährliche Frau. Er begann es schon zu bereuen, dass sie ihm leidgetan hatte.

Auch wenn er sich im Umgang mit Dynamit auskannte. Aber sie war schließlich für die nächsten paar Tage nur ein praktisches Werkzeug, mehr nicht. Von daher würde er, sofern sie nicht zusammen arbeiteten, einen weiten Bogen um sie machen, gut auf seine Hände aufpassen und sich alle Mühe geben, in ihr ein asexuelles Wesen zu sehen.

Und warum blieb ihm dann fast das Herz stehen, als er vor der Hütte anhielt und sie herausgeeilt kam? Asexuell? Ein Werkzeug? Diese Frau war eine Bombe – und zwar eine, die jederzeit hochgehen konnte.

Sie kam lachend angelaufen, machte die Tür auf und begann, die Einkaufstüten aus dem Auto zu holen. „Der Strom ist wieder da“, berichtete sie. „Ich hätte nie geglaubt, dass ich mich über etwas ganz Selbstverständliches wie einen funktionierenden Lichtschalter so freuen könnte. Das Telefon funktioniert zwar immer noch nicht, aber bestimmt ist es nur noch eine Frage der Zeit.“

Er griff sich eine Tüte und ging hinter ihr ins Haus. Sie läuft nicht, sie schwebt, dachte er. Was wahrscheinlich etwas mit diesen ewig langen Beinen zu tun hatte. Denen er natürlich keinerlei Aufmerksamkeit schenkte.

„Wie viele Leute gedenken Sie eigentlich in den nächsten paar Tagen zu verköstigen?“, fragte er.

„Oh, werden Sie jetzt bloß nicht komisch.“ Sie scheuchte ihn mit einer Handbewegung beiseite und begann die Sachen auszupacken. „Sobald ich hier fertig bin, werde ich Ihnen ein Sandwich machen.“

Sandwichs konnte sie machen, das musste man ihr lassen. Er saß in seiner jetzt blitzsauberen Küche und aß – und zwar gut –, während er den nächsten Schwung Notizzettel überflog. Seine Rippen taten noch ein bisschen weh, aber immerhin hatte eine Schmerztablette ausgereicht, die Beschwerden auf ein erträgliches Maß zu reduzieren.

Als er mit dem Essen fertig war, diktierte er noch weitere drei Stunden. Hin und wieder unterbrach sie ihn und stellte eine Frage, was ihn jedoch nicht sonderlich störte.

Bei Licht betrachtet waren es sogar gute Fragen, die ihn zum Nachdenken anregten und auf die die Mehrzahl seiner Studenten nie verfallen wäre. Das war durchaus beachtlich, vor allem, wenn man bedachte, dass dieses Gebiet für sie ja absolutes Neuland war.

Er ertappte sich dabei, dass er lange auf ihren Nacken schaute. Die anmutige Biegung. Verärgert über sich selbst, riss er seinen Blick los, zwang sich, sich wieder auf seine Aufzeichnungen zu konzentrieren und nicht mehr an sie zu denken.

Sie wusste, dass er sie anschaute, aber sie wusste auch, dass er sie gleich wieder aus seinen Gedanken verdrängen würde, so mühelos, wie man einen Lichtschalter umlegte.

Sie merkte, dass ihr das gefiel – jeder Aspekt davon. Sein Interesse, seine Verärgerung darüber und seine Konzentration auf die Sache, die es ihm erlaubte, dieses aufflackernde Interesse sofort wieder beiseite zu schieben.

Dieses persönliche Interesse an ihr hatte nichts mit ihrer Familie, ihrer Herkunft oder ihrer gesellschaftlichen Stellung zu tun. Dessen konnte sie sich zum ersten Mal in ihrem Leben ganz sicher sein, und das war ein ungeheuer gutes Gefühl. Und seine Verärgerung über sich selbst erfüllte sie mit reiner Genugtuung.

Er sah sie einfach als Frau. Ohne Image, ohne Titel. Was zur Folge hatte, dass sie sich auch als Frau fühlte. Er war von ihr angezogen und kämpfte dagegen an. Das gab ihr Macht – eine entscheidende weibliche Macht, die nichts mit ihrer königlichen Herkunft zu tun hatte.

Sie hingegen fühlte sich von seiner Konzentrationsfähigkeit angezogen. Der brachte sie größte Hochachtung entgegen, weil sie sich aus Willenskraft, Intelligenz und Hingabe an seine Arbeit speiste.

Darüber hinaus fühlte sie sich davon herausgefordert. Obwohl sie wusste, dass es klug war, dieser Herausforderung zu widerstehen.

Sie war hier schließlich ganz allein mit ihm – einem Mann, über den sie nur wenig wusste –, und mit dieser Konzentration zu spielen, aus purer Neugier zu versuchen, sie zu stören, könnte … Konsequenzen haben.

Doch andererseits, was war eine Suche nach sich selbst ohne Konsequenzen?

Nachdem er eine ganze Weile geschwiegen hatte, rollte sie ihre steifen Schultern und lächelte ihn an. „Was halten Sie davon, wenn wir eine kleine Pause machen?"

Sie beobachtete, wie er in die Gegenwart zurückkehrte, in das Zimmer, zu ihr. Spürte, dass sein Blick über sie hinwegglitt, als sie aufstand, um sich zu strecken.

„Ich bin noch nicht fertig", sagte er.

„Wenn Sie möchten, können wir ja nach dem Abendessen weiterarbeiten." Sie lächelte entspannt. „Ich würde gern einen Spaziergang machen, bevor ich mit dem Kochen anfange. Gehen Sie eigentlich jemals im Wald spazieren, Del?"

In ihrer Frage schwang eine ganz leise Einladung mit. Er war sich sicher – verdammt sicher, dass es Absicht war. Es war wie ein Schlag in die Magengrube. Er wagte nicht, sich vorzustellen, was sie, wenn sie es darauf anlegte, bei einem Mann anrichten konnte.

„Gehen Sie nur, ich habe zu tun." Ohne weiter Notiz von ihr zu nehmen, griff er sich wieder einen Packen Aufzeichnungen. Er wartete, bis sie im Vorraum war, ehe er ihr nachrief: „Passen Sie auf, es gibt hier Schlangen."

Das kurze Zögern ihrer Schritte, das nur zu erahnende Luftholen erfüllten ihn mit tiefer Genugtuung.

Mitten in der Nacht wachte er auf, benommen und mit schmerzenden Rippen.

Verdammt, er hatte wieder von ihr geträumt. Sie hatten in der Küche gearbeitet. Er hatte diktiert, und sie tippte es in den Laptop, atemberaubend nackt.

Die Fantasie war so pubertär, dass er sich schämte.

Das Problem mit Frauen war, dass sie einen fertig machen konnten, allein mit ihrer Gegenwart.

Er lag einen Moment da und befahl seinen Rippen, endlich Ruhe zu geben, und seinem Blut, abzukühlen.

Er hatte es doch den ganzen Tag und den ganzen Abend lang geschafft, sich an seinen Vorsatz zu halten, oder etwa nicht? Er hatte sie nicht berührt, kein einziges Mal. Obwohl es ganz leicht gewesen wäre. Mit dem Finger über diesen Nacken zu fahren, während sie tippte. Ein wie zufälliges Streifen mit der Hand, als sie sich während des Essens zu ihm herübergebeugt hatte, um ihm das Salz zu reichen.

Leicht, so leicht wäre es auch gewesen, sie einfach mit einer Hand zu packen, an sich zu ziehen und diesen sinnlichen Mund zu küssen.

Aber er hatte es nicht getan. Dafür hatte er Punkte verdient.

Nichtsdestoweniger machte es ihn ein bisschen nervös, dass er ständig daran denken musste, es zu tun.

Und sie flirtete mit ihm. Das war nicht zu übersehen. Er war oft genug in solchen Situationen gewesen, um sich damit auszukennen.

Es gab immer wieder Studentinnen – oder Groupies, die gelegentlich bei Ausgrabungsarbeiten herumlungerten –, die versuchten, mit ihm anzubändeln. Seiner Meinung nach meistens deshalb, weil sie sich irgendwelche romantischen Vorstellungen von seiner Arbeit machten. An dieser Sichtweise war nur Indiana Jones schuld. Obwohl die Filme wirklich verdammt unterhaltsam waren.

Je nach Lust und Laune übersah er die Annäherungsversuche oder ließ sich darauf ein, obwohl er sich hütete, jemals eine ernsthafte Beziehung einzugehen. Ernsthafte Beziehungen waren ein Waten im Sumpf und bedeuteten nur Komplikationen. Und der Rothaarigen stand das Wort Komplikationen quer über die Stirn geschrieben, deshalb kamen Spaß und Spiel nicht infrage.

Er sollte ihr ein Zimmer in einem Motel besorgen. Dafür bezahlen. Sie ausquartieren.

Dann dachte er an den Stapel ordentlich getippter Seiten, und sein Zorn verrauchte. Sie bewirkte Wunder. Abgesehen von der Tatsache, dass er dank ihrer Hilfe nicht gezwungen war, sich allein durch die unüberschaubaren Papierberge zu wühlen, waren es auch ihre Fragen, ihr brennendes Interesse und ihr Organisationstalent, die ihn zu Höchstleistungen anspornten. Nicht dass er das ihr gegenüber je erwähnen würde.

Er dachte an das Essen, das sie heute Abend gekocht hatte. Ihm war absolut schleierhaft, was sie mit diesem armen Hähnchen angestellt hatte, aber sie hatte es in eine Delikatesse verwandelt.

Er begann seinen Verdacht, dass irgendwo ein reicher, wütender Ehemann oder Liebhaber auf sie wartete, zu revidieren. Sie war kein Luxusweibchen, dafür war sie viel zu intelligent und zu geschickt in der Küche.

Wie auch immer, er musste aufhören, an sie zu denken.

Aber wenn er sie ausquartierte, würde er wieder am Anfang sein. Weil er damit indirekt zugab, dass er nicht in der Lage war, seine Finger von ihr zu lassen. Und wenn er das zugäbe … tja, wo wäre er dann?

Völlig entnervt stand er auf, wobei ihm erst im letzten Moment einfiel, seine Jogginghose überzuziehen, und ging über den Flur ins Bad. Dabei registrierte er die blitzenden Kacheln und die ordentlich aufgehängten frischen Handtücher ebenso wenig, wie er früher den angetrockneten Seifenschaum und die zu feuchten Klumpen geballten Handtücher registriert hatte. Aber der Duft stieg ihm in die Nase, weil er von ihr stammte.

Und bewirkte, dass sich jeder Muskel in seinem Körper anspannte.

Er nahm die Schmerztabletten aus dem Medizinschrank und legte sie wieder zurück. Von diesen verdammten Hämmern hier verblödete er noch. Er sollte sich lieber eine leichtere Schmerztablette aus der Küche holen und sie mit einem Whiskey hinunterspülen.

Als er an ihrer Schlafzimmertür vorbeiging, untersagte er es sich strikt, sie sich auch nur eine einzige Sekunde lang im Bett liegend vorzustellen. Wenig später entdeckte er, dass es ohnehin vergeudete Fantasie gewesen wäre, weil sie gar nicht im Bett lag.

Er hörte ihre Stimme, das leise Murmeln drang aus der Küche. Mit zusammengekniffenen Augen blieb er stehen, lauschte. Er konnte die Worte nicht verstehen, aber der Ton war sanft, liebevoll.

Mit wem, zum Teufel, telefonierte sie da? Er ging weiter und schnappte ihre letzten Worte, mit denen sie sich offenbar verabschiedete, auf.

„Je t'aime aussi. Bonne nuit."

Und eine Sekunde, bevor er das Licht anmachte, ertönte ein leises Klicken.

Sie wich erschrocken einen Schritt zurück, schrie erstickt auf und schlug sich beide Hände vor den Mund. „*Mon Dieu! Vous m'avez fait peur!*" Sie atmete zittrig aus, schüttelte den Kopf und fuhr fort: „Sie haben mich erschreckt."

„Was machen Sie denn hier unten im Dunkeln?"

Sie hatte sich in die Küche geschlichen, um nachzusehen, ob das Telefon wieder funktionierte, und da es ging, hatte sie kurz zu Hause angerufen. Um dem vorzubeugen, was gerade passierte, hatte sie kein Licht gemacht und möglichst leise gesprochen. Jetzt wurden Erklärungen von ihr verlangt.

„Das Telefon funktioniert wieder."

„Ja. Beantworten Sie meine Frage."

Sie straffte die Schultern, hob das Kinn. „Mir war nicht klar, dass ich in meinem Zimmer bleiben muss wie ein Kind, das zu Bett geschickt wurde", konterte sie. „Da ich für meine Unterkunft bezahle, bin ich selbstverständlich davon ausgegangen, dass es mir gestattet ist, mich hier im Haus frei zu bewegen."

„Von mir aus können Sie jede Nacht bei Mondschein Tango tanzen. Aber ich möchte wissen, warum Sie hier herumschleichen und im Dunkeln am Telefon flüstern."

„Ich bin nach unten gegangen, um mir etwas zu trinken zu holen, weil ich nicht schlafen konnte", erwiderte sie in eisigem Ton. „Dabei habe ich das Telefon überprüft, und als ich sah, dass es wieder funktioniert, machte ich einen Anruf. Aber keine Sorge, ich werde Ihnen Ihre Unkosten erstatten. Wenn mein Handy in diesem … Notstandsgebiet betriebsbereit wäre, wäre ich auf Ihr Telefon gar nicht angewiesen. Und leise zu sein, weil man annimmt, dass im Haus jemand schläft, hat nichts mit Herumschleichen zu tun."

Es hörte sich an wie die Wahrheit. Deshalb nickte er langsam. „Also gut. Wenn Sie sich bei Ihrem Mann oder bei Ihrem Freund melden wollen, dann tun Sie es. Aber schleichen Sie nicht hier herum wie eine Diebin."

Ihr stieg die Röte in die Wangen, ihre Augen blitzten goldbraun auf. „Ich bin weder herumgeschlichen, noch bin ich verheiratet. Ich habe mit meiner Mutter telefoniert, um ihr zu sagen, dass es mir gut geht, wenn Sie es unbedingt wissen müssen. Ist das Verhör damit beendet?"

Er hasste es, sich dumm vorzukommen, deshalb sagte er nichts und ging zum Schrank, um sich eine Schmerztablette zu holen.

„Das hätte ich mir gleich denken können." Ungeduldig griff sie nach einem Glas und füllte es mit Wasser. „Wenn Sie Schmerzen haben, sind Sie noch unmöglicher als normalerweise. Hier."

„Ich will kein Wasser." Er ging um sie herum, um den Whiskey aus der Speisekammer zu holen.

„Trinken Sie erst das Wasser, sonst schmeckt der Whiskey nicht." Sie griff nach einem zweiten Glas, nahm ihm die Flasche aus der Hand und schenkte drei Finger breit ein. „Ich kann mir vorstellen, dass es gegen die Schmerzen hilft. Was tut denn weh, Ihre Schulter oder die Rippen?"

„Die Rippen, vor allem."

„Vermutlich, weil sie langsam heilen. Warum setzen Sie sich nicht, dann tue ich Ihnen ein bisschen Eis drauf."

„Ich brauche keine Krankenschwester."

„Seien Sie doch nicht immer so stur." Sie füllte einen kleinen Plastikbeutel mit Eis, um den sie ein Geschirrtuch wickelte. „Setzen Sie sich, und trinken Sie Ihren Whiskey. Und dann erzählen Sie mir ein bisschen vor Ihren anderen Ausgrabungsarbeiten. Irgendwo in einem fernen exotischen Land."

Es belustigte und freute sie, in ihrer Stimme ihre Mutter zu hören, die aufmunternde Nachsicht, der Ton, in dem sie ihre Kinder getröstet und abgelenkt hatte, wenn sie krank waren.

„Gehen Sie wieder ins Bett." Der Befehl war nicht sehr nachdrücklich, und Del setzte sich hin.

„Beim Saubermachen habe ich zufällig einen Brief entdeckt, der an Dr. Caine adressiert war. Ich war beeindruckt." Sie setzte sich, hielt sich das Eispäckchen an die Wange und wartete, bis die Kälte durch das Tuch gedrungen war. „Wo haben Sie studiert?"

Sie trug einen kupferfarbenen Morgenrock. Del nahm an, dass er aus Seide war, und so, wie er sich an ihren Körper schmiegte und darüber hinwegglitt, konnte man davon ausgehen, dass sie sehr wenig bis nichts darunter anhatte. Er schloss schnell die Augen und trank einen großen Schluck Whiskey.

„Oxford."

„Jetzt bin ich noch mehr beeindruckt. Delaney Caine, mit einem

Doktortitel aus Oxford. Woher wussten Sie, dass Sie Archäologe sind?"

Eine seltsame Art, es auszudrücken, dachte er. Nicht ‚Warum wollten Sie Archäologe werden?' oder ‚Wann haben Sie beschlossen, Archäologe zu werden?'. Und doch traf es den Nagel auf den Kopf. „Mich hat schon immer das Wie und Warum und Wann interessiert. Und das Wer. Immer wenn ich mit meinen Eltern bei Ausgrabungsarbeiten war …"

„Ihre Eltern sind auch Archäologen?"

„Paläontologen. Dinosaurier, Sie wissen schon." Er hielt seine Augen geschlossen, während er darauf wartete, dass der Schmerz nachließ. „Ich fand die Ausgrabungsarbeiten schon als Kind spannend, aber am spannendsten fand ich es, wenn sie etwas fanden, das von Menschenhand stammte. Tonscherben oder Werkzeuge oder Schmuck oder Waffen. Etwas, das auf die Existenz von Menschen hindeutete."

Als das kalte Tuch mit seinen Rippen in Berührung kam, sog er mit einem leisen Zischen die Luft durch die Zähne.

Der Ärmste, dachte sie mitfühlend. „Meine Brüder waren auch fasziniert von Dinosauriern. Ich glaube, das sind alle Jungs." Sie sah, wie sein Gesicht etwas von seiner Anspannung verlor, als das Eis seine betäubende Wirkung entfaltete. „Waren Ihre Eltern enttäuscht, dass Sie nicht in ihre Fußstapfen traten?"

„Warum hätten sie enttäuscht sein sollen?" Er erlaubte seinem Körper, sich nach und nach zu entspannen. Im Wald jenseits der Hütte zog eine Eule lang gezogene Schreie aus. Camillas Duft hüllte ihn ein.

„Oh, aus Traditionsbewusstsein, könnte ich mir vorstellen. Es ist schön, Eltern zu haben, die verstehen – oder zumindest versuchen zu verstehen –, dass sich jeder Mensch seinen eigenen Weg suchen muss, finden Sie nicht? Manche warten viel zu lange damit, aus Angst vor Missbilligung oder Versagen."

Er war jetzt ganz entspannt und kurz davor einzuschlafen, wie sie dachte. So wirkte er weit weniger einschüchternd als im Wachzustand. Vielleicht lag es an der Form seines Gesichts oder an diesem dunklen Bartschatten, auf jeden Fall war es irgendwie erregend, ihn anzuschauen, ohne dass er sich dessen bewusst war.

Dann öffnete er die Augen, und dieses interessante Gesicht war ihrem plötzlich sehr nah. Sie wollte sich gerade aus Höflichkeit zurückziehen, da entdeckte sie eine Aufmerksamkeit in diesen grünen Tiefen. Eine Bewusstheit, die sie in ihren Bann schlug und sie drängte, ihre Macht zu erproben.

Sie blieb nah, sehr nah und fuhr ihm mit einer Hand spielerisch über die Bartstoppeln. „Sie brauchen dringend eine Rasur, Dr. Caine."

Er konnte ihren frischen Duft riechen. Ihr Atem streifte seine Haut. Und bewirkte, dass er in Versuchung geriet. „Hören Sie auf."

„Bestimmt ist es schwierig, sich mit einer Hand zu rasieren." Sie fuhr ihm mit einer Fingerspitze übers Kinn. Den Hals. „Ich könnte es morgen für Sie machen."

„Ich brauche keine Rasur, und ich will auch nicht, dass Sie mich anfassen."

„Oh, Sie mögen es, wenn ich Sie anfasse." Bestimmt verspürte nicht nur sie dieses Kribbeln im Bauch. „Sie haben bloß Angst davor. Und ärgern sich, weil ich keine Angst vor Ihnen habe."

Er packte mit seiner unverletzten Hand ihr Handgelenk und drückte es warnend. „Wenn Sie keine Angst haben, sind Sie dumm." Absichtlich ließ er den Blick über sie gleiten und taxierte mit beleidigender Eindringlichkeit ihren Körper. „Wir sind allein hier draußen, und Sie können sich nirgends verstecken. Auch wenn ich nur einen gesunden Arm habe, könnte ich doch beschließen, zur Selbsthilfe zu greifen, und Sie könnten mich nicht aufhalten."

Verärgerung kam in ihr auf, aber keine Angst. Kein Mensch hatte sie je ohne ihr Einverständnis angefasst, und sie hatte nicht die Absicht zuzulassen, dass sich das änderte. „Sie irren sich. Ich würde mich nicht verstecken, sondern Ihnen entgegentreten. Ich bin nicht schwach oder hilflos."

Er umklammerte ihr Handgelenk fester, wohl wissend, dass seine Finger wahrscheinlich Spuren hinterlassen würden. Er hoffte, dass sie es taten, damit sie sich daran erinnerte. Zum Besten für sie beide. „Sie sind eine Frau, und ich wiege fast hundert Pfund mehr als Sie. Es gibt viele Männer, die diesen Umstand zu ihrem Vorteil ausnützen würden. Aber ich bin wählerischer, Schwester, Sie reizen mich nicht."

„Wirklich?“ Jetzt war sie nicht mehr ärgerlich, sondern wütend. Und wenn sie richtig wütend war, konnte sie unglaublich hitzköpfig werden, deshalb bemühte sie sich, ihre Wut im Zaum zu halten. „Glück für uns beide.“

Sie riss sich von ihm los. Dabei sah sie ein Flackern in seinen Augen, von dem sie nicht wusste, ob es Erleichterung oder Verachtung war. Doch so oder so fachte es ihre Wut von Neuem an.

„Aber es ist eine Lüge“, fügte sie hinzu.

Sie war wütend, hitzig – und wahrscheinlich unglaublich dumm. Und schaffte es nicht, ihre Wut noch länger zu bändigen. Sie schob die Finger in sein Haar, zog seinen Kopf zu sich heran und presste ihren Mund auf seinen.

Als sie hörte, wie er scharf den Atem einzog, war ihre erste Reaktion Triumph – süßer, unverfälschter Triumph. Sie kostete das Gefühl bis zur Neige aus, während sie ihn eingehend küsste.

Und als sein Geschmack sie erfüllte und eine unerwartete Hitzewelle sie durchflutete, führte dies zu einer zweiten Reaktion.

Dem Gefühl, langsam dahinzuschmelzen.

Darauf war sie nicht vorbereitet, auf dieses Begehren, das sich durch ihre Wut hindurchbrannte und die Flammen ihrer Leidenschaft anfachte. Sie stieß einen leisen Laut aus, in dem sowohl Überraschung als auch Lust mitschwangen, und schmiegte sich an ihn.

Sein Mund war hart, seine Wangen waren kratzig und seine Haare dicht und weich wie der Pelz eines Nerzes. Sie spürte sein heftig pochendes Herz und seine Hand, die auf ihrem Nacken lag. Das Einzige, was sie bei diesem Kuss denken konnte, war: Mehr, mehr, gib mir noch mehr.

Seine Reflexe waren träge. Das war die einzige Erklärung dafür, dass er sie nicht weggestoßen hatte, bevor sie sich an ihn geschmiegt hatte. Und er war schließlich auch nur ein Mensch. Das war die einzige Entschuldigung, die ihm einfiel, als er seine Hand hob – nicht, um sie wegzustoßen, sondern um ihren Nacken zu umfassen, damit sie genau dort blieb, wo sie war.

Eng an ihn geschmiegt.

Ihre leisen wollüstigen Laute brachten sein Blut in Wallung, trieben ihn an, den Kuss noch weiter zu vertiefen. Ein Stöhnen stieg in seiner Kehle auf.

Er wollte sie besitzen ... jetzt gleich. Er begehrte sie, alles in ihm verlangte nach ihr.

Er verlagerte sein Gewicht, versuchte, ohne es zu merken, seinen verletzten Arm um sie zu legen, um sie auf seinen Schoß zu ziehen. Bei der plötzlichen unvorsichtigen Bewegung durchzuckte ihn ein jäher Schmerz, der alle Leidenschaft auslöschte.

Sie schrak zurück. Sie hatte gespürt, wie er sich versteift hatte, hatte gehört, wie er scharf die Luft eingezogen hatte, hatte gewusst, dass sie ihm wehgetan hatte. Ihre Entschuldigung lag ihr schon auf der Zunge, als er sie mit einem zornigen Blick am Sprechen hinderte.

„Bleiben Sie mir vom Hals." Alles um ihn schien sich zu drehen. Er verfluchte sich, weil er genau wusste, dass es mindestens ebenso viel mit seiner körperlichen Reaktion auf sie wie mit dem Schmerz zu tun hatte.

„Lassen Sie mich Ihnen ..."

„Ich sagte, Sie sollen mir vom Hals bleiben." Sein Stuhl krachte zu Boden, als er aufsprang. Als ihm schwarz vor Augen wurde und er leicht schwankte, wurde er noch wütender. „Wenn Sie einen Quickie wollen, müssen Sie sich schon einen anderen suchen. Ich stehe nicht zur Verfügung."

Damit verließ er das Haus, und als die beiden Türen hinter ihm ins Schloss fielen, knallte es wie Schüsse.

Camilla schämte sich entsetzlich und hatte die ganze Nacht kaum ein Auge zugetan, weil sie jedes Mal, wenn sie die Szene wieder vor sich gesehen hatte, am liebsten im Boden versunken wäre.

Sie hatte sich ihm an den Hals geworfen. Sie hatte sich ihm regelrecht angebiedert. Es war keine Entschuldigung, dass sie wütend und verletzt und erregt zugleich gewesen war. Wenn sich ein Mann so verhalten hätte, wäre sie die Erste gewesen, die ihn verurteilt hätte, brutal und barbarisch zu sein.

Sie hatte ihn gezwungen, sie zu küssen, hatte für sich einen Vorteil aus der Situation und ihrer momentanen körperlichen Überlegenheit geschlagen. Das war unerhört.

Sie würde sich entschuldigen und auf alles eingehen müssen, was er als Wiedergutmachung von ihr verlangte. Und wenn er sie an den

Haaren aus dem Haus zerren wollte, hatte er das gute Recht, es zu tun.

Sie konnte nur hoffen, dass es nicht dazu kam.

Auch wenn es vielleicht ein beschämend weibliches Klischee war, ging sie doch am nächsten Morgen schon früh in die Küche, um ihm ein gutes Frühstück zu machen, in der Hoffnung, ihn damit milder zu stimmen.

Obwohl sie es wahrscheinlich zu einem Mittagessen umfunktionieren musste, weil er erst nach drei Uhr morgens nach Hause gekommen war. Als sie ihn kommen gehört hatte, hatte sie erschrocken die Luft angehalten, in der Befürchtung, dass er jeden Moment in ihr Zimmer stürmen, sie aus dem Bett zerren und aus dem Haus werfen könnte.

Andererseits war er auf ihren Annäherungsversuch schließlich eingegangen, erinnerte sie sich, als ihre quälenden Schuldgefühle nicht nachließen. Und wenn er nicht versucht hätte, seinen verletzten Arm um sie zu legen und sie auf seinen Schoß zu ziehen …

Oh nein, daran sollte sie lieber nicht denken!

Sie hatte Kaffee gekocht, Orangen ausgepresst und den Saft kalt gestellt. Sie hatte Sahne geschlagen und die Füllung für Apfel-Zimt-Crêpes vorbereitet, saftige Scheiben Landschinken warteten darauf, gebraten zu werden. Jetzt brauchte nur noch der Bär aus seiner Höhle zu kommen.

Als sie Minuten später über sich die Dielen knarren hörte, wusste sie, dass er auf war. Sie musste sich erst ihre plötzlich feucht gewordenen Handflächen an der Hose abwischen, bevor sie in der Pfanne die Butter für die Crêpes heiß machen konnte.

Del war beim Duschen in denkbar schlechtester Laune, weil er immer wieder an den Vorfall von letzter Nacht denken musste. Einerseits war er wütend auf die Frau, die ihn in eine derart unmögliche Lage gebracht hatte. Andererseits war er fassungslos über seine Reaktion.

Da hatte sich ihm eine schöne Frau auf eine erstaunlich offene und natürliche Art und Weise genähert. Eine fantastische, sexy Frau hatte ihn mitten in der Nacht einfach umarmt und geküsst, dass ihm Hören und Sehen vergangen war.

Und er war beleidigt davongelaufen.

Was war los mit ihm? War er noch bei Verstand?

Immer langsam, ermahnte er sich, verärgert über seine zwiespältigen Gefühle. Er hatte kein Problem mit beiläufigem Sex zwischen zwei Erwachsenen, die sich einig waren.

Aber bei Camilla waren die Komplikationen vorprogrammiert.

Davon abgesehen fehlt mir die Zeit für solche Spielereien, dachte er, während er sich anzog. Er musste arbeiten. Und wenn er die Zeit hätte, wäre er es, der den entscheidenden ersten Schritt tat.

Nicht dass es nicht ... interessant gewesen wäre, sich die Initiative aus der Hand nehmen zu lassen. Für den Augenblick zumindest.

Die Frau hat einen Mund wie eine Göttin, dachte er. Sinnlich, unwiderstehlich.

Er sollte besser nicht daran denken. Viel besser war es, sich zu überlegen, was er jetzt machen sollte. Soweit er es sah, gab es nur zwei Möglichkeiten. Er konnte so tun, als ob nichts passiert wäre, oder er konnte sie hinauswerfen, sprich, sie in die Stadt fahren und irgendwo absetzen.

Die letzte Möglichkeit schien ihm die sicherste zu sein.

Er war gerade halb die Treppe hinuntergegangen, als ihm Kaffeeduft in die Nase stieg, der seine Entschlusskraft entschieden schwächte. Er konnte es an den Fingern einer einzigen Hand abzählen, wie oft er in seinem Erwachsenenleben aufgewacht war und frischen Kaffeeduft gerochen hatte.

Dann stieg ihm der Duft von gebratenem Speck in die Nase.

Sie spielt mit gezinkten Karten, dachte er. Typisch Frau.

Als er die Küche betrat, drehte sie sich um, in der Hand einen Kaffeebecher. Statt ihm den Becher zu reichen, stellte sie ihn auf dem Tisch ab. Sie lächelte nicht, aber ihr Blick begegnete ruhig dem seinen.

„Ich möchte mich für mein Benehmen entschuldigen."

Ihr Ton, der förmlich war wie der eines Richters, warf ihn beinahe um. Er beschloss, dass es am besten war, zu schweigen – und Kaffee zu trinken.

„Es war", fuhr sie fort, „absolut unverzeihlich. Ich habe die Situation ausgenutzt und Ihre Gastfreundschaft schändlich missbraucht. Es tut mir schrecklich leid. Es ist Ihr gutes Recht, mich jetzt einfach vor die Tür zu setzen. Obwohl ich hoffe, dass Sie es nicht tun werden, aber ich könnte es Ihnen nicht verdenken."

Spielte sie wirklich mit gezinkten Karten? Er schaute sie über den Rand seiner Kaffeetasse hinweg forschend an. Sie stand ernst und geduldig da, während auf dem Herd hinter ihr in der Pfanne der Schinken brutzelte.

„Vergessen wir es einfach."

Sie spürte Erleichterung in sich aufsteigen, aber sie hatte noch nicht alles gesagt, was gesagt werden musste. „Das ist sehr großzügig von Ihnen." Sie griff nach einer Gabel und wendete die Schinkenscheiben. „Ich möchte Ihnen sagen, dass ich so etwas vorher noch nie gemacht habe."

Er dachte an den Kuss, an die schwelende Wirkung, die er gehabt hatte. „Was?"

„Mich einem Mann an den Hals geworfen." Die Erinnerung trieb ihr die Schamesröte in die Wangen, aber sie machte sich weiterhin mit ruhiger Hand am Herd zu schaffen. „Mir ist erst hinterher klar geworden, dass, wenn es umgekehrt gewesen wäre ... wenn Sie sich derart danebenbenommen hätten – besonders wenn ich gehandicapt gewesen wäre ..."

„Ich bin nicht gehandicapt." Verärgert trank er seinen Kaffee aus und stand auf, um sich nachzuschenken.

„Nun ... auf jeden Fall wurde mir klar, dass es abscheulich gewesen wäre, wenn nicht sogar strafbar, deshalb ..."

„Wir haben unsere Lippen aufeinandergepresst, das ist alles", erwiderte er schroff, weil er sich immer unbehaglicher fühlte. „Das ist doch kein Weltuntergang."

Sie warf ihm einen Blick zu, dann schaute sie wieder weg. Egal, ob es ein Weltuntergang war oder nicht, auf jeden Fall hatte es ihn für den größten Teil der Nacht aus dem Haus getrieben. Deshalb durfte sie sich nicht so leicht davonkommen lassen. „Jede derartige Handlung muss auf Gegenseitigkeit beruhen, andernfalls ist es sexuelle Belästigung."

„Der Tag, an dem mich eine Frau mit einem dünnen Hintern belästigen kann, ist der Tag, an dem sie Schweine in den Weltraum schießen."

„Ich bin nicht dünn, weder am Hintern noch sonst wo, aber ich war wütend auf Sie und fühlte mich gleichzeitig von Ihnen angezogen – weiß der Himmel, warum –, und es ist meine Pflicht, diese beiden Reaktionen ebenso wie meine Neugier unter Kontrolle zu halten. Ich weiß es zu schätzen, dass Sie meine Entschuldigung annehmen. Und wenn Sie jetzt frühstücken möchten, werde ich die Crêpes machen."

Nach diesen Worten drehte sie sich um, um die Schinkenscheiben aus der Pfanne zu nehmen und auf einen Teller zu legen. Bevor sie dazu kam, die Eier für die Crêpes in eine Schüssel zu schlagen, riss er sie herum, legte ihr eine Hand unters Kinn und zog sie auf die Zehenspitzen. Dann presste er seinen Mund auf ihren.

Die Gabel rutschte ihr aus der Hand und fiel klappernd auf den Tresen. Hilflos ließ sie die Arme sinken. Es war ein Überfall, ein herrlicher, schwindelerregender Überfall, bei dem sie weiche Knie bekam und Hitzewellen sie durchfluteten, und das alles ganz plötzlich. In dem Moment, da sie gegen ihn sank, versetzte er ihr einen leichten Schubs. Und trat einen Schritt zurück.

„So. Jetzt sind wir quitt", sagte er, holte sich seinen Kaffee und setzte sich wieder. „Was für Crêpes gibt es?"

5. KAPITEL

Die Bartstoppeln ärgerten ihn. Ebenso wie die Frau. Der dumpfe Schmerz in seinen Rippen ließ ihm keine Ruhe. Und sein Verlangen auch nicht.

Gegen solche unwillkommenen Ablenkungen half nur Arbeit. Er hatte es immer geschafft, sich in seiner Arbeit zu verlieren – genau gesagt war er der Meinung, dass jemand, der das nicht konnte, in diesem Beruf fehl am Platz war.

Er musste zugeben, dass sie ihn nicht störte, wenn er ihr diktierte oder wenn sie seine Notizen systematisch ordnete. Tatsächlich war sie ihm eine so große Hilfe, dass er sich fragte, wie er in Zukunft ohne sie zurechtkommen sollte.

Irgendwann hatte er sich sogar schon überlegt, ob er sie nicht bitten sollte, noch zwei Wochen zu bleiben.

Und dann war er von irgendwelchen lächerlichen Kleinigkeiten abgelenkt worden, zum Beispiel der Art, wie das Licht in ihrem Haar spielte, wenn sie am Laptop saß. Oder wie ihre Augen anfingen zu glitzern, wenn sie zu ihm herüberschaute, weil ihr eine Frage oder eine Bemerkung auf der Zunge lag.

Und dann hatte er angefangen, über sie nachzudenken. Wer sie war, woher sie kam. Und vor allem, warum sie hier in seiner Küche saß. Sie sprach fließend und akzentfrei Französisch und kochte wie eine Göttin. Und über allem lag der Glanz von Klasse.

Er hasste es, Leuten persönliche Fragen zu stellen. Weil sie einem dann immer gleich ihre ganze Lebensgeschichte erzählten. Aber er hatte sehr viele Fragen an Camilla.

Er begann zu überlegen, wie er etwas aus ihr herausbekommen könnte, ohne seine Neugier allzu sehr zu zeigen.

Und darüber hinaus ist sie auch noch intelligent, dachte er, während er unauffällig aus dem Augenwinkel beobachtete, wie sie gewissenhaft Fotos, die bei den Ausgrabungen gemacht worden waren, archivierte. Abgesehen von der ausgezeichneten Schulbildung, die sie ganz offensichtlich genossen hatte. Er tippte darauf, dass es ausnahmslos Eliteschulen gewesen waren.

Auf jeden Fall war sie weise genug gewesen, seinen kleinen Ausrutscher nicht weiter zu erwähnen.

Sie hatte nur genickt, als er gesagt hatte, dass sie jetzt quitt seien, und hatte ihre raffinierten Crêpes gemacht.

Das hatte er ihr hoch angerechnet.

Da war Geld im Hintergrund – oder zumindest gewesen. Elegante Schweizer Uhr, seidener Morgenrock. Teure Seide. Er konnte jetzt noch fühlen, wie der Stoff über seinen nackten Oberkörper geglitten war, als sie sich an ihn geschmiegt hatte.

Verdammt.

Und trotzdem war ihr Arbeit nicht fremd. Das Kochen schien ihr tatsächlich Spaß zu machen, auch wenn sich das seiner Vorstellungskraft gänzlich entzog. Hinzu kam, dass sie stundenlang am Laptop saß, ohne sich je zu beklagen. Sie tippte fehlerfrei und schnell, ihre Haltung war perfekt. Und ihre Hände waren so zart und gepflegt wie die einer Königin.

Vornehmes Elternhaus, dachte er. Die Frau kam aus einem vornehmen Elternhaus. Aus der Art Elternhaus, in dem man Haltung und Rückgrat ebenso mitbekam wie einen ausgeprägten Sinn für Fairness.

Und sie hatte den sinnlichsten Mund, den er je gesehen hatte.

Aber wie ging das alles auf?

Er ertappte sich dabei, wie er sich wieder die Bartstoppeln kratzte, dabei hatte er eine Eingebung.

„Ich könnte eine Rasur vertragen."

Er sagte es beiläufig und wartete, bis sie zu ihm herüberschaute. „Entschuldigung, was haben Sie gesagt?"

„Eine Rasur", wiederholte er. „Ich könnte eine vertragen."

Sie lächelte zurückhaltend. „Schaffen Sie es allein, oder brauchen Sie Hilfe?"

Er runzelte leicht die Stirn, um sein Zögern deutlich zu machen. „Haben Sie denn schon mal einen Mann rasiert?"

„Nein." Nachdenklich neigte sie den Kopf zur Seite. „Aber ich habe meinem Vater und meinen Brüdern beim Rasieren zugesehen. So schwer kann es nicht sein."

„Brüder?", hakte er sofort nach.

„Ja, zwei." Sie stand auf, ging zu ihm und beugte sich zu ihm herunter, um sein Gesicht zu betrachten. Markante Linien, dachte sie. Vertiefungen und glatte Flächen. Leicht würde es bestimmt nicht werden, aber das machte die Herausforderung nur größer. „Ich wüsste nicht, warum ich es nicht schaffen sollte."

Er hob wieder die Hand und kratzte sich verärgert. „Also gut, wagen wir es."

Sie nahm ihre Aufgabe ernst. Nach kurzer Debatte entschied sie, dass die Vorderveranda der beste Ort sei. Auf diese Weise wären sie an der frischen Luft, und sie konnte ganz um den Stuhl, auf dem er saß, herumgehen, was oben in dem winzigen Bad nicht möglich gewesen wäre.

Sie zog einen kleinen Tisch heraus und baute ihr Handwerkszeug auf. Eine große, mit klarem Wasser gefüllte Schüssel. Den Rasierschaum, die Handtücher, den Rasierer.

Sie wünschte sich sehnsüchtig ein Rasiermesser. Es wäre ein Spaß gewesen, die Klinge über den Lederriemen zu ziehen.

Nachdem er sich gesetzt hatte, band sie ihm ein Handtuch um. „Wenn ich schon dabei bin, könnte ich Ihnen auch gleich die Haare schneiden."

„Die Haare bleiben, wie sie sind."

Sie konnte es ihm nicht verdenken. Es war wundervolles Haar, mit vereinzelten helleren Strähnen und ungebändigt. Auf jeden Fall hatte ihr Versuch, sich selbst die Haare zu schneiden, bewiesen, dass in dieser Hinsicht nicht gerade verborgene Talente in ihr schlummerten.

„Also gut, entspannen Sie sich jetzt einfach." Sie bedeckte sein Gesicht mit einem warmen, feuchten Handtuch. „Das habe ich im Film gesehen, ich glaube, es macht die Bartstoppeln weich."

Während er ein leises Brummen von sich gab und sich zurücklehnte, schaute sie hinaus in den Wald. Er war so grün, so dicht, gesprenkelt mit Licht und Schatten. Sie hörte die Vögel singen und erhaschte einen kurzen Blick auf einen Kardinal – eine rote Kugel, die in ein grünes Ziel schoss.

Zwischen diesen Bäumen lauerte niemand darauf, dass sie irgendeinen Schritt machte, mit dem man Geld verdienen konnte. Nirgendwo standen stoische Bodyguards herum, um sie zu beschützen.

Hier herrschte nur eine unendlich wohltuende Ruhe.

„Wirklich ein wunderschöner Tag heute." Gedankenverloren

legte sie ihm eine Hand auf die Schulter. Sie wollte dieses wunderbare Gefühl von Freiheit mit jemandem teilen. „Wie herrlich das Blau und Grün leuchtet. Heiß, aber nicht schwül. In Virginia wären wir jetzt schon völlig durchgeschwitzt."

Ah! Er hatte doch gleich gehört, dass da eine Spur Süden in ihrer Sprache mitschwang. „Was ist denn in Virginia?"

„Oh, meine Familie." Ein Teil jedenfalls, fügte sie in Gedanken hinzu. „Unsere Farm."

Als sie das Handtuch wegnahm, begegnete sie seinem Blick. Er war durchdringend und zweifelnd. „Wollen Sie mir jetzt weismachen, dass Sie eine Farmerstochter sind? Erbarmen!"

„Wir haben eine Farm." Leicht verärgert griff sie nach dem Rasierschaum. Zwei Farmen sogar, dachte sie. Eine in jedem Land, in dem sie wohnten. „Mein Vater baut Sojabohnen und Getreide an. Außerdem züchtet er Pferde und Rinder."

„Diese Hände haben noch nie einen Boden gehackt, Schwester."

Sie zog eine Augenbraue hoch, während sie den Rasierschaum auf seiner Wange verteilte. „Dafür wurde der Traktor erfunden. Und ja, ich kann einen fahren", fügte sie mit leiser Schärfe hinzu.

„Ich habe ein bisschen Mühe, Sie mir auf einem Traktor vorzustellen."

„Ich bin nicht oft auf dem Feld, aber ich kann immerhin eine Steckrübe von einer Kartoffel unterscheiden." Mit zusammengezogenen Augenbrauen hob sie sein Kinn und setzte die Klinge an. „Meine Eltern haben ihre Kinder dazu erzogen, zu der Gesellschaft, in der sie leben, ihren Teil beizutragen. Meine Schwester arbeitet mit benachteiligten Kindern."

„Eben haben Sie von Brüdern gesprochen."

„Eine Schwester, zwei Brüder. Wir sind vier." Sie steckte den Rasierer in die Wasserschüssel und spülte gewissenhaft Schaum und Bartstoppeln ab.

„Was machen Sie denn da auf der Farm?"

„Eine ganze Menge", sagte sie, während sie überlegte, von welchem Einfallswinkel aus sich die Stelle zwischen Hals und Kinn am besten in Angriff nehmen ließe.

„Sie sind davor weggelaufen? Au!"

Als ein Blutstropfen kam, tupfte sie ihn ab. „Es ist nur ein Kratzer … weil Sie dauernd reden. Erst schweigen Sie stundenlang in sich hinein, und dann reden Sie wie ein Wasserfall."

Belustigt und fasziniert, weil er offensichtlich einen wunden Punkt berührt hatte, zuckte er die Schultern. „Liegt vielleicht an meiner Nervosität. Mir ist noch nie eine Frau mit einem scharfen Werkzeug zu nahe gekommen."

„Das überrascht mich angesichts Ihrer Persönlichkeit."

„In Ihnen eine zweite Rebecca von der Sunnybrook Farm zu sehen, überrascht mich angesichts Ihrer Persönlichkeit nicht weniger. Und wo haben Sie das Rezept für das französische Blätterteiggebäck her, wenn Sie in Virginia aufgewachsen sind?"

Sie zog die Brauen hoch, und ihre Augen funkelten belustigt. „Das Rezept für das französische Blätterteiggebäck? Von meiner Mutter", schwindelte sie, obwohl sie leichte Gewissensbisse verspürte. Deshalb würzte sie das Ganze mit einer Prise Wahrheit – wenn auch nur mit einer kleinen. „Wir verbringen einen Teil unseres Lebens in Europa. Dort haben wir auch … ein Stück Land. Machen Sie mal so." Sie zog ihre Oberlippe über die Zähne.

Er konnte sich ein Grinsen nicht verkneifen. „Zeigen Sie mir das noch mal?"

„Jetzt beliebt er auch noch zu scherzen." Aber sie lachte, dann stellte sie sich zwischen seine Beine, beugte sich nach unten und rasierte die Stelle zwischen Nase und Mund.

Er wollte sie berühren, wollte mit der Hand über irgendeinen Teil ihres Körpers fahren. Über jeden Teil. Ihm wurde klar, dass er sie wieder küssen wollte. Wer immer sie auch sein mochte.

Mit dem Daumen streifte sie seinen Mund, hielt seine Lippe fest, ließ den Daumen darüber gleiten. Dann begegnete sie seinem Blick.

Da sah sie das Verlangen, das in seinen Augen loderte. Spürte, wie es in ihr erwachte.

„Warum ist das so, was glauben Sie?", fragte sie.

Er tat nicht so, als ob er sie falsch verstanden hätte. Er hielt nichts davon, sich zu verstellen. „Keine Ahnung … außer dass Sie eine Augenweide sind."

Sie hatte Mühe, sich ein Lächeln zu verkneifen, und drehte sich um, um den Rasierer wieder abzuspülen. „Ein bisschen mehr sollte es schon sein. Ich bin mir ja nicht einmal sicher, ob wir uns besonders sympathisch sind."

„Ich habe nichts gegen Sie."

„Also wirklich, Delaney." Sie lachte, weil sich dadurch ihre Anspannung ein bisschen löste. „Gegen so viel Romantik und Charme hat eine Frau keine Chance."

„Wenn Sie Romantik wollen, lesen Sie ein Buch."

„Ich glaube, ich mag Sie. Irgendwie mag ich Ihre ständige Gereiztheit."

„Alte Männer sind gereizt. Da ich noch jung bin, bin ich einfach nur ungehobelt."

„Richtig. Aber Sie haben auch einen scharfen Verstand, das zieht mich an. Ihre Arbeit fasziniert mich." Sie drehte seinen Kopf zur Seite, kam wieder nah heran.

„Und die Leidenschaft, die Sie ihr entgegenbringen. Ich bin auf der Suche nach Leidenschaft – nicht nach sexueller, sondern nach … nach einer Art intellektueller Leidenschaft. Wie seltsam, wenn ich sie ausgerechnet hier finden könnte, in alten Knochen und Tonscherben."

„Mein Beruf erfordert mehr als Leidenschaft und Intelligenz."

„Ja. Harte Arbeit, Opferbereitschaft, Schweiß, vielleicht auch ein bisschen Blut." Sie neigte den Kopf zur Seite. „Wenn Sie glauben, dass mir solche Dinge fremd sind, irren Sie sich."

„Faul sind Sie jedenfalls nicht."

Sie lächelte wieder. „Jetzt schmeicheln Sie mir auch noch! Ich habe schon richtig Herzklopfen."

„Und eine scharfe Zunge, Schwester. Aber vielleicht macht mir Ihr Sarkasmus auf einer bestimmten Ebene ja sogar Spaß."

„Das träfe sich gut. Warum nennen Sie mich eigentlich nie bei meinem Vornamen?" Sie trat einen Schritt zurück und langte nach einem frischen Handtuch, um die letzten Reste Rasierschaum von seinem Gesicht zu wischen. „Ich heiße Camilla. Meine Mutter liebt Blumen, und als sie zum ersten Mal auf die Farm meines Vaters kam, blühten gerade die Kamelien."

„Dann haben Sie also nur beim Familiennamen gelogen."

„Ja." Sie fuhr ihm mit den Fingerspitzen über die Wangen, um zu überprüfen, ob noch irgendwo Bartstoppeln stehen geblieben waren. „Ich glaube, ich habe meine Sache gut gemacht, und Sie haben ein nettes, wenn auch kompliziertes Gesicht. Aber rasiert ist es viel besser."

Sie ging zum Tisch und trocknete sich die Hände ab. „Ich möchte nur ein paar Wochen für mich allein", sagte sie leise. „Ein paar Wochen, in denen ich alle Einschränkungen, Verantwortungen, Anforderungen und Erwartungen abschütteln kann, um nur ich selbst zu sein. Haben Sie das je so dringend gebraucht wie die Luft zum Atmen?"

„Ja." Und irgendetwas in ihrem Tonfall, etwas in ihren Augen – ein leicht gehetzter Ausdruck – sagte ihm, dass zumindest das die reine Wahrheit war. „Nun, hier in der Gegend gibt es viel Luft." Er betastete sein Gesicht, fuhr sich mit der Hand über das frisch rasierte Kinn. „Ihr Wagen wird in zwei Tagen fertig sein. Wahrscheinlich. Dann können Sie entweder weiterfahren, oder Sie bleiben einfach noch ein oder zwei Wochen hier, und wir machen so weiter wie bisher."

Plötzlich brannten ihr Tränen in den Augen, obwohl sie nicht wusste, warum. „Vielleicht noch ein paar Tage. Danke. Ich würde gern noch ein bisschen mehr über Ihr Projekt erfahren. Und über Sie."

„Lassen wir es einfach so, wie es ist. Bis sich die Situation von selbst ändert. Gute Rasur … Camilla."

Sie lächelte, als die Fliegentür hinter ihm zuknallte.

Um ihre Dankbarkeit zu zeigen, gab Camilla sich alle Mühe, ihn nicht zu verärgern. Anderthalb Tage lang. Das Haus blitzte vor Sauberkeit, seine Fotos und Skizzen waren beschriftet und archiviert. Die ordentlich getippten und ausgedruckten Aufzeichnungen bildeten zwei dicke Stapel.

Aber dann wurde es ihrer Meinung nach Zeit für eine kleine Veränderung.

„Sie brauchen frische Vorräte", sagte sie.

„Ich habe eben erst eingekauft."

„Das ist schon Tage her, und die Betonung liegt auf ‚frisch'. Sie haben kein Obst mehr, und das Gemüse ist auch fast alle. Außerdem brauche ich Zitronen. Ich möchte Limonade machen. Sie trinken viel zu viel Kaffee."

„Ohne Kaffee falle ich ins Koma."

„Schön, und da der Kaffee ebenfalls fast alle ist, werden wir wohl oder übel in die Stadt fahren müssen, um einzukaufen, wenn Sie nicht ins Koma fallen möchten."

Zum ersten Mal gönnte er ihr einen Blick, nahm seine Lesebrille ab, um sie anzuschauen. „Wir?"

„Ja. Bei dieser Gelegenheit kann ich mich gleich erkundigen, wann mein Wagen fertig ist, weil Ihr Carl es nicht geschafft hat, mir am Telefon eine präzise Auskunft zu geben." Sie überprüfte bereits den Inhalt ihrer Handtasche, nahm ihre Sonnenbrille heraus. „Also, was ist? Fahren wir?"

„Ich möchte erst noch diesen Teil zu Ende bringen."

„Das können wir tun, wenn wir zurück sind. Es macht mir nichts aus, zu fahren, wenn Ihnen Ihre Schulter wehtut."

Seine Schulter war fast wieder in Ordnung. Er hatte seine nächtliche Schlaflosigkeit für behutsame Übungen genutzt. Nur seine Rippen schmerzten noch, aber er war schon fast so weit, dass er den Arm nicht mehr in der Schlinge tragen musste.

„Nachdem Sie Ihre Fahrkünste so schlagend unter Beweis gestellt haben, halte ich es für keine besonders gute Idee, Sie ans Steuer zu lassen."

„Ich bin eine sehr gute Fahrerin. Wenn mir das Reh nicht vors …"

„Ja, ja, vergessen Sie es einfach, Schwester." Aber da er sie mittlerweile gut genug kannte, um zu wissen, dass sie nicht lockerlassen würde, bis sie ihren Willen hatte, beschloss er, seine Nerven zu schonen und klein beizugeben. „Also schön, ich fahre … dafür kaufen Sie ein."

Als er gleich darauf stehen blieb und nachdenklich die Stirn runzelte, sagte sie: „Falls Sie sich zu erinnern versuchen, wo Sie Ihre Autoschlüssel hingelegt haben, kann ich Ihnen sagen, dass sie stecken."

„Das weiß ich", sagte er und ging zur Tür. „Was ist jetzt, sind Sie so weit?"

Während sie ihm nach draußen folgte, erkundigte sie sich: „Gibt es dort auch irgendwo ein Kaufhaus? Ich würde mir nämlich gern eine …"

„Nein." Er blieb so abrupt an der Hintertür stehen, dass sie ihn anrempelte. „Gibt es nicht, und kommen Sie mir bloß nicht auf die Idee, dass wir einen Einkaufsbummel machen. Sie wollen Zitronen, und Sie werden Ihre verdammten Zitronen bekommen, aber ich weigere mich, nach Schuhen oder Ohrringen oder weiß der Teufel nach was zu suchen."

Schmollend verzog sie die Lippen. „Ich wollte mir nur eine Augencreme kaufen."

Er schob ihre Sonnenbrille ein Stück nach unten und musterte eingehend ihre Augen. „Mit Ihren Augen ist alles in Ordnung." Nach diesen Worten ging er weiter.

Sie beschloss, die Sache fürs Erste auf sich beruhen zu lassen. Sobald sie in der Stadt waren, würde man weitersehen.

„Sagen Sie", begann sie, nachdem sie losgefahren waren, „würden Sie mir vielleicht erklären, wie die Radiokarbonmethode funktioniert?"

„Wenn Sie einen Workshop wollen ..."

„... muss ich an einem teilnehmen, ich weiß. Ich wüsste einfach nur gern, wenigstens ungefähr, worum es dabei eigentlich geht."

Er stieß leidgeprüft einen langen Seufzer aus, während er das Auto die holprige Straße entlangsteuerte. „In der Atmosphäre ist Kohlenstoff. Auf Trillionen normale Kohlenstoffatome kommt ein radioaktives Teilchen, das sogenannte Kohlenstoff 14. Pflanzen nehmen Kohlenstoff 14 auf und Tiere ebenfalls, weil ..."

„... sie Pflanzen fressen", beendete sie seinen Satz.

„Richtig. Und andere Tiere. Die Organismen nehmen ständig Kohlenstoff und damit auch radioaktiven auf. Einmal aufgenommen, zerfällt er. Lebende Organismen geben je nach Größe pro Minute eine bestimmte Menge an Strahlung ab, die man mit dem Geigerzähler messen kann. Der Rest ist Mathematik. Wenn die Strahlungsquelle tot ist, verliert sie Radioaktivität ... warum führe ich hier eigentlich Selbstgespräche?"

„Was?" Sie hatte aus dem Fenster geschaut und richtete jetzt ihre Aufmerksamkeit wieder auf ihn. „Entschuldigen Sie. Es ist nur so wunderschön hier. Das ist mir bei dem Unwetter ganz entgangen. Dieses herrliche Grün. Die Landschaft erinnert mit all diesen Hügeln fast ein bisschen an Irland."

Hinter einer Baumgruppe erhaschte sie ein Glitzern, wahrscheinlich Sonnenstrahlen, die auf einer Wasseroberfläche tanzten. „Und so eine himmlische Ruhe."

„Das ist genau das, was die Menschen an diesem Teil Vermonts am meisten lieben. Wir mögen keine Menschenmassen und keinen Lärm. Wer auf so etwas steht, sollte besser nicht ins NÖK, sondern nach Westen zum Lake Champlain fahren."

„Das NÖK?"

„Das nordöstliche Königreich."

Darüber musste sie lächeln. Dann war sie also für einige Zeit einem Fürstentum entschlüpft, um in einem Königreich zu landen. „Leben Sie schon immer hier?"

„Mit Unterbrechungen."

Als sie sich einer überdachten Brücke näherten, rief sie aus: „Oh, wie hübsch!"

„Sie bringt einen über den Fluss", sagte Del sachlich, aber insgeheim ließ er sich von ihrer Begeisterung anstecken. Manchmal vergaß er, sich umzuschauen und sich an der Schönheit, die ihn umgab, zu freuen.

Sie fuhren über die Brücke auf einen hinter den sanften grünen Hügeln aufragenden weißen Kirchturm zu. Es war die reinste Bilderbuchlandschaft. Und auch die Stadt selbst, die mit ihren schnurgeraden Straßen, dem kleinen Park und den verwitterten Backsteingebäuden so akkurat angelegt war wie ein Brettspiel, wirkte wie aus einem Bilderbuch.

Camilla wünschte sich, durch diese Straßen zu bummeln, die Geschäfte zu durchstreifen und die Menschen zu beobachten. Vielleicht in irgendeinem kleinen Restaurant zu Mittag zu essen oder besser noch, mit einem Eis in der Hand weiterzuschlendern.

Del fuhr in eine Parklücke und hielt an. „Da drüben ist ein Supermarkt", erklärte er, während er aus seiner Brieftasche mehrere Geldscheine nahm und sie ihr in die Hand drückte. „Kaufen Sie, was Sie brauchen. Ich fahre inzwischen zur Werkstatt und erkundige mich nach Ihrem Wagen. Ich gebe Ihnen dreißig Minuten."

„Oh, aber wir können doch nicht …"

„Und bringen Sie auch ein paar Plätzchen mit", unterbrach er sie und versetzte ihr einen sanften Schubs.

Sie stieg wortlos aus, dann stand sie, die Hände in die Hüften gestemmt, da, und beobachtete aus zusammengekniffenen Augen, wie er davonfuhr. Der Mann war wirklich unmöglich! Kommandierte und schubste sie herum und unterbrach sie mitten im Satz. Sie war noch nie in ihrem Leben derart unhöflich behandelt worden.

Es war ihr ein Rätsel, warum sie ihn trotzdem mochte.

Aber auch wenn er sich auf den Kopf stellte, würde sie sich hier trotzdem ein bisschen umsehen, bevor sie sich von ihm für eine weitere Woche in seine Höhle schleifen ließ. Entschlossen straffte sie die Schultern und machte sich auf den Weg.

In dem adretten Neu-England-Städtchen gab es zwar kein Pfandleihhaus, dafür entdeckte sie einen Juwelier mit einer schönen Auslage, den sie sich als eine Möglichkeit vormerkte, ihre Uhr zu verkaufen, falls es notwendig werden sollte.

Sie betrat eine Drogerie. Da man dort die Augencreme, die sie normalerweise verwendete, nicht führte, nahm sie, was sie bekommen konnte. Außerdem kaufte sie ein paar Duftkerzen und eine Duftmischung aus getrockneten Blüten und Kräutern.

Ein Antiquitätengeschäft stellte sich als wahre Fundgrube heraus. Es war schmerzlich, an dem alten Tintenfass aus Kristall und Silber vorübergehen zu müssen. Es wäre ein hübsches Geburtstagsgeschenk für ihren Onkel Alex gewesen, aber der Preis überstieg ihr derzeitiges Haushaltsbudget, und sie wollte es nicht riskieren, mit der Kreditkarte zu bezahlen.

Dafür entdeckte sie einige interessante Flaschen zu einem annehmbaren Preis, bei denen sie nicht lange überlegte. Sie eigneten sich perfekt als Vasen für Wildblumen und Zweige und würden sich in der Hütte gut machen.

Der Verkäuferin, einer Frau mit einem dunkelblonden Pferdeschwanz in Camillas Alter, war nicht entgangen, dass ihre Kundin einen Moment vor dem Tintenfass gezögert hatte. Während sie die Flaschen sorgfältig einpackte, sagte sie lächelnd: „Das Tintenfass stammt aus dem neunzehnten Jahrhundert. Es ist ein hübsches Sammlerstück … zu einem fairen Preis."

„Ja, das ist es wirklich. Überhaupt haben Sie ein hübsches Geschäft."

„Vielen Dank. Wir sind auch sehr stolz darauf. Schauen Sie sich hier in der Gegend ein bisschen um?"

„Ja."

„Falls Sie in einem der offiziell registrierten B&Bs abgestiegen sind, bekommen Sie bei einem Einkauf von über hundert Dollar zehn Prozent Rabatt."

„Oh, gut. Aber ich … nein, ich übernachte woanders." Camilla schaute wieder zu dem Tisch, auf dem das Tintenfass stand. Der Geburtstag ihres Onkels war bereits in drei Monaten. „Sagen Sie, würden Sie mir das Tintenfass vielleicht zurücklegen, wenn ich etwas anzahle?"

Die Verkäuferin musterte sie kurz, dann nickte sie. „Wenn Sie zwanzig Dollar anzahlen, lege ich es Ihnen zwei Wochen lang zurück."

„Danke, das ist sehr freundlich von Ihnen." Camilla zog einen Schein aus ihrem Portemonnaie mit den dahinschwindenden Reserven.

„Kein Problem." Die Verkäuferin griff nach Quittungsblock und Stift. „Auf welchen Namen?"

„Mein Name … Breen."

„Gut, ich mache einen Zettel dran, Miss Breen. Mit dem Rest können Sie in den nächsten zwei Wochen jederzeit vorbeikommen."

Camilla befingerte ihre Uhr, und als sie einen Blick darauf warf, erschrak sie. „Oh, ich bin spät dran. Delaney wird schon verärgert sein."

„Delaney Caine?"

„Ja. Ich bin schon fünf Minuten über der Zeit." Camilla raffte ihre Tüten zusammen und ging eilig zur Tür.

„Miss! Warten Sie!" Die Verkäuferin eilte hinter ihr her. „Hier, Ihre Quittung."

„Oh, entschuldigen Sie. Es ist nur, weil er sich so leicht ärgert."

„Ja, ich weiß." Die Augen der Frau funkelten in einer Mischung aus Belustigung und Neugier. „Wir sind ein- oder zweimal miteinander ausgegangen."

„Ach. In diesem Fall bin ich mir nicht ganz sicher, ob ich Sie dazu beglückwünschen oder Ihnen mein Mitgefühl aussprechen soll." Camilla lächelte. „Ich arbeite vorübergehend für ihn."

„In seiner Hütte? Dann haben Sie mein Mitgefühl. Aber bestellen Sie ihm trotzdem einen schönen Gruß von Sarah Lattimer."

„Das werde ich tun. So, jetzt muss ich aber los, sonst kann ich noch zu Fuß zur Hütte zurücklaufen."

Stimmt, dachte Sarah, während sie der davoneilenden Camilla nachschaute. Dass Del für seine Geduld bekannt gewesen wäre, konnte man nicht gerade behaupten. Sie seufzte wehmütig auf, als sie sich daran erinnerte, dass sie sich mit zwanzig der Illusion hingegeben hatte, ihn ändern zu können – wenn auch nur vorübergehend.

Über sich selbst den Kopf schüttelnd, ging sie zurück, um an dem Tintenfass einen Zettel zu befestigen. Sie wünschte der hübschen Rothaarigen trotzdem viel Glück. Dann stutzte sie, weil sie plötzlich das Gefühl hatte, die Frau schon einmal irgendwo gesehen zu haben. Sie erinnerte sie an irgendwen. An einen Fernsehstar oder an eine Prominente oder so etwas.

Sarah zuckte die Schultern, aber sie wusste, dass der Gedanke sie nicht loslassen würde, bis sie herausgefunden hatte, wem Dels neue Sekretärin ähnlich sah. Irgendwann würde es ihr bestimmt einfallen.

Camilla kam völlig abgehetzt, mit ihren Tüten jonglierend, auf dem Parkplatz an. Als sie den Truck entdeckte, schnitt sie ein Gesicht, dann riss sie die Tür auf und deponierte ihre Einkaufstüten auf dem Sitz. „Ich muss nur noch ein paar Sachen einkaufen“, sagte sie munter. „Ich bin gleich zurück.

Noch ehe er den Mund aufmachen konnte – natürlich, um sie anzufahren –, war sie weg.

Im Supermarkt nahm sie sich einen Einkaufswagen und steuerte als Erstes die Gemüseabteilung an. Aber frisches Obst und Gemüse konnte man nicht in aller Eile einkaufen. Sie suchte sich sorgfältig Zitronen aus und tat sie in eine Tüte, befühlte Tomaten und musterte mit nachdenklich gespitzten Lippen einen Kopf Endiviensalat.

Der Supermarkt war eine so neue Erfahrung für sie, dass sie in den verschiedenen Frischwarenabteilungen mehr Zeit zubrachte als beabsichtigt. Sie genoss die Farben, Düfte und Beschaffenheit der Waren und studierte die kühnen Schilder, auf denen alle möglichen Spezialitäten angepriesen waren. Die wahrhaft scheußliche Musik aus den Lautsprechern wurde immer wieder von Stimmen unterbrochen, die irgendwelche tollen Sonderangebote anpriesen.

Als sie an der Tiefkühltruhe vorbeikam, fröstelte sie ein bisschen, während sie entschied, dass die Chancen, Del zu einem Eisbecher in der Stadt zu überreden, inzwischen mit Sicherheit gegen null gesunken waren. Deshalb kaufte sie alle nötigen Zutaten ein, um selbst Eis zu machen. Erfreut über die große Auswahl, belud sie ihren Einkaufswagen und machte sich dann auf den Weg zur Kasse.

Wenn ich eine Hausfrau wäre, würde ich das mindestens einmal pro Woche tun, überlegte sie. Obwohl es dann wahrscheinlich längst nicht mehr so viel Spaß machen würde, weil es nur eine weitere Pflicht wäre. Was wirklich ein Jammer wäre.

Als sie sich in der Schlange nach vorn bewegte, erblickte sie plötzlich ihr eigenes Gesicht auf der Titelseite einer Boulevardzeitung. Das brachte sie unsanft in die Wirklichkeit zurück.

Prinzessin Camilla – Liebeskummer!

Camilla las mit wachsender Verärgerung, dass man sie in die Einsamkeit verbannt habe, wo sie ungestört trauern könne. Weil die Romanze mit einem französischen Schauspieler ein unglückliches Ende gefunden habe. Mit einem Schauspieler, den sie noch nie in ihrem Leben auch nur gesehen hatte! *Imbéciles! Menteurs!* Was für ein Recht hatten sie, sich derartige Lügen über ihr Privatleben aus den Fingern zu saugen? Reichte es nicht aus, dass sie glaubten, über jeden einzelnen ihrer Schritte berichten zu müssen, und sie Tag und Nacht mit den Teleobjektiven ihrer Kameras jagten?

Sie streckte impulsiv die Hand nach der Zeitung aus, einfach weil sie allergrößte Lust hatte, sie in Fetzen zu reißen.

„Was zum Teufel machen Sie denn da?", hörte sie Dels ungehaltene Stimme hinter sich.

Schnell zog sie die Hand zurück wie eine Diebin und trat eilig einen Schritt vor, um die Zeitung mit ihrem Körper zu verdecken. Ihre Wut, die sie als eine gesunde Reaktion betrachtete, schlug in Bestürzung um. Ihr war plötzlich ganz flau im Magen.

Wenn sie jetzt hier enttarnt wurde, war alles aus. Die Leute würden sich um sie versammeln, sie angaffen. Die Reporter würden ihre Spur aufnehmen wie Jagdhunde, die einen Hasen witterten.

„Ich bin … ich stehe in der Schlange, um zu bezahlen."

„Was ist das alles für Zeug?"

„Lebensmittel." Sie rang sich ein Lächeln ab, während es ihr eiskalt über den Rücken lief.

„Für welche Armee?"

Sie warf peinlich berührt einen Blick in den Einkaufswagen. „Nun ja, vielleicht habe ich mich ja ein bisschen mitreißen lassen. Ich kann einen Teil wieder zurückbringen. Warum warten Sie nicht draußen und ..."

„Jetzt gehen Sie schon endlich an die verdammte Kasse." Del machte einen Schritt nach vorn, aber sie weigerte sich, weiterzugehen, weil sie befürchtete, dass er dann die Zeitung sehen könnte.

„Schubsen Sie mich nicht schon wieder."

„Ich schubse Sie nicht, ich schiebe nur diese blöde Einkaufskarre."

Als er an dem Zeitungsständer vorbeiging, ohne ihn eines Blickes zu würdigen, bekam Camilla vor Erleichterung ganz weiche Knie.

„Hallo, Del, ich hatte gar nicht erwartet, Sie so bald schon wieder hier zu sehen." Die Kassiererin begann die Sachen über den Scanner zu ziehen, die Del aus dem Einkaufswagen holte und aufs Band knallte.

„Ich auch nicht."

Die Frau, eine mollige Brünette in mittleren Jahren, aus deren Namensschild hervorging, dass sie Joyce hieß, zwinkerte Camilla zu. „Lassen Sie sich von ihm keine Angst machen, Honey. Bellende Hunde beißen nicht."

„Ich habe keine Angst vor ihm", sagte Camilla, die sich halb abgewandt hatte, aber sie war erleichtert, dass man von hier aus das Foto von ihr nicht mehr sehen konnte. Trotzdem setzte sie vorsichtshalber ihre Sonnenbrille auf, bevor sie sich wieder zu der Kassiererin umdrehte.

„Gut zu hören. Er braucht nämlich eine Frau mit Rückgrat, die ihm ab und zu mal tüchtig den Kopf wäscht. Freut mich, dass Sie diese Frau jetzt doch noch gefunden haben, Del."

„Sie arbeitet nur vorübergehend für mich."

„Hm." Joyce zwinkerte Camilla erneut zu, dann fragte sie Del: „Haben Sie in letzter Zeit etwas von Ihrer Mom gehört?"

„Vor zwei Wochen. Es geht ihr gut."

„Richten Sie ihr schöne Grüße von mir aus, und sagen Sie ihr, dass ich ihren Jungen im Auge behalte." Sie tippte die Endsumme, und als Camilla die Zahl sah, zuckte sie zusammen.

„Ich glaube, ich brauche noch ein bisschen Geld."

„Verdammt teuer, die Zitronen", sagte Del und zückte resigniert ein weiteres Mal seine Brieftasche.

Sie half ihm, die Tüten in den Truck zu laden, dann stieg sie ein und legte ihre verschränkten Hände in den Schoß. Sie hatte vorhin beim Anblick der Zeitung überreagiert, das wurde ihr jetzt klar. Trotzdem hatte ihre Wut auch etwas Befreiendes gehabt. Am Ende aber hatte sie sich schnell von ihrem Schock erholt, und zwar wesentlich schneller, als sie es noch vor einer Woche getan hätte.

Was bedeutete, dass sie inzwischen stärker war, ruhiger. War das nicht der Beweis dafür, dass sie das Richtige tat?

Aber jetzt wurde es Zeit, die Sache zu vergessen und sich wieder dem Augenblick zuzuwenden.

„Tut mir leid, dass es so lange gedauert hat, aber ich wollte mich wenigstens noch einmal ganz kurz umsehen."

„Ihr Auto müsste eigentlich morgen fertig sein, obwohl es auch noch einen Tag länger dauern kann. Carl behauptet, völlig überlastet zu sein. Aber wenn Sie das nächste Mal Touristin spielen wollen, tun Sie es gefälligst mit Ihrer eigenen Zeit."

„Worauf Sie sich verlassen können. Ich soll Ihnen übrigens einen schönen Gruß von Sarah Lattimer aus dem Antiquitätenladen bestellen. Obwohl es mich wundert, dass eine so zuvorkommende und höfliche Frau überhaupt jemals mit Ihnen ausgegangen ist."

„Damals war sie noch jung und dumm."

„Ein Glück für sie, dass sie reifer und weiser geworden ist."

„Da haben Sie recht." Er hörte ihr leises Kichern. „Was ist daran so lustig?"

„Es ist schwer, Sie zu beleidigen, wenn Sie mir zustimmen." Nur gut, dass er so viel interessanter war als ein blödes Foto in einer Schundzeitung. „Ich mag Sie."

„Was nur heißt, dass Sie ebenfalls jung und dumm sind, richtig?"

Sie lächelte, dann amüsierte sie sie beide, indem sie sich zu ihm herüberbeugte und ihm einen flüchtigen Kuss auf die Wange gab. „Wie man sieht."

6. KAPITEL

Ich verbringe eine herrliche Zeit. Ich hatte nicht vor, so lange an ein und demselben Ort zu bleiben oder so lange ein und dasselbe zu tun. Aber es ist so schön hier, und es gibt viel Aufregendes zu tun.

Archäologie ist wirklich eine faszinierende Angelegenheit. In meinen Augen ist sie noch viel interessanter und vielseitiger als Geschichte, die mir immer großen Spaß gemacht hat. Sie schlägt mich mehr in Bann als alles, womit ich bisher in Berührung gekommen bin.

Wer, wo, wann, was, warum? Wie haben Menschen gelebt, wie haben sie ihre Kinder großgezogen, wie sind sie mit ihren Alten umgegangen? Was haben sie gegessen, wie haben sie ihre Speisen zubereitet? Was für Feste haben sie gefeiert, und welche Rituale haben sie zelebriert? Das alles und noch viel mehr. Können wir nicht daraus, wie die Menschen früher gelebt haben, ungeheuer viel ableiten?

Delaney weiß so viel, und so vieles von dem, was er weiß, ist ihm in Fleisch und Blut übergegangen, so wie es bei einem richtigen Lehrer der Fall ist. Nicht dass Wissen an sich für ihn selbstverständlich wäre. Er sucht danach, jeden Tag, ununterbrochen. Er brennt schier vor Wissensdurst.

Ich bewundere diese Hingabe, mit der er sich seinem Beruf widmet, ich finde sie beneidenswert. Und faszinierend.

Ich fühle mich zu seinem Verstand hingezogen, zu all diesen unendlich vielen Verästelungen, der Komplexität seines Denkens. Mit ihm … na schön … für ihn zu arbeiten ist eine Herausforderung, und an manchen Abenden bin ich körperlich völlig erschöpft. Aber der Mann ist unglaublich zäh. Obwohl er gesundheitlich immer noch angeschlagen ist, hat er ein unglaubliches Durchhaltevermögen. Es ist beeindruckend, wie er sich über viele Stunden hinweg vollkommen in seiner Arbeit verlieren kann.

Und es ist aufregend für mich, dasselbe zu tun, was er tut. Ich studiere jahrhundertealte Knochen. In Plastik eingeschweißte, natürlich.

Und frage mich dabei, wie sie sich wohl anfühlen mögen. Wenn mir noch vor zwei Wochen jemand gesagt hätte, dass ich mich mit menschlichen Knochen beschäftigen würde, hätte ich ihn für verrückt erklärt.

Mein größter Wunsch ist es, irgendwann einmal an Ausgrabungsarbeiten teilzunehmen. Obwohl Delaney sehr eindrucksvoll davon erzählen kann, ist es doch etwas anderes, wenn man es selbst miterlebt.

Das möchte ich tun, nur für mich allein. Ich habe mir vorgenommen, Seminare zu besuchen, wenn ich wieder zu Hause bin, und an etwas, das Delaney leicht verächtlich „Rucksacktouren" nennt, teilzunehmen – das sind Workshops für Laien und Studenten an Ausgrabungsorten.

Ich glaube, ich habe einen Beruf gefunden, der zu meiner Berufung werden könnte.

Auf einer persönlichen Ebene ist Delaney mindestens in der Hälfte der Fälle längst nicht so verärgert über mich, wie er tut. Es ist merkwürdig und sehr lehrreich für mich, so wie jeder andere Mensch auch behandelt zu werden – ohne die ganzen Rücksichten, die man Menschen in meiner gesellschaftlichen Stellung normalerweise entgegenbringt. Obwohl ich diese Ungehobeltheit, die der Mann an den Tag legt, natürlich nicht unbedingt umwerfend finde, ist es doch so, dass es mir, sobald ich ihn ein bisschen besser kenne, gelingt, hinter die Fassade zu schauen.

Er ist ein Genie. Und obwohl Höflichkeit selbstverständlich niemals falsch ist, sind die Hervorragendsten unter uns oft weniger geschliffen.

Ich fühle mich so hingezogen zu ihm. Das ist mir in meinem ganzen Leben noch nie bei einem Mann passiert. Es ist einerseits aufregend und andererseits entsetzlich frustrierend. Ich bin in einer liebevollen Familie aufgewachsen und habe gelernt, dass Sex kein Spiel ist, es aber durchaus eine Freude – und eine Verantwortung – sein kann, wenn man mit einem Menschen, der einem etwas bedeutet, Sex hat. Mit einem Menschen, den man achtet und der einem dieselben Gefühle entgegenbringt. Meine gesellschaftliche Stellung verlangt mir in diesem Punkt über diese grundsätzliche Überzeugung hinaus zusätzliche Vorsicht ab. Ich darf mich auf keine flüchtigen Abenteuer einlassen.

Aber ich sehne mich nach ihm als Liebhaber. Ich möchte wissen, ob ich dieses Feuer der Leidenschaft, das ich in ihm spüre, auch in Bezug auf meine Person anfachen kann. Und ich möchte auch wissen, ob sich meine Leidenschaft mit seiner messen lässt.

Die Zeitung in diesem Supermarkt hat mich an das erinnert, was ich vorübergehend fast vergessen hatte. Wie es ist, unter ständiger Beobachtung zu stehen. Wie es ist, wegen eines Bildes in einer Zeitung verfolgt zu werden. Wie es ist, ständigen Spekulationen ausgesetzt zu sein. Die Müdigkeit, die einen deswegen überfällt, die Unsicherheit, das Unbehagen. Wenn ich mein derzeitiges Befinden mit meinem Befinden von jener Nacht vergleiche, in der ich Washington verlassen habe, wird mir klar, dass ich damals wahrscheinlich kurz vor dem Zusammenbruch stand. Ich erinnere mich noch genau an dieses Gefühl von Gehetztsein, ich spüre die blank liegenden Nerven.

Vieles davon ist meine eigene Schuld, das wird mir jetzt klar. Weil ich mir – mindestens seit Grand-pères Tod – keine Zeit mehr für mich selbst genommen habe.

Dafür tue ich es jetzt.

Meine Zeit hier ist … nun ja … eine Auszeit, nehme ich an. Aber ich spüre, dass ich sie gut nütze. Ich fühle mich … wie ein neuer Mensch, wäre vielleicht eine Übertreibung. Aber auf jeden Fall viel frischer und energiegeladener als seit vielen, vielen Monaten.

Bevor ich wegfahre, um mich wieder meinen Pflichten zu widmen, möchte ich so viel wie möglich über Archäologie lernen. Genug, um mich von da an in irgendeiner Weise selbst weiterbringen zu können. Außerdem möchte ich alles nur Mögliche über Camilla MacGee in Erfahrung bringen – unabhängig von Camilla von Cordina.

Und vielleicht überlege ich mir ja, den reizbaren Dr. Delaney Caine zu verführen.

Die ganze Hütte duftete wie eine Sommerwiese. Da das eine nette Abwechslung zu dem Geruch nach muffigen Turnsocken war, an den Del sich längst gewöhnt hatte, war es schwierig, sich zu beschweren.

Außerdem hatte er stets frische Socken. Ganz zu schweigen davon, dass er nie mehr die komplette Küche nach irgendeiner Dose, die er sich zum Abendessen warm machen könnte, durchsuchen musste. Seine Aufzeichnungen lagen – nachdem er ein paar Mal kräftig gebrüllt und wüste Drohungen ausgestoßen hatte – genau dort, wo er sie liegen gelassen hatte. Ein gutes Drittel seiner Notizen war getippt, und die Artikel für die Zeitschriften und die Website der Ausgrabungsstelle waren fast fertig. Und sie waren gut.

Der Kaffee war immer frisch, ebenso die Handtücher. Und wie auch Camilla selbst, dachte er mit einiger Bewunderung.

Nicht nur die Art, wie sie aussah, oder die spitzen Bemerkungen, die sie in regelmäßigen Abständen in seine Richtung abschoss, sondern auch ihr Geist. Er hätte nicht gedacht, wie viel Positives ein zusätzlicher klarer Kopf und ein wacher Geist zu dem Projekt beisteuern konnten.

Er hörte es gern, wenn sie morgens in der Küche beim Frühstückmachen sang. Und es gefiel ihm, wenn sie nach einer ihrer Pausen mit rosigen Wangen aus dem Wald zurückkam. Pausen, die sie ihm, wie er sich erinnerte, erst mühsam hatte abringen müssen.

Er konnte nicht behaupten, dass er etwas gegen die Kerzen oder die Schalen mit diesem duftenden Zeugs hätte, die sie überall im Haus verteilt hatte. Er störte sich nicht wirklich an der teuer duftenden Seife im Bad oder an ihren kleinen Cremetuben und Tiegeln in seinem Medizinschrank.

Er hatte sie nur irgendwann einmal in einer Anwandlung aus Neugier geöffnet und daran gerochen.

Er mochte es sogar, wenn sie sich abends mit einem Glas Wein aufs Sofa kuschelte und ihn so lange mit Fragen über seine Arbeit bombardierte, bis er schließlich aufgab und zu erzählen begann.

Jetzt stand er allein in seiner Küche und ließ seinen schwachen Arm mit einer Kilodose gebackener Bohnen in der Hand kreisen. Die Kraft kehrte langsam zurück. Und diesen verdammten Verband würde er verbrennen. Obwohl seine Muskeln bei den seltsamsten Gelegenheiten schmerzten, aber damit konnte er leben. Meistens fühlte es sich einfach nur gut an, diesen Arm wieder zu bewegen. Die Rippen würden länger brauchen … die Ärzte hatten ihn gewarnt. Und das Schlüsselbein würde ihm wahrscheinlich noch eine ganze Weile Probleme machen.

Aber immerhin fühlte er sich inzwischen nicht mehr so frustrierend hilflos.

Vielleicht sollte er Camilla ja bitten, ihm die Schultern und den

Nacken zu massieren, nur damit die Muskeln sich ein bisschen lockerten. Ihre Hände waren zwar klein, aber geschickt. Davon abgesehen war es eine gute Ausrede, sie endlich wieder einmal auf sich zu spüren. Sie hatte seine Warnung, sich zurückzuhalten, vielleicht doch ein kleines bisschen ernster genommen, als ihm lieb war.

Er legte eine Pause ein und stellte die Dose mit einem kleinen Knall ab. Ja, er fing wirklich an, sich an diese Frau zu gewöhnen, wie ihm mit leisem Entsetzen klar wurde. Er gewöhnte sich daran, sie um sich zu haben, und schlimmer noch, er *genoss es,* sie um sich zu haben.

Und das war der Anfang vom Ende.

Ein Mann fing an, sich daran zu gewöhnen, eine Frau um sich zu haben, während diese erwartete, dass er ständig um sie herum war. Woraus folgte, dass man nicht mehr kommen und gehen konnte, wie es einem beliebte, dass man nicht einfach wegfahren konnte, ohne sich Gedanken darüber zu machen, was man zu Hause zurückgelassen hatte.

Finster schaute er sich in seiner Küche um. Flaschen mit Wildblumen, eine Schale mit frischem Obst, blitzsaubere Ablageflächen und Plätzchen in einem Glas.

Die Frau hatte aus seinem Haus ein Zuhause gemacht. Ein Haus verließ man jederzeit leichten Herzens, wenn einem der Sinn danach stand. Aber ein Zuhause … ein Zuhause zu verlassen war immer mit einem Gefühl von Verlust verbunden.

Eine Frau verließ man normalerweise mit einem flüchtigen Kuss und einem freundlichen Winken. Wenn man jedoch *die* Frau verließ, musste man befürchten, dass es einem das Herz in Stücke riss.

Noch während er an sie dachte, kam sie mit roten Wangen und Wildblumen in der Hand aus dem Wald zurück. Wie zum Teufel kommt es, dass sie so nah daran ist, *die* Frau zu sein?, fragte er sich mit einem Anflug von Panik.

Sie kannten sich noch nicht lange. Oder? Er fuhr sich mit der Hand durchs Haar, während ihm klar wurde, dass er irgendwie die Zeit vergessen hatte. Was für ein Tag war heute eigentlich? Wie lange war sie schon hier? Was, um Himmels willen, sollte er machen, wenn sie weg war?

Lächelnd kam sie herein.

„Das hat aber gedauert", fuhr er sie an.

Sie schaute seelenruhig auf die Uhr. „Gar nicht. Genau genommen bin ich sogar zwei Minuten zu früh dran. Ich habe einen herrlichen Spaziergang gemacht und unten am Teich die Enten gefüttert." Sie ging zu der Flasche und stellte die neuen Blumen zu den alten. „Aber es bewölkt sich. Sieht aus, als würde es bald regnen."

„Ich wollte den Abschnitt über das Hirngewebe beenden. Das kann ich nicht, wenn Sie die Enten füttern."

„Wir können sofort anfangen, ich schenke uns nur noch schnell eine Limonade ein."

„Versuchen Sie nicht, mich zu beschwichtigen, Schwester."

„Das würde sogar meine besten Fähigkeiten übersteigen. Was ist los, Del? Haben Sie Schmerzen?" Sie drehte sich mit dem Krug in der Hand zu ihm um und hätte vor Überraschung fast etwas verschüttet, als ihr Blick auf ihn fiel. „Ihr Arm. Sie tragen ihn ja gar nicht mehr in der Schlinge." Eilig stellte sie den Krug ab, ging zu ihm und fuhr ihm mit einer Hand über den Arm.

Er sagte nichts, weil er sich danach sehnte, dass sie ihn berührte.

„Ich glaube, ich habe erwartet, dass er ganz kraftlos und blass ist. Das ist aber nicht der Fall." Sie befühlte aufmerksam seinen Bizeps. „Obwohl er etwas blasser ist als der Rest. Ich kann mir vorstellen, dass er sich ungewohnt schwach anfühlt."

„Er ist ganz okay. Ich muss nur … au!" Sie hatte ihm die Schulter nach unten gedrückt, und der scharfe Schmerz, der ihn durchzuckte, trieb ihm die Tränen in die Augen. „He, passen Sie doch auf, Miss de Sade!"

„Oh, Verzeihung. Ist es immer noch empfindlich?" Behutsamer massierte sie seine Schulter. „Sie sind ja ganz verspannt."

„Das wären Sie auch, wenn Ihr Arm für fast zwei Wochen an Ihrem Brustkorb fixiert gewesen wäre."

„Ja, sicher. Vielleicht sollte man ihn ein bisschen einreiben", überlegte sie laut. „Meine Mutter reibt meinen Vater auch immer ein, wenn er sich überanstrengt hat. Und bei Pferden macht man es genauso. Ich habe oben im Bad ein Massageöl gesehen. Wenn Sie möchten, reibe ich Ihnen nach dem Abendessen die Schulter ein. Dann können Sie heute Nacht bestimmt gut schlafen."

Ihm schwante, dass er, wenn sie ihn einrieb – wo auch immer –, unruhige Träume haben würde. Aber vielleicht war es ja trotzdem ein guter Tausch.

„Mit Labortests wurde nachgewiesen, dass es sich bei der in den Schädeln gefundenen Substanz tatsächlich um menschliches Zellgewebe handelt. Alles in allem wurde während der sechsmonatigen Feldstudie in fünfundneunzig Schädeln Zellgewebe gefunden. Achtundzwanzig Schädel enthielten vollständige Gehirne, auch wenn sie auf annähernd ein Drittel ihrer normalen Größe geschrumpft waren. Der Fund ist absolut einzigartig und wird für die Wissenschaft weitreichende Folgen haben. Die Wissenschaftler werden Gelegenheit bekommen, mehr als siebentausend Jahre alte Gehirne mit intakter Hemisphäre und intakten Windungen zu erforschen. Aus Zellgewebe, das älter ist als alles, was man vorher je in Händen hatte, könnte jetzt die DNS, der grundlegende menschliche Baustein, geklont werden."

„Geklont." Camilla hielt beim Tippen in der Bewegung inne. „Sie wollen einen Menschen dieses Stammes klonen."

„Über Klonen können wir uns später unterhalten. Aber nein, nur für Forschungszwecke, um etwas über Krankheiten, Lebenserwartung, körperliches und geistiges Potenzial zu erfahren. Zu Ihrem Science-Fiction-Roman können Sie zurückkehren, wenn wir hier fertig sind."

„Ein Schaf hat man schon geklont", sagte Camilla.

Er warf ihr durch seine Lesebrille einen milden Blick zu. „Das ist nicht mein Fach. Und DNS-Forschung auch nicht. Ich umreiße hier lediglich die Möglichkeiten und die Bedeutung des Fundes. Wir haben hier siebentausend Jahre alte menschliche Gehirne. Gehirne, mit denen Menschen nachgedacht und reagiert, Sprache und motorische Fähigkeiten ausgebildet haben. Sie haben diese Gehirne benutzt, um Dörfer zu bauen, Wild zu jagen und zuzubereiten. Sie haben diese Gehirne benutzt, um aufeinander einzuwirken, ihre Kinder großzuziehen, sich Partner zu suchen und zu überleben."

„Und was ist mit ihren Herzen?"

„Was soll damit sein?"

„War es nicht vielleicht ihr Herz, das ihnen gesagt hat, wie sie ihre Kinder behandeln sollen … oder wie man diese Kinder überhaupt macht?"

„Das eine geht nicht ohne das andere, oder?" Er nahm seine Brille ab und legte sie beiseite. „Diese Menschen haben für ihre Kinder gesorgt und hatten zwischenmenschliche Beziehungen. Aber Fortpflanzung ist auch ein Instinkt, einer der ursprünglichsten überhaupt. Ohne die Jungen wäre niemand da gewesen, der sich um die Alten kümmert, und für die Toten hätte es keinen Ersatz gegeben. Der Mensch pflanzt sich aus denselben Gründen fort, aus denen er isst. Er muss es tun."

„Sehr romantisch klingt das aber nicht."

„Romantik ist eine Erfindung, ein Hilfsmittel, wie …", er griff nach dem zernarbten Kopf eines alten, primitiv verarbeiteten Hammers, „… wie das hier."

„Romantik ist ein menschliches Bedürfnis, wie das Bedürfnis nach Gesellschaft oder nach Musik."

„Das ist alles Luxus. Um zu überleben, brauchen wir Essen, Wasser, ein irgendwie geartetes Dach überm Kopf. Und um das Überleben der Gattung zu sichern, müssen wir uns fortpflanzen. Der Mensch hat Hilfsmittel ersonnen, mit denen sich diese grundlegenden Bedürfnisse leichter erfüllen lassen. Und oft angenehmer. Und da er ein Mensch ist, hat er Wege ersonnen, um aus diesen Bedürfnissen Profit zu schlagen, mit anderen in Konkurrenz zu treten, zu stehlen. Und sogar zu töten."

Es machte ihr Spaß, ihm zuzuhören, es gefiel ihr, dass er seine Vorstellungen mit ihr diskutierte, wie er es vielleicht mit einer intelligenten Studentin tun würde. Oder womöglich sogar mit einer Kollegin. „Das sagt nicht viel aus über den Menschen", bemerkte sie.

„Im Gegenteil." Er berührte die Kinnlade eines alten, ausgebleichten Schädels. „Es sagt aus, dass der Mensch selbst eine komplexe, geniale und sich ständig weiterentwickelnde Erfindung ist. Er baut etwas auf und zerstört mit fast denselben Fähigkeiten und derselben Energie. Dabei erfindet er sich selbst immer wieder neu."

„Und was haben Sie aus sich selbst gemacht?", fragte sie ihn.

Er drehte den Hammerkopf in der Hand und legte ihn dann wieder beiseite. „Mich hungrig geredet. Wann gibt es Essen?"

Sie hatte nicht vor, die Diskussion abzubrechen, aber sie hatte nichts dagegen, noch ein bisschen über das Gesagte nachzudenken, während sie das Abendessen zubereitete. Sie schüttete Nudeln in das kochende Wasser, schleuderte Salat trocken. Besprenkelte Kräuter mit Öl für die dicken Brotscheiben.

Sie schenkte Wein ein. Zündete die Kerzen an.

Und als sie sich schließlich in der gemütlichen Küche umschaute und hörte, wie der Regen leise aufs Dach trommelte, wurde ihr klar, dass sie heute Abend – unbewusst – einen Trick angewandt hatte. Die Bühne, die sie hergerichtet hatte, war zweifellos romantisch. Dabei hatte sie einfach nur vorgehabt, es irgendwie nett und gemütlich zu machen. Aber offenbar hatte sich ein Instinkt eingeschaltet. Vielleicht schaffte ja ein bestimmter Typus Mensch – vor allem, wenn er sich zu einem anderen sexuell hingezogen fühlte – ganz instinktiv eine romantische Atmosphäre.

Sie merkte, dass es ihr gefiel, das von sich selbst zu wissen. Romantik war – zumindest in ihren Augen – etwas Warmes und Großzügiges. Romantik bezog das Wohlbefinden und das Vergnügen des anderen mit ein.

Romantik war etwas völlig anderes als ein verdammter Hammer, entschied sie, während sie die Nudeln abgoss.

„Von einem Hammer geht immer Gewalt oder die Androhung von Gewalt aus“, erklärte sie, als Del in die Küche kam.

„Von was?“

„Einem Hammer“, wiederholte sie leicht verärgert. „Romantik ist kein Hammer.“

„Okay.“ Er streckte die Hand nach einem Stück Brot aus, aber sie gab ihm einen leichten Klaps auf den Handrücken.

„Setzen Sie sich erst einmal hin. Beweisen Sie, dass Sie sich zu einem zivilisierten menschlichen Wesen entwickelt haben. Und sagen Sie nicht okay, nur weil das Thema Sie langweilt und Sie sich den Bauch vollschlagen möchten.“

„Das sind ja ganz schön strenge Sitten hier“, sagte er.

„Ich habe vorhin gesagt, dass diese Menschen Gefühle gezeigt haben. Mitgefühl, Liebe … gewiss auch Hass, wie man aus den Knochenfunden ersehen kann, die Spuren von Gewalteinwirkung tragen. Gefühle machen uns menschlich, oder?“, fragte sie, während sie ihm Salat auftat. „Wenn wir nur von unseren Instinkten getrieben würden, hätten wir keine Kunst, keine Musik und auch keine Wissenschaft. Wir hätten uns nicht weit genug fortentwickelt, um neben einem Teich ein Dorf zu bauen und Rituale zu entfalten und auch nicht genug Liebe, um unserem Kind sein Spielzeug mit ins Grab zu legen."

„Okay ... ich meine, ja, das stimmt", beeilte er sich hinzuzufügen, als er sah, dass sie ihn aus zusammengekniffenen Augen anschaute. Er wollte das Essen in den Magen und nicht über den Kopf bekommen. „Das ist ein guter Ansatz ... Sie könnten wahrscheinlich einen interessanten Aufsatz darüber schreiben."

Sie blinzelte erstaunt. „Meinen Sie wirklich?"

„Archäologie ist keine knochentrockene Angelegenheit. Es geht dabei nicht nur um Tatsachen und Artefakte. Daneben muss Raum sein für Spekulationen und Theorien. Und für Fragen. Die Archäologie überlappt sich teilweise mit der Anthropologie, und da haben wir es mit Kulturen zu tun. Aus den Kulturen entwickeln sich Traditionen. Traditionen entstehen aus Notwendigkeit, Aberglauben oder aus irgendwelchen gefühlsmäßigen Aspekten heraus."

„Nehmen Sie Ihren Stamm." Besänftigt hielt sie ihm den Brotkorb hin. „Woher wollen Sie wissen, dass ein Mann nicht um eine Frau geworben hat, indem er ihr einen Strauß Wildblumen oder eine Tasse frische Walderdbeeren mitgebracht hat?"

„Ich weiß nicht, ob er es getan hat. Aber ich weiß genauso wenig, *dass* er es getan hat. Es gibt keinen Beweis, weder in dieser noch in jener Richtung."

„Aber glauben Sie nicht, dass die Menschen damals auch irgendein Ritual hatten? Gab es das nicht schon immer? Sogar die Tiere haben doch Paarungsrituale, *oui*? Deshalb müssen sie einfach irgendetwas in der Art gehabt haben."

„Klar." Er tunkte das Brot in die Kräutersoße und lächelte. „Manchmal hieß das nur, einen großen Stein aufzuheben und ihn dem Rivalen über den Kopf zu hauen. Der Verlierer hatte bestenfalls eine Gehirnerschütterung, und der Sieger bekam die Frau."

„Aber nur, weil sie keine andere Wahl hatte, oder wahrscheinlicher, weil ihr instinktiv klar war, dass derjenige, der sich als der Stärkere erwiesen hatte, eher in der Lage sein würde, sie und ihre Kinder vor allen Gefahren zu beschützen."

„Genau." Erfreut über ihre logischen Schlussfolgerungen, winkte er ihr mit einem Stück Brot zu. „Drang zur Fortpflanzung. Fortpflanzung als Überlebensstrategie."

„Auf seine eigene, sehr ursprüngliche Art ist es romantisch. Obwohl die Knochenfunde, die Sie untersucht haben, nicht genug Spuren von Gewalteinwirkung aufweisen, um die Theorie zu untermauern, dass Schläge auf den Kopf des Rivalen zu den üblichen Werberitualen des Stammes gehörten."

„Das ist gut." Voller Bewunderung darüber, wie sie seinen Faden aufnahm und weiterspann, deutete er mit seiner Gabel auf sie. „Und Sie haben recht."

„Was meinen Sie, Del, könnte ich vielleicht irgendwann einmal die Ausgrabungsstelle besuchen?", fragte sie angeregt.

Er runzelte nachdenklich die Stirn, während sie die Nudeln auftat. „Warum?"

„Weil ich es gern mit eigenen Augen sehen würde."

„Schön, dann haben Sie noch genau sechs Monate Zeit."

„Was meinen Sie damit?"

„Wenn ich es nicht schaffe, mit meinen Artikeln und Berichten innerhalb von sechs Monaten so weit die Trommel zu rühren, dass zwei Millionen dabei herauskommen, wird die Ausgrabungsstätte geschlossen."

„Geschlossen? Sie meinen, dann sind die Ausgrabungsarbeiten beendet?"

„Beendet?" Er wickelte sich Spaghetti um die Gabel. „Noch lange nicht. Aber die Regierung kann – oder will – keine weiteren Mittel bereitstellen", sagte er. „Nach drei Jahren ist das Medieninteresse so weit zurückgegangen, dass kein Politiker beim Überreichen der Zuschüsse mehr in irgendwelche Fernsehkameras lächeln kann. Die Universität hat den Geldhahn zugedreht, und die Gelder der privaten Sponsoren sind in genau sechs Monaten aufgebraucht. Dann ist das Ende der Fahnenstange erreicht."

Die Vorstellung, dass die Ausgrabungsstätte geschlossen werden könnte, war so erschreckend, dass sie an nichts anderes denken konnte. „Das können sie doch nicht machen, wenn Sie noch nicht fertig sind."

„Geld regiert die Welt, Schwester." Und er hatte selbst schon alles, was er sich leisten konnte, in dieses Projekt gesteckt.

„Dann werden Sie auch noch mehr bekommen. Jeder, der von Ihrer Arbeit liest, wird sich wünschen, dass dieses Projekt fortgeführt wird. Und wenn schon nicht wegen der unerhörten Wichtigkeit, die diese erstaunlichen Funde für die Archäologie darstellen, so wegen der einzigartigen Gelegenheiten, die sich der gesamten Forschung dadurch eröffnen. Ich könnte …“ Sie unterbrach sich. Sie war eine erfahrene Spendensammlerin. Die Leute waren bereit, eine Menge Geld hinzulegen, um Prinzessin Camilla bei einer Benefizveranstaltung zu treffen.

Medieninteresse? Das war nie ein Problem gewesen.

Darüber hinaus hatte sie zahlreiche wertvolle Verbindungen. Sie dachte sofort an ihre Patentante, die frühere Christine Hamilton, die jetzt mit einem US-Senator aus Texas verheiratet war. Die beiden waren eifrige Förderer von Kunst und Wissenschaft.

„Falls Sie eine Million oder so übrig haben, nur her damit.“ Del streckte den Arm nach der Weinflasche aus, wobei er seine lädierte Schulter ein bisschen zu sehr beanspruchte. Und fluchte.

Sie kehrte in die Gegenwart zurück. „Passen Sie auf, Sie wollen sich doch bestimmt nicht zu hoch einschätzen. Ich habe nämlich leider keine Million.“ Lächelnd füllte sie sein Weinglas auf. „Aber ich habe Ideen. Ich habe sogar oft ziemlich gute Ideen. Ich werde darüber nachdenken.“

„Tun Sie das.“

Sie verfolgte das Thema nicht mehr weiter, und er vergaß es.

Nach dem Essen verschwand er. Er hatte ein Geschick entwickelt, immer dann zu verschwinden, wenn Geschirr im Spiel war. Camilla kam nicht umhin, das zu bewundern. Sie konnte nicht behaupten, dass ihr das Abwaschen auch nur annähernd so viel Spaß machte wie das Kochen.

Kochen war eine Art Kunst. Abwaschen war eine stupide Hausarbeit, die sie normalerweise gern anderen überließ.

Aber hier war sie diese andere.

Auf jeden Fall wusste sie, dass er nicht in die Nähe des Hauses kommen würde, bis der Abwasch gemacht war. Dadurch ergab sich eine günstige Gelegenheit, zu Hause anzurufen.

Während die Verbindung mit Virginia hergestellt wurde, ließ sie den Weg draußen nicht aus den Augen. Als ihr jüngerer Bruder Dorian abnahm, verlangte sie ohne Umschweife ihre Mutter, obwohl sie unter normalen Umständen gern ein bisschen mit Dorian geplaudert hätte.

„Aber beeil dich, es ist dringend", drängte sie ihren Bruder.

„Erst verschwindest du einfach ohne einen Ton, und jetzt hast du nicht einmal eine Sekunde Zeit", beschwerte sich Dorian.

„Ich erzähle dir alles, wenn ich zurückkomme. Du fehlst mir, Dorian." Sie lachte leise. „Ich hätte nie gedacht, dass ich das jemals sage, aber es ist die Wahrheit. Ihr fehlt mir alle."

„Trotzdem geht es dir offenbar prächtig. Das höre ich dir an."

„Richtig."

„Dann stimmt es also gar nicht, dass du dich in die Einsamkeit zurückgezogen hast, weil dir dieser französische Schauspieler das Herz gebrochen hat."

Sie schnaufte verächtlich. Dorian betrachtete es als seine königliche Pflicht, sie aufzuziehen. „Ich sage es noch einmal: Du fehlst mir. Gibst du mir jetzt endlich Mama?"

„Sofort. Aber ich warne dich. Sie hat allergrößte Mühe, Dad davon abzuhalten, ein Suchteam loszuschicken. Damit er dir das verzeiht, wirst du in nächster Zeit mindestens doppelt so oft mit ihm tanzen müssen wie normalerweise."

„Ich weiß. Es tut mir wirklich leid, aber ich bin schließlich kein kleines Mädchen mehr."

„Das sagt Mama auch. Und daraufhin sagt, nein, brüllt er, dass du aber immer noch *sein* kleines Mädchen bist. Gut, bleib dran."

Obwohl er sie ständig aufzog, war Dorian goldrichtig. Er würde es schaffen, ihre Mutter unauffällig ans Telefon zu holen, ohne dass ihr Vater etwas davon mitbekam.

Während sie sich das große, lang gestreckte Haus in Virginia in Erinnerung rief, überlegte sie, wo ihre Mutter jetzt gerade sein mochte. Vielleicht in ihrem Salon. Nein, wahrscheinlich draußen im Garten. Bestimmt würde sie den schönen Abend genießen.

Oder regnete es in Virginia jetzt auch?

Vielleicht hatte sie ja Besuch. Aber nein, das hätte Dorian gesagt.

Als sich das Warten hinzog, wurde Camilla unruhig.

Dann endlich hörte sie die Stimme ihrer Mutter. „Camilla, wie schön, dass du anrufst. Wir haben eben von dir gesprochen."

„Ist Daddy immer noch so außer sich?"

„Nun … er fängt an, sich daran zu gewöhnen. Langsam."

„Es tut mir leid, Mama. Ich musste nur unbedingt …"

„Du brauchst mir nichts zu erklären. Ich weiß sehr gut, wie es ist. Wir möchten nur, dass es dir gut geht."

„Das ist der Fall. Ich habe dir doch von der Hütte und Delaney erzählt, richtig? Seine Arbeit ist so wichtig, ich finde sie so interessant, Mama …" Sie verfiel ins Französische, weil ihr Englisch angesichts der Bedeutung, die das Projekt in ihren Augen hatte, zu gewöhnlich erschien.

„Du klingst ja schon fast wie eine Wissenschaftlerin." Gabriella lachte.

„Nein, ich fühle mich eher wie eine Studentin. Eine, die nicht schnell genug ausreichend lernen kann. Und heute Abend habe ich etwas Beunruhigendes erfahren."

Sie schilderte ihrer Mutter in groben Zügen, welche Schwierigkeiten sich bei dem Projekt ergaben.

„Das ist unangenehm. Dein Professor muss sehr beunruhigt sein."

„Ich würde so unheimlich gern helfen. Deshalb wollte ich dich bitten, ob du nicht vielleicht einige Beziehungen spielen lassen kannst, um herauszufinden, was man tun kann. Außerdem dachte ich mir … was meinst du, könntest du vielleicht Tante Christine ansprechen? Ich bin eine gute Spendensammlerin, aber sie übertrifft mich noch. Es ist mir wichtig, weil ich endlich etwas gefunden habe, das mich wirklich interessiert … mich ganz persönlich. Ich brauche nur eine Idee, wie man es schafft, das richtige Portemonnaie zu öffnen."

„Ich schlage vor, dass ich zunächst einmal Erkundigungen einziehe. Das ist in Florida, richtig? Das Bardville Research Projekt, Dr. Delaney Caine. Gib mir ein paar Tage Zeit."

„Danke. Vielen Dank, Mama. Aber versprich mir, diskret zu sein, ja? Ich möchte nämlich nicht, dass er jetzt schon erfährt, dass Ihre Durchlaucht Gabriella von Cordina seine Arbeit mit Interesse verfolgt. Es ist so schön, einfach nur Camilla zu sein. Ich will nicht das Risiko eingehen, dass irgendwer die Verbindung sieht. Noch nicht."

„Mach dir keine Sorgen. Die Familie fährt in wenigen Tagen nach

Cordina zurück, Camilla. Ich hatte eigentlich gehofft, du wärst bereit, mit uns zu fahren."

„Nur noch ein paar Wochen. Bitte. Ich melde mich wieder und buche mir von hier aus einen Flug, wenn ... wenn ich so weit bin."

„Pass auf dich auf. Wir lieben dich."

„Und ich liebe euch. Wir sehen uns bald, Mama. Ich muss dir so viel erzählen."

Nachdem sie aufgelegt hatte, begann Camilla, fröhlich vor sich hin summend, die Küche aufzuräumen. Sie hatte in so kurzer Zeit so vieles von dem, was sie sich vorgenommen hatte, erreicht. Sie war zufrieden mit sich, und Zufriedenheit hatte sie während der vergangenen Monate vermisst. Sie hatte ganz normale Dinge getan, von denen ihr zu viele entglitten waren, seit sie erwachsen war.

Und jetzt wurde ihr klar, dass sie das zumindest teilweise selbst verschuldet hatte.

In ihrer Kindheit hatten ihre Eltern dafür gesorgt, dass sie ein normales Leben führte, oder wenigstens so normal wie möglich. Sie hatten alles in ihrer Macht Stehende getan, um sie und ihre Geschwister vor der Öffentlichkeit abzuschirmen. Doch seit sie erwachsen war, hatte sie Pflichten übernommen, die sich immer mehr ausgeweitet hatten.

Dann hatte sich das gesamte Medieninteresse auf sie konzentriert, und man hatte ihr den Beinamen „Cordinas Kronjuwel" gegeben. Plötzlich hatte ihre Normalität Risse bekommen. Anfangs war das Medieninteresse schmeichelhaft, ein bisschen aufregend, ja, sogar amüsant gewesen. Aber nach und nach hatte es sie mehr und mehr geärgert. Und nachdem sie fast ein Jahrzehnt lang das Objekt ständiger Aufmerksamkeit, wilder Spekulationen und glatter Lügen gewesen war, nachdem man sie zehn Jahre lang als Ware und nicht als Mensch betrachtet hatte, drohte die Situation sie zu ersticken.

Aber jetzt konnte sie wieder durchatmen. Und sie wusste, dass sie gestärkt und weniger verletzlich gegenüber dem Sperrfeuer der Medien in ihr normales Leben zurückkehren würde.

Sie hatte eine Passion entdeckt und würde einen Weg finden, darin aufzugehen. Das war es, was sie bei ihrer Mutter und ihren Tanten immer so bewundert hatte. Sie alle schreckten nicht davor zurück, öffentliche Pflichten zu übernehmen, aber jede der Frauen führte auch noch ein eigenes, erfülltes Leben. Und das konnte sie auch tun.

Das *würde* sie tun.

Eines Tages würde sie an eine Ausgrabungsstelle fahren und Mitglied eines Teams sein, das *entdeckte.* Das Antworten auf Fragen suchte. Und dann sollen die Medien doch kommen, dachte sie, während sie frischen Kaffee aufbrühte. Wenn sich ihre Aufmerksamkeit auf sie konzentrierte, würde das dem Fach zugutekommen. Und das bedeutete, dass reichlich Spenden fließen würden.

Es war ganz und gar unvorstellbar, dass ihr Projekt zu einem vorzeitigen Ende kommen könnte, nur weil das Geld ausgegangen war. Und es ist jetzt unser Projekt, dachte sie mit einem verträumten Aufseufzen. Ihres und Delaneys. Sie teilten es genauso, wie sie die Hütte teilten, und jeder von ihnen drückte ihm durch seine eigenen Fähigkeiten seinen Stempel auf.

Es war ... einfach traumhaft.

Und vielleicht gelang es ihr ja, mit ihrer Begeisterung die Generation nachwachsender junger Frauen anzustecken, vielleicht konnte sie ja dazu beitragen, dass die Archäologie, das Studium vom Leben der Menschen, die schon lange tot, und von Kulturen, die längst untergegangen waren, in Mode kam.

Sie unterbrach ihren Gedankengang und lachte über sich selbst. Nie zufrieden mit kleinen Schritten, dachte sie. Sie wollte immer mehr.

Sie schenkte Kaffee in zwei Becher und ging damit ins Wohnzimmer. Und da saß er, die Lesebrille auf der Nase, auf dem schrecklichen alten Sofa, seine Unterlagen auf seinen Beinen und über die Polster verstreut.

Bei seinem Anblick wallte in ihr eine wilde und herrliche Mischung aus Verlangen und Sehnsucht auf und ... Liebe, wie sie mit einem unhörbaren Aufseufzen entdeckte.

Was, du hast dich in ihn verliebt?, dachte sie überrascht. War das nicht faszinierend? Irgendwann während dieses komplizierten Intermezzos hatte sie sich unversehens Hals über Kopf in diesen übellaunigen, leicht reizbaren Wissenschaftler mit den miserablen Umgangsformen verliebt.

Er war unhöflich, fordernd, leicht zu verärgern, ungeduldig. Und klug, leidenschaftlich, widerwillig freundlich. Das war eine fesselnde Mischung, die ihn einzigartig machte. Sie wollte ihn um keinen Deut anders, als er war.

Aber da ist noch mehr, dachte sie, während sie sich an die Wand lehnte, um ihn zu beobachten. Er besaß eine der wichtigsten Eigenschaften, die sie sich für einen Freund und Geliebten nur vorstellen konnte. Er hatte ein Gefühl für Ehre.

Sie waren ganz allein hier, aber er hatte nie versucht, diesen Umstand zu seinem Vorteil auszunutzen. Tatsächlich berührte er sie so gut wie nie, nicht einmal auf die beiläufigste Art und Weise. Obwohl er sich zu ihr hingezogen fühlte – und sie wusste, dass das so war –, erlaubte es ihm sein Ehrgefühl nicht, das Terrain zu sondieren.

Ihre Lippen verzogen sich zu einem Lächeln. Das machte aus ihm am Ende eben doch noch einen Gentleman. Obwohl er sich gegen diese Bezeichnung mit Händen und Füßen wehren würde.

Dann hatte sie sich also in einen schlecht gelaunten Gentleman verliebt, der sich nicht einmal im Traum einfallen lassen würde, seine zeitweilige Assistentin zu verführen. Das bedeutete, dass die Initiative ganz allein ihr überlassen blieb.

Dieser Gedanke, der bis jetzt nur ein interessantes Gedankenspiel gewesen war, bekam jetzt, nachdem sie entdeckt hatte, dass ihr Herz beteiligt war, etwas noch Faszinierenderes, noch Aufregenderes. Zu wissen, dass sie ihn liebte, brachte ihr ihm gegenüber einen herrlichen Vorteil.

Jetzt bekommst du es mit mir zu tun, dachte sie. Und du hast keine Chance, Dr. Delaney Caine.

Sie war schon drauf und dran, in die Küche zurückzugehen, um den Kaffee gegen Wein umzutauschen. Aber dann überlegte sie, dass für ihn Kaffee vielleicht … stimulierender war.

Der Angriffsplan musste einfach sein. Und feinsinnig.

Sie ging zu ihm und hielt ihm einen Becher hin. „Sind Sie irgendwo auf Schwierigkeiten gestoßen?

„Hm?“

„Ob Sie irgendwo auf Schwierigkeiten gestoßen sind“, wiederholte sie, auf die wild durcheinanderliegenden Papiere deutend.

„Nein. Ich muss nur alles noch einmal durchdenken. Damit dieser schreckliche Papierkram endlich fertig wird. Ich muss zurück zur

Ausgrabungsstelle. Ins Labor." Er rollte versuchsweise die Schultern.

Plötzlich hatte sie einen Kloß im Hals. Wenn er erwog zurückzugehen, konnte sie es sich nicht leisten, lange feinsinnig zu sein.

Weil sie vorhatte, ihn zu begleiten, wenn er zurückging. Als seine Schülerin, seine Assistentin. Und als seine Geliebte.

„Die Arbeit hier ist genauso wichtig, genauso unabdingbar. Aber bestimmt nicht so interessant."

„Ich bin kein Verwaltungsbeamter." Er sagte es, als ob es etwas Abstoßendes wäre, worüber sie lächeln musste.

„Sie werden bald wieder im Feld sein. Sie brauchen nur noch ein bisschen Zeit, um das hier zu beenden und um wieder ganz gesund zu werden."

Er setzte sich anders hin und straffte behutsam die Schultern. Prompt schmerzten seine Rippen erneut. Nach einer einzigen Stunde auf der Ausgrabungsstelle würdest du auf allen vieren kriechen, dachte er angewidert. Aber das Labor …

„Machen wir noch ein bisschen weiter", sagte er und stand – viel zu schnell – auf. Er musste die Zähne zusammenbeißen, als sein Körper vehement protestierte.

„Ich mache Ihnen einen Vorschlag." Sie nahm ihm behutsam den Becher aus der Hand. „Ich massiere Sie vorher ein bisschen. Es müsste eigentlich helfen. Morgens und abends geht es Ihnen immer schlechter. Wir lockern Ihre Muskeln ein wenig. Und wenn Sie dann immer noch arbeiten möchten, arbeiten wir."

„Mir geht es gut."

„Erzählen Sie nichts. Wenn Sie nicht besser auf sich aufpassen, werden Sie den Heilungsprozess nur verzögern, und dann dauert es noch länger, bis Sie wieder auf die Ausgrabungsstelle zurückkönnen", sagte sie forsch, während sie, in jeder Hand einen Kaffeebecher, zur Treppe ging. „Kommen Sie schon, wir betrachten es einfach als physikalische Therapie."

Er hatte Schmerzen, und das ärgerte ihn. Er könnte eine Tablette nehmen … aber dann würde er müde werden und wertvolle Arbeitszeit vergeuden. Oder er könnte den Verband wieder anlegen, was ihn noch mehr ärgern würde. Als dritte Möglichkeit könnte er dem Massageöl eine Chance geben.

Dann musste er nur noch mit ihren Händen auf seinem Körper klarkommen. Ein Mann sollte dazu eigentlich genug Willenskraft haben.

Davon abgesehen hatte sie den Kaffee. Ihm blieb also gar nichts anderes übrig, als ihr nach oben zu folgen.

„Wir können es hier unten tun."

„Oben ist es einfacher", sagte sie mit einem süffisanten Lächeln. „Die Couch ist ein Folterbrett und in jedem Fall zu klein. Es gibt keinen Grund, es sich unbequem zu machen. Setzen Sie sich schon mal aufs Bett, und ziehen Sie das Hemd aus."

Worte, von denen die meisten Männer träumen würden, dachte er.

Aber ich werde nicht in solchen Kategorien denken, ermahnte er sich selbst. Ich werde es als eine Art Therapie betrachten.

7. KAPITEL

Camilla machte einen kleinen Umweg über ihr eigenes Schlafzimmer und tupfte sich einen Tropfen Parfüm hinters Ohr. Und öffnete die beiden obersten Knöpfe ihrer Bluse. Falls der Mann Romantik als ein Hilfsmittel ansah, so war sie bestens gerüstet.

Sie suchte sich das Massageöl, ein paar frische Handtücher und mehrere Duftkerzen zusammen.

Das war Vorschubleistung, das musste sie zugeben, aber bestimmt waren einer liebenden Frau einige Tricks erlaubt.

Ebenso wie es einem wachsamen Mann erlaubt ist, sich zu verteidigen, dachte sie, als sie das Schlafzimmer betrat und sah, dass alle Lichter brannten.

Sie fand seine Vorsichtsmaßnahmen total süß. Und so leicht zu durchschauen.

„So, dann wollen wir mal." Sobald sie um das Bett herumgegangen war, auf dem er saß, trat an die Stelle ihres Kalküls Mitgefühl. „Oh Del, das sieht ja schlimm aus."

„Es ist schon viel besser."

„Bestimmt, nur ..." Die Schulter, die bis jetzt von einem Verband oder einem Hemd bedeckt gewesen war, war immer noch deutlich geschwollen. Der gelbgrüne Bluterguss zog sich bis über die Rippen hin.

Jetzt überwog ihr Wunsch, seine Schmerzen zu lindern und ihn einfach nur zu pflegen.

„Ich wusste gar nicht, dass es so schlimm ist", sagte sie und berührte ganz sacht seine Schulter.

„Es ist schon fast wieder gut." Er rollte die Schulter, einerseits, um sie zu testen, und andererseits, um ihre Hand abzuschütteln. Weil er, wie ihm jetzt klar wurde, noch nicht wirklich bereit war, ihre Hände auf sich zu spüren.

„Trotzdem hätten wir besser vorher erst ein bisschen Eis drauftun sollen, damit die Schwellung zurückgeht." Als sie sich daran erinnerte, was passiert war, als sie diese besondere Methode beim letzten Mal angewandt hatte, begann ihr Herz schneller zu klopfen.

Sie wollte ihn gesund pflegen und trösten. Obwohl sie auch noch mehr wollte.

„Gut, entspannen Sie sich jetzt einfach, dann werden wir sehen, was wir tun können, um es Ihnen ein bisschen … angenehmer zu machen."

Sie wandte sich ab, um sich die Sachen, die sie mitgebracht hatte, zurechtzulegen und die Kerzen anzuzünden.

„Was haben Sie denn mit den Kerzen vor?"

Als sie den Argwohn hörte, der in seiner Stimme mitschwang, musste sie lächeln. „Haben Sie noch nie etwas von Aromatherapie gehört? Machen Sie es sich so bequem wie möglich, und dann fangen wir mit der Schulter an. Sie haben mir nie erzählt, wie das passiert ist."

„Ich war dumm genug, auf dem Weg zum Labor jemand anders ans Steuer zu lassen. Manche Leute können auf einer nassen Straße einfach nicht fahren", fügte er mit ausdruckslosem Blick hinzu. „Der Jeep hat sich überschlagen."

„Überschlagen?", fragte sie erschrocken. „Oh nein, Sie haben Glück, dass Sie nicht getötet wurden."

„Der Kerl hat bloß zwei kleine Kratzer abbekommen", sagte Del bitter. „Er hat Glück gehabt, dass ich ihn nicht erwürgt habe. Seinetwegen stehe ich jetzt schon seit über drei Wochen auf der NEL."

Sie ging hinüber, um das Licht auszuschalten. „NEL?"

„Gibt es in Ihrer Welt keinen Baseball, Schwester? Nichteinsatzfähigenliste." Genau, er musste einfach nur an Baseball denken – Sport war gut – oder an seine Arbeit oder an Weltpolitik. An alles, außer daran, wie sie bei Kerzenlicht aussah.

„Wie wollen Sie denn bei der Dunkelheit etwas sehen?"

„Ich sehe bestens. Sie können sich nicht entspannen, wenn Ihnen das Licht in die Augen scheint." Sie wünschte, er hätte ein Radio, eine Stereoanlage. Irgendetwas. Aber sie mussten ohne zurechtkommen.

Sie kniete sich hinter ihm aufs Bett.

Als er spürte, wie die Matratze unter ihrem Gewicht nachgab, zog sich sein Magen zusammen … und sein Körper wappnete sich für den Kampf.

„Aber markieren Sie jetzt, um Himmels willen, nicht den harten Mann", ermahnte sie ihn. „Schreien Sie ruhig, wenn es wehtut. Obwohl ich finde, dass Sie sich bemerkenswert gut erholt haben, wenn der Unfall erst drei Wochen her ist. Außerdem haben Sie beeindruckend viel gearbeitet, seit Sie hier sind."

Sie träufelte sich Öl auf die Hand und rieb es ein, damit es warm wurde, dann begann sie, es behutsam in seine verletzte Schulter einzumassieren. „Ich finde, wir könnten alle ab und zu eine Abwechslung vertragen und einen Schritt zurücktreten, damit wir einen besseren Blick auf das ganze Bild bekommen."

„Kann sein." Zweifellos stimmte es, dass er seit seiner erzwungenen Rückkehr das Projekt aus Blickwinkeln betrachtet hatte, die ihm vorher entgangen waren oder die er, als er noch mittendrin gewesen war, absichtlich übersehen hatte. Zum Beispiel das Geldproblem.

„Machen Sie sich ganz locker", sagte sie. „Schließen Sie einfach die Augen." Ihre Finger streichelten, kneteten sanft. „Lassen Sie Ihre Gedanken schweifen. Haben Sie als Junge oft hier im Wald gespielt?"

„Klar." Baseball, er musste an Baseball denken. Aber wie sollte er einen Punktestand im Kopf behalten, wenn sie mit dieser herrlich samtigen, sexy Stimme auf ihn einredete?

„Und im Teich geschwommen? Geangelt?"

„Meine Mutter ist eine passionierte Anglerin."

„Wirklich?"

Als er seine Mutter mit einer Angelrute in der Hand vor sich sah, auf dem Kopf einen ihrer grässlichen Hüte, in hohen Anglerstiefeln, einem alten Hemd und einer Schlabberhose, musste er lächeln und schloss die Augen.

Bestimmt war der Gedanke an seine Mutter ein ebenso taugliches Mittel, seine Hormone in Schach zu halten, wie der Gedanke an Sport. Vielleicht sogar ein besseres.

„Sie hat es nie geschafft, meinen Vater oder mich fürs Angeln zu begeistern. Uns hat es immer wahnsinnig gelangweilt."

„Ich fürchte, ich reagiere auf alles, was mit Angeln zu tun hat, typisch weiblich", gestand Camilla. „Fische sind glitschig und winden sich. Ich mag sie lieber gedämpft, mit schöner Kräuterbutter. Haben Sie eigentlich Geschwister?"

„Nein."

„Fühlen Sie mal diesen Knoten da." Sie hatte einen in seinem Nacken entdeckt. „Sie machen sich zu viele Sorgen. Deshalb sind Sie so reizbar."

„Ich bin nicht reizbar."

„Nein, Sie haben ein sonniges Gemüt."

„Au!"

„Verzeihung."

Meine Güte, hat dieser Mann einen Rücken, dachte sie hingerissen. Breit und braun gebrannt und muskulös, mit faszinierenden Narben, die jede Hoffnung auf Perfektion zunichtemachten. Der Rücken eines Kriegers, überlegte sie. Stark und männlich. Sie sehnte sich danach, mit den Lippen die Furchen entlangzufahren. Aber für diese Feinheiten war der richtige Zeitpunkt noch nicht ganz gekommen.

Zuerst einmal wollte sie seine Beschwerden lindern. Um sich dann auf ihn zu stürzen.

Blieb fürs Erste nur abzulenken. Sowohl ihn als auch sich selbst. „Wie ist denn dieses Buch dort, der Krimi? Ich habe von der Autorin auch schon etwas gelesen, aber ein anderes. Ist es gut?"

„Ja, nicht schlecht."

„Ihre Bücherauswahl ist ja recht bunt gemischt."

Schön, dann reden wir eben über Bücher, dachte er. Reden war gut. Egal, ob über Bücher oder Baseball. Es war kein Unterschied. „Ein Roman dient entweder zur Entspannung oder zur Anregung."

Aber wozu das, was sie im Augenblick mit ihm machte, diente, konnte er nicht entscheiden. Ihre Hände waren himmlisch. Weich und stark, tröstlich und erregend. Trotz aller gegenteiligen Anstrengungen geriet sein Blut in Wallung. Gleichzeitig ließen jedoch seine Schmerzen immer mehr nach.

Der Kerzenduft, ihr Duft, der Klang ihrer Stimme – tief und samtig, als sie über Bücher sprach – bewirkten, dass er sich entspannte, bis seine Gedanken ziellos zu wandern begannen, ganz so, wie sie es ihm geraten hatte.

Er spürte, wie die Matratze unter ihm nachgab, als sie ihre Position veränderte, dann dieses glatte Gleiten ihrer Finger, ihrer Handfläche auf der Vorderseite seiner Schulter.

Ihre Brust streifte seinen Rücken, presste sich an ihn, während sie ihn massierte.

Er fragte sich, inzwischen fast entrückt, wie sich diese Brust wohl in seiner Hand anfühlen mochte. Fest, klein, glatt. Wonach sie wohl schmeckte. Warm und süß und vor allem weiblich.

Ihre freie Hand bewegte sich zu seiner Schulter, knetete sie, bis die Anspannung abfiel. Der Regen prasselte leise aufs Dach, die Flammen der Kerzen flackerten rot hinter seinen geschlossenen Lidern.

„Legen Sie sich hin." Ihre Stimme war nur ein Raunen in seinem Ohr.

„Wie?"

Sie lächelte. Vielleicht ist er ja schon ein bisschen zu sehr entspannt, dachte sie. Nicht dass er noch einschlief. Je öfter sie ihn berührte, je öfter sie ihn anschaute, desto mehr begehrte sie ihn. Zwischen ihren Beinen begann es leicht zu prickeln.

„Legen Sie sich hin", wiederholte sie und widerstand – im letzten Moment – dem Drang, an seinem Ohrläppchen zu knabbern. „Sonst komme ich nicht richtig dran."

Er riss die Augen auf und versuchte sich zu konzentrieren. Hinlegen war keine gute Idee. Das wollte er sagen, aber sie drückte ihn schon behutsam nach hinten. Und es fühlte sich gut an – wirklich verdammt gut – sich hinzulegen.

„Ihr Brustkorb sieht immer noch übel aus. Wir werden ganz vorsichtig sein. Sie haben Glück gehabt, dass Sie sich keine Rippe gebrochen haben."

„Ja, es war mein Glückstag." Er wollte ihr sagen, dass sie genug für ihn getan habe ... Er war so erregt, dass er kaum zwei zusammenhängende Gedanken zustande brachte, und als sie sich über ihn beugte und die Hand nach dem Massageöl ausstreckte, das sie auf dem Nachttisch abgestellt hatte, nahmen ihm diese hübschen Brüste die Sicht.

„Es hätte noch schlimmer kommen können." Sie tröpfelte sich noch ein bisschen Öl auf die Hand und schaute ihn an, während sie es verrieb. „Aber Sie sind ja zum Glück gut in Form. Sie haben einen starken, gesunden Körper." Sie legte ihre Handflächen auf seine geschundenen Rippen.

Sie zählte auf den gesunden Teil seines Körpers.

„Wie alt sind Sie, Delaney?"

„Dreißig. Nein, einunddreißig." Wie zum Teufel sollte er sich daran erinnern, wenn sie so auf ihn herunterlächelte?

„Jung. Stark. Gesund. Mm." Sie seufzte, und es war nicht allein Kalkül, als sie sich jetzt mit gespreizten Beinen über ihn kniete. „Darum haben Sie sich so schnell erholt."

Er fühlte sich gar nicht erholt. Er fühlte sich schwach und wie ein Idiot. Anspannung einer ganz anderen Art begann sich in ihm auszubreiten. Ihr ganzes Gewicht lagerte jetzt auf ihren Knien, während sie sich langsam und rhythmisch in einer Weise bewegte, die ihn dazu verführte, sie sich nackt vorzustellen, wobei er sich ausmalte, dass er in ihr war.

Er ballte die Hände zu Fäusten, bevor er die Arme ausstreckte und diesen knackigen sexy Po umfasste. „Das reicht." Seine Stimme war nur ein Krächzen.

Unverwandt sah sie ihn an. Seine Augen hatten sich vor Leidenschaft verdunkelt. Und sein Atem ging schneller. „Ich bin noch nicht fertig." Sie ließ die Finger zu dem Bund seiner Jeans hinuntergleiten und wieder hinauf. Und spürte, wie sich seine Bauchdecke zusammenzog. „Da ist schwer was los, nicht? Und alles schön durchtrainierte, harte Muskel."

Er fluchte, aber er schaffte es nicht, es böse klingen zu lassen. „Gehen Sie von mir runter. Sie bringen mich um."

„Wirklich?" Sie verlagerte nur ganz leicht ihr Gewicht. Seine Worte waren für sie eine Genugtuung, immerhin versuchte sie zum ersten Mal in ihrem Leben, einen Mann zu verführen. „Ich werde die Rippen einfach küssen, dann tun sie bestimmt gleich nicht mehr so weh."

Ihre Augen schimmerten goldbraun unter ihren Wimpern, als sie den Kopf senkte, zögerte und dann langsam mit den Lippen seinen Brustkorb streifte. Sie spürte, dass sein Herz plötzlich schneller klopfte.

„Besser?" Ihre Lippen glitten über seinen Hals, sein Kinn, und als sie hörte, wie er ein Aufstöhnen unterdrückte, zog sie sich langsam, ganz langsam zurück.

„Das ist verrückt", brachte er mühsam heraus. „Was erwarten Sie denn, wie lange ich meine Finger von Ihnen lasse, wenn Sie so auf mir herumturnen?"

„Wer sagt denn, dass ich erwarte, dass Sie sie von mir lassen?" Sie biss ihn zärtlich ins Kinn. „Wer sagt denn, dass ich es will? Ich denke …", sie streifte mit den Lippen neckisch seinen Mundwinkel, „… ich mache doch sehr klar, was ich erwarte. Was ich will."

„Sie begehen einen Fehler."

„Vielleicht." Sie spürte, wie er die Hand auf ihre Wade legte und dann hinauf bis zu ihrem Oberschenkel gleiten ließ. Ihre Augen blitzten triumphierend auf. „Na und?"

Ihm fiel keine Antwort ein, nicht jetzt, da alles in ihm nach ihr verlangte. Er fuhr ihr mit einer Hand über die Hüfte, bis er diesen sexy Po modellieren konnte. „Sie sind mir gegenüber im Vorteil und nutzen es schändlich aus."

„Aber ja." Ihr Mund kam seinem näher. „Möchten Sie, dass ich aufhöre? Jetzt sofort? Oder möchten Sie …", sie biss ihn zärtlich in die Unterlippe, saugte leicht, ließ los, „… mehr?"

So oder so, umbringen würde es ihn auf jeden Fall. Aber wenn er schon sterben musste, wollte er, verdammt noch mal, wenigstens glücklich sterben. „Alles oder nichts."

„Gut, dann alles", stimmte sie zu und presste ihre Lippen auf seine.

Die erste Hitzewelle nahm ihm den Atem. Sie durchzuckte ihn wie ein Stromschlag.

Seine Hand lag auf ihrem Po, dann tastete er an ihrem Rücken nach oben. Ungestüm, fast verzweifelt riss er an ihrer Bluse. Als ihm ein heißer Schmerz durch die Schulter schoss, fluchte er.

„Nein, nein, lass mich. Lass mich einfach", flehte sie ihn beinahe an, während sie sein Gesicht, seinen Hals mit Küssen bedeckte und sich dann wieder auf seinen Mund konzentrierte. „Ich bin verrückt nach deinem Körper", flüsterte sie atemlos.

Er stöhnte, aber nicht vor Schmerzen, während sie über seine muskulöse Brust und seinen flachen Bauch eine Spur heißer Küsse zog.

Getrieben von dem brennenden Wunsch, sie zu berühren, schob er seine Hände zwischen ihre beiden Körper und suchte ihre Brüste.

Sie richtete sich keuchend auf und erschauerte. Dann erschien auf ihrem Gesicht dieses verführerische Lächeln. Ohne seinen Blick loszulassen, streckte sie die Hand nach den Knöpfen ihrer Bluse aus und öffnete langsam einen Knopf nach dem anderen.

„Diesmal übernehme ich die Führung“, sagte sie, während sie ihre Bluse auszog. „Du brauchst einfach nur dazuliegen und es geschehen zu lassen.“

„Darum hast du mich also hier raufgeschleppt, richtig?“

Sie neigte den Kopf leicht zur Seite, während sie ihren BH aufhakte. „Ja. Und?“

Als das Wäschestück fiel und diese wunderschönen weißen Brüste entblößte, atmete er ganz langsam tief aus. „Und ich weiß es zu schätzen.“

„Gut. Berühr mich. Ich habe nachts stundenlang wach gelegen und mir gewünscht, dass du mich berührst.“

Er fuhr ihr sacht mit den Fingerspitzen über die harten Knospen, sah, wie sich ihre Augen verdunkelten. „Ich wollte nicht, dass das passiert.“

„Und ich habe dir keine Wahl gelassen. Oh, *tes mains.*“ Seine Hände, seine wundervollen Hände, groß und stark und voller Schwielen.

Sie war zart wie ein Blütenblatt, genau so, wie er es sich ausgemalt hatte. Er wollte sanft, zärtlich mit ihr sein. Aber er konnte sich nicht zurückhalten. Und als sie sich, auf die Arme gestützt, über ihn beugte, um ihn erneut zu küssen, umfasste er sie besitzergreifend.

Er verlagerte sein Gewicht und fluchte wieder, als seine Rippen protestierten. „Ich brauche … ich will …“ Er wollte sich auf sie legen. Und obwohl seine Seite höllisch stach, schaffte er es, sich herumzurollen.

„Warte. Du tust dir weh.“

„Sei endlich still.“ Halb von Sinnen vor Begierde atmete er den Duft ihrer Haut ein. Und dann stöhnten sie beide, als er die Lippen nach unten zu ihren Brüsten gleiten ließ.

So heiß, dachte sie, während sie von leidenschaftlichen Empfindungen überwältigt wurde. Sein Mund, seine Haut, so heiß auf ihrer. Als ob in ihnen ein Fieber wütete. Sein Herzschlag raste ebenso wie ihrer. Sein Körper auf ihrem fühlte sich herrlich an.

Zu begehren und so begehrt zu werden, allein um ihrer selbst willen, bewirkte, dass sie sich ungezügelt und stark fühlte. Und absolut sicher.

Sie grub die Finger in sein Haar, zog mit den Fingernägeln Spuren über seinen Rücken.

Das Bett unter ihnen ächzte, über ihnen trommelte der Regen unablässig aufs Dach. Die Flammen der Kerzen tanzten in dem feuchten Luftzug, der durch das offene Fenster hereinwehte.

Und Jeansstoff rieb sich an Jeansstoff, als sie sich ihm entgegenbog. Diesmal war sie es, die erschauerte, als er sich mit dem Knopf an ihrem Hosenbund abmühte.

So weich, so köstlich. Und so bereit, dachte er atemlos, während er mit einem harten Ruck ihren Reißverschluss nach unten zog. Sie rieb sich schon an ihm, wobei ihr lustvolle Laute über die Lippen drangen. Für ihn gab es nur noch sie, ihren betörenden Duft, ihre sanften Kurven.

Und er wollte mehr.

Er schob die Finger in ihre Hose, ertastete eine dünne Lage Baumwollstoff, glitt darunter, in die Hitze. Ihr leises Wimmern wich einem lustvollen Stöhnen. Als sie sich ihm entgegenbog, presste er das Gesicht auf ihren flachen Bauch und erschauerte mit ihr.

Er ließ die Lippen tiefer gleiten, sie krallte die Finger in die Tagesdecke und wappnete sich gegen den nächsten Anschlag auf ihre Sinne. Sie fühlte sich benommen von Begierde und Wollust, während die köstlichsten Empfindungen sich ihrer bemächtigten. Es war atemberaubend und schwindelerregend, so viel zu fühlen und doch immer noch nach mehr zu lechzen.

Er zog ihr die Jeans über die Hüften, begierig, sie nackt zu sehen. Dann versagte seine schlimme Schulter ihm den Dienst. Camilla stieß einen kleinen Schrei aus, als er plötzlich auf sie sackte. Doch noch während er lautstark fluchte, begann sie zu lachen.

„Es ist in Ordnung, es ist in Ordnung. *Merde!* Oh, ist mir schwindlig. Warte, ich helfe dir. Lass mich einfach machen."

„Moment, eine Sekunde."

„Ich kann aber keine Sekunde mehr warten." Immer noch lachend wand sie sich unter ihm und schaffte es schließlich, sich zu befreien. Halb nackt und zitternd vor Verlangen zerrte sie an ihm, bis er sich schließlich wieder auf den Rücken rollte.

Er schaute so verärgert und frustriert drein, dass sie noch mehr lachen musste.

„Sobald ich wieder Luft bekomme, verschlinge ich dich auf einen Satz."

„Oh, ich bibbere ja schon vor Angst." Sie stand auf und machte ihm den Mund wässrig, indem sie sich aus ihrer Jeans schälte. Ärgern ist Zeitverschwendung, dachte er, während sie sich ihren Slip abstreifte. Unter den gegebenen Umständen.

„Komm wieder her."

„Sofort. Aber vorher müssen die noch weg", sagte sie, während sie die Hände ausstreckte und anfing, ihm die Jeans aufzumachen. „Meine Hände zittern", fuhr sie fort und hielt sie ihm mit einem Auflachen hin. „Und daran sind ganz allein deine Hände schuld. Ich liebe es, sie auf mir zu fühlen."

Sie zerrte und riss und zog ihm schließlich Jeans und Shorts gleichzeitig herunter. Dann glitt ihr Blick über seinen nackten Körper. Verweilte.

„Oh." Sie atmete tief ein und gleich darauf ganz langsam wieder aus. Ihre Augen glitzerten in einer Mischung aus Belustigung und Verlangen, während sie sich wieder auf ihn setzte. „Berühr mich, Del, küss mich."

„Du kannst einen wirklich ganz schön herumkommandieren." Aber er legte ihr eine Hand in den Nacken und zog ihren Kopf zu sich herunter.

Sie kostete den Kuss bis zur Neige aus. Und als sich seine Hände über ihren Körper bewegten, spürte sie, dass der Kuss fordernder wurde. „Sag mir, dass du mich willst", flüsterte sie. „Sag meinen Namen. Sag meinen Namen und sag, dass du mich willst."

„Camilla." Ihr Name hallte in seinem Kopf wider. „Ich will dich."

Sie richtete sich über ihm auf. Und begann, ihn mit wild pochendem Herzen in sich aufzunehmen.

Der erste Schock der Bewusstheit bewirkte, dass sie sich über ihm aufbäumte. Langsam, ganz langsam, um auch noch die klitzekleinste Empfindung auszukosten, bis sie das Gefühl hatte, es nicht mehr zu ertragen, so herrlich war es. Seine Hände glitten über sie, schlossen sich über ihren Brüsten. Sie legte ihre Hände über seine und begann, sich erst langsam, dann immer schneller zu bewegen. Sie beide unaufhaltsam in den Wahnsinn zu treiben.

Sie war schön. Er wusste nicht, wie er ihr das sagen sollte. Schlank und weiß mit diesem Hauch von Rosa unter der sahneweißen Haut. Ihr Haar war wie eine rotgolden schimmernde Feuerkappe. Und das Kerzenlicht flackerte, Gold in Gold, in ihren lustverhangenen Augen.

Er konnte ohne sie nicht mehr atmen.

Er beobachtete unsäglich erregt, wie sie auf einen weiteren Höhepunkt zusteuerte. Und spürte, wie sich dieser atemberaubend schöne Körper, eine Kettenreaktion nach der anderen auslösend, in fieberhafter Begierde an seinen presste.

Er wollte sie in die Arme nehmen, wollte seine Arme fest um sie schließen. Aber er war von seinem geschundenen Körper zur Untätigkeit verdammt.

Er mühte sich noch eine Weile damit ab, nicht den Verstand zu verlieren. Doch dann schrie jede Faser seines Körpers nach Erlösung. Und schließlich fand er sie in einem berauschenden Sinnestaumel, während sie den Kopf in den Nacken warf und einen lustvollen Schrei ausstieß.

Eine Katze, die sich den letzten Tropfen eines Viertelliters Sahne von den Schnurrhaaren leckte, hätte sich nicht zufriedener fühlen können. Das war es, was Camilla dachte, während sie die Nachbeben des gerade hinter ihr liegenden Liebesspiels auskostete.

Alles an ihm ist absolut köstlich, dachte sie.

Sie wünschte sich, sie könnte sich auf ihm ausstrecken und einfach genießen. Aber er lag so still, dass man ihn für tot hätte halten können, wären da nicht seine Atemzüge gewesen.

Sie beschloss, an seiner unversehrten Seite nach unten zu gleiten und ihm einen Kuss auf die Schulter zu drücken. „Habe ich dir wehgetan?“

Ihm tat buchstäblich alles weh. Seine Rippen pochten, als ob eine ganze Horde Dämonen unter seiner Haut tanzen würde. Im Augenblick waren Schmerz und Befriedigung so sehr eins, dass er das eine vom anderen kaum unterscheiden konnte.

Mit hochgezogenen Augenbrauen stützte sie sich auf einen Ellbogen auf und schaute in sein Gesicht. Ich hätte ihn noch einmal rasieren sollen, überlegte sie. Obwohl es irgendwie seltsam erotisch gewesen war, seine Bartstoppeln auf der nackten Haut zu spüren.

Jetzt öffnete er die Augen. „Was?“

„Du versuchst so zu tun, als würdest du dich ärgern, weil das passiert ist, aber es klappt nicht.“

Er beschloss, später darüber nachzudenken, ob es ihn belustigte oder verunsicherte, dass ihn die Frau so leicht durchschaute. „Warum nicht? Ich ärgere mich doch ständig.“

„Ja, du solltest einen Preis bekommen. Aber sobald du dich ein bisschen erholt hast, wirst du mich wieder wollen, deshalb wirst du gar nicht dazu kommen, dich zu ärgern.“

„Du bist dir deiner wirklich verdammt sicher, was?“

„In gewisser Hinsicht.“ Sie beugte sich zu ihm herunter und küsste ihn. „In dieser zum Beispiel.“

„Tja, dann irrst du dich eben.“ Weil sie ihn mit einem Stirnrunzeln anschaute, sah sie nicht, in welche Richtung sich seine Hand bewegte, bis sie sich um ihre Brust schloss. „Trotzdem will ich dich schon wieder, obwohl es gut möglich ist, dass ich mich von der ersten Runde nie erhole.“

„O doch, bestimmt. Aber es tut mir leid, dass ich dir wehgetan habe. Ich denke, ich gehe nach unten und hole dir ein bisschen Eis für deine Rippen.“

„Ich denke, du solltest dich ausruhen und mal fünf Minuten still sein.“ Nach diesen Worten zog er ihr blitzschnell den Arm weg, sodass ihr Kopf auf seine unversehrte Schulter fiel.

„Dein Körper ist hart wie ein Brett“, sagte sie.

„Komm ja nicht auf die Idee, wieder über mich herzufallen, Schwester. Ich werde jetzt eine halbe Stunde schlafen.“

„Lass mich nur noch …“

„Schsch!“ Diesmal löste er das Problem, indem er einen Arm um sie schlang und ihr eine Hand auf den Mund legte.

Sie kniff die Augen zusammen und erwog zuzubeißen. Doch noch ehe sie dazu kam, wurden seine Finger schlaff, und seine Atmung verlangsamte sich. Verblüfft sah sie, dass er innerhalb von Sekunden tief und fest eingeschlafen war.

Eine halbe Stunde später, kurz nachdem sie ebenfalls eingeschlafen war, weckte er sie mit einem atemberaubenden Kuss.

Später lag sie lang ausgestreckt auf dem Bett, fühlte sich benommen und benutzt und herrlich geschändet, während er sich auf seine gesunde Seite rollte, sagte, dass irgendwer endlich die verdammten Kerzen ausblasen solle, und auf der Stelle wieder einschlief.

Lange Zeit blickte Camilla an die Decke. Ihr wurde klar, dass sie noch eine zweite Passion gefunden hatte, die den Namen Delaney Caine trug. Der Mann würde sie heiraten, egal, ob ihm das passte oder nicht.

Am nächsten Morgen war sie wie gewohnt vor ihm auf. Sie machte Kaffee, dann beschloss sie, die erste Tasse mit nach draußen an den See zu nehmen. Del hatte es verdient auszuschlafen.

Natürlich würden sie sich ihre Zeit zwischen Vermont, den jeweiligen Ausgrabungsorten, Virginia und Cordina gut einteilen müssen. Es würde ein arbeitsreiches, erfülltes Leben werden, wie sie dachte.

Er würde ihre Familie ebenso mögen wie umgekehrt. Nachdem sie sich alle ein bisschen besser kennengelernt hatten, überlegte sie.

Natürlich war nicht davon auszugehen, dass er das Protokoll und die Formalitäten mögen würde, die ihr als Prinzessin und Nichte des Fürsten abverlangt wurden. Aber bestimmt konnte er sich anpassen. Die Ehe bedeutete schließlich Geben und Nehmen.

Natürlich würde sie ihm erst bewusst machen müssen, dass er sie heiraten wollte. Und davor musste sie ihm bewusst machen, dass er sie liebte.

Bestimmt liebte er sie. Er musste sie einfach lieben. Es war unmöglich, dass sie all diese Gefühle für einen Menschen empfand, der sie nicht wenigstens teilweise erwiderte.

Sie spazierte durch den Wald, beobachtete, wie sich die ersten Sonnenstrahlen durch die Zweige schoben. Fürs Erste würde sie einfach den Augenblick auskosten. Die Zeit mit ihm und mit sich selbst, ohne an die Zukunft zu denken. Sie würde sich an den Entdeckungen, die sie machte, freuen und den Zauber der Verliebtheit genießen.

Sie hatte schließlich kein Recht, ihn zu drängen, nur weil sie sich Hals über Kopf in ihn verliebt hatte. Warum sollte sie sich nicht einfach ein bisschen treiben lassen und das Gefühl, verliebt zu sein, auskosten?

Am Teich angelangt, setzte sie sich auf einen Baumstumpf und beschloss dafür zu sorgen, dass hier bald eine hübsche Bank stehen würde. Außerdem würde sie vielleicht im Teich ein paar Container mit Wasserlilien versenken lassen.

Geringfügige Veränderungen, überlegte sie. Nichts Großes, sondern so, dass man es kaum merkte. Genauso, wie sie nicht vorhatte, bei Del irgendetwas grundlegend zu verändern. Oder an ihm selbst.

Nein, sie mochte ihn so, wie er war.

Und wenn sie sich beide ein bisschen an dieses neue Stadium ihrer Beziehung gewöhnt hatten, würde sie schon einen Weg finden, ihm behutsam beizubringen, wer sie wirklich war. In einer Woche, beschloss sie. Bestimmt hatte sie das Recht auf eine weitere Woche.

Sie musste nur die richtigen Worte finden. Am besten war es, wenn sie mit ihrem Vater anfing. Beiläufig erzählte, dass er früher Polizist und dann beim Geheimdienst gewesen war und sich ein Stück Land gekauft hatte, weil er sich eine Farm gewünscht hatte. Dass die Eltern ihrer Mutter und ihres Vaters befreundet gewesen waren. Und dass sich ihr Großvater mit der Bitte um Hilfe an den Sohn seines alten Freundes gewandt hatte, als ihre Mutter in Schwierigkeiten gewesen war.

Wahrscheinlich war das alles ein bisschen verwirrend, aber es würde ein guter Anfang sein, überlegte Camilla. Dann konnte sie so etwas sagen wie ... ach, habe ich eigentlich schon erwähnt, dass meine Mutter aus Cordina kommt?

Das müsste die Tür dann einen Spalt weiter öffnen. Mit etwas Glück würde Del irgendeine Frage stellen, und dann konnte sie beiläufig erwähnen, dass der Bruder ihrer Mutter Seine Königliche Hoheit Prinz Alexander von Cordina war.

Er würde wahrscheinlich lachen und irgend so etwas sagen wie: *Na klar, Schwester, und du bist die Maikönigin.*

Dann konnte sie ebenfalls lachen und leicht dahinsagen: *Nein, nein, nur eine Prinzessin auf einem gestohlenen Kurzurlaub.*

Bloß dass es so natürlich nie funktionieren würde.

Sie fluchte frustriert auf Französisch und stützte das Kinn in die Hand.

„Jetzt bist du den ganzen Weg hier rausgekommen und fluchst den Enten etwas vor.“

Erschrocken sprang sie auf und wirbelte zu Del herum. „Es ist mir lieber, wenn du wie ein Elefant durch die Gegend trampelst."

Und ihm war es lieber, wenn er nicht denken musste, wie schön sie war.

Beim Aufwachen hatte er die Hand nach ihr ausgestreckt. Wenn die Frau schon einfach in sein Bett geschlüpft war, sollte sie wenigstens auch dort bleiben. Nachdem er gesehen hatte, dass sie nicht im Haus war, hatte er Panik bekommen und war losgerannt, um sie zu suchen.

Und jetzt war alles noch viel schlimmer, hundert Mal schlimmer, weil sie nicht fort war. Sie stand da, die Sonne und das Wasser im Rücken, und sah aus wie eine Gestalt aus einem Märchenbuch.

In ihrem seidig glänzenden Haar funkelten die Sonnenstrahlen wie Juwelen in einer Krone. Ihre Augen wirkten eher golden als braun und hoben sich leuchtend von der hellen glatten Haut ab. Um ihren Mund – diesen schönen, sinnlichen Mund – spielte ein kleines Lächeln.

Er wünschte sich, wie letzte Nacht seine Arme um sie legen und sie halten zu können.

Und das war total verrückt.

„Ich habe noch gar kein Frühstück gerochen."

„Weil ich noch keins gemacht habe. Ich dachte, du schläfst heute ein bisschen länger."

„Wir haben uns vorgenommen, heute früh anzufangen."

„Das tun wir ja auch." Jetzt breitete sich das Lächeln über ihr ganzes Gesicht aus. „Aber ich war mir nicht sicher, ob das nach letzter Nacht noch gilt." Da er nicht zu ihr kam, machte sie einen Schritt auf ihn zu. Hob die Hand, um ihm übers Haar zu streichen. „Wie fühlst du dich?"

„Ganz okay. Hör zu, wegen letzter Nacht ..."

„Ja?" Sie stellte sich auf die Zehenspitzen und streifte mit dem Mund leicht seine Lippen.

„Wir haben gar nicht darüber gesprochen ... also, das ist alles völlig unverbindlich."

Sie spürte eine leise Verärgerung in sich aufsteigen. „Habe ich nur versucht, irgendwelche Verbindlichkeiten festzulegen, während du schliefst?"

„Das sage ich ja gar nicht." Er hasste es, sich verteidigen zu müssen. „Ich wollte es nur klarstellen, weil wir letzte Nacht nicht darüber gesprochen haben. Wir amüsieren uns einfach ein bisschen, und wenn es vorbei ist, ist es vorbei."

„Das ist ein klares Wort." Es wäre unwürdig, ihm eine Ohrfeige zu verpassen, und sie hielt nichts von Gewalt. Vor allem nicht, wenn einem die Argumente fehlten. Deshalb fuhr sie mit einem ungezwungenen Lächeln fort: „Dann gibt es ja nichts, worüber wir uns Sorgen machen müssten, nicht wahr?"

Mit freundlichem, ja geduldigem Gesichtsausdruck fuhr sie ihm mit den Händen leicht über Brust und Schultern, durchs Haar. Und dann presste sie ihre Lippen auf seine und küsste ihn lange und leidenschaftlich.

Sie wartete, bis seine Hand auf ihrem Rücken lag, dann entzog sie sich ihm geschmeidig und ließ ihn frustriert zurück. „Ich mache jetzt rasch die Omelettes, anschließend können wir gleich mit der Arbeit anfangen."

Als sie den Weg hinaufzugehen begann, glitzerten ihre Augen vor Wut und Kampfeslust. Doch als sie sich umdrehte und ihm die Hand hinstreckte, hätte ihr Lächeln kaum freundlicher sein können.

Du Idiot, dachte sie – nicht ganz ohne Zuneigung –, als er ihre Hand nahm und mit ihr zur Hütte zurückging. Wart's nur ab, du wirst noch dein blaues Wunder erleben.

8. KAPITEL

Es folgte eine Woche relativen Friedens. Camilla ging davon aus, dass der Friede im Zusammenhang mit Delaney immer relativ sein würde. Seine mürrische Art gehörte unter anderem zu den Dingen, mit denen sie sich abfinden musste. In Wirklichkeit war sie aber auch Teil seines Charmes.

Sie stürzte sich auf seine Bücher über Archäologie. Auch wenn er ständig murrte, weil sie ihm angeblich seine Sachen in Unordnung brachte, wusste sie doch, dass er sich über ihr Interesse freute.

Wenn sie ihm Fragen stellte, beantwortete er sie – und zwar von Mal zu Mal ausführlicher. Sie hatten es sich mittlerweile zur Angewohnheit gemacht, über das, was sie gerade gelesen hatte, lang und breit zu diskutieren. Manchmal schlug er sogar eine weiterführende Lektüre vor.

Als er ihr ein kleines altertümliches Beil aus seiner Sammlung schenkte, hütete sie es wie einen Schatz.

Es ist mehr als ein Geschenk, dachte sie. Mehr als ein Andenken. In ihren Augen war es ein Symbol.

Er beschwerte sich kaum darüber, dass er sie in die Stadt fahren musste, damit sie ihr Auto abholen konnte. Und er betrachtete es als selbstverständlich, dass sie, egal, was für Pläne sie vorher auch gehabt haben mochte, noch eine Weile bleiben würde.

Es gibt unübersehbar Fortschritte, dachte Camilla.

Darüber hinaus hatte sie es geschafft, das eine oder andere über ihn in Erfahrung zu bringen. Er hatte ihr erzählt, dass sein Vater, der Engländer war und in Oxford studiert hatte, seine Mutter, eine Amerikanerin, bei Ausgrabungen in Montana kennengelernt hatte.

Deshalb war er als Kind mit seinen Eltern oft zwischen England und Vermont hin und her gependelt. Den größten Teil seiner Kindheit hatte er allerdings in Wohnwagen und Zelten auf den verschiedensten Ausgrabungsorten in aller Welt verbracht.

Das kleine Beil, das er ihr geschenkt hatte, stammte aus Kent. Er hatte es als Junge bei Ausgrabungen gefunden. Was das Geschenk in ihren Augen doppelt wertvoll machte.

Er konnte Sanskrit und Griechisch lesen und war irgendwann einmal von einer Korallenschlange gebissen worden.

Die Narbe dicht unterhalb seines linken Schulterblatts stammte von einem Messer, das ihm ein Betrunkener in einer Bar in Kairo in den Rücken gestochen hatte.

Auch wenn es vielleicht töricht sein mochte, fand Camilla das alles ungeheuer romantisch.

Sie fuhr in die Stadt zur Post, um seine Korrespondenz und die ersten Berichte, die er geschrieben hatte, aufzugeben. Die sie zusammen geschrieben hatten, korrigierte sie sich selbstzufrieden. Sie hatte die Berichte nicht nur getippt, sondern einiges dazu beigetragen, was er ihr sogar mit einem anerkennenden Brummen zu verstehen gegeben hatte.

Sie waren ein gutes Team.

Wenn sie sich liebten, schien es, als ob auf der Welt außer ihnen nichts und niemand existierte. Vergangenheit und Zukunft waren weit weg und spielten in dieser intensiven, leidenschaftlichen Gegenwart keine Rolle. Und dass es ihm nicht anders ging, konnte sie ihm ansehen.

Noch nie in ihrem Leben hatte ein Mann so tiefe Spuren in ihr hinterlassen. In ihrem Herzen, ihrem Geist, ihrem Körper. Sie hoffte, dass es ihm ebenso ging … sie musste es wissen.

‚Völlig unverbindlich', erinnerte sie sich. Typisch für ihn, so etwas zu sagen. Und warum begleitete er sie dann seit Neuestem auf ihren Waldspaziergängen? Warum beantwortete er geduldig – nun ja, für seine Verhältnisse jedenfalls – ihre Fragen?

Warum schaute er sie manchmal so an? So bohrend nachdenklich, als ob sie ein Rätsel wäre, das er zu lösen versuchte?

Und warum lehnte er sich bei den seltsamsten Gelegenheiten zu ihr herüber, um sie zu küssen, dass ihr ganz schwindlig wurde?

Weil er in sie verliebt war, deshalb. Er war nur zu stur, um es zu merken. Oder um es zuzugeben.

Sie würde ihm noch ein bisschen Zeit lassen, dann würde sie ihm gestehen, dass sie ihn liebte. Und sobald er sich an diesen Gedanken gewöhnt hatte, würde sie ihn behutsam mit dem anderen Teil ihres Lebens bekannt machen.

Alles stand ihr klar vor Augen, während sie ihre Besorgungen erledigte, und als sie das Antiquitätengeschäft betrat, fühlte sie sich regelrecht beschwingt. Als Erstes wollte sie Sara wegen der Uhr fragen. Es war wirklich demütigend, Del jedes Mal um Geld bitten zu müssen, wenn irgendetwas für den Haushalt gebraucht wurde.

Und wenn sie ein bisschen mehr aus eigener Tasche bezahlte, konnte sie von ihm verlangen, hin und wieder auch etwas im Haushalt zu machen. Es wurde wirklich Zeit, dass er gelegentlich mal ein paar Teller spülte.

„Guten Morgen." Sie lächelte Sarah strahlend an, während sie sich zwischen den Antiquitäten ihren Weg durch den Laden bahnte.

Sarah klappte die Illustrierte zu, in der sie geblättert hatte. „Guten Morgen … Miss Breen."

„Ich habe gesehen, dass Sie auch Schmuck und Uhren aus zweiter Hand verkaufen."

„Ja." Sarahs Antwort kam vorsichtig, wobei sie Camilla eingehend musterte.

„Ich wollte Sie fragen, ob Sie hieran vielleicht Interesse haben." Camilla nahm ihre Armbanduhr ab und hielt sie ihr hin.

„Sie ist wirklich sehr hübsch. Obwohl …" Zögernd drehte Sarah die Uhr um. Sie fuhr mit ihren Fingerspitzen über das glatte Gold, betrachtete die winzigen, glitzernden Brillanten. „Sie gehört nicht zu den Dingen, die wir normalerweise …"

Sie unterbrach sich, dann schaute sie Camilla schweigend an.

„Macht nichts. Ich dachte nur, dass Sie vielleicht Interesse haben könnten. Ich werde es bei einem Juwelier versuchen."

„Sie sind es wirklich." Sarah hauchte es fast, in ihren weit aufgerissenen Augen spiegelte sich Verwirrung.

Camilla war die Kehle plötzlich wie zugeschnürt, aber ihre Miene blieb unbewegt. „Wie bitte?"

„Ich dachte … als Sie kürzlich hier waren … ich wusste sofort, dass Sie irgendwem ähnlich sehen."

„Jeder sieht irgendwem ähnlich." Äußerlich völlig ruhig, griff Camilla nach ihrer Uhr. „Trotzdem danke."

„Prinzessin Camilla." Sarah presste die Fingerspitzen an ihre Lippen. „Ich kann es nicht glauben. Prinzessin Camilla in meinem Laden. Sie sind wirklich leibhaftig hier. Und hier drin auch!" Triumphierend schlug sie die Illustrierte auf.

Als Camilla einen Blick hineinwarf und ihr Gesicht abgebildet sah, verließ sie der Mut.

„Sie haben sich das Haar abgeschnitten. Ihr wunderschönes langes Haar."

„Ja, nun." Camilla gab sich mit einem Aufseufzen geschlagen. „Es war Zeit für eine Veränderung."

„Sie sehen wundervoll aus. Sogar noch besser als ..." Sarah unterbrach sich und erblasste. „Oh. Entschuldigen Sie. Äh ... Hoheit." Ein kurzer Knicks ließ ihren blonden Pferdeschwanz fliegen.

„Tun Sie das nicht. Bitte." Camilla, die sich ein Lächeln verkneifen musste, warf einen bangen Blick zur Tür und flehte im Stillen, dass keine weiteren Kunden hereinkommen mögen. „Ich reise zurzeit inkognito. Und ich würde es wirklich begrüßen, wenn das auch so bleiben könnte."

„Ich habe irgendwann diese Dokumentation über das cordinianische Königshaus auf Video aufgenommen. Nachdem Sie letzte Woche hier waren, habe ich ständig überlegt, woher ich Ihr Gesicht kenne. Und dann fiel es mir plötzlich ein, und ich schaute mir die Dokumentation noch einmal an. Aber dann dachte ich, dass ich mich einfach geirrt haben muss. Dass die Prinzessin von Cordina unmöglich hier bei mir im Laden gewesen sein kann und ein paar Flaschen gekauft hat. Und jetzt sind Sie es doch."

„Ja, ich bin es. Aber, Sarah ..."

„Also, wirklich, dieser Del!" Total überwältigt plapperte Sarah weiter: „Ich weiß ja, dass man aus ihm die Neuigkeiten mit der Brechstange herausholen muss, aber das geht entschieden zu weit. Da hat er ein Mitglied der cordinianischen Fürstenfamilie in seiner Hütte zu Gast und sagt kein Wort."

„Er weiß es nicht. Und ich wäre Ihnen dankbar, wenn das auch so bliebe, zumindest bis ... Oh Sarah."

Eine Prinzessin im Laden zu haben war das eine, doch eine im Laden zu haben, die so schrecklich beunruhigt wirkte, war etwas ganz anderes. „Ach, du liebe Zeit." Sarah biss sich auf die Lippe und eilte um den Tresen herum, wagte es jedoch nicht, Camilla tröstend die Hand auf den Arm zu legen. Das schickte sich wahrscheinlich nicht. „Kann ich Ihnen vielleicht etwas zu trinken anbieten, Eure Hoheit?"

„Ja. Ja, danke, gern."

„Ich habe ... habe ... du meine Güte, ich bin ja dermaßen aufgeregt. Ich habe hinten in meinem Büro Eistee."

„Das ist sehr freundlich von Ihnen, vielen Dank."

„Nichts zu danken. Ich will nur schnell ... oh Mann ... ich hänge das Geschlossen-Schild an die Tür."

Sie lief hin und her, dann rang sie die Hände und konnte sich nicht davon abhalten, noch einen Hofknicks zu machen. „Hinterm Tresen. Es ist nichts Besonderes."

„Etwas Kaltes wäre sehr angenehm." Camilla folgte Sarah in das kleine Büro und setzte sich in einen Schaukelstuhl, während Sarah in einem kleinen Kühlschrank herumkramte. „Bitte, Sie brauchen wirklich nicht nervös zu sein. Ich bin dieselbe wie beim ersten Mal."

„Ich bitte um Entschuldigung, Eure Hoheit, aber ich kann es immer noch nicht fassen. Sie sind es wirklich!"

„Sie brauchen mich nicht mit meinem Titel anzureden", sagte Camilla erschöpft. „Madam oder Ma'am reicht völlig aus. Ich würde es vorziehen, wenn Sie mich einfach nur bei meinem Namen nennen."

„Das glaube ich nicht. Sie müssen wissen, dass ich seit meiner Kindheit alles über Sie und Ihre Familie gelesen habe. Wir sind fast gleichaltrig, und ich habe mir früher immer auszumalen versucht, wie es wohl sein mag, in einem Palast zu leben und alle diese wunderschönen Kleider zu tragen. Wie es sein mag, eine Prinzessin zu sein. So wie das wahrscheinlich die meisten Mädchen tun."

Sie drehte sich mit leuchtenden Augen zu Camilla um. „Es ist wundervoll, nicht wahr?"

„Es kann wundervoll sein. Sarah, ich möchte Sie um einen großen Gefallen bitten."

„Um alles. Was immer Sie wollen."

„Würden Sie es für sich behalten?"

Sarah blinzelte verdutzt. „Ich soll es niemandem erzählen? Gar niemandem?"

„Nur für eine Weile. Bitte, Sarah, manchmal ist es wundervoll, eine Prinzessin zu sein, aber früher, als kleines Mädchen, träumte ich ab und zu auch davon, einfach nur ein kleines Mädchen und sonst gar nichts zu sein, verstehen Sie? Nur ein ganz normales kleines Mädchen. Und jetzt wünsche ich mir ein bisschen Zeit, um diesen Traum zu leben."

„Wirklich?" Es klang wahnsinnig romantisch. „Wahrscheinlich

wollen wir alle immer das sein, was wir nicht sind." Sie reichte Camilla ein Glas Eistee. „Ich werde keiner Menschenseele etwas davon erzählen. Obwohl es mich umbringen wird", fügte sie mit einem trockenen Auflachen hinzu. „Aber ich werde es trotzdem für mich behalten. Könnten Sie vielleicht … also … würde es Ihnen etwas ausmachen, mir hier auf der Illustrierten ein Autogramm zu geben … Madam?"

„Sehr gern. Vielen Dank."

„Sie sind netter, als ich dachte. Ich habe mir immer vorgestellt, dass Prinzessinnen … na ja … irgendwie hochnäsig sind."

„Oh, das können wir durchaus sein." Camilla trank einen Schluck Eistee. „Es kommt ganz auf die Situation an."

„Vielleicht, aber, entschuldigen Sie, aber Sie wirken so … so normal."

Camillas Lächeln erreichte ihre Augen. „Das ist das Netteste, was Sie mir sagen konnten."

„Obwohl natürlich viel vornehmer. Das fiel mir sofort auf, als Sie in den Laden kamen, aber …" Sarah riss wieder die Augen auf. „Und Del hat wirklich keine Ahnung?"

Camilla spürte leise Schuldgefühle in sich aufsteigen. „Es hat sich bis jetzt einfach noch nicht ergeben."

„Das ist typisch für ihn. Blind." Sarah warf in einer hilflosen Geste die Hände in die Luft. „Der Mann ist völlig blind. Wenn wir zusammen ausgingen, hatte ich immer das Gefühl, als ob er sich oft nicht einmal an meinen Namen erinnern könnte. Es hat mich manchmal richtig wütend gemacht. Aber wenn er mich dann anlächelte oder mich zum Lachen brachte, fand ich es nur noch halb so schlimm."

„Ich weiß, was Sie meinen."

„Dabei weiß er so vieles und ist so intelligent. Aber was manche Dinge anbelangt, ist er wirklich total begriffsstutzig." Sie streckte die Hand nach ihrem Glas aus, doch als sie Camillas entrückten Gesichtsausdruck sah, hätte sie fast etwas von ihrem Eistee verschüttet. „Heiliger Bimbam! Sie sind doch nicht etwa in ihn verliebt?"

„Doch. Und ich brauche noch ein bisschen Zeit, um ihn davon zu überzeugen, dass ihm diese Vorstellung gefällt."

Das ist wie im Film, dachte Sarah. „Das ist nett. Wirklich nett. Und perfekt, wenn man genauer darüber nachdenkt."

„Für mich auf jeden Fall", sagte Camilla, dann stand sie auf. „Ich bin Ihnen etwas schuldig, Sarah, und ich werde es nicht vergessen." Als sie ihr die Hand reichte, wischte sich Sarah ihre eigene Hand erst schnell an ihrer Hose ab, bevor sie Camillas Hand ergriff.

„Ich bin glücklich, Ihnen helfen zu können."

„Vor meiner Abreise komme ich noch einmal vorbei", versprach Camilla, während sie sich anschickte, in den Laden zurückzugehen.

Als sie nach ihrer Uhr griff, die immer noch auf dem Tresen lag, biss sich Sarah auf die Lippe. „Sagen Sie, Hoheit ... Ma'am, möchten Sie diese Uhr wirklich verkaufen?"

„Ja. Ich bin im Moment beschämend knapp dran mit Bargeld."

„Ich könnte Ihnen nicht einmal annähernd das geben, was sie wert ist. Aber ich könnte ... ich könnte Ihnen fünfhundert Dollar leihen. Und ... na ja ... Sie könnten auch das Tintenfass mitnehmen, das Ihnen so gut gefallen hat."

Camilla musterte sie. Die Frau war völlig aufgelöst, aber das hielt sie nicht davon ab, helfen zu wollen. Noch ein Geschenk, das sie sorgfältig hüten würde, überlegte Camilla.

„Am Anfang meiner Reise wollte ich entdecken ... neue Seiten an mir, und jetzt ... jetzt bin ich mir nicht mehr ganz sicher, aber vielleicht wollte ich die Dinge einfach nur einmal aus einer anderen Perspektive sehen. Und wie schön, wenn man dabei auch noch eine Freundin findet. Nehmen Sie die Uhr. Betrachten Sie es als einen Tausch unter Freunden."

Del trat auf die Veranda hinaus und schaute ungehalten auf die ausgefahrene Straße. Schon wieder. Wie lange dauerten ein paar Erledigungen? Das war das Problem mit Frauen. Sie machten aus zwei Sachen, die sie besorgen mussten, immer gleich eine Art Pilgerreise.

Er wollte sein Mittagessen und eine frische Kanne Kaffee, und dann wollte er die sechs oder sieben E-Mails beantworten, die er heute Morgen bekommen hatte.

Obwohl er, wenn er ganz ehrlich zu sich war, natürlich zugeben musste, dass er selbst für sich sorgen konnte. Das hatte er schließlich immer getan.

Was er wollte, war sie, verdammt noch mal.

Sein Leben war zurzeit ein einziges Chaos, wurde ihm klar, während er seine Hände wütend in die Hosentaschen schob. Sie brachte ihm alles durcheinander, lenkte ihn ab, riss ihn aus seinem gewohnten Trott.

Er hätte sie an jenem Abend einfach im Regen stehen lassen sollen. Dann wäre jetzt alles so wie immer. Und er bräuchte sich nicht mit einer Frau herumzuärgern, die sein ganzes Leben auf den Kopf stellte.

Wer zum Teufel war sie? Geheimnisse umgaben sie. Warum erzählte sie es ihm nicht, wenn sie Probleme hatte, damit er sich darum kümmern konnte?

Er wollte, dass sie ihm vertraute und sich auf ihn verließ.

Und seit wann, zum Teufel, sah er sich eigentlich als den strahlenden Ritter, der auf einem weißen Hengst dahergeritten kam? Es war wirklich lachhaft, völlig untypisch für ihn. Und warum? Weil er über seine eigenen ungeschriebenen Gesetze gestolpert war und sich bis über beide Ohren in diese Frau verliebt hatte.

Und dabei war es doch er gewesen, der das mit der Unverbindlichkeit gesagt hatte, oder? Aber sie scheint damit kein Problem zu haben, dachte er jetzt verbittert. Ihr scheint es nur recht zu sein.

Nun, wenn er sich anpassen musste, würde sie sich wohl oder übel auch anpassen müssen.

Davon abgesehen hatte Unverbindlichkeit doch nichts mit mangelndem Vertrauen zu tun, oder? Und wenn sie ihm nicht einmal genug vertraute, um ihm ihren Familiennamen zu nennen, was hieß das dann?

Er ging ins Haus zurück, aber es dauerte nicht lange, und er war wieder draußen.

Vielleicht sollte er ihr ja nachfahren. Sie war jetzt fast zwei Stunden weg. Einen Unfall hatte sie bereits gehabt, was bedeutete, dass sie leicht auch einen zweiten haben konnte. Vielleicht lag sie ja irgendwo eingeklemmt in ihrem Auto, blutend. Oder …

Er hatte sich gerade in eine beträchtliche Aufregung hineingesteigert, als er ihr Auto hörte. Angewidert von sich selbst, ging er schnell wieder ins Haus, bevor sie ihn noch dabei ertappte, wie er nach ihr Ausschau hielt.

Er drehte im Wohnzimmer zwei Runden, dann blieb er stehen, um nachzudenken. Anpassung. Romantik.

Sie schien offenbar zu glauben, dass es sich dabei um etwas handelte, das für jede Kultur lebenswichtig war. Kulturen entwickelten sich aus zwischenmenschlichen Beziehungen, Ritualen und Romantik. Vielleicht sollte er ja einen kleinen Abstecher in die Romantik wagen, um zu sehen, ob ihn das weiterbrachte.

Als er in die Küche geschlendert kam, stellte sie gerade eine Tüte mit Einkäufen auf den Tisch. „Für die Eilbriefe, die ich aufgegeben habe, habe ich mir Quittungen geben lassen“, sagte sie.

„Gut.“ Und weil ihm ohnehin danach war, fuhr er ihr mit der Hand übers Haar.

Sie lächelte ihn gedankenverloren an, dann wandte sie sich ab, um einen Karton Milch in den Kühlschrank zu stellen. „In deinem Postfach lagen ein paar Briefe.“ Mit zusammengezogenen Augenbrauen massierte sie sich die Schläfe, wo ein leiser Kopfschmerz pochte. „Ich muss sie im Auto gelassen haben.“

„Macht nichts.“ Er beugte sich zu ihr hinunter und streifte mit den Lippen ihren Hals. „Mm. Du riechst gut.“

„Ich tue was? Oh.“ Sie tätschelte ihm die Schulter, dann streckte sie die Hand nach einem Sack mit neuen Kartoffeln aus, die sie fürs Abendessen gekauft hatte. „Danke.“

Entschlossen, Eindruck auf sie zu machen, drehte er noch ein bisschen mehr auf. Was hörten Frauen am liebsten? Ah! „Hast du abgenommen?“, fragte er, stolz auf seine geniale Eingebung.

„Wohl kaum. Wahrscheinlich habe ich eher noch ein oder zwei Pfund zugelegt.“ Sie nahm Kaffee aus dem Schrank und bereitete eine neue Kanne Kaffee vor.

Del, der hinter ihr stand, kniff nachdenklich die Augen zusammen. Da ihn Worte nicht weiterzubringen schienen, war es wohl besser, sich auf Taten zu verlegen.

Er legte von hinten die Arme um sie, hob sie kurzerhand hoch und ging mit ihr zur Tür.

„He! Was hast du vor?“

„Dich ins Bett bringen.“

„Also wirklich! Du könntest wenigstens fragen … außerdem habe ich die Einkäufe noch nicht weggeräumt …“

Del blieb am Fuß der Treppe stehen und erstickte kurz entschlossen ihre Worte mit einem Kuss. „In bestimmten Kulturen drücken Frauen ihren Wunsch nach Intimität dadurch aus, dass sie die Speisekammer auffüllen", sagte er, nachdem er den Kuss beendet hatte. „Ich habe nur ein Signal aufgefangen."

An die Stelle der nagenden Besorgnis, die sie verspürte, trat Belustigung. „In welchen Kulturen denn?", fragte sie, während er weiterging.

„In meiner. Es ist eine neue Tradition."

„Wie süß." Sie schmiegte das Gesicht an seinen Hals. „Mir scheint, ich habe dir gefehlt."

„Du mir gefehlt? Warum? Warst du denn weg?" Während sie ein verächtliches Schnaufen ausstieß, ließ er sie aufs Bett fallen, dann rollte er seine lädierte Schulter. „Zwickt ein bisschen vom Hochheben. Vielleicht hast du ja doch ein oder zwei Pfund zugenommen."

Sie stützte sich auf die Ellbogen. „Glaubst du?"

„Macht nichts. Wir werden es schon wieder abarbeiten." Damit warf er sich auf sie.

Sie musste lachen. Er war normalerweise nicht verspielt, deshalb war sie völlig überrumpelt. Als er sich mit ihr auf dem Bett herumwälzte, vergaß sie ihre Sorgen.

„Du bist schwer." Sie versuchte, ihn von sich herunterzuschieben. „Außerdem bist du unrasiert. Hinzu kommt, dass du mit deinen Stiefeln das ganze Bett schmutzig machst."

„Mecker, mecker", sagte er, hielt ihr die Hände über dem Kopf fest und presste seinen Mund auf ihren.

Er spürte, wie sich ihr Puls beschleunigte und dann zu jagen begann, während ihr Widerstand nachließ und ihr Körper willig, ach, so herrlich willig wurde.

Er streifte mit den Lippen ihre Kinnpartie. „Wolltest du noch mehr sagen?"

„Sei still und küss mich."

Er hielt ihre Handgelenke mit einer Hand fest und benutzte die andere, um ihre Bluse aufzuknöpfen. „Dann hast du damit also wirklich dein Bedürfnis nach Intimität ausgedrückt, ja?" Er fuhr mit einem Finger zwischen ihren Brüsten hinunter bis zur Taille und spielte mit dem Reißverschluss ihrer Hose, während er ihr Gesicht beobachtete. „Nur damit ich nichts falsch verstehe."

Sie hatte bereits Probleme zu atmen. „Deine Speisekammer ist voll, seit ich hier bin, oder etwa nicht?"

„Ja." Er zog den Reißverschluss auf. „Dann bist du also schon die ganze Zeit scharf auf mich, stimmt's?"

„Wenn du jetzt arrogant wirst ..."

„Vielleicht hast du ja gehofft, dass ich eines Nachts in dein Zimmer komme", fuhr er fort, während er die Hand zwischen ihre Schenkel schob, „und das tue."

„Ich habe nie ..." Sie hob ihm die Hüften entgegen und keuchte, als er sie umfasste. „Oh Del."

„Warte, ich zeige dir, was ich mir ausgemalt habe."

Mit einer Hand immer noch ihre Handgelenke festhaltend, begann er, sie mit der anderen intim zu streicheln, bis sie wenig später den Höhepunkt erreichte. Sie bäumte sich unter ihm auf und stieß einen lustvollen Schrei aus, den er mit einem Kuss erstickte. Während sie keuchend nach Atem rang, begann er, eine ihrer harten Knospen durch den dünnen Stoff ihres BHs hindurch mit Lippen und Zähnen zu reizen.

Er schob ihr die Träger nach unten und liebkoste ihre Schultern, erkundete, erforschte ihren Körper.

Sie wand sich unter ihm im Taumel ihrer Begierde. Erschauernd und atemlos jagte sie einem weiteren Höhepunkt entgegen. Vergeblich versuchte sie, sich aus seinem Griff zu befreien, während ihre Hilflosigkeit und das Gefühl, ihm ganz und ganz ausgeliefert zu sein, ihre Erregung bis zur Ekstase steigerte.

Sie hörte seine Stimme, heiser und sanft.

„Du bekommst von mir einen neuen", sagte er, während er mit einem einzigen harten Ruck ihren BH in zwei Teile riss.

Dann liebkoste er aufreizend ihre entblößten Brüste, bis sie heiser aufstöhnte.

„Hör auf. Lass mich los. Ich muss dich berühren."

„Noch nicht, noch nicht." Es würde zu bald vorbei sein, wenn sie ihn jetzt berührte. Er hatte nicht gewusst, dass er sich in eine derartige Erregung hineinsteigern konnte, nur indem er sie erregte. Er wollte sie schwach und am Boden und flehend.

Und er wollte nehmen, nehmen, nehmen.

Er zerriss ihren Slip und verspürte eine grimmige Genugtuung, als er hörte, wie der zarte Stoff in Fetzen ging. Dann trieb er sie mit seinem Mund und seiner Zunge beinahe in den Wahnsinn.

Und dann endlich, endlich, als sie schon glaubte, es keine Sekunde mehr aushalten zu können, drang er in sie ein. Ihre Hände glitten von seinen Schultern, fordernd bog sie sich ihm entgegen.

„*Mon amour. Mon coeur*“, stieß sie wie im Fieber hervor, als sie zusammen den ekstatischen Höhepunkt erlebten. „*Toujours mon amour.*“

Sie schliefen aufeinander liegend völlig erschöpft ein. Und nachdem sie erwacht waren, dampften die Wände in seiner kleinen Duschkabine, als sie sich unter der heißen Dusche noch einmal gegenseitig nahmen.

Als Camilla klar wurde, dass er etwas für seine Verhältnisse ganz Unerhörtes machte – indem er sich einen Tag freinahm –, packte sie einen Picknickkorb und überredete ihn zu einem sehr späten Mittagessen am Teich.

Obwohl es keine große Überredungskunst erforderte. Ein Picknick ist eine romantische Sache, dachte er. Und im Moment war Romantik angesagt.

Sie wirkte richtig glücklich. Entspannt. Ihr Gesicht glühte, ihr Blick war sanft. Wenn er ein Künstler gewesen wäre, hätte er sie jetzt gemalt und dem Bild den Titel „Camilla zufrieden“ gegeben.

Das sagte er ihr sogar, und seltsam daran war nur, dass er sich dabei nicht wie ein Narr vorkam – jedenfalls nicht wirklich.

„Genauso fühle ich mich auch – zufrieden. Ich liebe es hier.“ Sie streckte sich aus und schaute in den Himmel, über den duftige weiße Schönwetterwölkchen zogen. „Es ist so ruhig hier und fast so, als ob außer uns niemand auf der Welt existierte.“ Sie sah ihn lächelnd an. „Der perfekte Ort für einen Einsiedler.“

„Ich bin kein Einsiedler.“ Er verzehrte gerade das letzte der leckeren Sandwichdreiecke, die sie zurechtgemacht hatte. „Es nervt mich nur, wenn so viele Leute um mich herum sind.“

„Ich liebe Menschen.“ Sie rollte sich auf den Bauch. „Sie sind oft so viel freundlicher, als man erwartet“, fügte sie, an Sarah denkend, hinzu. „Aber wenn man keinen Ort hat, an dem man ab und zu allein sein kann, vergisst man das manchmal und sieht nur die Anforderungen und Verpflichtungen, die einem aus dem Umgang mit Menschen erwachsen.“

„Wenn man nie seine Ruhe hat, bringt man nichts zustande."

„Du weißt so genau, was du willst, du bist so sehr auf dein Ziel konzentriert. Das ist eine Gabe. Die hat nicht jeder." Über ihre Augen huschte ein Schatten. „Manche von uns stümpern ewig herum und machen tausend Sachen, bis sie irgendwann begreifen, dass sie eigentlich gar nichts haben."

„Du kommst mir aber nicht wie ein Stümper vor."

„Hm. Effizienz kann manchmal auch ein Fehler sein. Und wenn man nicht ab und zu eine freie Minute hat, sieht man weder seine Schwächen noch seine Stärken. Man vergisst nicht nur, wer man ist, sondern auch, wer man sein will." Sie lächelte zu ihm auf, dann drehte sie sich wieder um und legte ihren Kopf in seinen Schoß. „Deshalb liebe ich es hier, weil es mir hilft, mich zu erinnern."

„Und wer bist du, Camilla?"

Sie verstand, dass er eine Antwort wollte – eine ehrliche. Aber alles in ihr sträubte sich dagegen, diesen Augenblick zu zerstören. „Eine Frau, die nicht wieder vergessen will", antwortete sie deshalb ausweichend. Sie nahm sich eine Pflaume, biss hinein und hielt sie ihm dann hin. „Ich liebe es, mit dir allein zu sein, Delaney."

Und sie würde ihnen beiden den Rest des herrlichen, faulen Tags schenken, bevor sie Camilla von Cordina erlaubte, sich zu ihnen zu gesellen.

Er versuchte sich in Geduld zu üben, aber Geduld gehörte nicht unbedingt zu seinen Stärken. Er war sich sicher gewesen, dass sie bereit war, ihm zu vertrauen, doch das war offensichtlich eine Fehleinschätzung gewesen. Wie schaffte man es, dieser Frau etwas über sich selbst zu entlocken? Sie war extrem verschwiegen, was ihre Person anbelangte, während die meisten anderen Leute glaubten, einem beim geringsten Anlass gleich ihre ganze Lebensgeschichte erzählen zu müssen.

Sie hingegen hatte nur ein paar vage Andeutungen gemacht. Und das war es dann gewesen.

Das zerrte an seinen Nerven, und ihm würde nichts anderes übrig bleiben, als noch ein bisschen nachzubohren. Und dann würde er klarstellen müssen, dass sie … dass er …

Er hatte noch nie im Leben einer Frau gesagt, dass er sie liebte. Es war noch nie ein Thema für ihn gewesen, geschweige denn ein Problem. Jetzt war es beides.

Er könnte einfach in die Küche gehen und damit herausplatzen, dann hätte er es wenigstens hinter sich. Es wäre etwa so, als ob man sich einen Verband mit einem einzigen schmerzhaften Ruck abrisse. Oder er könnte sie beide behutsam an die neue Situation heranführen, Stück für Stück – so wie man ganz langsam in einen kalten See stieg, damit sich der Körper allmählich an den Schock gewöhnte.

‚Ich bin gern mit dir zusammen', könnte er beispielsweise beginnen und dann fortfahren: ‚Vielleicht solltest du dir ja überlegen, einfach zu bleiben.'

Dann könnte er warten, bis sie das verarbeitet hatte, um sie anschließend beide auf die Du-bedeutest-mir-etwas-Ebene zu hieven. Dazu würde sie bestimmt etwas zu sagen haben. Sie hatte immer etwas zu sagen. Wer hätte sich je vorstellen können, dass er ihr so gern zuhörte?

Und wenn sie das dann in allen Einzelheiten besprochen hätten, könnte er den Schlusspunkt setzen.

„Ich liebe dich." Er zuckte zusammen, als er sein eigenes Gebrummel hörte, und sein Blick glitt zur Küche. Es klang ja nicht einmal nach ihm. Die Worte hörten sich aus seinem Mund absolut fremd an.

Er versuchte es noch einmal. „Ich liebe dich." Er atmete aus. Beim zweiten Mal klang es schon deutlich besser.

„Und jetzt erzähl mir, in was für Schwierigkeiten du steckst. Ich kümmere mich darum, und dann sehen wir weiter."

Ganz einfach, entschied er. Direkt und hilfsbereit. Frauen mochten es, wenn man ihnen half.

Lieber Himmel. Um das durchzustehen, brauchte er vorher einen doppelten Whiskey.

„Ich weiß, es ist spät." Camilla, die sich den Hörer zwischen Wange und Schulter eingeklemmt hatte, schaute auf ihr Handgelenk, bevor ihr klar wurde, dass ihre Uhr weg war. Ein kurzer Blick auf die Küchenuhr sagte ihr, dass es in Cordina jetzt ein Uhr morgens war. Kein Wunder, dass Marian verschlafen klang.

„Macht nichts. Ich habe nur geschlafen."

„Es tut mir leid. Wirklich. Aber ich muss es einfach jemandem erzählen."

„Okay, lass mich nur schnell wach werden. Wann kommst du nach Hause?"

„Bald. Versprochen."

„Du hast den ersten Anprobetermin für dein Ballkleid versäumt. Deine Schneiderin war ernsthaft verärgert."

„Ballkleid?" Es dauerte einen Moment, bis bei ihr der Groschen gefallen war. „Ach so, der Herbstball. Bis dahin ist doch noch jede Menge Zeit. Marian, ich habe mich verliebt."

„Das sagst *du,* aber wenn du erlebt hättest, wie wütend die Frau war … wie? Du hast was?"

„Ich habe mich verliebt. Es ist himmlisch. Es ist erschreckend. Es ist das Wunderbarste, was mir je in meinem Leben passiert ist. Er ist perfekt. Oh, er ist eigentlich der unmöglichste Mann, der mir je begegnet ist, aber ich *mag* ihn. Und er ist so klug und so komisch und so engagiert bei seiner Arbeit."

„Camilla."

„Außerdem ist er unheimlich attraktiv. Ich weiß, das sind nur Äußerlichkeiten, aber ist es nicht schön, wenn man sich in das Innenleben eines Mannes verliebt, der zu allem Überfluss auch noch toll aussieht?"

„Camilla."

„Und er liebt mich. Er weiß es nur noch nicht, aber wenn es ihm erst dämmert, dann …"

„*Camilla!*"

„Ja?"

„Wer ist es?"

„Oh, der Mann, für den ich hier arbeite. Er heißt Delaney Caine."

„Der Archäologe? Du hast dich in Indiana Jones verliebt?"

„Ich meine es ernst, Marian."

„Sieht er denn wenigstens auch wie Indiana Jones aus?"

„Nein. Obwohl … na ja, vielleicht ein bisschen. Aber darum geht es nicht. Das ist kein Film, es ist mein Leben. Und es ist etwas, von dem ich weiß, dass ich es will. Etwas, das sich absolut richtig anfühlt."

„Das hört man dir an, Camilla, und ich freue mich für dich. Wann werde ich ihn kennenlernen?“

„Ich weiß noch nicht genau.“ Camilla wickelte sich nachdenklich die Telefonschnur um die Finger. „Das ist Teil des Problems. Ich hoffe, wir können es bald in die Wege leiten, dass er die Familie kennenlernt, aber vorher muss ich ihm erst noch ein paar Dinge erklären.“

„Ein paar Dinge erklären?“ Es folgte eine lange Pause. „Heißt das, du hast ihm nicht gesagt, wer du bist?“

„Noch nicht. Ich habe nicht damit gerechnet, dass so etwas passiert, verstehst du? Ich konnte es ja nicht ahnen. Und dann wollte ich ...“ Sie unterbrach sich, als sie Dels Schritte hörte, die sich der Küche näherten.

„Aber, Camilla, wie konntest du es nur so weit kommen lassen, ohne ihm etwas zu sagen? Wenn der Mann dich liebt ...“

„Das weiß ich nicht“, sagte sie leise auf Französisch. „Jedenfalls nicht sicher. Und ich wollte es nicht komplizierter als nötig machen.“

Sie räusperte sich, als Del sich die Whiskeyflasche aus der Speisekammer holte. Sie konnte ihn schlecht bitten, sich zu beeilen, aber das Gespräch beenden wollte sie auch nicht, deshalb sprach sie auf Französisch so leise wie möglich weiter.

„Ich hatte ein Recht auf Ungestörtheit, Marian. Ich hätte kaum bleiben können, wenn ich herausposaunt hätte, dass ich ein Mitglied der fürstlichen Familie bin. Es ging einfach darum, einmal ein paar Wochen lang nicht Camilla von Cordina zu sein.“

„Aber das scheint sich jetzt ändern zu müssen.“

„Ja, ich weiß, aber ich hätte keine Sekunde Ruhe gehabt, wenn die Leute gewusst hätten, wer ich bin. Die Reporter wären mir nicht mehr von der Seite gewichen, was, wenn du dich richtig erinnerst, der Hauptgrund dafür war, dass ich für eine Weile verschwunden bin. Weil ich es nicht mehr aushalten konnte und wenigstens für kurze Zeit einmal meine Ruhe haben wollte.“

„Aber wenn du denkst, dass der Mann die Reporter anruft ....“

„Nein. Nein, das denke ich natürlich nicht. Und ich habe dich nicht angerufen, um mit dir zu streiten, Marian. Ich habe getan, was ich tun musste und was ich in der Situation für das Beste hielt. Und mit allem anderen …“, sie warf Del, der sich gerade Whiskey in ein Glas einschenkte, einen kurzen Blick zu, „… werde ich schon klarkommen.“

„Ich bin deine Freundin, Camilla. Ich liebe dich. Ich will nur nicht, dass du verletzt oder enttäuscht wirst. Oder ausgebeutet.“

„Das will ich auch nicht. Sag der Familie, dass ich bald nach Hause komme.“

„Und deiner Schneiderin? Was sage ich der?“

Camilla seufzte. „Informiere Madame Monique, dass Ihre Hoheit ihr beim Herbstball keine Schande machen wird. Und jetzt schlaf weiter, Marian.“

Nachdem sie aufgelegt hatte, ging sie zum Kühlschrank, um sich etwas Kaltes zu trinken herauszuholen, während Del den Whiskey in seinem Glas schwenkte. „Ich hoffe, du hast nichts dagegen, dass ich dein Telefon benutzt habe.“

„Nein.“

„Ich erstatte dir die Kosten.“

„Gut. Sonst hätte ich womöglich einen Schock bekommen, wenn ich nächsten Monat auf meiner Telefonrechnung einen Anruf nach Cordina entdeckt hätte.“

„Ja, das kann ich mir vorstellen. Ich …“ Sie verstummte abrupt und ließ die Hand sinken, die sie gehoben hatte, um ein Glas aus dem Schrank zu nehmen.

„*Je parle français aussi.*“ Del hob das Whiskeyglas an die Lippen, als sie sich zu ihm umdrehte. „Eure Hoheit.“

9. KAPITEL

Camilla wusste, dass ihr alles Blut aus dem Gesicht gewichen war. Sie hatte es gespürt, sodass sich die Haut jetzt ganz kalt und erstarrt anfühlte. Genauso wie sie spürte, dass ihr das Herz bis zum Hals schlug.

Deshalb straffte sie instinktiv die Schultern und drückte das Kreuz durch.

„Ich verstehe. Du hast es nicht erwähnt."

„Muss mir irgendwie entfallen sein", gab Del ruhig zurück. „Wie dir, dass du ein Mitglied des Fürstenhauses von Cordina bist. Auch so ein nebensächliches Detail."

„Meine Herkunft vergesse ich nie. Das ist mir nicht gestattet. Delaney …"

„Und was soll das dann alles?" Er gestikulierte wütend mit dem Glas. „Wollte sich die Prinzessin endlich mal unters gemeine Volk mischen und richtig einen draufmachen?"

„Das kannst du nicht von mir glauben."

„Ach, nein? Was soll ich denn dann glauben?" Er griff nach der Whiskeyflasche, um sich nachzuschenken. Ihm war nicht ganz klar, warum er die Flasche am liebsten gegen die Wand geworfen hätte. Oder genauer, warum er diesem Drang widerstand. „Vielleicht, dass du dich vor einem Liebhaber versteckst? Einem, der ein bisschen zu begierig darauf ist, die Kronjuwelen in die Finger zu bekommen?"

„Das ist unfair. Ich habe außer dir keinen Liebhaber."

„In den vergangenen zwei Wochen hattest du ihn zumindest nicht. Du hättest mir aber sagen sollen, dass ich mit einer Prinzessin Sex habe. Dadurch hätte das Ganze noch einen zusätzlichen Kick bekommen."

Weil ihre Lippen anfingen zu beben, presste sie sie zusammen. „Und das ist unfreundlich."

„Du willst Fairness? Freundlichkeit?" Sein Ton, der bis jetzt gefährlich sanft gewesen war, wurde nun ätzend. „Da hast du dir den Falschen ausgesucht, Schwester. Wer versucht, mich für dumm zu verkaufen, den schicke ich zum Teufel."

„Ich habe dich überhaupt nicht für dumm verkauft. Ich hatte nie die Absicht …"

„Was für eine Absicht? Verschon mich mit diesem Gerede, Camilla, ich bitte dich! Du tust nichts, was du nicht willst. Du bist hergekommen, weil du Lust hattest, ein bisschen Versteck zu spielen und dich mit den Einheimischen zu amüsieren."

„Das ist nicht wahr." Sie war inzwischen schon fast genauso wütend wie er. „Und es ist eine Kränkung für uns beide."

„Du bist gekränkt." Er knallte das Glas auf den Tisch, bevor er in Versuchung kam, es zu werfen. „Du bist in mein Haus gekommen und hast dich für jemand ausgegeben, der du nicht bist. Du hast mich belogen. Eine Farmerstochter aus Virginia … dass ich nicht lache."

„Mein Vater hat aber wirklich eine Farm in Virginia!" Sie schrie zurück, um ihre Angst unter Kontrolle zu halten. „Ich habe mein halbes Leben dort verbracht."

„Und die andere Hälfte im Palast. Nun, wahrscheinlich steht dir ein Diadem besser zu Gesicht als ein Strohhut."

„Ja. Nein!" Sie fuhr sich mit einer Hand durchs Haar, während sie versuchte, ihrer Wut und Panik Herr zu werden. „In Cordina haben wir auch eine Farm. Meine Mutter …"

„Deine französische Mutter", unterbrach er sie kühl.

„Na und? Ich habe doch gesagt, sie stammt aus Europa." Es war schwach, und sie wusste es. „Delaney, ich bin immer noch genau derselbe Mensch, der ich vor zehn Minuten war. Ich habe mich nur nach ein bisschen Ungestörtheit gesehnt …"

„Ungestörtheit? Jetzt mach aber mal einen Punkt! Du hast mit mir geschlafen. Du hast alle Register gezogen und mich ins Bett gezerrt. Und wie war's? War es eine nette Abwechslung? Bekommst du für jeden dahergelaufenen Amerikaner, den du auf deiner Abenteuerreise flachlegst, Punkte?"

Jetzt schoss ihr die Röte in die Wangen. „Wie kannst du es wagen! Du bist geschmacklos und gemein, und es ist schändlich, etwas so Schönes derart in den Schmutz zu ziehen. Ich möchte diese Diskussion nicht weiterführen, und ich werde dir nichts erklären, solange du in so einer unmöglichen Laune bist. Lass mich vorbei."

„Hier bist nicht du diejenige, die den Ton angibt, Prinzessin." Er packte sie am Arm, bevor sie an ihm vorbeigehen konnte. „Du hast mich benutzt."

„Das ist nicht wahr." Ihr schossen die Tränen in die Augen. „Es ist nicht so, wie du denkst. Del. Ich wollte einfach nur einen Ort, um ich selbst zu sein. Ein bisschen Zeit für mich allein."

„Und dann hast du eine ganze Menge mehr bekommen, richtig? Die Spielstunde ist vorbei, Hoheit. Du wirst schon mehr tun müssen, als mir nur irgendetwas zu erklären."

„Lass mich los." Sie versuchte, Haltung zu bewahren, und musterte ihn kühl. „Ich habe dir jetzt nichts mehr zu sagen. Lass mich gehen."

„Oh, keine Angst, das werde ich. Ich halte dich ganz bestimmt nicht auf. Es ist alles gesagt, was zu sagen war. Du kannst deine Sachen packen und verschwinden, da es ja offenbar ein Verhaltensmuster von dir zu sein scheint."

Ihre Traurigkeit überstieg noch die Wut und die Scham, die in ihr um die Oberhand rangen. „Du willst, dass ich gehe?"

„Du hast doch bekommen, was du wolltest, oder nicht? Ich werde es dir erleichtern und den Weg freimachen."

Ihr stockte der Atem, als er zur Tür ging. „Del, bitte. Tu das nicht. Ich liebe dich."

Der Schmerz durchbohrte ihn. „Du brichst mir das Herz, Schwester", schleuderte er ihr mit beißendem Spott entgegen, obwohl es die reine Wahrheit war. „Den Spruch kannst du dir für einen anderen aufsparen, der dumm genug ist, um ihn dir abzukaufen. Und jetzt lass mich in Frieden." Damit verließ er die Küche und knallte die Tür hinter sich zu.

Er lief eine Stunde lang wütend durch den Wald, dachte hässliche Dinge und verfluchte alle Frauen. Und dann noch eine weitere Stunde, während der sein Zorn langsam verrauchte, bis er nur noch schwelte.

Sie liebte ihn? Oh nein. Sie hatte wirklich Nerven, diese Nummer bei ihm abzuziehen. Obwohl sie um ein Haar angefangen hätte zu weinen. Das hatte er kommen sehen. Zum Glück war er gerade noch rechtzeitig verschwunden, bevor die Dämme brachen.

Weinende Frauen waren einfach zu viel für ihn.

Nun, sie hatte schließlich alle möglichen Tricks aus ihrem Hut gezaubert – Verzeihung, aus ihrer Krone. Warum nicht auch Tränen?

Und wozu das alles? Nur damit sie sich zwei Wochen lang verwöhnen konnte. Aschenputtel in der Wildnis?

Er blieb stehen und massierte sich seinen schmerzenden Magen, während sein Blick zum Teich hinüberglitt.

Ich liebe diesen Ort.

Er hatte ihre Worte noch genau im Ohr, sah wieder die Freude, die über ihr Gesicht gehuscht war, als sie sich neben ihn ins Gras gelegt hatte.

Dann liebte sie also die Natur. Na prima.

Haben Sie es je gebraucht, einfach nur zu atmen?

Auch an diese Worte erinnerte er sich. An jenem ersten Tag, an dem sie neben ihm gestanden hatte, mit all dieser Anspannung in ihrem Gesicht, in ihrer Stimme. Als ob sie am Rand eines Abgrunds stände und darum kämpfte, stehen zu bleiben, statt hinunterzuspringen.

Schön, dann hatte sie also vielleicht ein paar Probleme. Aber wer hatte die nicht? Es war keine Entschuldigung für das, was sie getan hatte. Sie hatte ihm nur etwas vorgespielt, von Anfang an. Und sie hatte es zugelassen, dass er sich in sie verliebte – sie hatte in aller Seelenruhe zugeschaut, wie er durch diese Falltür ins Nichts fiel.

Dafür musste sie büßen.

Er machte kehrt und ging schnell zur Hütte zurück. Okay, er würde ihr Zeit geben für eine Erklärung … nicht dass er auch nur ein einziges Wort davon glauben würde. Und dann …

Dann würde er sich seine nächsten Schritte überlegen.

Weil er den Blick gesenkt hielt, registrierte er erst kurz vor der Hintertür, dass ihr Auto weg war. Fast eine volle Minute starrte er fassungslos auf den Platz, wo es vorhin noch gestanden hatte.

Gleich darauf stürmte er in die Hütte und rannte polternd die Treppe hinauf.

Ihre Kleider waren ebenfalls verschwunden. Er riss beide Schränke auf, aber sie waren leer. Auch das Arzneischränkchen, in dem sie ihre kleinen Tiegel und Tuben aufbewahrt hatte, war leer.

Rasend vor Wut durchsuchte er die Hütte nach einer Nachricht. Aber er fand nichts.

Obwohl sie durchaus ihre Spuren hinterlassen hatte. Die Kerzen waren noch da, ebenso wie die Flaschen mit den Wildblumen. Und in der Luft hing immer noch ihr Duft.

Dann hatte sie also ihre Zelte abgebrochen. Und das nur, weil er ihr ordentlich die Meinung gesagt hatte. Wenn die Frau nicht konfliktfähig war …

Was soll's, sagte er sich. Es war besser so. Es hätte keinen Sinn gehabt, es noch hinauszuzögern. Sie fuhr wieder dorthin zurück, wo sie hingehörte, und er konnte sich an seine Arbeit setzen, ohne alle fünf Minuten von ihr abgelenkt zu werden.

Er trat an seinen Schreibtisch, griff sich aus dem Stapel mit Aufzeichnungen wahllos ein Blatt heraus und starrte einen Moment darauf. Dann ließ er es wieder fallen und setzte sich aufs Sofa, um nachzudenken.

Sie wird bestimmt zurückkommen. Das redete er sich ein, besonders nachdem er einige Whiskeys intus hatte. Sie hatte nur einen Anfall bekommen, das war alles. Frauen bekamen eben manchmal Anfälle, oder nicht?

Dass er selbst zwei Stunden lang durch den Wald gestapft war, war nur der ganz normale Ausdruck von berechtigter Verärgerung gewesen. Er bekam nie Anfälle.

Als er am nächsten Morgen ungewöhnlich verkatert erwachte, redete er sich erfolgreich ein, dass er gar nicht wollte, dass sie zurückkam. Ihm gefiel sein Leben, so wie es gewesen war, bevor sie alles auf den Kopf gestellt hatte. Und dieses verdammte Gefühl von Verlust und Traurigkeit mochte er gar nicht. An dem zweifelsfrei ganz allein sie schuld war.

Am zweiten Tag war er mächtig gereizt und schaffte es, sich wieder in eine ansehnliche Wut hineinzusteigern. Sie hatte absolut kein Recht gehabt, einfach abzuhauen, bevor er ihr in aller Deutlichkeit die Meinung gesagt hatte. Obwohl es natürlich typisch für sie war, Kinn und Kopf stolz erhoben, einfach zu verschwinden, oder etwa nicht? Er hätte darin von Anfang an ein Prinzessinnenverhalten erkennen sollen.

Wenn sie zurückkam, nachdem sie sich abgekühlt hatte, würde er ihr tüchtig die Meinung sagen.

Warum, zum Teufel, war sie noch nicht wieder da?

Vergiss es, befahl er sich selbst, während er sich alle Mühe gab, sich auf seine Notizen zu konzentrieren. Er hatte weiß Gott genung, womit er sich beschäftigen konnte, während sie weg war und schmollte. Aber vielleicht sollte er sich ja überlegen, an den Ausgrabungsort zurückzukehren. Dort gehörte er wenigstens hin.

Als ihm klar wurde, dass er ernsthaft erwogen hatte, sie mitzunehmen, versetzte ihm dieser Gedanke einen schmerzhaften Stich. Er hatte ihr alles zeigen und dann sehen wollen, wie in ihren Augen das Interesse aufleuchtete, wenn sie das, was sie bis jetzt nur vom Hörensagen kannte, selbst sah.

Er hatte seine Begeisterung mit ihr teilen wollen – und das war erschreckend. Er hatte alles mit ihr teilen wollen. Nicht zu fassen, wie weh das tat.

Noch während er so dasaß und sich mühsam an den Gedanken zu gewöhnen versuchte, dass sie möglicherweise nicht zurückkehren würde, hörte er ein Auto den Weg heraufkommen.

Da! Hatte er es nicht gleich gesagt? Er sprang, aufgeregt vor Erleichterung, Freude und Wut, auf und war mit einem einzigen langen Satz bei der Tür. Dort blieb er abrupt stehen, um nachzudenken. Nein, das war nicht die richtige Art, damit umzugehen. Oder mit ihr. Er würde in aller Seelenruhe nach draußen *schlendern.* Und dann würde er sich anhören, was sie zu ihrer Entschuldigung vorzubringen hatte.

Als er auf die Veranda trat, kam er sich ungeheuer großzügig vor. Doch als er sah, dass es nicht Camilla war, die da aus ihrem Auto kletterte, stieg ein Gefühl tiefer Niedergeschlagenheit in ihm auf. Es waren seine Eltern.

„Überraschung!" Alice Caine kam in ihren uralten, klobigen Stiefeln die Verandatreppe heraufgeeilt. Das unter einem verbeulten Tropenhut hervorschauende mausbraune, von grauen Strähnen durchzogene Haar fiel ihr wie üblich unordentlich auf die Schultern. Sie war so gertenschlank wie ein junges Mädchen, mit einem sommersprossigen Gesicht, auf dem die Sonne ihre Spuren hinterlassen hatte.

Alice stürzte sich auf ihren Sohn und gab ihm einen schmatzenden Kuss auf die Wange, dann drehte sie sich zu ihrem Mann um. „Niles, die Taschen soll der Junge reinbringen. Wofür braucht man sonst einen Sohn, wenn nicht als Arbeitssklaven? Was macht die Schulter, Del?", fragte sie ihn. „Und alles andere?"

„Der Schulter geht es gut. Bestens. Ich habe euch nicht erwartet."

„Sonst wäre es ja auch keine Überraschung gewesen." Sie nahm ihre große Sonnenbrille ab. Obwohl sie sich nichts anmerken ließ, war ihr doch die tiefe Enttäuschung ihres Sohnes nicht verborgen geblieben. „Hast du ein bisschen Kaffee für uns?"

„Klar doch. Klar." Beschämt beugte er sich zu ihr hinunter – sie war so ein zierliches Ding – und umarmte sie kurz.

„Sind heute dreihundert ... dreihundertfünfzehn Meilen gefahren", sagte Niles Caine mit seinem Etonakzent, nachdem er sich in seinem zerfledderten Notizbuch den Meilenstand notiert hatte und nun auf seinen Sohn zuging. „In einer guten Zeit."

Er war groß und schlank und mit seinen siebenundsechzig Jahren immer noch eine blendende Erscheinung. Sein Haar, das einem Mopp ähnelte, war im Laufe der Jahre silbergrau geworden, und seine Augen, die ebenso leuchtend grün waren wie die seines Sohnes, glitzerten wie geschliffene Diamanten in seinem sonnenverbrannten Gesicht. Nachdem er sein Notizbuch in der Brusttasche seines ausgewaschenen Hemds versenkt hatte, zerquetschte er Del fast in seiner Umarmung. „Wie geht's der Schulter?"

„Gut. Schon viel besser. Wie laufen die Ausgrabungsarbeiten?"

„Oh, wir haben beschlossen, mal eine Pause einzulegen. Um wieder einen klaren Kopf zu bekommen", sagte Alice unbekümmert, während sie das Haus betrat, wobei sie ihrem Mann einen warnenden Blick zuwarf. Gleich darauf blieb sie wie angewurzelt stehen und stemmte die Hände in die schmalen Hüften. „Aber Del!", rief sie aus. „Du hast ja eine Frau da."

„Was?"

„Na, so was! Blumen." Sie schaute mit hochgezogenen Augenbrauen auf die Wildblumen in den Flaschen. „Düfte", fügte sie hinzu, während sie an einer Schale mit getrockneten Blüten roch. „Und alles blitzt." Sie fuhr mit einer Fingerspitze über eine Kante. „Dafür ist garantiert ein weibliches Wesen verantwortlich. Wo ist sie?"

„Nicht da."

Oje!, dachte Alice. Armer Kleiner! „Niles, mein Held, würdest du vielleicht so lieb sein und mir aus der Stadt ein bisschen Eiskrem holen?"

„Aus der Stadt?" Niles blickte sie reichlich fassungslos an. „Aber wir sind doch eben erst angekommen. Ich habe mich ja noch nicht einmal hingesetzt."

„Du kannst im Auto sitzen."

„Warum hast du nichts von Eis gesagt, als wir noch in diesem verdammten Auto saßen, Frau?"

„Da wollte ich ja noch keins. Nimm irgendetwas mit Schokolade." Sie stellte sich auf die Zehenspitzen und küsste ihn kurz auf den verärgert verzogenen Mund. „Ich hab jetzt unheimlich Lust auf ein Eis."

„Frauen und ihre Launen", sagte er ungehalten, dann ging er aus dem Haus und zum Auto zurück.

Alice steuerte umstandslos das Sofa an, ließ sich darauf fallen und legte die Füße mit den schmutzigen Stiefeln auf den Couchtisch. Dann klopfte sie breit lächelnd auf den Platz neben sich. „Komm, setz dich zu mir. Der Kaffee kann warten. Erzähl mir von der Frau."

Del rührte sich nicht vom Fleck. „Da gibt es nichts zu erzählen. Sie war hier – ein ständiges Ärgernis. Und jetzt ist sie weg."

Gereizter, verwundeter Bär, dachte sie nachsichtig. Genau wie sein Vater. „Komm her. Setz dich." Ihre Stimme war entschiedener geworden – sie wusste ganz genau, wie sie ihre Männer anpacken musste. „Warum hat sie dich verlassen?"

„Sie hat mich nicht verlassen." In seinem Stolz verletzt, ließ er sich auf die Couch sinken. „Sie hat nur vorübergehend für mich gearbeitet. Sehr vorübergehend", sagte er.

Aber als seine Mutter beharrlich schwieg, brach es aus ihm heraus: „Ich habe sie rausgeworfen. Und wenn sie zu stur ist, um zurückzukommen, ist es mir auch egal … sie ist mir eh nur die ganze Zeit vor den Füßen herumgelaufen."

„Na, so was!" Alice tätschelte ihm den Kopf. „Erzähl Mommy alles über dieses schreckliche Mädchen."

„Hör sofort auf." Aber seine Mundwinkel zuckten.

„War sie hässlich?"

„Nein."

„Dumm?"

Er seufzte. „Nein."

„Ein billiges Flittchen."

Jetzt lachte er. „Mom!"

„Aha, das ist es also." Sie schlug ihm mit der flachen Hand auf den Oberschenkel. „Ein billiges Flittchen, das meinen armen, gutmütigen, naiven kleinen Jungen verführt hat. Na warte, die kann etwas erleben. Wie heißt sie? Ich werde ihr schon die Flötentöne beibringen."

„Sie ist ziemlich leicht zu finden", sagte er. „Ihr Name ist Camilla. Ihre Königliche Hoheit Prinzessin Camilla von Cordina. Ich könnte sie erwürgen."

Alice warf ihre Sonnenbrille und ihren Sonnenhut auf den Tisch. „Erzähl es mir", sagte sie. Und er tat es.

Sie hörte zu, während er sich von Neuem in seine Wut hineinsteigerte, die wenig später einem Katzenjammer wich, der sich kurz darauf wieder in Wut verwandelte. Er war so außer sich, dass er aufsprang und im Zimmer auf und ab lief.

Was er erzählte, stimmte – bis auf den Teil, in dem er Camilla als eine ständige Störung und die reinste Plage bezeichnete – mit dem reizenden Brief überein, den sie vor ein paar Tagen von Ihrer Durchlaucht Gabriella erhalten hatte.

Ein freundlicher Brief, wie Alice dachte, mit dem sich Gabriella für die Gastfreundschaft bedankte, die Delaney ihr entgegengebracht hatte. Alice war sich nicht sicher gewesen, was sie mehr überrascht hatte: dass irgendwer ihren Sohn als gastfreundlich bezeichnete oder dass er diese Gastfreundlichkeit einem Mitglied des Fürstenhauses von Cordina gegenüber erwiesen hatte.

Aber sie war eine Frau, die es gewöhnt war, praktisch zu denken und sich den Erfordernissen schnell anzupassen. Der Inhalt des Briefs hatte sie veranlasst, ihren Mann von der Ausgrabungsstelle in Florida wegzulocken, um bei ihrem Sohn nach dem Rechten zu sehen.

Und jetzt zeigte sich, dass das eine sehr gute Idee gewesen war.

Denn was sich nun ihrem mütterlichen Blick unübersehbar enthüllte, war die Tatsache, dass ihr Sohn bis über beide Ohren verliebt war.

Und das wurde, verdammt noch mal, auch wirklich allerhöchste Zeit.

„Und deshalb ist sie weggefahren", beendete Del schließlich seine Ausführungen. „Was für alle Beteiligten das Beste ist."

„Vielleicht", stimmte Alice ruhig zu. „Es war ziemlich kurzsichtig von ihr, dir nicht gleich von Anfang an reinen Wein einzuschenken. Obwohl es ihr bestimmt leichter gefallen wäre, wenn du ihr von deiner Herkunft erzählt hättest."

„Was?"

„Zweifellos ist ein Vicomte auf der gesellschaftlichen Stufenleiter beträchtlich niedriger angesiedelt als eine Prinzessin, aber sie hätte dir dann eigentlich zumindest schon aus Höflichkeit ebenso vertrauen müssen wie du ihr." Entzückt über das verständnislose Gesicht ihres Sohnes, schlug Alice ihre gestiefelten Füße übereinander. „Du hast ihr nicht erzählt, dass dein Vater der Graf von Brigston ist – und du Vicomte Brigston bist."

„Es hat sich eben nicht ergeben", erwiderte Delaney, dann fügte er ein bisschen hitziger hinzu: „Und warum hätte ich es auch sagen sollen?", während seine Mutter ihn nur kühl beobachtete. „Wen interessiert das schon? Ich benutze meinen Titel sowieso nie."

Es sei denn, es passt dir in den Kram, dachte Alice, verkniff es sich jedoch, dies laut zu sagen. „Da ist dein Vater mit dem Eis. Wir werden es zum Kaffee essen."

Alice ließ ihrem Sohn einen Tag Zeit, zum einen, weil sie ihm schlicht eine Freude machen wollte, und zum anderen, weil sie wusste, dass er das alles erst verarbeiten musste. Unterdessen überlegte sie, wie sie ihm sagen sollte, dass sie mit Camillas Mutter in Kontakt stand.

„Das bringt ihn womöglich wieder auf die Palme", überlegte sie laut, während sie ihre Angelschnur im Teich versenkte. Als ihr Mann, der, umringt von einem Papierwust, hinter ihr auf der Wiese saß, irgendetwas Unverständliches vor sich hin brummelte, wandte sie den Kopf und sagte: „Hör mir zu, Niles."

„Hm? Was? Verdammt, Alice, ich arbeite."

„Du machst die Arbeit deines Sohnes."

„Lass ihn in Frieden. Ein Mann sollte sich ohne äußere Einmischung um seine Angelegenheiten kümmern können."

„Ha! Das sagst du mir nach fast dreiunddreißig Jahren Ehe. Und was hat dir das gebracht?"

„Dich zum Beispiel, oder?"

Lächelnd blickte sie aufs Wasser hinaus. Zwei Holzköpfe, entschied sie. Und einer sturer als der andere.

Bevor sie sich überlegen konnte, wie sie mit der Angelegenheit am besten verfahren sollte, wurde ihr das Problem aus der Hand genommen. Del kam aus dem Wald auf die Lichtung gestürmt und veranstaltete dabei so einen Lärm, dass er damit wahrscheinlich jeden Fisch im Umkreis von zehn Meilen verscheuchte und Alice dazu brachte aufzuspringen.

„Wir haben neue Gelder bekommen."

„Das ist gut, weil wir nämlich zum Abendessen nicht einen einzigen Fisch haben werden." Trotzdem umarmte sie ihn. „Das ist wundervoll, Del. Von wem?"

„Ich weiß noch nichts Genaues – ich habe nur eben den Anruf von der Uni bekommen. Ich muss zur Ausgrabungsstelle zurück. Tut mir leid, dass ich euch so einfach sitzen lassen muss."

„Mach dir keine Gedanken." Sie bohrte die Zungenspitze in ihre Wange. Genau, so würde es funktionieren. Perfekt. „Ruf uns an, wenn du dort bist."

„Mach ich. Ich muss jetzt packen."

An diesem Abend setzte sich Alice hin und verfasste einen ordentlichen und förmlichen Brief an Ihre Durchlaucht Gabriella von Cordina, während ihr Sohn – höchstwahrscheinlich – immer noch vor Zorn rauchte, weil sie die eingegangenen Spendengelder dem Interesse und dem Einfluss einer jungen Prinzessin verdankten.

Der Graf und die Gräfin von Brigston fühlten sich geehrt über die Einladung zum Herbstball in Cordina, der sie zusammen mit ihrem Sohn Lord Delaney, Vicomte von Brigston, nur allzu gern Folge leisten würden.

„Es ist beleidigend", empörte sich Camilla über den jüngsten Bericht von Del. „Unhöflich und verletzend und wieder mal typisch für ihn."

Gabriella ließ den Ausbruch ihrer Tochter in aller Seelenruhe über sich ergehen, während sie schlichte Perlenohrringe an ihren Ohrläppchen befestigte. Ein Teil der Gäste, die man eingeladen hatte, für eine gewisse Zeit vor und nach dem Ball im Palast zu wohnen, würde in Kürze eintreffen. „Für mich klingt es absolut höflich und informativ, Liebling."

Und sie fand es höchst aufschlussreich, dass ihre Tochter seit ihrer Rückkehr vor einem Monat immer noch fuchsteufelswild auf Delaney Caine reagierte.

„Das kannst du nur denken, weil du ihn nicht kennst", ereiferte sich Camilla weiter. „Unerträglich, das ist es, und sonst gar nichts! Mir Bericht zu erstatten, als wäre ich so eine Art Oberbuchhalter. Alles, was er macht, ist, mir über jeden Dollar und jeden Cent penibel Rechenschaft abzulegen. Und kein Wort über die Funde – dabei ist es das Einzige, was mich wirklich interessiert, und das weiß er auch ganz genau. Und siehst du, wie er unterschrieben hat? Dr. Delaney Caine. Als wären wir Fremde. Er ist abscheulich."

„Das sagtest du bereits." Gabriella, die vor dem Spiegel ihrer Ankleidekommode saß, drehte sich um. Das Haar, das – laut Behauptung ihres Ehemanns – von Jahr zu Jahr schöner wurde, hatte sie sich aus dem Gesicht gekämmt.

Obwohl sie ihm kein Wort glaubte, war es doch nett, seine Komplimente zu hören. Ihre Augen, die ebenso goldbraun waren wie die ihrer Tochter, blickten ernst und spiegelten nichts von der guten Laune und der freudigen Erwartung, die sie fühlte.

„Ich bin mir sicher, dass er dir für deine Unterstützung des Projekts dankbar ist, Camilla. Und da man nicht behaupten kann, dass ihr im Guten auseinandergegangen seid, ist ihm das alles wahrscheinlich auch ziemlich peinlich."

„Das sollte es auch sein. Er sollte sich mies und klein fühlen." Sie lief in dem hübschen Zimmer ihrer Mutter auf und ab. Blickte aus dem Fenster, von dem aus man eine atemberaubende Aussicht auf den Garten und das leuchtend blaue Meer dahinter hatte. „Die Fördermittel habe ich nicht für ihn beschafft, sondern für das Projekt. Die Arbeit ist das Wichtigste. Es sind bedeutende Ausgrabungsarbeiten, die es verdienen, beendet zu werden."

Und das Interesse ihrer Tochter an diesen Arbeiten war in den Wochen seit ihrer Rückkehr genauso wenig abgeflaut wie ihr Zorn auf Delaney. Wenn es nicht sogar noch zugenommen hat, überlegte Gabriella. Camilla hatte Stunden über Büchern verbracht, war in die Universität gegangen und hatte mit kenntnisreichen Professoren gesprochen und auf der Suche nach noch mehr Büchern über Archäologie ihre Bibliotheken geplündert.

Und sie hatte dabei keine einzige ihrer öffentlichen Pflichten vernachlässigt. Einfach weil es nicht ihre Art war, obwohl es Zeiten gab, in denen sich Gabriella für ihre Tochter wünschte, ein bisschen weniger pflichtbewusst zu sein. Deshalb hatte sie sich gefreut, dass sich Camilla diese paar Wochen für sich selbst genommen hatte, obwohl sie sich gleichzeitig auch Sorgen um sie gemacht hatte.

Es hatte ihr wehgetan, dass ihre kleine Tochter mit einem gebrochenen Herzen zurückgekommen war. Gabriella war froh über die enge Beziehung zu ihrer Tochter, die es Camilla ermöglicht hatte, sich ihrer Mutter anzuvertrauen und ihr zu erzählen, dass sie sich in Delaney verliebt hatte und seine Geliebte geworden war. Gabriella wusste, dass es einer Frau half, mit einer anderen Frau zu reden.

Und jetzt freute sie sich trotz allem, dass Camillas Herz so beständig war, obwohl sie litt. Sie war immer noch sehr verliebt. Und ihre Mutter hatte die Absicht, bei dem, was sie sich so sehnlichst wünschte, ein bisschen nachzuhelfen. Auch wenn es bedeutete, dass sie dabei ein bisschen – nur ein kleines bisschen, wie sie sich selbst versicherte – mogeln musste.

Sie stand auf und ging durchs Zimmer, um ihrer Tochter von hinten eine Hand auf die Schulter zu legen und ihr einen Kuss auf den Hinterkopf zu geben. „Liebe ist nicht immer höflich."

„Er liebt mich nicht." Camilla war immer noch zutiefst verletzt. „Er hat mich voller Verachtung angeschaut und dann einfach aus seinem Leben ausgeschlossen, mit weniger Mitgefühl, als du einem streunenden Hund entgegenbringen würdest."

Und dafür soll er bezahlen, dachte Gabriella grimmig. Sie zählte darauf, dass ihre Tochter dafür sorgen würde. „Du warst nicht aufrichtig zu ihm."

„Ich habe versucht, erst einmal mir selbst gegenüber aufrichtig zu sein. Und dann wäre immer noch Zeit gewesen für … egal." Camilla straffte die Schultern. „Ich habe meine Interessen und Aufgaben, und er hat seine. Ich wünschte bloß, dieser Ball läge schon hinter mir."

„Dann wirst du zu deiner ersten Ausgrabung fahren. Es wird aufregend werden."

„Ich kann es kaum noch erwarten." Sie faltete Dels förmliches Schreiben zusammen und legte es entschlossen beiseite. Ebenso wie jeden Gedanken an ihn, schwor sie sich. „Stell dir mich vor, wie ich irgendwelche Artefakte aus der Altsteinzeit in Frankreich studiere. Dr. Lesuer ist so freundlich, so entgegenkommend. Es wird mir großen Spaß machen, in seinem Team zu arbeiten und von ihm zu lernen. Aber jetzt muss ich mich beeilen. In zwei Stunden wird Sarah Latimer hier sein. Ich habe dir doch von Sarah erzählt … der Besitzerin des Antiquitätenladens, die so freundlich zu mir war?"

„Ja, das hast du. Ich freue mich, sie kennenzulernen."

„Ich will, dass sie von hier richtig schöne Erinnerungen mit nach Hause nimmt. Tante Eve hat sich angeboten, sie herumzuführen, und morgen vor dem Damentee wird sie Gelegenheit haben, Onkel Alex kennenzulernen."

„Ich möchte, dass du mit mir ein paar meiner persönlichen Gäste begrüßt – den Graf und die Gräfin von Brigston und ihren Sohn. Sie müssten eigentlich in einer halben Stunde eintreffen. Ich empfange sie im Goldenen Salon."

„Ja, ich erinnere mich, dass wir davon gesprochen haben." Sie warf einen Blick auf ihre Armbanduhr. „Ich nehme nicht an, dass Adrienne für mich einspringen könnte?"

„Deine Schwester ist mit dem kleinen Armand und dem Baby im Kinderzimmer. Ich werde dich nicht länger als eine Viertelstunde aufhalten", versprach Gabriella.

„Ich werde kommen. Ich muss nur rasch noch ein paar Termine verschieben." Camilla ging zur Tür, dann kam sie noch einmal zurück und griff nach Dels Brief. „Für die Ablage", sagte sie, während sie eilig das Zimmer verließ.

Genau neunundzwanzig Minuten später eilte Camilla die Haupttreppe hinunter. Die Vorbereitungen für den Herbstball – und alle damit in Zusammenhang stehenden Veranstaltungen – liefen auf Hochtouren. Der Regisseur dieses großen Ereignisses, der Palastmanager, würde kein Detail übersehen. Und falls ihm doch etwas durchrutschte, würde das Adlerauge ihrer Tante es erspähen.

Ihre Königliche Hoheit Prinzessin Eve von Cordina war die Schlossherrin, die ihrem Gatten, der das Land regierte, unerschütterlich zur Seite stand. Aber in Staatsangelegenheiten hatte sie oft eine eigene Meinung, außerdem ging sie neben ihren königlichen Pflichten auch noch einem Beruf nach. Ihre Hamilton Company war eine weltberühmte Theatergruppe und sie selbst eine bekannte und allseits respektierte Dramatikerin.

Das Vorbild, das sie abgab, erinnerte Camilla immer daran, dass eine Frau mit Ehrgeiz, Fleiß und Intelligenz alles erreichen konnte. Sogar pünktlich sein – beinahe –, um Gäste zu begrüßen, auch wenn ihr Terminkalender überquoll.

Sie war fast am Fuß der Treppe angelangt, als ihr ein Mann im Laufschritt entgegenkam und sie an den Schultern packte. Er sah sündhaft gut aus und roch angenehm nach Pferden.

„Warum so eilig?"

„Onkel Bennett. Ich wusste gar nicht, dass du schon da bist." Sie küsste den jüngsten Bruder ihrer Mutter auf die Wange. „Und bereits im Stall warst."

„Bry und Thadd sind immer noch draußen", sagte er, wobei er seine Söhne meinte. „Hannah muss irgendwo hier sein. Sie wollte mit Eve sprechen. Aber schau dich an." Er fuhr sich durch sein kurzes Haar. „Wirklich sehr schick."

„Wie war's in England?"

„Erfolgreich. Ich habe die perfekte Zuchtstute entdeckt."

„Ich möchte sie sehen und die anderen auch – aber später. Im Moment bin ich in Eile."

„Was ist das für eine Geschichte mit diesem Amerikaner, der einen ordentlichen Tritt in den Allerwertesten braucht?"

Sie verdrehte die Augen. „Du hast mit meinem Vater gesprochen."

„Auf dem Weg vom Stall hierher. Ich habe mich erbötig gemacht, seinen Mantel zu halten."

„Ich glaube nicht, dass du diese Chance bekommen wirst. Weil ich nämlich nicht sehe, dass sich dieser Allerwerteste, dem er gern einen Tritt versetzen würde, sich in nächster Zukunft in seine Richtung bewegt. *A bientôt.*"

„Aber ..." Verdutzt schaute Bennett ihr nach, während sie davoneilte. Da hat offenbar jemand etwas durcheinandergebracht, überlegte er, doch als er weiterging, begann sich auf seinem Gesicht ein Lächeln auszubreiten. Hoffentlich fand er seinen Bruder irgendwo, um ihm noch weitere Einzelheiten zu entlocken.

Weil ernsthaft bezweifelt werden musste, dass Camillas Vater Reeve MacGee falsche Informationen in die Welt setzte.

Auf ihrem Weg zum Goldenen Salon verlangsamte Camilla ihre Schritte und bewegte sich schnell, aber nicht hastig durch den Palast. Überall standen Vasen und Blumentöpfe, die sich unter kunstvollen Blumengebinden und überbordendem, frischem Grün bogen. Camillas Absätze klapperten geschäftig über den glänzenden Marmorboden.

Ab und zu liefen ihr Bedienstete über den Weg, die sich verbeugten oder einen Hofknicks machten. Sie begrüßte die meisten mit Namen, blieb jedoch nirgendwo stehen. Sie hasste es, zu spät zu kommen.

Doch als sie den Goldenen Salon schließlich erreichte, war sie sechs Minuten zu spät dran. Durch die geschlossene Tür drang Stimmengemurmel zu ihr auf den Flur, während sie sich noch einen Moment Zeit nahm, um ihren Rock und ihr Haar glatt zu streichen, durchzuatmen und ein Begrüßungslächeln aufzusetzen.

Als sie eintrat, sah sie, dass ihre Mutter bereits in einer der Sitzecken saß und einem Paar mittleren Alters aus der Miessen-Kanne Tee einschenkte.

Ihre Aufmerksamkeit blieb zuerst an der Frau hängen. Wie faszinierend sie aussieht, dachte Camilla. Auf eine unverwechselbare Art hübsch und mit charmanter Nachlässigkeit gekleidet. Die ausgebeulten Tweedsachen konnte man nicht unbedingt als den letzten Schrei bezeichnen, aber sie passten zu der aus dem Rahmen fallenden Erscheinung der Frau.

Während sie sich der Sitzecke näherte, stand der Mann auf. Sie wollte sich gerade für ihre Unpünktlichkeit entschuldigen, aber dann brachte sie keinen Ton heraus. Der Mann war eine ältere und distinguiertere Ausgabe von Del.

Hör sofort auf, an Del zu denken, rief sie sich energisch zur Ordnung. Jetzt fing sie schon an, ihn in forschen, distinguierten englischen Grafen zu entdecken.

„Camilla, ich möchte dir den Graf und die Gräfin von Brigston vorstellen. Lord und Lady Brigston, meine Tochter, Ihre Königliche Hoheit Prinzessin Camilla von Cordina."

„Lord und Lady Brigston, ich bitte Sie vielmals, meine Verspätung zu entschuldigen. Machen Sie es sich doch wieder bequem. Ich hoffe, Sie hatten eine gute Reise."

„Wir freuen uns, hier sein zu dürfen, Hoheit." Alice lächelte, während sie einen Hofknicks machte, dann reichte sie Camilla die Hand. „Ebenso wie unser Sohn. Darf ich Ihnen Lord Delaney, Vicomte Brigston, vorstellen?"

Camillas Gedanken wirbelten wild durcheinander, als Del, der hinten am Fenster gestanden hatte, durch den Raum auf sie zukam. Ihr Herz schlug viel zu schnell – zuerst vor reiner Freude, ihn zu sehen, dann vor Verwirrung. Und schließlich vor Wut.

Vicomte Brigston, dachte sie. Was hatte das zu bedeuten? Wie konnte sich der amerikanische Wissenschaftler in einen englischen Aristokraten verwandeln? Der Mann hatte wirklich Nerven.

Sie neigte kühl den Kopf, dann hob sie das Kinn. „My Lord", sagte sie in eisigem Ton.

„Madam", gab er zurück, um gleich darauf mit einem ärgerlichen Glitzern in den Augen die Hand, die sie ihm hinstreckte, zu nehmen und zu küssen.

Sie überstand es. Camilla war zu stolz und zu gut erzogen, um es nicht zu überstehen. Aber die folgenden dreißig Minuten waren eine einzige Tortur. Ihren Teil der Unterhaltung bewältigte sie gut. Was man von Del nicht unbedingt behaupten kann, dachte sie wütend. Er gab höchstens ab und zu ein Brummen von sich, und das nur, wenn irgendjemand das Wort an ihn richtete.

Warum musste er bloß so umwerfend gut und männlich aussehen? Der Anzug und die Krawatte hätten ihn eigentlich irgendwie ein bisschen gezähmter wirken lassen müssen.

Das war jedoch keineswegs der Fall.

„Mein Sohn ist Ihnen sehr dankbar, dass Sie das Bardville-Projekt so tatkräftig unterstützen, Madam", sagte Alice irgendwann. „Ist es nicht so, Del?"

Er rutschte unbehaglich auf seinem Stuhl herum. „Ich habe Ihrer Hoheit bereits brieflich zusammen mit meinen Berichten meinen eigenen und den Dank des Teams übermittelt."

„Ja, ich habe gerade heute Morgen einen Ihrer … Berichte erhalten, Lord Delaney." Camilla lächelte, aber ihre Augen blickten kalt. „Wie seltsam, dass Sie Ihre Absicht, schon so bald nach Cordina zu kommen, gar nicht erwähnt haben."

Wenn es nach mir gegangen wäre, wäre ich jetzt nicht hier, dachte er. Seine Mutter hatte ihn praktisch an den Haaren ins Flugzeug geschleift. „Ich war mir nicht sicher, ob mein Terminkalender die Reise zulässt."

„Umso mehr freuen wir uns, dass es doch noch geklappt hat", mischte sich Gabriella eilig ein, weil sie das kämpferische Aufblitzen in den Augen ihrer Tochter gesehen hatte. Wenn Camilla richtig wütend war, konnte sie sehr vorschnell sein. „Auf diese Weise können wir uns wenigstens in bescheidenem Ausmaß für die Gastfreundschaft revanchieren, die Sie Camilla in Vermont entgegengebracht haben. Eine sehr hübsche Gegend, wie ich mir habe sagen lassen. Ich bedauere es, selbst noch nie dort gewesen zu sein."

Es war schwer, zu entscheiden, wen von beiden Gabriellas beiläufige Erwähnung ihrer Beziehung mehr schockierte – die Prinzessin oder den Vicomte.

Beide sahen sie verblüfft an, während sie Tee nachschenkte. Sie glaubte – ja, sie war sich fast sicher –, ein unterdrücktes Kichern der Gräfin zu hören.

Nun, man würde sehen, wie lange es die beiden durchhielten, sich wie höfliche Fremde zu benehmen.

„Camilla hat ein großes Interesse an Ihrem Fachgebiet entwickelt, My Lord", fuhr Gabriella fort. „Eine Mutter bekommt immer etwas zurück, wenn sie sieht, dass sich ihr Kind für eine Sache derart begeistern kann."

„Ebenso wie ein Kind, das sieht, dass sich seine Mutter gut unterhält", sagte Camilla mit einem ausgesprochen freundlichen Lächeln – das eine Spitze hatte, die allein ihre Mutter bemerken konnte. „Was für eine … interessante Überraschung, Lord Delaney und seine Eltern einzuladen, ohne es mir gegenüber zu erwähnen."

„Ich hatte gehofft, dass es das werden würde, und dachte mir, dass du dich bestimmt darüber freust, die Gastfreundschaft, die man dir entgegengebracht hat, erwidern zu können." Gabriella hatte es leicht dahingesagt, aber Camilla entging nicht die Entschiedenheit, die in ihrem Ton mitschwang.

„Aber ja. Ich wüsste nicht, was mich mehr freuen könnte, als mich Lord Delaney gegenüber für … alles erkenntlich zu zeigen."

„Bestimmt möchten Sie sich nach der langen Reise erst einmal ein bisschen ausruhen", sagte Gabriella an Niles und Alice gewandt, während sie aufstand. „Camilla, vielleicht könntest du Lord Delaney den Garten zeigen."

„Ich will nicht ...", begann Del, unterbrach sich jedoch zähneknirschend, als er sah, dass ihn seine Mutter mit Blicken fast erdolchte. „Ich möchte Ihnen wirklich keine Umstände machen."

„Das sind überhaupt keine Umstände." Als Gabriella an Camilla vorbeiging, legte sie ihr kurz die Hand – bedeutungsvoll – auf die Schulter.

Camilla blieb nichts anderes übrig, als aufzustehen und sich zu wappnen, während ihre Mutter mit Dels Eltern lebhaft plaudernd den Raum verließ, dann drehte sie sich zu Del um. „Erstens möchte ich klarstellen, dass ich nicht die geringste Ahnung von deinem Besuch hatte, und wenn ich es gewusst hätte, hätte ich Himmel und Hölle in Bewegung gesetzt, um dieser Begrüßungsparty fernbleiben zu können."

„Das ließ sich nicht übersehen. Wenn ich gewusst hätte, wie ich mich darum drücken kann, wäre ich jetzt auch nicht hier, das kannst du mir glauben."

„Und zweitens", fuhr sie in demselben schneidend höflichen Tonfall fort, „habe ich genauso wenig Lust, dir den Garten zu zeigen, wie du Lust hast, ihn dir anzuschauen. Allerdings habe ich noch weniger Lust, meine Mutter oder deine Eltern vor den Kopf zu stoßen. Aber zehn Minuten sollten reichen. Sicher halten wir es solange miteinander aus. My Lord", fügte sie in ätzendem Ton hinzu.

„Komm mir jetzt bloß nicht mit so dummen Sprüchen", sagte er und erhob sich ebenfalls, aber sie hatte das Zimmer bereits durch die Terrassentür auf der anderen Seite verlassen.

Er schob wütend die Hände in die Hosentaschen und folgte ihr, wobei er dachte, dass diese vier Tage sehr lang werden könnten.

10. KAPITEL

Im dritten Stock des Gästeflügels blieb Alice am Eingang der Suite stehen, die sie für die Dauer ihres Aufenthalts in Cordina bezogen hatten.

Sie hatte beschlossen, dass es Zeit wurde, den Eindruck, den sie von Gabriella von Cordina gewonnen hatte, einer Prüfung zu unterziehen.

„Ich möchte Sie fragen, ob Sie mir wohl einen Augenblick Ihrer Zeit opfern würden, Ma'am. Ich würde mich gern kurz mit Ihnen unterhalten – unter vier Augen."

„Natürlich." Gabriella hatte umgekehrt schon genauso versucht, ihre Gäste einzuschätzen, und überlegt, wie sie sie am besten behandeln sollte. Ihrer Meinung nach gab Alice Caine stets dem direkten Weg der Annäherung den Vorzug. Und ging ihn selbst auch, sofern es möglich war. „Wir werden uns in mein Wohnzimmer begeben. Dort sitzen wir bequem und sind ungestört."

Während sie mit Alice durch den Palast in den Privatflügel ging, streifte sie kurz die Geschichte des Gebäudes und erwähnte die Kunstsammlung, die es beherbergte. Sie behielt ihren leichten, beiläufigen Ton bei, bis sie die Tür in ihrem eleganten in Rosa und Blau gehaltenen Wohnzimmer geschlossen hatte.

„Darf ich Ihnen vielleicht eine kleine Erfrischung anbieten, Lady Brigston?"

„Nein, Ma'am. Danke." Alice nahm Platz und verschränkte die Hände im Schoß. „Wir wissen offensichtlich beide von der Beziehung zwischen unseren Kindern, und auch, dass sie im Spätsommer leider ein unschönes Ende gefunden hat", begann sie.

„Ja. Ihr Sohn war so freundlich, unsere Tochter bei sich aufzunehmen."

„Ich bitte um Verzeihung, aber das ist Unsinn. Er hat es nicht aus Freundlichkeit getan oder zumindest nicht nur. Er ist nicht unfreundlich, sondern bloß ein Holzkopf."

Gabriella lehnte sich zurück. „Lady Brigston … Alice", begann sie, erfreut darüber, dass sie mit ihrer Einschätzung der Frau genau richtig gelegen hatte. „Ich war mir sicher, für Camilla das Richtige zu tun, indem ich Sie und Ihre Familie einlade – ohne ihr etwas davon zu erzählen. Ich wollte ihr Zeit geben, ihr Herz zu erforschen, außerdem wollte ich ihre Reaktion sehen, wenn sie Ihren Sohn wiedersieht. In dem Moment, in dem ich sie sah, wusste ich, dass ich das Richtige getan hatte."

„Sie haben beobachtet, wie die beiden sich anschauten – bevor sie fast aufeinander losgingen."

„Ja. Sie lieben sich, aber beiden steht ihr Stolz im Weg."

„Bei Del ist es mehr als Stolz. Er ist seinem Vater schrecklich ähnlich. Wenn Sie ihm ein paar dreitausend Jahre alte Knochen hinwerfen, kann er ihnen jede Einzelheit darüber erzählen, aber bei allem, was mit Frauen zu tun hat, hat er keinen Schimmer. Obwohl er weiß Gott nicht dumm ist, Ma'am."

„Brie", sagte Gabriella.

Alice atmete tief durch und setzte sich bequemer hin. Sie kannte die Etikette bei Hofe ebenso wie ihr Sohn – und fand sie ebenso wie er, gelinde gesagt, albern. Sie war froh, dass Ihre Durchlaucht das zumindest bei bestimmten Gelegenheiten genauso sah. „Brie. Er ist nicht dumm. Er ist einfach nur ein Caine. Durch und durch."

„Ich mische mich nur höchst ungern in das Leben meiner Kinder ein", begann Gabriella.

„Ich auch. Zumindest praktisch."

Einen Moment lang schwiegen sie, dann begannen sie beide zu lächeln. „Wie wär's mit einem Cognac?", schlug Gabriella vor.

Es hilft, wenn man die Frau sieht, die der eigene Sohn, zumindest nach Meinung von deren Mutter, liebt, dachte Alice. Und wenn man Mutter wie Tochter mochte. „Keine schlechte Idee."

Erfreut stand Gabriella auf, griff nach der Karaffe und schenkte zwei Cognacschwenker voll. „Ich habe mir schon etwas überlegt, womit man sich – praktisch – nicht einmischt, was jedoch helfen könnte, die Dinge ein bisschen in die gewünschte Richtung zu bringen."

„Ich höre."

Zehn Minuten später nickte Alice. „Ich mag es, wie Sie an die Dinge herangehen. Und das ist gut so, weil wir bald verwandt sein werden." Als sie laute Stimmen hörte, schaute sie zum Fenster. „Das ist Del … wenn er wütend ist, brüllt er wie ein wilder Stier."

Sie standen auf und traten zusammen auf den Balkon hinaus.

Dann hakten sie einander unter, während sie auf ihre Kinder hinunterschauten. „Sie haben Krach", sagte Gabriella mit vor Rührung heiserer Stimme.

„Ist das nicht herrlich?"

„Wir sollten nicht lauschen."

„Wir stehen doch bloß hier und schnappen frische Luft. Wir können nichts dafür, wenn sie sich gegenseitig anschreien."

„Vermutlich nicht."

Als sie noch etwas näher an die Brüstung herantrat, hörte Gabriella, wie ihre Wohnzimmertür aufgerissen und wieder zugeworfen wurde.

„Ist dieser Esel Caine schon da?"

Gabriella schloss für einen Moment peinlich berührt die Augen, dann drehte sie sich zu ihrem Mann um, der an der offenen Balkontür erschien. „Reeve", sagte sie.

„Sie müssen Camillas Vater sein." Alice trat erfreut einen Schritt vor und schüttelte ihm die Hand. „Ich bin die Mutter des Esels. Wir haben uns gerade eingeredet, dass wir nicht belauschen, wie sie sich im Garten gegenseitig anschreien. Möchten Sie uns nicht Gesellschaft leisten?"

Er sah sie sprachlos an, ein großer Mann mit vollem, dunklem, von silbernen Strähnen durchzogenem Haar, während seine Frau anfing zu lachen. „Oh, verdammt" war alles, was er schließlich herausbrachte.

Sie hatte nicht vorgehabt zu streiten. Genau gesagt hatte sich Camilla fest vorgenommen, nach keinem Köder zu schnappen, den er ihr hinhielt, auch wenn es noch so viele sein mochten. Dieser Esel. Sie schleppte ihn durch den riesigen Garten, als ob sie sich auf einem Gewaltmarsch befänden, ohne sich wie sonst an den Düften und dem Zauber zu erfreuen.

„Auf unseren Rosengarten sind wir besonders stolz. Dort gibt es mehr als fünfzig verschiedene Rosensorten, einschließlich einer ganz speziellen Kletterrosenart. Die weniger förmlichen Beete am Rand verleihen der Eleganz eine reizvolle Note, wie ich finde."

„Rosen sind mir völlig egal."

„Schön, dann gehen wir nach nebenan in den von einer Mauer

umgebenen Garten. Es ist ein ganz besonders hübsches Fleckchen, wo …"

„Lass uns einfach aufhören." Er packte sie am Arm, um sie zum Umkehren zu bewegen.

„Ich habe Ihnen nicht erlaubt, mich zu berühren, Sir."

„Erzähl das jemand, der dich noch nicht nackt gesehen hat."

„Es macht mir nichts aus, an einen Fehler erinnert zu werden."

„Ist das der Grund? Weil du dich in mir getäuscht hast?"

„Du warst es, der die Beziehung beendet hat."

„Du warst es, die einfach abgehauen ist."

„Du hast mir gesagt, ich soll verschwinden."

„Als ob du auch nur irgendwann auf das, was ich sage, gehört hättest. Wenn du von Anfang an aufrichtig zu mir gewesen wärst …"

„Das sagst ausgerechnet du?" Wütend riss sie sich von ihm los. „Sie reden von Aufrichtigkeit, *Lord* Delaney?"

Er besaß die Güte, rot zu werden. „Das hat nichts damit zu tun. Ich habe dir ja auch nicht erzählt, dass ich mit zehn die Windpocken hatte, und das ist genauso unwichtig."

„Dein Titel ist ja wohl kaum eine Kinderkrankheit."

„Es ist nur ein Titel, etwas, das ich geerbt habe. Es tut absolut nichts …"

„Ah! Titel und Herkunft zählen bei dir also nichts, aber bei mir ist es plötzlich etwas anderes. Du Esel."

„Pass auf, was du sagst", warnte er sie. „Pass gut auf. Es ist eben nicht dasselbe, und das weißt du auch ganz genau. Ich sehe mich nicht so. Ich benutze diesen Titel nicht, und die meiste Zeit ist mir nicht einmal bewusst, dass ich überhaupt einen habe. Ich lebe nicht in einem Palast und …"

„Ich auch nicht! Ich lebe auf einer Farm! Das hier ist das Zuhause meines Onkels. Du sagst, dass du die meiste Zeit nicht an deinen Titel denkst, aber mir bleibt nichts anderes übrig, als jeden Tag an meinen zu denken – bei jedem Schritt, den ich in der Öffentlichkeit mache, und bei den meisten privaten Schritten. Ich wollte Zeit, nur ein kleines bisschen Zeit, um so zu leben, wie du lebst, um das zu haben, was für dich ganz selbstverständlich ist. Ich wollte Freiheit. Und deshalb habe ich sie mir genommen", sagte sie leidenschaftlich. „Egal, ob es richtig war oder falsch, ich habe mir genommen, was ich brauchte, weil ich Angst hatte, ich könnte …"

„Du könntest was?"

„Das ist jetzt nicht wichtig. Es spielt keine Rolle mehr. Betrachten wir es einfach als Pech, dass ich während dieses Gewitters dort gelandet bin, wo ich gelandet bin."

Sie riss sich zusammen und fuhr fort: „So, und jetzt werde ich meinen Onkel und den Rest der Familie nicht in eine peinliche Situation bringen, indem ich mit einem ihrer Gäste streite, wie unerträglich ich es auch finde. Ich schlage vor, dass wir uns so gut wie möglich aus dem Weg gehen, solange du hier bist." Sie wandte ihm den Rücken zu. „Mehr habe ich dir nicht zu sagen."

„Das ist mir ja eine schöne Gastfreundschaft – echt cordinianisch."

Zutiefst schockiert wirbelte sie herum. „Meine Mutter …" Sie schnappte nach Luft. „Meine Mutter hat dich und deine Familie in unser Land eingeladen, in das Zuhause ihres Bruders. Du wirst – in der Öffentlichkeit – von meiner Familie und mir alle Höflichkeit erfahren, privat jedoch …" Was sie durch die Zähne zischte, war eine Beleidigung, die man normalerweise eher in der Gosse in Frankreich hörte als in einem Schlossgarten. Del zog nur die Augenbrauen hoch.

„Das sind ja wirklich reizende Ausdrücke, Hoheit."

„Und jetzt gibt es zwischen uns nichts mehr zu sagen."

„Ich habe dir noch eine ganze Menge mehr zu sagen, Schwester."

Sein Tonfall und die Anrede bewirkten, dass ihr fast die Tränen kamen. Sie drehte ihm den Rücken zu und gab sich alle Mühe, sich zu beherrschen. „Sie sind entlassen, Sir."

Jetzt reichte es ihm. Er wirbelte herum. „Ach, halt doch den Mund!", fuhr er sie an. Doch als er die Tränen in ihren Augen glitzern sah, erstarrte er. „Was soll das denn? Hör sofort auf damit. Wenn du glaubst, du brauchst bloß loszuheulen, damit ich mir wie ein Schuft vorkomme, solltest du es dir lieber noch mal überlegen."

Er wich einen Schritt zurück und wühlte in seinen Taschen. „Verdammt. Ich habe kein Taschentuch bei mir."

„Lass mich in Ruhe." Als ihr eine Träne über die Wange rollte, war sie nicht weniger entsetzt als er. „Geh wieder rein, fahr zurück nach Amerika, oder scher dich zum Teufel. Hauptsache, du verschwindest."

„Camilla." Er machte wieder einen Schritt auf sie zu.

„Hoheit." Marian, die in der Öffentlichkeit ganz die Form wahrte, kam mit vor Neugier leuchtenden Augen den Weg entlang. „Ich bitte um Entschuldigung, aber soeben ist Miss Latimer eingetroffen. Man zeigt ihr gerade ihre Räume."

„Sarah?" Del sah Camilla überrascht an. „Du hast Sarah in den Palast eingeladen?"

„Ja. Ich komme gleich, Marian, danke. Wenn Sie sich vielleicht um Lord Delaney kümmern könnten? Bitte, entschuldigen Sie mich, My Lord."

„My Lord?" Marian beäugte ihn eingehend, während Camilla schnell davonging. Sie war hin und her gerissen zwischen dem Wunsch, ihn fertig zu machen, weil er ihrer besten Freundin so wehgetan hatte, und Mitgefühl, weil er so kreuzunglücklich dreinschaute. „Darf ich Ihnen den Rest des Gartens zeigen?"

„Nein, vielen Dank. Es sei denn, es gibt da irgendwo einen Springbrunnen, unter den ich meinen Kopf halten kann."

Marian lächelte nur. „Ich bin mir sicher, dass wir Sie zufriedenstellen können."

Er fragte sich, ob er allen einen Gefallen tat, wenn er abreiste. Seine Mutter würde wütend sein, sein Vater verblüfft. Und es wäre ihnen beiden peinlich, aber Camilla würde mit Sicherheit aufatmen.

Und er müsste sie nicht mehr sehen und sich daran erinnern, wie sie aussah, wenn sie in Jeans und T-Shirt Rühreier machte. Nicht dass sie dieser Frau jetzt auch nur im Entferntesten ähnelte.

Sie war geschliffen und elegant und funkensprühend wie die Brillanten an ihren Ohrläppchen. Und genauso kalt, versuchte er sich einzureden.

Aber nach und nach wurde ihm klar, dass er sich von ihr nicht vergraulen lassen durfte … so wie er sie vergrault hatte. Er würde bleiben, und wenn auch nur, um ihr zu beweisen, dass er Rückgrat hatte.

Es war nicht schwer, ihr aus dem Weg zu gehen. Der Palast war etwas ganz anderes als eine Hütte mit fünf Zimmern in den Wäldern von Vermont.

Und dass er sich langweilte, konnte er wirklich nicht behaupten. Er mochte ihre Brüder und Cousins, die ihn an ein Rudel junger Wölfe erinnerten.

Als Einzelkind war er nie einer großen, lärmenden Familie ausgesetzt gewesen. Was sie trotz Titel und geschliffener Umgangsformen waren, wie er bald entdeckte. Eine Familie, die sich so nahestand, dass er Probleme hatte, zwischen Bruder und Schwester oder Cousine und Cousin zu unterscheiden.

Man überredete ihn, mit in den Stall zu kommen – der sich als der reinste Pferdepalast entpuppte. Sobald sie entdeckt hatten, dass er reiten konnte, saß er auch schon auf einem Pferd.

Dort lernte er auch Alexander, den Herrscher von Cordina, und seinen Bruder Prinz Bennett kennen. Und Camillas Vater Reeve MacGee.

„Sir." Einer der jungen Männer – Dorian, falls er sich richtig erinnerte – lächelte jungenhaft und stellte sie förmlich vor.

Del rutschte in seinem Sattel herum. Natürlich hatte man ihm die höfische Etikette beigebracht, aber seitdem waren Jahre vergangen, ohne dass er jemals in die Verlegenheit gekommen wäre, Gebrauch davon machen zu müssen. Und jetzt hatte er wenig Lust, seine Kenntnisse herauszukramen, auch wenn ihn drei kühle Augenpaare sezierten.

„Willkommen in Cordina, Lord Brigston", sagte Alex in geschliffenem, leicht distanziertem Ton. „Und in meinem Heim."

„Danke, Sir." Del bewerkstelligte etwas, das man zur Not als Verbeugung durchgehen lassen konnte, während sein Pferd leicht nervös tänzelte.

„Wir freuen uns, dass wir Gelegenheit haben, uns für die Gastfreundschaft zu revanchieren, die Sie meiner Nichte entgegengebracht haben." Auch wenn Alex' Ton verbindlich war, sorgte er doch dafür, dass eine gewisse Schärfe darin mitschwang.

„Dieses Pferd will loslaufen", mischte sich Bennett ein, weil er mit Del Mitleid hatte. Armer Kerl, dachte er. Ausgezählt. „Scheint so, dass Sie mit ihm zurechtkommen."

Del spürte, dass Alex' wohlgesetzte Worte nicht spurlos an ihm vorübergingen – wie ein scharfes Schwert, das Kerben hinterlässt.

Deshalb war er froh, seinen Blick auf den freundlicheren Bruder richten zu können. „Ein herrliches Tier."

„Dann wünschen wir Ihnen jetzt einen angenehmen Ausritt. Und später würde ich mich gern mit Ihnen über Ihre Forschungsarbeiten unterhalten", fügte Alex hinzu. „Weil sich Prinzessin Camilla so brennend dafür interessiert."

„Wann immer Sie möchten, Sir."

Alex nickte, dann ritt er in Richtung Stall davon. Bennett folgte ihm, nachdem er Del einen irgendwie mitfühlenden Blick zugeworfen hatte. Gleich darauf kam Reeve heran und brachte seinen Hengst dicht neben Dels Hengst zum Stehen.

„Ihr zieht jetzt ab", sagte er, auf seine Söhne und Neffen deutend. Dann drehte er sich zu Del um und fuhr fort: „Es wird Zeit, dass wir uns ein bisschen unterhalten." Seine Worte gingen in dem sich entfernenden Hufgetrappel fast unter. „Ich frage mich, ob Sie mir einen guten Grund nennen können, warum ich Ihnen nicht den Hals brechen soll."

Na schön, dachte Del. Jetzt gab es wenigstens kein Protokoll mehr. Der Mann sah aus, als würde es ihm keine Schwierigkeiten bereiten, seine Drohung wahr zu machen. Er war groß und breitschultrig, mit schwieligen Händen, die zupacken konnten, wie man ihnen unschwer ansah.

Und er wirkte auf Del eher wie ein Soldat als ein Farmer.

„Wohl kaum", gab Del zurück. „Möchten Sie es gleich hier tun oder lieber an einem abgeschiedeneren Ort, wo Sie mich gleich verscharren können?"

Reeve lächelte dünn. „Lassen Sie uns ein Stück reiten. Haben Sie es sich zur Angewohnheit gemacht, streunende junge Frauen bei sich aufzunehmen, Caine?"

„Nein. Sie war die Erste. Und ich kann Ihnen versichern, dass Sie auch die Letzte sein wird."

Es war windig, aber warm. Del ärgerte es, dass er schwitzte. Der Mann hatte Augen wie Laserstrahlen.

„Dann soll ich Ihnen also abnehmen, dass Sie sie aus reiner Menschenfreundlichkeit bei sich aufgenommen haben. Ohne zu wissen, wer sie ist – auch wenn ihr Gesicht ständig auf allen Titelseiten und Fernsehschirmen zu sehen ist. Sie hatten nicht die Absicht, sie auszunutzen, sich ihren Einfluss für Ihre eigenen Ziele zunutze zu machen. Oder der Regenbogenpresse Geschichten darüber zu verkaufen, wie Sie es angestellt haben, sie in Ihr Bett zu bekommen."

„He, Moment mal." Del brachte sein Pferd zum Stehen, und jetzt war es sein Blick, der sich wie ein Laserstrahl in die Augen seines Gegenübers bohrte. „Ich nutze keine Frauen aus. Davon abgesehen wette ich meinen Kopf, dass es mir auch dann, wenn ich es darauf angelegt hätte, nicht gelungen wäre, weil sie mir vorher die Zähne eingeschlagen hätte. Ich habe keine Zeit, um irgendwelche Illustrierten zu lesen oder fernzusehen, außerdem habe ich nicht damit gerechnet, dass eine von zu Hause weggelaufene Prinzessin mit ihrem Auto in einem Sturm auf einer einsamen Landstraße liegen bleibt. Und weil sie behauptete, nicht viel Geld zu haben, bot ich ihr ein Dach überm Kopf und einen Job an. Ich habe weder viel gefragt, noch habe ich sie besonders beachtet."

„Aber immerhin genug, um mit ihr ins Bett zu gehen."

„Das ist richtig. Und es geht außer uns beiden niemanden etwas an. Wenn Sie mir deshalb einen Tritt verpassen wollen, bitte schön! Aber wenn Sie anfangen, das, was zwischen uns war, in den Schmutz zu ziehen, und eine billige Medieninszenierung daraus machen, trete ich zurück."

Die richtige Antwort, fand Reeve. Goldrichtig. Er rutschte im Sattel herum. Der Junge hat Format, dachte er erfreut. Aber das war noch lange kein Grund, ihn nicht noch ein bisschen zu foltern. „Was für Absichten haben Sie gegenüber meiner Tochter?"

Del, der vor Wut rot geworden war, wurde schlagartig weiß wie ein Bettlaken. „Was für … was für … was?"

„Sie haben die Frage gehört, Sohn. Machen Sie den Mund wieder zu, und antworten Sie."

„Ich habe keinerlei Absichten. Sie weigert sich, mit mir zu sprechen. Ich gehe ihr, so gut ich kann, aus dem Weg."

„Und dabei fing ich gerade an zu denken, dass Sie vielleicht doch kein kompletter Esel sind." Reeve veranlasste sein Pferd, sich umzudrehen. „Reiten Sie mit diesem Hengst einen scharfen Galopp", riet er. „Und passen Sie auf, dass Sie nicht runterfallen und sich Ihren sturen Hals brechen."

Auf dem Weg zum Stall überlegte Reeve, dass die Unterhaltung vielleicht nicht unbedingt das gewesen war, was sich seine Frau unter einem Vieraugengespräch unter Männern vorgestellt hatte. Aber auf jeden Fall war es eine Genugtuung gewesen.

Camilla hätte sich auch viel lieber bei einem scharfen Galopp den Wind um die Nase wehen lassen. Aber der Damentee erforderte ihre Präsenz und Aufmerksamkeit. Da das Wetter schön war, tagte die Gesellschaft auf der Südterrasse und im Rosengarten, wo die Gäste den herrlichen Blick übers Mittelmeer und den Blumenduft genießen konnten.

Ihre Tante hatte sich für lässige Eleganz entschieden und die hübschen Tische, auf denen in flachen Schalen üppige bunte Blumengestecke prangten, mit pfirsichfarbenen Tischdecken und kobaltblauem Glasgeschirr eindecken lassen. Dazwischen bewegten sich weiß befrackte Kellner, um Champagnergläser und Teetassen zu füllen. Jede Dame hatte ein Präsent in Gestalt einer silbernen Puderdose mit dem eingravierten Wappen des Fürstentums erhalten.

Im Schatten eines Rosenbaums mit schneeweißen Blüten glitten die Finger einer Harfenistin leise über die Saiten.

Ihre Tante Eve verstand es, eine Bühne vorzubereiten.

Frauen in weich fließenden Kleidern flanierten durch den Garten oder standen in kleinen Grüppchen beisammen. Camilla, die ihre Pflichten kannte, bewegte sich, ab und zu an ihrem Champagnerglas nippend, durch die Menge. Sie lächelte, tauschte Höflichkeiten und Komplimente aus, plauderte und verbannte jeden Gedanken an Del in die hinterste Ecke ihres Kopfes.

„Wir haben fast noch kein einziges Wort miteinander gesprochen", sagte Eve und hakte sich bei Camilla ein.

Sie war eine zierliche Person mit einer hinreißenden schwarzen Löwenmähne, die ihr herzförmiges Gesicht einrahmte. Ihre leuchtend blauen Augen glitzerten, während sie Camilla an den Rand der Terrasse zog.

„Jetzt ist nicht genug Zeit", sagte sie mit einer Stimme, der man immer noch ihre texanische Heimat anhörte, „aber später will ich alles über dein Abenteuer hören. Und zwar jede kleinste Einzelheit."

„Bestimmt hat Mutter dir doch schon alles erzählt."

„Aber sicher." Eve gab Camilla lachend einen Kuss auf die Wange. Gabriella hatte Eve die ganze Geschichte nicht nur erzählt, sondern sie auch um ihre Hilfe gebeten, indem sie noch ein bisschen mehr aus Camilla herauszuholen versuchte. „Aber das sind nur Informationen aus zweiter Hand. Ich schöpfe gern aus der Quelle."

„Ich warte schon die ganze Zeit darauf, dass Onkel Alex mich gehörig ins Gebet nimmt."

Eve zog die Augenbrauen hoch. „Macht dir das Sorgen?"

„Ich hasse es, ihn aufzuregen."

„Wenn ich mir darum Gedanken machen würde, würde ich mein ganzes Leben damit zubringen, Nägel zu kauen." Mit gespitzten Lippen begutachtete Eve ihre perfekt manikürten Fingernägel. „Nein, aber jetzt Spaß beiseite. Er muss so sein, wie er ist", fügte sie, ernster geworden, hinzu. „Er trägt so viel Verantwortung. Aber er vertraut dir ... vollkommen. Und er ist sehr interessiert an deinem jungen Mann."

„Er ist nicht mein junger Mann."

„Ah. Nun." Sie erinnerte sich noch sehr gut daran, wie sie selbst sich dasselbe einzureden versucht hatte. „Dann sagen wir, er ist an Lord Delaneys Arbeit interessiert – und an deinem Interesse an dieser Arbeit."

„Tante Chris war eine fantastische Hilfe", sagte Camilla, wobei sie Eves älterer Schwester über die Schulter einen Blick zuwarf. Obwohl sie nicht Camillas leibliche Tante war, aber ihre Familien waren sehr eng miteinander verbunden.

„Sie liebt nichts mehr als eine gute Kampagne. Das kommt daher, weil sie diesen Herrn aus Texas geheiratet hat. Der Senator war höchst erfreut, mit seinen Kollegen aus Florida über das Bardville-Forschungsprojekt diskutieren zu können."

„Ja, nachdem Tante Chris ihn beschwatzt hatte, und ich bin ihr sehr dankbar dafür. Sie sieht übrigens wundervoll aus."

„Wie frisch verheiratet", stimmte Eve zu. „Nach fünf Jahren Ehe. Sie hat immer gesagt, dass sie auf den Richtigen wartet, und ich bin glücklich, dass sie ihn gefunden hat. Egal, ob man fünfzig Jahre oder fünf Minuten sucht", fuhr sie fort und drückte kurz Camillas Hand. „Wenn es so weit ist, spürt man es ganz genau. Und wenn man dann schlau ist, lässt man ein Nein als Antwort nicht gelten. Es gibt Dinge, für die es sich zu kämpfen lohnt. So, und nun wieder an die Arbeit."

Camilla blieb bei den Tischen stehen und fand drei wertvolle Minuten Zeit, um mit ihrer kleinen Cousine Marissa zu sprechen. Sie beobachtete ihre Schwester Adrienne, die sich bei ihrer Unterhaltung mit einer älteren italienischen Gräfin, die stocktaub war, offenbar köstlich amüsierte.

Als ihr Blick auf Hannah, die Frau ihres Onkels Bennett, fiel, die mit Dels Mutter an einem Tisch im Schatten saß, hob diese die Hand und winkte sie herüber.

„Lady Brigston und ich haben eine ganze Reihe gemeinsamer Bekannte", erklärte Hannah. „Ich habe sie wegen ihrer Arbeit gelöchert, und jetzt träume ich davon, von zu Hause wegzulaufen und Dinosaurierknochen auszugraben."

Für Hannah, die früher beim britischen Geheimdienst gearbeitet hatte, hatte es eine Zeit gegeben, in der ihr Leben ein einziges Abenteuer gewesen war. Und dann hatte sie als Prinzessin und Mutter von zwei quicklebendigen Söhnen ein Abenteuer gegen ein anderes eingetauscht.

Als Agentin hatte sie ihr gutes Aussehen absichtlich herunterspielen und ihre Begeisterung für Mode vergessen müssen, aber jetzt konnte sie beides genießen. Heute hatte sie sich das dunkelblonde Haar im Nacken zu einem glänzenden Knoten frisiert. Ihr ärmelloses Cocktailkleid war von demselben strahlenden Grün wie ihre Augen.

„Ich auch." Lächelnd folgte Camilla Hannahs Aufforderung und setzte sich. „Obwohl ich mir vorstellen kann, dass es eine harte, ermüdende Arbeit ist. Sie müssen sie lieben", sagte sie zu Alice.

„Es ist das, was ich schon immer tun wollte … schon als Kind. Andere Mädchen sammeln Puppen, und ich sammelte Fossilien."

„Es zahlt sich aus, wenn man weiß, was man will, weil man dann in aller Ruhe darauf hinarbeiten kann", bemerkte Camilla.

„In der Tat." Alice neigte den Kopf. „Obwohl ich es mir auch schrecklich aufregend vorstelle, wenn man ganz überraschend eine Berufung fühlt und anfängt, darauf hinzuarbeiten."

„Oh. Würden Sie mich wohl für einen Moment entschuldigen." Hannah, die ihr Stichwort erkannt hatte, erhob sich. „Ich muss kurz mit Mr. Cartwright sprechen." Sie wechselte mit Alice einen vielsagenden Blick und verschwand.

„Ihre Familie ist, wenn ich das so sagen darf, wirklich ganz reizend, Hoheit."

„Danke. Das finde ich auch."

„Ich fühle mich normalerweise in Gesellschaft von Männern wohler, weil ich mit Frauen nicht viele Gemeinsamkeiten habe. Ich finde, sie machen sich oft um die seltsamsten Sachen Gedanken."

Die Nägel der Hand, mit der sie gestikulierte, waren kurz geschnitten und nicht lackiert. Am Ringfinger trug sie nur einen schlichten Goldring.

„Aber mit Ihrer Mutter und Ihren Tanten fühle ich mich richtig wohl", fuhr sie fort. „Kein Wunder, dass ich Sie nach kurzer Zeit schon so mag."

„Danke", sagte Camilla ein bisschen verlegen. „Das ist sehr freundlich."

„Sind Sie sehr wütend auf meinen Sohn?"

„Ich …"

„Nicht dass ich Ihnen daraus einen Vorwurf machen würde", fuhr Alice fort, bevor Camilla Zeit hatte, eine diplomatische Antwort zu formulieren. „Er kann so ein Holzkopf sein. Das hat er von seinem Vater geerbt, deshalb ist es nicht wirklich seine Schuld. Bestimmt hat er Ihnen das Leben zur Hölle gemacht."

„Nein. Nein, überhaupt nicht."

„Sie brauchen nicht taktvoll zu sein." Sie tätschelte Camillas Hand. „Außer uns hört uns ja niemand, und ich kenne meinen Jungen in- und auswendig. Grauenvolle Manieren – was zum Teil leider auch meine Schuld ist, das muss ich ganz ehrlich zugeben. Ich hab es einfach nicht so mit dem guten Ton. Und immer gleich auf Hundertachtzig – das hat er auch von seinem Vater, dieses ständige Herumpoltern. Obwohl er, wenn er explodiert, sofort wieder den Anlass dafür vergisst … was andererseits ärgerlich und frustrierend ist, finden Sie nicht auch?"

„Ja …" Camilla schüttelte leise auflachend den Kopf. „Lady Brigston, jetzt bringen Sie mich in eine peinliche Situation. Ich möchte Ihnen sagen, dass ich die Arbeit Ihres Sohnes aufrichtig bewundere – seine ganze Herangehensweise und die Leidenschaft, die er dafür aufbringt. Auch wenn wir auf der persönlichen Ebene unterschiedliche Stile haben."

„Sie sind sehr gut erzogen, nicht wahr?" Gabriella hatte sie gewarnt, dass es nicht einfach werden würde, Camilla aus der Reserve zu locken. „Darf ich Ihnen eine kleine Geschichte erzählen? Es war einmal eine junge Amerikanerin, kaum einundzwanzig und schon mit einem Collegeabschluss in der Tasche. Sie brannte vor Ehrgeiz und interessierte sich nur für eins: Paläontologie. Die meisten Leute hielten sie für übergeschnappt", fügte sie mit einem Augenzwinkern hinzu. „Sie fragten sich, was das für eine Frau war, der es Spaß machte, Dinosaurierknochen auszugraben. Aber sie blieb hartnäckig und fand einen Weg, an Ausgrabungsarbeiten teilzunehmen – an ganz bestimmten Ausgrabungsarbeiten, weil der Mann, der sie leitete, jemand war, dessen Arbeit – seine Herangehensweise und Leidenschaft – sie unendlich bewunderte."

Sie unterbrach sich, lächelte und trank einen Schluck Tee. „Sie las seine Bücher, sie las Artikel von ihm und über ihn. Er war ihr Held. Stellen Sie sich ihre Reaktion vor, als er sich schließlich als ein äußerst reizbarer, ungeduldiger Mann entpuppte, der ihre Anwesenheit kaum zur Kenntnis nahm und wenn, dann meistens nur, um sie anzufahren."

„Er ist seinem Vater sehr ähnlich", sagte Camilla.

„Oh, sein Spiegelbild", stimmte Alice mit einer Spur von Stolz in der Stimme zu. „Sie gerieten sich ständig in die Haare, dieser unhöfliche Mann und diese nassforsche junge Frau. Sie warf ihm seine Fehler vor, aber das meiste prallte an seinem Dickschädel ab. Es war entsetzlich frustrierend."

„Ja", sagte Camilla fast zu sich selbst. „Es macht einen wütend."

„Er war faszinierend. So intelligent, so gut aussehend, so – offensichtlich – uninteressiert an ihr. Obwohl er mit der Zeit ein bisschen zugänglicher wurde – nur ein kleines bisschen –, weil sie ihre Arbeit verdammt gut machte und einen scharfen Verstand hatte. Die Caine-Männer bewundern einen scharfen Verstand."

„Offensichtlich."

„Sie verliebte sich unsterblich in ihn, und nachdem sie aufgehört hatte, sich deswegen zu ärgern, benutzte sie diesen scharfen Verstand. Sie wich ihm nicht mehr von der Seite, was ihn nervös machte.

Er fand alle möglichen Gründe dafür, warum das nicht sein sollte. Weil er fünfzehn Jahre älter sei und keine Zeit für Frauengeschichten habe, und so weiter und so fort. Aber sie selbst hatte auch gewisse Bedenken. Dieser ganze Lord-Brigston-Kram vertrug sich einfach nicht sehr gut mit ihrer Yankee-Herkunft. Sie hätte sich davon entmutigen lassen können, aber sie war stur – und ganz tief in ihrem Herzen wusste sie, dass er ihre Gefühle erwiderte. Und da der Titel nun mal zu dem Mann gehörte und sie den Mann wollte, beschloss sie, damit zu leben. Und dann begann sie zu überlegen, wie sie es am besten anstellen sollte, ihn zu verführen."

Weil Alice Camilla um Zustimmung heischend ansah, nickte Camilla gehorsam. „Natürlich."

„Für ein paar köstliche Momente scheute er zurück wie ein in Panik geratenes Pferd in einem Stall, in dem ein Feuer ausgebrochen war. Aber sie verstand ihn zu nehmen. Drei Wochen später waren sie verheiratet. Und allem Anschein nach funktioniert es immer noch", fügte sie mit einem kleinen Lächeln hinzu.

„Sie war eine bewundernswerte junge Frau."

„Ja, das war sie wirklich. Und sie bekam einen bewundernswerten, wenn auch dickköpfigen Sohn. Lieben Sie ihn?"

„Lady Brigston ..."

„Oh, bitte, nennen Sie mich Alice. Ich schaue Sie an und sehe eine junge Frau, die so klug ist, so erfrischend lebendig und doch so unglücklich. Ich kenne meinen Platz, aber ich sehe Camilla und nicht Ihre Hoheit."

„Er hingegen sieht nur den Titel, ohne die Frau zu sehen, die ihn trägt."

„Wenn Sie ihn wollen, dürfen Sie das nicht zulassen. Sie haben ihm Blumen in sein Haus gestellt", fügte sie leise hinzu. „Ich kann mich nicht erinnern, so etwas jemals getan zu haben. Er hat sie nicht weggeworfen, nachdem Sie weg waren."

Ihr schossen Tränen in die Augen. „Wahrscheinlich nur, weil er sie einfach nicht gesehen hat."

„Ja, das ist gut möglich. Ein Teil von ihm möchte sich von Ihnen fernhalten und sich nur in seine Arbeit vergraben. Ich kann mir vorstellen, dass jeder von Ihnen seine Sache ebenso gut macht, wenn Sie getrennte Wege gehen. Aber ich frage mich, was wäre, wenn Sie es beide schafften, Ihren Stolz und Ihre Verletztheit hintanzustellen und zusammenzukommen. Sie nicht?"

Doch, dachte Camilla. Ständig. „Ich habe ihm gesagt, dass ich ihn liebe", sagte sie leise. „Und er hat mich weggeschickt."

Alice atmete tief aus und lehnte sich zurück. „Was für ein Esel. Nun, ich möchte Ihnen einen Rat geben, Camilla. Lassen Sie ihn ein bisschen leiden – es wird ihm guttun –, bevor er Ihnen dasselbe sagt. Ich zweifle nicht daran, dass Sie ihn dazu bringen."

Del quälte sich durch eine entsetzlich förmliche und nicht enden wollende Abendgesellschaft. Man hatte ihn zwischen die taube italienische Gräfin und Camillas Schwester Adrienne gesetzt. Das einzige Gute an dem Platz war, dass er weit weg von Camillas Vater war, der am anderen Ende des riesigen Speisezimmers saß.

Wenn ihr Dad ihn während des Essens mit seinem Fleischmesser niedergestochen hätte, wäre alles noch viel schlimmer gewesen.

Als der Hauptgang serviert wurde, revidierte er seinen anfänglichen Eindruck, dass Adrienne ein zwar hübsch anzuschauendes, aber höchst oberflächliches Mädchen sei. Ihm wurde klar, dass sie einfach nur eine unheimlich liebe Person war, die mit einem fröhlichen Naturell und einer üppigen Portion Charme gesegnet war.

Ihre segensreiche Unterstützung bei der Unterhaltung mit der Gräfin rettete ihn davor, wahnsinnig zu werden. Und immer wenn Adrienne ihn mit einem übermütigen Glitzern in den Augen anschaute, sah er eine Spur von Camillas schalkhaftem Humor.

Er ertappte sich dabei, dass er ihr sogar ein bisschen von seiner Arbeit erzählte, als sie ihm diesbezügliche Fragen stellte. Erst später dämmerte ihm, dass sie ein Talent hatte, die Leute aus der Reserve zu locken.

„Kein Wunder, dass Camilla so fasziniert ist." Adrienne lächelte. Sie hatte die beruhigende Stimme ihrer Mutter und die leuchtend blauen Augen ihres Vaters geerbt. „Sie konnte sich schon immer für Puzzles begeistern – und das ist Ihre Arbeit ja, oder nicht? Ein schwieriges Puzzle. Mir hat für Puzzles immer die Geduld gefehlt. Werden Sie bald wieder nach Florida zurückgehen?"

„Ja, sehr bald." Im Grunde sollte er überhaupt nicht hier sein.

„Wenn die Kinder ein bisschen älter sind, wollen wir auch einmal mit ihnen nach Florida fahren, nach Disney World." Sie schaute ihren Mann über den Tisch hinweg an.

An diesen Blick würde er sich später noch oft erinnern. Die pure Zufriedenheit lag darin. Ein Gesichtsausdruck, den Camilla nur in den allerseltensten Momenten hatte.

Aber er erinnerte sich daran, ihn gesehen zu haben, als sie sich am Ufer seines Sees ausgestreckt hatte. *Camilla zufrieden* hatte er sie genannt. Und dann war sie gegangen.

11. KAPITEL

Für eine Prinzessin schuftete sie wie ein Pferd. Und wie, bitte schön, sollte man sich dann bei ihr entschuldigen, wenn man nicht einmal fünf Minuten mit ihr allein sein konnte?

Obwohl Del sich nicht ganz sicher war, wofür er sich entschuldigen wollte, glaubte er allmählich, dass sie eine Entschuldigung verdient hatte.

Seit er diese Träne über ihre Wange hatte rollen sehen, wurde er von Gewissensbissen geplagt – was ihm ganz und gar nicht behagte. Hinzu kam, dass einige Mitglieder ihrer Familie so verdammt nett oder großzügig – oder beides – waren, dass er sich nach und nach wie ein Riesenesel vorkam.

Und jetzt setzte ihm sogar ihre Mutter zu. Wenn das eine akzeptable Umschreibung für den Umstand war, dass sie ihn sanft beiseite genommen hatte, um sich mit freundlichen Worten dafür zu bedanken, dass er ihrer Tochter ein Dach über dem Kopf gegeben hatte.

„Ich weiß, sie ist ein erwachsener Mensch", sagte Gabriella, während sie neben ihm auf einer kleinen Anhöhe stand, von der aus man einen herrlichen Blick über das azurblaue Meer hatte. „Und einer, der sich zu helfen weiß, obendrein. Aber ich bin ihre Mutter, und Mütter neigen nun einmal dazu, sich um ihre Kinder Sorgen zu machen."

„Ja, Madam", stimmte er ihr zu, obwohl ihm nie aufgefallen war, dass sich seine Mutter solche Sorgen gemacht hätte.

„Aber als ich dann erfuhr, dass sie bei jemandem ist, der vertrauenswürdig und nett ist und den sie ganz offensichtlich sehr schätzt, war ich schon wesentlich weniger beunruhigt." Gabriella lächelte weiter, obwohl er – unübersehbar – zusammenzuckte. „Ich hatte mir schon eine ganze Weile vorher Sorgen um sie gemacht."

„Sorgen?"

„Sie hat viel zu lange viel zu viel gearbeitet. Seit dem Tod meines Vaters werden ihre Zeit und ihre Energie doch ziemlich stark beansprucht."

„Ihre Tochter hat eine beträchtliche Energie."

„Ja, normalerweise schon. Aber ich fürchte, dieser ständige Medienrummel in den letzten ein, zwei Jahren hat sie mehr mitgenommen, als man vorausahnen konnte."

Kann er das verstehen?, überlegte Gabriella. Konnte es überhaupt irgendwer verstehen, der es nicht am eigenen Leib erlebte? Sie hoffte es.

„Das Interesse der Medien an ihr war unersättlich, und ich fürchte, dafür hat sie emotional einen hohen Preis bezahlt. Und körperlich auch. Ich weiß, wie es ist. Ich bin früher selbst ab und zu weggelaufen. Es gibt Zeiten, da ist der Wunsch, alles hinter sich zu lassen, so überwältigend, dass man sogar bereit ist, das, was einem lieb und teuer ist, zu verlassen. Können Sie sich das vorstellen?"

„Ja. Ich habe Vermont."

Ihr Gesicht hellte sich auf. Ja, dachte sie, er kann es verstehen. „Und ich habe meine kleine Farm. Bis vor Kurzem hatte Camilla für sich noch nichts Derartiges gefunden. Um wieder neue Kräfte zu schöpfen, meine ich. Danke." Sie stellte sich auf die Zehenspitzen und gab ihm einen Kuss auf die Wange. „Vielen Dank, dass Sie ihr geholfen haben, es zu finden."

Er musste mit Camilla sprechen. Ganz ruhig und vernünftig. Es gab Fragen, und er wollte Antworten haben. Schließlich war es nicht zu viel verlangt.

Aber jedes Mal, wenn er vorsichtig Anlauf nahm, sagte man ihm, sie sei in einer Besprechung oder habe einen Termin oder mit ihrer persönlichen Assistentin etwas zu klären.

Er versuchte sich einzureden, dass es sich bei diesen Terminen um Schönheitspflege oder Einkaufsbummel oder Ähnliches handelte, bis er von Adrienne eines Besseren belehrt wurde. „Entschuldigen Sie, suchen Sie Camilla?"

„Nein." Es war schrecklich, dieser so lieb lächelnden jungen Frau ins Gesicht zu lügen. „Nicht direkt, Madam. Ich habe sie heute Vormittag noch gar nicht gesehen."

Adrienne drückte ihre kleine Tochter an sich. „Ich fürchte, sie muss heute eine Doppelschicht einlegen. Mein Ältester fühlt sich nicht wohl, und ich möchte ihn nicht allein lassen. Sie vertritt mich im Krankenhaus. Eigentlich wollte ich heute der Kinderstation einen Besuch abstatten, aber Armand ist so quenglig, deshalb wollte ich in der Nähe sein."

„Äh … ich hoffe, er ist nicht krank."

„Im Moment schläft er, und es sieht ganz danach aus, als ginge es ihm schon erheblich besser. Ich wollte nur eben kurz mit dem Baby rausgehen und dann wieder nach ihm sehen. Aber Camilla müsste eigentlich in einer Stunde zurück sein. Obwohl …" Sie unterbrach sich und runzelte nachdenklich die Stirn. „Wenn ich mich richtig erinnere, hat sie anschließend mit Mama einen Termin wegen der Kunsthalle. Normalerweise erledigt sie nachmittags ihre Post, aber wo sie diese Zeit heute noch hernehmen soll, ist mir schleierhaft."

Sie behielt dieses sanfte Lächeln bei, obwohl sie am liebsten laut gelacht hätte. Der Ärmste, dachte sie. Er war ja so frustriert! Und so verliebt in ihre Schwester.

„Kann ich irgendetwas für Sie tun?"

„Nein, Madam, danke."

„Ich glaube, Dorian ist in Richtung Stall gegangen", sagte sie freundlich. „Einige der Gäste haben den Wunsch geäußert, auszureiten, falls Sie sich ihnen anschließen möchten."

Er tat es nicht, obwohl er sich wünschte, es getan zu haben, als er zu Prinz Alexander zitiert wurde.

„Lord Brigston, ich hoffe, man hat Sie seit Ihrer Ankunft nicht vernachlässigt."

„Ganz gewiss nicht, Hoheit."

Das Büro spiegelte die Persönlichkeit des Mannes wider. Beide waren elegant, ausgesprochen männlich und traditionsbewusst. Der Prinz strahlte Macht und Würde aus. In seinem tiefschwarzen Haar zeigten sich die ersten silbernen Strähnen. Seine Gesichtszüge waren scharf geschnitten. Die dunklen Augen blickten durchdringend.

„Da Prinzessin Camilla so ein reges Interesse an Ihrer Arbeit zeigt, habe ich mir einiges ein bisschen näher angesehen. Was meine Familie interessiert, interessiert mich ebenfalls", fuhr er fort. „Erzählen Sie mir mehr über Ihr derzeitiges Projekt."

Obwohl er sich vorkam wie ein Student bei einem mündlichen Examen, gehorchte Del zähneknirschend. Ihm war überdeutlich bewusst, dass er unter die Lupe genommen wurde.

Als man ihn nach zwanzig Minuten gnädigerweise entließ, wusste Del nicht, ob er die Anhörung überstanden hatte oder ob er besser den Scharfrichter gut im Auge behalten sollte.

Aber er spürte, wie sein Nacken bei der Vorstellung, über seinem Kopf könnte ein Beil schweben, anfing zu prickeln.

Jeder Mann, entschied er, der erwog, sich mit einem Mitglied des Fürstenhauses von Cordina einzulassen, sollte sich den Kopf untersuchen lassen. Solange dieser noch fest auf den Schultern saß.

Del hatte sich immer als absolut gesund betrachtet.

Und da er wollte, dass das auch so blieb, beschloss er, für zwei Stunden zu verschwinden. Was gar nicht so leicht war. Hier konnte man sich nicht einfach ein verdammtes Taxi rufen, das einen vom Palast abholte. Auch hier gab es wieder ein endloses Protokoll, das man durchlaufen musste. Am Ende bot ihm Kristian, Camillas älterer Bruder, ganz beiläufig einen Wagen an – mit Fahrer, falls er wollte.

Del nahm den Wagen und verzichtete auf den Fahrer.

Das Ende vom Lied war, dass er sich um ein Haar in ein Fleckchen Erde verliebt hätte, das nicht ihm selbst gehörte – was ihm bisher noch nie passiert war.

Es war von einer atemberaubenden Schönheit, dieses kleine Land am Meer. Es erinnerte ihn an ein Schmuckstück – an alten und wertvollen Schmuck, der von Generation zu Generation weitervererbt wurde.

Das Land stieg vom Meer aus terrassenförmig an. An den Felsvorsprüngen klebten rosa, weiße oder altgoldene Häuser, die fast aussahen wie in den Stein gehauen. Und die vielen bunten Blumen, die überall wuchsen – seit er Camilla kannte, achtete er mehr darauf – verliehen der Felsenlandschaft, an deren Fuß ein azurblaues Meer leuchtete, einen immensen Liebreiz. Die Blätter der Königspalmen bewegten sich majestätisch in einer gleichmäßigen sanften Brise.

Diese Landschaft strahlte ein Gefühl von Ewigkeit aus, und das hatte für ihn etwas sehr Anziehendes. Generation um Generation, Jahrhundert um Jahrhundert hatte sich dieses kleine Schmuckstück seine Eigenheiten bewahrt und überdauert, ohne dass seine Bewohner der Versuchung erlegen wären, seine wilde Schönheit touristisch auszubeuten und die herrlichen Ausblicke durch Bettenburgen für Touristen zu verschandeln.

Aber natürlich hatte sich das Land auch gewandelt. Alles im Leben wandelte sich im Lauf der Zeit, kein Ort der Welt blieb stets derselbe, und wo Menschen beteiligt waren, waren die Veränderungen noch gravierender. Wenn der Mensch seinen Erfindergeist und Einfallsreichtum jedoch mit Weisheit verknüpfte, schaffte er es, das Herz zu bewahren, während gleichzeitig der Fortschritt Einzug hielt.

Die Bissets, die über Jahrhunderte hier regiert hatten, waren offensichtlich weise gewesen.

Auf der Rückfahrt hielt er auf der sich dahinschlängelnden, steil ansteigenden Straße an, um das Schloss aus der Ferne zu betrachten. Vermutlich war es nur angemessen, dass der Palast an der höchsten Stelle stand. Seine Vorderseite war dem Meer zugewandt, die weißen Mauern erhoben sich stolz und eindrucksvoll aus den Klippen. Er lag wie hingegossen da, mit seinen Zinnen und Brustwehren und Türmen, die stolz auf vergangene Jahrhunderte verwiesen. Auf eine andere Zeit.

Kriege und Königreiche, dachte Del. Historische Verbündete.

Selbst in modernen Zeiten war hier noch ein kleiner, schmutziger Krieg geführt worden. Als er ein Junge gewesen war, hatten Terroristen versucht, Mitglieder der Fürstenfamilie zu ermorden. Camillas Mutter war entführt worden. Ihre Tante, damals noch schlicht Eve Hamilton, hatte eine Schussverletzung davongetragen.

Erst jetzt wurde ihm klar, dass er gar nicht bedacht hatte, welche Auswirkungen eine solche Familiengeschichte auf Camilla hatte.

Und trotzdem hat sie sich nicht davon abhalten lassen, auf sich gestellt einfach loszuziehen, überlegte er jetzt. Ebenso wenig wie es sie abgehalten hatte, zurückzukommen und ihre Pflichten wieder zu übernehmen.

Das Land, die Familie lebten jetzt in Frieden. Aber es war ein prekärer Friede.

Er stellte sich vor, dass die heutigen Bewohner des Palastes wussten, dass dieser einst zur Verteidigung gebaut worden war. Dels geschultes Archäologenauge sah, wie klug der Palast angelegt worden war. Vom Meer aus konnte er nicht angegriffen werden, und die steil abfallenden Felswände konnten von keinem Heer bezwungen werden. Sein Standort am höchsten Punkt der Umgebung machte ihn uneinnehmbar.

Der Hafen machte ihn reich.

Aber der Palast war auch gebaut worden, damit sich das menschliche Auge an seiner Schönheit erfreuen konnte. Für Del war das

Streben nach Schönheit ein zutiefst menschliches Bedürfnis.

Von da aus, wo Del stand, sah der Palast nicht wie ein Zuhause, sondern nur wie ein Symbol aus. Aber Del war in seinem Inneren gewesen, jenseits dieser hohen Mauern und der Eisentore. Wie mächtig oder symbolhaft oder ästhetisch zwingend er auch immer aussehen mochte, er war ein echtes Zuhause.

Auch wenn Camilla einen Teil ihres Lebens auf einer Farm in Virginia verbrachte, war doch dies hier – dieser Ort, dieser Palast, dieses Land – ihr wirkliches Zuhause.

Es musste für sie beide offensichtlich sein, dass es nicht sein Zuhause sein konnte.

Als er durch das große eiserne Tor an den Palastwachen mit den leuchtend roten Uniformen vorbeifuhr, spürte er eine tiefe Niedergeschlagenheit in sich aufsteigen.

„Er ist in einer schrecklichen Laune“, vertraute Alice Gabriella an, nachdem sie sich für kurze fünf Minuten ins Musikzimmer zurückgezogen hatten und wie zwei Verschwörerinnen die Köpfe zusammensteckten. „Er ist anscheinend ein bisschen durch die Gegend gefahren und gereizt und übellaunig zurückgekommen. Das ist kein gutes Zeichen.“

„Camilla war den ganzen Nachmittag beschäftigt, sie hatte keine freie Minute. Es läuft absolut perfekt. Oh, und meine Spione haben mir berichtet, dass Delaney heute Vormittag mehrmals nach ihr gefragt hat.“

„Es trifft sich gut, dass sie so viel zu tun hat und nicht verfügbar ist. Auf diese Weise hat der Junge wenigstens Zeit, sich ein paar Gedanken zu machen.“

„Das sollte er auch, weil er nämlich heute Abend nicht mehr dazu in der Lage sein wird, wenn er sie sieht. Oh, Alice, dieses Ballkleid ist so wunderschön! Ich war bei der letzten Anprobe dabei, und sie sieht einfach atemberaubend aus.“

„Wir werden wunderschöne Enkelkinder bekommen“, sagte Alice mit einem Aufseufzen.

Er wollte keinen Smoking anziehen. Das Ding bestand aus so vielen Einzelteilen, bei denen sich die Frage stellte, wofür man die eigentlich brauchte, da es doch Hemd und Hose genauso taten.

Na schön, wenigstens hatte er sich überlegt, morgen früh abzureisen, das war doch immerhin ein Fortschritt. Und eine Ausrede für seine vorzeitige Abreise hatte er auch schon parat – eine E-Mail, in der man ihm mitteilte, dass seine Anwesenheit auf der Ausgrabungsstelle dringend erforderlich sei.

Es würde gar nicht auffallen, wenn er nicht mehr da war.

Heute Abend würde er noch seine Pflicht erfüllen – seinen Eltern zuliebe – und nach einem Weg suchen, sich bei Camilla zu entschuldigen. Und dann würde er so schnell wie möglich in die Wirklichkeit zurückkehren. Er war kein Mann für Paläste. Interessant wäre es höchstens, unter einem Palast Grabungen durchzuführen.

Jetzt musste er nur noch einen letzten Abend überstehen. Er war sicher, dass er es schaffte, sich zu nicht allzu später Stunde unbemerkt zurückzuziehen. Und morgen früh würde er seinen Gastgebern noch kurz seine Aufwartung machen, um sich für die Gastfreundschaft zu bedanken. Dann würde er zusehen, schnellstmöglich von hier wegzukommen.

Vorher aber musste er sich bei Camilla erst noch für die Spenden bedanken, die sie so tatkräftig für sein Projekt gesammelt hatte. Von Angesicht zu Angesicht und ohne die steife Förmlichkeit, die seine Briefe an sie ausgezeichnet hatte.

Das war kleinkariert gewesen und ihrer großzügigen Geste unwürdig.

Nachdem er fertig war, ging er zu seinen Eltern in deren Wohnzimmer, wobei er sich nichts sehnlicher wünschte, als dass die ganze Quälerei endlich vorüber wäre.

„Na, so was! Teufel auch!“ Es kam selten vor, dass seine Mutter so elegant gekleidet war. Del lächelte und ließ den Zeigefinger kreisen, um ihr zu bedeuten, dass sie sich einmal um sich selbst drehen sollte. Das schlichte schwarze Kleid betonte ihre gertenschlanke Figur, und die Brigston-Perlen waren das Tüpfelchen auf dem i.

„Du siehst wirklich fantastisch aus“, sagte er anerkennend, und sie lachte.

„Ich schätze, dass ich es in diesen Schuhen ungefähr anderthalb Stunden aushalte, und was dann kommt, dürft ihr raten.“ Sie ging zu ihrem Mann hinüber, um ihm die Krawatte gerade zu rücken.

„Mach dir keine Mühe, Alice. Ich werde bei der ersten Gelegenheit versuchen, das verdammte Ding loszuwerden." Niles lächelte immer noch, als er sich zu ihr herunterbeugte. „Aber der Junge hat recht, du siehst wirklich fantastisch aus."

Alice lachte und fragte Del betont beiläufig: „Hast du Camilla heute schon gesehen?"

„Nein."

„Aha. Na ja, du wirst sie ja gleich sehen."

„Richtig." Von hundert oder mehr Leuten umgeben, dachte er. Wie zum Teufel sollte er es da schaffen, ihr das zu sagen, was er ihr zu sagen hatte ... sobald ihm klar geworden war, was das war? „Bringen wir es hinter uns", schlug Del vor.

„Genau wie dein Vater." Resigniert hakte sich Alice bei ihren beiden Männern ein.

Die Gäste wurden bei ihrer Ankunft förmlich mit Namen und Titel angekündigt, dann reihten sie sich in die Begrüßungsschlange ein, um ihre Gastgeber zu begrüßen. Die Verbeugungen und Hofknickse nahmen Dels Gefühl nach überhaupt kein Ende.

Dann erhaschte er den ersten Blick auf Camilla und vergaß alles andere.

Sie trug ein Kleid, das denselben Farbton hatte wie ihre Augen. Sie sah darin überirdisch schön aus. Leuchtend. Es ließ ihre Schultern frei, lag an Büste und Taille eng an und floss dann in einer überreichen Fülle weich zu Boden, wobei der Stoff im Licht der zahllosen Kristalllüster schimmerte.

An ihren Ohren glitzerten weiße und gelbe Diamanten, ihr Dekolleté war mit einem wunderschön gearbeiteten Brillantcollier geschmückt. Und die Brillanten, die in dem Diadem auf ihrem Kopf funkelten, brachten ihr seidig glänzendes Haar zum Strahlen.

In diesem Moment war sie die lebendige Verkörperung einer Märchenprinzessin. Jeder Zoll Schönheit, Würde und Eleganz.

Er hatte noch nie im Leben so einen Kloß im Hals gehabt.

„My Lord."

„Madam." Er nahm die Hand, die sie ihm hinstreckte, fuhr mit dem Daumen darüber. Hatte ihm diese Frau wirklich Rühreier gemacht? Falls das die Realität war, war alles andere vielleicht nur ein verworrener Traum.

„Ich hoffe, Sie amüsieren sich gut heute Abend."

„Damit rechne ich nicht."

Sie behielt ihr höfliches Lächeln unbeirrt bei. „Dann hoffe ich, dass Sie sich wenigstens nicht allzu sehr langweilen."

„Ich brauche fünf Minuten", sagte er.

„Ich fürchte, das ist ein ungünstiger Zeitpunkt." Und ganz leise fügte sie hinzu: „Lass sofort meine Hand los. Die Leute schauen bereits."

„Fünf Minuten", wiederholte er, und ihre Blicke hielten sich einen Moment gefangen, bevor er widerstrebend dem Nächsten, der hinter ihm in der Schlange stand, Platz machte.

Auch wenn ihr Herz raste, verlor sie doch nicht die Contenance, lächelte weiter und begrüßte die Gäste. Die Mischung aus Willenskraft und guter Erziehung hielt sie davon ab, sich den Hals zu verrenken, um noch einen Blick auf Del werfen zu können, der sich unter die Menge gemischt hatte, die in den Ballsaal strömte. Als ihre Tante und ihr Onkel schließlich den Herbstball von Cordina förmlich eröffneten, war sie vor Neugier, in die sich eine Spur Hoffnung mischte, schon fast krank.

Er schaute sie an – oder doch nicht? – wie in manchen seltenen Momenten in der Hütte. Als ob sie für ihn der Mittelpunkt seiner Welt wäre.

Aber sobald sie sich mit ihrem Cousin Luc bei ihrem ersten Tanz auf der Tanzfläche drehte, hatte sie keine Zeit mehr für private Gedanken.

Wenn der Palast seine Tore für eine Ballnacht öffnete, öffnete er sie weit und mit rauschender Festlichkeit. Hier war es gestattet, in Glamour und Pomp zu schwelgen. Die Kronleuchter verströmten ihr Licht über atemberaubende Abendkleider, glitzernde Brillanten und üppige Blumengebinde. In Kristallschalen perlte kalter Champagner.

Die Terrasse vor dem Ballsaal war von dem romantischen Schein der Kerzen und Fackeln erhellt. Während sich atemberaubend gekleidete Frauen und elegante Männer auf dem glänzenden Boden der Tanzfläche drehten, reflektierten Hunderte antiker Spiegel an den Wänden des Ballsaals ihre Spiegelbilder.

Brillanten glitzerten, und die Musik entfaltete sich zu einem gewaltigen Crescendo.

Camilla tanzte, erst aus Pflichtgefühl und zum Vergnügen und dann aus Liebe zu ihrem Vater.

„Ich habe dich und Mama vorhin beobachtet."

„Wobei?"

„Wie ihr getanzt habt. Und ich dachte mir, schau sie dir an." Sie presste ihre Wange an seine. „Unmöglich, dass einer von beiden jemals Augen für jemand anders hat. Sie sind so schön."

„Habe ich dir eigentlich schon erzählt, wie es war, als ich sie das erste Mal sah?"

Camilla bog sich zurück und lachte ihn an. „Ungefähr eine Million Mal. Erzähl es mir noch einmal."

„Es war an ihrem sechzehnten Geburtstag. Ein Ball, ganz ähnlich wie dieser hier. Sie trug ein lindgrünes Kleid, das gar nicht so viel anders war als das, welches sie heute anhat. In diesen wogenden Röcken sieht eine Frau immer aus wie eine Märchengestalt. Mit Diamanten im Haar, denselben, die du heute Abend trägst. Ich habe mich auf Anhieb in sie verliebt, obwohl ich sie anschließend zehn Jahre lang nicht sah. Sie war das Köstlichste, was meine Augen je erblickt hatten."

Er schaute auf seine Tochter herunter. „Und jetzt tanze ich mit dem Zweitköstlichsten."

„Daddy." Sie nahm ihre Hand von seiner Schulter, um sein Gesicht zu berühren. „Ich liebe dich so sehr. Es tut mir leid, dass du böse auf mich warst."

„Ich war ja gar nicht böse, Kleines. Besorgt, aber nicht böse. Aber was diesen Esel anbelangt, bei dem du …"

„Daddy."

Als er das warnende Aufblitzen in ihren Augen sah, bedachte er sie mit einem finsteren Blick. „Was ihn betrifft, sage ich dir nur eins: Aus ihm kann noch etwas werden."

„Du kennst ihn nicht richtig …" Sie unterbrach sich und kniff argwöhnisch die Augen zusammen. „Ist das eine Falle?"

„Am Anfang habe ich mir Sorgen gemacht, dass irgendein hübscher Süßholzraspler daherkommen und dein Herz im Sturm erobern könnte, bevor dir klar wird, dass er ein Schuft ist. Nun, auf jeden Fall kann man Caine wohl kaum als hübsch oder als einen Süßholzraspler bezeichnen."

„Nein, bestimmt nicht."

„Und da du bereits weißt, dass er ein Schuft ist, bist du gut dran", fügte er hinzu und brachte sie damit zum Lachen. „Ich wünsche mir, dass du glücklich wirst, Cam. Das wünsche ich mir sogar noch mehr, als mein kleines Mädchen für mich zu behalten."

„Jetzt bringst du mich zum Weinen."

„Nein, du wirst nicht weinen." Er zog sie wieder an sich. „Du bist aus härterem Holz geschnitzt."

„Ich liebe ihn, Daddy."

„Ich weiß." Reeves und Dels Blicke begegneten sich über die Köpfe der tanzenden Paare hinweg. „Dem armen Kerl sind die Gebete ausgegangen. Schnapp ihn dir, Honey. Und wenn er Schwierigkeiten macht, sag mir Bescheid. Ich suche immer noch nach einem Grund, ihm einen Tritt verpassen zu können."

„Überleg es dir, Delaney."

„Was?"

Alice nahm den Wein entgegen, den zu holen sie ihn gebeten hatte. „Entweder du hörst jetzt sofort auf, Camilla so finster anzuschauen, oder du forderst sie zum Tanz auf."

„Sie tanzt doch sowieso schon den ganzen Abend, oder etwa nicht?"

„Das gehört zu ihren Pflichten. Oder glaubst du vielleicht, es macht ihr Spaß, mit diesem milchgesichtigen jungen Mann mit den Goldzähnen zu tanzen, der ihr ständig auf den Zehen herumtrampelt? Los, geh. Tanz mit ihr."

„Wenn du glaubst, dass ich mich auch in die Schlange stelle …"

„Würde ich sagen, dass du den Verstand verloren hast", beendete Alice seinen Satz. „Jetzt geh schon, und befrei sie aus ihrer misslichen Lage. Wenn sie noch eine Minute länger mit diesem Tölpel tanzt, wird sie ihr Leben lang hinken."

„Na schön, meinetwegen." So gesehen tue ich ihr sogar einen Gefallen, überlegte er, als er sah, wie sie zusammenzuckte, nachdem erneut auf ihren Zehen herumgetrampelt worden war.

Del, der sich bei jedem Schritt, den er auf sie zumachte, heroischer fühlte, schob sich durch die tanzende Menge. Er tippte Camillas Partner auf die Schulter und nahm, als dieser sich überrascht umdrehte, so geschmeidig seine Stelle ein, dass es ihn selbst überraschte.

Er wirbelte Camilla herum und tanzte mit ihr weg, bevor der Kerl mehr machen konnte, als dumm zu glotzen und irgendetwas Unverständliches zu stammeln.

„Das war ausgesprochen unhöflich."

„Aber es hat geklappt. Wie geht's deinen Füßen?"

Sie schnitt ein Gesicht. „Bis auf ein paar gebrochene Zehen, ganz annehmbar, danke. Sie tanzen sehr gut, My Lord."

„Ist zwar schon eine Weile her, aber es kommt wieder, Madam. Schlechter als dein letzter Partner kann ich auf jeden Fall nicht tanzen. Dachte mir, du könntest eine Pause vertragen."

Sie zog leicht spöttisch die Augenbrauen hoch. „Rettest du die Dame aus Schwierigkeiten? Wirklich, das ist jetzt schon das zweite Mal. Pass auf, dass es nicht zur Angewohnheit wird. Du wolltest mich fünf Minuten sprechen – und das war vor fast zwei Stunden. Hast du es dir anders überlegt?"

„Nein." Aber er wusste plötzlich nicht mehr, womit er diese fünf Minuten füllen sollte. Jetzt, da er sie wieder im Arm hielt. „Ich wollte … es ist nur wegen des Projekts. Wegen der Spenden."

„Aha." Sie schluckte ihre aufsteigende Enttäuschung tapfer hinunter. „Wenn es um etwas Geschäftliches geht, werde ich Marian bitten, für morgen einen Termin mit dir auszumachen", sagte sie kühl.

„Camilla, bitte. Ich wollte mich bei dir bedanken. Hör mir zu …"

„Nichts zu danken. Das Projekt ist mir auch wichtig, weißt du."

„Ich schätze, das habe ich verstanden. Jetzt." Wenn er nur seinen Kopf ein bisschen beugte und leicht zur Seite neigte, könnte er seinen Mund auf ihren pressen. Auch wenn es das letzte Mal wäre. „Camilla …"

„Der Tanz ist aus." Aber sie schaute ihn immer noch unverwandt an, ihre Stimme war heiser. „Du musst mich loslassen."

Das wusste er. Er wusste es wirklich. „Aber noch nicht gleich. Ich muss mit dir reden."

„Nicht hier. Um Himmels willen, wenn du mich nicht sofort loslässt, wirst du morgen deinen Namen in allen Zeitungen finden." Sie lächelte.

„Das ist mir egal."

„Du lebst nicht schon dein ganzes Leben lang damit wie ich. Bitte, lass mich los. Wenn du reden willst, lass uns auf die Terrasse gehen."

Als er seinen Griff lockerte, trat sie rasch einen Schritt beiseite und sagte dann für alle aufgestellten Lauscher in der Nähe in freundlichstem Ton: „Es ist warm hier drin. Möchten Sie mich vielleicht einen Moment nach draußen begleiten, um ein bisschen frische Luft zu schnappen, Lord Delaney? Außerdem hätte ich gern noch ein Glas Champagner."

„Kein Problem."

Sie nahm seinen Arm, während sie die Tanzfläche verließen. „Meine Brüder haben mir erzählt, dass Sie ganz ausgezeichnet reiten. Ich hoffe, Sie werden diesem Vergnügen weiterhin nachgehen, solange Sie noch hier sind." Sie plauderte weiter über Belanglosigkeiten, als er einen Champagnerkelch von einem Silbertablett nahm und ihr reichte.

„Reiten Sie auch, Madam?"

„Gewiss." Sie trank einen kleinen Schluck und schlenderte auf die geöffneten Terrassentüren zu. „Mein Vater züchtet Reitpferde. Ich bin schon als Kind geritten."

Auf der Terrasse waren sie nicht die Einzigen. Eine ganze Reihe weiterer Gäste hatte ebenfalls beschlossen, frische Luft zu schnappen. Bevor Camilla zur Brüstung gehen konnte, ergriff Del sie am Arm, so dass ihr Champagner über den Rand ihres Glases schwappte, während er energisch auf die breite Steintreppe zusteuerte.

„Geh langsamer." Sie blieb auf dem obersten Treppenabsatz stehen. „Wenn ich in diesem Kleid die Treppe hinunterlaufe, breche ich mir womöglich noch den Hals."

Er nahm ihr das Glas aus der Hand und blieb ungeduldig stehen, während sie mit ihrer freien Hand ihren sich bauschenden Rock leicht anhob. Nachdem sie unten angelangt waren, stellte er ihr Champagnerglas, von dem sie kaum getrunken hatte, auf dem nächstbesten Tisch ab und zog sie dann weiter einen Weg entlang.

„Hör auf, mich hinter dir herzuschleifen", fuhr sie ihn. „Die Leute werden …"

„Immer schön die Ruhe bewahren."

„Mal sehen, wie lange du die Ruhe bewahrst, wenn sich morgen die Klatschungeheuer aus zehn Ländern auf dich stürzen und dich in der Luft zerreißen. Auf jeden Fall habe ich sieben Zentimeter hohe Absätze und einen fünf Meilen langen Rock an. Geh langsamer."

„Ich interessiere mich nicht für Klatsch, deshalb werde ich nicht mitbekommen, wie sie mich in der Luft zerreißen. Und wenn ich zu langsam gehe, wird gleich hinter der nächsten Ecke irgendwer hervorspringen und dir irgendetwas zu tun geben. Oder um dich herumscharwenzeln. Oder einfach nur etwas zu dir sagen, damit er morgen erzählen kann, dass er mit dir gesprochen hat. Ich will, verdammt noch mal, wenigstens fünf Minuten mit dir allein sein."

Die Antwort erstarb ihr auf den Lippen.

Der Mond ergoß sein silbernes Licht über den Weg, der zusätzlich von kleinen Strahlern erhellt wurde. Die Nacht hatte einen ganz besonderen Zauber, den Camilla im Duft des Jasmins und der Rosen riechen und in dem leisen Rauschen der Brandung hören konnte. Und im Hämmern ihres eigenen Herzens spürte.

Ihr Geliebter wollte mir ihr allein sein.

Er blieb erst stehen, als die Musik kaum mehr war als ein Flüstern in der Ferne. „Camilla."

Sie hielt den Atem an. „Delaney."

„Ich wollte …" Sie trägt Mondlicht wie Perlen, dachte er, zu verwirrt, um sich über die poetische Ausdrucksweise, die er in Gedanken gewählt hatte, zu wundern. Ihre Haut schimmerte seidig. Ihre Augen strahlten. Die Diamanten in ihrem Haar funkelten und erinnerten ihn daran, dass sich unter dieser Eleganz Leidenschaft verbarg.

Er machte einen zweiten Anlauf. „Ich wollte mich entschuldigen, weil … weil ich …"

Sie wusste nicht, wer sich zuerst bewegt hatte. Es erschien unwichtig. Das einzig Wichtige war, dass sie in seinen Armen lag. Ihre Lippen berührten sich, einmal, zweimal. Verzweifelt. Dann ein drittes Mal, lang und tief war ihr Kuss.

„Ich habe dich vermisst." Er zog sie näher an sich heran und wiegte sie sanft in den Armen, während sie sich an ihn presste. „Cam, du ahnst ja nicht, wie sehr ich dich vermisst habe."

Die Worte gingen ihr durch und durch. „Lass mich nicht los. Lass mich nie wieder los."

„Ich habe nicht geglaubt, dass ich dich jemals wiedersehe." Er wandte den Kopf und begann, ihr Gesicht mit Küssen zu übersäen. „Ich hatte nicht einmal vor, dich je wiederzusehen."

„Zuerst wollte ich dich auch nie wiedersehen", sagte sie mit einem Auflachen. „Du kannst dir nicht vorstellen, wie wütend ich war, als ich diesen Brief bekam. Diesen steifen, förmlichen, abscheulichen Brief. ‚Wir, die Mitarbeiter des Bardville Research Projekts, möchten Ihnen unseren aufrichtig empfundenen Dank übermitteln'. Ich hätte dich erwürgen können."

„Du hättest den ersten Entwurf sehen sollen." Er bog sich ein bisschen zurück, um sie anlächeln zu können. „Er war viel … markiger."

„Das wäre mir wahrscheinlich lieber gewesen." Sie legte ihm die Arme um den Nacken. „Oh, ich bin ja so glücklich. Ich habe versucht mir vorzustellen, wie ich ohne dich leben soll. Jetzt werde ich es nicht müssen. Und wenn wir erst verheiratet sind, kannst du mir beibringen, wie man diese Laborberichte mit all diesen Symbolen liest, ich habe nie verstanden …"

Sie unterbrach sich, weil sie gespürt hatte, wie er plötzlich erstarrt war. Ihre Freude war schlagartig verflogen. „Du liebst mich nicht", sagte sie leise und sehr beherrscht, als sie sich aus seinen Armen löste. „Du willst mich nicht heiraten."

„Lass es uns ein bisschen langsamer angehen, okay? Eine Heirat …" Er brachte das Wort kaum heraus. „Lass uns vernünftig sein, Camilla."

„Aber ja, natürlich. In Ordnung, seien wir vernünftig." Jetzt war ihr Ton erschreckend liebenswürdig. „Warum machst du nicht den Anfang?"

„Es gibt da … da wären vorher noch ein paar Punkte zu klären", begann er, während er verzweifelt versuchte, seine wild durcheinanderwirbelnden Gedanken zu ordnen.

„Sehr gut." Sie verschränkte die Hände. „Erster Punkt?"

„Hör auf damit. Hör sofort auf damit." Er ging den Weg ein

Stück hin und wieder her. „Ich habe einen Beruf, der sehr zeitaufwendig ist."

„Ja."

„Wenn ich auf einer Ausgrabungsstelle bin, kampiere ich normalerweise in einem Wohnwagen, mit dem verglichen meine Hütte ein Fünf-Sterne-Hotel ist."

„Ja?"

Er unterdrückte seine aufflackernde Wut in letzter Sekunde. „Du in deiner gesellschaftlichen Position kannst unmöglich dort hausen, und jetzt erzähl mir nicht, dass du das Problem nicht siehst."

„Dann geht es also bei Punkt eins um unsere unterschiedlichen Lebensstile und Pflichten."

„Grob gesprochen. Und wenn man über Diademe und Glaspantoffeln den gnädigen Schleier des Vergessens breitet. Ja."

„Glaspantoffeln?" Das ging jetzt wirklich zu weit. „So siehst du mich und mein Leben also – als eine einzige Aneinanderreihung von Bällen und anderen Vergnügungsveranstaltungen? Ich habe in meinen Glaspantoffeln eine genauso wichtige Rolle in der Welt wie du in deinen Arbeitsstiefeln."

„Das bestreite ich ja gar nicht. Genau das ist doch das Problem." Er riss sich seine Fliege herunter. „Aber es ist etwas ganz anderes als das, was ich tue. Ich kann mich nicht ständig in Schale werfen, nur weil du irgendeine soziale Verpflichtung hast. Aber du solltest einen Mann haben, der das kann. Und ich bitte dich nicht, deine Diamanten wegzuwerfen, um mit mir in einem Wohnwagen irgendwo in der Wildnis zu hausen. Das ist lächerlich. Es würde nie funktionieren."

„Hier irrst du. Mein Vater war Polizist, der sich eine Farm wünschte. Der sich mehr als alles andere Ruhe und Frieden und eine Arbeit auf dem Land wünschte. Meine Mutter war – ist – eine Prinzessin. Als sie sich kennenlernten, war sie hier die Schlossherrin. Sie hatte nach dem Tod ihrer Mutter die Verantwortlichkeiten als Gastgeberin, Botschafterin und symbolisches weibliches Oberhaupt dieses Landes übernommen. Aber sie liebten sich so sehr, dass sie einen Weg fanden, um einander das zu geben, was sie brauchten, so dass jeder seinen Verpflichtungen gerecht werden konnte, sie aber trotzdem ein gemeinsames Leben führen konnten."

Sie hatte jetzt das Kinn gehoben, ihre Augen glitzerten. „Ich bin stolz auf sie. Und ich bin entschlossen, genau so zu werden wie meine Mutter. Aber du mit deinen Ausflüchten und deinen erbärmlichen Problemen bist nicht einmal halb der Mann, der mein Vater ist. Mein Vater hat Mut und Rückgrat bewiesen und Sinn für Romantik. Er hat sich nie von einer Krone bange machen lassen, weil er die Frau, die sie trägt, liebt und achtet und versteht."

Sie raffte ihre Röcke. „Ich hätte in deinem Wohnwagen leben können und wäre trotzdem eine Prinzessin geblieben. Es hätte die Verpflichtungen, die ich meinem Namen – und deinem – schuldig bin, in keiner Weise beeinträchtigt. Aber du glaubst nicht daran, dass du in einem Palast leben und dennoch ein Mann bleiben könntest."

12. KAPITEL

Ein Gedanke störte Del am meisten. Camilla hatte recht. Die ganzen Probleme und Fallgruben und Komplikationen hatten ihn ... nun ja, er mochte den Ausdruck „eingeschüchtert“ nicht. Argwöhnisch gemacht, entschied er, während er durch den Garten schlenderte, obwohl er viel lieber durch seinen Wald in Vermont spaziert wäre. Mit der Prinzessin eine offizielle Verbindung einzugehen, behagte ihm irgendwie nicht.

Nachdem sie damals von ihm weggegangen war, hatte er darauf geachtet und ihr Gesicht ständig auf den Titelseiten irgendwelcher Illustrierten gesehen. Er hatte Geschichten über ihr Privatleben gelesen, Spekulationen über irgendwelche Liebschaften.

Er wusste verdammt gut, dass sie keine heiße Liebesaffäre mit diesem französischen Schauspieler gehabt hatte, so wie es all diese Artikel unterstellt hatten. Sie war viel zu beschäftigt gewesen, eine Liebesaffäre mit einem amerikanischen Archäologen zu haben.

Davon abgesehen wusste jeder, der sie auch nur ein bisschen kannte, dass dieser Schauspieler nicht ihr Typ war. Zu glatt für Camilla.

Und all das gehörte mit dazu. Die Geschichten, die an den Haaren herbeigezogenen Unterstellungen, geschrieben von Leuten, die noch nie ein einziges Wort mit ihr gewechselt hatten. Die keine Ahnung hatten, wie viel sie arbeitete und wie treu sie dem Land ihrer Mutter ergeben war. Die keine Ahnung hatten von der innigen Liebe, die sie ihrer Familie entgegenbrachte, und umgekehrt.

Was sie sahen, war ein Trugbild, ein Image. Dasselbe, von dem auch er sich hatte blenden lassen.

Aber verdammt noch mal, die Frau war mit ihrem Vorschlag, zu heiraten, so schnell bei der Hand gewesen, dass es wie ein überraschend gelandeter harter Kinnhaken gewesen war.

Sie will alles oder nichts, dachte er finster, während er seine Hände in die Hosentaschen schob und seine Situation noch einmal überdachte.

Nachdem ihm damals endlich klar geworden war, dass er sie liebte, hatte er zuerst einmal der Tatsache ins Auge sehen müssen, dass sie ihn angelogen hatte. Und noch ehe er das verarbeitet hatte, war sie auch schon weg gewesen. Dass er sie selbst vergrault hatte, tat in diesem Fall nichts zur Sache.

Dann stand sie wie eine Traumgestalt vor ihm und machte ihm bewusst, was er verloren hatte. Und gerade als er anfing zu denken, dass sie mit viel Zeit und Mühe vielleicht wieder zu dem zurückkommen könnten, was sie gehabt hatten, überfiel sie ihn mit der Idee, zu heiraten.

Dann sollte sie doch erst einmal einen Monat in einem Wohnwagen in Florida leben, bei Wirbelstürmen, in knietiefem Schlamm, umschwirrt von Mücken und ...

Er unterbrach abrupt seinen Gedankengang. Sie würde sich prima halten. Sie gehörte zu jenen Frauen, die mit jeder Situation zurechtkamen, sie würde immer einen Weg finden. Sie würde einfach so lange suchen, bis sie einen gefunden hatte.

Weil sie Camilla war.

Und genau deshalb hatte er sich in sie verliebt, wie ihm jetzt klar wurde. Noch bevor er sich in ihr Aussehen, ihren Stil, ihre leidenschaftliche Art verliebt hatte, war er ihr schon längst wegen dieser wilden Entschlossenheit, Antworten zu finden, verfallen gewesen.

Und jetzt ließ er es zu, dass ihm eine völlige Nebensächlichkeit wie eine fürstliche Abstammung im Weg stand.

Er wollte die Frau, und die Prinzessin gehörte dazu. Er sei nicht halb der Mann, der ihr Vater war? Oh, damit hatte sie nur versucht, ihn zu provozieren. Er habe keinen Schneid, kein Rückgrat? Keinen Sinn für Romantik?

Na warte, er würde ihr so viel Romantik geben, dass es ihr die Glaspantoffeln auszog.

Er drehte sich um und stürmte in Richtung Ballsaal, aber auf halbem Weg blieb er unvermittelt stehen, weil ihm klar wurde, dass er dabei war, genau das Falsche zu tun. Wenn er dieser Beziehung auch nur die kleinste Chance geben wollte, würde er vorausdenken müssen. Wenn er jetzt in den Ballsaal stürmte, sich die Prinzessin über die Schulter warf und sie wegschleppte, würde er dafür sorgen, dass sie genau die Medienaufmerksamkeit bekam, die sie so verabscheute.

Und er selbst würde wahrscheinlich wegen des Schlamassels, den er angerichtet hatte, in einem nassen, dunklen Verlies landen.

Nein, er musste sich einen klaren, vernünftigen Plan zurechtlegen und ihn dann in die Tat umsetzen – und zwar ohne Augenzeugen.

Deshalb setzte er sich jetzt auf eine Marmorbank und begann nachzudenken.

Er war in den Stall gegangen und hatte sich ein Seil geben lassen. Es gab Momente, in denen er sich gezwungen sah zuzugeben, dass es manchmal durchaus von Vorteil sein konnte, ein Vicomte zu sein. Stallburschen waren zu höflich, um sich über ausgefallene Wünsche zu mokieren.

Er musste warten, bis der letzte Tanz vorbei war und die Gäste entweder zu Bett gegangen waren oder den Palast verlassen hatte. Das gab ihm noch mehr Zeit, seine Logistik zu verfeinern und sich zu fragen, was seine Eltern wohl tun würden, wenn er sich seinen idiotischen Hals bräche.

Er wusste inzwischen, wo ihre Privaträume lagen. Diese Information hatte er Adrienne ganz unauffällig entlockt. Er konnte von Glück sagen, dass ihre Fenster auf den Garten hinausgingen, wo es jede Menge Schatten gab. Obwohl nicht davon auszugehen war, dass dort irgendwelche Wachen patrouillierten, die nach einem Mann Ausschau hielten, der mit einem Seil um den Bauch an der Hausfassade baumelte.

Obwohl dieser Mann lautstark fluchte, als er jetzt fast mit dem Kopf voraus gegen diese weißen Steinwände schlug. Sich von der Brustwehr abzuseilen war in der Theorie offenbar wesentlich einfacher als in der Wirklichkeit. Er war durch seine Arbeit gut trainiert, aber nachts im Dunkeln an einer Hausfassade herunterzuklettern war doch noch etwas anderes. In der harten Wirklichkeit pendelte er mit abgeschürften Knöcheln und nur mühsam im Zaum gehaltener Wut im Wind.

Die Höhe machte ihm nicht besonders viel aus, außer vielleicht, wenn er die Möglichkeit in Betracht zog, dass dieser Blick in die Tiefe sein letzter sein könnte. Und das alles nur, weil sie ihn in seinem Stolz verletzt hatte, überlegte er, während er versuchte, an einer Balkonbrüstung Fuß zu fassen.

Er konnte unmöglich bis morgen warten. Oh nein, niemals, dachte er, während er mit dem Fuß abrutschte und wieder frei hin und her schwang. Das wäre viel zu einfach, viel zu gewöhnlich. Viel zu normal. Warum sollte man einer Frau am helllichten Tag sagen, dass man sie liebte und heiraten wollte, wenn man etwas so absolut Idiotisches machen konnte wie Selbstmord begehen, indem man ein paar Stockwerke in die Tiefe auf den harten Steinboden vor ihrem Schlafzimmerfenster stürzte?

Das war zumindest eine klare Aussage.

Er schaffte es, sich an der Brüstung festzuklammern, und schnappte nach Luft. Gleich darauf peitschte ihm ein stark auffrischender Wind die ersten Tropfen eines unangenehm kalten Septemberschauers ins Gesicht.

„Perfekt." Er schaute hinauf zum Himmel. „Das setzt dem ganzen die Krone auf."

Während ihm der Regen in die Augen lief, stieß er sich leicht von der Mauer ab und hangelte sich an dem Seil zu Camillas Privatterrasse.

Als er endlich wieder festen Boden unter den Füßen hatte, zuckte über dem Meer der erste grelle Blitz auf. Er kämpfte mit dem Knoten des nassen Seils, das er sich um die Taille gebunden hatte, und als er sich nach zwei Minuten schließlich befreit hatte, war er bereits bis auf die Haut durchnässt. Er ließ das Seil fallen, strich sich das tropfende Haar aus der Stirn und schritt auf die Balkontüren zu.

Und fand sie verschlossen.

Einen Moment lang stand er einfach nur da und blickte starr darauf. Warum zum Teufel schließt sie ihre Balkontüren ab?, fragte er sich mit aufsteigender Verärgerung. Sie wohnte im zweiten Stock, in einem verdammten Palast mit Wachen an jeder Ecke.

Wie oft kam es vor, dass sich irgendein Idiot von der Brustwehr abseilte, um auf ihren Balkon zu klettern?

Und weil sie die Vorhänge zugezogen hatte, konnte er absolut nichts sehen. Er malte sich mit einem Anflug von Heiterkeit aus, was für eine Genugtuung es sein würde, diese Tür einfach einzutreten.

Es hätte auf jeden Fall Stil, dachte er. Eine nette Großtuerei. Die allerdings wahrscheinlich sofort im Keim erstickt werden würde, wenn die Alarmanlage losheulte.

Da stand er jetzt also, triefnass wie eine abgesoffene Ratte, auf ihrer Terrasse. Und sah keine andere Möglichkeit, als zu klopfen.

Es war wirklich absolut demütigend.

Deshalb klopfte er nicht, sondern hämmerte mit beiden Fäusten gegen die Tür.

Drinnen benutzte Camilla ein Buch als Ausrede, um nicht schlafen zu müssen. Und tatsächlich las sie auch ungefähr alle fünfzehn Minuten einen Satz. Die restliche Zeit allerdings ging ihr ununterbrochen nur eine einzige Sache durch den Kopf.

Sie hatte alles falsch gemacht.

Es gab keinen Weg, es ungeschehen zu machen. Del hatte genauso reagiert wie von ihr erwartet.

Im umgekehrten Fall wäre sie gekränkt gewesen, wenn er so selbstverständlich davon ausgegangen wäre, dass sie ihn heiraten wollte.

Machte Liebe jeden Menschen dumm und nachlässig oder nur sie?

Sie seufzte und blätterte ohne besonderes Interesse eine Seite um. Sie hatte alles verpfuscht, von Anfang an. Obwohl er sie dabei natürlich tatkräftig unterstützt hatte. Er war so ein … was hatte seine Mutter gesagt? Holzkopf. Jawohl, er war ein Holzkopf – aber gerade das liebte sie an ihm.

Dennoch, die Schuld lag eindeutig bei ihr.

Sie war ihm gegenüber nicht aufrichtig gewesen, und ihre Gründe, sich ihm nicht zu offenbaren, erschienen ihr jetzt schwach und egoistisch. Seine Wut und ja, auch seine Verletztheit, hatten sie so erschüttert, dass sie sich umgedreht hatte und weggelaufen war, statt standzuhalten.

Dann war er zu ihr gekommen. War sie so tief in Selbstmitleid versunken und weigerte sich, anzuerkennen, dass er ganz bestimmt niemals nach Cordina gekommen wäre, wenn er es nicht gewollt hätte?

Sogar heute Abend hatte er einen Schritt auf sie zugemacht. Und sie hatte – statt ebenfalls langsam auf ihn zuzugehen – alles überstürzt. Sie hatte ganz selbstverständlich angenommen, er würde keine Einwände gegen eine Heirat haben. Offenbar war sie zu sehr daran gewöhnt, dass man ihr jeden Wunsch erfüllte. Hatte sie nicht gerade deshalb von ihrem Dasein als Prinzessin Urlaub genommen? Hatte sie denn in den Wochen, in denen sie einfach nur Camilla gewesen war, gar nichts gelernt?

Er war nicht nur vor der Heirat zurückgeschreckt. Es war viel mehr gewesen. Sie schloss die Augen. Sie konnte nichts dagegen tun … würde nichts dagegen tun, selbst wenn sie es könnte. Ihre Familie, ihre Herkunft gehörten unabänderlich zu ihr.

Trotzdem würde sie keinen Mann wollen, der die Schwierigkeiten ihres Lebens einfach mit einem Schulterzucken abtat. Sie könnte keinen Mann lieben, dem es vollkommen gleichgültig war oder sogar Spaß machte, dass sie von den Medien verfolgt wurden.

Und wo ließ sie das alles? Allein, dachte sie, während sie sich in ihrem wunderschön eingerichteten, einsamen Zimmer umschaute. Weil sie den einzigen Mann, den sie liebte, den einzigen Mann, den sie wollte, dadurch, dass sie zu schnell zu viel gewollt hatte, vergrault hatte.

Nein. Sie klappte das Buch zu. Das konnte sie nicht akzeptieren. Nur weil sie damals ihre Niederlage akzeptiert hatte, war sie aus der Hütte weggelaufen. So etwas passierte ihr kein zweites Mal. Es musste eine Antwort geben! Es musste einen Kompromiss geben. Und sie würde ihn finden … nein. Sie atmete tief durch. Sie mussten ihn gemeinsam finden.

Sie schlug die Decke zurück, entschlossen, in sein Zimmer zu gehen, und zwar jetzt sofort. Sie würde sich bei ihm für das, was sie gesagt hatte, entschuldigen und ihm sagen … ihn *fragen,* ob sie nicht vielleicht noch einmal von vorn anfangen könnten.

Bevor sie aus dem Bett steigen konnte, hämmerte es so laut gegen die Balkontür, dass sie zusammenzuckte und ihr Herz wild zu hämmern begann. Sie griff sich den georgianischen Kerzenleuchter vom Nachttisch und war schon drauf und dran, die Hand nach dem Telefonhörer auszustrecken, um den Sicherheitsdienst anzurufen, als eine tiefe Stimme befahl: „Mach sofort diese verdammte Tür auf."

Diesen Worten folgte ein ohrenbetäubender Donnerschlag. Überrascht sprang sie, immer noch mit ihrer behelfsmäßigen Waffe in der Hand, aus dem Bett und ging, das Zimmer durchquerend, zur Balkontür, um den Vorhang beiseite zu schieben.

Ein über den Himmel zuckender Blick tauchte seine große Gestalt in gleißendes Licht. Das wütende Gesicht, das triefende Haar, das nasse Smokinghemd, das ihm am Körper klebte. Einen Moment konnte sie ihn nur fassungslos anstarren.

„Öffne diese verdammte Tür“, wiederholte er laut. „Oder ich trete sie ein.“

Zu überrascht, um etwas anderes tun zu können, fingerte sie an dem Schloss und dem Riegel herum. Dann taumelte sie drei Schritte zurück, als er die Tür aufstieß.

„Was ist los?“, fragte sie, während er dastand, sie ansah und den wertvollen Teppich nass tropfte.

„Du willst Romantik, Schwester.“ Er nahm ihr den schweren Kerzenleuchter aus der Hand und stellte ihn beiseite.

„Del.“ Sie wich noch zwei Schritte zurück, als er auf sie zukam. „Delaney. Wie kommst du … deine Hand blutet.“

„Du willst Rückgrat? Du willst Abenteuer? Vielleicht auch noch vermischt mit einer Spur Wahnsinn?“ Er packte sie an den Schultern und zog sie auf die Zehenspitzen. „Wie findest du das?“

„Du bist ganz nass“ war alles, was sie herausbrachte.

„Versuch du mal, dich im strömenden Regen an einer Mauer abzuseilen, dann werden wir ja sehen, in welchem Zustand du anschließend bist.“

„Abgeseilt?“ Sie war immer noch ganz benommen und merkte kaum, dass er sie durch den Raum schubste. „Du hast dich an der Hauswand abgeseilt? Hast du den Verstand verloren?“

„Du sagst es. Und weißt du, was sich der Typ holt, der in eine Burg eindringt? Die Prinzessin.“

„Aber du kannst doch nicht einfach …“

Er konnte. Sie entdeckte sehr rasch, dass er konnte. Noch ehe sie sich von ihrem Schock erholt hatte, presste er die Lippen heiß auf ihre. Gegen das Begehren hatte der Schock keine Chance. Sie wurde von einer Welle der Erregung durchflutet, als er sie – ach, du liebe Güte! – zum Bett zerrte.

Er war nass und wütend und hatte blutende Schürfwunden. Und er gehörte ganz allein ihr. Sie legte ihm die Arme um den Nacken, ließ die Finger durch dieses wundervolle, tropfnasse Haar gleiten und überließ ihm mit Freuden die Kriegsbeute.

Sie beantwortete seine begierigen Küsse mit all dem Verlangen, das in ihr wütete.

Der Sturm fegte durch die offenen Balkontüren herein, als sie ihn gerade lange genug losließ, um ihm sein klatschnasses Hemd vom Leib zu reißen. Es landete irgendwo auf dem Boden.

Die Flammen seiner Wut wurden von dem Feuer seiner Leidenschaft verzehrt. Sie war so weich, so duftend, so voller Hingabe.

Völlig aufgelöst barg er das Gesicht an ihrem Hals. „Ich brauche dich, verdammt. Ich kann nicht anders. Und ich will dich. Jetzt."

„Dann nimm mich." Ihr stockte der Atem, als seine Hände über ihren Körper glitten. „Nimm mich."

Er hob den Kopf und schaute auf sie herab. Ihre Augen waren jetzt dunkel vor Verlangen. Und als sie sein Gesicht umfasste, lächelte sie. „Ich warte schon so lange auf dich", flüsterte sie. „Und wusste es nicht."

Um ihren Worten Nachdruck zu verleihen, zog sie seinen Kopf wieder zu sich herunter.

Alles, was er für sie fühlte, lag in diesem Kuss. Sie erschauerte heftig, und ihr leises Stöhnen brachte seinen Puls zum Jagen.

Das dünne Nachthemd, das sie trug, war jetzt ebenfalls durchnässt von der Berührung mit seiner regennassen Kleidung und klebte ihr provozierend am Körper. Aufreizend ließ er Lippen und Hände über den zarten Seidenstoff und die sanften Wölbungen darunter gleiten.

Sie bewegte sich unter ihm. Erst bog sie sich ihm anmutig entgegen, dann erschauerte sie, während er langsam, genießerisch ihren Körper zu erkunden begann. Sie erregte ihn. Als sie keuchend mit geschlossenen Augen dalag, zog er sie hoch und nahm sie.

Er hatte so schnell ihr Begehren geweckt, dass ihr ganz schwindlig war. Diese kräftigen Hände, die zuerst so herrlich sanft und zärtlich gewesen waren, waren jetzt erregend rau und besitzergreifend. Sie bog sich zurück, stöhnte seinen Namen, während er jeden Gedanken in ihrem Kopf auslöschte.

Sie wand sich vor Lust in seinen Armen. Als ihr Verlangen den Höhepunkt erreicht hatte, löste sie sich von ihm und riss ihm die restliche Kleidung vom Leib. Auf dem Bett kniend, umklammerten sie einander, nackt, mit wild pochenden Herzen.

Und wieder trafen sich im Lichtschein eines Blitzes ihre Blicke. Hielten sich fest. Schließlich sah sie in seinen Augen alles, was sie sehen musste. Und dann war sie es, die ihr Gewicht verlagerte, die ihn in sich aufnahm. Sie schlang die Beine um ihn, und er drang so tief in sie ein, dass sie beide erbebten.

„*Je t'aime.*" Sie sagte es klar und deutlich, obwohl ein Lustschauer sie durchlief. „Ich liebe dich. Ich bin machtlos dagegen."

Bevor er etwas sagen konnte, verschloss sie ihm den Mund mit einem Kuss. Jetzt schwand der letzte Rest seiner Selbstbeherrschung. Sie begegnete seinen immer schneller werdenden Stößen, bis sie schließlich mit einem lustvollen Aufschrei kam.

„Camilla." Als er den Kopf in der Mulde zwischen ihren Brüsten barg, brachte er nicht mehr heraus als ihren Namen. Er spürte ihre Finger in seinem Haar und sehnte sich einzig danach, die Augen zu schließen und für den Rest seines Lebens so zu bleiben.

Doch dann glitt sein Blick hinüber zum Balkon – und zum Regen, den der Wind durch die offenen Türen ins Zimmer peitschte, so dass der Fußboden und der Teppich durchnässt wurden.

„Die Balkontüren sind offen. Das Zimmer wird gleich überschwemmt sein. Bleib liegen."

Sie beobachtete träge blinzelnd, wie er sich aus dem Bett rollte. Doch als er sich anschickte, durchs Zimmer zu gehen, schoss sie hoch. „Nein! Warte." Sie sprang aus dem Bett und griff sich den Morgenmantel, der über der Sofalehne lag. „Es könnte dich jemand sehen", sagte sie und machte sich dann eilig daran, mit züchtig geschlossenem Morgenrock die Balkontüren selbst zu schließen.

Kontrolle, dachte er, während er zuschaute, wie sie die Vorhänge vorzog. Sogar jetzt. Eine Prinzessin konnte nicht einfach nackt vor einer Fensterfront entlanglaufen – nicht einmal vor ihrer eigenen. Und der Mann, der bei ihr war, erst recht nicht.

Sie drehte sich um und sah seinen nachdenklichen Blick. „Die Wachen. Die Gäste", begann sie, dann fiel ihr Blick auf den Boden. „Ich hole ein paar Handtücher."

Während sie in das angrenzende Bad ging, entwirrte er seine nasse Smokinghose. Sie war hinüber, und er würde sich garantiert äußerst unwohl darin fühlen. Aber wenn sie eine Unterhaltung führten, wollte er noch etwas anderes tragen als sein Herz auf der Zunge.

Sie kam mit den Handtüchern zurück, kniete sich hin und begann den Boden aufzuwischen. Darüber musste er lächeln. Weil es ihn an ihre gemeinsame Zeit in seiner Hütte erinnerte.

„Ich muss praktisch denken, Delaney."

Als er den angestrengten Unterton in ihrer Stimme hörte, runzelte er die Stirn. „Das verstehe ich."

„Wirklich?" Sie hasste sich dafür, dass sie jetzt am liebsten angefangen hätte zu weinen.

„Ja, wirklich. Ich bewundere dich dafür, dass du praktisch denkst, und unabhängig – und wie eine Prinzessin."

Langsam blickte sie zu ihm auf. Sie lehnte sich zurück und setzte sich auf ihre Fersen. Der Ausdruck von Überraschung, der sich auf ihrem Gesicht spiegelte, veranlasste ihn, die Hände in seine von der Nässe zusammengeklebten Hosentaschen zu schieben. „Ich bewundere dich", sagte er wieder. „Ich kann nicht gut reden – über solche Sachen jedenfalls nicht. Verdammt, wofür hältst du mich eigentlich? Für einen Idioten? Der keine Ahnung hat, was für einen Drahtseilakt du tagtäglich bewältigen musst, damit du die sein kannst, die du bist, und trotzdem noch ein Leben hast?"

„Nein." Sie schaute wieder weg, schlug den nassen Teppich zurück und wischte den Boden darunter trocken. „Nein, ich glaube, du verstehst es – soweit du es kannst. Vielleicht verstehst du es sogar besser als manch ein anderer Mann. Ich vermute, das ist in gewisser Hinsicht der Grund dafür, warum wir uns manchmal uneinig sind."

„Warum schaust du mich nicht an, wenn du mit mir sprichst?"

Sie presste, um Haltung ringend, die Lippen aufeinander. Doch ihr Blick war ruhig, als sie wieder den Kopf hob. „Es ist schwierig für mich. Entschuldige mich einen Moment." Sie stand auf, die Schultern gestrafft, und trug die nassen Handtücher zurück ins Bad.

Frauen bedeuten eine Menge Arbeit, dachte Del.

Sie kam zurück, ging zu einem kleinen Schrank und nahm eine Karaffe heraus. „Ich denke, ein Cognac könnte helfen. Ich hatte unrecht", begann sie, während sie den Cognac einschenkte. „Heute Abend im Garten. Es war falsch von mir, diese Dinge zu dir zu sagen. Ich bitte dich um Entschuldigung."

„Ach, sei still." Ungeduldig riss er ihr das Glas aus der Hand.

„Kannst du nicht wenigstens so tun, als ob du gnädig wärst?"

„Nicht wenn du so dumm daherredest. Wenn ich eine Entschuldigung möchte, werde ich es dich wissen lassen." Er ging auf und ab und trank, obwohl ihm eigentlich gar nicht danach war, einen Schluck Cognac. „Wenn du dich irrst, werde ich es dir sagen."

Er wirbelte herum. „Du hast mir wehgetan." Es machte ihn wütend, das zuzugeben.

„Ich weiß. Die Dinge, die ich gesagt habe ..."

„Das meine ich nicht. Dass du einfach verschwunden bist." Sie würde ihn zu dieser verdammten Entschuldigung prügeln. Er fuhr sich mit der Hand durchs Haar. „Du hast mich belogen, Camilla. Fast zumindest. Ich hatte angefangen, mit dir zu rechnen. Und damit meine ich nicht, dass du mir mein Zeug hinterherträgst. Ich hatte angefangen, über dich – über uns – in bestimmter Weise nachzudenken. Und dann ist mir plötzlich alles um die Ohren geflogen."

„Ich bin nicht gut damit umgegangen. Es war egoistisch ... ich war egoistisch", korrigierte sie sich. „Ich wollte ein bisschen Zeit – und dann noch ein bisschen –, einfach nur, um ich sein zu können. Deshalb bin ich von zu Hause weggelaufen. Ich habe zwar versucht mir einzureden, dass es nicht so ist, aber es war so. Letzten Sommer wurde mir plötzlich alles zu viel. Ich konnte nicht ..."

„Einfach du selbst sein?"

„Ja", sagte sie leise. „An dem Tag, an dem ich meinen Entschluss fasste, gab es einen Vorfall mit der Presse. Nichts Besonderes, nichts, was nicht schon öfter vorgekommen wäre. Aber in mir hatte sich alles aufgestaut, bis einfach nichts mehr ging. Ich konnte nicht essen. Ich schlief nicht richtig, ich konnte mich nicht auf das, was ich gerade tat, konzentrieren, ich ...." Sie ließ den Rest ihres Satzes unausgesprochen.

„Nein, hör nicht auf. Erzähl es mir."

„Dieser Vorfall", sagte sie bedächtig, „war nicht anders als viele andere. Aber während es passierte, konnte ich mich selbst schreien hören. Innerlich. Ich dachte – ich wusste –, dass ich, wenn ich nicht für eine Weile verschwinden würde, beim nächsten Mal wirklich laut schreien würde. Ich befürchtete, dass ich eine Art Nervenzusammenbruch hatte."

„Camilla, um Himmels willen."

„Ich hätte eigentlich mit meiner Familie sprechen müssen." Sie schaute ihn an, weil sie aus seinem entsetzten Tonfall die unausgesprochene Frage heraushörte. „Sie hätten mich verstanden, mich unterstützt, mir Zeit und Raum gegeben. Aber ich brachte es einfach nicht über mich, eine solche Schwäche einzugestehen. Die arme Camilla, die alle nur erdenklichen Privilegien genießt und mehr – so viel mehr – auch noch die bedingungslose Liebe ihrer Familie, ist plötzlich zu empfindsam, zu zerbrechlich, um mit der Verantwortung und den Schwierigkeiten, die ihr ihre gesellschaftliche Stellung auferlegt, klarzukommen."

„Das ist doch Unsinn."

Sie musste lachen. Und wurde ruhiger. „Mir kam es damals nicht so vor. Ich war verzweifelt. Ich war dabei, mich zu verlieren. Ich weiß nicht, ob du das verstehen kannst, weil du dir deiner immer so sicher bist. Aber ich fühlte mich gejagt und hatte plötzlich das Gefühl, nicht mehr zu wissen, wer ich eigentlich bin. Was ich außer den Pflichten, die mir meine gesellschaftliche Stellung auferlegt, mit meinem Leben anstellen sollte. Ich konnte mich für nichts wirklich begeistern und verspürte eine entsetzliche innere Leere."

Er konnte es sich vorstellen – den Druck, die ständigen Anforderungen, denen sie ausgesetzt war, und die Nerven aus Stahl, die es erforderte, diejenige zu sein, die sie war. Und den Mut, dachte er, den sie hatte aufbringen müssen, um für eine Weile aus ihrer Rolle auszubrechen und sich auf die Suche nach sich selbst zu machen.

„Und deshalb bist du einfach mit einem Mietwagen ins Blaue gefahren, um dich zu suchen?"

„So ungefähr. Und ich habe mich tatsächlich gefunden, obwohl ich meine Sache am Ende, wie schon gesagt, nicht gut gemacht habe."

„Wir haben unsere Sache beide nicht gut gemacht", stellte er richtig. „Anfangs dachte ich, du seist irgendeine durchgeknallte reiche Tussi, die in irgendwelchen Schwierigkeiten steckt. Und als ich schließlich erfuhr, wer du wirklich bist, war ich mir ziemlich sicher, dass du dir mit mir einen Spaß erlaubt hast."

Sie wurde blass. „So etwas würde ich nie ..."

„Das weiß ich heute, aber damals wusste ich es nicht. Ich hatte noch nie einem Menschen so viele Gefühle entgegengebracht wie dir, und es hat mich große Überwindung gekostet, mich zu entschließen, dir das zu sagen ... und dann kam ich in die Küche und hörte dein Telefongespräch mit an."

„Mit Marian." Mit geschlossenen Augen atmete Camilla tief aus. „Schlechter hätte das Timing wirklich nicht sein können", sagte sie. „Es überrascht mich, dass du mich nicht eigenhändig hinausgeworfen hast."

„Daran gedacht habe ich." Er wartete, bis sie die Augen wieder öffnete und seinem Blick begegnete. „Als ich herumsaß und mich selbst bemitleidete, fühlte ich mich ein bisschen besser. Es hat eine Weile gedauert, bis ich in der Lage war, mich in deine Situation zu versetzen. Die Leute, die Medien, das Protokoll. Es ist ziemlich hart."

„So schlimm ist es eigentlich gar nicht. Nur dass man manchmal eben ein bisschen …"

„Luft zum Atmen braucht", beendete er ihren Satz.

„Ja." Tränen traten ihr in die Augen. „Ja."

„Hör auf damit. Ich kann mich nicht vernünftig mit dir unterhalten, wenn du weinst. Ich meine es ernst. Hör sofort auf. Ich habe noch nie einer Frau gesagt, dass ich sie liebe. Und ich werde es bestimmt nicht zum ersten Mal tun, wenn sie heult."

„Ich heule ja gar nicht." Aber als sie von unbändiger Freude erfasst wurde, endete der Satz mit einem leisen Aufschluchzen. Sie riss eine Schranktür auf, nahm ein Spitzentaschentuch heraus und trocknete sich die Tränen. „Dann sag es mir jetzt."

„Dazu komme ich noch. Du bist nicht schwach, Camilla."

„Normalerweise nicht, nein."

„Cordinas Kronjuwel. Das habe ich in irgendeiner Illustrierten über dich gelesen", sagte er, als sie ihn überrascht anschaute. „Ein Juwel braucht Substanz, damit es seinen Glanz bewahren kann. Und du hast Substanz."

„Das ist das Schmeichelhafteste, was man mir je gesagt hast", brachte sie mühsam heraus.

„Das kommt nur daher, weil du so daran gewöhnt bist, von Männern immer nur zu hören, wie schön du bist. Außerdem mag ich deine Familie."

„Meine Familie?"

„Ja. Deine Mutter ist eine außergewöhnliche Frau. Ich mag deine Brüder und deine Cousins. Ich weiß zwar immer noch nicht genau, wer wer ist, aber ich mag sie. Und deine Schwester ist süß." Er machte eine Pause. „Das meine ich positiv."

„Ja." Camilla lächelte. „Sie ist wirklich sehr süß."

„Deine Tanten und Onkels sind interessante Menschen. Bewundernswert, möchte ich sagen. Mit deinem Vater hatte ich ein paar Probleme. Aber ich kann mir vorstellen, dass ich, wenn ich eine Tochter hätte, und irgendein Kerl … na ja, es ist ganz natürlich, dass er nicht gerade gut auf mich zu sprechen war, weil ich meine Hände auf das gelegt habe, was ihm gehört."

„Er mag dich."

„Er würde mich gern auf kleiner Flamme köcheln lassen."

„Er hält dich für entwicklungsfähig."

Del schnaufte verächtlich, ging auf und ab, dann schaute er sie wieder an. „Tut er das?"

„Ja. Obwohl diese kleine Flamme wieder angefacht werden könnte, wenn du mich unglücklich machst. Aber ich will dich nicht unter Druck setzen."

„Du bist ein verdammt schlaues Mädchen, Prinzessin. Ein helles Köpfchen. Dein Gesicht könnte ich vielleicht irgendwann vergessen, aber dein Verstand hat es mir echt angetan." Er deutete auf das dicke Buch über Archäologie, das auf ihrem Nachttisch lag. „Dann interessiert es dich also immer noch?"

„Ja. Ich möchte lernen. Ich würde wirklich unheimlich gern mit dir zusammenarbeiten."

„Das weiß ich."

„Ich finde die Arbeit faszinierend. Aber nicht nur deinetwegen, weißt du. Ich möchte in erster Linie meinetwegen lernen. Ich brauche etwas für mich allein. Etwas, das mich wirklich interessiert und das nichts mit dem zu tun hat, was man von mir erwartet … was von mir aufgrund meiner gesellschaftlichen Stellung erwartet werden muss. Ich habe nach etwas gesucht, dem ich mich mit meiner ganzen Leidenschaft und Hingabe widmen kann, und durch dich habe ich es gefunden. Ich habe es gerade arrangiert, dass ich an einem Projekt von Dr. Lesuer in Frankreich teilnehmen kann."

„Ja, Altsteinzeit." Del zuckte die Schultern. „Er ist gut. Ein verdammt guter Lehrer. Er hat Geduld. Im Gegensatz zu mir. Mit ihm zu arbeiten ist bestimmt wesentlich unkomplizierter. Obwohl es andererseits auch schade wäre, wenn du die Fortschritte, die das Bardville Projekt macht, verpassen würdest."

Sie holte tief Atem. „Willst du damit vorschlagen, dass ich an dem Projekt teilnehmen soll?“

„Ich habe überlegt, mir für die Zeit meines Aufenthalts dort ein neues Quartier zu suchen. Der Wohnwagen ist eine absolute Bruchbude. Und ich muss eine Menge Laborarbeiten überwachen. Es wäre vielleicht ganz praktisch, in der Nähe der Uni ein Haus zu mieten. Oder vielleicht auch zu kaufen.“

Es war traumhaft, einfach traumhaft. „In meiner Familie wurde vereinbart, dass die offiziellen Pflichten der einzelnen Familienmitglieder den Umständen angepasst werden, wenn einer von uns einen Beruf ergreifen oder eine persönliche Verpflichtung eingehen möchte. Also sag es mir.“

„Hör zu, ich werde mich jedes Mal aufregen, wenn ich mich für einen gesellschaftlichen Anlass in einen Smoking werfen muss … und du wirst mir dann wahrscheinlich meinen eigenen Titel entgegenschleudern, wenn ich es tue“, sagte er und ging auf sie zu.

„Natürlich.“

„Aber ich werde meinen Teil bei dem leisten, was du in diesen Deal einbringst, ebenso wie umgekehrt.“

Sie schloss kurz die Augen. „Fragst du mich jetzt, ob ich …“

Er unterbrach sie, indem er einen warnenden Laut ausstieß. „Du siehst doch gut aus, oder?“ Er legte ihr die Hand unters Kinn und sah ihr ins Gesicht. „Atemberaubend sogar, um es genau zu sagen. Weißt du, es ist mir egal, wie oft mich dieses Gesicht von den Titelseiten irgendwelcher Illustrierten anschaut. Und es ist mir auch egal, was für einen Klatsch und Unsinn sie auf den Innenseiten schreiben. Das alles interessiert mich nicht. Wir wissen, wer wir sind.“

Tränen schnürten ihr die Kehle zu, glitzerten wieder in ihren Augen. Mit nichts, aber auch gar nichts hätte er deutlicher sagen können, wie sehr er an sie glaubte. „Oh Delaney.“

„Ich habe im Moment noch keinen Ring für dich.“

„Das macht mir nichts aus.“

„Mir schon.“ Komisch, dass es mir wichtig ist, dachte er, als er ihre Hand hob und diese zarten Finger betrachtete. „Ich möchte nämlich, dass du meinen Ring trägst.“ Sein Blick suchte ihren und hielt ihn fest.

„Wenn du nicht willst, dass ich wieder anfange zu weinen, solltest du lieber ein bisschen schneller sprechen."

„Okay, okay. Ich dachte ja nur, dass eine Frau vielleicht ein wenig Romantik braucht."

„Dass du dich von der Brustwehr abgeseilt hast, war schon fast mehr Romantik, als ich in einer Nacht ertragen kann. Trotzdem vielen Dank."

Er lächelte. „Ich bin verrückt nach dir. Ich mag alles an dir, besonders aber deine spitze Zunge."

„Das ist süß. Aber vielleicht könnte ich ja doch noch ein bisschen mehr Romantik ertragen, falls du es irgendwie bewerkstelligen kannst."

„Ich liebe dich." Er umfasste ihr Gesicht. Als diesmal eine Träne über ihre Wange rollte, machte es ihm nichts aus. „Camilla, ich liebe dich, ich liebe alles, was du bist. Ich liebe das, was wir zusammen sind. Ich liebe die Frau, die meinen Küchenboden gewischt hat, und ich liebe die Frau, mit der ich heute Abend getanzt habe."

Ihr ging das Herz über vor Glück. „Beide Frauen lieben alles an dir. Du machst mich glücklich."

„Heirate mich. Lebe mit mir. Du wirst es nicht immer bequem haben, aber du wirst dich ganz bestimmt niemals langweilen."

„Ich will dich heiraten." Sie streifte mit den Lippen seine rechte Wange. „Und mit dir arbeiten." Dann die linke. „Mit dir leben. Und dich lieben. Für immer." Ihre Lippen fanden sich zu einem Kuss.

„Komm mit mir zurück." Er zog sie eng an sich und hielt sie fest. „Und dann werden wir uns in Ruhe alles überlegen ... was auch immer getan werden muss. Ich möchte nicht ohne dich zurückfahren."

„Ja. Ich werde es einrichten. Wir werden es einrichten."

„Ich werde mir ein bisschen Zeit nehmen ... so viel, wie wir brauchen, um zu tun, was getan werden muss."

„Mach dir keine Sorgen." Hier war ihre Leidenschaft, ihre Zufriedenheit und ihre Liebe, alles in einem. „Wir werden es schaffen. Wenn sich eine Frage auftut, werden wir die Antwort finden."

Sie barg den Kopf an seiner Schulter und lächelte, als sie spürte, wie seine Lippen ihr Haar streiften. Die wichtigste Frage ist bereits gestellt worden, dachte sie. Und beantwortet.

– ENDE –

Nora Roberts
Die O'Haras 1
So nah am Paradies
Band-Nr. 25290
7,95 € (D)
ISBN: 978-3-89941-474-5
304 Seiten

Nora Roberts
Die O'Haras 2
Tanz der Sehnsucht
Band-Nr. 25307
7,95 € (D)
ISBN: 978-3-89941-495-0
304 Seiten

Nora Roberts
Die O'Haras 3
Hinter dunklen Spiegeln
Band-Nr. 25317
7,95 € (D)
ISBN: 978-3-89941-519-3
304 Seiten

Nora Roberts
Die O'Haras 4
Wohin die Zeit uns treibt
Band-Nr. 25318
7,95 € (D)
ISBN: 978-3-89941-520-9
304 Seiten

Nora Roberts
Geheimrezept zum
Glücklichsein
Band-Nr. 25286
7,95 € (D)
ISBN: 978-3-89941-467-7
304 Seiten

Nora Roberts
Wie Sommerregen
in der Wüste
Band-Nr. 25301
7,95 € (D)
ISBN: 978-3-89941-486-8
304 Seiten

Nora Roberts
Die Tochter des Goldsuchers
Band-Nr. 25314
7,95 € (D)
ISBN: 978-3-89941-502-5
304 Seiten

Nora Roberts
Liebesmärchen in New York
Band-Nr. 25248
7,95 € (D)
ISBN: 978-3-89941-407-3
304 Seiten

2 Romane
nur 7,95 €

Sandra Brown
Sommerträume 6
Band-Nr. 25296
7,95 € (D)
ISBN: 978-3-89941-481-3
400 Seiten

Nora Roberts
Wo mein Herz wohnt
Band-Nr. 25278
7,95 € (D)
ISBN: 978-3-89941-458-5
304 Seiten

Debbie Macomber
Das Muster der Liebe
Band-Nr. 25313
7,95 € (D)
ISBN: 978-3-89941-501-8
480 Seiten

Deutsche
Erstveröffent-
lichung

Debbie Macomber
Die Maschen des Schicksals
Band-Nr. 25341
7,95 € (D)
ISBN: 978-3-89941-557-5
448 Seiten

Linda Howard
Das Land der Mackenzies
Band-Nr. 25260
7,95 € (D)
ISBN: 978-3-89941-426-4
320 Seiten

Linda Howard
Das Geheimnis
der Mackenzies
Band-Nr. 25269
7,95 € (D)
ISBN: 978-3-89941-437-0
304 Seiten

Linda Howard
Die Ehre der Mackenzies
Band-Nr. 25284
7,95 € (D)
ISBN: 978-3-89941-465-3
304 Seiten

Linda Howard
Der Traum & Das Spiel
der Mackenzies
Band-Nr. 25300
7,95 € (D)
ISBN: 978-3-89941-485-1
384 Seiten